50 JAHRE HEYNE VERLAG

HEYNE BÜCHER

In derselben Reihe erschienen
außerdem als Heyne-Taschenbücher:

Spannung · Band 50/1
Das biologische Gartenbuch · Band 50/2
Die großen Filmromane · Band 50/3
Das Heyne Jubiläumskochbuch · Band 50/4
Fantasy · Band 50/5
Thriller · Band 50/6
Heiteres · Band 50/7
Liebe · Band 50/8
Unheimliches · Band 50/9
Europäische Erzähler des 20. Jahrhunderts · Band 50/10
Keep smiling · Band 50/11
Das große Buch der alternativen Heilmethoden · Band 50/12
Action · Band 50/13
Die beste Dr. Oetker Kalte Küche · Band 50/14
Erotik · Band 50/15
Ratgeber Geld · Band 50/16
Deutsche Erzähler des 20. Jahrhunderts · Band 50/17
Agenten · Band 50/18
Klinik · Band 50/19
Witze · Band 50/20
Horror · Band 50/21
Hallo, Liebling · Band 50/22
Spione · Band 50/23
Der Versicherungs-Ratgeber · Band 50/24
Crime · Band 50/25
Das endgültige Buch der Sprüche und Graffiti · Band 50/26
Amerikanische Erzähler des 20. Jahrhunderts · Band 50/27
Hochspannung · Band 50/28
Angst · Band 50/29
Schicksal · Band 50/30
Sinnlichkeit · Band 50/31
Ratgeber Recht · Band 50/32
Schocker · Band 50/33
Noch mehr Witze · Band 50/34
Geld · Band 50/35
Geschichten der Französischen Revolution · Band 50/36
Zukunftsabenteuer · Band 50/37

HEYNE
JUBILÄUMS
BAND

Thriller

5 ungekürzte
Spannungsromane
in einem Band

WILHELM HEYNE VERLAG
MÜNCHEN

HEYNE JUBILÄUMSBÜCHER
Nr. 50/6

QUELLENHINWEIS

Gavin Lyall DAS GEFÄHRLICHSTE GEGENÜBER/
THE MOST DANGEROUS GAME

John D. MacDonald SPUREN IM WASSER/ALL THESE CONDEMNED

Cornell Woolrich DIE BRAUT TRÄGT SCHWARZ/THE BRIDE WORE BLACK

Robert Bloch DIE SAAT DES BÖSEN/DEAD BEAT

Jack Higgins SCHLÜSSEL ZUR HÖLLE/THE KEYS OF HELL

9. Auflage

Printed in Germany 1989
Umschlagfoto: Photodesign Mall, Stuttgart
Umschlaggestaltung: Atelier Ingrid Schütz, München
Gesamtherstellung: Presse-Druck Augsburg

ISBN 3-453-37006-6

Inhalt

Gavin Lyall

DAS GEFÄHRLICHSTE GEGENÜBER

1

Rovaniemi wurde wie fast jeder Flughafen Finnlands in jenem Sommer zu großen Stein- und Sandhaufen umgepflügt. Das alles war Teil eines großangelegten Bauplanes, auf den Tag gemünzt, an dem man genug Touristenverkehr hätte, um Düsenflugzeuge im Inlandverkehr einzusetzen. In der Zwischenzeit wurden ausgezeichnete Flughäfen in Sandgruben verwandelt.

In der Hitze des Gefechts hatte man sogar das Gelände zwischen dem Flugzeugpark und dem Flughafengelände, einem langen, flachen Holzschuppen mit Kontrollturm an der einen Ecke und einer Kaffee-*Baari* in der Mitte, aufgebuddelt. Um dahin zu gelangen, mußte man jetzt fünfzig Meter lang einen über den schlammigen Sand gelegten Bohlenpfad benutzen. Er wartete am Ende des Pfades auf mich.

Damals kannte ich ihn noch nicht, hätte ihn nicht vom Engel Gabriel unterscheiden können, bloß daß er vielleicht dafür etwas zu klein war. Ich hatte nur den Eindruck von einem gutangezogenen Herrn in hellem Regenmantel und Hut mit einem Haufen schicker Koffer, die sauber auf den Bohlen aufgereiht waren, damit sie trocken blieben während ich im Dreck stand.

Schnitt und Farbe seiner Kleidung zeigten deutlich, daß er kein Finne war. Ich sagte also auf englisch: »Sie wären mir nicht böse, wenn ich mir beim Stolpern über Ihr Gepäck den Hals bräche, was?«

Er sagte: »Mr. Cary?«

Ich antwortete: »Ja, ich bin Bill Cary« und verdrehte die Augen, um ihn mir genauer anzusehen. Zunächst sah ich ihn nur verschwommen, aber das galt natürlich für alles andere auch, was ich an jenem Tag sah.

Er wirkte gedrungen, ohne eigentlich klein zu sein, und etwas dicklich. Sein Regenmantel war einreihig, ohne Gürtel und von jener elfenbeinweißen Farbe, die viel teurer aussieht als das gewöhnliche Waschpulverweiß. Und außerdem wirkte es sauber und frisch, ohne nach neu auszusehen. Sein Hut war aus demselben Material, eine Art amerikanische Golf-Version der Cockney-Schirmmütze. Er trug braune, auf Hochglanz polierte Schuhe mit Steppmuster. Auf eine selbstverständliche Art sah er teuer aus, und man sah es ihm an, daß er daran gewöhnt war.

Berücksichtigte man all das und dazu das aufgebuddelte Flugfeld gerade noch innerhalb der Polarzone, schien sein Gesicht nicht hierherzugehören. Es war rund und weich, mit einer engelhaften Sanftheit in den großen grauen Augen. Wenn er aber ein Weichling war, hielt er sich zum mindesten nicht dafür. Zwischen den Gepäckstücken auf dem Bohlenpfad lagen vier abgenutzte Gewehrfutterale.

Er sagte: »Entschuldigen Sie — Frederick Wells Homer« und streckte mir die Hand hin. Er hatte einen schwachen amerikanischen Akzent und nannte seinen Namen, als wäre ihm das ganz geläufig und nicht, um mich zu beeindrucken.

Ich schüttelte ihm die Hand. Sie war klein und gepflegt, aber fest.

»Mr. Cary — könnten Sie mich wohl irgendwohinfliegen?«

Der Gedanke plumpste dumpf in mein Bewußtsein. Ich winkte ihm mit der Hand zu. »Später — später. Sagen wir, nach dem Frühstück.«

»Frühstück, Sir? Sie frühstücken aber ziemlich spät.« Er hob höflich die Augenbrauen. Die langsame, beherrschte Bewegung seines Gesichts deutete sein Alter an: um fünfunddreißig. Einige Jahre jünger als ich und ein gutes Jahrhundert jünger, als ich mich fühlte.

Natürlich hatte er recht. Es war nämlich ungefähr vier Uhr nachmittags.

»Bin gerade mit einem Mordskater aus Stockholm angekommen«, sagte ich vorsichtig. »Ich hatte keine Lust zu essen oder zu trinken, ehe ich abflog, und um die Wahrheit zu sagen, hab' ich jetzt auch keine. Aber wenn ich weiterleben will, wär's besser, es wenigstens mit einer Tasse Kaffee zu versuchen.«

Der Gedanke an Kaffee ließ ihn wieder verschwommen erscheinen. Und dann kam mir durch den Nebel ein neuer Gedanke. Ich fragte: »Woran erkannten Sie mich?«

Er lächelte sanft. »Man sagte mir, ich sollte nach einem großen, dünnen Engländer Ausschau halten, der eine Beaver Amphibian fliege — und der wie Sie angezogen sei.« Ganz gleich, was der Mann sonst noch hatte, Benehmen hatte er. ›Angezogen wie Sie‹ bedeutete eine Art Baseballmütze, eine ölige, khakifarbene Drillichhose, eine Lederjacke, die aussah, als hätte ich auf ihr Ölwechsel vorgenommen (was ich hatte), und amerikanische Fallschirmspringerstiefel mit einem Fairbairn-Sabotagetruppmesser am rechten Stiefel.

Wissend lächelte ich mehr oder weniger in seine Richtung und sagte: »Mich können Sie nicht veräppeln, Sie sind Robert E. Lee, der bekannte Southern Gentleman.«

Ernst lächelte er zurück. »Ich muß Sie leider enttäuschen, Sir. Aber wenigstens stammen wir aus demselben Staat.«

Ich sagte: »Virginia.« Er nickte, und ich nickte und stolperte über sein Gepäck zur *Baari.*

Ich holte mir meinen Kaffee, eine große Tasse, schwarz und dampfend, und ging in eine einsame Ecke, um ihn in Ruhe zu genießen. Doch lange bevor ich für laute Geräusche dicht neben mir empfänglich war, hatte jemand den Stuhl mir gegenüber scharrend zurückgezogen, sich darauf gesetzt und ihn scharrend an den Tisch zurückgerückt. Robert E. Lee hätte das einem kranken Mann nie angetan. Hatte er auch nicht. Es war Veikko.

Er sagte es auf englisch, was mir selbst in meiner Katerstimmung andeutete, daß er etwas von mir wollte. Wenn wir uns unterhielten, sprachen wir meistens Schwedisch. Finnisch ist eine der schwierigsten Sprachen der Welt, die ich nie gut beherrschte. Aber Schwedisch kann ich ganz gut, und für die meisten Finnen ist es die zweite Sprache.

Normalerweise sprachen Veikko und ich überhaupt nichts. Er war der größte Gangster Lapplands. Ich habe nichts dagegen, mich mit Gangstern zu unterhalten, nur nicht mit solchen, die als Gangster wohlbekannt sind. Außerdem wußte ich nicht, welche besondere Gangsterei er in diesem Jahr vorhatte.

Ich sagte: »Verschwinden Sie. Ich bin am Sterben.«

Er lehnte sich zu mir über den Tisch. »Ich habe einen Auftrag für Sie, wenn Sie Ihre Kaaja-Arbeit schnell abschließen. Nicht hier. In Schweden.«

Ich fixierte ihn schärfer. Er sah nicht wie der Weihnachtsmann aus, sondern nach wie vor wie Lapplands größter Gangster: ein untersetzter, sehr kompakter Mann in einem Zweireiheranzug mit flotten grün-schwarzen Streifen, die nach Lappland paßten wie etwa eine Feuerlilie. Ziemlich fleischiges

Gesicht — was in einem Land, das gerne Kartoffeln ißt, nicht untypisch ist —, aber sehr glatt und ungebräunt.

Ich nahm einen langen Schluck Kaffee. »Welche Gesellschaft vergibt diesen Job?« Dann fiel mir eine bessere Frage ein. »Was verdienen Sie dabei?«

Er spreitzte die Hände und brach in das offene, glückliche Lächeln eines Verkäufers von Gebrauchtwagen aus. »Bloß ein paar Prozente.«

»Wann soll's losgehen?«

»Wann können Sie Ihre Arbeit für die Kaaja-Kompanie beenden?«

Ich widmete mich wieder meinem Kaffee. »Kann ich nicht. Ich habe Vertrag bis zum ersten Schnee.«

»Nein.« Er lächelte breiter. »Kaaja macht keine solchen Verträge. Wann können Sie aufhören?«

Ich schluckte meinen Kaffee. Langsam wirkte er. Inzwischen war ich fähig, mir zu überlegen, daß sein Vorstoß ein Versuch war, herauszufinden, welches Gebiet ich für Kaaja vermaß. Man macht sich keine rechte Vorstellung von Spitzeleien, bis man die Interessen einer Erzgesellschaft in Gebieten gesehen hat, wo eine andere Gesellschaft Erze vermutet. Und einen idealeren Schnüffler als Veikko könnte man kaum anheuern, um mich auszuspionieren.

Natürlich wußte jeder, außer den Rentieren, daß er ein Gangster war, und selbst die mußten inzwischen Verdacht schöpfen.

»Um was handelt sich's denn?« fragte ich. »Vermessung? Transport?«

»Das wird Ihnen die Gesellschaft sagen. Wann können Sie anfangen?«

»Ich kann nicht, ich bin vertraglich an Kaaja gebunden. Warum geben Sie den Job nicht Oskar Adler?«

Er war der einzige andere Schwimmflugzeugpilot, der in diesem Sommer in Lappland arbeitete.

»Zum Teufel!« Er spreizte wieder die Hände. »Die Arbeit erfordert Land- und Wasserstart. Er hat kein Amphibienflugzeug; Sie haben die einzige Maschine hier oben, die landen und wassern kann.«

Das wenigstens stimmte.

»Tut mir leid«, sagte ich. »Ich bin vertraglich an Kaaja gebunden.«

Dann ging ich mir eine zweite Tasse Kaffee holen.

Als ich zurückblickte, stand er gerade auf. Er sah nicht so sorgenvoll aus, wie er eigentlich sollte, nachdem er seine paar Prozent verloren hatte. Oder nachdem er nichts über das Gebiet, das ich für Kaaja vermaß, herausgefunden hatte.

Vielleicht war ich ein verdammter Idiot. Mein Kaaja-Kontrakt galt nicht bis zum ersten Schnee. Ich sollte nur ein bestimmtes Gebiet vermessen, und das würde ich wahrscheinlich in vierzehn Tagen erledigt haben.

Trotzdem — mir kam Veikko immer noch nicht wie der Weihnachtsmann vor.

Ich trank meinen zweiten Kaffee aus, und meine Hände zitterten immer noch unkontrollierbar. Aber wenigstens war ich so weit wach, daß mir klarwurde, was ich gleich hätte tun sollen: ein Bier bestellen.

Das einzige Problem beim Kauf eines Biers auf einem finnischen Flughafen besteht darin, daß man es nicht kann. Die Finnen sind ungefähr geteilt in diejenigen, die für Alkohol sind, und diejenigen, die nicht dafür sind und meinen, es wäre besser, wenn alle anderen auch so dächten. Die letzteren haben die Alkoholgesetze verbrochen. Ein Gesetz besagt, daß man nirgends in Lappland nördlich von Rovaniemi eine Flasche kaufen kann, nicht einmal ein Glas, außer in einem halben Dutzend Touristenhotels. Das hat natürlich zur Folge, daß im ganzen Land mächtig viel ungesetzlich zu Hause gebrannt wird und der Schleichhandel mit den echten importierten Sachen blüht. Ich selbst hatte schon einmal eine oder zwei Kisten eingeflogen, wenn ich von Süden ohne Ladung kam.

Das zweite Gesetz verbietet den Genuß von Alkoholika auf Flugplätzen. Keine schlechte Idee, um zu verhindern, daß Flugzeugführer betrunken starten; aber einem Piloten nützt das nicht viel, der aus langjähriger Erfahrung weiß, daß das einzige Mittel, einen Kater zu bändigen und ihn in seinen Käfig zurückzustecken, ein Bier ist. Oder zwei.

Glücklicherweise gab es einen Mann im Instandhaltungshangar unten, der sich seinen halben Lebensunterhalt mit der Behandlung von Pilotenkatern verdiente. Ich stand gerade auf, um zu ihm zu gehen und mich instand setzen zu lassen, als Frederick Wells Homer eintrat.

Er lächelte mir zu, kam an meinen Tisch und setzte sich.

»Ich hoffe, Sie fühlen sich jetzt wohler, Sir?«

»Auf jeden Fall besser.« Ich setzte mich wieder und zündete mir eine Zigarette an. Wenigstens sollte ich mich bei dem seltsamen Burschen entschuldigen.

Ich sagte: »Entschuldigen Sie mein Benehmen draußen.«

»Oh, das macht nichts, Sir, Sie fühlten sich nicht wohl.« Er lächelte ernst. »Es muß eine ganz gute Leistung gewesen sein, die Strecke von Stockholm — ich glaube, es sind etwa fünfhundert Meilen — in diesem Zustand herzufliegen. Ich habe das beruhigende Gefühl, bei Ihnen gut aufgehoben zu sein.«

Ich kniff ein Auge zu. An sich hätte das Spott sein müssen, aber er sagte es todernst, auf dieselbe Art, wie er seinen Namen nannte.

Ich erwiderte: »Ich weiß nicht, ob ich Ihrer Beweisführung folgen kann. Wenn ich einen Piloten mit meinem Kater träfe, würde ich ein U-Boot nehmen.«

Er lächelte nur wieder. »Dann glauben Sie, mich mitnehmen zu können, Sir?«

»Kommt darauf an, wohin und wann.« Ich hatte keine große Lust, ihn überhaupt mitzunehmen, ganz gleich, wohin und wann. Ich stand bei der Kaaja-Gesellschaft unter Vertrag und war eigentlich verpflichtet, mal schlafen zu gehen. Andererseits lernt man nicht oft Leute mit den Manieren eines Robert E. Lee kennen. Auf dem Weg nach Stockholm war ich in Helsinki ein paar Kaaja-Direktoren begegnet, und die hatten nicht mal Manieren wie Billy the Kid gehabt. Ich hatte über fünf Wochen Vermessungsflüge für die Gesellschaft durchgeführt und nicht für eine Finnmark Nickel gefunden; daher faulenzte ich in ihren Augen. Mein Wochenendflug nach Stockholm bewies es zusätzlich.

Er sagte: »Ich hoffe, Sie würden mir Ihren Rat geben können, Sir, da Sie das Land kennen. Ich möchte Bären jagen.«

»Bären?« Mir fielen die Gewehrfutterale draußen ein. Aber ich schüttelte auf jeden Fall den Kopf. »Es gibt kaum Bären zu schießen. Und dann meist im Frühjahr. Ich habe irgendwo gelesen, daß nur etwa vierzig pro Jahr geschossen werden.«

Er nickte nur und saß wartend da.

Ich hielt mich zurück. Ich wußte, wo es Bären gab. Suchflüge nach Erzen heißt tief fliegen, nicht höher als dreihundert Fuß, und in einer einmotorigen Maschine bedeutet das, daß man dauernd den Boden beobachten muß, falls der einzige Motor die Schlafkrankheit kriegt und einen im Stich läßt. In dem großenteils bewaldeten Finnland hilft einem das natürlich wenig, zum mindestens aber ist man über das, was auf dem Boden geschieht, informiert. Und ich hatte in den letzten vierzehn Tagen fünf Bären gesehen, oder den selben fünfmal.

Die Sache hatte zwei Haken.

Der eine: Wenn ich ihn in der einzigen Bärengegend absetzte, für die ich mich verbürgen kann, setzte ich ihn gleichzeitig mitten in meinem Vermessungsgebiet ab. Das wäre keine gute Idee, wenn er Konkurrenzspionage trieb. Aber das glaubte ich eigentlich nicht.

Blieb Haken Nummer zwei. »Hören Sie«, sagte ich, »ich kann Sie an einer Stelle absetzen, wo ich kürzlich Bären gesehen habe. Das Ungute ist bloß, daß es verboten ist.«

Er hob höflich die Augenbrauen und wartete auf meine Erklärung

Ich sagte: »Es ist Sperrgebiet, für Flugzeuge auf jeden Fall. Es verläuft in einer Breite bis zu siebzig Kilometern parallel zur russischen Grenze. Es ist alles finnisches Territorium, aber man hat es gesperrt, damit die Russen keinen Vorwand haben, sich über Luftspionage gegen sie zu beklagen. Und die Finnen nehmen die Sache ernst — wenn sie einen erwischen.«

Mich hatten sie nicht erwischt — noch nicht. Teilweise, weil das Radarnetz noch nicht komplett ist, und teilweise, weil man beim Erzsuchen noch unterhalb des Radar-Kontrollbereichs fliegt. Aber teilweise war es auch Glück, denn die gesamte Kaaja-Vermessung lag im Sperrgebiet.

Kaaja hatte sich gedeckt, indem sie mir einen Scheinvertrag für ein weiter westlich gelegenes, offenes Gebiet gab; auch hatte die Firma etwas zu meiner Deckung getan — da ich derjenige sein würde, der ins Kittchen käme —, indem sie mir beinahe das Doppelte der Normalprämie zahlte. Und trotzdem hatte ich einen ganz wichtigen Grund, mein Vermessungsgebiet geheimzuhalten.

Aber ich hielt Homer auch nicht für einen finnischen Regierungsagenten.

»Ich habe nichts dagegen, Sie hinzufliegen«, sagte ich. »Und es ist auch keine Gesetzesübertretung, wenn Sie da *sind,* am Boden. Aber ich will nicht, daß jemand erfährt, wie Sie hinkamen. Während Sie da sind, wär's mir lieb, wenn niemand davon erführe, und wenn Sie zurückkommen, möchte ich gern, daß niemand erfährt, wo Sie waren. Das bedeutet so etwas wie Gestrandetsein, verstehen Sie?«

Er überlegte und nickte dann. »Das ist mir ganz angenehm, Sir. Tatsächlich — vorausgesetzt, ich verleite Sie nicht zu unnötigen Risiken — ziehe ich es so vor. Sind Sie sicher, daß Ihnen das konveniert, Sir?«

Ich winkte lässig. »Sicher. Wann wollen Sie starten?«

»Wann immer Sie startbereit sind, Sir.«

Ich sah auf die Uhr. Fast fünf Uhr, noch etwas über zwei Stunden Tageslicht und danach ein langes Zwielicht. Wir befanden uns am Rande des Herbstes, krochen gerade von den Tagen der Mitternachtssonne zu den langen, langen Nächten des Lapplandwinters hinunter.

»Okay«, sagte ich. »In der Nähe der Stelle, die ich im Sinn habe, steht ein altes Blockhaus. Ich weiß nicht, in welchem Zustand es ist, da ich nur drüber weggeflogen bin, aber wahrscheinlich ist es besser als ein Zelt. Ich nehme an, Sie haben sich mit Vorräten versehen?«

»Ich habe alles, einschließlich Verpflegung für vierzehn Tage. Vielleicht könnten Sie mir später Nachschub einfliegen?«

»Das macht keine Mühe.« Dann überlegte ich mir, welche Zeit er sich wohl für den Abschuß eines Bären gesetzt hatte.

»Wie lange wollten Sie bleiben?«

»Ich hatte an fünf bis sechs Wochen gedacht — für den Anfang wenigstens. Wollten Sie sich so lange in dieser Gegend aufhalten?« Er fragte freundlich — und ehrlich —, aber mit einer gewissen Beklemmung, als hielte er mich vielleicht zufällig auf der falschen Seite der Welt fest.

»Ich bleibe so lange hier, wie ich Arbeit habe. Es kann ein verdammt langer Winter für einen Piloten werden.« Es mußte ehrlich geklungen haben, denn er warf mir einen schnellen Blick zu und sah dann wieder höflich weg.

Ich stand auf. »Ich treffe Sie draußen in einer Viertelstunde. Ich muß noch rasch einen Mann im Hangar aufsuchen. In Ordnung?«

»Absolut, Sir. Ich werde inzwischen mein Gepäck aufladen, wenn Ihre Maschine nicht abgeschlossen ist.«

Ich mußte lächeln. »Seit langem nicht mehr.« Dann nickte ich, was falsch war, wenn man meinen Brummschädel berücksichtigte, und ging hinaus, dachte über die Art Leben nach, in dem man es sich leisten konnte, fünf oder sechs Wochen Urlaub zu nehmen, um einen Bären zu schießen.

Der Instandhaltungsmann kannte mich; er hatte eine Flasche in der einen Hand und einen Öffner in der anderen, bevor ich noch in Rufweite war.

Die eine Hälfte der Flasche stürzte ich in einem Zug runter und machte mich bedächtig an die zweite Hälfte.

Nach einer Weile fragte er: »Wie war's in Stockholm?« Er sprach mir zuliebe Schwedisch.

Ich erwiderte: »Fein, soweit ich mich erinnere.«

»Was hat der Mann von de Havilland gesagt?

Ich war hauptsächlich rübergeflogen, um den Vertreter der Fabrik zu befragen, was er für notwendig hielt, um die Beaver noch eine Saison auf Trab zu halten.

»Er war sehr höflich und freundlich. Wenigstens lachte er mich nicht aus.«

»Sagte er, Sie brauchten einen neuen Motor?«

»Er sagte, ich brauchte ein neues Flugzeug.«

Er nickte düster. »Das hätte ich Ihnen auch sagen können. Aber ich wollte Sie nicht beunruhigen.«

Beavers zählen heutzutage zu den unverwüstlichsten Flugzeugen — waren für kanadische Buscheinsätze konstruiert —, aber selbst Beavers werden mal alt. Meine war in ein paar Sekunden alt geworden, als ein Pilot der Finn Air Force eine lange Wasserung auf einem kurzen See versucht hatte. Sie hatten sie aus den Bäumen geholt und billig verkauft — an mich. Ich hatte machen lassen, was ich mir an wichtigen Reparaturen leisten konnte, beispielsweise einen neuen Propeller anbringen lassen, aber einer der Schwimmer war nicht mehr ganz gerade, der Rumpf war etwas verbogen, so daß keine der Türen richtig schloß, und die Motorhalterungen wackelten wie der Hintern eines Filmstars.

»Hat er Ihnen einen Preis für eine gründliche Durchsicht des Motors genannt?«

»Er meinte, wenn der Motor auf Hochtouren liefe, würde die ganze Maschine in der Luft auseinanderfallen.«

Er nickte wieder. »Vielleicht bekommen Sie diesen Winter einen Auftrag.«

Das war immer das Problem. Die meisten Charterflüge und alle Erzvermessungsarbeit hören mit dem ersten Schnee auf. Bis noch vor ein paar Jahren war es mir immer gelungen, in Norwegen oder Deutschland oder Österreich Arbeit zu finden; jetzt aber haben sie zu viele eigene Flugzeuge. Letzten Winter hatte ich die Beaver in Helsinki aufgebockt; dieses Jahr sah es genauso aus.

Aber selbst durchgehende Winterarbeit würde mir noch keine neue Beaver kaufen. Ich mußte Nickel finden! Die Extraprämienklausel von Kaaja würde es gerade schaffen.

»Mikko in der Nähe?« fragte ich.

Er nickte zum Ende des Hangars. Ich ging hinüber. Mikko lehnte an der Wand und sah einem Mann zu, der an einer anderen Werkbank an einem Stück elektronischer Ausrüstung arbeitete.

Nach dem Gehalt, das ich ihm zahlte, war Mikko mein Assistent. Er saß hinter mir und beobachtete das Magnetometer und das Szintillometer und ließ sie reparieren, wenn sie kaputtgingen. Wie es sich, kurz nachdem ich ihn angestellt hatte, herausstellte, hatte er eine brandneue Flugzeugführerlizenz und sah sich nach wirklicher Arbeit um, statt dazusitzen und einen Haufen elektronischer Dummheiten zu betrachten.

Ich tippte ihm auf die Schulter, und er riß sich aus seinem Wachtraum eines Finnair-Düsenchefpiloten.

»Registriergerät in Ordnung?« fragte ich.

Er zeigte auf die einzelnen Teilchen und Stücke auf der Werkzeugbank. »Sie mußten ein paar neue Teile machen«, erklärte er uninteressiert. »Haben Sie sich in Stockholm gut amüsiert?«

»Wann wird's fertig sein?«

Er zuckte die Schultern: »Im Laufe des Abends.«

Ich sagte: »Ich muß einen Jäger ein paar Meilen hinauffliegen.

In ein paar Stunden müßte ich eigentlich zurück sein. Wenn die Kiste nicht bis dahin in Ordnung ist, nehmen Sie uns zwei Zimmer irgendwo — aber *nicht* im Polar.« Wenn ich ihm nicht klare Instruktionen gab, würde er uns die besten Zimmer in der Stadt mieten. Piloten mußten seiner Meinung nach repräsentieren.

Er zuckte wieder die Schultern und lehnte sich an die Wand.

»All right«, sagte ich. »Ich muß jetzt Brötchen verdienen. Überanstrengen Sie sich nicht zu sehr beim Zusehen.«

Inzwischen hatte Homer den größten Teil seines Gepäcks in die Beaver verfrachtet, hatte es sogar vernünftig unter Berücksichtigung des Schwerpunktes aufgestapelt. Er war schon in kleinen Flugzeugen geflogen. Ich warf ein Frachtnetz über seine Koffer, befestigte es an den Ecken, und wir waren startbereit.

2

Ich flog genau Nordkurs, bis wir gut außer Sicht von Rovaniemi waren. Im rechten Sitz hatte Homer inzwischen Regenmantel und Mütze abgelegt. Er hatte sehr feines, glattes, fast blondes Haar, das seine babyhafte Erscheinung noch unterstrich, und seine graue Tuchhose und schwarzbraune Kaschmir-Sportjacke trugen einiges zu dem Eindruck bei, daß er über ein stattliches Bankkonto verfügte. Er fing meinen Blick auf und löste den Sitzgurt. Die Sitze in einer Beaver sind nicht gerade das Nonplusultra an Bequemlichkeit, aber er paßte ganz gut hinein.

Ich zündete mir eine Zigarette an; er lehnte ab. Nach einer Weile fragte er: »Wo wollen Sie mich absetzen, Sir?« Er mußte ziemlich laut sprechen, um sich gegen die durch die undichten Türen hereinströmende Luft verständlich zu machen.

Ich reichte ihm eine Karte und tippte mit dem Finger auf die Stelle, die ich ansteuerte. »Da. Kleiner See ganz in der Nähe des Värriö-Flusses. Das Blockhaus liegt etwa eine Meile nördlich davon, und ein paar Meilen dahinter müßte es Bären geben.«

Er sah sich die Karte eine Weile an, aber ihr Maßstab war zu klein, als daß er daraus etwas über Bären hätte schließen können — nur daß es sich um einen der einsamsten und leersten Teile Finnlands handelte, das konnte er sehen.

Dann fragte er: »Ist das Land so wie hier, Sir?«

Ich sah durchs Fenster hinunter. »Ziemlich. Vielleicht noch etwas rauher. Hier wechselt die Landschaft kaum.« Wir glitten über eine Kette niedriger, ostwestlich verlaufender Hügel. Die Bäume — Rottannen meist — standen weit auseinander und sahen dürr aus, mußten sich anstrengen, sich da unten am Leben zu erhalten. Eine Rottanne streckt ihre Wurzeln in ein Stück Teppichflaum, wenn nichts Besseres vorhanden ist, aber die Gipfel einiger dieser Hügel bestanden aus reinem Fels. Zwischen den Tannen verstreut lagen die grauen Gebeine anderer Tannen, die den Winterstürmen zum Opfer gefallen waren. Wir befanden uns innerhalb des Polarkreises.

Homer fragte: »Sie glauben, daß ich da oben ziemlich allein sein werde?«

»Eigentlich ja. Wahrscheinlich lebt keine Seele im Umkreis von fünfundzwanzig Meilen.« Nach der Karte liegt der Kemijoki-Värriöjoki scheinbar in einem großen, nach Osten, nach Rußland, hineinragenden Zipfel Finnlands. In Wirklichkeit ist es genau umgekehrt: Nach dem Krieg schoben sich die Russen nördlich und südlich des Zipfels nach Finnland hinein. Unter den Dingen, an die sie sich heranschoben, befand sich das Nikkelbergwerk bei Petsamo; das war der Grund, weshalb das Problem der Nickelfündigkeit so großen Vorrang hatte.

Den Zipfel selbst besetzten sie nicht, weil sein Besitz nicht lohnte. Der Nutzholzbestand ist zu dünn, als daß sich das Fällen auszahlte, und der Boden ist zu uneben, als daß man das Holz transportieren könnte. Und niemand hat in dem Gebiet Erze gefunden — noch nicht. Die Gegend ist nur attraktiv für Felsen oder Bären oder für jemand, der das eine oder andere sucht.

Wir flogen eine Weile, und nur das Motorengeräusch der Beaver umgab uns. Dann fragte ich: »Sie sind bloß zum Bärenschießen herübergekommen? Ich hätte gedacht, daß es in den Staaten und in Kanada eine Menge Bären gibt.«

»Das stimmt, Sir, und ich habe auch einige geschossen. Jetzt möchte ich versuchen, einen europäischen Braunbären vor die Büchse zu bekommen.«

Ich wählte sorgfältig Worte und Ton: »Was machen Sie sonst? Haben Sie ein Geschäft?«

Er lächelte sanft in die Windschutzscheibe. »Nein, Sir. Ich

jage nur. Ich verbringe mein Leben als Jäger — und Reisender, um zu jagen. Das gefällt mir.«

Ich brachte es über mich, bloß zu nicken und die Augen auf dem Öldruckmesser zu halten. Man trifft wahrhaftig auf alle Arten von Arbeitslosigkeit.

Ich sah zu ihm hinüber und sagte: »Sie sind also wirklich Jäger, was? Sie sind nicht hinter dem Wolkow her?«

Er schien ehrlich überrascht. »Ich fürchte, ich verstehe Sie nicht, Sir.«

Ich nickte. »Verzeihung, wahrscheinlich nicht. Der Wolkow ist hier in Lappland die Legende von dem begrabenen Schatz. Gewöhnlich kommen ein paar Leute jeden Sommer, um nach ihm zu suchen.«

»Wirklich, Sir?« Er sah interessiert aus, aber nur aus Höflichkeit. »Ich wußte nicht, daß Sie hier oben vergrabene Schätze haben.«

»Nun, meiner Ansicht nach haben wir keine. Wenn je einer da war, ist er wahrscheinlich längst verschwunden, und ich glaube nicht, daß es je einen gegeben hat. Aber die Leute fallen gern auf solche Geschichten herein.«

»Vielleicht erzählen Sie mir gelegentlich mal die Geschichte.«

»Himmel, es gibt so viele Versionen darüber wie Leute, die den Schatz suchen — alle unter einem anderen Gesichtspunkt. Ursprünglich soll Wolkow ein Weißrusse gewesen sein, ein reicher Ingenieur oder so was Ähnliches, oben in Murmansk an der Nordküste. Als die Revolution ausbrach — im Winter 1917/18 —, versuchte er sich davonzumachen und nach Finnland zu fliehen. Finnland war damals gerade unabhängig geworden. Er, seine Frau und sein Schatz. Seiner Frau gelang es, sich zu retten, ihm und seinem Schatz nicht. So daß irgendwo hier oben . . .« — ich beschrieb mit der Hand einen Bogen von etwa 270 Grad — ». . . sein gebleichtes Skelett liegt, eine Handvoll Goldmünzen und die zweitbesten Manschettenknöpfe des Zaren an den knochigen Busen gepreßt.«

»Daraus besteht der Schatz, Sir?«

»Das weiß nur Gott allein — niemand, der danach sucht, scheint sehr sicher zu sein. Sie nehmen an, sie werden es herausfinden, wenn sie ihn entdecken.«

»Und welches Schicksal hatte Mrs. Wolkow?«

»Wolkowa«, sagte ich mechanisch. »Im Russischen wird die weibliche Endung an die Eigennamen angehängt. Ja — das ist eine gute Frage. Auch sie wurde nie gefunden. Sie soll Finnland verlassen haben; jedes neue Gerücht geht auf etwas zurück, was sie gesagt haben soll. Vergessen Sie nicht, das alles spielte sich vor vierzig Jahren ab. Wahrscheinlich ist sie schon lange tot.«

Ich warf meine Zigarette auf den Boden und drückte sie mit der Stiefelspitze aus. Eines Tages würde ich mir einen Aschenbecher in der Beaver anbringen lassen — wahrscheinlich an dem Tag, an dem der Boden herausfiel und ich ihn wirklich brauchte.

»Was mich betrifft«, sagte ich, »verstehe ich nicht — wenn der Schatz überhaupt da war —, warum sie in den zwanziger Jahren nicht zurückkam und ihn holte. Und wenn der Schatz aus Juwelen oder Gold bestand, warum steckte sie nicht ein paar Proben in die Tasche, als der alte Wolkow sich zum Sterben hinlegte?«

Er nickte zustimmend. »Werden Sie beauftragt, den Schatz zu suchen, Sir?«

»Immer wieder mal. Der Job gefällt mir gar nicht: Sie zahlen am Ende nicht gern, wenn der Schatz nicht gefunden wurde.«

Er lächelte. Bald danach drehte ich nach Osten und begann Höhe zu verlieren, um unter dem Radarnetz durchzuschlüpfen, bevor ich in die Sperrzone kam.

Der See, den ich ansteuerte, lag etwas über zwanzig Meilen innerhalb des Gebietes. Er war fast vierhundert Meter lang, lief ungefähr von Ost nach West und war meist fünfzig Meter breit. Schwierigkeiten machte eine kleine Insel, die etwa zwei Drittel der Strecke vom westlichen Ende aus lag, einen Wasserengpaß von nur zwanzig Meter Breite übrigließ und die Wasserung erschwerte.

Für einen Anfänger wäre es vielleicht kompliziert gewesen. Aber ich war alt geworden, erfahren und gewitzt, wußte, wie man Schwimmerflugzeuge an kitzligen Stellen landen konnte. Und wenn so eine Stelle kitzlig aussah, hatte es auch seine Vorteile: Ich hatte einen Haufen Benzinkanister unter den Bäumen dieses Inselchens versteckt, so daß ich auftanken konnte, ohne nach Ivalo oder Rovaniemi zurückzufliegen. Nach der Länge meiner Flüge zu schließen, hätten Veikko und Oskar Adler eigentlich wissen müssen, daß ich irgendwo ein Depot hatte; ich hoffte aber, daß der Blick auf diesen See ihnen keinen Anhaltspunkt gab, wo.

Ich kreiste über dem Blockhaus im Wald, um Homer zu zeigen, in welcher Richtung es vom See aus lag. Dann landete ich. Es gab einen kleinen Strand auf der Ostseite, und ich fuhr die Räder unter Wasser aus und rollte die Beaver hinauf, damit wir abladen konnten, ohne uns die Füße naß zu machen.

Das erste, was er tat, war, eins seiner Gewehrfutterale zu öffnen und ein schlankes, einläufiges Schlagbolzengewehr mit Schutzblättern an der Visiereinrichtung herauszuholen. Er nahm einen Patronenkasten, schob fünf ins Magazin und warf sich das Ding über die Schulter. Dann traf ihn mein Blick.

Er lächelte und sagte: »Sie sagten, es gäbe Bären in dieser Gegend, Sir. Ich wollte Ihre Angaben nicht bezweifeln.«

Gut, gut. Warum sollten die Bären bis morgen warten, wenn er bereit war?

Ich machte mich daran, ihm den Rest seines Gepäcks hinunterzureichen. »Was für Gewehre verwenden Sie?« fragte ich.

»Alles Purdeys, aus London. Ich würde jetzt kaum etwas anderes verwenden. Für Bären habe ich die .300 Magnum.« Er berührte die Büchse an seiner Schulter. »Dann eine 7-Millimeter, falls ich auch auf einen Elch treffe. Und ein paar Flinten.«

»Flinten?«

»Wahrscheinlich nennen Sie sie Schrotflinten, Sir.«

Ich sagte: »Ich hätte gedacht, eine .300 wäre ein bißchen leicht für Bären«, bloß um die Unterhaltung in Gang zu halten. Ich wußte, daß Jäger gern über Kugelgewichte reden. Das einzige Mittel, das ich mir gegen Bären vorstellen konnte, war schnelle Flucht.

Er nickte ernst. »Es gibt eine Schule, die mit Ihnen übereinstimmt, Sir. Und wenn Sie die Absicht hätten, ein Tier mit fester Haut zu schießen, wäre ich auch Ihrer Meinung. Aber der Bär hat eine weiche Haut, und Sie erinnern sich, es ist eine Magnum-Patrone. Und außerdem stehen Sie Ihrem Ziel natürlich ziemlich nahe.«

»Nahe?«

Er blickte sich um, sah die dünnen graugrünen Tannen, die schweren Felsbrocken, von verfilztem Unterholz überzogen, das seit Anbeginn der Welt nicht gerodet worden war. »In solchem Gelände«, sagte er, »wäre eine Entfernung von etwa zwanzig Metern das Normale.«

Ich sagte: »Jesus.« Ich konnte mir Frederick Wells Homer und sein babyhaftes Gesicht, selbst mit einer Purdey .300 Magnum bewaffnet, schlecht zwanzig Meter vor einem Bären vorstellen. Andererseits, wenn ich es mir so überlegte, waren vielleicht gerade seine Ruhe und Ausgeglichenheit vonnöten, wenn man einem Bären gegenüberstand.

Er sagte, fast entschuldigend: »Sie verstehen, Sir, daß der ganze Sport mit gefährlichem Wild darin besteht, daß man dicht herankommt.«

Ich erwiderte: »Ja«, als verstünde ich wirklich, und reichte ihm weiter das Gepäck hinunter.

Dann fiel mir etwas ein, was mich schon einige Jahre beschäftigt hatte. »Vielleicht können Sie mir einen Rat geben«, sagte ich. »Ich habe mich mit dem Gedanken getragen, mir ein Gewehr anzuschaffen, für den Fall, daß ich hier oben mal notlanden muß. Bloß, um mir einen Vogel zum Abendessen zu schießen, aber es sollte auch zu verwenden sein, wenn ein Bär mich für sein Abendessen in die Pfanne hauen will. Ist das mit einem einzigen Gewehr zu machen?«

Prompt erwiderte er: »Eine 12kalibrige.«

»Eine Schrotflinte? Kann die denn was gegen einen Bären ausrichten?«

Er lächelte. »Es mag Sie überraschen, Sir, aber am richtigen Ort, aus kurzer Entfernung, würde eine 12kalibrige bestimmt einen Bären töten.«

»Wenn ich die Wahl habe, werde ich nicht in kurzer Entfernung stehen.«

Wieder lächelte er. »Sie können ja auch eine massive Kugel für eine 12kalibrige bekommen. Die tötet einen Bären aus sechzig Meter Entfernung oder noch weiter. So eine in einem Lauf und Schrot im anderen, und Sie werden so vielseitig sein wie mit einem Gewehr. Vielleicht erlauben Sie mir, in Ihrem Namen an Purdey zu schreiben, Sir? Wenn Sie das nächstemal in London sind, können Sie —«

Ich unterbrach: »Augenblick! Solche Dinger kosten Geld, nicht wahr!«

Er sah leicht gequält aus. »Es kommt darauf an, was Sie als Verzierung wählen, aber ich würde sagen — etwa tausend Dollar das Stück.«

Ich grinste ihn an. »Ich bin bloß ein Buschpilot, will nur was haben, was in Notfällen *bum-bum* macht. Wahrscheinlich bekomme ich eine 12kalibrige in Rovaniemi oder Ivalo, aber von massiven Kugeln habe ich hier oben noch nichts gehört. Wenn Sie mir also sagen könnten, wohin ich mich wenden muß, wäre ich Ihnen dankbar.«

Er wurde wieder heiter. »Wenn Sie erlauben, Sir, wäre es mir ein Vergnügen, sie Ihnen zu besorgen. Ich glaube, Sie würden eine Einfuhrlizenz brauchen, und da ich schon eine habe . . .?«

»Vielen Dank.« Wir stapelten sein letztes Gepäck am Ufer auf. Wäre auch ich ein Virginia-Gentleman gewesen, hätte ich angeboten, ihm beim Tragen der Koffer ins Blockhaus zu helfen. Aber es war über eine halbe Meile weit, und die Sonne ging bald unter: Ich wollte auf dem Flughafen Rovaniemi keine Nachtlandegebühren bezahlen, wenn ich es vermeiden konnte.

Er erwartete bestimmt keine Hilfe, denn er zog ein Scheckheft in einem Futteral aus dunklem Schlangenleder aus der Tasche und sagte: »Ich schulde Ihnen noch den Flugpreis, Sir. Wären hundert Dollar angemessen?«

Schnell rechnete ich im Kopf die Valuta um — man bekommt in Lappland nicht oft Dollar zu sehen — und antwortete dann: »Ungefähr zweimal zuviel.«

Er nickte, schrieb einen Scheck aus und gab ihn mir. Es war ein Travellerscheck auf die Bank of America über hundert Dollar. »Können Sie den kassieren, Sir?«

»Kann ich, und zu einem besseren Kurs, als Sie bekämen. Es ist immer noch ums Doppelte zuviel.«

»Sie haben mich nicht nur geflogen, Sir, sondern sofort, auf Anhieb, und, wenn ich mich nicht irre, in Ihrer freien Zeit. Sie waren sehr liebenswürdig.« Er langte in die Tasche. »Und würden Sie vielleicht in etwa vierzehn Tagen wiederkommen, Sir, und inzwischen einige dieser Sachen besorgen?« Er reichte mir ein Stück Papier.

Es war lediglich eine sauber geschriebene Liste von Konserven und anderen Vorräten. Ich konnte sie besorgen, indem ich einfach in Rovaniemi oder Ivalo über die Straße ging. Die Liste stand auf einem Briefbogen, in dessen obere Ecke ›Frederick Wells Homer‹ in Kupferstichschrift eingeprägt war; darunter stand die Adresse einer Bank in Washington.

Ich steckte es weg. Er kritzelte etwas auf einen kleinen Block des gleichen Papiers. Als er mir das Blatt gab, sah ich die Adresse von Purdey in London.

Er sagte: »Und wenn Sie das in einen Umschlag stecken und an diese Adresse schicken, werden die massiven Patronen sicher bald eintreffen.«

»Danke. Ich komme in etwa zwölf Tagen wieder. Sie werden sicherlich ganz allein hier sein. Sie sind über zwanzig Meilen von der nächsten Straße entfernt, und dazwischen liegt mehr rauhes Land. Wenn Sie sich also den Fuß abschießen oder von einem Bären angeknabbert werden, wird's niemand erfahren, bis es zu spät ist. Ist Ihnen das klar?«

Er lächelte: »Ich bin schon oft allein in der Wildnis gewesen, Sir.«

»Gut. Aber dieser Ort ist viel wilder, als es den Anschein hat. Und lassen Sie sich hier nicht vom Schnee überraschen. An sich sollte er noch einen Monat ausbleiben. Wenn er aber kommt, können Sie sich in diesen Wäldern nicht bewegen. Dann friert auch der See zu, und ich kann nicht landen. Wenn's also anfängt zu schneien, seien Sie am anderen Morgen am Ufer unten, und ich fliege Sie aus.«

»Das werde ich tun, Sir.«

Ich war verlegen und kam mir mit meinen Verhaltensmaßregeln schulmeisterlich vor, aber eines mußte noch gesagt werden: »Die russische Grenze liegt etwa fünfundzwanzig Meilen in dieser Richtung.« Ich nickte nach Osten. »Kommen Sie ihr nicht zu nahe.«

Er nickte nur und entgegnete: »Vielen Dank, daß Sie mich daran erinnern, Sir.«

Wir schüttelten uns nicht die Hände, was bei einem Amerikaner an sich ungewöhnlich war, jedoch nicht bei ihm. Er hatte vieles übernommen, was rein englisch war, nicht nur seine glänzenden braunen Schuhe und Purdey-Gewehre. Auch seine Vorliebe für ein Leben in der Wildnis an weit abgelegenen Orten. Wenn meine Kenntnisse in Gesellschaftsgeschichte mich nicht im Stich ließen, war das ursprünglich auch eine englische Idee.

3

Mikko hatte uns Zimmer besorgt — diesmal in einer billigen Pension. Zum Abendessen konnte man wählen: Rinderbrust oder hungrig bleiben; aber das trifft für die meisten finnischen Pensionen zu. Wir überstanden's, bloß der Durst hinterher machte mir Sorgen.

Mikko hatte ein Mädchen, das er besuchen wollte. Ich ging also zum ›Polar‹ hinüber, trank ein paar Whiskys allein und ging dann wieder zurück. Die Straßen waren leer; Rovaniemi hat nicht viel Nachtleben, bis die Jungs vom Militärflughafen am Samstagabend hereinkommen.

Ich bog gerade um die letzte Ecke vor dem Haus, als sie mich überfielen. Drei. Hinter mir tauchte einer auf, umklammerte meinen Hals und brüllte den andern beiden zu, mich in die Mache zu nehmen. Ich fing das Glitzern eines *Puukkos* auf, eines dieser scheußlichen kleinen finnischen Krummesser, wie sie dort üblich waren.

Wenn sie etwas getaugt hätten, wäre die Sache vorüber gewesen, bevor ich gemerkt hätte, daß sie angefangen hatte. Sie hatten zu weit auseinander gestanden und versucht, möglichst unauffällig auszusehen. Aber wenn sie auch nichts taugten, sahen sie immerhin so aus, als seien sie wild darauf, sich zu üben.

Der hinter mir war etwas kleiner als ich. Ich stieß mich so weit vor, wie ich konnte, um ihn zu veranlassen, in entgegengesetzter Richtung zu ziehen, dann warf ich mich zurück. Er landete auf dem Bürgersteig, und ich landete auf ihm. Sein Atem zischte an meinem Ohr vorbei wie das Tuten einer Schiffssirene. Sein Arm lockerte sich kraftlos. Ich ließ mich von ihm herunterrollen, als der erste *Puukko*-Bursche um seine Füße schwenkte, um mich anzugreifen.

Ich hatte mein Fairbairn-Messer an den rechten Stiefel geklammert, aber keine Zeit, danach zu greifen. Ich blieb, wo ich war, auf dem Boden, und trat nach seinem Knie. Ich verfehlte es, aber er mußte sich ducken. Er stieß nach unten, nach meinem Fuß. Er verfehlte ihn.

Jetzt kam der dritte, um mich von hinten anzugreifen. Ich hatte immer noch die Mütze auf; ich riß sie mit der linken Hand herunter und schlug damit aufs Messer des ersten, während ich mich auf die Knie aufrichtete. Das Messer durchdrang die Mütze, wurde aber vom Randsaum aufgefangen, und der Schwung meines Schlages riß seinen Messerarm seitwärts nach außen. Ich sprang auf, boxte ihm in den Magen, schoß an seiner Schulter vorbei und landete hinter ihm, während er gurgelnd zwischen mir und dem dritten zusammensank.

Jetzt hatte ich Zeit. Ich zog das Messer von meinem Stiefel und fuchtelte mit ihm herum, damit er es sähe. Er hielt inne. Ich rückte vor. Um das Kräfteverhältnis aufrechtzuerhalten, trat ich dem ersten Messerstecher im Vorbeigehen hart gegen den Fußknöchel. Er fiel mit einem dumpfen Aufschlag hin, der Staub aufwirbelte.

Der dritte Bursche war jung, mit blondem, langem Haar, einer dunklen Lederjacke und wenig Erfahrung im Messerkampf. Aber damit hatte er auch nicht gerechnet — bloß mit einem hübschen kleinen Massaker.

Er hielt sein Messer zu hoch. Ich ging geduckt auf ihn zu, bot ihm die linke Hand als Ziel. Er versuchte, sie zu treffen — und ich stieß mein Messer in einem tiefen Aufwärtsstoß gegen seine edelsten Teile.

Ich kam ihnen keinen halben Meter nahe, aber die Absicht war nicht zu verkennen. Er schrie auf und sprang einen ganzen Meter zurück.

Ich lachte tief und hämisch; und es war nicht nur Schauspielerei: Ich fühlte mich danach, gemein und böse. Der Schock der Überrumpelung verwandelte sich in kalten, wütenden Blutdurst. Ich griff ihn geduckt an, hielt das Messer tief und auf ihn gerichtet.

Er klappte zusammen, versuchte noch einen wilden Hammerschlag, der meine Hand abgesäbelt hätte, wenn er nur in ihre Nähe gekommen wäre — und dann rannte er.

Plötzlich erinnerte ich mich an die anderen beiden und fuhr herum. Es war nur noch einer da — der Junge, gegen dessen Fußknöchel ich getreten hatte. Er richtete sich langsam vom Boden auf, sehr langsam und sehr mühselig. Ich hätte gern ein ruhiges Wort mit ihm darüber gesporchen, was eigentlich hinter der ganzen Sache steckte, aber eine Straße in Rovaniemi war nicht gerade der geeignete Ort dazu.

Ich nahm meine Mütze von der Spitze seines *Puukkos,* sagte

»Gute Nacht« und ging weiter, zur Pension. Ich hatte sie beinahe erreicht, bevor ich entdeckte, daß ich eine Mütze mit einem sechs Zoll langen Riß aufhatte und ein Messer vor mir hertrug.

Ich steckte die Mütze in die Tasche und das Messer wieder an meinen Stiefel, ging sofort hinein und in mein Zimmer hinauf, zu der Flasche Whisky, die ich aus Stockholm mitgebracht hatte.

Nach zwei kräftigen Schlucken war ich genauso klug wie zuvor, wußte nur eins: Drei junge Rowdys hatten mich überfallen. Es konnte eine umherstreifende Bande gewesen sein, aber dazu paßte die Tatsache nicht, daß sie mir anscheinend aufgelauert hatten. Warum aber? Bill Cary war vielleicht für alle möglichen Dinge bekannt, jedoch sicher nicht dafür, daß er einen Haufen Geld bei sich trug. Es sah aus, als wären sie gedungen worden.

Aber hier wieder — warum? Der Verdacht fiel offensichtlich auf Veikko, doch auch eine weitere Konsultation der Whiskyflasche förderte kein mögliches Motiv zutage. Von ihm abgesehen, hätte es jeder sein können, der meine Adresse kannte — und die hatte ich im Flughafenkontrollturm hinterlassen, mit dem Auftrag, sie jedem zu geben, der danach fragte. Meine Kunden sollen mich finden können.

Ich ging mit dem unguten Gefühl zu Bett, das einen überfällt, wenn man weiß, daß mit der Maschine etwas nicht ganz stimmt, man weiß aber nicht wo und hat keinen triftigen Grund, den Flug zu annullieren. Wenn jemand wirklich etwas gegen mich im Schilde führte, dann war mit dem Kampf da unten noch nicht das letzte Wort gesprochen.

4

Die nächsten elf Tage blieb das Wetter schön, und wir vermaßen fast sechshundert Quadratmeilen der Fläche, bevor das Magnetometer-Registriergerät wieder Sperenzchen machte und alles verzerrt anzeigte. Ich flog mit Mikko nach Rovaniemi zurück, wo er sich mit dem Apparat beschäftigen sollte, während ich mich einen Abend lang über die Diagramme des Magnetometers und des Szintillometers machte, um herauszufinden, ob wir Nickel entdeckt hatten.

Ich bin kein Mineraloge, kann aber ein Magnetometer-Diagramm gut genug lesen, um zu wissen, ob ich einen Berg mit neunzig Prozent Nickel oder einen, der gar kein Nickel enthält, überflogen habe. Und das genau hatten wir gefunden: nichts. Ich packte die Diagramme und die Karte im großen Maßstab mit den Ortsangaben zusammen, um sie am nächsten Morgen um 6 Uhr 45 mit der nach Süden fliegenden Dakota an die Kaaja-Gesellschaft zu schicken, die sich darüber den Kopf zerbrechen konnte. Den Morgen verbrachte ich mit Einkaufen.

Dabei erstand ich eine was weiß ich wie oft gebrauchte 12kalibrige Schrotflinte für 27 500 Finnmark — etwas über dreißig Pfund. Es war ein Londoner Fabrikat, und der Verkäufer wollte mir einreden, sie habe einst einem passionierten englischen Jäger-Lord gehört. Er hätte sich die Mühe sparen können: Es war einfach die billigste zweiläufige Flinte im Laden. Davon abgesehen, konnte ich nur feststellen, daß die Läufe gerade aussahen und die Schlagbolzen klickten, wenn ich abdrückte. Was mich darüber beruhigte, daß sie mir nicht ins Gesicht explodieren würde, war die Wahrscheinlichkeit, daß sie bis vor kurzem noch im Gebrauch gewesen war. Die Finnen besitzen keine Gewehre — oder sonst etwas — ohne die Absicht, sie zu gebrauchen.

Dann kaufte ich für Homer ein und flog gegen Mittag ab, um ihn zu besuchen.

Ich hatte ihn in den letzten elf Tagen nicht gesehen, auch kein Anzeichen von ihm, obgleich ich inzwischen fünfmal auf dem See gewassert hatte. Ich hatte ihn nicht gesucht — der größte Teil meines unvermessenen Geländes lag jetzt südlich des Värriöjoki — und hatte ihn Mikko gegenüber nicht erwähnt. Ohne besonderen Grund, außer aus einem vagen Gefühl heraus, daß ich ihm mein Geheimnis anvertraut hatte und bereit war, das seine zu bewahren. Auch für das Gefühl, er habe Geheimnisse, gab es keinen besonderen Grund außer der Empfindung, daß er nicht nur der Bären wegen in die einsamste Gegend Finnlands gekommen war, sondern auch, um den Menschen zu entfliehen. Ich hatte auf der Post in Rovaniemi nachgefragt, ehe ich startete. Nichts für Frederick Wells Homer.

Ich zog eine Schleife über der Blockhütte, und zehn Minuten nach meiner Landung war er am See.

Er trat aus den Tannen in einer Jägerjacke aus Wildleder mit gewöhnlichen Ledereinsätzen auf den Schultern, um das Scheuern der Flinte zu verhindern, dazu trug er Reithosen aus Köper und Jagdstiefel — und seine Purdey .300.

Ich winkte und rief: »Wie geht's? Hätten Sie was dagegen, wenn ich zum Mittagessen bliebe?«

Er lächelte, als wäre er wirklich froh, mich zu sehen, und erwiderte: »Das wäre sehr nett, Sir. Kommen Sie in meine Hütte herauf.«

»Wie ist das Blockhaus?«

»In sehr guter Verfassung, Sir. An einigen Stellen mußte ich es mit Moos abdichten, um Wind und Regen abzuhalten, sonst aber ist es sehr solid. Man baut gut in diesem Land.«

»Gut.« Die Kartons mit Lebensmittel hatte ich schon auf den Strand abgeladen; er öffnete sie, sortierte die Büchsen und packte zwei Kartons wieder voll.

»Wir nehmen diese, wenn Sie nichts dagegen haben, den einen zu tragen, Sir.«

»Durchaus nicht.« Dann fiel mir mein neues Spielzeug ein. Ich kletterte in die Beaver zurück und holte es. »Was halten Sie von dem Ding da? Aber berücksichtigen Sie, daß es nur für den Notfall sein soll.«

»Haben Sie schon damit geschossen?«

Ich schüttelte den Kopf. Er nahm die Flinte und öffnete sie, ohne sich zu überzeugen, wie sie überhaupt zu öffnen war. Er schielte die Läufe hinunter, ließ sie wieder zuschnappen, wiegte sie einen Augenblick spielerisch in den Händen und schwang sie dann gegen die Schulter. Das wiederholte er und nickte dann: »Eine ganz gute Flinte, Sir. Etwas lang im Lauf für mich und für einen Mann mit breiteren Schultern gebaut, aber ich schätze, für Ihren Körperbau ist sie ungefähr richtig. Man kann es natürlich erst genau sagen, wenn man damit geschossen hat — aber ich würde denken, daß sie Ihren Anforderungen entspricht.«

»Sie hat der wichtigsten bereits entsprochen.« Ich nahm sie und schob sie in das Cockpit zurück. Wir hoben jeder einen Karton auf und trotteten los.

Ich sagte: »Ich hätte schon vorher fragen sollen: Wie steht's mit der Anti-Bär-Bewegung? Ich fliege Sie woanders hin, wenn ich mich in diesem Ort hier geirrt habe.«

»Sie brachten mich an den richtigen Ort, Sir. Ich habe drei gesehen und einen erlegt.«

»Was war mit den andern beiden?«

»Einer war ein Weibchen, Sir, und an den andern konnte ich mich nicht dicht genug anschleichen, um einen sportlichen Schuß anzubringen.«

Danach hielt ich den Mund und trug meinen Karton weiter. Wir erreichten die Blockhütte in etwa zwanzig Minuten.

Sie mußte wenigstens sechzig Jahre alt sein: ein einfacher viereckiger Kasten aus halbgeglätteten Tannenstämmen, die, an den Ecken eingekerbt, übereinandergriffen wie verschränkte Finger. Das schräge Dach bestand ebenfalls aus unbehauenen Stämmen, die mit Moos gut verstopft waren. Das Zeug wuchs sogar von allein weiter.

Hinten war ein Fenster und vorn eine Tür; das übrige konnte man sich denken. Homer ging in eine Ecke, stöberte in einer Kiste und kam mit Tellern, Besteck und einem Petroleumöfchen an. An der rechten Wand lag ein zusammengerollter, gesteppter grüner Schlafsack aus Nylon samt wasserdichter Unterlage, und unter dem Fenster waren vier Koffer zu einem Tisch aufgestapelt. Sonst hatte er in den elf Tagen, die er im Blockhaus verbracht hatte, nur noch Pflöcke in die Wand über seinem Schlafsack gerammt, um seine Gewehre draufzulegen.

»Ich sehe nichts von dem erlegten Bären«, sagte ich. »Wollten Sie, daß ich das Fell zum Trocknen zurückfliege?« Ich hatte das für andere Jäger schon ein paarmal getan.

»Ich behalte keine Trophäen, Sir. Eine Eigenheit von mir. Ich bin der Meinung, daß ein Tier — besonders ein edles wie der Bär — das Recht auf ein anständiges Begräbnis hat.«

»Sie haben ihn begraben?«

»Ja, Sir. Wußten Sie, daß die Lappen, wenn sie einen Bären erlegen, dies in Form einer Zeremonie tun, die als Entschuldigung für seine sterbende Seele gedacht ist? Sie töten natürlich, um Fleisch und Kleidung zu bekommen. Ich tue das nicht, aber ich bin der Meinung, ich brauche nicht ins andere Extrem zu fallen und zu triumphieren. Verzeihen Sie — Sie müssen viel mehr von den Lappengebräuchen kennen als ich, Sir.«

Er ging, bepackt mit Tellern, Messern, Gabeln und dem Öfchen, hinaus.

Das von den Lappen hatte ich nicht gewußt — sie brauchen mich nicht anzuheuern, wenn sie einen Bären erlegen wollen. Homer hatte sich offensichtlich gut über Lappland informiert.

Aber wie, zum Teufel, kann man die Jungs im Klub davon überzeugen, daß man einen Bären erlegt hat, wenn man sein Fell nicht vor dem Kamin ausbreitet? Vielleicht war es ihm wurscht — oder vielleicht brauchten sie nicht überzeugt zu werden. Wenn ich so darüber nachdachte, kam ich zu dem Schluß, daß er wirklich einen geschossen hatte.

Ich sah mich wieder im Blockhaus um. Das aufgestapelte Gepäck war ein Satz tiefgrünbrauner, handgenähter Pferdefellkoffer mit fleckenlosen Stahlbeschlägen. Es konnte nur nach Maß für ihn gefertigt worden sein — und er hatte es aufgestapelt, um sich besser rasieren zu können. Obenauf nämlich lagen ein dunkles schweinsledernes Toilettenetui und ein Futteral mit sogenannten ›militärischen‹ Haarbürsten — wahrscheinlich, weil man damit genau doppelt soviel Aufwand und Arbeit hat, als wirklich nötig ist.

Aus alter Gewohnheit, die Nase in andrer Leute Angelegenheit zu stecken, hob ich den Deckel des Toilettenkästchens. Ein gewöhnlicher Rasierapparat im Wert von drei Shilling, Rasierkrem, Zahnbürste, Zahnpasta und ein Rasierpinsel, dessen Griff so ungleich und gelb war, daß es nur Elfenbein sein konnte. Mit zwei dicken Silberbändern.

Ob Silber sich in Wasser beschlug? Wahrscheinlich nicht — nicht, wenn dieser Bursche es an seinem Rasierpinsel hatte. Ich fing an, mir den Hintergrund Homers aufgrund seines Gepäcks zusammenzureimen. Man kann auf diese Weise eine Menge lernen — wenn man weiß, wem oder was man Bedeutung zumessen muß.

Zum Teil war das Bild eine Mischung aus St. James' Street und Hinterwäldler. Aber es wurde noch komplizierter. Er hatte das Beste von allem, das wert war, besessen zu werden — aber alles, was man darüber sagen konnte, war, daß es das Beste war. Nichts von allem hatte eine persönliche Note. Er war ein Mann, den die Frauen nicht besaßen und prägten; und er war andererseits nicht so bewußt Junggeselle, daß er seine Initialen überall angebracht hätte.

Ich ging hinaus. Er hatte den Petroleumofen angezündet und

leerte Dosen in viereckige Kochgeschirre. »Ich hoffe, Sie haben nichts dagegen, im Freien zu essen, Sir?« fragte er.

»Ich habe mich gegen Moskitos eingerieben.« Stimmte. Sie übertragen zwar keine Malaria in jenem Teil der Welt, sind aber trotzdem scharf auf Blut.

»Eins haben Sie nicht erwähnt«, sagte ich, »aber ich hab's trotzdem mitgebracht.« Und ich zog eine flache Flasche schottischen Whisky aus der Hüfttasche.

Er schüttelte lächelnd den Kopf. »Ich bedaure, ich trinke nichts, Sir — aber lassen Sie sich nicht stören, wenn Sie mit einem Zinnbecher vorliebnehmen wollen.« Er gab mir einen. Ich zuckte die Schultern und schenkte mir kräftig ein.

Er kochte ein Stew aus Corned beef, weißen Bohnen und roten Pfefferschoten, später gab es Pfirsiche aus der Dose und Kaffee aus einem Topf, der Pompeji überlebt hatte.

Ich hatte gegessen, zündete mir eine Zigarette an und überlegte mir, was ich wohl sagen könnte, etwas zwischen einer Bemerkung über das hübsche Wetter und wie zum Teufel er so reich geworden war, als er anfing: »Sagten Sie nicht, Sie hätten Ihr Gewehr noch nicht ausprobiert?«

»Richtig.«

»Scheint ein netter Nachmittag zu sein. Hätten Sie Lust, zum See hinunterzuschlendern, und wir versuchen's mal?«

»Mit dem größten Vergnügen.« Ich trank meinen Becher aus. Er steckte die Töpfe und Teller in einen Segeltucheimer voll Wasser, holte seine Büchse, einen Patronengürtel mit Schrotflintenpatronen und einen Karton mit leeren Blechdosen. Ich nahm den Karton, und wir trotteten los.

Ich holte die Flinte aus der Beaver, während er einen flachen Felsvorsprung am Ufer aussuchte. Ich hatte ein paar eigene Patronen und hatte geladen, ehe er mir seine anbieten konnte — denn nur zu diesem Zweck konnte er sie mitgenommen haben.

Er hielt einen abgestorbenen Ast empor. »Würden Sie den als Ziel nehmen wollen, Sir? Oder soll ich es zuerst versuchen?«

»Nein, ich hab' das Ding gekauft. Soll's in mein Gesicht zerspringen.«

Er nickte und warf das Stück Holz etwa dreißig Meter ins Wasser hinaus.

Ich sagte zu dem Zweig: »Hab' ich nicht gesagt, du solltest bis Sonnenuntergang aus der Stadt verduften?« Riß die Flinte hoch und zog den ersten Drücker ab.

Es war schon lange her, daß ich ein Gewehr in der Hand gehabt hatte. Ich überraschte mich dabei, daß ich das Zucken der Mündung beobachtete, statt das Ziel im Auge zu behalten. Als ich das Stück Holz betrachtete, war ein Schleier aufgewirbelten Wassers darüber und dahinter.

Ich warf einen verstohlenen Blick auf Homer. Er starrte auf den Wasserfleck, den ich massakriert hatte, als wollte er etwas berechnen.

Ich riß die Flinte wieder hoch und schoß. Sprühregen ergoß sich über das Holzstück, und das Wasser davor und dahinter war von sich ausbreitenden Ringen übersät.

Homer nickte und sagte: »Leicht streuendes Trefferbild, aber ich glaube, es ist ziemlich gleichmäßig. Es sollte bei den Reichweiten, die Sie wahrscheinlich wünschen, ganz wirkungsvoll sein. Natürlich haben Sie schon früher geschossen, das sieht man.«

»Vor langer Zeit und ganz woanders und auf andere Ziele.«

Er fragte: »Darf ich?«, und ich reichte ihm die Flinte, Verschluß offen. Er lud wieder, ich warf eine Dose in die Luft, und er knallte sie herunter. Ganz einfach. Es war nichts Angeberisches an seiner Art zu schießen, nichts, was man einen bestimmten Stil nennen konnte. Stile sind für den Jahrmarkt; Leute, die treffen, zielen und schießen einfach.

Ich warf eine andere Dose in die Luft, und die traf er auch. Ich fragte: »Wo wurde Ihr Interesse am Schießen geweckt? In Virginia?«

»So ist es, Sir.« Er gab mir die Flinte zurück, warf dann eine Büchse in die Luft, und ich jagte einen Schuß in leichtem Abstand an ihr vorbei. »Ich stamme zufällig von einer Familie mit einigem Landbesitz ab.«

Ich gab ihm die Flinte: »Ist das heute nicht mehr so?«

»Meine Eltern sind gestorben, Sir. Das Land gehört jetzt mir.«

»Sie sagten, Sie verbrächten Ihr Leben mit Jagen und Reisen, um zu jagen«, sagte ich. »Schreiben Sie Bücher darüber?«

»Nein, Sir, ich schreibe keine Bücher. Ich jage nur gern.« Er gab zwei Schüsse ab.

»In Ordnung«, erwiderte ich. »Ich sehe zwar die große Anziehungskraft nicht, aber sie muß wohl da sein.«

»Haben Sie etwas gegen die Jagd, Sir?«

Ich warf ihm einen Blick zu. Er hatte das ziemlich scharf gesagt — wenigstens für ihn.

»Ich? Nein. Ich hab' noch nie darüber nachgedacht.«

Schnell nickte er. »Natürlich nicht. Die meisten Leute haben über Besseres nachzudenken. Ein der Jagd gewidmetes Leben ist unbedeutend.«

Ich sagte: »Verzeihen Sie — ich wollte nicht —« Aber er hörte nicht zu. Er war nicht böse oder sarkastisch, stand nur da und starrte über den See.

Es war sehr still zwischen unseren Schüssen. Es ging kein Wind, und das Wasser schaukelte sanft gegen den Fuß unseres Felsens, ohne überzulappen. Die Bäume um das Ufer waren steife, hagere Rottannen, die ein karges Leben auf dem beinahe kahlen Felsboden führten; dazwischen war gelegentlich eine hellere, abgestorbene graugrüne Tanne, mit einer Art Schwamm bedeckt, der wie Pferdehaarbüschel aussah, auf den Winter wartend, daß er sie fälle.

Homer sagte ruhig: »Ich beneide Sie im Grunde, Sir. Ich kann mir nicht vorstellen, daß Sie den Pilotenberuf erbten, ich nehme an, Sie haben ihn sich erwählt. Ich hingegen wurde in die Erwartung hineingeboren, daß ich die Geschäfte eines großen Stücks von Virginia und einer Anzahl von Investierungen weiterführen würde.«

Mag sein, daß ich mir den Pilotenberuf ausgesucht habe, doch niemand bot mir die Alternative, Besitzer von halb Virginia zu werden. Aber ich hielt den Mund.

Homer sagte: »Ich fand, daß das Leben keine Berufung für mich hatte, ich hatte auch keine Begabung dafür. Als meine Eltern starben, sah ich daher keine Notwendigkeit mehr, auch nur Interesse zu heucheln.«

»Sie verkauften Ihr Erbe?«

»Nein, Sir, ich hatte das Glück, daß meine Schwester einen Mann heiratete, der — aus eigener Wahl — Sachverständiger in diesen Dingen war. Ich überließ ihm die gesamte Geschäftsführung.«

»Und gingen jagen.«

»Jawohl, Sir.« Plötzlich lächelte er. »Ich glaube, ich würde ihnen zu Hause mehr Verdruß bereiten.«

»Wo sind Sie bis jetzt herumgekommen?«

»Nun, an den üblichen Ort für Großwild. In Afrika auf Löwen, Nashörner, Wasserbüffel, Elefanten und ein paar Krokodile. Dann nach Indien und Nepal auf Tiger. Alaska auf den Kodiak-Bären. Südamerika. Natürlich habe ich auch einige Zeit in England verbracht.«

»Gibt's etwas, was Sie noch *nicht* geschossen haben?«

Er lächelte schwach. »Nichts vom sogenannten gefährlichen Wild — außer Schlangen und so weiter.«

»Die Bärenjagd rundet also das Ganze ab. Was kommt dann?«

Jetzt lächelte er nicht. »Ich weiß es nicht genau, Sir«, erwiderte er leise. »Ich scheine mein Lebenswerk vollendet zu haben.«

Er gab mir die Flinte zurück.

»Holen Sie Ihre Büchse«, sagte ich, »und schließen Sie sich dieser Runde an.« Er blickte halb interessiert, halb zweifelnd — wahrscheinlich, weil es wie Prahlerei aussah. Für jeden anderen konnte es das sein. Aber wenn er gut war, war ich bereit, zuzusehen.

»Holen Sie sie«, sagte ich und zündete mir eine Zigarette an, während er eine Büchse und noch ein paar Dosen holte.

»Ich werfe«, schlug ich vor, »und Sie haben den ersten Schuß.«

Eine durch die Luft segelnde Konservendose mit einer schweren Büchse zu treffen, ist nicht so einfach, wie's in den Cowboyfilmen aussieht. Sie auf plötzlich veränderter Flugbahn zu treffen — nachdem ich sie mit der Schrotflinte getroffen hatte —, wäre ungleich schwieriger. Solche Schützen gibt es nur einen unter einer Million.

Ich sah ihn an, um sicherzustellen, daß er mich verstand. Er gab mir einen leeren, unschuldigen Blick zurück und schob den Bolzen vor.

Ich warf eine Büchse — und er sagte plötzlich: »Ihr Schuß.«

Ich sagte: »Teufel«, schoß und traf. Die Büchse sprang aus ihrer Flugbahn. Er riß das Gewehr hoch, verfolgte sie eine halbe Sekunde und schoß — und die Dose schnellte wieder weiter.

Einer unter einer Million.

Ich hatte die Schrotflinte heruntergenommen und schoß aus der Hüfte. Die Dose blieb in der Luft stehen, schwebte kurz und fiel lahm ins Wasser. Das Echo unserer Schüsse hallte über den See wie fernes Türenschlagen in einem Kasernengang. Kleine Fetzen Pulverdampf hingen zwischen uns in der Luft.

Wir grinsten uns an. Schießen hat etwas Nettes, Einfaches, Schulbubenmäßiges an sich. Man trifft oder haut daneben. *Pech gehabt, alter Junge,* oder *Guuut!!!* Und man wird zum herzoglichen Tee eingeladen.

So sollte das Leben sein.

Ich sagte: »Verdammt gute Treffer.«

Er entgegnete: »Ich glaube, ich habe einen solchen Schuß aus der Hüfte noch nie gesehen.«

»Mein Party-Trick.« Wir grinsten beide. Das Echo erstarb; der Pulverdampf verwehte und löste sich auf; die Kräuselwellen von der Konservendose glätteten sich auf dem See draußen.

Ich sagte: »Well, Sie sind geschickt darin. Nicht viele Menschen widmen ihr Leben einer Sache und werden so perfekt.«

Er erwiderte, ganz ernst: »Ich frage mich oft, Sir, wie gut ich wäre, wenn ich selbst unter Feuer stünde. Wenn ein Löwe oder Bär plötzlich zurückschösse. Dem Vernehmen nach soll es den Schützen vom Ziel abbringen; er schießt zu hastig.«

Ich starrte ihn an. »Wahrscheinlich ist die Wirkung dieselbe, wenn Sie einen Bären auf zwanzig Meter herankommen lassen.«

»Ich glaube nicht, Sir. Sie haben immer noch diese zwanzig Meter Spielraum; bei einer Kugel hätten Sie das nicht.« Er ließ den Schlagbolzen vorschnellen und in die Gabelung von Daumen und Zeigefinger zurückschnappen. Die Patronenhülse wurde ausgeworfen und fiel scheppernd auf den Fels.

»Na, ich würd's nicht versuchen, es herauszufinden«, riet ich.

»Standen Sie schon mal unter Feuer, Sir?«

»Ich?« fragte ich barsch. »Wie sollte ich?«

»Ich hatte mir vorgestellt, Sie seien in der Royal Air Force gewesen, Sir. Und ich hatte den Eindruck — nach Ihrer Fertigkeit, aus der Hüfte zu schießen —, daß Sie mit militärischen Kleinwaffen schießen gelernt haben.«

Ich entgegnete: »Diese Art Ausbildung bekommt man nicht in der R.A.F. Es ist nur ein Party-Trick.«

Er sagte »Ah« und nickte wieder, als erkläre dies alles und als fiele ihm plötzlich die Art Party ein, bei der man diesen besonderen Trick lernte.

5

Die Schulferien-Atmosphäre war wie weggewischt. Nachdem unsere Knallerei und unser Geplauder verstummt waren, schien der See wieder zu seiner vollen Größe angewachsen. Die Einsamkeit des Nordens war wieder um uns gekrochen wie ein kalter Windhauch. Die Tannen hatten sich um ihre eigenen Sorgen zu kümmern; wir waren lediglich kleine Flüsterlaute auf dem Grunde eines Brunnens, von dem noch niemand gehört hatte.

Ich trat an den Felsrand und warf die leeren Patronenhülsen in den See. Ich beobachtete, wie sie flimmernd nach unten sanken und langsam verblaßten. Dann sah ich es.

Es war ein Kreuz. Viereckig an den Enden, mit weißem Rand. Dann kräuselten Wellen darüber, und ich wandte den Kopf etwas, versuchte durch den Schimmer des Wassers zu sehen. Langsam tauchte es wieder auf: das alte Luftwaffenkreuz.

Ich kletterte vom Fels herunter, ging zur Beaver und holte das Schlauchboot heraus. Homer kam angeschlendert, mit seiner Büchse und meiner Schrotflinte. »Kann ich helfen, Sir?«

»Ich glaube, da unten liegt ein Flugzeug. Sie können helfen, das Gleichgewicht im Boot zu halten, wenn Sie wollen.«

Ich legte vom Ufer ab und paddelte bis auf ein paar Meter an den Felsen heran, dann ließ ich es treiben. Vorsichtig legte ich mich lang und blickte über Bord nach unten. Homer nahm das Paddel.

Ich sah eine unnatürlich gerade Linie auf dem Grund des Sees, nur wenig überwuchert.

Dann grinste ein Schädel zu mir herauf.

Er war kahl, weiß sauber — nicht wie die übliche Schmutzigkeit aller Dinge da unten. Die Zähne sahen jung und gleichmäßig aus; nur auf der einen Seite erweckte eine plötzliche Lücke den Eindruck eines schiefen Grinsens. Vielleicht war er lange genug da unten gewesen, um das Komische der Situation zu entdecken.

Das Schlauchboot trieb dahin. Ich sah die dunklen Wände des Cockpits, die verschwommenen Kreise der Instrumente am Armaturenbrett vor ihm, den formlosen Umriß des Körperrests mit dem zarten Schimmer weißen Gebeins im Inneren seines Jacketts. Der Kopf lag im Schoß.

Natürlich! Du sitzt da, wochenlang, monate- oder jahrelang, ganz gleich wie lange, bis sich die Fische herantrauen und zu nagen beginnen. Und da die Fische keine Eile haben und sehr, sehr gründlich sind, kommt die Zeit, wo dein Kopf nicht mehr da sitzt, wo er früher immer saß. Und wieder nach einer gewissen Zeitspanne wird dieselbe ruhige, sanfte Schmutzigkeit des Seegrundes dich berühren, und du wirst ein Teil davon werden.

Ich richtete mich ein wenig auf. Der Fels, von dem aus wir geschossen hatten, lag ein paar Meter voraus und seitwärts. Das Kreuz, das ich zuerst gesehen hatte, mußte auf der einen Tragflächenspitze sein. Ich schätzte die Lage des Flugzeugs ab und schaute wieder hinunter.

Wir waren ein bißchen seitwärts abgetrieben. Ich konnte die lange, gerade Linie des Rumpfes ausmachen, den Hügel des gewächshausartigen, überdachten Cockpits, und gleich hinter dem Dach, sehr undeutlich, ein weiteres Kreuz mit den Buchstaben J O.

Ich gab Homer ein Zeichen, uns zurückzurudern, und er paddelte zurück, bis wir über der Kanzel des Flugzeuges lagen. Der hintere Einstieg war offen, und die zerfetzten Ledergurte schwankten wie Ried im Wind. Als wir weitertrieben, grinste das weiße, schiefe Lächeln wieder empor. Aber nicht zu mir. Nur zum Himmel, wo es keine Fische gibt.

Ich richtete mich abermals auf und wischte mir mit der Hand übers Gesicht. Es war kalt und naß. »Das hätte ich wissen müssen«, sagte ich. »Hätte ich mir denken können.« Dann fiel mir ein, daß Homer mich geduldig anstarrte. Ich winkte und packte ein Paddel. »Schauen Sie selbst.«

Ich paddelte ihn zurück und vor, bis er sich wieder aufsetzte, und dann ruderte ich zum Ufer.

Er sagte zögernd: »Ich nehme an, Sir, daß es ein deutsches Flugzeug ist. Es muß also schon mehr als sechzehn Jahre da unten liegen.«

»Muß auf dem Eis gelandet sein«, entgegnete ich »als der See zugefroren war. Wahrscheinlich ist es auf dem Rumpf die Länge des Sees entlanggeschlittert und dann gegen den Fels geprallt. Und als das Eis schmolz, sank es.«

Homer hob höflich die Brauen. »Das können Sie aus dem, was Sie sahen, schließen, Sir?«

»Die Maschine ist eine Messerschmitt 410. Der Mann da unten ist der Luftwaffenfeldwebel Kleber. Er stieg am 26. März 1944 vom Behelfsflugplatz der Luftwaffe in Ivalo auf, und ich nehme an, wir sind die ersten Menschen, die er seit damals getroffen hat.«

Homer sah mich an, mit einem vollkommen höflich-leeren Gesichtsausdruck. Falls er den Verdacht hatte, der Holzwurm nage mir im Hirn, hatte er viel zu gute Manieren, um ihn auszusprechen.

Ich ruderte das Schlauchboot auf den Strand. »Ich habe einen Mann kennengelernt, der das alte Luftwaffenbuch des Flugfeldes Ivalo besitzt, in dem die Starts und Landungen vermerkt wurden. Jemand muß es geklaut haben, als die Deutschen abzogen. Ich erinnere mich noch an die Eintragung dieses Fluges: Flugzeugtyp, Kennzeichen, Name des Piloten. Daneben stand: ›Vermißt.‹«

Wir stiegen ans Ufer.

Homer fragte: »Sie erinnerten sich zufällig an diesen besonderen Flug?«

»Ich sah das Buch durch, weil ich glaubte, ein Mann, den ich kannte, sei etwa um diese Zeit als Passagier ausgeflogen worden. Dieser Flug war zu ungefähr dieser Zeit der einzige mit einem ungenannten Passagier an Bord.«

»Ich sah aber keine Anzeichen, die auf eine zweite Person deuteten —«

»Doch, doch, da sind welche. Der hintere Einstieg ist offen, und die Gurte sind aufgeschnallt. Kein Flugzeugführer hätte die Maschine so geflogen. Und der Flugzeugführer selbst — der wäre bei diesem Landungsmanöver nicht umgekommen, sonst wäre die Maschine viel stärker beschädigt. Haben Sie gesehen, daß ihm ein Teil des Kiefers fehlt?«

Homer nickte.

»Das wäre die Folge, wenn ein hinten sitzender Passagier ihm die Pistole in den Nacken gestoßen und abgedrückt hätte. Und das würde genau auf den Passagier passen, den ich im Sinn habe.«

Homer meinte gedankenvoll: »Kein sportlich fairer Schuß.«

Jetzt war ich an der Reihe, verblüfft zu starren. Aber er sah mich nicht an, stand da und blickte über den See, überlegte sich wahrscheinlich, was sich da auf dem Eis vor achtzehn Jahren abgespielt hatte.

»Nein«, erwiderte ich gedehnt, »eigentlich kein sportlich fairer Schuß.«

Homer kehrte ins Leben zurück und sagte lächelnd: »Sie hatten angenommen, Ihr Mann — der Passagier — sei tot?«

»Ja. Sechzehn Jahre lang. Ich hätte es besser wissen müssen.«

»Er kann also noch am Leben sein?«

»Hoffentlich.«

»War er ein Kriegskamerad von Ihnen, Sir?«

»Nein. Ich hatte bloß immer den Wunsch, ihn selber niederzuknallen.«

Homer nickte nur still vor sich hin und machte keine Anstalten, das Thema noch weiterzuverfolgen. Ich schraubte das Ventil des Schlauchbootes auf, preßte die Luft heraus und faltete es zusammen.

»Nun«, sagte ich, »ich werde jetzt abhauen. In zehn, zwölf Tagen komme ich wieder, mit derselben Ladung. In Ordnung?«

»Das wäre sehr liebenswürdig, Sir. Ich gebe Ihnen einen Scheck.« Dabei langte er nach seinem Scheckbuch.

»Ach, das eilt nicht. Das nächstemal.« Aber schließlich hielt ich doch wieder einen Reisescheck über hundert Dollar in der Hand.

Ich bedankte mich und steckte ihn ein. »Haben Sie eine Nachricht für jemanden?«

»Ich glaube nicht, Sir. Und vielen Dank, daß Sie einen Nachmittag an mich verschwendet haben. Ich habe ihn sehr genossen.«

»Mit Vergnügen.« Ich wandte mich zum Gehen, drehte mich aber noch mal um. »Kennt jemand Ihren Aufenthaltsort?«

»Man findet mich im allgemeinen, Sir.« Dabei grinste er schief.

»Nun, angenommen, jemand sucht Sie und trifft auf mich — was soll ich dann sagen?«

»Warum fragen Sie, Sir?«

Es war mir selbst nicht klar. Vielleicht, weil ich mir nicht vorstellen konnte, daß jemand, dem ein beträchtliches Stück der Welt gehörte, lange aus dieser Welt flüchten konnte. Und vielleicht ließ auch die Art, wie er anscheinend verborgen bleiben wollte, darauf schließen, daß eines Tages vielleicht doch jemand nach ihm suchte.

Ich schüttelte den Kopf. »Ich weiß es eigentlich nicht. Aber was soll ich dann sagen?«

»Ich möchte lieber unentdeckt bleiben, Sir. Außer es handelt sich um einen echten Notfall. Ich überlasse es Ihnen, das zu beurteilen.«

Ich erwiderte ziemlich zweifelnd: »Ja-a.« Das schob mir den Schwarzen Peter zu. Aber was blieb mir übrig? Ich nickte, hob grüßend die Hand und ging zur Beaver hinunter.

Als ich die Kabinentür zuschlug, hatte ich das seltsame Gefühl, in eine vertraute Welt zurückzukehren, ohne gemerkt zu haben, daß ich sie verlassen hatte. Ich blickte zurück: Er war nur eine gedrungene Gestalt, die zwischen den Tannen verschwand, die Büchse über der Schulter und einen übriggebliebenen Fressalienkarton unter dem Arm.

Da wußte ich, daß ein Dutzend andere Buschpiloten — und vielleicht zwei Dutzend weiße Jäger und Geländeführer in der ganzen Welt — ungefähr dieselbe Unterhaltung mit ihm gehabt haben mußten. Vielleicht war es überhaupt die einzig mögliche Unterhaltung mit ihm. Vielleicht hatten sie auch mit ihm um die Wette geschossen und leere Konservendosen in stille Seen gepfeffert — um dann mit dem merkwürdigen Gefühl fortzugehen, daß sie in die Wirklichkeit zurückkehrten, während sie ihn zwischen den Bäumen untertauchen sahen, in eine andere, ferne Welt.

Teilweise bestand diese andere Welt aus seinem Reichtum. Aber da war mehr: Er war ein sehr einsamer Mann.

Andererseits ist jeder in der Arktis sehr einsam. Das ist einer der Gründe, warum man hingeht.

6

Ich landete in Rovaniemi etwa um halb fünf, parkte in der Nähe des Instandhaltungs-Hangars und ging Mikko und das Magnetometer-Registriergerät suchen. Statt dessen fand ich Oskar Adler.

Obgleich er der einzige andere Pilot in Lappland war, der Charteraufträge für Kleinflugzeuge übernahm, traf man ihn nicht oft auf Flughäfen an: Er besaß ein Cessna-195-Wasserflugzeug, mit dem er nur auf Wasser landen konnte. In Rovaniemi bedeutete das, auf den Fluß niedergehen, fast in der Stadt selbst, rund fünf Kilometer südlich des Flughafens.

Er sah mich, sprang auf mich zu und packte mich am Arm. Zuerst glaubte ich, es gäbe eine Schlägerei; dann entdeckte ich, daß das seine Art war, eine vertrauliche, unverdächtige Unterhaltung zu beginnen.

»Sie können in Schwierigkeiten kommen, Bill«, sagte er in heiserem Flüsterton, der über das ganze Flugfeld zu hören war. »Sind Sie in die Sperrzone geflogen?«

»Kann sein, daß ich eine Ecke mitgenommen habe.« Wir sprachen Schwedisch, denn Oskar gehörte zu der kleinen und — wie sie immer betonen — exklusiven Gruppe Finnen, die meist schwedischer Herkunft sind. Er war etwas kleiner als ich, hatte ein scharfes Gesicht und dünnes graues Mäusehaar, das viel charakteristischer für den Schweden ist als die rein blonden Typen der Filmklischees.

»Hören Sie, ich sage Ihnen das nur, um Ihnen zu helfen. Verstehen Sie?«

»Nein.«

»Haben Sie geschmuggelt? Eine Kiste Whisky? Ein bißchen Elchfleisch außerhalb der Jagdsaison oder Vögel?«

Ich nahm seine Hand von meinem Arm und gab sie ihm zurück. »Nein, ich hab' den Sommer über für das Altersheim von Ivalo Socken gestrickt. Was sollen die Fragen?«

»*Suopo* ist hier.« Er lächelte süffisant und lehnte sich zurück, um die Wirkung zu beobachten.

Ich gab mir den Anschein, bedeutend weniger beunruhigt auszusehen, als ich war. *Suopo* bedeutete *Suojelupoliisi* — die einheimische Sicherheitspolizei. Ein Sperrgebiet überfliegen, was leicht einen internationalen Zwischenfall auslösen konnte, war Sache der *Suopo.*

Ich nickte so ruhig wie möglich und fragte: »Was hat das mit mir zu tun?«

Sein dünnes, scharfes Gesicht sah enttäuscht aus. »Er fragt alle Piloten aus. Ich dachte, es würde Sie interessieren — damit wir unsere Erklärungen gegenseitig abstimmen können. Mich hat er schon verhört.«

Ich lehnte mich an eine Werkbank und zündete mir eine Zigarette an. »Es gibt nichts abzustimmen, Oskar. Um was geht's denn?«

»Hören Sie«, und sein Gesicht war jetzt ernst, »ich sagte ihm, ich wisse nicht, für wen Sie dieses Jahr fliegen. Und Sie sagen ihm, Sie wüßten nicht, für wen ich fliege. Einverstanden?«

Großartig. Genau die Antwort, die einem erfahrenen Spionenfänger klarmacht, daß er die Sache falsch angepackt hat und zunächst mal ruhig wieder nach Hause gehen kann. Es sah aus, als hätte Oskar sein Bestes getan, meine Arbeit für Kaaja in das verdächtigste Licht zu rücken.

Ich zuckte die Schultern. »Nun, ich weiß wirklich nicht, für wen Sie fliegen. Wer ist es denn?«

»Spielt keine Rolle.« Dann merkte er, daß das nicht genügte. »Ich fliege Jäger und sonstige Passagiere. Nicht viel zu tun.«

Das wäre es, wenn er keinen Erzvermessungs-Kontrakt hatte, und ich hatte bestimmt nichts davon gehört.

»Gut«, sagte ich. »Wo finde ich diesen *Suopo*-Burschen?«

Diesmal flüsterte er wirklich: »Direkt hinter Ihnen.«

Ich wandte mich um, nahm mich dabei zusammen, um mich nicht zu schnell umzudrehen. Er stand am Eingang des Hangars, eine sich gegen das Licht abhebende schwarze Gestalt mit Hut und Aktentasche.

»Pilot Cary?« fragte er auf finnisch. Sie reden einen aus Höflichkeit immer mit dem Berufstitel an.

»Ja?«

Er trat näher, streckte die Hand aus, und ich schüttelte sie. Nachdem er aus dem Lichtbereich getreten war, konnte ich sehen, daß er groß war, wenn auch nicht ganz so groß wie ich, und ein paar Jahre älter. Er hatte ein langes, ovales Gesicht, ohne die Kennzeichen vieler Kartoffeln darin wie die meisten Finnen, eine kräftige Hakennase und graue Augen. Er trug einen leichten dunkelgrauen Anzug und einen hellgrauen Homburg, beides viel zu großstädtisch für die Straßen von Rovaniemi. Auch fehlte ihm die braune Gesichtsfarbe, die man sich in den langen lappländischen Sommertagen aneignet.

Das sagte mir, daß er von Helsinki zur Klärung dieses Falles hergeschickt worden war, was jeden Gedanken an eine gewöhnliche Routine-Untersuchung ausschloß.

»Sprechen Sie Finnisch gut?« fragte er höflich, immer noch auf finnisch.

»Nicht gut genug, um mich mit Polizisten zu unterhalten.« Das sagte ich auf englisch. Er schien mir leicht folgen zu können, nickte freundlich und erwiderte in gutem Englisch: »Sehr gut — sprechen wir Englisch. Ich bin Aarne Nikkanen, von der *Suopo.* Sollen wir draußen weitersprechen?«

Er lächelte Oskar über meine Schulter zu und schlenderte dann aus dem Hangar hinaus, ich hinterher.

»Sie sind heute nachmittag geflogen?« fragte er.

»Ja, ich habe einem amerikanischen Jäger etwas Proviant gebracht.«

»Mr. Homer?«

»Ja.«

»Ah. Wir haben uns schon gefragt, ob er Sie engagiert hat.« Er blieb neben einer Gruppe von Flugzeuggangways stehen und stellte seine Aktentasche auf der obersten Stufe ab. Die Außenseite — die er gegen sein Bein gehalten hatte — war ausgebeult. In Form etwa eines Stullenpakets. Oder einer Pistole.

Er nahm seinen Homburg ab und legte ihn auf die Ausbuchtung. Er war beinahe glatzköpfig, versuchte aber nicht, es mit den paar langen graublonden Haaren über den Ohren zu verbergen.

Er fragte: »Und wo haben Sie ihn abgesetzt?«

»Etwa achtzig Meilen nordwestlich von hier, am Rande der Sperrzone.«

»Aber nicht wirklich drin?«

»Nein.« Er konnte keine andere Antwort von mir erwartet haben. Doch war zumindest jetzt etwas abgeleugnet worden, das er ohne große Anstrengung vielleicht beweisen konnte. Wenn er das wollte.

Er fragte weiter: »Und das Gebiet, das Sie für die Kaaja-Gesellschaft vermessen — das liegt auch nicht in der Sperrzone?«

»Nein.«

Er starrte mich mit einem freundlichen, traurigen Lächeln an.

Ich sagte: »Ich kann's Ihnen auf der Karte zeigen. Ich habe eine in der Maschine.« Das stimmte: eine, in die ein Scheinvermessungsgebiet sorgfältig eingezeichnet war, gerade für einen Anlaß wie diesen hier. Für die echte Arbeit benutzte ich eine

Zelluloid-Pause mit Wachsstiftmarkierungen, die ich nach jedem Flug wieder auswischte.

»Verzeihen Sie.« Sein Lächeln wurde noch etwas trauriger. »Ich habe die Karten in Ihrer Maschine bereits gesehen. Ich fürchte, ich kann nie ausmachen, ob jemand die Wahrheit sagt, wenn ich ihm nur zuhöre. Deshalb habe ich einen Blick in Ihre Maschine geworfen.«

Ich nickte nur. Der Mann war nicht dumm. Kein Grund übrigens, warum er's sein sollte. Und doch sah ich immer noch nicht, weshalb man einen Mann aus Helsinki hier heraufschickte, damit er sich über eine mögliche Verletzung der Sperrzone den Kopf zerbrechen sollte.

Er zog ein Päckchen Zigaretten aus der Tasche, die russische Papirossi-Art, mit Pappmundstück. Er zündete eine an, nahm sie aus dem Mund, besah sie sich und sagte etwas traurig: »Es gibt eine Theorie, wonach nur die Teile des Tabaks, die sich bei sehr hohen Temperaturen in Rauch verwandeln, Lungenkrebs verursachen. Haben Sie auch davon gehört? Dies soll den Rauch auf dem Weg zum Mund kühlen.« Er zuckte die Schultern, steckte die Zigarette wieder in den Mund und fragte: »Haben Sie jemals die Grenze überflogen?«

»Die russische Grenze? Jesus, nein!«

Er nickte und fummelte dann in der linken Hosentasche herum. »Aber darüber wollte ich eigentlich nicht sprechen. Mehr hierüber.« Er beugte sich vor und ließ mit der präzisen Geste eines Pokerspielers, der seinen Einsatz erhöht, ein Häufchen Goldmünzen auf die Stufe neben meinem Ellbogen fallen.

Sovereigns. Etwa acht. Komisch, wenn man eine Zeitlang keine gesehen hat, sehen sie immer kleiner aus, als man in Erinnerung hat. Vielleicht hat es etwas damit zu tun, daß sie aus Gold sind.

Ich sah zu ihm auf. »Und —?«

»Sie wurden in Rovaniemi gefunden, bei einem Mann.«

»Ja? Ihr Besitz ist doch nicht ungesetzlich, oder?«

»Nein — aber der Mann selbst war sehr ungesetzlich. Ein kleiner Verbrecher — Händler mit allem.« Er lächelte leicht. »Natürlich konnte er sich nicht erinnern, wer sie ihm gegeben hatte oder wofür. Aber uns interessiert es.«

»Also gingen Sie dann zum nächsten Briten. Großbritannien

ist so ungefähr das einzige Land, wo man keine Sovereigns bekommt.«

»Nein.« Er schüttelte den Kopf. »Nicht weil es britische Münzen sind, sondern weil es Schmugglermünzen sind.«

Ein kleiner, trockener Windstoß wirbelte Staub um unsere Füße. Von Süden dröhnte eine Pembroke-Übungsmaschine der finnischen Luftwaffe auf die Einflugschneise zu. Das einzige andere Geräusch war mein Atem, der eine lange Breitseite Zigarettenrauch ausstieß.

Er beobachtete mich sorgfältig mit dem kleinen, halb traurigen Lächeln, das ebensosehr zu seinem Stammkapital gehörte wie die Ausbuchtung seiner Aktenmappe.

»Schmugglermünzen — wieso?«

Er streckte die Hand aus und tippte mit der Zigarette sauber an den Rand des Münzenhäufchens. »Sie sind aus Gold — haben also ihren Eigenwert. Etwa 3100 Finnmark, glaube ich. Außerdem werden sie überall anerkannt. Es ist die einzige wirklich internationale Währung. Daher das perfekte Zahlungsmittel der Schmuggler. Sie gehören also nicht Ihnen?«

»Nein.«

Er nickte. »So. Bitte, zeigen Sie mir den Inhalt Ihrer Taschen. Ich kann die Wahrheit immer noch nicht aus der Stimme schließen. Sehr dumm von mir.« Gar nicht dumm; man kann lange Zeit damit verbringen, Geheimnisse in den Augen eines Mannes zu lesen, und dabei die Pistole in seiner Tasche übersehen. Ich begann, Hände voll Zeugs auf den Stufen abzuladen.

Alles in allem war es nicht viel: Zigaretten, Streichhölzer, eine Brieftasche, ein Paß, ein Schlüsselring, etwas finnisches Kleingeld, ein Taschentuch, ein paar Papiere über den Motor der Beaver und eine Zündkerze, die nicht mehr zündete. Er rührte nichts davon an, sagte nur: »Ich glaube, Sie führen ein einsames Leben, Mr. Cary.«

Zuerst verstand ich ihn nicht. Als ich jedoch einen Blick auf mein Zeugs warf, dämmerte es mir: Keine Briefe und nur zwei Schlüssel und ein Flaschenöffner. Man kann eine ganze Menge über einen Mann aus dem Inhalt seiner Taschen schließen.

Ich entgegnete: »Ja, aber Sovereigns habe ich keine. Wollen Sie die Maschine durchsuchen?« Dann erinnerte ich mich, daß er das bereits getan hatte.

Langsam wurde ich wütend. Vielleicht hatte er es gerade darauf angelegt, aber zornig wurde ich auf jeden Fall. Nachdem er mein Flugzeug und meine Taschen von innen nach außen gekehrt hatte, war von meinem Leben nicht mehr viel übrig, das nach Polizei roch.

Ich steckte meine Sachen wieder in die Taschen zurück, ohne ihn um Erlaubnis zu fragen.

»Sind Sie jetzt zufrieden?« fragte ich ihn. »Ich kann Sie übrigens jederzeit nach Ivalo hinüberfliegen, damit Sie mein Zimmer inspizieren können. Es sei denn, Sie warten lieber, bis ich mal nicht da bin.«

Er hörte sich das an, ohne den Anschein zu erwecken, daß er zuhöre. Dann sagte er: »Was gibt es denn in Rovaniemi, das wert ist, geschmuggelt zu werden, raus oder rein? Wo kämen die Leute her?«

»Blicken Sie nach Osten«, sagte ich. »Von dort ist bislang Finnlands Kummer meist gekommen, wenn ich mich in der Geschichte einigermaßen auskenne.«

»Rußland? Ja, ganz richtig. Deswegen natürlich spreche ich mit denen, die die Möglichkeit haben, die Grenze ohne Schwierigkeiten zu überqueren.«

Ich starrte ihn an. »In einem Flugzeug? Sie sind verrückt.«

»O nein.« Er lächelte etwas breiter und trauriger, als hätte ich etwas ganz Einfaches vergessen. »Bitte, Mr. Cary, wir sind nicht mehr so jung, keiner von uns beiden.«

Ich betrachtete ihn aufmerksam. Er hatte recht: Die Grenze konnte natürlich überflogen werden — wenn die Russen es so haben wollten. Die Finnen hatten kein komplettes Radarnetz entlang der Grenze, und die meisten Piloten kannten die finnischen Radarstationen und ihre Reichweite genau. Ich jedenfalls wußte Bescheid. Ich wußte auch, daß die meisten Verurteilungen wegen Überfliegens von Sperrzonen auf russische Beschwerden nach *deren* Radarfeststellungen zurückzuführen waren. Wenn sie einen Flug über die Grenze haben wollten, brauchten sie sich bloß nicht zu beschweren, und das einzige Risiko bestände darin, von einer finnischen Grenzstreife entdeckt zu werden. Und mit gedrosseltem Motor in einer windigen Nacht kann eine kleine Maschine erstaunlich wenig Geräusch machen.

»Kann natürlich gemacht werden«, sagte ich langsam, »aber es wäre genaugenommen ein Frühjahrs- und Herbstsport.« Die Mitternachtssonne und die klaren Sommerhimmel würden dafür sorgen. »Es gäbe aber einfachere Möglichkeiten.«

»Zweifellos, aber keine schnelleren.«

Die Pembroke watschelte die Rollbahn hinunter, ihre Motoren machten trockene, heisere Geräusche.

Ich nickte Nikkanen zu und hob den obersten Sovereign vom Haufen ab. Er trug das Datum 1928 und sah ziemlich ungebraucht aus. Ohne viel darüber nachzudenken, hielt ich ihn empor, so daß das Licht auf das Relief und die Hinterhufe des Pferdes des heiligen Georg fiel, und da war ein sehr kleiner Buchstabe I.

»In Bombay gemünzt«, sagte ich. »Und Indien hat eine gemeinsame Grenze mit Rußland — beinahe.«

Er sah mich aufmerksam an, sagte leise: »Und ich mußte nachsehen, was dieses kleine Zeichen bedeutet. Ich glaube, Sie kennen sich in Sovereigns aus, Mr. Cary?«

»Wir stammen aus demselben Empire, vergessen Sie das nicht.« Ich hielt den zweiten ans Licht.

Er sagte: »Etwa die Hälfte kommt aus Indien — es gibt noch mehr als diesen. Die übrigen haben kein Zeichen. Aus London, glaube ich. Es spielt zwar keine Rolle, wo sie herkommen; sie sind über die ganze Welt verstreut.« Er warf die Zigarettenkippe weg und trat das hohle Mundstück mit dem Fuß aus. »Aber wir sehen sie fast nie in Finnland. Denn was haben wir hier schon zu schmuggeln?«

Ich zuckte die Schultern und schob ihm den Haufen Sovereigns zu. Er hob sie auf, ließ sie einmal in der Hand klimpern und steckte sie in die Tasche. Als Teil derselben Bewegung holte er seine Zigaretten hervor und zündete sich eine an.

»Taugen sie was?« fragte ich. »Kriegt man durch sie wirklich keinen Krebs?«

Er sah mich überrascht an, nahm die Zigarette aus dem Mund und starrte sie an, als könnte er sich nicht erinnern, wie sie dahin gekommen war.

»Sie helfen mir, meine Frau davon abzuhalten, mich wegen meiner Raucherei anzumeckern«, sagte er. »Man kann also sagen, sie taugen etwas.« Er nahm seine Aktenmappe von der obersten Stufe und hielt sie mit der ausgebuchteten Seite zum Bein zu. »Wenn Sie von etwas hören, das wert ist, geschmuggelt zu werden — oder von etwas damit Zusammenhängendem —, wäre ich dankbar, wenn Sie mich benachrichtigten.«

»Kürzlich wurde ich abends von drei jungen Rabauken mit *Puukkos* in Rovaniemi überfallen.«

Er blieb stehen, den Homburg in der Hand, und sah mich befremdet an. »Warum erwähnen Sie das? Hat es irgendeine Beziehung zu den Sovereigns?«

Ich war mir nicht ganz klar gewesen, weshalb ich den Vorfall erwähnt hatte. Vielleicht trug es dazu bei, mich als unschuldig erscheinen zu lassen — und vielleicht konnte er sich einen Grund dafür ausdenken.

Ich zuckte die Schultern.

Er fragte: »Haben Sie es der Polizei gemeldet?«

»Nein.«

»Warum nicht?«

»Nun ... ich habe gewonnen.«

»Und hatten Sie sich überlegt, daß Sie im Falle einer Niederlage es auch nicht hätten melden können?«

Darauf sagte ich nichts. Er lächelte wieder sein kleines, trauriges Lächeln und sagte: »Ich freue mich festzustellen, daß Ihre Ausbildung als Erzvermessungspilot auch den Umgang mit drei jungen Rowdys einschloß.«

Er setzte seinen Hut auf und ging davon, zur Flughafen-*Baari*. Er sagte nicht ›Adieu‹. Polizisten tun das meist nicht. Es ist eine höfliche Art, ›Auf Wiedersehen‹ zu sagen.

7

Ivalo ist lediglich eine Brücke auf der Arktischen Hochstraße und die Art Dorf, die sich um eine Brücke gruppiert, mit der entsprechenden Art Menschen bevölkert, die in dieser Art Dorf leben. Es hat ein paar Verwaltungsbüros, ein neues Touristenhotel, eine Tankstelle, ein paar Läden — und im Sommer ein paar Rentiere. Die lappländischen Hirten lassen sie hereinwandern, damit die Touristen sie mit Keksen und Kuchen füttern können;

sie sparen Geld für die Weide. Aber selbst die Rentiere machen kein Monte Carlo aus dem Nest; das Wichtigste in Ivalo ist immer noch die Brücke.

Inzwischen waren die Touristen größtenteils abgereist, und die Rentiere waren wieder auf Gras angewiesen. Die Ruderboote waren alle weit aufs Ufer hinter dem Hotel gezogen, und der einzige Straßenverkehr bestand aus zwei Taxis, die für den Winter noch nicht südwärts gefahren waren, und den zwei Polizisten, die in einem alten amerikanischen Wagen auf dem sandigen Platz südlich der Brücke hockten.

In jenem Jahr hatte ich ein Zimmer in einem Bungalow östlich des Hotels, und ging jeden Morgen die Straße hinauf, um in der Mainio-*Baari* meine Frühstückseier zu essen. Danach ging ich zum Platz hinauf, wo ich mich mit Mikko traf und wir beide nach einem Angestellten des Flughafens Ausschau hielten, der uns in seinem Wagen mitnähme. Der Flughafen liegt eine gute Viertelstunde Fahrt nach Süden.

Ich wartete auf dem Platz, spürte die Herbstkälte in den Knochen, die vom See den Fluß heraufkroch, und machte mit einem Taxifahrer eine Wette, daß ich ihn heute nicht brauchte, als der Wohnwagen auftauchte.

Das vordere Ende strömte um eine Kurve der Straße südlich des Platzes, und der Rest strömte mit. Er war glatt zwanzig Meter lang und drei breit, und wer immer dieses Ding die Arktische Hochstraße heraufgehievt hatte, mußte auf seinen heimischen Komfort verdammt viel Wert legen. ›Arktische Hochstraße‹ hört sich ziemlich großspurig an, aber es ist bloß besserer Kies. Sechs Monate Frost würden eine Asphaltstraße zu Staub vermahlen.

Der Wohnwagen hielt in der Mitte des Platzes. Er war viereckig, aus gerilltem Aluminium, das wie eine Verschalung aussah, unten bläulich wie ein Entenei, oben weißlackiert. Auf meiner Seite waren zwei Türen und vier Fenster. Wie das Ding so dastand, war es eins der größten Gebäude von Ivalo, es machte sogar den Wagen, der es zog, unbedeutend — was bei einem Facel Vega II nicht oft vorkommt. Scharlachrot lackiert, mit Schweizer Nummernschildern.

Der Taxifahrer stieg aus und sagte: »Das muß ich mir ansehen.«

Der Fahrer des Facel Vega kletterte gemächlich heraus und

zündete sich eine Zigarette an, was er genausogut im Wagen hätte tun können. Auf den Vordersitzen eines Facel II kann man eine Party geben. Dann schlenderte er zur Brücke, um sie sich anzusehen.

Angezogen war er ungefähr, wie man sich einen Mann angezogen vorstellt, der diesen Wohnwagen mit einem Facel II fuhr: eine Lederjacke, wie ein Sportjackett geschnitten, schneeweißes Hemd mit gelbem Seidenschal um den Hals, enge, dunkle Hosen und weiße Mokassin-Fahrschuhe.

Er betrachtete prüfend die Breite der Brücke, ging dann halbwegs hinüber — sie hatte einen kleinen Buckel —, um die andere Seite zu sehen. Dann zog er wieder an seiner Zigarette und warf die Kippe in den Fluß. Er nahm ein Paar hellgelbe Schweinsleder-Handschuhe aus seiner Hüfttasche, streifte sie über und schlenderte zum Wagen zurück. Dann fuhr er die ganze Angelegenheit mit Raketengeschwindigkeit über die Brücke.

Der Taxifahrer sprang wie von der Tarantel gestochen hoch. Einer der Polizeibullen stieg eiligst aus und lief zur Brückenmitte, um der Karawane nachzusehen. Auf der anderen Seite zog eine Wolke aus Sandstaub nach Norden. Sie verzog sich, und der Wohnwagen war fort.

Der Polizeibulle ging an uns vorbei zurück. Dabei sagte er zum Taxifahrer: »Sie haben noch nie so eine Ladung so schnell über eine Brücke gezogen.«

»Soll er doch mal 'ne Frau und vier Kinder hinter sich herziehen, wenn er unbedingt was Schwieriges probieren will.« Er stieg in sein Taxi und schlug wütend die Tür zu.

Der Polizist grinste mich an. »Er muß Spezialgänge in diesem Facel haben, um so fix beschleunigen zu können.«

Ich nickte.

Er sagte: »Ich hab' ihn schon mal hier oben gesehen — den Wohnwagen jedenfalls. Vor 'n paar Jahren. Da waren Sie nicht hier, was?«

»Ich hatte meinen Landeplatz damals in Rovaniemi.«

»Ziemlich runtergekommen, wie?«

Ich zuckte die Schultern. »Kannten Sie den Mann am Steuer?«

»Ihn? An den erinnere ich mich nicht. Aber der Wagen gefällt mir: amerikanischer Motor, französische Karosserie. So muß 'n Wagen gebaut sein.«

»Frauen vielleicht auch«, meinte ich.

Ich lehnte mich wieder an die Brücke und wartete auf Mikko. Die ganze Episode schien irgendwie unecht und gewollt bedeutungslos. Ein Mann mit soviel Weltsinn, mit diesem Wagen, Wohnwagen und in solcher Aufmachung hätte sich seine Brükken vorher genauer angesehen. Auf jeden Fall war er über diese hier vor zwei Jahren schon mal gefahren. Also war die Brückeninspektion bloß Theater gewesen — für uns, obgleich er uns völlig ignorierte.

Das alles zusammen, Theater plus Wagen und Wohnwagen plus Kleidung, hatte mich beinahe übersehen lassen, daß der Mann darunter ein großer, massiger, dunkelhaariger Bursche mit ruhigem, ausdruckslosem Gesicht war, der ein Loch in eine Panzerplatte starren konnte.

Der Polizeibulle hatte das *nicht* gesehen. Vielleicht sollte er es nicht sehen.

Kurz darauf erschien Mikko, und wir machten uns an unsere Tagesarbeit.

8

Als wir an jenem Abend zurückkehrten, hatte der Kontrollturm mir etwas auszurichten. Ich sollte die Nummer der Kaaja-Gesellschaft in Helsinki anrufen, bis sechs Uhr, oder die Nummer einer Privatwohnung nach halb sieben. Als wir in die Stadt kamen, war es bereits sieben Uhr. Wir gingen also ins Touristenhotel, tranken einen Schnaps, und ich meldete die Nummer an.

Als die Verbindung kam, war es ein Direktor der Gesellschaft. Er nahm sich nicht die Mühe, seinen Namen zu nennen; er war die Kaaja-Gesellschaft, eine bekannte Unterabteilung Gottes.

Er wollte wissen, wie weit meine Vermessungsarbeit gediehen sei.

Ich sagte ihm, ich hätte noch ungefähr einen halben Tag zu tun, außer natürlich, er wolle das Gelände so weit ausdehnen, daß ich, solange das Wetter anhielt, vermessen könne. Das gefiel ihm nicht. Ob ich sicher sei, daß ich nichts übersehen habe?

Ich antwortete: »Sie haben meine Aufnahmen und die Vermessungsdiagramme gesehen, nicht wahr?« Hatte er nicht — ich entnahm es der Pause und dem Hüsteln am anderen Ende. Alles, was er offenbar gesehen hatte, war die Laboratoriumsanalyse der Aufnahmen.

Ich sagte: »Wie kamen Sie auf den Gedanken, daß da Nickel ist? Die Aufnahmen zeigten nichts an, was auf Nickel schließen ließ. Im allgemeinen findet man Nickel zusammen mit Eisen und Kupfer — wie in Petsamo und in Sudbury, Kanada. Die Aufnahmen zeigten nichts von beidem an.«

Er hüstelte wieder und sagte dann: »Wir wollen diese Erkenntnis nicht in alle Welt funken — verstehen Sie? Aber vor vielen Jahren hat ein Mineralerz-Ingenieur in Südostlappland eingehende Forschungen durchgeführt. Die meisten seiner Berichte gingen verloren, aber einen haben wir. Und der behauptete, in der Nähe des Kemijoki-Tals sei Nickel.«

Nur ein Gebiet von hundert Meilen Länge und fünfzig Meilen Breite; sagen wir fünftausend Quadratmeilen, selbst wenn ›in der Nähe‹ wirklich ›in der Nähe‹ bedeutete.

Das ungefähr erklärte ich ihm. Außerdem: »Sie haben mir nur ein Drittel dieses Gebietes zur Vermessung gegeben. Wer hat ausgerechnet diesen Teil ausgesucht?«

»Unsere Experten kamen zu dem Schluß, dies sei wahrscheinlich der fünfzigste Teil des Gebiets.«

»Irrtum, nicht wahr?«

Er hüstelte wieder, wich der Frage aus.

Ich sagte: »Nun, warum sollen wir nicht versuchen, den übrigen Teil vor Eintritt des Winters zu vermessen?«

Die Gesellschaft war dagegen. Leider, aber so war's nun mal. Der Kontrakt wäre erfüllt, sobald ich die Magnetometer-Aufnahmen für die letzten Quadratmeilen des ursprünglichen Gebiets abgeliefert hätte. Würde sich freuen, von mir zu hören, wenn ich nächstes Jahr zufällig wieder in Lappland wäre — aber natürlich ohne Garantie. Vielen Dank für meine gute Arbeit. Er sei sicher, daß ich mein Bestes getan habe.

Als ich vom Telefon wegging, wußte ich zwei Dinge: Das erste, was die Kaaja-Gesellschaft nächsten Sommer tun würde, wäre, jemand zu engagieren, der bekannter und teurer wäre und das Gebiet, das ich vermessen hatte, noch mal vermessen würde. Und zweitens, falls ich mich etwa mit dem Gedanken an Selbstmord trüge, würden sie keine Anstalten machen, mir das auszureden.

Ich ging in den Speisesaal zu Mikko und dem Schnaps zurück.

»Well«, sagte ich, »Morgen mittag, zur Lunchzeit, ist der Kaaja-Job wahrscheinlich beendet.«

»Keine Verlängerung?«

»Keine Verlängerung.«

Mikko starrte in sein Schnapsglas. »Sie könnten sagen, Sie müßten noch ein paar Geländestreifen abfliegen.«

»Warum? Glauben Sie, wir haben etwas übersehen?«

»Nein. Aber es ist Arbeit.«

»Dieses Jahr. Aber ich muß an die Arbeit nächstes Jahr denken. Die werden nicht beeindruckt sein, wenn ich den Preis hochschraube und doch nichts finde.« Wahrscheinlich wäre es gleichgültig; egal was ich tat, sie würden mich nächstes Jahr nicht mehr haben wollen.

Mikko trank seinen Schnaps aus und starrte mich herausfordernd an. »Also wollen Sie mich jetzt auszahlen, ja?«

»Wir haben wöchentliche Kündigung ausgemacht. Tut mir leid, Mikko, aber so ist's.«

»Und was machen Sie jetzt?«

»Ich werde noch ein, zwei Wochen hier oben bleiben und mir jeden Jäger schnappen, den ich kriegen kann. Sonst gibt's nichts.«

»Und ich tauge zu nichts mehr?«

»Hören Sie zu, Mikko. Der Sommer ist vorüber. In zwei, drei Wochen, sobald der erste Schnee fällt, ist es aus mit dem Fliegen. Je früher Sie nach Süden gehen, desto besser sind Ihre Chancen, einen guten Winter-Job zu bekommen. Ich bezahle Sie noch für diese Woche, aber Sie sind frei, sobald wir das letzte Stück Vermessung erledigt haben. Mehr kann ich nicht für Sie tun.«

Er sah mich bloß finster an.

Ich sagte: »Und wir werden ein großes Dinner heute abend einnehmen, hier im Hotel. Auf meine Rechnung. Salm und Steak und den besten Rheinwein, den's gibt. Bloß, um das Ende eines Sommers zu feiern, in dem ich nicht Millionär wurde.«

Mikko stand auf, zuckte die Schultern, ausdrucksvoller, als ich ihm zugetraut hätte. »Nein, ich bestelle mir was in der Mainio und gehe schlafen. Wiedersehen morgen früh.«

»Mikko«, sagte ich, »nehmen Sie das Dinner mit. Es kommt immer wieder vor. Vergessen Sie nicht, daß der Pilotenberuf ein Luxus ist. Unser Können muß teuer bezahlt werden, unsere Maschinen sind teuer — nicht viele Leute können sich's leisten, uns zu engagieren. Wir können nichts tun, was andere nicht schon getan haben, nur fliegen, und das ist zwecklos, außer wir fliegen aus einem besonderen Grund wohin. Nehmen Sie das Dinner mit, und vergessen Sie den Rest.«

Er schüttelte den Kopf, murmelte etwas und ging davon. Ich winkte die Kellnerin heran, bestellte das Dinner, das ich geplant hatte, plus einen Schnaps, um mich bis dahin auf Draht zu halten.

Es würde mir nicht viel helfen. Ich wäre trotzdem am nächsten Abend arbeitslos. Alles, was man in Jahren lernt, hilft nur dazu, es zu vergessen, bis es eintritt.

Ich hatte mich durch mein Dinner gegessen und das zweite Glas Cloudberry getrunken, als Oskar Adler hereinkam. Ich winkte ihm fröhlich zu; ich hatte das Stadium erreicht, in dem man weiß, daß die Welt um Mitternacht zu Ende geht, aber vergessen hat, daß sie um sieben am nächsten Morgen wieder von neuem beginnt. Jeder war mein Freund.

Oskar hatte schon einen Freund, den dunklen, massigen Burschen aus dem Wohnwagen vom Morgen. Oskar hatte keine Zeit verloren, sich einen Mann mit viel Geld zu suchen.

Sie kamen herüber. Oskar sagte in sorgfältigem, langsamem Englisch: »Monsieur Claude, das ist Bill Cary. Cary, das ist Monsieur Claude. Was trinken Sie?«

Ich erwiderte: »Cloudberry«, so schnell wie möglich, falls die Einladung nicht mir gegolten hatte.

Claude schüttelte mir die Hand und setzte sich gleichzeitig. Seine Hand war warm und fest, sein Gesicht blieb kalt und unbewegt. Es war eins dieser viereckigen, gut genährten französischen Gesichter, die nichts verraten; er hatte nicht mehr Ausdruck im Gesicht als ein Pokerspieler. Doch seine Bewegungen waren ausgewogen und bedächtig.

Er war zurückhaltender angezogen als am Morgen: ein leichter blauer Regenmantel, darunter ein dunkelgrauer Anzug, weißes Hemd, schwarze Strickkrawatte.

Oskar bestellte für alle zu trinken; zwei Scotch und einen Cloudberry. Dann fragte er: »Sind Sie mit Kaaja fertig?«

»Bald.« Das stimmte auf jeden Fall.

»Sie sind also bald frei?«

»Ja. Warum?«

»Es gibt vielleicht einen Job für Sie. Wollen Sie ihn?«

Die Kellnerin brachte die Getränke. Während sie sie servierte, musterte ich Oskar prüfend. Sein Kleidungsstil war etwas gedämpfter geworden; meist trug er Jeans, ein buntgewürfeltes schottisches Wollhemd und eine Fliegerjacke. Heute abend hatte er eine ziemlich gut geschnittene braune Hose und eine rauhe, kremfarbige, hochgeschlossene Sportjacke an.

Er stützte den linken Arm etwas verlegen auf den Tisch und hatte einen gespannten Gesichtsausdruck. Ich sah Claude an; auch sein Gesichtsausdruck war gespannt — leer, aber gespannt.

Er hob das Glas und sagte: »*Kippis*«, womit er zeigte, daß er die finnischen Bräuche kannte.

Ich sagte: »*Kippis*. Ja, ich möcht' gern einen Job — vorausgesetzt, man sagt mir, was, wann, wo und wieviel.«

Oskar schien sich etwas zu lockern und warf Claude einen Blick zu.

Claude sagte: »Verstehen Sie bitte, dies ist ein Geheimnis, Mr. Cary. Mr. Adler arbeitet in meinem Auftrag, und es kann sein, daß ich Ihre Hilfe brauche.« Das sagte er ganz ohne Ausdruck, öffnete bloß den Mund und ließ die Worte rausmarschieren. Aber sein Englisch war gut, mit einer ganz leisen Spur französischen — oder vielleicht Genfer Akzents.

Er sagte: »Ich möchte den Wolkow-Schatz finden.«

Zwei Gläser früher hätte ich Oskars Gefühle geschont und nur höflich zustimmende Geräusche von mir gegeben. Jetzt aber war es zwei Drinks später.

»Nein«, sagte ich. »Auf keinen Fall. Bloß nicht das. Der Schatz existiert gar nicht. Es gibt ihn nicht. Hat ihn nie gegeben. Nein, nein, nein.«

»Sie glauben also nicht daran, Mr. Cary?« fragte Claude.

»So kann man's ausdrücken.«

»Und wenn ich nun genaue Informationen darüber hätte?«

»Dann würde ich's immer noch nicht glauben.« Ich goß mir Cloudberry in die Kehle und begann, ihm meine Meinung auseinanderzusetzen. »Erstens, wenn die ursprüngliche Geschichte von Wolkow, der mit seinem Schatz aus Rußland geflohen sein soll, wahr ist, warum hat ihn dann niemand in den letzten vierzig Jahren gefunden? Die Legende geht so lange um, wie der Schatz alt ist. Möglich wär's allerdings, daß jemand ihn gefunden und es für sich behalten hat, weil er ihn mit dem Staat und Wolkows Erben und Gott weiß wem hätte teilen müssen. Zweitens aber glaube ich zunächst einmal nicht, daß ein Mann wie Wolkow einen Schatz besessen hat. Er soll Ingenieur gewesen sein — ein Bourgeois, nicht wahr? Diese Sorte Russen interessierte sich nicht für Juwelen, Gold und so weiter. Das taten nur die Kirche und die Krone. Wenn er Geld gehabt hätte, hätte er Land gekauft, Sommervillen und so was. Er hätte ebensowenig Schmuck besessen wie Tschechows Figuren. Bloß Kirschgärten.«

Ich besah mir mein Glas — leer. Ich winkte der Kellnerin; dann sah ich Oskar an. Er schien nicht so besorgt zu sein, wie ich erwartet hatte; er saß bloß da, den linken Arm in derselben seltsamen Stellung und ein leises Lächeln auf dem hageren Gesicht.

Claude sagte: »Das klingt plausibel und logisch, Mr. Cary. Aber es ist nun mal mein Hobby, solche Dinge zu suchen, und wenn Sie für Ihre Arbeit bezahlt werden, hoffe ich doch, daß Sie keine Einwendungen haben, mir zu helfen?«

Ich zuckte die Schultern: »Gut. Solange Sie wissen, was ich davon halte. Und was soll ich dabei tun?«

»Wann sind Sie frei, Mr. Cary?«

»Jederzeit, sofern ich ein paar Stunden vorher Bescheid bekomme.«

»Sehr gut. Und wie kann ich Sie finden?«

»Oskar weiß wahrscheinlich, wo ich bin. Wenn nicht, weiß es der Kontrollturm von Ivalo.«

Die Kellnerin stellte eine zweite Runde hin. Ich sagte *»Kippis«* und nahm einen Schluck.

Nach einer Weile fragte ich: »Nun, welcher Art ist denn der Job?«

Claude nippte an seinem Scotch. »Ich werde es Ihnen genau sagen, wenn ich wieder mit Ihnen in Verbindung trete.«

Ich wandte mich zu Oskar und sagte absichtlich: »Wie finden Sie das? Die Leute offerieren einem geheime Jobs zu einem unbestimmten Datum für einen nicht spezifizierten Betrag? Man könnte beinahe glauben, sie wollen einen zum Narren halten.«

Oskar war wieder verkrampft und ernst geworden. Er begann, etwas auf englisch zu sagen, fiel dann in schnelles Schwedisch zurück. »Halten Sie's Maul, Sie Esel! Ich erweise Ihnen einen Gefallen ... Sie können nicht wissen, was für einen großen. Und jetzt seien Sie still.«

Claude sah ihn mit fragendem Gesichtsausdruck an. Er liebte es nicht, etwas nicht zu verstehen.

»Zum Teufel mit Ihnen, Oskar«, sagte ich auf schwedisch. »Wenn Sie mir nicht sagen, was für ein Spiel wir spielen, dann können Sie auch nicht erwarten, daß ich mich an die Regeln halte.«

Die Art, wie er seinen linken Arm hielt, war mir immer noch ein Rätsel. Vielleicht hatte er eine steife Schulter bekommen, aber andererseits würde er mit einer steifen Schulter nicht fliegen. Gewöhnlich hätte es mich nicht weiter gestört. Aber heute abend hatte ich genug Schnaps und Wein und Cloudberry im Leib, um mich über solche Geheimnisse zu ärgern.

Ich trank mein Glas aus, stellte es hin, langte hinüber und riß sein Sportjackett auf. In einer Achselschlinge trug er einen Revolver.

Er wollte meine Hand packen, verfehlte sie, zog seine Jacke wieder zu. Er warf mir einen Blick zu, der voll Haß sein sollte, aber es lag noch etwas anderes drin; Furcht vielleicht.

Claude sah kühl zu, so interessant, als hätte ich angeboten, ihm ein Foto meines Lieblingshundes zu zeigen.

Ich sagte zu Oskar: »Können Sie mit diesem Ding umgehen?«

»Gehen Sie zum Teufel.«

»Wenn nicht, würde ich's nicht mehr tragen.«

»Gehen Sie zum Teufel.«

»Wenn man nämlich einen Revolver bei sich trägt, erhöht man das Risiko, selbst erschossen zu werden. Sie können sich immer selbst erschießen, und außerden regt's andere an, Sie niederzuknallen. Die müssen ja annehmen, Sie könnten wirklich mit so einem Ding umgehen.«

Oskar knöpfte seine Jacke weiter zu und stand auf. Er wandte sich an Claude. »Entschuldigen Sie dieses schlechte Benehmen.« Dann sagte er nochmals auf schwedisch, ich solle zum Teufel gehen, und stolzierte davon, steif und empört. Er brachte es sogar fertig, seltsam würdig dabei auszusehen.

Claude erhob sich, elegant, drahtig. »Wünschen Sie, auch unter mein Jackett zu sehen, Mr. Cary?« Wenn er etwas da hatte, sah er nicht wie einer aus, der es zeigte. Auch nicht wie einer, der einem erlaubte, nachzusehen.

Ich schüttelte den Kopf. Claude drehte sich um und ging hinter Oskar hinaus.

Nach einer Weile machte ich mir keine Gedanken über mein dämliches Benehmen mehr und winkte wieder der Kellnerin.

9

Der Morgennebel verkroch sich unter den Bäumen am Rande des Flughafens. Ich saß da, beobachtete meine Hände, wie sie im Cockpit herumwanderten, prüfend und einstellend und hoffend, daß sie's richtig machten. An jenem Morgen hatte ich Schrotmehl in den Adern und Glassplitter im Hirn. Ich fühlte mich wie aus dem Sumpf gezogen. Aber meine Hände kannten den Job besser, als er mir in Erinnerung war. Trimmruder für den Start, Gashebel gesichert, Mischung fett, Luftfilter ein ... Die Hände schaffen's, im Dunkel oder im Licht, Kater oder kein Kater.

Wie lange noch, Cary? Bis deine Hände zum erstenmal danebengreifen. Nur ein kleines, unwichtiges Abgleiten — für den Anfang. Von da an aber weißt du, daß du auf geborgte Zeit lebst. Wie lange dann noch? Nächstes Jahr würde ich vierzig; schon hatte ich mehr Flugstunden hinter mir, als ich hoffen konnte, vor mir zu haben. Ich hatte den Höhepunkt überschritten — wie das Jahr. Jetzt noch den langen Abhang zum Winter hinunter.

Wie lange noch?

Noch einen Sommer. Mehr brauchst du nicht. Weil du nächsten Sommer nämlich über einen Berg voll Nickel fliegen wirst. Und du verdienst dir deinen Bonus und einen großen Namen und kannst dich zurückziehen und ein Paar hübsche, zweimotorige Vermessungsmaschinen und intelligente, ruhige junge Piloten anheuern, die sie fliegen. Und Bill Cary kann hinter einem mattpolierten Eichenschreibtisch in Helsinki oder London oder Toronto sitzen und sich vom Frühstück an sinnlos besaufen.

So 'ne Art Morgen war es. Er hatte mit meinem Brummschädel angefangen, dann stellte sich heraus, daß Mikko nicht eintrudelte, und schließlich kündeten die Meteorologen starke Nordwinde an. Ich hob die Beaver vom Boden und nahm Kurs nach Süden.

Allein vermessen macht keinen Spaß. Es gibt keine automatische Kurssteuerung in der Beaver, man muß die Trimmung leicht nach unten stellen, dann die Kabine hinunterklettern, hoffend, daß das Eigengewicht die ganze Sache ins Gleichgewicht bringt. Dann braucht man bloß die Szintillometer- und Magnetometergeräte einzuschalten, die Haspel abzuwickeln, die das Magnetometer durch die Ladeluke ausfährt, so daß es genügend von den Metalleinflüssen des Flugzeugs entfernt ist, sicherzugehen, daß die Registriergeräte aufgewärmt sind und richtig funktionieren, dann wieder nach vorn gehen, um die Maschine zu hindern, daß sie überzieht oder in eine Spiralkurve übergeht. Und das alles mit einem Hangover wie die Gärten der Semiramis.

Dann erreicht man das Gebiet, macht einen Prüfungsflug über einen Magnetpunkt, fliegt zurück, klettert ein bißchen, geht nach hinten, um sich zu vergewissern, daß keine außergewöhnliche Abweichung vorliegt — und stellt fest, daß die Ergebnisse weit von dem abweichen, was zu erwarten gewesen wäre. Ein Sturm irgendwo östlich über der russischen Grenze verursacht Störungen des Magnetfeldes. Die heftigen Nordwinde hätten dir's gesagt, wenn du wach gewesen wärest.

Ich stieg empor, aus dem Gebiet heraus und war im Begriff, nach Norden abzudrehen, als der Kontrollturm Rovaniemi sich meldete, mich anrief. Ganz instinktiv war ich vorsichtig mit Funkanrufen; ich brauchte ein paar Augenblicke, um mich zu erinnern, daß ich mich in einem Gebiet befand, wo ich antworten konnte, ohne eine ungesetzliche Position zu verraten.

Rovaniemi sagte, ein Job warte auf mich.

Ich fragte: »Wer gibt mir diesen Job?«

Rovaniemi antwortete, eine junge Dame wolle irgendwohin geflogen werden.

Ich fragte zurück: »Weiß sie, was das kostet?«

Eine Pause, dann die Antwort: »Es ist ihr gleichgültig, was es kostet.«

Das ist genau meine Lady. Ich sprang um und nahm Kurs Südwest.

Das Flugfeld bestand nach wie vor hauptsächlich aus Fels und Sand, mit demselben Bohlenpfad über den Schlamm zum Flughafengebäude. An seinem Ende wartete sie auf mich, mit einem Haufen flotter weißer Lederkoffer auf den Bohlen hinter sich.

Irgendwie kam mir das alles bekannt vor, bis hin zu meinem Gesundheitszustand, und ich hätte es schon erraten müssen, tat's aber nicht.

Sie war ziemlich klein, hatte aber eine gute Figur — soweit ich das durch einen geraden, dreiviertellangen hellblauen Ledermantel beurteilen konnte. Sie war Anfang Dreißig, mit einem Gesicht, das nie dick werden würde; sie hatte starke Backenknochen, einen etwas zu breiten Mund, große, graue Augen und seidenblondes Haar, das sie zurückgekämmt in einen französischen Knoten trug.

Sie hob ihr kleines, energisches Kinn zu mir auf, als ich das Ende des Plankenwegs erreichte, und fragte: »Mr. Bill Cary?«

»Ja.« Auch der Akzent klang bekannt.

Sie sagte: »Ich glaube, Sie kennen den Aufenthaltsort meines Bruders. Soviel ich weiß, haben Sie ihn irgendwohin geflogen. Ich möchte, daß Sie mich zu ihm bringen.«

Ich hielt ein paar Schritte Abstand im schmutzigen Sand und betrachtete sie prüfend. Sie trug ein silberhelles Seidentuch im Halsausschnitt ihres Mantels, offenbar durch eine viktorianische Hutnadel mit Perlen oben befestigt. Kleine, aus einer einzigen Perle bestehende Ohrringe.

Sie sah reich aus, genau wie er, und wie ihm sah man ihr an, daß sie daran gewöhnt war. Außerdem schien sie auch Probleme aufzugeben. *Sie finden mich im allgemeinen,* hatte er gesagt. Er hätte mir sagen können, wer ihn gewöhnlich fand und vielleicht sogar wie: indem sie sich den jeweiligen Piloten aufs Korn nahm.

»Sie sind Miß Homer, nicht war?« fragte ich, eine kleine Karte ausspielend.

»Ich war Miß Homer. Ich bin Mrs. Allice Beekman.«

»Verzeihung. Dann ist Ihr Gatte wohl der gegenwärtige Leiter der Güter?« Diese Frage ging glatt an ihr vorbei und ins Leere.

»Nun, können Sie mich heute noch hinfliegen?« fragte sie.

Ich habe Schwierigkeiten mit dem Motor; ich habe Schwierigkeiten mit dem Rumpf; ich habe Schwierigkeiten mit dem Magnetometer-Registriergerät. Ich habe außerdem Kummer, weil ich kein Nickel finde und kein Geld für eine neue Maschine habe. Und zu allem hin habe ich noch Familienkummer — und nicht mal mit der eigenen.

»Mrs. Beekman«, sagte ich, »ich habe das Gefühl, Sie haben diese Szene schon mal gespielt. Was habe ich nun darauf zu sagen?«

Die grauen Augen glitzerten stahlhart. »Die Antwort lautet meistens: ›Das geht mich nichts an‹ — und sie ist genau und verdammt richtig.«

»Schön. Dann lassen wir das fallen. Aber ich wette, als nächstes heißt es: ›Ich werde ihn aufsuchen und ihn fragen, ob er Sie sehen will.‹ Hab' ich recht?«

»So ähnlich.« Es kam mit einer Schärfe heraus, die einen Diamanten durchgeschnitten hätte.

»Dann werde ich das tun, Mrs. Beekman. Inzwischen fliege ich sie nach Ivalo hinauf, wenn Sie wollen. Dort hab' ich gewöhnlich meinen Standort.«

»Und was wird mich das kosten?«

»Der Flug zu ihm — wenn er Sie sehen will — kostet Sie 15 000 Finnmark. Etwa fünfzig Dollar. Nach Ivalo geht's auf meine Kosten.«

»Sie vergessen Ihren Text«, sagte sie. »Im allgemeinen muß ich mindestens hundert Dollar für einen Flug bezahlen.«

»Ihr Bruder hat für diesen Flug bereits bezahlt, Mrs. Beekman. Teilweise dadurch, daß er sich nicht herausgeben ließ, meist aber in anderen Dingen.«

Zum erstenmal sah sie weg.

»Ja — das sieht ihm ähnlich.« Ihre Stimme hatte die Schärfe verloren.

»Wir fliegen los, sobald ich in die Stadt gefahren bin, um nach Post für ihn zu fragen.«

»Brauchen Sie nicht, hab' ich schon getan. Es war ein Brief von mir darunter, in dem ich ihm mitteilte, daß ich herüberkomme.«

Ihre Koffer nahmen den ganzen Gepäckraum und ein Gutteil des Raumes hinter der zweiten Sitzreihe ein. Sie nahm sich den rechten Vordersitz und schnallte sich sauber und ohne Getue an, was darauf schließen ließ, daß sie von leichten Flugzeugen soviel verstand wie ihr Bruder.

Sie sah sich im Cockpit um. »Ein ziemlich altes Flugzeug, nicht war?«

»Nicht so alt, wie's aussieht. Es hat Bruch gemacht.«

Sie sah mich kalt an. »Ist das Teil Ihrer Technik, Passagiere zu beruhigen?«

»Nicht ich hab' Bruch gemacht, Mrs. Beekman. Ich kaufte die Maschine danach und setzte sie wieder zusammen.«

Sie blickte sich wieder um. »Irgendwie habe ich nicht dieselbe Zuversicht beim Anblick eines selbstgebastelten Flugzeugs wie bei einem Kostüm nach Maß. Trotzdem, wahrscheinlich wissen Sie, was Sie tun.«

»Ich habe immer versucht, das zu glauben.«

Die Beaver und ich gaben eine Vorstellung gegenseitigen Vertrauens und hoben uns beide vom Boden ab. Ich kletterte auf dreitausend und nahm Kurs auf Ivalo.

Nach einer Weile fragte sie: »Wann werden Sie zu meinem Bruder fliegen?«

»Ich kann heute nachmittag rüberfliegen.« Ich zündete mir eine Zigarette an; sie lehnte eine von meinen ab, zog ein Päckchen Chesterfield hervor und schüttelte mit einer schnellen Bewegung ihres Handgelenks eine heraus. Dann zündete sie sie mit einem Chromfeuerzeug an.

Wir flogen weiter, dann fragte ich: »Wenn ich ihn sehe, Mrs. Beekman, was soll ich ihm sagen?«

»Daß ich hier bin und ihn sprechen will.«

»Nicht, warum Sie ihn sprechen wollen?«

Sie wandte sich um und musterte mich kalt von oben bis unten. »Das kann ich ihm selbst auseinandersetzen. Wie gesagt, ich sehe nicht ein, was Sie das angeht.«

Ich nickte. »Ich dachte nur — falls Sie versuchten, ihn wieder nach Hause zu lotsen —, daß alle amerikanischen Bürger ein Recht auf Leben, Freiheit und Bärenjagd hätten.«

»*Vielen Dank.* Und als Zugabe steigen Sie jetzt wohl aus und balancieren auf den Tragflächen?«

»Ich mag Ihren Bruder, Mrs. Beekman. Wahrscheinlich kann ich's nicht beurteilen, weil wir nicht viel Gesellschaft aus Virginia hier oben zu sehen bekommen, aber es fiel mir auf, daß er Charme und gute Manieren hat, was durchaus nicht dasselbe ist. Meist sind sie sogar nicht gleichzeitig anzutreffen. Außerdem fiel mir auf, daß er andere Leute nicht in sein Leben verwickeln und umgekehrt nicht in das Leben anderer verwickelt werden möchte. Mir schien das fair.«

»Er scheint Sie aber ziemlich fest in sein Leben verwickelt zu haben. Glauben Sie, er wollte das?«

»Nein — ich bin sicher, der Gedanke, daß er mich in seine Angelegenheiten verwickelte, wäre ihm sehr unangenehm.« Was mein Argument sehr zweideutig machte — obgleich der Halunke tatsächlich gesagt hatte, er überlasse mir die Beurteilung. Sie sah mich mit leicht belustigten Mundwinkeln an.

Ich sagte matt: »Sagen wir, er ist mir sympathisch.«

Außerdem hatte ich vielleicht ein besonderes Gefühl, was ihn betraf. Aber ich wußte nicht, wie ich es ausdrücken sollte.

»Mr. Cary — glauben Sie wirklich, daß ich ihn nicht sympathisch finde? Oder daß ich nicht vielleicht einiges über ihn weiß? Glauben Sie, ich kam hier herüber, nur um mir das Vergnügen zu machen, an ihm herumzunörgeln?«

Ich starrte fest auf die Öldruckanzeige.

»Wie die Dinge liegen«, fuhr sie fort, »möchte ich nur versuchen, ihn zu überreden, nach Hause zu kommen und einige wichtige Dispositionen über das Gut zu treffen — das ihm rechtlich immer noch gehört.«

»Ich dachte, Ihr Gatte treffe die Dispositionen.«

Sie starrte voraus, durch die Ölflecke und Mückenkleckse auf der Windschutzscheibe. »Ich sehe zwar nicht ein, weshalb ich Ihnen das sagen soll, Mr. Cary, aber mein Mann und ich liegen in Scheidung.«

»Das tut mir leid.«

Sie warf mir einen Blick zu. »Mir nicht.«

Zeit für Bill Cary, den Laden fürs Mittagessen dichtzumachen — Familienprobleme. Durch Warten gelöst. Ich machte mir wieder Sorgen über Öldruck und Temperaturen.

10

Wir hatten gerade Sodankylä passiert, als der Kontrollturm Rovaniemi sich mit meinem Rufzeichen meldete. Sie wollten meine Position wissen. Ich gab sie ihnen, zweimal wie üblich.

Rovaniemi sagte in klarem, langsamem Englisch: »Wir haben einen Notruf ein paar Kilometer nordöstlich von Ihnen. Können Sie nachforschen?«

Ich antwortete: »Jawohl. Noch mehr Einzelheiten?«

Sie machten eine kleine Pause. Dann: »Es ist ein englisches Flugzeug — ein Auster-Schwimmerflugzeug. Er sagte, er habe einen Motorbrand.«

»Wissen Sie, wo?«

»Er sagte, er versuche in einer großen Biegung eines großen Flusses zu wassern. Wir glauben, es ist der Luirojoki.«

Ich glaubte das auch. Es war der einzige große Fluß in der Nähe, aber östlich des Luftfahrtweges, und seine lange, nach Westen verlaufende Biegung war gerade am Horizont von mir aus zu sehen. Etwa fünfzehn Meilen entfernt. Ich nahm Kurs darauf.

»Wir haben einen Notruf«, erklärte ich Mrs. Beekman. Bei Rovaniemi fragte ich an: »Sendet er noch?«

»Wir haben seit fünf Minuten nichts mehr von ihm gehört. Vielleicht flog er zu tief.«

Mit einem brennenden Motor würde er so schnell wie möglich heruntergehen. Selbst wenn es ihm gelungen war, das Feuer zu löschen und den Motor stillzulegen, würde er mit einer Einmotorigen à la Auster nicht weiter fliegen, als er gleiten könnte.

Aber er könnte nach wie vor mit seinem Funkgerät senden, und er könnte in Reichweite von mir sein. Ich schaltete auf die Notfrequenz um und rief: »Auster mit Motorbrand — können Sie mich hören?«

Im Kopfhörer summte es nur. Ich versuchte es wieder, bekam ihn aber nicht herein.

Ich sagte zu Mrs. Beekman: »Schauen Sie nach Ihrer Seite raus. Achten Sie auf schwarzen Rauch.«

Ich gab Gas, die Beaver ruckte etwas, machte ein paar andere Rattergeräusche und flog etwas schneller.

Als wir in Gleitflugentfernung des Flusses kamen, nahm ich Gas weg und begann hinunterzugehen, von Seite zu Seite schwingend, um über die Nase blicken zu können. Nirgendwo war eine Rauchsäule zu entdecken, wie es hätte sein sollen, wenn der Auster erst vor fünf Minuten brennend heruntergegangen wäre. Ich fing an, zickzack zu fliegen, um einen Blick nach hinten werfen zu können, für den Fall, daß er sich hinter den Bäumen unserer Anflugbahn befand.

Mrs. Beekman sagte: »Im Fluß sehe ich nichts.«

Dann entdeckte ich es: ein scharfes Glitzern zwischen den Kiefern eine halbe Meile westlich des Flusses. Ich gab Gas und flog in einer engen Sturzkurve herum.

Die Maschine brannte nicht, war auch nicht in Stücke gegangen, aber das war ungefähr auch alles, was man sagen konnte. Der Pilot mußte eingesehen haben, daß er gegen den Nordwind nicht auf dem Fluß wassern konnte, hatte abgedreht, um vielleicht ein gerodetes Stück zwischen den Bäumen zu finden, und schließlich das einzig Vernünftige getan: Er war auf die niederen Jungbäume und Büsche kurz vor einer Gruppe stämmiger Kiefern hinuntergegangen.

Selbst so hatte sich die Maschine fast auf den Rücken gelegt. Die Schwimmer hatten sich eingegraben, der Schwanz war hochgekommen, war übergekippt, bis er sich in den Kronen der ersten kleineren Bäume verfangen hatte. Aber die Maschine brannte nicht.

Etwa hundert Meter hoch flog ich eine weite Kehre, und jemand in den Büschen unten stand auf und winkte. Ich wackelte mit den Flügeln und begann zu steigen.

Mrs. Beekman fragte: »Können Sie nicht landen?«

»Mal gerade, glaube ich. Soll ich?«

»Aber das ist doch selbstverständlich.« Sie sah direkt entrüstet aus.

»Gut. Ich möchte nur Rovaniemi noch mitteilen, was ich vorhabe. In dieser Höhe können sie mich nicht hören.«

Auf etwa achthundert Meter Höhe kam ich durch und machte ihnen so genaue Angaben, wie ich konnte. Sie sagten, sie würden in einer halben Stunde eine Militärmaschine herüberschikken. Ob ich so lange kreisen und die Stelle markieren wolle, bis sie da sei?

Ich sah Mrs. Beekman an. Sie zuckte mit dem Kopf scharf nach unten.

Ich sagte zu Rovaniemi: »Ich werde landen. Sie kann als Funkrelais fungieren. Ende.«

Ich ging in Spiralen hinunter, fuhr die Räder aus den Schwimmern zur Landung aus.

Die Landeklappe voll ausgefahren und kurz Vollgas gebend, um den Abstieg abzuflachen, knallte ich zwischen zwei Reihen hoher Bäume auf beiden Seiten eines Wegs herunter und hielt in einer Wolke aus Staub und kleinen Steinen hundertfünfzig Meter vor der Auster.

Aus den Büschen stapfte ein Mann auf uns zu, gerade als wir aus der Maschine kletterten. Er hatte einen Schnitt auf dem rechten Handrücken, ein Hosenbein war unter dem Knie aufgerissen, und sein Gesicht hatte nicht viel Farbe, doch schien er sich ziemlich leicht zu bewegen.

Er sagte: »Ich glaube, mein Pilot hat sich das Bein gebrochen. Ich bin froh, daß Sie so schnell herkamen.«

»Ich bin zufällig vorbeigeflogen und dachte, ich sollte mal kurz landen«, erwiderte ich. »Sind sie Engländer?«

»Ja. Und Sie?«

»Wir sind eine vereinigte anglo-amerikanische Delegation. Haben Sie ihn aus der Maschine rausgeholt?«

»Ich zeige es Ihnen.« Er ging voran. Das Wort ›stattlich‹ paßte auf ihn, aber er bewegte sich ziemlich gut durchs Unterholz. Und es schien ihm nicht viel auszumachen, was mit seinem hübschen grauen Mohairanzug durch den Sturz geschehen war.

Der Pilot, ein langer Bursche Mitte zwanzig, lag auf der Stelle ausgestreckt, wo der Schwanz gewesen wäre, wenn er nicht in den Baumkronen steckte. Sein Gesicht war sehr weiß, und ich war nicht sicher, ob er bei Bewußtsein war. Sein Atem kam in Stößen wie bei einem lecken Auspuff.

Sein linkes Bein unter dem Knie sah übel aus. Der Stattliche hatte zwar einiges getan, hatte das Blut aus einer schlimmen Wunde mit ein paar Taschentüchern abgebunden, aber das Bein war gebrochen.

Ich konnte nicht mehr tun als das Blut weiter zu stillen, das Bein mit Zweigen zu schienen und ihn dann herauszuholen, ehe der Schock ihn ganz erschöpfte. Ich zog das Fairbairn-Messer aus den Klammern meines Stiefels, reichte es dem Stattlichen und sagte: »Versuchen Sie, ein paar gerade, ziemlich harte Äste von etwa einem Meter Länge zu finden.«

»Jawohl.« Er nahm das Messer und trottete am Unterholz vorbei in die Kieferngrupppe.

Mrs. Beekman beugte sich über meine Schulter und fragte: »Kann ich irgendwie behilflich sein?«

»Sie könnten ihm Ihren Mantel leihen. Er wird frieren, wenn sich der Schock erst einmal geltend macht.«

Sie zog ihn aus, und ich breitete ihn über ihn. Er bewegte den Kopf und schlug die Augen auf.

»Alles in Ordnung, mein Junge«, sagte ich zu ihm. »Sie haben bloß das Bein gebrochen. Ich fliege Sie in einer Minute aus.«

Er flüsterte: »Ist er in Ordnung?«

»Kaum ein Kratzer. Sie haben sich die beste Stelle ausgesucht.«

»Den Fluß hab' ich nicht geschafft — den Weg auch nicht.«

»Sie haben's gut gemacht. Wie haben Sie Feuer gefangen?«

Er schloß die Augen und bewegte den Kopf nur einen oder zwei Millimeter. »Kann ich mir nicht vorstellen.«

»Öldruck in Ordnung?«

»Bißchen niedrig — und unregelmäßig. Aber in Grenzen. Bis die Maschine zu brennen anfing.«

»Zylinderkopf-Temperaturen?«

»Bißchen — bißchen niedriger als sonst. Ich — ich versteh's einfach nicht.«

»Machen Sie sich keine Sorgen.« Aber ich machte mir selbst etwas Sorgen. Motorbrände gibt es in unserer aufgeklärten Zeit einfach nicht.

Dann kam der Stattliche wie ein Bulldozer mit den Ästen zurück, und wir machten uns an die Arbeit.

Wir banden die Äste mit ein paar weiteren Taschentüchern ans Bein, wickelten dann beide Beine mit einem Anschnallgurt, den ich aus der Auster herausschnitt, zusammen. Mrs. Beekmans Mantel schoben wir ihm unter und hoben ihn an den beiden Ärmeln und den zwei unteren Ecken. So trugen wir ihn hundert Meter und hielten dann an, um Atem zu schöpfen.

Der Stattliche sagte: »Übrigens, mein Name ist Alexander Judd.«

»Ich bin Bill Cary.«

Wir schüttelten uns — weil er es offenbar so wollte — über dem auf dem Boden liegenden Piloten die Hand. Judd hatte ein dickes, birnenförmiges Gesicht, die Züge gleich einer kleinen Oase in der Mitte gruppiert; unter freudigeren Umständen wäre es ein lustiges Gesicht gewesen. Sein blondes Haar fing an, schütter zu werden, und sein Alter ließ sich schwer schätzen: Irgendwo zwischen Anfang und Ende Dreißig. Er trug eine Krawatte mit Klubstreifen, die häßlich genug waren, um echt zu sein.

Ich sagte: »Ich hieve ihn nach Rovaniemi zurück. Wollen Sie mitkommen?«

»An sich waren wir unterwegs nach Ivalo — aber ich komme lieber mit.«

»Gepäck?«

»Etwa hundert Pfund.«

Er selbst sah nach guten zweihundert Pfund aus. Ich berechnete Startgewichte und Entfernungen, während wir den Piloten die letzten fünfzig Meter zur Beaver trugen.

Als wir ankamen, hatte ich es ausgerechnet: Ohne Mrs. Beekmans Gepäck und vorzugsweise ohne Mrs. Beekman selbst wäre der Start nicht zu schlecht.

Ich machte ihr den Vorschlag.

»Sie werden in kürzester Zeit in Ivalo sein«, sagte ich. «Es fragt sich nur, ob Sie hier in der Wildnis anderthalb Stunden allein verbringen wollen.«

»Das macht mir nichts aus.« Und es klang echt.

Ich begann ihr Gepäck aus der Maschine zu holen. Das Magnetometer nahm ich auch heraus und legte es dazu.

Wir brachten den Piloten, Judd und sein Gepäck an Bord, schoben die Beaver herum, damit sie in der Richtung stand, aus der ich gekommen war — in jeder Richtung hätten wir Querwind gehabt, und ich wollte wenigstens ein Stück gerade Straße haben —, und gab Gas. Wir hoben uns ab.

Wir erreichten Reisehöhe, ich rief Rovaniemi an und sagte ihnen, sie sollten einen Krankenwagen zum Fluß schicken. Ich würde auf dem Fluß landen, um die Fahrtzeit vom Flughafen zu sparen. Sie sagten okay.

Ich sah Judd neben mir an. »Geschäftsreise?« fragte ich.

Er nickte und lächelte verzerrt. »Und ein wenig Fischen — hatte ich gehofft.« Unter seinem Gepäck hatten sich zwei Angeln befunden. »Hab' nach billigem Holz hier oben gesucht — Bretterverkleidung.«

»Brauchen Sie dazu wirklich ein Flugzeug?«

»Ist das Ihre zu mieten?«

»Das ist mein Beruf.»

Er dachte nach und sagte dann: »Muß ich mir überlegen.«

11

Ich war wieder auf der Straße nahe dem Luirojoki nach etwas mehr als anderthalb Stunden. Ich hatte Mrs. Beekmans Mantel unabsichtlich mitgenommen, und sie saß auf einem umgekippten Koffer in einem schicken dunkelgrauen Kostüm, sah aus wie ein Modetrickbild mit der schmutzigen Wildnis als Kulisse dahinter.

Und doch nicht ganz. Sie brachte es tatsächlich fertig, auszusehen, als gehöre sie zu diesem Stück Lappland — oder als gehöre es zu ihr. Immerhin eine Eigenart, die nicht viele Frauen haben.

Ich rollte aus und hielt den Propeller zwei Meter vor ihr an, kurz bevor er ihr den Kopf abriß.

Sie rührte sich keinen Zoll.

Ich kletterte hinunter.

»Tut mir leid, daß ich mich verspätet habe«, entschuldigte ich mich.

»Wie geht's ihm?«

»Dem Piloten? Ooch, es sollte ihm gutgehen.« Ich fing an, ihr Gepäck wieder an Bord zu hieven. Dann hakte ich das Magnetometer — eine stromlinienförmige Bombe — an die Winde und rammte es in die Halteklammern unter dem hinteren Rumpf.

»Fast startbereit«, sagte ich fröhlich. »Wollen Sie hineinhopsen, fort von den Mücken?«

»Wo gehen Sie hin?«

»Ich möchte mir das abgestürzte Flugzeug ansehen.«

Sie runzelte die Stirn und sagte: »Ich komme mit. Diese Nylons sind sowieso futsch.« Ich ging durch das Unterholz voran.

Es war ein Autocar-Modell mit britischer Registrierung; dunkelgrüne Buchstaben auf enteneierblauem Grund. Die Schwimmer machten es so selten wie einen pflanzenfressenden Moskito. Niemand fliegt heutzutage Schwimmermaschinen in England, nachdem so viele im Krieg angelegte Flugfelder zur Verfügung stehen. Judd mußte diese extra für sich in Auftrag gegeben haben.

Es war ein trauriger Anblick: Es würde viel Arbeit erfordern, sie wieder zum Schwimmen oder Fliegen zu bringen. Die Schwimmer hatten sich die Zehen verstaucht und beim Nachschleppen, als die Maschine überkippte, die Vorderstreben losgerissen, so daß sie wie riesige Füße nach den Seiten ausgebogen waren. Die Nase ruhte beinahe auf dem Boden. Ein Flügel des hölzernen Propellers war abgerissen, aber nicht zerschmettert, was bedeutete, daß der Pilot den Motor noch in der Luft abgestellt hatte, ehe er aufprallte.

Die Cockpittür hing offen in den Angeln, in Höhe meiner Schulter. Ein Blutspritzer klebte auf dem Armaturenbrett des Piloten, und die Anschnallgurte — diejenigen, die ich nicht abgeschnitten hatte — hingen wie Dschungellianen gerade herunter. Ich schlug die Tür gegen das Wetter draußen zu.

Mrs. Beekman fragte ungeduldig: »Nun, was haben Sie bis jetzt herausgefunden?«

»Sagen Sie's nicht weiter, aber ich glaube, es ist ein Flugzeug.«

Von einem Brand war nicht viel zu bemerken, von starken schwarzen Flecken und Blasen einige Zoll hinter den Motorklappen und einem penetranten Geruch nach verbranntem Öl und Gummi abgesehen.

Der Motor war inzwischen eiskalt. Ich löste die Druckschrauben mit einer Münze, und die Kappen sprangen auf. Der Motor im Innern sah wie ein Stück Rindfleisch aus, das einen Monat in der Sonne gelegen hatte.

Er war mit schmutzigem, fest gewordenem Schaum vom Feuerlöscher bedeckt, durchzogen von abgesenkten Drähten wie eingeschrumpfte Sehnen und Adern. Bei diesem Durcheinander, und da die ganze Maschine über die Vertikale gekippt war, brauchte ich einige Zeit, um herauszufinden, wo ich überhaupt war. Dann entdeckte ich den Vergaser und verfolgte die Treibstoffleitung zum Schott zurück — kein Bruch darin. Ich ging zu den Ölleitungen über.

Der Tank selbst war eingedrückt, und der größte Teil seines Inhalts war inzwischen ein klebriger Fleck auf dem Boden darunter. Ich klopfte die Schaumkruste ab und grub das Ölfilter aus. Er hatte eine Menge Motorschlamm angesammelt, und das meiste davon klebte noch am Außenrand des Filterrostes. Nachdem nun alles offen war, verbreitete sich betäubender Benzingeruch.

Ich klemmte das Ölfilter wieder fest, klopfte Krustenstücke von anderen Motorteilen ab, dann schraubte ich den Öltankverschluß ab und ließ den Rest des Zeugs ablaufen. Der Verschluß war sowieso nicht richtig drauf.

Mrs. Beekman schaute mir über die Schulter. »Himmel, wie das stinkt!« sagte sie.

»Ich wette, es hat oben in der Luft noch mehr gestunken. Aber die hatten um die Zeit andere Probleme.« Ich schlug die Kappe zu und verschraubte sie.

Sie sagte: »Verzeihung. Ich habe mir nichts dabei gedacht, wollte bloß etwas sagen.«

»Ja. Tut mir leid, daß ich Sie anfuhr.«

»Passiert so etwas öfter?«

»Nein. Ich hab' ein paar Notlandungen erlebt, aber noch nie einen Brand in der Luft. Der Pilot war neu in diesem Land.«

Sie nickte nur. Sie sah gut aus, wie sie so in ihrem Kostüm aus der Fifth Avenue dastand, die Sonne im Haar. Es kam mir der Gedanke, daß im Umkreis von mehreren Meilen wahrscheinlich keine Menschenseele war, bestimmt nicht in Rufweite.

Der Gedanke kam und entschwand, und ich sah ihn ungern schwinden. Aber mit der Auster war ich noch nicht fertig. Da mußte noch ein Haken sein. Ich wußte nicht, was für einer, aber inzwischen wußte ich, daß etwas nicht stimmte. Ich fand es unter dem Armaturenbrett auf der Passagierseite: eine herunterhängende Zündkerze und ein Paar gummiunterlegte Klammern, die einmal etwas gehalten hatten. Dieses Etwas war nicht in der Kabine. Ich begann im nahen Unterholz zu suchen.

Mrs. Beekman fragte: »Und was jetzt?«

Ich suchte weiter. Ich brauchte fast zehn Minuten, es aufzustöbern, und ich hätte in diesem Wald eine Woche gebraucht, wenn er es wirklich versteckt hätte. Es war ein elektronisches Gerät im Umfang eines großen Wörterbuches etwa. Von ihm führte ein Stück Draht zu einer glänzenden Röhre mit Handgriff und einer runden Platte mit Grad-Markierungen am einen Ende und einem kleinen eckigen Empfänger am anderen.

Ich brachte es ans Licht und besah es mir sorgfältig. Es schien nicht beschädigt zu sein, obgleich man das bei elektronischen Geräten nie genau weiß, bis man sie nicht ausprobiert hat.

Mrs. Beekman fragte: »Was haben Sie gefunden?«

Ich hielt es hoch, damit sie es sehen konnte. »Bißchen Zeugs, das abgefallen ist.«

»Abgefallen? Ist einfach abgefallen und hat sich hinter dem Baum da versteckt?«

Ich lächelte sie freundlich an. »Muß wohl so sein. Warum sollte jemand das Zeug verstecken — es sei denn, er fürchtete, ein anderer Pilot würde es stibitzen?«

Ich ging voran, zur Beaver zurück, während sie mich in meinem Kielwasser sicher für einen kleinen, wrackplündernden Schwindler hielt. Sie hatte halb recht. Ich hatte auf jeden Fall die Absicht, dieses Zeug zu behalten: Man bekommt keine Importlizenz für einen Radarempfänger — einen Apparat, dessen einziger Verwendungszweck im Aufspüren von Radarstationen besteht. Auf jeden Fall nicht, wenn man zur russischen Grenze hinauffliegt.

Dann war da noch die Frage, warum Judd es für wert hielt, eine solche Ausrüstung mitzuführen. Und ob das etwas damit zu tun hatte, daß jemand an seiner Auster Sabotage verübt hatte.

Wir setzten in Ivalo kurz nach drei Uhr auf. Ich ging zum Turm, um nach einem Taxi für Mrs. Beekman plus Gepäck zu telefonieren, und gab dann Auftrag, die Beaver aufzutanken.

»Sie werden keine Schwierigkeiten haben, im Hotel ein Zimmer zu bekommen«, sagte ich zu ihr. »Ich treffe Sie dort etwa um die Dinnerzeit, nachdem ich Ihren Bruder gesprochen habe. Es kann einige Zeit dauern, weil er ja auf Bärenjagd unterwegs ist, aber bei Dunkelwerden bin ich wieder da.«

»Danke Ihnen, Mr. Cary.« Sie trug wieder ihren Mantel, der nur ein paar Blutschmierflecke am Futter hatte, aber das war nicht zu sehen, wenn sie ihn zuknöpfte. »Tut mir leid, daß ich Sie vorhin angemeckert habe.«

»Entschuldigen Sie sich lieber nicht zu früh. Wahrscheinlich werden Sie mich heute abend noch mal anmeckern.«

Sie nickte nur. »Wollen Sie ihm das geben, wenn Sie ihn treffen?« Sie reichte mir einen Luftpostbrief und ein gut eingewickeltes Päckchen von der Größe einer Pralinenschachtel. »Das Päckchen scheint ohnehin für Sie zu sein.«

Ich hätte es beinah fallen lassen: Es war wie ein Bleibarren. Als ich die Beschriftung ansah, war es von Purdey, London, an F. W. Homer, bei mir, adressiert. Es konnten nur die massiven zwölfkalibrigen Patronen sein, die er mir versprochen hatte.

Sie sagte: »Der Brief ist der, den ich ihm schrieb. Vielleicht hilft er manches erklären.«

Ich steckte ihn in meine Hemdbrusttasche. »Ich werde mein Möglichstes tun, Mrs. Beekman. Ich will wirklich versuchen, ihn zu überreden, daß er Sie trifft. Aber das ist etwas, worüber Sie viel besser Bescheid wissen als ich.«

»Ja«, sagte sie. »Ja, viel besser.«

Sie drehte sich um und ging zum Flughafengebäude.

12

Immer noch keine Spur von Mikko, aber der Turm hatte eine Mitteilung von ihm: Er sei krank, hoffe, morgen zurück zu sein, könne es aber nicht versprechen. Während ich aufs Auftanken wartete, öffnete ich das Patronenpäckchen und schob eine Patrone in die Flinte.

Die Patronen waren aus Messing, etwa zweieinhalb Zoll lang, und nur die Spitze der Bleikugel sah heraus. Ich schwor mir, eines Tages eine auseinanderzunehmen, bloß um Form und Gewicht der Kugel festzustellen. Sie fühlte sich ziemlich groß und scheußlich an.

Ich legte die Flinte wieder zurück; an sich hatte ich vorgehabt, ein paar Riemen oder ein Segeltuch-Gewehrfutteral zu kaufen, um sie oben am Dach festzumachen, nicht im Wege und doch leicht greifbar. Statt dessen hatte ich aber nur die Schallpolsterung über der Passagiertür aufgeschlitzt und die Flinte dahintergeschoben.

Der kleine kremfarbene Kombiwagen hupte die Rollbahn auf und ab, um die Rentiere zu verjagen, und ich rollte hinaus und startete etwa um halb vier.

Ich kreiste ein paarmal über Homers Blockhütte und Umgebung, die Maschine absichtlich schwenkend, um seine Aufmerksamkeit auf mich zu lenken. Dann landete ich.

Ich rauchte zwei Zigaretten und wünschte bereits, ich wäre zum Lunch in Ivalo geblieben, als er zwischen den Bäumen hervortrat. Er war angezogen wie zuvor, Jagdausstattung plus Büchse.

»Wie steht die Jagd?« fragte ich.

»Ich habe noch zwei gesehen und einen davon erlegt, Sir«, antwortete er.

»Fein. Glauben Sie, Sie haben jetzt genug?«

»Warum?« Es klang beinahe scharf — für ihn. »Wollen Sie Lappland verlassen?«

»Ich verlasse es ohnehin bald. Aber Sie haben Besuch. Oben in Ivalo.« Ich gab ihm den Luftpostbrief. »Ich glaube, das erklärt alles.«

Während er las, schlenderte ich zur Beaver hinunter und kickte gegen ihre Vorderreifen. Ganz gleich, was ich vorhatte, die mußten noch vor dem nächsten Sommer ersetzt werden. Ich wanderte um die Beaver mit pessimistischem Gesichtsausdruck und in Erwartung anderer Schäden.

Als ich zu Homer zurückkehrte, hatte er den Brief gelesen. Er sah etwas bekümmert aus. »Sie haben Alice gesehen?« fragte er. »Geht es ihr gut?«

»Ich nahm sie nach Ivalo hinauf. Ja, es schien ihr ausgezeichnet zu gehen, von der Scheidung abgesehen.«

»Scheidung?« Er schien verblüfft.

»Ja — schreibt sie es Ihnen nicht? Sie läßt sich von ihrem Mann scheiden oder er von ihr.« Ich zerbrach mir den Kopf, versuchte mich zu erinnern, welches von beidem sie gesagt hatte. Auf jeden Fall, wie kam ich dazu, die Hiobsbotschaft von Richmond zum Värriöjoki zu bringen? »Aus diesem Grund will sie doch, daß Sie zurückfahren und etwas mit dem Gut unternehmen, nicht wahr?«

Er erwiderte: »Ah, ja, natürlich«, und warf noch einen schnellen Blick auf den dünnen Luftpostbogen. Ich zündete mir eine neue Zigarette an und fragte mich im stillen, ob ich immer noch zu verkatert war, um die feineren Seiten von Homers Familienleben würdigen zu können.

Nach einer Weile sagte ich: »Ich versprach ihr, hierherzufliegen und Sie zu fragen, ob Sie sie sehen wollen.«

Er sagte: »Sie will, daß ich nach Amerika zurückfahre.«

»Das schien ungefähr ihre Vorstellung zu sein.«

»Sagte sie Ihnen, warum, Sir?« Wieder klang es beinahe scharf.

»Nun, die Güter. Ihr Mann will keine Entscheidungen mehr treffen, wenn er nicht mehr ihr Mann ist, nehme ich an.«

Er nickte. Dann sagte er: »Nein, Sir, ich glaube nicht, daß Amerika der richtige Ort für mich ist.«

Ich warf meine Zigarette in den Sand, trat sie aus und blickte über den See. Der Nordwind kräuselte ihn und peitschte die Baumwipfel. Die Sonne stand tief über dem jenseitigen Ende des Sees und nahm eine orangene Färbung an. Der Wind hatte die Luft klargefegt und Frost mitgebracht.

Ich zündete mir eine neue Zigarette an und kehrte widerstrebend zur Familie Homer zurück. Ich sagte: »Ich nehme nicht an, daß sie Sie für immer nach Amerika holen will. Können Sie ihr nicht Prozeßvollmacht oder etwas Ähnliches geben, damit ihre Anwälte die Vermögensangelegenheiten regeln können?«

Er schien nicht sehr aufmerksam zuzuhören, war mit seinen Gedanken woanders. »Ich möchte noch nicht nach Amerika zurück, Sir. Ich bin hier noch nicht fertig.«

»Wollen Sie nicht wenigstens mit Ihrer Schwester sprechen, wenn ich sie herfliege?«

Er lächelte müde. »Lieber nicht, Sir. Ich beabsichtige, einen kleinen Jagdausflug zu machen, werde zwei oder drei Nächte draußen kampieren.«

»Sie hat die ganze Reise von Amerika hierher gemacht, um Sie zu sehen. Ich kann sie gleich morgen früh herüberfliegen.«

»Trotzdem, lieber nicht, Sir.«

Plötzlich wurde ich wütend, ohne ersichtlichen Grund, außer vielleicht aus Eifersucht. »Sie sind hergekommen, weil das einzige Großwild, das Sie noch nicht geschossen hatten, der europäische Bär war. Jetzt haben Sie einen geschossen — zwei sogar. Es tut mir leid, wenn das Ihr Leben leer und ziellos macht, aber Sie haben sich das Ziel ja ausgewählt. Persönlich fehlt mir zwar jedes Verständnis dafür, aber das kommt vielleicht davon, daß ich bislang nur auf Menschen geschossen habe. Warum fahren Sie nun nicht nach Hause und leisten wenigstens einmal eine richtige Tagesarbeit?«

Wenn er mir mit dem Gewehrkolben über den Schädel geschlagen hätte, hätte ich das verstanden. Aber er runzelte nur erstaunt die Stirn.

»Sie haben jemand erschossen, Sir?«

»Ja. Aber darum geht's jetzt nicht. Wollen Sie Ihre Schwester sehen?«

Er nickte, und einen Augenblick glaubte ich, ich sei zu ihm durchgedrungen. Aber dann sagte er: »Ich dachte mir gleich, daß Sie militärisch ausgebildet sind — nach der Art zu schließen, wie Sie an jenem Nachmittag mit dem Gewehr umgingen.«

Ich sagte »Himmeldonnerwetter« und lief einmal im Kreis herum, um ihm nicht das Gewehr in den Rachen zu stoßen.

Dann sagte ich: »Gut, Sie wollen sie nicht sehen. Sie leben in einer Demokratie, es gibt also keinen Zwang. Soll ich ihr etwas ausrichten?«

Er überlegte. »Vielleicht kann ich mich in einigen Tagen mit ihr treffen. Und sagen Sie ihr, sie könne Prozeßvollmacht haben, wenn sie es wünscht.«

»Okay. Ich komme also zurück.« Ich drehte mich um und dann wieder zurück. »Aber ich glaube noch immer, daß Sie vor etwas davonlaufen, Homer.«

Er richtete sich auf, ein kleiner, gedrungener — aber ruhiger und würdiger — Mann. »Ich kann Ihnen versichern, ich laufe nicht davon, Sir. Ich bin Jäger. Das verstehen Sie vielleicht nicht, Sir.«

»Verdammt noch mal, ich versteh's auch nicht.«

Ich stapfte zur Beaver zurück, schob sie ins Wasser und sprang an Bord. Ich war immer noch wütend, aber hauptsächlich über mich selbst. Da hatte ich mich ja großartig bei dem Versuch bewährt, mich aus den Familienangelegenheiten der Familie Homer herauszuhalten.

Kurz nach Sonnenuntergang saß ich wieder in der Mainio-*Baari* in Ivalo und aß die unvermeidlichen Eier. Ich hatte gar keinen Appetit auf Eier, viel eher auf ein paar Glas Schnaps hintereinander, aber ich wußte, daß ich zuerst etwas im Magen haben mußte.

Ich war nervös und fühlte mich unbehaglich. Teilweise war es die letzte Wirkung meines Katers, zum Teil ein Unbehagen über die Mitteilung, die ich Mrs. Beekman machen mußte — aber zum Teil war es darauf zurückzuführen, daß ich das Sperrzonenfliegen satt hatte. Im Frühsommer schien es sich noch zu lohnen: Vor mir lagen einen Sommer lang fliegen und ein großer Nickelfund. Jetzt hatte ich bloß noch Halbtagesflüge vor mir, die nicht mal eine zerbeulte Sardinenbüchse aufstöbern würden. Das Risiko war zu groß.

Aber ich wußte, daß ich es tun mußte. Wenn man einen Kontrakt unterschreibt, muß man ihn zu Ende führen. Mit der Mitteilung an Mrs. Beekman war's dasselbe.

Ich aß meine Eier, rauchte ein paar Zigaretten, und schließlich blieb nichts mehr übrig, als ins Hotel rüberzugehen und mein Sprüchlein herzusagen.

Sie saß noch im Speisesaal, allein an ihrem Tisch, hastig und wütend an ihrer Zigarette ziehend und eine große Tasse Kaffee trinkend. Die Kellnerin war nicht gerade erpicht darauf, mich und meine alte Fliegerjacke in die Nähe ihres millionenschweren Gastes zu lassen, aber ich ging trotzdem hin.

Mrs. Beekman fragte: »Haben Sie ihn gesprochen?«

Ich setzte mich und bestellte Kaffee und einen Schnaps.

»Ja, ich hab' ihn gesprochen.« Ich holte einmal tief Luft. »Er will nicht in die Staaten zurück, und er will Sie nicht sehen — noch nicht. Vielleicht in einigen Tagen. Er sagte, er werde vielleicht einen mehrtägigen Jagdausflug machen.«

Sie hob das Kinn, und ihre Augen hielten mich fest. »Ist das seine Antwort?«

»Im Grunde ja.«

»Haben Sie ihm meinen Brief gegeben?«

Ich nickte.

»Und Sie haben ihm gesagt, daß ich extra aus den Staaten herübergekommen bin, um ihn zu sprechen?«

»Das sagte ich ihm. Glauben Sie mir, Mrs. Beekman, ich habe wirklich versucht, ihn zu überreden. Am Schluß hatten wir dann noch einen kleinen Streit. Ich glaubte zwar, daß er im Unrecht ist, aber schließlich ist das seine Sache.«

Die Kellnerin brachte mir meinen Kaffee und Schnaps und fragte Mrs. Beekman, ob sie noch Wünsche habe.

Sie sagte: »Im Augenblick nicht.« Dann zu mir: »Ich glaube, Sie sollten mich einfach hinüberfliegen.«

Ich nahm einen Schluck Schnaps und erwiderte: »Tut mir leid.«

Sie warf mir einen Blick zu, der mich an einen in meine Richtung schwenkenden Geschützturm eines Kriegsschiffes erinnerte. Ich langte wieder nach meinem Schnaps. Sie hatte viel mehr Erfahrung in der Kunst, anderen Leuten ihren Willen aufzuzwingen, als ich Erfahrung hatte, Leute wie sie einen Baum hinaufzujagen.

»Was würde es mich also kosten?« fragte sie grimmig. »Der Flug zu ihm?«

»Kann ich meinen eigenen Preis machen?«

»Ja.« Das kam eiskalt und stahlhart.

Ich dachte eine Weile nach. Dann schüttelte ich den Kopf. »Kein übler Gedanke. Aber als er mich engagierte, kamen wir überein, daß er allein gelassen werden sollte. Das gilt nach wie vor. Er sagte, er werde Sie in ein paar Tagen treffen. Inzwischen, sagte er, können Sie Prozeßvollmacht haben. Hilft Ihnen das?«

Sie schob mir wieder das Kinn entgegen und feuerte die Breitseite ab.

»Nein-es-hilft-nicht-hol-Sie-der-Teufel! Ich möchte ihn *sprechen.* Verstehen Sie das?«

Ich knallte mein leeres Schnapsglas auf den Tisch. »Dann müssen Sie sich für ein paar Millionen Dollar Bären engagieren. Die werden wissen, wo er steckt.«

Ich stand auf.

Sie sagte, diesmal ruhiger: »Ich glaube, Sie verstehen mich nicht, Mr. Cary.«

»Das stimmt hundertprozentig für die ganze Familie Homer, Mrs. Beekman. *Er* sagte mir nämlich genau dasselbe. Sie haben beide recht. Die ganze Familie ist mir ziemlich unverständlich. Was ich aber am allerwenigsten verstehe, ist, wie ich ausgerechnet da reingerutscht bin. Nun — ich ziehe mich zurück. Wenn Sie in zwei, drei Tagen noch hier sind, fliege ich Sie hin. Bis dahin können Sie mich vergessen.«

Und ging hinaus.

Ich bedauerte es in dem Augenblick, als ich draußen war, und nicht bloß, weil der Speisesaal der einzige Ort in der Stadt war, in dem Alkohol ausgeschenkt wurde. Ich hätte ihr anbieten können, ihr die Sehenswürdigkeiten Ivalos zu zeigen, deren eine vielleicht Bill Carys Blockhütte hätte sein können. Wenn wir das Thema ›Bruder‹ hätten ausklammern können.

Aber ihr Bruder war der einzige Grund, weshalb sie etwas mit Ivalo zu tun hatte — oder mit Bill Cary. Ich schlug den Heimweg ein, zum Rest meines Whiskys aus Stockholm.

13

Am nächsten Morgen saß ich kurz nach sieben in der Mainio-*Baari* und wartete auf Mikko, als jemand mir zurief, ich würde am Telefon verlangt. Es war der Flughafen Ivalo.

»Pilot Adler hat sich soeben über Funk gemeldet und fragt, ob Sie ihn nach seiner Landung treffen könnten«, sagte man mir. »Er wird in einer Dreiviertelstunde auf dem Fluß landen. Verstehen Sie?«

Ich antwortete: »Nein, aber trotzdem vielen Dank.«

»Er sagt, es sei sehr wichtig. Er braucht Ihre Hilfe.«

»*Was* braucht er? Nein — lassen wir's. Wo ist er jetzt?«

Die Stimme am anderen Ende klang, als zuckte man die Schultern. »Oh, südlich von hier, in der Nähe von Rovaniemi, glaube ich.«

Ich sagte danke schön und ging zu meinen Eiern zurück. Mein erster Gedanke war: Zum Teufel mit Oskar und seinen Sorgen. Aber das geht nicht. Lappland ist zu einsam, als daß man herumlaufen und sagen könnte: Zum Teufel mit den Sorgen anderer Leute. Eines Tages hat man selbst Sorgen. Und bei Piloten heißt das viel mehr.

Trotzdem wäre es einfacher, wenn ich nicht überzeugt wäre, daß Oskar sich bloß von mir aus einem Schlamassel herausziehen lassen wollte, in das er sich selbst hineinmanövriert hatte.

Mikko war immer noch nicht aufgetaucht, und ich überlegte mir, ob ich zu seiner Hütte hinuntergehen und nachsehen sollte, wie es ihm ging. Ich hätte es gern getan, aber ich glaubte nicht an seine Krankheit, hatte den Verdacht, daß er nur die bezahlte Zeit dazu verwendete, sich einen neuen Job zu suchen. Es würde ihn in Verlegenheit bringen, wenn ich einfach einträte und anböte, ihm kalte Umschläge auf die fiebrige Stirn zu legen. Schließlich trank ich noch zwei Tassen Kaffee und war gegen dreiviertel acht auf der Brücke draußen.

Die Sonne lag noch tief über dem Horizont, stieg triefäugig aus einem zarten Dunst im Osten auf. Es war entweder der erste Herbstnebel oder der Rauch eines Waldbrandes in Rußland drüben. Oskar landete gewöhnlich von Osten her, stromaufwärts auf die Brücke zu. Es gab ihm eine breite, gerade Wasserfläche, die Strömung verlangsamte seine Landegeschwindigkeit, ehe er zur Brücke kam — und die Landung konnte vom Speisesaal des Touristenhotels aus beobachtet werden, immer eine gute Reklame.

Ich zündete mir eine Zigarette an, lehnte mich übers Geländer und starrte ins Wasser hinunter. Ich konnte noch große Brocken der alten Brücke auf dem Grund sehen, Überbleibsel der Brükkensprengung durch die Deutschen, als sie 1944 abzogen.

Er mußte das Gas noch weit hinten weggenommen haben, denn ich sah oder hörte die Cessna nicht, bis sie ihre letzten Kehren sechzig Meter hoch und eine halbe Meile stromab drehte.

Ganz gleich, was einem an diesem Burschen nicht gefiel, und mir gefiel vieles nicht, man mußte zugeben, daß er fliegen konnte. Die Kurve war eng und sparsam, und er brauchte gar kein Gas zu geben. Seine Landeklappen waren halb herunter. Er brauchte sie nur ganz auszufahren, dann konnte er die Maschine direkt aufsetzen.

Plötzlich schnellte sie auf den Rücken. Dann schwankte sie gefährlich zwischen den Flußufern hin und her, genau drei Meter über dem Wasser und völlig umgedreht. Er fing sie und hielt sie so, und dann kam sie auf mich und die Brücke zu, ein unmöglicher Anblick mit ihren verdammt großen, himmelwärts gerichteten Schwimmern.

Ich erstarrte in einem der langen Augenblicke, die man nur ein- oder zweimal im Dasein eines Fliegers erlebt, wenn man ein Flugzeug beobachtet und weiß, daß der Pilot darin sterben muß, und auch weiß, daß er es wissen muß.

Beinahe brauchte er nicht zu sterben. So gut war er. Er konnte nicht versuchen, die rechte Seite nach oben zu ziehen, ohne mit einer Tragfläche ins Wasser zu geraten, also tat er das einzige, was übrigblieb: gab Vollgas und versuchte, die Maschine rücklings über die Brücke zu fliegen. Und beinahe gelang's ihm.

Der Motor heulte auf, und die Nase hob sich. Dann schien sie langsam und unwiderstehlich wieder hinuntergezogen zu werden. Der Propeller berührte die glatte Oberfläche, und das Wasser explodierte in einem stiebenden Sprühregen. Der Schwanz wippte herum, das ganze Flugzeug hüpfte auf dem Wasser, der Propeller mußte gebrochen sein, weil der Motor plötzlich kreischend aufheulte und noch höher kreischte, als das Flugzeug sich drehte und seitwärts hineinkrachte. Dann hörte man nur noch das Platschen niedergehenden Sprühwassers.

Ich überraschte mich, wie ich ruhig vor mich hinsagte: »Er hat sicher die Maschine für die Landung schwanzlastig getrimmt. Er wird vergessen haben, daß die Nase damit runtergedrückt wird beim Gasgeben im Rückenflug...« Dann rannte ich los.

Der Fleck aufgewühlten Wassers war fast eine Viertelmeile stromab. Als ich am Ufer entlanglief, fuhr der Polizeiwagen vom Platz über mir vorbei, wie ein herrenloser Kinderwagen den Abhang des Ufers entlanghoppelnd. Vor mir rannten Männer zum Ufer hinunter. Einer stieß ein kleines Boot hinaus.

Als ich ankam, hatten sie ein Boot schon fast in der Mitte des Flusses, und ein zweites legte vom gegenüberliegenden Ufer ab. Abgesehen von meiner Kurzatmigkeit nach dem Viertelmeilenlauf, konnte ich sowieso nichts tun, außer rauszuschwimmen und mich auch noch von ihnen retten zu lassen. Ich stand also schwer keuchend da. Einer der Schwimmer der Cessna war abgebrochen und trieb sorglos flußab. Die Spitze des anderen ragte über die Oberfläche, was bedeutete, daß das Flugzeug mit dem Rücken nach unten hing.

Einer der Polizisten war mit dem Boot hinausgefahren. Der andere sah mich — er kannte mich — und kam herüber.

Er nickte zum Fluß hin. »Wissen Sie, wer das war?«

»Oskar Adler. Ich weiß nicht, ob er allein war.«

»Wissen Sie, was passiert ist?«

»Ich sah, wie es passierte.«

»Sie wissen nicht, woran's lag?«

»Ich kann's mir ungefähr denken. Vielleicht kann Adler es Ihnen sagen.«

Die Menge um uns murmelte lauter, und wir sahen zu den Booten hinüber. Zwei Köpfe waren über dem Wasser zu sehen, und sie hoben jemand in eins der Boote. Die Männer beugten sich darüber. Dann stand der Polizist draußen auf und schüttelte den Kopf zum Ufer hin.

Sein Kollege am Ufer drehte sich zu mir um und sagte etwas. Ich erwiderte: »Ich spreche besser Schwedisch.«

Er sah mich düster an, zog dann ein Notizbuch mit einer langsamen, sicheren Bewegung hervor. Er war ein Mann, der alles so machte: langsam, aber sicher, ohne unnötige Anstrengung. Er war groß, mit einem Haufen Fleisch auf den Knochen und einem runden, knubbligen Gesicht mit dauernd müden blauen Augen. In wenigen Jahren würde er einen Bauch wie ein Faß haben; jetzt war er noch ein Mann, der eine Hand ausstrecken und mich glatt über den Fluß schleudern könnte. Aber es würde lange dauern, bis er sich zu dem Entschluß durchränge.

Er hatte eine schmutzigweiße Schirmmütze auf, ziemlich weit auf den Hinterkopf geschoben, und Schweißflecken zeigten sich unter den Armen seines verschossenen blauen Uniformhemdes.

Er sagte auf schwedisch: »Wenn die da drüben Adler aus dem Wasser gezogen haben, dann wird er uns nichts mehr sagen können. Sie sind Pilot und vielleicht der einzige, der es mit angesehen hat. Sie brauchen mir jetzt nicht alles zu erzählen, weil Sie es dem Chef oder den Leuten von der Zivilluftfahrt später erklären müssen. Aber ich will nicht, daß Sie etwas vergessen oder dazuerfinden. Klar?«

In der Menge wurde wieder gemurmelt: Ein zweiter Körper wurde ins Boot gehoben. Der Polizist draußen veranstaltete dieselbe Pantomime und schüttelte wieder den Kopf. Die Menge ließ ein glückliches, entsetztes Raunen hören.

Die Schwimmer kletterten ins zweite Boot zurück. Der Polizist neben mir steckte sein Notizbuch ein und sagte: »Es wird besser sein, wenn Sie bei der Identifizierung behilflich sind.« Er begann sich einen Weg durch die Menge zu bahnen. Er konnte so etwas, einfach durch die Menge gehen.

Das Boot lief aufs Ufer, ein ältlicher Bursche in Holzstiefeln und mit mahagonidunklem Teint kletterte heraus und hielt die eine Seite. Mein Polizist schob mehrere hilfsbereite Hände beiseite und packte die andere, und die ganze Bootsladung wurde einen Meter den Strand hinaufgezogen.

Sein Kollege im Boot stand auf und sprang heraus. Er war kleiner, dünner, hatte ein scharfes, vogelartiges Gesicht, das eine Sonnenbrille halb verdeckte.

»Wer ist das?« fragte er geschäftsmäßig.

Der Große antwortete: »Er kann sie identifizieren.«

Der andere nahm die Sonnenbrille ab und warf mir einen schnellen, mißtrauisch prüfenden Blick zu, hauptsächlich, weil er der Typ für solche Detektivblicke war. »Der eine ist Adler«, sagte er. »Den anderen habe ich auch schon mal gesehen, weiß aber nicht, wer er ist. Kennen Sie ihn?«

Ich trat vor und blickte ins Boot. Oskar hatte sich das Genick gebrochen; man brauchte noch nie jemand mit gebrochenem Genick gesehen zu haben, um das zu wissen. Der andere war umhergeschleudert worden, so daß ein Großteil seines Gesichts zerschmettert war, aber zu erkennen war er noch.

»Ich kenne ihn«, sagte ich. »Sein Name ist Mikko Eskola. Er hat für mich gearbeitet.«

»Für Sie?« Er setzte die Sonnenbrille wieder auf. Dies machte aus ihm den kalten, durchdringenden Untersuchungsrichter. »Wußten Sie, daß er in diesem Flugzeug war?«

Der große Polizist sagte: »Das brauchen wir jetzt nicht zu untersuchen.« Dann, zu mir gewandt: »Wo sind Sie zu erreichen?«

»Ich fliege heute.«

Der Kleine schnaubte. Der Große sagte: »Wenn Sie bis zum Mittagessen wieder zurück sind, können Sie fliegen.«

Ich nickte, drehte mich um und drängte mich durch die Menge, die sich eifrig darüber unterhielt, wie alles gekommen war, wie viele Tote es gegeben hatte und in welchem Zustand sie sich befanden. Und das in mindestens vier Sprachen; die meisten waren vom Hotel.

Jemand berührte meinen Arm. Ich schüttelte ihn ab und sah mich um, wer es war: Alexander Judd, der Stattliche.

»Hallo!« sagte er lächelnd. »Geht es Ihnen gut und so weiter?«

Er sah verdammt nicht danach aus, als hätte er einen Tag zuvor einen Flugzeugunfall erlitten. Er trug einen anderen frischen hellgrauen Anzug, ein beigefarbenes Hemd und eine andere

Klubkrawatte. Er sah nüchtern aus, gut gewachsen und bereit, Lappland für einen vernünftigen Preis zu kaufen. Aber dazu war er nicht hergekommen.

»Wann sind Sie angekommen?« fragte ich.

»Oh — man hat meinen Jungen im Krankenhaus gut hingekriegt, mit Betäubungsmitteln und so fort. Ich konnte sonst nichts tun, hab' also die letzte Maschine gestern abend genommen. Was war denn das für ein Unfall?«

»Ein finnischer Pilot und ein anderer Bursche.«

»Wer?«

Klang das besorgt?

Ich antwortete: »Junger Finne. Hat früher für mich gearbeitet.«

»Ah.« Er nickte. »Hatte einen Augenblick gefürchtet, Sie seien es gewesen.«

»Kann ich mir denken«, sagte ich grimmig.

Er sah mich mit einem unschuldig-verblüfften Ausdruck auf dem dicken Gesicht an.

»Ich verstehe nicht ganz — — —?«

»Treten wir'n bißchen zur Seite, von der Menge weg.« Wir gingen ein paar Schritte das Ufer hinauf. »Das ist das letztemal, daß ich Sie sehen will, Judd. Um es deutlicher zusagen: Es ist das letztemal, daß ich mit Ihnen zusammen gesehen werden möchte.«

Er sah humorvoll verwirrt, aber noch nicht beleidigt aus. »Ich verstehe nicht, was Sie — — —«

»Gut. Ich serviere es Ihnen pur, ohne Soda. Sie sind SIS — einer der Foreign-Office-Jungs. Was der Mob den Secret Service nennen würde. Ich weiß nicht, was Sie hier oben tun, und will es auch nicht wissen — aber ich weiß sicher, daß Sie von der anderen Seite, wer immer sie sei, aufs Korn genommen wurden. Falls Sie Zweifel haben — Ihr Motorbrand gestern war kein Zufall. Ich blieb da und hab' mir hinterher alles angesehen. Definitiv kein zufälliger Zufall.«

Er lächelte freundlich und offen. »Es tut mir furchtbar leid, Mr. Cary, ich wäre mit Vergnügen ein Geheimagent, aber ich bin bloß Holzhändler. Ich kann es Ihnen beweisen, wenn Sie wollen.« Und er lachte glucksend in sich hinein.

»Natürlich können Sie es beweisen. Das Foreign Office wäre nicht das Foreign Office, wenn Sie's nicht könnten. Was Sie aber *nicht* beweisen können, ist, daß es eine Holzhandelsfirma gibt, die es sich soviel kosten läßt, eine Auster auf Schwimmer umzubauen — und ich weiß ungefähr, was das kosten würde —, bloß für einen Flug nach Finnland. Und es mußte schon ein besonderer Job sein: Ein Schwimmerflugzeug kann man heutzutage in England nicht mehr benutzen.«

Er zog zwei Zigarren in Cellophanhüllen aus der Brusttasche und bot mir eine an.

Ich schüttelte den Kopf. »Danke, nein, hab' mir den Geschmack mit Zigaretten verdorben.« Ich sah zu, wie er seine Zigarre aus der Hülle zog, prüfend betrachtete und in den Mund schob. Ich wartete, bis er sie mit dem Feuerzeug in Brand gesetzt hatte, und sagte dann: »Und ich fand Ihren Radardetektor, wo Sie ihn versteckt hatten. Hatte einen Empfänger mit der Wellenlänge, die die Russen in ihrer Radarüberwachung entlang der Grenze benutzen. Ich nehme also an, Sie wollten eines Nachts über die Grenze hopsen?«

Die Flamme seines Feuerzeugs flackerte nicht mal. Er hob nur die Augen in einem sorgenvollen, verwirrten Blick, nahm die Zigarre aus dem Mund und sagte: »Entschuldigen Sie, Mr. Cary, aber das ist mir alles zu hoch.«

»Hören Sie zu, Judd. Ich hab' nicht die Absicht, Sie bloßzustellen — ich glaube, das haben Sie irgendwie schon selbst getan. Als Sie gestern starteten, war Ihr Öltank voll Benzin. Alles, was Ihr Pilot über das Funktionieren des Öldrucks sagte, paßte genau: allgemein niedrig, aber sprunghaft, da er sich selbst durch den Schlamm, den er aufjagte, blockierte. Jedenfalls öffnete ich den Tank, und alles stank nach Benzin. Es ist ein alter Trick, aber kein sehr guter. Er verursacht entweder Motorausfall oder Brand — aber es gibt keine Garantie, daß das eine oder andere Sie tötet. Vielleicht versuchen Sie das nächstemal was Sichereres. Was uns zum wirtschaftlichen Aspekt bringt: Ich möchte nicht Ihretwegen umgebracht werden. Alle meine Angebote mein Flugzeug betreffend sind hiermit annulliert, und ich möchte nichts mehr mit Ihnen zu schaffen haben. Es hat nichts mit Ihnen persönlich zu tun — ich hab' nur schon genug eigene Sorgen.«

»Glaube ich Ihnen, Mr. Cary.« Die Zigarre zog gut, und das allein schien ihn zu interessieren. »Aber ich denke, wir werden feststellen, daß wir nur einen heißgelaufenen Motor hatten.«

»Ja, natürlich.« Ich nickte und zündete mir eine Zigarette an. »Lassen wir die Radarausrüstung einen Augenblick beiseite, Judd. Aber vergessen Sie nicht, daß ich Pilot bin. Austern haben luftgekühlte Motoren, und es ist praktisch unmöglich, einen luftgekühlten Motor im lappländischen Herbst zu überhitzen. Aber lassen wir auch das beiseite, wenn Sie wollen. Ich hab' Ihnen nur den Beweis geliefert, daß jemand Sie hat töten wollen. Ich hab' schon früher Holzhandelsleute kennengelernt. Wenn ich einem von ihnen bewiesen hätte, daß jemand ihn umbringen wollte, wäre er auf den nächsten Baum geklettert und hätte um Hilfe geschrien. Wenn man Sie das nächstemal wieder umbringen will, dann lächeln Sie gefälligst nicht mehr so überheblich.«

Ich ging davon, die Uferböschung hinauf, und ließ ihn mit seiner die Herbstluft verpestenden Zigarre stehen. Ich ging in die Stadt.

14

Die nächsten zwanzig Minuten verbrachte ich mit dem Kauf mehrerer Meter Draht und einer 24 Volt starken Türklingel. Dann schnorrte ich mir eine Gratisfahrt zum Flughafen, wo ich mir ein paar Werkzeuge auslieh und Draht und Klingel dergestalt montierte, daß die Klingel neben meinem Ohr läutete, wenn die Magnetometer-Anzeige über einen bestimmten Wert hinausging.

Das ist ein alter Trick, wenn man allein vermessen muß. Ich wollte es bloß gleich hören, wenn ich reich würde.

Dann inspizierte ich sorgfältig die Beaver selbst, was beträchtlich mehr Zeit beanspruchte als meine übliche morgendliche Überprüfung vor dem Start. Schließlich konnte ich aber sicher sein, daß sich in meinem Öltank wirklich nur Öl befand und daß nichts eingebaut worden war, um mich drei Meter über dem Boden auf den Kopf zu stellen. Ich konnte mir zwar keinen Grund denken, warum jemand an meiner Maschine herummurksen sollte, konnte andererseits aber auch nicht vergessen, daß Lappland in den letzten vierundzwanzig Stunden zwei Schwimmerflugzeuge verloren hatte.

Jetzt hatte ich das einzige.

Ein einsames Gefühl.

Der Morgen war vorüber, und die Klingel hatte nicht geläutet.

Die einzige Ausbeute des Vormittags waren ein total verschwitztes Hemd, eine Ansammlung von Zigarettenkippen um meine Stiefel herum, die wie der erste Schnee aussah — und das Ende des Kaaja-Kontrakts. Ich war entweder ein freier Mann oder arbeitslos. Je nachdem, wie man's ansah.

Ich landete kurz vor ein Uhr wieder in Ivalo und wurde von einem Flughafen-Angestellten, der zum Mittagessen in die Stadt fuhr, mitgenommen. Er drückte sein Bedauern über Oskars Tod aus und meinte, er hätte den Unfall zu gern mitangesehen. Ich blieb schweigsam und stieg vor der Mainio-*Baari* aus.

Ich hatte mein Rindfleisch mit Brühkartoffeln halbwegs gegessen, als Veikko hereinkam. Er blickte sich um, sah mich und trat an meinen Tisch. Es schien sich herumgesprochen zu haben, daß Cary bei jeder Mahlzeit für Interviews zu haben sei.

»Oskar ist tot —«, fing er an.

»Sprechen Sie Englisch«, sagte ich durch gekochtes Rindfleisch gepreßt auf englisch.

Er setzte sich und schnalzte mit dem Finger nach der Bedienung. Das sah ihm ähnlich.

»Oskar ist abgestürzt und wurde getötet«, sagte er auf englisch.

»Ich weiß. Ich sah es.«

»Sie sahen es? Wie ist es passiert?« Er trug einen dunkelblauen Anzug, weißes Hemd mit silbergrauer Krawatte und zeigte sich erregt.

Ich zuckte die Schultern. »Er überschlug sich beim Anflug.«

Die Alte bequemte sich, hinter der Theke hervorzukommen, und sah Veikko von oben bis unten an, als wäre er von der Katze ausgespuckt worden. »Ja?« sagte sie.

Veikko bestellte Kaffee.

Sie schlenderte wieder fort, in der Hoffnung, der Kaffee sei ausgegangen.

»Von wo kam er?« wollte Veikko wissen.

»Weiß nicht. Hat er für Sie gearbeitet?«

Veikko fuhr empor, als hätte ich ihm mein Mittagessen in den Schoß geleert. »Nein. Wer sagt, daß er für mich gearbeitet hat?«

Ich schob den Rest meines Rindfleischs weg und zündete mir eine Zigarette an. Das wollte ich mir ansehen; nicht oft konnte man Veikko mit Sorgenfalten auf der Stirn erwischen. So fair ist das Leben nicht.

Bloß um ihn weiter auf kleiner Flamme schmoren zu lassen, antwortete ich: »Weiß nicht. Hab's mal irgendwo gehört.«

»Er hat nicht für mich gearbeitet. Er sollte später für mich arbeiten, ja.« Plötzlich trat ein verschlagener Blick in seine Augen. »Für wen arbeiten Sie?«

»Kaaja-Gesellschaft. Das und noch 'n paar Gelegenheitssachen. Großwildjäger umherfliegen.«

Er sah mich sorgfältig prüfend an. Die Kellnerin brachte seinen Kaffee und fragte mich, ob ich auch einen wolle. Ich sagte: »Nein, danke.«

Als sie fort war, sagte ich: »Heraus mit der Sprache, Veikko. Sie sind nicht hergekommen, um mir zu meinem Namenstag zu gratulieren. Es ist auf jeden Fall der falsche Tag. Handelt's sich immer noch um den schwedischen Job, den Sie mir anboten?«

»Den —?« Dann erinnerte er sich. »Nein, nein, das nicht. Wie ich hörte, hat jemand anders den bekommen. Nein. Ich möchte, daß Sie mich heute am Spätnachmittag wo hinfliegen.«

Ich war nicht sehr begierig, von Veikko engagiert zu werden, aber Geschäft ist Geschäft, besonders jetzt, nachdem der Vertrag mit Kaaja so gut wie ausgelaufen war.

Ich nickte. »Wohin?«

»Ich sage es Ihnen dann.«

Das klang typisch nach Veikko, ganz typisch. Ich sagte: »All right — solange Sie nicht vergessen, daß ich mein Veto einlege, wenn's mir nicht paßt, wohin Sie fliegen oder was Sie transportieren wollen.«

Wieder richtete er sich kerzengerade auf. »Was könnte ich transportieren? Warum sollte ich etwas transportieren?«

Ich drückte meine Zigarette aus. »Weiß nicht. Ich sagte bloß ›wenn‹ — und es gilt nach wie vor. Um welche Zeit?«

»Fünf Uhr hier. Ich hole Sie mit dem Wagen ab.«

»Gut.« Ich beobachtete ihn einen Augenblick. Er rührte in seinem Kaffee. Er hatte ihn schon zweimal umgerührt.

Ich sagte ruhig: »Mal ganz unter uns verdächtigen Burschen — dieser schwedische Job, den Sie mir anboten, war reine Erfindung, nicht wahr?«

Er nickte langsam und durchaus nicht glücklich. »Ja, das stimmt.«

»Sie wollten also nur wissen, ob ich frei wäre, das Land ein Weilchen zu verlassen?«

Er nickte wieder.

Ich sagte: »Und als Sie fanden, daß ich nicht frei war, hetzten Sie mir diese jungen Rowdys in Rovaniemi auf den Hals? Sollten die mich umbringen?«

»Nein!« sagte er schnell, zu schnell.

»Welche Frage haben Sie beantwortet, Veikko?«

Er schüttelte den Kopf.

»Lassen Sie Ihre Pfoten von mir, Veikko. Sie haben mir drei dieser Halunken mit Messern auf den Hals geschickt, und sie waren nicht gut genug für mich. Warum haben Sie sie geschickt?«

»Ich dachte ...«, seine Hände hoben sich zu einer hilflosen Geste, »... ich dachte, Sie arbeiteten für jemand. Aber ich irrte mich. Sie sollten Sie nicht töten, sollten Sie nur daran hindern, eine oder zwei Wochen zu arbeiten. Es war ein Fehler von mir.«

»Das kann man wohl sagen«, erwiderte ich. »Nun wollen wir mal einen meiner Fehler vornehmen. Die *Baari* wird Ihnen ein Messer leihen; ich selbst hab' eins.« Ich klatschte auf das Fairbairn an meinem Stiefel.

Er schüttelte schnell den Kopf, und seine dicken Backen glänzten vor Schweiß. »Bitte, Mr. Cary, bitte — wollen Sie mich fliegen?«

Ich lehnte mich im Sessel zurück. Er hatte große Angst, aber nicht vor meinem Messer. Seine Augen sahen mich flehend an.

»Kasse?« fragte ich.

»Im voraus?«

»Wie Sie wünschen.«

An sich hatte ich noch eine ganze Menge Fragen zu stellen, zum Beispiel, für wen ich seiner Ansicht nach gearbeitet haben sollte, als er die Rowdys angeheuert hatte, und wer ihm jetzt so große Angst einjagte. Aber es konnte sein, daß die Polente nach mir suchte, und ich war nicht daran interessiert, daß sie mich im Gespräch mit Veikko antraf.

Ich nickte und stand auf. »Okay — *wenn* mir der Vorschlag noch sympathisch ist, um fünf.«

Ich ging auf einen Schnaps zum Hotel hinüber, ehe ich meine Polizeifreunde wieder traf. Mrs. Beekman beendete gerade ihr Mittagessen. Sie sah mich und deutete mit einer Kopfbewegung an, ich sollte mich zu ihr setzen und mich mit ihr unterhalten. Zuerst wollte ich sie übersehen, dann überlegte ich, daß sie wahrscheinlich ein paar Straßenarbeiter engagieren würden, um mich mit Gewalt zu ihr schleppen zu lassen. Also ging ich aus eigenem Entschluß hinüber.

Sie sah gut aus. Sie trug eine elfenbeinfarbene Hose, die so glatt und faltenlos war, daß es sich nur um eine Skihose handeln konnte, eine braunseidene Bluse und eine schwarze Lederweste.

»Setzen Sie sich«, sagte sie. »Wie geht's Geschäft heute?«

»Mittelprächtig.« Die Kellnerin kam, servierte mir einen Schnaps und blickte höhnisch auf meine Fliegerjacke.

»Heute morgen ist jemand abgestürzt, nicht wahr?« fragte sie. »Einen Augenblick fürchtete ich, Sie seien es gewesen.«

»Ich nicht. Ich stürze nicht ab.«

»Wie ich höre, ist jemand dabei ums Leben gekommen?«

»Zwei Leute.«

Sie zündete sich eine Zigarette an und runzelte leicht die Stirn.

Sie sagte: »Als gestern die andere Maschine abstürzte, sagten Sie, das sei hier kaum je vorgekommen. Jetzt sind es schon zwei in zwei Tagen.«

»Vielleicht geht ein böser Geist um.«

»Ich wollte nicht witzig sein, Mr. Cary«, sagte sie kalt.

»Seltsam, ich auch nicht.«

Sie sah mich eine Weile an und sagte dann ruhig: »Vielleicht waren es Freunde von Ihnen.«

»So können Sie sagen.«

»Und es geht mich eigentlich nichts an?«

»Auch das können Sie sagen.«

Sie nickte nur. »Verzeihen Sie. Ihr Piloten seid eine verdammt zugeknöpfte Bande. Trotzdem — wenn ich behilflich sein kann . . .?«

»Wenn Sie einen großen Burschen aus der französischen Schweiz namens Claude kennenlernen sollten, wäre ich interessiert, Näheres über ihn zu erfahren. Und bei Ihnen würde er sicher reden. Ich glaube, Oskar — der Mann, der abgestürzt ist — hat für ihn gearbeitet.«

»Wohnt er hier?«

»Er hat einen Wohnwagen irgendwo nördlich von hier geparkt. Vielleicht werd' ich ihm heute abend mal einen kleinen Besuch abstatten.«

Sie nickte, und es trat ein langes Schweigen ein, während dessen sie die Asche von ihrer Zigarette abstreifte. Dann sagte sie: »Ich habe gestern einen Fehler bei Ihnen gemacht. Ich werde jetzt denselben Fehler noch mal begehen — nur einen größeren. Das ist die einzige Möglichkeit, Ihnen zu zeigen, wie wichtig es für mich ist, meinen Bruder zu sprechen.« Sie sah zu mir auf und sagte ruhig: »Ich glaube, Sie brauchen ein neues Flugzeug. Ich kaufe Ihnen eins.«

Ich sah es, mußte es geradezu sehen: eine fabrikneue Silber-Beaver, ›Cary Vermessungen‹ in diskreten Buchstaben auf den Schwanz gemalt; 108 Knoten bei 300 PS und nur dreiundzwanzig Gallonen pro Stunde Verbrauch. Genau, wie's in den Broschüren steht. Und vielleicht noch ein neues Magnetometer-Registriergerät?

Sie würde ihr Angebot sicher nicht zurückziehen wegen diesem bißchen Extra.

Ich erwiderte:

»Tut mir leid, Mrs. Beekman. Offenbar koste ich mehr als neue Flugzeuge. Ich hatte das bislang nicht gewußt.« Stimmte, hatte ich auch nicht.

Von der Tür drangen gedämpfte Unterhaltungsgeräusche herüber. Meine beiden Polizeifreunde standen im Speisesaal und blickten sich um. Der Große sah mich, streckte seine Riesenpratze aus und gab ein Kommen-Sie-her-Zeichen.

Ich trank meinen Schnaps aus und erhob mich.

Sie sagte: »Sie verdammter Narr. Sie begreifen nicht.«

Ich nickte. »Das haben wir gestern abend schon festgestellt.«

Ihr Gesicht verzerrte sich, und sie vergrub es in den Händen.

Ich wartete einen Augenblick, aber sie sagte mir nicht, was ich nicht begriff. Ich schritt also zur Tür und zur Polizei.

Der große Polizist nickte über meine Schulter zurück. »Gute Freundin von Ihnen?«

»Nur eine millionenschwere Kundin. Sie will mir ein neues Flugzeug kaufen.«

Der Kleinere warf mir einen schnellen, vogelartigen Blick zu und rümpfte die Nase. »Ach, so einer sind Sie, was?«

Ich drehte mich zu ihm um. Wenn das so weiterging, würde ich den Kerl mit Vergnügen hassen.

Der Große sagte ruhig: »Nur keine Aufregung.« Er klopfte mir auf die Schulter und brach sie mir beinahe. »Wenn Sie sich wohler dabei fühlen — ich glaube Ihnen nicht.«

Ich überlegte und nickte dann: »Ich glaub's wahrscheinlich selbst nicht.« Wir verließen den Speisesaal. »Wo gehen wir hin?«

»Irgendwohin, wo wir ungestört sind. Da ist jemand, der Sie sprechen möchte.«

Wir gingen zum Empfangspult. Er lehnte sich daran und fragte das Mädchen dahinter: »Könnten Sie uns auf zwei Stunden ein Zimmer geben? Wo wir uns ungestört unterhalten können?«

Sie war nicht sehr scharf darauf, daß das Hotel von mir oder Polizeileuten heimgesucht wurde, blätterte aber schließlich die Liste durch und gab ihm einen Schlüssel.

Ich sagte: »Zwei Stunden? Da hol' ich mir noch was zu trinken.«

Der Große sagte: »Sie wollen etwas trinken? — Gut.« Er wandte sich wieder an das Mädchen. »Und schicken Sie uns eine Flasche Schnaps.«

Sie wurde abweisend. »Wir dürfen keine alkoholischen Getränke in den Zimmern servieren. Das Gesetz — — —«

Er lächelte sanft; es sah wie ein in einem Felsbrocken entstehender Riß aus. »Es ist für unseren Freund da. Er hat einen schweren Schock erlitten. Uns kennen Sie ja.« Er spreizte die Hände wie Baumwurzeln. »*Wir* dürfen im Dienst nicht trinken, nicht wahr?« Er nickte mir zu, ich solle den Gang vorausgehen, und drehte sich nochmals zu dem Mädchen um. »Und drei Gläser.«

Wir gingen in ein Zimmer im Erdgeschoß: klein, sauber, weiß gestrichen, mit einfachen, modernen Möbeln und schweren

Vorhängen, um die Mitternachtssonne auszuschließen. Es standen zwei Sessel und ein kleiner Tisch da. Ich setzte mich in den einen, der Große zwängte sich in den anderen, so daß seine breiten Hüften unter den Armlehnen hervorquollen.

Der mit dem Vogelgesicht lehnte sich an die Tür und setzte eine Amtsmiene auf.

»Nun«, fragte ich, »wo ist dieser Jemand, der mich zu sprechen wünscht?«

Der Große antwortete: »Er wird bald hier sein.« Er nahm seine Mütze ab und fuhr sich mit der Hand durch das schüttere rotblonde Haar. »Schlechte Sache das Ganze, 'ne Menge Aufregung.«

»Warum? Es ist ein Flugzeugabsturz, oder nicht?«

Es klopfte. Der kleine Polizist sprang beiseite und riß mit derselben Bewegung die Tür auf. Eine Kellnerin kam herein und knallte eine Flasche Schnaps und drei Gläser auf den Tisch.

Dann blickte sie sich unter uns um. »Wer bezahlt?«

Schweigen.

Dann sagte ich: »Hätte ich mir denken können.« Ich bezahlte, und sie ging hinaus.

Der Große lächelte und ließ mich einschenken.

»Kippis.«

Wir alle nahmen einen kräftigen Schluck.

Er sagte: »Wenn wir hier oben jede Übertretung der Alkoholgesetze verhinderten, was würde dann passieren?«

»Ich weiß nicht. Vielleicht müßte die Polizei ihren Schnaps zur Abwechslung mal selbst bezahlen.«

»Niemals. Jeder würde blind werden von selbstgemachtem Fusel. So bekommt wenigstens die Regierung ihre Steuer. *Kippis.«* Wir nahmen wieder einen tüchtigen Schluck. »Sie sagten, es sei nur ein Flugzeugabsturz gewesen. Vielleicht. Aber *Suopo* möchte Sie gerne sprechen.«

Der andere warf ihm einen scharfen Blick zu.

Ich fragte: »Nikkanen?«

Der Kleine wollte wissen: »Kennen Sie Nikkanen?«

»Oberflächlich. Wahrscheinlich nicht so gut, wie er mich kennt.«

Ich stand auf und trat ans Fenster. Der Fluß lag breit und gelassen in der blassen Nachmittagssonne. Die kleinen weißen

Häuser mit ihren roten Dächern auf dem gegenüberliegenden Ufer sahen wie Kinderspielzeuge aus. Aber rechts flußab konnte ich eine kleine Menschenansammlung und ein Boot in der Mitte des Flusses ausmachen.

Ich sagte: »Achtung, Achtung! Eine neue große Touristenattraktion. Für nur zwanzig Finnmark ist das Grab inmitten des Flusses zu besichtigen.«

Der Kleine ratterte etwas auf finnisch herunter, trank seinen Schnaps aus und sauste aus dem Zimmer.

Der Große lächelte erhaben und beugte sich vor, um sich noch einen Schnaps einzuschenken. »Übereifrig«, sagte er, »aber so einen braucht man als Gegenstück zu mir. Ich habe zum Beispiel niemals den Verdacht gehabt, daß Sie ein russischer Spion sind.«

Ich ging zu meinem Sessel zurück.

Sagte: »*Kippis,* Genosse.«

Nikkanen traf ein, bevor der andere Polizist zurückkam. Er stand in der Tür und sah mich an.

»Hallo, Mr. Cary«, sagte er auf englisch. »Irgendwie sind Sie immer da, wo sich etwas tut. Hoffen wir wenigstens, daß es nicht umgekehrt ist.« Er lächelte mich wie ein Zahnarzt an — ›das tut doch nicht weh, nicht wahr? Und wenn, haben wir Pech gehabt‹ —. »Ist das Ihr Schnaps?«

»Jawohl.«

»Da es nicht meine Sache ist, die Alkoholgesetze zu vollstrekken — ja, ich nehme einen.«

Der Polizist hievte sich aus seinem Sessel, nahm das Glas seines Kollegen und spülte es im Waschbecken aus. Nikkanen setzte sich in den Sessel und stellte seine Aktentasche, die Ausbuchtung nach oben, auf den Boden neben sich. Er trug einen leichten, kremfarbenen Regenmantel, darunter einen dunkelblauen Stadtanzug.

Er trank, ohne *Kippis* zu sagen, zündete sich eine seiner Blasrohrzigaretten an und legte dann ein Notizbuch und einen Kugelschreiber auf den Tisch.

»Also, Mr. Cary, jetzt sagen Sie mir mal, was passiert ist. Wir haben eine Anzahl Aussagen von Leuten, die den Absturz gesehen haben, und auch einige noch aufregendere Aussagen von solchen, die ihn nicht sahen. Keiner von ihnen ist jedoch Pilot. Warum warteten Sie auf Mr. Adler?«

»Ich wurde vom Flughafen angerufen. Oskar hatte ihn über Funk gebeten, mir mitzuteilen, ich solle ihn bei der Landung treffen.« Nikkanen mußte das bereits wissen; sicher hatte er auf dem Flughafen Oskars letzte Durchsage nachgeprüft. Er versuchte nur, mir anzugewöhnen, die Wahrheit zu sagen.

Ich erzählte ihm, daß ich an der Brücke gewartet hatte, schilderte ihm Oskars Anflug, das plötzliche halbe Umkippen, die langen, langen Sekunden, als er versuchte, umgekehrt herauszufliegen — die Extrasekunden des Lebens, alles, was ein hervorragender Pilot vom Leben erwarten kann. Und dann erzählte ich, daß ich Mikko bei ihm gesehen hatte.

»Ich hatte die Absicht, Mikko Ende der Woche auszuzahlen«, sagte ich. »Ich nehme an, er hatte Oskar überredet, ihm einen Job zu geben. Mir hatte er nichts gesagt — gab vor, krank zu sein. Ich glaube, das ist alles, was ich weiß.«

Aber es war nicht alles, was ich wissen wollte. Ich konnte immer noch nicht sehen, weshalb Oskar Mikko angeheuert haben sollte. Soviel ich wußte, flog er keine Vermessungsflüge, und wenn er einen Assistenten brauchte, hätte er auf jeden Fall am Anfang des Sommers, nicht am Ende einen engagiert.

Wenn Nikkanen etwa denselben Gedanken nachgehangen hatte, zeigte er es nicht. Er fragte nur: »Haben Sie eine Ahnung, warum Adler abstürzte? Könnten Sie etwas darüber sagen, nur aufgrund Ihrer Beobachtungen?«

»Die Zivilluftfahrt-Untersuchung wird Ihnen das sagen.«

»Mr. Cary: Der Untersuchungsausschuß wird sich alle Wrackstücke ansehen — wenn sie aus dem Fluß geborgen werden —, und er wird alles abmessen, Dokumente prüfen, kleine Karten zeichnen, und in sechs Monaten vielleicht werden die Herren sich am Kinn kratzen und sagen: ›Natürlich sind wir nicht hundertprozentig sicher, aber wir glauben . . .‹ Und wahrscheinlich werden sie recht haben. Aber ich möchte, daß Sie sich das Kinn jetzt kratzen.«

Der Große saß auf dem Bettende, augenscheinlich nicht zuhörend und auch nicht verstehend, was er hörte, aber wohl wissend, daß etwas los war, wie ein guter Polizeibulle das immer weiß.

Ich erwiderte: »Ich würde sagen, eine seiner Landeklappen fuhr nicht ganz aus, als die andere herunterkam. Die Steuerbordklappe — die rechte — fuhr nicht aus. Er hatte sie schon halb draußen — das sah ich — und war gerade soweit, sie ganz herunterzulassen, als er überrollte. Jedenfalls hat das dieses Ergebnis gezeitigt. Ich hörte, daß so etwas Ähnliches vor ein paar Jahren einer Viscount bei Manchester passierte. Sie landete auf dem Kopf, und alle Passagiere wurden getötet.«

Nikkanen nickte. »Die Landeklappen — entschuldigen Sie meine Unkenntnis — werden gebraucht, um die Landegeschwindigkeit zu verringern?«

»Nicht primär, nein. Sie verringern zwar die Geschwindigkeit, aber im Grunde sorgen sie für sicheres Fliegen bei verminderter Geschwindigkeit. Sie reduzieren die Mindestgeschwindigkeit.«

»Wie hoch ist die Landegeschwindigkeit von Mr. Adlers Flugzeug?«

»Etwas über fünfzig Knoten — neunzig und einige Kilometer. Aber er hatte mehr als das, als er abstürzte. Über siebzig Knoten.«

»Ja.« Er machte sich eine Notiz. »Konnte er es früher merken, wenn seine Landeklappen nicht richtig funktionierten?« Er lächelte. »Oder ist das eine blöde Frage?«

»Er wußte verdammt bestimmt nicht, daß eine Klappe nicht ganz ausfuhr. Wahrscheinlich startete er mit Klappen auf halber Stellung, hätte sie aber auf ›voll‹ testen müssen.« Nach den Regeln hätte er das tun müssen. Aber was ich von Oskars Flugtechnik gesehen hatte, war nicht immer nach den Regeln gewesen.

Nikkanen drückte seine Zigarette aus und sagte ruhig: »Es könnte eine sehr wichtige Frage sein, Mr. Cary.«

Vielleicht. Wenn Oskar seine Landeklappen vor dem Start getestet hatte, dann hatte er einen mechanischen Versager gehabt. Wenn nicht, war es Sabotage. Und zwar die sicherste Art, die es gab.

Ich entgegnete: »Ihre Untersuchungskommission wird Ihnen das sagen.«

Er nickte, machte wieder eine Notiz und zündete sich eine neue Zigarette an. Dann fragte er im gleichen Ton: »Und die andere Maschine, die englische, warum ist sie abgestürzt?«

»Sie fing in der Luft Feuer.«

»Ich gebe zu, die lappländische Luft ist im Herbst sehr heiß. Besteht eine Verbindung zwischen beiden Abstürzen?«

»Ich würde sagen: nein.«

Er sah mich gedankenvoll an. Dann sagte er: »Zuerst hat es mich überrascht, daß Sie, ein Engländer, Arbeitserlaubnis als Flugzeugführer hier oben bekamen. Wir haben selbst gute Piloten und nicht genügend Arbeit für alle. Worauf ich mir Ihre Arbeitserlaubnis ansah. Sie ist vier Jahre alt, aber alle Dokumente sind noch da.«

Ich erwiderte: »Was hat das mit der Sache zu tun?«

»Ich sage Ihnen nur etwas über Ihre Vergangenheit — etwas, was Sie vielleicht vergessen haben. Ich fand also, daß Sie Ihre Arbeitserlaubnis für hier erhielten, weil Sie mit einem gewissen Herrn befreundet waren. Damals ein sehr gewichtiger Mann und ein sehr großer Finne. Ich weiß nicht, wie Sie das bewerkstelligt haben, Mr. Cary. Mein erster Gedanke war, daß Sie irgendwann einmal Finnland einen großen Dienst erwiesen haben mußten. Aber aus Papieren war das natürlich nicht zu ersehen.«

»Ja«, sagte ich. »Ja. Ich fange an zu begreifen. Der Mann ist heute tot. Es gibt nichts und niemand, der verhindern könnte, daß mir meine Arbeitserlaubnis entzogen wird. Sie brauchen bloß ein ablehnendes Wort zu sagen.«

Er nickte wieder. »Ich glaube, das würde genügen. Aber es würde lange dauern und würde mir nicht sofort helfen. Besser wäre es, wenn ich Sie ins Gefängnis stecken ließe.«

»Weswegen?«

»Suchen Sie sich's aus, Mr. Cary. Sagen wir: ›Im Interesse der nationalen Sicherheit‹. Sie glauben gar nicht, was ich alles im Interesse der nationalen Sicherheit tun kann.«

»Was zum Teufel hat die nationale Sicherheit mit mir zu tun?«

Er lächelte mich leer und leicht an. »Alles kann nationale Sicherheit bedeuten, bis zum Beweis des Gegenteils, Mr. Cary. Dann war es eben ein bedauerlicher Irrtum.« Seine Augen wurden kalt. »Sie haben keine Ahnung, wie viele Irrtümer ich begehen könnte.«

Wir starrten uns lange an. Jemand klopfte an die Tür. Der große Polizeibulle warf Nikkanen einen fragenden Blick zu, hievte sich dann hoch und ging zur Tür.

Nikkanen sagte, weniger scharf: »Ihr Problem ist nicht ungewöhnlich, Mr. Cary. Sie hassen eben die Polizei.«

»Nein. Nur die, die ich bis jetzt kennengelernt habe.«

An der Tür fragte Mrs. Beekman: »Ist Bill Cary hier?«

Der Polizeibulle drehte sich um und blickte zu Nikkanen hinüber, die Tür beinahe geschlossen haltend.

Die Tür ging krachend auf und knallte ihm gegen den Hinterkopf.

Mrs. Beekman stand da, kochend und aufgebracht. »Hoffentlich störe ich nicht«, sagte sie eisig. »Ich wollte bloß wissen, ob Sie zum Dinner heute abend frei sind, Mr. Cary?«

Ich stand auf. »Mit Vergnügen, Mrs. Beekman. Aber ich muß Sie darauf aufmerksam machen, daß ich möglicherweise heute abend im Gefängnis sitze.«

Ich blickte auf Nikkanen hinunter. Langsam hob er den Kopf, sah mich traurig an, drehte sich dann zu mir um. »Mr. Cary übertreibt, Mrs. Beekman. Ich kann mir keinen Grund denken, der ihn davon abhielte, mit Ihnen zu dinieren.«

Sie verbeugte sich leicht ironisch. »Danke Ihnen, Sir.« Dann zu mir: »Gegen acht also?«

»Ich werde pünktlich sein.« Vielleicht würde ich's auch nicht sein, wenn die Veikko-Angelegenheit länger als drei Stunden dauerte, aber ich wollte vor Nikkanen nicht zugeben, daß ich etwas für Veikko unternähme. Wenn er nach einem Grund suchte, mir eine Falle zu stellen, dann mußte er ihn selbst finden.

Mrs. Beekman sagte: »Fein. Kann ich vorher noch etwas für Sie tun?« Es klang nebensächlich, hatte aber eine hintergründige Bedeutung. Nikkanen wußte das auch. Und einen Augenblick lang war da eine verlockende Idee: Ich hätte mich auf die Hilfe von Wallstreet stützen können, wenn Nikkanen wirklich beabsichtigte, einen ›Irrtum‹ zu begehen. Andererseits hatte ich die Politik der Nichteinmischung in die Angelegenheiten der Familie Homer verfolgt. Ich konnte nicht beides gleichzeitig haben.

Und natürlich hätte es immer einen Preis.

Ich schüttelte den Kopf. »Danke. Wirklich nicht. Wenn ich nicht pünktlich zum Dinner da bin, so nur, weil ich schon eine andere Verabredung habe.«

Sie lächelte etwas betrübt, verstand aber, was ich meinte. Sie ging, und der Polizeibulle machte die Tür zu.

Nikkanen fragte: »War das Ihr Ernst, Mr. Cary?«

»Jawohl. Sie hat nichts mit meinen Angelegenheiten zu tun. Ich bin also immer noch verwundbar.«

Vielleicht zuckte er ein bißchen zusammen. Er rieb seine Nasenspitze und sagte: »Ich glaube, Sie haben mich mißverstanden.« Hatte ich nicht, aber wenn er einen neuen Start einleiten wollte, bitte sehr!! — »Was ich am liebsten hätte, wäre eine kleine Unterhaltung.« Dabei lächelte er traurig. »Etwas ehrlicher, als wir sie bislang führten.«

»Bitte, ich habe nichts dagegen.« Ich setzte mich wieder.

Er zündete sich eine neue Zigarette an und sagte: »Es tut sich was hier oben in Lappland, Mr. Cary. Ich glaube, Sie sind auch der Meinung. Kehren wir zu den beiden Flugzeugabstürzen zurück. Ich fragte Sie, ob zwischen ihnen ein Zusammenhang bestehe. Sie sagten, Sie glaubten es nicht. Jetzt will ich Sie fragen: Warum?«

Ich holte tief Atem und trank darauf einen großen Schluck Schnaps. Das rückte meiner Ehrlichkeit jetzt dicht auf den Leib. Aber einen fairen Einwand hatte ich noch zu machen.

Ich sagte: »Bei dem einen wurden zwei Menschen getötet. Beim anderen kam niemand um. Insofern fehlt hier ein Zusammenhang.«

Er dachte darüber nach. Dann: »Sie würden es also für gefährlicher halten — wenn jemand an den Landeklappen Sabotage getrieben hätte? Und für ungefährlich, einen Brand in der Luft zu verursachen?«

»Wenn ich die Wahl hätte, würde ich jederzeit einen Brand vorziehen. Besonders, wenn vergessen würde, die Feuerlöschanlage anzubohren. Landeklappenschwierigkeiten hat man in der Nähe des Bodens: Man hat weder die Höhe noch die Geschwindigkeit, ihnen zu entgehen.«

»Die Brandstiftung war also die Arbeit eines Amateurs? Und die Landeklappen die eines Fachmanns?«

Ich zuckte die Schultern; ich sah nicht ein, warum ich *Suopo* die Hauptarbeit abnehmen sollte. »Auf jeden Fall, warum sollte jemand den Engländer Judd töten wollen?«

»Warum sollte jemand Mr. Adler töten wollen?«

Gute Frage. »Wo kam er her?«

»Ah ja.« Er blätterte die Seiten seines Notizbuchs zurück. »Bis jetzt wissen wir nur, daß er gestern nachmittag in Rovaniemi auf dem Fluß startete. Er kehrte über Nacht nicht zurück. Andererseits verbrachte er die Nacht nicht in Kemijärvi, Kilpisjärvi, Sodankylä oder in Inari oder Kirkenes oben. Wir fragen noch in anderen Orten nach, aber — — —« Er zuckte die Schultern. »Mit einem Schwimmerflugzeug braucht man nicht in einer Stadt zu übernachten. Ein See oder Fluß genügt da vollauf.« Er blätterte auf eine leere Seite zurück. »Für wen arbeitete Mr. Adler?«

»Ich habe ihn mit einigen Jägern und Touristen gesehen — mehr nicht. Ich glaube nicht, daß er in diesem Sommer Erzvermessungskontrakte hatte.« Ich hielt es nicht für nötig zu erwähnen, daß er beabsichtigt hatte, für Veikko zu arbeiten, oder meine eigene Folgerung, nach Veikkos heftigem Leugnen, daß er bereits für ihn gearbeitet hatte. Wer immer Oskar aufs Korn genommen hatte, Veikko war es nicht gewesen.

»Er war vielleicht ein nicht ganz ehrlicher Mann?«

Ich zuckte die Schultern. »Die Frage bedeutet an sich gar nichts. Er war ein Buschpilot; er hatte seine eigenen Regeln. Man stößt nicht durch Wolken hinunter, ohne seiner Position ganz sicher zu sein; man landet so schnell wie möglich, wenn Nebel bei Sonnenuntergang gemeldet wird; man tankt sofort nach der Landung auf, um Kondensation in den Tanks zu verhindern. An diese Regel hat er sich sicher gehalten. Eine Kiste Schnaps transportieren oder über eine Sperrzone fliegen — das sind Papierregeln.«

Nikkanen sagte leise: »Meinen Sie damit Mr. Adler oder sich selbst?«

Ich zuckte wieder die Schultern.

Nikkanen rieb sich gedankenvoll die Nase. Dann sagte er: »Noch etwas, Mr. Cary. Zwei Schwimmerflugzeuge sind abgestürzt — aus welchen Gründen auch immer —, und Sie haben jetzt das einzige in Lappland. Ich bitte Sie also, sehr vorsichtig zu sein. Und ich möchte, daß Sie mich benachrichtigen, wenn jemand mit einem außergewöhnlichen Auftrag an Sie herantritt. Verstehen Sie?«

Ich verstand genau. Ich war der Köder. Und ein nicht ausgelegter Köder fängt nie etwas.

Ich nickte und ging hinaus.

16

In der Mainio trank ich drei Tassen Kaffee, und bis halb sechs war immer noch nichts von Veikko zu sehen. Zuerst dachte ich daran, ihn anzurufen, ließ es aber. Ivalo hat ein kleines Telefonamt, man kannte meine Stimme dort. Ich hatte keinen großen Ruf zu verlieren, aber ich mußte doch mehr darauf bedacht sein als Veikko.

Aus demselben Grund nahm ich kein Taxi. Veikko wohnte etwa anderthalb Kilometer außerhalb der Stadt, an der Straße nach Akujärvi im Osten. Es war eine einsame Gegend, aber alles außer Sicht von Ivalo war einsam. Man braucht bloß zwanzig Meter von der Straße runterzugehen, um sich in einem Wald zu befinden, der seit dem Rückzug des letzten Eiszeitalters unberührt gewachsen ist.

Niemand folgte mir aus der Stadt hinaus; ich hoffte, daß mich auch niemand gehen sah.

Ich hatte ungefähr die halbe Strecke zurückgelegt, als ein großer Wagen die Straße entlang auf mich zukam, mit viel zu hoher Geschwindigkeit für diesen schmalen, sandigen Weg, und eine Staubwolke hinter sich herziehend wie eine Nebelbank. Ich sprang in den Wald, während er vorüberfuhr. Es war der scharlachrote Facel Vega, Claude am Lenkrad. Sonst, glaubte ich, war niemand im Wagen, aber sicher war ich nicht. Wenn Veikko drin war, wäre ich mir ziemlich dämlich vorgekommen, wenn ich weitertrampte, um ihn aufzusuchen.

Aber ich wollte ihn sprechen. Es war mir ziemlich gleichgültig, ob ich ihn irgendwo hinflog oder nicht, obgleich Geschäft immer noch Geschäft blieb, aber ich wollte wissen, warum er geflogen werden wollte. Ich trottete also weiter.

Das Haus war groß, zum mindesten für lappländische Begriffe, im modernen Hinterwäldlerstil gebaut, ähnlich einem Schweizer Chalet. Das breite, schwere Dach war bis zum Erdgeschoß heruntergezogen, so daß der erste Stock nur vorn und hinten Fenster hatte. Es war aus großen, waagerechten, an den Ecken ineinanderhakenden Stämmen gebaut wie jedes Waldblockhaus, aber die vorstehenden Enden waren auf eine Art getrimmt, die eine umgekehrte Schräge nach oben ergab. Es war nicht angestrichen, nur stark gefirnißt, so daß es die Farbe hellen Whiskys hatte.

Die Fensterrahmen waren aus Metall, in kleine Vierecke unterteilt, um ihnen das Aussehen von Gittern zu geben. Die Vordertür war antik — wahrscheinlich aus Mitteleuropa: schwere Eiche mit einer Menge verschlungener Gußeisenornamente und großen Beschlägen. Es wäre leichter gewesen, ein Loch in die Wand zu schlagen, als diese Tür einzurennen.

Es sah alles ziemlich schrullig aus, wenn man Veikko nicht kannte und wußte, daß er es aus diesem Grunde gewählt hatte. Jeder, der an die Tür trommelte und sagte: »Aufmachen, oder wir stoßen sie ein!« hätte sich bloß die Zehen gebrochen, während Veikko die Durchschläge seiner Abrechnungen inzwischen in den Ofen schob. Und um durch die Fenster einzusteigen, hätte man die ganzen Rahmen herausreißen müssen.

Es war schon fast Abend; nur das Dach lag noch in der Sonne, aber es brannte kein Licht, soweit ich sehen konnte. Ich überquerte das, was eine Rasenfläche gewesen wäre, wenn er sie in diesem Jahr hätte mähen lassen — so war es einfach eine wilde Grasfläche —, und drückte auf den Klingelknopf. Dann trat ich zurück, damit er mich von einem Fenster aus sehen konnte. So hätte er's gewollt.

Nach einer Weile klingelte ich wieder.

Und wieder nach einer Weile trat ich zurück und rief: »Ahoi! Braucht man hier einen guten Buschpiloten?«

Die Bäume um das Haus schluckten den Ton und gaben ihn mit dem besonderen gedämpften Echo, das ein Wald hat, weiter. Dann ließen sie mich noch etwas einsamer stehen. Ich ging um das Haus herum. Die Fenster waren alle geschlossen und mit Gardinen verhängt; die Hintertür war beinahe so schwer wie die vordere und fest verschlossen. Veikkos Saab stand in der Auffahrt.

Ich ging zur Vordertür zurück und drückte das letztemal auf den Klingelknopf, bevor ich in die Stadt zurücktrotten würde, um dort zu entdecken, daß er schon eine halbe Stunde in der Mainio auf mich wartete. Bloß um sicherzugehen, zog ich am Türgriff. Die Tür schwang auf.

Auf Zehenspitzen ging ich hinein, mit dem schauerlichen, nackten Gefühl, das man hat, wenn man den Atem anhält und auf andere horcht, die den ihren nicht anhalten. Sinnlos natürlich, nachdem ich x-mal geklingelt und fünf Minuten lang herumgebrüllt hatte.

Zwischen den holzverkleideten Wänden des Ganges herrschte tiefes Zwielicht. Ich ging bis zum Ende hinunter und öffnete die Tür zu seinem Arbeitszimmer. Dort war etwas mehr Licht. Jedenfalls genug, um zu sehen, daß das Zimmer von einem Tornado heimgesucht worden war.

Jedes Buch war von den Regalen gefegt worden; die Schubladen der beiden großen Kommoden, die Veikko als Registratur benutzte, lagen übereinandergehäuft; die Bilder waren von den Wänden gerissen; Papiere bedeckten den Boden wie Schnee. Der riesige dänische Teakschreibtisch ragte wie eine dunkle Insel in der Mitte des Zimmers empor; der große, hochlehnige schwarze Ledersessel dahinter stand mit dem Rücken zu ihm.

Ich trat von der Tür weg und lehnte mich an den hohen Kachelofen in der Ecke; er war noch warm. Ich steckte mir eine Zigarette in den Mund, zündete sie nicht an, starrte nur auf das Durcheinander. Nach einiger Zeit wurde mir die Sache klar. Jemand hatte das Zimmer durchkämmt, schnell, aber methodisch.

Der Schreibtisch kam mir unheimlich vor. Ich steckte die Zigarette in meine Hemdtasche zurück, ging vorsichtig durchs Zimmer und drehte den Sessel herum. Er rutschte sanft von ihm herunter, und sein Gesicht schlug auf meinen Füßen auf.

Ich hätte nicht mehr als einen halben Meter hoch — und vier Meter zurück springen können, weil das Zimmer zu klein dafür gewesen wäre. Aber ich sprang. Ich fand mich wieder am Ofen, und die Zigarette steckte mir wieder im Mund, und ich zog heftig daran.

Sie war immer noch nicht angezündet, ich steckte sie also wieder in die Tasche, ging langsam zurück und drehte ihn um. Sein Gesicht hatte einen entspannten, fast freundlichen Ausdruck. Das allein hätte mich schon überzeugt, daß er tot war.

Er trug denselben dunklen Anzug, das weiße Hemd und die silbergraue Krawatte, jetzt jedoch mit drei Kugeleinschüssen auf der Krawatte. Er hatte nur wenig Blut verloren, und es war jetzt beinahe trocken. Es hatte bräunliche Schmierflecken auf den Papieren zurückgelassen, die er hatte fallen lassen, als er vom Sessel glitt. Ich durchsuchte seine Taschen, ohne etwas Interessantes zu finden, und trat zurück.

Dann bemerkte ich etwas, was mit ihm aus dem Sessel gerutscht war: einen Revolver. Einen Augenblick dachte ich, ich hätte die Mordwaffe gefunden; dann machte ich mir klar, daß mit diesem Ding schon sehr lange niemand mehr erschossen worden war. Es war beinahe so groß und so alt wie eine Waterloo-Kanone. Das Metall war dunkelbraun und rostbedeckt. Ich hatte immer geglaubt, mich in Kleinwaffen auszukennen, aber ich mußte in dem Zwielicht schon sehr genau hinschauen, um zu erkennen, was das für eine Waffe war: ein französischer Militärrevolver, Modell 1874. Wenn man ihn heute abfeuerte, würde man sich wahrscheinlich die Hand zerschmettern. Aber es sah so aus, als ob Veikko sich damit versucht hatte.

Er mußte ihn aus der Schreibtischschublade gezogen — ein Feldgeschütz dieser Art trägt man nicht bei sich — und ruckweise bis in Zielhöhe gestemmt haben, als jemand — wer immer es war — etwas viel Moderneres hervorzog und drei Kugeln durch seine silbergraue Krawatte schoß.

Nun gab es zwei Dinge, die ich tun konnte: fortgehen oder die Polizei rufen. Ich war fürs Fortgehen. Aber da war noch ein Drittes, was ich tun mußte, ganz gleich, was sonst ich täte: seine Schreibtischpapiere durchblättern und nachsehen, ob mein Name in einem Tagebuch oder in sonstigen Aufzeichnungen enthalten war. Wenn ich ihn jetzt nicht fände, würden die Polizeibullen ihn später finden.

Zehn Minuten Suchen brachten mir nichts ein als das Gefühl, daß ich mein Glück überreizte. Es gab außer einigen Notizen über eingekaufte Kolonialwaren, die wahrscheinlich Chiffren für etwas anderes waren, nichts in seinem Schreibtischtagebuch. Ich hoffte, daß sie unauflöslich waren.

Jetzt brauchte ich ihn nur noch in seinen Sessel zurückzuheben. Nach der Lage der Kugeleinschüsse und dem geringen Blutverlust zu schließen, mußte der Tod fast sofort eingetreten sein. Ließ ich ihn so liegen, wie jetzt, mußte man annehmen, daß jemand entweder das Zimmer durchsucht hatte, bevor er ihn erschoß, oder daß jemand anders aufgetaucht war und ihn später aus seinem Sessel gestoßen hatte.

Jeder Polizeibulle würde sich die zweite Erklärung aussuchen.

Es dauerte verdammt lange. Er war schwer wie altes Eisen und schlaff wie ein betrunkener Polyp. Die Todesstarre war noch nicht eingetreten, was darauf schließen ließ, daß er noch keine zwei Stunden tot war.

Ich sammelte die Papiere, die Blutflecken hatten, und trug sie zum Ofen. Der Holzkorb war umgeworfen. Ich hob einen Klotz auf, schob den Ofentürriegel zurück und warf die Papiere ins Feuer. Der Holzklotz in meiner Hand war trocken, grau und rissig. Er war also schon lange im Haus gewesen; das traf auch auf die anderen, im Zimmer verstreuten zu.

Ich hockte mich auf die Fersen und blickte in die Flammen, auf den Holzklotz in meiner Hand und dann auf den Ofen. Er war auch ein antikes Stück: groß wie ein Schrank, aus blauweißen Kacheln, wie man sie in alten Häusern in ganz Finnland antrifft. Sie haben etwas Lustiges an sich, diese alten Öfen; doch der hier hätte den Inhalt des Korbes an einem einzigen Tag verbrannt. Ich sah nicht ganz ein, warum die Klötze so lange aufgestapelt worden waren; sie waren knochentrocken.

Ich blickte in die Flammen, in die glühende Asche und auf die schwarzen, halbverkohlten Holzklötze darunter. Dann fiel mir etwas anderes auf. Es roch nicht nach Holzrauch. Es war überhaupt kein Geruch wahrzunehmen.

Ich fand es im Geschirrschrank unter der Treppe, genau hinter dem Ofen: eine lange Reihe Propangaszylinder. Logisch natürlich für ein Haus im Hinterwald. Wenn man aber ein paar Lumpen zur Seite schob, entdeckte man, daß der letzte Zylinder mittels eines Messingrohrs durch die Wand mit dem Ofen verbunden war. Ich drehte den Zylinderknopf zu und ging ins Arbeitszimmer zurück. Das Feuer im Ofen war aus.

Ich grinste dem toten Mann im Sessel zu. »Gut gemacht«, sagte ich zu ihm. »Aber du warst ein bißchen fahrlässig mit den Kleinigkeiten. Hättest die Holzscheite erneuern sollen.« Aber er brauchte sich keine Vorwürfe mehr zu machen, selbst wenn er dazu in Stimmung gewesen wäre. Sein Geheimnis hatte ihn überdauert.

Hinter den Holzscheitattrappen war eine geschwärzte Klappe, die zum Anfassen noch zu heiß war. Wahrscheinlich wurde sie mit einem Kunstgriff geöffnet, aber ich machte mir nicht die Mühe, ihn zu entdecken. Ich holte die alte Zündkerze aus der Tasche, langte hinein, steckte den langen Zündhebel unter den Rand der Klappe und riß. Sie fiel nach vorn auf die Scheite herunter.

Unter dem auf dem Boden verstreuten Zeug lag auch eine grüne Zierkerze von irgendeinem Regal. Ich hob sie auf, zündete sie an und schob sie in das Ofeninnere.

Zuerst sah es wie eine alte Druckpresse mit Schraubengewinde aus. Erst nach einiger Zeit entdeckte ich einen langen, horizontalen Handgriff, der an beiden Enden durch schwere Gewichte heruntergezogen war. Ich machte meinen Arm so lang ich konnte und stieß ein Gewicht an. Man mußte fest zustoßen, um es in Bewegung zu setzen, die aber dann durch die schweren, kreisenden Gewichte aufrechterhalten wurde. Die schwere Deckplatte der Presse stieg langsam empor.

Die untere Platte hatte in der Mitte eine kleine, runde Vertiefung; genau darüber war in der Druckplatte auch eine Einbuchtung, die sich rauh anfühlte, als ich darüberstrich. Ich schob meine Schulter noch etwas tiefer in den Ofen und stellte die Kerze ab, um mich umzusehen.

Auf der anderen Seite der Presse stand eine große, eingebrannte Schale mit irgendwelchem keramischen Material, einigen keramischen Rührstäben und ein paar Metallwerkzeugen, die ich nicht identifizieren konnte. Auf der anderen Seite stand ein Holzkasten etwa von der Größe einer Schuhschachtel. Ich versuchte ihn herauszuziehen, aber er rührte sich keinen Zoll von der Stelle. Darauf griff ich hinein und holte ein paar kleine, blanke goldene Scheiben heraus.

Jetzt wußte ich, wo ich war. Ich brauchte es bloß noch zu beweisen. Ich legte eine der Scheiben in die Vertiefung der Bodenplatte und zog den Handgriff kräftig in die entgegengesetzte Richtung. Die Deckplatte senkte und schloß sich. Ich schraubte sie wieder hoch, die Scheibe klebte noch leicht dran und hob sich mit ihr, um schließlich klirrend herunterzufallen. Als ich sie an die Kerze hielt, hatte ich einen frischgemünzten Sovereign 1928 mit dem winzigen Buchstaben I, dem Kennzeichen für ›Made in Bombay‹, in der Hand.

Ich verbrachte einige Zeit damit, über die anderen Goldscheiben im Kasten nachzudenken — von denen so viele drin lagen, daß er sich nicht rücken ließ. Es waren angenehme Gedanken. Aber ich hing ihnen zu lange nach. Viel zu lange.

Scheinwerferlicht wischte über das Fenster, und ein Wagen kreischte und knirschte auf dem Kies neben der Vordertür. Einen Augenblick erstarrte ich. Dann legte ich die beiden Scheiben in den Kasten zurück, warf die Kerze hinter die Presse hinein, riß das Metallverschlußstück hoch und schlug die Ofentür zu.

Eine Wagentür wurde zugeknallt, dann noch eine. Füße marschierten über den Kies.

Ich ging auf Zehenspitzen zum Schreibtisch und nahm die französische Feldhaubitze an mich. Es konnte ja sein, daß der Mörder sich plötzlich erinnert hatte, nicht in den Ofen hineingeschaut zu haben. Dann klang schrill die Türklingel, wie ein Salut von einundzwanzig Kanonen im Zwielicht.

Da wußte ich, wer es war: Der Mörder hätte gewußt, daß die Tür nicht verschlossen war. Ich packte die Telefonstrippe, riß daran, bis sie lose war.

Eine Stimme sagte: »Öffnen Sie, oder wir treten die Tür ein.« Ich erkannte die Mentalität, wenn nicht sogar die Stimme. Aber ich konnte mir noch nicht erklären, was sie hier herausbrachte. Dann fiel mir der Facel Vega auf der Landstraße ein. Claude hatte nur ein Telefon gebraucht; und alles, was ich brauchte, war ein sehr guter Anwalt. Zwei Stablampen strahlen mir ins Gesicht.

Die Stimme des Großen sagte ruhig auf schwedisch: »Sie scheinen in Ihrem Beruf ja ganz schön herumzukommen.«

Der andere brüllte plötzlich etwas von einer Waffe, die ich hätte, und seine Stablampe ging zwei Schritte zurück. Ich nahm den Revolver in die linke Hand und hielt ihn, den Knauf nach vorn, hin. Eine große, haarige Hand kam aus dem Dunkel und packte sie.

Ich sagte: »Sie gehört Veikko. Er ist hinten, im Arbeitszimmer.«

Der Kleine eilte an mir vorbei ins Haus.

Ich fuhr fort: »Sagen Sie ihm, er soll nicht überall Fingerabdrücke hinterlassen. Das ist eine Polizeiaufgabe.«

Die Stimme des Großen meinte liebenswürdig: »Und was glauben Sie, sind wir? Wildhüter?«

»Ich meine nicht Ihre Art Polizei.«

Von drinnen rief der andere Polizist: »Hier! Komm her!«

Seine Stimme klang ziemlich schrill.

Der Große fragte mich: »Tot?«

»Ja.«

»Sie?«

»Sie hätten mich hier nicht erwischt, wenn ich ihn getötet hätte. Ich hatte es Ihnen melden wollen, aber das Telefon ist kaputt.«

»Sie taten also Ihr Bestes?«

»Natürlich. Außerdem ist keine Pistole hier.«

»Keine Pistole?« Der große französische Revolver fuchtelte im Taschenlampenlicht, sah wie ein Spielzeug in seiner Hand aus.

»Mit dem ist er nicht getötet worden. Der hätte das Haus noch umgeblasen. Und Sie müssen die richtige Waffe finden, bevor Sie eine Verurteilung erreichen können.«

Die Stablampe tastete mich von oben bis unten ab wie ein großes Einauge. »Wir hatten schon lange gehofft, daß einer mal käme und Veikko das Tageslicht ausbliese...«, er gebrauchte den seltsamen alten finnischen Ausdruck, »...aber trotzdem wird das für uns alle eine lange Nacht werden.«

17

Schließlich landeten wir im selben Zimmer desselben Hotels zu demselben Zweck: Warten auf Nikkanen. Zuerst war ich überrascht. Ich hatte erwartet, sofort ins Gefängnis gesteckt zu werden. Dann fiel mir ein, daß die 4-Uhr-10-Dakota aus Rovaniemi wahrscheinlich ein paar Zeitungsreporter mitgebracht hatte, die das Polizeirevier belagerten, um noch einiges für die Story ›Zwei Abstürze in zwei Tagen‹ zu erfahren. Nikkanen, als *Suopo*-Mann, würde sich sicher nicht gern in der Nähe eines Polizeireviers sehen lassen wollen.

Er war mit der 4-Uhr-10-Maschine nach Rovaniemi geflogen und konnte vor 11.20 Uhr nicht zurück sein. Wir warteten.

Niemand hatte mir gesagt, ob ich verhaftet sei oder nicht, und irgendwie hatte ich mich nicht entschließen können zu fragen. Wir warteten eben. Kein Schnaps diesmal. Alles, was ich hatte, war eine Wochenzeitung aus dem Polizeiwagen, die ich jetzt zu lesen vorgab.

Der Große saß am Tisch mir direkt gegenüber; Veikkos Revolver lag auf dem Tisch, die Mündung auf mich gerichtet wie der Degen bei einer Kriegsverhandlung der Navy. Der Kleine saß auf dem Bett.

»Drei Schüsse«, sagte er. »Einfach drei Schüsse — päng, päng, päng. Dicht wie drei Finger nebeneinander. Muß ein guter Schütze sein.« Er sagte es auf schwedisch, es war also offenbar für mich bestimmt.

Ich tat weiter so, als läse ich die Zeitung.

Der Große sagte: »Ihr Freund Oskar war auch kein Unschuldslamm. Er hatte einen Revolver bei sich. Wußten Sie das?«

»Ich erinnere mich nicht.«

Der Kleine schnaubte: »Er erinnert sich nicht. Ha!«

Ich sagte: »Vielleicht wurde Veikko damit getötet.«

Der Kleine stand halb vom Bett auf und sagte: »Wir dachten nie an —«. Dann fiel ihm ein, daß Oskar sieben oder acht Stunden tot und sein Revolver im Besitz der Polizei gewesen war, bevor Veikko erschossen wurde.

Er warf mir einen wütenden Blick zu. Wenn es hell genug gewesen wäre, hätte er wahrscheinlich seine Sonnenbrille aufgesetzt und mich durchdringend angestarrt.

Der Große lehnte sich zurück, doch nicht so weit, daß er nicht nach dem Revolver langen konnte, wenn ich Sperenzchen machen sollte.

»Persönlich glaube ich nicht, daß Sie Veikko umbrachten«, meinte er. »Aber es wird mich niemand fragen, was ich glaube.«

Der Kleine sagte: »Warum sich unnötig anstrengen? Wir trafen ihn im Haus bei einer frischen Leiche an, wie er versuchte, die Polizei mit dem Revolver des Opfers einzuschüchtern. Das reicht jederzeit zur Verurteilung.«

Der Große schien sich das durch den Kopf gehen zu lassen. »So könnten wir ja vorgehen, ja — trotzdem möchte ich lieber die ganze Wahrheit erfahren.«

»Weshalb? Der hilft uns nicht. Warum sollen wir ihm helfen?«

Beide sahen mich an. Das Spiel wurde nicht leichter für sie, weil sie Schwedisch sprechen mußten, um sicherzugehen, daß ich auch verstünde, und trotzdem so tun mußten, als plauderten sie nur unter sich. Ich las weiter.

Der kleine Polizist sagte: »Er glaubt, er kann sich herausreden, wenn Nikkanen kommt. Ha! Hat der eine Ahnung, was Nikkanen mit ihm anstellt!« Er bebte fast.

»Wenn Sie so weiterreden« sagte ich, »werden Sie sich zu Tode ängstigen.«

»Sie denken, wir können Sie nicht in die Sache Adler verwikkeln, nicht wahr? Nun, wir können's. Und wenn wir *das* erst mal haben ... Sie wissen nichts von dem Revolver, den er bei sich hatte, nicht wahr?«

Sie beobachteten mich beide wieder, mit einem kleinen, erwartungsvollen Lächeln. Sie hatten vor, im psychologisch richtigen Augenblick die Katze aus dem Sack zu lassen.

Ich sagte: »Ich wette, daß er auch noch geladen war.«

»Ja, das war er«, erwiderte der Große.

»Und ich wette, da war noch etwas.«

»Ja, da war noch etwas.« Er machte eine dramatische Pause. »Die Nummer war weggefeilt.«

Schweigen. Jetzt wäre ich an der Reihe gewesen, zu erblassen und auszurufen: »Waaas, so ein Ungeheuer war das?! Wenn ich das gewußt hätte!« Cary bricht zusammen und gesteht alles. Ortspolizei löst den Fall. *Suopo* geht nach Hause und schickt ihnen eine Medaille.

Ich fragte: »Und was soll das heißen?«

Der Kleine schnaubte: »Was das heißt? Daß er ein Profi — ein echter Professioneller war. Und was hat er nun vorgehabt?«

Ich entgegnete: »Sie können die Nummer wieder sichtbar machen. Sie brauchen sie bloß zu polieren und mit Salzsäure und Weingeist zu ätzen.«

Der große Polizist kniff ein Auge zu. »Woher wissen Sie denn das?«

»Haben Sie mal von gestohlenen Wagen oder Flugzeugmotoren gehört? Auf diese Weise kann man ihre Nummern nachprüfen.«

Gewichtig wandte er sich zu seinem Kollegen um. »Der Bursche ist ausgebildet. Wir sollten ihn in der Polizei haben.«

Der Kleine erwiderte: »Wir sollten ihn an einem verschwiegenen Ort haben, wo niemand ihn schreien hören könnte. Ich würde ihn schon fertigmachen.« Zum erstenmal, seit ich ihn kannte, klang er ehrlich.

»Ihr Jungs strengt euch wegen nichts an«, sagte ich zu ihnen. »Kein Berufsverbrecher würde einen gefeilten Revolver tragen, einfach weil es nach Profi aussieht. Man kann sich vielleicht herausreden, wenn man mit einem Revolver erwischt wird. Niemals könnte man sich aber herausreden, wenn man mit einem gefeilten Revolver erwischt wird. Das Ganze beweist nur, daß

Oskar dringend einen Revolver brauchte, ganz gleich, was für einen — oder er wußte gar nicht, was es bedeutete. Die interessante Frage ist, warum er überhaupt glaubte, eine Waffe zu brauchen.«

Sie starrten mich wieder an. »Außerdem«, fügte ich hinzu, »besteht Ihre wirkliche Aufgabe darin, diesen Schweizer Facel Vega zu schnappen.«

Es knisterte irgendwie im Gebälk, als die Polizeibullen zu denken anfingen. Sie kannten den Wagen natürlich.

Dann fragte der Große ruhig — zu ruhig: »Wer ist drin?«

Ich zuckte die Schultern und nahm mir wieder die Zeitung vor. »Wenn er Ihnen durch die Finger gegangen ist, sage ich überhaupt nichts mehr.«

Der Kleine beugte sich begierig vor. »Er ist immer noch nördlich des Flusses. Wer ist drin?«

Der Große runzelte warnend die Stirn.

Ich rollte die Zeitung auf und rollte sie wieder zusammen.

»Ich weiß nicht, für wen Oskar in diesem Sommer gearbeitet hat. Erzvermessungen hat er jedenfalls nicht vorgenommen . . .« Ich zuckte die Schultern.

Der Große betrachtete mich gedankenvoll. Er traute mir nicht die Bohne. Aber er hatte nichts anderes, dem er trauen konnte. Nikkanen hatte offensichtlich den Facel Vega nicht erwähnt — was aber würde Nikkanen sagen, wenn herauskäme, daß ich ihn erwähnt hatte und daß sie ihn hatten entkommen lassen?

Er sprudelte etwas auf finnisch heraus, was ich nicht verstehen sollte und tatsächlich auch nicht verstand. Wahrscheinlich war es der Vorschlag, einer von beiden solle veranlassen, daß die Brücke beobachtet würde. Das Zimmer hatte kein Telefon.

Der Kleine wollte nicht gehen. Wenn jemand mich allein in die Finger bekäme, dann wollte er es sein.

Ich rollte die Zeitung zusammen und wieder auf, zusammen und wieder auf.

Schließlich kamen sie zu einem Entschluß. Der Große stand auf und sagte auf schwedisch: »Ich werde bloß den Gang hinuntergehen, kann also hören, was hier vorgeht.« Er schien seinen Kameraden damit ebenso zu meinen wie mich.

Der grinste sauer und nahm den großen Revolver vom Tisch. »Du wirst nichts hören.«

Der Große zögerte einen Augenblick, ging dann hinaus und schloß die Tür.

Als wir allein waren, ruckte der Kleine mit dem Kopf in Richtung Tür und sagte: »Er wird langsam alt, der da. Es ist ihm nicht klar, daß ein Fall wie der Ihre dringend ist: Alle *Suopo*-Fälle sind dringend. Sie glauben doch nicht etwa, Nikkanen käme hierher zurück, um wieder einen Schnaps mit Ihnen zu trinken?«

Ich beobachtete seine Füße. »Sie wissen nicht, was Nikkanen will, versuchen Sie also nicht, seine Fälle für ihn zu lösen, Sie würden keinen Dank einheimsen, selbst wenn Sie sie lösten. Er muß ja schließlich etwas für sein Spesenkonto tun.«

Er sagte: »Sie halten uns einfach für Bauernlümmel, was?«

Ich sah zu ihm auf: »Ja.«

Der Revolver klatschte an meine linke Wange. Ich berührte ihn mit den Fingerspitzen. Die Waffe starrte mir direkt ins Gesicht.

»Widerstand gegen Verhaftung«, sagte er gedankenvoll. »Wenn man nichts anderes beweisen kann, hätte Nikkanen liebend gern eine Anzeige, mit der er Sie festnageln kann. Dazu brauchen wir etwas Beweismaterial. Bloß ein paar Schürfungen. Oder Sie könnten natürlich auch eine Erklärung abgeben.«

Ich starrte weiter auf seine Füße.

Er sagte: »Sie brauchen uns ja nicht alles zu sagen — nur, was wir sowieso herausfinden werden. Gerade genug, um uns auch ein wenig Ehre anzutun. Wir sind nicht immer entzückt über die großen *Suopo*-Herren aus Helsinki, die bloß hierherkommen, um uns Vorschriften zu machen. Wir können vielleicht sogar ein gutes Wort für Sie einlegen.«

Noch eine witzige Bemerkung, und er würde mich wieder mit dem Revolver traktieren; das wußte ich. Eine dumme Situation, in die er sich da selbst gebracht hatte, weil es bedeutete, daß ich im voraus wußte, was er zu tun gedachte, bevor er's tat.

Ich entgegnete: »Ich käme mir erniedrigt vor.«

Er holte mit der Waffe aus. Ich stieß ihn mit der zusammengerollten Zeitung in den Bauch, von unten nach oben. Fest zusammengerollt, kann so was hart wie Holz sein. Er klappte zusammen wie ein Taschenmesser, die Waffe baumelte ihm irgendwo um die Kante meiner Hand unters Ohr.

Er fiel mit einem dumpfen Plumps, der das Zimmer erbeben

ließ, vom Bett auf den Boden. Aber wir waren ja im Erdgeschoß; keine Decke stürzte ein.

Ich hob den Revolver auf, ging zur Tür, öffnete sie vorsichtig einen Spalt und wartete. An sich wollte ich nicht warten. Aber ich hatte keine andere Wahl.

Es schien eine Ewigkeit zu dauern. Das Hotel knarrte und murmelte um mich herum, und der Mann auf dem Boden atmete laut und geräuschvoll. Ich war aufgezogen wie ein Wecker, als ich endlich das Klingeln des Telefons in der Halle und Schritte den Gang entlang hörte.

Ich hatte die Tür hinter ihm geschlossen und ihm den Revolver unters Kinn gestoßen, ehe er überhaupt bemerkte, daß die Lage sich grundlegend verändert hatte. Strenggenommen war es eine Idiotie, jemand so einen Revolver vorzuhalten. Kein Profi hätte das getan. Aber Profis töten Polizeibullen nie; ich wollte, daß dieser hier fürchtete, ich würde es vielleicht tun.

Er sagte nichts und versuchte auch nichts. Ich trat zur Seite.

»Setzen Sie sich.«

Er ging auf den Sessel zu, drehte sich dann um und sah die Rötung auf meinem Gesicht. »Er hat Sie angegriffen. Hat es Ihnen leichtgemacht.«

»In mehr als einer Hinsicht. Setzen Sie sich.«

Er setzte sich, den Rücken mir zugewandt. »Ich hätte Sie nicht mit ihm allein lassen sollen. Ich glaube, Sie kennen sich mit Revolvern — und auch sonst aus.«

»Etwas. Jedenfalls mehr als Sie beide.«

»Dieser Facel Vega — war das nur Bluff?«

»Sie fuhren zu Veikko raus, weil jemand Sie anrief, stimmt's?«

»Vielleicht.«

»Ich hab' mit dem Facel Vega nicht geblufft. Auf jeden Fall wird's hübsch aussehen, jemand im Käfig zu haben, wenn Nikkanen kommt, nicht wahr?« Ich hieb ihn an der Stelle unters Ohr, die ich vorher genau abgeschätzt hatte.

Resultat: Ich hatte zwei bewußtlose Polizeibullen auf dem Gewissen, nicht gerade ein Problem, dessen Lösung man in den Anstandsbüchern findet. Und keine Ahnung, wann sie aufwachen würden. Man kann nie wissen. Wenn man einen Mann niederschlägt, kann man nur zwischen Betäuben und Töten wählen — hofft man.

Ich hätte die beiden also jetzt an Händen und Füßen fesseln und ihnen einen Knebel in den Mund stecken sollen, alles mit den beiden Bettlaken. Aber ich hatte nicht die Absicht, die ganze Nacht damit zu vertrödeln. Ich ließ also alles, wie's war.

Als die Luft rein war, schloß ich die Tür hinter mir ab und drückte mich um die Halle herum, hoffte, einen Hinterausgang zu finden. Ich fand einen; niemand sah mich.

Die Nacht roch süß, frisch und seltsam sättigend, als wäre das alles gewesen, was ich hatte erreichen wollen. Aber der Schmerz in meiner Wange brachte mich in die Wirklichkeit zurück; sie schwoll und fing an zu pochen, und jeder einzelne meiner Zähne tat weh.

Ich ging hinten ums Hotel herum, das dunkle Flußufer hinauf zum Platz an der Brücke. Es stand nur ein Taxi da, ein alter Mercedes 220, Lumpen in die seitlichen Ansaugrohre gestopft, um den laufenden Motor warmzuhalten.

Meine linke Wange vom Lampenlicht abgewandt, fragte ich den Fahrer: »Haben Sie ein Abschleppseil?«

Hatte er.

»Mein Wagen da unten läuft nicht an.« Ich zeigte nach Süden. »Können Sie mich rausfahren und abschleppen?«

Konnte er. Als ich einstieg, fuhr der städtische Polizeiwagen vorbei, zur Brücke, und parkte so, daß er den größten Teil der Straße blockierte, die Scheinwerfer nach Norden über die Brükke hinweg gerichtet.

Wir fuhren ein paar hundert Meter aus der Stadt hinaus in Richtung Flugplatz. Ich ließ ihn anhalten. Dann zeigte ich ihm den Revolver und befahl ihm, nach Hause zu laufen.

Zuerst wollte er nicht, aber ich machte ihm klar, daß die Waffe und ich eine Majorität vertraten; also setzte er sich in Marsch. Ich fuhr den Wagen noch zweihundert Meter weiter, stoppte, warf das Abschleppseil um die Telegrafendrähte und zog. Ich mußte sehr viel kräftiger ziehen, als ich erwartet hatte, aber schließlich bekam ich sie alle herunter. Wenn man bisher noch keine Meldung über mich durchgegeben hatte, würde der Flughafen nicht wissen, daß ich im Anmarsch war. Ich fuhr weiter.

Ich hätte natürlich viel mehr Zeit auf mein Entkommen verwenden und viel raffinierter vorgehen können, aber es wäre zwecklos gewesen. Sie wußten, daß ich der Beaver zustrebte; ohne sie wäre ich hier oben in Lappland wie eine Fliege auf einem Fliegenfänger.

Ich stopfte ein Bündel Finnmark ins Handschuhfach und parkte den Mercedes gerade noch außerhalb des Flughafens. Niemand versuchte mich auf dem Weg zur Beaver anzuhalten.

18

Ich flog nach Südwesten, Allgemeinrichtung Schweden, ließ die Lichter an, damit der Turm klar und deutlich irregeführt wurde.

Nach einer Viertelstunde ging ich auf hundertfünfzig Meter hinunter, schaltete die Lichter aus, drosselte das Gas und legte Kurs nach Norden an.

Es war eine stille, fast windlose Nacht mit einigen gebrochenen Wolkenschichten und einem untergehenden Mond im Westen. Über den Seen und Flußbiegungen lagen Nebelfetzen, aber noch nichts Ernsthaftes. Ich überquerte die Polarstraße südlich von Inari und flog über den Inari-See hinaus, um Höhe zu gewinnen, ohne gehört zu werden. Dann drehte ich um, schaltete den Motor ab und glitt südwärts auf die Straße nach Ivalo hinunter, dessen Lichter fünfzehn Meilen vor mir durch den Nebel blinkten. Ich suchte einen zwanzig Meter langen Wohnwagen.

Es war nicht so schwierig, wie es sich vielleicht anhört. Dieses Monstrum konnte man nie weit von der Überlandstraße wegbugsieren, und Nebenstraßen von Bedeutung zwischen Ivalo und Inari gab es nicht. Auch konnte man ihn nicht unter Bäumen verbergen, ebensowenig wie ein Haus. Im blassen Mondlicht mußte er sich wie eine Kathedrale abheben.

Ich fand ihn. Er war etwa hundert Meter von der Straße ab geparkt, offenbar auf einem alten Holzfällerpfad und hinter einem Baumgürtel, der ihn wahrscheinlich zur Straße hin verbarg. Ich versuchte mir die Lage der Stelle einzuprägen, und drehte dann zum See ab.

Die nächste mögliche Landungsstelle lag über eine Meile entfernt, und eine leichte Landemöglichkeit war es auch nicht: Es war eine schmale, mit kleinen Inseln übersäte Bucht. Die Inselchen waren mir von Nutzen, denn sie gaben mir Orientierungspunkte für meine Höhe, die ich nach dem stillen Wasser und in schlechtem Licht nicht ausmachen konnte. Ich nahm mir zwei hintereinander liegende Inseln über Backbord aufs Korn, wartete, bis sie zu einer zusammenschmolzen, zog dann den Knüppel zurück und setzte klatschend auf.

Die Maschine lief aus, ehe wir das Ufer erreichten, und da ich den Motor nicht wieder auf Touren bringen wollte, mußte ich das Schlauchboot aufblasen und sie die letzten dreißig Meter ins Schlepptau nehmen.

Am Ende war ich kalt und naß vom See und heiß und naß vom Paddeln und fragte mich, warum ich eigentlich nicht nach Schweden flog. Aber ich war nüchtern und hatte Veikkos Kanone im Gürtel, war also bestens auf ein Gespräch mit dem Mann in dem nach Maß gebauten Wohnwagen vorbereitet.

Ich vertäute die Beaver so nahe einer Baumgruppe, wie ich konnte, und ging dann durch die Bäume und Felsbrocken zur Straße hinauf. Dann auf ihr weiter. Sie war völlig leer — es war nach elf Uhr —, und keine Wagen passierten aus der einen oder anderen Richtung.

Als ich zu dem Holzfällerpfad kam, ging ich, den Revolver in der Hand, parallel zu ihm unter den Bäumen weiter. Ich war mir nicht sicher, was ich zu treffen erwartete oder ob ich bereit war, darauf zu schießen, wenn ich es traf, aber zum mindesten gab mir die Waffe die Chance zu wählen. Immer vorausgesetzt natürlich, daß sie auch losging.

In der Dunkelheit, jenseits einer kleinen Lichtung, sah der Wohnwagen wie ein langer, niederer Bungalow aus. Die Fenster waren alle dunkel. Der Facel Vega stand neben dem Kopf des Pfades.

Ich lehnte mich eine Weile an einen Baum, um das Ding zu betrachten. Am Schluß dieser Betrachtung war es immer noch ein verdammt großer, in einem finnischen Wald geparkter Wohnwagen.

Vorsichtig zog ich mich zurück, umkreiste die Lichtung unter den Bäumen, um von hinten an den Wagen heranzukommen.

Als ich das alles getan hatte, hatte ich lediglich die Nahansicht einer Ecke des Wagens und das scheußliche Gefühl, daß ich im Begriff stand, in den völlig rechtmäßigen Mitternachtsschlaf eines ehrlichen Bürgers hineinzuplatzen. Die ganze Angelegenheit sah zu solide und vorstadtmäßig und respektabel aus. Sollte ich also jetzt hinübergehen, auf den Klingelknopf drücken und sagen: »Entschuldigen Sie, es tut mir furchtbar leid, aber . . .«

Ich tat es nicht. Entweder war jemand da drin, mit dem ich sprechen wollte, in welchem Fall ich den Revolver brauchte, oder es war niemand da — in welchem Fall ich mich still nach Schweden verziehen sollte, ohne auf Klingelknöpfe zu drücken.

Etwas stieß leise an mein Bein. Ich stieg kerzengerade in die Luft und kam herunter, den Revolver für Carys letzten Widerstand gezückt. Aber nach einigen bewegten Augenblicken war alles, was ich in Reichweite sehen konnte, eine graue Katze, die mich beleidigt anblickte.

Ein Bär oder eine Wölfin hätte mich weniger überrascht: Die lappländischen Wälder haben wenig Anziehungskraft für eine Hauskatze. Dann fiel mir ein, daß, falls man es sich leisten konnte, einen zwanzig Meter langen Komfort-Wohnwagen in den Polarkreis zu verfrachten, man auch in der Lage wäre, seine Katze mitzubringen.

Ich zwang mich zu einem Grinsen und hielt freundlich die Linke hin. Aber die Katze sah nach wie vor mißtrauisch aus. Dann wurde eine Wagentür zugeschlagen. Katze und ich zuckten zusammen und erstarrten. Vom anderen Ende des Wohnwagens erklangen Schritte. Ich duckte mich zwischen die Wurzeln einer Kiefer, in der frommen Hoffnung, so mehr nach Katze auszusehen. Eine Gestalt bog um die Ecke des Wohnwagens und bewegte sich vorsichtig unter den Bäumen auf mich zu. In ihrer rechten Hand glänzte etwas matt — ich war am richtigen Ort.

Sie war noch etwa drei Meter von mir entfernt, und ich mußte nun etwas tun, entweder sprechen oder schießen; da gingen der Katze die Nerven durch. Sie sauste in den dunklen Wald. Die Gestalt fuhr herum.

Ich sagte: »Ich habe den Revolver auf Sie angelegt, Claude.«

Er blieb stocksteif stehen.

Ich sagte im Gesprächston: »Werfen Sie die Pistole weg, Claude.«

Er brauchte lange. Ganz natürlich; er mußte an seinen Stolz denken. Aber die Entscheidung war gefallen, als er bei meinem Anruf nicht sofort geschossen hatte.

»Treten Sie ins Freie.« Er bewegte sich — nach einer gewissen Zeit natürlich. Ich trat hinter ihn und hob schnell die Pistole auf. Es war eine Browning Hi-Power 9 mm — ich ersah das aus der Dicke des Kolbens, der dreizehn Schuß im Magazin hat. Es war eine Erleichterung, eine Pistole zu haben, die mir nicht in der Hand explodieren würde, wenn ich sie abfeuerte; ich vertauschte die beiden hinter Claudes Rücken.

Er sagte über die Schulter: »Das wird Sie in große Schwierigkeiten bringen, Mr. Cary.«

»Freund, heut nacht stecke ich bis über die Ohren in Schwierigkeiten. Eine mehr oder weniger spielt keine Rolle.«

»Mr. Cary, ich bin *nicht* Ihr Freund.«

»Heute nacht kommen Sie der Vorstellung von einem Freund am nächsten. Und jetzt öffnen Sie die Vordertür, welche immer es ist. Und tun Sie's vernünftig.«

Er verstand mich. Er ging ein paar Stufen zur nächsten Tür hinauf, öffnete sie — sie ging nach innen auf —, beugte sich hinein und knipste ein Licht an. Nichts Plötzliches oder Auffallendes. Nichts, was ihm eine Kugel in den Rücken eintragen konnte.

Ich sagte: »Ganz großartig. Jetzt gehen Sie voran.«

Ich folgte ihm.

Gerade, als ich die Tür hinter mir mit dem Fuß zustieß, sauste die graue Katze an uns vorbei herein.

Wir gingen einen kurzen Gang hinunter, an einem zurückgeschlagenen Vorhang vorbei, und Claude machte im Wohnzimmer Licht. Für einen Wohnwagen war es ein sehr großer Raum und so möbliert, daß er noch größer wirkte. Die Wände waren mit Quadraten hellgemaserten Holzes getäfelt, und zwar so, daß die Maserung sich wechselseitig ergänzte. Ein rehfarbener Teppich lag von Wand zu Wand, auf dem eine Menge schlanker, heller Sessel aus Birke mit farbigen Ledersitzen, ein paar Kaffeetischchen und, neben dem verhängten Fenster, sogar zwei ziemlich große Gummibäume in schwarzen Glastöpfen standen. Die Beleuchtung war indirekt; sie gab den Wänden einen warmen Glanz und beließ die Mitte des Zimmers im Halbdunkel.

An der gegenüberliegenden Wand hing eine Brücke mit ineinandergehenden blaugrünen Rechtecken.

»Sieh da, sieh da. Das ist doch ein Ryiji, oder nicht?« fragte ich. »So muß man's machen. Man zahlt nicht Unsummen dafür, um auf ihnen herumzutrampeln, nicht wahr?«

Ein höhnisches Lächeln huschte über Claudes Gesicht. »Sie stehen auf einem, Mr. Cary.«

Tatsächlich: ein Stück genau desselben Musters in Rot und Braun.

»Natürlich«, sagte ich, »würde sich ein Original-Rembrandt besser an der Wand ausmachen, aber wahrscheinlich waren Sie zu knickrig dazu. Und sind Gummipflanzen in diesem Jahr nicht schon etwas *passé?* Warum nicht eine einfache, schlichte Orchideenbank?« Ich setzte mich. »Entschuldigen Sie, aber ich habe einen aufregenden Abend hinter mir. Ich hab' gerade meinen ersten Polizisten niedergeschlagen. So, und nun wecken Sie Ihren Chef. Ich habe eine Beschwerde vorzutragen.«

»Mr. Cary, ich bin allein hier. Ich bin ›der Chef‹, wie Sie sich ausdrücken.« Er trug eine olivgrüne Lederweste mit gelbem Seidenschal, ziemlich zerknitterte dunkle Hosen und ein Paar braune Mokassins.

Ich schüttelte den Kopf. »Mit dem ganzen Getue neulich an der Brücke wollten Sie uns doch bloß glauben machen, Sie seien spleenig genug, diesen Luxuskasten für sich allein hier heraufzuschleppen. Sie haben Ihre Rolle zu sehr chargiert. Und jetzt wecken Sie ihn.«

»Mr. Cary, ich versichere Ihnen, ich bin der einzige hier.«

»Chefs schlafen nicht im Wagen, und sie schlafen auch nicht in ihren Kleidern. Holen Sie ihn her, Chauffeur.«

Sein Gesicht wurde noch ausdrucksloser, dann drehte er sich um und ging auf die Tür rechts des Wandteppichs zu.

Ich fügte hinzu: »Und bleiben Sie die ganze Zeit in voller Sicht. Die Wände hier müssen dünn sein.«

Er verstand auch das: Eine 9-mm-Kugel durchschlägt acht Zoll dickes Kiefernholz; wahrscheinlich würde sie von einem Ende des Wohnwagens zum anderen glatt durchschießen. Er ging den Gang hinunter und klopfte an die nächste Tür, öffnete sie, und dann folgte ein Gemurmel, das wie Deutsch klang. Ich stand auf und ging hinüber, um ihn im Auge zu behalten.

In dem Raum ging ein Licht an, und nach einer Weile trat ein dünner, schmächtiger Mann mit zerzaustem Haar in einem rot-gelb-schwarz gestreiften Morgenrock heraus. Seine Hände waren leer, und nichts zog die Morgenrocktaschen nach unten. Das machte ihn zum Neutralen.

Ich sah an ihm vorbei auf Claude.

Er starrte noch einen Augenblick ins Zimmer und schloß dann ruhig die Tür.

Ich sagte: »Halt! Sie kommt auch.«

Einen langen Augenblick sah es so aus, als wollten die beiden auf mich losgehen. Ich trat einen Schritt zurück, um mit dem Rücken zur Wand zu stehen, und drückte meinen Daumenknöchel fest gegen den Sicherungsbügel.

»Ihr Jungs habt wohl die Absicht, mich zu überrumpeln, was?« sagte ich. »Ich hab' dreizehn Schuß im Magazin, brauche also nicht zu geizen, wenn's zu einer Schießerei kommt.«

Der Mann im Morgenrock wandte halb den Kopf und rief scharf auf deutsch: »Komm her, Ilse.«

Der Raum schien aufzuatmen. Er zog ein geschnitztes Holzkästchen aus der Tasche, entnahm ihm eine Zigarette und zündete sie an. Wir starrten uns durch den Rauch hindurch an.

Er hatte lange, dünne Mandarinhände, die aus weiten Ärmeln hervorsahen. Sein Gesicht endete in einem spitzen, kleinen Kinn, die Haut auf den Knochen war straff gespannt. Große blaue Glotzaugen und ein Mund, der trotz Zigarette dauernd in Bewegung war. Ein sowohl asketisches wie sinnliches Gesicht, ein ausdrucksvolles Gesicht, das alles, bloß nicht Glück ausdrücken konnte. Es war ein Gesicht, das an den Tod erinnerte; es gehörte in die Urzeit, als Männer Totenschädel auf den Boden ihrer Trinkbecher malten. Der Mann hinter diesem Gesicht würde vieles brauchen — Glaube, Rauschgifte, Alkohol, Weiber —, um in dieser Welt den Verstand zu behalten.

Ich sagte: »Übernehmen Sie am besten die Vorstellung, Claude.«

Claude sagte: »Das ist der Pilot.«

»Hat *er* einen Namen?« fragte ich.

Der Mann zuckte die dünnen Schultern, um anzudeuten, daß der Name keine Rolle spielte. »König, wenn Sie wollen.« Er hatte einen leichten deutschen oder deutschschweizerischen Akzent.

Dann kam sie herein. Sie trug einen langen gesteppten Dressing Gown mit hellem Rosenmuster, und Mitternacht war nicht gerade ihre vorteilhafteste Zeit. Sie war groß und an den richtigen Stellen gut gebaut, hatte ein Gesicht, das ans Plumpe grenzte, blondes Wuschelhaar und graue große Augen — wenn sie ganz wach gewesen wäre. Sie sah so glücklich aus wie eine nasse Katze.

Sie sagte zu König: »Zigarette.«

Er zog das Kästchen heraus und gab ihr eine. Dann fragte er, zu mir gewandt: »Und was wollen Sie hier?«

Ich retirierte zu meinem Sessel und nahm Platz. »Vielleicht suche ich einen Job?«

König entblößte seine Zähne in einem schnellen, bleckenden Grinsen. »Was für einen Job?«

»Claude erzählte mir vor ein paar Tagen von einem Job.«

Ilse schlurfte zu einem Sessel hinüber und sank mit einem dumpfen Plumps, der den ganzen Wohnwagen erschütterte, hinein.

König grinste wieder, ausdruckslos. »Ich fürchte, dieser Job ist bereits vergeben, Mr. Cary.«

»An Oskar Adler?«

Er runzelte die Stirn, ebenso ausdrucksvoll, und setzte sich auch. Claude blieb stehen, und ich hielt die Browning ungefähr in seine Richtung. Er war der Gefährliche.

König sagte: »Adler hat ein paar Aufträge für mich erledigt, ja. Sie glauben, weil er jetzt tot ist, könnten Sie an seine Stelle treten? Dazu brauchten Sie aber keine Waffe, Mr. Cary.«

»Haben Sie ihn auf den Flug geschickt, der ihm den Tod brachte?«

»Warum fragen Sie?«

»Verdammt noch mal, beantworten Sie meine Frage«, sagte ich. Er grinste nur. »Ich habe die Pistole. Nach den Regeln bedeutet das, daß Sie antworten müssen.«

Er grinste weiter.

»Whisky«, sagte ich. »Haben Sie Whisky hier?«

»Ich glaube, wir können einen auftreiben, Claude . . .«

»Nein«, sagte ich. »Sie soll ihn holen. Ich vertraue ihr.«

König sagte: »Ilse, würdest du Mr. Cary ein Glas Whisky geben?«

Sie warf mir einen vernichtenden Blick zu, rappelte sich dann auf und ging zu einem kleinen Wandschrank neben dem Ryiji. Die Tür klappte herunter und bildete ein Tischchen, und über ihre Schulter erhaschte ich einen Blick auf ein halbes Dutzend Flaschen.

»Oskars Flug«, sagte ich. »Ich fragte nach Oskars Flug.«

»Und wenn ich nicht antworte, werden Sie uns alle erschießen?«

»Nein, ich lasse Sie bloß hier oben nördlich des Flusses sitzen, damit die Polizei Sie schnappen kann. Ich dachte, wir könnten zu einer Vereinbarung kommen.«

Im Zimmer wurde es still. Ilse brach die Stille, indem sie mit einem großen, halb gefüllten Glas ankam, das augenscheinlich Whisky enthielt. Sie schob es mir in die Hand, ohne vor die Pistole zu treten.

»Es ist pur«, sagte sie. »Wenn Sie etwas dazu haben wollen, holen Sie sich's selber.« Und sie trottete zum Wandschränkchen zurück.

Ich roch an dem Glas und nahm einen Schluck. Es schmeckte scharf, aber nach Scotch, und in Lappland oben gewöhnt man sich an alle möglichen Sorten Whisky.

Plötzlich sagte König: »Sie haben Schwierigkeiten mit der Polizei.«

»Stimmt.«

»Und nun suchen Sie bei mir Hilfe?«

»Wir sind beide in Schwierigkeiten«, erwiderte ich schlau. »Ich dachte, wir könnten einen gegenseitigen Hilfspakt schließen.«

Ilse sagte: »Wir sind also in Schwierigkeiten? Mir sagt niemand was.« König warf ihr einen Blick zu. Sie hatte eine Flasche Bols in der einen Hand und ein volles Glas in der anderen.

König fragte: »Und warum sollten wir etwas mit Ihnen zu tun haben wollen, Mr. Cary?«

»Weil die Polizei die Brücke in Ivalo unter Beobachtung hält, und ich glaube, die norwegische Grenze im Norden auch. Mit dem Wagen kommen Sie keine zehn Kilometer weit, vom Wohnwagen ganz zu schweigen. Von hier aus müssen Sie zu Fuß gehen — oder fliegen. Und ich habe das Flugzeug.«

Claude sagte ruhig: »Im Sommer fliegt er Erzvermessungen. Im Winter ist er arbeitslos. Meistens muß er seine Maschine aufbocken.«

König ignorierte ihn und sagte mit harter und eiskalter Stimme:

»Und warum sollte die Polizei uns unter Beobachtung halten, Mr. Cary?«

»Weil jemand Oskars Landeklappe manipulierte, so daß er bei der Landung schlingerte und umkam.«

Schweigen trat ein. Kein schockierendes Schweigen — dafür befand ich mich in der falschen Gesellschaft, aber immerhin ein Schweigen, das auf schnelles Denken zurückzuführen war. Claude stieß sich von der Wand, an der er gelehnt hatte, ab und blieb stocksteif stehen. Ilses Bols-Glas hielt auf halbem Weg zum Munde an.

König fragte: »Und woher wollen Sie das wissen, Mr. Cary?«

»Ich sah ihn abstürzen. Augenblicklich wird das Wrack geborgen. Wenn sie einen Cessna-Fachmann von Helsinki herholen, werden sie die Beweise bekommen. Und *die* werden wissen wollen, für wen Oskar arbeitete.« Ich beugte mich eifrig vor. »Kommen wir jetzt, ehe die Nacht um ist, zu einer Vereinbarung. Für zehntausend Schweizer Franken bring' ich Sie nach Südfinnland. Für zwanzigtausend nach Schweden oder Norwegen — sagen Sie, wohin.«

König lächelte sanft. »Ich glaube, ich könnte die Polizei überzeugen, daß Mr. Adler diesen Flug nicht in meinem Auftrag ausführte.«

Ich nickte. »Und dann natürlich ist da der Tod Veikkos. Ihr Wagen wurde kurz vor der Entdeckung auf der Landstraße gesehen.«

Diesmal trat wirklich Schweigen ein, selbst bei König. Über sein Gesicht liefen Zuckungen, die es zu albernen Grimassen verzerrten, aber hinter allem lagen seine Augen wie angelegte Schrotflinten.

»Wer sagte Ihnen das?«

»Ich sah es. Ich sagte es der Polizei. Inzwischen wird sie aber andere Zeugen haben, die ihn durch die Stadt fahren sahen. Tut mir furchtbar leid, aber es war schließlich nur fair. Es war Ihr Junge, Claude, der die Polizei anrief und versuchte, mir den Mord anzulasten.« Ich trank den Whisky aus und lehnte mich in den Sessel zurück.

»Sie bilden sich das alles ein, Mr. Cary.« Aber vielleicht war die Pause zu lang, in der er sich die Möglichkeit überlegte.

»Fragen Sie ihn doch. Er ist der einzige, der es getan haben könnte. Nur er sah mich auf der Landstraße, keiner hat mich ins Haus gehen sehen, und nur er konnte rechtzeitig an ein Telefon heran, um die Polizei rauszuschicken. In der ganzen Gegend gibt's sonst kein Telefon. Auf jeden Fall mag Claude mich nicht. Aber los, fragen Sie ihn.«

König wandte langsam den Kopf zu Claude. Claude hob die Schultern auf die charakteristische französische Art: ›Was spielt es schon für eine Rolle?‹ Mit seinem Gesicht verglichen, waren seine Schultern Starschauspieler.

König sagte etwas Schnelles und Unflätiges auf deutsch.

Claude erwiderte: *»Il n'importe —«*

König zischte etwas.

Claude hielt den Mund.

Ich warf Ilse mein leeres Glas zu. »Noch einen, bitte.« Sie war selbst überrascht, daß sie es auffing; dann überraschte sie mich damit, daß sie es mir nicht an den Kopf warf. Aber inzwischen wußte sie, daß ich etwas mehr als eine Pistole bei mir trug.

Langsam sagte König: »Sie haben uns also — mit Claudes Hilfe — in zwei Verbrechen verwickelt. Stimmt's, Mr. Cary?«

»Genau.«

Er lächelte. »Claude hat Sie unterschätzt, nach allem, was er mir von Ihnen erzählte. Sie sind nicht nur Vermessungspilot, nicht wahr?«

Ich warf ihm einen verschmitzten Blick zu. »Ich habe meine verborgenen Tiefen.«

Ilse brachte das Glas mit Whisky halb gefüllt wieder. Sie blickte mit dem trägen, verächtlichen Lächeln einer großen Katze auf mich herunter. Um in Übung zu bleiben, warf ich auch ihr einen verschmitzten Blick zu.

König sagte: »Natürlich könnten wir Claudes kleine Fahrt von heute nachmittag auch irgendwie begründen. Bei all dem . . .«, er ließ die lange Hand über die Möbel des Raumes flattern, ». . . glaube ich, wird die Polizei unsere Gesichter nicht so malträtieren, wie sie das Ihre zugerichtet zu haben scheint.«

Ich fuhr mit der Hand über meine Wange. Sie war inzwischen ziemlich angeschwollen, wenn sie auch kaum noch pochte.

Dann sah ich auf die Uhr: eine halbe Stunde nach Mitternacht.

»Gut«, sagte ich. »Reden wir ein bißchen über den Mord an Veikko. Ich habe Zeit und Whisky.«

Ich setzte mich im Sessel zurück und bewegte meine Hand hin und her, damit sie von der Pistole nicht steif wurde. Eine vollgeladene Browning Hi-Power wog — wieviel war's gleich? —, o ja, einundvierzig Unzen. Ich nahm einen tüchtigen Schluck aus meinem Whiskyglas.

Dann sagte ich: »Nehmen wir an, Sie seien so eine Art Währungshändler in der Schweiz. Alle Schweizer sind entweder das oder Uhrmacher. Nehmen wir also an, Sie machen in Währungen. Und nehmen wir weiter an, Sie haben Sovereigns, britische Goldsovereigns, an die Russen verkauft. Durch eine ganze Reihe geheimer Kanäle, wahrscheinlich in Deutschland und Österreich. Und über Finnland durch Veikko. Wäre keine schlechte Idee. Die Grenze hier oben ist nicht sehr bewacht, außer durch russische Radarstationen. Sie könnten das Zeug — in großen Mengen — im Frühjahr und Herbst hinüberfliegen. Vier- oder fünfhundert Pfund Gewicht jeweils — was ist das gleich? Beinahe dreißigtausend Sovereigns. Wert: fast hunderttausend Pfund. Perfekte Luftfracht: kleines Sperrgut, hoher Wert. Die Grundsätze des Lufttransports ändern sich nicht, weil die ganze Sache krumm ist.«

König brach in eine Reihe von Lachgrimassen um die Zigarette in seinem Mund herum aus. »Und wer übernahm die Flüge?«

»Oskar Adler natürlich. Es gab nur ihn oder mich, und ich war's nicht. Aber natürlich arbeitete er für Veikko, nicht für Sie. Und Sie mußten Veikko genauso gut gekannt haben wie ich: Sie wußten, daß sein erster Gedanke darum kreiste, wie er sich ein paar von diesen Sovereigns aneignen könnte. Was immer Sie ihm bezahlten, wäre nicht genug. Nichts war ihm je genug; deshalb blieb er lieber ein kleiner Lappland-Gauner als ein Großschieber in Helsinki. Zum Teufel, das ist schließlich der Grund, weshalb er getötet wurde. — Um ihn also daran zu hindern, daß er sich an der Ladung vergriff, sagten Sie ihm, die Russen seien genau informiert, wie viele Sovereigns sich in jeder Sendung befänden. Dagegen gab es für ihn nur eins: Alle Münzen, die er bekam, zusammenzuschmelzen, sie mit Kupfer zu verfälschen und auf seiner eigenen Presse neu zu prägen.«

Ich blickte zu Claude auf. »Sie haben sie nicht gefunden. Sie war hinten im Ofen seines Arbeitszimmers, zusammen mit einer Menge ungeprägter Münzen.«

Claude sah mich an, als wäre ich ein Schmutzfleck auf der Rücklehne des Sessels.

Ich war auf einmal sehr müde, wollte gähnen. Das überraschte mich; ich hatte einen Absturz miterlebt, eine Leiche gefunden, hatte zwei Polizisten außer Gefecht gesetzt, mehrere Leute mit der Pistole eingeschüchtert und war ein bißchen geflogen — sonst aber hatte ich an diesem Tag nicht viel Arbeit hinter mich gebracht. Ich nahm einen großen Schluck Whisky und fuhr fort: »Ein Sovereign enthält auf jeden Fall acht bis neun Prozent Kupfer. Nehmen wir an, er tat noch mal fünfzehn Prozent dazu und vielleicht noch etwas Silber, damit das Ganze nicht zu rötlich wurde. Auf diese Weise würde er fünfzehn Sovereigns pro hundert einsparen. In einer vollen Ladung wären es über dreitausend; à drei Pfund zehn Shilling pro Stück ist das nicht schlecht. Aber immer noch nicht genug.« Ich schüttelte den Kopf. Er fühlte sich schwer an. »Nichts wäre genug. Worauf er also die dreitausend einschmolz, sie zu dreitausendvierhundertfünfzig streckte und im Westen verkaufte, vielleicht in der Schweiz. Damit wäre er dann hereingefallen. Oder vielleicht haben sich die Russen beklagt. Vielleicht haben sie ein paar Münzen getestet. Hier bin ich aufs Raten angewiesen.«

Königs Mundwinkel zuckten. »Ich freue mich, daß wenigstens einige Ihrer Schlüsse auf Mutmaßungen beruhen, Mr. Cary. Aber lassen Sie mich Ihnen versichern — wenn es gefälschte Sovereigns auf dem Markt gäbe, wäre es schnell bekanntgeworden.«

»Nichts wäre bekanntgeworden.« Ich trank den Whisky aus und stellte das Glas auf das Kaffeetischchen neben mich. Ich begann, die einundvierzig Unzen meiner Pistole in der Hand zu spüren. Ich stützte die Hand aufs Knie. »Nichts wäre bekanntgeworden. Das Anziehende an Sovereigns ist, daß sie etwa fünfzehn Prozent mehr wert sind, als ihr Goldwert beträgt, nicht wahr? Nun, das rührt daher, daß sie in dem Ruf stehen, nie gefälscht zu werden: Man braucht keine Zeit und Mühe zu vergeuden, sie zu testen. Wenn man Fälschungen auf dem Markt entdeckt, hält man tunlichst den Mund — und strengt sich verdammt an, die Fälschungen so schnell wie möglich zu stoppen. Deshalb kamen Sie hier herauf, um Veikko umzubringen, oder nicht?«

Wieder Schweigen. Ich lächelte ihn friedlich an. Ich hatte mein Abendgebet hergesagt, konnte beruhigt schlafen.

König sagte: »Aber wir haben Veikko nicht umgebracht, Mr. Cary.«

Seine Stimme klang seltsam fern. Als ich ihn ansah, war auch sein Gesicht weit entfernt. Wie ein Schädel auf dem Boden eines Trinkbechers vielleicht.

»Dazu kamen Sie her.« Auch meine Stimme klang wie aus weiter Ferne, wie ein alter, auslaufender Grammophonapparat. Vielleicht war es doch ein schwerer Tag gewesen.

König fragte sanft: »Aber warum sollte es Sie interessieren, wer Veikko tötete?«

Ich grinste ihn schläfrig an. »Vielleicht interessiert es mich nicht. Veikko ist alt und schlecht genug, sich um sich selbst zu kümmern. Oder war's jedenfalls. Mich interessiert Oskar Adler. Die Piloten haben genug Probleme, ohne daß andere Leute ihnen auch noch nach dem Leben trachten. Für wen flog er?« Verschlagener, verschlagener Cary, brachte die Unterhaltung genau auf den Punkt, den er haben wollte.

König sagte: »Sie bieten in Wirklichkeit keinen Flug aus Finnland hinaus an.«

Ich erwiderte: »Und Sie bekommen auch keinen.« Meine Stimme klang schwach und aus weiter Ferne.

König sagte besänftigend: »Heute nacht fliegt niemand.«

Da hätte ich's tun können, hätte die ganze Bande niederknallen können. Ich brauchte bloß die Browning aufs Knie zu heben. Statt dessen mußte ich aufstehen. Und das erforderte alle meine Kräfte.

»Ihr Hunde«, sagte ich langsam und schwerfällig. »Ihr Hunde.«

Ich hob die Pistole. Eine winzige Stimme aus uralten Zeiten riet mir, nie nach rückwärts zu fallen, wenn man eine Pistole anlegt. Immer gegen den Feind fallen, so daß man weiterfeuern kann. Ich versuchte also, nach vorn zu fallen, und es war leicht. Der einzige Schuß, den ich abgab, fuhr in den Ryiji auf dem Boden — eine Sekunde, bevor ich drauffiel.

19

Mein erster Gedanke: Ich war betäubt worden. Der zweite Gedanke war ein reiner Reflex: Ich hatte einen interkontinentalen Hangover. Ich mußte wie eine Muskete geladen zu Bett gegangen sein. Der dritte Gedanke wuchs erst langsam, fing mit dem Gefühl an, daß jemand alte Gummireifen auf meiner Zunge verbrannt hatte. Ich war wirklich betäubt worden.

Ich lag mit geschlossenen Augen da und horchte auf meinen Atem; er war langsam und tief. Meine Hände und Füße waren kalt, nahezu ohne Gefühl. Hoffentlich hatten sie mich nicht im wilden Wald liegenlassen, damit die Bären an meinen Zehen nagen konnten? Du brauchst bloß die Augen aufzuschlagen, mein lieber Cary, und dich umzublicken. Ein Mann in meinem Zustand? — Das meinst du doch nicht im Ernst. Bleiben wir also einfach liegen.

Schweres Atmen und kalte Hände und Füße: Das klang irgendwie bekannt. Der alte K.o.-Tropfen. Man kann ihn eine Meile gegen den Wind riechen und schmecken, es sei denn, er wird in etwas Starkes wie Whisky verpackt, und schon gar in Lappland, wo der Whisky sowieso komisch schmeckt. Der älteste Trick. Und ich hatte sogar um Whisky gebeten. Man braucht also nur eine Grube zu graben, und Bill Cary kommt und fällt prompt hinein — wenn er sie findet.

Zeit, die Augen aufzuschlagen, ohne Rücksicht auf die Konsequenzen. Es stellte sich als Schwerarbeit heraus, und was ich schließlich erblickte, war stahlgraues Licht an einer taubengrauen Decke. Wenigstens war ich nicht im Wald ausgesetzt worden. Andererseits, wenn ich im Wohnwagen lag, war ich noch gefangen.

Das weckte mich. Ich rollte mich auf die Seite und stützte mich auf einem Ellbogen auf. Ich lag quer in einem großen Doppelbett, halb mit einer rot-weiß gestreiften seidenen Steppdecke bedeckt.

Hinter mir sagte eine Stimme: »Nur nicht so eilig, Liebling.«

Ich sagte: »Wer ist in Eile, zum Donnerwetter?« Dann sah ich mich um, wer es war. Ilse lehnte in der Tür mit einer kleinen Pistole in der einen und einer Zigarette in der anderen Hand.

Ich fügte hinzu: »Und wen zum Teufel nennen Sie eigentlich

Liebling?« Und schwang meine Füße auf den Boden. Falsch. Ich brach in einen Hustenanfall aus, der mir beinahe den Magen durch die Ohren preßte.

»Zigarette«, ächzte ich.

»Wenn Sie welche mitbrachten, haben Sie sie noch.«

Ich fand ein Päckchen Zigaretten, auf dem ich geschlafen hatte, und zündete eine an, indem ich das Streichholz mit beiden Händen packte. Das Tageslicht sickerte durch die Jalousien vor dem Fenster herein. Als ich auf meine Armbanduhr sah, war es fast zehn Uhr, aber das hatte ich erwartet. Wenn sie mir eine Dosis verpaßt hatten, um mich so schnell wie möglich bewußtlos zu machen, würde es einige Zeit dauern, bis ich das Zeug verdaut hatte.

Ilse sagte im Unterhaltungston: »Bitte, versuchen Sie nicht, besonders schlau zu sein. Ich schieße, und außerdem ist Herr König nebenan.«

»Ja, ich liebe Sie auch. Wie wär's mit einem Drink – und diesmal mit etwas weniger Chlorhydrat drin?«

Sie sah mich prüfend an. Sie trug eine lose orangefarbene knielange Jersey-Jacke mit einer Reihe farbiger Bändchen um die linke Manschette wie ein militärisches Rangabzeichen. Und graue Hosen. Das Haar war zurückgekämmt und ließ ihr Gesicht schmaler und gleichzeitig müder und jünger erscheinen.

Sie schüttelte den Kopf. »Ich glaube nicht, daß man Ihnen den Auftrag geben würde.« Sie sagte das, als hätte sie lange darüber nachgedacht.

Ich nickte. »Niemand, der seine fünf Sinne beisammen hat, gibt mir einen Auftrag. Wie wär's mit einem Drink?«

»Ich glaube nicht, daß Sie einen vertragen würden.«

»Was?« Mehr brachte ich nicht heraus.

»Warum sind Sie hergekommen? Natürlich sind Sie vielleicht sehr raffiniert.«

Langsam fuhr ich mir übers Gesicht. Vielleicht war der Teil meines Gehirns, der mir das Verständnis für das übermittelt, was Frauen reden, noch betäubt.

»Hören Sie«, sagte ich. »Ich rede von Whisky. Erzählen Sie mir nun, wovon Sie reden.«

»Nicht von Whisky. Und wenn Sie nicht wissen, worüber ich rede, spielt es gar keine Rolle. Denn dann habe ich recht.«

Ich folgte diesem Gedanken halbwegs, dann sprang er auf einen Bus, und ich verlor ihn. Ich wischte mir wieder übers Gesicht und versuchte, an andere Dinge zu denken. Inzwischen war es fast vier Stunden hell. Die Polizei hätte die Straße mindestens bis Inari abpatrouilliert. Jetzt kämen die Nebenstraßen an die Reihe. Möglich, daß sie auch die Beaver entdeckt hatte.

Ich fragte: »Haben Sie sich ausgedacht, wie Sie über den Fluß kommen wollen?«

Sie lächelte sanft.

Ich sagte: »Angenehm ist so ein Marsch nämlich nicht. Ich weiß nicht, ob Sie mal durchs Fenster geschaut haben, aber für hohe Absätze ist das Land verdammt rauh da draußen. Außerdem werden Sie von der Polizei gesucht. Und Bären gibt's auch«, fügte ich, wahrscheinlich übertreibend, hinzu.

Sie erwiderte: »Seien Sie kein Dummchen, Liebling. Man hat von Herrn König oder mir überhaupt noch nie gehört. Die Polizei weiß nicht einmal, daß wir in Finnland sind. Claude brachte den Wohnwagen ganz allein hier herauf.«

Daran hätte ich denken sollen. Man kann in ein skandinavisches Land einreisen — Schweden, Norwegen, Dänemark oder Finnland —, und niemand fragt nach dem Paß, wenn man in ein anderes weiterreist. Eine Form gegenseitigen Vertrauens und des Tourismus und verdammt nützlich für Gauner.

Ich behielt meinen grimmigen Ausdruck bei. »Trotzdem müssen Sie zu Fuß gehen. Man wird heute ziemlich nervös in Ivalo sein, nachdem man mich entwischen ließ. Jeder Ausländer wird genau überprüft werden. Und dann werden Sie beweisen müssen, wie Sie überhaupt hierherkamen. Man wird Ihnen nicht glauben, wenn Sie behaupten, Sie seien von Norwegen oder Schweden hierher gelaufen.«

»*Sie* werden gesucht, Liebling, nicht wir.« Sie lächelte, langte hinter sich und brachte ein Likörglas, wahrscheinlich Bols, hervor. An dem nippte sie.

Ich blickte auf meine Stiefel. Sie waren alt, trocken, rissig und staubig; genauso fühlte ich mich. Ich zog an meiner Zigarette und hob mich wieder in die Feuerlinie zurück.

»Es sind immer noch zwei Morde aufzuklären, und die Polizei weiß, daß ich sie nicht begangen haben kann. Sie sucht immer noch nach dem Facel Vega und dem Wohnwagen — und je länger sie die nicht findet, desto schärfer wird sie darauf sein.«

Langsam stand ich vom Bett auf und reckte mich ganz vorsichtig. Die Pistole in der Hand meiner Bewacherin zuckte und folgte mir.

»Sie werden zusammenbrechen«, sagte ich. »Sie persönlich. Sie werden sie besonders vornehmen, und Sie werden ihnen alles sagen. Es ist nämlich jetzt ein *Suopo*-Fall, und sie werden ihre besten Abwehrleute aus Helsinki gegen Sie ansetzen. Und wenn sie mit Ihnen fertig sind, werden sie Sie zehn oder fünfzehn Jahre in eins ihrer Frischluftgefängnisse sperren, und wenn Sie herauskommen, wird niemand eine leicht angestaubte Blondine haben wollen. Heute nicht, danke.«

Wenn mein schweres Geschütz Eindruck auf sie machte — zu sehen war jedenfalls nichts. Sie zog zum letztenmal an ihrer Zigarette, sah sich um, wo sie sie ausmachen könnte, ließ sie dann einfach auf den Auslegeteppich fallen und trat sie mit der Schuhspitze aus. Das erschütterte mich.

Sie blickte lächelnd auf. »Machen Sie sich um den Teppich keine Sorgen, Liebling. Wir werden, bevor wir wegfahren, den Wohnwagen sowieso verbrennen. Und Sie drin.« Es machte ihr wirklich Spaß, das zu sagen.

Draußen ertönte ein Boschhorn.

Ich trat ums Bett herum ans Fenster und schob zwei Lamellen der Jalousie mit zwei Fingern hoch. Vom Facel Vega war nichts zu sehen, aber ein dunkelblauer Volkswagen fuhr gerade vor dem Wohnwagen vor.

»Erwarten Sie irgendeinen dunkelblauen Volkswagen?« fragte ich.

»Weg vom Fenster!«

Es klang nachdrücklich genug, um den Schluß zuzulassen, daß die Ankunft des Volkswagens sie wirklich überraschte. Ich wandte mich um und feixte sie an, dann blickte ich zum Wagen zurück.

»Ich sagte, weg vom Fenster!«

Mrs. Alice Beekman entstieg dem Volkswagen.

Die Jalousie schnellte empor, und das Fenster splitterte. Die kleine Pistole machte einen Mordskrach im Raum. Ich retirierte vom Fenster.

Ilse sah mich durch das Rauchwölkchen ihrer Pistole an. »Sie werden noch lernen, Liebling, daß wir's ernst meinen.«

Mrs. Beekmans Stimme drang durch das zerschmetterte Fenster. »He — wer spielt denn da drin mit einer Pistole?«

Ich grinste Ilse an, vielleicht etwas unsicher, denn wenn man angeschossen oder beinahe angeschossen wird, kriegt man weiche Knie. Aber es war ein ehrliches Grinsen.

»Los«, sagte ich. »Meinen Sie's mit ihr auch ernst. Sie kriegen sowieso das FBI und das Strategische Luftkommando auf den Hals.«

Der Türsummer brummte.

Ilse glotzte mich an. Einen Augenblick dachte ich, sie würde mich niederknallen, um ein Problem aus dem Weg zu schaffen, ehe sie sich ans nächste machte. Ich glaube, sie dachte auch so.

Dann rief König: »Ilse, komm schnell.«

»Gehen Sie hinaus, und tun Sie so, als hätten Sie uns besucht«, zischte sie. Sie trat von der Tür zurück.

Langsam ging ich hinaus und den Gang hinunter. Ilse und die kleine Pistole hielten sich bewußt zurück.

Mrs. Beekman trat gerade durch den Vorhang am anderen Ende des Wohnraums.

König war dicht hinter ihr.

»Hallo.« Sie lächelte mich an. Sie trug ein weißes Kostüm mit langer Jacke, das aussah, als wäre es aus alter Sackleinwand. Wahrscheinlich aber war es aus mit Champagner präparierter Schurwolle. Dazu ein braunes Seidenschälchen, sauber in den Halsausschnitt gesteckt.

»Morgen, Mrs. Beekman«, sagte ich. »Tut mir leid, daß ich gestern abend . . .«

»Macht nichts. Ich hab's von den Polizisten erfahren. Wer hat hier geschossen?«

König antwortete aalglatt: »Ich habe Mr. Cary eins meiner Jagdgewehre vorgeführt. Leider war noch eine Patrone in der Kammer. Hoffentlich haben wir Sie nicht erschreckt.«

Mrs. Beekman zwinkerte zu mir herüber.

Ich nickte. »Doch, doch, Sie haben mir alle möglichen Schußwaffen gezeigt.«

Ilse hinter mir machte eine Bewegung. Mein Rückgrat schien mir plötzlich verletzbar.

Mrs. Beekman nickte. »Ich weiß zwar, daß es noch früh am Tage ist, aber kriegt man hier nichts zu trinken?«

König winkte zum Schränkchen hinüber. Mit der Linken. Die Rechte steckte wie zufällig in der Tasche seines dunkelblauen Anoraks.

»Bitte, bedienen Sie sich«, sagte er.

Ich wartete auf den Ausbruch. Wie ich sie kannte, war nicht anzunehmen, daß sie es gerne sah, wenn man ihr bedeutete, sie solle sich selbst einschenken. Aber nein. Sie ging einfach zum Schrank, nahm sich ein Glas und eine Flasche Whisky und schenkte sich ein.

König sah zu, über sein Gesicht glitten abwechselnd das übliche Grinsen und der finstere Ausdruck. Schließlich fragte er:

»Und was können wir für Sie tun, Miß . . .?

»Mrs. Beekman, Alice Beekman.«

Er nickte; den Namen kannte er. Er kannte auch den Umfang seines Problems.

Sie sagte: »Ich wollte Cary sprechen, möchte bloß ein paar Informationen von ihm.« Sie trank ihren Whisky aus und hob das Glas wieder, um sich neu einzuschenken. Sie verwirrte mich; wenn man erst einmal anfängt, die Whiskybottle schon morgens um zehn mit sich herumzutragen, bereitet man sich im allgemeinen auf ein Stipendium in der Entziehungsanstalt vor. Aber ich hatte sie schon früher trinken sehen und wußte, daß sie es lassen konnte.

König fragte: »Wie kamen Sie darauf, daß er hier ist?«

»Er sprach gestern von Ihnen. Deshalb nahm ich an, er sei hierhergegangen. Also kam ich auch.«

Es klang so einfach und logisch und schälte Königs Zuversicht ab wie ein Obstmesser. Statt bequem im Hintergrund versteckt zu bleiben, saß er jetzt offen da, wo jedermann ihn sehen konnte.

»Und wer sagte Ihnen, wo der Wohnwagen stand?«

»Ich unterhielt mich mit diesem Polizisten — Nik-was-weißich.« Sie sah mich an.

»Nikkanen. Dem *Suopo*-Mann.«

»Das ist er. Er sagte, der Wagen sei irgendwo oben zwischen Ivalo und Inari, also fuhren wir her, um ihn zu suchen. Hat nicht lange gedauert.«

Er brauchte einige Zeit, bis er kapierte; schließlich war es nicht seine Muttersprache, und außerdem war er ja durch ihr Auftauchen schockiert. Aber als er endlich kapierte, saß es tief.

»*Wir*?« Sein Kopf schoß vor. »Sie sind nicht allein?«

Sie hatte die Flasche in der Hand, um sich wieder einzuschenken. Ihre Augen blitzten ihn an. »Allein? Natürlich bin ich nicht allein, Sie — Sie Bauer! Glauben Sie vielleicht, ich fahre selbst?«

Großartig. Und er biß zu, Köder, Haken und halbwegs noch die Angel hinauf. Er sprang aufs Fenster zu, an seiner Tasche reißend.

Sie hob die Flasche, holte aus und schlug sie ihm auf den Hinterkopf. Sein Gesicht stürzte in die Fensterscheibe, dann glitt er langsam zu Boden, Blut und Whisky tropften an ihm herunter.

Ich wandte mich noch rechtzeitig genug von dem Schauspiel ab, um Ilses Hand zu packen, als sie die Pistole hinter ihrem Rücken vorholte. Ich faßte mit der einen Hand ihr Gelenk, dann mit beiden und drehte in entgegengesetzter Richtung. Die Pistole fiel auf den Teppich. Ilse trat mich.

Ich drängte sie an die Wand und sah zu Mrs. Beekman zurück, um gerade noch mitzukriegen, wie sie ihren hohen Absatz in Königs Handrücken bohrte, der eine Pistole umspannte. Ich zuckte zusammen; ich weiß nicht, was König tat. Auf jeden Fall stieß sie mir die Pistole zu.

Ich hob beide Pistolen auf. Mrs. Beekman sagte: »Ich glaube, jetzt sind Sie der neue Zeremonienmeister.« Sie lehnte sich mit der Hüfte an die Rückenlehne eines Sessels und nippte an ihrem Whisky.

Ich sagte zu Ilse: »Setzen Sie sich, und verhalten Sie sich ruhig.«

Höhnisch erwiderte sie: »Und wenn ich's nicht tue? Werden Sie mich dann erschießen?«

»Nein, aber Mrs. Beekman wird Ihnen vielleicht auch eine Flasche über den Kopf hauen.«

Ilse setzte sich. Mrs. Beekman grinste mich über ihr Glas hin an.

Ich sagte: »Wenn es nötig ist: danke Ihnen. Aber hätten Sie nicht etwas anderes als Whisky benutzen können?«

»Sie müßten eigentlich noch mehr haben.« Sie ging an den Schrank und fing an, darin herumzustöbern.

Ich drehte König um, um ihm mehr Atemraum zu geben. Er war nicht ganz bewußtlos, nahm aber wenig Anteil am Geschehen.

»Es ist nichts Ernstliches«, sagte ich zu Ilse. »Und auf jeden Fall ist er verdammt gut desinfiziert.« Er roch wie ein Samstagabend in der *Baari* eines Holzfällerlagers. »Verbinden Sie ihm den Kopf, damit er nicht verblutet.«

Sie stand auf und ging hinaus. Ich schlenderte durchs Zimmer, um sie den Gang hinunter zu beobachten.

Mrs. Beekman drehte sich am Schrank um, eine volle grüne Flasche mit dem Etikett ›The Antiquary‹ in der Hand. König kannte seinen Whisky, selbst wenn er immer für die falschen Gelegenheiten benutzt zu werden schien.

»Schenken Sie sich Ihr Glas voll«, schlug ich vor. »Das Zeug, das Sie trinken, kann ein Betäubungsmittel enthalten.«

»An sich trinke ich nicht gerne so früh.« Sie stellte das Glas hin, öffnete die Flasche und goß mir ein, brachte mir das Glas herüber.

»Danke. Was ist in Ivalo heut morgen los? Und wie kommt's, daß Sie uns vor den Polizeibullen fanden?«

»Die haben vor ein paar Stunden den Facel Vega am Nordufer verlassen aufgefunden. Sie schlossen daraus, daß sie den Fluß zu Fuß überquert hätten, worauf sie südlich davon zu suchen begannen.«

Ich nickte. »Aus dem Grund haben sie ihn da abgestellt. Haben die Polizeibullen den See beobachtet?«

»Weiß ich nicht. Sie scheinen knapp an Leuten zu sein, deshalb haben sie die Straße hier oben auch nicht kontrolliert. Ich versprach Nikkanen, ihm Bescheid zu sagen, wenn ich etwas entdecke.«

Ilse kam mit einem Verbandskästchen in der Hand den Gang zurück.

»Ich möchte wetten«, sagte ich, »daß Claude weggeschickt wurde, den Wagen abzustellen und ein Boot zu stehlen. Sie könnten über den See rudern und am Südufer des Flusses landen.« Während ich das sagte, beobachtete ich Ilse. Keine Reaktion. »Obgleich sie von dort aus immer noch zu Fuß gehen oder einen Wagen stehlen müßten«, fügte ich hinzu. »Und wenn sie vernünftig sind, stehlen sie keinen Wagen; sie müßten nämlich hundertzwanzig Kilometer nach Süden fahren, ehe sie abbiegen könnten. Bis dahin wären sie längst erwischt.«

Von Ilse nach wie vor keine Reaktion.

Ich zuckte die Schultern und trank meinen Whisky aus. Er brachte mich nicht gerade in olympische Form — kein Abendbrot, kein Frühstück und eine Dosis Chlorhydrat im Leib, dazu wäre mehr als ein steifer Whisky vonnöten —, aber zum mindesten war ich bereit, mich der frischen Luft draußen zu stellen.

Ich sah mich im Raum um. Ich hätte zu gerne den Wohnwagen durchsucht; wenn ich allein gewesen wäre, hätte ich's wahrscheinlich getan, selbst auf die Gefahr hin, daß Claude vorzeitig zurückkäme. Andererseits, wenn ich allein wäre, säße ich immer noch auf dem Bett, Ilses Pistole auf mich gerichtet. Und Whisky hätte ich auch keinen.

»Ich bin bereit«, sagte ich. Ich nahm die Whiskyflasche und nickte Ilse zu, die König einen Kopfverband anlegte. »Schöne Grüße an Claude.«

Sie sah mit blitzenden Augen zu mir auf. »Ich glaube, Sie sind *tatsächlich* einer von ihnen.«

Worauf ich mir gar keinen Reim machen konnte — jedenfalls in diesem Augenblick nicht. Mrs. Beekman ging voran.

Draußen fragte sie: »Wollen Sie fahren?«

»Nein. Steigen Sie ein und beeilen Sie sich. Vielleicht haben sie noch mehr Schußwaffen im Wohnwagen, und außerdem kann jeden Augenblick jemand kommen.«

Ich blieb vor dem VW stehen, eine Pistole in jeder Hand, bis sie den Motor angelassen hatte und in einer U-Kehre zum Kopf des Weges zurückgefahren war. Dann hopste ich hinein.

Sie legte den Gang ein und fragte: »Wohin jetzt?«

»Ich steige auf der Straße aus.«

»Einen Dreck werden Sie, Freundchen. Ich kam hierher, um Sie zu finden, vergessen Sie das nicht. Ehe die Polizei Sie erwischt, möchte ich wissen, wo mein Bruder ist.«

Ich nickte langsam. Ich hatte die Probleme der Familie Homer in den letzten zwanzig Stunden so ziemlich vergessen. Dumm von mir natürlich.

Ich fragte: »Wohin, glaubt Nikkanen, bin ich gegangen?«

»Er schätzt, Sie seien nach Schweden oder so geflogen. Auf jeden Fall sagte er das. Steht ihr Flugzeug hier in der Nähe?«

Ich besah mir die beiden Pistolen, die ich in den Händen hatte. Die eine – Ilses – war eine kleine Taschenpistole Sauer & Sohn –, die Art, über die man witzelt, sie hätte keine Durchschlagskraft, bis mal einer damit auf einen zielt. Die andere war eine Browning, aber ich konnte nicht sagen, ob es die war, die ich am Abend vorher Claude abgenommen hatte, oder eine andere. Pistolen waren offensichtlich die Herbstmode in Lappland.

»Unten links ab«, sagte ich. Das brachte uns zur Beaver, aber wichtiger noch, es verhinderte ein Zusammentreffen mit Claude, falls der von Ivalo zurückkam.

Sie steuerte den VW in einer Wolke von Staub herum und schaltete knirschend die Gänge. »Ist Ihr Flugzeug hier oben?«

»Ja.«

»Wie weit?«

»Fahren Sie nur zu.« Ich hatte ein moralisches Problem zu lösen, und darin bin ich gar nicht gut. Entkräftete irgend etwas, was sie getan hatte, um mich vor dem Feuertod zu retten – nicht bloß meiner schönen braunen Augen wegen –, Homers Abgeneigtheit, jemand aus seiner Familie zu empfangen? Strenggenommen natürlich nicht.

Aber er hatte es auch meinem Urteil überlassen und gesagt, er werde sich in einigen Tagen mit ihr treffen, und wenn ich ihr nicht sagte, wo er jetzt war, würde ich es nie können. Wahrscheinlich dachte sie auch so, als sie mit Nikkanen über meine Zukunft gesprochen hatte.

Und ich mußte nun auf jeden Fall zu meinem Privatsee fliegen, teils weil es verdammt weniger verdächtig war, als die Beaver den ganzen Tag auf dem Inari-See zu belassen – da ich nicht wagte, vor Dunkelwerden aufzusteigen –, und teils, weil ich auftanken mußte und mein Inselchen der einzige Ort war, wo ich es konnte.

Sie fragte: »Wo muß ich halten?«

»Nach etwa vierhundert Metern. Hören Sie, Mrs. Beekman – ich *könnte* Sie zu ihm fliegen, aber es wäre besser für Sie, wenn ich Ihnen eine eingezeichnete Karte gäbe und Sie einen anderen Piloten aus Rovaniemi oder Helsinki engagierten, der Sie hinflöge.«

»Warum Sie nicht?«

»Ich werde gesucht. Wenn Sie mit mir fliegen, könnte man annehmen, Sie würden mir helfen, aus dem Land zu fliehen.«

»Ist das alles? Nichts von Whiskybottles auf die Schädel anderer Leute?«

»Die zählen nicht. Die werden auch gesucht. Die werden sich nicht beschweren.«

»Okay. Wo ist Ihr Flugzeug?«

Ich holte tief Atem. »Das ist eine ernste Sache, Mrs. Beekman. In den letzten beiden Tagen sind drei Männer ermordet worden. Zwei Flugzeuge sind abgestürzt. Die Finnen glauben, es sei eine Spionagesache, und ich glaube, sie haben recht. Aber ich weiß nicht, wie alles zusammenhängt. Eins weiß ich: Ich habe selbst noch niemand getötet, obgleich das zum Teil Glückssache ist, da ich ziemlich freigebig mit Pistolen herumgefuchtelt habe, und so fängt's meistens an.«

»Es ist also wirklich ernst?«

»Ja.«

»Fein. Nachdem Sie sich nun vom Ernst Ihrer Probleme überzeugt haben, wie wär's, wenn Sie anfingen, sich auch vom Ernst der meinen zu überzeugen?«

Ich sagte: »Die ganze verdammte Sache fing mit dem Frauenwahlrecht an.«

»Wenn ich Ihren gottverfluchten Stolz verletzte, indem ich Sie aus diesem Wohnwagen rettete, können Sie ja immer noch zurück, sich ergeben und von vorne anfangen. Die blonde Großmutter in dem Admiralssweater sah Sie anscheinend ungern gehen.«

»Sie wollten den Wohnwagen anzünden — mit mir drin.«

Sie überlegte sich das. Dann sagte sie: »Das wäre sehr dumm. Sie würden den ganzen Wald in Brand stecken, in dieser Jahreszeit.«

Ich sagte müde: »Ich kenne Steine, die auch bluten. Halten Sie hier.«

Wir hielten mit einem Mordskrach im Getriebe, da sie mit dem Schalthebel herumfuchtelte, als wäre es ein Rührlöffel. Sie sagte: »Hol die europäischen Wagen der Teufel!« Und wir stiegen aus.

Dann sagte sie: »Ich kann Ihr Flugzeug nicht sehen.«

»Seien Sie jetzt eine Minute still, ja?« brüllte ich. »Natürlich können Sie es nicht sehen. Wenn Sie's sehen könnten, könnten die Polizeibullen es auch sehen und hätten es inzwischen längst abtransportiert.« Ich beherrschte mich wieder. »Also — auf wie lange haben Sie diesen Wagen gemietet?«

»Überhaupt nicht. Ich habe ihn gekauft.«

Hätte ich mir denken können. Ich lehnte den Kopf an einen Baum und versuchte zu überlegen. Dann sagte ich: »Hören Sie. Wenn die Polizeibullen diesen Wagen verlassen antreffen, machen sie sich vielleicht Sorgen, was Ihnen passiert ist. Vielleicht denken Sie sogar, Sie seien bei mir, wenn sie auf den Gedanken kommen, daß ich das Land noch nicht verlassen habe. Andererseits wird sich wahrscheinlich niemand den Kopf vor Mitternacht zerbrechen; von da ab könnte Ihr Hotel vielleicht unruhig werden. Und bis dahin sollten Sie eigentlich zurück sein.«

Sie erwiderte ungeduldig: »Ich wette, Sie können noch stundenlang so weiterpalavern. Wo ist Ihr Flugzeug?«

Ich stieg in den Wagen zurück, griff die Whiskyflasche und nahm einen auf die Schnelle. Es half zwar nicht viel, aber wenigstens war es eine Entscheidung, die ich selbst getroffen hatte. Dann fuhr ich den Wagen von der Straße herunter auf die Binnenlandseite, um die Aufmerksamkeit vom See abzulenken, schloß ihn ab und ging voraus, zum Wasser hinunter.

Es herrschte leichter Ostwind. Der Himmel war wieder mit durchbrochenen Schichtwolken bedeckt, und der Horizont, wenn man über die Inseln hinaussehen konnte, lag im Dunst eines späten Nebels oder — wahrscheinlich — im Rauch eines Waldbrandes.

Die Maschine lief schwer an, und als sie anlief, setzte ein Zylinder aus. Während die übrigen Zylinder warm wurden, legte ich Kurs über den See an, dann nach Süden in die Sperrzone. Ich gab Mrs. Beekman die Karte und jagte die Beaver mit scharfen Gasstößen aus der Bucht hinaus.

Als sie sich vom Wasser hob, hielt ich sie dicht über der Oberfläche, und wir flogen niedrig davon, leicht zwischen den Inseln hin und her wendend.

Es waren neunzig Meilen zu meinem See hinunter, und wir landeten nicht lange vor Mittag. Ich kreiste über Homers Blockhütte, um ihn wissen zu lassen, daß wir da waren — wenn er selbst da war. Dann ließ ich Mrs. Beekman am Strand aussteigen, wo sie auf ihn warten sollte, während ich zur Insel hinüberfuhr, um aufzutanken.

Ich erinnerte mich, daß ich etwa hundertzwanzig Gallonen dort verstaut hatte, und hatte nicht die Absicht, etwas davon zurückzulassen. Was ich nicht in die Tanks hineinbekäme, würde ich hinten mitnehmen.

Ich hatte keine hundertzwanzig Gallonen — ich hatte fünfundachtzig. Jemand hatte mir fünfunddreißig Gallonen geklaut.

Zuerst dachte ich an Homer, aber niemand würde fünfunddreißig Gallonen brauchen, ganz gleich, wie ungeschickt er sich beim Feuermachen anstellte. Dann fand ich einen Haufen leerer Kanister am Ufer unten.

Die einzige Maschine in diesen Breiten, die fünfunddreißig Gallonen voll 80-Oktan-Benzin ohne die Kanister transportieren konnte, war Oskars Cessna — oder war es bis gestern gewesen. Und Mikko konnte Oskar von dem geheimen Treibstoff-Depot erzählt haben. Ich hatte das Zeug mehrere Tage nicht angerührt.

Ich goß so viel hinein, wie die Tanks aufnahmen — alles außer zwanzig Gallonen —, und stapelte den Rest neben dem hinteren Schott. Dann bohrte ich ein Loch in den Boden jedes Kanisters und versenkte sie im See. Unnötig, mehr Anhaltspunkte zurückzulassen, als ich mußte.

Ich schlitterte mit genug Treibstoff für eine Strecke von vierhundert nautischen Meilen in meinen Tanks zum Strand zurück. Trotzdem hatte ich einen scheußlichen Geschmack im Mund, weil jemand mir mein Benzin geklaut hatte.

Mrs. Beekman stand wartend allein am Strand.

»Kein Anzeichen von ihm«, berichtete sie.

»Gehen wir ins Blockhaus hinauf.«

»Wenn er da gewesen wäre, wäre er doch herunter gekommen.«

»Stimmt. Aber wenigstens können wir etwas von seinen Lebensmitteln stehlen. Ich hatte kein Abendbrot und kein Frühstück.«

Sie stand mit gespreizten Füßen und in die Hüfte gestemmten Händen auf dem Sand. »Sind Sie sicher, daß Sie mich nicht an den falschen Ort gebracht haben?«

»Warum zum Teufel sollte ich?«

»Möcht' ich gar nicht raten.« Und sie blitzte mich weiter an.

Langsam verstand ich diese Laune. »Sie haben's schon erraten. Nach dem Lunch werde ich Sie ein bißchen vergewaltigen. Es ist das einzige Verbrechen, dessen ich in den letzten paar Tagen nicht verdächtigt worden bin, also kann ich das auch noch begehen.«

Ich ging den Pfad voraus. Als ich zurückblickte, stand sie immer noch da.

Ich sagte: »Wenn das Theater bloß darauf zurückzuführen ist, daß Sie nicht kochen können, keine Angst, ich kann.«

»Das klingt fair. Ich habe schließlich heute die ganze Kämpferei allein übernommen«, sagte sie bitter. Ich zuckte zusammen und ging weiter.

Auf halbem Weg erinnerte ich mich, daß das ja Bärenland sein sollte und ich vergessen hatte, die Schrotflinte aus der Beaver mitzunehmen. Aber ich hatte Königs Pistole — und seinen Whisky. Wenn dreizehn Schuß aus einer Browning Hi-Power einen Bären nicht aufhielten, konnte ich ihm immer noch einen Drink anbieten.

Die Hütte war leer — jedenfalls ohne Homer. Aber seine Koffer waren immer noch unter dem Fenster aufgestapelt und drei Gewehre auf Pflöcken an der Wand.

»Erkennen Sie das Gepäck?« fragte ich und besah mir die Gewehre. Die eine war eine Büchse, die 7-mm-Büchse für Rotwild. Die anderen waren ein Paar zusammengehörige Purdey-Schrotflinten: saubere Sachen ohne Schlagbolzen und modische Gravierungen. Eine vierte Reihe Pflöcke war leer.

Mrs. Beekman sagte ruhig: »Das sind seine Sachen. Verzeihen Sie.«

»Seine Bärenbüchse hat er mitgenommen«, bemerkte ich. »Nun, er sagte ja, er hätte vielleicht eine Jagdtour vor.« Sein Schlafsack lag zwar immer noch unter den Gewehren zusammengerollt, aber die dazugehörige Gummiunterlage war nicht hier.

»Wie lange wird er wohl wegbleiben?«

»Er sagte zwei oder drei Tage. Das war vor zwei Tagen. Vielleicht ist er erst gestern aufgebrochen, er kann also immer noch zwei Tage fort sein.«

Sie stöberte in den Pappkartons herum, in denen ich seine Lebensmittel mitgebracht hatte. »Wohin, glauben Sie, ist er gegangen?«

»Das kann man nie wissen. Er kann bloß fünf Kilometer weit weg sein, und es würde sich immer noch lohnen, einen Drei-Tage-Trip daraus zu machen. Das Land hier ist ziemlich rauh.«

Sie richtete sich von dem Karton mit drei Dosen in den Händen auf. »Na ja, er hat genug dagelassen. Ich kann warten.«

Ich sagte: »Nichts können Sie. Sie sind hier in der Wildnis. Die nächste Straße liegt mehr als einen Tagesmarsch entfernt. Und es ist Bärenland. Nein, wenn er heute abend nicht zurückkommt, setze ich sie in der Nähe von Inari auf meinem Flug hinaus ab. Dann können Sie sich einen Piloten aus Helsinki schnappen und ihn bestechen, Sie in ein paar Tagen wieder herzubringen. Ich bedaure, daß ich nicht selbst hierbleiben kann.«

»Glauben Sie, ich wäre in besserer Hut, wenn Sie blieben?« Sie sah mich mit einem leisen Lächeln in den Mundwinkeln an.

»Vor Bären bestimmt.«

Sie nickte und besah sich die Dosen in ihren Händen. »Heringsfilet, dann Rinderstew mit Schoten für Eure Lordschaft?«

Ich winkte nonchalant.

»In Ordnung.«

Sie fand einen Büchsenöffner und machte sich an die Arbeit. »Und ich bleibe«, fügte sie hinzu.

»Sie bleiben nicht.«

»Sie wollen mich schreiend zum Flugzeug hinunterschleifen und nach Ivalo fliegen?« fragte sie ruhig. »Wenn Sie mich mit einem einzigen Finger anrühren, verklage ich Sie auf eine Million Dollar.«

Ich erwiderte: »Ich bin immer noch der Meinung, man hätte Ihnen nicht das Wahlrecht geben sollen«, und sah mich nach zwei Zinnbechern um, um uns einen Whisky einzuschenken.

Wir aßen und stellten den geschwärzten alten Kaffeepott voll Wasser auf den Ofen, und als er heiß war, füllten wir Kaffee ein. Ich habe nie verstanden, wieso, aber die Finnen machen den besten Kaffee der Welt auf diese Weise. Ich kann zwar nicht ganz an sie heran, brachte aber doch etwas Trinkbares zustande.

Wir zogen Homers Schlafsack auf die Türschwelle, setzten uns drauf und schlürften unsern Kaffee. Der Wind hatte sich gelegt, und es herrschte die einsame Stille angehaltenen Atems in den steifen, zerzausten Bäumen um uns.

»Gefällt Ihnen dieses Land?« fragte sie.

»In gewisser Weise ja. Es ist ruhig und zäh, ohne aufsässig oder bombastisch zu sein.«

»Ich schätze, diese Wälder können ziemlich spukhaft sein.« Sie starrte durch die Kiefern hinunter, und ich wußte, sie sah ihren Bruder jetzt im Geist irgendwo: eine kleine, gedrungene, stille Gestalt mit schußbereitem Gewehr, die versuchte, den Wald auf seinem eigenen Gelände zu schlagen.

Ich goß mir Whisky in den Kaffee. »Ziemlich spukhaft. Die Lappen hier oben haben eine ebenso alte Schamanen-Tradition — Medizinmänner — wie die im Kongo.«

Ich blickte in den Wald und nippte an meinem Becher. Meine eigenen Gefühle über Lappland waren gemischt. Ich liebte die stillen Bäume und hatte nicht den Ehrgeiz, zu beweisen, daß ich ein ebenso guter Wäldler war wie sie. Wenn ich aber über sie flog, sah ich sie nur als großen, nichtsnutzigen Notlandeplatz und suchte direkt nach einem Grund, sie in Gruben und Schlakkenhaufen verwandelt zu sehen.

Mrs. Beekman sagte: »Und jetzt schmeißt man Sie raus. Warum sind die Polizeibullen hinter Ihnen her?«

»Zwei von ihnen zusammengeschlagen, einen Taxifahrer überfallen, ein Taxi gestohlen . . . Sie sprachen ja mit Nikkanen . . . was sagte *er* denn, weshalb er mich sucht?«

Sie hob die Schultern. »Oh, man hat Sie angetroffen, wie Sie mit einer Leiche Händchen hielten, und Sie sind entflohen, bevor man Sie zu Ende verhört hatte.«

»Stimmt.« Ich fuhr mir mit den Fingerspitzen über die Gesichtsseite, die ›verhört‹ worden war.

»Hält man Sie für schuldig?« fragte sie.

»Ich glaube nicht. Ich hatte die Waffe nicht, mit der er getötet wurde, und ich habe ihnen eine plausible Geschichte erzählt, daß ich versucht hätte, sie anzurufen, aber das Telefon sei kaputt gewesen.«

»War es?«

»Klar. Ich hab' es selbst kaputtgemacht, als ich glaubte, sie wollten mich schnappen.« Ich nippte an meinem Kaffee-Whisky. »Nein — die wollen mich im allgemeinen packen. Als sie mich bei der Leiche antrafen, hatten sie einen guten Grund, mir die Daumenschrauben anzusetzen. Sie glauben, ich wüßte etwas darüber, was hier oben vor sich geht.«

Sie hob eine Augenbraue. »Nun, was *geht* hier oben vor?« fragte sie.

Ich zündete mir eine Zigarette an und nahm einen tiefen Zug. »Die Burschen in diesem Wohnwagen haben Goldsovereigns nach Rußland geschmuggelt. Der Mann, der ermordet wurde, war derjenige, der das Geschäft auf dieser Seite der Grenze besorgte.«

»Wieso ist Rußland an Sovereigns interessiert?«

»Aus demselben Grund, aus dem England sie laufend herstellt: für Spionagezahlungen im Mittleren und Fernen Osten. Sie sind international anerkannte Münzen, haben einen eigenen Goldwert und keine peinlichen Nummern, denen man wie Banknoten nachspüren könnte. Schmuggler benutzen sie ebenfalls deswegen.«

Mein Kaffee war ausgetrunken. Ich goß mir statt dessen Whisky pur ein. »Der größte Teil der internationalen Spionage und Gaunertätigkeit wird vom Gold getragen — und das meiste von Sovereigns, wenn sie sie kriegen können.«

»Und wie paßt der Mann, der getötet wurde, da hinein?«

»Veikko? Er hatte angefangen, Sovereigns zu verfälschen — hat sie mit Kupfer gemischt und neu geprägt. Er hat nicht begriffen, daß ihn das zum internationalen Feind Nummer eins machen würde: Die Russen mochten ihn nicht, die Schweizer mochten ihn nicht. Kein Gauner oder Spion der Welt kann ihn gemocht haben; er unterminierte den gesamten Sovereign-Markt.« Ich schüttelte den Kopf. »Aber daran dachte er natürlich nicht. Er glaubte, wenn man ein Gauner sei, müsse man nach allen Seiten betrügen. Er war zu unehrlich, um ein guter Gauner zu sein.«

»Wie bitte?!«

»Gauner sind ehrliche Leute — müssen es sein, wenn man bedenkt, was für Geschäfte sie miteinander machen und daß sie nichts Schriftliches von sich zu geben wagen. Keine fünf Minuten könnten sie eine Unterwelt-Organisation mit den Betrügereien leiten, die im Big Business üblich sind: Vertragsbrüche, Ramschware, Prozesse.«

Langsam nickte sie. »Ich glaube, darin steckt ein Korn Wahrheit. Was passierte also mit dem getöteten Piloten?«

»Ich weiß nicht, ob er in die Geschichte verwickelt ist.«

»Die Polizei glaubt's aber. Sie macht ein Mordstheater, um das Wrack zu bergen.«

»Er flog die Sovereigns für Veikko, darüber gibt's keinen Zweifel. Aber wahrscheinlich wurde er von seinem letzten Passagier hintergangen — und niemand weiß, wer das war. Oder wohin sie flogen.«

Sie nickte wieder. »Haben Sie eine Zigarette?«

Ich gab ihr eine und zündete sie ihr an.

Dann fragte sie:

»Und wie passen *Sie* nun da hinein?«

»Ich?« Ich spreizte die Hände. »Ehrlich, Herr Gerichtshof, ich war bloß Zuschauer.«

»Mist«, sagte sie nach Art edler, alter Virginia-Familien. »Sie verstehen mir zuviel von Gold und Sovereigns und Gaunertum. Und vom Ausbrechen aus dem Arrest. Ich begreife jetzt den Standpunkt der Polizei. Ich würde Sie jedesmal verdächtigen, wenn jemand die Milch der Katze klaute.«

»Kann ich was dafür, daß ich schlauer bin als ein lappländischer Polizeibulle?«

»Und bescheiden sind Sie auch.«

Sorgfältig drückte ich meine Zigarettenkippe aus. »Was ist schon Lappland? Ein kleines Kirchspiel. Dieses Geschäft schloß die Fliegerei ein, also früher oder später auch mich. Und ich möchte gern wissen, wer Oskar Adler auf dem Gewissen hat. Ich hatte Sorge, die Polizei ließe sich davon ablenken, wenn sie sich auf mich konzentrierte. Daher verzog ich mich.«

Sie betrachtete mich prüfend. »Sicher bezogen Sie Ihre Motive aus demselben Laden wie King Arthur. Wie kommt's aber, daß Sie im Ausbüxen so bewandert sind?«

Ich stand auf. »Ich glaube, ich werd' mal einige Instandsetzungsarbeiten an der Maschine ausführen. Sehe Sie später. Sprechen Sie nicht mit fremden Bären.«

Sie sah mir mit ruhigem, entschlossenem Ausdruck nach.

Am See unten nahm ich die Kappen von der Beaver an und ließ den Motor anlaufen. Ein Zylinder arbeitete immer noch schlecht. Nach einigen Minuten schaltete ich den Motor ab, kletterte auf einen Schwimmer und kontrollierte jeden der neun Zylinder, indem ich sie vorsichtig anfaßte. Nur an einem verbrannte ich mich: Nr. 5, unten links.

Ich rauchte eine Zigarette, um alles abkühlen zu lassen.

Als ich die Zündkerzen von Nr. 5 ausschraubte, waren sie so schmutzig wie ein Wochenende in Brighton. Ich schrubbte sie mit meiner Zahnbürste, wusch sie in etwas Reservebenzin und schraubte sie wieder ein. Dann wusch ich auch das Ölfilter in Benzin. Danach konnte ich nicht mehr viel tun. Eines Tages würde ich der Firma Pratt & Whitney diesen Motor zurückgeben, damit sie ihn als Reklame in den Flughäfen herumschicken konnte, mit einem Messingschildchen, auf dem folgendes zu lesen stünde: *Dieser Motor ist in diesem Zustand tatsächlich gelaufen und hat es Bill Cary trotz seines Zustands ermöglicht, zu arbeiten. Wenn Sie auch ein Idiot sind, P & W-Motoren könnten Sie vielleicht noch retten.* Dankbar sollten sie mir sein.

Es ging auf fünf Uhr zu, und die gelegentlich aufblitzenden Sonnenstrahlen verschwanden hinter den Bäumen am anderen Ende des Sees. Der Knall zweier Schüsse erklang schwach aus der Gegend der Blockhütte. Ich runzelte die Stirn, dachte mir aber dann, es könnte eine Art Rückrufsignal sein, und fing an, die Kappen wieder aufzusetzen.

Als ich hinkam, erwartete sie mich an der Tür; neben ihr auf dem Boden lagen zwei schwarze Waldhühner, und eine von Homers Schrotflinten lehnte an der Wand.

»Sie haben nicht vielleicht ein scharfes Messer bei sich?« fragte sie.

Ich nahm das Fairbairn aus den Klammern an meinem Stiefel und gab es ihr. »Haben Sie die da geschossen?« fragte ich. Nicht gerade eine sehr intelligente Frage natürlich.

»Nein, sie kamen angeschlichen und liehen sich die Flinte für'n Selbstmordakt. *Alle* Homers haben schießen — *und* kochen gelernt.« Sie besah sich das Fairbairn mit zweifelnden Blicken. Es sah einem Küchenmesser ungefähr so ähnlich wie ein Samuraischwert. »Ich denke lieber nicht darüber nach, was die Carys gelernt haben. Meinen Sie nicht, daß es Cocktailstunde ist?«

Ich stöberte die Flasche und die Becher auf und brachte ihr einen Whisky. Sie hatte die Jacke ausgezogen, die Ärmel ihrer rohseidenen Bluse aufgerollt und ging den Waldhühnern mit dem Messer frisch und haushälterisch zu Leibe. Sie kniete auf dem Schlafsack, rupfte die Waldhühner und nahm sie aus, alles auf dem Schlafsack. Dann und wann richtete sie sich auf, um den Rücken zu strecken, und ihre Brüste stießen scharf gegen ihre Bluse.

Ich lehnte am Türpfosten, trank meinen Whisky und sah zu.

Nach einer Weile blickte sie auf.

»Glücklich?« fragte sie.

Ich nickte. »Fasziniert.«

»Mögen Sie hausfraulich veranlagte Frauen?«

»Das war's nicht, worauf ich mein Augenmerk richtete.«

Sie hob eine Augenbraue und machte sich wieder an die Arbeit, in keiner Weise verlegen. Nichts würde diese Frau belästigen, wenn sie eine Arbeit machte, die sie für nötig hielt. Wie das Ausnehmen eines Waldhuhns — oder das Durchstöbern finnischer Wälder nach ihrem Bruder. Und nichts würde sie davon abbringen. Sie war von der Art, die jeder Schwierigkeit mit erhobenem Kinn entgegenging und dann den besten Arzt engagierte, das Kinn wieder einzurenken, damit sie noch mehr Schwierigkeiten in derselben Weise begegnen konnte.

Ich rauchte und sah zu, wie sie die Waldhühner herrichtete, in ein Kochgeschirr legte, Zwiebelsuppe aus der Dose als Bratensauce dazugab und es auf den Ofen stellte. Ich stöberte herum und fand eine Paraffin-Drucklampe, zündete sie an und hängte sie an einen Riemen, den Homer an der Decke befestigt hatte.

Draußen war der Sonnenuntergang ein langsames Verbluten aller Farben; die Bäume wurden schwarz, der Himmel grau, der Boden dunkelgrau. Ich brachte Homers Schrotflinte herein, reinigte sie und legte sie wieder auf die Pflöcke. Dann schenkte ich uns beiden Whisky ein und zündete für mich eine neue Zigarette an.

Inzwischen wußte ich, daß Homer in dieser Nacht nicht zurückkommen würde, aber ich war zu feige, es ihr zu sagen. Vielleicht gehörte er zu der Sorte, die gern bei Nacht durch die Lapplandwälder trampte, etwa eine Drittelmeile pro Stunde zurücklegte und sich bei jedem fünften Schritt den Fuß verstauchte.

Wir aßen die Waldhühner, und es war das beste Mahl seit dem einsamen Bankett, mit dem ich meinen Mißerfolg im Nikkelfinden gefeiert hatte. So etwas Ähnliches sagte ich auch.

Sie nickte nur und fragte: »Wann wollten Sie abfliegen?«

Ich sah auf meine Armbanduhr. »Etwa neun Uhr, denke ich.«

»Wohin?«

»Schweden oder Norwegen.« Ich war mir noch nicht schlüssig, welches von beiden. Jeder wußte, daß ich in Schweden Verbindungen hatte, also wäre Norwegen vielleicht besser. Andererseits: Die nächste norwegische Stadt war Kirkenes, oben an der Nordküste, und bestimmt hatte man die Leute benachrichtigt, nach mir Ausschau zu halten. Und außerdem: Ich wollte mit Lappland in enger Verbindung bleiben, um zu erfahren, wann ich gefahrlos zurückkehren konnte. Nikkanen wäre gezwungen, echte Anklagepunkte gegen mich vorzubringen, wenn er mich ausgeliefert haben wollte. Ich glaubte nicht, daß er mit der Behauptung, ich sei ›aus dem Arrest entflohen‹, viel ausrichten würde, es sei denn, er könnte einen guten Grund für die Verhaftung vorweisen. Und die Norweger würden eine Allgemeinklage wegen ›Spionageverdachts‹ nicht anrühren — zu politisch, heißes Eisen. Auf jeden Fall konnte ich immer behaupten, ich arbeitete für die NATO. Sie würden wahrscheinlich ein ganzes Menschenalter und noch fünf weitere Achtel dazu brauchen, jemand zu finden, der zu schwören bereit war, es stimmte nicht.

»Werden Sie von da aus herausfinden, wer den anderen Piloten tötete?« fragte sie.

Ich zuckte die Schultern. »Hätt' ich ebensoviel Chancen wie aus einem Gefängnis hier. Ich kann ja immer zurückkommen.«

»Werden Sie zurückkommen?« Sie schob das Kinn vor.

»Wenn's mir in den Kram paßt.«

»Sie würden nicht bloß . . .«

»Jawohl, ich laufe davon. Vergessen Sie nicht — Sie sind diejenige, die ohne Gepäck reist. Sie tragen Ihre Güter in Virginia nicht auf dem Rücken mit. Ich hab' bloß dieses Flugzeug. Nun, es ist natürlich verdammt nützlich, weil sich's mit ihm ausbüxen läßt, aber es läßt sich auch sehr schwer verstecken. Wenn Nikkanen es konfizieren und mich zwingen wollte, es auf dem Klageweg zurückzubekommen, würde mir das das Genick brechen. Ich würde das Flugzeug verkaufen müssen, um den Prozeß zu finanzieren.«

Aber selbst wenn ich die Beaver verkaufte, brachte mir das allenfalls die Kosten für eine Anklage wegen Spuckens aufs Trottoir ein.

»Tut mir leid.« Sie hielt den Becher hin. »Könnte ich noch etwas Whisky haben?«

Ich schenkte ein.

Dann sagte ich: »Er wird heute abend nicht zurückkommen, wissen Sie.« Ich hatte sie niedergeschlagen; jetzt war es Zeit, sie zu treten. King Arthur, wie er im Buch steht.

Sie nickte nur und erwiderte: »Das weiß ich. Ich bin selbst in diesen Wäldern ein bißchen herumgelaufen. Ich wußte es, sobald es dunkel wurde.«

Ich schüttelte den Kopf und goß mir wieder Whisky ein. Sie stand auf, ging hinüber und setzte sich auf den Schlafsack unter den Gewehren, die Beine gerade von sich gestreckt, Fußgelenke gekreuzt. Die Lampe zischte leise und verbreitete ein grellgelbes Licht.

»Warum wollen Sie eigentlich, daß er heimkommt?« fragte ich ruhig.

»Die Güter.«

Ich öffnete schon den Mund, um zu zeigen, es müsse doch noch mehr dahinterstecken, sagte aber dann nichts. Wenn sie mir's nicht sagen wollte, würde ich es nie erfahren. Soweit kannte sich sie inzwischen.

»Sie haben sie selbst verwaltet?« fragte ich.

»In den letzten Monaten, ja.«

»Warum die Scheidung?«

Sie schlug die Augen auf. »Warum sollte ich Ihnen das erklären?«

»Aus keinem besonderen Grund, Mrs. Beekman. Worüber sollten wir uns sonst bis neun Uhr unterhalten?«

Sie lehnte sich wieder zurück. »Ich mochte sein Hobby nicht: andere Frauen.«

»Ein ziemlich vernünftiger Einwand.«

»Es wurde behauptet, er könne es nicht ertragen, mit einer reichen Frau verheiratet zu sein. Er müsse sich immer eine Art Unabhängigkeit bewahren.« Ihre Stimme klang plötzlich matt.

»Der Mann muß verrückt sein«, sagte ich. »Sie und Geld dazu!«

Sie schlug wieder die Augen auf und lächelte träge. »Und wie hätten Sie sich bewährt?«

»Ich war immer der Überzeugung, daß ich mit viel Geld umgehen könne, ohne mir meinen liebenswürdigen Charakter zu verderben. Schade bloß, daß es noch niemand mit mir versucht hat.«

»Sie verstehen überhaupt nichts von Geld.«

»Dann erklären Sie's mir.«

»Nehmen Sie's, wenn man es Ihnen anbietet. Ich bot Ihnen vorgestern ein neues Flugzeug an. Sie lehnten ab. Heute bekomme ich denselbenDienst für — wieviel? Fünfzig Dollar?«

»*Und* Sie haben auch noch gekocht. Aber vielleicht haben Sie recht.« Ich zuckte die Schultern. »Wahrscheinlich war ich zu störrisch und überheblich. Aber natürlich können Sie mir immer noch ein neues Flugzeug schenken.«

»Ich habe bereits, was ich wollte: Ich bin hier. Das Flugzeug war bloß Bestechung.«

»Oh, das wußte ich. Vielleicht litt Mr. Beekman darunter, daß er sich bestechen ließ.«

Sie holte tief Atem und sagte ruhig: »Geben Sie mir eine Zigarette.«

Ich ging zu ihr hinüber. Ich sah ihre Hand eine Sekunde zu spät ausholen, um ihr noch ausweichen zu können. Mein Kopf knarrte in den Schanieren.

»Und das beendet diese besondere Unterhaltung«, sagte sie. Und nahm die Zigarette.

»Sie schulden mir immer noch fünfzig Dollar«, sagte ich, mir die Wange reibend. Natürlich war's die empfindliche.

»Das Spiel ist aus.«

Ich hielt ihr ein Streichholz hin. »Ich lerne bloß meine erste Lektion über den Umgang mit Geld.«

Sie stieß den Rauch aus, entspannte sich und lächelte. »Sie sind schon ein merkwürdiger Bursche, Cary. Was erwarten Sie wirklich vom Leben?«

Ich setzte mich neben sie. Sie wandte sich mir ganz natürlich zu, so daß ihr Kopf auf meiner rechten Schulter ruhte. Ich fuhr ihr sanft mit der Hand durchs Haar. Die Blockhütte war ruhig und umgab uns fest.

»Ich will Nickel finden«, antwortete ich.

Sie sah mit einem schiefen Lächeln zu mir auf. »Nicht Gold oder Diamanten?«

»Nur Nickel. Ich hab' gehört, daß es Leute gab, die bloß aus Ölfunden Geld machten.«

»Hat's gegeben.« Sie legte ihre Wange zart an meine Hand. »Und was werden Sie tun, wenn Sie Nickel finden?« fragte sie weiter.

»Kauf' mir eine neue Maschine oder zwei. Vielleicht gründe ich eine richtige Firma.«

Sie drehte sich mir weiter zu, und ihre Brüste drängten sich an mich, und ihr Haar stach mir in die Augen, und ich wollte sie haben. Nicht hungrig oder rasend, sondern stark und bestimmt. Aus Einsamkeit vielleicht, aber nicht aus der Einsamkeit des Waldes oder Lapplands. Und vielleicht, weil sie ihre eigene Einsamkeit auch mit sich trug.

»Vielleicht kaufe ich Ihnen doch ein neues Flugzeug«, sagte sie schläfrig. »Ich könnte Geld dabei verdienen. Ich glaube, Sie wären ein gutes Risiko.«

Ich hob ihren Kopf und küßte sie, und ihr Körper drängte sich an micht, stark und weich zugleich. Und außer der Hütte gab es keine Welt.

Dann rückte sie entschlossen von mir ab, setzte sich auf die Fersen und sah mich mit ihren grauen Augen an, die groß und jetzt gar nicht mehr schläfrig waren.

»Weil ich in Scheidung liege«, sagte sie ernst, »bedeutet das noch lange nicht, daß man mich einfach kriegt, indem man mich an sich reißt.«

»Ich weiß: Ich kriege einen Millionen-Dollar-Prozeß auf den Hals.«

»Und seien Sie nicht zu grob zu mir, Cary. Ich kann nicht mehr viel aushalten.«

»O doch, Sie können.« Ich streckte die Hand aus und strich ihr mit dem Knöchel die scharfe Linie ihres Kinns hinunter. Sie fröstelte plötzlich, fing sich dann wieder. Ich sagte: »Sie haben genug Energie und Aufrichtigkeit für die ganze US-Marineinfanterie zusammen. Wenn nicht, hätte das Geld Sie viel mehr verdorben, als irgendein Mann es fertiggebracht hätte.«

»Sie machen einem die nettesten Komplimente.« Aber ihre Augen wurden milder. »Sie sind selbst ein harter Halunke. Deshalb halte ich Sie auch für eine gute Kapitalanlage. Aber natürlich sind Sie ja bloß bis neun hier.«

Und sie lächelte mich träge an.

»Ich glaubte immer, dem Big Business schlage keine Stunde.«

»Sie machen sich, Cary, Sie machen sich.«

Langsam beugte ich mich vor, und ich langte nach ihr. Und es war kein Hunger; nur sanfte Stärke, die aus der Einsamkeit zur großen Stille führte.

Später sagte sie schläfrig: »Wir passen gut zusammen, Cary.«

Ich griff in der Dunkelheit nach meinen Zigaretten. Im Schein der Streichholzflamme blickte ich zu ihr hinüber. Sie schloß die Augen und lächelte träge und barg ihren Kopf in einem Gewirr silberblonden Haars über ihren nackten Armen.

Ich sagte: »Es würde nicht funktionieren«, und blies das Streichholz aus.

»Es wäre ein Kampf. Und ich würde nicht gewinnen.«

»Es wäre nicht mal das. Wir wären nicht oft genug zusammen. Ich wäre in Rovaniemi oder Kirkenes oder Dawson, Kanada — und du wärst woanders.«

»Du wärst nicht die ganze Zeit fort.«

»Mein Arbeitsgebiet wäre woanders. Ich bin Erzvermessungspilot.«

»Du hättest deine eigene Flugzeugflotte, brauchtest sie bloß zu leiten.«

Ich sagte sanft: »Du versuchst immer noch, mich zu kaufen.«

Plötzlich schluchzte sie und sagte wütend: »Hol' dich der Teufel, Cary.« Dann: »Müßte es wirklich so sein.«

Ich zog an meiner Zigarette. Die rote Glut erhellte den Winkel ihrer nackten Schulter und das Gewirr ihres Haares. Ich sagte vorsichtig: »Ich erinnere mich nicht, daß du gesagt hättest, du seist bereit, Virginia aufzugeben.«

Sie weinte leise in der Dunkelheit, ein einsamer, ferner Laut, ebenso jenseits jeglicher Hilfe wie die fernen Rufe im Wald.

Nach einer Weile sagte sie: »Ich schätze, ich habe versucht, den Kampf zu gewinnen.« Sie streckte die Hand aus, fand die meine und nahm die Zigarette. „Wirst du mir wenigstens erlauben, dir eine Flotte zu kaufen?«

Ich streichelte ihr Haar. »Ruhig, Liebling. Ich brauche nichts, als das zur Erinnerung an dich.«

Sie sagte: »Ich habe nichts, was ich dir geben könnte, als Geld.«

»Fünfzig Dollar genügen vollauf.«

Nach einem Augenblick fing sie leise an zu lachen. »Du bist doch ein harter Halunke, Cary. Aber eine Flotte könntest du gebrauchen.«

»Nicht unbedingt. Die Leute kommen nicht zu einem, weil man Flugzeuge besitzt — und außerdem würden sie erfahren, wie ich sie erworben habe. Sie kämen vielleicht, wenn sie wüßten, daß ich mir eine Flotte durch Nickelfunde erworben habe.«

»Jetzt denkt er schon daran, wie er die zweite Million verdienen kann.«

»So ähnlich.«

»Also habe ich dir doch etwas beigebracht.« Sie reckte sich an mir vorbei, drückte die Zigarette auf dem Boden aus und schlang die Arme um mich.

21

Sie mixte Kaffee auf dem Öfchen, als draußen jemand über seine eigenen Füße stolperte. Sie hob schnell den Kopf, die Augen groß vor Hoffnung — und vielleicht Besorgnis.

Ich schüttelte den Kopf. Homer gehörte nicht zu den Leuten, die vor ihrer eigenen Schwelle über die eigenen Füße stolpern.

Ich tat einen Schritt auf die Pistolen in meinem Jackett zu, das an der Innenseite der Tür hing.

Dann öffnete sich die Tür, und Judd sagte fröhlich: »Ah, ich hoffte, Sie hier zu erwischen«, genau, als schaute er rasch mal in die Klubbar herein. »Ziemlich langer Spaziergang hierher«, fügte er hinzu, trat ein und schloß die Tür.

Er hatte recht mit dem ziemlich langen Spaziergang. In direkter Linie mußten es über fünfunddreißig Kilometer gewesen sein, und die letzten Stunden davon in der Dunkelheit. Er trug eine bronzefarbene Regenjacke über einem dunkelgrauen Anzug und doppelsohlige, schmutzbedeckte Wildlederschuhe.

Er neigte den Kopf vor Mrs. Beekman. »*How do you do?* Hoffentlich störe ich nicht.«

Sie sah ihn an, dann mich. »Hast du Besuch erwartet?«

»Nein«, sagte ich fest. Dann zu Judd: »Woher wußten Sie, daß ich hier sein würde?«

»Oh, ich wußte es nicht. Die Polizei glaubt, Sie seien nach Schweden geflogen, aber da konnte ich Sie nicht gut suchen. Ich spekulierte also darauf, daß Sie zu Ihrem Treibstoffdepot gingen. Sonst konnte ich Sie eigentlich nirgendwo suchen.«

»Woher wußten Sie davon?«

»Jemand erwähnte es. Erinnere mich nicht mehr, wer.« Er kicherte in sich hinein. Der Secret Service erzählt Fremden keine Geheimnisse.

Mrs. Beekman sagte zu mir: »Ist *er* in diese Sache verwickelt?«

»Ich glaube schon.« Ich sah Judd gedankenvoll an. »Er vertritt den britischen Secret Service. Ich war mir nicht klar, daß sie sich dafür interessierten.«

Judd lächelte mich traurig, vorwurfsvoll an. Schlechter Stil, den Beruf zu verraten, und so weiter.

Mrs. Beekman sagte: »Nun, wenn der mit 'ner Flasche über den Kopf gehauen werden soll, tu's selbst. Bei zwei Engländern mische ich mich nicht ein. Möchten Sie einen Kaffee?« fragte sie Judd.

Er zog den Reißverschluß seiner Jacke auf. »Das wäre sehr liebenswürdig. Einen Becher habe ich.« Er zog eine schweinslederüberzogene Hüfttasche mit einer übergroßen Kappe hervor, schraubte sie ab und hielt sie ihr hin. Sie schenkte ein. »Danke Ihnen vielmals«, sagte er und setzte sich auf einen hochgestellten Koffer.

»Nun«, fragte ich grimmig, »was wollen Sie?«

»Bloß ein paar Fragen.« Er trank seinen Kaffee und griente wieder. Cary gefunden zu haben, war tatsächlich ein Erfolg für ihn. Ich wußte noch nicht, welche Folgen das für mich haben würde.

Mrs. Beekman fragte: »Soll ich einen Spaziergang machen?«

»Nein«, antwortete ich schnell. »Ich habe nichts Privates mit diesem Burschen zu besprechen.«

Judd zuckte die Schultern und lächelte hilflos. »Wenn Sie darauf bestehen. Nun — die Tatsache Ihrer Verhaftung deutet an, daß Sie etwas von dieser Sache hier oben wissen müssen.« Er machte ein Fragezeichen mit seinen Augenbrauen.

»Ich weiß von dem Sovereign-Schmuggel, den König, Veikko und Adler betrieben. Ich nehme an, Sie sind hier, um das zu stoppen.«

»So ungefähr. Nun, Sie wissen offenbar soviel wie wir«, log er fröhlich. »Darf ich fragen — haben Sie dabei mitgeholfen?«

»Nein, ganz und gar nicht.«

Er nickte bedächtig. »Tja — ich muß Ihnen wohl glauben.«

Das brachte mich auf die Palme. »Das können Sie halten, wie Sie wollen. Es ist mir völlig Wurscht, ob Sie's glauben oder nicht.«

»Na ja«, und er schaute auf seinen Kaffee hinunter. »Sehen Sie, die zweite Frage ist — ob Sie uns wohl helfen können?«

Plötzlich durchzog mich ein kleines kaltes Gefühl, das mir aus vergangener Zeit noch bekannt vorkam.

»Wobei?« fragte ich.

Er warf Mrs. Beekman einen Blick zu. Er haßte es, vor ihr zu reden, aber ich ließ ihm keine Wahl. Und jetzt hätte es eines Bulldozers bedurft, sie wegzutransportieren. Sie beobachtete uns fasziniert und zweifelnd.

»Nun?« fragte ich.

Judd sagte: »Wir haben jemand jenseits der Grenze, den wir heute abend aufladen sollen. Ich wollte es an sich mit der Auster machen. Und jetzt frage ich mich, ob Sie es für uns tun würden?«

Die Blockhütte war so still wie eine nicht explodierte Bombe.

Dann sagte Mrs. Beekman: »Soll das heißen, daß Sie ihn bitten, über die russische Grenze zu fliegen?«

»Äh — hm, ja, das stimmt«, und er lächelte sie an. »Es sollte an sich nicht schwer sein«, fügte er hinzu.

Ich schüttelte den Kopf. »Ich seh' den Sinn nicht ein. Warum setzen Sie einen Mann für eine solche Aufgabe jenseits der Grenze ein? Die russische Seite können Sie auf keinen Fall ausschalten, ganz gleich, was Sie tun.«

»Nun, es ist eine ziemlich lange Geschichte.« Er winkte mit der Hand, um zu zeigen, daß er sie wirklich gern erzählen würde, wenn die Zeit nicht so knapp wäre. »Aber — mein Problem ist Ihnen klar?«

»O ja, es ist mir klar«, antwortete ich. »Aber noch was anderes ist mir klar: Ich fliege nicht.«

Er nickte. »Es ist ziemlich wichtig, wissen Sie.«

»Für mich nicht.«

»Sind Sie entschlossen?«

»Unbedingt. Und noch etwas: Sie hätten von Ihrem Londoner Büro Auskunft über mich einholen sollen, bevor Sie mich fragten.«

»Oh, das habe ich getan. Wir entdeckten, daß Sie selbst mal einer von uns waren. Seltsames Zusammentreffen, was?«

Eine Weile sprach niemand. Judd starrte in seinen Kaffee; Mrs. Beekman betrachtete mich neugierig, als wäre ich eine neue Frühjahrsmode, von der sie noch nicht wußte, ob sie sich durchsetzen würde.

»Und ich glaubte, du seist bloß ein gebesserter Schmuggler oder so etwas Ähnliches«, sagte sie. »Du bist auch so ein verschwiegener Halunke, Cary.«

Judd kicherte. »Freut uns zu hören.« Er stand auf und goß sich frischen Kaffee ein.

»Erinnern Sie mich an die guten alten Tage«, sagte ich grimmig. »Glitzert die Sonne immer noch auf den vielen über den St. James' Park blickenden Monokeln? Heißt es immer noch Die Firma, und sind Sie Ein Verkäufer und die Leute zu Hause Die Ersatzteile?«

Judd lächelte. »Man hält die alten Traditionen hoch.«

Mrs. Beekmann: »Warst du mal Spion?«

Judd zuckte zusammen, und ich erinnerte mich an die scharfe Ablehnung, auf die das Wort immer gestoßen war. »Nicht eigentlich. Ich war einer ihrer Kriegspiloten — verteilte Agenten in ganz Europa und holte sie wieder ab.«

Mrs. Beekman fragte: »Und was geschah dann?«

»Ich flog raus.«

»Warum?«

»Frag ihn«, antwortete ich. »Er hat's gerade von London erfahren.«

Judd lächelte mich leise und betrübt an und sagte dann schnell und farblos: »Er flog mal einen Agenten nach Finnland und weigerte sich dann, ihn wieder abzuholen. Behauptete, es sei ein ›Doppelagent‹, der zu den Deutschen übergelaufen sei. Worauf jemand anders geschickt wurde, und dieser Jemand kehrte nie zurück. Schließlich folgerte man, Cary sei von den

Deutschen geschnappt worden und habe sich freigekauft, indem er den Agenten, den er gerade abgesetzt hatte, verriet. Solche Sachen sind tatsächlich vorgekommen«, fügte er hinzu.

Ich nickte.

Mrs. Beekman sah mich an. »Nun, was ist wirklich passiert?«

»Spielt heute keine Rolle mehr. Es ist alles lange her.«

»Für *mich* spielt es eine Rolle.« Sie schob das Kinn vor, und ihre Augen sprühten Funken.

Ich sah Judd an.

Langsam hob er die Schultern. »Erzählen Sie, wenn Sie wollen«, sagte er. »Ich möchte es selbst ganz gerne hören.« Er sah auf die Uhr. »Wir haben noch Zeit.«

»Wir haben die ganze Zeit der Welt«, sagte ich. »Seien wir uns *darüber* klar.«

Er lächelte.

Ich sagte: »Es passierte bei einem Einsatz, ›Operation Gegengewicht‹ genannt. Etwas vor Ihrer Zeit, Judd, aber Sie haben wahrscheinlich davon gehört.« Er nickte unmerklich. Ich fuhr fort: »Das britische Foreign Office hatte die Idee, die russische Interessensphäre nach dem Krieg einzuschränken. Man erriet, was geschehen würde: Jedes von den Russen befreite Land würde am Ende im kommunistischen Block landen. Daher wurde Ende 1943 die Operation ›Gegengewicht‹ gestartet. Sie bestand darin, daß man Agenten in solche Länder verteilte, in die die Russen wahrscheinlich einfallen würden. Sie sollten mit den konservativen Untergrundleuten Verbindung aufnehmen und sie aufhetzen, als erste eine Regierung zu bilden. Diese Regierung, so wurde ihnen versichert, könne mit sofortiger britischer Anerkennung rechnen, und so weiter.«

Mrs. Beekman sagte: »Hat nicht sonderlich funktioniert, was?«

Ich zuckte die Schultern. »Auch Österreich hätte verlorengehen können. Vielleicht auch Finnland. Und da kam mein Einsatz.«

Ich kam von Spitzbergen herein, in einem alten, von einer kanadischen Buschfluglinie gecharterten Norseman-Ski-Flugzeug. Kein Radio, kein Radar, nur ein magnetischer Kompaß, der in diesen nördlichen Breiten nicht viel anzeigte, außer vielleicht Dienstag nächster Woche — und ein zehn Zentimeter langer Radarempfänger. Die Landestelle war eine Bucht auf dem zugefrorenen Inari-See. Der Agent, der abgesetzt werden sollte, war ein Mann, den ich unter dem Namen Hartmann kannte.

Weil wir in ein rauhes Land flogen, lockerte der SIS die Regel und schickte uns auf eine Anzahl Sonderkurse für Operationseinsätze — frugales Leben, Schnellschießen, Sabotage und verwandte Gebiete. Im allgemeinen betrachtete der SIS die Sonderoperationen — unsern Beitrag zur französischen Résistance und zu anderen Widerstandsorganisationen — als primitiv und ungeschlacht. Der SIS sprengte keine Brücken; er sah sie sich bloß an und schätzte, wie lange eine Panzerkolonne zum Drüberfahren brauchen würde, und folgerte daraus . . . beinahe alles, was einem einfiel. Aber so weit folgerte er nicht, daß Hartmann so verbogen wie eine Büroklammer war.

Die Jungs von den Sonderoperationen trauten ihm zwar nicht ganz, aber niemand fragte sie nach ihrer Meinung. Ich traute ihm selbst nicht, aber mich fragte auch keiner. Wie es sich herausstellte, hatte ich recht. Es stellte sich außerdem heraus, daß recht haben nicht genügte.

Der Flug nach Finnland war eine lange, kalte, dunkle Angelegenheit im Februar 1944. Den ganzen Tag sah man die Sonne nicht, und die einzige Zeit, die man vermeiden mußte, waren zwei Stunden Zwielicht um Mittag herum. Viel geflogen wurde damals da oben nicht, aber wir wurden von einem Nachtjäger der deutschen Luftwaffe auf dem Einflug beschattet. Was mir am meisten Sorgen machte — er versuchte nicht, uns anzugreifen; ich hatte jedenfalls gehört, daß es ein Scheißkrieg sein sollte.

Es war mir immer noch unbehaglich, als ich den Inari-See erreichte. Ich landete also nicht in Ufernähe, sondern hundert Meter draußen, und Hartmann kletterte gerade hinaus, als sie über uns herfielen. An sich hätten sie schießen sollen: Auf hundert Meter Entfernung hätten ein paar MG-Stöße die Norseman wie eine Weihnachtspute tranchieren können. Und Hartmann hätte zurückspringen sollen. Statt dessen lief er der Gestapo direkt in die Arme. Aber die schossen nicht, und er sprang nicht zurück — er rannte auf sie zu.

Ich schoß. Ich jagte ein paar Stöße aus der Maschinenpistole, die das Kabinenfenster zertepperten, die Backbordstrebe durchschlugen und ein halbes Dutzend von ihnen niedermähten. Aber Hartmann traf ich nicht. Dann machte ich, daß ich fortkam.

Auf dem Rückflug versuchte der Nachtjäger tatsächlich, mich zu schnappen — aber er war nicht so verzweifelt wie ich. Er war nicht bereit, in dunkler Nacht auf sechs Meter über dem Meer herunterzustoßen und mich auf dieser Höhe anzugreifen.

Ich zündete mir eine Zigarette an. »Als ich zurückkehrte, weigerten sie sich höflich, mir zu glauben. Und als ich ihn einen Monat später nicht abholen wollte — schlug das dem Faß den Boden aus. Außerdem wurde der Junge, den sie an meiner Stelle schickten, getötet.«

Ich stand auf, um mir einen Whisky zu holen, ließ es aber dann. Seit achtzehn Jahren hatte ich meine Erinnerung an diesen Jungen in der Norseman mit Whisky betäubt, und es hatte nichts geholfen.

Judd nickte sanft und rhythmisch. »Ich nehme an, sie behaupteten, Ihr Bericht bedeute, Hartmann sei 1944 zu den Nazis übergelaufen«, sagte er gedankenvoll. »Und so etwas tat man natürlich kurz vor Kriegsende nicht. Ich verstehe Ihren Gesichtspunkt.«

Ich schüttelte den Kopf: »Ich hab' nie erfahren, weshalb er es tat. Mir kommt's verrückt vor — und wird immer verrückter. Als ich nach dem Krieg nach Finnland zurückkehrte, versuchte ich ihm nachzuspüren. Es waren nicht mehr viel deutsche Akten da, aber ich stellte fest, daß er sich etwa einen Monat in Ivalo aufhielt. Dann versuchten sie, ihn nach Süden zu fliegen — jedenfalls fand ich eine Aufzeichnung über einen nicht namentlich genannten Passagier, der von der *Abwehr*, dem Deutschen Nachrichtendienst, unterstützt wurde. Und die *Abwehr* kann in einer kleinen Stadt wie Ivalo nicht viel zu tun gehabt haben. Der Flug wurde als vermißt gemeldet, und ich nahm an, daß Hartmann tot sei. Erst vor ein paar Tagen entdeckte ich, was passiert war. Er mußte den Flugzeugführer gezwungen haben, auf diesem See hier zu landen.« Ich nickte zur Tür hinüber. »Dann tötete er ihn. Pilot und Maschine ruhen noch auf dem Grund des Sees. Also hat er auch die Deutschen an der Nase herumgeführt. Warum? Bloß, um hier, mitten im Winter, festzusitzen? Das klingt noch verrückter.«

Judd nickte.

Es herrschte lange Schweigen. Dann sagte Mrs. Beekman zu Judd: »Nun — glauben Sie ihm?«

»Er kann recht haben. Aber es spielt jetzt keine Rolle mehr.«

»Spielt keine *Rolle?«* fauchte sie ihn an. »Wie kommen Sie *darauf?«*

»Er hat recht«, sagte ich. »Es ist nicht mehr wichtig.«

Sie blickte verwundert von einem zum anderen, sagte schließlich: »Ich verstehe es einfach nicht. Ist das die gute alte britische Vorstellung von Fair play?«

Ich fragte: »Wer hat dir gesagt, die Arbeit des Secret Service sei fair?«

Judd nickte wieder. »Nur geheim«, sagte er. »Und natürlich nützlich.«

Nachdem sie uns lange genug angestarrt hatte, schüttelte sie den Kopf. »Nein, ich verstehe es immer noch nicht.«

Ich sagte: »Ich hab' nie erwartet, daß es fair sei. Ganz gleich, wie man ihn ausstaffiert, der Secret Service ist nationales Gangstertum. Wo immer er operiert, ist es gegen das Gesetz. Was ist daran fair? Wo sind die Regeln? Es muß nur geheim bleiben, das ist alles. Er hält seine Erfolge geheim — und seine Fehler. Die SIS-Archive müssen voller Fehler sein. Ich war zum Beispiel einer. Ich hab' nie erwartet, daß sie nach dem Krieg nach Finnland kämen und fragten: ›Hat es sich so oder so zugetragen?‹ Sie konnten nicht zugeben, daß sich *überhaupt* etwas zutrug. Ich wußte schon immer, daß es so sein würde, habe nie Fairneß erwartet.«

Judd sagte: »Die einzige Möglichkeit, einen Secret Service zu betreiben, wenn man sich's richtig überlegt.«

Mrs. Beekman sagte: »Du mußt ziemlich *engagé* gewesen sein.«

»Nur Angestellter«, erwiderte ich. »Man zieht nicht in Zweifel, was man tut. Dazu ist man nicht angestellt.«

»Und *alle* Kriege sind eben Kriege«, sagte Judd. »Vorausgesetzt natürlich, man gewinnt sie und schreibt später die Geschichtsbücher.«

Er zog eine Zigarre in einer Metallhülse aus der Brusttasche, nahm sie heraus und betrachtete sie von allen Seiten, um umstürzlerische Slogans zu finden. »Natürlich«, meinte er, »muß es recht schwierig sein, wenn man rausgeschmissen wird.«

Ich sagte: »Ist es, kann ich Ihnen versichern. Man wird ein Mann ohne Vergangenheit. Ich habe kein Kriegsregister, kein Fluglogbuch, 1945 hatte ich noch nicht mal eine Fluglizenz. Ich mußte ganz von vorn anfangen. Das ist der halbe Grund, weshalb ich hierherkam. Ich hab' mit nichts in Finnland angefangen. Wenngleich ich sicher bin, daß der SIS glücklich gewesen wäre, wenn er erfahren hätte, daß ich in schlechtem Wetter gegen einen Berg geflogen sei. Auf jeden Fall bis heute abend.«

Judd nickte. »Ja, das stimmt. Sie waren eine Verlegenheit für den SIS. Und jetzt, sehen Sie«, erklärte er Mrs. Beekman, »obwohl wir ihn hinausgeworfen haben, bitten wir ihn zurück — nicht weil wir glauben, einen Fehler begangen zu haben, notabene, sondern weil wir ihn brauchen. Wir stellen ihm also anheim zu riskieren, erschossen oder eingesperrt zu werden oder — wenn es je herauskommt — zum mindesten seine Karriere in Finnland zu ruinieren. Bloß, um uns zu helfen.« Er steckte die Zigarre in den Mund und fuchtelte mit seinem Feuerzeug in der Nähe der Nase herum. »Nun, das könnten Sie doch nicht fair nennen, nicht wahr?«

Langsam schüttelte sie den Kopf. »Nein, das würde ich nicht fair nennen. Ich glaube, manchen harten Fall in Wallstreet kennengelernt zu haben, aber . . . Auf jeden Fall haben Sie ein paar verdammt gute Gründe genannt, daß er Ihren Vorschlag nicht annimmt.«

Ich sagte: »Es ist noch schwerer, als du glaubst. Er hat mich nur herausgefordert zuzugeben, daß ich unfähig bin und wahrscheinlich erwischt werden würde oder ein Feigling bin, der Angst hat, erwischt zu werden.« Ich feixte Judd an. »Schön — nehmen Sie an, beides stimmt. Es ist immer noch nicht der ausschlaggebende Grund, weshalb ich nicht fliegen werde.«

Er nahm die Zigarre aus dem Mund. „Und der wäre?«

»Finnland.«

Er steckte die Zigarre zurück. »O ja?«

»Ich schulde ihnen etwas, Judd. Und ich glaube nicht, daß ich ihnen das schulde.«

Er sagte wieder: »O ja?«, und seine Stimme hatte den distanzierten Ton, den sie für den Gebrauch bei einem Mann kultivieren, der auf Eingeborenenebene lebt und Halsketten aus Haifischzähnen trägt.

Ich sagte: »Als ich nach dem Krieg hierher zurückkehrte, nahm ich mit dem Mann Verbindung auf, bei dem Hartmann sich hätte melden sollen. Ein Politiker und auf seine Art ein ziemlich großer Mann. Jetzt ist er tot. Er kannte die Operation ›Gegengewicht‹ und wußte, daß sie irgendwie schiefgegangen war. Als er herausfand, wer ich war — wer ich gewesen war —, unterstützte er meinen Antrag auf Arbeitserlaubnis. Ich habe sie immer noch, hauptsächlich durch seine Fürsprache.«

Judd betrachtete das Ende seiner Zigarre. »Sprachen Sie über die Operation?«

Ich grinste. »Sie glauben, ich sollte mich immer noch gebunden fühlen. Nun, tatsächlich tu ich's. Ich lauf' nicht rum und erzähl' den Leuten, ich sei mal im britischen Secret Service gewesen. Warhscheinlich würde man mich einfach ins Irrenhaus stecken, aber es ginge mir noch viel schlimmer, wenn man mir glaubte. Ausländer sind komische Leute, Judd. Sie mögen es nicht, wenn es von britischen Agenten in ihrem Lande wimmelt. Besonders sähen sie's nicht gern, wenn sie mit ihren Flugzeugen in die Nähe der russischen Grenze flögen.«

Judd sagte: »Ich weiß. Weiter.«

»Ich schulde diesem Mann — und seiner Vorstellung von der finnischen Unabhängigkeit — etwas, Judd. Haben Sie sich überlegt, was für einen Schaden Sie Finnland zufügen würden?«

»Ich habe nichts mit finnischen — äh, Verkäufen zu tun.«

»Vielleicht nicht. Aber angenommen, man würde uns da drüben erwischen, Judd? Sie wären schon in einer schlimmen Lage — die wüßten, daß Sie nur via Finnland hereingekommen sein könnten. Aber ich — ich wäre eine echte Geburtstagsüberraschung. Ich lebe schon lange hier. Finnland beherbergt britischen Spion. Wie oft ist er schon über unsere Grenze geflogen? Die Russen könnten daraus Kapital schlagen, wenn sie wollten. Finnland würde es jedenfalls nicht nützen.«

Mrs. Beekman ging zum Whisky hinüber, nahm die Flasche, kam zurück und goß mir ein. Dann streckte sie den Zeigefinger aus und fuhr mir damit über die Wange.

Leise sagte sie: »In dir steckt was, nicht, Freund?«

Dann ging sie zu Judd zurück und füllte seinen Flakonbecher. »Bieten Sie ihm Geld an«, schlug sie vor. »Das lockt die besten Eigenschaften in ihm hervor.«

Er lächelte kurz und sah mich dann weiter prüfend an. Dann sagte er: »Angenommen, ich redete von Großbritannien — sagte Ihnen, dies sei eine wichtige Aufgabe für Großbritannien?«

»Sie könnten es versuchen, aber Sie kämen nicht weit damit, weil Sie's selbst nicht wüßten. Sie halten es für wichtig, weil der SIS Ihnen den Auftrag gab. Das heißt für Sie *wichtig*, Judd. Ich spotte nicht: Wie Sie schon sagten, ist es die einzige Möglichkeit, einen Geheimdienst zu leiten. Aber ich bin nicht mehr im Secret Service. Schildern Sie mir die Operation und was damit erreicht werden soll, und *ich* sage *Ihnen* dann, ob sie wichtig ist oder nicht.«

Er nahm die Zigarre aus dem Mund. »Nun, nun, nun«, sagte er ruhig. Dann streifte er die lange Asche an der Kante des Ofens ab. »Wissen Sie, was mit Ihnen los ist? Sie haben ein Gefühl persönlicher Gerechtigkeit entwickelt. Sie glauben, was Sie für richtig halten, sei richtig.«

Ich lächelte ihn an. »Muß ich, Judd, ich hab' sonst niemand, der's mir sagen könnte. Ich bin nicht verheiratet und hab' keine Organisation hinter mir. Das ist auch etwas, was einem widerfährt, wenn man aus dem SIS rausfliegt.«

Er schüttelte sanft den Kopf. »Das macht Sie zu einem schrecklich gefährlichen Mann, Mr. Cary. Ein Mann, der sich für gerecht hält. Oooh.« Er schauderte bei dem Gedanken.

Ich sagte: „Eines Tages könnte das sogar Ihnen passieren.«

»Hoffentlich nicht. Fair sein wäre viel zu anstrengend.« Er nuckelte nachdenklich an seiner Zigarre. »Aber das bringt mich auf den Gedanken, daß Sie *gegen* uns sein müssen, da Sie nicht *für* uns sind.«

»Sie haben mir nicht gesagt, um was es in dieser Operation geht — warum Sie jemand auf der anderen Seite haben. In Verbindung mit den Sovereigns kann ich mir keinen guten Grund denken. Ja — Sie können sagen, ich sei gegen Sie.«

»Drüben ist ein Mann, dem wir versprochen haben, ihn abzuholen. Wir müssen versuchen, unser Versprechen zu halten.«

»Richtig. Dann hätten Sie Ihre Aufgabe besser erfüllen sollen. Sie sind bereits erkannt worden, und Ihr Flugzeug ist Ihnen unter dem Hintern kampfunfähig gemacht worden.«

Er zuckte leicht zusammen und sagte dann: »Vielleicht. Aber wie die Lage nun einmal ist . . .« Er spreizte die Hände und lächelte müde. »Hat es Zweck, wenn ich sage, daß ich aus der Sache eine rein geschäftliche Proposition machen kann?«

Mrs. Beekman sagte: »Ah — Geld. Ich wußte, daß wir da noch

landen würden. Bieten Sie ihm doch ein neues Flugzeug an, vielleicht kommen Sie damit weiter.«

Judd wandte sich ihr zu. »Madam, ich glaube, Sie sind keine Hilfe.«

»Bestimmt bin ich das. Ich verrate Ihnen etwas über diesen Jungen. Halten Sie sich an den Treue-Gesichtspunkt. Er ist ganz verrückt auf Treue.«

Ich grinste sie an. Aber die Geldofferte war ein wichtiger Schritt. Sie bedeutete, daß er mich nicht mehr als ›einen von uns‹ betrachtete. Der SIS ist auch verrückt auf Treue. Er glaubt, daß ein Mann, der käuflich ist, auch von jemand anders für etwas mehr zu kaufen ist.

Judd fragte mich: »Nix gut?«

»Nix gut.«

Er nahm einen langen Zug an seiner Zigarre, und sein Gesicht verdüsterte sich. Er sah älter aus und verfallen.

Er war ein tüchtiger Mann. Einige von ihnen sind tüchtig. Einige sind träumerische Burschen, Tintenfuchser, und einige wieder sind pensionierte Offizierstypen, die so geheim aussehen wie der Eiffelturm, und einige sind dieser besondere Foreign-Office-Typ, den sich das Foreign Office aussucht. Aber einige sind tüchtig. Hinter seinem fetten Gesicht war dieser ein scharfer, zäher Junge, der gerade mehr als fünfunddreißig Kilometer durch eine der rauhesten Gegenden Europas getrampt war und die Absicht hatte, die Nacht in Rußland zu verbringen.

Was das Problem, das er auf dem Buckel hatte, immer noch nicht löste: mich an den Steuerknüppel der Beaver und über die Grenze zu bringen. Der einzige Ausweg, an den ich denken konnte, wäre, daß er mir eine Pistole vor die Nase hielte und mir ein bißchen Bewegung machte. Aber wie ich mich erinnerte, liebte der SIS solche Sachen nicht. Sie hatten mir mit dem größten Vergnügen erklärt, sie seien ein Nachrichtendienst, keine Exekutive. Pistolen rangierten unter ›Exekutive‹.

Inzwischen tauchte ein anderes Problem für ihn auf: Seine Zigarre war ausgegangen. Er besah sich den Stummel, seufzte und beugte sich zur Seite, um in seiner Tasche zu graben. Und der SIS hatte sich verändert, seitdem ich nicht mehr drin war.

Er zielte mit einem kurzläufigen Revolver auf meinen Bauch, sagte: »Willkommen im Secret Service.«

Lange Zeit sprach keiner ein Wort. Dann kicherte Judd entschuldigend, stand auf, ging zu meiner Jacke an der Innenseite der Tür und tastete sie ab. Es klirrte wie eine Ladung Schrott. Er kicherte wieder, griff hinein und zog die zwei Pistolen heraus.

Er watschelte zu seinem Platz zurück und sah aus, als veranstalte er eine Ausverkaufswoche für Kleinwaffen. »Ich vertraue darauf, daß Sie nicht mehr als zwei Pistolen bei sich tragen«, sagte er fröhlich. Das Herumfuchteln mit einem Revolver schien auf seinen Humor wunderbar gewirkt zu haben.

Ich stand langsam auf, ging hinüber und schenkte mir einen neuen Whisky ein.

Der Revolver folgte mir.

Nachdem Mrs. Beekman sich von ihrem Schock erholt hatte, fragte sie mit ihrer diamantscharfen Stimme: »Zielen Sie mit diesem Ding auch auf *mich?*«

Judd antwortete: »Ich fürchte, ja.«

Ich beobachtete sie besorgt. Ich kannte allmählich die Symptome: Im nächsten Augenblick würde sie hinübergehen und ihm mit der Handtasche eins über den Schädel hauen, bloß als Geste individueller Freiheit.

Ich sagte schnell: »Es ist ihm Ernst damit. Sie benützen im allgemeinen keine Revolver; wenn aber, dann meinen sie's wirklich ernst.« Dann zu Judd: »Wollen wir eins doch gleich klarstellen: Haben Sie wirklich die Absicht, mich mit dem Revolver im Rücken zu zwingen, die Grenze zu überfliegen?«

Er seufzte. »Mir bleibt nichts anderes übrig. Wenn man jemand mit einem Gefühl für persönliche Gerechtigkeit gegenübersteht, braucht man einen Revolver. Es sei denn, natürlich, Sie wären zu einem Übereinkommen bereit.«

Ich schüttelte den Kopf. »Kein Übereinkommen, Judd. Wenn ich fliege, dann unter Waffengewalt.«

»Wenn Sie darauf bestehen. Aber seien Sie sich klar, daß ich Sie niederschieße, wenn — nun, wenn sich die Frage erhebt.« Es klang ehrlich besorgt, ich würde mich unnötigerweise in die Gefahr begeben, erschossen zu werden, als wollte er mich ermahnen, mich gut warm einzupacken. Ich glaubte ihm auf jeden Fall: Verglichen mit der Idee, die russische Grenze zu überfliegen, war die Idee, Bill Cary zu erschießen, einfacher gesunder Menschenverstand.

Ich setzte mich wieder. »All right. Erklären Sie mir den Plan.«

Er fragte: »Haben Sie meinen Radarempfänger, als Sie ihn entdeckten, behalten?«

»Ja. Aber ich weiß nicht, ob er noch funktioniert.«

»Ich glaube, er funktioniert noch. Das erleichtert die Sache bedeutend.«

Er fummelte in der Innentasche seines Jacketts herum, zog eine gefaltete Karte und einen neu aussehenden Roman heraus und warf sie mir vor die Füße.

Die Karte war ein RAF-Bogen, Maßstab 1:1 000 000, die farbigen Konturen in Mauve-Schattierungen, damit die Karte unter rotem Cockpitlicht gelesen werden konnte. Diese hier war Nr. 91, Mount Khibiny, die Südlappland und etwa hundertzwanzig Meilen nach Rußland hinein bis zu den Küsten des Weißen Meeres umfaßte.

Es war nichts Verdächtiges daran. Man kann in jeden seriösen Kartenladen gehen und sie sich kaufen. Ich hatte schon eine in der Kartentasche der Beaver.

Der Roman hatte einen hellgelben Umschlag, der über und über mit begeisterten Buchkritiken bedruckt war. Wenn man sie zum zweitenmal las, merkte man, daß ein anderes Buch desselben Autors damit gemeint war.

Die erste Innenseite wies eine mit großer Schrift hingekritzelte Widmung auf: *Alex Judd with best wishes,* unterzeichnet vom Verfasser.

Das mußte etwas bedeuten. Ich sah zu Judd auf.

»Legen Sie den rechten Rand der Buchseite entlang der geographischen Länge zweiunddreißig, so daß die untere Ecke auf Breitengrad sechzig-sechs-dreißig fällt«, sagte er. Ich bog das Buch weit auf und versuchte es.

Er sagte: »Der Schwanz des ›s‹ am Ende von ›wishes‹ liegt auf dem Abholpunkt. Sollte das Nordufer des Sees sein. Die Punkte auf den ›i‹ markieren die Radarstationen, wo wir sie vermuten.«

Es steckte eine simple Klarheit in der Idee, die mir vergegenwärtigte, wie gut der SIS in Kleinigkeiten sein konnte. Wenn er Fehler machte, waren es große.

Ich hob die Seite, um zu sehen, wo die Radarstationen markiert waren. Die Seite bedeckte etwa hundert Meilen von oben bis unten, und drei ›i‹ waren drauf — der Autor hatte eins in seiner Unterschrift. Das lokalisierte drei Stationen, ungefähr je dreißig Meilen voneinander entfernt, jede fünfzehn oder zwanzig Meilen von der Grenze zurückliegend. Ich nahm das Buch weg und studierte sie. Jede befand sich auf höchstmöglichem Boden, in leichter Reichweite der wenigen Straßen, Eisenbahnen und ›Winterpfade‹, die die Karte bezeichnete. Wahrscheinlich war die Karte seit Jahren veraltet, und inzwischen gab es vielleicht mehr Straßen, als sie aufführte, aber die Lage der Stationen schien nach wie vor logisch für ein Frühwarnsystem auf dem Zehn-Zentimeter-Band.

Bloß um sicherzugehen, fragte ich: »Welche Informationsklasse ist das?«

Judd antwortete: »Oh, sie ist sehr verläßlich.«

»Das habe ich nicht gefragt, zum Donnerwetter!« knurrte ich. »Sie haben hier keinen von der RAF abkommandierten Jungen vor sich. *Welche Klasse?*«

»Zwei.«

Klasse Zwei bedeutete etwas, dessen sie ziemlich sicher waren, was aber niemand mit eigenen Augen gesehen hatte. In diesem Zusammenhang bedeutete es wahrscheinlich, daß ein über der Barentssee außerhalb der Territorialgewässer kreuzendes Flugzeug mit einem Radarempfänger ausgemacht hatte, welche Stationen darauf einklinkten. Man kann es ziemlich genau machen, aber auf keinen Fall besser als Klasse Zwei — und sogar auf zweihundert Meilen Reichweite.

Ich suchte den Abholpunkt. Er lag genau an der Stelle, wo ein langer, schmaler See in einen breiten, viereckigen überging; der Punkt auf der Nordseite des viereckigen.

Er lag nur ungefähr funfundvierzig Meilen im Innern Rußlands auf der kürzesten Route, und ich würde keine Dörfer überfliegen müssen, keine Straßen und Eisenbahnen — wenigstens keine, die auf der Karte standen. Aber der See lag nur zwanzig Meilen von Kandalakscha entfernt, der einzigen größeren Stadt in diesem Gebiet, an der Küste des Weißen Meers.

Ich blickte von der Karte auf. »Ich nehme an, Sie haben keine Mitteilungen über eine zweite Radarlinie — auf dem Drei-Zentimeter-Band vielleicht?«

Judd nahm seinen Zigarrenstummel aus dem Mund und sagte: »Sie ist da, aber nicht weit genug vorn, um uns zu beunruhigen. Es ist ziemlich kompliziert, etwas anderes als das einfache Zehn-Zentimeter-Band in der Wildnis einzurichten.«

»Das weiß ich. Aber was ist mit Kandalakscha? Sie müssen eine Landebahn dort haben und vielleicht sogar eine Drei-Zentimeter-Station.«

Er nickte. »Wahrscheinlich haben sie's. Aber ich glaube, wir können Bodenerhebungen zwischen uns und ihr einschieben.«

Ich sah wieder auf die Karte; er hatte wahrscheinlich recht. Und ich könnte den Zehn-Zentimeter-Stationen die meiste Zeit ausweichen, indem ich in den Tälern bliebe oder vor einem hochgelegenen Hintergrund flöge, gegen den sie mich nicht ausmachen könnten. Aber da blieben immer noch ein oder zwei Bodenerhebungen, die ich zu überfliegen hätte und wo sie mich wahrscheinlich sehen würden.

Trotzdem, der Empfänger würde uns das anzeigen. Wenn die Drei-Zentimeter-Station uns einfing, würden wir es nie erfahren.

»Nebenbei bemerkt«, sagte ich, »warum haben Sie sich nicht mit einem Breitbandapparat ausrüsten lassen? Auf dem hätten wir alles hereingekriegt.«

»Stimmt. Aber der alte Ausrüstungstyp war zu groß, um in der Auster montiert zu werden, ohne daß der finnische Zoll ihn entdeckt hätte. Und das neue Miniaturgerät ist zu geheim, um eine Entdeckung zu riskieren, falls wir erwischt würden.« Er lächelte höflich.

Ich nickte langsam. Die Halunken hatten an alles gedacht — auch, wie sie ihre Verluste halbieren konnten. Das Unangenehme war bloß, daß ich wahrscheinlich einer der Verluste sein würde.

»Gut«, sagte ich. »Wie steht's mit Jägerstationen in dem Gebiet?«

»Dem Vernehmen nach brauchen Sie sich in den Höhen, in denen wir wahrscheinlich fliegen werden, über Raketen keine Sorgen zu machen.«

»Mach' ich mir auch nicht. Ich meinte Jäger.«

»Ja.« Er nahm die Zigarre aus dem Mund und runzelte die Stirn, dann drückte er sie mit dem Stiefel aus. »Wir neigen zu der Meinung, daß in Kandalakscha ein paar stationiert sind.«

Genau zwanzig Meilen von der Stelle, wo ich landen sollte. Ich holte tief Atem, wußte nicht, was ich sagen sollte, und widmete mich wieder dem Kartenstudium.

Mrs. Beekman fragte ruhig: »Wirst du das wirklich tun, Bill?«

Ich stand auf und ging um mein Köfferchen herum. »Ich hab' keine Wahl.«

»Wirst du wohlbehalten zurückkommen?«

Ich blieb stehen. Es war Zeit, daß ich mich dieser Frage stellte. Ich überlegte und sagte dann: »Ich werde denselben Einsatz fliegen wie vor siebzehn Jahren, im selben Flugzeugtyp und mit dem gleichen Radarempfänger. Der Unterschied ist bloß der, daß die Welt, wie mir scheint, inzwischen etwas komplizierter geworden ist — und ich bin älter geworden. Nein.« Ich schüttelte den Kopf. »Ich glaube, wir werden geschnappt werden.«

Judd war vielleicht etwas blasser geworden, aber er hatte sich nicht anders besonnen.

Ich fragte: »Wann wollen Sie starten?«

Er sah auf seine Uhr. »Die Abholzeit ist ein Uhr morgens. Wie lange wird der Flug dauern?«

»Fast eine Stunde. Ich fliege nicht direkt ein, sondern folge der Landschaft.«

Er nickte. »Dann machen wir uns besser in ... sagen wir ... einer halben Stunde auf den Weg zum Flugzeug?«

»Gut.«

Er sah Mrs. Beekman an. »Wären Sie so liebenswürdig, für mich etwas Eßbares aufzutreiben? — Ich habe nichts mehr zu mir genommen, seitdem ich ein paar mit geräuchertem Rentierfleisch belegte Brote auf dem Marsch hierher verdrückt habe.«

Mrs. Beekman sah mich an.

Ich sagte: »Füttere das Biest. Es wird ohne Essen nicht langsamer abdrücken.«

Sie stand zögernd auf, warf Judd einen Blick zu, der ihm im Rücken wieder hätte herauskommen müssen, und ging zu den Schachteln am Ofen hinüber.

Ich zündete mir abermals eine Zigarette an und kehrte zum Studium der Karte zurück. Der Raum war klein, warm und gemütlich, und dichter Tabakrauch hing unter dem schwankenden

Lampenlicht. Bald machte sich ein angenehmer Kochgeruch bemerkbar. Irgendwie schien mir alles bekannt vorzukommen, wie ein Schmerz, den man schon lange vergessen hat.

Eine kleine Mannschaftsstube am Rande eines Flugplatzes in den Shetlands oder auf Spitzbergen; verqualmt wie hier; rotes Lampenlicht, um meine Sehkraft für die Nacht zu schonen; jemand kochte mir eine letzte warme Mahlzeit auf einem Öfchen in der Ecke; alle wichen mir sorgfältig aus, sprachen in kurzen Flüstertönen, um mich nicht abzulenken. Ja, ja, es war bekannt. Und ich in einer Ecke über eine Karte geduckt und versuchend, einen Kurs zwischen Berggipfeln, Klasse-Zwei-Informationen über Radarstationen, Klasse-Drei-Informationen über letzte Flak-Stellungen und Jäger der Luftwaffe auszumachen, und ein Klasse-Fünfzehn-Rätsel vor mir, ob ich überhaupt das richtige Ziel anpeilte. Dann kletterte ich in den Sidcot-Anzug und schlang mir eine MP um den Hals, damit sie mir im Cockpit auf dem Schoß läge und sofort griffbereit wäre, und klebte mir die gummiüberzogene Blausäurepille mit Leukoplast aufs linke Handgelenk — als letzten Ausweg...

Und draußen wartete der riesige, leere Dom der Nacht. Und meine Aufgabe war es, mich durch die Kirchenstühle zu schleichen und die Altardecke zu klauen. Das Schlimme bei solchen Einsätzen war, daß man im Unterbewußtsein immer das vage Gefühl hatte, man *müßte* eigentlich erwischt werden.

Ich hob den Kopf von der Karte. Judd stellte gerade seinen leeren Teller ab und lächelte aufmunternd in meine Richtung. Mrs. Beekman saß wieder in ihrer Ecke, rauchte eine Zigarette und beobachtete mich sehr ruhig.

Judd fragte: »Kommen Sie voran?«

»Schlecht. Ich fange an, mich wieder wie ein Spion zu fühlen. Gefällt mir gar nicht.«

Er kicherte und nahm eine neue Zigarre aus der Hülle.

Ich schob ihm die Karte mit dem Fuß hinüber. »Das ist die Route. Besser geht's nicht.«

Sie bestand aus vier Etappen. Die ersten drei, mit ungefährem Kurs Südost, Ost und Nordost, machten einen weiten Bogen durch die Täler und über die Grenze, um uns zwischen die mittlere und südlichste der drei Radarstationen zu bringen. Jede Etappe war etwa fünfundzwanzig Seemeilen lang. Die vierte war eine scharfe Kehre zurück auf Südost und ein Fünfzehn-Meilen-Flug, ein Flußtal, hinunter zum See unserer Bestimmung.

Judd betrachtete die Karte zweifelnd. »Sieht 'n bißchen kompliziert aus. Komplizierte Pläne haben es in sich; sie gehen manchmal schief.«

»Das trifft auch auf einfache zu — wie die simple Idee, nach Rußland zu hopsen und einen alten Freund aufzuladen. Wenn wir erwischt werden sollen, dann können wir wenigstens einige Berechnungen anstellen.«

Er sah immer noch zweifelnd aus. »Wenn Sie eine einfachere, kürzere Route ausmachten, hätten sie weniger Zeit zu reagieren, wenn sie uns wirklich entdeckten.«

»Judd, in dieser Sache dürfen Sie gar nicht an einen schnellen Anflug und an Ihren Glauben, bislang ein gutes Leben geführt zu haben, denken. Selbst wenn Sie ein gutes Leben geführt haben sollten.«

»Well...« Er zuckte die Schultern. »Sie sind der Boß.« Was ihm den Nobelpreis für Heuchelei hätte eintragen sollen.

Dann stand er auf und zog den Reißverschluß seiner Jacke hoch. »Gehen wir lieber.«

Mrs. Bekman kam zu mir herüber. »Glaubst du, du wirst es schaffen, Bill?«

Ich rieb mir die Bartstoppeln. »Wenn's einer schafft, dann ich.«

»Wärst du um neun abgeflogen, hättest du ihn verfehlt.«

»Unter anderem.«

Sie lächelte ernst. »Ich warte hier auf dich.« Sie wandte sich an Judd. »Wenn Sie nicht zurückkehren, mach' ich einen Mordsstunk in den Zeitungen.«

Judd nickte. »Wenn wir nicht zurückkommen, wissen die wichtigen Leute schon alles über uns.« Er leerte die Magazine meiner Pistolen. Dann betrachtete er die Gewehre an der Wand, und ich wußte, daß er sich überlegte, was passieren könnte, wenn sie mit diesen Dingern allein war und er ihr den Rücken gekehrt hatte.

Ich sagte: »Sie wird sie nicht benutzen.«

Er hob die Augenbraue und fragte sie: »Versprechen Sie?«

»Ich möchte nicht, daß du eine Schießerei anfängst«, sagte ich zu ihr. »Ich kenne mich da besser aus als du, und wenn's eine vernünftige Chance gibt, fang' ich selbst eine an.«

Sie nickte widerstrebend. »Und fang' du bloß nichts an, außer du bist sicher…«

Dann hielt ich sie, die klein, stark und warm war, an mich. Ich hob ihr Gesicht und küßte sie.

Sie trat zurück und sagte mit bedächtiger Ruhe: »Was immer geschieht, ich werde mir keine Vorwürfe machen.«

Ich nickte und wandte mich ab, dann wieder um: »Leih mir einen Lippenstift, ja? Nützlicher Navigationsbleistift.«

Sie grub einen aus, lächelte und sagte: »Vergiß nicht, ihn mir zurückzubringen.«

Ich lächelte zurück und ging voran, hinaus.

23

Die Nacht war eher trübe als dunkel. Sterne waren nicht zu sehen; die Schicht der Haufenwolken hatte sich verdichtet, und der Himmel war eine schmutzige, spinnwebartige Decke, die schon bei den Baumwipfeln begann. Die Baumspitzen hatten nicht die harten, scharfen Konturen, die sie eigentlich hätten haben sollen. Die Schatten auf dem Boden waren fahl verschwommen.

Im harten, tiefen Schatten des Mondlichts hätte ich versucht, wegzulaufen. Oder im Mondlicht hätte ich mir vielleicht bewölkte Dunkelheit gewünscht. Kann sein, daß mir der Gedanke, einen Schuß in den Rücken zu kriegen, einfach nicht behagte.

Judds Revolver, soweit ich das im Lampenlicht hatte ausmachen können, war eine Smith & Wesson .38er mit verdecktem Schlagbolzen. Eine handliche, leicht zu verbergende Waffe, aber der kurze Lauf bedeutete, daß sie nicht genau genug war, um viel mehr als Selbstmord damit zu begehen. Das ermutigte mich jedoch nicht: Judd war wahrscheinlich kein guter Schütze, und ein ungenauer Schütze und ein ungenauer Revolver können sich gegenseitig aufheben.

Wir erreichten den See gegen elf. Ich kletterte in die Beaver, und Judd stieg auf den Schwimmer hinter mir, um zu beobachten, was ich tat. Ich löste die Bremsen, kletterte wieder hinunter und stieß die Maschine ins Wasser zurück.

Dann stieg ich wieder hinein, schaltete den Hauptschalter ein und knipste die Beleuchtung im Cockpit an. Ein Griff in die Türtasche, und ich fand einen zerkratzten, alten Winkelmesser. Die Beaver schwankte, als Judd sich hinter mir durch die Passagiertür auf Backbord hievte. »Ich bleibe hier hinten«, sagte er. »Wo ist der Radarempfänger?«

»Hab' ihn nie montiert. Liegt im Laderaum.«

Das Flugzeug schwankte wieder, als er nach achtern ging. Die Kabine einer Beaver mißt nicht viel mehr als im Schnitt ein Meter zwanzig im Quadrat; er mußte sich also ziemlich anstrengen, über die Sitze nach hinten zu turnen. Aus demselben Grunde würde es nicht leicht für mich sein, mich mit ihm anzulegen, wenn er hinter mir saß. Und unmöglich wäre es, wenn wir in der Luft waren und nur ein paar Meter über dem Boden flogen.

Nach einer Weile rief Judd: »Wo kann ich die Antenne montieren?«

»Sie stehen wahrscheinlich auf einer Falluke im Boden. Durchbohren Sie den Deckel, und schieben Sie sie durch.« Ich wandte mich wieder dem Winkelmessen zu.

Der Revolver ging mit einem gedämpften Knall los. Sobald ich merkte, daß er nicht auf mich geschossen hatte, fuhr ich herum, um zu sehen, auf was er nun geschossen hatte.

Judd sagte: »Entschuldigung. Ich habe bloß die Luke durchbohrt. Hätte Sie warnen sollen.« Und er machte sich ruhig daran, die lange Spule der Schirmantenne abzurollen.

Ich blendete die Lichter ab und blickte über den See. Das Wasser war flach wie ein Teller, und die fernen Bäume zeichneten sich undeutlich und verschwommen ab. Nebel bildet sich nicht in mehr als einem Fünf-Knoten-Wind; es sah also nicht so aus, als hätte ich mir in den Höhen, in denen ich fliegen würde, des Windes wegen überhaupt Sorgen zu machen. Andererseits wäre ich lieber über Wind als über Nebel besorgt gewesen.

Judd arbeitete sich nach vorn und schob mir einen Draht über die rechte Schulter. »Können Sie das einstecken?«

Mein Funkgerät war eine britische Marke, so daß der Stecker des Radarempfängers in dieselbe Dose paßte. Und ich hatte nicht die Absicht, auf diesem Trip zu senden oder zu empfangen.

Judd sagte »Danke« und turnte wieder zurück.

»Schalten Sie das Ding nicht ab, bevor der Motor läuft«, warnte ich ihn.

»Werd' ich nicht.« Er machte sich grunzend an der Antennenkurbel zu schaffen. »Wenn uns jemand aufschnappt, werd' ich versuchen, Ihnen die ungefähre Stärke und die Richtung im Verhältnis zu uns zu geben. Gut?«

»Gut.«

Er kletterte wieder in seinen Sitz zurück. Hinter den beiden Vordersitzen waren zwei weitere, dann kam ein Zwischenraum mit der Falluke im Boden, bevor man das Schott achtern erreichte. Er saß auf dem Platz diagonal hinter mir und hatte den Empfänger auf den Nebensitz gestellt. Hinter ihm stand die Antennenkurbel hoch, so daß er nach hinten langen und sie drehen konnte. Er lächelte mich glücklich an. »Ich bin bereit.«

Es war fünf vor Mitternacht. Ich reichte ihm ein Stück Papier. »Von jetzt an sind Sie der Navigator. Lesen Sie mir das vor, wenn ich Sie darum bitte.«

Er zog eine Bleistiftlampe aus der Tasche und überflog das Papier. »Sieht komplizierter aus als je.«

»Machen Sie sich darüber keine Sorgen. Es ist sowieso alles falsch, da ich nicht weiß, was für Wind wir haben werden.«

Sein Lächeln lockerte seine angespannten Züge etwas auf. »Wie Sie meinen.«

»*Ich* meine, wir sollten die ganze Sache vergessen und nach Helsinki hinunterfliegen, um schnell ein Bierchen zu heben.«

»Das natürlich ausgenommen.«

Ich nickte und startete den Motor. Nicht einmal war er mir in sichere Griffnähe gekommen. Jetzt mußte ich wirklich nach Rußland fliegen.

Wir starteten sieben Minuten nach Mitternacht. Ich hätte natürlich vieles anstellen können: den Motor ersaufen lassen oder den Hahn des Reservetanks herunterstellen und versuchen, trocken zu starten, und er hätte es wahrscheinlich gar nicht gemerkt. Aber er hätte gewußt, daß ich irgend etwas manipuliert hatte, und das konnte genügen. Er war ein engagierter Mann und hätte mich ganz einfach niederschießen können, bloß um zu beweisen, daß es ihm Ernst war.

Ich kreiste über dem See und legte auf zweihundert Fuß geraden Kurs 156 nach dem Kompaß an.

Ich gab der Uhr am Armaturenbrett einen Puff und fragte: »Welche Zeit auf dieser Etappe?«

Das Bleistiftlämpchen blitzte hinter mir auf. »Äh — fünfundzwanzig Seemeilen; vierzehn Minuten zwanzig Sekunden.«

Ich schmierte 14-20 mit dem Lippenstift auf das Instrumentenbrett neben der Uhr und stellte mich auf eine Geschwindigkeit von hundertfünf Knoten ein. Weit hinten über meiner linken Schulter mochte ein leichter Lichtschimmer zwischen den Bäumen gewesen sein, aber das kümmerte mich nun nicht mehr. Vor mir lag Nacht, sonst nichts.

Nachtflüge unterscheiden sich beträchtlich von Tagesflügen. Meist sitzt man bloß in einem kleinen, halbdunklen Büro, starrt auf die Zifferblätter, notiert sich Zahlen auf Karten, führt minuziös genaue Korrekturen der Kontrollinstrumente durch, um bessere Angaben auf den Zifferblättern zu erzielen. Langsam gewinnt man Distanz: Alles mündet in eine große und immer größer werdende Summe von Geschwindigkeit, Richtung, Wind, Höhe, Temperatur. Löst man sie — kriegt man sie einigermaßen richtig hin —, dann ist man sicher. Nie wird man von dem vielfachen Tod erfahren, den man nicht starb: von den Berggipfeln, an denen man gerade noch vorbeiglitt, den Kollisionen, die sich nicht ereigneten. Es ist ein warmes, gemütliches Gefühl. So fliegen die Luftverkehrsgesellschaften.

So war es nicht.

Ich löste keine Rechenaufgabe in einer gemütlichen Kabine. Ich eilte auf den Fußboden des Himmels dahin, ängstlich nach allen Seiten, meist aber nach vorne blickend; hob mich über kleine Berggrate, die aus dem Dämmerlicht auf mich zuschossen, suchte nach dem fleckenlosen Stahlschimmer eines Flusses, um meine Position danach zu bestimmen. Die Kabinenbeleuchtung hatte ich ganz heruntergedreht und tat so, als versteckte ich mich — aber ich versteckte mich in etwas, das fünf Meilen weit gehört und dessen Radarspur auf fünfzig Meilen gesehen werden konnte.

Im Buch steht *höher, langsamer,* aber diese Flugtechnik steht in keinem Lehrbuch. Meine einzige Hoffnung bestand darin, niedrig und schnell zu fliegen. Ich war ein kleines Insekt, das in einem Land des Großen herumschwirrte.

Die Uhr zeigte 5 Minuten 40 Sekunden. Der vierte einer Reihe kleiner Flüsse, die im rechten Winkel unseren Kurs kreuzten, lief hinter mir weg. Vor mir stieg der Boden an; nur die üblichen Hügel, die ganz Lappland durchziehen, aber jeder höher als der letzte, wie Wellen auf mich zuwogend. Ich schob den Gashebel etwas vor, die Nase hob sich, und wir krochen den Hang hinauf.

»Welche Zeit zum Kamm hinauf?« fragte ich.

Hinter mir blickte Judd auf den Empfänger hinunter. Das Zifferblatt verbreitete ein leises gelbes Licht, das die fetten Konturen seines Gesichts beleuchtete. Er blickte hoch und stöberte dann mein Blatt Papier auf.

»Äh — sieben Minuten dreißig Sekunden.«

»Danke. Wie steht's bei Ihnen?«

»Noch keine Spur.«

Die Uhr zeigte 7.20. Die nächste Baumwelle kam nicht. Ich zögerte einen Augenblick, stieß die Nase dann hinunter, nahm Gas weg und versuchte, so dicht wie möglich über den Kamm zu streichen. Diese Kämme waren die gefährlichen Stellen. Auf einer Bergspitze, ohne Bodenerhebung hinter uns, waren wir aufgespießt wie ein Schmetterling auf der Nadel. Jede Radarstation konnte uns einfangen.

Wir surrten in dreißig Fuß Höhe über die Rottannenwipfel; es sah nach weniger aus. Judd sagte: »Ah-hah . . .« Aber er verstummte, als sei er enttäuscht.

»Dachte, ich hätte was erwischt«, sagte er.

»Vergessen Sie nicht, daß Sie kontrollieren sollen, ob die uns suchen. Wenn Sie nichts sehen, werde ich mich nicht beschweren.«

Wir glitten den Hang in ein Tal hinunter, kreuzten links an einem See vorbei, der parallel zu unserem Kurs lag, und begannen, die andere Seite emporzufliegen. Diesmal gab ich etwas mehr Gas. Die Kontrolluhr zeigte 11 Minuten 10 Sekunden.

Die Zeiteinteilung schien beinahe aufs Haar zu stimmen. Die Einhaltung des Kurses war nicht perfekt: Ich hätte nach meinen Berechnungen direkt über diesen See fliegen sollen. Aber ich war mehr daran interessiert, einen guten Ausblick zu haben, als einen perfekten Kurs zu fliegen. Ich erinnerte mich an eine Stimme, die vor langer Zeit einmal gesagt hatte: *Ich könnte Ihnen einen Haufen Piloten nennen, die ihre Flügel vorne trügen statt auf dem Rücken, wenn sie sich mehr auf einen verdammt guten Ausblick verlassen hätten und weniger auf eine zolldicke Panzerplatte.* Ich grinste. Er hatte recht gehabt, aber jetzt war er tot. Nicht viele waren heil durch den ganzen Krieg gekommen. Meine Entlassung, ehe meine Glückssträhne auslief, hatte mich gerettet.

Der Kamm des Hangs, die letzte Baumreihe nahmen feste Form an. Ich flachte den Anflug ab, gab aber weiter Gas, Ziel: die Baumspitzen.

Judd sagte: »Ah«, dann ganz schnell: »Radar fast genau voraus — etwa fünf Grad links ab . . . Jetzt ist er weg.«

Wir glitten den Hang hinunter. Ich nahm das Gas und die Propellerverstellung so weit zurück, wie ich konnte. Im Augenblick machten wir hundertfünfundzwanzig Knoten.

Die Kabine war still, nur das Brausen des Fahrtwindes durch die schlecht schließenden Türen war zu hören.

Judd fragte: »Was tun Sie?«

»Die Grenze so still wie möglich überqueren. Was dagegen?«

Die Beaver schwankte, als er ans Fenster sprang und voraus blickte. Der Talboden war nebelbedeckt. Dann tauchte das matte Glitzern eines Flusses auf — und dann wieder einer. Genau vor meinem rechten Schwimmer vermengten sie sich zu einem. Und gleich hinter ihnen klaffte eine weite, unnatürliche Lücke in den schütteren Bäumen. Dann war es keine Lücke mehr, sondern eine aus dem Wald herausgehauene Gasse, die sich auf beiden Seiten in der Dunkelheit verlor. Die Grenze.

»Neuer Kurs?« wollte ich wissen.

Judd fummelte herum und ließ sein Bleistiftlämpchen aufflammen. Ich bog die Beaver sachte nach links, hielt sie so, um nicht mehr Geschwindigkeit zu verlieren als nötig und um nicht mehr Gas geben zu müssen, bis wir so weit wie möglich hinter der Grenze waren.

Hier oben bestand die Grenze lediglich aus ein paar Lagen Stacheldraht, die von einem Mann, einem Hund und einem Telefon bewacht wurden. Aber weder Mann noch Hund machten mir Sorgen. Judd sagte: »Eins-null-sechs magnetisch. Vierzehn Minuten.«

Ich klopfte an die Uhr, hielt sie an, stellte sie neu und ließ sie wieder anlaufen. Die auf das Instrumentenbrett geschmierten 14-20 ließ ich so. Es würde gehen.

Ich sagte: »Von jetzt an handeln wir ungesetzlich. Sind Sie sicher, daß Sie nicht alles abblasen und nach Helsinki zu einem Bierchen fliegen wollen?«

Judd antwortete: »Nachher. Ich lade Sie zu einem ein.«

»Auf SIS-Spesen?«

»Wir werden es als Heilmittel verbuchen. Wie wär's, wenn wir 'n bißchen mehr Gas gäben, ehe wir in diesen Berg rennen?«

»Vielen Dank für den Hinweis.« Ich ließ Gas und Höhe, wie sie waren. Die Geschwindigkeit war jetzt auf neunzig herunter und nahm langsam ab. Der erste Kamm mit seiner gezackten Baumreihe hob sich undeutlich vor mir, umnebelt, aber klarere Konturen annehmend wie eine Fotografie im Entwicklerbad und allmählich emporsteigend, mich überragend. Geschwindigkeit auf achtzig herunter. Die Uhr zeigte 40 Sekunden vom letzten Bezugspunkt. Sagen wir, genau eine Meile hinter der Grenze. Ich stellte den Motor vorsichtig auf höheren Propwinkel und mehr Ladedruck, versuchte, die Geschwindigkeit bei siebzig im Steilflug zu halten. Der Motor heulte auf. Die Fahrtanzeige zitterte bei siebzig. Die erste Baumreihe glitt dreißig Fuß unter uns vorüber.

Judd sagte: »Ein bißchen spät.«

»Wenn Sie eine Beschwerde haben, dann reichen Sie sie schriftlich beim Protokolleiter ein. Der wird Ihnen sagen, daß ich diese Technik praktisch erfunden habe.«

»Hat er mir schon gesagt.«

»Na also. Und nun geben Sie mir die Einzelheiten dieser Etappe.«

Das Lämpchen leuchtete auf. »Nach diesem Kamm kriegen Sie einen Fluß in zehn Seemeilen Entfernung, fünfeinhalb Minuten. Dann kommt ein Buckel bei über tausend Fuß, dann eine Flußkehre bei fünfzehneinhalb Seemeilen . . .«

»Gut, gut, das bringt uns weiter.«

Wir krochen mit etwa fünfundsiebzig Knoten den Berg hinan.

Mir wäre etwas höher lieber gewesen, aber das hätte mehr Gas bedeutet. Vollgas bei einer Wasp Junior hätte eine sibirische Garnison aufgeweckt.

Wir krochen weiter den Hang hinauf. Wir mußten einen Vorsprung überqueren, wo das Gelände sowohl vor uns wie auch von links nach rechts ansteigen würde.

Plötzlich sagte Judd: »Radar. Stark — rechts außen, etwa vierzig Grad. Sehr stark. Er ist — er ist ungefähr zwanzig Meilen entfernt, das ist alles.«

»Das ist Ihre südliche Station. Die müßte etwa zwanzig Meilen von hier sein.«

»Er hat uns. Er kriegt uns ununterbrochen. Der Zeiger springt vom Zifferblatt ab.«

»Dann nehmen Sie einen neuen Zeiger.«

»Können Sie gar nichts tun?« Es klang eher wütend als besorgt.

»Doch. Ich fliege schnell zum Magazin zurück und hol' mir 'n U-Boot. Sie warten hier.« Ich machte eine Pause. Ich war auf dreißig Fuß herunter, und die Wellen der Bäume kamen plötzlich wie flache Scherenschnitte auf mich zu, sich von nebligem Grau zu scharfem Schwarz verdunkelnd und dann hinter mir weggleitend.

»Er kann uns nicht sehen«, sagte ich.

»Was?«

»Hohes Gelände hinter uns — links. Dagegen sind wir nicht auszumachen. Drehen Sie Ihre Antenne um hundertachtzig Grad herum, und Sie werden ein beinahe ebenso starkes Signal bekommen: sein Grundecho. Darin kann er uns nicht sehen.«

Er versuchte es; er akzeptierte nichts, was ich sagte, ohne Vorbehalt. Oder vielleicht lernte er einfach, daß man manchmal am Himmel hängen, den Atem anhalten und warten mußte. Kein Ducken und Abschweifen, denn damit würde man nur noch mehr auffallen und erst recht reinrasseln.

Nach einer Weile sagte Judd: »Er ist immer noch auf derselben Suchweite. Er würde auf eine begrenzte Suchweite gehen, wenn er uns erkannt hätte.« Wieder nach einer Weile: »Verzeihung. Ich vergaß, daß Sie das ja alles schon durchgemacht haben müssen.«

»Ich hab' auch mal versucht, es zu vergessen.« Ich schob die Beaver über den Kamm und begann, mehr Tempo das Tal hinunter vorzulegen.

Judd sagte: »Es wird schwächer.« Dann: »Verschwunden — jetzt.«

Ich schwebte über dem Tal aus. Der schlimme Augenblick mit Radar kam erst noch, und ich wußte auch, wo: am Wendepunkt zur dritten Etappe. Da oben würden wir eine Zeitlang — so kurz, wie ich's möglich machen konnte — in der Sichtlinie zweier Radarstationen liegen. Aber das kam erst in zehn Minuten. Die Talsohle war flach, ein Gewirr von spindeldürren Rottannen, kleinen Rainen und kahlen Stellen, die in Wirklichkeit Teiche oder kleine Sümpfe oder einfach nackter Fels waren, auf dem nicht einmal Rottannen wuchsen. Ich glitt darüber hinweg, hielt mich so tief ich konnte, und was ich über den Teichen sah, gefiel mir gar nicht: Nebel.

Es war noch nicht eindeutig klar. Bloß eine Verschwommenheit, die einen auf den Gedanken brachte, die Augen seien irgendwie falsch eingestellt. Aber es war erst kurz nach Mitternacht. Die Luft kühlte ab, der Unterschied zwischen Luft- und Wassertemperatur vergrößerte sich. Wenn kein Wind aufkäme, würde sich bis zum Frühlicht Nebel aufbauen.

Ich ging nervös auf etwa sechzig Fuß und sah auf die Uhr. Sie zeigte fünf Minuten an. Ungefähr eine Minute bis zum Fluß und zum dahinter aufsteigenden Gelände.

Judd sagte: »Keine Anzeige.«

»Wir sind in einem Loch. Hier können sie uns nicht ausmachen.« Ich kramte in meiner Tasche nach einer Zigarette und reichte sie Judd nach hinten. »Zünden Sie sie mir an, ja? Ich möchte meine Nachtsehschärfe nicht ruinieren.«

Er wußte, was ich damit meinte. Man braucht eine halbe Stunde, um die Augen völlig an die Dunkelheit zu gewöhnen, und mehrere Minuten, um sie wieder daran zu gewöhnen, nachdem man ein Streichholz vor ihnen angezündet hat. Ein schwaches Licht flammte hinter mir auf. Er reichte die Zigarette zurück.

»Danke. Übrigens, was laden wir denn nun hier herüben auf?«

»Nur einen Mann.«

»Und was sonst noch? Wieviel wiegt es?«

Der Fluß glitt unten vorüber, ein an den Rändern mattes Glitzern von Wasser. Judd gab unverbindliche Geräusche von sich.

Ich sagte: »Es kann sich nur um Gewicht handeln, Judd. Wenn es nur ein Mann wäre, liefe er verdammt sicherer fünfundvierzig Meilen über die Grenze, statt daß wir einfliegen und ihn aufladen — wenn er die Art Training hat, die Ihre Firma ihren Leuten im allgemeinen gibt. Nun, ich hoffe, Sie wissen, was die Beaver an Gewicht tragen kann.«

»Ich weiß es, ich habe mich in London erkundigt.«

Sah ihm ähnlich. Ich sagte: »Ich sehe immer noch nicht klar, was er drüben verloren hat, bei einem solchen Job.«

Er sagte nichts darauf.

Das Gelände stieg wieder an, und ich stieg mit. Es war nur der Ausläufer einer Bodenerhebung, die den Fluß, über den wir soeben geflogen waren, von einem seiner Nebenflüsse trennte. Jenseits dieses Ausläufers würden wir zum Nebenfluß kommen und sein Tal zum Hauptkamm der Hügelkette hinauffliegen: zum exponiertesten Punkt.

Über dem Kamm des Ausläufers bemerkten wir ein Aufzukken auf der Radaranzeige, aber nichts Ernstliches. Sie hatten uns bestimmt nicht hereinbekommen. Dann glitten wir ins Tal des Nebenflusses hinunter.

Kurzes Aufglühen von Judds Lämpchen. »Sie müßten bei zehn Minuten zwanzig Sekunden auf den Fluß treffen.«

»Danke.« Die Uhr zeigte 7.40 seit dem letzten Bezugspunkt. Die wirkliche Zeit war achtundzwanzig Minuten nach Mitternacht.

Er sagte: »Der nächste Berg wird gefährlich sein, nicht?«

»Ja.«

»Was passiert, wenn sie uns finden?«

»Wissen *Sie* das nicht? Was steht in Ihren Instruktionen?«

»Daß sie wahrscheinlich Flugzeuge schicken werden. Ich weiß natürlich nicht, was für welche.«

»Düsen auf keinen Fall in diesem Wetter. Man kann mit diesen Dingern in einer nebligen Nacht auf Sicht nicht tief fliegen. Nein, sie werden einen Aufklärer heraufschicken, einen Typ wie unsern, um uns zu suchen. Ich hoffe natürlich, daß sie, selbst wenn sie uns hier finden, nichts von unserer Landung merken. Kann also sein, daß sie nicht wissen, wo sie uns suchen sollen.«

»Aha.« Er überlegte sich's. »Ich fange an zu verstehen, weshalb Sie Zickzackkurs fliegen.«

Zwischen den Bäumen rechts von mir tauchte eine gebrochene Linie auf. Die Uhr zeigte fast 10 Minuten. Ich rückte auf die Linie zu, und sie rückte mir näher, und es war der Fluß. Ich schwenkte über ihm ein und flog ihm nach, statt nach dem Kompaß. Eins wußte man, wenn man einem Fluß nachflog: Es konnten nicht plötzlich Hügel auftauchen und einem eins in die Fresse hauen.

Ich hob die Nase etwas höher und gab mehr Gas. Der Boden hob sich wieder. Noch vier Minuten bis zum Gipfel.

Judd fragte: »Wenn wir auf Radar stoßen, woher kommt es Ihrer Meinung nach?«

»Von beiden Seiten.«

»Gut. Ich lasse Sie's wissen, sobald ich etwas bekomme«, sagte er.

»Tun Sie das.« Viel nützen würde es nicht, wäre bloß eine ungefähre Kontrolle, ob wir richtig lagen oder nicht.

»Sagen Sie mir eins«, sagte ich. »Wie kommt's, daß Sie diesen Einsatz vermurkst haben und sich sabotieren ließen? Wo war die undichte Stelle?«

»Oh, bei uns. Wir mußten es bekanntwerden lassen, daß wir die Sovereign-Sache untersuchen wollten.«

»Mußten? Warum?«

»Es war die einzige Möglichkeit, die Schweizer Seite herauszulocken. In der Schweiz ist das nutzlos. Da wird alles x-mal verschleiert und über numerierte Bankkonten geleitet. Wir wußten, daß bei Bedrohung der finnischen Seite sofort jemand auftauchen und den Laden dichtmachen würde. Dann hätten wir einen persönlichen Anhaltspunkt. Und das funktionierte. Wir wissen jetzt, wer sie sind. Ich kriege Radar etwa neunzig Grad links. Schwach.«

»Sie probieren bergabwärts; uns kann nichts passieren. Aber die wissen auch, wer Sie sind. Ich wette, König hat Ihre Auster auf dem Gewissen.«

»Ich glaube es auch.Ich stellte fest, daß König an jenem Tag in Rovaniemi war. Wir glaubten, er sei mit dem Wohnwagen hinaufgefahren. Trotzdem, dieses Risiko mußten wir eingehen.«

Der Boden hob sich jetzt steiler. Ich gab etwas mehr Gas. Die Sicht vor mir gefiel mir nicht sehr. Ich war hundert Fuß über dem Boden — nicht gefährlich an dieser Stelle, immer noch im Nebenflußtal, aber ich wollte nicht so hoch über den Kamm fliegen. Ich hoffte einfach, den Kamm früh genug zu erkennen, wenn er kam.

Ich sagte: »Das erklärt einige Schwierigkeiten, die ich diesen Sommer hatte. Das Gerücht, der SIS käme, muß sich ziemlich schnell herumgesprochen haben: Halb Lappland hat mir krumme Sachen angeboten, um herauszufinden, ob ich bereits von

Ihnen engagiert sei. Veikko, dann Königs Junge, Claude.« Die verrückte Unterhaltung mit Ilse klang jetzt sinnvoll: *Ich glaube, Sie sind tatsächlich einer von ihnen.* Auch die Tatsache, daß sie mich nicht umgebracht hatten, nachdem sie mich betäubt hatten; sie wollten mich ausfragen, wieviel der SIS entdeckt hatte.

Judd sagte: »Ja, dieses Risiko mußten wir auch laufen. Es lenkte die Aufmerksamkeit von uns ab.«

»*Sie* mußten das Risiko eingehen?«

»Nun, wir glaubten, Sie könnten schon für sich selbst sorgen. Wir glaubten nicht, daß Sie Ihr ganzes Training vergessen hatten.« Er machte eine Pause und fügte dann hinzu: »Und offiziell sind Sie ja nicht einer unserer liebsten und nächsten Freunde, nicht wahr?«

»Wenn ich also getötet worden wäre, hätte Sie das nicht sonderlich betrübt.«

»Wie sich herausstellte, wäre es sehr peinlich gewesen. Trotzdem, Sie leben noch, nicht wahr?« sagte er fröhlich.

»Wie sich herausstellte, hätte es keinen großen Unterschied gemacht.«

Die Uhr zeigte noch eine Minute.

Judd sagte: »Ah . . . dachte, ich hätte etwas erwischt.«

»Von welcher Seite?«

Judd antwortete: »Jetzt kriege ich etwas. Nicht viel, aber regelmäßig. Etwa hundertzwanzig Grad rechts.« Er machte eine Pause. »Nichts von links bis jetzt.«

Ich sah nach links hinaus. Neben mir strebten die Bäume ins neblige Dunkel empor. Wahrscheinlich war das Gelände zwischen uns und der Station auf dieser Seite noch hoch.

Die Uhr sagte 30 Sekunden bis zum Kamm, aber es brauchte nicht auf die Sekunde zu stimmen. Dafür war meine Geschwindigkeit nicht stetig genug gewesen.

Wir krochen weiter den Hang hinauf, während ich versuchte, den Kamm in der Dunkelheit vor uns zu erspähen.

Aber es ging nicht. Bei dieser Sicht, selbst auf meiner Höhe und bergauf, war der Horizont unter mir.

Judd rief: »Radar stark rechts. Sehr stark.« Er machte eine Pause, während er an der Antenne herumkurbelte. »Und links, stärker werdend. Ungefähr — ungefähr hundert Grad. Sie kriegen uns beide.«

Jetzt wußte ich, daß ich auf dem Kamm sein mußte. Was immer ich sehen konnte, Radar konnte uns nicht sehen, wenn zwischen uns höheres Gelände lag. Ich stieß die Nase vor.

Uns erfaßten die großen, von den Radarstationen geschwungenen elektronischen Strahlenkegel auf jeder Umdrehung der Antennen, flick und weg, flick und weg, von beiden Seiten. Jedesmal erschienen wir als kleine grüne Leuchtspur auf zwei Radarschirmen; jedesmal zeigte der Strahl, daß wir uns in einer bestimmten Richtung weiterbewegt hatten.

Schon vor langem hatte ich mir überlegt, was ich in diesen zehn Sekunden, in denen ich außerhalb des Strahls war, tun könnte; etwas, was sie überzeugte, daß sie sich geirrt hatten, daß ich gar nicht da war, daß ich in Wirklichkeit in einer anderen Richtung flog . . . Aber da war nichts. Und diesmal waren es zwei Stationen. Eine könnte vielleicht einen Fehler machen, könnte mich für einen Zug Gänse halten oder mich überhaupt verfehlen, während der Bedienungsmann gerade nach seiner Tasse Kaffee langte. Aber nicht beide.

Ich setzte meine Hoffnung auf die Wende zur dritten Etappe. Wenn sie wußten, daß ich da war, könnte die Wende sie von meiner Spur ablenken. Deswegen hatte ich diese Stelle als Wendepunkt ausgesucht. Ich legte die Maschine über etwa vierzig Grad auf die Seite.

Judd sagte: »Er hat seinen Bogen geändert — der links. Er sucht uns.«

Jetzt drehte sich der Sucher nicht mehr im großen Kreis, sondern schlug von Seite zu Seite aus, nur über einen kleinen Abschnitt des Firmaments tastend. Die Abtastung schlug schneller aus, berührte das Unterholz, Himmel und Bergspitze, versuchte, uns festzunageln. Jetzt hatte er uns alle zwei, drei Sekunden. Jetzt *wußte* er es. Der Kamm krümmte sich hinter mir und glitt links nach oben davon.

Rechts unten und vor mir fiel der Boden ab — *mußte* abfallen, wenn die Karte auch nur ungefähr stimmte. Ich nahm Gas weg, und wir kullerten den Hang hinunter wie ein Faß über die Niagarafälle.

Judd sagte: »Radar von hinten verschwunden . . . von links verschwunden.« Er wartete, bis er sich vergewissert hatte. »Sie haben uns verloren.«

Ich fragte: »Auf welchem Kurs soll ich jetzt sein?«

Er tastete herum, das Lämpchen glühte. »Sechsundfünfzig Grad magnetisch. Fünfzehn Minuten zwanzig Sekunden.« Dann sagte er: »Jetzt haben sie uns, nicht wahr?«

»Wenn sie etwas taugen, ja.«

»Was werden sie herausfinden?«

»Daß wir in dieses Tal hinuntergeflogen sind. Mehr sollte es eigentlich nicht sein.« Nach der Karte zu schließen, verbreiterte sich das Tal einige Meilen vor uns und wurde dann Teil einer Ebene, die sich bis zu den Küsten des Weißen Meers erstreckte. Unser Zielsee lag etwa vierzig Grad nach Steuerbord von der Richtung, die ich jetzt flog. Ich hielt mich rechts im Tal, ein Hügel ragte gleich rechts von mir empor, und ich beabsichtigte, hinter ihm nach rechts zu drehen. Wir hatten jetzt die Linie der Radarstationen durchstoßen. Sie waren hinter mir oder links hinten, und das hohe Gelände gab mir einen hübschen, verwirrenden Hintergrund. Hoffte ich.

Der Fluß schnitt meinen Kurs und schwang wieder zurück. Das hohe Gelände links fiel ab und tauchte in der Dunkelheit unter.

Ich rief zurück: »Sie werden auf dieser Etappe auf Radar stoßen, aber ich glaube nicht, daß sie uns sehen können.« Dann: »Sollten sie uns wirklich erwischen, was ist mit meiner Todespille? Oder werden die heute nicht mehr angewandt?«

»Oh, zerbrechen Sie sich darüber nicht den Kopf. Ich sorge schon dafür, daß Sie ihnen nicht lebend in die Hände fallen.«

»Daß *das* im Vertrag steht, haben Sie mir aber nicht gesagt.«

»Ich fand es so netter, meinen Sie nicht?«

Ich feixte schmerzlich auf den Öldruckmesser vor mir. Nun, ich hatte ja gewußt, daß er ein harter Bursche war. Ich zündete mir eine neue Zigarette an der alten Kippe an.

Je tiefer das Tal, desto nebliger wurde es. Gelegentlich konnte ich zwischen den Bäumen kleine Teiche weißer Fahlheit bemerken, die einzelnen Bäume hoben sich scharf dagegen ab. Wachsam und nervös blickte ich nach rechts hinaus, auf plötzliche Ausläufer achtend, die vielleicht gerade über das hohe Gelände hinausragten. Doch das Land schien ziemlich sanft gewellt — mit Ausnahme der unvermeidlichen kleinen Hügel.

Radar traf uns jetzt regelmäßig, sah uns aber nicht — zum mindesten tastete es nicht die nähere Umgebung ab. Judd empfing ein schwaches, fernes Streifen von der dritten Station im Norden.

Als die Uhr 13 Minuten zeigte, beugte er sich über meine Schulter und sagte betont: »Wendepunkt ist ein rund anderthalb Meilen langer See, der Nordwest-Südost verläuft. Wenden Sie genau auf eins-vier-acht magnetischen Kurs.«

»Danke.«

»Die Zeit auf der letzten Etappe ist acht Minuten dreißig.«

Ich schrieb es mit dem Lippenstift aufs Instrumentenbrett. Ich hielt meinen Kurs sehr sorgfältig: Dies war die einzige Etappe, bei der es wirklich auf genaue Navigation ankam. Auf den anderen Etappen war ich ebenso nach der Beschaffenheit des Landes wie nach dem Kompaß geflogen. Jetzt aber flog ich auf eine Ebene hinaus, deren einziges Kennzeichen der See war. Wenn ich den verfehlte, war einige Meilen weiter eine Eisenbahn — waren da vielleicht Menschen, die mich sehen und melden könnten.

Ein weißer Fleck wuchs zwischen den Bäumen vor mir, dann hörte die Baumvegetation auf, und ich flog über nichts. Dann merkte ich, daß es ein riesiger Nebelteich war — der See.

Ich sagte »Verdammt« und legte die Beaver auf die rechte Flügelspitze, schlug zweimal auf die Uhr und riß sie auf einen neuen Kurs hoch. Judd hinter mir sagte etwas, was hauptsächlich ausgestoßener Atem war.

Hohes Gelände begann voraus aufzusteigen. Ich flog rechts daran vorbei, blickte nach einer Flußlinie aus, die uns direkt zu den gewünschten Seen hinunterführen sollte.

»Gefällt mir gar nicht«, sagte ich. »Dieser See da war ein einziger Nebel. Ich sah ihn nicht, bis wir direkt über ihm waren.«

»Die anderen Seen sind größer.«

»Ich sorge mich nicht, daß ich sie verfehle. Ich brauche nur dem Fluß zu folgen, wenn ich den Fluß finde.« Dann sah ich ihn und schwenkte nach Backbord zurück. »Ich sorge mich um die Landung. Wenn er zehn Fuß Nebel drüber hat, werden wir mit einem Mordsspritzer aufklatschen. Oder wir haken mit einem Schwimmer fest und überschlagen uns.«

»Wir müssen's versuchen, ganz gleich, was passiert.«

»Wenn's zu schlimm aussieht, laß' ich's vielleicht drauf ankommen, von Ihnen erschossen zu werden. Was sagten Sie Ihrem Freund über Lichtsignale?«

»Ein grünes Licht von der Nordseite des Sees, wenn er das Flugzeug hört. Dann zwei weiße Lichter im Wasser, ungefähr dreißig Meter auseinander, an der Längsseite des Sees.«

Könnte klappen. In einer guten Nacht keine Schwierigkeit. Die Lichter im Wasser wären bei dreißig Meter Abstand weit genug voneinander entfernt, um mir den Einflugwinkel anzugeben. Aber in einer Nacht wie dieser könnte ich beim Anflug beide im Nebel verfehlen, jedenfalls durch zehn Fuß Nebel direkt von oben, während ich eins vielleicht bei achtzig Fuß aus einem Seitenwinkel ausmachen würde. Und das zweite Licht aus beinah doppelter Entfernung. Aber ich brauchte beide Lichter, um eine ungefähre Ahnung zu haben, wo ich war.

Ich wand mich jetzt den Fluß hinunter. Drei Minuten dieser Etappe waren verstrichen. Die wirkliche Zeit war sieben Minuten vor eins.

Judd sagte: »Nun, wenigstens kann der Nebel das Flugzeug nach der Landung verstecken. Das wäre ganz nützlich.«

»Wir haben aber auch die Chance, daß das Wasser es verdeckt. Und uns.«

»Es gibt einen langen See vor dem, auf dem wir landen. An ihm können wir sehen, wie schlecht die Bedingungen sind.«

»Und wenn sie zu schlecht sind, was dann? Fliegen wir dann auf ein Bierchen nach Helsinki?«

Er antwortete nicht. Ich stieß etwas tiefer auf den Fluß hinunter; wir waren in einem breiten Tal, ohne Gefahr, auf hohes Gelände zu treffen, und wir näherten uns wahrscheinlich bewohntem Gebiet.

Der Fluß war nicht übel: breit, untief, mit schneller Strömung, hatte wenig Nebel angezogen; nur eine gelegentliche Verschwommenheit im Innenwinkel einer Biegung und ein paar Fetzen, die um die schwarzen Baumstämme an den Ufern trieben.

Ganz unbewußt fing ich an, die Ladekontrolle vorzunehmen. Bremsen — ohne Interesse bei einer Wasserung. Fahrgestell —

eingezogen. Mischung — fett. Treibstoff — noch rund fünfundzwanzig Gallonen und korrekter Fluß.

»Schnallen Sie sich fest an«, sagte ich. »Wenn's gemacht werden kann, und wenn Ihr Freund nicht vergißt, die Kerze für uns ins Fenster zu stellen, möchte ich mit der Kiste so schnell wie möglich runterplumpsen.«

Fünf Minuten der Etappe abgelaufen. Unter den Bäumen voraus tauchte eine weiße Fläche auf. Dann waren wir an den letzten Bäumen vorbei und flogen einen langen, schmalen See entlang — oder so sah es jedenfalls aus. Wasser sah ich keins. Nur einen dichten Nebelschaum und vor uns zwei Klumpen spindeldürrer Kiefern, die von im Nebel verborgenen Inseln klar und schwarz aufragten. Ich wischte um sie herum, die Schwimmer streiften gerade noch die obere Nebelschicht.

Bei einer der Kehren sagte ich: »Schauen Sie mal nach unten. So sehen die Bedingungen aus.«

Ich spürte, wie er sich bewegte, um hinunterzusehen, er sagte aber nichts.

Der See war etwa sieben Meilen oder vier Minuten lang. Das bedeutete, daß ich genau gegen ein Uhr über der Verengung, wo er in unseren Zielsee überging, hereinkommen würde. Das stimmte wenigstens, bedeutete aber nichts, wenn ich nicht landen konnte. Und darüber wollte ich mir jetzt nicht klarwerden.

Ich flog zum Ufer hinüber, um zu sehen, ob ich den alten Trick anwenden könnte, parallel dazu zu landen, während ich mich, seitwärts blickend, am Ufer als Horizont orientierte. Auf flachem, ruhigem Wasser, das einem keinen Anhaltspunkt der Flughöhe gibt, funktioniert das tadellos. Aber im Nebel nicht. Ich senkte die Schwimmer vorsichtig in den Nebel, dann allmählich noch niedriger, bis der Nebel in Fetzen durch den Propeller und schließlich über die Nase gegen die Windschutzscheibe schlug. Das Ufer verschwand. Ich war plötzlich im Nichts.

Ich zog mich schleunigst wieder hoch, mein Nacken war kalt und naß wie eine Hundeschnauze.

Links bog der See leicht ab, und ich bog mit. Noch drei Minuten. Zeit für ein paar Berechnungen.

Meine Augenebene lag etwa elf Fuß über dem niedrigsten Punkt der Beaver, wo die halb zurückgezogenen Haupträder unter den Schwimmern herausragten. Wenn ich also auf Augenhöhe im Nebel hinunterging, waren die Schwimmer elf Fuß darunter. Ein oder zwei Fuß mehr oder weniger, um den Effekt des den Nebel aufwirbelnden Propellers auszugleichen.

Das bedeutete gar nichts. Ich wußte nicht, wie tief die Nebeldecke war. Sie hätte elf Fuß oder fünfzehn oder zwanzig sein können.

Judd fragte: »Wie sieht's aus?«

»Unmöglich.«

»Ich dachte, Sie seien prima in solchen Dingen?«

»Man muß ein guter Pilot sein, um das Unmögliche zu erkennen. Wie, glauben Sie, bringen sich schlechte Piloten um?«

Kein Kommentar.

Nach einer Weile sagte ich: »Es hängt alles von den Lichtern ab. Wenn sie uns überhaupt helfen, könnten wir's schaffen.« Klang nicht sonderlich überzeugend, nicht einmal in meinen Ohren. Und ich wollte mich ja überzeugen. Wahrscheinlich dachte er, ich hätte es schaffen können, wenn ich noch die Krawatte des Foreign Office trüge.

Wir flogen über den Verbindungskanal zwischen den Seen — nur eine Lücke in den Bäumen, dreißig Meter breit und etwas länger, auf dem Boden nebelbedeckt. Der zweite See öffnete sich voraus. Kein Horizont. Der Nebel reichte so weit ich sehen konnte. Finstere, dünne Kiefern auf kleinen Inseln ragten geballt empor und verblaßten über dem See wie faulende Maste und Segel toter, halbgesunkener Schiffe. Es war so ruhig und lautlos da draußen wie eine Eishöhle. Die Beaver muß sich sehr laut angehört haben und aufgefallen sein.

Ich schwenkte nach links, um mich am Nordufer zu halten, zog dann die Nase hoch und drosselte den Motor, um das Geräusch zu vermeiden. Ich spürte, wie Judd sich hinter mir hinüberreckte, um hinauszublicken.

Die Zeit war ein paar Sekunden nach eins. Ich stoppte die Uhr und stellte sie wieder auf Null ein. Das Nordufer war lediglich ein Wald wurzelloser Kiefern, die aus dem Nebel ragten. Ich zog die Nase hoch, machte eine Kehre und flog das Nordufer entlang zurück. Die Geschwindigkeit war auf fünfundsiebzig Knoten herunter, aber ich machte bedeutend weniger Geräusch.

»All right«, sagte ich. »Wo ist Ihr Freund? Sind Sie sicher, daß Sie sich das Datum oder die Zeit nicht falsch notiert haben?«

Ein grünes Licht blinkte triefäugig aus dem Nebel zwischen den Bäumen. Judd fuhr auf seinem Platz hoch.

Ich sagte: »Gut, ich hab's.« Ich drückte die Nase hinunter und knipste die Navigationslichter schnell an und aus, schwang dann in einer großen S-Kehre über den See aus und zurück auf das, was ich für den Landeauslauf halten mußte.

Keine der Inseln lag näher als eine Viertelmeile vom Ufer, das an diesem Punkt eine sehr kleine Landzunge war, eine sanfte Ausbuchtung in den See. Wenn jemand Leuchtschiffe von da aus ins Wasser ließe, würden diese wahrscheinlich eine an der Ausbuchtung gerade vorbeistreifende Landebahn markieren. Gut, warum nicht.

Ein Lichtblitz blinkte durch die Luft und verwandelte sich dann in ein stetes nebliges Glühen auf der Westseite der Ausbuchtung.

»Was ist das?« fragte ich.

Judd machte eine Pause, um zu überlegen, ob er irgendwelche wichtigen Staatsgeheimnisse ausplauderte. »Neuer Typ schwimmender Leuchtzeichen. Bleibt immer oben.«

Wieder einer blinkte scharf und hell und wurde dann zum trüben Glühen auf dem Wasser unter dem Nebel. Ich wendete, fuhr die Landeklappen halb aus und ging auf umgekehrten Landekurs herunter, um die Lichter auszuprobieren. Ich zielte auf das nächste Licht, zwischendurch auch das entferntere im Auge behaltend. Das nächste Licht wurde allmählich größer, aber nicht schärfer. Das entferntere wurde abschätzbar schwächer, während ich noch fünfzig Fuß über dem Nebel war. Auf dreißig Fuß verschwand es vollkommen. Ich flog eine Runde, streifte die Spitze und drehte ab. Das verlorene Licht glühte plötzlich unter mir.

»Haben Sie das alles gesehen?« fragte ich.

»Habe ich.«

»Verstehen Sie genug vom Fliegen, um zu wissen, warum es zwei Lichter sein sollten? Damit man etwas hat, was einem eine Perspektive auf dem Boden gibt — wozu ein Licht nicht genügt?«

»Ich kenne das«, sagte er, und seine Stimme klang schwer und alt. »Ich weiß, was Sie meinen.« Es klang nicht nach einem Mann mit einem Revolver.

Ich wendete auf sechzig Fuß, drehte die Cockpitbeleuchtung

zu einem Lichtschimmer herunter und neigte mich dem nächsten Licht zu, ganz kurz davor zielend. Die Schwimmer tauchten in den Nebel, sanken, dann zog ich scharf zurück. Das Licht flammte unter der Nase auf, und zum erstenmal sah ich Wasser: einen schimmernden, flachen Glanz ein paar Fuß um das Licht herum. Ich stieg hoch und davon.

Judd fragte: »Was würde passieren, wenn — wenn Sie's nicht hinkriegen?«

»Wir würden vielleicht auf den Rücken kippen. Oder wir könnten mit einem Schwimmer festhaken und ihn losreißen. Der eine sitzt sowieso nicht ganz gerade. Auf jeden Fall säßen drei Mann fest statt einem.«

Dann sagte ich: »Ich habe eine Idee. Ich hab' das scheußliche Gefühl, es ist das erstemal, daß einer sie hat, es kann also eine sehr schlechte sein. Aber ich glaube, ich kann auf einem Licht landen, wenn wir's schaffen, daß es mehr Wasser beleuchtet.«

»Gibt's eine Möglichkeit, das zu machen?«

»Das ist ja gerade meine Idee. Ich möchte etwas zwischen die Lichter ins Wasser werfen. Das müßte eigentlich ein paar Kräuselwellen hervorrufen, die das Licht etwas weiter einfangen als jetzt. Es ist zu verdammt still.«

»Also was?«

»Schnallen Sie sich los. Im Gepäckraum hinten im Schott liegen ein paar Lebensmitteldosen — Reservevorrat. Öffnen Sie die Falluke und warten Sie, bis ich rufe. Werfen Sie drei oder vier hintereinander runter.« Ich merkte, wie er nach hinten ging.

Ich kurvte langsam herum, um uns rückwärts an die Landelinie heranzuführen. Der Nebel und die schwarzen, zerfetzten Bäume, die über dem See drüben verblaßten, sahen immer noch so tot wie die Rückseite des Mondes aus. Die Zeit war vier Minuten nach eins.

Ich hörte den Luftzug, als die Luke aufging. Judd rief: »Fertig!«

»Okay. In etwa fünfzehn Sekunden.« Ich zog den Knüppel zurück, nahm Gas weg und tauchte auf eine Linie mit den Lichtern hinunter, hielt die Linie, nachdem das ferne Licht verschwunden war. Ich flog flach über dem Nebel aus.

»Fertig«, rief ich. Das erste Licht blitzte auf und verschwand unter der Nase.

Ich zählte *und eins* und rief: »Jetzt.«

Das zweite Licht glühte plötzlich voraus auf, schwoll an und glitt unter uns vorbei. Ich gab heftig Gas, ohne mich um den Krach zu kümmern. Jetzt gab's kein Zurück. Wenn wir's schaffen sollten, mußte es sein, bevor die Kräuselwellen sich legten.

Ich stieg in einer Kehre hoch.

Konnte ich das zweite Licht noch benutzen? Auf, sagen wir drei oder vier Fuß über dem Glühen des ersten Lichts runtergehen, dann auf dieser Höhe durch den Nebel ziehen und die Maschine nach den Kräuselwellen des zweiten Lichts aufsetzen? Konnte ich das?

Nein. Mit zweierlei Gedanken im Kopf konnte ich's nicht riskieren. Es mußte eine Idee sein, und nur eine. Vergiß also das zweite Licht.

Judd kletterte schwerfällig auf seinen Platz zurück.

»Ich habe die Luke nicht geschlossen...«

»Egal.«

Ich kam aus der Kehre bei fünfzig Fuß über dem Nebel heraus, etwa zweihundert Meter hinter dem ersten Licht. Ich nahm Gas und Knüppel zurück und fuhr die Landeklappe voll aus.

Die Beaver verlangsamte die Geschwindigkeit, schwankte und pendelte sich zitternd, die Nase leicht abwärts gerichtet, in die neue Lage ein.

Ich schob sie sanft in kleine Wendungen, richtete mich in Linie mit den Lichtern aus, solange ich noch beide sehen konnte. Die Geschwindigkeit nahm so weit ab, daß der Fahrtmesser sie nicht mehr anzeigte. Bei fünfzig Knoten ließ ich die Nase sinken. Das ferne Licht wurde schwächer und verschwand.

Ich behielt das eine Licht im Auge. Ich zielte noch kürzer als bei den vorherigen Anflügen.

Wir waren etwa dreißig Fuß über dem Nebel und hundert Meter vom Licht entfernt. Es begann schwächer zu werden — ganz leicht. Geschwindigkeit auf siebenundvierzig Knoten herunter. Die Maschine war schwer bei dieser Geschwindigkeit und träge in den Querrudern.

Zwanzig Fuß hoch, und das Licht nahm ab. Ich mußte die Maschine hochhalten; ein Teil von mir wollte hochziehen, damit ich das Licht besser sehen könnte. Aber ich mußte kurz zielen, mußte ausrunden und dann den Lichtkreis selbst berühren. Dahinter war nichts. Nichts.

Zehn Fuß über dem Nebel war das Licht lediglich ein gerade noch wahrnehmbares Glühen. Ich war rund sechzig Meter davor. An der richtigen Stelle. Meine Hand streckte sich aus und zog das Gas zurück. Ich hob die Nase unmerklich.

Plötzlich schien das Innere der Kabine so ruhig und still wie der Nebel und die schwarzen Bäume oberhalb des Nebels. Das Licht war das einzige Lebende in der Welt, und es war nur ein verglühender Funke. Die Geschwindigkeitsanzeige auf dem Zifferblatt nahm weiter ab. Die Schwimmer tauchten in die Oberfläche des Nebels. Er schäumte, hob sich und strömte davon, bewegte sich plötzlich, doch träge, etwas Totes in einer Flutwelle. Der Nebel stieg und fetzte durch den Propeller.

Das Licht verschwand.

Ich war allein. Ich fiel. Es war nichts. Und ich war mitten drin. Teil davon. Ich wollte hochziehen, kneifen, Gas geben, um etwas anderes zu hören als bloß mich, der versuchte, aus dem Nichts zu entfliehen. Ich wollte nicht in der Stille sterben.

Dann war auf einmal Licht. Ein Glühen aus dem Nichts, zu diffus, um es als hoch oder tief liegend auszumachen, aber schnell wachsend, sich nach außen breitend und im Mittelpunkt gleichzeitig schärfer werdend, hoch, zu hoch. Ich riß das Ruder zurück, und es bebte unter meinen Händen, ich war hart daran, zu überziehen. Das Licht leuchtete auf, nahe und blendend im Nebel, und dahinter waren kleine, blinkende Kräuselwellen.

Plötzlich schnappte die flache Welt unter mir ein. Ich wußte, wo ich war.

Vier Fuß hoch — zu hoch. Ich stieß das Ruder vor und riß es zurück, und die Beaver fiel zwei Fuß tiefer, und das Ruder bebte wieder, und ich zog zurück, und plötzlich hörte sie auf zu schweben und sank klatschend ins Wasser.

Nebel fegte über mich. Nichts, aber ein anderes Nichts, weil ich wieder auf der Erde war. Das zweite Licht glühte, wurde heller und trieb achteraus, ein paar Meter nach Backbord. Ich ließ die Beaver auslaufen.

Sanft schaukelten wir in dem von uns aufgewühlten Wasser. Der Motor gab frühmorgendliche Hustenlaute von sich; Langsamlaufen vertrug er schlecht. Im Augenblick jedoch gefiel mir die Ruhe.

Judd hinter mir holte lange und tief Atem.

»Ja«, sagte er. »Ja.«

Ich sagte: »Willkommen in Rußland.«

»O ja«, sagte er noch mal. Dann, etwas fröhlicher: »Das war ein scheußlicher Moment da hinten.«

»Sie bekamen ihn aus zweiter Hand, Freund. Ich hatte ihn schon entschärft.«

»Wußten Sie, daß Sie das Licht so verfehlen würden?«

»Ja. Mußte ich — wenn ich's an der richtigen Stelle wiederfinden wollte.«

»Sie müssen so gut sein, wie London behauptet.«

»So, so, London sagte, ich sei gut?«

»Der Beste, den sie je gekannt hätten.«

»Bloß 'n bißchen charakterschwach, was?«

Er sagte nichts darauf.

Ich sagte: »Wenn man zu viele Trips wie diesen hier macht, möchte man wenigstens sicher sein, daß die Leute, die einen auf Fahrt schicken, auch wissen, was sie tun. Man wird unduldsam gegen die Fehler anderer Leute. Man kann das als Charakterschwäche bezeichnen — wenn man hinter einem Schreibtisch in London sitzt.«

Darauf erwiderte er auch nichts. Ich gab etwas Gas, peilte etwa dreihundertzehn Grad an und trudelte durch den Nebel in ungefährer Richtung des Ufers.

Die kleine Halbinsel tauchte plötzlich an der Steuerbord-Flügelspitze auf. Ich kurvte und kehrte wieder zurück, um der Uferlinie zu folgen. Aus dem Nebel voraus wuchs ein flacher grauer Strand. Ich drosselte das Gas. Der Backbordschwimmer stieß an einen Felsbrocken, aber nicht scharf genug, um mehr als noch eine Delle zu hinterlassen.

»Jetzt brauchen wir uns nur Sorgen zu machen, ob es eine Falle ist oder nicht«, sagte ich. Judd hockte neben der offenen Tür, den Revolver in der Hand.

»Wenn es mehr als eine Person ist, starten Sie, so schnell Sie können«, sagte er.

»Und Sie schießen.«

Der Felsbrocken hatte die Beaver seitwärts zum Strand herumschwingen lassen. Er sah menschenleer aus. Jetzt konnte ich die dünnen, dunklen Umrisse der Bäume dahinter sehen. Es war eine tote, farblose Welt gleich dem Grund eines Sees.

Der Motor mahlte mit einem lauten Raucherhusten. Ich fror und sehnte mich nach einem Revolver in der Hand.

Dann trat jemand auf den Strand heraus.

Judd beugte sich, scharf hinsehend, vor.

Die Gestalt am Strand rief: »Judd — alles in Ordnung.«

Judd sagte: »Gott sei Dank.« Er rappelte sich auf. »Können Sie sie auf den Strand setzen?«

»Ich möchte keine Spuren hinterlassen. Holen Sie das Tau und machen Sie sie fest.« Ich schaltete den Motor aus, und die Welt wurde sehr still.

Judd kletterte mit dem Tau auf den Schwimmer hinunter, wand es um die hintere Strebe des Schwimmers und trat dann ins Wasser. Es reichte ihm bis zu den Knien. Auf halbem Weg zum Ufer drehte er sich um und rief mich.

Ich sagte: »Komme!« Dann schnallte ich mich los und bahnte mir meinen Weg nach hinten in die Kabine.

25

Sie waren bei den Bäumen und banden das Tauende fest, als ich ans Ufer watete. Dann kamen sie den Strand herunter auf mich zu. Ich ließ sie weit ins Freie und auf fünfzehn Meter herankommen, dann nahm ich die Hände vom Rücken.

»Bleibt stehen, wo ihr seid, ihr Halunken. Ich habe eine 12kalibrige Schrotflinte auf euch angelegt.«

Sie blieben stehen.

Ich sagte: »Hände hoch und werft die Revolver weg!«

Judd sagte: »Na, Mr. Cary — das ist aber ganz unnötig.«

»Natürlich ist es unnötig. Ich mach' das bloß aus Spaß. Werfen Sie Ihren Revolver weg, Judd.«

»Er ist in meiner Tasche.«

»Dann ziehen Sie ihn raus. Ich hab' keine Angst. Sie haben den ganzen Abend mit diesem Schießprügel herumgefuchtelt. Versuchen Sie mal, ihn anzuwenden. Wollen mal sehen, ob Sie's wagen, mich niederzuknallen, wenn ›die Frage auftaucht‹. Nun, die Frage ist aufgetaucht. Los — bis jetzt war's 'ne langweilige Nacht.«

Judd bewegte langsam eine Hand, zog den Revolver sehr langsam aus der Tasche und warf ihn vor seine Füße.

»Großartig!« sagte ich, watete mit der Flinte im Anschlag vollends an Land, ganz wie auf den Fotos vom D-Day in der Normandie.

Sie standen anderthalb Meter auseinander. Ich winkte sie zurück, ohne mich dem neuen Freund vorzustellen, beugte mich dann hinunter, um Judds Revolver aufzulesen.

Judd sagte: »Was geschieht jetzt mit uns?«

»Sie laufen! Es sind nur fünfundvierzig Meilen bis zur Grenze.«

Der Revolver war ein Smith & Wesson, und jemand hatte das Vorderteil des Abzugsbügels abgeschnitten, um den Abzug besser in die Hand zu bekommen. Solche Sachen machten Professionelle mit Revolvern — gaben sich nicht mit dem Abfeilen von Nummern ab. Ich drückte die Trommel mit einer Hand heraus, und vor mir blitzten fünf Patronen. Voll geladen. Ich schnappte ihn wieder zu.

Judd sagte betont: »Sicher meinen Sie das nicht im Ernst.«

»Nein?« Ich hob den S & W, bis beide, der Revolver und die Flinte, auf seinen Bauch zielten. »Sie setzten die Regeln fest, Judd. Sie wollten mich erschießen, wenn ich Sie nicht flöge. Jetzt bitte ich Sie nur zu laufen. Wahrscheinlich werden Sie durchkommen.« Den Flintenkolben hatte ich gegen die Hüfte gestemmt. Ich brauchte jetzt bloß beide Abzüge zu betätigen, und er bekäme eine Ladung Schrot, eine massive 12kalibrige Kugel und eine 38er Spezial in den Leib. Danach bestünde er hauptsächlich aus Löchern.

Ich war verdammt nahe daran, es zu tun.

Dann sagte ich leise: »Sie hätten's nicht tun sollen, Judd — sich in das Leben anderer Leute einmischen und sie mit Revolvern bedrohen. Das macht nervös. Schließlich kommt's soweit, daß man selbst jemand erschießen will. Man schießt vielleicht auf jemand, ohne es wirklich zu wollen. Es gibt soviel Mord und Totschlag in der Welt, mit allen möglichen Waffen, ohne daß man's selbst wirklich gewollt hat.«

Er hielt sich sehr still. Ich beobachtete ihn sorgfältig, und langsam ließ meine Wut nach. »All right«, sagte ich. »All right — ich fliege Sie zurück. Aber versuchen Sie nie wieder, mich mit dem Revolver zu bedrohen, Judd.«

Ich hatte ihn zu lange im Auge behalten. Der andere warf sich plötzlich vor. Er wollte mich nicht angreifen, sondern nur den Abstand erweitern, damit ich, wenn ich auf ihn schießen wollte, Judd den Rücken kehren müßte.

Ich fuhr herum, zog beide Bügel der Schrotflinte ab, ließ sie dann fallen und sprang zurück, hob den Revolver. Der andere war plötzlich nur noch eine Sandwolke.

Judd setzte sich in Bewegung.

Der Mann rief: »Schießen Sie nicht — nicht schießen!«, und der Sand verzog sich, und er kniete, die Arme seitwärts ausgestreckt.

Ich richtete den Revolver auf Judd, und er blieb stehen. Dann zielte ich wieder auf den anderen. Er hatte den Kopf gesenkt und schüttelte ihn zornig. Direkt vor ihm war eine lange, schmale, in den Strandsand gerissene Furche. Und da merkte ich, daß er durch den Flintenschuß die Augen voll Sand bekommen hatte.

Ich richtete mich auf, ging hinüber und stieß ihn mit dem Fuß nach hinten, auf den Rücken. Er lag mit geschlossenen Augen und verzerrtem Gesicht da, versuchte, sich den Sand aus den Augen zu wischen.

Er war ein kleiner, grauhaariger Mann in einer dunklen Holzfällerjacke, groben Hosen und Holzfällerstiefeln.

Er sagte: »Ich hätte mir denken können, daß das bei Ihnen zwecklos ist, Bill.«

Es war der Mann, den ich als Hartmann gekannt hatte.

Es war offensichtlich und logisch, wenn man sich's richtig überlegte. Wenn ich der Verräter bei der Operation ›Gegengewicht‹ war, dann mußte er der Unschuldige sein. Als er später wieder auftauchte — wahrscheinlich mit einer kühnen Geschichte, er sei der deutschen Abwehr entwischt und die ganze Strecke nach Hause gelaufen, sich nur von Rüben ernährend —, hatten sie ihn sicher wieder willkommen geheißen. Mir hatten sie natürlich nichts davon erzählt; aber inzwischen hätten sie mir nicht einmal die Zeit auf meiner eigenen Uhr gesagt.

Die einzige Überraschung war, daß er zu ihnen zurückgekehrt war. Aber sicher war das erst geschehen, nachdem ihm zu Ohren gekommen war, daß sie mich ausgebootet hatten. Er würde immer Möglichkeiten haben, sich zu informieren.

Und wenn man das alles mal als gegeben annahm, war es ganz natürlich, ihn bei demselben Job für dieselben Leute im selben Teil der Welt wie vor achtzehn Jahren anzutreffen.

»Haben Sie was dagegen, wenn ich mir die Augen reibe?« fragte er ruhig.

»Nichts wie los. Außerdem scheinen Sie einen Revolver verloren zu haben.« Ein Revolver lag neben seinen Füßen. »Sollte es Ihnen einfallen, danach zu greifen, wäre ich nur zu glücklich. Es würde Sie nämlich das Leben kosten.«

Er blieb liegen und rieb sich die Augen mit dem Handrücken. »Danke, nein«, sagte er. »Ich habe Ihre Reaktionsgeschwindigkeit schon kennengelernt. Der Revolver gehört Ihnen.«

»Danke.« Ich hob ihn auf und warf ihn in den See.

Dann ging ich zur Flinte zurück, hob sie auf und nahm die leeren Patronenhülsen heraus.

»TO WHOM IT MAY CONCERN«, sagte ich, Judd anblikkend. »Diese Schrotflinte ist ungeladen. Riskieren Sie also nicht Ihr Leben, indem Sie danach greifen.« Ich ließ die Flinte wieder zuschnappen. »Wußten Sie übrigens, wen wir hier abholen sollten?«

Judd antwortete: »Ja, aber ich hielt es nicht für angebracht, es Ihnen zu sagen. Ich fürchtete, Sie würden versuchen, ihn zu töten.«

»Das möchte ich immer noch, mein Freund. Zuerst aber möchte ich hören, was er in den letzten Tagen getan hat.«

»Ach, gehen Sie, Mr. Cary! Er gehört zur Firma, wie Sie wissen. Er wird nicht den Mund aufmachen, bloß weil Sie ihn fragen. Wir würden noch die ganze Nacht hier sein.«

Hartmann hatte sich jetzt auf die Knie gesetzt, rieb sich immer noch die Augen und starrte uns prüfend an. Er hatte ein straffes, viereckiges Gesicht, in das einige Linien mehr eingegraben waren als vor achtzehn Jahren. Aber die Stimme war dieselbe: Er dehnte die Vokale immer noch und bewegte die Lippen zu sehr, um als Brite gelten zu können — aber er konnte als Bürger eines der Dutzend gegenwärtiger oder vergangener Länder östlich der Elbe gelten. Ich hatte keine Ahnung, welcher Nationalität er der Geburt nach war.

»All right«, sagte ich grimmig. »Ich werde ihm *sagen,* was er gemacht hat. Und wenn's ihm nicht paßt, kann er ja immer noch seine Todespille schlucken.«

Hartmann lächelte kurz und rappelte sich auf die Füße.

Ich fragte Judd: »Wie kam er hierher?«

Judd hob leicht die Schultern. »Zu Fuß natürlich. Am sichersten.«

»Glauben Sie das wirklich? Sie kennen den Jungen nicht. Der zieht Fliegen vor. Aber er hat eine nette, kleine Methode, dem Piloten für immer den Mund zu schließen: Er bringt ihn einfach um. Bisher hat er's mindestens bei zweien fertiggebracht. Dem Luftwaffenmann — und Oskar Adler.«

Judd erwiderte: »Unsinn, Mr. Cary. Wer immer Adler tötete, gehört offensichtlich zu denselben Leuten, die an meiner Auster herumdokterten. Und das konnte nicht Mr. — äh — Hartmann gewesen sein. Er verließ sich darauf, daß ich ihn hier herausholte.«

Ich sagte: »Sie verstehen nicht genug von Flugzeugsabotagen, Judd. *Ich* bin Fachmann — und er auch. Wir lernten es beide auf derselben Sabotageschule für Sonderoperationen und zur gleichen Zeit. Um zu wissen, wie man Oskars Landeklappen zurechtdoktert, muß man Fachmann sein. Wer das konnte, würde nicht so kindisch sein, Ihren Öltank mit Benzin aufzufüllen. Schauen Sie sich die Sache zur Abwechslung mal unter diesem Gesichtspunkt an. Und vergessen Sie nicht, ich weiß, daß Hartmann weiß, wie man diese Dinge macht. Und ich kenne Adler: Ich weiß, daß er den Job übernommen hätte, wenn man ihn gefragt hätte. Er hatte in diesem Sommer nicht viel verdient und kann seit Frühjahr keine Sovereign-Transporte für Veikko übernommen haben. Ich wußte auch, daß er Angst hatte: hatte sich angewöhnt, einen Revolver bei sich zu tragen, von dem er nicht viel verstand. Er muß erfahren haben, daß Ihre Firma und König im Anmarsch waren. Er versuchte, sich mit Königs Leuten anzufreunden. Er versuchte sicher auch, sich mit Ihrem Jungen gut zu stellen.«

Meine Stimme wurde heiser von dem Nebel, den ich einatmete. Sie klang immer noch laut und hohl wie die eines Predigers in einer leeren Kirche. Aber es mußte heraus.

»Und trotzdem hatte er noch Angst«, fuhr ich fort. »Als Mikko ihn um einen Job bat, nahm er ihn als Schutz mit — oder vielleicht als Zeugen, falls etwas schiefginge. Mikko erzählte ihm, daß ich ein Benzindepot auf meinem See hätte. Adler nahm sich was davon, auf ihrem Flug hierher. Und Hartmann muß Ihnen von dem See erzählt haben, muß eine Botschaft und eine Karte in Rovaniemi zurückgelassen haben. Niemand sonst kann Ihnen das gesagt haben, Judd. Und nur Mikko kann's ihm gesagt haben, durch Adler.«

Judd unterbrach: »Augenblick — still!«

Ich schwang den Revolver zu ihm herum — aber dann hörte ich's auch. Ein fernes, schnelles *Wat-Wat-Wat* über dem See draußen hinter mir. Zuerst klang es wie ein großer, kraftloser Zweitakt-Außenbordmotor. Dann merkte ich, was es war, ich hätte schon vorher daran denken sollen. Ein Hubschrauber.

Das perfekte Erkundungsflugzeug bei diesem Wetter. Vielleicht so schnell wie die Beaver, aber ohne seine Landeprobleme. Wenn sie etwas sahen, brauchten sie bloß auf der Stelle zu schweben, eine Strickleiter in den Nebel hinunterzulassen und einen Spähtrupp auszusenden, um uns ausfindig zu machen.

Er schien sich schnell hinter mir vorbeizubewegen. Ich drehte mich nicht um, nicht mit diesen beiden Burschen vor mir. Ich sagte: »Können Sie ihn sehen?«

Judd spähte über meinen Kopf weg. »Ich glaube — ja. Ich glaube, es ist ein *Hound.*«

»Ein was?«

»MI-4. NATO-Kodename ›*Hound.*«

»Wie viele faßt er?« Ich war nicht mehr ganz so bewandert mit russischen Flugzeugen.

»Sechzehn oder zwanzig — rund.«

Hartmann sagte: »Er fliegt vorbei.«

In Richtung auf eine Seengruppe im Nordosten: Wir waren zum letztenmal mit Kurs in dieser Richtung gesehen worden, und jetzt waren wir hier, in direkter Linie von Kandalakscha zu ihnen. Wenn sie uns aber dort nicht fanden . . .

Ich sagte: »Der kommt wieder.«

Judd sagte: »Na, dann brechen wir lieber auf.«

»Sie und ich, ja«, erwiderte ich. »Er bleibt.«

»Darüber können wir uns später streiten«, meinte Judd ungeduldig. »Kehren wir erst nach Finnland zurück.«

»Tut mir leid. Die Pilotengewerkschaft hat ihn soeben als Mitglied gestrichen. Er hat zu viele umgebracht.«

Er seufzte. »Ihr persönliches Gerechtigkeitsgefühl zeigt sich wieder, Mr. Cary.«

»Überlegen Sie sich mal die Zeiteinteilung, Judd. Sie sind ja auch in diesem Land eine ganz schöne Strecke marschiert. Sie wissen also, wie lange man braucht. Wir sind zwei gute Tage Fußmarsch im Innern des Landes, Judd, und er brauchte noch einen Tag, um von der nächstgelegenen Straße zur Grenze auf der finnischen Seite zu laufen. Wenn er also seit einem Tag hier ist — und ich glaube, er ist schon zwei Tage hier —, dann muß er vor vier Tagen aufgebrochen sein. *Ist er das?«*

Plötzlich blitzte ein rotes Licht im Wald auf, raste auf mich zu, prallte von einem Fels am Ufer ab und fuhr heulend nach oben. Dahinter knallte eine Büchse.

Inzwischen lag ich flach auf dem Strand und versuchte, sehr viel kleiner auszusehen, als ich mich fühlte, und fummelte in meinen Taschen nach Schrotflintenpatronen herum.

Judd war langsamer; schließlich sank er, schwer atmend, in einen großen Sandhaufen. Hartmann hatte sich niedergeduckt, war aber nicht weitergegangen.

Judd sagte: »Runter, Mann!«

Hartmann antwortete: »Ich glaube, es ist nicht schlimm —«

Judd sagte: »Hinlegen!«

Hartmann stand langsam auf, die Bäume im Auge behaltend.

Ich klappte die Schrotflinte zu, richtete mich auf die Knie auf und schwang sie gegen seinen Kopf. Er knickte seitwärts zusammen und blieb liegen.

Ich riß die Flinte an die Schulter, zielte auf ein Waldstück und sagte: »Steigen Sie hinter mir ins Flugzeug. Ich decke Sie.«

»Und was ist mit ihm?«

»Zum Teufel mit ihm!«

»Wir sind hergekommen, um ihn zu holen. Wir können doch nicht . . .«

»Ich kann. Gehen Sie in die Maschine.«

Statt dessen kroch er mir in die Feuerlinie, um Hartmann zu holen. Auf diesem Strand war Kriechen nutzlos, wenn man sich gegen den Hintergrund des Nebels auf dem See abhob. Es machte einen nur zum langsamen Ziel statt eines schnellen.

Ich fluchte auf Judd und rollte mich nach links, um den Wald ins Visier zu bekommen. Die Büchse blitzte wieder auf, und Sand spritzte neben meinem linken Ellbogen empor. Diesmal war es keine Leuchtspurmunition.

Ich merkte mir das Aufblitzen des Schusses, schoß aber nicht zurück, denn ich hatte das merkwürdige Gefühl, daß der Mann es nicht wirklich versuchte — noch nicht.

Judd hatte Hartmann im Nacken gepackt und schleppte ihn zum Wasser. Sie gaben ein Ziel, das nicht mal ein Blinder hätte verfehlen können.

Die Büchse blitzte auf.

Als ich den Kopf wieder hochstreckte, hatte ich bloß eine Ladung Sand im Haar.

Ich sagte: »Augenblick, Judd. Der Bursche versucht's nicht ernstlich. Ich glaube, er will uns bloß festnageln, bis jemand anders kommt.«

Judd brummte: »Wie kommen Sie darauf?«

Drei Fehlschüsse brachten mich darauf. Und ein Mann, der zwei Schüsse einige Zoll neben meinen Ellbogen placieren konnte, wäre auch im Stande gewesen, mich mit dem ersten Schuß umzulegen. Statt dessen feuerte er eine Leuchtspurpatrone ab, die ich unbedingt sehen mußte — wie einen Schuß vor den Bug. Aber Judd hätte wahrscheinlich eine interessante Diskussion daraus gemacht.

Ich antwortete: »Hat nichts zu sagen. Ich werde auf jeden Fall versuchen, ihn umzulegen, bevor jemand anders auf der Bildfläche erscheint.«

»Ist das eine gute Idee?«

Ich hätte ihn umbringen können.

Statt dessen zog ich den Revolver aus der Tasche, gab zwei sorgfältig gezielte Schüsse auf die Stelle des Waldes ab, wo ich den Schützen vermutete, und dann rannte ich.

Ich lief diagonal nach links, hinauf und quer über den Strand, um zu den Bäumen außerhalb der Schußlinie der Büchse zu gelangen. Ich wollte von dem Nebelhintergrund wegkommen.

Ich rannte knirschend zwischen zwei Bäumen vom Sand herunter, über Gras, Moos und zwischen kleinen Büschen hindurch, und erreichte einen Felsen meiner Größe. Ich war jetzt ungefähr zehn Meter vom Strand weg. Ich lehnte mich an ihn, versuchte, wieder ruhig zu atmen und zu horchen.

Der Wald kroch langsam auf mich zu.

Es war nicht einer dieser hohen, domartigen dunklen Wälder; kein Wald im Norden ist so. Die Bäume waren klein, dünn und karg; sie hielten vom trüben, nebligen Licht der tiefhängenden Wolken nicht viel ab. Der Nebel selbst hatte am Rande des Waldes so ziemlich aufgehört; was übrigblieb, war eine leichte Verschwommenheit, ein unheimliches Licht, das an den Meeresboden gemahnte und keine Quelle hatte, keinen Schatten hinterließ und nicht in der Dunkelheit verblaßte, sondern in Unsicherheit.

Was mir viel mehr Sorge bereitete, mehr als das Licht, war der Boden selbst: Niemand hatte diesen Wald je betreten. Es war ein Jahrtausende alter Boden von vermoderten Ästen, Farnen und Büschen und großen Moosschwämmen. Und Felsen.

Felsen aller Größen, halb in den Boden gesunken und mit Moos und Flechten bedeckt. In diesem Licht konnte man einen Mann in dreißig Meter Entfernung aufstehen sehen, aber vielleicht stand er gar nicht auf; er konnte genausogut auf der anderen Seite des Felsens sitzen, an den man sich lehnte. Oder in einer tiefen, kleinen Furche, die Tausende von Jahren schmelzenden Schnees in den Boden gegraben hatten, ganau da, wo man hintreten wollte.

Ich glitt vorsichtig die Seite meines Felsens hinunter, bis ich flach auf dem Boden lag. Der Wald schien mir im Nacken zu atmen.

Dies ist eins der schlimmsten Kampfgelände der Welt: Fragen Sie jeden Finnen, Russen oder Deutschen, der versucht hat, hier zu kämpfen. Jetzt war ich an der Reihe.

Gegen ein bißchen echten Nebel hätte ich nichts einzuwenden gehabt: Er hätte ihn vielleicht von seinem Ziel abgebracht, und mit einer Büchse mußte er genau zielen können. Die Schrotflinte gab mir etwas mehr Spielraum.

Das brachte mich auf einen Gedanken. Ich knickte die Schrotflinte vorsichtig, warf die massiven runden Patronen heraus und schob eine Portion Schrotpatronen hinein. Dann kroch ich aus dem Schutz des Felsens und begann, mich tiefer in den Wald vorzuarbeiten. Wenn sich jemand gegen diesen Seenebel abheben sollte, dann er, nicht ich.

Ich kam etwa fünf Meter in fünf Minuten vorwärts, und jedesmal, wenn ich einen Ellbogen oder ein Knie aufsetzte, klang es wie splitterndes Fensterglas. In meinen Ohren jedenfalls. In diesem Wald konnte man viel mehr hören als sehen. Der Schütze hatte nicht wieder geschossen. Ich schätzte, daß er rund fünfundzwanzig Meter rechts von mir gewesen war und sich inzwischen auf gleicher Höhe mit mir befand. Wahrscheinlich jedoch war er gar nicht mehr da. Er hatte sich sicherlich auch bewegt. Kaum anzunehmen, daß er einfach sitzen blieb und sich umgehen ließ. Und er würde sich in diesem Wald viel besser auskennen als ich. Er würde sich also doppelt so schnell bewegen — und lautlos . . .

Ich legte mich schwitzend flach auf den Boden und versuchte, nach fünfzehn Richtungen gleichzeitig Ausschau zu halten. Ich hatte es mit einem siebenfingrigen Troll zu tun, lautlos wie Schneeflocken und mit drei Augen, die im Dunkeln sehen konnten. Eigentlich konnte ich nichts anderes als aufstehen und laufen, laufen . . .

Ich nahm mich zusammen, zog mich Hand über Hand vom Abgrund der Panik zurück und zwang mich, wieder ruhig zu atmen. Der Anfall war vorüber, aber ich hatte meinen Glauben verloren, den Schützen ausfindig machen zu können. Nachdem ich in den Wald eingedrungen war, hatte er sich sicherlich bewegt — entweder tiefer hinein, um mich von vorn zu erwischen, oder quer, um sich von hinten anzuschleichen. In beiden Fällen mußte ich meine Anmarschlinie ändern. Er nahm wahrscheinlich an, daß ich weiterging oder mich nach rechts wendete. Also mußte ich zurück oder nach links.

Ich ging nach links; zurückgehen bedeutete, auf den See zugehen. Ich legte ein paar ungefährliche Meter über weiches Moos zurück und stieß dann auf einen hüfthohen Felsbrocken. Um ihn zu umgehen, hätte ich mich geräuschvoll durch einen Busch oder das Skelett eines abgestorbenen Baums arbeiten müssen. Also drüber weg.

Ich wandte den Kopf und beobachtete sorgfältig den Wald hinter mir. Von meinem Standort konnte ich nicht viel sehen, aber nichts, was ich sah, bewegte sich. Ich langte nach oben und legte die Schrotflinte auf den Felsen, dann kletterte ich selbst hinauf.

Eine Kugel prallte neben meinem Knie heulend vom Felsen ab. Ich packte die Flinte und stürzte die andere Seite des Felsens wie ein Wasserfall hinunter, schlug rollend auf dem Boden auf. Diesmal hatte er es wirklich ernst gemeint.

Der Boden war leicht abschüssig, so daß ich nicht versuchte, meine rollende Bewegung aufzuhalten, benützte das Unterholz, wie ich es fand. Ich machte einen Krach wie eine Lawine, aber das würde er nicht hören, auch sonst nichts einige Sekunden, nachdem er sein Gewehr ein paar Zoll von seinem Ohr entfernt abgeschossen hatte.

Das Mündungsfeuer war fast direkt aus dem Wald vor mir gekommen, etwa fünfundzwanzig Meter entfernt.

Ich lief krachend gegen einen anderen abgestorbenen Baum, kroch schnell herum, wandte mich nach rechts — in Richtung des tiefen Waldes —, weil es dort mehr Deckung zu geben schien, und drückte mich eiligst in den Schutz eines anderen Felsens.

Ich war gute fünfzehn Meter vorwärtsgekommen und glaubte nicht, daß er mich entdeckt hatte; ich wußte, daß er nichts gehört haben konnte. Aber vorher hatte er mit mir ebenfalls mindestens vierzig Meter zurückgelegt, mich beobachtend und horchend, und ich hatte nicht das geringste gemerkt. Ich luchste um meinen Felsen herum und überlegte mir, von wo aus er auf mich gefeuert haben konnte. Ich nahm mir jeweils ein kleines Waldstück vor und durchmusterte es so sorgfältig, wie das Licht es gestattete. *Darin* hatte ich schließlich einige Erfahrung, vom Krieg her, als wir den Himmel in Planquadrate einteilten, um ihn nach Feindflugzeugen abzusuchen.

Irgendwo tiefer im Wald quietschte ein Vogel wie eine knarrende Türangel. Beinahe hätte ich ihn heruntergeschossen. Ich wurde wieder ruhig und suchte weiter.

Langsam schien der Wald auf mich zuzukriechen und mir im Nacken zu atmen. Ich konnte Dutzende von Dingen sehen, die er sein konnten, und ich könnte es doch nicht erklären — sitzend, kniend, an einem Baum lehnend. Aber nichts bewegte sich. Allmählich begriff ich die skandinavischen Legenden von Trollen und *Tontut* und *Taikuri.* Wenn man in diesen stillen, alten Wald kommt und sich umblickt, fängt man an, Dinge zu sehen, die einfach unerklärlich sind. Jemand mußte die Felsen in diese

Form gemeißelt haben, mußte diese Bäume so gekrümmt haben. Und man fühlt sich nie einsam. Überall ruhen Augen auf einem, die man nie genau sieht.

Inzwischen mußte er verschwunden sein. Er mußte, still wie ein Rauchwölkchen, weitere vierzig Meter kriechen, um mich von hinten anzufallen. Ich fühlte, wie der Büchsenlauf sich langsam hob und auf meinen Nacken zielte . . .

Dann bewegte er sich. Er war in derselben Entfernung von mir und nur ein paar Meter vom Mittelpunkt meines Suchkreises entfernt. Da der Boden anstieg, war er von mir aus hangaufwärts; alles, was ich sah, war eine undeutlich kleine Gestalt, die von einem Baumstamm zum nächsten glitt.

Aber plötzlich beobachteten die Augen mich nicht mehr. Ich war der Beobachter; ich war hinter den Augen.

Ich postierte mich an den Fuß des Baumes und wartete. Hangaufwärts zu feuern, war natürlich die ungünstigste Position für mich, aber gegen diesen Burschen mußte ich jede Chance wahrnehmen, die er mir ließ. Es konnte sein, daß ich ihn nie mehr zu Gesicht bekam.

Er nahm sich Zeit. Er mußte mich aus dem Auge verloren haben und bewegte sich jeweils nur einen oder anderthalb Meter vorwärts, blieb dann stehen, um zu sehen, ob seine neue Position ihm einen Blick auf mich gewährte.

Dann bewegte er sich wieder. Ich schoß beide Läufe ab, sprang wieder hinter den Felsen, um neu zu laden. Ich war zu sehr geblendet und taub, um etwas anderes zu tun. Als ich den Kopf wieder halb vorstreckte, war es auf der anderen Seite des Felsens. Nichts bewegte sich.

Ich war ein verdammter Idiot. Ich hätte mir eine neue Feuerposition ausdenken und sie so schnell wie möglich einnehmen sollen, während er sich noch unsicher fühlte. Aber jetzt suchte er mich wieder, und ich war immer noch da, wo er mich vermutete.

Das Gefühl, beobachtet zu werden, sickerte wieder in mein Bewußtsein.

Dann rief er: »Ich hatte gehofft, Sie hätten einige Ihrer massiven Patronen mit, Sir.«

Nach ewig langer Zeit, so schien es mir jedenfalls, erwiderte ich: »Was, zum Teufel, tun Sie hier, Homer?«

Dann fiel mir eine bessere Frage ein: »Sie *wußten* also, daß ich hier war?« Der Halunke hatte mich doch töten wollen.

Pause.

Dann rief er: »Tut mir leid, Sir. Sie haben mich ziemlich in Verlegenheit gebracht. Ich hatte nicht erwartet, daß Sie es sind, Sir. Aber ich habe Mr. Hartmann versprochen, ihm in seinem Einsatz Schutz zu geben — und da unten auf dem Strand schien es so, als ob Sie ihn bedrohten.«

»Bedrohten?!« brüllte ich. »Ich werde ihm das Lebenslicht ausblasen.« Unter den gegebenen Umständen nicht gerade eine intelligente Bemerkung.

Ich begriff natürlich Hartmann. Mit Homer hatte er sich den fähigsten Mann, den er mitbringen konnte, als Leibwache gesichert. Er mußte ihn an meinem See kennengelernt haben, als Oskar mein Benzin klaute.

Andererseits verstand ich nicht, wie Homer sich hatte einfangen lassen.

»All right«, sagte ich. »All right. Aber Hartmann ist ein schmieriger Gauner. Er tötete die beiden Leute, die Sie hierherbrachten — hat ihr Flugzeug sabotiert. Er hat den deutschen Piloten auf dem Grund des Sees umgebracht. Vergessen wir also das alles und hauen wir ab, ehe die Russen uns alle erwischen.«

Vom Strand unten rief Hartmann: »Schießen Sie ihn nieder, Homer. Er bringt mich um, sobald er eine Chance dazu kriegt.«

Ich wälzte mich herum und schoß beide Läufe auf den Strand ab. Ich hatte vergessen, daß sie jedes Wort, das wir hier oben sagten, hören konnten. Sie waren nicht weiter als fünfzig Meter entfernt.

Ich knickte die Flinte und warf die leeren Hülsen aus.

»Homer«, rief ich, »sind Sie bereit, zusammenzupacken und nach Hause zu gehen?«

Er antwortete: »Tut mir leid, Sir. Ich gab mein Wort.«

»Sie sind wahnsinnig!« schrie ich.

Eine Kugel fuhr ein paar Zoll neben dem Rand meines Felsens ins Unterholz.

Jetzt wußte ich's. Er *war* verrückt, total übergeschnappt. Vielleicht ist jeder Großwildjäger, der die Jagd als Hauptbetätigung seines Lebens betrachtet, nicht ganz richtig im Oberstübchen; vielleicht muß man's sein, um sein ganzes Leben damit zu verbringen, gefährlichen Tieren auf den Leib zu rücken, um zu beweisen, daß man sie töten kann, bevor sie einen selbst töten. Er hatte ja gesagt: *Der ganze Sport bei gefährlichem Wild besteht darin, nah heranzukommen.* Und er hatte mir praktisch den Rest der Geschichte auf dem Tablett serviert. Er hatte alle gefährlichsten Wildarten gejagt und bei jeder einzelnen sein Ziel erreicht. Dabei hatte er keine Rekordabschüsse angestrebt, hatte nur bewiesen, daß er der Gefahr gegenübertreten und seinen Gegner töten konnte. Jetzt hatte er seine Liste abgeschlossen: Nach dem europäischen Bären kam nichts mehr.

Außer dem gefährlichsten Wild, das es gab: ein anderer Mann mit einem Gewehr.

Deswegen war er mit Hartmann mitgegangen — wahrscheinlich hatte er darum gebeten, sich anschließen zu dürfen, als er merkte, was gespielt wurde. Und diese ganze Schrullenschießerei war einfach eine Einladung an mich gewesen, heraufzufliegen und das Duell im Wald auszufechten. Und ich war darauf hereingefallen.

Seine Schwester mußte das alles gewußt haben. Die Güter hätten noch ein paar Wochen oder Monate warten können, aber sie hatte ihn *jetzt* heimholen wollen. Vielleicht hatte sie dieselbe Liste wie er, hakte jedesmal ab, wenn er wieder etwas geschossen hatte, eins nach dem anderen, und genau wissend — so gut wie er, vielleicht sogar vor ihm —, was als letztes Wild auf der Liste stand.

Ich.

Natürlich bedauerte er, daß ich es sein mußte — aber er hatte sein Wort als Gentleman gegeben, und daran war nicht zu rütteln. Und jetzt konnten wir also einen guten, sauberen sportlichen Wettkampf austragen; er mit seiner großen Fertigkeit im Anpirschen und im Umgang mit dem Gewehr — und ich mit meiner militärischen Ausbildung und Fronterfahrung. Paßte großartig. Möge der Bessere gewinnen.

Unbändige Wut stieg in mir auf, ein kalter, harter Zorn. Der Wald hatte keine Augen mehr; das war Märchenromantik. Jetzt war er lediglich ein Kampfgelände, eine Masse guter oder schlechter Deckungsmöglichkeiten, guter und schlechter Schußlinien.

All right, Homer. Ein Mann mit einem Gewehr ist tatsächlich das gefährlichste Wild, auf das man treffen kann — und ich bin dieser Mann.

Kein fletschendes Gebiß zwanzig Meter entfernt, sondern eine Kugel, die Ihnen den Schädel zertrümmern kann, ehe Sie sich's versehen. Überlegen Sie sich das, Kamerad; lassen Sie's einsickern ins Bewußtsein. Vergessen Sie alles Spurenlesen und Unter-dem-Wind-Gehen und Sich-an-die-Regeln-Halten, Homer; Tiger und Bären halten sich an keine Regeln, sie tun lediglich ihr Bestes. Hatten Sie daran gedacht? Jetzt werden Sie endlich merken, was ein Mann tun kann. Jetzt stehen Sie dem richtigen Killer gegenüber. Überlegen Sie sich, ob Sie nicht eine Kugel in den Leib kriegen, Homer; wollen mal sehen, ob ich Ihnen den Gedanken beibringen kann.

Ich schnappte die Flinte zu, nachdem ich zwei massive Kugeln geladen hatte, kroch zur anderen Felsseite, gab einen Schuß auf die Stelle ab, wo ich ihn vermutete, lud neu, feuerte wieder. Lud und feuerte wieder.

Er hatte ja gern wissen wollen, wie es war, wenn man beschossen wurde. Jetzt erfuhr er's. Es ist schlimmer, als man erwartet.

Ich lud wieder und schoß. Wenn ich ihn aus der Deckung aufschrecken konnte, wollte ich einen zweiten Schuß in Reserve haben.

Nichts zu machen. Wenn er noch da war, bewegte er sich jedenfalls nicht und schoß nicht.

Schließlich lud ich noch mal, schoß beide Läufe ab, damit er wußte, daß meine Flinte leer war — und nahm dann den Revolver zur Hand. Das würde er nicht erwarten.

Aber auch das wirkte nicht.

Jetzt mußte ich mir was anderes ausdenken.

Ich wollte, daß er schoß, bevor ich eine Bewegung machte: Dann wüßte ich, wo er wäre, und er hätte sich für kurze Zeit taub gemacht. Inzwischen war ich selbst so taub, daß er lappländische Bärenjagdlieder da oben hätte singen können, ohne daß ich's hörte.

Ich lud beide Läufe mit Schrot; wenn er der Meinung sein sollte, er sei mit massiven Kugeln besser bedient, wäre ich gern bereit, ihm den Gefallen zu tun. Aber für wirkliche Arbeit in einer nebligen Nacht wollte ich die Streuwirkung des Schrots. Ich war an den sauberen, sportlichen Abschußmethoden, die der Ehrenkodex verlangte, nicht mehr interessiert. Jeder Treffer war mir recht.

Jetzt wollte ich nach links gehen. Wohin würde er sich bewegen? Das letztemal war er nach rechts gegangen. Da er jetzt wußte, daß ich es wußte, würde er die Richtung ändern. Oder es gab rechts eine so gute Deckung, daß er nicht widerstehen konnte? Und was vermutete er, was ich tun würde?

Man kann sich so direkt in Untätigkeit hineindenken. Am Ende ist es das einzig Richtige, seinem Instinkt zu folgen. Ich wollte nach links und dann voraus, um auf gleiche Ebene mit ihm oder über ihn zu gelangen. Sein Vorteil, auf höherem Gelände zu stehen, gab ihm zu viele Pluspunkte.

Aber zuerst wollte ich, daß er schoß. Ziemlich nah links von meinem Felsen war eine mehr als meterbreite Lücke zwischen zwei Farngruppen, und er hatte mich hinter ihr vorbeischleichen sehen. Schätzungsweise würde er vier Sekunden brauchen, um den Hahn zu spannen und noch mal gut zu zielen; in dieser Zeit wäre ich an der Lücke vorbei.

Ich stand auf, trat — absichtlich — auf einen toten Zweig und warf mich nach rechts flach auf den Boden. Er schoß nicht, aber das hatte ich zunächst auch nicht erwartet. Das nächstemal würde er abdrücken.

Ich sprang auf, nach links in die Deckung des Felsens zurück. Die Büchse blitzte auf und knallte irgendwo links voraus — er hatte sich wieder bewegt —, während ich mich hinwarf. Dann rutschte ich auf Händen und Knien über die Lücke weg und hinter die Farngruppe hinunter.

Er schoß wieder, in den Farn, und ich bewegte mich schnell weiter. Er konnte mich jetzt nicht hören. Aber leider hatte er mich getroffen.

Ich wußte noch nicht, wie schlimm. Mit dem letzten Schuß hatte er mich genau über der rechten Hüfte erwischt, und sie war immer noch betäubt. Der Schmerz würde sich später einstellen; dann konnte es sein, daß ich um Hilfe schrie oder in aller Stille verblutete. In der Zwischenzeit mußte ich weiter. Glücklicherweise hat eine .300 Magnum zuviel Druck, als daß sie viel Bremskraft hätte. Eine langsamere, schwerere Kugel hätte mich auf den Rücken geworfen.

Ich brach durch eine Deckung kleiner Büsche und Farne, ging ein paar Meter im Schutz eines anderen großen Felsbrockens bergauf, wandte mich dann wieder nach links und fiel in eine

Wasserfurche. Und das war ungefähr so weit, wie ich gehen wollte. Sie war etwa sechzig Zentimeter tief und etwas breiter als ich, und der Boden bestand aus nassem Sand. Sie verlief diagonal zum Seeufer, von irgendwo oben rechts nach irgendwo unten links. Wichtiger noch: Es war die beste Deckung gegen Einsicht und Beschuß, auf die ich seit dem letzten Felsen gestoßen war.

Ich legte mich auf die linke Seite und tastete meine rechten Rippen ab. Die Lederjacke war genau über der Hüfte aufgerissen und — Gott sei Dank — an zwei Stellen. Das hieß, daß ich die Kugel nicht mehr im Leib hatte — obgleich ich eigentlich auch nicht erwartet hatte, daß eine .300 Magnum steckenbleiben würde. Ich zog den Reißverschluß der Jacke auf und tastete mich sorgfältig oberhalb des Gürtels ab. Das Hemd war zerrissen, naß und klebrig. Vorsichtig befühlte ich mich — und plötzlich tat es richtig weh. Ich schob mir den linken Ärmel in den Mund und untersuchte weiter.

Ein plötzlicher Wasserguß kam die Furche herunter und spritzte mir ins Gesicht. Ich brachte es gerade noch fertig, nicht zu husten, und fuhr fort, kleine, zerrissene Hemdfetzen aus einer vier Zoll langen Wunde unterhalb meiner Rippen zu ziehen. Ich würde nicht daran sterben, aber rechte Haken würde ich in nächster Zeit auch keine schlagen können. Als ich versuchte, die rechte Schulter zu heben, fühlte es sich an, als führe man mir mit einem heißen Bügeleisen über die Rippen. Ich stopfte ein einigermaßen sauberes Taschentuch in die Wunde, konnte es aber nicht festbinden. Es blieb mir nur übrig, den Reißverschluß wieder hochzuziehen.

Nachdem ich mich nun so eingehend mit mir selbst beschäftigt hatte, hatte ich keine blasse Ahnung mehr, wo Homer steckte. Irgendwo oberhalb von mir mußte er sein.

Ein zweiter Wasserguß traf mich und sammelte sich zu einer Pfütze vor meinem Gesicht. Ich merkte, daß ich als eine Art Damm diente, und lehnte mich auf meinen linken Ellbogen. Das Wasser zog ab — das bißchen jedenfalls, das nicht in meine Hosen und Stiefel sickerte.

Ich fragte mich, wieso das Wasser eigentlich in Güssen herunterfloß; an sich hätte es ein stetes Rieseln sein müssen. Etwas hielt es auf und machte dann wieder Platz. Ein Tier vielleicht . . .

Dann wußte ich, wo Homer war. Weiter oben in derselben Furche und genau dasselbe tuend wie ich: ließ das Wasser an sich auflaufen und rollte dann zur Seite, um es vorbeifließen zu lassen.

Vorsichtig rollte ich auf die linke Seite und fing an, mich die Wasserfurche emporzuarbeiten. Es war eine langsame Arbeit: linker Ellbogen, rechter Fuß, Ellbogen ausstrecken, Fuß nachschieben. Die Flinte am Lauf in der Linken haltend und die Rechte als Passagier mitführend. Selbst so machte ich jede zweite Bewegung falsch und wurde von diesem glühend heißen Schmerz durchzuckt. Ich war noch keine fünf Meter weitergekommen, als mich kalter Schweiß bedeckte, außer an meiner rechten Hüfte, wo ich offenbar heiß schwitzte. Ich wußte, daß ich Blut verlor.

Aber zum erstenmal wußte ich, wo Homer war, und ich bewegte mich still auf ihn zu. Der nasse Sand in der Furche gab kein Geräusch von sich.

Neue Wassergüsse spritzten mir ins Gesicht. Ich arbeitete mich weiter, Ellbogen vor, Fuß hinterher. Felsbrocken stachen in der Furche hervor, und ich mußte mich geschmeidig und ruhig wie eine junge Eidechse um sie herumschlängeln. Nur, daß ich eben ein müder, lahmer alter Dinosaurier war. Ich hielt den Kopf unten und sah zu, wie der grobe, kiesige Sand an meiner Nase vorbeirann. Ich wollte nichts sehen, was irgendwelche Anstrengung erforderte. In meinen Ohren war ein Pochen, das nichts mit meinem letzten Schuß zu tun hatte. Es war mein Herz, das Blut über meine Hüfte pumpte. Warum sollte das Bill Cary beunruhigen? Er kann Klippen mit den Zähnen hinaufklettern, und wenn er wie ein Sieb von Kugeln durchlöchert ist. Der Original-Eisenmann, einstmals in den Tagen des SIS. Gib ihm eine MP und einen Flugkurs, und er kommt am anderen Morgen mit den Plänen des Forts zurück. Der gute alte Bill Cary. Der steuert sein Flugzeug mit der einen Hand und hat die andere in der Tasche, damit der Stabsarzt sie wieder annähen kann.

Halt! Das Brausen in meinen Ohren war der Marsch eines Gardebataillons, und meine Wunde tat nicht mehr so weh. Mein ganzer Körper war betäubt. Ich hatte seit langem nicht aufgeblickt, war nur gekrochen, hatte nicht weiter gesehen, als mein Ellbogen reichte. Und nach all dem mußte ich die Beaver schließlich noch aus Rußland rausfliegen.

Ich legte mich sanft in die Wasserfurche und drückte das Gesicht in den harten, nassen Sand. Ich wußte nicht, ob ich fünfzehn, zwanzig oder alles in allem fünfundzwanzig Meter gekrochen war. Aber ich wußte, daß ich weit genug gekrochen war. Vielleicht zu weit. Jetzt wollte ich nur noch schlafen.

Das Wasser weckte mich auf. Es spritzte und rann mir übers Gesicht. Ich lag da und trank es, ließ es mir in den Mund rinnen und schluckte. Es war Eis in der Wüstensonne. Das Bataillon in meinen Ohren marschierte weiter und davon. Ich war mir der Furche und des Waldes um mich bewußt. Ich war wieder bereit. Aber ich wußte auch, daß ich nicht weiterkonnte. Was immer ich tat, es mußte von hier aus geschehen. Ich bog die rechte Seite meines Körpers empor, um zu versuchen, die Wunde zu schließen, und ich war glücklich, als sie wieder schmerzte. Die Betäubung war vorüber. Langsam hob ich den Kopf und horchte.

Dann merkte ich, daß nicht alle Geräusche in meinem Kopf gewesen waren. Weit hinten links war das Tuckern des Hubschraubers zu hören, der wahrscheinlich den langen, schmalen See abpatrouillierte. Wir würden als nächste drankommen. Aber daran konnte ich nichts ändern.

Ich war gerade anderthalb Meter vor einer kleinen Stufe in der Furche, die von einer Felskante gebildet wurde. Dahinter bog sich die Furche nach links, dann — glaubte ich — wieder zurück. Sieben oder acht Meter danach war eine Anhäufung großer Felsbrocken.

Ich betrachtete sie prüfend. Sie ragten ungefähr drei Meter empor, große zerrissene und verwitterte Wälle, die leicht nach rechts verliefen. Und sie bildeten nicht einfach eine Linie, sondern einen Klumpen; ich konnte noch ein paar Spitzen dahinter emporragen sehen. Es war ein Viereck oder ein Kreis von Felsbrocken, etwa zehn Meter im Durchmesser.

Wahrscheinlich lief die Furche genau durch und links von mir wieder raus.

Und da mußte Homer stecken.

Er würde natürlich wissen, daß er innerhalb der Wälle nicht aufstehen durfte, wo er sich gegen den Himmel abheben würde und wo an beiden Seiten Felsen standen, von denen die massiven Kugeln, die ich abfeuern würde, zurückprallten. Er mußte sich also an der nächstgelegenen Felsecke niedergeduckt haben, mit der Felswand als Deckung auf der einen Seite und der Wasserfurche als Deckung auf der anderen. Er war nur von hinten verletzlich — aber er wußte, daß ich noch nicht hinter ihm sein konnte. Und er verließ sich auf seine Augen und sein Gewehr.

Kein schlechter Verlaß.

Jetzt gab's nur zwei Möglichkeiten: Entweder kroch ich nach links oder nach rechts, um hinter ihn zu gelangen, wobei ich den ganzen Krach in Kauf nehmen mußte, den das Kriechen durch Unterholz verursachte — oder ich kroch voraus und direkt in seine Gewehrmündung. Aber — ich kroch überhaupt nicht. Ich konnte nämlich nicht. Wir mußten die Sache an Ort und Stelle ausfechten.

Den Felsvorsprung vor mir konnte ich noch schaffen. Ich streckte den Ellbogen, schob den Fuß nach — und spürte einen wahnwitzigen Schmerz in der Wunde. Das Blut floß von neuem.

Aber ich erreichte den Vorsprung.

Ich lehnte die Schrotflinte daran, die Mündung so hoch, wie es nur ging, um sie vor den Wassergüssen zu schützen, und nahm den Smith & Wesson in die linke Hand. Soweit ich mich erinnern konnte, ließ er sich leicht handhaben. Sollte er auch: Jeder, der sich die Mühe gemacht hatte, den Sicherungsbügel abzufeilen, hatte bestimmt auch den Abzug eingestellt. Denn die Fabriken liefern sie mit sehr starker Spannung.

Ich hoffte also, er sei genügend gelockert worden. Von dem gerillten Bolzen schaute nur ein gerändelter Griff hervor. Ich steckte den Revolver in meine Jacke und drückte den Schlagbolzen mit dem Daumen ganz zurück. Dabei gab er ein Knackgeräusch von sich, das mir wie die Posaune des Jüngsten Gerichts vorkam, aber wahrscheinlich in einem Meter Entfernung schon nicht mehr zu hören war. Ich rollte mich auf die rechte Seite, wartete, bis der Schmerz abgeklungen war, und warf dann den Revolver, über Arm wie eine Handgranate, in die Mitte der Felsbrocken. Dann packte ich die Schrotflinte.

Der Revolver entlud sich. Mit Klirren, einem Knall und einem Feuerblitz, der das ganze Felsenfort erleuchtete. Und weil es hinter ihm losgegangen war, sprang Homer auf.

Er war weiter hinten gewesen, als ich geschätzt hatte, gleich hinter dem Rand des ersten Felsens, und er sprang mit einem Satz heraus, sich mitten im Sprung drehend und schließlich am

Rande der Wasserfurche landend, das Gewehr auf den Blitz gerichtet und mir den Rücken fast zugekehrt.

Worauf ich ihn in den Rücken schoß, zweimal.

Es vergingen Ewigkeiten. Der Knall hallte und widerhallte in meinem Kopf und erstarb. Das Mündungsfeuer verkümmerte zu einem dunstigen roten Leuchtsignal vor meinen Augen. Ich hob den Kopf vom kühlen Metall der Flintenläufe und blickte zu den Felsen hinüber.

Es war nichts zu sehen, nichts zu hören außer dem *Wat-Wat-Wat* des Hubschraubers, das jetzt näher kam. Nun mußte ich also wieder laden und mich vorsichtig anschleichen, so steht's im Lehrbuch. Aber das hatte ich hinter mir, und außerdem wußte ich, daß alles vorüber war. Ich benutzte die Flinte als Krücke, um mich hochzuziehen. Der Wald drehte sich, aber das Schwindelgefühl schwand schnell. Steifbeinig ging ich die Furche zu den Felsbrocken hinauf.

Er lag mit den Knien in der Furche, das Gesicht platt auf dem Boden neben dem hinteren Felsen. Seine Jägerjacke war zwischen den Schultern eine einzige Masse von kleinen Durchschlägen, einige von ihnen begannen sich schon zu röten. Ich setzte mich neben ihn und drehte ihn herum. Er rollte und fiel in die Furche auf den Rücken. Das Wasser rann neben ihm herunter, sein Haar wurde naß.

Nach einer Weile schlug er die Augen auf und fragte heiser: »Sie warfen einen Revolver, nicht wahr, Sir?«

Ich nickte, dann fiel mir ein, daß er wahrscheinlich nicht mehr sehen konnte, und ich sagte: »Ja.«

Er erwiderte: »Ah. Das habe ich nicht erwartet — von Ihnen, Sir.«

»Es gibt keine Regeln«, sagte ich. »Nicht bei diesem Spiel.«

Er schloß wieder die Augen und lag ruhig da. Dann fragte er: »Habe ich — Sie — überhaupt getroffen?«

»Mit Ihrem letzten Schuß, nachdem ich die Lücke überquerte. Genau über der Hüfte.«

»Dachte ich — mir.« Seine Stimme klang müde und undeutlich. »Ich hoffe — Sie werden es überstehen, Sir.«

»Sicher.« Allmählich ließ ich mich auch in sein höfliches, verrücktes Trauma hineinziehen.

»Ich bewährte mich — unter Feuer —, glaube ich, Sir.«

»Sie haben sich großartig bewährt.«

Er machte eine Pause.

Dann: »Ohne den — den Revolver — hätte ich — Sie getötet?« Er stieß die Worte krampfhaft heraus.

Ich antwortete: »Ja.« Und ich wußte, daß es stimmte.

Er versuchte zu lächeln, und mitten in dem Versuch — starb er. Nach den Regeln hatte er vielleicht wirklich gewonnen.

Der Hubschrauber tuckerte jenseits der Bäume entlang.

27

Ich brauchte zehn Minuten für die Strecke von sechzig Metern zum Strand, wobei ich die Schrotflinte als Stock in der Rechten benutzte und den Revolver in der Linken trug. Ich hatte noch zwei Schuß drin, und er war durch den Aufschlag auf den Felsen nicht beschädigt worden.

Der Nebel wurde langsam dünner; offenbar kam Wind auf. Natürlich mußte er erst so spät kommen. Trotzdem würde er mir die Landung auf meinem Privatsee beträchtlich erleichtern — wenn der Nebel nicht so dünn wurde, daß er uns dem Hubschrauber verriet. Im Augenblick konnte der uns nur direkt von oben sehen.

Die Beaver am Ufer zeichnete sich langsam ab, dann sah ich noch zwei Gestalten daneben. Ich winkte ihnen mit dem Revolver zu.

Hartmann sagte: »Sie haben ihn also erwischt. Hätte ich Ihnen nicht zugetraut.«

»Sie schätzen mich immer falsch ein«, entgegnete ich.

Judd sagte ungeduldig: »Wir müssen aufbrechen. Der Hubschrauber wird in einer Minute wieder dasein.«

Ich stützte mich auf die Schrotflinte und spitzte die Ohren nach dem schnellen Motorengeräusch am Himmel. Wenn überhaupt etwas festzustellen war, dann schien das Geräusch abzunehmen.

»Er patrouillierte den langen See ab, über den wir kamen«, sagte ich. »Er kam die eine Seite herunter und fliegt jetzt die andere hinauf.«

»Er wird in einer Minute wieder hier sein. Wir müssen abhauen.«

Von irgendwoher hatten sie ein paar alte Metallkisten, die wie große Dokumentenkästen aussahen, aufgestöbert. Sie waren verbeult und mit Rost überzogen, und einige Ecken waren vom Rost weggefressen.

Mir wurde plötzlich kalt, Nässe durchdrang mich, und ich fröstelte. Schwerfällig setzte ich mich auf eine der Kisten.

Judd sagte: »Er hat Sie angeschossen.«

»Stimmt.« Ich winkte mit dem Revolver. »Gehen Sie zurück, wo ich herkam. Sie treffen da auf eine Wasserfurche. Gehen Sie sie hinauf. Dort liegt er, neben ein paar großen Felsbrocken. Bringen Sie ihn hierher. Ich nehme ihn heim.«

Judd sagte: »Hören Sie, Sie brauchen doch nicht . . .« Dann merkte er, daß ich und der Revolver ihn ansahen, und ging.

Ich legte den Revolver wieder auf mein Knie. Ich fühlte mich schwach und ziemlich schwindlig; der Schock der Wunde machte sich bemerkbar, während der Schock des Duells langsam abnahm. Der Nebel war eine ruhige, gemütliche Höhle, in der man sich verstecken konnte. Der Hubschrauber war verschwunden. Hinter mir klang nur das sanfte Nagen des Sees am Ufer.

Hartmann fragte freundlich: »Kann ich behilflich sein? Ist ein Verbandskasten im Flugzeug?«

Klar konnte er behilflich sein. Ich konnte ihn nicht hindern. Er trat zaghaft einen Schritt auf mich zu, und sein Gesicht drückte wahres Mitgefühl mit meinen Schmerzen aus. Noch einen Schritt. Laß ihn. Ich war zu müde. Ich gab auf. Soll jemand anders entscheiden.

Er trat wieder einen Schritt näher. Ich hob den Revolver und linste ihn durch den Nebel an. »Sie wollen mir helfen, Kamerad? Nach der Waffe greifen und mich aus meiner Not erlösen?«

Er war stehengeblieben, gerade noch außer Reichweite. »Sie werden die Nacht nicht überleben«, sagte er kalt.

»Mal nicht zu hastig. Vielleicht überleben Sie sie selbst nicht.«

»Ich habe nie versucht, Sie zu töten, Bill«, sagte er ruhig. »Sie werden mich doch nicht kalten Blutes umbringen?«

»Was glauben Sie wohl, was ich im Wald da oben getan habe?«

»Er hat auf Sie geschossen. Das ist ein Unterschied.«

»Ich leihe Ihnen die Schrotflinte. Sie können weggehen, sich umdrehen und schießen, wann Sie wollen. Ich behalte den Revolver neben mir, bis Sie sich umwenden. Wie wär's?«

Er überlegte sich den Vorschlag sorgfältig, sah mich prüfend an, dann die Flinte neben meinen Füßen.

Plötzlich sagte er: »Die Flinte ist nicht geladen.«

Ich nickte: »Stimmt.«

Er wurde etwas freundlicher. »Sie hätten es nicht getan.«

»Vielleicht nicht. Aber *Sie.*«

Er zog die andere Kiste ein paar Fuß weg und setzte sich darauf.

Dann sagte er: »Sie wollen mich zwingen, nach Hause zu laufen?«

»So ungefähr.«

Er beugte sich vor: »Hören Sie, Bill — ich weiß, ich habe Ihnen in der Vergangenheit eine Menge Schwierigkeiten gemacht. Aber ich hatte meine Gründe. Jetzt bin ich in der Lage, Ihnen zu helfen. Ich buche mir eine Passage in Ihrem Flugzeug. Ich meine, mit wirklichem Geld — mit viel Geld.«

Er schien diese Szene schon mal gespielt zu haben. »Was nennen Sie viel Geld?«

»Zehntausend Pfund.«

»Sie haben keine zehntausend Pfund.«

»Ich habe sie jetzt.«

Ich stand auf. »Stehen Sie auf, und öffnen Sie diese Kiste«, sagte ich zu ihm.

»Seien Sie nicht verrückt, Bill. Machen Sie Ihr Flugzeug startklar.«

»Öffnen Sie sie.«

Er war jetzt aufgestanden. »Sie sind verrückt, Bill.«

»Öffnen Sie sie!«

Er breitete die Arme in einer ergebenen Geste aus und stieß mit dem Fuß gegen den Deckel der Kiste. Beim zweiten Stoß lockerte sich der Deckel.

Ich ging hinüber und hob den Kistendeckel mit der Fußspitze; er knirschte, klappte zurück und löste sich aus einem Scharnier.

Der Inhalt war eine Mischung von Gesteinsproben, einige mit verschmutzten, alten, an Drähten befestigten Zetteln, Bündel vermodernder Papiere, kleinen Büchsen und Krügen und einigen Lappenschmuckstücken. Hartmann nicht aus den Augen lassend, beugte ich mich hinunter und hob eins auf.

Es war ein Kreisrund von etwa acht Zentimeter Durchmesser, mit ein paar Löchern, Beulen und Kratzern in einfachem Muster. Er gehörte als Anhängsel an die Seite der magischen Trommel eines lappländischen Schamanen. Nun?

Hinter mir klirrten Steine. Es war Judd, der Homer über die Schulter geworfen trug; eine große, formlose Gestalt, die schwerfällig durch den Nebel trottete. Er wandte sich um, legte Homer behutsam in ein paar Meter Entfernung nieder und kam dann herüber. Er atmete schwer.

»Werfen Sie mir Ihr Feuerzeug rüber«, sagte ich.

Er sah überrascht aus, zog es aber heraus und warf es mir zu. Ich fing es auf, knipste es an und hielt es an das Trommelanhängsel. Das Metall war rauh und grau mit ein paar Roststreifen. Ich drehte es. Die hintere Seite trug eine Reihe feiner Kratzer. Nach einem Augenblick merkte ich, daß es kyrillische Buchstaben waren.

Vom Berg der Ulda, hieß es auf russisch: *Fe, Cu, Ni. 1910.*

Ich löschte das Feuerzeug.

»Sieh mal einer an«, sagte ich. »Der SIS geht seit neuestem auf Schatzsuche.«

Judd erwiderte scharf: »Was meinen Sie damit?«

Ich tippte mit dem Fuß an die Kiste. »Schauen Sie sich das an, und sagen Sie mir, ob Sie erwartet haben, daß er das zurückbrachte.«

Judd warf einen Blick darauf, bückte sich dann und kramte darin herum. Dann richtete er sich auf. »Nein«, sagte er.

»Ich glaube, das haben wir nicht erwartet.« Er sah Hartmann an, dann mich. »Was ist es eigentlich?«

Ich antwortete: »Ich halte es für den Wolkow-Schatz.«

Judd sagte: »Ich dachte, das sei nur ein Märchen?«

»Ich auch. Ich sagte immer, es sei unmöglich, weil Wolkow Ingenieur gewesen sei — ein Bourgeois —, der als solcher gar keinen Schatz haben würde: Juwelen, Gold und so weiter. Aber niemand nahm sich die Mühe herauszufinden, was für ein Ingenieur er war. Antwort: Er war Bergbau-Ingenieur. Also kann das hier sein Schatz sein: Gesteinsproben.«

Judd sah wieder in die Kiste. »Wäre das etwas wert?«

»Hartmann glaubt's. Danach hat er ja die ganzen Jahre gesucht. Heute ist mir der Grund klar, weshalb er sich mit den Deutschen arrangierte, um 1944 hier hereinzukommen, und sie dann übers Ohr haute, um auf eigene Faust auf Schatzsuche zu gehen. Aber damals hatte er offenbar keinen Erfolg. Als er nun bessere Unterlagen und Informationen hatte, überredete er sie, ihn zurückzuschicken. Er muß für die langjährige Unterstützung seitens des SIS ziemlich dankbar sein. Ich fragte mich nur, woher er wußte, daß der Schatz nie nach Finnland gelangt ist«, fügte ich hinzu.

Judd erwiderte: »Das ist leicht. Sein wirklicher Name ist Wolkow.«

Langsam sagte ich: »Well, hol' mich der Teufel.«

Judd sagte: »Ich schätze, in der Legende war nie die Rede von dem Kind, das sie bei sich hatte, als sie floh. Es war das Kind.«

»Well, hol' mich der Teufel«, sagte ich wieder.

Judd sah zu Hartmann hinüber. »Nein, nicht ganz, was wir erwartet hatten«, sagte er. Dann wandte er sich wieder an mich. »Ich bin immer noch der Meinung, daß wir hier abhauen sollten. Soll ich Homer an Bord bringen?«

»Ja«, antwortete ich. »Ja — tun Sie das.«

Er trottete davon.

Einen Augenblick danach sagte Hartmann-Wolkow ruhig: »Verstehen Sie jetzt, was ich meinte, Bill? Es sind einige ganz wertvolle Sachen in den Kästen. Mein Vater lebte fünfundzwanzig Jahre in Lappland — in Kuolojärvi und Ivalo —, als es noch zu Rußland gehörte. Er vermaß ganz Ostlappland — er muß eine Menge Vorkommen entdeckt haben, die inzwischen völlig in Vergessenheit gerieten.«

Ich nickte. Ich mußte an die Kaaja-Kompanie denken und ihre Erzählungen von einem Bergbau-Ingenieur, der ›vor vielen Jahren‹ Südostlappland erforscht hatte und dessen Berichte größtenteils verlorengegangen waren. Mit einer Ausnahme: einen Bericht über Nickelfunde in der Nähe des Kemijoki-Tals.

Wolkow-Hartmann sagte: »Wir teilen uns fünfzig zu fünfzig, was Sie für dieses Zeug von den Bergbaugesellschaften bekommen können. Okay?«

Langsam schüttelte ich den Kopf. »Was ist mit Oskar Adler oder Mikko Eskola oder dem Jungen, der Sie 1944 abholen sollte und dabei umkam? Was zahlen wir denen für ihre Hilfe?«

Er winkte geringschätzig ab. »Seien Sie nicht kindisch, Bill. Sind Sie einverstanden?«

»Nein«, antwortete ich.

Hinter mir knallte eine Büchse. Ich fuhr herum, fiel auf die Knie, den Revolver im Anschlag.

Judd sagte: »Nein, nicht Sie«, nahm die Büchse herunter und ging an mir vorbei zu Hartmann-Wolkow, der hingestreckt auf dem Boden lag. Er beugte sich vor, blickte angestrengt hinunter und wandte sich dann an mich. »Die haben Sie vergessen. Sie hätten sie wegwerfen sollen.« Und reichte mir Homers .300 Magnum.

Ich nahm sie mit der Rechten, den Mund sperrangelweit offen, um den Nebel einzuziehen.

Dann fragte ich: »Haben Sie einen plötzlichen Anfall von persönlicher Gerechtigkeit bekommen?«

»Nein.« Es klang überrascht. »Nein, er hat die Firma betrogen. Es wäre schlecht für unseren Ruf, wenn wir ihm das hätten durchgehen lassen. Ich glaube, London wird es gutheißen.«

»Wahrscheinlich.«

Das Tuckern des Hubschraubers klang durch den Nebel, näherte sich schnell, mit einem neuen Anklang von Zielsicherheit. Er flog die Mitte des schmalen Sees hinunter, um dann unseren auszukundschaften.

Judd sagte: »Jetzt brauchen wir bloß noch hier zu verschwinden. Können Sie einen Hubschrauber überholen?«

»Was ist seine Höchstgeschwindigkeit?«

»Rund hundertdreißig Stundenmeilen.«

»Kann ich.« Nicht viel; der Vorsprung wäre nur etwa zwölf Knoten. Und das bedeutete, daß er hinterherzuckeln und mich eine ganze Strecke lang in Sicht behalten — und meine Position und meinen Kurs die ganze Zeit über Funk bekanntgeben konnte. Ohne ihn konnte ich dem Radar ausweichen, bis wir wenige Minuten von der Grenze entfernt waren.

»Bringen Sie den Schatz rein«, sagte ich, »und wir starten.« Ich steckte den Revolver in die Tasche und hob die Schrotflinte auf.

»Wir haben schon genug Zeit vergeudet.«

»Bringen Sie ihn an Bord, Judd.« Ich watete zur Beaver hinaus, warf die Waffen nach hinten und zog mich an Bord. Homer lag zusammengesunken auf dem Boden neben der Falluke.

Ich setzte mich, überlegte mir's aber und rückte auf den rechten Sitz hinüber, von wo ich mit der linken Hand alle Gashebel,

Propellerverstellungs- und Landeklappenhebel bedienen konnte.

Judd watete mit dem ersten Kasten heran, schob ihn durch die Passagiertür und wollte gerade etwas sagen. Da änderte sich plötzlich das Motorengeräusch des Hubschraubers. Ein tiefes Dröhnen, als die rotierenden Propeller in verändertem Winkel die Luft trafen, dann ein schnelleres, nervöses Schlagen, als er sein Tempo verlangsamte, um zu suchen.

Judd ließ sich ins Wasser fallen und galoppierte zum Strand.

Ich zog den Knüppel heraus, schwang ihn zum rechten Sitz herüber und steckte ihn wieder fest. Hauptschalter *an;* Gashebel und Propeller eingestellt.

Judd schmiß den zweiten Kasten auf den Boden und hievte sich dann herein. Die Beaver schwankte.

Der Taktschlag des Hubschraubers schien den Nebel um uns aufzurühren.

»Ich habe uns losgemacht«, keuchte er. »Starten Sie!«

»Ich hab' mir's überlegt, Judd. Er sieht uns jetzt auf jeden Fall . . .«

»Na und? Wollen Sie sich loskaufen, indem Sie mich ausliefern? Vielleicht habe ich doch den Falschen erschossen.« Er kletterte nach hinten, und ich wußte, er wollte das Gewehr holen.

»Setzen Sie sich, Judd.« Der dunkle Umriß des Hubschraubers glitt über uns, und die rotierenden Propeller drehten sich schneller, als er mit der Geschwindigkeit zum Schweben heruntergging. Der Nebel brodelte im Abwind um uns.

»Jetzt hat er uns gesehen«, rief Judd.

»Weiß ich. Ich will bloß nicht, daß er mir folgt und unseren Kurs errät.«

Die dunkle Mündung von Homers Gewehr schob sich mir über die Schulter. »Starten Sie sofort!« schrie Judd mir ins Ohr.

Ich sagte: »Er wird eine Strickleiter herablassen und jemand runterschicken. Wenn der halbwegs unten ist — hauen wir ab. Er wird gelähmt sein.«

Eine Weile war nichts als das Pochen des Hubschraubers über uns und hin und her wirbelnde Nebelfetzen.

»Und wenn er statt dessen schießt?« fragte Judd grimmig.

»Dann habe ich mit Zitronen gehandelt. Aber er glaubt, die Maschine sei noch leer. Unser Propeller steht still.«

»Hab' ich gemerkt.« Dann hob sich die Mündung und verschwand. »Haben Sie oft solche Ideen?«

Der Hubschrauber glitt ein paar Meter weiter und stand dann über dem Strand. Ich griff mit der linken Hand hinüber und schaltete die Benzinpumpe und die Zündung ein.

Judd sagte: »Da ist die Leiter. Jemand klettert heraus.«

Ich drückte auf den Starter. Der Propeller ruckte, der Motor schluckte, zündete, setzte aus, zündete wieder und lief an. Das Wasser flackerte von der blauen Flamme aus dem Auspuff.

So vorsichtig wie möglich, stellte ich den Gashebel auf Vollgas, bewegte das linke Ruder und schwang langsam auf Süd. Der Motor kam schlecht auf volle Touren, wenn er kalt war, und ich holte nicht das Beste aus ihm heraus. Aber fünfzehn Sekunden später kletterten wir aus dem Nebel empor, schwebten darüber aus, schwenkten um einen Gruppe hagerer Kiefern und legten bei zunehmender Geschwindigkeit Nordwestkurs an.

Nach ein paar Minuten sagte Judd: »Ich kann ihn nicht mehr sehen.« Er machte es sich in seinem Sitz bequem. »Tut mir leid, daß ich die Nerven verlor. Aber ich nehme an, im Krieg gewöhnt man sich an solche kitzligen Situationen.«

»Man gewöhnt sich nie daran. Was ist mit Hartmann? Sie werden ihn finden.«

»Das wird ihnen nichts verraten. Er hat bestimmt nichts bei sich, was ihn als einen von uns identifiziert. Er war ein sehr fähiger Mann.«

Ich sagte: »Ja, ich weiß.«

Wahrscheinlich schickten sie Jäger hoch, aber ich flog auf einer anderen Route aus. Ich hielt Nordwestkurs über etwa zwanzig Meilen, bis wir auf die Eisenbahn trafen, die ich auf dem Einflug vermieden hatte. Dann drehte ich allmählich nach Westen, flog an hohem Gelände entlang, wobei die dritte Radarstation — die uns auf dem Einflug überhaupt nicht entdeckt hatte — uns bei jeder Umdrehung traf, jedoch nicht wußte, daß wir da waren. Schließlich mußte ich über Bodenerhebungen steigen, und da erwischten sie uns. Aber inzwischen hatten wir die Grenze erreicht, dreißig Meilen nördlich der Stelle, wo wir sie auf dem Einflug überquert hatten.

Ich erreichte meinen Privatsee um halb drei.

Ich kurvte einmal geräuschvoll über der Blockhütte, bevor ich zur Landung ansetzte. Dann fuhr ich die Beaver den Strand hinauf und beaufsichtigte Judd, der das letzte Benzin in die Tanks goß.

Dann setzte ich mich auf einen der Schwimmer und wartete.

Nach einer Weile fragte Judd: »Wohin gehen Sie jetzt?«

»Norwegen oder Schweden.«

Einen Augenblick überlegte er sich etwas und sagte dann: »Als wir vorhatten, die Auster zu benutzen, trafen wir Vorbereitungen, am Schluß in Norwegen zu landen. NATO-Macht und so weiter — wir hielten es für besser. Wir haben die Abmachung nie annulliert. In Kirkenes müßten eigentlich einige Freunde seit Mitternacht auf uns warten. Würden Sie unsere Gastfreundschaft annehmen?«

Ich erinnerte mich, daß ich selbst daran gedacht hatte, mir die NATO in Kirkenes zu sichern, und lächelte. Nachdem ich jetzt ein paar weitere Verbrechen begangen hatte, war ich bedeutend sicherer vor einer Auslieferung.

»Ich nehme sie an«, antwortete ich. »Wir starten, ehe es hell wird.«

»Fühlen Sie sich fit genug?«

»Ich werd's schon schaffen.«

Meine rechte Seite war ein einziger Schmerz, von scharfen Stichen durchzogen, wann immer ich mich streckte, aber ich verlor kaum mehr Blut.

Judd sagte: »Ich gebe Ihnen mein Wort: Ich hatte keine Ahnung, daß Homer da sein würde.«

Ich nickte, Mrs. Beekman lief auf den Strand heraus.

Ich sah sie auf mich zukommen: eine kleine, eilige weiße Gestalt. Dann konnte ich ihr Gesicht und ihr Lächeln sehen, und ich wollte die Arme nach ihr ausstrecken. Aber sie war weiter weg, als sie wußte.

Ich stand auf und sagte ruhig zu Judd: »Halten Sie sich raus. Das ist meine Sache.«

Sie blieb zwei Meter entfernt stehen und wartete, daß ich ihr entgegenkäme. Ich blieb, wo ich war.

Ihr Lächeln verwandelte sich in eine Grimasse. »Du hast's also geschafft. Ich dachte mir's. Ist alles in Ordnung?«

Judd sagte: »Er ist angeschossen worden.«

Die Grimasse schwand, und sie trat einen Schritt auf mich zu.

Ich sagte wütend: »Seien Sie still, Judd.« Dann zu ihr: »Ich habe eine leichte Verwundung. Durch deinen Bruder. Ich tötete ihn.«

Sie erstarrte, stand da und sah mich, und ihr Gesicht war ausdruckslos. Es war ihre Art, den Schlag zu nehmen. Für sie gab es keine andere Möglichkeit. Und für mich — gab es nichts.

Dann hob sie das Kinn und fragte ruhig: »Wußtest du, daß er da sein würde?«

»Nein. Er war von dem Mann, den wir abholen sollten, als Leibwache mitgenommen worden. Das Ganze wurde dann heillos verfahren, und ich mußte mich mit ihm duellieren. Ich hab' ihn mitgebracht.«

Sie sagte: »Ich vermute, daß er es gesucht hat. Du weißt jetzt, warum ich ihn nach Hause holen wollte. Vielleicht hätte ich's dir früher sagen sollen.«

»Es hätte nicht viel genützt. Dann nicht mehr.«

»Etwas anderes konntest du nicht...?« In ihrer Stimme schwang plötzlich ein verzweifelter Unterton, während sie sich an den Strohhalm des ›Was hätte sein können‹ klammerte. Dann schüttelte sie den Kopf. »Nein«, sagte sie ruhig. »Ich glaube, es war unvermeidlich.«

»In gewisser Hinsicht, ja. Weil er's mit jemand ausschießen wollte. Weil ich zufällig da war. Weil ich ein guter Schütze war. So gesehen war's unvermeidlich. Aber nötig war die ganze Sache nicht.«

»Es tut mir leid, daß du es sein mußtest, Bill.«

»Wenn ich's nicht gewesen wäre, lebte er wahrscheinlich noch.«

Sie starrte mich an. »Er war der begabte Amateur«, sagte sie leise, »und du warst der alte Profi? War's so?«

Judd wollte etwas sagen. Ich antwortete: »Ja. So war's.«

Einen Augenblick darauf fragte sie: »Warum hast du ihn mitgebracht?«

»Weil... ich ihn nicht dalassen wollte.«

»Kannst du ihn hier begraben?«

»Natürlich.« Ich wartete noch, aber sie sagte nichts mehr. Ich ging also zur Beaver zurück, um etwas zum Graben zu suchen. Wir begruben ihn auf einem moosigen Fleck Erde auf der anderen Seeseite. Als wir soweit waren, Erde auf ihn hinunterzuschaufeln, wandte ich mich um, um ihr zu sagen, sie brauche nicht zuzusehen. Statt dessen reichte sie mir die .300 Magnum.

»Gib ihm das. Er — er hätte es sicher gern.«

Ich nahm sie, öffnete den Verschluß und überprüfte das Magazin. Nur drei Kugeln drin. Ich kniete nieder, holte noch zwei Kugeln aus seiner Tasche, steckte sie hinein und legte das Gewehr voll geladen neben ihn.

Er hatte es fertiggebracht, daß wir sein Trauma mit ihm bis zum Ende durchlebten und noch etwas darüber hinaus, bis in die Glücklichen Jagdgründe. Trotzdem mochte ich ihn immer noch bedeutend mehr als eine Menge Leute, die mich nicht halb so zielsicher zu töten versucht hatten.

Sie sagte: »Danke.«

Als ich mich umblickte, stand sie mit erhobenem Kinn da, und die Tränen strömten ihr unaufhörlich übers Gesicht. Und ich konnte nichts mehr für sie und ihren Bruder tun. Ich sah sie still in dem ruhigen, einsamen Wald weinen.

Wir flogen kurz nach halb fünf aus, und ein rauchgelbes Licht schimmerte im Osten, als ich auf ein Strandstück am Inari-See auflief, etwas südlich von Inari selbst. Mrs. Beekman kletterte ohne meine Hilfe hinunter.

»Gleich links von der Hauptstraße, auf dieser Seite des Flusses, ist ein Touristenhotel«, sagte ich zu ihr. »Dort kannst du frühstücken und dir ein Taxi nach Ivalo besorgen lassen.«

Sie sah zu mir auf; ich saß nach wie vor im Kopilotensitz. »Was soll ich Nikkanen sagen?« fragte sie.

»Was du willst. Ich glaube nicht, daß er mich je wiedersieht.«

Sie sagte sachlich: »Offiziell wirst du die letzte Person sein, die meinen Bruder sah. Wenn es herauskommt, daß er verschwunden ist, wird man dich verdächtigen.«

Ich nickte. Ich hatte noch keine Zeit gehabt, mir die Sache von dieser Seite aus zu betrachten.

Sie sagte: »Du hast mich hingebracht, und ich traf mich mit ihm. Er sagte uns, er mache einen Jagdausflug. Wenn ich in ein paar Tagen wieder hinfliege, wird er nicht mehr da sein. Bis dahin wird niemand etwas wissen — und ich sah ihn ebenso spät wie du.«

»Du brauchst nicht zurückzufliegen«, sagte ich zornig. »Wir können uns etwas anderes ausdenken.«

Sie schüttelte den Kopf. »Das ist die einzige Möglichkeit. Sie werden folgern, er sei von einem Bären getötet worden.«

Natürlich, das würden sie — aufgrund ihrer Aussage. Ohne sie könnte Nikkanen eine Anklage wegen Mordes jahrelang in seinen Akten bereithalten, um sie sofort hervorzuholen, wenn ich mal in Reichweite käme.

Sie lächelte sanft. »Ich weiß, wie's war, Bill. Wenn du's nicht gewesen wärst, wär's jemand anders gewesen — und dieser Jemand wäre getötet worden. Und danach wieder jemand. Und so weiter — bis er auf jemand wie dich gestoßen wäre. Es mußte so kommen.«

»Jemand wie mich«, sagte ich langsam. »Natürlich. Es mußte so kommen.«

»Du sagtest, es würde ohnehin nicht klappen. Und ich bereue trotzdem nichts.« Ihr Kinn war noch oben. »Leb wohl, Bill.«

Ich nickte. Ich hatte gesagt, es würde nicht klappen — und wenn ich damals recht gehabt hatte, hatte ich jetzt auch recht. Ich warf den Motor an und schwang die Beaver ins Wasser zurück.

Ich blickte mich um, und sie war eine einsame Gestalt auf dem Strand, nur ein paar Meter, eine Million Dollar und einen kleinen Mord entfernt.

29

Wir hatten ungefähr sechzig Meilen bis zur norwegischen Grenze zurückzulegen. Ich hielt mich tief über dem See, weil wir noch in der Sperrzone waren. Hauptsächlich aus Instinkt. Eine Übertretung mehr oder weniger spielte jetzt keine Rolle mehr.

»Was werden die Russen jetzt tun?« fragte ich Judd.

»Nicht viel, schätze ich. Sie werden leicht in Verlegenheit sein, wie sie ihren Protest anbringen sollen, da sie uns nicht erwischt haben. Und auf jeden Fall, wenn Ihr Bursche Nikkanen inzwischen nichts von dem Sovereign-Schmuggel erfahren hat, können wir immer noch dafür sorgen, daß er's spitzkriegt. Das gibt ihm etwas, worüber er mit den Russen feilschen kann. Ich glaube nicht, daß amtlich etwas darüber verlautbart wird.« Er sah zu mir hinüber. »Und was geschieht mit Ihnen?«

»Bleibt alles beim alten. Wenn amtlich nichts erfolgt, glaube ich nicht, daß sie mich beim Wickel kriegen, aus Furcht, ich würde die Geschichte publik machen. Meine Arbeitserlaubnis bin ich natürlich los, aber das wäre mir wahrscheinlich ohnehin passiert.«

»Das tut mir leid.« Er drehte eine Zigarrenhülle in der Hand, sich überlegend, ob es zu spät oder noch zu früh sei, sich eine anzuzünden, oder ob der Geruch mich vielleicht ohnmächtig machen würde. Ich muß ziemlich abgespannt ausgesehen haben. Er sagte:

»Unsere Freunde im Wohnwagen — König & Co. Meinen Sie, die haben eine Wut auf Sie?«

Ich zuckte die linke Schulter. »Spielt keine große Rolle. Die sind nicht gut genug, um mich zu beunruhigen.«

»Kleine Amateure«, stimmte er zu.

Nach einer Weile fragte ich: »Und was werden Sie berichten?«

Er seufzte und drehte die Zigarre herum. »Im großen ganzen einen Mißerfolg, fürchte ich. Wir haben König herausgelockt, und ich freue mich, daß wir die Sache mit Hartmann geklärt haben, aber...« Er zuckte die Schultern.

»Waren Sie eigentlich auf den Sovereign-Schmuggel selbst oder auf die Fälschungen aus?«

»Die Fälschungen. Ganz unter uns gesagt — wir versuchen gar nicht ernstlich, die Russen daran zu hindern, sich echte Sovereigns zu beschaffen. Tatsächlich verdienen wir daran, solange wir sie prägen. König verkauft sie an die Russen, und wir verkaufen sie an Schweizer Währungshändler wie König — mit Aufschlag. Außerdem gibt der Sovereign-Schmuggel gute Anhaltspunkte darüber, mit wem die Russen im Westen Geschäfte machen. Und selbst wenn wir den Schmuggel abstellten, würden die Russen einfach anfangen, selbst zu fälschen — mit dem richtigen Goldgehalt natürlich. Nein«, meinte er kopfschüttelnd, »wir sind hinter den Fälschungen mit niedrigem Goldgehalt her. Das ruiniert jeden. Wir verwenden nach wie vor beträchtliche

Mengen davon. Und ich bin sicher, die Russen zerbrechen sich auch die Köpfe darüber. Hätte Hartmann zum Beispiel bewiesen, daß der Fälscher sich auf ihrer Seite der Grenze befand, hätten wir Moskau die Beweise wahrscheinlich im geheimen zugeleitet und sie die Sache erledigen lassen.«

Ich starrte ihn an. »Wollen Sie damit sagen, daß Hartmann Sie auf diese Weise dazu veranlaßte, ihn rüberzuschicken? Behauptete er, die Fälschungen würden von dem Mann begangen, der sie von Adler auf *ihrer* Seite in Empfang nahm?«

»Oh, er hatte sicher recht. Er machte bloß keine Anstalten, den Mann zu finden, an den Adler sie lieferte, das ist alles«, antwortete er.

»Wissen Sie immer noch nicht, daß es Veikko war?«

Er lächelte wissend: »Nun, ich dachte das auch einmal — aber er war es eben nicht.«

»Sie entdeckten es eben nicht«, sagte ich langsam. »Ich durchsuchte das Haus auch. Es war im Ofen hinten: die Presse, ungeprägte Scheiben, Schmelztöpfe — alles.«

Sein Gesicht erstarrte im kalten, heraufdämmernden Morgenlicht.

Ich sagte: »Und Sie glaubten, Sie hätten Veikko grundlos getötet.«

Doppelte Überraschung drückte sich in seinem Gesicht aus.

Dann sagte er: »Ich nicht, Mr. Cary.«

Ich holte den Smith & Wesson aus der Tasche und wog ihn in der Hand. »Wenn ich also das an Nikkanen ablieferte, damit er's mit den Kugeln in Veikkos Körper vergleichen könne, wäre das nichts?« Ich grinste ihn an. »Sie *mußten* es gewesen sein, Judd. Veikko war zwar ein Dummkopf, aber wenigstens wußte er, wozu König und Claude da oben waren: Er hätte sie nicht ins Haus gelassen. Und einbrechen ist bei dem Haus schwierig. Aber Sie kannte er nicht. Sie konnten einfach reinlaufen. Als er dann wußte, wer Sie sind, zog er die alte französische Kanone. Selbst *das* zeigt, wie sehr er sich in seiner Verteidigung auf das Haus verließ: Wahrscheinlich wäre das Ding nicht mal losgegangen.«

Nach einer kleinen Weile sagte Judd: »Das konnte ich nicht sicher wissen.«

»Sie hatten einen Revolver, Judd.«

Er nickte. »Nun, vielen Dank für die Aufklärung. Das macht den Bericht noch besser. Ich habe mich ohnehin gefragt, ob ich bei Veikko nicht etwas voreilig war.«

Ich starrte ihn an. »Aber jetzt sind Sie beruhigt — nachdem Sie wissen, daß er Sovereigns fälschte?«

»Nun — wie gesagt, es ruiniert tatsächlich jeden.«

»Jeden? Bloß Ihre Firma und die russische Firma. Und ein paar Leute wie König. Das ist aber auch alles. Es ist immer noch kein großes Verbrechen außerhalb des Spionagewesens. Er hat schließlich nur Ihre Welt ruiniert, nicht die wirkliche.«

Er seufzte. »Aber ein nötiges Gewerbe, fürchte ich, Mr. Cary. Und Sie wissen selbst, es kann nicht immer fair dabei zugehen.«

»Ja — das weiß ich. Verzeihen Sie mir, wenn ich trotzdem Leute vorziehe, die töten, weil sie es für recht halten, nicht für nötig.«

»Wissen Sie, wir glauben uns in dieser Sache im Recht.«

»Sicher tun Sie das. Aber Sie hätten genauso gehandelt, wenn Sie sich im Unrecht geglaubt hätten.« Ich sah auf den Revolver in meiner Hand, schob dann das Fenster an meiner Schulter auf und warf ihn hinaus.

»Vielleicht«, sagte ich, »mag ich beamtete Killer eben nicht.«

Sein Gesicht wurde sehr weiß und still. Dann zwang er sich zu einem Lächeln, einem kleinen und nicht ganz echten Lächeln. »Das ist eben Ihr Gefühl für persönliche...« Dann schüttelte er den Kopf.

»Verzeihung«, sagt er. »Es klingt nicht sehr komisch.«

Wir hatten den See jetzt hinter uns gelassen, und voraus, über die graue leere Tundra, lief eine dünne, gerade Linie: der Grenzzaun.

Judd sagte: »Ich werde in meinem Bericht einige nette Sachen über Sie sagen, ganz abgesehen davon, daß Sie diese alte Hartmann-Geschichte aufgeklärt haben.« Er sprach schnell und ausdruckslos, als läse er bereits aus dem Bericht vor. »Ich glaube, Sie können damit rechnen, daß man Ihnen anbietet, wieder in die Firma einzutreten, wenn Sie wollen.«

»Sagen Sie ihnen, sie könnten sich die Mühe sparen.«

Er wandte sich mir zu, und sein Gesicht schien müde und verfallen. »Wir haben Ihr Leben anscheinend jetzt schon zweimal verpfuscht. Wir schulden Ihnen sicherlich etwas. Ich meine — was schaut für Sie denn bei all dem heraus?«

Ich berührte den Trommelschmuck des Schamanen in meiner Tasche. *Vom Berg der Ulda,* stand darauf. *Fe, Cu, Ni.* Eisen, Kupfer, Nickel. Der Berg der *Ulda* — der guten Geister, die die Bären im Winter schützen — lag südlich genau meines Vermessungsgebietes. Das Eisen würde sich nicht lohnen; das Kupfervorkommen vielleicht. Aber das *Ni,* das interessierte mich.

»Reichtum«, erwiderte ich. »Bloß Reichtum.«

Der Grenzzaun glitt unten vorüber, und Finnland lag hinter mir.

John D. MacDonald

SPUREN IM WASSER

1

NOEL HESS – DANACH

Als sie sie endlich fanden und aus dem Wasser zogen, wußte ich, daß ich hinuntergehen mußte, um einen Blick auf sie zu werfen. Es war mehr als die übliche Neugier, aber ich muß zugeben, daß auch ein Teil Neugier mitspielte.

Ich hatte Randy, meinen Mann, schlafend in dem Zimmer zurückgelassen, das sie uns zugewiesen hatte. Es war das kleinste der Gästezimmer, und ich nahm an, daß sie es bewußt ausgewählt hatte, um keinen Zweifel an unserer Stellung aufkommen zu lassen – halb Gäste, halb Angestellte.

Randy hatte einige Zeit wachgelegen und sich um die Zukunft Sorgen gemacht, bis er schließlich vor Erschöpfung einschlief; ein bißchen hatten auch die Schlaftabletten dazu beigetragen, die ich einnahm, seit sie seine Klientin geworden war, die zuletzt sein ganzes Denken in Anspruch nahm und mit Haut und Haar Besitz von ihm ergriff.

Ich hatte das Schlafzimmer verlassen und war in den großen Wohnraum gegangen, von dem man einen Ausblick auf den See hatte. Ein winziges Licht brannte in der hinteren Ecke. Am Fenster stand ein stämmiger Polizist. Ich fragte mich, wo die anderen waren. Neben dem Uniformierten kam ich mir hilflos und weiblich vor. Er roch nach Leder, Wolle und – sonderbarerweise – Wäldern.

»Es wird draußen kühl werden«, sagte ich. »Ich könnte dafür sorgen, daß Rosalita Kaffee kocht.«

Er blickte auf mich herab. »Ist bereits geschehen, Ma'am.«

Der Klang seiner Stimme sagte mir, daß er mich für überflüssig hielt. »Glauben Sie, daß es gelingen wird, ihre . . . ihre Leiche zu finden?« fragte ich.

»Dieses Seeufer ist nicht gerade günstig, 'ne Menge mächtiger Felsbrocken, an denen sie mit ihren Haken immer wieder hängenbleiben. Aber sie finden sie. Sie schaffen es immer.«

»Es scheinen viele Boote draußen zu sein.«

»Die Leute hier herum beteiligen sich immer, wenn jemand ertrunken ist. Ich weiß nicht, ob ich Ihren Namen behalten habe, Ma'am. Ich bin Trooper Maleski.«

»Und ich Mrs. Randolph Hess.«

»Bin im Bilde, Mrs. Hess. Ihr Mann ist auch einer von denen, die für sie arbeiteten. Ist schwer, in die Leute hier ein bißchen Ordnung zu bringen. Einigen ging es ziemlich übel, als wir herkamen. Schätze, es ist eine Menge getrunken worden.«

»Nicht alle«, sagte ich und fragte mich, warum ich mich zu verteidigen suchte.

»Sie hat hier Parties am laufenden Band gegeben, erzählt man sich. Genau der richtige Rahmen. Völlig ungestört und unbeobachtet. Mit Betrunkenen in der Nähe von Wasser muß es früher oder später Unfälle geben.« Wir hatten mit gedämpften Stimmen gesprochen, wie es im Angesicht des Todes angebracht schien. »Schätze, diese Mrs. Ferris hatte keine finanziellen Sorgen.«

»Sie war eine wohlhabende Frau, Mr. Maleski.«

»Wenn Sie mich fragen, morgen früh werden die Reporter hier sein. Sie erfahren von der Geschichte und jagen mit ihren Wagen her. Oder mieten sich ein Wasserflugzeug, wenn sie schlau sind. Was für einen Job hat dieser Winsan?«

»Er ist Public-Relations-Mann.«

»Verstehe. Ist mit einem der Boote draußen, um zu helfen. Liegt ihm sicher viel dran, daß sie gefunden wird, ehe die Zeitungsfritzen aufkreuzen. Wird keinen Wert darauf legen, daß sie herauskriegen, daß sie nackt gebadet hat. Obwohl ich glaube, daß das so oder so im Bericht des Leichenbeschauers stehen wird.«

»Steve wird bestimmt alles tun, um einen Skandal zu vermeiden, Mr. Maleski.«

»Dann hat er eine harte Nuß zu knacken. Sie fischen schon nach ihr, seit dieser Sheriffstellvertreter ihren Badeanzug in der Tasche des Bademantels fand. Macht ihre Aufgabe nicht gerade leichter.«

Seine schwerfälligen Worte ließen das Bild vor mir lebendig werden. Der Raum schrumpfte zusammen, und in meinen Ohren war ein Geräusch, das wie das Tosen einer Brandung klang.

Ich stand neben dem Mann in der Uniform, und wir blickten hinaus. Die Benzinlampen auf den Booten zeichneten ihre Muster auf das Wasser. Die Lichter waren von so hellem Weiß, daß sie fast bläulich wirkten.

Der Anblick der Lichter, die sich über das Wasser bewegten, erweckte eine zögernde Erinnerung in mir. Es dauerte lange, als versuchte ich, den Schlüssel in einem verrosteten Schloß zu drehen, aber dann war die Erinnerung klar und stimmte mich melancholisch. Als ich klein war, hatten meine Eltern mich in ein schäbiges kleines Fischerdorf an der Westküste Floridas mitgenommen. Mit dem Haus, in dem wir wohnten, war ein Geheimnis verbunden. Ich wurde mir dessen bewußt, ohne zu ahnen, worum es sich handelte. Im Nebenzimmer wurde immer nur mit gedämpften Stimmen gesprochen. Und eines Nachts stürzte mein Vater und starb, und ich kannte das Geheimnis. Das Haus, das wir gemietet hatten, lag in der Bucht, in der die Fischer in den Oktobernächten ihre Netze auswarfen, und sie hatten Lichter auf ihren schwerfälligen Booten, und viele von ihnen waren in der Nacht, als mein Vater starb, draußen gewesen. Vielleicht war es eine für den Fischfang besonders günstige Nacht gewesen.

Der Polizist hatte lange geschwiegen. Dann sagte er unerwartet: »Wissen Sie, Mrs. Hess, ich kann mich gar nicht über diese Judy Jonah beruhigen. Ich schätze, daß ich sie wenigstens hundertmal auf dem Bildschirm gesehen habe. Ich hielt sie für die spaßigste Frau der Welt. In der letzten Zeit kam sie mir nicht mehr so spaßig vor. Auf alle Fälle stellte ich mir immer vor, daß sie eine sehr große Frau sei. Dabei ist sie nicht viel größer als Sie, nicht wahr?«

»Ich glaube, im Fernsehen wirkt man größer als man ist.«

»Das muß es sein. Ich schätze, an der heutigen Nacht wird sie nicht viel Spaß haben, wie?«

»Bestimmt nicht.«

»Sie hätten mich umpusten können, als ich hier hereinkam und sie sah. Sie war der letzte Mensch, den ich hier in den Wäldern zu sehen erwartete.«

»Wissen Sie, wo sie jetzt ist, Mr. Maleski?«

»Vor einer Weile war sie unten an der Anlegestelle. Trug eine Männerjacke und sah zu. Sie wird inzwischen nach hinten gegangen sein.«

Ich dachte an Judy. Sie würde nicht mehr Tränen vergießen als ich. Nicht um Wilma Ferris. Es gab für uns andere Dinge, die wichtiger waren.

»Sind Sie schon früher hier gewesen?« fragte der Polizist. »Natürlich, wahrscheinlich waren Sie es.«

»Ich war oft hier.«

»Ich glaube, sie hat eine Menge Geld hier hereingesteckt. Es ist der tollste Besitz im Umkreis von Meilen. Vielleicht im ganzen Land. Wissen Sie, ich habe es immer für das Haus eines Verrückten gehalten, mit all diesem Glas und einem flachen Dach in einem Land, in dem es so viel Schnee gibt. Ich meine, es sieht verdammt komisch aus, wenn man mit einem Boot auf dem See ist. Wenn man aber so hier drin steht, könnte es einem doch vielleicht gefallen.«

Das war es, worauf es ihr ankam.

»Wie meinen Sie das, Mrs. Hess?«

»Sie legte Wert darauf, daß es den Leuten gefiel.« So wie es Randy gefallen hatte, und wie es Mavis Dockerty beeindruckte, während Paul dabeistehen und hilflos zusehen mußte, und wie Gilman Hayes es schluckte, ohne mit der Wimper zu zucken. Selbst Steve Winsan und Wallace Dorn und ich, waren wir nicht alle gesprungen und hatten wie Marionetten getanzt, während Wilma Ferris scheinbar spielerisch die Fäden zog?

»Ich glaube, ich verstehe, was Sie meinen«, sagte der Uniformierte. »Es war gut fürs Geschäft, zur Überrumpelung.«

»So ähnlich«, sagte ich.

»Es waren acht Gäste und Mrs. Ferris und die drei mexikanischen Hausangestellten, nicht wahr? Insgesamt zwölf Personen. Stimmt's?

Ich zählte in Gedanken nach. »Es stimmt.«

»Wenn einer hier draußen Personal braucht, muß er es mitbringen. Hier findet sich niemand für diese Art Arbeit. Wie steht es mit diesen Mexikanern? Wie ist sie an die geraten?«

»Sie sind aus Mexiko gekommen. Sie hat da ein Haus. In Cuernavaca. Sie läßt sie immer für den Sommer herkommen.«

»Ist ihr Haus da unten so ähnlich wie das hier?«

»Nein. Es ist ein sehr, sehr altes Haus. Mit einer hohen Mauer darum. Ein spanisches Haus nahe der Stadtmitte. Sie hat . . . hatte dieses Haus und das hier und die Wohnung in New York.«

»Nicht schlecht, wenn man es sich leisten kann«, sagte der Polizist. »Ich habe sie oft in der Stadt gesehen. Das heißt, nicht sehr oft. Vielleicht drei- oder viermal. Ich bin erst seit zwei Jahren hier. War vorher in Malone. Sie sah gut aus. Was würden Sie sagen, wie alt sie war?«

»Das war ein Staatsgeheimnis, Mr. Maleski. Als sie das letztemal geschieden wurde, hieß es in der Klatschspalte von *Time*, sie sei zweiundvierzig. Wilm war fuchsteufeslwild. Sie wollte, daß man sie für höchstens vierunddreißig oder so hielt. Meiner Meinung nach war sie wahrscheinlich fünfundvierzig. Aber man sah es ihr nicht an.«

Der Uniformierte knurrte. »Ich will verdammt sein, wenn man es ihr ansah. Fünfundvierzig! Kaum zu glauben.«

»Sie hat es sich was kosten lassen, Mr. Maleski.«

Plötzlich kam mir zu Bewußtsein, daß ich die im Osten liegenden Hügel sah. Ich trat näher an das Fenster. Die Sterne waren verblaßt, nur wenige waren noch zu sehen.

»Es fängt an zu dämmern«, sagte der Uniformierte. »Bald fünf Uhr. Dauert nicht mehr lange, bis es hell ist.«

Die Lichter auf den Booten hatten ihren grellen Schimmer verloren. Das Wasser war nicht mehr schwarz. Es hatte die Farbe von feuchtem Schiefer angenommen. Und dann hörte ich den Ruf von einem der Boote, einen Ruf, der anders klang als die Stimmen, die solange über das Wasser gehallt hatten. Alle Boote schienen anzuhalten, und ich fühlte, wie die stämmige Gestalt des Polizisten neben mir sich plötzlich straffte.

»Sieht aus, als hätten sie sie gefunden«, sagte er.

Er ging zu der Tür, die auf die Hauptterrasse führte. Ich folgte ihm. Er öffnete die Tür und bemerkte, daß ich dicht hinter ihm war. Er blieb stehen, als wollte er mir den Weg versperren. »Sie bleiben besser hier im Haus. Ist wahrscheinlich kein schöner Anblick.«

»Ich gehe hinunter, Mr. Maleski.«

Solange wir uns mit gedämpften Stimmen unterhalten hatten, war etwas wie Verbundenheit zwischen uns entstanden. Ich sah, wie die Freundlichkeit aus seinem Gesicht verschwand. Ich war nicht mehr die Frau, mit der er im Halbdunkel nett geplaudert hatte. Ich war eine von *denen*. Eine von den stinkreichen Säufern, den nackt Badenden, den Frauen, die ihre Liebhaber wie die Hemden wechselten.

»Wie Sie wollen«, sagte er.

Ich folgte ihm über die geschwungene Steintreppe auf die kleine Terrasse, von der die beiden zementierten Bootsstege drei Meter weit in den See reichten. Jeder der Stege war vier Meter breit, und der Abstand zwischen ihnen betrug etwa dreißig Meter, so daß sie sich dem U-förmigen Grundriß des großen Hauses anpaßten, das sich auf dem Felsvorsprung zehn Meter über dem See erhob.

»Habt ihr sie?« rief der Uniformierte den Lichtern entgegen.

»Ja, wir haben sie, Joe«, antwortete eine Stimme. Und eine andere Stimme fügte leise etwas hinzu, worauf jemand rauh lachte, aber gleich wieder verstummte.

»Schalten Sie die Beleuchtung ein, Joe, damit wir sehen, wohin wir steuern.«

Er fragte mich nach dem Schalter. Ich sagte ihm, daß ich die Beleuchtung einschalten würde. Ich lief die Stufen hinauf zum Schaltkasten auf der Hauptterrasse. Da ich nicht wußte, auf welche Schalter es ihnen ankam, betätigte ich sie alle. Helles Licht überflutete Terrassen und Docks und die Gehölze ringsum. Die graue Andeutung der Morgendämmerung war verschwunden, es herrschte wieder tiefe Nacht.

Ich lief schnell zurück, um auf dem Steg zu sein, wenn sie gebracht wurde. Judy Jonah war schon vor mir da. Von allen Seiten strömten sie herbei — Gilman Hayes, der nervös kicherte, Mavis Dockerty, wieder laut schluchzend. Wallace Dorn strahlte feierliche Würde aus. Die Lichter aus den Booten erloschen nacheinander, aber die Boote kehrten nicht zu ihren Anlegestellen zurück. Sie folgten dem Boot, das die Leiche meiner Feindin trug.

Steve Winsan stieg aus einem anderen Boot. Er sah mich an. Sein kantiges Gesicht war abgespannt. Aber selbst in diesem Augenblick brachte er es fertig, etwas in seinen Blick zu legen, das mich erwärmte. Das Boot mit der Toten legte an. Zwei alte Männer saßen darin. Der Polizist in dem anderen Boot gab mit heiserer Stimme überflüssige Anweisungen. Malewski und Steve Winsan knieten nebeneinander, um die reglose Gestalt aus dem Boot zu heben. Ich trat dicht hinter sie und konnte über die breiten Schultern des Polizisten hinabblicken. Ich sah ihren Fuß, der sehr weiß über den Rand der ölverschmierten Persenning hinausragte. Wilma Ferris unter einer schmutzigen Leinwand. In Gedanken sah ich, wie sie angewidert die Nase rümpfte.

»Der Haken verfing sich in ihrem Arm«, sagte einer der alten Männer zu uns allen. »Rutschte ab, als sie hochkam. Hätte sie fast wieder verloren, aber Jimmy packte schnell zu. Die Stelle lag etwa zwanzig Meter von diesem Ende der Anlegestelle, Wassertiefe nach meiner Schätzung: zwölf Meter.«

Mit ungeschickten Griffen zogen die beiden alten Männer die Persenning fest und hoben die reglose Gestalt hoch, bis Maleski und Steve sie packen konnten. Sie mußten ein paar Schritte zurück machen, um Platz auf dem Landungssteg zu schaffen. Dabei trat der große Polizist auf das lose Ende der Persenning, stolperte und ließ die Beine der Toten fallen. Steve lockerte den Griff nicht, so daß die Leinwand sich öffnete. Die Leiche rollte weiß, schlaff und schwer auf den zementierten Steg. Wilmas langes dunkles Haar klebte an einer Seite ihres Gesichtes, die Lichter verliehen der anderen Hälfte einen bläulichen Schimmer. Zum erstenmal sah ich den berühmten vollkommenen Körper. Selbst im Tod waren ihre Brüste rund und fest, ihr Leib flach, die Schenkel wie aus Marmor gemeißelt. Sekundenlang herrschte Stille, als atmete jemand langsam aus. Der Polizist und Steve beschäftigten sich mit der Persenning und Judy Jonah sagte mit ihrer heiseren ausdrucksvollen Stimme: »Um Himmels willen, deckt sie doch endlich zu, ihr beiden Hampelmänner!«

Sie hüllten sie wieder in das Segeltuch. Sie war zu einem leblosen Ding geworden, zu einer Sache. Solange sie lebendig gewesen war, hatte sie alles von mir gefordert. Und ihre Waffen — Geld, Herrschsucht, Schönheit — hatten nach den jeweiligen Erfordernissen gewechselt.

Es gab einen langen Streit, ob die Tote für die Untersuchung des Leichenbeschauers auf dem Landesteg verbleiben sollte oder ins Haus gebracht werden konnte, ohne die gesetzlichen Vorschriften zu verletzen. Die Boote traten die Heimfahrt an, Außenbordmotoren wurden angeworfen, und ihr blechernes Echo hallte von den in der Morgendämmerung liegenden Hügeln wider. Hilfssheriff Fish rief den Besatzungen mit gewichtiger Miene seinen Dank nach. Der Leichenbeschauer, ein unerwartet junger Mann mit überlangen Koteletten, ließ den Disput durch seine Ankunft gegenstandslos werden. Mit Ausnahme der Beamten scheute er alle von dem Anlegesteg und begann an Ort und Stelle mit der Untersuchung.

Ich hatte das Gefühl, mich beschmutzt zu haben, weil ich heruntergekommen war, aber ich hatte mich vergewissern müssen, daß sie tot war. Ich brauchte mehr als nur die Nachricht von ihrem Tod. Ich sah nach Randy. Er schlief fest, sein Mund stand offen. Was sollte nun aus ihm werden? Wilma hatte uns gezwungen, in dem Stil zu leben, den sie erwartete. Alles, was uns nach den Jahren mit ihr geblieben war, waren Schulden, eine für unsere Verhältnisse viel zu große Wohnung, eine Menge zu kostspieliger Kleidung und ein hohes Gehalt, das mit dem Augenblick fortfiel, da ihr Herz stehengeblieben war. Irgendwie mußte er den Mut finden, von vorn zu beginnen, wie wir es schon einmal getan hatten. Ich beschloß, ihn nicht zu wecken und ihm nicht zu sagen, daß sie die Leiche gefunden hatten. Er würde es noch früh genug erfahren. Ich ging durch die große Diele auf den Wohnraum zu und fragte mich, ob Steve in seinem Zimmer sei. Seine Tür öffnete sich so plötzlich, daß ich zusammenzuckte.

»Noel«, sagte er, und seine Stimme hatte jenen besonderen Klang, den er mir gegenüber anwandte. »Dachte mir gleich, daß es dein Schritt war.« Er griff nach meinem Handgelenk und zog mich, ohne daß ich protestierte, in sein Zimmer. Leise schloß er die Tür.

»Welche Schweinerei«, sagte er. »Gott, was für eine Schweinerei! Macht Randy immer noch weiter?«

»Er schläft noch. Ich habe ihm ein paar Tabletten gegeben. Er braucht Schlaf.«

Er war dabei gewesen, sich die Hände zu waschen. Er hatte die Hemdsärmel aufgekrempelt. Trotz hastigen Abtrocknens waren die braunen Haare auf seinen kräftigen Armen noch feucht. Er legte mir die Hände um die Hüften, und ich spürte die Erregung. Ich bin froh, daß ich für ihn schlank bin. Ich bin glücklich, daß er meine zu kleinen Augen und eine etwas zu lange Oberlippe mag. Er preßte seine Lippen auf meinen Mund und nahm mir Atem und Willen.

»Nichts hat sich geändert«, sagte er in mein Haar, ohne mich loszulassen.

»Nein«, sagte ich. »Alles ist anders. Gestern war es einfach, nicht wahr? Alles war in bester Ordnung.« Ich begann zu weinen. Ich hatte nicht weinen wollen. Wir saßen auf seinem Bett, er hatte den Arm um meine Schultern gelegt.

»Es wäre besser, du erklärst mir, was du meinst«, sagte er.

Ich mußte es ihm behutsam beibringen. »Gestern abend war sie noch da. Er wußte, wohin er sich zu wenden hatte. Mit seinen Gefühlen, meine ich. Es hätte das Ende sein können. Ohne jedes Bedauern, weil ich endlich aufgehört hatte, ihn zu lieben. Es brauchte lange dazu, aber schließlich war es soweit. *Sie* war sein ganzes Leben geworden. Ich spielte nur noch eine so winzige Rolle darin, daß er mich kaum vermißt hätte. Aber jetzt braucht er mich, Steve.«

»Es ist eine Falle«, sagte er. »Frauen fallen immer wieder darauf herein. Mutterinstinkte. Der arme kleine Mann braucht euch. Mach dich nicht lächerlich.«

»Sie hat aus einem Mann einen Waschlappen gemacht. Er wird Hilfe brauchen, wenn er versucht, wieder ein Mann zu werden.«

»Bis daß der Tod euch scheidet . . .?« fragte Steve bitter. Ich sah, wie er spöttisch die Lippen verzog und mochte es nicht. Es lag Verachtung darin, Verachtung für den Menschen, der ich war. Und ich hatte mir eingebildet, er liebte mich so, wie ich war. Er hatte kein Recht, mich zu verachten.

»Ich weiß jedenfalls, was ich zu tun habe.«

»Dann ist dies also der Laufpaß.«

Gott weiß, daß ich diese Worte nicht hören wollte. Mir lag nichts an einem so leichten und leeren Sieg. Es war seine Pflicht, es mir auszureden, mir alle Gründe aufzuzählen, warum ich Randy verlassen sollte, wie wir es am Abend zuvor besprochen hatten. Er hätte mir hundert Gründe anführen müssen, warum ich das sinkende Schiff im Namen Randolph Hess verlassen mußte.

Aber das war nicht das Schlimmste. Ich bin sehr sensibel anderen Menschen gegenüber. Ich kann in ihren Gesichtern lesen. Und ich sah in Steves Miene die Andeutung von Erleichterung. Als liefen die Dinge günstiger für ihn, als er erwartet hatte.

Ich wollte ihn auf die Probe stellen. »Wirklich, Steve, haben wir das alles nicht ein bißchen zu ernst genommen? Ich meine, sind wir nicht zu dramatisch geworden? Schließlich sind wir doch zwei erwachsene Menschen, nicht wahr?"

Er sah mich überrascht an, dann lachte er leise. »Bei Gott, Noel, du überraschst mich. Aber du hast recht. Wir sind keine Kinder mehr.«

Ich lächelte. »Und es bedeutete uns bei weitem nicht das, was wir daraus machten.«

Er zauste in meinem Haar. »Wahrscheinlich nicht, Kleine. Aber du hast mir sehr viel bedeutet. Das sollst du wissen. Jemanden wie dich zu kennen . . .«

Das war natürlich das Ende. Ich fühlte mich schmutziger als Minuten zuvor, als ich hinabgegangen war, um mir die Tote anzusehen. Und als ich auf den schlafenden Randy hinabgeblickt und ihn gehaßt hatte. Diese Gefühle waren wenigstens ehrlich gewesen. Die Sache mit Steve hingegen billig. Wochenendunterhaltung, Dreieckspiel. Ich lächelte ihn an und sah, wie er wirklich war. Alles Pose und Verstellung. Er lebte von Verstellung und Lüge, von Steve Winsan war nichts übriggeblieben. Vielleicht hatte es diesen Mann früher einmal gegeben. Es gab nur noch die attraktive Hülle, nichts weiter.

Er küßte spielerisch mein Ohr. Seine Hand lag auf meiner Hüfte. »Nachdem wir uns so gut verstanden haben, können wird uns entspannen, Kleine. Zum Teufel, ich glaube, ich kann Randy ein paar Leute zuschanzen, wenn er wieder seinen eigenen Laden aufmachen will. Es wäre nett, dich in New York in der Nähe zu haben.«

»Reizend von dir«, sagte ich.

Seine breite Hand wanderte von der Hüfte zum Rücken, zog mir die Bluse aus dem Rock, wanderte den Rücken hinauf zum Büstenhalterverschluß und brauchte nur Sekunden, um ihn zu lösen. Das war etwas, das er in der Tat gut gelernt hatte.

Jeder trägt die Neigung zur Perversität in sich. Gerade in der Erniedrigung sehnt man sich nach zusätzlicher Demütigung. Ich saß starr und fühlte seine Hände an meinem Körper und war bereit, mit gespielten Gefühlen auf sein Spiel einzugehen, obwohl ich wußte, daß ich ihm nichts bedeutete. Ich hätte es als Bestrafung empfunden, als gerechte Strafe. Nichts war mir geblieben, nicht einmal ein Fluchtweg.

Dann hörte ich das leise Klopfen an der Tür und die Stimme

Amparos, des stämmigen und sehr liebenswerten mexikanischen Hausmädchens.

»Mister Winsan?«

Seine Hände kamen zur Ruhe. »Was wollen Sie?«

»Die Polizei, Sir. Sie sollen gleich in den großen Raum kommen. Sie und alle anderen.«

Er sah mich an, hob die Brauen, zuckte die Achseln und rief dem Mädchen zu, er würde gleich kommen. Wir standen vom Bett auf. Er streifte die Ärmel herunter und schlüpfte in sein Jakkett, während ich den Büstenhalter befestigte und die Bluse in den Rock schob.

Er öffnete die Tür, sah in beide Richtungen des Ganges und sagte: »Alles in Ordnung, Noel.« Als ich an ihm vorbeiging, klatschte er mir die Hand auf das Gesäß. Ich nahm an, daß er damit seine Zuneigung und die Bestätigung seines Besitzrechts bekunden wollte.

Aber ich habe es nie gemocht, von jemanden berührt zu werden, den ich nicht liebte. Ich wandte mich scharf um und fuhr ihm mit den Nägeln ins Gesicht. Er schrie vor Schmerz auf und sprang zurück. Ich ging allein in die Diele hinab.

Sie hatten sich in dem großen Wohnraum, der Halle, wie Wilma es nannte, versammelt. Die riesigen Fenster wirkten grau. Die Umrisse der Hügel im Osten waren in den ersten rosigen Schimmer getaucht. Es kam mir zu Bewußtsein, daß Sonntag war, und diese Erkenntnis versetzte mir einen Schock.

Die beiden Polizisten, Carran und Maleski, waren da, desgleichen der sehr amtlich wirkende Hilfssheriff Fish und der junge Leichenbeschauer mit den langen Koteletten. Es sah aus, als hätten sie Stellung gegen uns bezogen. José Vega, Butler, Barmann und Hausdiener in einer Person, stand mit der sanften Fügsamkeit des Pferdes, dem er so ähnelte, in der Ecke. An seiner Seite erkannte ich Rosalita Vega, seine ältere Schwester, die als Köchin fungierte. Amparo Loma, das hübsche Hausmädchen, saß unbehaglich auf einem Stuhl, als wäre sie aufgefordert worden, sich zu setzen, hätte es getan und plötzlich festgestellt, daß sie die einzige Angestellte war, die nicht stand.

Kurz nach mir kam mein Mann in den Raum. Er stand noch unter der Einwirkung der Schlaftabletten, gähnte und konnte seine Nervosität nur schwer verbergen. Er nickte mir zu, setzte sich neben Judy Jonah und fragte mit zu lauter Stimme: »Was ist eigentlich los?« Niemand beantwortete seine Frage.

Gilman Hayes, Wilmas Günstling, saß neben der Stehlampe am Boden. Er trug sein Polohemd und ausgefranste Shorts und hatte die festen braunen Beine gekreuzt. Mit offenkundiger Verachtung blätterte er in einem Kunstbuch. Wallace Dorn saß mit den Dockertys auf der Couch. Sie unterhielten sich mit gedämpften Stimmen. Schließlich kam Steve herein. Er warf mir einen kurzen Blick zu und suchte sich einen Platz so weit wie möglich von mir entfernt. Auf seiner linken Wange klebten zwei Streifen Leukoplast, deren Anblick mir ein wenig Genugtuung bereitete.

»Das wären alle«, sagte der Polizist Maleski. »Wollen Sie es übernehmen, George?«

Hilfssheriff Fish nickte selbstbewußt. Er trat einen Schritt vor und räusperte sich. »Wir ... ich bin der Ansicht, daß Sie alle so schnell wie möglich erfahren sollen, wie die Dinge liegen. Als wir gestern abend herkamen, deuteten die Aussagen, die wir erhielten, auf Ertrinken, also auf einen Unglücksfall hin. Doc Andros hier bestätigt, daß sie ertrunken ist. Tod durch Ertrinken, sagt er. Aber ihm gefielen ihre Pupillen nicht, sagt er. Also untersuchte er sie sehr gründlich und entdeckte, daß ihr ein scharfer Gegenstand in den Hinterkopf gestochen worden war. Er durchbohrte den Schädel, und sie wäre wahrscheinlich daran gestorben, wenn sie sich nicht im Wasser befunden hätte. Da sie aber im Wasser war und noch atmete, war es natürlich, daß sie ertrank. Wir haben den Landungssteg und die Boote mit der Lupe abgesucht und nichts gefunden, was die Wunde hätte verursachen können, wenn sie darauf gefallen wäre. Es war ein runder Gegenstand mit scharfer Spitze, der sie an dieser Stelle traf.« Er drehte sich um und deutete auf seinen eigenen Hinterkopf, um uns die Stelle zu zeigen. »Das kann nur eines bedeuten — nämlich Mord. Nun liegt Les Riley, der Sheriff, krank im Bett, aber es sind andere Leute hier, die mit Ihnen über die Sache sprechen wollen. Der Staatsanwalt des County — J. P. Walther — und ein Leutnant von der Kriminalabteilung der Staatspolizei sind unterwegs, und es ist zu erwarten, daß sie noch ein paar Männer mitbringen werden. In der Zwischenzeit fordere ich Sie, gestützt auf meine Befugnis als Hilfssheriff, auf, diesen Raum nicht zu verlassen. Joe, Sie sammeln die Wagenschlüssel ein und versehen sie mit den Namen der Besitzer. Ich will niemanden am Anlegesteg oder draußen im Gelände sehen. Sie bleiben hier im Haus. Ist das alles klar?«

Steve ergriff das Wort. »Vollkommen klar, Sir. Ich bin sicher, daß Sie die Unterstützung von uns allen haben werden. Mein Name ist Winsan, Steve Winsan. Als Public-Relations-Mann bin ich gewohnt, mit der Presse zu verhandeln. Wilma Ferris war eine meiner Klientinnen. Ebenso wie Miß Jonah und Mr. Gilman Hayes. Sie haben einen Ruf, den sie schützen müssen. Ich bitte Sie, mir zu gestatten, in dieser Sache die entsprechenden Maßnahmen zu ergreifen. Wenn Persönlichkeiten wie Judy Jonah, Wilma Ferris und Gilman Hayes in eine solche Sache gezogen werden, wird sich die gesamte Pressemeute auf den Fall stürzen. Das erfordert behutsames Vorgehen.«

»Hm, darüber kann ich mir schlecht ein Urteil erlauben«, sagte der Hilfssheriff unbehaglich.

Steve sagte: »Übrigens möchte ich mir Ihren Namen, den vollen Namen, notieren, um zu verhindern, daß er in den Pressemeldungen falsch genannt wird. Und natürlich auch die Namen der anderen Herren.«

»Schätze, es wäre klug, einen Mann einzuschalten, der sein Handwerk versteht«, sagte Fish und blickte die Polizisten fragend an.

»Dieses Haus wird zu einem Zirkus mit drei Manegen, bevor es Mittag ist«, sagte Steve.

Ich spürte, wie mir schlecht wurde. Hoffentlich erreichte ich noch rechtzeitig mein Zimmer. Als ich auf die Tür zuging, fragte Fish: »Wo wollen Sie hin, Lady?«

»Mich hinlegen«, sagte ich. Ich blickte nicht zurück. Niemand hielt mich auf.

Ich übergab mich, dann wusch ich mich und streckte mich auf dem unbenützten Bett aus. Ich versuchte, vernünftig über mich nachzudenken. Gott weiß, daß ich in den letzten Jahren genug Gauner kennengelernt hatte. Auch solche von der aalglatten Sorte. Ich hatte zugesehen, wie Randy immer tiefer im Schmutz watete und hatte eine gewisse Freude bei dem Gedanken empfunden, selbst sauber zu bleiben. Und dann hatte ich mich wie ein Schulmädchen von diesem Stück Dreck überrumpeln lassen.

Wilmas Tod schien plötzlich ohne jede Bedeutung. Sie war schon vor langer Zeit gestorben.

Ich glitt in Träume, die sich wie Säure in mein Gehirn einfraßen, und erwachte schweißüberströmt, um erneut dahinzudämmern, hilflos meiner Erschöpfung und meinem Schmerz preisgegeben.

2

PAUL DOCKERTY – VORHER

Es war eine 300-Meilen-Fahrt zu Wilmas Besitz am Lake Vale, und trotz der vielen Arbeit weigerte sich Mavis, meine Frau, halsstarrig, statt am Freitag am Samstag zu fahren. Sie sagte, sie habe die Einladung angenommen und versprochen, daß wir am Freitag rechtzeitig zu den Cocktails dasein würden.

Und dann sah sie mich mit dem milden Blick an, den sie von Wilma hatte und von dem sie wußte, daß er mich zur Weißglut brachte, und sagte: »Aber Darling, du arbeitest doch für sie, nicht wahr? Ich müßte eigentlich annehmen, daß es auch für dich wichtig sei.«

Ja, ich habe für Wilma Ferris gearbeitet, eine Tatsache, die ich nicht leugnen konnte. Aber es wollte meiner entzückenden Frau nicht in den Dickschädel, daß ich in meiner Branche auch einen Ruf zu wahren hatte. Bevor ich zu Ferris, Incorporated, übergegangen war, galt ich als Autorität bei Ramsey & Shaver, spezialisiert darauf, mit allen modernen Mitteln die Absatzkurven unserer Klientenfirmen in die Höhe zu treiben.

Es war wirklich ein schwarzer Tag, als ich Ramsey & Shaver verließ, um bei doppeltem Gehalt für Ferris, Incorporated, zu arbeiten. Ich faßte meinen Entschluß, nachdem sie mir den ganzen Morgen gegenübergesessen und nüchtern ihren Standpunkt vertreten hatte. Die Gesellschaft war ganz gewiß nicht in Schwierigkeiten. Im Gegenteil, sie warf hohen Gewinn ab, aber längst nicht soviel, wie es sein könnte. Sie gab mir die nötigen Erklärungen. Die Fabrik lag in Jersey und produzierte zwei

Arten von Kosmetika. Die mit dem Namen Ferris war teuer und nur für eine begrenzte Anzahl von Luxusgeschäften bestimmt. Die mit Namen Wilma brachte Brot und Butter. Quantität statt Qualität, Erzeugnisse für die Kettenläden, kleine Verdienstspanne. Was nicht in Ordnung war, war der Vertrieb bei beiden Arten. Die Verkaufsziffern sanken. Der Verkaufsleiter hatte der Firma kürzlich den Gefallen getan, tot umzufallen. Sie wollte gesunde Verkaufsziffern, das ganze Verteilersystem sollte aufgemöbelt und frisch angekurbelt werden. Sie bot mir ein gutes Gehalt. Ich besprach die Sache mit Mavis. Dann nahm ich an.

Aus dem einfachen Grund, weil das, was Wilma Ferris gesagt hatte, Hand und Fuß hatte. Zu einem bestimmten Zeitpunkt wurde ihre Stimme heiserer, rauchiger, und sie sah mir in die Augen und sagte: »Versuchen Sie nie, mir hinsichtlich des Geschäftes etwas vorzumachen, Paul. Ich habe mit diesen beiden Händen im vierten Stock eines Hauses ohne Lift begonnen. Ferriskrem war der Anfang. Ich mischte das Zeug selbst im Bottich. Die Dosen kaufte ich en gros ein. Ich entwarf die Etiketts und klebte sie auf. Ich füllte die Dosen, schraubte die Deckel auf und verkaufte auf eigene Rechnung. Versuchen Sie nie, mir blauen Dunst vorzumachen.«

»Warum erzählen Sie mir das?«

»Weil eine Menge Leute es versucht haben. Sie glauben, sie könnten sich eine Scheibe von dem Geschäft abschneiden, weil ich mich so wenig darum kümmere. Ich kümmere mich so wenig darum, weil ich meine Ruhe verdient habe. Dafür habe ich gearbeitet. Ich genieße das Leben, Paul. Ich genieße es nach allen Regeln der Kunst. Ich engagiere meine Leute und lasse sie arbeiten und rede ihnen nicht drein, während ich mich amüsiere.«

Ich wünsche bei Gott, sie hätte mich und Mavis in Ruhe gelassen. Weil dies nämlich das erste und einzige Mal war, daß sie etwas Vernünftiges von sich gab. Erst später begann ich zu lernen, wie sie wirklich war. Aber da hatte sich unser Lebensstandard schon meinem neuen Gehalt angepaßt.

»Außerdem«, sagte Mavis und hörte auf, ihr Haar zu bürsten, und ihre Stimme klang, als verkündete sie das Evangelium, »werden die Hesses dort sein, und Judy Jonah und Wallace Dorn, und du wirst bestimmt Gelegenheit haben, mit ihnen über Geschäfte zu reden, nicht wahr?«

Mavis war der Ansicht, daß wir der Einladung folgen mußten, weil es das erste Mal war, daß wir auf den von Gerüchten umwitterten Besitz am See eingeladen worden waren. Aber ich ahnte, was sich abspielen würde. Um das zu lernen, waren wir oft genug Gäste in Wilmas Stadtwohnung gewesen. Und Leute, die Bescheid wußten, hatten mir gesagt, daß die Parties in der Stadtwohnung Kinderbelustigungen im Vergleich zu den Parties am See seien. Oder in Cuernavaca.

Mavis übernahm das Packen, und als wir fertig zur Abfahrt waren, hätte ein Fremder angenommen, daß wir zu einer Kreuzfahrt nach Norwegen, mit Bermudazwischenaufenthalt auf der Rückfahrt aufbrächen. Ein Schauder überkam mich bei dem Gedanken, wieviel von meinem fetten Gehalt für den Inhalt der Koffer draufgegangen war. Herman half mir, und es gelang unseren vereinten Kräften, das ganze Zeug im Kofferraum des neuen Wagens zu verstauen. Ich wußte, daß Mavis wirklich sehr nett aussah, aber ihr Haar verdarb diesen Eindruck. Sie hatte angefangen, ihr Haar in Wilmas Art zu tragen. Sie sieht Wilma zu oft. Sie ähneln sich beide in der Figur — beide sind groß, mit festen Hüften und großen Brüsten, und schlank in der Taille. Nicht wie diese blutarmen Modelle aus den Modeheften. Ich bin selbst groß und finde, entgegen der allgemeinen Ansicht, keinen Geschmack an zierlichen Frauen.

Mavis war schon immer von diesem Nachahmungstrieb besessen. Wenn ich sie zu einem Film mitnahm, war sie für zwei Tage Betty Grable, bis sie den nächsten Film sah. Ständig wechselte sie ihre Frisur, ihren Akzent, ihre Moderichtung, selbst ihren Gemütszustand. Man konnte es nicht einmal Oberflächlichkeit oder Seichtigkeit nennen. Sie hatte einfach keine Gelegenheit gehabt, sich zu einer eigenen Persönlichkeit zu entwickeln. Ich fand mich mit der Tatsache ab, daß sie es nie nachholen würde und nahm sie so, wie sie war. Sie amüsierte mich. Sie hatte andere Qualitäten. Sie war gut im Bett. Und sie war ein dekoratives Aushängeschild. Ich gab mich damit zufrieden, obwohl keinerlei geistige Anregung von ihr ausging. Es war nicht anders, als hielte man einen großen, schönen und spielerischen Hund im Hause.

So war sie, bis wir in den Wirkungskreis Wilma Ferris' gerieten. Wilma ist die eigenwilligste und starrköpfigste Frau, die ich kenne. Mein Gott, kann sie halsstarrig sein! Sie hält einen die ganze Zeit unter Druck. Nichts ist direkt oder einfach an ihr. Sie erweckt nur den Eindruck, es zu sein. Meine Frau lieferte sich ihr aus. Sie stürzte sich voll und ganz in das neue Fluidum, und als sie daraus emportauchte, war sie nicht mehr Mavis. Sie war eine andere Ausgabe Wilmas. Nicht tief im Innern, wo Wilma wie Stahl ist. Aber in allen äußeren Belangen. Für sie ist Wilma die großartigste Frau, die je ihren Fuß auf diese Erde setzte, und mit jedem Tag sehe ich weniger von Mavis und mehr von Wilma. Und das Teuflische daran ist, daß diese Angleichung uns zwingt, alles daran zu setzen, um auch Wilmas Lebensstandard nahezukommen.

Damit allein könnte ich mich abfinden. Aber meine Mavis war ein gutes Mädchen. Gut im altmodischen Sinn, wo die Dinge entweder schwarz oder weiß waren. Die Atmosphäre um Wilma aber ist grau. Und es entging mir nicht, daß Wilma meiner Mavis auch ihre Moralbegriffe aufzuzwingen sucht. Das ist es, was ich besonders fürchte.

Ich glaube, es gab einen Zeitpunkt, da ich Mavis eine kleine Geschichte über Wilma hätte erzählen können. Und die kleine Geschichte hätte zweifellos die Nabelschnur durchtrennt, durch die sie Mavis an sich kettet. Aber ich habe zu lange gewartet, und wenn ich es jetzt täte, könnte es sein, daß sie mich mit jenem Hohn ansähe, den ich an dem betreffenden Nachmittag in Wilmas Augen sah.

Wilma bat mich, in ihre Wohnung zu kommen. Zu einem Gespräch über unsere Stellung zur Werbeagentur Fern & Howey. Aber von der Sekunde, als ich die Wohnung betrat, spürte ich, daß das geschäftliche Gespräch nur ein Vorwand war. Sie hatte sich auf ihrer Luxusbühne in Szene gesetzt, und ich hätte nur die Arme auszustrecken brauchen.

Um ein Haar hätte ich es getan. Ich war verdammt nahe daran. Aber ich wurde die Erinnerung an Randy Hess nicht los und an den Ring, den sie ihm durch die Nase gezogen hatte. Ich hatte kein Verlangen nach einem solchen Schmuckstück. Die geschäftlichen Beziehungen genügten mir. Ich nahm mich also zusammen und blieb unnahbar genug, um ihr Gelegenheit zu der Andeutung zu geben, ich hätte Angst. Ich sagte, daß es weniger Angst sei und erntete dafür ihren verächtlichen Blick. Von dieser Stunde an belegte sie Mavis noch mehr mit Beschlag. Es klingt ein wenig verrückt, wenn ich behaupte, daß sie es darauf anlegte, Mavis gefühlsmäßig von sich abhängig zu machen, weil sie bei mir abgeblitzt war, aber es ist so. Sie muß immer die Siegerin sein. Ich glaube, es war Steve Winsan, der mir von der adligen Lady in Cuernavaca erzählte, die höflich aber bestimmt alle Einladungen zu Wilmas Parties ablehnte. Kurz danach entdeckten die mexikanischen Behörden eine Unstimmigkeit in der Aufenthaltserlaubnis der adligen Dame, und sie mußte das Land verlassen.

Der Beamte, der für die Aufenthaltsgenehmigungen zuständig war, galt als besonderer Günstling Wilmas.

Wie ich schon sagte — sie kann es nicht ertragen, Verliererin zu sein.

Zum Teil verstehe ich sie und kann ihr nicht einmal Vorwürfe machen. Sie kam aus dem Nichts. Von der unteren East Side, sagt man, wo das Leben ein Kampf ums Überleben ist. Vielleicht lernte sie dort, daß man Sieger bleiben muß. Wenn sie auch heute noch kämpfen müßte, hätte dieser Zwang vielleicht in die richtigen Kanäle gelenkt werden können. Aber sie *hat* gewonnen, und nun kann sich dieser Zwang nur auf gesellschaftlichem und persönlichem Gebiet austoben, wo er zur Katastrophe führen muß. Das beste Beispiel sind die beiden Männer, die sie heiratete. Der erste verübte Selbstmord durch Erschießen, der andere endete als hoffnungsloser Säufer. Zugegeben, beide waren labile Charaktere. Manchmal glaube ich, daß Labilität sie anzieht, daß sie davon lebt. Randy Hess ist ein gutes Beispiel dafür.

Was ich über sie sagte, mag ein falsches Bild von ihr geben. Tatsächlich ist sie eine tolle Frau. Man muß sie bewundern. Allerdings so, wie man eine vorüberziehende Parade bewundert. Mit dröhnenden Trommeln.

Wir stiegen in den Wagen, und als wir losfuhren, wußten wir, was der Tag uns bringen würde — Backofengluten, die auch nachts noch von den Steinen ausstrahlten.

Mavis sagte: »Liebling, es wäre schrecklich, diesen Tag in der Stadt zu verbringen.« Akzent, Betonung, rauhe Stimme — alles eine beachtliche Nachahmung von Wilma Ferris. Dazu eine Wolke des verdammten Zeugs, das Wilma benutzte. Blue Neon heißt es. Zwanzig Dollar die Unze, und unsere Chemiker sagen, es ist eines der schwersten Parfüms aus der Ferrisproduktion. Ich wünschte, Wilma möchte plötzlich tot umfallen. Es hätte keinen Einfluß auf meinen Job. Vielleicht aber würde es mir meine Frau zurückbringen.

Sobald wir weit genug aus der Stadt waren, lenkte ich den Wagen an den Straßenrand, um mit offenem Verdeck weiterzufahren. Ich hatte den neuen Wagen so nötig wie einen zweiten Kopf gebraucht, aber Wilma hatte einmal beiläufig geäußert, geschlossene Wagen seien schrecklich langweilig, und ich wußte, daß ich früher oder später den Austausch vornehmen mußte.

Den großen Streit hatten wir, bevor wir Albany erreichten. Wahrscheinlich war ich der Urheber. Es ging um irgendein verdammtes Geschwafel, das Wilmas Ansicht papageienhaft wiedergab. Ich fragte sie, ob sie wohl endlich so nett sein würde, wieder sie selbst zu werden statt einer billigen Nachahmung Wilmas. Und sie sagte mir, Wilma sei die großartigste Frau, der sie je begegnet sei, und Wilma täte so viel für sie, und ich sollte dankbar sein, statt daran herumzunörgeln. Und überhaupt sei es die Pflicht jeder Frau, an sich zu arbeiten, um für ihren Mann repräsentieren zu können, und es käme mir zugute, daß sie Wilma, praktisch ihrer besten Freundin, so nahe sein könne, und ob ich sie wie eine Gefangene einschließen wolle oder eine Nonne aus ihr zu machen beabsichtige. Und dann rückte sie so weit von mir ab, wie es möglich war und weinte auf eine Weise, die vollkommen fremd an ihr war. Ich wünschte nur, sie würde weinen, wie sie es früher getan hatte. Ein kräftiges Heulen mit roten Augen, voller Schnaufer und feuchter Geräusche.

»Es wird ein wunderbares Wochenende werden, nicht wahr?« fragte ich.

»Göttlich«, sagte sie geistesabwesend.

Starker Verkehr herrschte, aber aus Ärger über Mavis und mich selbst fuhr ich schnell, so daß wir kurz vor fünf am Lake Vale ankamen. Ich sah auf der Karte nach. Wilmas Grundstück lag auf der anderen Seite des Sees, dem Dorf gegenüber. Mavis saß vornübergebeugt, offensichtlich voller Erwartung, das Haus zu sehen. Sie bemerkte als erste das Hinweisschild. Eine lackglänzende Fahne aus Schmiedeeisen, darauf in Kupfer der Name, klein geschrieben wie das Warenzeichen: *ferris.*

Sah man von den auf das Grundstück führenden Licht- und

Telefonleitungen ab, so hätte man annehmen können, der ausgefahrene, gewundene Weg führe zu einer halbverfallenen Hütte. Wir fuhren gut drei Kilometer leicht abwärts durch dichten Wald, dann sahen wir den See durch die Bäume blitzen und erkannten auch das Haus.

Es konnte einem schon den Atem verschlagen. Nicht nur, weil es so verteufelt groß war. Ich hatte gehört, daß sie einen ganz jungen Architekten aus Miami geholt hatte, in der Annahme, daß er sich zumindest etwas Originelles einfallen lassen würde. Und er hatte sich etwas einfallen lassen. Stein und Holz und eine Menge Glas, aber kein Haus, das aussah, als wäre es aus dem Fels, auf dem es stand, gewachsen. Man hatte eher den Eindruck, es sei aus heiterem Himmel hier gelandet und bereit, wieder über den See zu starten, sobald jemand die Raketen zündete. Mavis starrte es mit einem Blick höchster Ekstase an, die Lippen geöffnet, die Finger ineinander verknotet.

Wir fanden den großen Parkplatz, auf dem schon fünf Wagen standen. Ein ziemlich mitgenommener Kombiwagen, Wilmas stahlblauer kleiner Austin-Healey, den sie wie ein Kamikazeflieger mit flammendem Haar steuert, ein gelber Buick Skylark, der den Hesses gehörte, ein nagelneuer schwarzer MG, der zu Steve Winsan passen würde, und ein weißer Jaguar mit einer kleinen Karikatur Judy Jonahs auf der Tür, um keinen Zweifel an seinem Besitzer zu lassen. Ich reihte unsern Wagen in die Ausstellung ein, und ein großer Mexikaner mit langem, traurigen Gesicht trabte aus dem Haus. Ich öffnete den Gepäckraum, so daß er sich der Koffer bemächtigen konnte, und wir gingen den Weg zum Haus.

Rechts lag eine große Grasfläche für das englische Krocketspiel, mit beschirmten Tischen für die Zuschauer. Wir umrundeten den Flügel des Hauses und kamen auf die große Betonterrasse, die von dem U-förmigen Gebäude eingeschlossen war. Zwei Steintreppen führten gewunden zum felsigen Ufer hinab und mündeten auf einer schmalen Terrasse und zwei breiten Bootsstegen, die sich in den blauen See reckten. Zwei völlig gleiche, nach hohen Geschwindigkeiten aussehende Motorboote waren am Dock vertäut, das massiv wie Fort Knox gebaut war, wahrscheinlich um im Winter dem Druck des Eises standzuhalten. Judy Jonah lag auf einer roten Luftmatratze, und Gilman Hayes saß neben ihr, mit braunem, muskulösen Rücken, die Beine über den Rand des Steges hängen lassend.

Wilma eilte uns über die große Terrasse entgegen und stieß kleine Laute des Entzückens aus. Sie breitete die Arme aus, als wollte sie uns beide zugleich umarmen. Sie trug ein weißes Kleid von so raffinierter Schlichtheit, daß man das Preisschild zu sehen meinte. Sie küßte Mavis und tätschelte sie, dann schlüpfte sie zwischen uns und führte uns zu der Gruppe zurück. Randy Hess und Steve Winsan lösten sich aus ihren tiefen Klubsesseln.

»Natürlich kennen Sie alle«, sagte Wilma. »Das ist der springende Punkt bei dieser Party. Wir sind alle Freunde. Keine Fremden, auf die man sich erst einstellen muß.«

Noel Hess lächelte uns auf ihre sanfte Art zu. Steve schüttelte mir in der Naturburschenart, die sein Aushängeschild ist, die Hand. Randy Hess' Begrüßung war von jener Verzeihung heischenden Nervosität begleitet, die mich manchmal an Kinder erinnert, denen zu Bewußtsein gekommen ist, daß sie sich nicht so oft unter die Erwachsenen mischen sollten.

»Ihr Haus ist einfach wunderbar«, sagte Mavis.

»Danke, Darling«, sagte Wilma. »Und nun kommen Sie weiter, meine Lieben. Ich werde Ihnen Ihre Zimmer zeigen. José dürfte das Gepäck inzwischen ins Haus gebracht haben.«

Wir gingen von der Terrasse durch eine Tür in einer gläsernen Wand und durchquerten einen wirklich außergewöhnlich eingerichteten Raum, bogen dann in einen Gang ab, der offensichtlich in den Flügel mit den Schlafräumen führte. Wilma öffnete die erste Tür. José war gerade dabei, den letzten Koffer auf das für das Gepäck bestimmte Gestell zu heben. Das Zimmer hatte ein großes Fenster mit Ausblick auf den See. Der Raum war mit silbern schimmerndem Holz getäfelt, alle Schränke waren eingebaut. Zwischen dem Bad und dem Schlafzimmer lag ein großer Wohnraum.

»Donnerwetter!« entfuhr es Mavis. Es war der erste ungekünstelte Laut, den ich seit einem Monat aus ihrem Mund gehört hatte. Aber sie holte den verlorenen Boden schnell wieder auf, indem sie hinzufügte:

»Vollkommen, Darling, einfach vollkommen!«

»Einverstanden, daß ich José mit einem Drink schicke, während Sie sich erfrischen?«

»Bitte«, sagte Mavis. »Einen Martini . . .«

»Extra dry, kommt sofort. Und Sie, Paul?«

»Bourbon und Wasser, danke«, sagte ich, was mir einen steinernen Blick von Mavis eintrug. Sie erwartet, daß ich ebenfalls an Martinis Geschmack finde. Es ist ihr gleichgültig, daß mir Martinis wie Batteriesäure schmecken und mich in zwanzig Minuten in einen heulenden Trunkenbold verwandeln. Sie erwartet, daß ich mich bekehren lasse.

Wilma ging, und wir begannen schweigend mit dem Auspakken. Mavis verschwand zuerst im Bad. José brachte die Drinks, den von Mavis in einem kleinen flaschenähnlichen Gebilde, wie sie in den besseren Bars serviert werden. Ich legte mir eine helle Hose und ein graues Gabardinehemd zurecht. Mavis kam mit dem Kleid über dem Arm aus dem Bad und kippte schnell den halben Martini hinunter.

»Vorsichtig mit diesem Sprengstoff, Honey«, sagte ich. »Beim letztenmal hat es dich umgehauen.«

»In der Tat?« fragte sie, eine Augenbraue hochgezogen, wie Wilma es tat.

»Dein Samba mit diesem komischen Hayesjüngling war nicht gerade eine tänzerische Glanzleistung.«

»Ach, halt den Mund«, sagte sie. Es war der zweite ehrliche Laut innerhalb zwanzig Minuten. Vielleicht bestand doch noch Hoffnung. Vom Hals abwärts sah sie rosig und erfreulich aus. Sie bemerkte meinen abschätzenden Blick und wandte sich schnell ab.

Als ich aus dem Bad kam, war sie verschwunden, und das Glas mit ihr. Ich setzte mich aufs Bett, trank langsam meinen Bourbon und machte mir düstere Gedanken über das Weekend. Vor Sonntag mittag konnten wir unmöglich abreisen. Das bedeutete zwei Abende und einen Tag voller neckischer Spiele. Und das Weekend würde einem jener vereinfachten Modelle der Atomstruktur ähneln, mit Wilma als Kern und ihren Spielzeugelektronen, die sie am Rand umwirbelten.

Ich zog mich an und verließ den Raum. Ich fand Randy in dem großen Wohnzimmer. Er kaute auf seiner Unterlippe und fummelte an Wilmas Hi-Fi-Gerät herum. Es war in die Westwand eingebaut. Ich verstehe ein bißchen von solchen Dingen, also ging ich zu ihm und sah ihm zu. Es war ein Gerät mit allen

Schikanen, mit Zehnplattenspieler, für Bandaufnahmen, mit Verstärker und Mikrofon und einem Schaltbrett, so daß man die Musik in jedes beliebige Zimmer legen konnte. Es sah aus, als hätte es gut seine 3000 Dollar gekostet. Mit zitternden Händen machte Randy sich an einem Tonband zu schaffen. Er lächelte nervös. »Kommt verdammt wenig Musik 'raus«, sagte er.

Wilma kam von der Terrasse herein. »Wirklich, Randy«, sagte sie mit unangenehm klingender Stimme. »Ist doch das Einfachste von der Welt. Machen Sie mir Platz. Hier. Halten Sie meinen Drink.«

Er hielt ihr Glas. Ihre Hände waren geschickt. Im Handumdrehen hatte sie das Band eingefädelt und auf Wiedergabe geschaltet. Das Band begann sich langsam zu drehen. »Bringen Sie mir einen frischen Drink, Randy.« Gehorsam eilte er davon.

Die Musik setzte ein. Wilma regelte die Lautstärke, betrachtete überlegend das Schaltbrett und legte den mit ›Terrasse‹ markierten Hebel um.

Sie sagte: »Die Musik verliert, wenn man zu viele Lautsprecher zugleich bedienen will. Der für diesen Raum bestimmte Lautsprecher klingt am saubersten. Ich habe ihn abgeschaltet, um das Beste für die Terrasse herauszuholen. Versuchen Sie nicht, Fragen zu beantworten, die Judy Ihnen über das Programm stellen könnte.«

Der plötzliche Übergang traf mich unerwartet. Ich hatte die dumme Vorstellung, daß sie das Musikprogramm meinte. Dann wurde mir klar, daß sie von dem Fernsehprogramm sprach, das wir finanziert hatten, bis Judy sich für den Sommer nach etwas anderem umsah.

»Ich kann keine Fragen beantworten, weil ich die Antworten nicht kenne, Wilma.«

Sie tätschelte meine Wange. »Guter Junge.« Sie stand dicht neben mir. Es geht einem komisch mit ihr. Wenn man ihr nahe ist, glaubt man die physische Wirkung zu spüren, die sie ausstrahlt. Ihr Mund sieht röter aus, ihre Haut weicher, sie scheint tiefer zu atmen. Eine fast überwältigende Lebendigkeit geht von ihr aus, die sexuell stimulierend wirkt. Für einen normalen Mann ist es unmöglich, ihr nahe zu sein und sich mit ihr zu unterhalten, ohne sie dabei mit dem Begriff Bett in Verbindung zu bringen. Es ist vielleicht die gleiche Ausstrahlung, wie sie die

Monroe hatte. Sie benebelt einen, wenn man einen klaren Kopf behalten will. Und sie ist sich dessen vollkommen bewußt.

Wir gingen wieder auf die Terrasse hinaus. Sie krauste die Stirn. »Randy, es ist ein bißchen zu laut hier draußen. Seien Sie nett und stellen Sie es etwas leiser.«

Randy trabte in den Wohnraum. Noel sah in ihr Glas.

Judy erschien oben an der Treppe auf der Terrasse. »Leute, die Sonne ist verschwunden«, sagte sie. »Judith wird langsam blau. Gebt dem Mädchen Rum zu trinken. He da, Paul, Mavis. Wie gefällt euch die vergoldete Wildnis?«

Ich mag Judy. Sie fing als Sängerin bei einer Band an. Ihre Stimme war nicht groß, aber sie wußte sich in Szene zu setzen. Wenn ihr Gesicht ruhig ist, was nicht oft vorkommt, wird einem überraschend klar, daß sie eine sehr hübsche Blondine ist. Und wenn sie still steht, was auch nur selten der Fall ist, sieht man, daß sie schlank ist und eine gute Figur hat. Aber wenn sie in Bewegung ist, ihre Grimassen schneidet und sich bewußt eckig und grotesk gibt, sieht man nur den Clown, diese Judy Jonah, dieses verrückte Mädchen.

Ich bin traurig, wenn ich sie beobachte, weil ich weiß, daß das Fernsehen sie erledigt hat, und ich weiß, daß sie es auch weiß. In den letzten vierzig Wochen ist die halbstündige Judy-Show, die wir finanzierten, von Woche zu Woche schlechter beurteilt worden. Reines Komödiantentum, von einer einzigen Person dargebracht, wird vom Publikum nur bis an eine gewisse Grenze akzeptiert. Situationskomik hat ein längeres Leben. Judys Show war von der ersten Art. Es war fast unvermeidlich, daß sie sich wiederholte. Ich wußte, daß Wallace Dorn, der den Ferris-Werbeetat für Fern & Howey unter Dach und Fach gebracht hatte, auf der Suche nach einer neuen Show für den Herbst war, nach neuen Talenten, die er für Ferris einspannen konnte. Ich fragte mich natürlich, was Judy hier ohne ihren Agenten machte. Ich vermutete, daß Wilma sie mit dem Holzhammer bearbeitet hatte. Es war sicher nicht schwer gewesen, Judys Unsicherheit auszunutzen. »Sie brauchen diesen schrecklichen Menschen nicht mitzubringen, Darling. Wir werden bestimmt nicht über Geschäfte sprechen.«

Die Musik übertönte das Geräusch des letzten ankommenden Wagens. Wir sahen Wallace Dorn erst, als er die Ecke der Terrasse umrundete. Er trug seinen Tweedanzug und einen Ascot. Er ist ein imitierter Brite. New York scheint voll von dieser Sorte. Militärisch gestutzter Schnurrbart, übertrieben klare Aussprache, viel Gerede über den Klub, gelegentlich ein albernes kleines Stöckchen in den Händen.

Eine Stunde verging, ehe wir uns alle wieder auf der Terrasse versammelten. Judy und Gilman Hayes waren wieder in ihre Kleider geschlüpft. José stand in der hinteren Ecke an einer kleinen Bar auf Rädern und wartete mit der Geduld eines gut dressierten Pferdes. Ein kleines mexikanisches Mädchen mit strammer Brust und kräftigen Schultern tauchte von Zeit zu Zeit zwischen uns auf und bot Toast mit überbackenem Käse an.

Der Alkohol begann zu wirken, und ich fühlte mehr und mehr, wie die Spannung wuchs. Ich wußte nicht, was gespielt wurde, aber Wilma war zu lustig und zu selbstzufrieden, während die anderen sich offensichtlich unbehaglich fühlten.

Schließlich ergab sich vor dem Essen eine Gelegenheit, Steve Winsan von der Herde abzusondern. Ich zog ihn beiseite und sagte: »Was steht auf dem Programm, Steve? Was, zum Henker, braut sich zusammen? Warum die Schießerei in alle Richtungen?«

Er schüttelte betrübt den Kopf. »Glücklicher Junge«, sagte er. »Mit nettem, sauberem, sicherem Job. Glücklicher Knabe.«

»Was ist los? Ist es ein Staatsgeheimnis?«

»Ich bin gerade böse genug, es Ihnen zu erzählen, Papi. Ich verliere einen Klienten und hoffe, einen neuen zu gewinnen. Unsere Wilma lebt in großem Stil. Der alte Randy, der Wachhund, hat ihr wegen der persönlichen Ausgaben ziemlich die Leviten gelesen. Sie hängt bei der Steuer. Hat zuviel in diesen Laden hier gebuttert. Sie kennt keine Grenzen, wenn es um Ausgaben geht. Sie wissen ja, daß sie Klientin auf persönlicher Basis ist. Nicht durch die Gesellschaft. Randy meint, sie sollte auf meine Dienste verzichten. Und er will, daß sie *Muskelboy* als überflüssigen Luxus aufgibt, wodurch ich noch einmal aufs trockene gesetzt würde, weil sie die Serie finanzierte. Ich vertrete auch Judy. Sie hat Judy nur herkommen lassen, um ihr einen Tiefschlag zu versetzen. Sie hat Judy die Show des nächsten Jahres versprochen, aber nichts schriftlich festgelegt. Zur gleichen Zeit hat sie Dorn beauftragt, sich für den Herbst etwas anderes einfallen zu lassen. Er hat nichts gefunden, und Randy hat mir geflüstert, daß sie ihren Werbeetat einer anderen Agentur übertragen will. Dorn ahnt es natürlich. Und glauben Sie ja nicht, daß er sich kampflos ergibt. Bilden Sie sich nicht ein, daß *ich* die Segel streiche, ohne mich zur Wehr zu setzen. Mir fehlt nur noch der richtige Ansatzpunkt. Habe ich ihn, dann werde ich Randy die Hölle heiß machen, damit er Wilma bestammelt, mich nicht fallenzulassen. Mein Gott, wenn ich alle drei verliere, kassieren Stephan Winsan Associates wöchentlich sechshundert weniger. Wenn ich nicht halb blau wäre, würde ich Ihnen das alles nicht erzählen, Papi. Sind Sie sicher, daß sie Ihnen nicht auch die Kehle durchschneiden will?«

»Sie bringen mich auf den Gedanken.«

»Es gibt noch mehr Zündstoff, Papi. Sie sagt unserm Randy, er hätte als ihr vertrauenswürdiger geschäftlicher Manager und Berater nicht zulassen dürfen, daß ihre laufenden Ausgaben so in die Höhe schnellen. Das arme Schwein. Er bittet und jammert, und sie kümmert sich nicht darum, und dann macht sie ihm Vorwürfe, weil sie nicht auf ihn hört. Sie hat ihn so fertiggemacht, daß er aus seinen Schuhen fährt, wenn Sie hinter seinem Rücken die Finger schnappen lassen. Es wird ein äußerst fröhliches Weekend werden. Seien Sie auf der Hut, alter Junge.«

Ich bemühte mich, seinem Rat zu folgen. Steves Worte hatten die Spannung verständlich gemacht. Ich konnte mich auf die wichtigsten Punkte konzentrieren. Judy stellte übermäßigen Gleichmut zur Schau. Wallace Dorn gab sich britischer als Churchill. Randy Hess war sichtlich nervös. Noel benahm sich, als wünschte sie, irgendwo anders zu sein. Steve suchte Streit. Und meine Mavis wurde immer betrunkener; ihre Nachäffung Wilmas grenzte an Parodie. Man konnte fast hören, wie Wilma schnurrte. Ich erwartete fast, daß sie sich auf dem Boden niederlassen würde, um ihre Schulter wie eine Katze mit der Zunge zu säubern. Wir aßen reichlich von den scharf gewürzten mexikanischen Gerichten, die Rosalita mit der Weltuntergangsmiene zubereitet hatte und die von José, ihrem Bruder, und der hübschen Amparo serviert wurden. Ich sah Gilman Hayes in einer schattigen Ecke am Boden kauern und beobachtete, wie er bei Amparo, die ihn bediente, plumpe Zärtlichkeiten anzubringen versuchte. Ihre einzige Reaktion bestand darin, daß sie die Hüften ein wenig stärker schwang, als sie sich von ihm entfernte. Der Ausdruck ihres gleichmütigen Mestizengesichts änderte sich nicht. Später bemerkte ich, wie José Gilman Hayes mit der gleichen ausdruckslosen Miene beobachtete. Mir war nicht wohl bei dem Gedanken, so angesehen zu werden.

Nach dem Essen klang weiche Musik durch die große Halle, und die Welt draußen war von grellen Scheinwerfern erhellt. Steve und Wilma spielten das übliche Gin. Judy Jonah, Wallace Dorn und ich spielten Scrabble bei einem Einsatz von 25 Cents. Noel Hess hatte Kopfschmerzen vorgeschützt und war zu Bett gegangen. Randy schwirrte durch die Gegend, kümmerte sich um die Musik und die Scheinwerfer, leerte die Aschenbecher, mischte Drinks und kiebitzte bei beiden Spielen. Auf Gilman Hayes' Wunsch erklang nur südamerikanische Musik. Das Licht war hell auf dem Scrabblebrett.

Ich konnte mich nur schlecht konzentrieren, weil mir nicht entging, daß Mavis mit Hayes tanzte. Objektiv betrachtet, konnte ich nichts dagegen einwenden, aber die Musik war leise und langsam und einschmeichelnd, und sie bewegten sich meiner Ansicht nach zu sehr auf der Stelle, obwohl sie reichlich Platz hatten. Mir wurde abwechselnd heiß und kalt. Ich konnte mich nicht umdrehen, um nach ihnen zu sehen. Ich sah sie aus den Augenwinkeln. Bruchstücke. Eine langsame Wendung, seine braune Hand auf ihrer Hüfte. In der anderen Ecke sagte Wilma: »Verdammt, jedesmal nur *eine* Karte, Winsan«, und Wallace Dorn knurrte zufrieden.

Plötzlich kam mir zu Bewußtsein, daß Hayes und meine Frau verschwunden waren. Ich wandte mich schnell um und spähte in den verlassenen Raum. Ich muß Anstalten getroffen haben, aufzustehen. Aber Judy griff unauffällig nach meinem Arm. Ich sah sie an. Wallace Dorn kaute auf einem Schnurrbartende. Judy machte eine leichte Bewegung mit dem Kopf. Ich blickte in die angedeutete Richtung. Die beiden tanzten draußen auf der hellerleuchteten Terrasse weiter. Sie wirkten theatralisch, wie in einer jenen Monsterszenen, die der Genius von Hollywood für Astaire arrangiert. Man wartete darauf, daß sich jede Sekunde eine silberne Treppe von den Sternen herabsenkte, über die breitschultrige Chorknaben und eine Viertel Tonne nackter Schenkel zur Erde steigen.

Ich warf Judy einen dankbaren Blick zu. Sie hatte die Situation schnell erfaßt und mich davor bewahrt, einen Narren aus mir zu machen. Ihr Gesicht verwandelte sich in die dem Fernsehpublikum bekannte Judy, die mir so verzerrt zublinzelte, daß ich das Blinzeln fast zu hören meinte.

Nach dem Spiel standen wir beide bei Wallace in der Kreide. Wir bezahlten unsere Schulden. Judy gähnte und sagte: »Kein Spiel mehr. Ich weiß, wann ich geschlagen bin. Ich werde noch einen Stern anstarren und dann in die Falle kriechen.«

»Brauchen Sie jemanden, der Ihnen bei der Sternbesichtigung hilft?« fragte ich.

»Sie können die eine Hälfte der Lichtjahre nehmen, ich die andere.«

Wir gingen an den Tanzenden vorüber. Sie schienen uns nicht zu bemerken. Wir stiegen die Steintreppe hinab und gingen bis zum Ende des linken Bootssteges. Judy hatte die Hände tief in die Taschen ihres Wollhemdes geschoben und zog die Schultern gegen die nächtliche Kühle hoch. Es waren fast zu viele Sterne am Himmel. Die rote Luftmatratze, auf der sie ihr Sonnenbad genommen hatte, war feucht von Tau. Ich drehte die trockene Seite nach oben und zog die Luftmatratze an den Rand des Steges. Wir setzten uns und ließen die Beine über das Wasser hängen. Ich gab ihr Feuer, drehte mich um und blickte über die Schulter zur hohen Terrasse hinauf. Die Musik war nur schwach zu hören. Manchmal, wenn sie an den Rand der Terrasse kamen, konnte ich die Tanzenden bis zu den Hüften sehen.

»Ziemlich großartiger Müllwagen, um weggekarrt zu werden«, sagte Judy.

Ich brauchte einige Sekunden, um sie zu verstehen. »Wie scharf ist das Messer?«

»Scharf genug. Die Leute haben gehört, wie es gewetzt wurde. Erster Erfolg — man hat mich von verschiedenen Sommershows abgesetzt. Und der kleine Verein beginnt sich aufzulösen. Kann sie nicht einmal tadeln. Sie brauchen ein warmes Plätzchen, wenn es Herbst wird.«

»Sie nicht?«

»Ich weiß nicht. Ich bin so verdammt müde, Paul. Ich kann mir immer einen neuen Kopf wachsen lassen. Es wäre nicht das erstemal. Ich bin ein hartes Mädchen, Paul, eine Kämpfernatur.

Ich rede es mir jedenfalls immer ein. Ich könnte einen Job in Vegas haben. Aber ich bin ausgepumpt. Ich weiß nicht. Ich habe es geschafft und habe mehr als die anderen in den Händen behalten, und es ist so angelegt, daß ich Gott sei Dank nicht heran kann. Wahrscheinlich sollte ich irgendeine Reaktion zeigen. Vielleicht erwartet sie, daß ich vor ihr auf die Knie falle. Ich kann immer schauspielern, wenn es sie glücklich macht. Klein-Judy geht jetzt ins Bett.« Wir standen zugleich auf. Ich bewunderte ihren Mut. Ich legte ihr meine Hände über den Ellbogen um die Arme, schüttelte sie ein wenig und sagte:

»Ich mag Sie, Judy. Ich habe Sie verdammt gern.«

»Lassen Sie mich los, oder ich weine mich an Ihrer Schulter aus.«

Ich trat zurück und sah ihr nach, als sie ans Ufer ging, die Treppe hinaufstieg, bis sie auf der Terrasse verschwand. Ich rauchte noch eine Zigarette und folgte ihr. Es war ein Uhr durch, Steve und Wallace Dorn waren verschwunden. Wilma und Gilman Hayes saßen auf einer niedrigen Couch. Sie hörten auf zu sprechen, als ich hereinkam. Hayes hatte die mächtigen Arme vor der Brust gekreuzt und starrte an die Decke. Er sah mürrisch und unlustig aus.

»Mavis ist zu Bett gegangen«, sagte Wilma. Wir wünschten einander gute Nacht. Hayes nickte oberflächlich.

Mavis war nicht sicher auf den Beinen. Sie summte einen der südamerikanischen Schlager. Sie lächelte warm, und wir gingen zu Bett. Sie war sehr bereit, von einer gierigen Bereitschaft, die in vollkommenem Gegensatz zu der Kühle stand, die sich zwischen uns eingeschlichen hatte. Es war nichts Schmeichelhaftes daran. Gilman Hayes hatte sie in Fahrt gebracht. Alkohol und Musik hatten ein übriges getan. Ich war die Gelegenheit, die sich durch die Verhältnisse anbot. Eine völlig legale, umkomplizierte und sich im rechten Augenblick anbietende Gelegenheit. Wir sprachen nichts. Es ging alles sehr schnell, sehr wild und hatte keinerlei Bedeutung.

Später hörte ich, wie ihre Atemzüge gleichmäßiger wurden. Sie war eingeschlafen. Die Musik war verstummt, die Scheinwerfer erloschen. Man hörte das Wasser gegen den doppelten Bootssteg glucksen.

Sie hatte es fertiggebracht, etwas in mir zu töten. Ich wußte nicht genau, wie sie es gemacht hatte, aber wenn ich die Augen schloß und mein Herz erforschte, entdeckte ich keine Liebe mehr für sie. Ich war sicher, daß sie am Anfang bestanden hatte. Aber sie durfte nicht einfach enden, weggeworfen wie ein abgetragener Anzug. Es gab keine Zärtlichkeit mehr und keine Achtung.

Sie schlief neben mir und war nur eine große, gesunde, vom Nachahmungstrieb besessene junge Frau, zu selbstsüchtig, mir die Kinder zu schenken, die ich mir wünschte, eitel im Übermaß, leer im Inneren, sensationslüstern, Expertin in tausend Bedeutungslosigkeiten.

Ich wollte von ihr befreit sein, und ich hätte weinen mögen.

Der Samstag war hell und heiß und ruhig. Das Frühstück wurde auf der Terrasse serviert, mit Rum, *huevos mexicanos* und einem kubanischen Kaffee, der eher einer festen Masse als einer Flüssigkeit glich. Es war die richtige Mischung, um einen milden Kater zu vertreiben.

Während die Gäste langsam ins Leben zurückfanden, wurde offensichtlich, daß dies einer jener elektrisch geladenen, hektischen Tage werden würde, an dem jeder über jeden stolperte, seine Muskeln spielen ließ, gereizt reagierte, zu schnell trank und zu verbissen im Spiel war.

Gilman Hayes erschien in einer Badehose und ließ sich hinter einem von Steve gesteuerten Motorboot kreuz und quer auf Wasserski über den See schleppen. Mavis bewunderte ihn lautstark vom Ende des Bootssteges aus. Ich nehme an, Steve wurde der Sache müde. Er fuhr eine ungeschickte Kurve, so daß die Leinen durchsackten, und gab dann scharf Gas, was dem Muskelboy fast die Arme ausriß. Der Muskelboy wurde ungehalten. Steve riet ihm, sich in die Hölle zu scheren, und streckte seinen massigen Körper in der Sonne aus, während er nach José schrie, der sich mit dem Scotch beeilen sollte. Wilma forderte Randy auf, sich ans Steuer des Motorbootes zu setzen. Hayes zeigte Mavis, wie man sich auf den Ski hielt. Es gab Kichern und schrille Schreie und Arme, die Mavis auf zuweilen recht eigenwillige Weise stützten.

Ich schwamm ein wenig und trank eine Menge. Judy brachte routiniert ihre Morgengymnastik mit allen Schikanen hinter sich. Sie hatte eine schlanke Figur, und es machte mir Freude, ihr zuzusehen. Wallace Dorn paddelte zwischen den Landestegen umher. Er machte ein Gesicht, als ertrüge er diese Unwürdigkeit nur, um sich unter die Herde mischen zu dürfen. Noel Hess saß in meiner Nähe und ließ sich jedesmal einen frischen Drink bringen, wenn ich es tat. Ich zerbrach mir den Kopf über sie. Sie ist dunkel und klein und still. Man hat nie das Gefühl, sie richtig zu kennen. Sie scheint einen die ganze Zeit zu beobachten. Aber man ahnt doch etwas von dem langsamen Feuer, das unter all dieser Sanftheit glimmt. Sie trug einen gelben Badeanzug, und ich bemerkte zum erstenmal die makellose Reinheit ihrer Haut.

Wilma schwamm eine Zeitlang, wobei sie mehr Energie als Geschick bewies, dann winkte sie das Trio vom See herein und teilte zwei Mannschaften zu je vier zu einem Krocketspiel ein. Randy wurde als Punkt- und Schiedsrichter bestimmt.

Wilmas Spielregeln brachten es mit sich, daß immer wieder Grund bestand, einen Drink hinabzugießen. Sie brachten es gleichfalls mit sich, daß ich immer wieder in den See gestoßen wurde. Langsam klangen mir alle Stimmen, als kämen sie aus einem tiefen Tunnel. Die Streifen auf den Holzbällen wurden greller, das Gras wurde grüner. Ich weiß nicht, welche Partei das Spiel gewann. Ich glaube, ich aß irgendwann irgendwas. Auf geheimnisvolle Weise fand ich mich plötzlich im Wohnraum wieder. Ich schaukelte, bemühte mich klarzusehen, und Judy Jonah stützte mich.

»Kommen Sie«, sagte sie. »Einen dicken, fetten Fuß nach dem andern.«

»Wo sind alle?«

»Draußen. Verrückt und lustig. Sie kutschieren in den Booten umher. Kommen Sie, Judy sorgt schon dafür, daß Sie nicht auf Ihren kostbaren Kopf fallen.«

Wieder folgte eine Zeitspanne ohne Erinnerung, dann war ich in meinem Bett, und Judy blickte kopfschüttelnd auf mich herab. Sie ging ans Fußende des Bettes und zog mir die Schuhe aus. Ich trug noch die Badehose. Sie warf mir eine Decke über.

»Nett«, sagte ich, »wirklich nett.«

»Armer alter Bär«, sagte sie. Sie beugte sich herab, küßte mich leicht auf die Lippen, dann war sie fort, und ich hörte, wie sie leise die Tür schloß. Das Bett begann gefährlich zu schlingern. Ich hielt mich krampfhaft fest und war plötzlich eingeschlafen.

Als ich erwachte, war es dunkel. Ich blickte zum Fenster hinüber. Die Scheinwerfer draußen waren eingeschaltet. Ich hörte Gelächter. Jemand ließ in unserem Bad das Wasser laufen. Die Tür öffnete sich, und ich sah Mavis, als sie nach dem Schalter tastete und das Licht verlöschte.

Als sie sich leise durch den Raum bewegte, rief ich ihren Namen.

»Du bist also nicht wirklich tot, Liebling?«

»Wie spät ist es?«

»Gegen neun. Es ist sehr warm. Wir sind alle beim Schwimmen. Ich hoffe, du fühlst dich miserabel.«

»Vielen Dank.«

»Du hast ein köstliches Schauspiel geboten. So herumzutorkeln. Ich hoffe, du fühlst dich hundeelend.« Sie rauschte hinaus und knallte die Tür zu.

Ich schlief wieder ein. Als ich aufwachte, hatte ich das Gefühl, es sei viel später. Ich fühlte mich ein wenig besser. Ich trank drei Glas Wasser, zog den Bademantel an und ging in den Wohnraum. Zwei kleine Lampen brannten. Das Radio plärrte, und ich schaltete es ab. Ich trat auf die Terrasse, hinaus in eine Nacht mit einer Billion von Sternen. Jemand rannte über die Steintreppe auf mich zu. Die Gestalt machte sich am Schaltbrett zu schaffen, und die Scheinwerfer flammten nacheinander auf. Ich blinzelte und erkannte Steve. Die anderen waren unten auf dem Steg.

Steve packte meinen Arm hart. »Paul, Wilma ist verschwunden.«

Der lange Schlaf hatte mich begriffsstutzig gemacht. Ich starrte ihn dumm an. »Wohin verschwunden?«

»Wir befürchten, sie ist ertrunken.«

3

JUDY JONAH – DANACH

Der Gedanke verließ mich nicht, daß die ganze Situation ein besseres Drehbuch verdient hätte. Der Himmel weiß, daß ich während der vierzig Wochen Judy-Sendung Expertin in schlechten Drehbüchern geworden war.

Es war so verdammt schlecht organisiert, weil alle durcheinander rannten und konfuses Zeug redeten. Paul Dockerty war der einzige, der seinen klaren Kopf behielt. Er erledigte die telefonischen Anrufe, sobald klargeworden war, was sich offensichtlich ereignet hatte. Und es war sehr klar geworden. Ihre Sachen lagen am Ende des Bootssteges, und wir starrten alle auf das leerste und schwärzeste Wasser, das es je gegeben hat. Sicher, wir hatten alle drin herumgepaddelt, hätten uns unbeschwert gefühlt und zu den Sternen hinaufgesehen und jene kleine Unruhe verspürt, die sich immer beim nächtlichen Baden einstellt. Aber nachdem wir wußten, was geschehen war, hätten mich sechs starke Männer nicht wieder in dieses Wasser bringen können. Paul holte Gil Hayes und Steve, und sie tauchten in dem Gebiet, in dem sie sie zuletzt gesehen zu haben glaubten. Wallace und Randy waren zu ungeübte Schwimmer, um sich an der Suche zu beteiligen. Also übernahm Randy die Steuerung des Bootes und leuchtete mit der starken Stablampe das dunkle Wasser ab. Es war sehr still. Wir hörten sie husten und nach Luft schnappen, wenn sie auftauchten. Die Närrin Mavis Dockerty saß zu meinen Füßen, als ich das Treiben draußen beobachtete. Sie hörte nicht auf, jammernde Laute auszustoßen, nach denen man annehmen konnte, daß ihr dummes kleines Herz jeden Augenblick in zwei Teile brechen könnte.

Wir hörten, wie die Sirenen sich näherten. Es klang, als kämen sie direkt über die schwarzen Hügel auf uns zu. Paul rief und wollte die Zeit wissen. Ich zog die Uhr aus der Tasche des Bademantels und hielt sie so, daß das helle Licht auf das Zifferblatt fiel. »Viertel vor eins«, schrie ich.

Ich hörte, wie er sagte: »Das reicht. Die Fachleute kommen. Es ist auf alle Fälle zu spät, selbst wenn wir das Glück hätten, sie zu finden. Wenn sie keine Schau abgezogen hat und sich irgendwo am Ufer krank lacht, ist sie so tot wie eine Makrele im Mondschein.«

Seine Stimme war klar über das Wasser zu hören. »Sprich nicht so über sie!« kreischte Mavis, und ihr Jammern wurde immer unerträglicher.

Zwei große junge Polizisten waren in dem einen Wagen, während in dem andern ein fetter Mann mit freundlichem Gesicht saß. Sie kamen herunter, zählten uns flüchtig und starrten auf das Wasser hinaus. Einer der Uniformierten schien sich an mir nicht sattsehen zu können.

Paul sagte: »Ich höre Boote kommen.«

Der Zivilist hieß Fish. Er sagte: »Ich habe die Vermittlung beauftragt, die Jungens aus dem Bett zu holen und sich hierher in Marsch zu setzen. Sie werden mit Netzen und Haken nach ihr suchen.«

»Sie ist längst tot«, sagte Paul. »Warum warten wir nicht bis zum Morgen?«

»Wir fangen immer an, sobald wir wissen, was geschehen ist. Anders kennen wir es nicht. Könnte es sich nicht um einen ihrer kleinen Scherze handeln?«

»Ich bezweifle es«, sagte Paul. »Sie hätte die Sirenen gehört und wäre zurückgekommen.«

Ich entfernte mich und ließ sie reden. Ich zog den Bademantel fester um mich und zündete meine letzte Zigarette an. Dann setzte ich mich auf die Steintreppe und blickte auf den See hinaus. Insekten wurden von den nahen Scheinwerfern angezogen und rannten sich die Schädel ein.

Ich saß und überlegte mir verschiedene Methoden, wie ich Wilma unter Wasser hätte drücken können, aber dann begannen meine Zähne fürchterlich zu klappern, und ich hörte auf, daran zu denken, weil ich wußte, daß ich es doch nicht fertiggebracht hätte.

Ich beobachtete die Ankunft der Boote, sah die Stangen und Haken blitzen, die wie mittelalterliche Folterinstrumente wirkten. Der See wurde in Suchabschnitte eingeteilt, und die Bootsbesatzungen gingen an die Arbeit.

Nach einer Weile kam Paul langsam die Treppe herauf. Er blieb stehen, schauderte und sagte: »Bleiben Sie hier, Judy, während ich mich abtrockne und mir neue Zigaretten hole, ja? Ich möchte mit Ihnen sprechen.«

»In Ordnung.«

Er kam schnell zurück, setzte sich eine Stufe tiefer und trocknete sein feuchtes Haar mit einem Handtuch. Mit gedämpfter Stimme sagte er: »Dieser Hilfssheriff hat ihren zweiteiligen Badeanzug in der Tasche ihres Bademantels gefunden. Was heißt das? Trug sie einen anderen?«

»Unsinn. Wir waren unartig. Praktisch ein Gruppenbacchanal, es sei denn, Sie finden einen klinischeren Ausdruck dafür. Unter dem Sternenzelt.«

Er wandte sich um und musterte mich mit gerunzelter Stirn. »Sie auch, Judy?« Es kam mir komisch vor, daß seine erste Frage nicht Mavis galt.

Ich öffnete das Oberteil des Bademantels. »Sie werden feststellen, bester Herr, daß ich noch immer meinen alten blauen Badeanzug trage, dessen Hinterteil leuchtend glänzt. Auf mich wirkt kaltes Seewasser noch immer nicht als Aphrodisiakum. Und wenn jemand im Sternenlicht nach mir grabscht, habe ich gern festen Boden unter den Füßen.«

»Wie steht es mit Mavis?«

»Eine Lady würde sagen, daß sie nichts weiß. Aber Ihre Lady ist bemerkenswert unbekleidet unter ihrem Bademantel. Und hat eine bemerkenswerte Figur, möchte ich hinzufügen. Die anderen Spielverderber waren Randy, der nicht genug schwimmt, und Wallace Dorn, der wahrscheinlich keine Einbuße seiner Würde erträgt.«

Er schwieg eine Weile und sagte dann: »Noel auch?« Seine Stimme verriet, daß meine Worte ihn schockiert hatten.

»Betrachten Sie uns beide als zimperlich, Freund Paul. *Ich* führe es auf den Alkohol zurück. Oder auf Atavismus. Oder auf obskure Rachegelüste am andern Geschlecht. Oder auf das Drängen eines gewissen Steve Winsan. So oder so, zum Teufel damit. Sie faselten irgend etwas von Rückkehr zur Natur. Wissen Sie, obwohl ich daran gewöhnt bin, vor dem Publikum würdelos zu erscheinen, bin ich im Grunde meines Herzens ein schüchternes Mädchen. Ich ziehe Grenzen. Ich denke über die Dekadenz der modernen Gesellschaft nach. Sie sehen, ich bin eine kleine Philosophin, ohne bei der Aussprache des Wortes zu lispeln.«

»Wo waren Sie, als es geschah, Judy?«

»Ich weiß es wirklich nicht, weil niemand sich klar darüber zu sein scheint, wann es passierte. Jemand begann nach ihr zu rufen. Ich glaube, es war Mavis. Dann horchten wir alle. Dann schrie Gill Hayes ihren Namen mit solcher Lautstärke, daß das Echo vom andern Ufer zurückgeworfen wurde. Und wir lauschten alle. Keine Wilma. Also stürmte Steve herauf, um die Scheinwerfer einzuschalten, wobei er seinen Spielkameraden kaum Zeit ließ, sich wieder in einen anständigen Zustand zu versetzen. Steve muß im vollen Galopp in seine Shorts gestiegen sein. Das war der Zeitpunkt, als Sie auf der Szene erschienen. Sie sahen aus wie etwas, das unter einem Stein hervorgekrochen war. Und dann bewiesen Sie Ihr Organisationstalent. Aus Chaos wurde Ordnung.«

»Mein Gott, ich wünschte, Mavis würde endlich still sein.«

Darauf gab es keine Antwort. Ich wünschte es auch. Ich sah auf seinen Hinterkopf. Ich mochte die spaßige, jungenhafte Art, wie ihm das Haar tief in den Nacken wuchs. Armer Bär. Großer, netter Bursche, dessen Anständigkeit man spürte. Vielleicht waren seine Zähne und Klauen scharf genug für die Welt der Geschäfte, aber in einem Milieu wie diesem wirkte er hilflos. Typen wie Steve und Wallace Dorn und Randy und Wilma und — gib es nur zu — Judy Jonah konnten ihn aus dem Handgelenk aufs Kreuz legen. Der Unterschied liegt vielleicht da: Wir lernen, wahrscheinlich zu früh, daß die tödlichsten Schlachtfelder die Cocktailpartys, die Dinnerpartys, die Theaterpartys, der schnelle Drink vor dem Lunch sind. Für einen Mann wie Paul Dockerty bedeuten diese Einrichtungen Entspannung. Nun war er mitten unter die Wölfe geraten, belastet mit dieser verrückten Frau, die in Wilma vernarrt ist — besser gesagt, war, ohne genug Lebenserfahrung zu besitzen, um sich über die tiefere Ursache dieser Vernarrtheit klarzuwerden.

Armer Bär. Armer, anständiger Bär. Netter Bursche mit gefurchtem Gesicht, mit einer Frau, die er kaum versteht, aber entschieden geschmacklos findet. Judy, mein Mädchen, es ist ein Luxus, den du dir nicht leisten kannst, aber wie schön wäre es, die Maske noch einmal abzunehmen und den großen Bär in deinen Armen zu halten, fest und innig zu halten, weil eine lange, lange Zeit zwischen den Lieben liegt.

»Da unten scheinen sie zu wissen, was sie tun«, sagte Paul.

Man konnte erkennen, daß die Boote den See nach einem bestimmten Schema absuchten. Der Wind hatte aufgefrischt, es war unerwartet kühl. Der Bademantel schien mir plötzlich zu dünn.

»Ich werde mich anziehen«, sagte ich.

»Guter Gedanke. So schnell werden sie sie nicht finden. Sie bleiben mit den Haken immer wieder hängen. Der Boden muß steinig sein.«

»Sinken sie . . . bis auf den Boden ab?«

»Soviel ich weiß, ja. Wenn sie dann nicht gefunden werden, entwickelt sich durch die Zersetzung genügend Gas, um die Leiche nach oben zu treiben. Früher feuerten sie Kanonen ab, um das zu erreichen. Ich will doch verdammt sein, wenn ich weiß warum.«

Ein Schauder packte mich, und meine Zähne begannen zu klirren. Ich stand schnell auf. Noel und Randy hatten das benachbarte Zimmer. Ich hörte seine Stimme, heiser vor Erregung, und er sagte immer wieder: »O mein Gott, o mein Gott, o mein Gott!« Dann ihre Stimme, weicher und leiser, die ihn zu beruhigen versuchte. Da war ein Junge, der sein Problem hatte. Ein saftiges Problem. Auch Noel beneidete ich nicht.

Mein Badeanzug war noch immer feucht. Ich streifte ihn ab, nahm eins der Luxushandtücher und frottierte mich, bis Judy zu glühen begann. Ich fühlte mich so wohl, daß ich im Takt des Frottierens ein kleines Lied zu singen begann. Ich wandte mein Profil dem Spiegel zu. Himmel, hatte ich keinen Grund zu singen? Gesund wie ich war? Neunundzwanzig, und mit fünfzehn zum erstenmal auf Tour. Noch ein Jahr, und mein halbes Leben war vorüber. Mit fünfzehn hatte ich wie achtzehn ausgesehen. Mit vierundzwanzig wieder wie achtzehn. Ein dummes, liebestolles Ding, das seine Jugend verschwieg, um bei einer müden Band zu singen und so Mose nahe zu sein, der seinem verbeulten Horn so süße Klänge entlocken konnte.

Buh! All die Jahre mit schnellen Pfannengerichten und nächtlichen Busfahrten, mit Hotels, hinter deren Tapeten es knisterte, und den Agenten, die einem ihre fette Hand auf die Knie legten. Und dann die Heirat mit Mose, der von Marihuana zu Heroin überging und sich in Scranton den Hals aufschnitt, als Mitch ihn feuerte. Was er mir hinterließ, waren ein zerbeultes Horn und drei Songs, für die er keinen Verleger gefunden hatte. Der schlimme Winter mit der pleitegegangenen Show in Chicago, das Loch von einem Zimmer, das ich mit dieser komischen Janet teilte. Kam nach Hause und fand sie im Knast, weil sie vom Fenster aus geangelt hatte. Mit geborgter Angelrute und Überresten vom Mittag als Köder. So hatte sie die jammernden, streunenden Katzen hochgezogen, ins dritte Stockwerk, um sie Stück für Stück für ein paar lausige Cent an ein medizinisches Institut zu verkaufen. Baby, Baby, du warst verdammt tief abgerutscht, ehe es wieder aufwärts ging, als Dandy Adams, Gott segne seine schwarze Seele, die Komödiantin in dir entdeckte und dich auf den richtigen Weg brachte. Es war ein langer Weg hinab, viel tiefer wäre es nicht gegangen.

Aber jetzt bin ich müde.

Ich möchte mich mit einem netten Bären zusammenkuscheln.

Ich schlüpfte in einen Rock aus irischem Tweed und streifte die alte ausgefranste Wolljacke über, die mich immer als Talisman begleitet. Ich dachte daran, wie kalt es war, und machte mich auf den Weg zur Küche im anderen Flügel. Ich fand José und machte von dem Küchenspanisch Gebrauch, das ich mir während der Saison in Mexico-City angeeignet hatte. Er schien sich darüber zu freuen. Er wußte, daß die Señora tot war. Sie hatten die Tatsache zur Kenntnis genommen und sich damit abgefunden. Ich glaube nicht, daß sie viele Tränen vergossen. Ich sagte ihm, daß den Männern kalt sein würde, und schlug vor, Kaffee zu kochen und ihnen hinabzubringen. Er sagte, er würde es tun.

Ich ging durch die Hintertür hinaus. Paul kam mir auf dem Kiesweg entgegen. Das Licht aus einem Fenster fiel auf sein Gesicht. Ein gutes, verläßliches Gesicht. Ich trat aus dem Schatten hervor, und er zuckte zusammen. Ich legte ihm die Hand auf den Arm. Plötzlich mußte ich blinzeln und war verdammt nahe daran, zu heulen. Also biß ich die Zähne fest zusammen, weil es keinen Grund für Tränen gab, und dieser schreckliche dünne Laut kam zwischen den zusammengebissenen Zähnen hervor, der klang, als sei meine Kehle rauh wie eine Feile. Er nahm mich in die Arme, und ich fühlte seine Unsicherheit. Mein Gott, Judy, dachte ich, du singst, weil ein Handtuch deiner Haut wohltut, und nun stehst du hier und spielst verrückt. Er drehte mich herum und führte mich zu den Wagen. Ich ging gebeugt, weil ich nur so weinen konnte, ohne viel Geräusch zu machen. Ich stolperte, aber sein Arm hielt mich. Er schob mich in einen Wagen, der brandneu roch, schloß die Tür, kurbelte die Fenster herunter, legte die Hand auf meinen Hinterkopf und drückte mein Gesicht gegen sein Jackett. Dann sagte er: »Nun können Sie sich ausweinen.«

Seine Worte öffneten die Schleusen. Eine Menge Wasser rauschte zu Tal. Ich war nur noch ein Häufchen Elend. Ich klammerte mich an ihn, preßte mein Gesicht in sein Jackett und stöhnte und jammerte und heulte, ohne zu wissen, warum. Immer, wenn ich eine Pause machte, waren seine breite Brust und seine kräftigen Arme da. Es dauerte lange, bis sich mein Stolz wieder meldete. Ich richtete mich auf und rückte von ihm ab und rutschte auf die andere Seite des Sitzes. In der Tasche der Wolljacke fand ich ein Kleenextuch. Ich schnaubte mir die Nase, die wie ein Radieschen aussehen mußte, beförderte das Tuch aus dem Fenster, kurbelte das Fenster weiter herab und fragte mit der Stimme einer Marquise, ob ich eine Zigarette haben könnte.

Er gab sie mir. Beim ersten Inhalieren kam der letzte Schluchzer, und ich erstickte fast.

Ich verabscheute ihn. Wer war er, daß er sich in meine Privatangelegenheiten mischte? Wer hatte nach seinem Mitleid verlangt?

»Sieht aus, als hätte ich ein bißchen die Nerven verloren«, sagte ich.

»Ein bißchen? Sehr gründlich und hoffentlich heilsam.«

Ich drehte mich wütend zu ihm um. »Sie sollten eigentlich wissen, daß ich nicht heule, weil ich mich geschlagen fühle.«

»Wie lange ist es her, daß Sie geweint haben, Judy?«

»Ach was. Ich kann mich nicht erinnern. Fünf Jahre, sechs Jahre. Ich weiß nicht einmal mehr warum.«

»Also reiner hydraulischer Druck, wenn Sie mich fragen.«

Ich mußte lachen. Und als ich lachte, kam mir zu Bewußtsein, wie albern es von mir war, ihm etwas übelzunehmen. Armer Kerl. Eine Frau war ihm naß wie eine Katze in die Arme gefallen, und er hatte getan, was in seinen Kräften stand. Dann dachte ich an den schwarzen See und hörte auf zu lachen.

Es ist wohltuend, so zu weinen. Und während ich das Gefühl der Erleichterung genoß, analysierte ich die Situation im Geist, versuchte, eine praktische Nutzanwendung aus ihr zu ziehen, beruflich Kapital daraus zu schlagen. Wie wär's mit einer Nummer, in der drei Frauen auf ihre ganz besondere Art weinen — eine Herzogin, eine Ringkämpferin, eine Schauspielerin aus den alten Tagen des Stummfilms, jede Szene mit anderem musikalischen Hintergrund?

Wie weit kann man sich selbst etwas vormachen? Kannst du nicht einmal mehr ehrlich weinen? Was war von mir überhaupt übriggeblieben? Nicht mehr als eine komische Nummer. Wie eine Maschine, die Bohnen, Blech und Papier schluckt, um am Ende des Fließbandes eine endlose Reihe von Suppe in Dosen auszuspucken.

Na schön. Schieb es auf den plötzlichen Tod, die Sirenen in der Nacht, das schwarze Wasser, das Gefühl, allein zu sein. Aber nicht die Tränen. Und was geschah dann? Es ergab sich, daß seine linke Hand auf meiner Schulter lag. Er saß hinter dem Lenkrad. Es ergab sich, daß seine Hand sich gut anfühlte. Daß ich den Kopf nach links neigte, um meine Wange an seinen Handrücken zu schmiegen. Daß ich den Kopf ein wenig drehte, so daß meine Lippen seine Hand berührten. Es hätte komisch wirken können. Zu viele Ellbogen und Nasen im Wege und kein Platz für die Knie. Aber es war, als hätten wir es geübt. Er öffnete die Arme, und ich drehte mich herum, lehnte meinen Rücken gegen seine Brust und hob die Füße auf den Sitz. Und es war genug Platz für alle unsere Arme, und seine Lippen senkten sich auf meine.

Für mich ist Liebe immer so etwas wie ein Schema gewesen. Wie bei einem Pendel. Ich finde Gefallen daran, dann schwingt das Pendel in die andere Richtung, und ich sehe mich selbst und habe Lust, darüber zu lachen. Weil etwas Lächerliches daran ist, verdammt. Menschen, die ihre Münder aneinanderkleben. Menschen, die seufzen und japsen, als wären sie endlose Treppen hinaufgejagt. Herzen, die bum-bum-bum machen. Aber diesmal schwang das Pendel weiter aus, blieb an einem kleinen Haken hängen, um dort zu bleiben, und das Ganze war nicht im geringsten lächerlich.

Eine sehr durcheinandergeratene Judy Jonah löste sich aus der Umarmung, setzte sich kerzengerade auf und starrte geradeaus ins absolute Nichts. Meine Haut prickelte vom Kopf bis zu den Fußsohlen.

»Meine Güte«, sagte ich. Meine Stimme klang wie die einer alten Jungfer. Seine Hand berührte meinen Rücken. Ich fuhr auf und landete zwei Handbreit weiter von ihm.

»Was ist los?«

»Wenn Sie es nicht wissen, alter Freund . . .«

»Ich weiß. Ich bilde mir ein, es zu wissen. Als ich ein kleiner Junge war, turnte mein Großvater auf einer Stehleiter herum. Ich rüttelte immer wieder daran und rannte fort und schrie vor Entzücken. Allmählich wurde es ihm zuviel, und er schlug mit seiner Jacke nach mir. Er hatte vergessen, daß sich in der Tasche ein kleiner Schraubenschlüssel befand.«

Ich drehte meinen Rücken der Tür zu, als gelte es, ein Dutzend chinesische Banditen abzuwehren. Ich sagte: »Ich habe die Absicht, es schnell zu sagen. Hören Sie also gut zu und unterbrechen Sie mich bitte nicht. Trotz mehrerer schwerer Dummheiten, die ich gemacht habe, bin ich im Grunde ein Mädchen mit Moral. Dieser kleine Kuß hat mir die Flügel ausgerissen, und ich bin äußerst verwundbar. Wenn Sie mich noch einmal berühren, zerspringe ich wie jenes Weinglas, das durch die Klänge einer Geige zum Zerspringen gebracht wurde. Obwohl ich von Berufs wegen Leute unterhalte, mag ich auf einem bestimmten Gebiet keine seichten Spiele. Sie sind ein verheirateter Mann und darum Gift für mich, und ich würde es in mein Tagebuch schreiben, wenn ich eines führte. Um die Wahrheit zu sagen — Sie haben mich gründlich durcheinandergebracht. Vielleicht gefällt Ihnen das. Und jetzt gehe ich, auf Gummibeinen, keusch und voll Bedauern.« Ich öffnete die Tür und stieg aus.

Er sagte: »Was das Hindernis betrifft, so ließe sich etwas dagegen machen, Judy.«

»Reden Sie nicht darüber. Denken Sie nicht daran. Rufen Sie mich in zehn Jahren wieder an, wenn ich hinter meinem Obstkarren stehe.«

Ich marschierte los. Ich drehte mich um. Ich sah das glühende Ende seiner Zigarette. Ich ging auf den Bootssteg, auf dem sich niemand aufhielt. Mit gekreuzten Beinen setzte ich mich auf den taubedeckten Boden. Ich hörte, wie einer der Männer sagte: »Habe vor drei Jahren hier einen Teufelskerl von Barsch herausgeholt. Wog knapp über vier Pfund. Erwischte ihn mit einem Frosch.«

Und der andere Mann im Boot sagte: »*Ich* benutze nie Frösche. Sie halten sich mit ihren kleinen Pfoten an der Angelschnur fest. Mir wird schlecht, wenn ich das sehe. Für mich kommen nur Insekten als Köder in Frage.«

»Halt. Bin an was hängengeblieben.«

Ich hielt den Atem an. Dann hörte ich ihn sagen: »Fester Grund. Wieder Felsbrocken. Dreh den Kahn in die andere Richtung, Virg.« Und nach einem Augenblick. »Weiter. Leine ist wieder frei.«

Ich war in einer blödsinnigen Stimmung. Ich sehnte mich nach traurigen Flamencogitarren und dunkelhäutigen Spaniern, die durch die Nase sangen, während ich herumwirbelte, die Finger schnappen ließ und nichts gegen die Tränen unternahm, die über meine Wangen rannen. Ich saß lange dort, ging dann zum Haus und in die Küche, wo ich Rosalita, deren Gesicht mich an eine Familiengruft erinnerte, um ein riesiges Sandwich bat. Wenn ich mit meinen Gefühlen durcheinandergerate, bekomme ich Hunger.

Der Morgen dämmerte fast, als sie sie fanden. Ich ging wieder zum Steg hinunter. Sie stellten sich ungeschickt an, als sie sie aus dem Boot hoben, und sie entglitt ihnen. Ich erwartete, daß Wilma sich aufsetzte und ihnen wegen ihrer Tolpatschigkeit die Hölle heiß machte. Aber sie war tot. Es war kein häßlicher Tod. Nicht wie damals auf der Chaussee in Südkarolina, als Gabby, die in dem Kabriolett vor uns saß, den Wagen genau vor den Kühler des mit Stämmen beladenen Lastwagens steuerte. Es war ein schrecklicher Anblick. Sie waren alle grauenvoll verstümmelt. Ich nehme an, daß es Mitch einen regelrechten Schock versetzte. Ich erinnere mich daran, wie er am Straßenrand auf und ab lief, die Notenblätter des Arrangements aufsammelte und sauber aufeinanderschichtete, um festzustellen, ob er einen Teil von ›Lady, be good‹ erwischt hatte, weil er Eddie Saunter dafür bezahlt hatte, diese Nummer in das Programm einzuschieben.

Nein, dies hier war entschieden sauberer. Noel war auch da. Ich fragte mich, woran sie dachte, als sie auf die Tote herabblickte. Diese stumme Gestalt war eine Falle, in der sich zweifellos Randy und Gilman Hayes verfangen hatten, wahrscheinlich auch Steve Winsan und vielleicht sogar Wallace Dorn. Und Paul? Der Gedanke traf mich wie ein Keulenschlag und machte das Sandwich schwer verdaulich. Ob Paul auch auf die Liste gehörte? Nein, dachte ich. Nicht Paul. Das Sandwich rutschte wieder. Ich überlegte, warum ich in diesem Zusammenhang an Paul gedacht hatte. Das wäre Mavis' Sache gewesen, nicht meine. Ich hatte kein Anrecht darauf. Ein Kuß im Wagen? In Wilmas Kreisen bedeutete ein Kuß im Wagen nicht mehr, als kämmte jemand sein Haar. Aber, zum Teufel, ich gehörte nicht zu diesem Kreis. Ich war nur da, weil es für mich um Brot und Butter ging.

Und dann erinnerte ich mich, daß genau das gleiche für alle anderen galt. Paul eingeschlossen.

Es war richtiges, wenn auch schwaches Tageslicht, als sie uns in die sogenannte Halle scheuchten und der Mann namens Fish eine kleine Rede hielt. Als ich ihn sagen hörte, Wilma sei durch einen heimtückischen Stich in den Hinterkopf getötet worden, war ich drauf und dran, zu rufen: »Hören Sie auf! Das kann *Stahlnetz* besser. Ihre Phrasen sind abgedroschen. Sehen Sie sich nach einem neuen Drehbuchautor um. Sorgen Sie für ein größeres Budget.«

Und plötzlich kam mir zu Bewußtsein, daß es die Wahrheit war. Es handelte sich nicht um eine Filmszene. Es ging um Mord. Das Ganze war kein Spiel mehr. Mir wurde eiskalt. Ein menschliches Leben war gewalttätig vernichtet worden. Ich sah mich nach den andern um. Mein Gott, wir waren ausgesuchte Exemplare. Mich selbst konnte ich ausschließen. Und Paul. Aber das war alles. Sechs Menschen blieben übrig, mit sechs handfesten Motiven. Und sechsfacher Gelegenheit. Es war eine dunkle, dunkle Nacht gewesen.

Noel verließ den Raum. Sie schien so verteufelt ruhig. Wenn man nach jemandem suchte, dem die Schuld im Gesicht geschrieben stand, würde man auf Randy zeigen. Er war ein nervöses Wrack. Mavis schluchzte noch immer. Ich begriff nicht, woher sie all die Flüssigkeit nahm. Paul sah ernst und ernüchtert aus. Unsere Blicke trafen sich. Ein Schauer lief mir über den Rücken. Wallace Dorn hatte den mißbilligenden Gesichtsausdruck des Besitzers einer Meute von Jagdhunden, der mitansehen mußte, wie ein Bauer den Fuchs erlegte. Steve murmelte vor sich hin, als präparierte er eine Rede als Public-Relations-Manager. Das brachte mich in die Wirklichkeit zurück. Judy Jonah, Gast einer Mordparty. Fernsehkomikerin an Nacktbadeorgie beteiligt. Wilde Party endet mit Mord. Kosmetikkönigin als Opfer. Peng! Beim Fernsehen gelten gewisse Gesetze. Sie würden mich wie einen Hummer kochen, obwohl ich immer ein artiges Mädchen gewesen bin. Die lebende Wilma hätte keinen wirkungsvolleren Dreh finden können, um mich abzuservieren. Gilman Hayes saß auf dem Boden und blätterte in einem Bildband.

Offensichtlich mußten wir warten, bis die großen Tiere kamen. Der hochgewachsene Polizist schlängelte sich, unauffällig wie ein Rhinozeros, an meine Seite. Im Tageslicht sah er jünger aus, als ich angenommen hatte.

»Sie haben mir großartig im Fernsehen gefallen, Miß Jonah.«

»Danke. Sie sind einer der letzten Überlebenden einer aussterbenden Rasse.«

»Das würde ich nicht sagen.«

Er war groß und plump und ehrlich und nett. »Ich beabsichtige, mich vom Geschäft zurückzuziehen«, sagte ich und fragte mich gleichzeitig, warum ich ausgerechnet das sagte.

»Tatsächlich? Nun ... vielleicht ist es das Vernünftigste, sich zurückzuziehen, wenn man auf der Höhe des Ruhmes angelangt ist.«

»Es könnte vielleicht sogar sein, daß ich ans Heiraten denke«, fuhr ich fort. Die Unterhaltung steuerte schnell dem toten Punkt zu.

»Das wäre nett.« Boy, glänzten wir mit Gedankenblitzen!

»Es wird mir nicht leichtfallen. Ich habe zu oft die verschämte Braut gespielt.«

»He, ich erinnere mich daran. Es war in diesem Film, wo Sie mit diesem Ding im Hintergrund alles durcheinanderbrachten.«

»Es war mein Zug.«

»Und dann holten Sie sich von dem Blumenstrauß Heufieber.«

»Und versuchte, das Niesen zu unterdrücken. So etwa.«

Er beobachtete mich mit offensichtlichem Entzücken und lachte und schlug mir auf die Schulter, daß ich fast zu Boden ging. Dann starrten alle uns an. Der Uniformierte bekam einen roten Kopf und setzte seine Amtsmiene auf. Wir hatten in der Kirche gepfiffen.

Es war, alles in allem, ein höchst unwirklicher Morgen. Wir schienen wie Schauspieler herumzustehen, die auf einen Wink des Regisseurs warteten. Wenn man die ganze Nacht hindurch aufgeblieben ist, sieht am nächsten Morgen alles anders aus. Aber ich machte nicht schlapp. Das Bewußtsein von Pauls Anwesenheit im Raum hielt mich aufrecht. Ich fühlte mich gespannt wie eine Feder. Mavis war endlich still.

Was danach geschah, war ein Alptraum. Ich glaube nicht, daß ich es je aus der Erinnerung werde löschen können. Es ist immer noch da, sogar in den richtigen Farben. Erst in der letzten Nacht erwachte ich aus einem quälenden Alptraum darüber, und Paul hielt mich umschlungen, und weit entfernt heulte ein Cojote. Ich konnte viel Beistand brauchen.

4

STEVE WINSAN – VORHER

Ich wußte, daß mir nicht erspart bleiben würde, mich bei Wilma einzufinden und an der allgemeinen Balgerei zu beteiligen. Sie hatte es klargemacht, als sie mich anrief. »Randy hat mir erzählt, daß ich schrecklich arm bin, Darling. Er geht alle möglichen Listen durch und versieht sie mit seinen Anmerkungen. Er hat Sie dreimal abgehakt. Ich weiß nicht, ob das Gutes oder Schlechtes bedeutet. Ich schätze, Sie werden ihn selbst fragen müssen.«

Man läßt nie einen Klienten sehen, wie man sich windet, besonders keinen Klienten wie Wilma Ferris. »Wir haben immer noch unsere wunderbare Freundschaft, Kind.«

»Und der arme Gil wird so enttäuscht sein, wenn er in den Zeitungen nichts mehr über dich findet.«

»Ich denke, ich kann es wieder einrenken, Wilma.«

»Ich habe nie daran gezweifelt«, sagte sie und hing auf, nachdem sie betont hatte, ich sollte spätestens zur Cocktailzeit kommen. Ich mußte ein paar Verabredungen in der Stadt abblasen, aber keine von ihnen war sonderlich wichtig. Sie rief mich am Mittwoch an. Bis zum späten Nachmittag des Donnerstags redete ich mir ein, es sei alles in bester Ordnung, dann fuhr ich aus der Haut. Dotty kam herein, blieb neben meinem Schreibtisch stehen und fragte, ob noch etwas zu tun sei. Ich fauchte sie an, sie solle sich nach Hause scheren.

Nachdem sie gegangen war, knallte ich die Tür zum Vorzimmer zu, griff nach Block und Bleistift und versuchte auszurechnen, wie es mit mir stand. Ich ging von den pessimistischsten Voraussetzungen aus. Ich nahm an, daß ich alle drei verlieren würde. Mit Judy Jonahs Verlust hatte ich schon gerechnet. Willy, ihr Agent, hatte mir den vertraulichen Hinweis gegeben, daß er Schwierigkeiten habe, eine neue Show mit ihr unterzubringen. Und daß es ein fast unlösbares Problem sei, neue Auftraggeber zu finden, seit die Beurteilung ihrer Sendung immer schlechter geworden war. Wir waren beide der Meinung, daß Ferris kaum noch eine weitere Saison mit Judy riskieren würde.

Einen solchen Verlust kann man verkraften. Aber drei zugleich reißen ein verdammt großes Loch. Die Steuer hatte mich reichlich schmerzhaft festgenagelt, ich mußte Jennifer monatlich ihren Unterhalt von 500 Dollar schicken, damit sie weiter auf ihrem mageren Hintern in Taos sitzen konnte, die Miete für Büro und Wohnung lief weiter, Dotty mußte ihr Gehalt bekommen, und ich durfte wegen der Klienten meinen persönlichen Lebensstandard nicht plötzlich absinken lassen. Auf meiner Liste standen insgesamt Einnahmen von wöchentlich 2100 Dollar. Fielen 600 davon aus, so ging die Rechnung nicht mehr auf. Und im Sommer springen keine neuen Klienten hinter dem nächsten Busch hervor.

Während der ganzen Zeit wußte ich, daß ich mir über mehr als den Verlust von 600 Dollar Sorgen machte. Diese Stadt lebt von Gerüchten. Was, zum Teufel, ist mit Steve geschehen? Höre, er hat Hayes und Jonah und Ferris verloren. Muß wohl die Erwartungen nicht erfüllt haben. Nur die leiseste Andeutung eines Versagens, und es würde verdammt schwer werden, eine Sendung unterzubringen. Dann würden die Übriggebliebenen nervös werden, und Steve hatte wirklich abgewirtschaftet. Und es gab keine Public-Relations-Firma in der Stadt, die mich einstellen würde. Nicht in der Art, wie ich mich 1948 ins Geschäft gebracht hatte, als ich die Hälfte der Klienten der Firma, für die ich arbeitete, zu mir herübergezogen hatte. Sie warten alle darauf, daß ich zu Fall komme. Himmel, das Hemd sitzt einem näher als der Rock. Sie würden mich für einen Kulilohn beschäftigen, bis ich siebzig wäre, um mir dann anzubieten, mich abzufinden — mit einem großartigen Zweihundertstel vom Geschäftsanteil.

Da saß ich, und die Angst kroch mir wirklich das Rückgrat hinauf. Ich wußte, wer als vierter abfallen würde. Nancy, meine Autorin. Ich konnte ihre Sachen nicht mehr unterbringen. Sie schien nicht auf den Gedanken zu kommen, daß es besser für sie wäre, ein neues Buch zu schreiben. Ich konnte sie nicht einmal mehr in den dürftigsten Werbesendungen unterbringen. Ich brauchte nur ihren Namen zu erwähnen, und die Presseleute, die ich lächelnd meine Freunde nannte, fingen an zu stöhnen.

Da saß ich in der großen Stadt und wünschte, ich wäre ein bißchen klüger gewesen. Das große Geld kommt von den Werbeetats der Industrie. Ein paar von ihnen, und ich wäre ein gemachter Mann gewesen. Aber meine Klienten sind aus der Unterhaltungsbranche und Künstler. Das kommt nicht von ungefähr. Schließlich war es mein Ressort, solange ich bei der Zeitung war. Klubs und Galerien und Theater, Rundfunk- und Fernsehsender, Konzerthallen.

Ich ging in das kleine Bad hinter meinem Büro und schaltete die beiden Neonröhren neben dem Spiegel ein. Es ist gerade keine schmeichelhafte Beleuchtung. Wenn ich die Augen ein wenig zukniff, so daß mein Bild verschwann, war ich noch immer Steve Winsan, der Typ des erfolgreichen amerikanischen Geschäftsmannes, immer strahlend und gut aufgelegt, selbstbewußt, nie um die passende Antwort verlegen. Der Mann, mit dem man in Verbindung stehen mußte, wenn man Erfolg haben wollte. Aber mit offenen Augen, das Gesicht dicht vor dem Spiegel, wirkte ich wie ein Schauspieler, der sich im Laufe der Jahrzehnte verausgabt hatte. Vielleicht traf das auf mich zu. Ich hatte die Rolle des andern Steve Winsan so lange gespielt, daß kein Funke Leben mehr in ihr war. Ich hatte Steve Winsan ebenso satt wie eine Welt, die keine wirklich reellen Erzeugnisse mehr herstellte.

Es wurde nur noch gepfuscht. Sie fabrizierten Nagellack, der garantiert nach 24 Stunden abblätterte. Bücher wurden herausgebracht, die nach zweimaligem Lesen nur noch aus losen Blättern bestanden. Die Stoßstangen der Wagen konnte man mit der Hand eindrücken, der Stahl der Rasierklingen taugte nichts mehr, für das Annähen von Knöpfen wurden die dünnsten Fäden verwandt, Wände mit dünnen Wasserfarben getüncht. Die Kunden sollen wiederkommen. Ein Hurra der Arbeitsbeschaffung. Ein Hurra für Stephan Winsan Associates, die Produkte verkaufen, von denen vor dreißig Jahren noch niemand etwas wußte und ohne die heutzutage jedermann auskommen kann.

Ich ging nach Hause, zog mich um und ging los, um die Stadt zu erobern. Und war so lustig wie eine Trauergemeinde, kam früher nach Hause als gewöhnlich, stellte den Wecker, saß um elf Uhr in dem MG und wunderte mich, warum, zum Henker, ich einen Wagen besaß, den ich höchstens dreimal im Monat benutzte, und warum ich mir drei neue Anzüge bestellt hatte, und warum ich Dottys Gehalt erhöht hatte, und warum Jennifer nicht von einer dieser Klippen in Neumexiko fallen konnte, und was, zum Teufel, ich sagen konnte, damit Wilma mir die Stirn tätschelte und mich wieder in Gnaden aufnahm.

Ich aß unterwegs eine späte Mahlzeit, ein schweres Essen, um eine gute Unterlage für die Drinks zu haben, die ich schlucken würde. Ich kam ein wenig früh an und glaubte, der erste zu sein. Aber der Wagen der Hesses war schon da, zwischen Wilmas und dem Kombiwagen. Gerade als ich ausstieg, kam Judy Jonah in ihrem Jaguar über die Auffahrt gejagt. Sie parkte neben mir ein.

Sie stieg aus, stemmte die Fäuste in die Hüften und starrte auf das Haus. »Donnerwetter!« sagte sie.

»Sie sehen es zum erstenmal?«

»Stimmt. Sieht ziemlich nahrhaft aus, wie? Wie steht's bei Ihnen, Steve?«

»Großartig mittelprächtig. Hat Willy Ihnen von den Überraschungen erzählt?«

»Klingt wunderbar«, sagte sie und zog die Mundwinkel verächtlich herab. »Er wird sich was toll Lustiges einfallen lassen. Vielleicht eine Torte, die einem ins Gesicht geklatscht wird. Etwas Feingeistiges in der Art.«

»Eine 1000-Dollar-Torte, Lämmchen.«

»Vielleicht jetzt. Aber nicht mehr, wenn es so weit ist, daß *ich* einsteigen kann.«

»Das ist alles, was er tun kann. Sie haben ihm das Budget grausam beschnitten.«

José kam heraus, um unser Gepäck zu holen. Diesmal schien er sogar leicht erfreut, mich zu sehen.

»Glauben Sie nicht, daß ich undankbar wäre, Steve. Willy hat mir verraten, daß Sie ihn erst auf die Möglichkeit aufmerksam gemacht haben.« Sie lächelte mich an, aber sie schien doch leicht verstimmt. Im allgemeinen kamen wir viel besser miteinander aus. Und dann machte ich einen Fehler. Wie es manchmal vorkommt. Es war nicht einmal sehr wichtig für mich. Sie brauchte nur nein zu sagen. Aber sie sagte nein und gab mir zugleich einen häßlichen Schlag auf den Mund. Meine Lippe platzte auf und für den Bruchteil einer Sekunde war ich versucht, ihr mit gleicher Münze heimzuzahlen, so wütend war ich auf sie. Sie erklärte mir, sie würde meine Klientin bleiben, weil sie den Eindruck hatte, ich kenne mich in meinem Geschäft aus, aber meine beruflichen Erfahrungen seien die einzigen, die sie jemals benötigen würde.

»Übrigens, wo steckt Willy?«

»Abwesend auf Einladung. Wilma sagt, dies sei eine gesellschaftliche Angelegenheit.«

»Sagt Wilma.«

Sie bedachte mich mit einem schrägen Blick, ihre ausdrucksvollen blauen Augen blitzten.

Wilma, die Hesses und Gilman Hayes waren auf der großen Terrasse vor der Halle. Hayes hatte sich zum Schwimmen fertiggemacht. Er stand bei den anderen und unterhielt sich mit ihnen. Ich wunderte mich, daß seine Badehose nicht mit Flitter besetzt war. Er sagte gelangweilt Hallo zu Judy und begrüßte mich mit einem gerade noch erkennbaren Nicken. Wilma redete wie immer ununterbrochen. Randy gab mir eine nervöse kalte Hand, und Noel lächelte. Judy konnte es nicht erwarten, in den Badeanzug zu schlüpfen, solange die Sonne noch schien. Mir lag daran, Randy in irgendeine Ecke zu ziehen, aber ich durfte es nicht zu auffällig tun. Wilma sagte, daß sie dasselbe Zimmer wie beim letztenmal für mich bestimmt habe. Sobald José wieder an der Bar auf der Terrasse erschien, sagte ich ihm, was ich brauchte. Hayes ging die Treppe hinab zum breiten Anlegesteg. Ich hasse den großen, arroganten, muskelbepackten Hundesohn. Ich habe ihn zu dem gemacht, was er heute ist, und möchte ihn gern dem umgekehrten Verfahren unterwerfen. Aber er ist Wilmas Spielgefährte, und wenn ich mir durchaus die Kehle durchschneiden will, kann ich mir irgendwo ein Rasiermesser borgen.

Judy erschien in ihrem gelben Badeanzug, rannte zum linken Anlegesteg hinab und stürzte sich mit einem Kopfsprung ins Wasser. Als ich das nächstemal hinunterblickte, hatten sie es sich beide in der späten Sonne bequem gemacht. Erst nachdem die Dockertys ankamen und Wilma ihnen ihr Zimmer zeigte, hatte ich Gelegenheit, Randy von der Herde abzusondern.

»Machen wir einen kleinen Spaziergang, Kleiner«, sagte ich zu ihm.

Er musterte mich unbehaglich. »Sicher, Steve, sicher.«

Wir umrundeten den Flügel des Hauses und gingen zu den Tischen am Krocketfeld. Ich zündete mir eine Zigarette an und sagte: »Wilma hat mich am Mittwoch angerufen. Sie schwätzte eine Menge Zeug. Hauptsächlich über Sparmaßnahmen.«

»Mein Gott, es ist wirklich nötig, Steve. Sie hat sich Geld leihen müssen, um Steuerschulden zu bezahlen. Dieses Haus hat sie eine Menge gekostet. Sie ist seit diesem Bau nie wieder richtig auf die Beine gekommen. Ich habe sie immer wieder gewarnt. Jetzt hört sie zum erstenmal auf das, was ich sage.«

»Randy, ich würde es sehr übel nehmen, auch nur eine Sekunde damit zu rechnen, daß ich von Ihren Sparmaßnahmen betroffen werden könnte.«

»Kein Grund, über mich herzufallen, Steve.«

»Hören Sie, Sie nennen sich ihren geschäftlichen Berater. Sie sind aber mehr ihr Privatsekretär, nicht wahr?«

»Ich erledige alle ihre Angelegenheiten.«

»Ich habe mehr den Eindruck, daß *sie* der Manager ist. Reden wir mal kurz von einem gewissen Porträtjob. Sie erinnern sich?«

»Ganz gewiß. Sie haben damals gute Arbeit geleistet, Steve.«

»Das weiß ich allein. Ich hatte zufällig einen Freund bei dem Magazin. Er gab mir vertraulich Einblick in eine Reportage, die in Kürze gebracht werden sollte. Sie betraf Wilma Ferris. Stammte von einem Mädchen. Hatte Columbia seit zwei Jahren hinter sich und arbeitete freiberuflich. Der Artikel war gut. Von der Sorte, die hart trifft, ohne daß man etwas dagegen unternehmen kann. Das Magazin wollte eine Menge Änderungen, aber die Herausgeber rieben sich schon im voraus die Hände. Nichts, was Wilma Gelegenheit gegeben hätte, damit vor Gericht zu gehen, weil das meiste zwischen den Zeilen stand. Es hätte dem von mir geschaffenen Wilma-Ferris-Mythos das Lebenslicht ausgeblasen. Mein Freund war nicht einflußreich genug, die geplante Veröffentlichung zu unterdrücken. Es war ein verdammt heißes Eisen. Das Mädchen konnte alle Tatsachen belegen. Und unsere Wilma, die gerade die kosmetische Leiter emporstieg, war in der Wahl ihrer Mittel nicht gerade wählerisch gewesen. Ich mußte etwas unternehmen. Ich ging zu einem Freund bei einem anderen Magazin, dem ich mal eine Gefälligkeit erwiesen hatte. Sein Einfluß reichte weit genug. Er gab der freiberuflichen Kleinen einen festen Job im Redaktionsstab. Sie zog ihr Angebot an das erste Magazin zurück. Dann machten wir uns daran, alles Unangenehme in dem Artikel zu streichen und durch den üblichen Schmus zu ersetzen. Das Mädchen sollte eigentlich nach der Veröffentlichung ihrer Arbeit gefeuert werden. Aber sie machte sich gut in der Redaktion, und so blieb sie. Niemand kam bei der Geschichte zu Schaden.« Ich machte eine kurze Pause. Dann fuhr ich fort: »Randy, ich möchte nicht, daß Sie am falschen Ende sparen. Nicht auf Wilmas Kosten.«

»Ich glaube, Sie ahnen nicht, wie ernst die Sache ist, Steve. Sie muß zurückstecken. Sie muß sehr, sehr kurztreten, solange ihr das Wasser nur bis an den Hals steht. Ich habe meine Stellung riskiert, um ihr das klipp und klar zu sagen. Sie muß diesem Gilman Hayes den Laufpaß geben, die Stadtwohnung aufgeben — sie ist ohnehin viel zu groß — und das Haus in Cuernavaca vermieten. Da sie ihren ganzen Lebensstandard erheblich einschränken muß, sehe ich keinen Grund für sie, Sie weiter mit durchzuschleppen. Das habe ich ihr gesagt. Darüber hinaus, Steve, sehe ich keinen Grund, Ihre Dienste weiter in Anspruch zu nehmen, selbst wenn ihre Finanzen in Ordnung wären.«

»Sie würden also ruhig zusehen, wie solche Magazingeschichten erscheinen?«

»Die Leser haben ein kurzes Gedächtnis.«

Ein paar Minuten lang klang das, was er sagte, ziemlich eindrucksvoll. Ich erinnere mich daran, daß er als ziemlich tüchtiger Mann galt, bevor er für Wilma zu arbeiten begann. Er hatte eine jener kleinen Firmen, die für mittlere Unternehmen die Bücher führen, sie in Steuer- und Versicherungsfragen beraten. Er hatte sie selbst aufgebaut, und als er Wilma als Klientin nahm, hielt sie ihn mit allen möglichen Aufträgen so in Atem, daß er seine anderen Klienten nach und nach fallenlassen mußte. Es endete damit, daß er nur noch für sie arbeitete, seine Büroräume aufgab und sich ein sogenanntes Büro in ihrer Wohnung einrichtete.

»Ich würde es für unklug halten, mich von ihrem Etat zu streichen, Randy.«

»Ich nicht.«

»Dann wissen wir also, wie wir stehen.« Ich erhob mich. »Ich sehe mich besser nach jemand anderem um, den ich überzeugen kann, Randy.«

Er zuckte die Achseln. »Sie können natürlich mit ihr sprechen. Ich kann Sie nicht daran hindern. Aber ich bin ziemlich sicher, daß sie entschlossen ist, meine Anregungen zu befolgen. Ihre Anwälte stärken mir den Rücken. Sie könnte durch den Verkauf ihrer Anteile an der Gesellschaft sofort klarkommen, aber ich bezweifle, daß sie bereit ist, die Kontrolle aufzugeben.«

»Das Understatement des Jahres.« Er stand ebenfalls auf, und wir setzten uns gemeinsam in Bewegung. Sein Verhalten hatte mich verärgert. Ich blieb stehen und griff nach seinem Arm. »Sie haben ein paar Meinungen zum besten gegeben, Randy. Nehmen Sie auch von mir eine mit auf den Weg: Ich glaube, daß sie einen geschäftlichen Berater ebensowenig braucht wie Gilman Hayes. Sie sind so eine Art Superbutler, und ich bin überzeugt, daß sie für weniger Geld einen besseren bekommen könnte.«

Er sah mich an, blickte dann fort und zeigte verkniffene Lippen. Er löste seinen Arm. Ich sagte: »Haben Sie sich selbst auch auf die Liste der Einsparungen gesetzt, Randy? Oder leiden Sie unter dem Wahn, unersetzlich zu sein?«

Er ging davon, ohne sich noch einmal umzusehen. Seine schmalen Schultern wirkten so lächerlich steif, als balancierte er etwas auf dem Kopf. Was, um alles in der Welt, war er, wenn er mich als Etatposten betrachtete, den man einsparen konnte? Ich lachte laut auf. Ich fühlte mich ein wenig besser. Meine Stimmung verdüsterte sich wieder, als ich mich zu der Gruppe gesellte und nach einem Weg suchte, Wilma in meinem Sinne zu bearbeiten. Sie ist so empfindlich wie ein Schlächterbeil. Und ich wußte wohl, daß sie mich auf den Knien sehen wollte. Das wäre das Ende. Dann würde sie zu lächeln beginnen und wollüstig mit dem Messer zu arbeiten beginnen. Ich setzte mich und schnatterte mit Mavis Dockerty, der größten Masse Nichts, die ich je sah, um die Wette und suchte die ganze Zeit nach der Brechstange, mit der ich dieser Wilma Ferris zu Leibe gehen konnte. Es war wie der Versuch, das Washington-Denkmal mit einem Holzlöffel zu bearbeiten. Ich trank ein wenig mehr, als ich beabsichtigt hatte, und machte dann einen Narren aus mir, indem ich Dockerty alles haarklein erzählte, als er mich beiseite nahm. Die meisten Burschen in diesem Geschäft verstehe ich nicht. Sie machen einen ganz tüchtigen Eindruck, aber in einem Milieu wie diesem wissen sie nicht mal, was gespielt wird. Sie scheinen das Messer, das einem im Rücken steckt, nicht einmal zu bemerken.

Erst beim Essen kam mir die Idee. Das kam so:

Wilma und Randy unterhielten sich mit gedämpften Stimmen. Wilma hob die Stimme, und sie war im ganzen Raum zu hören, als sie sagte: »Zum Henker, hören Sie auf zu jammern und zu zittern!« Randy wandte sich geknickt wieder seinem Teller zu. Genau in diesem Augenblick sah ich zufällig zu Noel Hess hinüber. Ich entdeckte auf ihrem Gesicht den Ausdruck tiefster Verachtung. Ich hatte sie vorher nie besonders beachtet. Sie gehörte zu dem farblosen Typ, der mir selten zusagte. Bleich und mit etwas hagerem Gesicht, mit langer Oberlippe und ziemlich kleinen dunklen Augen. Als ich sie aber aufmerksamer musterte, bemerkte ich Züge an ihr, die mir gefielen. Ich überlegte schnell, ob ich zu ihr oder in ihrer Nähe Dinge gesagt hatte, die mich bei ihr in Mißkredit bringen konnten. Ich fragte mich, ob Wilma Randy erzählt hatte, daß es zwischen uns Intimitäten gegeben hatte. Wenn es so war, konnte Randy es Noel erzählt haben. Dann war ich für sie erledigt, ehe ich noch einen Anlauf genommen hatte. Es war ein Blick von jener Sorte gewesen, mit dem sie Wilma bedacht hatte. Und sie war sich zweifellos über Randys Untreue klar, bevor Wilma zu Gilman Hayes überwechselte, machte sich nichts vor über das Ausmaß der Dienste, die Wilma von ihrem Mann gefordert hatte. Mir wurde übel, je mehr ich über die Sache nachdachte. Wir waren Wilma wie eine Meute von Hunden mit heraushängenden Zungen nachgelaufen. Ich fragte mich, ob ich reichlich spät einen schwachen Magen bekommen hatte, weil die Vorstellung, nun noch zielbewußte Verführung ins Spiel zu bringen, mir Unbehagen verursachte. Ein Mann denkt zuerst an seine eigene Rettung. Vielleicht hatte sie schon mit dem Versuch begonnen, mit Randy gleichzuziehen. Aber irgendwie war sie nicht der Typ dazu. Sie ähnelte sogar ein wenig einem Mädchen aus der Methodistensonntagsschule in Deephaven, Minnesota, damals, als ich mit angeklatschtem Haar in der Kirche erschien, um es eine Stunde lang verzückt anzustarren und zu überlegen, wie ich ihm beibringen konnte, daß ich überzeugt war, ein berühmter Arzt zu werden, und daß es so lange auf mich warten sollte. Damals, als ich noch voller Träume steckte und ein Mädchen ein süßes, zerbrechliches und kostbares Wesen für mich war.

Ich wußte, daß mein Plan nicht sehr gut war. Vielleicht brachte er nichts ein. Selbst wenn er gelang, war das noch keine Garantie, daß ich sie dazu bringen konnte, Randy unter Druck zu setzen. Wenn sie zustimmte und Randy Wilma erklärte, er habe sich die Sache anders überlegt, konnte Wilma noch immer sagen, sie hätte ihren Entschluß bereits gefaßt.

Auf alle Fälle war es ein Plan, und selbst wenn er mißlang, versprach er eine Belebung des Weekends.

Nach dem Essen fand sich keine Gelegenheit. Wilma und ich spielten das übliche Gin, lautstark und tödlich ernst. Randy war schrecklich nervös. Das verrückte Dockertymädchen tanzte mit dem Muskelboy. Die anderen spielten Scrabble. Noel verschwand bedauerlicherweise, um sich hinzulegen. Ich wartete darauf, daß Wilma irgendwie auf das tanzende Paar reagierte, aber sie schien es nicht einmal zu bemerken. Da dies nicht im geringsten zu Wilma paßte, begann ich zu vermuten, daß Gilman Hayes mehr als meine Public-Relations-Vertretung verlieren würde, bevor das Wochenende um war.

Einmal, als Wilma die Karten mischte, lehnte ich mich zurück und schloß für ein paar Sekunden die Augen. Ich war lange auf einem schmalen und gefährlichen Pfad gewandert, der immer schmaler wurde, aber ich wußte, daß ich nicht die Kraft haben würde, umzukehren und den Weg zurückzugehen, ohne das Gleichgewicht zu verlieren.

»Wachen Sie auf, Sie Trauerkloß«, sagte Wilma. »Nehmen Sie eine von den langweiligen Karten.«

Ich nahm mir eine Karte und brauchte länger als gewöhnlich, um zu erkennen, daß es eine Pik Sechs war, die so wunderbar zu den andern Sechsen in meinem Blatt paßte.

Als ich am Morgen mit dem Geschmack des Barbiturs auf der Zunge erwachte, brauchte ich das übliche eiskalte Brausebad und das übliche Dexedrin, bevor mein Motor in Gang kam. Ich ahnte, daß dies der Tag des Muskelkaters werden würde. Wilma liebte es, ihre Gäste bis zur Erschöpfung in Bewegung zu halten. Sie bildet sich ein, ihnen zu einer netten, lustigen Zeit verholfen zu haben, wenn sie sie mit schmerzenden Gliedern in die Stadt zurückschicken kann. Es war warm, das Frühstück auf der sonnigen Terrasse schmeckte großartig, und zu allem Überfluß saß ich an einem Tisch mit Noel. Ich hatte das Spiel sorgsam überdacht. Ich mußte sie auf mich als Mensch neugierig machen und ziemlich unverhohlen andeuten, daß ich nicht wie die andern war.

Nach einigen Banalitäten entstand die Stille, auf die ich gewartet hatte, und ich sagte: »Noel, ich bin überzeugt, daß mir einige tausend Jahre wohlüberlegter Zucht genügen würden, die menschliche Rasse wirklich zu vervollkommnen. Ich habe in der vergangenen Nacht darüber nachgedacht.«

»Wie vervollkommnen?«

»Indem wir die Eidechsen nachahmen. Wenn sie etwas älter und klüger geworden sind, schlüpfen sie aus ihrer Haut und werden eine andere. Wie die Dinge jetzt liegen, bleiben wir immer in den Klauen unseres alten Lebens, wenn wir uns ändern, wie es bei Menschen unvermeidlich ist. Das kommt mir nicht gerecht vor.«

Ich sah an ihren Augen, daß ich ihr Interesse erweckt hatte, und stellte zugleich fest, daß ihre Augen von sehr dunklem Braun waren, mit winzigen goldenen Pünktchen um die Pupillen.

»In was möchten Sie sich verwandeln, Steve?«

»Darüber bin ich mir noch nicht klar. Die Hauptsache ist die Veränderung an sich. Ich bin im Augenblick ein heller, in den Ruhestand versetzter junger Mann. Kann es mir nicht erlauben, müde auszusehen. Muß im Trab bleiben. Es gilt, den Eindruck einer gewissen Persönlichkeit aufrechtzuerhalten. Wie sieht es bei Ihnen aus?«

»Ich glaube, es ist typisch weiblich, Steve, aber ich wäre gern großartig und goldig und glänzend, statt eine Art brauner Maus zu sein. Ich hocke in zu vielen Ecken, beobachte zuviel und denke zuviel nach. Vielleicht möchte ich selbst eine Rolle auf dieser Bühne spielen.«

Ich erlaubte mir einen kleinen verächtlichen Blick. »In diesem Stück?«

»Nein, nicht in diesem Stück. Dazu ist es zu abgedroschen. Ich brauche ein neues Stück. Neu und frisch, mit Pauken und Trompeten.«

»Ich werde Sie vormerken. Wir werden schon etwas finden und volle Häuser haben.«

Ich blickte sie ernst und durchdringend an und sah, daß ihre Augen sich weiteten und daß ein sanfter rosa Hauch ihren Hals übergoß. Ich wußte, daß ich ihr Interesse erweckt hatte.

Später, während des morgendlichen Schwimmens und nachdem ich Hayes von seinen Wasserski geschüttelt hatte, fand ich Gelegenheit, mich auf dem Steg auszustrecken und mich weiter mit ihr zu unterhalten. Über die Leere und Falschheit jenes Abschnittes der Zivilisation, in den wir gestellt waren. Keine Ehrlichkeit mehr. Überall Winkelzüge. An hundert kleinen Zeichen erkannte ich ihre wachsende Unbekümmertheit. Sie begann von innen her zu glühen, ihr Mund wurde weicher, und sie lachte öfter. Die Drinks trugen mit dazu bei. Auch Randy war mir eine große Hilfe durch die unterwürfige Beflissenheit, mit der er Wilmas Aufträge ausführte. Und sie waren zahlreich.

Das Krocketspiel wurde zur Parodie. Paul Dockertys Trunkenheit nahm beängstigende Formen an. Offensichtlich hatte ihn die gegenseitige Bewunderung von Mavis und Hayes völlig aus dem Konzept gebracht. Noel und ich tauschten Verschwörerblicke, wir lächelten trocken, immer häufiger berührten sich unsere Hände. Das Essen kam spät zustande und war größtenteils flüssig, danach begann die Suche nach Ruheplätzen, um neue Kräfte für den Abend zu sammeln. José beschaffte eine Thermosflasche, die ich mit ein paar scharfen Sachen lud, dann erklärte ich Noel, daß ich ihr gern eine kleine Insel im See zeigen würde. Es war der kritische Augenblick. Sie war sofort einverstanden. Wir gingen hinab und stiegen in eines der Motorboote. Ich sorgte dafür, daß Geschwindigkeit, ein paar scharfe Wendemanöver und das Rauschen des Wassers am Rumpf sie nicht zu unnützen Überlegungen kommen ließen. Ich steuerte die kleine Insel an, zog das Boot an Land und half ihr, das grasbestandene Ufer nahe dem Gehölz von Essigbäumen zu erklimmen.

Sie war voller Widerstände. Worte und Zärtlichkeiten beseitigten den größten Teil, der Rest schmolz unter dem Einfluß des Thermosflascheninhalts dahin. Wir waren völlig allein, vor uns lagen Wasser und Berge, das Boot konnte vom Haus aus nicht gesehen werden. Die Kapitulation war unvermeidlich. Sie war von unerwarteter Wildheit, es gab bei weitem zu viele Tränen und gestammelte Worte, aus denen die Erwartung eines Dauerzustandes sprach, obwohl ich nichts getan hatte, um diese Vorstellung in ihr zu erwecken. Das unangenehme Gefühl, mir eine zu schwere Bürde aufgeladen zu haben, war die Folge. Sie war Randy bisher nie untreu gewesen. Und sie war überzeugt, daß wir beide nun für alle Ewigkeit zusammengehörten. Ich wußte, daß sie es auf einen Nenner bringen mußte. Sie konnte nicht entschuldigen, was sie hatte geschehen lassen, also mußte sie ihm das Aushängeschild der *großen Liebe* geben. Ich wußte, daß ich diesem Für-immer-dein-Verlangen nicht ewig ausweichen konnte. Ich sah die ersten Anzeichen von Mißtrauen in ihren Augen. Also mußte ich das Spiel mitmachen. Ich erklärte ihr, daß bedauerlicherweise mein Schicksal im Augenblick an das Randys, Wilmas und der anderen gekettet sei, so daß wir sehr vorsichtig sein mußten, alles gut planen und jede Ungeduld vermeiden mußten.

»Aber es ist wirklich geschehen, Liebling«, sagte sie und lächelte mir zu.

»Ganz wirklich.«

»Ich hätte nie erwartet, dich hier zu finden. Ich habe so lange auf dich gewartet. So schrecklich, schrecklich lange, Steve.«

»Auch mich hat es überrascht«, sagte ich in einem Anflug von Ehrlichkeit.

»Aber wir werden zusammensein.« Sie hatte den Doppelsinn nicht herausgehört.

»Sobald es sich bewerkstelligen läßt, ohne daß ich beruflich dabei zugrunde gehe.«

»Sie kann ihn haben. Gern. Ich gebe ihn frei. Er ist ein nutzloses Ding, Steve. Er war es seit langer, langer Zeit. Sie hat ihn in ihr Netz gelockt, und als er sich nicht mehr bewegen konnte, saugte sie ihn aus. Du bist ein Mann, Steve. Er war seit langer Zeit kein Mann mehr. Oh, ich bin so glücklich, daß wir uns gefunden haben. Nimm mich fest in deine Arme, Steve. Erinnerst du dich an das, was du heute morgen sagtest? Ich bin aus meiner alten Haut geschlüpft. Jetzt bin ich golden und glänzend, keine braune Maus mehr.«

»Die neue Haut steht dir gut. Sie gefällt mir. Sie ist weich und sanft. Garantiert unvergänglich.«

»Hör auf, mich anzustarren. Ich werde rot.«

»Hm, wenn du rot wirst, scheint es etwa hier zu beginnen.«

»Steve!«

Wir blieben, bis die sommerliche Dämmerung die Sonne ablöste. Und bis die Thermosflasche ihren letzten Tropfen hergegeben hatte. Ich fühlte mich unbehaglich bei dem Gedanken an eine unterstellte Beziehung, die bis in alle Ewigkeit dauern sollte. Aber es war eine Frucht, die mir von allein in den Schoß gefallen war. Und ich konnte es hinauszögern mit Entschuldigungen, die zuerst vernünftig klangen, langsam weniger plausibel wurden, bis wir uns mit der Vorstellung beschieden, ›eines Tages‹ das ersehnte Ziel zu erreichen. Und es würde schließlich enden, wie solche Dinge vor mir endeten und immer wieder enden werden, weil Verlangen ohne endgültiges Ziel sich selbst verzehrt und schließlich stirbt.

Wir fuhren zurück. Ihr Gesicht leuchtete so vor Erfüllung, daß ich der Dunkelheit dankbar war, als wir am Steg anlegten, auf dem uns Randys zerbrechliche und unbewegliche Gestalt erwartete.

»Wo wart ihr?« fragte er ruhig.

Noel lachte in die Dämmerung. Ihre Nachahmung von Wilmas Stimme war unverkennbar. »Es sieht aus, als kämen wir von einem Picknick oder etwas Ähnlichem. Hast du mich vermißt, Darling?«

Er wandte sich um und ging davon. Es schien sein Schicksal an diesem Weekend zu sein, mir den Rücken zu kehren. »Ein bißchen zu rauh, Honey«, sagte ich zu ihr.

»Findest du? Wie kann *er* Rechtschaffenheit verlangen?«

»Psst, Honey. Bitte.«

Ich reichte ihr die Hand und half ihr aus dem Boot. Sie schwang sich auf den Steg und lehnte sich leicht wie ein Flüstern an mich. »Es tut mir leid«, murmelte sie. »Ich fühle mich so unbekümmert.«

»Behalte es für dich. Wenigstens für einige Zeit.«

»Natürlich, Darling. Ganz, wie du willst.«

Aber ich behielt sie im Auge. Es war die wärmste aller Nächte, die ich auf dem See erlebt hatte. Wir aßen. Die Sterne begannen zu funkeln. Wir trugen Flaschen und Gläser, Eis und Mixbecher zum Steg hinab. Der See war schwarz, und das Lachen klang unbeschwert. Noel war bei leisem, betrunkenem Kichern angelangt. Wilma schlug vor, die Lichter zu verlöschen und so zu baden, wie die Natur es wahrscheinlich ursprünglich mit uns vorhatte. Es schien kein schlechter Gedanke. Randy und Wallace Dorn schlossen sich aus. Ich stieg zum Schaltkasten hinauf und verlöschte die Lichter. Ich wartete einige Augenblicke und schaltete sie wieder ein. Die Antwort waren Rufe vorgetäuschten Ärgers. Ich schaltete sie endgültig aus und tastete mich zum Bootssteg zurück. Mit Ausnahme Paul Dockertys waren wir vollzählig. Ich begegnete jemandem im Wasser. Es war Mavis, und sie dachte, ich sei Gilman Hayes. Wir stellten die Sache schnell richtig. Dann fand ich Noel. Wir ließen uns auf dem Rücken treiben, hielten uns an der Hand und blickten zu den Sternen auf. Sie fühlte sich aalglatt im Wasser an. Alle waren lustig und gaben sich kindisch. Oh, wir waren entzückend verantwortungslos. Eine Zeitlang amüsierten wir uns bei einem ziemlich konfusen Fangspiel, dessen Regeln immer komplizierter wurden. Randy war, wie ich glaube, von düsteren Gedanken erfüllt. Mavis' Lachen klang ein wenig hysterisch. Ich wurde das Gefühl nicht los, wir seien eine Gruppe von Seehunden, die eine Vorstellung für Wilma gaben.

Ich fragte mich, warum Gilman Hayes so laut nach Wilma rief.

5

WALLACE DORN – DANACH

Ich war entschieden glücklich, daß ich mich an dieser unwürdigen Suche nach Kleidung im Dunkeln nicht zu beteiligen brauchte, als Winsan lostrabte, um die Beleuchtung wieder einzuschalten. Ich hörte, wie sie patschten und hechelten. Der Gedanke, daß ich nahe daran gewesen war, mich an dieser kleinen Ausschweifung zu beteiligen, alarmierte mich. Ich war in der Tat einige Augenblicke in Versuchung geraten bei dem Gedanken an das dunkle, seefeuchte weibliche Fleisch in der Nacht. Es war jene Stimmung von Unbekümmertheit, wie Wilma sie zu entwickeln versteht und an die sie, trotz des Eindrucks von Wärme, den sie zeigt, völlig kühl und überlegt herangeht.

Ich fragte mich, was Wilma gedacht hatte, als sich das Wasser über ihr schloß. Da ich sie kannte, nahm ich an, sie müsse ein Gefühl großer Ungeduld wegen ihrer gestörten Pläne empfunden haben. Nicht Furcht, glaube ich, weil ich überzeugt bin, daß sie wie ein Kind völlig unfähig war, sich ihr eigenes Ableben vorzustellen. Sie besaß eine bemerkenswerte Geschicklichkeit, andere ein wenig sterben zu lassen. Nun war sie selbst gestorben. Gründlich. Und ich fand es erfreulich, darüber nachzudenken. Für mich war es ein Tod, der mir außerordentlich gelegen kam. Wir hatten unsere kleine Plauderei gehabt. Der Tod hatte ihre Entscheidung bedeutungslos gemacht, so wie ich entschlossen gewesen war, ihre Entscheidung irgendwie zur Bedeutungslosigkeit zu verurteilen.

Ich hatte das Gefühl, daß ich jetzt beginnen könnte, mir wieder zu meiner eigenen Würde zu verhelfen. Die Jahre mit Wilma hatten mir verteufelt wenig gelassen. Wahrscheinlich nicht mehr als die äußere Erscheinung ohne jeden inneren Gehalt. Jetzt belebte mich die Vorstellung, daß es möglich sein würde, mich von allen diesen schrecklichen Menschen zu befreien. Von Randy, diesem hohlen Tropf, diesem Nichts ohne jede Ethik. Natürlich auch von Hayes und seinen talentlosen Zutaten zum Ferris-Programm. Von diesem Jonah-Mädchen mit seinen unfeinen, unweiblichen Clownerien. Schluß auch mit Winsan, der eine fast obszöne Übertreibung meines eigenen Verlustes an Selbstachtung darstellte. Von ihnen allen würde ich mich trennen. Paul Dockerty war der einzige, den ich behalten würde, weil ich ihn brauchte. Er ist der Beste von allen. Er ist, Gilman Hayes ausgenommen, vielleicht der Beste, weil er erst vor kurzem zu uns gestoßen war. In ein paar Jahren oder vielleicht auch nur Monaten wäre er so unter Wilmas Einfluß geraten, daß sie ihn auch zerbrochen hätte.

Ich wußte, daß ich von nun an mit Paul zusammenarbeiten würde, und hatte das Gefühl, daß ihm auch an unserer Verbindung lag. Ich hatte nichts zu fürchten. Immer wieder sagte ich es mir. Nicht das geringste zu fürchten.

Es wurde erst schrecklich für mich, als immer mehr Menschen kamen und die Boote, von denen aus sie nach ihrer Leiche suchten, hin und her fuhren. Ich konnte mir die blitzenden Haken vorstellen, wie sie sich in ihrem Fleisch verfingen. Ich glaube, ich habe immer unter zu starker Vorstellungskraft gelitten.

Ich konnte nicht zusehen. Ein uniformierter und recht amtlich tuender junger Mann hatte mich darüber unterrichtet, daß ich das Grundstück nicht verlassen durfte. Ich ging auf mein Zimmer. Am liebsten hätte ich von dem ganzen Vorfall keine Kenntnis genommen. Ich schlüpfte in meinen Bademantel, setzte mich in der Dunkelheit in den tiefen Sessel, rauchte meine Pfeife und dachte an die Arbeit, die mich erwartete, wenn ich in mein Büro zurückkehrte. Aber während der ganzen Zeit war ich mir der Menschen draußen bewußt, mit ihren Lampen, Booten, Haken und ihrem Kichern. Ich wußte, daß es in den Zeitungen stehen würde und daß Mr. Howey sich veranlaßt fühlen würde, eine seiner kleinen Unterredungen mit mir zu führen.

Früher hatte ich das Gefühl, daß er mich mochte. Damit scheint es aus zu sein. Er kann mir nicht vorwerfen, daß ich nachlässig in meiner Arbeit bin. Es war natürlich Wilma Ferris, die ihre giftigen Pfeile gegen mich abschoß. Das ist ungerecht. Ich habe mich nicht um den Ferris-Werbeetat gerissen. Mr. Howey scheint nicht zu begreifen, daß ich jene Konten gut zu verwalten verstehe, bei denen es sich um reelle Geschäfte handelt. Auch in geschäftlicher Beziehung sollte man sich wie ein Gentleman benehmen. Übersicht und sorgfältige Planung können mehr einbringen als lautes, auf Wirkung gezieltes Getue. Ein guter, ruhiger Lunch, ein Glas Brandy, die sachliche Besprechung geschäftlicher Probleme. Ich war nicht wild auf den Ferris-Etat. Seine Verwaltung hat mir immer Schwierigkeiten gemacht, weil ich nie in der Lage war, mit dieser verteufelten Frau so zu sprechen, wie es erforderlich gewesen wäre. Sie schien mich stets und ständig auszulachen. Und ich betrachte mich keineswegs als einen lächerlichen Mann. Ich habe eine gute Erziehung genossen. Ich bin ziemlich wohlhabend. Ich bin gesund und strahle, wie ich hoffe, eine gewisse Würde aus.

Ich wollte diesen Etat nicht und stünde, wäre er mir nicht übertragen worden, heute wahrscheinlich weitaus besser mit

Lucius Howey. Ich bin mir völlig klar darüber, daß sie mich bei ihm in ein schiefes Licht gesetzt hat. Völlig bewußt und mit ihrer ganzen Boshaftigkeit.

Ich begreife solche Menschen nicht. Man muß immer guten Willens sein. Zuweilen bin auch ich selbstverständlich gezwungen gewesen, Untergebenen gegenüber mit harter Hand durchzugreifen, um mich selbst zu schützen. Wären alle meine Auftraggeber so verläßliche, konservative alte Firmen wie die Durbin Brothers, so könnte das Leben eine reine Freude sein. Wir sind uns über die Werbemethoden einig. Ich mache nie den Versuch, sie zu höheren Ausgaben als den vereinbarten zu zwingen. Es besteht volle Übereinstimmung hinsichtlich der Werbetexte. In ihnen sehe ich Auftraggeber, die sich ihrer Verpflichtungen gegenüber der Öffentlichkeit bewußt sind. Zugegeben, der Etat ist nicht sehr groß. Aber das Produkt, das dahinter steht, ist ausgezeichnet.

Sie würden nie das Benehmen an den Tag legen, wie Wilma es tat, als sie mich aufforderte, ihr die neuen Werbetexte in die Wohnung zu bringen. Ich hatte einige der falschen Überschwenglichkeiten ausgemerzt und allzu plumpes Eigenlob gemildert. Ihr Gesicht blieb völlig ausdruckslos, während sie den Text las. Es war unmöglich, ihre Reaktion zu erraten.

Dann riß sie den Text in kleine Fetzen und verstreute sie am Boden. Ich kannte sie noch nicht sehr gut. Ich zeigte meine Verärgerung. Sie kam mit verzerrtem Gesicht zu mir herüber und beugte sich so dicht zu mir herab, daß ich alarmiert zurückwich. Durch zusammengepreßte Zähne sagte sie: »Freundchen, mir scheint, daß Ihnen noch nicht aufgegangen ist, wie es im richtigen Leben zugeht. Das da sollte eine Werbung für Parfüm sein. Mit diesem senilen Geschwafel könnten Sie nicht einmal Ihrer jungfräulichen Großmutter etwas verkaufen. Sie brauchen in Ihrem Text den Mädchen nur zu erklären, daß sie öfter umgelegt werden, wenn sie dieses Parfüm benutzen.«

»Aber, Miß Ferris!«

»Glotzen Sie mich nicht so an, Sie alte Zimperliese! Ich sagte Werbetext mit Sex, und genau das will ich haben. Meine Erzeugnisse sind keine Wohlgerüche. Ich verkaufe Sex. Wenn Ihnen das nicht gefällt, Dorn, dann watscheln Sie davon, und ich werde mir jemanden holen, der begreift, wovon ich spreche.

Vielleicht haben Sie etwas gegen Sex, Sie blutloser alter Ziegenbock.«

»Ich kann nicht zulassen, daß Sie in dieser Weise mit mir sprechen.«

»Man hat mir gesagt, daß Sie gute Werbetexte zu schreiben verstünden. Setzen Sie sich an den Schreibtisch da drüben und entwerfen Sie einen Text, der einigermaßen brauchbar ist, oder ich sorge dafür, daß man Sie im Werbegeschäft den Stümper nennt, der mit dem Ferris-Etat nichts anzufangen wußte.«

Was konnte ich dagegen tun? Diese Frau hatte mir tatsächlich einen tödlichen Schrecken eingejagt. Sie behielt mich drei Stunden dort. Schließlich brachte ich einen Text zustande, der sie befriedigte. Ich war fest davon überzeugt, daß die Magazine ihn ablehnen würden. Zu meinem Erstaunen brachten sie ihn ohne jeden Einwand.

Ähnliche Szenen wiederholten sich. Ich konnte nie voraussagen, wie sie reagieren würde. Und fast immer fühlte ich mich unsicher und unbehaglich, weil ich das Gefühl nicht los wurde, daß sie über mich lachte. Sie mußte mir ihre Macht zeigen. Das fühlte ich. Und ich konnte nichts tun, um sie daran zu hindern.

Ich glaube wirklich, daß dieses hilflose Gefühl, von ihr beherrscht zu werden, mich schließlich jenen größten Fehler in ihrer Wohnung begehen ließ. Ich bildete mir ernstlich ein, die Rollen zu vertauschen, indem ich unsere Beziehungen auf die ursprüngliche Basis des Verhältnisses zwischen Mann und Frau brachte. Im Glauben daran verbrachte ich eine närrische Stunde, fest überzeugt, ihr meinen Willen aufgezwungen zu haben, genoß die bemerkenswerten Günste, die sie mir bezeigte. Als ich mich dann anzukleiden begann und von ihr Wärme und eine gewisse Anschmiegsamkeit erwartete, begann sie zu meinem Entsetzen, auf dem Rand des Bettes sitzend, zu kichern. Es dauerte lange, bis sie mir verraten konnte, was sie amüsierte. Als sie endlich sprechen konnte, erklärte sie mir, sie habe sich recht verfängliche und unfeine Situationen vorgestellt, die sich zumeist auf meine Art, mich zu kleiden, und auf mein Benehmen bezogen, obgleich ich immer der Ansicht gewesen war, mich wie ein Gentleman zu benehmen.

So brachte mir der vermeintliche Rollentausch nur noch tiefere Demütigung ein.

Ich weiß, daß sie mich bei Mr. Howey bewußt in ein falsches Licht gesetzt hat.

Ich kann einen solchen Menschen nicht verstehen.

Ich bin ehrlich froh, daß sie tot ist.

Ich kann mich wieder des Lebens freuen.

Und ich empfinde keine Furcht mehr.

6

RANDY HESS – VORHER

Ich erzählte Noel, daß Wilma uns zum Weekend erwartete, und das war wieder einmal der Anlaß zu einem kleinen, bitteren Streit. Wir schreien nicht und toben nicht. Aber verächtliches Schweigen kann schlimmer sein. Es war nicht immer so. Nicht bevor Wilma auf der Bildfläche erschien. Damals hatte ich bessere Nerven. Meine Frau und ich stehen fast wie Fremde zueinander. Es scheint eine Ewigkeit her zu sein, daß wir zusammen lachten. Es machte mir nicht allzuviel aus, bis Gilman Hayes vor einem halben Jahr seinen Einfluß geltend zu machen begann. Er verdrängte mich fast völlig aus einem Gebiet, auf dem ich Wilma nützlich sein konnte. Ich denke oft daran und frage mich, wie ich es fertigbrachte, all meinen Stolz und meine Anständigkeit aufzugeben. Und ich frage mich, warum ich gewillt bin, Tag für Tag die demütigenden Aufträge auszuführen, die sie mir gibt, um dafür jene seltenen Augenblicke einzuhandeln, in denen sie mir die Arme öffnet.

Ich durchforsche mich und begreife nicht, daß mir mein Schamgefühl so restlos abhanden gekommen ist. Ich bilde mir ein, ein Mann gewesen zu sein, der seinen Stolz hatte. Aber das ist nur noch eine Erinnerung, die mit einem ganz anderen Menschen verknüpft ist.

Sie ist nicht schlecht. Sie ist nicht bösartig. Die Menschen irren sich, wenn sie meinen, sie sei böse und niederträchtig. Sie ist einfach Wilma. Ich erinnere mich an eine Stunde, in der sie zu mir mit einer Stimme sprach, die ich nie zuvor gehört hatte.

»Ich war ein dickes Kind, Randy. Ein schrecklich fettes Kind. Ich habe starke Knochen, und sie waren dick gepolstert. Mein Gott, ich futterte den ganzen Tag. Und ich haßte meinen Anblick. Ich war häßlich.« Sie sprach ruhig neben mir im Bett. Ihr Profil hob sich klar von der rötlichen Dunstglocke ab, die hoch über der Stadt hing. »Ich träumte davon, daß eine Märchenfee kam. Sie hatte einen Zauberstab und berührte mich damit. Sie sagte mir dann, daß ich schön sei. Und ich lief im Traum davon, jagte auf den Spiegel zu, bis mir das Herz in der Kehle hämmerte, und ich blickte in den Spiegel und sah mich darin, die gleiche dicke Wilma. Ich begann, meine Märchenfee zu hassen. Vielleicht war das der Anlaß, daß ich mich in der Kosmetikbranche versuchte, Randy. Ich frage mich immer wieder, ob das der Grund war. Zauberstab. Erinnere mich wieder daran, ja? Vielleicht läßt sich etwas damit anfangen. Im Augenblick bin ich zu träge, darüber nachzudenken. Dick und häßlich zu sein, hatte sicher auch noch andere Auswirkungen auf mich. Ich sah die anderen kleinen Mädchen zu ihren Partys gehen. Ich versteckte mich. Manchmal war ich mutig und bewarf sie mit Schmutz. Da gab es einen Jungen, nach dem alle verrückt waren. Mein Gott, ich war selbst vernarrt in ihn. Mein Herz fing an zu hämmern, wenn ich ihm bloß auf dem Gang in der Schule begegnete. Es war alles so verdammt lächerlich. Ich habe meinem Psychiater alles erzählt.«

»Und was sagte er?«

Sie drehte sich um und stützte sich, halb über mich gebeugt, auf die Ellbogen. »Er sagte, Randy, daß er die Ursache meiner sogenannten Nymphomanie klar bestimmen könne. Er sagt, sie entbehre jeder physiologischen Grundlage. Er sagt, dies sei nur selten der Fall. Meist sei es das Verlangen nach Liebe, die nicht gegeben werde. Dafür wiederum sei eine Hemmung verantwortlich. Mein Hemmnis war mein Aussehen. Mein Gott, innerlich war ich völlig durcheinander. Voller verrückter Sehnsüchte. Dazu meine Familie! Bruder! Immer wurde ich gescholten. Ohne Anlaß, es genügte, wenn ich vorüberging. Spaßig, wenn man den Rest seines Lebens damit verbringen will, es ihnen zu zeigen. Genau das täte ich, sagte er. Ich verabscheute das männliche Geschlecht. Es hatte mich übersehen, als ich Wert darauf legte, daß man Kenntnis von mir nahm. Er sagte, das alles sei unerfreulich, weil ich jetzt niemanden mehr richtig lieben könne. Zum Henker, ich glaube nicht, daß ich es vermisse. Ich fragte ihn, warum ich soviel physische Liebe brauchte. Er sagte, dies sei ein Symbol. Er sagte, er könne mich heilen, wenn ich ihm genügend Zeit gäbe. Ich dachte darüber nach und erklärte ihm, daß ich mit diesem Zustand zufrieden sei, und vielen Dank. Du siehst also, Randy, daß ich dich im Grunde hasse. Kannst du es glauben?«

Ich sah zu ihr auf und glaubte ihr. Und ich verstand sie. Ich bemitleidete und liebte das Kind, das sie einst gewesen war.

Und ich empfand Mitleid mit mir selbst, weil ich zur richtigen Zeit und am richtigen Ort den Weg dieser unversöhnlichen Frau gekreuzt hatte, und wußte zugleich, daß dies keine Entschuldigung für mich war. Sie hatte eben nur eine tiefgehende Empfindlichkeit, eine masochistische Schwäche, von der ich nichts ahnte, in mir entdeckt.

In dieser Art sprach sie selten mit mir. Meine Rolle war mehr die des Prügelknaben.

Bei einer anderen Gelegenheit fragte sie: »Weiß es Noel, Randy?«

»Ich habe es ihr nicht erzählt, wenn du das meinst.«

»Aber sie weiß es?«

»Ich bin ziemlich sicher.«

»Spürst du keine Gewissensbisse? Möchtest du dies alles nicht aufgeben, um sie wieder glücklich zu machen?«

»Ich weiß, daß ich es tun sollte.«

»Aber du denkst nicht daran?«

»Ich glaube nicht.«

»Sag mir, warum.«

»Was meinst du?«

»Sag mir, warum du nicht die Absicht hast, mich aufzugeben.«

»Weil . . . weil ich nicht kann.«

»Das wollte ich hören. Ich möchte dir von den anderen erzählen, Randy. Willst du mir nicht zuhören?«

»Bitte nicht, Wilma.«

»Es macht mir Spaß, darüber zu sprechen. Wie es mir Vergnügen bereitet, mit den andern über dich zu sprechen.«

»Hör auf, Wilma.«

»Ich werde aufhören. Sag mir, was du bist. Bist du schwach?«

»Schwach und gemein und schlecht.«

»Schämst du dich?«

»Nein. Ich schäme mich nicht.«

»Du solltest es aber tun, nicht?«

»Ja, ich sollte es tun. Was ich tue, ist Sünde in den Augen der Menschen und Gottes.«

»Das klang nett. Du mußt es bei Gelegenheit noch einmal sagen. Aber jetzt wollen wir aufhören zu schwatzen, ja, Randy?«

Es gab keinen Ausweg, hatte nie einen gegeben. Es war, als suchte ich Gemeinheit und Erniedrigung. Als müßte ich mich ständig für unverständliche Verbrechen, für eine Schuld, die mir noch nicht erklärt worden war, bestrafen. Und ich fragte mich, ob ich sie einmal umbringen würde. Es war der einzige Ausweg. Sie wurde nicht müde, mich kleinen Demütigungen auszusetzen. Das Leeren ihrer Aschenbecher. Das Aussortieren der Kleider, die zur Reinigung gebracht werden mußten. Das Instandhalten ihrer Schuhe. Das Nachräumen. Sie war ein robustes Geschöpf und hinterließ die Räume, in denen sie wohnte, ständig in Unordnung. Mit Vorliebe forderte sie mich auf, ihr von der Zeit zu erzählen, als ich überzeugt war, ein bedeutender Mann zu werden. Manchmal mußte ich von diesen Jugendträumen sprechen, während ich das Bett machte und sie mich im Spiegel des Frisiertisches beobachtete.

Ich wußte von ihren anderen Affären. Sie sorgte dafür, daß ich davon erfuhr. Man mußte die Ohren ebenso wie die Augen schließen können. Aber sie ließ mich nicht fallen. Ich hatte viel von ihr und mußte mich damit zufriedengeben. Bis sie Gilman Hayes an sich zog.

»Er taugt nichts, Wilma. Du mußt dich von ihm trennen.«

»Wir werden uns nett über ihn unterhalten. So, als wärst du meine Freundin, Randy.«

»Er taugt nichts.«

»Er ist ein fabelhafter Künstler, mein Schatz.«

»Wer sagt das?«

»Steve Winsan sagt es. Ich bezahle ihn dafür, daß er es an den richtigen Stellen sagt. Sei vernünftig, Randy. Hab' Geduld. Er ist ein sehr arroganter junger Mann und ein prachtvolles Geschöpf, und wenn er sich an die Zügel gewöhnt hat, die wir ihm anlegen, schicken wir ihn fort und vergessen ihn.«

»Er kostet dich zu viel Geld.«

»Du pickst auf mir herum wie eine alte Henne, bester Randy. Sei nett und geduldig, und du hast deine Wilma bald zurück. Der arme Gil leidet an der Vorstellung, daß er mir gefällig sei. Das ist eine Haltung, die wir schnell berichtigen werden. Und dann werden wir ihn, älter und klüger geworden, fortschicken, weil er ein bißchen langweilig ist.«

Sie hatte mir die Gästeliste für dieses Weekend vorgelesen. Hayes und die Dockertys, Steve und Judy und Wallace Dorn. Die Affäre mit Hayes hatte mir einen Trumpf in die Hand gespielt. Sie hatte mir zu der Zeit verholfen, die ich brauchte, um ihre Finanzen zu überprüfen. Was ich sah, gefiel mir nicht. Am Dienstag sprach ich mit ihr darüber. Ich tat alles, das Bild schwarz zu malen. Ich fuhr schweres Geschütz auf. Sie lächelte und zählte die Punkte wie ein Kind an den Fingern ab.

»Das Haus in Cuernavaca vermieten. Gut. Die Wohnung gegen eine kleinere tauschen. Vielleicht. Auf Gil und Steve verzichten. Einverstanden. Einschränkung aller sonstigen Ausgaben. Gut. Und weißt du, mein Lieber, da wir schon beim Einsparen sind, ich habe Judy und Wallace Dorn schrecklich satt. Ich denke, ich werde noch dieses und jenes ändern. Würdest du nicht sagen, daß du für mich auch eine unnötige Belastung bist?«

»Es liegt an dir, das zu entscheiden«, sagte ich.

»Tapferer Randy. Und die Gelassenheit in Person. Stell eine Verbindung mit Mavis her, Liebster.«

»War es dein Ernst . . . dich auch von *mir* zu trennen?«

»Jetzt bekommst du es mit der Angst und verdirbst alles. Sei ein netter Junge, wenn das Weekend 'ran ist. Dann werden wir sehen. Gil wird bald hier sein. Armer Liebling, er wird böse sein, dich hier zu finden. Ich glaube nicht, daß er dich ins Herz geschlossen hat.«

Noel und ich machten uns am Freitag auf den Weg. Wir plauderten in der leicht ausweichenden Art von Menschen, die sich in einem Zug begegnen. Sie sah schlank und hübsch aus, aber mir war, als sähe ich das Bild eines Mädchens, das ich vor langer, langer Zeit gekannt hatte. Wenn ich sie ansah, lag nichts Persönliches darin. Die ganze Welt war eine verschwommene, flache

Einöde. Das einzig Lebende und Wirkliche in ihr war ein verlangender Körper mit dem Namen Wilma. Bei ihm würde ich Vergessen finden und die große Blindheit, die alle Selbstvorwürfe gegenstandslos macht.

Ich richtete mich mit der Fahrt so ein, daß wir frühzeitig ankommen würden. Gilman Hayes war von Wilma in ihrem Wagen mitgenommen worden. Sie waren schon da, als wir ankamen. Wilma hatte mir gesagt, welche Zimmer für uns bestimmt waren, und ich brachte das Gepäck nach oben. Ich nehme an, daß sie José gesagt hat, ich sei ein Mann von untergeordneter Bedeutung, dem er nicht zu helfen brauche. Sogar wenn er mir einen Drink mixt oder serviert, tut er es sichtlich zögernd. Ein typischer Beweis für ihre niederträchtigen und kleinlichen Methoden.

Nach Steve Winsans Ankunft verrieten mir seine Blicke, daß er mit mir sprechen wollte. Ich ahnte, worüber. Als er eine Gelegenheit fand, mich um eine Unterredung zu bitten, stimmte ich zu. Er war Narr genug, mich mit Verachtung zu behandeln. Ich blieb kühl und sachlich und hoffte die ganze Zeit, daß Wilma ihm gegenüber keine Andeutung der Gefahr gemacht hatte. Und dann war er gerissen genug, Wilmas Drohung mir gegenüber zu erwähnen, nachdem er selbst sich in vagen Drohungen ergangen hatte. Er ist immer auf der Hut und ein gefährlicher Mann, der rücksichtslos von jeder Waffe, die er findet, Gebrauch macht. Aber ich sah keine Waffe, die er hätte benützen können. Wilma hatte gesagt, daß sie mit ihm fertig war. Und es ist nicht ihre Art, einen einmal gefaßten Entschluß rückgängig zu machen.

Mavis mit ihrem Redeschwall war so ermüdend wie immer. Paul Dockerty schien in unserer Gruppe fast fehl am Platz. Vor langer Zeit hätte es mir ebenso ergehen können. Gilman Hayes gab sich widerwärtig, wie es nicht anders zu erwarten war. Er tat sein bestes, diejenigen, die er nicht übersah, zu beleidigen. Fühlbare Spannung lag in der Luft. Es sah nach einem wenig erfreulichen Weekend aus. Ich wurde nervös. Ich versuchte, mich an den Rat meines Arztes zu erinnern. Entspannen und nichts überstürzen. Nach Möglichkeit alle Dinge auf die leichte Schulter nehmen. Aber mein Arzt hatte nie ein Weekend mit Wilma Ferris verbracht. Sie sorgt für Spannung. Sie lebt davon. Sie schafft bewußt Gegensätzlichkeiten und Mißverständnisse.

Wallace Dorn gab sich wie üblich aufgeblasen. Noel saß, als hätte sie sich bewußt von der Gruppe abgesondert. Wilmas Verhalten ihr gegenüber ist fast von übertriebener Herzlichkeit. Wir tranken und aßen, und es wurden Spiele gemacht. Ich wanderte umher, beobachtete und trank zuviel. Mavis tanzte mit Gilman Hayes. Es war kein reines Vergnügen, den Beobachter zu spielen.

Ich war froh, als der Abend endete. Noel ging früh zu Bett. Sie schlief, als ich unser Zimmer betrat. Ich zog mich aus und lag in der Dunkelheit mit dem Gefühl, daß meine Nerven sich durch die Haut gebohrt hatten und alle Regungen und Stimmungen auffingen, die das große Haus erfüllten. Ich stellte in Gedanken die Paare zusammen. Steve hatte vielleicht den Weg in Judys Zimmer gefunden. Paul und Mavis waren rechtmäßig beieinander. Zweifellos auch Gilman und Wilma. Ich schlief ein mit dem Gedanken, wie Wilma wohl aussähe, wenn sie tot wäre.

Noel hatte das Zimmer schon verlassen, als ich aufwachte. Die Mehrzahl der Gäste hatte schon gefrühstückt und war am Wasser. Ich hatte lange geschlafen, fühlte mich aber nicht ausgeruht. So ging es mir schon seit einiger Zeit. So tiefer Schlaf, daß ich in der gleichen Stellung erwache, in der ich eingeschlafen bin. Traumloser Schlaf. Aber er bringt mir keine Erholung. Ich frage mich, was das zu bedeuten hat. Der Arzt sagte, es könne mit meinem körperlichen Zustand zusammenhängen. *Ich* glaube, daß es eine Begleiterscheinung der Todeswünsche ist, die ich zuweilen habe. Darauf deutet auch anderes hin.

Früher, als wir noch glücklich waren, spöttelte Noel darüber, daß ich die Ordnung zum Fetisch erhoben habe. Es stimmte. Die gelben Bleistifte ausgerichtet, die Spitzen nadelscharf. Zahlenreihen, die Kolonnen von Soldaten ähnelten. Aktenschränke aus grauem Stahl, bunte Reiter auf den Karteikarten, der Terminkalender mit jedem Tag nach Stunden unterteilt. Meine Welt war in Ordnung. Bis zu den sauber zusammengelegten Socken, den Schuhen auf ihren Spannern, der glatten Rasur. Ich war sauber und setzte die Füße fest auf den Boden, wenn ich ging, unterhielt mich mit zwingender Logik und kühler Überlegenheit. Ich war sauber, meine Frau war sauber, mein ganzes Leben war sauber. Selbst die Zukunft lag sauber vor mir, der Weg war klar vorgezeichnet.

Jetzt kümmern mich diese Dinge nicht mehr. Papiere werfe

ich achtlos in eine Schublade. Manchmal zerknülle ich sie vorher. Ich trage meine Hemden zu lange, empfinde manchmal den Geruch meines eigenen Körpers. Auch mein Gang hat sich geändert.

Es ist komisch, weil ich mir in jenem anderen Leben bewußt war, daß es Männer gab, die versessen auf eine Frau, auf den lebendigen Körper einer bestimmten Frau waren. Solche Männer schienen mir den Tieren zu ähneln. Ich war ein kühler Mann mit einem kühlen Kopf. In meiner Gegenwart wurden keine zweideutigen Witze erzählt. In mir wohnten Härte und Würde.

Jetzt bin ich selbst besessen, jetzt weiß ich, daß ich gerade der Typ von Mann bin, dem dieses Unheil oft widerfährt. Der Mann, der irgendwie seine Kindheit übersprungen zu haben scheint, dem man den Ernst schon in die Wiege gelegt hat, der Junge, der nur für die Schule und nichts anderes lebt, der oft betet und gelegentlich daran denkt, Geistlicher zu werden, um dann die Laufbahn des Buchhalters oder Kassiers, des Lehrers oder Versicherungsstatistikers einzuschlagen. Kühle Zurückhaltung sucht unbewußt nach Wärme. Der Geist sucht den Körper. Eis sehnt sich nach der Flamme.

Jetzt schlafe ich tief und schwer, suche die Unordnung, verlange nach Grausamkeit. Ich suche die noch tiefere Grube mit der immer schwärzeren Dunkelheit. Ein Todeswunsch. Denn es ist die letzte Funktion der Flamme, sich selbst völlig zu verzehren. Ich sehe mich und weiß, wohin ich treibe, und es kümmert mich nicht. Ich bin nur noch eine Funktion. Und in dieser Funktion halte ich nach dem Tod Ausschau.

Der Tag war warm. Sie schwammen. Lange schleppte ich jemand auf den Wasserski hinter dem Motorboot her. Ich fungierte als Punkt- und Schiedsrichter, wenn sie Krocket spielten. Sie waren betrunken. Paul am schlimmsten. Wenn sie mit meiner Entscheidung nicht einverstanden waren, ignorierten sie, was ich gesagt hatte. Wilma war für das Spiel in einen rosafarbenen Luftanzug geschlüpft. Ich beobachtete ihren Körper, wenn sie ging, sich bückte und den Ball schlug, wenn sie sich in den Hüften drehte, um einem anderen beim Spiel zuzusehen. Einmal, als ich zu nahe stand, schwang sie den Schläger so weit zurück, daß er mein Knie seitlich traf. Holz gegen Knochen. Es tat weh.

Sie entschuldigte sich wortreich. Alle wußten, daß sie es absichtlich getan hatte. Sie schwiegen. Ich fühlte ihre Verachtung. Dann vergaßen sie es. Nach einiger Zeit ließ der Schmerz nach. Wieder stand ich zu nahe, aber sie schlug nicht wieder nach mir. Weil sie wußte, daß ich darauf wartete.

Später, viel später kam mir zu Bewußtsein, daß ich Noel lange nicht gesehen hatte. Ein Boot fehlte. Ich fand Wilma und fragte sie, ob sie Noel gesehen habe. Sie sagte, Steve Winsan sei vor langer Zeit mit ihr im Boot davongefahren. Ich begriff, daß Winsan glaubte, eine Waffe gefunden zu haben. Am liebsten hätte ich laut gelacht.

Ich saß allein und beobachtete den See. Kein Boot war zu sehen. Ich dachte an den anderen Mann, der ich einst gewesen war. Ein Mann, der vielleicht versucht hätte, Winsan umzubringen. Aber Noel war nur ein Mädchen, das ich einmal gekannt hatte. Sie konnte tun, was ihr beliebte. Ich konnte sie vor Winsan warnen, wie ich jeden sympathischen Fremden gewarnt hätte, der ihm zu nahe kam. Ich malte mir aus, wie er sie verführte. Ich zwang mich zu lebhaften Vorstellungen, um einen Rest von Ärger, ein Überbleibsel von Bedauern, einen Anflug von Schmerz zu aktivieren. Nichts davon war übriggeblieben.

Ich wartete lange. Schließlich sah ich das Boot kommen. Es tauchte hinter einer weit entfernten Insel auf. Die Dämmerung war eingebrochen. Ich wollte aus objektiver Neugier Bescheid wissen, also stieg ich die Treppe hinab und trat auf den Steg, und als der Lärm des Bootes verstummt war, fragte ich, wo sie gewesen seien. Ihre Antwort war heiser, ihrem Wesen fremd, aber unmißverständlich. Ich wußte es also. Selbst im Halbdunkel hatte Winsan den unbehaglichen Blick, der von Schuld sprach. Ich ging fort, um ihm nicht ins Gesicht zu lachen. Ich hörte, wie er sie zum Schweigen brachte. Es bedeutete mir nichts. Wieder war mir etwas genommen worden. Und ich war dem Tod einen Schritt nähergekommen.

Sie schwammen in dieser Nacht. Sie waren alle da, Paul ausgenommen, und sie waren betrunken. Noel, ihrer neuen Freiheit bewußt, lachte zuviel und mit einem falschen Ton in der Stimme. Ich wollte nicht schwimmen. Ich saß auf dem Steg, um ihnen nahe zu sein. Sie beschlossen, nackt zu baden. Steve lief hinauf, um die Lichter zu löschen. Sekunden später schaltete er sie spielerisch wieder ein, und sie standen alle blendend weiß gegen die Nacht. Noel war gerade im Begriff, aus ihrem Badeanzug zu schlüpfen. Dann verschwand ihre schlanke Gestalt langsam vor meinem Auge. Ein seltsames Gefühl umfing mich. Es ist schwer zu beschreiben. Ähnlich dem Gefühl, das man hat, wenn man zu einer Fahrt aufbricht und den Wagen nur langsam rollen läßt, weil man sicher ist, etwas vergessen zu haben. Man überlegt, erinnert sich aber nicht, was es ist. Und dann zuckt man die Achseln, und der Fuß senkt sich auf das Gaspedal, und man redet sich ein, daß es nichts Wichtiges gewesen sein könne, nichts, was man sich am Fahrtziel nicht zum zweitenmal beschaffen könne.

Sie schwammen und schrien mit dem selbstbewußten Gehabe von Kindern, die Albernheit für Kühnheit halten.

Ich stand auf und ging schnell, schweigend und mit angehaltenem Atem bis zum Ende des Landesteges, und meine Augen waren an die Nacht gewöhnt, so daß ich den weißen Körper Wilmas sah, der im Wasser zu leuchten schien, und ich fragte mich, ob sie die Umrisse meiner Gestalt gegen das schwache Sternenlicht sehen könne. Ich konnte ihren Hals nicht erreichen. Aber . . .

7

MAVIS DOCKERTY – DANACH

Es war das Schrecklichste, was je geschehen konnte. Sie war die wunderbarste Frau der Welt. Niemand außer mir verstand sie. Keiner wußte, wie sie wirklich war. Sie benahmen sich so, daß ich mich wunderte, warum sie nicht auch noch lachten. Als wäre überhaupt nichts geschehen.

Ich schrammte mir die Hüfte, als ich mich auf den Steg zog, und eine Minute lang wußte ich nicht, wo ich meinen Bademantel gelassen hatte. Die Lichter mußten gleich aufflammen. Ich war entsetzt. Nicht weil ich im grellen Licht stehen würde, sondern weil ich meine Sachen im Dunkeln nicht finden konnte.

Aber dann entdeckte ich sie und verknotete gerade den Gurt, als die Scheinwerfer aufflammten. Dieses Licht kann einen blenden, wenn man aus dem Dunkel kommt. Ich wrang den Badeanzug aus und schlug ihn in mein Handtuch ein. Das Ganze mußte ein entsetzlicher Scherz sein, aber tief im Innern ahnte ich, daß ihr etwas zugestoßen sein mußte und daß sie tot war. Ich kenne mein Pech. Wenn sich etwas gut für mich anläßt, wendet es sich bestimmt zum Schlechten. So wie ich Paul für einen wunderbaren Mann hielt, bis er mir mit seiner krankhaften Eifersucht das Leben zur Hölle zu machen begann.

Mitten in der ausgelassensten Stimmung mußte dies Wilma, meiner besten Freundin, zustoßen. Ich glaubte sie vor mir zu sehen, wie sie leblos im schwarzen Wasser dahintrieb, und die Tränen kamen mir. Es war schlimmer als damals, als meine Schwester plötzlich starb. Sie wußten nicht einmal, daß sie wirklich krank war. Sie ging zu Bett, weil sie Kopfschmerzen hatte, und morgens war sie tot. Es ist so, wie Wilma es einmal sagte. Wir hatten beide Schweres durchgemacht, und darum glichen wir uns so. Es ist sonderbar, wenn man einander so ähnelt, daß man fast die Kleider des andern tragen kann. Ihre Kleider waren mir lediglich um die Hüften und um die Büste ein wenig zu weit. Aber sie ist ja älter. Mit den Jahren nimmt man zu. Aber sie ist nicht dick. Alles festes Fleisch. Ehrlich gestanden, man hätte an jenem Tag, als wir herumalberten und ich ihre Kleider anprobierte, annehmen können, daß sie jünger wäre als ich.

Es ist so, wie ich schon sagte. Ich werde auf der ganzen Welt nie eine bessere Freundin finden.

Ich stand da mit dem Gefühl, daß mir jede Sekunde das Herz brechen würde, und bald kam Paul und begann die andern herumzukommandieren. Ich habe den Eindruck, daß ihm das Vergnügen macht. Sie fuhren mit einem Boot hinaus. Randy hielt die Lampe, und die drei, Paul, Steve und Gil, begannen nach ihr zu tauchen, als wenn sie dadurch etwas ändern könnten. Zuviel Zeit war vergangen, und ich wußte, daß sie längst tot sein mußte. Ich sagte es immer wieder. Tot, tot, tot. Es paßte einfach nicht zu Wilma. Sie war das lebendigste Geschöpf, das ich je gekannt hatte.

Die Sirenen kamen näher und mit ihnen die Männer, die sich in solchen Dingen auskennen, und sie sagten Paul, er solle mit dem unsinnigen Tauchen aufhören. Inzwischen waren schon eine Menge Boote auf dem See, die sich in Kreisen bewegten, Netze schleppten und die Tote mit Haken zu fassen versuchten. Ich konnte es nicht länger mitansehen. Außerdem begann ich zu frieren. Ständige Tränen verringern die Widerstandskraft, nehme ich an. Ich ging in das wunderbare Zimmer, das sie uns zugewiesen hatte, wanderte auf und ab und erinnerte mich daran, wie nett sie zu Paul und mir gewesen war, und die Tränen kamen wieder. Ich ließ mich schlaff aufs Bett fallen, und das Schluchzen warf mich hin und her, bis mir war, als stünde ich neben dem Bett und sähe zu, wie ich mich umherwarf.

Es dauerte lange, bis der ärgste Tränenstrom versiegt war. Dann stand ich auf, um mich im Spiegel zu mustern. Mein Haar sah schrecklich aus. Ich öffnete den Bademantel und sah nach der Schramme, die ich mir geholt hatte, als ich mich auf den Bootssteg zog. Ich habe eine sehr empfindliche Haut. Schon ein leichter Schlag verursacht mir einen blauen Fleck. Ich sah drei parallele Kratzer wie von einer Katze und eine dunkle Schwellung ringsum. Eine Minute lang wünschte ich, es möchte noch schlimmer sein, so daß eine Narbe an meinem Körper mich immer daran erinnerte, aber das war albern, weil ich es ganz bestimmt nicht vergessen würde. Und sie erst recht nicht. Ich war die einzige, die sie wirklich mochte. Die einzige von der ganzen Gesellschaft. Sie kannten sie gar nicht. Mein Gott, was war ich, bevor ich ihr begegnete? Ein Nichts. Ein dummes Mädchen. Sie lehrte mich, eine Persönlichkeit, ich selbst zu werden. Vorher hatte ich nur geträumt. Verrückte Sachen. Schon als Kind fing ich damit an. Ich mußte immer Theater spielen. Veranstaltete richtige Partys mit meinen Puppen. Winzige Teller und richtige Mahlzeiten, die ich alle allein aufessen mußte. Meistens spielte ich für mich allein. Wahrscheinlich begann ich Theater zu spielen, weil meine Umgebung mir nicht gefiel. Alle Häuser sahen gleich aus, und wir waren sechs Kinder, so daß ich nie ein Zimmer für mich hatte. Wenn sie gewußt hätten, daß ich es weiter als sie alle bringen würde, hätten sie mir vielleicht ein eigenes Zimmer gegeben. Seht euch den Vagabunden an, den Harriet heiratete. In Uniform sah er großartig aus. Als er sie auszog, blieb nur ein Vagabund übrig. Ich spielte so oft Theater, daß ich vergaß, die Dinge zu tun, die man mir aufgetragen hatte. Es kam vor, daß ich zum Kaufmann ging und wieder umkehren mußte, weil ich nicht mehr wußte, was ich bringen sollte. Wir hatten nie Telefon. Also hielten sie mich die ganze Zeit im Trab. Mary hier, Mary da. Jetzt kann keiner von ihnen mich mehr herumkommandieren. Jetzt sind nur noch vier von uns da und der alte Mann. Ich wußte die ganze Zeit, daß mich ein wundervolles Leben erwartete. Besser als das der anderen. Sicher bedeutend besser.

Natürlich machte ich mich selbständig, sobald ich konnte. Ich verließ eines Tages die Berufsschule, und am nächsten Tag hatte ich einen Job und meine eigene Wohnung. Keine Wohnung im eigentlichen Sinne. Zwei möblierte Zimmer und Badbenutzung mit drei anderen Mädchen, die morgens immer so trödelten, daß ich ganz nervös wurde.

Aber ich brauchte nicht mehr in dem häßlichen kleinen Haus zu wohnen, in dem ich aufgewachsen war, und ich würde nie dorthin zurückkehren, schon gar nicht, nachdem ich mich nicht mehr Mary, sondern Mavis nannte. Ich ließ Mary Gort in der Straße zurück, in die sie gehörte. Ich sagte ihnen, daß sie zu mir kommen müßten, wenn sie mich sehen wollten. Ich kehrte nie wieder zurück, und die einzige, die mich, bis sie starb, hin und wieder besuchte, war Mom.

Ich gab mir wirklich große Mühe in meiner Stellung, weil ich es mir nicht erlauben durfte, sie zu verlieren. Während der Bürostunden gelang es mir, meine Träumereien zu unterdrücken, aber danach überließ ich mich ihnen wieder. Eine Zeitlang gab ich mein ganzes Geld für orientalische Dinge aus. Ich kaufte mir einen Kimono mit einem Drachen darauf. Ich hatte Weihrauch und saß stundenlang mit untergeschlagenen Beinen, um chinesische Gedichte zu lesen, bis mir die Beine einschliefen. Schließlich gab ich es auf. Ich weiß nicht mehr warum. O doch. Es war wegen jener Affäre. Für mich bedeutete sie das große Erlebnis, und alles war wunderbar, bis diese spaßige kleine Frau kam, mich beschimpfte und mir sagte, ich solle ihren Mann in Ruhe lassen. Als ich ihn das nächstemal sah, war er ein ganz anderer. War er mir bisher großartig erschienen, so war er nun nur noch eine komische Figur. Die Seifenblase war geplatzt. So etwas geschieht, wenn man zuviel träumt. Man sieht dann die Dinge nicht mehr objektiv, wie Wilma sagte.

Jedenfalls war er der einzige Mann bis zu meiner Heirat, weil kein vernünftiger Mensch die Sache mit dem Jungen zählen kann, der in der Nachbarschaft wohnte und dessen Eltern verreist waren. Das war etwas, was alle Kinder tun.

Ich verliebte mich sofort in Paul. Alle Mädchen waren hinter ihm her, aber ich bekam ihn. Wir erzählten uns im Waschraum, daß er wie Randolph Scott aussähe. Heute kommt mir das komisch vor, dabei sagte eine Frau vor zwei Wochen dasselbe zu mir. Ich hatte es fast vergessen. Ich sehe keinen Randolph Scott mehr. Er sieht wie Paul Dockerty aus und keinen Deut anders.

Nachdem wir geheiratet hatten und nach New York zurückkamen, glaubte ich glücklich zu sein. Wilma sagte, ich war es nicht wirklich, sondern bildete es mir nur ein, weil meine albernen Träume nicht aufhörten. Sie sagte, wenn ich wirklich glücklich wäre, müßte ich mit dem zufrieden sein, was ich bin, und nicht versuchen, eine andere zu sein. Er lachte nur über mich. Jetzt lacht er nicht mehr. Wenn wir damals irgendwohin unterwegs waren, spielte ich zum Beispiel die Rolle einer reichen Südamerikanerin, die vor einer Revolution mit ihrem Mann nach New York geflohen war, und wenn ich dann mit einem Akzent zu sprechen begann, lachte er. Manchmal versuchte er mitzuspielen, aber er verdarb immer alles. Das kommt daher, daß er sich immer den Anschein geben muß, eine wichtige Persönlichkeit zu sein.

Als er die bessere Stellung antrat, glaubte ich, es würde nur bedeuten, daß wir ein wenig besser lebten und weit mehr sparten, weil er immer fürs Sparen war. Aber dann begann Wilma, nett zu mir zu sein. Zuerst konnte ich es kaum glauben. Was sah sie denn in mir? Eine Frau wie sie? Da ich viel allein war, weil Paul immer arbeitete, ergab es sich, daß ich oft mit ihr zusammen war. Sie brachte mir manches bei. Einiges von dem, was sie mir sagte, werde ich nie vergessen.

»Ich glaube, Paul sieht es nicht gern, wenn Sie ein Eigenleben führen, Mavis. Er scheint eine viktorianische Vorstellung von den Frauen zu haben. Sie sind eine eigenwillige Persönlichkeit und müssen es ihn spüren lassen, statt sich damit zu begnügen, sein Satellit zu sein, dessen ganze Welt nur um ihn kreist.«

Ich begriff, was sie meinte. Er hatte mich sozusagen unter Verschluß gehalten. Also ließ ich meine Persönlichkeit sprechen, und wir gelangten endlich zu einem angemessenen Lebensstandard.

»Ihre Figur ist eine tödliche Waffe, Mavis. Sie müssen sie benutzen. Sie müssen sie zur Schau stellen, ihr die erforderliche Pflege angedeihen lassen und sie als Waffe benutzen, im Angriff wie in der Verteidigung.«

Das machte es mir leichter, all die netten Dinge zu bekommen, die mir Paul sonst nie gekauft hätte. Dieses Spiel gefiel mir besser als alle meine früheren Träume.

»Ich hoffe, Sie verübeln es mir nicht, meine Liebe, wenn ich mich eingehend mit Ihnen befasse. Ich möchte Ihre Art zu sprechen ändern, Ihren Gang, die ganze Art, sich zu bewegen. Ich werde Sie in einen wirklich guten Schönheitssalon einführen.«

Ich war nicht böse. Sie verletzte meine Gefühle nicht. Jedes Mädchen sollte an sich arbeiten, und ich war bisher blind für diese Dinge gewesen.

»Mavis, Liebe, viele Ihrer Gedanken sind so schrecklich provinziell. In Ihnen steckt mehr als eine langweilige kleine Hausfrau. Mit Ihrem Instinkt über Kinder hatten Sie recht. Sie wären natürlich die endgültige Falle. Aber Ihre Einstellung zur Untreue ist noch zu spießig. Darling, dergleichen ist nicht tragisch, sondern sehr, sehr amüsant. Natürlich gibt es Menschen wie den lieben armen Randy, die in dieser Hinsicht altmodisch denken. Mein Gott, Ihre Ehe muß doch längst ihren Reiz verloren haben. Ein Liebhaber würde Ihnen wieder Selbstvertrauen geben. Sie würden sich wie neugeboren fühlen.«

Was sie sagte, klang wahr, aber es ängstigte mich auch ein wenig. Wahrscheinlich würde es mein Leben komplizieren. Zudem war es eine ganz persönliche Sache, und da ich Wilma so oft sah, wie es sich ermöglichen ließ, wußte ich nicht, ob ich überhaupt Zeit genug finden würde, ihren Rat in die Tat umzusetzen. Ich wußte, daß es genug Männer gab, denen ich gefiel, aber ich dachte kaum über sie nach. Ich glaubte nicht, an so eine Sache mit der Kaltblütigkeit heranzugehen, die sie bewies. Vielleicht unterschieden wir uns in dieser Hinsicht ein wenig. Ich würde also abwarten, bis sich Gelegenheit ergab und mich dann nicht zur Wehr setzen, denn wer möchte schon als langweilig und provinziell gelten?

Paul machte jedesmal schreckliches Theater, wenn wir zu einer ihrer Parties gingen. Er ist eben ein langweiliger Mensch. Er mag alle diese interessanten Menschen nicht, Schriftsteller und Dichter und Musiker und Menschen, die in der wirklichen Welt leben, statt sich in einem öden Büro in Jersey abzukapseln. Er kann sich nicht für Dinge erwärmen, die außerhalb seiner Begriffswelt liegen. Wie damals, als die Gäste all diese Trommeln zu ihrer Party mitbrachten und sie mit den Händen bearbeiteten, während die anderen tanzten. Er tat, als sei dies etwas schrecklich Geschmackloses. Er ist ein typischer Spießer, wie Wilma sagt.

Jedenfalls geschah es, und es war ganz anders als das, was ich erwartet hatte. Es war wenig erfreulich und ließ mich ziemlich kalt. Sie hatte mir am Telefon gesagt, sie würde zu Hause sein. Ich ging zu ihrer Wohnung, und Gil öffnete und sagte mir, Wilma würde erst abends zurückkommen. Er sagte es mir, nachdem ich die Wohnung betreten hatte. Ich hatte ihn nie gemocht. Außer bei unseren gelegentlichen Tänzen hatte er mich immer angesehen, als wäre ich Schmutz oder sonst was für ihn. Aber ich glaube, er sieht alle andern Menschen auf diese Weise an. Wilma sagt, er sei ein berühmter Maler. Er fing an, mich zu küssen, und ich glaube, ich reagierte unbewußt provinziell darauf. Er ließ von mir ab, und ich hatte Zeit, mich an das zu erinnern, was Wilma mir gesagt hatte, und ich erklärte ihm, Wilma würde das bestimmt nicht gern sehen, und er sagte, wenn ich glaubte, Wilma würde dies nicht mögen oder sich nur einen Dreck darum kümmern, so sei das ein Beweis, daß ich Wilma überhaupt nicht kannte. Er zog mich in das Schlafzimmer, und als ich mich wieder provinziell anstellte, sah ich, daß ich ihn zu langweilen begann. Ich konnte mir nicht vorstellen, daß sich jemand mit Wilma langweilen würde. Also schliefen wir zusammen. Aber es hatte nichts mit Liebe zu tun. Wir benahmen uns nicht wie zwei Menschen, die sich liebten, sondern wie zwei Gegner, die widerwillig etwas gemeinsam taten.

Ich redete mir ein, ich sei dabei, Lebenserfahrung zu sammeln. Er war ein kräftiger Mann. Er tat mir weh. Dann zog ich mich an, und er gähnte und sagte, ich solle nach Hause gehen, er möchte eine Stunde schlafen. Er schloß die Augen. Da stand ich und sah ihn an, und dann ging ich nach Hause. Wilma sagte mir am nächsten Morgen, ich könne zu ihr kommen. Ich mußte ihr davon erzählen. Sie massierte ihr Gesicht mit irgendeiner neuen Krem und hörte mir mit halbem Ohr zu. Dabei lächelte sie. Ich sagte ihr, daß es mir leid täte.

Sie sagte, ich sollte mir nicht den Kopf darüber zerbrechen, weil Gilman Hayes wie eines jener Spielzeuge sei, die man aufzog und auf den Teppich setzte. Sie bewegen sich, und das ist alles. Sie sagte, er sei hinter jedem Unterrock her, und sie brauchte ein paar sehr kräftige Worte, als sie über ihn sprach. Sie war seiner längst müde und würde sich baldigst von ihm trennen. Sie tupfte sich die Krem aus dem Gesicht und sagte, es gäbe nichts, was ich zu bereuen hätte. Und sie hätte mir nichts zu vergeben. Sie stand auf und küßte mich, um es zu beweisen. Sie küßte mich auf eine sonderbare Art. Ich wurde rot und fühlte mich verwirrt. Dann sagte sie, es sei alles klar, und ich könnte wieder nach Hause gehen. Ich ging, wie sie es wollte, obwohl ich sie gern noch etwas gefragt hätte. Ich wollte sie fragen, warum ich tags zuvor, als ich nach dem Beisammensein mit Gil auf dem Heimweg war, auf der Straße wie ein kleines Mädchen losgeheult hatte. Aber ich denke, ich weiß, was sie geantwortet hätte. Daß mein Verhalten provinziell sei. Als ich Gil das nächstemal begegnete, sah er mich wie eine Fremde an. Vielleicht kannte er mich wirklich nicht mehr.

Als ich dann nach Hause ging, weinte ich nicht so, wie ich es jetzt tat. Nach einer Weile kam Paul herein. Die Tränen begannen wieder zu fließen. Er blieb am Bett stehen und sagte mit angeekelter Stimme: »Oh, um Gottes willen.« Dann wechselte er das Jackett und ging wieder hinaus. Als wäre er der große, bedeutende Mann. Als hätte er sich nicht am gleichen Tage so widerlich betrunken, daß Judy Jonah ihn praktisch ins Bett schleppen mußte. Keiner von ihnen kannte Wilma. Sie mochten sie nicht. Randy ist vielleicht die einzige Ausnahme.

Nun ist sie tot, und ich kann mich nicht mit dem Gedanken abfinden, wie langweilig mein Leben wieder sein wird. Ich setzte mich auf und hörte auf zu weinen, um zu überlegen, was ich tun sollte. Es war das, was Wilma getan hätte. Blieb ich bei Paul, saß ich in der Falle. Ich konnte nicht bei ihm bleiben. Jetzt nicht mehr. Wilma würde dafür sein, daß ich ihn verlasse. Seit sie diese Veränderung bei mir bewirkt hat, haben sich eine ganze Menge Männer für mich interessiert. Und Paul verdient gut. Er kann sich also die Scheidung erlauben und mir einen anständigen Unterhalt zahlen. Ich werde dahin ziehen, wo die Menschen zu leben verstehen. Miami oder Las Vegas oder Paris. Nichts an mir wird mehr provinziell sein. Ich habe die kümmerliche Straße in der armseligen Gegend verlassen und immer gewußt, daß ich ein wundervolles Leben führen würde. Von Zeit zu Zeit werde ich zurückdenken und Paul dankbar sein, daß er es war, der mich mit Wilma zusammenbrachte. Das ist aber das einzige, wofür ich ihm dankbar bin.

Er sah niemals auch nur im geringsten wie Randolph Scott aus.

Ich glaube nicht, daß ich wieder heiraten werde. Die Männer wollen einen in eine Kiste stecken und sie verschließen. Immer soll man etwas für sie tun. Such dies, finde das für mich. Wo hast du dieses oder jenes gelassen? Mach die Wohnung sauber. Komm ins Bett. Wie ein Sklave. Solange man ein provinzieller Typ ist, mag das angehen. Vielleicht findet man dann sogar an diesem Leben Gefallen. Aber ich gehe nicht wieder in die Falle. Man braucht nur daran zu denken, wie Noel in der Falle sitzt. Auf eine bestimmte Weise ist sie ein hübsches kleines Ding. Aber ich würde sagen, sie ist ziemlich oberflächlich. Ich wette, in ihrem Kopf arbeiten die Gedanken nie so wie bei mir. Es genügt ihr, dazusitzen und das Leben an sich vorüberziehen zu sehen. Sie weiß wahrscheinlich nicht einmal, daß Randy das Gehalt, das Wilma ihm zahlte, auf seltsame Weise verdienen mußte. Ich wette, sie ist so naiv. Aber ich werde nie begreifen, was Wilma an Randy fand. Er ist so mager und nervös und tolpatschig. Der einzige Mann mit Würde hier ist dieser nette Wallace Dorn. Er spricht so nett. Er könnte nie so gemein und grausam wie Gilman Hayes sein. Allerdings habe ich gern mit Gil getanzt, während die anderen bei ihren Spielen saßen.

Nein, Sir, Paul Dockerty, vergangene Nacht war das letztemal, daß ich mich von dir berühren ließ. Es war das Ende, wenn du es auch nicht weißt. Es ist lächerlich, wenn man darüber nachdenkt, daß ein Fetzen Papier dem Mann das Recht gibt, einem das anzutun, bis man eine alte Hexe ist, die niemand mehr haben will.

Ich zog mich an und blieb an der Tür stehen, um noch einmal richtig über sie nachzudenken. Ich tat es, bis mir wieder die Tränen kamen. Dann ging ich hinaus. Es war ziemlich dunkel im

Wohnraum. Noel war da und unterhielt sich mit einem großen Polizisten. Sie bemerkten mich nicht. Ich wandte mich um und verließ das Haus durch den Hintereingang. Ich suchte Wallace Dorn. Dann sah ich die Zigarette in unserem Wagen glimmen und ging hin. Paul saß allein drin. Er sprang auf, als er mich sah. Er war überrascht. Dann sagte er:

»Ich möchte mit dir reden.«

Das war es, was eigentlich ich hatte sagen wollen, aber er kam mir zuvor. Ich sah ihn nur an, wandte mich um und ging davon. Es gab nichts, was er mir zu sagen hatte. Nichts. Ich umrundete das Haus, als ich auf etwas trat. Es rollte unter meinem Fuß, so daß ich fast zu Fall kam. Ich tastete herum, hob es auf und trat damit an ein Fenster, aus dem Licht fiel, um zu sehen, was es war. Es fühlte sich an wie ein glatter Stab. Es war der gestreifte Stab vom einen Ende des Krocketfeldes, der Stab, den man mit dem Ball treffen muß, wenn man ihn durch die Reifen gerollt hat. Aber das Ende, das man in den Boden steckt, war abgebrochen. Ich nehme an, in der Dunkelheit ist jemand darüber gestolpert, hat den Stab abgebrochen und ärgerlich irgendwohin gefeuert. Ich warf ihn auf das Spielfeld zurück.

Unruhe hatte mich erfaßt. Ich ging wieder in mein Zimmer, wanderte umher, und dann hörte ich Rufe, und die Menschen liefen zum See, und ich hörte, wie jemand etwas sagte, das wie »Wir haben sie« klang.

Ich wollte nicht hinuntergehen, aber ich mußte. So geht es mir immer. Ich muß alles sehen. Auf der Madison Avenue stand einmal eine Menschenmenge und starrte auf etwas, und ich dummes Ding mußte mich durchdrängen, um ja nichts zu versäumen, und es war eine dicke Frau, die aus einem Fenster gefallen war. Fast hätte ich mein Mittagessen erbrochen.

Ich mußte hinabgehen und zusehen, aber ich ging betont langsam. Ich dachte nicht daran, wie die andern zu laufen. Ich kam trotzdem früh genug an den Steg. Sie lag in einem Boot, mit einer schmutzigen Zeltbahn zugedeckt. Sie hoben sie heraus und ließen sie fallen. Ich fing wieder an zu weinen. Es tat mir weh, sie fallen zu sehen. Ich wünschte, es gäbe ein Mittel, sie wieder lebendig zu machen. Irgendeinen Zauberspruch wie im Märchen.

Ich dachte, daß ich ihr mein ganzes Leben widmen würde,

wenn ich sie wieder zum Leben erwecken könnte. Dann würde es nur uns beide geben. Wir würden weit fortziehen und für uns allein bleiben. Es würde keine Männer in unserer Nähe geben.

Dann überlegte ich, wie ich so etwas Dummes denken konnte. Nun, wenn alle Männer wie Gil waren, würde ich bestimmt auf ihre Anwesenheit verzichten. Später war es reiner Zufall, daß ich sah, wie Steve Noel Hess in sein Zimmer zog. Er schloß die Tür auf, und ich hörte, wie er den Riegel vorschob. Stille Wasser sind tief, dachte ich. Am liebsten hätte ich an der Tür gelauscht, aber ich fürchtete, dabei überrascht zu werden.

Dann wurden alle aufgefordert, in den großen Wohnraum zu kommen, nachdem sie die Leiche untersucht hatten. Wir saßen dort, und ein Mann namens Fish sprach ein paar Worte. Alle blickten feierlich drein. Ich weinte in mich hinein und hörte nur mit halbem Ohr zu. Dann sagte er etwas Schreckliches, nämlich, daß ihr jemand ein Instrument in den Kopf gestochen hätte. Ermordet! Jemand hatte meine Wilma ermordet. Ich fühlte mich plötzlich wie eine Tigerin. Am liebsten hätte ich jemand die Augen ausgekratzt. Wir mußten alle warten, bis die maßgeblichen Männer kamen. Ich versuchte mich daran zu erinnern, wo wir uns alle im Wasser befunden hatten. Aber das brachte mich nicht weiter, weil wir uns alle ständig bewegt hatten und ich nicht genau wußte, wann es geschah. Noel verließ das Zimmer mit der Bemerkung, sie habe Kopfschmerzen. Verständlich! Ich wartete darauf, daß Steve ihr folgen würde, aber er redete von den Reportern, die sich einfinden würden.

Ich saß nur da. Ich hörte auf zu weinen. Ich überlegte, wer sie ermordet haben könnte. Judy Jonah unterhielt sich mit einem Polizisten. Sie sah zu mir herüber, und mir war, als würfe sie mir einen finsteren Blick zu. Oder galt er nicht mir?

Ich möchte wissen, was los ist. Sie sieht irgendwie komisch aus. Jemand steht hinter meinem Stuhl. Ich spüre eine Hand. Niemand durfte mich so berühren, mir von hinten die Hand auf die Brust legen, während alle es sehen können. Wenn das einer von Pauls Scherzen ist . . .

8

GILMAN HAYES – VORHER

Evis rief mich aus der Galerie an. Er wollte wissen, wann er mit weiteren Arbeiten rechnen könne. Er sagte, er hätte Käufer an der Hand. Die Leute warteten auf meine nächsten Bilder. Ich sagte ihm, daß ich einige Zeit, einen, vielleicht zwei Monate, nicht arbeiten würde. Er meinte, es wäre klug, möglichst viele Arbeiten an den Mann zu bringen, bevor die Kunden absprängen. Ich erklärte ihm, daß mir sein versteckter Wink nicht gefiele. Er entschuldigte sich. Aber die Entschuldigung ging ihm zu glatt von den Lippen. Ich beendete das Gespräch.

Die Welt ist voller lauer inkonsequenter Menschen wie Evis. Sie leben nur halbe Leben. Haben Angst, richtig zuzupacken. Die Welt ist für jene da, die sich einfach nehmen, was ihnen zusteht. Menschen wie Evis sind da, um getreten zu werden.

Aber seine Art hatte mich beunruhigt. Obwohl ich wußte, daß ich mich dadurch nicht beeinflussen lassen sollte. Ich suchte Wilma auf. Es war mitten am Nachmittag. Sie ließ mich herein und ging wieder ans Telefon. Sie sprach Spanisch. Schließlich legte sie auf. »Ich habe mit José gesprochen«, sagte sie. »Um ihnen zu sagen, wieviel Gäste eingeladen werden.«

»Wozu eingeladen?«

»Hast du vergessen, Liebling? Das Weekend am See?«

»Sieht aus, als hätte ich es vergessen.«

Sie setzte sich neben mich und nahm meine Hand. »Was ist los?«

»Evis will weitere Arbeiten haben. Es gefiel mir nicht, wie er darüber sprach.«

Sie schüttelte fast betrübt den Kopf. »Wann wirst du lernen, was du wirklich bist, Gil? Wie lange brauchst du, um das zu begreifen? Schleimige kleine Leute wie Evis zählen nicht. Er ist ein Parasit, der von deiner Stärke lebt. Demut kleidet dich nicht, Darling.«

Ich spürte, wie meine Stärke zurückkehrte. Sie ist die einzige, die das fertigbringt. Manchmal fühle ich mich, als hätte sie mich geschaffen. Aber das stimmt natürlich nicht. Sie brachte nur zum Vorschein, was hinter den Schwächen und Unsicherheiten, die mir anhafteten, schon da war.

Ich hatte so viel Zeit vergeudet, bevor ich ihr begegnete. Ich möchte lachen, wenn ich an den Gilman Hayes denke, der ich war.

Ich hatte nie Freunde. Man hat sie oder hat sie nicht. So einfach ist das. Ich wußte nie warum. Sie sagte es mir. Die weniger Begabten spüren immer den Unterschied. Das ist leicht zu verstehen, nicht wahr? Sie spricht von Mutationen. Von der unvermeidlichen Veränderung der Menschheit. Größer, stärker, schneller, rücksichtsloser werden. Eine Frage des Überlebens, nannte sie es.

Und ich kroch und bettelte. Nicht offenkundig. Aber dankbar für die kleinen Arbeiten. Bademeister, Platzanweiser, Tanzlehrer, Modell. Kleine Leute, die mir Brocken zuwarfen und mich haßten, weil sie fühlten, daß ich ihnen überlegen war. Mit Frauen hatte ich es immer leichter. Wilma meint, darin läge der Schlüssel. Ich hätte es erkennen müssen. Frauen sind leichter zu nehmen und bedeutungslos. Wilma ausgenommen. Weil sie dies alles für mich getan hat.

Es war immer ein Traum. Ich nehme an, seit der Zeit, als Schwester Elizabeth im Heim mir erklärte, ich könne zeichnen. Sie hängte das Bild an die Tafel in der großen Halle. Sie sagte mir, was ich tun sollte. Studieren, arbeiten, studieren, arbeiten. Sie hätte es besser wissen müssen. Wo bleibt die Zeit für dergleichen? Sie lassen einen gehen, wenn man alt genug ist. Solange ich klein war, hofften sie, ich würde adoptiert werden. Dreimal war ich fort, dreimal wurde ich zurückgeschickt. Sie wollten geküßt werden. Ich brachte es nicht fertig. Ich stand und starrte sie an. Gefühllos, sagten sie. Sie ließen mich gehen, als ich alt genug war, beschafften mir Arbeit und ein Dach über dem Kopf. Wie kann man studieren und arbeiten, um Künstler zu werden? Die Bücher waren zu schwer. Und Stunden sind teuer. Ich nahm einige und hörte wieder auf, weil sie mich nicht tun lassen wollten, wonach mir der Sinn stand. Setz dich hierhin, sagten sie. Zeichne diesen Topf. Zeichne diesen Apfel. Jahrelang sollte man die langweiligen Dinge zeichnen, die sie vor einem aufbauten. Das heißt nicht Künstler sein. Ich brachte ihnen meine Arbeiten.

Farben, die ineinander flossen. Immer lachten sie und schoben die Lippen vor und legten die Köpfe auf die Seite. Kleine Leute, die sich weigerten, zu sehen, was besser war. Sie haßten mich.

Ich arbeitete nur noch sehr wenig. Und zeigte meine Bilder niemandem mehr. Aber an den Sonntagen schlüpfte ich in meinen guten Anzug und mischte mich unter die elegant gekleideten Menschen und behauptete, ich sei ein Künstler, ein sehr guter sogar. An diesen Sonntagen fand ich gewöhnlich ein Mädchen. Das war nie sehr schwer. Wie Wilma sagt, es hätte für mich der Schlüssel sein sollen.

Ich schäme mich, wenn ich daran denke, wie sie mich fand. Gherke hatte mir einen Job gegeben. Er holte mich von Zeit zu Zeit. Nicht oft und nicht für sehr viel Geld. Ich mußte mich schwitzend über ein mageres Mädchen beugen und Entzücken und Verehrung heucheln, während Gherke die heißen Scheinwerfer auf uns richtete und mit seinen Kameras hantierte, wobei er sich ständig beklagte, daß mein Gesichtsausdruck zu hölzern sei. Die Anzeige, die sie sah, war für Ferrisparfüm. Sie fragte in der Agentur nach, die Agentur schickte sie zu Gherke, und Gherke erklärte ihr, wo ich zu finden sei. Sie saß auf einem Stuhl und beobachtete mich. Ich mußte hinter dem Schalter dieses Affenhütchen tragen. Es wirkte unsagbar lächerlich. Sie kannte meinen Namen und wartete geduldig, bis mein Dienst vorüber war. Ich glaubte, es wäre wieder eines der üblichen Abenteuer. Mir sollte es gleich sein. Sie war älter, aber wie ich glaubte, nicht zu alt.

Nach dieser Nacht wurde alles anders. Es war nicht, wie ich geglaubt hatte. Zuerst wohl, dann aber nicht mehr. Nicht bei diesem weichen Licht und den vielen Fragen, die sie über mich stellte. Sie wußte, wann ich log. Ich habe immer gelogen. Im allgemeinen erzähle ich das Märchen von den reichen Eltern, die bei einem Flugzeugunfall oder so umkamen. Aber sie fragte immer weiter, und ich war verblüfft, als ich ihr nach einer Weile alles ehrlich erzählte. Von Schwester Elizabeth und meiner Zeichnung, wie ich es leicht bei Mädchen hatte. Nach einer Weile begann ich zu weinen. Ich konnte mich nicht erinnern, jemals geweint zu haben. Sie erklärte mir später, das sei Psychoanalyse. Das Abreagieren von Spannungen. Es dauerte recht lange, weil ich mich nur schwer ausdrücken konnte. Als es vorüber war, dämmerte der Morgen, und ich fühlte mich, als wäre ich die ganze Nacht so schnell gelaufen, wie ich konnte.

Dann erzählte sie mir, was ich war. Bisher hatte ich keine Ahnung davon gehabt. Sie sagte mir, daß die Welt immer versucht, das Beste zu unterdrücken.

Das war der Anfang. Danach kam die Kleidung, sie brachte mir Manieren bei, mietete die Atelierwohnung für mich und war immer dabei, wenn ich malte. Ich brauchte nicht lange für ein Bild, und Wilma riet mir, kühn in meiner Arbeit zu sein. Ich sollte nichts Greifbares malen, sondern Gefühle. Mit kühnen Pinselstrichen und vielen bunten Farben.

Sie stellte mich Steve vor, und es machte mir nichts aus, daß er mich nicht mochte. Sie sagte, er habe seine Arbeit zu tun und würde sie tun. Wir gingen in gute Lokale und wurden dort gesehen, und nach einer Weile war ich in den Klatschspalten; dann schrieb dieser Mann den Artikel über meine Arbeit, und die Galerie übernahm sie und verkaufte sie, und im Kunstteil der Zeitungen erschienen Diskussionen über mich; meine Bilder verkauften sich schneller, und die Leute sprachen über mich.

Aber sie hatte mir beigebracht, wie ich mich zu verhalten habe. Ich sollte mich immer daran erinnern, daß ich besser war. Daß die andern Schwätzer waren und entsprechend behandelt werden mußten. Sie haben es gern, sagte sie. Sie kommen wieder und wollen mehr haben. Es ist nicht schwer, das zu tun. Mein Verhalten war schon immer ähnlich gewesen, aber es war eine unnatürliche Schüchternheit. Ich meine, es sah aus wie Arroganz.

Wilma brachte mein wahres Wesen zum Vorschein, aber ich weiß jetzt, daß es sich auch ohne sie eines Tages durchgesetzt hätte. Es hätte vielleicht länger gedauert. Das ist alles.

Ich habe immer noch schwache Stellen. Als Evis auf diese Weise mit mir sprach, beispielsweise. Ich mußte zu ihr gehen, weil sie es verstand, mir meine Stärke und mein Selbstbewußtsein wiederzugeben. Aber auch darüber werde ich hinwegkommen. Nichts kann mich also stören. Ich bin, wie sie sagt, eine lebende Mutation. So wie die menschliche Rasse eines Tages sein wird. Sie ist selbst ein wenig von dieser Art, aber nicht so ausgesprochen. Die, die es sind, sind groß und stark und schnell. Ich bin immer größer und stärker und schneller als die andern gewesen. Ich gehe eine Straße entlang und sehe die Menschen und weiß, daß ich sie einfach niederschlagen kann. Ich sehe die Frauen an und weiß, daß ich sie haben kann. So sehe ich sie an. Sie wissen es. Sie sollen es wissen. Sie haben mich immer gehaßt. Sie haben mich zurückgewiesen. Es macht also keinen Unterschied, wenn ich ihnen noch mehr Grund dazu gebe, nicht wahr?

Zuerst überredete Wilma ihre Freunde, meine Arbeiten zu kaufen. Sie wußte, daß sie gut waren. Dann fingen Fremde an zu kaufen. Zuerst las ich Dinge wie: »Schwach, laienhaft exhibitionistisch. Ein ungeheurer Witz. Triumph einer Presseagentur.« Es machte mich unsicher.

Aber sie hatte auch andere Zeitungsausschnitte. In einem zum Beispiel hieß es: »Gilman Hayes offenbart in seinen letzten Arbeiten überraschende Reife. Seine Dynamik und Aufteilung, seine bilderstürmende Haltung gegenüber den traditionellen Grundlagen der Malkunst, sein gewagter Gebrauch der Farben haben neue Wege der subjektiven Kunst eröffnet. Wir sagen voraus, daß . . .«

Die guten sammle ich in einem Album.

Ich bin gern mit Wilma zusammen. Für mich ist es nicht das gleiche wie für die andern. Für mich ist sie wie ein Schild, der mich gegen die Härte der Welt schützt. In ihrer Nähe verspüre ich Wärme. Manchmal lachen wir gemeinsam über Hess. Er ist ein so lächerlicher Mann. So hilflos. So nutzlos. Ich denke daran, wie unbedeutend er ist, und wie stark ich dagegen bin, und ich verspüre Lust, ihm mit der Faust den Schädel zu zerschmettern. Ich weiß, daß ich es tun könnte. Sein Schädel würde platzen wie ein Luftballon. Die ganze Welt könnte ich so mit einem Hieb zerschmettern.

Sobald ich an die Party am See dachte, war ich guter Laune. Es gefällt mir dort. Ich erinnere mich an Amparo Loma. Vielleicht klappt es diesmal.

Wilma und ich fuhren sehr früh am Freitag los. Ihre Fahrweise jagt mir Angst ein. Ich lasse es mir nicht anmerken. Sie schwieg fast die ganze Zeit, konzentrierte sich auf das Fahren. Auf einem Teil der Strecke ließ sie den kleinen Wagen 110 Meilen laufen. Sie lachte, als wir diese Geschwindigkeit erreichten. Ich konnte es nicht hören, aber ich sah ihren Mund und wußte, daß sie lachte. Sie hat mehr vom Leben hinter sich als ich. Sie ist älter. Sie kann schnell fahren. Für mich bleibt noch eine Menge zu tun. Ich stellte mir vor, daß sich der Wagen überschlug und sah mich, wie meine Haut, die Muskeln und die Knochen über den Zement geschleift wurden. Ich glaube, ich wurde bleich. Aber sie durfte es nicht sehen.

Ich wurde so bleich wie damals im Heim. Das Haus hatte eine Feuertreppe aus Zement. Mit einem dünnen eisernen Geländer. Einer der großen Jungens nahm mich auf den obersten Treppenabsatz und hielt mich über das Geländer. Ich konnte nicht einmal schreien. Ich starrte auf den gepflasterten Hof hinab. Niemand war da, um mir zu helfen. Er hob mich über das Geländer zurück und ließ mich fallen. Ich stieß mir hart den Kopf und fing an zu weinen. Er schlug mir die Hand ins Gesicht. Dann wandte er mir den Rücken. Er stützte sich auf das Geländer. Ich existierte für ihn nicht mehr.

Wir kamen um zwei Uhr an den See. Nur der alte Kombiwagen, den José benutzt, war da. Sie ging ins Haus, überprüfte alles und gab ihre Anweisungen. Was es zum Essen geben sollte. Wo die Gäste untergebracht werden sollten. Sie schickte José zu weiteren Einkünften ins Dorf. Ich schwamm und streckte mich danach auf dem Bootssteg aus. Die Sonne tat meinen Nerven außerordentlich gut. Ich hörte, wie sie ihre Leute im Haus anschrie. Sie behandelte sie wie Hunde. Sie schienen sich nicht im geringsten darüber aufzuregen. Wahrscheinlich, weil sie gut bezahlt werden.

Dann kamen die anderen. Randy und Noel Hess. Judy Jonah. Steve Winsan. Die Dockertys. Und schließlich Wallace Dorn. Sie trinken alle zuviel. Ich habe mir nie etwas aus dem Trinken gemacht. Alkohol verdirbt mir die Stimmung. Ein Drink genügt mir für lange Zeit. Ich kümmerte mich nicht viel um die anderen. Fast lachte ich über mich selbst. Vor langer Zeit hätten mich diese Dinge schwer beeindruckt. Man gewöhnt sich schnell an die angenehmen Seiten des Lebens. Ich habe mich immer danach gesehnt. Nun habe ich alles. Sauberkeit, Seidenwäsche, Brausebäder, die ich ausdehnen kann, solange es mir gefällt. Ich werde auf diese Dinge nicht mehr verzichten müssen und weiß, daß sie mir von Anfang an bestimmt waren.

Ich saß mit ihnen zusammen und hörte mir ihr albernes Geschwätz an. Ich machte ein Spiel. Hier gehörte ich hin. Ich war ein Baron. Wilma war meine alternde Frau. Bald würde ich sie los sein. Sie und ihre hohlköpfigen Freunde. Dann würde ich allein hier wohnen, mit der braunhäutigen Amparo. Wenn ich eine Party gäbe, würden diese Menschen nicht zu meinen Gästen gehören. Es würden Menschen sein, die von mir abhingen. Menschen, die meine Stärke brauchten. Ich würde ihnen befehlen, was sie zu tun hatten. Und wann.

Gewöhnlich schenkte Wilma mir, wenn wir in einer Gruppe beieinander waren, von Zeit zu Zeit einen Blick, und ich wußte, daß wir uns verstanden. Aber ihr Verhalten auf dem Weg hierher war sonderbar gewesen. Es war sonderbar, seit wir über Evis gesprochen hatten. Es gelang mir nicht, ihren Blick aufzufangen. Ich fragte mich, ob ich ihr Mißfallen erregt hätte, aber dann schaltete ich diese Gedanken ab. Es verhielt sich gerade umgekehrt. Es war ihre Sache, *mir* zu gefallen. Wir hatten die Rollen vertauscht. Es mußte so kommen.

Sie begannen mit ihren Spielen. Ich habe mir nie etwas daraus gemacht. Ich tanzte mit Dockertys Frau. Sie war ein wenig betrunken. Ich tanze gut. Ich wußte, daß ihr Mann uns nicht aus den Augen ließ, und ich spürte, daß das Tanzen sie erregte. Es machte mir Spaß zu sehen, wie er nervös wurde. Als wir auf der Terrasse tanzten, wußte ich, daß ich nur ihre Hand zu ergreifen brauchte, um sie aus dem Licht der Scheinwerfer in die Dunkelheit zu ziehen. So leicht wäre es gewesen. Aber ich tat es nicht. Ich wußte, daß die andern uns beobachteten. Alle, obwohl sie es zu verbergen suchten. Sie beneideten mich. Es war ein befriedigendes Gefühl, als starker Mann von den Schwächlingen beobachtet zu werden.

Wilma hatte mir dasselbe Zimmer wie früher gegeben, das Zimmer mit der Verbindungstür zu ihren Räumen. Aber als ich sie öffnen wollte, war sie verschlossen. Ich hob die Hand, um zu klopfen, und ließ sie wieder sinken. Es würde meinem Stolz Abbruch tun. Außerdem machte es mir nichts aus. Nicht im geringsten. Ich ging zu Bett. Auf meiner Haut spürte ich noch die Sonne. Es war ein herrliches Gefühl. Das viele Tanzen hatte mich leicht ermüdet. Das Gefühl des Reichtums, der mich umgab, tat ein übriges.

Ich schlief. In meinem ganzen Leben habe ich nie geträumt. Man hört, wie andere immer wieder darüber sprechen. Ich begreife nicht, was sie meinen. In diesem Punkt beneide ich sie. Es muß schön sein. Kleine Geschichten, die hinter der Stirn entstehen, während man schläft. Zuweilen erfinde ich Träume und erzähle sie Frauen. Sie scheinen sich immer dafür zu interessieren. Sie erklären mir gern, was meine erfundenen Träume bedeuten. Es scheint sie zu erregen, wenn sie mir erzählen, was hinter meinen Traumlügen steckt.

Ich stand wie immer früh auf. Ich war der erste. Amparo brachte mir das Frühstück. Sie wich schnell aus, als ich nach ihr griff. Ich wußte, wie der Tag enden würde. Alle würden betrunken sein. Aber die Sonne war da. Das genügte mir. Ich konnte den ganzen Tag die Badehose tragen. Sie starren mich an. Es verschafft Genugtuung, angestarrt zu werden, wenn man braun und kräftig und gut gebaut ist. Früher hatte ich gern Modell gestanden. Damals, in meiner Unwissenheit, hielt ich ihre Zeichnungen für gut. Heute weiß ich es besser.

Die andern erschienen nach und nach. Steve steuerte ein Motorboot und schleppte mich auf Wasserski. Der Dummkopf ließ die Leine durchsacken. Anstatt den Griff loszulassen, klammerte ich mich daran fest. Als die Leine sich mit einem Ruck wieder straffte, hatte ich das Gefühl, daß mir die Arme aus den Gelenken gerissen würden. Ich wirbelte durch die Luft und stürzte kopfüber ins Wasser. Ich war sicher, daß er es absichtlich getan hatte. Ich würde ihm dafür die Kehle mit einer Hand umspannen und seinen Schädel gegen den Zementsteg knallen. Aber als ich an den Steg schwamm, waren meine Mordgelüste verschwunden. Dann steuerte Hess das Boot. Ich brachte Mavis bei, wie man sich auf den Ski hielt. Sie kichert ständig. Sie ist eine Närrin. Aber sie begriff schnell und war sehr stolz, daß sie sich so anstellig gezeigt hatte. Wieder wußte ich, daß ihr Mann uns mit finsteren Blicken beobachtete.

Vielleicht war das der Grund, daß er sich so schwer betrank. Er stolperte herum, während wir Krocket spielten, dann verschwand er und verlor das Bewußtsein. Es wurde ein verschlafener Nachmittag. Die Gäste verschwanden und tauchten wieder auf. Ich suchte nach einer Gelegenheit, mit Wilma zu sprechen, aber sie ging mir aus dem Wege. Mavis legte sich auf dem Steg neben mich, um sich zu sonnen. Sie schwätzte dummes Zeug, und es war unerfreulich, sie schwitzen zu sehen.

Als es dunkel war, konnte ich endlich mit Wilma sprechen. Sie rief mich zu sich. Wir setzten uns auf den steilen Wall neben dem Krocketfeld. Ich sah sie unten im Licht der Scheinwerfer schwimmen. Ich hörte sie lachen.

Und Wilma sprach zu mir.

Und redete auf mich ein.

Und sprach.

9

NOEL HESS – VORHER

Randy sah mich nicht an, als er mir erklärte, daß wir zum Weekend auf Wilmas Grundstück am Lake Vale fahren würden. Es geschieht überhaupt nicht mehr oft, daß wir einander ansehen.

Ich bekam einmal ein Geschenk. Meine Nachbarin brachte es mir. Ich war krank gewesen. Jetzt konnte ich im Bett aufrecht sitzen. Meine Mutter war bei mir. Ich löste das Packpapier. Ein hölzernes Kästchen war darin. Und noch eins und noch eins, eins immer etwas kleiner als das andere. Mein Atem ging schneller. Das letzte Kästchen mußte etwas Winziges, aber Kostbares enthalten. Es konnte nicht anders sein. Aber das letzte Kästchen war leer. Ich starrte es lange an und hatte das Gefühl, jemand sei mir zuvorgekommen und habe den Inhalt gestohlen. Ich weinte. Meine Mutter schämte sich. Die Nachbarin lächelte und sagte, es sei schon gut, aber ihre Augen lächelten nicht.

Lange suchte ich nach etwas, das gut genug war, um in dem Kästchen aufbewahrt zu werden. Ich fand nichts. Ich stahl einem Mädchen aus meiner Klasse einen Ring mit einem roten Stein. Ich versteckte ihn in meinem Schuh. Es drückte, aber ich humpelte nicht. Ich brachte den Ring nach Hause und legte ihn in das kleine Kästchen. Als er darin lag, sah ich ihn mit Bewußtsein. Ein Zacken der Kralle war abgebrochen. Das Silber hatte einen gelblichen Farbton angenommen. Der Ring war nicht gut genug. Ich hatte gestohlen. Ich mußte bestraft werden. Ich hielt einen Draht in die Gasflamme des Ofens, bis er glühte und preßte ihn gegen meinen Arm. Ich schrie nicht. Als der Schorf sich löste, blieb eine weiße Narbe. Ich warf den Ring fort. Seitdem mochte ich das Mädchen nicht mehr. Während einer Feuerlöschübung kniff ich sie kräftig. Sie schrie und verpetzte mich. Ich wurde bestraft.

Später begegnete ich Randy, der in vielen Punkten ähnlich wie ich war. Entschlossen, ehrgeizig, ruhig und ordentlich. Ich war noch unberührt. Auch er hatte keine Erfahrungen mit Mädchen. Es war eine Liebe, die auf Idealen beruhte. Aber wir waren verschieden, soweit es das Physische betraf. Er war immer darauf bedacht, mir die unwürdigen Begleiterscheinungen der körperlichen Liebe zu ersparen. Im Gegensatz zu ihm verlangte ich völlige Hingabe, sorglose Wildheit und Sinnlichkeit. Da ich aber seine Einstellung kannte, erlegte ich mir die von ihm erwartete Zurückhaltung auf, so daß auch unser physischer Kontakt Würde bewahrte und nie der Kontrolle entglitt. Doch ich kannte ihn und meinte ihn zu lieben, wenn es auch nicht allzu häufig geschah, daß mein Verlangen Erfüllung fand. Vielleicht wäre alles anders gekommen, wenn wir Kinder gehabt hätten ... Ich wollte sie. Ich suchte mehrere Ärzte auf. Er weigerte sich. Die Unfruchtbarkeit wurde kurzerhand mir zugeschrieben.

Er war ein Mensch, in dem wenig Freude wohnte. Oder die Bereitschaft, etwas spontan zu tun. Aber auf unsere Art waren wir glücklich.

Und dann wurde Wilma seine Klientin.

Die Veränderung stellte sich nicht plötzlich ein. Ich mußte an ein Ereignis aus meiner Kinderzeit denken. Ein Junge hatte eine Sicherung auseinandergenommen. Innen befand sich eine Scheibe aus einem Material, das, wie ich glaube, Glimmer heißt. Mit größter Behutsamkeit gelang es uns, die einzelnen Schichten voneinander zu lösen. Jede für sich war durchsichtig, als Ganzes aber war die Scheibe undurchsichtig.

So ähnlich war es mit Randy. Ich bemerkte die ersten durchsichtigen Hindernisse nicht, die sich zwischen uns erhoben. Und als mir zu Bewußtsein kam, daß das Bild, das ich mir von ihm gemacht hatte, zu verschwimmen begann, hatten sich schon zu viele dieser Schichten zwischen uns geschoben. Es war zu spät, sie zu durchbrechen. Ich wußte, daß er andere Klienten fallen ließ. Er sprach nicht mehr über seine Arbeit. Er hörte auf, mich nach meiner Meinung zu fragen. Eines Tages verkündete er, daß er alle andern Arbeiten aufgeben würde, um in Zukunft ausschließlich als ihr geschäftlicher Berater zu wirken. Er nannte mir das Gehalt. Es war gut, wenn auch nicht so viel, wie er zuvor verdient hatte. Kurz danach gab er das Büro auf. Er verlegte seinen Arbeitsplatz in ihre Wohnung. Er berührte mich nicht mehr. Aber er roch nach ihr. Seine Kleidung, sein Haar, die Haut. Er schlief wie ein Toter. Wir lebten auf größerem Fuß. Er griff die Ersparnisse an, bis sie aufgebraucht waren.

Ich war dumm. Ich hatte keine Erfahrung mit derartigen Dingen. Er sprach nicht mit mir darüber. Es gab Streit. Ich glaubte, er sei einem Rauschgift verfallen. Als ich sie dann beisammen sah, wußte ich, wie es zwischen ihnen stand. Ich brauchte keine Beweise, wußte aber, daß meine Ahnung mich nicht betrog. Es machte mich krank. Auch körperlich. Tagelang mußte ich mich übergeben, wenn ich mir ihr Beisammensein vorstellte. Mir gegenüber gab sie sich so übertrieben nett, daß es mich anekelte. Sie kennt keine Moral. Sie hat keine Seele. Sie ist wie ein Tier.

Dann bekamen die Dinge für mich eine andere Bedeutung. Sein Verhalten hatte mir verraten, daß ich ihm nicht genügte, daß meine äußeren Vorzüge gering waren. Ich saß stundenlang vor dem Spiegel und musterte mich. Dann sah ich, wie grotesk meine lange Oberlippe wirkte, daß meine Augen kein Feuer hatten, wie dürr mein Körper war. Ich glaubte, er habe das Recht, zu einer andern zu gehen. Dann schlug meine Stimmung um, Entrüstung gewann die Oberhand. Er hatte mir nie Gelegenheit gegeben, ihm das zu sein, was ich ihm hätte sein können. Dann wieder bemitleidete ich ihn. Für das, was er sich selbst und seinen Plänen und seiner Selbstachtung antat.

Zuletzt konnte ich nur noch dasitzen und ihn beobachten. Das hat seinen eigenen Reiz. Ich kann es nicht beschreiben. Menschen werden von Brandkatastrophen angezogen. In den Wochenschauen zeigen sie, wie riesige Schornsteine oder Klippen gesprengt werden. Man sieht, daß etwas zerstört wird und kann den Blick nicht abwenden. Ich wußte, daß er einen Arzt aufsuchte, aber er sprach nicht darüber. Seine Blicke waren nicht mehr sauber, aus seinem Wesen sprach nervöse Abbitte — wie bei einem Hund, der den Teppich beschmutzt hat, weil er zu lange im Haus gehalten wurde, und sich nun hektischer Unterwürfigkeit befleißigt, um der Strafe zu entgehen.

Ich glaube, ich hätte mich weigern können, mit ihm dorthin zu fahren. Aber es war das alte Leiden. Das Beobachten des Auflösungsprozesses, des Verfalls. Also fuhr ich mit. Während der Fahrt unterhielten wir uns wie Fremde. »Heute scheint wenig Verkehr zu sein.« »Die Hitze in der Stadt muß unerträglich sein.« »Ja, ich kann jederzeit essen, du brauchst nur zu halten.«

Randy wurde um so nervöser, je näher wir dem Fahrtziel kamen. Wir parkten hinter dem Haus. Randy trug unser Gepäck hinein. Wilma war auf der Terrasse. Gilman Hayes kam vom Bootssteg herauf. Wilma hatte keine Schwierigkeiten, in die Rolle zu schlüpfen, die sie mir gegenüber spielte. Die mir zugetane ältere Schwester. Die Freundinnen, zwischen denen vollkommenes Vertrauen herrscht. Freundlichkeit, die ans Gönnerhafte grenzt. Ich habe mich nie dadurch stören lassen. Es wird mich auch in Zukunft nicht beeinflussen.

Ihr Verhalten mir gegenüber war typisch für diese Parties. Es überdauerte die Cocktails und das Essen. Es gab die übliche pseudointelligente Unterhaltung, Gilman Hayes verkündete seine sagenhaften Theorien, Mavis Dockertys fade Nachahmung Wilmas war zu ertragen, Wallace Dorn versäumte nicht, zu allem und jedem Stellung zu nehmen. Alles war typisch und bedeutungslos, und Randy erweckte auf seltsame Weise den Eindruck, der vierte dienstbare Geist des Hauses zu sein. Er bemühte sich zwar unsicher, den Gastgeber zu spielen, aber er hätte mit der Serviette über dem Arm besser ausgesehen. Ich bekam es satt, ihn zu beobachten und ging zu Bett.

Es gefiel mir, daß ich am nächsten Morgen allein frühstücken konnte, weniger erfreut war ich später, als Steve Winsan fragte, ob er sich zu mir setzen dürfe. Es wäre sinnlos gewesen, ihm einen Korb zu geben. Ich kannte seinen Typ. Der eroberungslustige junge alte Mann. Der scharfe Bursche aus der Großstadt. Der Junge mit der Trickkiste, der immer zu viele Eisen zugleich im Feuer haben wollte.

Ich hörte kaum zu, als er über die Weiterentwicklung der Rasse oder ähnlichen Unsinn zu sprechen begann. Aber dann hörte ich ihn etwas sagen, was, wenigstens nach meiner Meinung,

Hand und Fuß hatte. Es überrumpelte mich in einer sonderbaren Weise, weil es dem nahekam, was ich selbst gedacht hatte, seit es mit unserer Ehe nicht mehr stimmte. Er sprach über die Fähigkeit, ein anderer zu werden, sich zu einem andern Wesen zu entwickeln.

Ich musterte ihn und sah ihn zum erstenmal richtig. Seine grauen Augen wirkten überraschend angenehm. Grau und klar und ehrlich zumindest. Ich fragte ihn, welches andere Wesen er gern sein möchte. Er sagte, er sei es müde, jemanden andern zu verkörpern, eine Rolle zu spielen, die ihm nicht liege.

Er war ehrlich zu mir, und das schuf ein besonderes Verhältnis zwischen uns. Ich weiß nicht, wie ich es beschreiben soll. Vielleicht so: Man sieht einen uralten Film, verschwommen und schwarz weiß und ohne Ton. Dann, in der Mitte des Films, ist die Szene plötzlich farbig, der Ton setzt ein, man gewinnt Interesse an der Handlung und rutscht erwartungsvoll auf seinem Sitz hin und her. So etwa war es. Das Weekend versprach plötzlich weniger monoton zu verlaufen. Ich konnte mich nicht erinnern, jemals in meinem Leben mit diesem verständnisvollen Blick persönlichen Interesses gemustert worden zu sein. Er schien zu wissen, was in mir vorging, und er zerbrach sich den Kopf darüber. Und er mochte mich. Vielleicht war es das vor allem. Er mochte mich um meiner selbst willen. Denn von allen Anwesenden war ich bestimmt die einzige, die nicht das geringste für ihn tun konnte. Bei mir brauchte er keine Falle zu wittern. Ich konnte ihm keine Vorteile verschaffen. Und doch war ich diejenige, mit der er über die Dinge sprach, die ihm wirklich durch den Kopf gingen.

Nach dieser Unterhaltung sah ich der nächsten erwartungsvoll entgegen. Ich wollte wieder seine Stimme hören. Ich musterte ihn aus der Entfernung. Von seinen breiten Schultern ging das beruhigende Gefühl verläßlicher Stärke aus.

Später lagen wir auf dem Steg in der Sonne und konnten die Unterhaltung fortsetzen. Es schüchterte mich ein, ihm so nahe zu sein.

Ich erinnere mich an etwas, das er sagte. Er blickte stirnrunzelnd auf die Knöchel seiner Hände und sagte: »Noel, haben Sie nicht das Gefühl, daß es eines Tages einen großen Knall geben wird? Nicht für alle. Aber für Menschen wie uns. Mein Gott, sehen Sie uns doch an. Könnte eine Gruppe sinnloser zusammengestellt sein? Sehen Sie sich um. Jedes menschliche Wesen sollte wenigstens *einem* Zweck, *einem* guten Zweck, dienen. Sehen Sie sich diese Gestalten an. Gibt es hier ein einziges Wesen, das etwas wert wäre? Sie ausgenommen.«

»Mich inbegriffen, Steve. Nein.«

»Es muß zerplatzen wie eine Seifenblase. Hinter allem muß ein Sinn stecken. Ich will nicht wie ein Sonntagsprediger erscheinen, aber alles muß seinen sauberen und ehrlichen Sinn haben. Keinen Public-Relations-Trick, keine billige Fernsehkomödie, keine Verdummung des Publikums mit verhunzter Kunst.«

»Und wo komme ich ins Spiel?« fragte ich lächelnd.

»Sie und ich. Wir müßten uns verbünden. Zu Höherem und Besserem.« Dann trübte sich sein Blick. »Vielleicht ist es schon zu spät für uns, Noel. Vielleicht sollten wir uns doch damit begnügen, an allem Spaß zu finden. Wie an dem Glas, das Sie zufällig in der Hand halten.«

Ich leerte das Glas schnell. »So?« Ich empfand ein sonderbares Gefühl der Unbekümmertheit. Die Seifenblase mußte platzen, und zwar bald. Und ich saß nur da und wartete darauf. Es sollte Besseres geben als abzuwarten. Der verrückte Gedanke kam mir, daß Steve vielleicht dieses Bessere war. Zumindest war er ehrlich über sich selbst. Mir war, als glühte ich, als würde ich mit jeder Minute schöner.

Während des Krocketspiels war ich mir seiner ständig bewußt. Ich spürte, wie er mich beobachtete. Und ich wollte schön für ihn sein. Schöner als ich es war. Die viele Sonne und die zu vielen Drinks hatten mich benebelt und sorglos gemacht. Und meine Verachtung für Randy gesteigert.

Nach dem Spiel und nach dem Essen stellte sich etwas Ruhe ein. Steve kam zu mir und sprach davon, daß er mir etwas auf dem See zeigen wolle. Ich sagte ja, bevor ich darüber nachgedacht hatte. Wir nahmen eins der Motorboote. Steve hatte eine große Thermosflasche mitgebracht. Er sagte, es würde ein Picknick werden. Er fuhr schnell und jagte mir mit den scharfen Wendungen Furcht ein. Er lachte, und seine weißen Zähne blitzten. Dann verlangsamte er die Geschwindigkeit, und wir näherten uns einer Insel. Er stieg ins Wasser, zog das Boot auf den Strand, gab mir die Hand, und ich sprang in den Sand.

Es war sehr still dort. Das Ufer war mit Gras bewachsen. Ich wurde allmählich ängstlich. Die Drinks taten ihre Wirkung. Er küßte mich mit einem Selbstbewußtsein, das mir einen Schrekken einjagte. Er streichelte mich. Die Art, wie er mich berührte, sprach wieder von Selbstbewußtsein. Ich hörte nicht auf zu zittern. Ich hatte das komische Gefühl, eine ähnliche Szene schon einmal erlebt zu haben, als ein Mann auf ein Pferd einsprach und es tätschelte, um es zu beruhigen. Wir waren allein. Das Gras war hoch und weich. Ohne es eigentlich zu wollen, gestattete ich ihm, so weit zu gehen, daß ich nicht mehr zurück konnte, ohne mich völlig lächerlich zu machen. Es ging ein seltsamer Zwang von seinem Selbstbewußtsein aus.

Dann nahm er mich, und ich wußte, daß es das war, worauf ich das ganze Leben gewartet hatte. Ich wußte, daß ich ihn liebte und immer lieben würde, und ich sagte es ihm immer wieder. Er sagte, daß etwas Wunderbares mit uns geschehen sei, und daß wir unsere Pläne sehr sorgfältig schmieden müßten. Mir war es gleichgültig. Ich fühlte mich schüchtern, wenn er mich ansah. Es schien so unglaublich, ihn hier, an dieser Stelle, auf dieser Party gefunden zu haben. Den Steve gefunden zu haben, der sich hinter dem eroberungslustigen Stadtmenschen verbarg. Als es zu dunkeln begann, zogen wir uns an, stiegen in das Boot und fuhren zurück. Randy stand an dem Bootssteg, als wir ankamen. Am liebsten hätte ich ihn ausgelacht. Ich hatte mich von ihm befreit. Am liebsten hätte ich ihm erzählt, was mir geschehen war und wie ich die Freiheit gefunden hatte.

Als der Motor verstummte, fragte Randy: »Wo wart ihr?«

Ich ahmte Wilma nach. Ich fühlte mich stark und unbekümmert. »Es sieht aus, als kämen wir von einem Picknick, Darling. Hast du mich vermißt?«

Er ging. Steve bat mich, zu schweigen. Ich fühlte mich großartig. Ich trank weiter. Und blieb in Steves Nähe. Ich wollte, daß sie es meinem Gesicht ansahen und meinem Lachen anhörten. Denn ich hatte mich nicht nur von Randy, sondern auch von anderen Dingen befreit. Endlich war ich eine richtige Frau und konnte lieben, wie ich es wollte, ohne daß alberne Konventionen mich daran hinderten.

Ich war froh, als Wilma vorschlug, wir sollten ohne Badeanzüge schwimmen. Es entsprach der Stimmung, in der ich mich befand. Nachdem ich aus dem Badeanzug geschlüpft war, flammten die Lichter für einen Augenblick auf. Mir war es gleichgültig. Es machte mir nichts aus, von allen gesehen zu werden. Auch das war ein Beweis meiner neuen Freiheit. Ich ging ins Wasser und wartete darauf, daß Steve mich suchte. Er fand mich. Wir ließen uns treiben. Wir hielten uns bei den Händen. Ich glitt in seine Arme. Wir küßten uns unter Wasser. Ich fühlte mich geschmeidig und lebendig. Ich lachte ohne Grund. Am Leben zu sein, war Grund genug. Wir jagten einander, und dann war ich wieder bei Steve.

Ich hörte Gilman rufen. »Wilma!« schrie er. »He, Wilma!«

Ich sagte Steve, wie sehr ich ihn liebte. Er sagte, ich sollte ruhig sein. Das verletzte mich. Ich schmollte. Dann lauschte ich ebenfalls und wartete darauf, daß Wilma antwortete. Ich fragte mich, warum sie es nicht tat.

Plötzlich erschien mir das Wasser eiskalt. Meine Zähne begannen zu klirren. Ich schwamm zum Steg.

10

PAUL DOCKERTY – DANACH

Nachdem Steve mir gesagt hatte, daß er glaube, Wilma sei ertrunken, stand ich vielleicht zehn Sekunden wie erstarrt. Der Verstand weigert sich, schnell zu arbeiten, wenn man schlecht geschlafen hat. Ich schob den Gedanken beiseite, daß es sich um einen Scherz handeln müsse. Steve war kein guter Schauspieler.

»Haben Sie schon angerufen?« fragte ich ihn.

»Angerufen?« wiederholte er verdutzt.

Ich erinnerte mich daran, das Telefon gesehen zu haben. Ich ging ins Haus, und der Apparat läutete wenigstens zehnmal, bevor eine verschlafene Angestellte der Vermittlung sich mit leicht gekränkter Stimme meldete. Ich sprach scharf zu ihr.

»Hier ist das Ferris-Haus. Wilma Ferris. Kennen Sie es?«

»Ja.«

»Miß Ferris ist ertrunken. Wir suchen nach ihr. Benachrichtigen Sie die in Frage kommenden Stellen, damit sie sich mit den notwendigen Geräten einfinden. Können Sie das tun?«

Nach einer Weile antwortete sie. Ihre Stimme klang nicht mehr verschlafen oder uninteressiert. »Die Polizei — den Sheriff. Sofort, Sir.«

Ich trug noch die Badehose. Ich ging zum Bootssteg hinab. Sie liefen durcheinander, starrten in das kalte unfreundliche Wasser.

»Wer hat sie zuletzt gesehen?« fragte ich. Sie redeten durcheinander, stritten, fielen sich ins Wort, mit dem Ergebnis, daß niemand es wußte. Ich bestieg mit Steve, Gilman Hayes und Rendy Hess eins der Motorboote. Randy übernahm das Steuer. Er hatte eine starke Taschenlampe aus dem Haus geholt. Wir stießen ab und begannen nach einer Weile abwechselnd vom Bug aus zu tauchen, während der Strahl der Taschenlampe das Wasser erhellte. Es war verteufelt tief. Nur einmal gelang es mir, den felsigen Boden zu erreichen. Hayes behauptete, jedesmal bis auf den Grund zu tauchen. Wahrscheinlich stimmte es, er hat den Brustkasten, den man dazu braucht. Ich wußte, daß unsere Chance, sie zu finden, gering war, aber wir mußten es versuchen. Jede Minute, die verging, verringerte ihre Aussicht zu überleben, wenn wir sie fanden. Es gab noch einen anderen Grund. Um meiner selbst willen mußte ich alles tun, was möglich war, weil ich wußte, daß ich ihren Tod nicht ehrlich bedauern konnte. Ein Nachlassen meiner Anstrengungen würde mich in die Rolle eines Mittäters versetzen.

Jedesmal, wenn ich hochkam, um mich an den Bootsrand zu klammern und Atem zu schöpfen, hörte ich das lächerliche Gejammer von Mavis. Es klang nicht echt. Es war *zu* herzzerreißend. Ich empfand einen Widerwillen gegen sie, der mir unnatürlich schien.

Steve klammerte sich neben mir an das Boot und sagte mit klappernden Zähnen: »Was soll es, Paul? Zum Teufel. Die berühmte Nadel im Heu. Der See ist zu groß.«

Da hörte ich die fernen Sirenen.

»Noch ein paarmal, Steve. Kommen Sie.«

»Dann können Sie mich auch gleich suchen.«

Aber wir setzten unsere Bemühungen fort. Dann gaben wir auf, und ich wußte, daß es zu spät sein würde, was immer auch noch getan werden mochte. Zu spät für Wilma. Es bestand kein

Grund mehr zur Eile. Es ging nur noch um die Routine, einen Ertrunkenen zu finden. Sonst nichts. Ich sprach mit den Polizisten und mit einem Mann namens Fish, und ich hörte, wie die Boote sich näherten. Ich hatte meinen Bademantel auf dem Steg gelassen. Nachdem ich ihn angezogen hatte, wurde mir wärmer. Ich wollte mit jemandem sprechen, ganz gewiß aber nicht mit Mavis. Ich sah zur Treppe hinüber und entdeckte Judy Jonah, die auf der obersten Stufe saß. Sie wirkte klein und verloren. Ich ging zu ihr und fragte sie, ob sie warten würde, ich wollte mir nur Zigaretten holen und dann mit ihr sprechen. Mit tonloser Stimme sagte sie ja.

Ich beeilte mich und kam schnell zurück. Als ich sie über das Schwimmen ausfragte, sagte sie, daß sie, Randy und Wallace ihre Badeanzüge anbehalten hätten. Ich weiß nicht, warum mir das etwas bedeutete, aber ich freute mich darüber. Zum Teufel mit Mavis. Sie hatte nur etwas getötet, was schon lange im Sterben lag. Der lächerliche Gedanke, daß Judys Arme warm seien, kam mir, und ich wünschte, sie würde sie um mich legen. Aber sie sagte, ihr sei kühl und sie wollte sich ankleiden. Der Wind hatte aufgefrischt.

Ich kehrte in unser Zimmer zurück. Ferris-Erzeugnisse auf dem Frisiertisch. Der schwere Duft von Blue Neon im Zimmer. Mein Bett unordentlich. Zerwühlt. Ich stand in diesem Schlafraum, den ich mit einer Fremden geteilt hatte, und spürte Lust zu lachen. Ich zog mich an, kämmte mich und verließ das Haus durch den Hintereingang. Ich wollte nicht, daß mich jemand sah. Eine Zeitlang wanderte ich umher. Es war kalt, und ich kehrte ins Zimmer zurück, um mir ein wärmeres Jackett zu holen. Mavis lag auf dem Bett. Sie schluchzte. Immer noch. Von ihr aus hätte ich hundert Meilen fort sein können.

Ich ging wieder hinaus und fuhr zusammen, als Judy mich aus dem Schatten des Hauses ansprach. Sie sagte etwas, was ich nicht verstand, und dann entfuhren ihr Laute, wie ich sie noch nie bei einer Frau gehört hatte. Ich brauchte ein paar Sekunden, um mir klar darüber zu werden, daß sie sich bemühte, nicht in Tränen auszubrechen. Ich führte sie zu unserem Wagen, half ihr auf den Vordersitz, nahm sie in die Arme und drückte ihr Gesicht an meine Brust. Dann sagte ich, sie solle sich ruhig ausweinen.

Sie tat es. Alles Leid der Welt lag darin. Sie weinte wie ein kleines Kind. Ich hielt sie umfangen, bis die Tränen versiegten und ihr Schluchzen verstummte. Sie schnaubte sich die Nase, hob das Kinn und rückte von mir ab. Vielleicht schämte sie sich, daß ich sie in diesem Zustand sah.

Ich legte ihr die Hand auf die Schulter. Sie legte den Kopf auf die Seite, fuhr mit den Lippen leicht über meinen Handrücken. Als ich die Arme nach ihr ausstreckte, kam sie mir entgegen. Mir war, als küßte ich zum erstenmal mit Bewußtsein. Alle früheren Küsse waren vergessen, ich fühlte mich wie neugeboren. Dann entwand sie sich mir und verschwand. Aber ich fühlte ihre Lippen noch immer auf den meinen. Unauslöschlich. Und ich war kurzsichtig genug gewesen, zu glauben, es wäre für sie ebenso bedeutungsvoll gewesen wie für mich. Das übliche männliche Mißtrauen. Das gebrannte Kind. Ein Kuß. Mein Gott, wieviel Küsse wurden an jedem Samstagabend im Klub gewechselt? Oder in der Küche bei deiner letzten Party?

Dieser Kuß war ehrlich gewesen, und ich wußte es. Sie kam zurück, lehnte sich mit dem Rücken gegen die Wagentür und erklärte mir, dies sei die Endstation des Busses. Dann ging sie endgültig, nachdem ich noch einen schwachen Versuch gemacht hatte, ihr zu erklären, daß Mavis in meinem Leben keine Rolle mehr spiele. Während ich es sagte, wußte ich, daß mir die Worte zu schnell gekommen waren und lächerlich klangen. Einmal blickte sie zurück. Ihr bleiches Gesicht war ein heller Fleck in der Dunkelheit.

Ich saß allein.

Zeig, daß du ein großer Junge bist, Paul! Benimm dich wie ein Erwachsener. Du hast eine berühmte Frau geküßt. Es hat euch beide erwischt — vorausgesetzt, sie spielte kein Theater. (Ich weiß, daß sie es nicht tat! Ich weiß es!) Ihr seid beide aufgeregt über die Sache mit Wilma. (Nein, wir sind über andere Dinge aufgeregt. Wir haben festgestellt, daß wir zueinander passen, weil wir die gleichen Wünsche haben.) Dieses Milieu ist verrückt. Es verleitet dazu, verrückte Dinge zu tun. (Aber es wäre auch bei einer Zehn-Cent-Fahrt mit der Fähre, in einem öffentlichen Park, auf einem Liegestuhl auf dem Balkon nicht anders gekommen. Es wäre genauso gewesen und hätte alles, was vorher war, ausgelöscht.) Du bist ein unverbesserlicher Romantiker, Paul. Und sie ist ein vielbeschäftigtes Mädchen, das dich überrascht mustern und sich vielleicht an dich erinnern würde, wenn sie dir nächste Woche auf der Straße begegnete. Im übrigen, Paul, bist du verheiratet, und das sollte dir zu denken geben. Gib nicht plötzlich alles auf, weil du jemanden geheiratet hast, der sich zuweilen reichlich einfältig und närrisch aufführt. Also Schwamm drüber, Paul. (Und wenn ich es nicht kann? Was ist, wenn es so tief sitzt, daß es meine Willenskraft übersteigt?)

Vergiß es.

Dann kam Mavis, und ich fuhr zusammen, und als ich sah, wer es war, sagte ich ihr, daß ich mit ihr zu sprechen hätte. Sie wandte mir den Rücken und ging davon. Sie hatte wenigstens aufgehört, ihre sonderbaren Laute auszustoßen. Ich verspürte Lust, ihr nachzulaufen und sie zu schlagen, einfach zu schlagen. Wie viele Menschen verspüren ähnliche Gelüste? Wie auf der Herfahrt, als ich den Blick nicht von den Kühlern der entgegenkommenden Lastwagen nehmen konnte. Ein kleiner Ausschlag am Steuer. Wie oft geschieht so etwas? Kontrolle über den Wagen verloren. Es kommt immer wieder vor.

Ja, ich wollte mit ihr sprechen, und ich würde es tun. Und das, was ich ihr sagen würde, würde ihr nicht gefallen. Mit oder ohne Judy, ich hatte genug.

Als ich den Wagen verließ, fühlte ich mich steif und verkrampft. Ich sah, wie die Hügel sich im ersten Morgendämmern abzuheben begannen, als ich die Rufe vernahm. Alle Lichter flammten wieder auf. Ich lief ans Wasser hinab.

Sie hatten sie gefunden. Steve und ein Polizist hoben sie aus dem Boot. Sie war in eine Zeltbahn gehüllt, aber die Männer stellten sich ungeschickt an und ließen sie fallen, so daß ihr nackter Körper auf den Steg fiel. Es war ein schöner, reifer Körper, aber er erweckte kein Verlangen in mir. Ich wandte mich ab und hörte, wie Judy rief, sie sollten sie zudecken. Ich wußte, daß sie meine Gefühle teilte.

Die Amtsmaschinerie setzte sich in Bewegung, und wir wurden vom Steg gescheucht. Die Boote traten die Rückfahrt an, wo die Frauen schon auf den Klatsch warteten.

»Ich sage dir, Helen, da war vielleicht was los. Eine richtige Orgie. Alle diese Gestalten aus der Stadt, splitternackt. Jede Wette, daß sie auch rauschgiftsüchtig sind. Es heißt zwar, man soll nichts Schlechtes über die Toten sagen, aber ich bin froh, daß dieses lasterhafte Volk nicht mehr herkommen wird. Ich hoffe, daß das Haus an anständige Leute verkauft wird. Übrigens, diese Judy Jonah war auch dabei. Wenn das Fernsehen sie im Herbst wieder bringt, werde ich den Kindern verbieten, zuzusehen. Ich werde den Auftraggebern einen Brief schreiben. Wenn jemand kein anständiges Leben führt, Helen, hat er auch kein Recht, vor der Öffentlichkeit aufzutreten.«

Ich sah mich nach Judy um, konnte sie aber nicht entdecken. Ich nahm an, daß sie in ihr Zimmer gegangen war. Beim ersten Tageslicht mußten wir uns alle in dem großen Wohnraum versammeln, und Mr. Fish sprach ein paar Worte zu uns.

Ich nehme an, daß ich Judy anstarrte wie ein verliebter Ziegenbock. Ich wollte sehen, wie sie im Tageslicht aussah. Ich wollte wissen, was sie gern zum Frühstück hatte, wie lange sie diesen abgetragenen Pullover schon besaß, was sie für Bücher las, was ihr die Tränen kommen ließ, welche Schuhgröße sie hatte.

Ich hörte Fish etwas Verrücktes sagen. Ich starrte ihn an und begriff endlich. Es war kein Unfall. Wilma war nicht ertrunken. Kein tödliches Zusammenspiel von Alkohol, Dunkelheit und kaltem See. Ein Loch in ihrem Hinterkopf.

Anstatt eines Skandals hatten wir also einen netten kleinen Mord. Bruder! Ich dachte an hundert Dinge zugleich, und wie sich die Sache auf meinen Job auswirken würde. Welches bisher gut aufgenommene Werbeprogramm würde jetzt als geschmacklos gelten? Wer würde dafür sorgen, daß alles wie bisher weiterlief?

Wir wurden aufgefordert, uns verfügbar zu halten, bis die maßgeblichen Leute da waren. Ein Polizist ließ sich meinen Wagenschlüssel geben. Noel Hess hatte sich von der Gruppe entfernt. Ein anderer Polizist sprach mit Judy. Ich suchte nach einem plausiblen Grund, sie von seiner Gegenwart zu befreien, damit ich mit ihr sprechen konnte. Es hätte mir auch genügt, sie nur anzusehen. Sie brachte den Polizisten zum Lachen. Hinter Judy entdeckte ich Mavis. Sie weinte nicht mehr, aber ihre Augen waren verquollen von den vielen vergossenen Tränen. Sie sah erschüttert und wütend aus.

Ich sah, wie es begann. Zuerst verstand ich nicht und hielt es für ein geschmackloses Spiel. Dann, als ich begriff, was geschehen würde, sah ich, wie sich Judy auch umwandelte, und ich fühlte mich sekundenlang, als wäre ich bis zum Hals in eine klebrige Masse geraten, so daß ich mich nicht bewegen oder sprechen konnte. Es spielte sich im Zeitlupentempo ab, aber niemand konnte es aufhalten.

Dann waren der Polizist und ich im gleichen Augenblick zur Stelle. Zu spät.

Zu spät. Wir standen alle sekundenlang wie ein Stilleben, während in unsern Ohren der Schrei dröhnte, den die Wände zurückgeworfen hatten. Ich wandte mich um und begegnete Judys Blick und machte einen halben Schritt auf sie zu.

Der junge Arzt kniete am Boden. Ich sah sein Gesicht, als er aufblickte. Für sie ist es immer gleich. Sie stehen immer dem gleichen Gegner gegenüber, wenn er auch jedesmal eine andere Maske trägt. Er ist ein Gegner, der immer gewinnt. Und die Ärzte, diese Kämpfer bis zum bitteren Ende, müssen ihre Gesichter verschlossen halten.

Es war natürlich das Ende, und nichts würde mehr wie früher sein.

11

JUDY JONAH – VORHER

Der Fotograf wollte für das Standbild einen ganz besonderen Gesichtsausdruck, und als es vorüber war und ich über Madison zur 46. Straße ging, hatte ich das Gefühl, jemand habe mein Gesicht mit einem Schwamm bearbeitet.

Hilda lächelte und sagte, ich könnte gleich hineingehen, Willy sei allein. Er erhob sich hinter seinem grauen Schreibtisch aus Stahl, klopfte mir auf die Schulter, bis ich saß, und musterte mich mit dem Blick eines alten Hausarztes.

»Judy, ehrlich, Sie sehen aus wie neunzehn.«

»Guter alter Willy. Traum meiner Jugend.« Willy ist alles andere als ein Riese. Er hat keine Haare mehr, einen Specknacken und sanfte braune Tieraugen. Früher machte er Schlagertexte und trat in kleinen Rollen im Fernsehen auf, heute hat er eine Künstleragentur. Er ist ein Kämpfer und gerissen. Dabei bleibt er so ehrlich, wie er kann, ohne seine Selbstachtung zu verlieren.

»Wir werden die Panne schnell ausbügeln, Kleine«, sagte er. »Carlos und Jane wollen aussteigen. Versuchen Sie, sie zu verstehen. Sie sind nette Kinder. Sie wissen, daß ich sie festnageln könnte. Aber es sieht wie die große Chance für sie aus.«

»Lassen Sie sie gehen, Willy. Nein. Ich werde mit ihnen sprechen. Sie sind gut. Sie sollen ihre eigene Show haben.«

Er lehnte sich zurück und verschränkte die Finger über dem Bäuchlein. »Ich wußte, daß Sie das sagen würden, aber ich wünschte, Sie hätten es nicht gesagt. Wenn Sie härter wären...«

»So hart wie Sie, Willy?«

»Wir sind beide im falschen Geschäft, Kind. Aber ich werde mir schon etwas einfallen lassen. Wir werden ihnen etwas vorsetzen, das ihnen den Atem verschlägt.«

»Wir kennen uns lange genug, Willy. Ich denke, Sie sollten mir rundheraus die Wahrheit sagen. Den Schmus können Sie sich bei Judy sparen. Ich denke, das sind Sie mir schuldig, Willy.«

Er drehte einen gelben Bleistift zwischen den Fingern. »Gut.« Er griff nach einem Block, schrieb fünf Namen auf und schob mir den Zettel zu. Ich las die Namen und nickte. Er sagte: »Sie waren erstklassig. 1963. Hatten ihre eigenen Shows. Glänzende Kritiken. Scheffelten das Geld. Es ist die verdammte Mittelmäßigkeit, die eine Nummer auffrißt. Stellen Sie sich einen Mann vor, der gern Mixed Pickles ißt. Also füttert ihn seine Frau ein Jahr lang täglich zweimal mit Mixed Pickles. Der Erfolg? Er kann das Zeug nicht mehr sehen. Beim Rundfunk könnten Sie uralt werden, vorausgesetzt, Sie haben die richtigen Texter. Bei *diesem* verdammten Job werden Sie gesehen *und* gehört. Wie lange hat die Judy-Show gedauert? Über hundert Wochen. Wichtiger als die Zuschauerumfragen ist die Kartennachfrage für das Studio. Danach gehen sie. Diese Fünf auf der Liste, wo sind sie? Die eine singt für ein Butterbrot in Paris. Eine andere bei einem kleinen Sender außerhalb Chicagos. Die dritte, Gott bewahre, in einem Kasino in Brasilien. Die letzten beiden tun gar nichts. Sie könnten Jobs finden, aber sie sind ihnen nicht gut genug. Sie bilden sich ein, immer noch Stars zu sein, sind aber längst für das

Publikum gestorben. Dann ist es ein verdammt tiefer Fall bis zur nächsten Stufe, weil die Zuschauer — geradeheraus, wie Sie es wollten — es verdammt satt sind, Sie noch länger zu sehen. Mixed Pickles.«

»Wenigstens noch eine Saison, Willy?«

Er schüttelte den Kopf. »Ich bezweifle es. Sie könnten sich selbst eine Show zusammenbauen. Mit den Nummern auf Gewinnbeteiligung. Sie würden trotzdem Ihren letzten Cent los sein, bevor Sie jemanden finden, der die Sache auf längere Zeit finanziert. Alles spricht gegen Sie.«

»Und eine ganz neue Show? Situationskomik?«

»Ich weiß, daß Sie es könnten. Ich weiß, daß Sie gut sein würde. Aber es ist ein verteufeltes Risiko. Warum ein Risiko eingehen? Sie haben Ihre Schäfchen ins Trockene gebracht. Was haben Sie in der letzten Zeit vom Leben gehabt?«

»Nicht viel, Willy. Wirklich nicht viel.«

Er beugte sich über den Tisch und griff nach meiner Hand. Es überraschte mich. Seine Stimme wurde heiser. »Hören Sie, Judy. Ich mache Ihnen einen Vorschlag. Gehen Sie zu Willy über. Kein Balsam für die Augen, aber Balsam für die Nerven. Ich habe niemanden mehr. Wir könnten uns ein Häuschen in Connecticut kaufen. Mein Gott — Gras, Bäume. Ich kann mich umstellen und bescheiden. Ich meine, Sie brauchten sich nicht in mich zu verlieben. Vielleicht wäre das ein guter Trick. Wir sprechen die gleiche Sprache, haben die gleichen Gedanken. Warum sollte es uns nicht gelingen?«

Diese braunen Augen hätten mich fast schwach gemacht. Aber er las die Antwort in meinem Gesicht. Er sagte ergeben: »Nun, es war ein Versuch.«

»Es tut mir leid, Willy. Wirklich. Aber ich kann nicht aus meiner Haut.«

Er lachte. »Wahrscheinlich nicht.« Er schüttelte sich wie ein fetter Hund nach dem Bad. »Also zur Sache. Was ist mit diesem Ferris-Mädchen?«

»Sie will, daß ich sie besuche. Eine rein gesellschaftliche Angelegenheit, wie sie sagte. Aber sie ließ mich wissen, daß Dorn auch dasein würde. Und Dockerty, der Verkaufsleiter. Und Steve Winsan.«

»Nehmen Sie meinen Rat an. Lassen Sie Winsan fallen. Er ist

in diesem Stadium ein Luxus. Hören Sie, Mädchen. Auf den üblichen Rat, sich zu nichts zu verpflichten, kann ich verzichten. Weil Ihnen da oben niemand ein Angebot machen wird. Das rieche ich. Es ist das Henkersbeil.«

»Das glaube ich auch. Bleibt die Frage, wie sie es anstellen will.«

»Diese Frau hat eine sadistische Ader. Menschen wie Käfer zu zertreten, gibt ihr sexuelle Befriedigung. Wenn Sie hingehen, dann nur mit einer ganz bestimmten Haltung. Indem Sie sagen, das Ganze kümmert mich einen Dreck. Sind Sie dazu imstande?«

»Ich brauchte nicht einmal Theater zu spielen. Ich bin . . . so verdammt müde. Manchmal sehne ich mich direkt nach dem Beil.«

»Was wollen Sie also tun?«

»Aussteigen, Willy. Mich von dem ganzen Krampf lösen. Den Wagen beladen und gen Westen ziehen. Mir das Haar färben, so daß sie mich nicht anstarren. Ich brauche eine Berghütte, zwanzig Meilen vom nächsten Lebewesen, mit einem Flüßchen hinter der Hütte und grasbestandenem Ufer und einem Berg von Büchern, die nicht einfach zu lesen sind. Ich will richtig kochen lernen. Sie wissen ja, daß ich nur etwas auf der Pfanne braten kann. Ich will keine Probleme wälzen, Willy, sondern lange Spaziergänge machen und mich in eine einfache Jane Jones verwandeln.«

»Nehmen Sie mich mit.«

»Dieser Punkt ist schon erledigt, Willy«, sagte ich lächelnd.

»Ja. Lassen Sie sich von diesem Biest nicht verrückt machen, Judy. Gehen Sie auf das Spiel ein. Ich kenne Dockerty nicht. Dieser Wallace Dorn ist ein großes Nichts. Steve wird auf Ihrer Seite stehen, um sich Ihr Honorar nicht entgehen zu lassen, aber er wird nichts für Sie tun können. Lassen Sie sich von ihr nicht auf die Palme bringen. Sie gehört zu der Sorte, die Sie auffordern wird, ihren Gästen eine Gratisvorstellung zu geben. Dann haben Sie eben Kopfschmerzen.«

»Rasende Kopfschmerzen.«

Ich sagte Willy Lebewohl und suchte Carlos und Jane auf. Sie waren verschüchtert, schienen sich zu schämen und suchten nach Entschuldigungen. Aber sie konnten ihre Freude und Erregung schlecht verbergen, als ich ihnen sagte, daß ich ihnen nichts in den Weg legen würde. Sie unterbrachen einander immer wieder, um mir von der Chance zu erzählen, die sich ihnen bot. Es hörte sich gut an. Ich kam mir alt neben ihnen vor. Ich hatte das Gefühl, daß ich nie wieder fähig sein würde, mich derart für irgend etwas zu begeistern.

Am Freitag rief ich, nachdem ich gepackt hatte, die Garage an, damit mir jemand den weißen Jaguar brachte. Als ich aus dem Fenster blickte, parkte er vor dem Haus, und Horace, der Portier, unterhielt sich mit dem Mann von der Garage, der seinen kleinen Motorroller, den er für die Rückfahrt brauchte, vom Heck des Wagens hob. In der Morgensonne sah der Jaguar großartig aus. Aus meiner Höhe wirkte er wie ein Boot. Ich trug die beiden Koffer nach unten, und Horace half mir, sie im Kofferraum unterzubringen. Für Horace bin ich eine ständige Quelle der Heiterkeit. Ich brauche ihn nur nach der Zeit zu fragen, und er bricht in endloses Gelächter aus. Auf die Dauer ist das ziemlich anstrengend.

Als ich nach Norden fuhr, redete ich mir ein, es sei alles bereits vorüber, und ich befände mich auf der ersten Strecke nach Westen. Aber die entsprechende Stimmung wollte sich nicht einstellen. Ich wußte warum. Der Wagen gehörte zu meinem Aushängeschild. Er war ein Teil dessen, was ich zurücklassen würde. Ich war vernarrt in ihn, aber er würde nicht zu der Stimmung passen, in der ich mich befinden würde. Außerdem bot er einem Mädchen nicht genug Raum, um all die Dinge, die sich im Laufe eines Lebens ansammelten, mitzunehmen. So schön er war, er paßte einfach nicht ganz zu mir.

Das Henkersbeil wartete also auf mich, und es kümmerte mich nicht im geringsten.

Oder doch?

Hess hatte mir eine Karte mit eingezeichneter Fahrtroute geschickt, so daß ich keine Schwierigkeiten hatte, das Ziel zu erreichen. Steve stieg gerade aus seinem Wagen, als ich vorfuhr. Das Haus war nicht gerade eine Hütte. Es sah aus wie ein Vorposten der Vereinten Nationen. Ich unterhielt mich mit Steve eine Weile über berufliche Dinge.

Jedesmal wenn ich mit ihm spreche, erinnere ich mich daran, wie ich ihm den Wind hatte aus den Segeln nehmen müssen. Die Städte sind voller Burschen wie er. Kameradschaftliche Annäherung mit der Hand, die zu wandern beginnt. Ich schlug ihm kräftig auf den Mund. Gerüchte und anzügliches Geschwätz. Gelächter hinter der vorgehaltenen Hand. ›Nehmen Sie diese Judy Jonah. Mann, Mann. Heiß wie eine läufige Hündin.‹ Schmutzige kleine Männer, die sich groß fühlen, wenn sie in den Bars die Lippen spitzen und geil grinsen können. Man kann ihnen ins Gesicht schlagen, aber sie sind zu eitel, es ihren Mitbrüdern in den Bars zu gestehen. Satt dessen setzen sie sich selbst auf die mythische Liste deiner Liebhaber. Bei allen Mädchen im Showgeschäft, die nach etwas aussehen, ist es dasselbe. Wir haben alle die gleichen Hürden zu nehmen. Selten, ganz selten ist eine dabei, die auf genauer Einhaltung ihres Vertrages besteht. Schnell wie eine Rakete ist sie ausgebootet. Diese Mädchen nennen sich schließlich Modelle und hinterlassen überall ihre Telefonnummern. Zuerst sammeln sie die Bilder ehemaliger Präsidenten. Wenn sie bei Grant angelangt sind, sind sie immer noch da. Landen sie bei Hamilton und Lincoln, haben sie ihr Tätigkeitsfeld verlegt. Juárez oder Troy, Milwaukee oder Bakersfield.

Aber der Mythos bleibt, und ich will nicht sagen, daß Steve durch ihn verführt wurde. Eher könnte man sagen, daß er der Typ ist, der seine Annäherungsversuche fast automatisch macht. Wenn er auch selten so hart bestraft wird, wie es ihm bei mir geschah. Er mußte einen Eiswürfel in eine Serviette wickeln und gegen seine Lippen drücken. Armer Bursche.

Er führte mich um das Haus. Ich sah, daß er mit seinen Nerven am Ende war, obwohl er sich mit dem Fluidum billigen Ersatzvertrauens zu umgeben versuchte. Wilma, die Hesses und Gilman Hayes waren auf der Terrasse. Hayes nickte mir mit der gewohnten kühlen Verachtung zu. Dreimal bin ich ihm bisher begegnet. Vom ersten Male an fanden wir Mißfallen aneinander, das sich noch steigerte. Aber er ist ein Bild von einem Mann. Er sollte sich in einem biblischen Film versuchen. In einer römischen Arena, mit Schild und Schwert und einem Metalldingsbums um den Bizeps. Alle sagen, er sei gut. Ich sah eine seiner Arbeiten. Ein Gewirr schwarzer Linien, wie ein schmiedeeiserner Zaun nach einem Tornado. Das Bild hatte einen Namen. Umkehrung. Ich bedachte es mit einem entzückten Blick, weil der Besitzer so verdammt stolz darauf war. Aber es sagte mir nichts. Über dieses Thema werde ich mir ein paar Bücher mitnehmen.

Mein Zimmer war herrlich, das Wetter ebenfalls. Ich schlüpfte schnell in meinen Badeanzug und ging zum Bootssteg hinunter. Hayes lag reglos in der Sonne. Das Wasser war blau. Ich schloß die Augen gegen die grelle Helligkeit und hatte doch das Gefühl, daß Wilma mich von der Terrasse beobachtete und sich im Geist schon die Hände rieb.

Ich konzentrierte mich so darauf, mir keine Blöße zu geben, daß ich fast blind für das wurde, was um mich vorging. Steve und Hayes, die Hesses und die Dockertys und Wallace Dorn waren für mich nur ein Teil der Kulisse. Ich nehme an, daß ich an den richtigen Stellen nickte und sprach, aber die ganze Zeit war ich mir Wilmas so bewußt wie die Maus der Katze.

Erst nach dem Essen ließ ich mich zu einem Spiel Scrabble mit Paul Dockerty und Wallace Dorn überreden, während Mavis Dockerty mit Gilman Hayes tanzte und Steve Gin mit Wilma spielte. Wallace Dorn ließ sich viel Zeit, wenn er an der Reihe war. Ich rauchte und lauschte der lateinamerikanischen Musik, während Randy wie eine Braut am späten Nachmittag umherflatterte. Noel Hess, sanft, dunkel, wachsam und hübsch, war zu Bett gegangen. Sie erinnerte mich an ein Spielzeug, das ich einmal besaß. Ein Mädchen im Clownskostüm, das auf einer Trommel stand. Man zog das Ding auf. Sie wirbelte herum, und aus der Trommel erklang Musik. Dann zog ich sie zu heftig auf, und die Feder zersprang. Keine Musik und kein Wirbeln mehr für Noel. Randy hatte ihre Feder überzogen. Es ist traurig. Eine bestimmte Art von Frauen reagiert so. Andere packen ihre Koffer und verschwinden, wieder andere schlagen dem Partner eins über den Schädel. Aber die Noels bleiben auf ihren gesprungenen Federn sitzen. Ich bin mehr der schädelhauende Typ.

Ich beobachtete Mavis Dockerty. Sie tanzte ziemlich gewagt. Paul Dockerty saß links neben mir und musterte das Scrabblebrett. Wie heißt das Wort? Richtig. Einfühlungsvermögen. Ich hatte es, soweit es Paul betraf. Ein netter, anständiger Bursche mit einer leicht verrückten Lady. Und besagte Lady unter Wilmas trübem Einfluß. Ich hatte das Gefühl, daß die beiden endlos in einer harmonischen Ehe hätten leben können. Aber Wilma steuerte sie mit fester Hand rauhem, felsigem Gelände entgegen. Wobei Hayes vielleicht einen der Felsblöcke darstellte. Vielleicht wäre Paul früher einmal aufgestanden und hätte Tänzen dieser Art ein Ende bereitet. Grund genug hatte er. Aber sie hatten diesen Punkt längst überschritten. Also saß er da und ließ es geschehen. Ich sah an den kurzen Blicken, die er ihnen zuwarf, daß es ihn ärgerte, er aber nicht wußte, was er tun sollte. Vielleicht war er schon so weit, daß er gar nichts mehr unternehmen wollte. Ich sah, wie Hayes mit ihr auf die Terrasse hinaustanzte. Ich vermute, Paul war der Stellungswechsel entgangen. Ich sah, wie er sich umblickte, wie sein Gesicht hart wurde und wie er Anstalten traf, sich zu erheben. Ich legte ihm schnell die Hand auf den Arm und deutete mit dem Kopf zur Terrasse. Er blickte durch die Fenster und sah sie. Die Spannung verließ ihn. Er sah mich dankbar an. Ich schnitt eine der Grimassen, die das Publikum von mir erwartet.

Dorn seifte uns tüchtig ein, und wir beglichen unsere Schulden. Ich hatte Appetit auf frische Luft. Paul überraschte mich mit der Frage, ob er mich begleiten dürfe. Ich hatte nicht das geringste Interesse, mich in eine eifersüchtige Auseinandersetzung ziehen zu lassen, spürte aber sofort, daß dies nicht seine Absicht war.

Wir gingen zum Bootssteg hinab, und er drehte die nasse Luftmatratze um, so daß wir auf der trockenen Seite sitzen konnten. In der Nacht unter den Sternen zu sitzen, schafft eine intime Atmosphäre. Und ich rede immer zuviel. Ich hatte mir vorgenommen, Zurückhaltung zu üben, plapperte aber schon bald darüber, wie satt ich alles hätte. Es lag in seinem Wesen, in der Sicherheit und Freundlichkeit, die er ausstrahlte; Männer dieser Art haben mich immer entwaffnet.

Ich wußte, daß ich zuviel geschwätzt hatte. Es war spät geworden. Ich schämte mich, also stand ich auf und gab meine Rolle des tumben Jonahkindes zum besten.

Und was tut er? Packt mich beim Arm, schüttelt mich und erklärt mir, daß er mich gern habe. Ich weiß nicht, wie ich vom Bootssteg herunterkam, ohne das heulende Elend zu kriegen. Auf meinem Weg durch den großen Wohnraum wünschte ich mit beherrschter Miene gute Nacht, schloß mich in mein Zimmer ein, warf mich malerisch auf das Bett und wartete, daß die Schleusen sich öffneten. Aber es wurde nichts daraus. Keine einzige Träne. Was kann man mit so einem Mädchen anfangen?

Ich weiß, was ich mit ihr machte. Ich schrubbte ihr das Gesicht, putzte ihr die Zähne, steckte sie in den Schlafanzug und brachte sie zu Bett. Nach einem kümmerlichen Schluchzer schlief ich ein.

Als ich erwachte, schien die Sonne, und das Herz wollte mir aus der Brust springen. Ich frühstückte tüchtig, schwamm ein wenig und exerzierte meine Gymnastik auf dem Steg durch, während die anderen spielten. Mitten in den Übungen wurde mir bewußt, daß Paul mir unmißverständlich Beifall bekundete. Ich bemerkte ferner, daß er früh mit dem Trinken angefangen hatte. Mavis schien keine Notiz von ihm zu nehmen. Sie kreischte und schrie und kicherte, während Hayes ihr beizubringen versuchte, wie man Wasserski läuft. Im Badeanzug war sie eine bemerkenswert gut gebaute Frau.

Hätte Paul mich mit lüsternen Blicken gemustert oder mir nur schüchtern zugesehen, hätte ich die Übungen sofort abgebrochen. Aber der große Bursche beobachtete mich mit solcher Wärme, daß ich noch ein paar Verrenkungen hinzufügte, die sonst nicht auf meinem Programm stehen. Judy Jonah, alte Exhibitionistin.

Während des Krocketspiels sah ich, wie die Drinks zu wirken begannen. Nicht daß Paul der einzige war, der sich zum Narren machte. In einer besonders häßlichen Szene traf Wilma Randy schmerzhaft mit dem Schläger. Steves und Noels Augen bekanem wieder diesen sonderbaren Ausdruck. Und Gilman Hayes ließ seine Muskeln spielen, bis er zur lebenden Bodybuilding-Reklame wurde. Wallace Dorn spielt immer den Narren. Der arme Paul ließ sich ehrlich vollaufen.

Als er verschwunden war, suchte ich ihn und fand ihn in der Ecke des großen Wohnraumes. Er fuhr sich mit der Zunge über die Lippen, schluckte schwer und wirkte wie ein Kind, das eben bestraft worden ist.

»Auf, Baby«, sagte ich. Ich griff nach seiner Hand und zog ihn hoch. »Kommen Sie. Schön einen fetten Fuß nach dem andern.«

»Wo stecken sie alle?« fragte er, wie es sich für einen Partygast gehörte.

Ich brachte ihn ins Zimmer und sorgte dafür, daß er ins Bett kam. Ich zog ihm die Schuhe aus und deckte ihn zu.

»Nett«, sagte er. »Furchtbar nett.«

Ich blickte auf ihn herab. Armer Bursche. Völlig fehl am Platze. Völlig durcheinandergeraten. »Armer alter Bär«, sagte ich, beugte mich impulsiv über ihn und küßte ihn leicht auf die Lippen. Dann ging ich hinaus und schloß die Tür hinter mir.

Ich suchte mir einen Platz auf dem Bootssteg und tankte Sonne. Steve und Noel waren in einem der Boote hinter einer fernen Insel verschwunden. Auch das war traurig. Alles war traurig. Und was nicht traurig war, war häßlich. Judy, die Prüde.

Nach einer Weile ging ich wieder auf mein Zimmer. Als ich an Wilmas halbgeöffneter Tür vorüberkam, sagte sie: »Judy, Liebste?«

Ich zuckte die Achseln und ging hinein. »Hallo, Wilma.«

»Amüsieren Sie sich gut?« Sie saß am Frisiertisch und bearbeitete ihre Nägel.

»Großartig«, sagte ich.

»Bitte setzen Sie sich, meine Liebe. Es ist Zeit für eine kleine Unterhaltung.«

»Ganz bestimmt.«

Ihr Blick war wie ein Skalpell, dann beschäftigte sie sich wieder mit ihren Nägeln. »Ich habe über Sie nachgedacht, Judy. Habe versucht, die Antworten auf einige Fragen zu finden. Sehen Sie, schon aus reiner Loyalität hätte ich Sie im kommenden Herbst gern wieder eingesetzt. Ich hasse es, Freunde fallenzulassen.«

Ich wollte ihr sagen, daß ich zu keinem Zeitpunkt das Gefühl gehabt hätte, für sie zu arbeiten. Aber ich erinnerte mich an Willys Warnung und schwieg.

»Ich habe mich gefragt, was Sie für einige Zeit so populär machte. Ich glaube, es jetzt zu wissen. Sie sind eine ziemlich hübsche Frau, Judy. Ihr Gesicht hatte eine gewisse Sensitivität. Und Sie haben eine angenehme kleine Stimme.«

»Danke«, sagte ich leicht spöttisch.

Jetzt kam der direkte Angriff. Sie hob die Brauen. »Humor ist, wie ich annehme, das Unerwartete, nicht wahr? Es muß also etwas Groteskes und Amüsantes sein, das sich herumschubsen läßt und sich von seiner häßlichsten, statt der besten Seite zeigt. Gewiß finden die Zuschauer eine Zeit Gefallen daran. Aber es ist nichts, was sich bis ins Unendliche fortsetzen ließe, nicht wahr?«

Dazu konnte ich ihr Dinge sagen, von denen sie offensichtlich nichts ahnte. Über das Abpassen des richtigen Zeitpunktes. Über Betonung, die tausend Schattierungen ausdrücken konnte. Wie man die Stimmung des Publikums erspüren kann und unterspielt, wenn es erforderlich ist, während man zu andern Zeiten ganz dick aufträgt. Wie man an einer Show ständig arbeitet, Neues hinzufügt, Ladenhüter hinauswirft und nur Themen aufnimmt, die einem auf den Leib geschrieben sind.

Sie ließ die Nagelfeile sinken und sah mich voll an. »Sie müssen sich mit der Tatsache abfinden, meine Liebe, daß Sie, soweit es das Publikum betrifft, aufgehört haben spaßig zu sein. Ihre anfänglichen Erfolge beruhten auf dem Schock, den Sie den Zuschauern versetzten. Ich habe Wallace Dorn geraten, sich nach einem Ersatz für Sie umzusehen. Sie sollen aber wissen, daß ich persönliches Interesse an Ihrer Zukunft habe. Haben Sie jemals daran gedacht, Schauspielunterricht zu nehmen?«

Ich zündete mir eine Zigarette an und blies den Rauch in ihre Richtung. »Einen Augenblick, Schwester. Ich bin erledigt. Ist es das, was Sie sagen wollten?«

Sie lächelte. »Genau.«

»Sie, werte Lady, sind ein rauher Apfel. So rauh wie ein Maiskolben. Aber bleiben wir bei meinem Fall. Ich habe Ihnen meine Dienste durch meinen Agenten und durch Ihre Werbeagentur verkauft. Ihre Meinung über meine Zukunft interessiert mich also ungefähr soviel wie sphärische Trigonometrie. Lassen wir also den persönlichen Dreh beiseite.«

»Es tut mir leid, Ihre Gefühle verletzt zu haben, Liebste.«

»Sie haben sie nicht verletzt«, sagte ich mit einem Versuch zu lächeln, aber meine Hand zitterte, und ich will verdammt sein, wenn sie es nicht sah.

»Es ist mir gleichgültig, ob Sie mich verabscheuen, Judy. Ich will Ihnen nur helfen. Sie sind jung. Sie sind auf dem toten Geleise angelangt. Sie müssen sich überlegen, was Sie mit Ihrem Leben anfangen wollen.«

»Darum mache ich mir keine Sorgen.«

»Sie hatten jene Art von Publizität, die einem in den Kopf steigen kann. Menschen wie Sie fallen immer wieder darauf herein, das zu glauben, was andere, die dafür bezahlt werden, sagen. Das wissen Sie, nicht wahr?«

»Manche mögen so dumm sein.«

»Ich wollte die Sache nicht durch einen Mittelsmann erledigen lassen, Judy. Ich glaubte, wir könnten vernünftig miteinander sprechen.«

»Wir sprechen ja miteinander.«

»Kluge Reklame hat Sie zur Königin für einen Tag gemacht. Dieser Tag ist vorbei. Sie müssen sich damit abfinden.«

Ich stand auf. Man nennt dergleichen heute nicht mehr Rückzug. Man nennt es Begradigung der Front. Ein großer einbeiniger Marinesoldat brachte es mir bei. »Ich bin dankbar für Ihre Ratschläge, Mrs. Ferris. Miß Ferris. Wie immer die legale Anrede lauten mag. Ich kann sofort Schluß machen oder es bis zum bitteren Ende auskosten, wie immer Sie es wünschen.«

»Ich habe nie daran gedacht, daß Sie uns jetzt verlassen.«

Ich blickte in diese Augen. Ich versuchte mir vorzustellen, wie es aussehen würde, wenn ihr die Nagelschere aus dem Halse ragte. »Wie ich schon sagte, vielen Dank.«

»Gern geschehen, Judy.«

Ich bebte erst richtig vor Wut, als ich mein Zimmer erreicht hatte. Wenn das Judy-Steckenpferd tot war, blieb mir noch etwas — der Stolz, arbeiten zu können. Ich bin ein Profi, kein blutiger Amateur. Zur Hölle mit ihr, daß sie mich gerade damit hatte treffen wollen. Vierzehn Jahre im Showgeschäft zählten für sie nicht. Der Teufel soll sie holen! So giftigsüß und genau auf die Stelle gezielt, an der ich verwundbar war. Zugegeben, sie hatte mich ganz schön ins Schwimmen gebracht. Aber ich würde darüber hinwegkommen. Wie ich es immer getan hatte.

Aber ich würde viel Zeit mit Überlegungen verbringen, wie ich sie umbringen könnte. Schauspielunterricht! Um Himmels willen. Die Trauerweide spielen. Oder den Rauch, der von einem Feuer aufsteigt. In die Haut einer traurigen Heuschrecke schlüpfen. Ich würde zu Willy gehen, mit ihm eine Show aufziehen, einen Geldgeber finden und ihr den Hals mit der neuen Show stopfen.

Aber . . .

Ich saß auf dem Bett und starrte auf meine Hände. Mir war, als hätte sie mich vergiftet. Ablehnung. Etwas, das man in den Blutkreislauf pumpt. Es schläfert die Reflexe ein, verwässert Hoffnungen, zerstört deinen Stolz.

Ich hatte vorgehabt, mich umzuziehen. Statt dessen schlüpfte ich in den Bademantel und benutzte den Hinterausgang. Mir war nach einem Highball, der wie Eiskaffee aussah. Mir war nach einer Prügelei. Nach irgend etwas, das wie eine großartige Geste aussah. Irgend etwas.

Als es dunkel geworden war, plätscherten wir herum. Dann mußten sie die Badeanzüge ausziehen, die Lichter wurden verlöscht, und sie wurden wirklich kühn. Steve nannte mich feige. Ich erklärte ihm, ich hätte aufgehört kindisch zu sein, seit ich kein Kind mehr war. Ich erzählte ihm von Hash. Wie wir mit dem Zeug auf der Pennstation einfuhren, wie Penn seine Wette machte und ich den Einsatz verwahrte. Er wettete hundertzwanzig Dollar, daß er völlig nackt vom Zug zum Taxistand gehen würde. Er verursachte ziemlichen Wirbel, als er mit dem Koffer in der Hand über den Bahnsteig jagte. Er hätte es geschafft, aber mit den nackten Füßen rutschte er aus und schlug mit dem Kopf auf, als er hinfiel. Er wurde zu 100 Dollar Strafe verurteilt. Ich erklärte ihnen, jeder könne nackt schwimmen, wenn ihm danach zumute sei. Daß aber mehr Mut dazu gehörte, nackt über einen Bahnsteig zu laufen.

Randy, Wallace und ich machten nicht mit. Ich schwamm in sicherer Entfernung für mich. Randy blieb auf dem Bootssteg, glaube ich. Kichern und Kreischen und neckische Spiele. Welche Munterkeit in der Wildnis! Ich fragte mich, was die Dummköpfe denken mochten. Und die Barsche. Und ich stellte mir vor, wie erfreulich es wäre, wenn meine Freundin Wilma über den Fluß am Ende des Sees in das Meer hinausgeschwemmt würde.

So daß mir, als ich begriff, was die Rufe bedeuteten und ich mich auf den Steg zog und entdeckte, daß Wilma verschwunden war, das Ganze wie ein Alptraum vorkam. Als hätte ich zu viel Intensität in meinen Wunsch gelegt. Ich zog mir den Bademantel über. Auf, Judy. Du bist Komikerin. Sag schnell etwas Witziges.

12

STEVE WINSAN – DANACH

Man erzählt sich eine alte, gar nicht so spaßige Geschichte über zwei Filmstudiobosse, die in Hollywood spazieren gehen und einen Gag für den Film suchen, der gerade gedreht wird. Jedesmal, wenn einer der beiden eine Idee hat, bleibt er stehen und spielt die Szene gestenreich vor. Und der andere schüttelt betrübt den Kopf. Aus einem Bürofenster wird ein Safe abgeseilt. Das Seil reißt, und der Safe landet dumpf auf einem der beiden Männer. Der andere betrachtet die Szene mit schreckgeweiteten Augen und schreit dann: »Zu grausig, Sammy! Das können wir nicht bringen!«

Da stand ich. Der Mann mit Köpfchen. Stand auf dem Bootssteg und dachte, ich sollte Wilma rufen und von neuem ins Wasser schicken. Zu grausig, Kind. Können wir nicht bringen. Kein guter Gag. Würde den Zuschauern bestimmt nicht gefallen.

Dann wurde die Nacht tiefer und schwärzer. Die Hügel wurden älter. Der Himmel rückte weiter ab. Auch der See wurde schwärzer und tiefer. Ich schauderte. Man lebt in einer Welt voller Lichter und Chrom, aber wenn man stirbt, sind Berge und Himmel, Erde und Feuer, Sterne und die See um einen. Ich fühlte mich winzig klein. Ich mochte dieses Gefühl nicht. Ich kam mir vor wie ein Pappmännchen auf einem Bootssteg, den jemand aus einem Spielzeugkasten gebaut hatte, und mir war, als blickte ich zum erstenmal auf die Welt, wie sie wirklich ist.

Bis zu diesem Augenblick war mein Kampf nicht aussichtslos gewesen. Ich hätte die Dinge so schaukeln können, daß ich mit einem blauen Auge davonkam, indem mir wenigstens einer der drei fraglich gewordenen Etats geblieben wäre. Und dieser Etat hieß Wilma. Wenigstens schien ich hier die größte Chance zu haben, wenn ich Randy, der wiederum von Noel hätte bearbeitet werden müssen, als Sprungbrett benutzte. Da stand ich und sah mich im Büro eines fast erstklassigen Hotels, schwitzend damit beschäftigt, fast erstklassige Gäste anzuziehen und für das Hotel bei einem jener warmherzigen Kolumnisten Reklame zu machen, die ihre eigenen lieben Mütter kreuzigen würden, wenn sie dadurch eine weitere Zeitung für ihre Schmierereien gewinnen könnten.

Dann verschwand diese liebliche Vision, und ich erkannte plötzlich, was mir da auf dem Präsentierteller geboten wurde. Es entfachte ein kleines Feuer in meinem Magen, das durch den Kamin wärmend aufstieg. Plötzlich fühlte ich mich doppelt so groß. So würde es klappen. Wenn sie die Leiche fanden, würde ich versucht sein, die kalte Stirn zu küssen.

Voraussetzung waren ein paar geschickte Schachzüge. Ich mußte schnell auf den Beinen sein. Während ich noch überlegte, schickte Paul mich zu sinnlosem Suchen nach der Ertrunkenen hinaus. Ich hoffte, wir würden sie nicht so schnell finden. Weil immer noch die Möglichkeit bestand, daß Wiederbelebungsversuche Erfolg hatten. Dies war Steves große Chance. Ich tauchte, wie mir befohlen war, gab mir aber keine Mühe zu suchen. Ich war zu sehr mit meinen Gedanken beschäftigt.

Die cleveren Jungen von der Presse würden den Fall zur Sensation stempeln. Das Rohmaterial war da. Wenn die Leiche gefunden wurde, würde sie schockierend nackt sein. Und das Haus war voller Schwachköpfe, die zuviel schwätzten. Wir mußten ein Komplott schmieden, das besser war als die Situation, der wir jetzt gegenüberstanden. Die Männer mit den neugierigen Fragen mußten die richtigen Antworten bekommen. Meine Aufgabe würde es sein, zuerst die Gäste entsprechend zu bearbeiten und dafür zu sorgen, daß sie nicht umfielen. Bis der Fall klipp und klar für sie war, mußten sie vor jeder Berührung mit den smarten Reportern bewahrt werden. Am klügsten wäre es, wenn wir erklärten, die Zusammenkunft bei Wilma habe dem Zweck gedient, die Grundlagen für Judy Jonahs neue Herbstshow zu schaffen. Packten wir die Sache richtig an, so wurde das Interesse der Öffentlichkeit für diese Show erweckt, und es mochte sich sogar auszahlen, es noch einmal mit Judy zu versuchen. Das Nacktbaden würde es schwer für uns machen. Derartige Pikanterien waren ein Fressen, das sich die Reporter nicht würden entgehen lassen. Ich wußte, was ich tun sollte. In Wilmas Zimmer gehen, einen anderen Badeanzug holen, ihn ein bißchen zerreißen und dann ins Wasser werfen. Wenn er an einem der Suchhaken hängen blieb, würde die Sache ein anderes Gesicht bekommen.

Wenn es mir gelang, den Reportern gegenüber den Fall herunterzuspielen, wenn ich ihnen keine Möglichkeit zum Einhaken gab, würde Steve Winsan in der Stadt als der helle Kopf gelten, dem es gelungen war, einen Skandal zu vermeiden, und das würde neue Klienten auf meiner Liste bedeuten.

Ich war ziemlich erledigt von dem vielen Tauchen. Paul ließ uns aufhören, als die Vertreter der amtlichen Stellen eintrafen. Ich blieb, um zu sehen, was geschehen würde. Trotz der nächtlichen Kühle. Dann nahm mir der Mann mit dem Namen Fish den Wind aus den Segeln, als er Wilmas Badeanzug in der Tasche ihres Bademantels entdeckte. Ich ging in mein Zimmer, frottierte mich, kleidete mich an und kehrte, mir ununterbrochen den Kopf zerbrechend, auf den Bootssteg zurück. Ich wollte die anderen Gäste beiseite nehmen, um ihnen zu sagen, welchen Dreh ich mir ausgedacht hatte. Aber Fish hielt mich an.

»Wie war Ihr Name noch?«

»Winsan. Steve Winsan.«

»Okay, Mr. Winsan. Steigen Sie in das Boot dort. Der Mann heißt Will Agar. Ich brauche zwei Mann für jedes Boot, einen zum Rudern, den andern zum Suchen.«

»Aber . . .«

»Ich hoffe, Sie sind bereit, mitzuarbeiten, Mr. Winsan.«

»Ich muß ein paar Telefongespräche führen.«

»Die Vermittlung ist schon angewiesen, Gespräche von hier nur mit meiner Genehmigung anzunehmen. Sie brauchen nur in das Boot dort zu steigen, Will wird Ihnen erklären, was Sie zu tun haben.«

Was konnte ich tun? Ich stieg in das Boot. Will bestand nur aus Zähnen, Adamsapfel und Drüsen. Jemand rief vom Steg zu uns herüber. »He, Will, Sie suchen nördlich von Bobby.«

Der Haken war ein primitives Instrument, ein mit Dornen versehenes Stück Rohr an einer festen Leine.

Will sagte: »Ziehen Sie langsam und vorsichtig, wenn er hängen bleibt. Wenn es die Leiche ist, kommt sie langsam hoch. Strafft sich die Leine, so haben wir den Grund erwischt und müssen sehen, den Haken wieder loszubekommen.«

Verzweifelt blickte ich zum Ufer hinüber. Sie hatten die Lampen, die uns blenden konnten, ausgeschaltet. Ich zählte fünfzehn Boote. Ich hielt die Leine und fühlte, wie der Haken auf dem Grund schleifte. Von Zeit zu Zeit blieb er hängen, was mir jedesmal einen Schock versetzte. Will kletterte zu mir herüber und prüfte die Spannung der Leine. »Wieder Grund«, sagte er. Dann trieb er das Boot zurück, bis die Leine wieder frei war. Da saß ich in voller Sicht des Hauses und hatte keine Möglichkeit zu erfahren, was die Dummköpfe den Beamten erzählten. Alle Lichter im Haus brannten. Von Zeit zu Zeit sah ich Gestalten, die sich hinter den Fenstern bewegten. Zuweilen kamen sie zum Bootssteg, allein oder in Paaren, und blickten zu uns hinaus. Will war nicht gerade ein vor Geist sprühender Gesellschafter. Langsam verging die Zeit. Meine Hände waren wund vom Lösen der Leine, die sich festgehakt hatte. Mein Zigarettenvorrat war zu Ende. Wir suchten einen Streifen ab, dann wurde uns ein neues Gebiet zugeteilt. Im Geist sah ich einen Nachtredakteur, der am Telefon hing. »Sie wissen doch, dieses Ferris-Mädchen. Lake Vale. Interessiert mich verdammt nicht, ob Sie wissen, wo das ist oder nicht. Irgend jemand wird es schon wissen. Schnappen Sie sich einen von den Burschen, die Angler mit Wasserflugzeugen zu ihren Jagdgründen fliegen. Ich organisiere jemanden für die Aufnahmen. Geben Sie Paul Ihren Bericht telefonisch durch. Er hat schon alles Brauchbare aus dem Archiv zusammengekratzt.« Durch mattes milchiges Grau hörte ich Will ruhig sagen: »Okay, ziehen Sie ein, Mr. Winsan.«

Ich fragte ihn warum. Er antwortete nicht. Ich drehte mich zu ihm um. Er blickte zu einem etwa zwölf Meter entfernten Boot hinüber. Dieses Boot hatte eine Benzinlampe, die auf einem der Sitze stand. Zwei ältere Knaben saßen darin. Eifrig zogen sie eine Leine über Hand ein und starrten auf die Wasseroberfläche. Ein paar Sekunden erinnerte mich die Szene an eines jener alten Gemälde. Zwei alte Fischer, deren Gesichter die Lampe orange färbte, mit dem tanzenden Lichtschimmer auf dem Wasser. Auch andere Boote lagen still. Es war, als hätte die Welt den Atem angehalten. Ich sah, wie etwas Weißes die Oberfläche durchbrach, der eine Mann schrie, und der andere machte einen Satz, der das Boot fast zum Kentern brachte. Die Lampe schaukelte gefährlich.

»Hier ist sie, Jungs«, hallte eine heisere alte Stimme über das Wasser.

Die beiden packten gemeinsam zu und rollten sie über die

Seite ins Boot. Die Lampe warf blitzende Reflexe auf den nassen Körper. Das dunkle Haar lag angeklatscht um den hängenden Kopf. Es polterte dumpf, als der Körper ins Boot fiel. Sie warfen ihr etwas über, und wir nahmen Kurs auf den Bootssteg. Die anderen Boote folgten.

Menschen strömten aus dem Haus. Ich zog mich auf den Bootssteg zurück. Ein großer Polizist und ich standen am nächsten, als die beiden anderen am Steg anlegten. Wir knieten uns hin und packten zu, als sie sich bemühten, die Ertrunkene auf den Steg zu heben. Wir ergriffen sie. Mein Gott, war sie schwer. Mit der lose um sie gelegten Leinwand hatte sie das Gewicht von zwei Männern. Der Polizist stolperte und setzte sich rücklings hin. Ich konnte sie nicht allein halten, so sehr ich mich auch anstrengte. Nur die Leinwand blieb in meiner Hand. Sie rollte auf den Zement. Im Lampenlicht hatte ihr Körper eine sonderbare Farbe. Ein Auge stand offen. Über dem anderen lag nasses schwarzes Haar, das eine Gesichtshälfte bedeckte. Wir bemühten uns, die Hülle wieder um sie zu ziehen, und hörten, wie Judy Jonah uns zurief, wir sollten uns beeilen.

Sie sagten, wir müßten den Bootssteg verlassen. Ich musterte eine schwarzhaarige schlanke Frau. Einen Augenblick lang erinnerte ich mich nicht, wer sie war. Noel. Als träfe man jemanden auf der Straße, den man lange nicht gesehen hat.

Ich ging in mein Zimmer, krempelte die Ärmel hoch, wusch mir die Hände. Ich benutzte die Bürste und hätte mir am liebsten die Haut von den Händen geholt. Ich wollte diese Haut loswerden, die ihren Körper auf dem Bootssteg berührt hatte. Ich ging langsam auf die Tür zum Gang zu. Jemand näherte sich. Eine Frau. Ich öffnete die Tür. Es war Noel. Ich sprang sie an, griff nach ihrer Hand, zog sie ins Zimmer und schloß die Tür. Sie würde wissen, wo Randy war. Mit ihm wollte ich zuerst sprechen. Wir konnten, was zu tun war, zwischen uns aufteilen. Vielleicht hatten wir Zeit genug.

Sie sagte, er schliefe noch. Ich sah sie an. Sie war eine Fremde. Aber es gibt Augenblicke, da man die Nähe eines Fremden braucht. Ich umfaßte mit beiden Händen ihre schlanken Hüften, zog sie an mich und küßte sie. Ich küßte sie heißhungrig in dem Verlangen, darüber die Suche auf dem Wasser und die reglose Gestalt unter der Leinwand zu vergessen. Selbst als ich sie küßte, erinnerte ich mich an den Nachmittag und wußte, daß er mir nichts eingebracht hatte. Ich mußte herausfinden, wo sie stand. Und je nach ihrer Antwort den besten Weg erkunden, mich aus der Affäre zu ziehen. Sie war alles andere als ein erfreulicher Anblick. Der glasige und trübe Ausdruck, mit dem sie mich ansah, war entmutigend. Ich fragte sie behutsam aus und erfuhr zu meiner Erleichterung, daß sie zur Abwechslung in die Rolle der treu zu ihrem Mann haltenden Frau geschlüpft war. Der Frau, die tapfer an der Seite ihres arbeitslos gewordenen Mannes ausharrte. Es fiel mir nicht schwer, auf das Spiel einzugehen. Ich übernahm die Rolle des enttäuschten Liebhabers. Mir lag nicht im geringsten daran, ihren Edelmut zu erschüttern.

»Dann ist dies also der Laufpaß«, sagte ich tapfer.

Ich bekam wieder einen Beweis, wie sehr man sich irren kann. Ich hatte mir eingebildet, das kleine Ding bestände aus Lauterkeit und Wahrhaftigkeit. Und was mußte ich hören? Eine meiner eigenen Redensarten, die ich in der Laufpaßszene anzubringen pflegte. »Wir sind doch erwachsene Menschen, nicht wahr?«

Sie bemerkte meine Überraschung. Und sagte mir, es hätte natürlich nicht soviel bedeutet, wie wir der Sache beigemessen hätten. Soll noch mal einer sagen, sie sei keine gute Schauspielerin. Sie hätte glatt eine Hauptrolle übernehmen können.

Ich zauste in ihrem Haar und spielte die Karte ›dankbar, jemanden wie dich kennengelernt zu haben‹ aus. Ich hatte ein schlechtes Gewissen, wenn ich an all die Zeit dachte, die ich verlor, aber plötzlich begehrte ich sie wieder. Vielleicht ist dieses Begehren eine Begleiterscheinung von Tod und Gewalttat. Vielleicht hat die Natur uns so geschaffen. Wir setzten uns auf das Bett. Aber bevor es interessant wurde, klopfte das Mädchen an die Tür und sagte, daß wir alle im Wohnraum erwartet würden.

Mir war es recht. Es bewahrte mich davor, noch mehr kostbare Zeit zu vergeuden. Ich spähte hinaus, und es war niemand zu sehen. Die Art, wie sie mich zum Narren gehalten hatte, amüsierte mich. Steve, den alten Experten, zum Narren gehalten. Trotzdem gehörte ihr meine Zuneigung. Als sie in der Tür an mir vorbeischlüpfte, gab ich ihr einen kleinen Klaps auf die Kehrseite.

Ich war einmal in einem Zoo. Warum, weiß ich nicht mehr. Aber ich erinnere mich an die große lohfarbene Raubkatze. Sie schlief. Eine dicke Tatze hing durch das Gitter. Einer der typischen Angebertouristen hatte ein kleines Stöckchen gefunden. Er lehnte sich über das Schutzgeländer und stocherte mit dem Stöckchen auf der Tatze herum, um seinen stumpfsinnigen Gören zu beweisen, was er für ein großer tapferer Bursche sei.

Eben schlief der Löwe noch. In der nächsten Sekunde zischte die Tatze so schnell am Gesicht des Burschen vorbei, daß er erst zurückzuckte, als die Gefahr längst vorüber war. Seine Kinder fingen an zu heulen. Sein Gesicht hatte die Farbe von verschimmeltem Käse angenommen.

Ich tätschelte Noel bloß, und sie fuhr herum und schlug mir die Krallen ins Gesicht. Dazu zischte sie wie eine Schlange. Dann war sie fort. Ich stand wie erstarrt und bedachte sie mit allen Schimpfnamen, die ich kannte, dann ging ich wieder ins Zimmer und besah mich im Spiegel. Zwei lange, tiefe und blutige Kratzer. Ich wusch mir das Gesicht. Im Wandschränkchen fand ich Jod und Leukoplast. Sie genügten als Erste Hilfe. Sie hatte verdammt keinen Grund, mir das anzutun. Ich beschloß, mich bei der ersten passenden Gelegenheit zu revanchieren. Hinter dem Haus würde ich sie an die Wand stellen, und dann würde ich es ihr besorgen, so, daß man ihr nichts ansah. Aber es würde eine Lektion werden, die sie so schnell nicht wieder vergaß. Ein paar saubere Magenhaken konnten sehr erzieherisch wirken.

Ich kam als letzter in den Wohnraum. Sie starrten mich an, und ich sah, wie sie mein bepflastertes Gesicht musterten und Kombinationen anstellten. Judy warf nur einen Blick auf mich, dann sah sie sofort zu Noel hinüber. Selbst das Personal war anwesend und der junge Arzt mit den Koteletten. Ich suchte mir so weit wie möglich von Noel einen Platz. Unsere Blicke begegneten sich, und ich legte die nötige Härte in den meinen.

Fish begann zu sprechen, und sobald ich begriff, was er sagte, vergaß ich Noel und meine Pläne und alles andere, ausgenommen die Tatsache, daß ein Mord geschehen war. Die Gedanken rotierten hinter meiner Stirn, auf der ein großes rotes M zu stehen schien. Dann wurde es mir klar. Wenn sie ertrunken wäre, wäre es ein Unfall gewesen, und so etwas konnte Wilma nicht passieren. Sie mußte ermordet werden. Sie war geboren, um ermordet zu werden. Immer mußte sie auf anderen herumtrampeln. Mußte andere Menschen quälen. Wahrheit und Aufrichtigkeit kannte sie nicht. Jedes Wort, jede Geste diente einem Zweck. Bei allem, was sie tat, mußte etwas für sie herausspringen. Nun hatte sich der getretene Wurm gekrümmt.

Der Gedanke an den Wurm ließ meinen Blick zu Randy Hess wandern.

Wir bekamen unsere Anweisungen und wurden unterrichtet, daß die maßgebenden Leute unterwegs seien. Ich benutzte die erste Pause, um mir die Erlaubnis einzuholen, mit den Männern von der Presse zu verhandeln. Fish war unsicher. Ich machte ihm ein paar Komplimente und sah, daß er nicht mehr so abgeneigt war. Noel ging hinaus. Die anderen sammelten sich in kleinen Gruppen. Fish und der Arzt nahmen mich beiseite. Ich erklärte ihnen, wie ich vorgehen wollte.

Ich blickte über die Schulter des Arztes.

Seit diesem Augenblick habe ich es mir immer wieder erklärt. Und das ist es, was ich zu mir selbst sagte: In jedem Menschen gibt es etwas, das verteufelt weit zurückreicht. Primitiv. Atavistisch. Ich sage mir immer wieder, daß es so automatisch war, wie man die Hand zurückzieht, die man auf die heiße Ofenplatte legt. Nichts, das man unter Kontrolle halten könnte. Nichts, das mit Mut oder Mangel an Mut zu tun hätte. Nichts als eine Reaktion. Einen Augenblick starrte ich und sah es, in der gleichen Sekunde lief ich wie die Hölle in die entgegengesetzte Richtung. Ich jagte so schnell durch die Tür, daß meine Hände hart die Wand des Ganges berührten, als ich einbog. Ich lief den ganzen Weg bis zu meinem Zimmer. Ich blieb stehen und lauschte.

Ich sage mir immer noch, daß es eine rein instinktive Reaktion war. Niemand hat mich deswegen beschimpft. Sie sahen mich komisch an, aber niemand machte mir Vorwürfe. Ich nehme an, sie haben darüber gesprochen. Sie wissen schon. Gute Story für den 5-Uhr-Drink. Zum Teufel damit.

Ich wünschte, ich könnte aufhören, daran zu denken. Es überfällt mich in den ungelegensten Augenblicken. Meist dann, wenn ich mich auf das, was ich gerade tue, konzentrieren sollte.

Dies ist kein schlechter Job, und ich möchte ihn nicht verlieren. Wenn ich aber weiterhin Unsinn mache und immer wieder daran denke, wie ich rannte, kann es geschehen, daß ich alles verderbe, so wie ich gestern den Zug verpaßte. Und dann verliere ich den Job.

Es ist kein schlechter Job. Die Kette umfaßt zwölf Theater. Aber jetzt hat Mr. Wash plötzlich den Einfall, daß ich mich wie ein verdammter Marsbewohner kostümieren und vor dem Times-Square-Kino auf und ab marschieren soll, um für den 3-D-Horrorstreifen Reklame zu machen. Ich erkläre ihm immer wieder, daß es ein Job für den Platzanweiser oder den Hilfsmanager ist, aber er sagt, ich bin für die Publizität verantwortlich, stimmt es etwa nicht?

Ich würde weiter streiten, aber ich denke immer wieder an diesen Sonntag.

13

WALLACE DORN – VORHER

Vor einigen Jahren machte ich Schluß. Ganz energisch. Nicht daß ich Florence nicht liebe. Sie ist meine Frau. Sie ist die Mutter meiner Kinder. Aber ich mußte sie von all diesen gesellschaftlichen Anlässen ausschließen, die sich aus meiner Stellung bei Fern & Howey ergeben.

Ich konnte unmöglich einen klaren Kopf behalten, wenn ich ängstlich darauf wartete, ob sie wieder eine Dummheit von sich geben würde. Und sie tat es immer wieder. Es ging einfach nicht anders.

Es ist nicht so, daß ich sie in ein Zimmer einschließen muß. Wir haben unsern eigenen Kreis von Freunden, von denen gottlob keiner etwas mit Werbung, Presse oder Kunst zu tun hat. Sie sind einfache Menschen, die kein übertriebenes Selbstbewußtsein an sich haben. Und ich bin froh, daß ich meistens den 5.22-Uhr-Zug von Grand Central Terminal schaffe.

Florence ist eine bequeme Frau. Natürlich gab es, ein Jahr vor unserer Heirat bis ungefähr ein Jahr danach, eine Zeit, als ich sie für eine schrecklich aufregende Frau hielt. Heute weiß ich, daß ihre große Vitalität mich zu dieser falschen Einschätzung verleitete. Sie hat rotes Haar und eine sehr weiße Haut, und ihr gutes Aussehen ließ schnell nach. In wenigen Monaten schien sie sich von einem jungen Mädchen in eine schwerfällige Hausfrau zu verwandeln. Obwohl ich damals enttäuscht war, möchte ich es nicht anders haben. Sie weiß, was ich brauche. Sie hält das Haus sauber, kocht gut, ist nie schlecht gelaunt und versteht sich gut mit den Kindern. Es sind gesunde Kinder.

Florence ist keine intelligente Frau. Sie verfügt über eine gewisse angeborene Schläue, hat aber nicht den geistigen Horizont, um mit den Menschen mithalten zu können, mit denen ich jeden Tag zu tun habe. Der Herr im Hause bin *ich*. Ich habe dafür gesorgt, daß es darüber keinen Zweifel gibt. Jemand muß das Kommando führen. Sonst gibt es keine Ordnung und keine Disziplin.

Ich habe es mir zur Gewohnheit gemacht, weder sie noch unsere Ehe oder unsere Kinder meinen Mitarbeitern gegenüber zu erwähnen. Darum sind viele erstaunt, wenn sie erfahren, daß ich verheiratet bin. Sie bemühen sich, ihre Einladungen auf sie auszudehnen. Ich sage dann, daß sie krank ist. Das ist natürlich eine Lüge. Sie ist so kräftig wie ein gutes Pferd.

Ich glaube, ihr ein guter Mann gewesen zu sein. Mein Einkommen ist ständig gestiegen, wenn es auch nie außergewöhnlich hoch war oder je werden wird. Mit Ausnahme des Ferris-Etats sind die Konten, die ich für Fern & Howey betreue, klein. Ich bemühe mich, zu Hause immer gleichbleibender Stimmung zu sein. Ich gebe Florence auch ein großzügig bemessenes Taschengeld. Obwohl ich untreu gewesen bin, betrachte ich diese Seitensprünge lediglich als eine unvermeidliche Begleiterscheinung meiner Tätigkeit, zumal es nur wenige solcher Episoden gab. Nicht mehr als neun, glaube ich, in sechzehn Ehejahren.

Jeden Morgen fährt sie mich zu unserm kleinen ländlichen Bahnhof, wo ich den Zug besteige. In den 45 Minuten Fahrt bereite ich mich auf die tägliche Arbeit vor und nehme das Gesicht an, das ich der Welt zeigen will. Ich kann sagen, daß ich jeden Tag mit ruhiger Würde und so ehrenhaft wie möglich hinter mich bringe und mich für die Probleme der andern aufgeschlossen zeige.

In der gleichen Haltung kam ich auf Wilma Ferris' Besitz am Lake Vale an. Aber trotz aller guten Vorsätze gerät man zuweilen in Situationen, die Würde und Ehrbarkeit vermissen lassen.

Ich verabscheue solche Menschen, Paul Dockerty vielleicht ausgenommen. In ihm sind noch einige Ansätze eines Gentleman erhalten geblieben, aber in einigen Jahren wird er auch verloren sein. Ich kann mich davor bewahren, weil ich eine Zufluchtsstätte habe. Jeden Abend kann ich in mein Haus, zu meinem Sessel, zu Pfeife und Hausmantel, einem ausgezeichneten Scotch, zu ruhiger Unterhaltung oder einem Schachspiel mit dem Nachbarn zurückkehren.

Ich weiß natürlich, daß Wilma Mr. Howey gegen mich aufgehetzt hat. Und ich wußte, daß sie mit ihrer Einladung zweifellos weitere Unannehmlichkeiten für mich bezweckte. Ich rechnete sogar damit, daß sie mir erklären würde, sie wolle eine andere Firma mit der Verwaltung ihres Werbeetats betrauen, vielleicht eine jener nach außen glänzenden Firmen, denen jene Würde fehlt, die Fern & Howey seit ihrer Gründung im Jahre 1893 auszeichnet. Aber ich wage nicht ernsthaft mit dieser Möglichkeit zu spielen. Die Folgen wären unausdenkbar. Obwohl ich Mr. Howey für einen Ehrenmann halte, würde er mir doch schwere Vorwürfe wegen des Verlustes eines so einträglichen Etats machen.

Wenn ich für die anderen Gäste auch keine Sympathie empfand, so nahm ich doch gern an ihren Spielen teil, weil es mich von dem Problem ablenkte, wie ich mich verhalten sollte, wenn Wilma wahrmachte, was ich befürchtete. Scrabble ist kein Spiel, das große Intelligenz verlangt. Es fehlt ihm der klare Aufbau und die Folgerichtigkeit wie beim Schach. Dockerty und das Jonahmädchen stellten sich recht unbegabt an, und ich konnte einen erfreulichen Gewinn einstreichen.

Als ich Wilma gute Nacht wünschte — ihr Gin Rummy, eine infantile Beschäftigung, war gerade beendet —, warf sie mir einen so verschlagenen und durchdringenden Blick wie eine Schlange zu. Ich begann zu frösteln. Noch als ich im Bett lag, war mir kalt. Wodurch habe ich sie beleidigt? Arbeite ich nicht zu ihrer Zufriedenheit? Die Durbin-Brüder, Massey, Grunewald & Star, Bi-Sodium und Tichmor Instrument, keiner von ihnen hatte je Anlaß, sich über mich zu beklagen.

Das Krocketspiel am nächsten Tag war recht vergnüglich. Es hätte noch erfreulicher verlaufen können, hätten die Spieler ihre Gedanken auf den Wettbewerb konzentriert. Es schien sie nicht zu interessieren, wer Sieger wurde. Sie alberten herum, und am meisten enttäuschte mich Paul Dockerty durch den Grad seiner Trunkenheit. Ich spielte überlegt und sicher und beendete meinen Kurs als erster, danach half ich den Mitgliedern meiner Mannschaft, so gut ich konnte. Einmal brachte Wilma mich aus der Ruhe, als sie mir zuflüsterte: »Wir sprechen uns später, Alter.«

Von allen Namen, die sie mir hätte geben können, war dies der Schlimmste. Er ist eine Anrede, die ohne jede Würde ist. Ich spielte danach schlecht, mein Ball wurde abgefangen und ins Wasser geschlagen. Ich holte ihn heraus und brachte ihn mit einem einzigen Schlag wieder aufs Spielfeld. Ich freute mich, daß wir gewannen.

Ich sprach Wilma vor dem Essen in ihrem Zimmer. Ich mußte mich setzen. Sie rauchte und wanderte zwischen der Tür und ihrem Frisiertisch auf und ab, ohne ein Wort zu sagen. Meine Spannung wuchs.

»Miß Ferris, ich ...«

»Bitte seien Sie still, Alter. Ich denke nach.« Das ist typisch für sie. Keine Manieren, kein bißchen Höflichkeit. Sie trug diesen Bikini, in dem sie fast nackt ist, und die Muskeln in ihren langen Beinen spannten sich, als sie wie eine große Katze im Käfig auf und ab ging.

Schließlich blieb sie stehen und sah auf mich herab. »Ich sehe ein, daß es keine schonende Art gibt, es Ihnen beizubringen. Dockerty macht seine Arbeit, soweit er dazu in der Lage ist. Aber diese lächerliche Agentur, für die Sie arbeiten, ist ein Klotz am Bein.«

»Fern & Howey gehören zu den ...«

»Still! Sie überraschen mich nie mit einem guten oder originellen Einfall. Was Sie bringen, sind Ideen, die ich selbst hatte und die Sie nur auszuschmücken brauchten. Womit Sie sie gewöhnlich verwässerten. Ich habe Ihnen jede Chance geboten, in der Annahme, daß Sie mir trotz der Leute, für die Sie arbeiten, nützlich sein könnten. Dorn, Sie haben in fünfzehn Jahren nicht einen einzigen eigenen Gedanken gehabt. Sie sind also nichts als ein kostspieliger Luxus für mich. Ich brauche eine jüngere, hungrige Agentur. Jemanden mit Vitalität und Einfällen, die sich überschlagen. *Sie* bilden sich ein, so etwas wie eine Bank zu sein. Anzüge von Brooks Brothers. Dunkel getäfelte Räume. Gedämpfte Stimmen. Sie öden mich an.«

»Miß Ferris, ich...«

»Und Sie sind der langweiligste Mann, der mir je vor Augen kam. Ein nachgemachter Brite aus Indiana. Worin sehen Sie Ihre Aufgabe? Vertrauen einzuflößen? Ich bin unbeeinflußt, Dorn. Wenn ich Montag in der Stadt bin, werde ich diesem salbungsvollen Howey den Abschiedskuß geben und mir einen neuen Mann suchen. Sie können Schluß machen mit dem ganzen Zeug, an dem Sie arbeiten und das Sie eine Werbekampagne nennen. Worüber ich nur lachen kann. Mein Gott, hören Sie auf, mich anzustarren. Sie wissen, daß ich das tun kann.«

»Ich wünschte, Sie würden es sich noch einmal überlegen«, sagte ich lahm.

»Ich habe es mir überlegt. Viel zu oft«, sagte sie. Ich sah sie an. Außer ihr und mir wußte es bis jetzt niemand. Ich sah mich Mr. Howey am Schreibtisch gegenübersitzen, und seine Augen funkelten wie Schwerter.

Ich wünschte, sie würde tot umfallen. Dann könnte ich ins Büro kommen und Mr. Howey berichten, sie habe beschlossen, noch mehr in den Werbefeldzug zu stecken, sei aber gestorben, bevor sie die entsprechenden Schritte unternehmen konnte.

Ich musterte ihren Hals und sah eine Ader pulsen. Langsam stand ich auf. Ich konnte nicht dulden, daß diese haltlose und lächerliche Frau einer bisher glatten, befriedigenden und ehrenhaften Laufbahn ein Ende bereitete. Die Werbung ist zu einer geachteten Tätigkeit geworden. Ich bin ein geachteter Mann. Was sie mir antat, tat sie aus Bösartigkeit, oder was immer sie dazu treiben mochte. Ich stand auf, und meine Hände und Arme fühlten sich schwer und kräftig an. Sie wandte mir den Rücken und ging an den Frisiertisch. Mit halberhobenen Armen machte ich einen leisen Schritt. Sie führte ihre Hände in dieser typisch weiblichen Pose an den Verschluß des Bikinioberteils. Mit gelangweilter Stimme, die jeden Gefühls entbehrte, sagte sie: »Und nun trollen Sie sich und spielen Sie weiter, oder tun Sie sonst etwas. Dorn.«

Sie löste den Verschluß, nahm das büstenhalterähnliche Ding ab und setzte sich. Meine Arme fielen herab. Sie fühlten sich noch immer schwer, aber nicht mehr kräftig an. Ich selbst fühlte mich alt. Mir war, als sei mein Gang wankend, als würde ich zu stammeln beginnen, wenn ich spräche.

Ich schloß die Tür leise hinter mir. Essensgeruch erfüllte den Gang. Mir wurde übel, Speichel sammelte sich in meinem Mund. Als ich das Bad erreichte, war die Übelkeit vorüber. Aber auf meinem Gesicht stand Schweiß. Ich benutzte ein Handtuch, um ihn wegzutupfen. Ich musterte mein Gesicht im Spiegel. Es ist ein verläßliches Gesicht. Florence sagt immer, es sei nicht schwer, meinen Charakter danach zu bestimmen. Die eine Seite meines Schnurrbartes war länger als die andere. Ich griff nach Kamm und Schere und stutzte sie. Langsam kehrte die Farbe in meine Wangen zurück. Ich trat zurück und lächelte mir zu. Im allgemeinen gibt mir das meine Ausgewogenheit wieder. Heute nicht. Weil ich nicht wußte, was ich tun sollte. Ich wußte nicht, an wen ich mich mit meinen Sorgen wenden konnte. Im nächsten Jahr werde ich Fünfzig. Mit der üblichen Gratifikation verdiene ich an die 18 000 Dollar im Jahr.

Und ich dachte wieder an das, was ich ihr antun könnte. Es mußte ein erlesenes Vergnügen sein, ihr die Finger in den Hals zu graben, bis ihr Gesicht sich dunkel färbte und sie vor Entsetzen aufschrie.

Der Gedanke verursachte mir erneut Übelkeit. Vielleicht weil ich so penibel bin. Die Übelkeit, der Schweiß und die Blässe. Was tust du, wenn SIE dir alles fortnehmen wollen? Wenn SIE dich zerschmettern und vernichten wollen? Aber warum SIE? Es war Wilma. Warum bin ich in ihren Augen eine lächerliche Gestalt? Was ist so lächerlich an mir? Hayes und Hess sind lächerliche Gestalten. Ich habe mich nicht nach ihrem Werbeetat gedrängt. Sie gaben ihn mir, weil sie wußten, daß sie nicht leicht zu nehmen war. Mr. Howey betraute mich damit, weil er sich fürchtete, ihn selbst zu verwalten. Sie hat ihn darauf vorbereitet, indem sie abfällig über mich sprach, so daß ich mich in der letzten Zeit unsicher fühlte, wenn ich mich mit ihm unterhielt. Es ist nicht anständig von ihr.

Plötzlich, fast ohne Warnung, mußte ich mich übergeben. Danach fühlte ich mich elend. Ich wusch mir das Gesicht, spülte den Mund und legte mich aufs Bett.

»... George, du mußt etwas gegen diese schrecklichen Jungen unternehmen. Sie haben nach Schulschluß wieder Jagd auf Wallace gemacht. Er schrie vor Angst, als er auf die Tür zulief. Sie haben ihm ihre Bücher auf den Kopf geschlagen. Sie könnten ihm ernstlich wehtun. Er könnte taub werden, George. George! Leg die Zeitung beiseite und hör mir zu.

...Nein, George, das stimmt nicht. Du siehst die Dinge falsch. Wallace ist körperlich nie sehr kräftig gewesen. Er ist nicht wie diese andern Jungen. Er ist zart und empfindlich. George Dorn, hör mir zu! Ich sehe es mir nicht länger mit an. Wallace hat mir gesagt, wer es war. Ich habe hier eine Liste mit den Namen und Adressen ihrer Eltern, und du wirst dich sofort aus deinem Sessel erheben und deinen Rock anziehen, und wir werden beide zu diesen Leuten gehen.

...Nein, das macht es nicht schlimmer für Wallace. Du mußt ihnen klipp und klar sagen, daß die Polizei sich einschalten wird, wenn es noch einmal geschieht. Und wenn du ihn weiterhin als Muttersöhnchen bezeichnest, werde ich endgültig böse mit dir sein, George.«

Während ich dalag und noch die Säure in meiner Kehle fühlte, erinnerte ich mich an den kleinen Jungen, der auf der obersten Stufe saß und alles mitanhörte. Und wie ich mich auf mein Zimmer schlich. Mutter würde die Sache schon in Ordnung bringen. Sie würde dafür sorgen, daß mein verdammter Vater etwas unternahm. Aber er kümmerte sich nicht um das, was sie mir antaten. Ich hoffte, daß die Polizei die Jungen einsperren würde.

Ich brauche sie jetzt. Aber sie hat mich schon vor langer Zeit verlassen, und ich blieb allein in einer Welt, gegen die ich mich nicht zu verteidigen wußte. Sie nehmen dir Würde und Ehre. Sie laufen dir nach, schlagen dir ihre Bücher auf den Kopf und johlen, als wärst du ein Nichts.

Der halbe Nachmittag war vergangen, als ich mein Zimmer verließ. Es war sehr ruhig. Einige schliefen. Andere lagen still in der Sonne auf dem Bootssteg, unter dem das Wasser flimmerte. Ich hatte das Gefühl, daß meine Augen Röhren waren, durch die ich blicken mußte, ohne seitwärts sehen zu können. Ich mußte langsam den Kopf wenden, wenn ich in eine andere Richtung blicken wollte. Ich kehrte in mein Zimmer zurück. Meine Knie kamen mir wie verrostete Scharniere vor.

Ich hatte das Gefühl, auf die Dunkelheit zu warten. Als würde mir die Dunkelheit die Antworten auf alle Fragen bescheren. Ich lag wieder auf dem Bett und spielte, wie so oft vor dem Einschlafen, im Geist eine Partie Schach. Nach wenigen Zügen gab ich es auf. Meine Vorstellungskraft machte nicht mit. Ich erkannte das Brett nicht mehr. Worte waren nur noch Laute. Halb erinnert. Es gab kein Brett. Keine elfenbeingeschnitzten Figuren auf den Feldern. Keinen Rhythmus, keine Präzision. Mein Verstand war zähflüssiger Sumpf, der auf die Dunkelheit wartete.

Ich wußte, daß die Dunkelheit kommen würde. Sie lauerte dort hinten, und sie war voll von obszönen Bildern.

14

RANDY HESS – DANACH

Sie war tot.

Ich werde versuchen zu beschreiben, was ich empfand. Wie es war. Als ich klein war, sah ich einmal einen Hypnotiseur auf der Bühne. Jemand nahm mich mit. Ich erinnere mich an den Jungen, der auf die Bühne ging. Seine Füße schlurften, aber er versuchte, großartig auszusehen und warf selbstsichere Blicke ins Publikum. Das Ganze dauerte nicht lange.

Du bist ein Huhn. Und der Junge hüpfte und gackerte und schlug mit den Flügeln. Du bist ein Hund. Und er sprang und bellte. Oh, es machte viel Spaß! Oh, wie sie lachten! Wach auf! Wach auf!

Der Junge wachte auf. Sein Blick ging töricht in die Runde. Sie lachten immer noch. Ich lachte auch. Verwirrt floh er von der Bühne.

Sie war tot.

Ich wachte auf. Ich musterte die Welt mit törichtem Blick. Wer bin ich? Wie kam ich hierher? Warum lachen sie? Auf welchem seltsamen Weg bin ich hierhergekommen?

Ich erinnere mich an eine andere Zeit. Ein Sommerlager, in dem ich mich verlassen und unglücklich fühlte. Sie unterrichteten uns in Erster Hilfe. Ein Mann, der wie ein Affe aussah, demonstrierte, wie man ein verletztes Glied abschnürt. Er nannte es eine Aderpresse anlegen. Roger und ich waren während einer Ruhepause allein in dem kleinen Haus. Es war ein Wettstreit zwischen uns. Wir knoteten Handtücher zusammen und benutzten Trommelstöcke, um die Presse an unsern Beinen, in der Mitte zwischen Knie und Schenkel, anzulegen. Wir zogen sie fest an und wetteten um ein Zehncentstück, wer die Presse zuerst lösen würde. Zuerst pochte es in meinem Bein und schmerzte. Es schwoll an und färbte sich dunkel. Dann wurde es taub. Der Wettstreit zog sich lange hin, und dann jagten mir das geschwollene Bein und der Fuß und die Taubheit Angst ein. Ich schlug vor, die Pressen zugleich zu lösen. Er wollte nichts davon wissen. Wieder verging eine lange Zeit. Ich löste meine Presse. Er schrie, daß ich ihm zehn Cent schuldig sei. Das Handtuch hatte tief in meinen Schenkel geschnitten. Einen Augenblick lang geschah nichts. Dann schrie ich vor Schmerz, als das Blut wieder zu zirkulieren begann. Ich dachte, mein Bein würde platzen, aber nichts dergleichen geschah. Noch lange danach fühlte ich mich schwach und matt. Ich zahlte die zehn Cent, die ich verloren hatte.

Sie war tot, und es war, als hätte ich eine Aderpresse gelöst, die sich tief in mein Fleisch gegraben und mich gefühllos gemacht hatte. Der Kreislauf arbeitete wieder. Meine Seele hätte zerspringen können wie eine Violinsaite.

Aber es war mehr. Ein Freund erzählte mir eine Begebenheit, die ihm vor langer Zeit widerfahren war. In den Tagen, als auf den Rummelplätzen Fallschirmsprünge vorgeführt wurden und Menschen sich auf den Tragflächen der Flugzeuge als Akrobaten betätigten. Er war damals sehr jung gewesen. Und bis über die Ohren in die Frau des Fallschirmspringers verschossen. Ein reizendes Mädchen, wie er sagte. Eines Tages stand er mit ihr unter dem hohen Kansashimmel, und der Doppeldecker schraubte sich höher und höher. Während sie sich unterhielten, wandte sie den Blick nicht von dem Flugzeug, aber sie war nicht im geringsten nervös. Ihr Mann sollte den berühmten Absprung mit verzögerter Fallschirmöffnung ausführen. Hoch über der Erde wackelte das winzige Flugzeug mit den Flächen, und die Kapelle setzte mit einem Trommelwirbel ein. Dann, sagte er, hörte das Mädchen auf zu plaudern und begann zu schlucken.

Die Gestalt löste sich aus dem Flugzeug und sank immer schneller der Erde entgegen. Das Mädchen griff nach der Hand meines Freundes und sagte leise: »Jetzt.« Die Gestalt fiel weiter. Sie sagte noch einmal: »Jetzt.« Die Gestalt fiel immer noch, der Trommelwirbel verstummte, und das Atmen der Menge schien auf einmal dröhnend laut. Dann schlug die Gestalt auf, und die Härte des herbstlichen Bodens warf sie noch einmal empor. Die Spannung der Menge löste sich in einem Laut, halb Schrei, halb Gebrüll. Und mein Freund erzählte, wie bei diesem Laut die Hand des Mädchens noch immer eiskalt um sein Gelenk lag, und sie immer wieder flüsterte: »Jetzt — jetzt — jetzt.« Dann wandte sie sich ihm zu, und ihre Augen waren klar, und mit einem halb verwirrten, halb verständnislosen Lächeln sagte sie leise: »Aber er...«

Und dann, sagte er, veränderte sich ihr Gesicht und wurde zu der schrecklichsten Maske, die er je gesehen hatte.

Er verlor sie aus den Augen und hörte etwa ein Jahr später von einem Freund, daß sie für eine andere Show arbeitete und sich wieder als Akrobatin auf den Flächen eines Flugzeuges produzierte. Eine Woche später erfuhr er, daß ihre Show auf dem Herkimer County Fair im oberen New York gastierte, und er entdeckte, daß das Mädchen zur Schlampe geworden war, in deren Wagen die Männer aus und ein gingen. Ihm wurde übel, als er sah, was aus ihr geworden war.

In mir verkörperte sich beides. Nicht nur der fallende Körper, sondern auch derjenige, der zusah, ohne völlig zu begreifen. Noch immer war mir nicht klar, was mir geschehen war. Angst und Schrecken erfüllten mich. Ich war froh, als Paul mich mit der starken Taschenlampe in das Boot schickte. Es war eine von den Lampen mit großer viereckiger Batterie. Das Wasser sah aus wie schwarzes Öl. Wenn ich den Lichtstrahl auf die Oberfläche richtete, wurde er zurückgeworfen. Ich mußte ihn dicht an das Wasser halten, um einen matten Schein hinabzuschicken, es sah aus wie Staub, der in einem Sonnenstrahl wirbelt. Ich wußte nicht, ob es den Tauchern die Sache erleichterte.

Zuweilen sah ich einen Arm oder ein Bein, wenn sie auf den Grund hinabtauchten. Ich hörte Stimmen vom Bootssteg. Sie hatten jenen besonderen Klang, den die Gegenwart des Todes mit sich bringt. Der Bootsrand schnitt in meine Oberarme, aber ich ertrug die Unbequemlichkeit und hielt den Lichtstrahl nach unten gerichtet. Ich war mir der zeitlosen Sterne, der alten Hügel um mich, meiner eigenen Bedeutungslosigkeit bewußt, weil ich nur eine Lampe hielt, während andere tauchten und nach dem Körper einer Frau suchten, die sie nie gekannt hatten.

Dann hörte ich die auf- und abschwellenden Sirenen in der Nacht, und Paul hing mit angespannten Schultermuskeln an der Bootswand und meinte, wir könnten mit der Suche aufhören, weil zuviel Zeit vergangen wäre.

Das Boot begann zu schaukeln, als sie sich hereinschoben. Hayes ergriff eines der Paddel und trieb das Boot dem Anlegesteg zu. Ich hielt die Lampe und keuchte vor Erschöpfung, als hätte ich ebenfalls erfolglos nach ihr getaucht und meine Lungen und Muskeln überfordert. Ich betrat den Steg, als Steve das Motorboot festzurrte, und meine Knie gaben nach, und ich wäre fast zu Boden gestürzt. Im letzten Augenblick fing ich mich.

Sie kamen heraus zu uns, mit schweren Schritten, stellten mit kurzen, tonlosen Stimmen Fragen, ließen sich unsere Namen sagen.

Ich entdeckte Noel und trat dicht neben sie, angezogen von ihrer Stärke und ihrer Verachtung. Ich fühlte die hilflose Scham eines Kindes, das auf einer Dummheit ertappt worden ist. Einer Dummheit, für die es weder Entschuldigung noch Erklärung gab. Ein Kind, dem plötzlich das Böse begegnet ist und das sich zum erstenmal der Seltsamkeit und der Unvermeidbarkeit des Alleinseins bewußt wurde.

»Noel, ich...« Ich konnte nicht fortfahren, weil ein Schluchzen aufsteigen wollte, das mir die Kehle zuschnürte. Sie wandte sich um und sah zu mir auf. Ihr Gesicht war ruhig und weiß. In dem Licht erinnerte sie an eine ägyptische Statue. Ein stilles Gesicht in einem Tempelfries, klassisch und kalt.

Ich entfernte mich von den anderen, und sie folgte mir. Ich hatte nicht damit gerechnet, daß sie es tun würde. »Ja?« fragte sie mit leiser Stimme.

»Alles ist...« Es gab kein Wort dafür. Verloren? Zerbrochen? Entschwunden? In den alten Zeiten hatten die Menschen vielleicht Worte und schämten sich nicht, von ihnen Gebrauch zu machen.

Mir fehlten die Worte.

Aber sie wußte, wie nahe ich dem Zusammenbruch war. Sie berührte meinen Arm, und wir stiegen die gewundene Treppe zur großen Terrasse empor, durch die weit geöffneten Türen, wandten uns auf dem Gang nach links, dem Zimmer zu, das Wilma uns gegeben hatte.

Sobald die Tür geschlossen war, streckte ich mich auf dem Bett aus. Mit Augen, die nichts sahen, blickte ich zur Decke hinauf. Für kurze Zeit widerstand ich dem Verlangen, mich selbst zu bemitleiden. Dann überschwemmte mich die bittere Flut, aus der ich bitteren Trost zu schöpfen versuchte. Keine Ersparnisse, keinen Job, keinen Stolz, die Gesundheit zerrüttet und eine Frau, die ich gedemütigt hatte. Das alles hatte nicht gezählt, solange es etwas gab, das für alles entschädigte. Ich hatte mich damit abgefunden, konnte es fast nicht erwarten, immer tiefer abzugleiten. Nun kam das Selbstmitleid mit seiner quälenden Häßlichkeit. Sie saß neben mir auf dem Bett und legte mir die Hand auf die Stirn. Eine Geste ohne Bedeutung, während die Krankenschwester die Nachtstunden zählt und an den braungebrannten Internisten denkt. Und das Wissen, daß ich nicht einmal diese Geste sachlichen Trostes verdiente, verstärkte den Abscheu vor mir selbst.

Ich verkörperte zwei Personen. Die eine wälzte sich und rang nach Luft und schluchzte erbärmlich in einem Gästezimmer, Gott und die Welt verfluchend. Die andere stand hinter Noel und blickte auf die Gestalt auf dem Bett herab, grinste hämisch und dachte: Nicht genug, längst nicht genug, du exkommunizierter Priester, du schmutziger Chorknabe, du dramatisierender Narr. Du bist geflohen, aber du wußtest, daß es zu spät war. Baby will Schokolade. Buddy will ein Fahrrad. Wälz dich und keuch nur, du hoffnungsloser Hundesohn.

»Hier!« sagte sie. »Hier!«

Und ich stützte mich auf einen Ellenbogen und nahm die drei gelben runden Pillen aus ihrer Hand und schwemmte sie mit einem Schluck Wasser hinab.

»Trink das ganze Wasser.«

Ich gehorchte, gab ihr das leere Glas und ließ mich zurücksinken. Ich hörte, wie sie im Bad Wasser laufen ließ. Sie kam zurück und blieb am Bett stehen.

»Du solltest schlafen. Geht es dir jetzt besser?«

»Noel, wir ... wir müssen miteinander sprechen.«

Zum erstenmal regte sich etwas in ihrer Miene, etwas, das wie Schmerz aussah. Ich bemerkte, daß sie sich umgezogen hatte. Sie trug jetzt Rock, Sweater und Jackett.

»Vielleicht müssen wir nicht miteinander sprechen, Randy. Wir haben es nie getan.«

»Aber ich ...«

»Versuche zu schlafen. Das ist alles. Ich bin hier. Ich bleibe, bis du eingeschlafen bist, wenn du es möchtest.«

Ich nickte. Ich atmete auf, als das Licht erlosch. Als mein Gesicht ein Teil der Dunkelheit war und niemand es sehen konnte. Sie hatte einen Stuhl ans Bett gezogen. Ich hielt den Atem an und spürte, wie die Pillen zu wirken begannen. Mein Atem begann ruhiger zu gehen.

Im Alter von elf Jahren war ich sehr krank gewesen. Große Gesichter beugten sich über mich und wurden von den Schatten wieder verschlungen. Tage und Nächte gingen wirr ineinander über. Wenn ich in der Nacht erwachte und den Atem anhielt, hörte ich, wie Mutter in dem großen Sessel an meinem Bett leise atmete.

Ich wußte, was ich Noel fragen wollte. Ich errötete in der Dunkelheit und gab mir Mühe, meine Stimme gleichgültig klingen zu lassen. »Würde es dir etwas ausmachen, meine Hand zu halten, Noel?«

»Natürlich nicht.«

Sie fand meine Hand im Dunkeln. Sie umschloß sie mit ihren beiden Händen. Sie waren warm und trocken. Und sehr ruhig. Machte das etwas aus? Es waren Hände. Werkzeuge, um etwas zu halten, zu heben, zu packen. Warum sollte ihre Berührung beruhigen?

Der Schlaf aus der Pille kam. Ich fühlte es. Es ist, als versuchte man, in einer Kurve, die immer steiler wird, das Gleichgewicht zu halten. Man fällt herunter und versucht es wieder, fällt erneut herunter, um es noch einmal zu versuchen, und mit jedem Mal wird es schwieriger, bis man endgültig in die Tiefe fällt.

Als das Mädchen mich durch sein Klopfen an der Tür weckte, hatte ich keine Ahnung, wo ich mich befand. Die Pillen wirkten noch und machten es mir schwer, mich zu erinnern. Ich glaubte auf einer Geschäftsreise zu sein und mich in einem Hotelzimmer zu befinden. Ich setzte mich auf die Bettkante. Es war frühes Tageslicht. Taumelnd ging ich ins Bad, ließ das kalte Wasser in meine hohlen Hände laufen und rieb mir fest das Gesicht. Langsam kam ich zu mir, langsam fügten sich die Bilder der Erinnerung aneinander.

Im Erwachen liegt immer Hoffnung. Jedes Erwachen ähnelt ein wenig einer Geburt. Ein neuer Tag des Lebens liegt vor einem. Aber je lebhafter sich die Erinnerung einstellte, um so gründlicher verlöschte der winzige Hoffnungsfunke. Das Mädchen hatte gerufen, daß wir uns alle im großen Wohnraum einfinden sollten. Vielleicht hatten sie die Tote gefunden. Diesen reifen, vollen, kräftigen, gierigen Körper. Er konnte nicht Fleisch sein, wie es andere Körper waren. Er konnte nicht sterben, wie andere starben.

Ich ging langsam über den langen Korridor. Er kam mir sonderbar vor, als träfen seine Wände nicht mehr im rechten Winkel auf Decke und Boden. Und als ich den großen Raum betrat und sie dort sah, wirkten ihre Gesichter so verzerrt, wie man sie im Kino von einem zu weit an der Seite gelegenen Platz sieht.

Ich setzte mich in den leeren Sessel neben Judy Jonah und fragte mit zu lauter Stimme: »Was gibt es eigentlich?« Meine Stimme klang mir in den Ohren wie die Stimmen von Ärzten und Schwestern, wenn die Narkose zu wirken beginnt. Niemand beantwortete meine Frage.

Ich beugte mich zu Judy. »Haben sie die Tote gefunden?« fragte ich.

Sie sah mich überrascht an. »O ja. Vor fast einer Stunde.«

Ich blickte zu Noel hinüber. Ihr Blick wanderte über mich, schweifte dann unbehaglich zur Seite. Etwas an ihr gab mir ein Rätsel auf. Als wäre sie plötzlich verwundbar. Nicht mehr kalt und fern. Als brauchte sie etwas, Gewißheit oder Bestätigung. Sie wirkte erschöpft. Und sie saß sonderbar, ließ ihre gewohnte Grazie vermissen. Irgendwie kam sie mir jünger vor.

Steve war der letzte. Er hatte sich im Gesicht verletzt. Er schien verärgert zu sein. Hilfssheriff Fish baute sich auf und begann zu reden. Ich versuchte, seinen Worten zu folgen, aber es gelang mir nicht. Es war wie in einem ausländischen Film ohne Untertitel, dessen Handlung man aus den Gesten und Gesichtsausdrücken der Schauspieler erraten muß. Im Morgenlicht sahen sie alle unwirklich aus. Wie verzerrt. Ich spürte das Entsetzen, das in dem Raum hing, beugte mich vor und glaubte, daß ich die Stirn runzelte in dem Bemühen, den Sinn der Worte zu erfassen. Es schien mit Wilma zusammenzuhängen. Ich sah, wie Noel den Raum verließ, und wollte ihr folgen, um sie zu bitten, mir alles zu erklären. Mir war, als wäre ich auf einer Party mitten in die Unterhaltung einer Gruppe geraten, lächelte, nickte und lachte, wenn die anderen lachten, ohne den Faden zu finden, der mir die Unterhaltung verständlich gemacht hätte. Eine Gruppe, die ich nicht kannte, die ihren Jargon benutzte, eine gesellschaftliche Mauer um sich errichtete und darauf wartete, daß ich mich entfernte. Wie Stimmen, die man unter Wasser hört. Die Stimmen Fremder in einem Zug, wenn man im Begriff ist einzuschlafen.

Etwas Ähnliches passierte mir einmal auf dem College. Ich war in die falsche Vorlesung geraten. Eine Vorlesung über symbolische Logik. Jedes einzelne Wort war ein völlig normales Wort, aber zusammengenommen ergaben sie für mich keinen Sinn. Ich fragte mich, ob ich im Begriff sei, verrückt zu werden. Als gäbe es für mich keine Verständigungsmöglichkeit mehr.

Ich wollte zu Noel gehen. Nur bei ihr war Sicherheit. Es war der einzige Platz, den ich auf der Welt kannte.

Zuvor aber . . .

15

MAVIS DOCKERTY – VORHER

Auf dem Weg zum Lake Vale mußte er einen seiner üblichen gemeinen Scherze über Wilma machen, indem er behauptete, schrecklich eifersüchtig zu sein. Was er braucht, ist eine erstklassig funktionierende mechanische Frau, die er nach Bedarf aus dem Schrank nehmen und an das Stromnetz anschließen kann. Er will einfach nicht, daß ich mich zu einer Persönlichkeit entwickle.

Nachdem ich ihn zurechtgewiesen hatte, fuhren wir schweigend weiter, und ich weinte ein bißchen. Er fuhr viel zu schnell, aber ich sagte kein Wort, mochte er tun, was immer er wollte.

Ich hatte mich ganz in meine Ecke zurückgezogen und dachte an die entzückenden neuen Kleider, die ich tragen würde. Und daran, daß ich Gast in einer Gesellschaft bedeutender Menschen sein würde. Das einzige, was mir daran nicht gefiel, war die Tatsache, daß ich Pauls Begleitung dulden mußte. Es war wie das Sackhüpfen auf einem Picknick. Ich konnte nicht ich selbst sein, wenn er dabei war. Ich würde mich nicht frei fühlen. Ich beschloß sofort, Wilma wissen zu lassen, daß ich, wenn sie die nächste Party gab, es begrüßen würde, wenn ich ohne diesen Klotz am Bein erscheinen könnte.

Sie würde mich verstehen. Sie kannte ihn bis aufs I-Tüpfelchen. »Mavis, Liebste«, sagte sie, »er ist eben ein sehr gewöhnlicher Mensch. Geschäftlich taugt er etwas, und ich bin froh, daß er für mich arbeitet. Aber ich könnte es nie ertragen, mit ihm verheiratet zu sein. Großer Gott! Pfeife und Pantoffeln und genau zugeteiltes Wirtschaftsgeld. Sie sehen, Liebste, er ist nicht der Mann, um das, was tatsächlich in Ihnen steckt, zu fördern. Und Sie brauchen einen solchen Mann. Sie brauchen Leben und Aufregung um sich. Sie wußten gar nicht, wie öde das Leben war, das Sie führten, nicht wahr?«

Sie hat ihn durchschaut. Er ist spießig und provinziell. Er lebt im Mittelalter. Ich wünschte, jemand anderer würde mit mir zum Lake Vale fahren. Weil ich an seiner niederträchtigen Laune erkannte, daß er sich vorgenommen hatte, mir alles zu verderben. Weiter tut er nichts. Er verdirbt mir jeden Spaß. Und eines Tages wird er mich so wild machen, daß ich ihm von Gilman Hayes und jenem Nachmittag in Wilmas Wohnung erzähle. Ich kann mir vorstellen, wie er mich dann anstarren wird.

Wilma hatte mir von dem Besitz erzählt, aber Worte können ihn nicht beschreiben. Es war wie im Märchen. Nur noch schöner. Ich wurde richtig aufgeregt, als ich es sah. Ich konnte kaum noch atmen. Und es waren schon Wagen da, wie man sie sonst nie sieht. Einer von diesen großen sportlichen Buicks und ein kleiner englischer Wagen, schwarz mit roten Speichenrädern, dann noch ein wunderbarer weißer Jaguar mit einer entzückenden kleinen Karikatur Judy Jonahs an der Tür. Ich wünschte, ich wäre energischer aufgetreten, so daß Paul auch einen Jaguar gekauft hätte. Sie sehen so elegant aus. Aber nein, Paul muß diesen Wagen hier kaufen, weil er sagt, in dem andern sei nicht genug Platz.

Ich beging fast einen schrecklichen Fehler, als ein Mann aus dem Haus geeilt kam. Er sah fremdländisch aus, und ich hielt ihn für einen der Gäste, aber dann erinnerte ich mich daran, daß Wilma von ihrem mexikanischen Hauspersonal gesprochen hatte. Gerade als ich im Begriff war, ihm die Hand zu reichen, kam mir zu Bewußtsein, daß er José sein mußte. Ich hätte mich zu Tode geschämt, einem Diener die Hand gegeben zu haben. Aber es müßte nett sein, eine kleine Mexikanerin als Mädchen im Haus zu haben.

Der Diener bat uns, den Weg um das Haus zu nehmen. Er war sehr höflich, wenn er auch sehr streng blickte. Wir kamen an einem großen Spielfeld für Krocket vorbei und betraten eine Terrasse mit Ausblick auf den See. Man sieht sofort, daß Wilma zu leben versteht. Sie sagt immer, es sei eine Kunst, auf großem Fuß zu leben, und man dürfe in seinen Anstrengungen nie nachlassen. An den beiden Bootsstegen lagen zwei Motorboote, die nach hohen Geschwindigkeiten aussahen. Ich erkannte Judy Jonah unten, und Gilman Hayes befand sich in ihrer Nähe. Sie nahmen Sonnenbäder. Ich bin Judy mehrere Male in Wilmas Stadtwohnung begegnet, aber sie ist sonderbar. Ich meine, sie benimmt sich nicht so, wie man es von einer so berühmten Frau erwarten würde. Irgendwie kommt sie mir sogar etwas unscheinbar vor. Die andern waren auf der Terrasse. Wilma eilte auf uns zu. Man sah ihr an, daß sie sich über unser Kommen freute. Jedenfalls war sie froh, mich zu sehen. Sie drückte mich an sich und erklärte, daß wir hier alle Freunde seien und daß es eine ganz zwanglose Party werden sollte. Ich tat, als sei ich erfreut, muß aber ehrlich gestehen, daß ich erwartet hatte, andere bedeutende Leute dort zu treffen, die ich noch nicht kannte.

Ich sagte ihr, daß ihr Haus wunderbar sei, und sie zeigte uns unser Zimmer. Ich wette, daß es nach ihrem das schönste Zimmer im Haus war. José brachte gerade unsern letzten Koffer herein.

Dann sagte Wilma, daß José uns einen Drink bringen würde und daß wir uns zu den andern gesellen sollten, wenn wir uns erfrischt hatten. Ich bestellte einen Martini extra dry, aber Paul zog diesen verdammten Bourbon vor, nach dem er so wild ist. Wenn es wenigstens Scotch on the rocks gewesen wäre, aber nein, Bourbon und Wasser. Er ist eben kein Feinschmecker. Er ist provinziell und hat keine Lebensart.

Damit nicht genug, ermahnte er mich auch noch, mich nicht zu betrinken wie bei der letzten Party, zu der wir eingeladen waren. Ich weiß, wann ich nüchtern und wann ich betrunken bin.

Ich machte den Fehler, mir den Drink schmecken zu lassen, als ich nur in Höschen und Büstenhalter dastand. Natürlich starrte er mich lüstern an. Ich sagte ihm, er sollte sich beherrschen. Es ist seine Art, bei den unpassendsten Gelegenheiten an so etwas zu denken. Er kennt kein Vorspiel. Er sieht mich an und Bumm! Gleich an Ort und Stelle. Er ist so romantisch wie eine Kröte im Gras. Ich wartete nicht einmal, bis er aus dem Bad kam. Ich verließ das Zimmer und ging zu den andern, und es war eine Erleichterung, ihn wenigstens einige Minuten nicht zu sehen, nachdem wir den ganzen Tag beieinander gewesen waren. Wilma half Randy, die Musik in Gang zu bringen, und es war herrlich. Ich streckte mich auf dieser einladenden Couch aus, und José brachte mir einen neuen Drink, und ich sah auf den blauen See und lauschte der Musik und fühlte mich wie auf einer Kreuzfahrt. Alles war vollkommen. Nette Menschen, eine gediegene Unterhaltung und jemand, der einen bediente, ohne daß man jedesmal nach ihm rufen mußte. Judy und Gilman Hayes kamen vom Steg herauf, und nach einiger Zeit traf auch dieser nette Wallace Dorn ein. Ich wünschte, Paul würde sich wie Dorn kleiden und benehmen. Wallace ist der geborene Gentleman. Paul könnte sonstwer sein. Er sieht wie hundert andere Menschen auf der Straße aus.

Da waren wir, alle Freunde, und tranken, unterhielten und vergnügten uns. Wenn es nach Paul gegangen wäre, hätten wir wahrscheinlich Trübsal geblasen. Aber vielleicht war er klug genug, der Frau, die letzten Endes sein Boß ist, die Party nicht zu verderben. Es war nicht schwer zu erkennen, daß Wilma sich großartig amüsierte. Sie funkelte förmlich. Es genügte mir, sie anzusehen, und mir wurde warm ums Herz.

Ich war froh, als es schließlich Zeit zum Essen wurde. Über allem schien ein leichter Nebel zu liegen, und als ich aufstand, fürchtete ich, meine Beine würden mir den Dienst verweigern.

Aber das Essen war so scharf gewürzt, daß mir die Augen tränten, und es war genau das, was ich brauchte, um die Martinis, die ich getrunken hatte, zu bändigen. Nach dem Essen fühlte ich mich wunderbar. Ich wünschte wieder, daß Paul nicht dabei wäre. *Ich* fühlte mich nicht im geringsten provinziell.

Gil Hayes hatte sich umgezogen und trug eine helle Hose und ein weißes Hemd. Er hatte die Knöpfe des Hemdes offen gelassen und die Zipfel vor dem Leib verknotet. In dem weißen Hemd sah er erst richtig braun aus, und die Art, wie er es trug, ließ seine Schultern breiter und seine Hüften schlanker erscheinen. Nach dem Essen und einigen Gläschen Brandy bat mich Gil Hayes zum Tanz. Er hatte ein paar südamerikanische Platten entdeckt.

Es ist komisch mit ihm. Er ist ein wunderbarer Tänzer. Man fühlt sich, als tanze man mit einer großen Katze. Er spricht dabei nicht und führt einen sehr fest, so daß man keine Schwierigkeiten hat, ihm zu folgen, selbst wenn er Figuren tanzt, die man noch nie gesehen hat. Das Licht in dem großen Raum war gedämpft. Ich hoffte, daß Paul uns von Zeit zu Zeit beobachtete. Wenn ich daran denke, wie *er* tanzt! Mag sein, daß es modern war, als er das College besuchte, aber heute ist seine Art zu tanzen bestimmt altmodisch. Das einzige, was er Gott sei Dank nicht tut, ist, einem den Arm auf und ab zu pumpen und laut dabei zu zählen.

Der Tanz mit Gil war wie ein Traum. Meine Haut begann zu prickeln, ich bekam nicht genug Luft und konnte mich nicht nahe genug an ihn schmiegen. Zuerst war es schrecklich aufregend, und ich fühlte mich sehr sexy, aber als es dann gar nicht aufhören wollte, wurde es zur Qual. Es war fast wie ein Schmerz. Als er mit mir auf die Terrasse hinaustanzte, hatte ich fast das Gefühl, ohnmächtig zu werden. Ich versuchte meine Erregung zu verbergen, aber ich konnte es nicht.

Fast im Unterbewußtsein sah ich, wie Paul und Judy zum Bootssteg hinabgingen. Wahrscheinlich hatte er sich ihr aufgedrängt. Damit er, wenn er in die Stadt zurückkehrte, seinen Bekannten so ganz beiläufig erklären konnte, er habe am Wochenende eine sehr nette Unterhaltung mit Judy Jonah gehabt. Ich wette, daß sie sich in seiner Gesellschaft zu Tode langweilen würde. Worüber konnte er sich mit ihr schon unterhalten?

Wenn er versucht, über Dinge zu sprechen, die nichts mit seinem Beruf zu tun haben, fängt er an zu philosophieren und weiß wahrscheinlich kaum, wovon er spricht. Es ist reine Angeberei, wenn er sich mit schwierigen Worten brüstet. Was kann ein Mann wie er schon vom Leben wissen? Er hockt den ganzen Tag in seinem Büro, und wenn er nach Hause kommt, vergräbt er sich in seine Bücher. In ihm ist weder Leben noch Spaß.

Als die Platte endete, trat Gilman Hayes einen Schritt zurück, machte eine übertriebene Verbeugung und sagte: »Gute Nacht. Ich bin müde. Ich gehe schlafen.« Ich hätte ihn auf der Stelle umbringen können. Mich in dieser Verfassung stehenzulassen. Ich sagte gute Nacht, ging an ihm vorüber und in mein Zimmer. Fast vergaß ich, Wilma gute Nacht zu wünschen.

Im Zimmer ging ich nervös auf und ab und hätte am liebsten auf den Nägeln gekaut, aber dann fiel mir ein, daß Paul bald kommen würde. Ich ging zu Bett und bereitete mich auf ihn vor. Er kam und schien Gott sei Dank keine Lust zum Plaudern zu haben. Als er das Licht ausgeknipst hatte, begann ich mir etwas vorzuspielen, obwohl Wilma mir sagte, es wäre kindisch. Ich stellte mir vor, mich auf einer Luxusjacht in meiner Kabine zu befinden. Und ich hatte während des Tages einen Mann kennengelernt. Er sah wie Gil Hayes aus, war aber dunkel und hatte die Manieren dieses netten Wallace Dorn. Und nun waren wir zusammen, und es gab nichts Provinzielles an uns beiden.

Es war nicht einfach, das Spiel durchzuhalten, weil ich so an Paul und seine Art der Annäherung gewöhnt bin. Dann geschah etwas Sonderbares. Gegen Ende, als Traum und Wirklichkeit ineinander übergingen, hatte ich die lächerliche Vorstellung, daß es Wilma sei, mit der ich zusammen war. Nichts könnte alberner sein, nehme ich an.

Gerade als ich am Einschlafen war, fiel mir ein, daß Paul mich nicht ein einziges Mal geküßt hatte, aber ich war zu müde, mir darüber den Kopf zu zerbrechen. Er kann tun, was ihm beliebt. Ich hatte ihn gebraucht, und er war dagewesen, und damit hatte es sich. Wilma sagt, daß er den Verstand eines Fußgängers hat. Man braucht ihn nur anzusehen, um zu wissen, daß es stimmt.

Paul schnarchte, als ich aufwachte. Ich stand schnell auf, denn es war ein herrlicher Tag, und ich fühlte mich wunderbar. Ich nahm ein Brausebad und zog meinen neuen Badeanzug an, schlüpfte in den Bademantel und ging auf die Terrasse, um zu frühstücken. Ich wünschte, Paul würde den ganzen Tag schlafen. Am besten, bis es Zeit war, nach Hause zu fahren. Auch Gilman Hayes trug nur die Badehose. Seine Hand lag kräftig und braun in der Sonne, das goldene Uhrarmband um sein Gelenk funkelte.

Ich stand gerade auf, als Paul auf die Terrasse geschlurft kam. Steve unterhielt sich mit Noel Hess. Wilma war mit Judy auf dem Bootssteg. Ich hörte Wilma lachen. Ich ging hinunter, schwamm ein wenig, und dann schnallte sich Gilman Hayes die Wasserski an. Später zeigte er mir, wie man es machte. Er war sehr stark. Zuerst stellte ich mich ungeschickt an, aber mein Sinn für Gleichgewicht ist ausgeprägt, und ich habe kräftige Beine, so daß ich unter seiner Anleitung gute Fortschritte machte. Danach fiel mir auf, daß Paul viel trank. Seine Stimme klang schleppend. Auch Noel trank eine Menge, was mich erstaunte, weil ich sie vorher nie trinken sah.

Paul wurde erst richtig betrunken, als das Krocketspiel begann. Dann war es schlimm mit ihm. Zuerst schämte ich mich seiner, dann war ich froh darüber. Nachdem er sich so hatte gehen lassen, konnte er mir nicht mehr vorwerfen, zuviel zu trinken. Wir tranken alle, Paul aber am meisten. Er sollte nur nicht darauf rechnen, daß ich ihm helfen würde.

Später stellte sich heraus, daß Judy ihm unter die Arme gegriffen hatte. Wenn er sich daran erinnerte, hätte er eine nette Geschichte für die faden Einladungen, denen er folgte. »Judy Jonah hat mich ins Bett gebracht, Jungens!«

Nach dem Essen fühlte ich mich plötzlich sehr müde. Auf Zehenspitzen schlich ich in unser Zimmer. Ihn aufzuwecken, war das letzte, was ich im Sinn hatte. Er gurgelte und schnarchte dermaßen, daß ich nicht einschlafen konnte. Ich erinnerte mich daran, Steve und Noel in einem Boot auf dem See gesehen zu haben. Es hatte mich überrascht, aber ich nehme an, Wilma hätte Noel nicht eingeladen, wenn sie sie für provinziell gehalten hätte. Es sah nicht so aus, als würde Steve bald zurück sein. Ich ging in sein Zimmer, die Tür war nicht verschlossen. Ich streckte mich auf seinem Bett aus. Alkohol macht einen ziemlich fertig, und dann ist es das beste, eine Weile zu schlafen. Wenn man aufwacht, fühlt man sich wie neugeboren.

Ich schlief etwa eine Stunde und ging wieder zum Bootssteg hinab. Ich streckte mich in der Sonne aus. Die Party war eine ziemlich zahme Angelegenheit geworden, aber ich nahm an, daß sie wieder in Schwung kommen würde, sobald es dunkel wurde. Als die Sonne schon tief stand, zog ich mir den Bademantel über und kehrte ins Haus zurück. Randy saß auf dem Steg und starrte auf den See hinaus. Ein Boot fehlte immer noch. Ich fragte mich, ob er böse sei. Aber er hatte bestimmt keinen Grund dazu, wenn man sein Verhältnis zu Wilma berücksichtigt. Ich nehme an, Noel unternimmt nichts dagegen, weil es ein guter Job für Randy ist, bei dem er sich für sein Geld wirklich nicht totarbeitet.

Ich tänzelte über die Terrasse, so daß mir mein Bademantel über die Schenkel schwang. Ich fühlte mich wunderbar. Jetzt hatte das richtige Leben für mich begonnen. Manchmal hat man Ahnungen, wie sich die Zukunft für einen gestalten wird. *Ich* wußte, daß Paul in meiner Zukunft keine Rolle spielen würde. Es war komisch, aber ich hatte fast Mitleid mit ihm, so als ließe man jemanden hinter sich zurück. Wie man etwas, das unmodern geworden ist, ganz hinten in den Schrank hängt und eines Tages wegschenkt, obwohl man ein bißchen traurig darüber ist.

Wilma sagt immer, man muß sich selbst objektiv betrachten. Mit einer gewissen reservierten Kühle. Ich sah mich an, fand aber nichts, was mir nicht gefiel. Ich weiß, daß man so etwas nicht sagen sollte. Es klingt eingebildet. Aber Mary Gort hatte einen langen Weg hinter sich, und er war noch längst nicht zu Ende. Man mußte bloß mit leichtem Gepäck marschieren.

Ich ließ mir von José einen Drink bringen. Ich war Paul nicht mehr böse, weil ich wußte, daß sich alle meine Träume erfüllen würden.

Es war Samstag abend, und meine Stimmung war dementsprechend. Ein kaltes Büfett war aufgebaut, von dem man sich bedienen konnte. Paul schlief noch immer seinen Rausch aus. Ich hatte nichts dagegen. Noel war wunderbar. Bisher war sie immer so ruhig gewesen. Jetzt war sie lustig, machte Scherze und bemühte sich, möglichst in Steves Nähe zu bleiben. Steve ist ganz nett, aber selbst wenn ich niedrige Absätze trage, kann ich ihm direkt in die Augen blicken, ohne mich auf die Zehenspitzen heben zu müssen. Das imponiert mir nicht. Männer wie er verleihen mir das Gefühl, ein Pferd zu sein, aber sie ist klein genug für ihn. Wir aßen und tranken und schwammen ein bißchen. Ich mußte in unser Zimmer gehen, um in den Badeanzug zu schlüpfen. Als ich mich dann im Dunkeln zur Tür tastete, sagte Paul »Mavis?« und wollte wissen, wie spät es war. Ich sagte ihm, daß ich mich freuen würde, wenn er sich hundeelend fühlte. Seiner Stimme nach zu urteilen, tat er es.

Mein Badeanzug war noch feucht und unangenehm auf der Haut. Wir tranken im Schein der Bogenlampen auf dem Steg weiter, schwammen zwischendurch, und es war keineswegs kühl.

Ich glaubte, es war Wilma, die vorschlug, daß wir nackt baden sollten. Das war ein guter Gedanke. Randy schwamm ohnehin überhaupt nicht, und von den anderen sagten nur Judy und Wallace Dorn, sie zögen es vor, ihre Badeanzüge anzubehalten. Steve ging auf die Terrasse, um die Lichter zu verlöschen. Dann erlaubte er sich einen Scherz mit uns, indem er sie wieder einschaltete. Manchmal ist er köstlich. Ich habe meinen Spaß an ihm.

Wilma hatte bestimmt recht, als sie meinte, das Nacktschwimmen sei schöner. Man fühlt sich frei und kühn und ist zu allen möglichen Dingen aufgelegt. Wir tobten herum, jagten einander und machten Dummheiten. In der Dunkelheit herrschte natürlich Durcheinander. Man wußte nie, wessen Hände man auf sich spürte, aber es machte mir nichts aus. Ich mußte daran denken, daß mein stupider alter Paul über uns bestimmt die Nase gerümpft hätte. Er mag es nicht, wenn andere sich amüsieren, besonders nicht, wenn ich es bin. Ich wünschte, er würde herauskommen.

Ich wurde langsam müde und ließ mich auf dem Rücken treiben. Ich blieb nahe am Steg. Ich kniff die Augen ein, so daß die Sterne verschwammen. Dann sah ich jemanden in meiner Nähe auf dem Steg, und die hagere Gestalt verriet mir, daß es Randy war. Er blickte auf mich herab. Zum erstenmal hatte ich ein unbehagliches Gefühl, weil ich nackt war, aber er konnte im Licht der Sterne bestimmt nicht viel sehen. Dann sah ich, wie er etwas aufhob. Es war einer der Wasserskis, und ich glaubte eine Sekunde lang, er wolle damit nach jemandem schlagen. Vielleicht wollte er aber auch nur einen der Schwimmer bespritzen.

»He!« sagte ich, und er stieß einen lustigen leisen Knurrlaut aus.

»Mavis?« sagte er und ließ den Ski sinken.

Es kam mir zu Bewußtsein, daß ich Wilma eine ganze Zeitlang weder lachen noch sprechen gehört hatte. Ich rief nach ihr. Sie antwortete nicht. Ich fragte mich, ob sie ins Haus gegangen war, ohne jemandem etwas zu sagen.

Es ist komisch, wie man plötzlich von Unruhe ergriffen werden kann. Plötzlich, als auch Gil sie zu rufen begann, wußte ich, daß etwas nicht stimmte. Und ebenso plötzlich schien mir das Wasser eiskalt. Und die Sterne blinzelten nicht mehr freundlich auf uns herab. Auch sie wirkten kalt.

»Wilma!« schrie ich. »Wilma!«

»Alle zugleich«, sagte Steve, und seine Stimme bebte. »Jetzt!« »Wilma!« schrien wir. Die Nacht verschlang unseren Ruf. Die Sterne kümmerten sich nicht darum. Die Hügel warfen unsere Stimmen zurück.

16

GILMAN HAYES – DANACH

Sie hatte diese dicken Bände mit den Reproduktionen von Gemälden. Ich hatte ein Hemd angezogen, das sie mir gab, und eine der alten, ausgefransten bequemen Khakishorts aus alten Tagen. Ich saß und wendete die Seiten. Dufy, Rouault, Utrillo. Was haben sie zu sagen? Die großen Toten. Sie hinterließen Schablonen. Sie konnten nicht einmal zeichnen. Ich zeichnete jedes Blatt, und die Zeichnung kam an das Schwarze Brett. Schwester Elizabeth sagte, sie sei gut. Mit dem einen Auge Schwester Elizabeths stimmte etwas nicht. Es sah einen nicht an. Die anderen Kinder machten Witze darüber, es sei das Auge, das nach Gott schielt.

Es dämmerte, und ich blätterte nichtssagende Seiten um.

Ein Auge blickte nach Gott, und man wußte nicht, was sie dachte, aber ihre Arme waren warm. Ihre Kleider rochen muffig und nach Schweiß. Ich war ihr Liebling, und es machte mir nichts aus, so gehalten zu werden.

Sie hielt mich, und ich lachte innerlich über die Muffigkeit des Tages. Als sie mich plötzlich von sich abhielt, hatte ich Mühe wieder ein verweintes Gesicht zu zeigen.

Er hatte mich über das Geländer hinaus gehalten, so daß ich die Steine tief unten auf dem Hof erkannte. Dann zog er mich zurück und ließ mich los. Ich fiel und stieß mir schmerzhaft den Kopf. Er schlug mir die Hand ins Gesicht, wandte mir den Rükken und stütze sich auf das Geländer. Ich weinte. Ich packte mit beiden Händen seine Fußgelenke und riß sie so fest hoch, wie ich konnte. Ich wußte, daß ich es schnell tun mußte, denn wenn es nicht gelang, würde er mich wieder schlagen.

»Aaaaah!« schrie er während des Sturzes in die Tiefe.

Ich blickte hinab, als sie aus dem Haus stürmten. Ein kleiner roter Bach rann zwischen zwei Steinen, und es sah aus, als hätte er sich hingelegt und an den Boden gepreßt, um den Bach besser beobachten zu können.

Schwester Elizabeth sagte, es sei ein schwerer Schock für mich gewesen. Sie hielt mich fest im Arm. Sie roch komisch. Ich sagte, er hätte mir zeigen wollen, wie er auf dem Geländer balancieren konnte. Zufällig war ich selbst aus dem Gleichgewicht geraten, als ich zurücktaumelte. Deshalb sah ich nicht, wie er fiel. Eigentlich schade. So wußte ich nicht, wie oft er sich in der Luft überschlagen hatte. Es wäre beruhigend gewesen, das zu wissen.

Es ist sonderbar, daß ich fast vergessen hätte, daß ich anders bin, und daß Wilma mich immer wieder daran erinnerte. Vielleicht habe ich auch nicht vergessen, sondern nur keinen Gebrauch davon gemacht. Wenn man etwas Besonderes ist, muß man davon Gebrauch machen, sonst vergeudet man etwas. Ich machte nur ganz selten davon Gebrauch. Wie in jener Nacht im Park, als ich sie hörte und mich so nahe heranschlich, daß ich nur die Hand auszustrecken brauchte, um die beiden zu berühren. Sie waren wie Tiere. Ich schlug auf beide ein, und es war komisch, daß ich für ihn nur *einen* Schlag brauchte, während ich bei ihr dreimal zuschlagen mußte. Ich hatte vor, etwas Spaßiges mit ihnen anzustellen. Etwas, worüber man lachen konnte. Aber ich fühlte mich müde und hatte vergessen, was es war, also ließ ich sie liegen. Es stand nicht einmal in den Zeitungen. Wozu war es also gut?

Wilma erkannte meine Bedeutung. Sie brachte sie ans Tageslicht. Bis die Menschen auf mich zeigten, mich anzusprechen versuchten und sogar Sir zu mir sagten.

Ich brauchte nicht lange für ein Bild. Zuerst bekam ich 400 für jedes, dann 650. Jetzt sogar 1000. Aber davon kassiert Evis ein Drittel. Ich sehe nicht ein, wofür er soviel bekommt. Wenn ich ihn frage, spricht er von der hohen Miete für die Galerie und von den Verpackungs- und Verschiffungskosten.

Das erste Bild kam auf diese Weise zustande: Ich nahm die Tuben, drückte sie auf der Handfläche aus. Dann vollführte ich die Bewegung des Waschens und beschmierte die Leinwand. Beim ersten Bild hatte ich die Waschbewegung zu kräftig ausgeführt. Aus irgendeinem Grund wurde das ganze Bild grau. Beim nächstenmal war ich behutsamer, und die Farben blieben hell und kräftig. Dann drehte ich die Leinwand immer wieder herum, bis das Ganze nach etwas aussah. Mit Schwarz und einem Pinsel half ich ein bißchen nach. Ich erinnere mich, daß dieses Bild lange brauchte, um zu trocknen.

Jetzt wünsche ich, ich könnte Wilma fragen, warum sie es tat. Es gibt tausend Gründe auf der Welt, warum man dieses oder jenes tut. Und die Menschen beobachten und überlegen immer, und man kann nur ahnen, was für Gründe sie haben, weil sie bei jedem verschieden sind.

Sie sprach so lange.

Sie tummelten sich unter dem Licht auf dem Bootssteg oder schwammen, aber da, wo wir saßen, war es dunkel. Wir saßen auf dem kurz geschnittenen sauberen Gras, und unsere Hüften und Schenkel berührten sich, wie bei Freunden.

»Ich verstehe es nicht«, sagte ich.

»Es ging um eine Wette, Darling. Ich habe es dir immer wieder gesagt. Manchmal bist du nett, aber du bist sehr begriffsstutzig. Warum wir wetteten? Weil wir uns gestritten hatten. Er war ein aufgeblasener, selbstbewußter Mann. Und es war ein typischer Cocktailpartystreit. Er behauptete, die Mehrzahl der Menschen besäße Geschmack und könne das Gute vom Schlechten unterscheiden. Ich antwortete natürlich, daß die Masse denkfaul und stumpfsinnig sei und das tue, was man ihr befehle. Er war ein bißchen betrunken. Betrunken genug, um 1000 Dollar zu wetten, daß es mir nicht gelingen würde, einen x-beliebigen

Menschen von der Straße aufzulesen und einen Künstler aus ihm zu machen. Ich hielt Ausschau und sagte mir, daß es amüsanter werden würde, wenn ich jemand fände, der äußerlich ansprechend war. Und dann sah ich dich, mein Bester, hinter dem Schalter, mit diesem lächerlichen Hütchen, sexy vom Scheitel bis zur Sohle. Mit den Honoraren für Steve Winsan und dem Geld, das ich in dich steckte, hat es mich fast 7000 gekostet, eine 1000-Dollar-Wette zu gewinnen. Aber es war es wirklich wert. Und jetzt erkläre ich dir, daß die Party vorüber ist. Das ist alles.«

»Aber die Kritiker . . .«

Ihre Stimme wurde härter. »Die Kritiker, die wirklich zählen, sagen, daß du ein Hanswurst bist, und das bist du auch. Die große Hammelherde fiel natürlich auf den Rummel 'rein. Sie verstanden diese Schmierereien nicht, weil niemand sie verstehen kann, und weil sie sie nicht verstanden, sagten sie, sie wären gut. Dafür sorgte Steve schon. Das verursachte Aufregung, und die Aufregung bedeutete mehr Publicity, was sich wiederum auf den Verkauf auswirkte, so daß ich die gewonnenen 1000 Dollar vor einem Monat bekam. Mein Gott, ich durfte doch nicht versuchen, dich etwas zeichnen zu lassen, etwas, das erkennbar war. Die Kritzeleien wären dabei herausgekommen, nichts weiter.«

»Aber du hast mir gesagt . . . Wilma, du sagtest, ich sei anders. Du sagtest, ich sollte . . .«

»Arrogant sein. Gewiß. Du mußtest gezwungen werden, dich selbst ernst zu nehmen, damit die anderen es auch taten. Du mußtest an dich glauben. Das gehörte zur Regie, Darling. Großer Gott, wenn man einer Vogelscheuche oft genug einredet, sie sei schön, glaubt sie schließlich selbst daran. Die Masse der Menschen kann man wie *tortillas* kneten. Man kann ihr fast jede gewünschte Form geben.«

»Ich bin ein guter Künstler«, sagte ich zu ihr.

Sie tätschelte mein Knie. »Armer Gil. Nein, Baby. Du bist überhaupt kein Künstler. Du bist ein großer, strammer Bursche mit prächtig entwickelten Muskeln, und es war eine herrliche Zeit für dich, nicht wahr? Aber damit ist es aus, Baby. Restlos. Vielleicht gelingt es Evis, noch ein paar deiner sogenannten Werke abzusetzen, aber in einem Jahr wird sich niemand mehr an dich erinnern. Es sei denn, du wärst imstande, Steves Honorar zu zahlen, und du weißt, daß du das nicht kannst, weil du nichts gespart hast. Und ich werde es ganz bestimmt nicht bezahlen.«

»Ich brauche dich«, sagte ich. »Ich muß zu dir kommen und mit dir reden können. Ich fange an unsicher zu werden, und dann muß ich . . .«

Sie nahm ihre Hand fort. »Hör zu! Wie kann man so gottverdammt dumm sein? Das Ganze war ein Spaß, Verstanden? Wilma hatte ihre Freude daran. Und du auch. Jetzt hat Wilma dich und diesen Spaß satt. Du bist nicht einmal ein guter Gesellschafter, Gil. Du kannst dich nicht vernünftig unterhalten, hast keine Manieren und stolzierst nur herum und läßt deine Muskeln spielen. Ich habe keine Lust mehr, mitzuspielen. Wenn du klug bist, suchst du dir einen netten kleinen Schalter, klemmst dich mit deinen lächerlichen Hütchen dahinter und verkaufst Käse.«

Sie ging und ließ mich sitzen. Ich sah sie unten auf dem Bootssteg. Sie lachte mit Steve. Sie lachten über mich. Ich wußte es. Ich war ein Nichts, aus dem sie etwas gemacht hatten, und nun sollte ich wieder ein Nichts werden. Da saß ich und fühlte mich leer. Ich kann mir vor wie eine Gestalt, die man aus einem Stück Draht zurechtgebogen hatte. Ich war durchsichtig. Man sah die Sterne und die Lichter und alles andere hinter mir. Sogar die Stimmen durchdrangen mich und die leichte Brise, die vom Wasser heraufwehte.

Aber mitten in all diesem Draht begann etwas Kleines, Rundes zu wachsen. Es war rund und fest und glänzend. Es wuchs und wuchs, bis es endlich das ganze Drahtgeflecht ausfüllte, und dann war ich wieder ich selbst und spürte Lust zu lachen. Der richtige Spaß würde auf sie zurückfallen.

Sie hatten es an das Schwarze Brett geheftet. Mit vier gelben Reißzwecken, eine in jeder Ecke. Ich hatte jedes Blatt gezeichnet. Ich brauchte Stunden dazu. Jedes einzelne Blatt, und jedes Blatt hatte fünf kleine Spitzen. Eines Tages war es verschwunden, und ich fragte danach, aber niemand wußte, wo es geblieben war. Ich wollte es noch einmal versuchen, aber es blieb keine Zeit dazu. Weil wir zu diesem Zeitpunkt mit der Bepflanzung des Gartens begonnen hatten. Ich haßte den Garten. Ich zerquetschte die Samen, bevor ich sie in das Loch preßte, das ich mit dem Stechgerät gemacht hatte. An diesen Stellen wuchs nie etwas.

Sie hatte geglaubt, sie hätte mich zu etwas gemacht. Ich hatte mich selbst dazu gemacht. Aber ich erkannte die Gefahr, die selbst darin lag. Die Gefahr war ihr Mund. Ihr Lachen. Und das Lachen der anderen. Ich hörte, wie sie unten lachten. Ich durfte es nicht dulden.

Ich stand auf und fühlte mich riesig. Als wenn meine Schultern den Himmel berührten. Ich sah mich um. Ein schwacher Widerschein der Lampen fiel auf das Krocketfeld mit den gestreiften Pfosten. Ich ging hinüber, und mein Körper schien aus Leder und Federn zu bestehen. Ich zog einen Pfosten aus dem Boden. Er war aus hartem Holz geschnitzt, war bunt bemalt und trug am unteren Ende einen spitzen stählernen Dorn.

Das Holz war hart. Ich drückte den Pfosten mit beiden Händen gegen die Brust. Langsam verstärkte ich meine Anstrengungen. Die Muskeln an meinen Armen spannten sich. Die Welt verdunkelte sich, aber meine Hände waren weiß vor Anstrengung. Ich mußte es schaffen, oder nichts würde geschehen.

Das feste Ahornholz begann zu knirschen, brach dann plötzlich. Schwäche ließ mich auf die Knie sinken, in meinen Ohren dröhnte es, die Lungen arbeiteten wie Blasebalge. In der Linken hielt ich das Ende mit dem stählernen Dorn. Ich warf den Rest des Pfostens hinter mich und schob den Dorn in den Gummizug meiner Badehose. Ich fühlte den kühlen Stahl auf meiner Haut.

Das Holz war gebrochen, und der Bruch hatte meine Stärke und Bedeutung bestätigt. Ich ging zu den anderen hinab, und mir war zum Lachen zumute. Es war bedeutungsvoll, daß ich von der Höhe, auf der ich meine Bedeutung bewiesen hatte, zu ihnen hinabstieg. Schwester Elizabeth hatte mir von den heidnischen Mythen vorgelesen, von den Bewohnern des Olymp, die kühl und ohne Leidenschaft herabstiegen, um mit den Sterblichen zu spielen, ihre Göttlichkeit verbergend, wie ich das Holz mit dem Dorn vor ihnen verbarg. Es war verborgen, weil es den Beweis einer Stärke darstellte, von der sie nichts ahnten. Wenn ich es offen zur Schau stellte, würden sie mich zu wissend ansehen und sich schämen. Ich war Wilma dankbar, weil sie mich gezwungen hatte, mich der Kraftprobe, dem endgültigen Beweis, zu unterziehen.

Ich schwamm mit ihnen, sorgfältig bedacht, das Symbol nicht zu verlieren. Es genügte zu wissen, daß es da war. Und ich stellte fest, daß ich mich mit ihnen so unbefangen unterhalten konnte, daß sie nichts merkten.

Als wir schließlich später nackt in der Dunkelheit schwammen, trug ich das Symbol der Stärke in meiner Hand. Ich beteiligte mich an ihren kindischen Spielen, weil ich Gefallen daran fand.

Und dann kam der Zeitpunkt, als ich Wilma neben mir sah. Die Sterne schimmerten blaß auf ihrem Körper im schwarzen Wasser. Die Bedeutung vieler Dinge wurde mir klar. Ich hatte ein neues Geheimnis entdeckt, einen neuen Maßstab für meine Größe. Es ist etwas, das man lernen muß, und es ist nicht leicht. Man muß seinen Geist der Leere öffnen und dann tun, was einem befohlen wird.

Sie schwamm langsam neben mir, und ich hatte das Symbol meiner Stärke in der rechten Hand. Ich schob meine linke Hand unter ihrem Arm durch und umspannte ihre rechte Brust. Mit einem schnellen Stoß trieb ich die scharfe Stahlspitze in ihren Hinterkopf und zog sie wieder heraus. Ich fühlte, wie ein Beben durch ihren Körper lief, dann war er still. Sie schien schwerer zu werden, und ich löste meinen Griff.

Sie trieb reglos, mit dem Gesicht nach unten. Langsam sank sie unter die Oberfläche. Ich sah einen schwachen bleichen Schwimmer unter Wasser, der sich in ein Nichts aufzulösen schien. Ich hatte der Vision gehorcht, hatte den Befehl zur Vollkommenheit ausgeführt. Aufs neue war ich meiner Stärke versichert worden. Andere Beweise würden folgen und mir meinen Glanz verleihen, der es ihnen verbot, mich anzusehen, weil der Glanz sie blenden würde.

Als sie zu rufen begannen, beteiligte ich mich und lachte innerlich. Sie lag unter uns, aber noch war es nicht Zeit, es zu erklären. Im Schutze der Dunkelheit schlüpfte ich wieder in die Badehose und verbarg das Symbol erneut. Ich tauchte nach ihr, wie sie mich anwiesen. Es amüsierte mich. Später, als ich wieder in meinem Zimmer war, zog ich die Khakishorts und ein gestreiftes Hemd an. Das Symbol der Stärke und der Kunst brachte ich in der Tasche unter. Sie suchten weiter in der Nacht. Es überraschte mich, daß sie sie fanden. Sie riefen uns zusammen, und ich saß auf dem Boden und blätterte in den dicken Werken. Utrillo, Rouault, Dufy. Sie hatten Schablonen zurückgelassen, konnten aber nicht einmal zeichnen. Ich hatte jedes Blatt gezeichnet. Dann war ich zu dieser neuen Form über sie hinausgewachsen. Diese neue Kunstform hatte einen Rhythmus und eine Symmetrie, die sich nie auf einer zweidimensionalen Leinwand einfangen lassen würden.

Ich wollte es ihnen erzählen. Ich hörte, wie sie von Wagenschlüsseln, polizeilichen Ermittlungen und Reportern sprachen. Es machte mich ungeduldig. Ich wollte aufstehen, Stille gebieten und erklären, was ich entdeckt hatte. Wenn es mir gelang, mich ihnen verständlich zu machen, würden sie mit ihrem albernen Geschwätz aufhören. Sie würden erkennen, daß ich imstande war, neue Wege zu weisen. Ich legte die Bücher beiseite, diese Werke, die nur Beweise des Versagens und des mangelnden Verständnisses enthielten. Ich saß da, erfüllt von Verachtung für sie. Nein, ich konnte es ihnen nicht sagen. Es war zu schwierig für sie. Ihre Maßstäbe waren zu menschlich.

Ich fühlte, wie Erregung mich überkam, ohne zu wissen warum. Sorgfältig sah ich mich um, um die Quelle zu entdecken, hinter der, wie es immer war, die Ankündigung eines neuen schöpferischen Aktes stehen mußte. Die Form war mir noch neu, so daß es lange dauerte, bis ich mich zum Unvermeidlichen durchfand.

Wie mit Wilma, war es lächerlich leicht. Sie waren sterblich. Sie konnten nicht mit Worten überzeugt werden. Nur Taten würden sie überzeugen.

Mavis Dockerty saß etwa zwei Meter entfernt, den Rücken mir zugewandt. Für sie empfand ich anders als für Wilma. Wilma war ich zu Dank verpflichtet, aber dieser Frau schuldete ich nichts. Ich würde ihr Ehre antun mit meinem Geschenk, das ihrem leeren Leben etwas von ewiger Größe bescheren würde, so daß sie unsterblich wurde.

Hoch aufgerichtet stand ich hinter ihr, die Füße fest auf dem Boden. Ich zog das göttliche Symbol aus der Tasche und packte es mit festem Griff. Ich lernte noch etwas anderes in diesem Augenblick. Ich lernte, daß es notwendig ist, sein Gesicht im entscheidenden Moment in der Gewalt zu haben. Es muß gelöst und bar jeden Ausdrucks sein. Aller Ausdruck muß sich im

Rhythmus verkörpern, das Gesicht darf nicht ablenken. Ich wartete, bis sie auf mich aufmerksam zu werden begann und mich mit sonderbaren Blicken musterte. Dann schob ich, wie bei Wilma, meine Hand unter ihren linken Arm und umschloß ihre rechte Brust. Sie erstarrte vor Schreck, und ich riet ihr in Gedanken, dies willkommen zu heißen und keinen Widerstand zu leisten. Mit einem schnellen Stoß trieb ich das Symbol in ihren Hinterkopf und spürte, daß ich es einen Augenblick darin lassen mußte. Ich trat zurück und blickte auf mein vollkommenes Werk.

Sie beugte sich in langsamer Verehrung in den Hüften nach vorn, aber ihre Beine zuckten in lächerlicher Bewegung und taten der Vollendung des Kunstwerkes Abbruch.

Ich blickte auf in der Erwartung ihrer Anerkennung und sah ihren Mann und den größeren der Uniformierten auf mich zulaufen, währen Steve Winsan durch die Tür hinausstürzte.

Der Uniformierte riß seine Pistole aus dem Halfter und schlug mir den Griff gegen die Schläfe. Ich fiel schwer zu Boden. Ich konnte mich nicht rühren, sah aber, was vorging. Es gab mir ein Rätsel auf, weil es so lächerlich schien. Eine Frau schrie gellend. Und dann erkannte ich den Irrtum, dem ich verfallen war. Ich hatte zuviel von ihnen erwartet. Meine Handlung ging über ihr Verständnis hinaus. Sie würden sich nicht bemühen zu verstehen. Die Bedeutung war ihnen völlig entgangen. Ich lachte innerlich und wußte, wie ich sie bestrafen würde. Später, wenn es ihnen klar wurde, würden sie bitten und betteln, ihnen die Erklärung zu geben. Sie hatten überstürzt gehandelt. Sie hatten mich geschlagen. Also war es mein Recht, ihnen den Zugang zu mir zu verweigern.

Sie preßten meine Arme aneinander und legten mir Handschellen an. Als sie sahen, daß ich bei Bewußtsein war, hoben sie mich in einen Sessel. Ich half ihnen dabei nicht. Ich blieb, wo sie mich hingesetzt hatten, verschloß mich ihnen, richtete den Blick ins Leere und lachte über sie. Sie würden es nicht von mir erfahren. Mochten sie betteln, soviel sie wollten, ich würde ihnen nicht entgegenkommen. Sie schrien auf mich ein, zogen mich hierhin und dorthin. Ich nahm jede gewünschte Stellung ein, ohne eine eigene Bewegung beizusteuern. Bald entdeckte ich ein neues Talent, das mir Vergnügen bereitete. Ich konnte meine Gedanken laut werden lassen, so daß ihre Stimmen aus weiter

Ferne zu kommen schienen und ohne Bedeutung blieben. Wenn man dazu fähig ist — und ich bin sicher, daß nur wenige es können —, verliert die entschwindende Zeit jede Bedeutung. Ein Jahr ist eine Minute, oder eine Stunde die Zeit eines Lebens. Ich war mir bewußt, daß andere hinzugekommen waren. Unbekannte Ältere mit ernsten Gesichtern. Ich saß und starrte ins Leere. Mein Kinn sank herab. Ich fühlte, wie Speichel mir aus dem Mundwinkel auf die Brust rann. Ich konnte mich völlig gegen sie abkapseln. In mir waren große Tiefen, tausend Orte, an denen ich mich verstecken konnte. Niemand konnte mir dorthin folgen und mich wieder ans Licht treiben.

An einem dieser dunklen Orte begann ich jenes Bild aus vergangenen Zeiten noch einmal zu zeichnen. Jedes Blatt. Jedes Blatt hatte fünf Spitzen. Es würde sehr lange dauern, aber wenn ich es schaffte, würde es mir immer wieder gelingen.

Von irgendwoher kam jemand zu mir und hob mir die gefesselten Hände über den Kopf. Dann ließ er sie los. Ich ließ sie nicht fallen. Ich würde mich nicht selbst verraten. Ich würde sie hochhalten, bis sie verkümmerten und abstarben.

Keine bewußte Bewegung sollte mich verraten, mochten meine Schultern auch versteinern.

Dann griff jemand sanft nach meinen Händen und senkte sie, bis sie in meinem Schoß lagen. Da wußte ich, daß ich sie alle besiegt hatte. Es war der letzte Beweis.

Nun würden sie mich endlich allein lassen. Dann blieb ich in der Geschichte der Menschheit für alle Zeiten der einzige, der alle Zusammenhänge erkannt hatte.

17

JOSEPH MALESKI — DANACH

Roy Carren setzte mich an Shattocks Pine-Tree-Restaurant ab. Es ist nicht weit von den Unterkünften entfernt. Es war inzwischen elf Uhr morgens geworden. Sonntag morgen. Ich sah ihm nach, wie er sich auf der Straße entfernte. Ich fühlte mich wie jemand, dem man die Gesichtshaut abgezogen hatte, um sie mit zuviel Leim wieder anzukleben. Als ich mir mit der Hand über das Kinn fuhr, fühlte ich die Bartstoppeln.

Ich ging in das Restaurant. Sonntags servieren sie bis zum Mittag Frühstück. Sonst sitze ich immer am Schanktisch. Aber sobald ich durch die Tür trat und sah, wie sie mich alle anstarrten, wußte ich, daß ich mich vor Fragen nicht würde retten können, wenn ich am Schanktisch saß. Sonst macht mir das nichts aus. Ich höre mir gern an, was alles geschehen ist. Zum Beispiel, wenn es auf der Hauptstraße einen schweren Unfall oder so etwas gegeben hat. Dann fragen sie mich aus, wenn ich hereinkomme, und ich beantworte ihre Fragen. Aber jetzt sah ich, daß sie alles über die Ertrunkene und alle diese Leute wissen wollten, und ich hatte keine Lust, darüber zu sprechen. Also ging ich nach hinten und setzte mich in eine der abgeteilten Nischen.

Ich nehme an, daß ich nicht allzu freundlich aussah. Benny von der Garage kam sichtlich unbehaglich zur Nische, blieb zwei Meter entfernt stehen und sagte: »Schätze, es war eine schlimme Sache da draußen mit dem verrückt Gewordenen und allem andern, wie?«

Ich sah ihn an, nickte und griff nach der Speisekarte, obwohl es jeden Sonntag dasselbe war, was ich bestellte. Aus dem Augenwinkel sah ich, wie er noch eine Weile stehenblieb und dann an seinen Tisch zurückkehrte.

Ich starrte auf die Speisekarte, aber die Schrift verschwamm vor meinen Augen. Ich sah immer noch den Verrückten vor mir, wie er der Frau dieses Ding in den Schädel bohrte, während ich das Gefühl hatte, nur im Zeitlupentempo voranzukommen.

Roy sagte mir hundertmal, daß ich keinen Schuß hätte riskieren dürfen, und selbst wenn ich es getan hätte, wäre ich nicht schnell genug gewesen. Aber es ist etwas, woran man sich erinnert und was man so leicht nicht vergißt.

Janey Shattock kam zu mir und blieb neben mir stehen. Ich sah zu ihr auf und versuchte zu grinsen wie immer, aber es ging jämmerlich daneben.

»Das Übliche, Janey«, sagte ich, und meine Stimme war zu laut. Mir war, als sprächen auch die andern nicht so, wie sie es sonst taten. Und aus der Küche schien nicht der vertraute Lärm zu kommen. Sie starrten mich an, als wäre ich ein Monstrum oder so etwas.

Nach einiger Zeit brachte sie das Bestellte, und ich sagte: »Holen Sie sich eine Tasse Kaffee, Janey, und setzen Sie sich zu mir.«

Sie tat es und setzte sich mir gegenüber. Ich sah sie an und wußte, daß sie keine Fragen stellen würde. Ich sagte leise: »Es war schlimm, und ich kann noch nicht darüber sprechen.«

»Ich brauche Sie nur anzusehen und weiß, daß es schlimm war, Joe«, sagte sie.

Erst nachdem ich zu essen angefangen hatte, kam mir zu Bewußtsein, wie hungrig ich war. Sie war ruhig, in der Art, wie ich es liebte. Sie ist ein kräftiges Mädchen. Sie ist groß, und als ich sie musterte, kam mir zu Bewußtsein, daß sie keineswegs unansehnlich ist. Sie ist nicht hübsch und auch nicht unansehnlich. Vielleicht stattlich, wenn man das von einem Mädchen sagen kann.

Ich schämte mich plötzlich. Weil ich mich mit ihr mehrmals verabredet hatte und mir dieses oder jenes an ihr nicht gefiel. Zum Beispiel, daß ihre Hände rauh und gerötet sind und sie sie immer zu verstecken sucht, wenn man mit ihr ausgeht. Und daß ihr Haar, wenn sie es nicht gerade gewaschen hat, einen leichten Küchengeruch auszuströmen scheint. Was wollte ich eigentlich? Mein Gott, etwa eine von den Frauen von da oben, wo ich die Nacht verbracht hatte? Wer, zum Teufel, war ich denn? Ich aß weiter und musterte sie mit neuen Augen. Ich hatte Dinge an ihr nicht gemocht, die ein Beweis dafür waren, daß sie ein gutes Mädchen war, weil ihre Leute es schwer hatten, und sie wie ein Pferd arbeitete, um es ihnen zu erleichtern.

In ihrer Gegenwart fühlte ich mich gut und sauber, als hätte ich das Bad schon genommen, das mir noch bevorstand, bevor ich mich aufs Ohr legte. Ich nahm den letzten Bissen, schob den Teller zurück, und sie füllte die Kaffeetasse noch einmal, setzte die Kanne ab und wollte die Hände im Schoß verbergen, aber ich griff nach ihnen. Ich hielt sie fest. Sie wurde rot, und ich wußte, daß sie zu uns herübersahen, und ich wußte, daß Sonntag war.

Ich wollte mit einem Scherz darüber hinwegkommen, wie es mir sonst nicht schwerfiel, aber da saß ich wie ein großer Teddybär, hielt ihre Hände zwischen den meinen und sagte: »Janey.« Großartig! War das etwa nichts zum Lachen?

Meine Augen begannen zu brennen, als wäre ich wieder ein kleines Kind. Ich ließ ihre Hand los, und sie legte sie in den Schoß. Ich konnte ihren Blick nicht mehr ertragen. Ich ging den ganzen Weg zu den Unterkünften, und erst dann fiel mir ein, daß ich gegangen war, ohne die Rechnung zu bezahlen.

Als ich mich hinlegte, hoffte ich, daß alle diese Menschen wie Gestalten aus einem Traum sein würden, wenn ich erwachte. Nicht wirklich und lebendig und warm wie Janey und ich.

Cornell Woolrich

DIE BRAUT TRÄGT SCHWARZ

Erster Teil

BLISS

1. Die Frau

»Julie! O mein Gott — Julie!«

Die eindringlich, verzweifelt geflüsterten Worte folgten der Frau, die eilig die Treppe hinunterging. Doch sie zögerte nicht den Bruchteil einer Sekunde. Nur ihr Gesicht war einen Schein blasser, als sie aus dem Haus trat.

Das junge Mädchen, das auf der Straße neben dem Koffer gewartet hatte, starrte sie ungläubig an, so, als hätte es bis zum letzten Augenblick daran gezweifelt, daß diese Frau wirklich die Kraft haben würde, ihren Entschluß durchzuführen. Sie schien die Gedanken des jungen Mädchens zu erraten und beantwortete die unausgesprochene Frage. »Du kannst mir glauben, daß mir das Lebewohlsagen nicht leichter als Ihnen gefallen ist — der Unterschied ist nur, daß ich daran gewöhnt bin und Sie nicht. Für Sie war es neu, und ich habe in meinem Leben schon so oft Abschied nehmen müssen . . .« Sie räusperte sich. »Ich glaube, ich werde eine Taxe nehmen. Dort drüben steht gerade eine.« Sie winkte über die Straße.

Als die Taxe vorgefahren war, schaute das junge Mädchen die Frau fragend an.

»Wenn du magst, kannst du mich begleiten«, murmelte die Frau mit müdem Lächeln und wandte sich dann an den Fahrer. »Zum Bahnhof, bitte.«

Sie warf nicht einen einzigen Blick auf das Haus zurück, in dem sie gelebt hatte. Weil sie die vertrauten Straßen der Umgebung nicht mehr sehen wollte, hielt sie während der ganzen Fahrt den Kopf gesenkt.

Am Fahrkartenschalter mußten sie einen Augenblick warten. Das Mädchen ließ hilflos die Schultern hängen und schaute die Frau mit großen Augen an: »Wohin wollen Sie fahren?«

»Darüber habe ich überhaupt noch nicht nachgedacht.« Sie klappte ihre Handtasche auf, zog ein zusammengerolltes Bündel Dollarnoten hervor und warf achtlos ein paar Scheine auf die Platte vor dem Schalter. »Wie weit komme ich damit?«

Der Fahrkartenverkäufer schaute sie gleichgültig an. »Bis Chicago — dann würden Sie noch neunzig Cents zurückbekommen.«

»Also — einmal Chicago.«

Die Frau warf dem jungen Mädchen einen raschen Seitenblick zu. »Wenn du nach Hause kommst, kannst du ihnen wenigstens das berichten.«

»Wenn Sie es nicht wollen, Julie, werde ich kein Wort sagen.«

»Es ist mir egal. Von mir aus können Sie ruhig den Namen der Stadt wissen — ich komme doch nicht wieder.«

»Komm her, Kleine, laß dich zum Abschied küssen«, sprach die Frau leise.

»Was soll ich nur sagen, Julie?« stammelte das Mädchen.

»Nichts weiter als ›Lebewohl‹. Das muß man irgendwann im Leben zu jedem Menschen einmal sagen.«

»Ich hoffe so sehr, Julie, daß ich Sie bald wiedersehe.«

»Du wirst mich nie wiedersehen.«

Das junge Mädchen entfernte sich zögernd, mit schleppenden Schritten.

Allmählich füllte sich der Bahnsteig. Der Zug fuhr mit quietschenden Bremsen in die Bahnhofshalle ein. Ehe er zum Halten kam, quäkte eine Stimme aus dem Lautsprecher: »Fünf'n'zwanzigste Straße.« Türen wurden aufgerissen, und die Reisenden stolperten lärmend mit ihrem Gepäck die hohen Stufen der Wagen hinunter.

Die Frau, die einen Schlußstrich gezogen hatte und für immer gegangen war, hob ihren Koffer auf und begab sich mit dem Schwarm der Ausgestiegenen auf die Sperre zu, so, als sei sie am Ende ihrer Reise und nicht am Anfang.

Während sie langsam die Stufen zur Bahnhofshalle hinunterging, fuhr der Zug donnernd weiter. Sie kaufte sich am Kiosk eine Tageszeitung. Als sie die Seiten mit den Anzeigen aufgeklappt hatte, fuhr ihr Zeigefinger suchend über die Spalten, bis sie zu den möblierten Zimmern gekommen war.

Sie machte sich nicht die Mühe, die Angebote zu lesen; bei

einer x-beliebigen Annonce grub sich ihr Fingernagel in das weiche Papier. Dann ergriff sie, die aufgeklappte Zeitung unterm Arm, ihren Koffer und winkte vor dem Bahnhofsgebäude einem Taxi.

»Fahren Sie mich dorthin«, sagte sie und tippte auf die Annonce.

Die Wirtin, die das möblierte Zimmer zu vermieten hatte, stand abwartend da. Die Frau drehte sich nach einem flüchtigen Rundblick zu ihr um.

»Ja, das gefällt mir recht gut. Ich werde es nehmen.« Sie öffnete ihre Handtasche. »Hier — die Miete für die ersten vierzehn Tage.«

Die Wirtin zählte das Geld nach und kritzelte eine Quittung. »Wie war doch Ihr Name?« fragte sie und schaute auf.

Die Augen der Frau flackerten unmerklich. Ihr Blick huschte über die abgenutzten Initialen »JB« auf ihrem Koffer. »Josephine Bailey«, murmelte sie.

»Hier ist Ihre Quittung, Miß Bailey. Ich hoffe, daß Sie sich bei mir wohlfühlen. Das Badezimmer ist nur zwei Türen . . .«

»Vielen Dank, vielen Dank, ich werde schon alles finden.« Die Frau schloß hastig die Tür und verriegelte sie von innen. Sie zog den Mantel aus, warf den Hut aufs Bett und klappte den Koffer auf, den sie erst vor einer knappen Stunde gepackt hatte und mit dem sie ganze fünfzig Häuserblocks weit gereist war.

Als sie sich suchend umschaute, fiel ihr Blick auf das alte Badezimmerschränkchen über dem Waschbecken. Sie stellte sich auf die Zehenspitzen. Welch ein Glück, im obersten Fach lag eine verrostete Rasierklinge, die wohl von einem männlichen Zimmermieter stammte.

Damit entfernte sie die Initialen von ihrem Koffer. Sie tat es sehr gründlich. Danach trennte sie diese beiden Buchstaben, die einmal die Anfangsbuchstaben ihres Namens gewesen waren, auch aus einigen Wäschestücken, einem Morgenrock und einer Bluse.

Nachdem sie die Kennzeichen ihrer Vergangenheit ausgelöscht hatte, warf sie die Rasierklinge in den Papierkorb und wischte sich die Fingerspitzen ab.

Aus dem Fach auf der Innenseite des Kofferdeckels zog sie

ein Bild. Sie betrachtete es lange. Es zeigte einen jungen Mann, der weder besonders hübsch noch besonders intelligent aussah. Nichts Außergewöhnliches ging von ihm aus. Augen, Mund und Nase — ein Dutzendgesicht. Sie schaute das Bild sehr lange an.

Dann entnahm sie ihrer Handtasche eine Schachtel Streichhölzer und hielt das Foto übers Waschbecken. Ein Streichholz flammte auf.

»Auf Wiedersehen«, murmelte sie.

Sie drehte den Wasserhahn auf und wartete, bis der letzte Rest Asche hinuntergespült war. Dann ging sie zum Koffer zurück. In der Innentasche waren noch fünf Zettel, auf die Namen gekritzelt waren; Namen, die sie mühsam zusammengesammelt hatte.

Sie holte die Zettel hervor, mischte sie wie Spielkarten. Als sie sie mit den unbeschriebenen Seiten nach oben aufs Bett legte, umspielte ein eigentümliches Lächeln ihre Lippen. Tastend fuhr sie mit den Fingern über die verschiedenen Zettel. Plötzlich hob sie einen Zettel hoch und schaute auf die Rückseite. Danach raffte sie alle zusammen und verbrannte sie ebenfalls im Waschbecken.

Sodann trat sie ans Fenster, öffnete es ruckartig. Sie schaute hinaus und stützte dabei ihre Hände auf die äußersten Enden des Fensterbretts. Ihre Schultern strafften sich, sie schien der Stadt, die zu ihren Füßen lag, den Kampf anzusagen. Als sie sich weit vorlehnte, waren ihre Lippen schmal, und in ihren zusammengekniffenen Augen leuchtete wilde Entschlußkraft.

2. Bliss

Die Taxe hielt so ruckartig vor dem Eingang des Apartmenthauses, daß Bliss auf seinem Sitz nach vorne rutschte. Der Alkohol in seinem Magen rebellierte. Nicht daß er zuviel getrunken hätte, aber er hatte die letzten Drinks erst vor wenigen Minuten in sich hineingeschüttet.

Als er sich aufrichtete, um aus dem Taxi zu steigen, stieß er mit dem Kopf gegen die Tür. Brummend rückte er seinen Hut zurecht. Dann durchwühlte er sämtliche Taschen nach Kleingeld, wobei einige Münzen auf den Bürgersteig kollerten. Trotzdem — er war nicht total betrunken. Das passierte ihm nie. Er wußte immer genau, was man zu ihm sagte, und er wußte auch, was er selber sagte. Ihm war nicht eigentlich übel — das heißt, ein bißchen schon. Er dachte intensiv an Marge. Das half für gewöhnlich. Es half auch jetzt.

Als er endlich den Taxifahrer entlohnen konnte, kam Charlie, der Nachtportier, aus der Tür gestürzt. Charlie entledigte sich seiner Pflichten nicht gerade am schnellsten; aber das war verständlich, wenn man wußte, daß er die meiste Zeit seines Nachtdienstes damit verbrachte, in der Halle auf einer Bank zu hocken und über einem todsicheren Lotto-System zu brüten. Außerdem war es jetzt schon halb drei Uhr morgens — und, du lieber Gott, kein Mensch ist perfekt!

Bliss drehte mit einiger Anstrengung den Kopf zur Seite und nuschelte: »Servus, Charlie.«

»Guten Morgen, Mr. Bliss«, antwortete Charlie und riß die Eingangstür auf. Er folgte Bliss ins Haus, erfüllt von dem Gefühl, seine Pflichten mehr oder minder zufriedenstellend erfüllt zu haben. Er gähnte herzhaft. Woraufhin Bliss, der sein Gähnen gewiß nicht hatte sehen können, ebenfalls den Mund weit aufriß — eine Tatsache, die, so belanglos sie auch erscheinen mag, einen Seelenforscher zu tiefschürfenden Überlegungen veranlassen dürfte.

Bliss konnte nie an dem Spiegel in der Halle vorbeigehen, ohne sich eingehend zu betrachten. Auch jetzt blieb er leicht schwankend vor dem Spiegel stehen. Bliss hatte zwei verschiedene Gesichter: das forsche Was-kostet-die-Welt-Gesicht, wenn er das Haus verließ, und das Gott-ist-mir-mies-endlich-bin-ich-wieder-zu-Hause-Gesicht, wenn er zurückkam.

Aus dem Spiegel schaute ihn ein junger Mann von siebenundzwanzig Jahren an. Seine Haare waren so kurzgeschoren, daß sie an den Schläfen silbern schimmerten. Dieser Mann hatte braune Augen, war schlank und mittelgroß und wußte alles über ihn — über Bliss. Nein, er war nicht gerade schön. Aber wer wollte heutzutage noch einen schönen Mann? Selbst Marge Elliot war es egal, ob er hübsch war oder nicht. Sie hatte es mit den Worten formuliert: ». . . solange du der Ken Bliss bist, den ich liebe.«

Er seufzte und gab der welken weißen Nelke, die traurig im Knopfloch baumelte, einen Klaps. Sie löste sich daraufhin in ihre Bestandteile auf.

Dann holte Bliss eine zerknitterte Packung Zigaretten aus seiner Hosentasche und fummelte eine Zigarette heraus. Als er vermittels tiefsinnigem Blick in die Packung feststellte, daß sich in einer Ecke doch noch eine Zigarette befand, bot er sie Charlie an. »Geteilte Freude ist doppelte Freude«, murmelte er.

Charlie nahm sie mit dankbarem Lächeln an. Ein besseres Trinkgeld würde er in dieser Nacht wahrscheinlich nicht mehr bekommen. Seine Spezialität war es zwar nicht, die ganze Halle auf Hochglanz zu polieren — es reichte ihm, wenn die Eingangstür und der Weg durch die Halle zum Fahrstuhl vor Sauberkeit blitzten —, aber er verstand es besonders gut, mit Betrunkenen umzugehen. Er war hier schon Nachtportier gewesen, als Bliss einzog. Bliss mochte ihn. Und Charlie mochte Bliss. Bliss hatte ihm zu Weihnachten zwei Dollar geschenkt und hatte ihm während des Jahres zwei weitere Dollar nach und nach zukommen lassen. Aber darum ging es gar nicht. Charlie mochte Bliss einfach.

Als die Zigaretten brannten und Bliss mit leicht schwankenden Schritten auf den Fahrstuhl zuging, hörte er Charlies Stimme: »Das hätte ich fast vergessen, Mr. Bliss. Heute abend war eine junge Dame da, die Sie sehen wollte.«

»Sooo? Wie hieß sie denn?« Seine Stimme klang ziemlich gleichgültig. Da es nicht Marge gewesen sein konnte, interessierte es ihn nicht sonderlich — nicht mehr. Er blieb stehen und drehte sich nur halb um, um die Antwort zu hören.

»Das weiß ich nicht«, brummte Charlie. »Sie hat ihren Namen nicht genannt. Ich habe sie zwei- oder dreimal danach gefragt, aber . . .« Er zuckte die Achseln. »Sie wollte ihn offensichtlich nicht sagen.«

»Ist auch egal«, murmelte Bliss. Und es *war* ihm wirklich egal.

»Ich glaube, sie wäre am liebsten in Ihre Wohnung gegangen und hätte oben auf Sie gewartet«, fügte Charlie hinzu.

»O nein, o nein!« Bliss wurde etwas lebhafter. »Die Zeiten sind vorbei! Lassen Sie keine Frau mehr in meine Wohnung!«

»Ich weiß! Nein, das würde ich nie mehr tun! Darauf können Sie sich verlassen, Mr. Bliss«, schmetterte Charlie mit treuherzigem Blick. Mit einem Kopfschütteln fügte er hinzu: »Sie hat auch bestimmt nichts Gutes im Schilde geführt.«

Bliss, der inzwischen seinen Weg zum Fahrstuhl fortgesetzt hatte, blieb ruckartig stehen. Etwas in Charlies Stimme zwang ihn, sich umzudrehen und ihm voll ins Gesicht zu sehen. »Was wollen Sie damit sagen?«

»Na ja . . .«, begann Charlie zögernd. »Sie stand dicht neben mir, als ich vergeblich zu Ihnen hinaufgerufen hatte, und fragte: ›Kann ich oben auf ihn warten?‹

Ich sagte: ›Tja, Fräulein, ich weiß nicht recht. Das darf ich eigentlich nicht.‹ Wissen Sie, so in der Art, um ihr einen guten Abgang zu verschaffen. Aber sie ging nicht, sondern klappte ihre große Handtasche auf und wühlte darin herum, als suchte sie ihren Lippenstift. Aber ganz obenauf lag ein Hundertdollarschein und starrte mich an. Vielleicht glauben Sie mir das nicht, Mr. Bliss, aber ich habe es mit meinen eigenen Augen gesehen . . .«

Bliss lächelte gutmütig. »Und Sie haben gedacht, daß diese Dame Sie damit bestechen will, nicht wahr? — Charlie, kommen Sie wieder zu sich!« Er knuffte den anderen kameradschaftlich in die Seite,.

Doch Charlie ließ sich nicht beirren. »Es kann überhaupt keinen Zweifel geben, Mr. Bliss, die Art, wie sie mich den Geldschein sehen ließ, war absolut eindeutig. Während sie in der Tasche herumwühlte, war sie bemüht, die Lage der Hundertdollarnote nicht zu verändern. Sosehr sie auch den Inhalt der Tasche durchstöberte, der Schein blieb immer sichtbar. Schließlich hob sie den Blick zu mir. Dann starrte sie sekundenlang auf den Geldschein und dann wieder auf mich. Es war mir völlig klar, was sie meinte. Glauben Sie mir, Mr. Bliss, ich bin wirklich lange genug im Geschäft, um alle Tricks zu kennen!«

Bliss fuhr sich mit der Zunge über die Lippen. »Und Sie sind ganz sicher, Charlie, daß es nicht zehn Dollar waren?«

Charlies Stimme überschlug sich fast vor Eifer. »Mr. Bliss, Sie werden mir doch glauben, daß ich einen Zehndollarschein von einem Hundertdollarschein unterscheiden kann!«

»Verdammt«, brummte Bliss und biß sich auf die Lippen. Er schaute Charlie scharf an. Er mußte erfahren, was das alles zu bedeuten hatte.

Charlie schien dafür vollstes Verständnis zu haben. »Ich bin gleich wieder da, Mr. Bliss«, sagte er und trabte hinaus, weil er gehört hatte, daß ein Wagen vorgefahren war. Kurz darauf riß er dienstbeflissen die Tür auf und geleitete einen Mann und eine Frau in die Halle. Die Frau hatte ein Abendkleid an, das um halb neun noch die wahre Pracht gewesen sein mußte. Jetzt schlotterte es zerknittert und leicht angeschmuddelt um ihren Körper.

Das Paar nickte Bliss im Vorübergehen flüchtig zu, und Bliss nickte flüchtig zurück. Man lächelte sich mit der eiskalten Herzlichkeit an, die Nachbarn in einer Großstadt eigen ist. Dann stieg das Paar in den Fahrstuhl und schwebte nach oben.

Sobald der schwachbeleuchtete Käfig, der sich großspurig Fahrstuhl nannte, ihren Blicken entschwunden war, setzten die beiden ihr Gespräch fort. »Wie sah sie denn aus?« fragte Bliss. »Haben Sie sie vorher schon einmal gesehen? Sie müßten eigentlich die Mitglieder der weiblichen Truppe, die bei mir ein und ausgegangen sind, recht gut kennen . . .«

»Das kann man wohl sagen«, nickte Charlie. »Aber die Frau bringe ich nirgends unter. Ich bin ganz sicher, daß ich sie noch nie gesehen hab'. Die wäre mir bestimmt aufgefallen, denn, wenn Sie mir die Bemerkung gestatten, das war ein besonders feines Dämchen.«

»So, so . . .«, murmelte Bliss. »Und wie sah dieses Dämchen aus?«

»Tja« — in Charlies Augen trat ein verklärter Ausdruck — »sie war blond. Wissen Sie — so echt blond. Nicht das verwaschene Platinblond mit den Silberstreifen, mit dem sie jetzt alle herumlaufen. Ihre Haare glänzten wie — wie frischer Honig.«

»So, so, frischer Honig«, meinte Bliss geduldig.

»Und sie hatte blaue Augen«, fuhr Charlie schwärmerisch fort. »Wissen Sie, solche Augen . . . Und sie war« — er hielt seine Hand in Schulterhöhe — »ungefähr so groß. Dicklich war sie nicht, weiß Gott nicht, aber alles andere als knochig. Sie wissen schon, was ich meine. Genau das, was man gern im Arm hält . . .«

Bliss starrte während dieser Beschreibung unverwandt zur Decke und schüttelte hin und wieder den Kopf. »Nein, nein«, murmelte er sinnend. Und als er im Geist die Liste seiner Verflossenen durchgegangen war, schüttelte er noch energischer den Kopf. »Nein. Ich wüßte wirklich nicht. Die Beschreibung könnte höchstens auf Helen Raymond zutreffen, aber . . .«

Charlie hob die Hände. »O nein! Ich kann mich noch gut an Miß Raymond erinnern. Wie oft habe ich für sie nachts ein Taxi bestellen müssen! Sie war es bestimmt nicht. Die Dame von heute abend kennen Sie nicht!«

Bliss hob die Augenbrauen. Aber ehe er eine Frage stellen konnte, redete Charlie weiter. »Sie wollen wissen, wie ich darauf komme, nicht wahr? Sie werden lachen, es ist ganz einfach: Die Dame kennt Sie nämlich auch nicht!«

Bliss lachte nicht. »Was? Jetzt verstehe ich überhaupt nichts mehr! Warum wollte sie mich dann, zum Teufel, heute unbedingt sehen und in meiner Wohnung auf mich warten?«

Charlie genoß sichtlich die Abwechslung in seinem Nachtportier-Dasein. »Sie können Gift darauf nehmen, daß die Dame Sie überhaupt nicht kennt«, fuhr er in feierlich ernstem Tonfall fort. »Ich habe sie auf dem Weg nach oben aufs Glatteis geführt . . .«

»Auf dem Weg nach oben!« schnaufte Bliss. »Sie wollten sie also doch in meine Wohnung lassen! Jetzt fange ich an zu glauben, daß es wirklich hundert Dollar waren!«

Als Charlie erkannte, welchen Fehler er da gemacht hatte, räusperte er sich vernehmlich. »Aber, nein, Mr. Bliss, nein«, beteuerte er und schaute treuherzig zu. »Sie sollten mich gut genug kennen, um zu wissen, daß ich so etwas niemals tun würde. Ich bin mit der Dame im Fahrstuhl nach oben gefahren, um so zu tun, als würde ich sie in Ihre Wohnung einlassen. Ich glaubte, der rascheste Weg, sie wieder loszuwerden, sei, scheinbar auf ihre Wünsche einzugehen, um dann im letzten Moment . . .«

»Ja, ich verstehe«, meinte Bliss.

»Also«, fuhr Charlie gedehnt fort, »wir stiegen in den Fahrstuhl, um zum vierten Stock hinaufzufahren. Auf dem Weg nach oben fiel mir auf einmal der Raubüberfall ein, den wir hier im Haus im letzten Jahr hatten — Sie werden sich gewiß noch daran erinnern. Kurzum, ich beschloß, kein Risiko einzugehen. Deshalb stelle ich die Frau auf die Probe und gab eine völlig falsche Beschreibung von Ihnen. Ich sagte: »Ich bin erst seit kurzem hier und kenne die einzelnen Mieter noch nicht so genau. Aber Mr. Bliss ist doch der lange Bursche — so an die einsneunzig — mit den roten Haaren, nicht wahr?« Und sie fiel auch prompt drauf rein. ›Gewiß, gewiß‹, sagte sie kurz angebunden, so, als hätte sie Angst, ich könnte weitere Fragen stellen . . . «

»Mein Gott, ist das spannend«, murmelte Bliss und gähnte verstohlen. »Es muß mir bis jetzt entgangen sein, daß ich eine interessante Persönlichkeit bin.«

»Scheint so«, nickte Charlie und grinste, um dann mit entrüsteter Stimme fortzufahren: »Das hat mir natürlich gereicht! Als ich das gehört hatte, habe ich mir gesagt: ›Laß die Finger davon, Charlie, das kann leicht ins Auge gehen!‹ Der Frau gegenüber hab' ich mir natürlich nichts anmerken lassen. Außerdem — sie war so nett — und so gut angezogen, wissen Sie. Sie war einfach nicht der Typ, mit dem man einen Riesenkrach anfängt. Ich hielt die weiche Welle für angebrachter. Deshalb hab' ich mit einem falschen Schlüssel versucht, Ihre Wohnungstür aufzuschließen, und als das nicht ging, hab' ich bedauernd gesagt, daß ich keinen anderen Schlüssel hätte und sie deshalb nicht in die Wohnung lassen könnte. Es schien ihr nicht sonderlich viel auszumachen. Sie zuckte nur die Achseln. Und als wir wieder unten waren, lächelte sie und meinte leichthin: ›Dann eben ein andermal.‹ Daraufhin verließ sie das Haus. Ich schaute ihr nach, wie sie langsam die Straße entlangging, und habe mich gewundert, daß sie, so wie sie gekleidet war, kein Auto vor der Tür stehen hatte. Sie machte auch keine Anstalten, einem Taxi zu winken. Sie schlenderte ganz einfach die Straße entlang, als wäre es zehn Uhr morgens und nicht mitten in der Nacht. Selbst O'Connor, der Polizist, drehte sich nach ihr um, als sie an ihm vorbeiging. Ich glaube, ihn hat nur seine Uniform davon abgehalten, einen anerkennenden Pfiff auszustoßen. Dann bog die Frau um die nächste Ecke und war verschwunden.«

»Wie ein Schiff, das in dunkler Nacht an einem Leuchtturm vorüberzieht«, meinte Bliss ironisch. »Ich verstehe bloß eins nicht: Wenn ich sie nicht kenne — nach Ihrer Beschreibung bin ich da ziemlich sicher — und sie mich nicht kennt, was wollte sie dann um Himmels willen von mir? Vielleicht hat sie mich nur ganz einfach mit jemandem verwechselt.«

»Das glaube ich nicht, denn sie hat beim Hereinkommen Ihren vollen Namen gesagt.«

Bliss strich sich mit der Hand nachdenklich übers Kinn. »Und Sie sagen, sie ist auch nicht mit dem Auto vorgefahren?«

»Nein. Sie schien irgendwie aus dem Nichts zu kommen und auch wieder im Nichts zu verschwinden. Das war schon sehr seltsam.«

Die beiden redeten noch eine Weile über den Zwischenfall. Wie Männer über so etwas reden. Aber schon auf der Fahrt nach oben hatte Bliss die fremde Besucherin vergessen. Er dachte an nichts weiter als an Marjorie.

Als Corey um halb neun Uhr abends bei Bliss aufkreuzte, um ihn zur Verlobungsfeier, die in Marjories Elternhaus stattfinden sollte, abzuholen, war Bliss noch längst nicht fertig. »Verdammt, so früh«, grunzte Bliss in einem Ton, den man nur guten Freunden gegenüber anschlägt. »Ich bin gerade erst vom Essen zurückgekommen, ich bin noch nicht mal rasiert!«

»Ich habe um halb fünf bei dir im Büro angerufen. Wo hast du denn, zum Teufel, die ganze Zeit gesteckt?« bellte Corey im selben burschikosen Ton zurück.

Corey ließ sich in den nächsten Sessel fallen und schwang ein Bein über die Armlehne. Er schleuderte seinen Hut auf das Fensterbrett zu, aber der Hut verfehlte sein Ziel und landete auf einem Bücherregal.

Corey war von einer Häßlichkeit, die anziehend wirkte. Er war größer und schlanker als Bliss. Er hatte dunkelbraune Haare und buschige Brauen. Er versuchte, wie ein Snob zu wirken, und kleidete sich dementsprechend. Aber wer ihn näher kannte, wußte, daß das nur äußerlich war. In der feinen Schale steckte ein wilder Kern. Wenn er einmal den Schleier lüftete, glaubte man, in einen Dschungel zu sehen und Urwaldtrommeln zu hören. Nun, ob er ein echter Snob war oder nicht, er arbeitete jedenfalls hart an diesem Ruf. Man konnte zu jeder Party kommen, Corey war da. Er lehnte an irgendeinem Türpfosten und wärmte ein Glas in den Händen. Jedes Mädchen, das man traf, kannte ihn — oder sie hatte zumindest eine Freundin, die ihn kannte. Sein Verschleiß an Frauen war beachtlich, und seine Technik glich einer Art Blitzkrieg. Er hatte auch in den unwahrscheinlichsten Fällen Erfolg. So manche ›Unnahbare‹ müßte in den Erdboden versinken, wenn die Wahrheit ans Tageslicht käme.

Jetzt rieb er sich schadenfroh die Hände. »Fabelhaft, heute

abend wirst du festgenagelt und bekommst ein Brandzeichen aufgedrückt. Wie fühlst du dich bei dem Gedanken? Ich sehe, daß du ganz blaß bist, mein lieber Freund. Du hast immer noch Zeit, dich aus dem Staub zu machen.«

»Glaubst du, daß ich bin wie du?«

»Also, wo hast du dich heute nachmittag herumgetrieben? Ich wollte mit dir zum Essen gehen.«

»Was meinst du wohl? Ich habe den Verlobungsring gekauft!« Bliss holte aus einer Schublade eine kleine Schachtel und ließ den Deckel aufspringen. »Wie gefällt dir der Brillant?«

Corey stieß einen anerkennenden Pfiff aus. »Donnerwetter, das ist ja fast schon ein Felsbrocken!«

»Ich bin auch völlig pleite!« Bliss legte die Schachtel mit gespielter Gleichgültigkeit in die Schublade zurück und streifte die Hosenträger von den Schultern. »Ich werde jetzt unter die Dusche gehen. Du weißt ja, wo der Scotch steht.«

Nach etwa zwanzig Minuten kam er eilig aus dem Badezimmer zurück. Corey blickte von seiner Zeitung auf und fragte träge: »Wer war die Dame?«

»Welche Dame?«

»Während du im Bad warst, hat eine Dame angerufen und nach dir gefragt. Aus der Art, wie sie redete, möchte ich schließen, daß es keine deiner früheren Spielgefährtinnen war. ›Kann ich Mr. Kenneth Bliss unter dieser Nummer erreichen?‹ hat sie gefragt. Ich habe ihr erklärt, daß du gerade beschäftigt seist, und sie gefragt, ob ich etwas ausrichten könne. Daraufhin hat sie ohne ein weiteres Wort aufgelegt.«

»Eigenartig.«

Corey drehte das Glas in den Händen. »Vielleicht war es eine Reporterin, die für die Gesellschaftsseite noch ein paar Angaben über die Verlobung haben wollte.«

»Nein, die wenden sich meist an die weibliche Hälfte. Außerdem haben Marjories Leute sowieso schon den ganzen Tag Schmus an die Zeitungen gegeben. — Ich frage mich, ob es *sie* war«, meinte Bliss nachdenklich.

»Was für eine *Sie?*«

Bliss grinste. »Ich wollte es dir eigentlich nicht erzählen, aber ich scheine eine heimliche Verehrerin zu haben. Es ist etwas Komisches passiert. Als ich neulich abends nicht zu Hause war, hat ein schönes Mädchen alles versucht, um in meine Wohnung zu kommen. Der Nachtportier hat es mir erzählt, als ich heimkam. Sie wollte ihren Namen nicht nennen. Du weißt, wie das so mit den Portiers ist; er kennt eigentlich alle Mädchen, mit denen ich gegangen bin, und er schwor Stein und Bein, daß er sie vorher noch nie gesehen hatte. Er sagte, daß sie ausnehmend gut gekleidet war und daß sie Geld haben mußte. Aber seltsamerweise ist sie nicht mit dem Auto gekommen, sondern ganz einfach die Straße entlangspaziert und nachher wie im Nichts verschwunden.

Der Portier hat mir dann noch erzählt, daß sie ihre Handtasche aufmachte und so tat, als suche sie ihren Lippenstift oder so. Dabei ließ sie ihn wie beiläufig einen Hundertdollarschein sehen. Die Art, wie sie es machte, war für Charlie eindeutig. Es war ihm völlig klar, daß ihm der Schein gehören würde, wenn er sie in meine Wohnung ließe.«

In Coreys Augen trat ein skeptischer Zug. »Du glaubst doch nicht im Ernst, daß sich ein Portier die Chance, so leicht hundert Dollar zu verdienen, entgehen läßt. Wenn du mich fragst — er hat dir einen Bären aufgebunden!«

»Das glaube ich nicht. Die Summe ist für ein Trinkgeld so phantastisch, daß die Geschichte schon wieder stimmen könnte. Wenn es ihm darum gegangen wäre, mir etwas vorzuflunkern, dann hätte er wahrscheinlich von zehn, bestenfalls von zwanzig Dollar geredet.«

»Hm. Und was hat der gute Mann dann gemacht? Hat er sie in die Wohnung gelassen?«

»Ich habe das Gefühl, daß ihn die hundert Dollar so beeindruckten, daß er fast der Versuchung erlegen wäre. Aber dann muß ihm das Ganze doch reichlich verdächtig vorgekommen sein, denn er hielt es für besser, sie ein wenig auszufragen, ehe er sie in meine Wohnung ließ. Um festzustellen, ob sie mich wirklich kennt, gab er ihr eine völlig falsche Beschreibung von mir. Und sie fiel auch prompt drauf 'rein und sagte, ja, das sei genau der Mann, zu dem sie wollte. Da war es Charlie klar, daß sie mich noch nie im Leben gesehen hatte.

Damit war für ihn die Angelegenheit erledigt, denn er hatte keine Lust, sich in die Nesseln zu setzen. Er gab vor, nicht den passenden Wohnungsschlüssel zu haben, und komplimentierte sie so taktvoll wie möglich hinaus. Denn sie hatte auf ihn einen so damenhaften Eindruck gemacht, daß er es nicht fertigbrachte, sie anzuschnauzen. Als sie sah, daß sie so nicht weiterkam, zuckte sie nur lächelnd die Achseln, verließ das Haus und schlenderte die Straße hinunter.«

Corey saß vorgebeugt da und hörte interessiert zu. »Und du bist nach seiner Beschreibung wirklich sicher, daß du sie nicht kennst?«

»Todsicher! Wie ich schon sagte: sie kennt mich ebenfalls nicht.«

»Dann möchte ich wissen, was sie im Schilde geführt hat!«

»Ich auch — denn es ist völlig klar, daß sie nicht im Sinn gehabt hat, meine Wohnung auszuräumen. Sie war immerhin bereit gewesen, hundert Dollar für den Einlaß zu zahlen. Und wer es fertigbringt, aus meiner Wohnung Sachen im Werte von auch nur annähernd hundert Dollar hinauszutragen, ist ein Zauberkünstler.«

Diesem Argument konnte sich Corey nicht verschließen. Er nickte verständnisvoll.

Bliss hatte sich inzwischen angezogen. »Wir wollen gehen«, sagte er und lächelte nervös. »Das einzige, was ich gegen eine Heirat einzuwenden habe, sind die Vorbereitungen und das ganze Tamtam — wie zum Beispiel der heutige Abend.«

»Das würde mir noch am besten gefallen«, meinte Corey. »So lange du nicht vor dem Altar stehst, bist du immer noch ein freier Mann.«

Als sie auf den Fahstuhl zugingen, blieb Bliss plötzlich stehen und horchte. »Ich glaube, das war mein Telefon. Vielleicht ist es Marge. Warte bitte einen Augenblick.«

Corey klemmte seinen Fuß in die offene Fahrstuhltür. »Beeile dich, ewig kann ich ihn nicht festhalten«, brummte er.

Als Bliss die Tür aufgeschlossen hatte, schwoll das Wimmern des Telefons schrill an und erstarb dann plötzlich. Bliss wartete einen Moment, ehe er achselzuckend auf den Flur zurücktrat. »Zu spät — kann man nichts machen.«

Im Fahrstuhl sagte er zu Corey: »Vielleicht war es wieder deine geheimnisvolle Unbekannte.«

»Vielleicht«, murmelte Bliss. »Was sie auch immer von mir will, es kann nichts Gutes sein.«

Bliss und Marge hatten sich von den anderen endlich absondern können. Sie waren allein in einer Nische. Er kratzte sich mit gespielter Verlegenheit am Kopf. »Wie geht das nun vor sich? Ich hab' es schon so oft im Kino gesehen, so daß ich eigentlich den Dreh heraushaben sollte. Ich glaube, die sicherste Methode ist die mit den geschlossenen Augen. Mach deine Augen zu und streck den Finger aus.«

Sie hielt ihm prompt den Daumen entgegen.

Er stöhnte. »Doch nicht den! Du mußt einem schüchternen, nervösen Burschen etwas helfen . . .!«

»Oh, ist das der falsche Finger? Du mußt dich etwas genauer ausdrücken. Woher soll ich denn wissen, was du mit dem Finger vorhast? Vielleicht willst du hineinbeißen . . .«

Er streifte ihr den Ring über, und sie standen mit verschlungenen Händen da. Plötzlich fühlten sie beide gleichzeitig, daß ein Augenpaar fest auf sie gerichtet war. Ihre Köpfe fuhren herum. In der Tür stand ein Mädchen. Eine Frau? Sie verharrte so regungslos, als sei sie am Boden festgewachsen.

Ihre weißen Schultern schimmerten über einem schwarzen, trägerlosen Kleid, das sie wie eine zweite Haut umhüllte. Um ihre hellblonden Haare, die aussahen, als seien sie mit Goldstaub überpudert, hatte sie einen hauchdünnen schwarzen Schal geschlungen.

»Entschuldigen Sie«, sagte sie nun ruhig und ging weiter.

»Was für ein bemerkenswertes Mädchen«, entfuhr es Marjorie.

»Wer ist sie?«

»Keine Ahnung — das heißt, ich glaube, sie ist zusammen mit Fred Sterling zur Party gekommen. Aber wir sind nicht miteinander bekannt gemacht worden.«

Sie betrachteten wieder gemeinsam den Ring an ihrem Finger. Aber der Zauber war verflogen, die Nische nicht mehr so warm wie noch vor wenigen Sekunden. Die starren Blicke der Fremden hatten einen Hauch von Eiseskälte hineingeweht.

»Wir wollen wieder zu den anderen gehen«, sagte sie und zog leicht fröstelnd die Schultern hoch.

Die Verlobungsfeier war in vollem Gange. Marjorie und Bliss tanzten. Sie bewegten sich dabei kaum von der Stelle. Denn sie hatten so viel zu besprechen.

Er sagte: »Ich glaube, wir sollten die Wohnung in der achtundvierzigsten Straße doch nehmen. Er will sie uns immerhin für fünf Dollar im Monat weniger geben, als er ursprünglich gesagt hat. Und mit den Möbeln, die wir übernehmen können, läßt sich schon etwas anfangen . . .«

Sie sagte: »Das Mädchen in Schwarz starrt dich unverwandt an. Immer wenn ich zu ihr hinübersehe, merke ich, daß sie dich mit ihren Blicken verschlingt. Wenn heute nicht gerade unser Verlobungstag wäre, könnte ich direkt eifersüchtig werden.«

Er sah zu dem Mädchen in Schwarz hinüber. »Sie schaut gar nicht zu mir.«

»Dann wird sie gemerkt haben, daß ich es dir gerade gesagt habe.«

»Wer ist sie bloß?«

Marge zuckte die Achseln. »Ich dachte zuerst, daß sie mit Fred Sterling und seiner Clique gekommen ist. Du weißt doch, er umgibt sich mit Vorliebe mit einer Art Panoptikum. Aber er ist schon vor einer ganzen Weile gegangen — und sie ist noch immer hier. Vielleicht will sie ein wenig allein bleiben. Wer sie auch ist, mir gefällt ihre Art. Ich beobachte sie schon eine ganze Weile. Sie ist bestimmt alles andere als ein leichtes Mädchen. Jedesmal, wenn sie auf die Balkonterrasse hinausgeht, um Luft zu schnappen, gehen ihr mindestens drei bis vier Männer wie zufällig nach. Aber sie kommt immer gleich zurück. Allein. Ich weiß nicht, wie sie sie so schnell abwimmeln kann, aber sie muß es mit einiger Perfektion betreiben. Kurz darauf schlendern die Männer nach und nach wieder ins Zimmer. Sie haben dann alle dasselbe Schafsgesicht, das Männer machen, wenn sie abgeblitzt sind. Eine prima Gratisvorstellung.« Durch einen Blick bedeutete sie ihm, daß sich Gäste zu verabschieden wünschten.

»Es gehen wieder einige Leute. Ich möchte auf Wiedersehen sagen. Ich bin gleich wieder da, Liebling. Hoffentlich vermißt du mich solange.«

Als er ihr nachschaute, kam er sich wie ein Fahnenmast vor, von dem man gerade die Flagge eingeholt hat. Als das wippende hellblaue Kleid seinen Blicken entschwunden war, drehte er sich langsam um und schlenderte auf die Balkonterrasse, um frische Luft zu schnappen. Beim Tanzen wurde ihm immer warm.

Die beleuchteten Straßen unter ihm sahen wie die glitzernden

Speichen eines Riesenrads aus. Der Mond hing dick und rund und leicht verschleiert am Himmel. Bliss zündete sich eine Zigarette an. Er war mit sich und der Welt zufrieden, die ihn einmal fast zu Fall gebracht hätte. Das ist vorüber, dachte er erleichtert, die Stadt kann mir nichts mehr anhaben. Ich bin jung und verliebt, und mein Leben wird fortan in festen Bahnen verlaufen.

Die Balkonterrasse war sehr groß. Am Ende des modernen Apartment-Hauses machte sie einen Knick. Als jetzt ein Pärchen heraustrat, entfernte sich Bliss taktvoll und schlenderte langsam zur Ecke vor. Dabei ließ er seinen Blick verträumt über die hell erleuchtete Stadt zu seinen Füßen schweifen. Er schreckte erst auf, als das Mädchen in Schwarz einen halben Meter vor ihm stand, den Blick in die Ferne gerichtet. Ihr schwarzes Kleid war eins mit der Dunkelheit, so daß ihr Gesicht und ihre schneeweißen Schultern wie eine Marmorbüste wirkten, die in der Luft zu schweben schien.

»Die Aussicht ist herrlich, nicht wahr?« fragte er. Immerhin befanden sie sich auf derselben Party.

In diesem Augenblick kam Corey siegessicher auf die beiden zugesteuert. Er mußte schon den ganzen Abend über ein Auge für die Frau gehabt haben, aber bis jetzt war immer die Tücke des Objekts gegen ihn gewesen. Nun glaubte er endlich einen Anlauf nehmen zu können. Bliss' Gegenwart schreckte ihn nicht im mindesten. »Du gehst sofort ins Zimmer zurück«, brummte er energisch. »Du bist schließlich verlobt und willst dich hoffentlich nicht bei ihr einschmeicheln.«

Das Mädchen unterbrach ihn rasch: »Wollen vielleicht Sie sich bei mir einschmeicheln?«

»Natürlich.«

»Dann holen Sie mir ein großes Glas Whisky-Soda.«

Corey zeigte mit dem Daumen auf Bliss. »Das kann er viel besser als ich.«

»Der Whisky würde mir aber viel besser schmecken, wenn ich ihn von Ihnen bekäme.« Das war zwar plump, aber es wirkte.

Als Corey mit dem Glas zurückkam, nahm sie es ihm aus der Hand und schüttete den Inhalt bedächtig über die Brüstung. Dann drückte sie ihm das Glas wieder in die Hand und sagte mit todernstem Gesicht: »Und jetzt holen Sie mir einen neuen Whisky.«

Corey verstand. Diese Abfuhr war auch weiß Gott deutlich genug. Das verbindliche Lächeln des Mannes von Welt verschwand und machte dem haßerfüllten Blick eines Wilden Platz. Alle Farbe war aus seinem Gesicht gewichen. Er gab keinen Laut von sich, als er auf die Frau zuschnellte und ihren Hals mit seinen Händen umklammern wollte.

»He, he!« Bliss trat rasch auf seinen Freund zu und schaute ihn durchdringend an. Doch in diesem Augenblick hatte sich Corey schon wieder in der Gewalt. Er ließ langsam die Hände sinken und vergrub sie in den Hosentaschen. Nur sein Gesicht war immer noch schneeweiß. »Gnade ihr Gott, wenn sie noch einmal versuchen sollte, mich zum Hampelmann zu machen«, stieß er hervor. Er drehte sich auf der Stelle um und ging ins Zimmer zurück.

Bliss wollte ihm folgen. Was ging ihn diese Frau schon an?

Doch sie legte ihre Hand auf seinen Arm. »Bitte, bleiben Sie. Ich möchte mit Ihnen reden.« Als sie merkte, daß er stehenblieb, zog sie hastig ihre Hand zurück.

Er schaute sie fragend an.

»Sie wissen nicht, wer ich bin, nicht wahr?«

»Ich habe den ganzen Abend über versucht, das herauszubekommen«, sagte er, mehr höflich als der Wahrheit entsprechend, denn er hatte sie weniger beachtet als jeder andere Mann auf der Party.

»Sie haben mich schon einmal gesehen. Sie mögen sich nicht mehr daran erinnern, aber ich habe es nicht vergessen. Sie waren mit vier anderen zusammen in einem Auto . . .«

»Ich war so oft mit vier anderen zusammen in einem Auto, daß ich wirklich nicht sagen könnte . . .«

»Die Autonummer war D 3827.«

»Ich habe leider ein miserables Zahlengedächtnis.«

»Das Auto war meist in einer Garage in Bronx, in der Exterior Avenue, um genau zu sein. Nach jener Fahrt wurde es in dieser Garage abgestellt und nie wieder benutzt. Ist das nicht merkwürdig? Es muß immer noch dort stehen. Wahrscheinlich ist es inzwischen völlig verrostet.«

»Ich weiß nicht, wovon Sie reden«, sagte er. »Aber trotzdem: Wer sind Sie eigentlich? Von Ihnen geht etwas Elektrisierendes aus.«

»Dann passen Sie auf, daß es keinen Kurzschluß gibt.« Sie trat ein paar Schritte zur Seite. Sie schien plötzlich jedes Interesse an ihm verloren zu haben. Wie in Gedanken versunken zog sie den Schal von ihren Haaren und ließ ihn mit ausgestreckten Händen im Wind flattern.

Auf einmal stieß sie einen kleinen unterdrückten Schrei aus. Ihr Schal hatte sich selbständig gemacht, war von einem plötzlichen Windstoß erfaßt und in die Höhe gewirbelt worden. Dann schwebte der Schal langsam nach unten. Die Frau starrte ihm verblüfft nach. Sie beugte sich über das Geländer.

»Na, so was — da ist er ja!« rief sie. Sie streckte den Arm aus, richtete sich aber gleich wieder auf und lächelte enttäuscht. »Ich komme nicht ran«, stammelte sie hilflos. »Dabei ist er nur ein paar Zentimeter von meinen Fingern entfernt. Er hat sich irgendwie verheddert. Wären Sie so nett . . .?«

Bliss lächelte höflich und kletterte nach einem Blick auf den flatternden Schal auf die Brüstung. Dann ging er in die Hocke und hielt sich mit einer Hand am Geländer fest, um nicht das Gleichgewicht zu verlieren.

Die Frau zögerte keinen Augenblick. Rasch trat sie hinter Bliss, stieß kräftig die Arme vor und wich schnell wieder zurück. Ihren Lippen entrang sich ein dumpfer Laut. Es war eine Erklärung, eine Verwünschung und eine gewisse Genugtuung: *»Mrs. Nick Killeen!«*

Er mußte es noch gehört haben. Beim Sturz in die Tiefe hatte ihn die Erinnerung sicher wie ein Blitzstrahl getroffen.

Das Geländer war leer. Es gab nur die Frau und die Nacht — und das Lachen, das durch die Fenster am anderen Ende der Terrasse drang. Der Plattenspieler hämmerte den Rhythmus einer Rumba. Das Gelächter wurde immer lauter, und eine Stimme versuchte die anderen zu übertönen. »Ausgezeichnet! Nur weiter so! Jetzt hast du es endlich kapiert!«

Als die Frau durchs Zimmer ging, wandte sich Marjorie an sie. »Haben Sie zufällig meinen Verlobten gesehen?« Sie sprach das Wort voll Besitzerstolz aus und berührte dabei unbewußt ihren Verlobungsring. »Wissen Sie, ob er auf der Terrasse ist?«

Das Mädchen in Schwarz lächelte höflich. »Ich habe ihn jedenfalls zuletzt draußen gesehen.« Als sie dann rasch, aber nicht zu hastig ihren Weg durch das große Zimmer fortsetzte, folgten ihr einige männliche Blicke voller Bewunderung.

Irgendwo schlug ein Telefon an. Es läutete eine ganze Weile.

Marjorie kam von der Terrasse zurück und sprach zu denen, die in ihrer Nähe standen: »Komisch, draußen ist er auch nicht.«

Ihre Mutter, die schließlich selbst an das unablässig klingelnde Telefon gegangen war, schrie entsetzt auf.

Das war das Ende der Party.

3. Nach dem Tod von Bliss

Lew Wanger sprang aus der Taxe und bahnte sich durch die schweigende Menge mit Hilfe seiner Ellenbogen den Weg. »Was gibt's?" fragte er den mürrisch blickenden Polizisten, nachdem er seine Erkennungsmarke aus der Westentasche gezogen hatte.

»Der ist hin«, brummte der Polizist lakonisch und deutete mit dem Kopf nach oben. »Kein Wunder bei der Strecke, die er zurückgelegt hat.«

Der Polizist hatte sich von irgend jemandem ein Exemplar der Morgenzeitung geben lassen und damit den Toten zugedeckt. Nur ein Fuß, der in einem Lackschuh steckte, ragte hervor.

»Soviel ich gehört habe«, erklärte er, »sollen die da oben ein rauschendes Fest gehabt haben. Wahrscheinlich hat er« — er nickte zu dem Haufen unter der Zeitung hin — »einen zuviel gehoben. Er wird sich im Suff zu weit über das Geländer gelehnt und dabei das Gleichgewicht verloren haben.« Er schlug die Seite mit dem Kinoprogramm zurück, damit sich Wanger ein Bild von der Leiche machen konnte.

Einer der Neugierigen, der zu dicht danebengestanden hatte und auf diesen Anblick nicht vorbereitet gewesen war, wurde grün im Gesicht und drehte den Kopf ruckartig zur Seite. Als er sich eilig verzog, preßte er vorsichtshalber seine Hand vor den Mund.

Wanger ging in die Hocke und zog aus den Fingern des Toten ein schwarzes, durchsichtiges Etwas.

»Aha — Damentaschentuch«, stellte der Polizist kurz fest.

»Nein, ein Damenschal«, verbesserte ihn Wanger. »Für ein Taschentuch ist es viel zu groß.« Er starrte nachdenklich auf die zugedeckte Leiche.

Der Hausportier trat einen Schritt näher. »Ich kenne ihn vom Sehen«, sagte er wichtigtuerisch. »Ich glaube, die Elliots haben heute abend die Verlobung ihrer Tochter mit ihm bekanntgegeben. Die Elliots wohnen im obersten Stockwerk . . .«

»Okay. Ich werde gleich nach oben gehen. Dann hab' ich es hinter mir.— Wanger seufzte. »Wahrscheinlich wird sowieso nichts dabei herauskommen. Eine reine Routinesache, die in einer Viertelstunde erledigt ist.«

Doch bei Tagesanbruch bearbeitete er immer noch die völlig aufgelösten und erschöpften Gäste, die wie verstörte Hühner um ihn herumhockten. »Soll ich das wirklich so verstehen, daß nicht ein einziger von Ihnen den Namen des Mädchens kennt? Daß keiner von Ihnen das Mädchen jemals zuvor gesehen hat?«

Alle schüttelten stumpfsinnig ihren Kopf.

»Zum Donnerwetter, hat denn niemand von Ihnen das Mädchen gefragt, wie es heißt? Was sind Sie eigentlich für seltsame Menschen?«

»Natürlich haben wir sie alle irgendwann nach ihrem Namen gefragt«, verteidigte sich einer der Gäste mit niedergeschlagener Stimme. »Aber sie hat ihn nicht genannt. Sie wich der Antwort immer mit Bemerkungen wie ›Namen sind Schall und Rauch‹ aus.«

»Okay, sie war also schlicht und einfach ein ungebetener Gast. Mich würde nur interessieren, wie sie sich uneingeladen in diese Gesellschaft einschleichen konnte.« Wanger wandte sich an Marjories Mutter, die gerade ins Zimmer gekommen war. »Vermissen Sie irgendwelche Wertgegenstände? Ist irgend etwas aus der Wohnung gestohlen worden?«

»Nein.« Sie schluchzte. »Ich habe eben alles kontrolliert. Es ist nichts berührt worden.«

»Dann fällt also Diebstahl als Motiv für ihr Eindringen fort. Wenn ich Sie recht verstanden habe, ist sie allen Annäherungsversuchen der männlichen Gäste der Party aus dem Weg gegangen und hat sich an Bliss herangemacht, sobald er allein war. Und« — er wandte sich an Corey — »nach Ihrer Aussage schien Bliss die Frau nach der Beschreibung, die ihm der Portier seines eigenen Apartment-Hauses gegeben hatte, nicht zu kennen. Als er hier ankam und sie zu Gesicht bekam, benahm er sich so, als sei sie eine völlig Fremde für ihn. Vorausgesetzt, daß es sich um dasselbe Mädchen handelt ... Das wäre jetzt hier im Augenblick alles«, fügte er noch hinzu.

Nachdem die Gäste ihre Namen und Adressen genannt hatten, für den Fall, daß sich noch weitere Fragen ergeben sollten, trat Corey zu Wanger. Er schien betrunken und gleichzeitig stocknüchtern zu sein. »Ich war sein bester Freund«, sagte er heiser. »Was halten Sie davon? Was haben Sie sich für ein Bild von der Sache gemacht?«

»Das will ich Ihnen sagen«, meinte Wanger, der im Begriff war zu gehen. »Es könnte fast ein Unfall gewesen sein — aber nur fast. Ein paar Kleinigkeiten sprechen dagegen. Zum Beispiel die Tatsache, daß die Frau nicht wie die anderen der Musik zugehört hat, sondern sich, gleich nachdem es passiert war, aus dem Staube machte. Außerdem hat sie sich sehr verdächtig benommen, als sie Miß Elliot in die Arme lief und deren Frage nach Bliss ausweichend beantwortete. Statt, wie es bei einem Unfall normal wäre, laut zu schreien, daß Bliss gerade über das Geländer gefallen ist, hat sie tonlos geantwortet, er sei draußen gewesen. Zugegeben, es besteht natürlich immer noch die Möglichkeit, daß er erst dann über das Geländer gestürzt ist, als sie schon wieder im Zimmer war. Dagegen spricht aber wiederum die Tatsache, daß der Tote ihren schwarzen Schal in der Hand hatte. Sie ist also wahrscheinlich in dem Augenblick, als es passierte, noch mit ihm zusammen gewesen. Aber das läßt sich so ohne weiteres nicht beweisen. Denn sie könnte immerhin den Schal auch verloren haben oder ihn aus irgendeinem Grund Bliss gegeben haben, ehe sie ins Zimmer zurückging.

Sie sehen, die Sache steht fifty-fifty. Für alles, was gegen sie spricht, kann man eine glaubwürdige Erklärung finden. Nach meiner Meinung wird uns ihr weiteres Verhalten mehr sagen. Wenn sie erfährt, daß wir nach ihr suchen, und wenn sie dann innerhalb der nächsten paar Tage zu uns kommt, um ihre Anonymität zu lüften, dann ist es durchaus möglich, daß es ein Unfall war und daß sie einfach den Kopf verloren hat und davongelaufen ist, weil sie wußte, daß sich bei einer Untersuchung herausstellen würde, sie habe auf der Party von Rechts wegen nichts zu suchen gehabt. Sollte sie sich jedoch nicht rühren und wir müssen nach ihr fahnden, dann, glaube ich, hat es sich um einen Mord gehandelt.«

Wanger raffte seine Notizen zusammen und murmelte dabei: »Wir kriegen sie — so oder so.«

Aber sie kriegten sie nicht.

Fünfzehn Tage später bei Bonwit Teller, Bijouterien:

»O ja, das ist unser Tüllschal für den Abend zu zwölf Dollar. Er kann nur bei uns gekauft worden sein. Wir sind das einzige Geschäft, das diesen Schal führt.«

»Sehr schön. Rufen Sie jetzt bitte Ihr Verkaufspersonal zusammen. Ich möchte herausfinden, ob sich jemand erinnert, diesen Schal an eine bestimmte Dame verkauft zu haben.«

Als sich die ganze Belegschaft eingefunden und Wanger sehr geduldig dreimal die Beschreibung der Frau gegeben hatte, trat eine unscheinbare, kleine Person mit einer Brille vor. »Ich — ich erinnere mich, daß ich einen dieser Schals in Schwarz vor ungefähr zwei Wochen an ein bildhübsches Mädchen oder eine junge Frau verkauft habe, auf die Ihre Beschreibung zutreffen könnte.«

»Ausgezeichnet! Graben Sie den Lieferschein aus. Ich möchte wissen, an welche Adresse dieser Schal geschickt worden ist.«

Nach fünfzehn Minuten bekam er die Auskunft: »Die Kundin hat bar bezahlt und den Schal gleich mitgenommen. Wir wissen weder ihren Namen noch ihre Adresse.«

»Ist das bei Ihnen so üblich?«

»O nein, denn wir führen nur Luxusartikel, die normalerweise ins Haus geliefert werden. Ich erinnere mich, daß diese Kundin den ausdrücklichen Wunsch hatte, in bar zu zahlen und den Schal gleich mitzunehmen.«

Wanger stieß einen Fluch aus.

Wangers Bericht an seinen Vorgesetzten, drei Wochen später:

»...Es fehlt jede Spur von ihr. Nichts deutet darauf hin, wer sie ist, woher sie kam, wohin sie ging. Nichts deutet darauf hin, warum sie es tat — *wenn* sie es getan hat. Ich habe Bliss' Vergangenheit bis ins letzte durchforscht. Ich bin dabei fast bis zu dem ersten Mädchen zurückgekommen, das er jemals geküßt hat.

Diese Frau taucht nicht ein einziges Mal auf. Wenn man den Aussagen des Nachtportiers in seinem Wohnblock und seines Freundes Corey Glauben schenken darf, dann schien Bliss sie nie gekannt zu haben. Trotzdem hat sie bei der bewußten Party jeden anderen Mann verscheucht und alles darangesetzt, mit Bliss schließlich allein auf der Terrasse zu sein. Aus diesem Grund kann es sich auch um keine Verwechslung handeln.

Zusammenfassend sprechen jedoch nur folgende Tatsachen dafür, daß es sich um keinen Unfall, sondern um einen Mord gehandelt haben könnte: das seltsame Verhalten dieser mysteriösen Frau, ihr plötzliches Verschwinden von der Party und die Tatsache, daß sie sich nicht bei der Polizei gemeldet hat, um ihre Personalien zu nennen und eine Erklärung abzugeben.«

Wangers offizieller Bericht zum Fall Ken Bliss:

»Ken Bliss stürzte am 20. Mai um vier Uhr dreißig morgens von einer Terrasse im siebzehnten Stockwerk. Die letzte Person, die ihn lebend gesehen hatte, war eine Frau, ungefähr sechsundzwanzig Jahre alt, blasse Hautfarbe, hellblonde Haare, blaue Augen, einssiebenundsechzig groß. Identität nicht bekannt.

Zur Vernehmung gesucht!

Falls es sich um einen Mord handelt, wäre das wahrscheinliche Motiv Leidenschaft oder Eifersucht. Frühere Beziehungen der Frau zu dem Toten sind jedoch nicht bekannt.

Zeugen: keine.

Beweismaterial: Ein schwarzer Abendschal; gekauft bei Bonwit Teller am 19. Mai.

Der Fall ist ungeklärt.«

Zweiter Teil

MITCHELL

1. Die Frau

Miriam — ihren Nachnamen hatte man im ›Helena Hotel‹ längst vergessen — war eine gedrungene, leicht erregbare Frau mit einer Haut, die wie altes Leder aussah. Es gab nur drei Dinge in ihrem Leben, die ihr wirklich etwas bedeuteten: ihre britische Staatsangehörigkeit, die nicht ihr Verdienst war, sondern die sie einfach durch die Tatsache erworben hatte, daß sie auf Jamaica das Licht der Welt erblickt hatte, ein Paar Ohrringe aus goldenen Münzen und *ihr* System, die Zimmer sauberzumachen. Kein Mensch hatte je etwas gegen die ersten beiden Dinge einzuwenden gehabt, und die schwachen Versuche seitens der Hotelleitung, ihr in ›ihr System‹ beim Saubermachen dreinzureden, waren bald an ihrem energischen Widerstand gescheitert.

Nun war ihr System in der Tat etwas eigenwillig. Die Reihenfolge, in der sie die Zimmer säuberte, hatte weder etwas mit der laufenden Numerierung noch mit der Lage der einzelnen Räume an den düsteren, knarrenden, unebenen Korridoren zu tun. Sie wischte und putzte nach einem geheimnisvollen Schema, von dem sie keiner abbringen konnte. Ihr System schien irgendwelchen Zauberformeln, die nur ihr bekannt waren, unterworfen zu sein — und wehe dem, der sie aus dem Tritt bringen wollte! Dann hallten ihr Gezeter und ihre Tiraden noch Stunden später durch die muffigen Gänge.

»Zimmer vierzehn kommt nach Zimmer siebzehn an die Reihe! Erst muß ich mit siebzehn fertig sein! Ich habe vierzehn noch nie vorher gemacht!«

Die Reihenfolge war auch nicht durch irgendwelche Trinkgelder umzustoßen. Abgesehen davon, daß Trinkgelder im ›Helena Hotel‹ ohnehin höchst selten waren. Wenn man von Miriam verlangt hätte, sie sollte ihr System erklären, hätte sie wahrscheinlich nur mit den Achseln gezuckt und bestenfalls gebrummt: »Is' eben so.«

Miriam hatte wieder einmal vierzehn saubergemacht, und es war so sicher wie das Amen in der Kirche, daß nunmehr Zimmer neunzehn an die Reihe kommen würde. Sie schlurfte — in der einen Hand den leicht verrosteten Blecheimer, in der anderen den ausgefransten Schrubber, der noch Schmutzreste von vierzehn aufwies — zum anderen Ende des muffigen Flurs.

Sie blieb vor neunzehn stehen, drehte den Schlüssel im Schloß herum und klopfte dann zweimal an die Holztür. Das war eine reine Formsache, denn sie wäre außer sich gewesen, wenn sich ›der von neunzehn‹ noch in seinem Zimmer aufgehalten hätte. Ihr ganzes System wäre durcheinander gewesen. ›Der von neunzehn‹ hatte um diese Zeit einfach nichts in seinem Zimmer zu suchen.

Sie stieß die Tür von neunzehn resolut auf und trat in das häßliche kleine Einzelzimmer. Die Farbe des Teppichs war im Laufe der Jahre so verschossen, daß jetzt nur noch ein schwammiges graugrünes Etwas den Boden bedeckte. Das einzige Fenster ging in einen Schacht. Hin und wieder verirrte sich ein Sonnenstrahl in den Schacht, durch den das Zimmer aber absolut nicht freundlicher wirkte, denn man sah dann nur deutlicher den Ruß, der vor dem Fenster in der Luft wirbelte.

Über dem Bett hing eine Galerie Mädchenbilder. Es waren Fotografien in den verschiedensten Größen, alle eingerahmt. Miriam schaute überhaupt nicht mehr zu den Fotos hin, denn die meisten hingen schon seit einigen Jahren da. Und das Bild von dem Mädchen, mit dem ›der von neunzehn‹ jetzt ging, würde kaum dazukommen. Einfach deshalb, weil es sich das Mädchen nicht leisten konnte, zum Fotografen zu gehen, und weil er das Geld für einen Bilderrahmen nicht aufbrachte. Außerdem war an der Wand über dem Bett sowieso kaum mehr Platz für ein weiteres Bild. Und um an einer anderen Wand neu anzufangen, dazu war er schon zu alt. Zumindest hätte er sich darüber klarwerden sollen, daß er schon zu alt dafür war.

Nachdem Miriam das Bett gemacht hatte, wobei sie beachtliche Staubwolken aufwirbelte, ging sie zur Tür und lehnte sie an. Sie tat das keineswegs verstohlen, ihre Bewegung glich eher einer Herausforderung. Sie machte ihrem Ärger auch Luft und brummte vor sich hin: »Dieses blöde Versteckspiel. Immer muß er es verstecken. Was glaubt er denn, wer es ihm wegnimmt? Wer sollte sich denn schon dafür interessieren?«

Sie wischte sich mit dem Handrücken über den Mund und öffnete die Tür des Kleiderschranks. Sie bückte sich, fuhr in das Durcheinander aus schmutzigen Hemden auf dem Schrankboden und zog eine Flasche Gin hervor. Sie tat es wie jemand, der ein Kaninchen am Genick faßt und aus einem Loch zieht.

Der Anblick der Flasche erfreute sie durchaus nicht, sondern verstärkte eher ihre moralische Entrüstung. »Was glaubt er denn, wer hier außer mir ins Zimmer kommt? Er weiß doch, daß außer mir keiner herein kann. Es ist was Schreckliches mit mißtrauischen Menschen.«

Sie hob die Flasche an den Mund und nahm einen kräftigen Schluck. Danach schlurfte sie zum Waschbecken und drehte den Kaltwasserhahn auf. Mit traumwandlerischer Sicherheit, die auf langjährige Erfahrung schließen ließ, hielt sie die Ginflasche einen kurzen Augenblick unter den Wasserstrahl und zog sie dann wieder zurück. Mit diesem einen Griff hatte sie in etwa die fehlende Flüssigkeitsmenge wieder aufgefüllt. Das war auch nicht so schwierig, wie man meinen sollte, denn der Mißtrauische von neunzehn pflegte bei seinen Flaschen immer deutlich sichtbar die Höhe des Alkoholspiegels mit einem Bleistiftstrich zu markieren. Nach einem prüfenden Blick stellte sie fest, daß sie es zu gut gemeint hatte. Sie korrigierte den Fehler, indem sie noch einen Schluck trank. Dabei redete sie sich langsam in Wut. »Dieser alte Stinkstiefel! Dieser alte Geizkragen!« Ihre Kulleraugen funkelten vor Zorn, und die goldenen Münzen wippten erregt an ihren Ohren. »Eins kann ich ums Verplatzen nicht ausstehen. Und das sind Leute, die mir mißtrauen!«

Sie versenkte die Flasche wieder zwischen den schmutzigen Hemden, schloß den Kleiderschrank und stieß die angelehnte Zimmertür auf. Dann widmete sie sich dem zweiten Teil ihrer Pflichten, der darin bestand, mit dem Schrubber, um den sie einen alten Lappen gewunden hatte, aufs Geratewohl in ein paar Ecken zu fahren.

Mitten in dieser spannenden Tätigkeit spürte sie plötzlich, daß jemand sie beobachtete. Als sie den Kopf umwandte, gewahrte sie eine Dame, die auf dem Flur stand und ins Zimmer schaute. Miriam erkannte sofort, daß die Frau nicht im Hotel wohnte, womit sie automatisch in ihrer Achtung stieg. So geringschätzig ihre Meinung über die Hotelgäste und demzufolge ihr Verhalten ihnen gegenüber war, so viel hielt sie von Menschen, die nicht in dem Hotel wohnten. Sie waren ihrer Zuneigung sicher.

»Ja, gnä' Frau?« fragte sie mit höflichem Interesse. »Wollen Sie zu Mr. Mitchell?«

»Nein«, antwortete die Dame und schüttelte lächelnd den Kopf. »Ich bin zufällig hier vorbeigekommen und wollte eine Freundin besuchen. Aber sie ist nicht da. Ich wollte gerade wieder zum Fahrstuhl — aber, ich bin wohl versehentlich in die falsche Richtung gegangen . . .«

Miriam stützte sich auf den Schrubberstiel wie ein venezianischer Gondoliere, der sich auszuruhen gedenkt. Sie wünschte, die Dame möge nicht gleich weitergehen.

Das tat diese auch nicht. Sie machte einen fast unmerklichen Schritt auf die Türschwelle zu; blieb aber korrekterweise außerhalb des Zimmers. Es sah so aus, als habe sie ein geradezu überwältigendes Interesse an Miriam und einer Unterhaltung mit ihr. Miriam schwoll vor Behagen sichtlich der Kamm.

»Wissen Sie«, begann die Dame, die so bezaubernd lächeln konnte und sich mit Miriam offenbar in ein Von-Frau-zu-Frau-Gespräch einlassen wollte, »ich finde immer, daß man sich nur das Zimmer, in dem ein Mensch lebt, anzusehen braucht, um zu sagen, was das für ein Mensch ist.«

»Das stimmt! Da haben Sie völlig recht!« pflichtete ihr Miriam aus vollem Herzen bei.

»Nehmen Sie nur einmal das Zimmer hier — das Sie gerade saubermachen und an dem ich zufällig vorbeigekommen bin. Ich weiß nichts über den Menschen, der hier wohnt . . .«

»Über Mr. Mitchell?« fragte Miriam beflissen. Sie fühlte sich inzwischen von der Dame fast magnetisch angezogen. Ihr Kinn ruhte bewegungslos auf der Kuppe des Schrubberstiels.

Die Dame machte eine gleichgültige Handbewegung. »Mitchell, oder wie immer er heißen mag — ich kenne ihn nicht, und ich habe ihn nie gesehen. Aber ich werde Ihnen sagen, was mir dieses Zimmer über ihn sagt — verbessern Sie mich, wenn ich mich irre.«

Miriam wand sich förmlich vor Vorfreude. »Fangen Sie nur an«, sagte sie.

»Er ist nicht sehr ordentlich. Die Krawatte da, die er um den Bettpfosten geschlungen hat . . .«

»Er ist ein Liederjan«, bestätigte Miriam grimmig.

»Er hat nicht viel Geld — aber das würde mir schon das Hotel als solches sagen; es kann nicht teuer sein.«

»Er ist seit genau acht Jahren immer eineinhalb Monate mit der Miete im Rückstand«, pflichtete Miriam trübe bei.

Die Dame machte eine kurze Pause, jedoch nicht wie jemand, der versucht, einem etwas weiszumachen, sondern wie jemand, der seine Worte erst sorgfältig abwägt, ehe er sie ausspricht. »Er arbeitet nicht«, sagte sie schließlich. »Im Papierkorb liegt die heutige Morgenzeitung. Ich kann es von hier aus sehen. Wahrscheinlich steht er spät auf und liest erst eine Weile, ehe er für den Rest des Tages das Haus verläßt."«

Miriam nickte hingerissen. Sie konnte ihren Blick nicht von diesem allwissenden Wunderwesen lassen. Wenn jemand den Schrubberstiel umgestoßen hätte, wäre sie wahrscheinlich, ohne es zu merken, in der halbvorgebeugten Stellung stehengeblieben. »Er ist stinkfaul und tut überhaupt nichts. Er lebt von irgendeiner Armee-Rente, die er jeden Monat bekommt. Keine Ahnung, was für 'ne Rente das ist.« Sie schüttelte schier fassungslos den Kopf. »Jesus, sind Sie gut!«

»Er ist einsam und hat nicht viele Freunde.« Sie nickte zur Wand hin. »Diese ganzen Bilder da sind kein Zeichen von Popularität, sondern von Einsamkeit. Wenn er viele Freunde und Freundinnen hätte, dann brauchte er sich die Bilder nicht hinzuhängen.«

Von diesem Gesichtspunkt aus hatte Miriam die Sache noch nie betrachtet. Wenn sie sich früher die Bilder eingehend angeschaut hatte — sie tat es schon seit langem nicht mehr —, dann waren sie ihr nur als Beweis dafür vorgekommen, daß ›der von neunzehn‹ eben doch einen miesen Charakter hatte. Denn ihr waren diese Fotos immer wie Jagdtrophäen vorgekommen.

»Selbst wenn er diese Mädchen alle gut gekannt haben sollte«, fuhr die Dame fort, »was ich noch bezweifeln möchte, dann hat er sie bestimmt nicht alle gleichzeitig gekannt, sondern in größeren Zeitabständen der Reihe nach. Sehen Sie nur, die da hat eine Frisur, die gleich nach dem Krieg modern war, und die da hat den typischen Bubikopf der zwanziger Jahre, und die links davon hat die schulterlangen Haare, wie man sie vor einigen Jahren getragen hat.«

Miriam starrte die Bilder an, als sehe sie sie zum ersten Male. Sie stützte dabei ihr Kinn nach wie vor auf den Schrubberstiel.

»Aber er hat niemals die Frau gefunden, die er vielleicht suchte. Denn wenn das der Fall gewesen wäre, würden nicht so viele Bilder an der Wand hängen. Wahrscheinlich nicht ein einziges. Aber so —« sie nagte an der Unterlippe — »wenn man von jedem Foto etwas nimmt und es zu einem einzigen Bild zusammenfügt, dann weiß man, was er für eine Frau gesucht hat.«

»Donnerwetter!« murmelte Miriam hingerissen. Ihr war es nie in den Sinn gekommen, daß ihr Gin-Spender hätte nach etwas Bestimmtem suchen können. Zumindest nichts, worüber man sich mit einer vornehmen Dame hätte unterhalten dürfen.

»Er hat sich in eine Illusion verrannt. Er hat ein Wunderwesen gesucht. Eine Frau, die auf der ganzen Welt nicht zu finden ist. Eine Frau, die nur in seiner Fantasie existiert. Ein Wesen, das gleichzeitig eine Nymphe, eine Haremsdame und eine Mata Hari sein müßte.«

»Eine was?» fragte Miriam, die Augen weit aufgerissen.

»Sehen Sie sich doch nur die Mädchen an. Keine von ihnen sieht so aus, wie sie wirklich ist, beziehungsweise war. Die da hat ihr Gesicht hinter einem Schleier verborgen, die ist im Spiegel fotografiert, die lächelt neckisch hinter einem Fächer, und die da ganz rechts senkt ihr Gesicht über eine Rose.« Die Fremde lächelte leicht. »Ein Mann und seine Träume!«

»Dann wird er die wahrscheinlich nie finden, die er sucht«, meinte Miriam tiefsinnig.

»Wer weiß«, meinte die Dame. »Das kann man nie sagen.«

Dann legte sie den Kopf leicht zur Seite und schaute Miriam mit einem bezaubernden Lächeln an. »Nun seien Sie ehrlich: Habe ich nicht so ungefähr recht gehabt?«

»Sie haben hundertprozentig recht gehabt!« schmetterte Miriam begeistert.

»Na, bitte. Da sehen Sie, was einem ein Zimmer alles sagen kann.«

Miriam schaute sich um. »Mir hätte es nichts gesagt . . .«

»Nun ja, man bekommt mit der Zeit einen Blick dafür. — Aber ich will Sie nicht länger von der Arbeit abhalten . . .«

Die Dame lächelte und winkte Miriam freundlich zu, ehe sie fortging.

Miriam seufzte bedauernd, als sie wieder allein war. Sie lehnte den Schrubber gegen die Wand und trat in die Tür. Sie schaute der Dame nach, bis sie um die Ecke verschwunden war.

Dann seufzte Miriam noch einmal tief auf. Was war das für eine angenehme Unterhaltung gewesen! Und dabei noch so interessant und lehrreich! Was für ein Jammer, daß das Gespräch nur so kurz war.

Sie hörte die Fahrstuhltür leise zuklicken. Nun war die freundliche Dame endgültig verschwunden. Miriam trottete ins Zimmerinnere zurück und machte sich lustlos wieder an die Arbeit.

»Gott, war die nett«, murmelte sie vor sich hin. »Schade, daß sie bestimmt nicht wiederkommt.«

2. Mitchell

Mitchell betrat wie immer zur gewohnten Zeit die schäbige Halle seines Hotels. Er hatte wie immer eine zusammengefaltete Zeitung unterm Arm und blieb bei der Rezeption stehen, um sich zu erkundigen, ob Post für ihn da sei. Der Portier warf ihm den Blick zu, den er für Gäste, die ständig eineinhalb Monate mit der Miete im Rückstand waren, reserviert hatte, und reichte ihm mit spitzen Fingern drei Briefe.

Der erste Brief war von Maybelle, seiner blonden Freundin aus dem Restaurant. Der zweite war gar nicht an ihn adressiert — er gehörte in das Postfach seines Zimmernachbarn —, und beim dritten ließ sich auf den ersten Blick feststellen, daß er entweder irgendeine Reklame oder eine Rechnung enthielt. Die Adresse war mit der Schreibmaschine geschrieben, und der Absender fehlte. Aus diesem Grund hatte er auch gar kein Verlangen, diesen Brief gleich aufzumachen. Er roch Rechnungen und Reklamen zehn Meilen gegen den Wind.

Mit dem Fahrstuhl fuhr er nach oben, schloß die Zimmertür

hinter sich und schaute sich in dem Raum um, in dem er seit so vielen Jahren lebte. Er hatte ihm inzwischen seinen persönlichen Stempel aufgedrückt. Da waren die gerahmten Fotografien von Mädchen, die fast eine ganze Wand einnahmen. In der Tat eine stattliche Galerie. Aber Mitchell war alles andere als ein Wüstling — er war ein Romantiker. Er hatte zeit seines Lebens nach seinem Ideal gesucht, nach einer Frau, bezaubernd und geheimnisvoll zugleich. Er träumte von Schleiern und Fächern und heimlichen Rendezvous und was noch so dazugehörte. Doch alles, was er bisher kennengelernt hatte, waren mehr oder weniger Kellnerinnen von Childs und Verkäuferinnen von Hearns. Und bald würde es zu spät sein, *sie* noch zu finden. Aber bald würde es ja auch nicht mehr so wichtig sein.

Er hängte seinen Mantel auf, in dessen Tasche immer noch der dritte ungeöffnete Brief steckte. Dann zog er die Ginflasche unter dem Haufen schmutziger Hemden hervor. Er genehmigte sich jeden Abend zwei Finger breit. Nach diesem System kam er mit einer Flasche vierzehn Tage aus. Er schoß den Strahl aus der Flasche so zielsicher in den Mund, daß seine Lippen nicht einmal das Glas berührten.

Und wieder einmal ging ein Tag zu Ende, ohne daß sich etwas Wunderbares, etwas Außergewöhnliches ereignet hätte. Nie würde ihm etwas Wunderbares, etwas Außergewöhnliches mehr widerfahren! Alles war billig und schäbig und würde wohl immer billig und schäbig bleiben: das Hotelzimmer, er selbst, der Gin, seine Träume. Er beschloß Maybelle jetzt gleich anzurufen — dann hatte er es hinter sich. Die Sache mit Maybelle war vorbei. Und vielleicht war damit für ihn alles vorbei. Aber er konnte Maybelle einfach nicht länger ertragen. Alles, was sie sagte und dachte, war: Bier und Leberwurst.

Er griff entschlossen zum Hörer und gab dem Portier die Nummer von Maybelles Pension. Während er wartete, fiel sein Blick auf den Mantel, in dem sich seine Zigaretten befanden. Dabei fiel sein Blick auf den dritten, noch immer ungeöffneten Brief. Er zerrte ihn aus der Manteltasche und riß den Umschlag auf.

Ein orangefarbenes Billett flatterte heraus. Weiter war nichts in dem Umschlag. Mitchell starrte verblüfft auf die Theaterkarte. ›Elgin-Theater. Loge A-1. Dienstag abend . . .‹ Das war heute! In einer Ecke stand noch der Preis. Drei Dollar dreißig. Das mußte irgendein fauler Trick sein. Das konnte ja einfach nicht stimmen! Aber sooft er die Karte auch nach allen Seiten drehte, er konnte keinen Pferdefuß entdecken. Sie war zweifellos echt, gültig — und bezahlt. Aber wer, um Himmels willen, sollte ihm so etwas schicken?

Er schreckte aus seinen Gedanken auf. Das Telefon krächzte. Er holte tief Luft. »Verzeihung«, sagte er dann steif, »falsch verbunden.« Und legte den Hörer auf.

Dann fing er an, sich für den Theaterbesuch fertigzumachen. Als er gerade damit beschäftigt war, seine Haare zu bändigen, schrillte wieder das Telefon. Es war Maybelle. »Hast du gerade bei mir angerufen, Mitch?«

»Nein«, log er ohne eine Spur von Gewissensbissen.

»Na ja, is' auch egal. Sehe ich dich heute abend?«

»Nein, Schatz«, sagte er leise jammernd. »Ich hab' mich ins Bett gelegt. Ich glaube, mich hat die Grippe erwischt.«

»Ach, herrje! Soll ich hinüberkommen und dir Gesellschaft leisten?«

»Nein, nein«, sagte er hastig. »Nachher steckst du dich an und verlierst einen Wochenlohn.« Er legte den Hörer auf, ehe sie ihm mit weiteren unerwünschten Samariterdiensten auf die Nerven fallen konnte.

Als er im Elgin-Theater dem Kontrolleur die Karte reichte, war er fast sicher, daß jetzt irgendeine Panne passieren würde. Doch nichts dergleichen geschah, und der Billettabreißer behandelte ihn mit ausgesuchter Höflichkeit. Immerhin handelte es sich um einen Herrn mit Logenplatz.

Kein Zweifel mehr, daß die Karte echt war. Aber wer hatte sie ihm geschickt? Würde die betreffende Person schon in der Loge sein? Und was war, wenn mehrere Leute da saßen?

In der Loge mußte er mit einer gewissen Enttäuschung feststellen, daß noch niemand da war. Vier Sessel warteten auf Zuschauer. Mitchell fühlte sich reichlich unbehaglich. Er schaute immerfort zur Tür. Eigentlich wartete er halb und halb darauf, daß ihm der Platzanweiser auf die Schulter tippte und ihm erklärte, daß es sich um einen Irrtum handelte und daß er die Loge zu verlassen habe, weil jemand gekommen sei, der die Plätze rechtens beanspruchte. Doch nichts dergleichen geschah. Das

Theater füllte sich langsam. Nur in die Mittelloge, in der er saß, kam niemand. Auch als sich dann das Pausenlicht in ein dezentes, mattes Blau verwandelte und die Ouvertüre begann, waren die drei anderen Plätze noch immer nicht besetzt. Es sah fast so aus, als hätte jemand die Karten für die ganze Loge gekauft, um sicherzugehen, daß die anderen Sessel nicht besetzt würden.

Dann begann das Stück. Und als sich vor Mitchells Augen eine glanzvolle Traumwelt entfaltete, vergaß er nach und nach die seltsamen Umstände, die ihn ins Theater gebracht hatten. Er konnte darum später auch nicht sagen, wann *sie* gekommen war. Ihm wurde nur irgendwann plötzlich bewußt, daß jemand neben ihm saß. Die beiden rückwärtigen Sitze blieben auch weiterhin leer.

Von dem Theaterstück sah er fortan nichts mehr. Denn er konnte seinen Blick nicht von ihr wenden, so schön war sie! Mein Gott, war die schön! Rote Haare umrahmten ein Gesicht, das aus Marmor gemeißelt war. Sie trug ein schwarzes Samtcape, aus dem sich ihre Schultern und ihr Kopf wie — wie eine Seejungfrau aus einer Muschel zu erheben schienen.

Er hätte niemals gewagt, sie anzusprechen. Doch sie wandte sich ihm zu, nachdem sie sich eine Zigarette zwischen die Lippen gesteckt hatte. »Stört es Sie?« fragte sie mit leicht ausländischem Akzent. »Soviel ich weiß, darf man hier in diesen Logen rauchen.«

Das war der Beginn ihrer Bekanntschaft.

Er hatte seine Vorbereitungen lange vor der Zeit beendet. Obwohl er nicht so recht glauben konnte, daß sie ihn wirklich, hier in seinem Zimmer, besuchen wollte. Doch es war ihre eigene Idee gewesen — er hätte nicht im Traum daran gedacht, es ihr vorzuschlagen. Leicht stockend hatte er ihr erklärt, wie sie in sein Zimmer gelangen konnte, ohne sich den neugierigen Blikken des Portiers in der Halle auszusetzen. Es gab da einen Dienstbotenaufgang im rückwärtigen Teil des Hotels . . . Ihr war es trotz dieser Begleitumstände gelungen, ihm taktvoll und charmant klarzumachen, daß sie nicht an ein Techtelmechtel dächte. Als wenn das für ihn nicht sowieso selbstverständlich gewesen wäre! Mit seinem Ideal fing man kein Techtelmechtel an! Sein Ideal konnte man nur anbeten!

Er trat zur Tür und schaute sich wohl zum zehntenmal prüfend im Zimmer um. Dort, wo jahrelang die Fotografien von den Mädchen gehangen hatten, zeichneten sich jetzt deutlich sichtbar an der Wand gelbe rechteckige Flecke ab. Ihn interessierten die Bilder nicht mehr. Was konnten ihm diese Mädchen schon noch bedeuten, jetzt, da ihm endlich doch das große Wunder widerfahren war?

Er hatte eine bunte Decke beschafft und sie über das Bett gebreitet. Viel mehr ließ sich mit dem Zimmer nicht machen. Es war und blieb ein schäbiges Acht-Dollar-pro-Woche-Kabuff.

Nervös rieb er sich die Hände. Immer wieder schaute er in den Spiegel, um zu sehen, wie ihm die neue Krawatte stand.

Als das Telefon schrillte, stürzte er so eilig hin, daß er fast über seine eigenen Füße gestolpert wäre. Wollte sie absagen? Hatte sie es sich anders überlegt? Doch dann sank er erleichtert auf einen Stuhl und schnitt eine Grimasse. Es war nur Maybelle.

»Was macht die Grippe, Mitch? Ich mache mir schon den ganzen Tag über Sorgen um dich. — Heute haben so viele Gäste Hühnerbrühe bestellt, daß ich eine ganze Menge abzweigen konnte. Ich bringe sie dir nachher vorbei. Hühnerbrühe ist immer gut, wenn man im Bett liegt und...«

Ihn traf fast der Schlag. Großer Gott, ausgerechnet heute! »Ich denke, du hast donnerstags immer Nachtdienst?« knurrte er unfreundlich.

»Ich habe mit einem anderen Mädchen getauscht, damit ich zu dir kommen und mich um dich kümmern kann.«

»Nein — vielleicht ein andermal. Ich habe heute keine Zeit —«

Nach einer kurzen Pause wurde am anderen Ende der Leitung ein Schluchzen vernehmbar. »Wie du meinst! Es wird dir noch leid tun!«

Er legte ungerührt den Hörer auf und hörte im gleichen Augenblick das ersehnte leichte Klopfen.

Er riß die Tür auf — und ein Märchen wurde Wirklichkeit. Genauso hatte er es sich in seinen Träumen vorgestellt, daß es irgendwann einmal passieren würde. Sie war in dasselbe Samtcape gehüllt, das sie im Theater getragen hatte.

Er wußte nicht, was er sagen sollte; er hatte keine Ahnung, wie man sich seinem Ideal gegenüber verhält. »Haben Sie diese

Treppe gleich gefunden?« stammelte er. »Ich — ich hätte vielleicht unten an der Ecke auf Sie warten sollen...«

Er stellte hastig das Radio an. Es dauerte eine ganze Weile, bis er merkte, daß die Sportnachrichten liefen. Hastig schaltete er es wieder aus.

Sie zog aus irgendwelchen Falten ihres Capes eine Flasche hervor. Sie brachte selbst das mit Würde fertig. Bei jeder anderen, zum Beispiel bei Maybelle, wäre ihm das gönnerhaft und aufdringlich vorgekommen. Aber bei ihr war es ganz etwas anderes. »Das ist für uns beide«, sagte sie schlicht. »Arrak. Mein Beitrag für unseren Abend.« Sie vermittelte ihm damit keineswegs das Gefühl, ein armer Hund zu sein. Er holte lächelnd den Korkenzieher.

Der Arrak hatte es in sich. Mitchell sah die Welt plötzlich durch eine rosarote Brille. Seine Zunge löste sich, und er sprach ohne Hemmungen das aus, was ihm gerade durch den Kopf schoß. »Sie sind genauso, wie ich mir immer eine Frau erträumt habe. Es ist fast so, als wäre meine Illusion lebendig geworden.«

»Eine kluge Frau kann für jeden Mann die Erfüllung all seiner Träume sein. Eine kluge Frau kann sich so anpassen, daß sie dem Ideal jedes Mannes entspricht. Sie muß nur herausfinden, welchen Typ der Betreffende ersehnt. Jene Bilder an der Wand zeigten so deutlich, was Sie bei einer Frau suchen.«

Er ließ fast vor Schreck das Glas aus der Hand fallen und starrte sie mit weitaufgerissenen Augen an. »Woher wissen Sie, daß an der Wand Bilder hingen? Waren Sie denn schon einmal in diesem Zimmer?«

Sie nippte an ihrem Arrak und hüstelte leicht. »Nein, natürlich nicht«, sagte sie hastig. »Aber ich sehe die Stellen, an denen Bilder gehangen haben müssen. Und ich bin überzeugt, daß es Fotos von Mädchen waren. Und nur ein Romantiker, der romantische Vorstellungen von den Frauen hat, hängt sich solche Bilder an die Wand.«

»Oh«, seufzte er, als er sein Glas wieder an die Lippen führte. Sein Denkvermögen war zu diesem Zeitpunkt schon ein wenig gemindert. Außerdem fühlte er sich zu glücklich, um noch jedes ihrer Worte auf die Waagschale zu legen. Er starrte gedankenverloren vor sich hin und flüsterte: »Komisch...«

»Was ist komisch?«

»Sie schaffen es allein durch Ihre Gegenwart, daß sich dieser schäbige Raum hier in ein warmes, behagliches Heim verwandelt. Sie machen mich zwanzig Jahre jünger« — seine Zunge war schon etwas schwer — »durch Sie fühle ich mich wieder wie früher, als ich noch die Straßen entlangschlenderte, um jede Ecke lugte und sicher war, etwas zu finden…«

»Was?«

»Ich weiß nicht. Irgend etwas Wunderbares. Ich habe es nie gefunden. Aber damals machte es mir noch nichts aus, denn auf meinem Lebensweg gab es immer wieder Ecken, um die ich schauen konnte. Und ich war so sicher, es eines Tages doch zu finden, daß ich die Suche nie aufgegeben habe. Eines Tages aber — ich weiß nicht mehr, wann es war, es ist schon zu lange her — wußte ich auf einmal, daß ich einem Traumbild nachjage, das es im wirklichen Leben nicht gab. Und jetzt sind Sie gekommen… Sie müssen ein Wunderwesen sein!«

»Eine Fee oder eine Hexe?«

Er wußte damit nichts anzufangen und lächelte dünn.

»Ich muß nun gehen.« Sie erhob sich und trat auf die Kommode zu, auf der die Flasche stand. »Einen werden wir zum Abschluß noch trinken.« Sie hielt die Flasche gegen das Licht.« Ich glaube, so viel ist gerade noch drin.« Sie schickte sich an, die beiden Gläser, die in bemerkenswerter Entfernung voneinander standen, zu füllen, tat es dann aber doch nicht. »Ich muß mich für Sie schön machen«, sagte sie, »denn so, wie Sie mich zuletzt sehen, werden Sie mich in Erinnerung behalten.« Sie lächelte ihm über die Schulter zu.

Eine kleine, silberne Puderdose blitzte in ihrer Hand auf. Sie beugte sich über die Kommode zum Spiegel vor. Mit fahrigen Handbewegungen schien sie eher den guten Willen als die Tat beweisen zu wollen, denn bei genauer Betrachtung puderte sie mehr den Zwischenraum zwischen sich und dem Spiegel als ihre Nase.

Er saß zurückgelehnt und leicht benebelt da. Lächelnd schaute er ihren Bemühungen zu.

Ihre Nase war auch nicht die Spur matter geworden — aber wer weiß, vielleicht bestand die Kunst des Puderns darin, daß man nachher kaum einen Unterschied sah. Ein paar hellrosa Stäubchen waren auf das dunkle Holz der Kommode gerieselt.

Da das ihren Ordnungssinn zu stören schien, beugte sie sich herunter und blies die Spuren fort.

Dann füllte sie die beiden Gläser und trat zu ihm.

Aus dem Blick, mit dem er sie anschaute, sprach fast hündische Ergebenheit. »Ich kann immer noch nicht glauben, daß das alles wahr ist. Daß Sie wirklich hier sind. Daß sie sich zu mir herunterbeugen und mir ein Glas reichen. Daß Ihr Atem über mein Haar streicht. Daß Sie mich mit dem zarten Duft umgeben, mit dem eine einzige Nelke einen ganzen Raum erfüllen kann...«

Während er sprach, hatte er sein Glas wieder abgesetzt. Sie folgte mit scheinbarer Selbstverständlichkeit seinem Beispiel.

»Wenn Sie aus dieser Tür hinausgehen, werde ich glauben, daß ich mir das alles nur eingebildet habe. Ich werde heute nacht von Ihnen träumen, und wenn ich morgen früh aufwache, werde ich nicht wissen, war es nun Traum oder Wirklichkeit. Um ehrlich zu sein, ich könnte es schon jetzt nicht mehr genau sagen.«

»Trinken Sie.« Als sie sah, daß er nach dem falschen Glas griff, sagte sie: »Nein, das hier gehört Ihnen! Haben Sie es schon vergessen?« Eine plötzliche Schärfe schwang in ihrer Stimme mit.

»Was soll ich vergessen haben!«

»Daß Sie von mir träumen wollen! Möge es ein langer, angenehmer Traum werden!«

Er hob sein Glas. »Auf den Traum!«

Ihre Augen ruhten auf seinem Glas, das er nur zur Hälfte geleert hatte, als er es wieder absetzte. »Wir sehen uns heute nicht zum erstenmal«, sagte sie langsam und betont.

»Nein, natürlich nicht, gestern abend im Theater...«

»Das meine ich nicht. Sie haben mich früher schon einmal gesehen. — Auf den Stufen vor einer Kirche. Können Sie sich nicht erinnern?«

»Auf den Stufen vor einer Kirche?« echote er schwachsinnig. Sein Kopf rollte zur Seite, und es bereitete ihm einige Schwierigkeit, ihn wieder aufzurichten. »Was hatten Sie denn da verloren?«

»Ich hatte gerade geheiratet. Können Sie sich nun erinnern?«

Er lauschte dem Klang ihrer Worte und leerte, ohne es zu merken, sein Glas. »War ich auf der Hochzeit...?«

»O ja, Sie waren auf der Hochzeit — das kann man wohl sagen!« Sie sprang hastig auf und stellte das Radio an. »Jetzt ist ein bißchen Musik genau das Richtige.«

Der Klang einer kehligen, aufreizenden Posaune zerriß die Luft. Die Frau wirbelte herum und kam auf Mitchell zu. Sie blieb sekundenlang vor ihm stehen und fing dann an, sich im Rhythmus der Musik zu drehen. Schneller und immer schneller...

Er fuhr sich mit der Hand über die Stirn. »Ich kann Sie gar nicht mehr so genau sehen — was ist los? Flackert das Licht?«

Ihre Bewegungen wurden rasend. Dieser Solotanz war ein einziger Triumph für sie — es war ein Totentanz. »Das Licht ist so hell wie vorher, es erlischt nicht — es ist Ihr Leben, das erlischt...«

Das Glas entglitt seinen Händen und fiel scheppernd auf den Boden. Er krümmte sich, fuhr sich mit der Hand an den Hals »Ich krieg' keine Luft — es zerreißt mich — helfen Sie mir — einen Doktor — schnell!«

»Ihnen kann kein Arzt mehr helfen«, sagte sie kalt.

Ihre Worte trafen ihn wie ein Peitschenhieb und ließen sein Blut erstarren. Sein Blick trübte sich immer mehr. Er sank vom Stuhl und wand sich auf dem Teppich vor Schmerzen. Auf seinen Lippen bildete sich Schaum, als er röchelte: »Ich wollte Sie doch nur glücklich machen...«

Ihr Flüstern schien aus einer unendlichen Ferne zu kommen. »Das haben Sie auch — das haben Sie auch — das haben Sie auch...«

Dann hüllte ihn gnädiges Schweigen ein.

Die Frau stellte das Radio ab und verließ das Zimmer. Sie zog sacht die Tür hinter sich zu. Da erstarrte sie zur Salzsäule.

Sie standen einander gegenüber. Maybelle war stämmig, blond und zerzaust. Sie hielt einen Behälter in ihren Händen, den sie notdürftig in braunes Packpapier gewickelt hatte. Die Frau im Samtcape straffte die Schultern und schaute die Blonde abschätzend und durchdringend an. Ihr Blick glich dem eines Toreros, der versucht, die Schwächen des Stiers herauszufinden, ehe er den Kampf beginnt.

Die andere sprach zuerst. Sie verzog ihre vollen, zu grell geschminkten Lippen schmollend und sagte mit plärrender Stimme: »Ich wollte das hier Mitch bringen. Wenn er mich nicht sehen will, kann er es bleiben lassen. Ich verstehe jetzt. Aber sagen Sie ihm...«

»Ja?«

»Sagen Sie ihm, er soll das trinken, solange es noch heiß ist.«

Die Frau im Cape warf einen raschen Blick zurück. Die Tür war so dicht herangezogen, daß man nicht ins Zimmer sehen konnte. »Hat Sie jemand unten hereinkommen sehen?«

»Sicher.«

»Dann hat man gewiß auch den Topf mit der Suppe gesehen, nicht wahr?«

»Ja, sicher.«

Es wäre ein leichtes gewesen, die Blonde ins Zimmer zu lokken. Die Frau im Cape hatte vorsorglich eine Decke über Mitchells Leiche geworfen. Und es wäre so einfach gewesen, diese dumme Kuh mit demselben Trunk, den sie Mitchell gegeben hatte, für immer zum Schweigen zu bringen, ehe sie den Toten entdeckte. Oder sie hätte das Mädchen auch nur hier einfach allein zurückzulassen brauchen; die Blonde war zu dumm, um je ihre Unschuld zu beweisen.

Doch die Frau im schwarzen Samtcape zog die Tür ganz ins Schloß und schaute dann der Blonden ins Gesicht. »Gehen Sie denselben Weg zurück, den Sie gekommen sind! Machen Sie, daß Sie schleunigst hier wegkommen!« die geflüsterten Worte waren keine Drohung, sondern eine eindringliche Warnung.

Maybelle riß ihre himmelblauen Augen weit auf und starrte die andere verständnislos an.

»Schnell! Beeilen Sie sich! Jede Minute, die Sie hier oben verbringen, wird gegen Sie sprechen. Achten Sie darauf, daß der Behälter mit der Suppe noch verschlossen ist, wenn Sie wieder unten sind. Sagen Sie laut und vernehmlich, daß Sie nicht ins Zimmer kommen konnten. Sehen Sie zu, daß möglichst viele Leute das hören, was Sie sagen — retten Sie sich!« Sie versetzte dem schwerfälligen, langsam denkenden Mädchen einen Stoß. Woraufhin sich die Blonde in Bewegung setzte. Nach ein paar Schritten blieb sie jedoch zögernd stehen. Sie drehte sich um und warf der Frau im Samtcape einen Schafsblick zu. »Aber — aber wieso denn? Was soll denn das alles? Was is' passiert?«

»Ihr Freund ist tot! Er liegt in seinem Zimmer! Ich habe ihn umgebracht! Ich will Sie nur aus der Sache heraushalten, Sie blöde Gans! Ich habe nichts gegen — Frauen.«

Maybelle, die bestimmt nicht alles begriff, was die andere sagte, klappte ihren Mund auf und zu. Nachdem sie wieder zu etwas Luft gekommen war, stieß sie einige unartikulierte Laute aus, die an das Kratzen mit einem Nagel auf einer Glasscheibe erinnerten. Dann stürzte sie wie von Furien gehetzt davon.

Die Frau im Samtcape ging eilig — doch wiederum nicht so rasch, daß es hätte den Anschein erwecken können, sie befände sich auf der Flucht — zum anderen Ende des Korridors, wo die Hintertreppe Rettung verhieß.

3. Nach dem Tod von Mitchell

Es war fast eine Woche nach der Tat vergangen, ehe Wanger von seinem Vorgesetzten den Auftrag bekam, den Fall zu übernehmen. In der Zwischenzeit hatte sich ein Detektiv namens Cleary damit befaßt und haargenau nichts erreicht.

»Hören Sie einmal zu, Wanger. Da ist drüben im Helena-Hotel eine seltsame Geschichte passiert. Ich habe gerade jetzt die Berichte gelesen, und dabei ist mir aufgefallen, daß das Ganze eine gewisse Ähnlichkeit mit dem Bliss-Fall hat — Sie erinnern sich doch, nicht wahr? Bliss war der Mann, der vor einem halben Jahr von der Balkonterrasse stürzte. Auf den ersten Blick scheinen die beiden Fälle nichts gemein zu haben, denn bei der jetzigen Geschichte handelt es sich einwandfrei um Mord. Aber weshalb mir trotzdem der Gedanke gekommen ist, daß da ein gewisser Zusammenhang bestehen könnte, liegt an der Tatsache, daß in beiden Fällen eine Frau mitgespielt hat, die sich offensichtlich jeweils sofort nach der Tat in Rauch aufgelöst haben muß. Außerdem läßt sich diesmal wieder kein Motiv feststellen. Das sind Dinge, die in unserer Branche absolut selten vorkommen. Cleary hat nun sozusagen die Recherchen für Sie angestellt. Er soll Ihnen seine Ergebnisse mitteilen, und Sie knöpfen sich dann die in Frage kommenden Personen noch einmal vor. Denn Ihnen ist im Gegensatz zu Cleary die Bliss-Affäre gut bekannt. Wenn Sie glauben, irgendeinen Zusammenhang zwischen den beiden Fällen — und sei es der kleinste — festgestellt zu haben, dann melden Sie es mir. Ich möchte, daß Sie sich ab sofort ausschließlich mit dieser Sache beschäftigen.«

Cleary berichtete: »In den sieben Tagen, in denen ich mich jetzt mit dem Fall beschäftige, habe ich einiges recherchiert, was zwar in der zeitlichen Reihenfolge ganz hübsch zusammenpaßt, aber ansonsten überhaupt keinen Sinn ergibt. Es ist alles so vernunftswidrig, daß man es ohne weiteres für die Tat einer Verrückten halten könnte. Ich habe jedoch den sicheren Beweis, daß diese Frau keine Wahnsinnige ist. Sie werden es nicht anders beurteilen, wenn Sie die Geschichte erst gehört haben. Also: Der Mann starb an einer Dosis Zyankali, die in ein Glas mit Arrak geschüttet worden war . . .«

»Ja, das habe ich im ersten Bericht gelesen.«

»Hier haben Sie die Abschriften der Zeugenaussagen. Die können Sie sich später ansehen. Das Wesentliche werde ich Ihnen jetzt kurz berichten. Es fing damit an, daß ich eine rote, eingerissene Theaterkarte in seiner Jackettasche fand. Anhand dieses Billetts fing ich mit meinen Nachforschungen an, und hier ist die Geschichte: Zwei Tage vor seinem Tod trat eine bildhübsche, rothaarige Frau an die Kasse des Elgin-Theaters und sagte, daß sie die Karten für alle Plätze in einer Loge haben wolle. Als der Kartenverkäufer von ihr wissen wollte, für welchen Abend, meinte sie, das sei gleichgültig, sie wolle nur sichergehen, eine ganze Loge für sich allein zu haben. Es schien ihr gleichgültig zu sein, ob es drei, vier oder fünf Sitze waren. Der Kartenverkäufer hatte noch eine ganze Loge für den nächsten Abend und verkaufte sie ihr. Natürlich beeindruckte ihn dieser Vorfall einigermaßen.

Zwei der Karten wurden nicht benutzt. Das Theaterpersonal erinnerte sich daran, daß Mitchell in die Vorstellung allein kam und eine Karte vorzeigte. Dieselbe Dame, welche vier Karten gekauft hatte, kam ebenfalls allein. Aber erst sehr spät, lange nachdem die Vorstellung angefangen hatte.«

»Es gibt nur eine einzige Person, die aussagen kann, daß es sich um dieselbe Frau gehandelt hat, die die Karten gekauft hat«, meinte Wanger warnend.

»Ja. Der Kartenverkäufer.« Cleary deutete auf die Papiere, die Wanger in der Hand hielt. »Und da haben Sie seine eidesstattliche Erklärung. Er hat sich nämlich just an diesem Abend, nachdem er die Kasse geschlossen hatte, auf die Mitteltreppe gestellt, um sich von dort aus das Stück anzusehen. Die Frau ging da an ihm vorbei, und es erscheint mir absolut glaubwürdig, wenn er sagt, daß er sie wiedererkannt hat.

Doch jetzt möchte ich zum wichtigsten Punkt der ganzen Geschichte kommen. Ich habe den Platzanweiser verhört. Und nach dem, was er mir erzählt hat, bin ich absolut überzeugt, daß sich die beiden in der Loge nie im Leben zuvor gesehen hatten. Der Logenschließer kann sich aus verschiedenen Gründen noch genau daran erinnern, wie er die Frau zu ihrem Platz führte. Erstens einmal hat er sowieso weniger zu tun als die Platzanweiser im Parkett oder auf dem Balkon. Zum anderen fiel sie ihm darum auf, weil sie ungewöhnlich spät kam. Und drittens verblüffte ihn die Tatsache, daß eine so hinreißend schöne Frau allein ins Theater ging.

Aus diesen Gründen beobachtete er sie neugierig, während sie Platz nahm. Dann schaute er den Mann in der Loge an. Keiner der beiden machte Anstalten zu grüßen. Keiner sagte ein Wort. Sie nickten sich nicht einmal zu. Der neugierige Platzanweiser blieb in Hörweite. Für ihn, einen langjährigen berufserfahrenen Logenschließer, gibt es überhaupt keinen Zweifel, daß sich die beiden völlig fremd waren.

Und meiner Meinung nach muß das auch stimmen. Denn wenn sie sich gekannt hätten, würde Mitchell im Foyer auf sie gewartet haben, anstatt alleine in die Loge zu gehen. So etwas hätte kein Mann, nicht einmal der größte Stiesel, fertiggebracht.

Als dann die Pause kam, merkte der Logenschließer, daß die beiden anfingen, sich zu unterhalten. Und zwar in der leicht stockenden Art, wie sich eben zwei Menschen unterhalten, die sich gerade kennengelernt haben.«

»Dann hat sie ihn schlicht eingefangen«, meinte Wanger und fuhr nachdenklich fort. »Aber wie ist er zu der Eintrittskarte gekommen, wenn sie einander nicht kannten? Sie hatte die Karte gekauft, und er hat eine beim Eintritt vorgezeigt.«

»Ganz einfach. Sie hat sie ihm mit der Post anonym zugeschickt. Ich habe den Umschlag ebenfalls in einer seiner Taschen gefunden. Hier ist er.

Die Frau wurde danach nur noch ein einziges Mal gesehen, ehe sie von der Bildfläche verschwand. Ich habe auch nicht die geringste Spur von ihr entdecken können. In der Mordnacht hat niemand sie das Hotel betreten oder verlassen sehen. Aber das ist nicht so sehr verwunderlich, denn man kann leicht über einen Dienstbotenaufgang zu den einzelnen Zimmern gelangen, ohne dabei durch die Halle gehen zu müssen. Die Tür, die von diesem Dienstbotenaufgang zur Straße führt, ist normalerweise geschlossen und läßt sich nur auf ein Klingelzeichen hin öffnen. Aber es ist durchaus möglich, daß Mitchell dafür gesorgt hatte, daß an dem bewußten Tag die Tür nur angelehnt war. Wahrscheinlich hat die Frau absichtlich diesen Hintereingang benutzt, denn sie kam sicher mit der festen Absicht, Mitchell umzubringen.«

»Hm. Sie haben gerade gesagt, daß die Frau nach dem Abend im Theater noch einmal gesehen wurde. Wer hat sie gesehen?«

»Mitchells Mädchen. Eine Kellnerin namens Maybelle Hodges. Sie wollte ihn in dem Augenblick besuchen, da Mitchell — nach dem medizinischen Gutachten — gerade umgebracht worden war. Als das Mädchen vor der Tür stand, kam die unbekannte Frau heraus.«

»Und was sagte die Unbekannte zu ihr?«

»Sie sagte ohne Umschweife, daß sie den Mann getötet hätte, und gab dem Mädchen den guten Rat, sich schleunigst aus dem Staube zu machen, bevor sie in diese Geschichte verwickelt werden könnte.«

Wanger fuhr sich nachdenklich mit der Hand übers Kinn. »Halten Sie die Aussage des Mädchens für glaubwürdig?«

»Ja. Denn ihre Beschreibung der Frau stimmt hundertprozentig mit derjenigen des Theaterpersonals überein. Aus diesem Grund kann sich das Mädchen die Geschichte nicht aus den Fingern gesogen haben. Und damit komme ich zu dem Punkt, den ich zu Beginn meines Berichts bereits erwähnt habe. Diese Frau ist alles andere als eine Wahnsinnige, die aufs Geratewohl jemanden umbringt, denn es wäre für sie ein leichtes gewesen, das Hodges-Mädchen ebenfalls ins Jenseits zu befördern. Sie hätte sie nur ins Zimmer zu locken brauchen. Zeit genug hatte sie. Doch statt dessen warnte sie das Mädchen.

Das wär's. Sie sehen, an Material fehlt es uns nicht. Aber das Entscheidende, das alles erklären würde, fehlt: das Motiv.«

Wanger hatte ein griesgrämiges Gesicht aufgesetzt. »Kein greifbares Motiv — die beiden kannten sich nicht — und die Frau ist wie vom Erdboden verschwunden«, faßte er mürrisch zusammen. »Wenn ich auch von dem Fall nichts weiter weiß, das eine ist gewiß: er gleicht der Bliss-Geschichte wie ein Ei dem anderen.«

Das farbige Zimmermädchen von der vierten Etage des Helena-Hotels:

»Da ich sie nie vorher gesehen hatte, wußte ich natürlich gleich, daß sie nicht im Hotel wohnt. Ich dachte, daß sie irgend jemanden besuchen wollte. Sie ging den Gang entlang und wollte zum Fahrstuhl. Das war so ungefähr — hm — vor vierzehn Tagen. Sie blieb vor dem Zimmer, das ich gerade saubermachte, stehen. Ich fragte sie, ob sie zu Mr. Mitchell wollte. Nein, sagte sie, aber sie fände, daß man sich nur das Zimmer, in dem ein Mensch lebt, anzusehen braucht, um zu wissen, was das für ein Mensch ist. Sie war so freundlich, und was sie sagte, war so interessant, daß es eine Freude war, ihr zuzuhören. Als sie die Bilder von den Mädchen an der Wand sah, sagte sie: Er liebt das Geheimnisvolle an den Frauen. Das kann ich Ihnen versichern, ohne mir die Bilder genauer anzusehen. Schauen Sie nur, wie unnatürlich die Aufnahmen sind. Die Mädchen wollen seinetwegen alle so aussehen, wie sie gar nicht sind. Sie lächeln über einen Fächer hinweg oder stecken ihre Nase in eine Rose. Wenn ihm eins der Mädchen ein Foto gegeben hätte, das sie so zeigt, wie sie wirklich ist, hätte er es wahrscheinlich gar nicht an die Wand gehängt.

Ja, das war alles. Und dann ist sie, ehe ich es richtig begriff, schnell weitergegangen. Und nachdem habe ich sie nie wieder gesehen.«

Der Verkäufer von der Spirituosenhandlung Globe:

»O ja, ich erinnere mich, das verkauft zu haben. Arrak wird so selten verlangt, daß wir höchstens eine Flasche im Jahr verkaufen. Nein, sie selbst hat keinen Arrak verlangt. Aber nachdem sie gesagt hatte, sie wollte etwas Besonderes und gleichzeitig Hochprozentiges haben, hielt ich es für eine günstige Gelegenheit, eine Flasche Arrak loszuwerden. Sie sagte, es sollte ein Geschenk für einen Freund sein, und je ausgefallener das Getränk wäre, desto mehr würde er sich darüber freuen. Ich wollte ihr natürlich den Arrak nicht unbedingt aufdrängen und habe ihr deshalb gleichzeitig eine Flasche Wodka und eine Flasche Aquavit gezeigt. Aber sie entschied sich für den Arrak, wobei sie zugab, daß sie ihn selbst noch nie probiert hätte. Aber eins war merkwürdig: Als sie aus dem Geschäft ging, warf sie mir einen eigentümlichen Blick zu und meinte lächelnd: Ich tue im Augenblick so vieles, was ich vorher noch nie getan habe.

Nein, ich kann nicht sagen, daß sie einen nervösen Eindruck gemacht hat. Eher würde das Gegenteil zutreffen. Denn als sie bedächtig ihre Wahl traf und ein Mann ins Geschäft stürmte, um eilig eine Flasche Whisky zu kaufen, sagte sie, daß ich erst den anderen Kunden bedienen sollte.«

Wangers Vorgesetzter nach einer weiteren Woche:

»Glauben Sie, daß zwischen den beiden Fällen irgendein Zusammenhang besteht?«

»Ja.«

»Und inwiefern?«

»Im Augenblick kann ich nur das eine sagen: In beide Mordgeschichten ist dieselbe schöne Unbekannte verwickelt.«

Sein Vorgesetzter hob abwehrend die Hände. »Nein, da täuschen Sie sich. Das ist ziemlich ausgeschlossen. Ich gebe zu, daß ich, als ich letzte Woche mit Ihnen gesprochen habe, dieselbe Vermutung hatte. Aber das haut nicht hin, mein guter Freund. Ich habe mir nämlich inzwischen genau die Personalbeschreibungen, die Cleary bekommen hat, angesehen. Und damit fällt diese Theorie ins Wasser. Entsinnen Sie sich noch an die Beschreibung der Frau im Bliss-Fall? Ja? Ich habe beide hier vorliegen. Vergleichen Sie doch selbst einmal:

Akte Bliss	*Akte Mitchell*
Hellblonde Haare	rote Haare
einsfünfundsechzig groß	einssiebzig groß
frische Gesichtsfarbe	gelbliche Gesichtsfarbe
blaue Augen	graublaue Augen
etwa sechsundzwanzig Jahre	etwa zweiunddreißig Jahre
kein Dialekt	leicht ausländischer Akzent

Außerdem weisen die beiden Morde auch nicht die geringsten gemeinsamen Merkmale auf. Die eine Frau stieß den jungen Angestellten einer Makler-Firma von der Terrasse, und die andere vergiftete einen Militärrentner in seinem Hotel mit Zyankali. Soweit wir informiert sind, kannten die beiden Männer nicht die Frau, die ihnen den Tod gebracht hat, und einander kannten sie offensichtlich auch nicht. Wanger, ich bin sicher, daß es sich hier um zwei völlig verschiedene Fälle handelt . . .«

»Die durch dieselbe Mörderin miteinander verbunden sind«, meinte Wanger, der nicht so leicht zu überzeugen war. »Diese beiden scheinbar gegensätzlichen Personalbeschreibungen haben überhaupt nichts zu besagen. Man kann sie mit Leichtigkeit auf denselben Nenner bringen.

Blond und rothaarig: Jedes kleine Mädchen weiß heutzutage schon, daß es eine Kleinigkeit ist, die Haarfarbe zu ändern.

Einsfünfundsechzig und einssiebzig: Wenn sie einmal flache Absätze und das nächstemal hochhackige Schuhe getragen hat, kann es ohne weiteres dieselbe Frau gewesen sein.

Frische und gelbliche Gesichtsfarbe: Diese Verwandlung erfordert nichts weiter als einen kurzen Griff zur Puderdose.

Die unterschiedlichen Angaben über die Augenfarbe können auf einer optischen Täuschung beruhen, die durch verschiedenfarbige Lidschatten hervorgerufen wurde.

Und was den Altersunterschied angeht. Du lieber Gott, können Sie das Alter einer Frau so genau bestimmen? Wieviel hängt da von der Kleidung ab und der Art, wie sie sich gibt.

Was bleibt noch übrig? Vielleicht der ausländische Akzent? Den bringe ich auch zustande, wenn's drauf ankommt.

Sie dürfen nicht vergessen, daß nicht ein einziger, der die eine Frau gesehen hat, auch die andere zu Gesicht bekam. Wir haben eine Menge Zeugen, aber jeweils nur für den betreffenden Fall. Wir haben keinen, der zu beiden Fällen Aussagen machen könnte. Es besteht darum keine Möglichkeit, irgendwelche Vergleiche zu ziehen. Sie sagen, daß die beiden Morde nicht die geringsten gemeinsamen Merkmale aufweisen. Der Ansicht bin ich nicht. Lassen wir uns auch nicht durch die verschiedenen Mordarten irreführen. Denn im übrigen haben die beiden Fälle vieles gemeinsam. Vergessen Sie nicht, daß ›zwei‹ unbekannte Frauen eine wichtige Rolle spielen. Beide haben eine verblüffende, ich möchte fast sagen, unheimliche Fähigkeit, nach der Tat spurlos zu verschwinden. Beide pirschen sich einige Zeit vorher an ihre Opfer heran, um auf Umwegen etwas über ihre Mentalität und ihre Gewohnheiten zu erfahren. Die eine kreuzte in Bliss' Haus auf, während er gerade abwesend war, und die andere nahm

Mitchell's Zimmer gleichfalls während seiner Abwesenheit unter die Lupe. Wenn das keine übereinstimmenden Merkmale sind, dann weiß ich nicht . . . Ich sage Ihnen: Es handelt sich in beiden Fällen um ein und dieselbe Frau.«

»Wenn Sie das so genau wissen, können Sie mir sicher auch sagen, was ihr Motiv war«, knurrte Wangers Chef mißmutig. »Es ist kaum anzunehmen, daß sie Mitchell ausplündern wollte. Da sie wußte, daß er mit der Miete eineinhalb Monate im Rückstand war, konnte sie schwerlich annehmen, bei ihm irgendeinen Fang zu machen. Außerdem hat sie dreizehn Dollar zwanzig investiert, um mit ihm allein in der Loge zu sein. Wir können auch schlecht Eifersucht als Motiv annehmen, denn er hat sie nicht gekannt, und sie hat ihn nicht gekannt. Schlimm genug, daß wir schon kein passendes Motiv finden, aber nicht genug damit, es trifft nicht einmal das zu, womit wir normalerweise das Fehlen eines Motivs begründen können. Denn diese Frau kann einfach keine unzurechnungsfähige Irre sein. Sie hatte eine herrliche Gelegenheit, das Hodges-Mädchen um die Ecke zu bringen — und das Hodges-Mädchen ist so lieb und drall und dämlich, daß eine notorische Mörderin kaum widerstehen könnte, sie umzubringen. Doch nein, unsere Unbekannte warnte die Dralle und scheuchte sie aus dem Hotel, damit sie keine Unannehmlichkeiten bekam.«

Wanger war unbelehrbar. »Das Motiv muß irgendwo in der Vergangenheit zu suchen sein.«

»Wenn ich mich recht erinnere, sind Sie auch schon in Bliss' Vergangenheit gestiegen. Sie sind fast bis zu seinem zarten Kindesalter zurückgegangen und haben kein Motiv gefunden.«

»Ich muß es übersehen haben. Es war bestimmt irgendwo verborgen. Es ist mein Fehler, wenn ich es nicht entdeckte.«

Wangers Chef seufzte. »Sie rennen nur mit dem Schädel gegen die Wand. Führen Sie sich doch einmal vor Augen, daß selbst die beiden Männer, wenn sie noch sprechen könnten, uns keine Hinweise zu geben vermöchten, wer sie ist und warum sie so handelt — einfach aus dem Grund, weil sie die Frau nicht kannten und sie offensichtlich nie in ihrem Leben gesehen hatten.«

»Dieser Gedanke versetzt einen direkt in Hochstimmung, Chef«, meinte Wanger mürrisch. »Ich kann Ihnen nicht versprechen, diesen Fall zu klären. Das einzige, was ich Ihnen verspreche, ist, daß ich nicht aufgeben werde, hinter das Geheimnis zu kommen.«

Wangers offizieller Bericht zum Fall Mitchell (fünf Monate später):
Beweismaterial: ein Umschlag ohne Absender.
Adresse in Maschinenschrift.
Eine Flasche Arrak, die bei der Spirituosenhandlung Globe gekauft worden ist.
Eine eingerissene Theaterkarte des Elgin-Theaters. Loge A-1.
Der Fall ist ungeklärt.

Dritter Teil

MORAN

1. Die Frau

Er wußte aus Erfahrung, daß die Erwachsenen immer solche unsinnigen Fragen stellen. Sie wollten Dinge wissen, die doch selbstverständlich waren. Und sie bestanden auf einer Antwort! Meistens geschah es auch noch dann, wenn man gerade mit etwas anderem beschäftigt war. Mit etwas, was sehr wichtig war und was einen völlig in Anspruch nahm. Zum Beispiel, wenn man, wie jetzt, einen großen bunten Ball auf dem Bürgersteig hüpfen ließ. Da mußte natürlich eine Dame des Weges kommen und einen aufhalten.

»Na, das ist aber ein großer Ball für so einen kleinen Jungen.«

So was Blödes! Jeder konnte sehen, daß es ein großer Ball war. Warum mußte sie ihm das auch noch sagen? Warum ging sie nicht einfach nach Hause?

»Wie alt bist du denn?«

Warum mußte sie unbedingt wissen, wie alt er war? »Fünfeinhalb.«

»Sieh mal einer an. Und wem gehörst du denn?«

Warum mußte sie unbedingt wissen, wem er gehörte. Daß er nicht ihr kleiner Junge war, mußte sie ja schließlich sehen. »Muttis und Vatis«, brabbelte er gelangweilt. Dumme Frage, wer sollte es sonst sein!

»Und wie heißt dein Vater, Kleiner?«

Ja, wußte sie denn überhaupt nichts?

Wahrscheinlich wollte sie jenen komischen, fremden, ihm selbst ziemlich unbekannten Namen hören und nicht das logische ›Daddy‹. »Mr. Moran«, plapperte er in einem Tonfall, als müsse er ein Gedicht aufsagen.

»Wie hübsch«, sagte sie fröhlich.

Dummes Zeug, was sollte daran schon hübsch sein!

»Hast du noch Geschwister?« fragte sie weiter.

»Nein.«

»Das ist aber schade. Vermißt du sie nicht?«

Wie sollte er sie denn vermissen, wenn er nie welche gehabt hatte? Aber da er durch ihre Bemerkung unsicher geworden war — denn schließlich hatten andere Kinder Geschwister, — versuchte er die Scharte rasch auszuwetzen. »Ich habe aber eine Oma.«

»Oh, wie schön! Wohnt sie bei euch?«

»Sie wohnt in Garrison«, sagte er geduldig. Und bei dem Wort Garrison fiel ihm etwas ein, was er noch zu seinen Gunsten anbringen konnte. »Da wohnt auch meine Tante Ada.« Ob er wohl jetzt endlich mit seinem Ball weiterspielen konnte?

»Oh, so weit weg«, meinte sie verwundert. »Hast du sie da schon einmal besucht?«

»'türlich. Als ich noch klein war. Aber dann hat Doktor Bixby gesagt, daß ich zuviel Krach mache, und meine Mammi mußte mich wieder nach Hause bringen.«

»Ist Doktor Bixby der Arzt von deiner Oma, mein Kleiner?«

»Klar. Er geht sehr oft zu ihr.«

»Sag mal, gehst du eigentlich schon zur Schule?«

Was für eine beleidigende Frage! Für wie alt hielt sie ihn eigentlich? Vielleicht für zwei? »Natürlich! Ich gehe jeden Tag in den Kindergarten«, sagte er wichtigtuerisch.

»Und was machst du da, mein Kleiner?«

»Wir zeichnen Enten und Kaninchen und Kühe. Meine Kuh war die beste, und ich hab' von Miß Baker den goldenen Stern bekommen.« Wollte sie denn gar nicht weitergehen und ihn in Ruhe lassen? Er hatte das Gefühl, daß sie seit einer Stunde mit ihm redete. Inzwischen wäre er mit seinem Ball schon ein paar Mal bis zur Ecke und wieder zurück gewesen.

Er trat so lange von einem Fuß auf den anderen, bis sie schließlich den Wink verstand. »Spiel weiter. Ich will dich nicht länger aufhalten.« Sie fuhr mit ihrer Hand über seinen kurzgeschorenen Haarschopf, lächelte ihn noch einmal freundlich an und ging dann endlich weiter.

Aber er konnte sich nicht gleich wieder seinem Ballspiel zuwenden, denn er hörte die Stimme seiner Mutter: »Cookie!«

Sie mußte die ganze Zeit hinter der Gardine am offenen Fenster gestanden haben. Er hatte schon längst festgestellt, daß man zwar durch die Gardine von innen nach außen sehen konnte, aber leider nicht umgekehrt.

»Was hat denn die nette Dame zu dir gesagt, Cookie?« fragte sie milde. Ein Erwachsener hätte ohne weiteres den mütterlichen Stolz aus ihrer Stimme herausgehört. Ihr Sprößling war offensichtlich so bemerkenswert, daß er die Aufmerksamkeit vorübergehender Passanten erweckte.

»Sie wollte wissen, wie alt ich bin«, sagte er gleichgültig, um sich endlich wieder seinem Ball zuzuwenden. »Schau, Mammi, wie hoch ich ihn werfen kann.«

»Ja, mein Schatz. Aber wirf ihn nicht so hoch, daß er in die Dachrinne fällt.«

Nach wenigen Sekunden hatte er bereits die Unterbrechung vergessen. Nach wenigen Minuten hatte seine Mutter sie vergessen.

2. Moran

Morans Frau rief während der Mittagspause im Büro an. Als er, etwas verspätet, aus der Kantine zurückkam, fand er die Notiz der Telefonzentrale auf seinem Schreibtisch.

Das verblüffte Moran nicht im mindesten, denn seine Frau rief ziemlich häufig an. Sein erster Gedanke war, daß sie sicher wieder einmal etwas aus der Stadt brauchte, was er ihr mitbringen sollte. Aber dann sagte er sich, daß es doch etwas anderes sein mußte, denn normalerweise hätte seine Frau das Mädchen in der Telefonzentrale gebeten, ihm auszurichten, was er besorgen sollte.

Um seinen toten Punkt, den er nach dem Essen immer hatte, zu überbrücken, rief er zu Hause an.

»Frank . . .«, Margarets Stimme klang so aufgeregt, daß er nun sicher war, es handle sich um etwas anderes als um einen Botengang.

»Servus, Liebling. Was gibt's?«

»O Gott, Frank. Ich bin so froh, daß du anrufst. Ich bin völlig durcheinander und weiß nicht, was ich machen soll. Ich habe vor einer halben Stunde ein Telegramm von Ada bekommen . . .«

Ada war ihre unverheiratete Schwester, die im Norden lebte.

»Ein Telegramm?« fragte er erstaunt. »Wieso denn ein Telegramm?«

»Das ist es ja gerade! Ich werd's dir vorlesen.« Es dauerte einen Moment, bis sie es mit einer Hand aus der Schürzentasche herausgefummelt und glattgestrichen hatte. »Hier der Wortlaut: ›Mutter hat einen schweren Anfall gehabt. Sie liegt fest im Bett. Ich will dich nicht erschrecken, aber ich schlage vor, daß du sofort kommst. Doktor Bixby ist derselben Meinung. Beeile dich. Ada.‹«

»Es wird wieder ihr Herz sein«, sagte er, nicht gerade von Mitleid überwältigt. Warum mußte sie ihm auch damit mitten bei der Arbeit kommen?

Sie schluchzte und fragte mit tränenerstickter Stimme: »Was soll ich jetzt machen, Frank? Meinst du, daß ich ein Ferngespräch anmelden soll?«

»Wenn sie will, daß du hinaufkommst, dann solltest du auch fahren«, sagte er knapp.

Das war offensichtlich genau das, was sie hören wollte, denn es stimmte mit ihren eigenen Erwägungen überein. »Vielleicht ist das wirklich das beste«, sagte sie, wobei ihre Stimme immer noch verdächtig zitterte. »Du kennst Ada. Es ist nicht ihre Art, etwas zu dramatisieren. Ganz im Gegenteil. Bis jetzt hat sie sich immer bemüht, solche Dinge zu bagatellisieren. Erinnerst du dich noch, als Mutter ihren letzten Anfall hatte? Damals schrieb sie mir erst, als die Gefahr vorüber war, um mich nicht zu beunruhigen. Es muß diesmal sehr ernst sein.«

»Du solltest dich trotzdem nicht übermäßig sorgen. Deine Mutter hat schon mehrere Anfälle gehabt und sie alle überstanden«, sagte er.

Sie hörte kaum zu, was er sagte, denn ihre Sorge hatte bereits einen anderen Kurs eingeschlagen. »Aber was soll ich denn nur mit dir und Cookie machen?«

Es ärgerte ihn, daß sie ihn, was die Hilflosigkeit anging, mit seinem fünfjährigen Sohn in einen Topf warf. »Ich kann mich um ihn kümmern«, sagte er scharf. »Ich bin schließlich kein Krüppel. Soll ich mich nach den Abfahrtszeiten der Busse erkundigen?«

»Das habe ich schon gemacht. Einer fährt um fünf. Wenn ich

einen späteren nehmen würde, müßte ich die ganze Nacht im Bus sitzen. Und du weißt, wie scheußlich das ist.«

»Dann fährst du eben mit dem um fünf.« Seine Stimme klang leicht gereizt.

Sie redete hastig und aufgeregt weiter. »Ich habe schon gepackt. Ich nehme nur einen kleinen Koffer mit. Kannst du zum Bus-Bahnhof kommen, Frank?«

»Okay, okay«, sagte er. Ihr endloses Palaver fing an, ihn zu nerven. Warum waren Frauen nicht imstande, sich am Telefon kurz zu fassen? Seine Sekretärin, die irgend etwas von ihm wissen wollte, stand schon seit einiger Zeit wartend in der Tür.

»Und Frank — vergiß nicht, pünktlich zu sein. Du mußt dann Cookie mit nach Hause nehmen. Ich hole ihn auf dem Weg zur Stadt aus dem Kindergarten ab und nehme ihn mit zum Bus-Bahnhof.«

Obwohl er mehr als pünktlich eintraf, war Margaret schon da. Neben ihr stand sein Sohn. Als Cookie den Vater entdeckte, begann er, wie ein Gummiball auf und ab zu hüpfen. Er brannte darauf, seine Neuigkeit loszuwerden. »Daddy, Daddy, die Mammi fährt weg!« Aber diesmal gelang es ihm nicht, die Aufmerksamkeit der Eltern auf sich zu ziehen.

»Du hast geweint,« sagte Moran statt einer Begrüßung zu seiner Frau.

»Ich habe nicht geweint.«

»Natürlich hast du geweint. Ich sehe es doch an deinen Augen. Damit kannst du auch nichts ändern. Außerdem weißt du ja gar nicht, ob es wirklich so schlimm ist.«

Nachdem sie noch einmal kurz aufgeschluchzt hatte, sprudelte ein Sturzbach von mütterlichen Ratschlägen über ihre Lippen. »Alles steht schon auf dem Tisch fürs Abendbrot, Frank. Du brauchst nichts weiter zu machen, als es aufzuwärmen. Und, Frank, gib ihm sein Essen nicht zu spät, das ist nicht gut für ihn. Oh, und noch was anderes, am besten steckst du ihn heute ins Bett, ohne ihn vorher zu baden. Du weißt da nicht so Bescheid, und ich habe Angst, es könnte irgendwas in der Badewanne passieren.«

»Er wird auch nicht gleich sterben, wenn er einmal nicht gebadet wird«, grunzte Moran mürrisch.

»Und, Frank — glaubst du auch, daß du ihn ausziehen kannst?«

»Natürlich! Ich brauche ihm doch nur alles aufzuknöpfen. Was ist denn schon für ein Unterschied zwischen seinen Sachen und meinen? Alles ist nur ein bißchen kleiner. Oder?«

Doch ihr Redeschwall versiegte nicht. »Frank, noch was, wenn du später Lust haben solltest auszugehen, dann würde ich Cookie an deiner Stelle lieber nicht alleine zu Hause lassen. Vielleicht bittest du einen der Nachbarn, hin und wieder ein Auge auf ihn zu werfen. . .«

Aus dem Lautsprecher, der in der Wartehalle war, röhrte eine kaum verständliche, dumpfe Stimme: »Hobbs Landing, Allenville, Greendale.«

»Komm, das ist deiner.«

»Einsteigen, bitte!« rief der Busfahrer.

Sie umarmte ihn mit unerwarteter Heftigkeit, so, als würde sie in eine Mondrakete steigen und nicht in einen Bus, mit dem sie ein paar Stunden über Land fuhr. »Auf Wiedersehen, Frank. Ich werde so schnell wie möglich zurückkommen.«

»Ruf mich an, wenn du angekommen bist. Dann bin ich beruhigt.«

»Hoffentlich geht es Mutter besser . . .« Ihre Stimme zitterte verdächtig.

»Bestimmt! Paß auf, wahrscheinlich ist sie schon wieder aufgestanden, und in ein paar Tagen . . .«

Sie bückte sich zu Cookie und rückte seine Mütze zurecht, fingerte an seinem Jackenkragen herum und zupfte an seinem linken Hosenbein. Dann überschüttete sie ihn mit Küssen und mahnte: »Sei ein ganz braver Junge, Cookie, und tue alles, was Daddy dir sagt.«

Als sie in den Bus kletterte, drehte sie sich auf den Stufen noch einmal um und rief: »Frank, er hat sich in letzter Zeit ein wenig das Flunkern angewöhnt. Weißt du, so kleine Schwindeleien — nur um sich interessant zu machen. Ich versuche schon, es ihm wieder abzugewöhnen. Gib acht, denn er wird meinen, daß er bei dir damit durchkommt.«

Schließlich mußte sie doch von der Tür weggehen, denn sie versperrte den Leuten, die nach ihr in den Bus wollten, den Zugang. Der Busfahrer schaute ihr nach, wie sie den Gang entlangging und endlich auch ihren Platz gefunden hatte. »Junge,

Junge! Ich fahre doch nur ein paar Stunden über Land und nicht bis zur mexikanischen Grenze!« murmelte er.

Moran und sein Sprößling bauten sich draußen vor ihrem Fenster auf. Sie warf den beiden Kußhändchen zu und versuchte, durch wilde Handbewegungen weitere Anweisungen zum Ausdruck zu bringen. Obwohl Moran nicht die Hälfte von dem verstand, was sie meinte, nickte er ununterbrochen zustimmend, damit sie beruhigt abfahren konnte.

Als sich der Bus geräuschvoll in Bewegung setzte, beugte sich Moran zu seinem Ebenbild hinunter. »Wink der Mammi noch zu«, sagte er und hob einen von Cookies dünnen Ärmchen in die Höhe. Da das Winken nicht so recht funktionieren wollte, bewegte er den kleinen Arm selber wie eine Art Pumpenschwengel auf und ab.

Es klingelte, als Frank Moran zum zehntenmal mit einem gewissen Respekt — um nicht zu sagen: mit Ehrfurcht — an Margaret dachte, wie sie es Tag für Tag schaffte, mit dem häuslichen Chaos fertig zu werden.

Er murrte laut vor sich hin. »Das hat mir gerade noch gefehlt! Als ob ich nicht schon genug zu tun hätte — nein, jetzt muß auch noch jemand kommen, mir die Zeit stehlen und sich über mich lustig machen!«

Er stand mit aufgekrempelten Hemdsärmeln in der Küche, eine von Margarets Schürzen im Gürtel. Es war ihm gelungen, Cookies Essen warmzumachen, auch noch die Speise und Cookie gleichzeitig an den Tisch zu bringen. Damit aber hatte seine Kunst ein Ende gehabt. Wie sollte man um Gottes willen ein Kind davon abbringen, mit der Rückseite des Löffels so in den Brei hineinzuhauen, daß er nach allen Seiten spritzte? Wenn Margaret da war, aß Cookie eigentlich völlig vernünftig. Bei ihm glaubte er, sich Mätzchen erlauben zu können. Das Kind merkte genau, daß sein Vater den häuslichen Angelegenheiten etwas hilflos gegenüberstand, und nützte die Gelegenheit weidlich.

Moran hüpfte fortwährend um seinen Sohn herum, um wenigstens einem Teil der Breigeschosse abzufangen. Sein Schimpfen erwies sich in diesem Fall genauso erfolglos wie seine Überredungsversuche. Cookie wußte ganz genau, daß er in der stärkeren Position war.

Es klingelte zum zweitenmal. Moran war so beschäftigt gewesen, daß er das erste Läuten völlig vergessen hatte. Er fuhr sich mit den Fingern verzweifelt durch die Haare und schaute abwechselnd von Cookie zur Tür und von der Tür zu Cookie. Nachdem er schließlich zu der Überzeugung gekommen war, daß Cookie eigentlich nicht viel mehr Schaden anrichten konnte, als er bereits angerichtet hatte, eilte er zur Tür. Ehe er sie aufmachte, wischte er sich noch einen Klacks Spinat von der Stirn.

Vor ihm stand eine Frau, die er nicht kannte. Bestimmt eine Dame, denn sie übersah die Schürze mit den Vergißmeinnicht und schaute ihn an, als sei er völlig normal gekleidet.

Sie war jung und ziemlich hübsch. Von letzterem schien sie offensichtlich keinen Gebrauch machen zu wollen, denn sie trug ein zwar nettes, aber ziemlich schlichtes Jackenkleid. Und die Fülle ihrer schimmernden, rötlichblonden Haare hatte sie mit einigen Klammern oder Nadeln so gebändigt, daß dabei auch ihre Schönheit gefesselt worden war. Ihr Gesicht schien mit nichts anderem als mit Wasser und Seife in Berührung zu kommen. Ihre glatte, ebenmäßige Haut belebten nur ein paar Sommersprossen auf den Wangen. Sie strahlte eine fast jungenhafte Herzlichkeit und Kameradschaftlichkeit aus.

»Wohnt hier der kleine Cookie?« fragte sie mit freundlichem Lächeln.

»Ja, ja, gewiß — aber meine Frau ist verreist«, stotterte Moran hilflos. Er fragte sich, was sie wohl wünschte.

»Das weiß ich, Mr. Moran«, sagte sie verständnisvoll, und es schwang so etwas wie Mitgefühl in ihrer Stimme. Einen kurzen Augenblick zuckte feiner Spott in ihren Mundwinkeln, verschwand aber gleich wieder. »Als Ihre Frau Cookie abgeholt hat, sagte sie, daß sie wegfahren müßte. Darum bin ich hier. Ich bin Miß Baker. Cookies Kindergärtnerin.«

»O ja«, sagte er rasch. »Meine Frau hat schon viel von Ihnen erzählt.« Sie schüttelten sich die Hände. Ihr Händedruck war genauso fest und herzlich, wie er es erwartet hatte.

»Ihre Frau hat mich nicht direkt gebeten, bei Ihnen vorbeizuschauen, aber ich konnte ihren Worten entnehmen, daß sie sich Gedanken macht, wie Sie beide wohl klarkommen würden. Da habe ich mir gesagt, daß ich auf alle Fälle mal vorbeischaue. Soviel ich weiß, mußte Ihre Frau ziemlich plötzlich abfahren — wenn ich irgend etwas für Sie tun kann . . .«

Er zierte sich nicht lange und zeigte deutlich seine Erleichterung und Dankbarkeit. »Das finde ich großartig von Ihnen«, sagte er hocherfreut. »Sie retten mir das Leben, Miß Baker. Kommen Sie bitte herein.«

Als ihm die Vergißmeinnicht-Schürze zum Bewußtsein kam, riß er sie hastig aus dem Gürtel und verbarg sie hinter seinem Rücken. »Wie bringen Sie nur die Kinder zum Essen?« fragte er verzweifelt, als er die Wohnungstür geschlossen hatte und ihr über den Flur folgte. »Ich habe Angst, daß er ersticken könnte, wenn ich es ihm einfach in den Mund ramme.«

»Ich weiß, wie das ist, Mr. Moran, ich kann Ihnen das gut nachfühlen«, meinte sie tröstend. Als sie an der offenen Wohnzimmertür vorbeikam, blieb sie für einen Augenblick stehen und sagte lachend: „Ich glaube, ich bin gerade zur rechten Zeit gekommen.«

Und er hatte gedacht, daß das Wohnzimmer — bis jetzt — noch in einem recht guten Zustand war, verglichen mit der Küche. Dort sah es allerdings wie nach einem mittleren Erdbeben aus.

»Was macht der junge Mann?« fragte sie.

»Cookie, schau einmal, wer hier ist«, rief Moran fröhlich, noch immer hocherfreut über die plötzlich aufgetauchte Hilfe. »Miß Baker, deine Tante aus dem Kindergarten. Willst du ihr nicht guten Tag sagen?«

Cookie starrte sie so lange und durchdringend an, wie es nur Kinder fertigbringen. Als er mit seiner Betrachtung endlich fertig war, meinte er trocken: »Is' sie nich'«, und wandte sich gleichgültig ab.

»Aber Cookie« sagte Miß Baker mit leisem Vorwurf in der Stimme und beugte sich zu dem Jungen hinunter. Sie hob mit einer sanften Handbewegung sein Kinn und fuhr fort: »Nun sieh mich einmal gut an.« Sie warf Moran ein mildes Lächeln zu, ehe sie sich wieder dem Kind zuwandte. »Kennst du denn deine Miß Baker nicht mehr?«

Moran war wütend auf Cookie. »Zum Donnerwetter, Kind, was ist denn in dich gefahren? Was soll das Theater? Du wirst doch wohl deine Tante aus dem Kindergarten kennen! Du siehst sie schließlich jeden Tag!«

»Is' sie nicht« meinte Cookie störrisch, während er die Frau wieder anstarrte.

Miß Baker zog hilflos die Schultern hoch und warf Moran einen besorgten Blick zu. »Was kann denn nur mit Cookie los sein? So habe ich ihn noch nie erlebt.«

»Keine Ahnung«, murmelte Moran kopfschüttelnd. »Es sei denn ...« Ihm war die Bemerkung eingefallen, die Margaret kurz vor ihrer Abfahrt gemacht hatte. »Meine Frau warnte mich, daß es sich Cookie angewöhnt hat, hin und wieder ein wenig zu flunkern. Mal schmückt er seine Geschichten aus, mal übertreibt er, und dann wieder erzählt er Dinge, die ausschließlich in seiner Fantasie existieren. Vielleicht ist sein Benehmen jetzt Ihnen gegenüber auch so etwas. Aber so etwas wollen wir gar nicht erst einführen!« Er schaute Cookie scharf an. »Nun hör einmal gut zu, junger Mann ...«

Sie schüttelte fast unmerklich den Kopf und zwinkerte ihm verstohlen zu, als wollte sie sagen: Lassen Sie mich das nur machen. Ich kenne mich mit Kindern aus. Das mußte sie wohl auch, denn offensichtlich verlor sie Kindern gegenüber nie die Geduld. Sie hockte sich wieder neben Cookie, lächelte und sagte mit einschmeichelnder Stimme: »Cookie, mein kleiner Schatz, was hast du denn nur? Schau einmal, ich kenne dich — also mußt du mich doch auch kennen ...«

Cookie machte den Mund nicht auf.

»Warte mal, ich glaube, ich habe hier etwas für dich.« Sie öffnete ihre große Handtasche und entnahm ihr ein zusammengefaltetes Blatt Papier. Als sie es auseinanderbreitete, entpuppte es sich als ein Blatt Zeichenpapier, auf dem man vorgedruckte Umrisse von Figuren und Gegenständen sehen konnte, die von Kinderhand mit bunter Kreide ausgefüllt worden waren. Die Farbkleckse waren nicht gerade eine Meisterleistung, aber sie ließen den guten Willen erkennen.

Cookie schaute zwar auf die Zeichnung, schwieg aber weiterhin beharrlich.

»Weißt du denn nicht mehr, daß du das heute morgen für mich gemacht hast? Und daß ich dir gesagt habe, wie schön es geworden ist? Hast du vergessen, daß ich dir dafür den Goldenen-Stern-Preis versprach?«

Wenn sich auch sein Sprößling immer noch nicht zu erinnern schien, so waren diese Worte doch vertraute Klänge in Morans Ohren. Wie oft war ihm Cookie, wenn er von der Arbeit nach

Hause kam, freudestrahlend entgegengerannt und hatte stolz verkündet: »Ich hab heute 'nen goldnen Stern bekommen!«

»Sind Sie wirklich Miß Baker?« fragte Cookie mit sichtlichem Zögern.

»Herrje, na endlich!« meinte sie lächelnd und zupfte an seinem Ohrläppchen. »Natürlich bin ich Miß Baker! Das weißt du doch.«

»Warum sehen Sie dann nicht aus wie Miß Baker?«

Sie warf Moran einen belustigten Blick zu. »Ich glaube, er meint die Brille. Er kennt mich vom Kindergarten her immer nur mit meiner Hornbrille. Die habe ich heute abend nicht auf. Das wird es sein. Außerdem darf man die Psyche eines Kindes nicht außer acht lassen. Er sieht mich immer nur im Kindergarten und niemals bei sich zu Hause. Ich gehöre hier nicht her. Darum« — sie legte die Fingerspitzen aneinander — »bin ich für ihn nicht ein und dieselbe Person.«

Moran bewunderte insgeheim ihre fundierten Kenntnisse von der Seele eines Kindes, die im krassen Gegensatz zu Margarets rein gefühlsmäßigen Ansichten standen.

Die Kindergärtnerin richtete sich wieder auf. Sie war offensichtlich der Meinung, daß es unklug wäre, ein widerspenstiges Kind auf einmal für sich gewinnen zu wollen. Sie mußte aus Erfahrung wissen, daß das nur nach und nach möglich war.

»Verlassen Sie sich darauf, er wird in fünf Minuten nicht mehr daran denken, daß er sich weigern wollte, mich zu erkennen«, flüsterte sie Moran zu.

»Es ist kaum zu glauben, wie gut Sie sich mit Kindern auskennen«, erwiderte Moran.

Sie lächelte. »Das ist gar nicht so schwer, wenn man weiß, daß Kinder nicht einfach unfertige Erwachsene sind, sondern kleine Persönlichkeiten, die in ihrer eigenen Welt mit ihren eigenen Gesetzen leben. Es hat lange gedauert, bis die Kinderpsychologie dahintergekommen ist.« Sie legte ihre Jacke ab und ging auf die verwüstete Küche zu. »Ich werde mal sehen, wie ich mich nützlich machen kann. Und wie steht es mit Ihnen, Mr. Moran? Was kann ich für Sie tun?«

»Oh, machen Sie sich meinetwegen keine Umstände«, sagte er und glaubte, seine Stimme klinge selbstlos. »Ich kann später noch irgendwo ein paar Würstchen . . .«

»Unsinn! Das kommt überhaupt nicht in Frage! Ich werde im Nu etwas für Sie fertig haben! Sie brauchen sich um nichts zu kümmern und können in Ruhe Ihre Abendzeitung lesen. Tun Sie ganz so, als wäre Ihre Frau jetzt hier und würde alles besorgen.«

Moran atmete erleichtert auf und dachte, daß sie die netteste, patenteste, umsichtigste junge Frau war, die er je um sich herum gehabt hatte. Er verzog sich ins Wohnzimmer, krempelte seine Hemdsärmel wieder herunter und verschanzte sich hinter seiner abendlichen Lektüre.

Ihr kam die Fahrt viel länger vor als im letzten Sommer. Die beiden Städte waren doch nicht weiter auseinandergerückt, oder fuhr der Busfahrer diesmal langsamer? Es lag wohl nur an dem Umstand, daß sie heute allein fuhr und daß der Grund recht unerfreulich war.

Während der ganzen Fahrt blieb der Platz neben ihr frei. Auf diese Weise blieb ihr wenigstens erspart, sich mit jemandem unterhalten zu müssen. Lange Unterhaltungen strengten sie an. Es wäre sehr unangenehm gewesen, ein Gespräch abzulehnen und dann während der ganzen Fahrt mehr oder minder starr geradeaus blicken zu müssen.

Sie schaute aus dem Fenster. Sie sah die Landschaft, die Häuser, die Bäume, die Zäune und die Landstraßen — und sah sie doch nicht. Schätzungsweise alle zwölf Minuten fiel ihr etwas ein, was sie vergessen hatte, Frank zu sagen. Etwas, was Cookie betraf oder das Haus oder den Milchmann oder die Wäscherei. Doch dann beruhigte sie sich selbst, indem sie sich sagte, daß Frank ohnehin inzwischen längst alles vergessen hätte. Sein allzu geduldiges Nicken vor dem Autobusfenster hatte sie nicht täuschen können. Es war viel zu fügsam gewesen . . .

In den Pausen, in denen sie nicht an das dachte, was sie vergessen hatte, Frank zu sagen, machte sie sich um ihre Mutter Sorgen. So gingen ihre Gedanken unentwegt im Kreise.

Irgendwann kam ihr natürlich zu Bewußtsein, daß es keinen Sinn hatte, sich verrückt zu machen. Ihre Grübeleien brachten sie nicht weiter, sie mußte einfach abwarten. Wahrscheinlich hatte Frank recht und ihre Mutter den Anfall längst gut überstanden. Und wenn nicht — was der Himmel verhüten mochte —, dann konnte sie hier im Bus auch nichts daran ändern.

Sie versuchte krampfhaft, an etwas anderes zu denken, um die Zeit totzuschlagen. Aber an was sollte sie nur denken? Der Ausblick auf die Gegend, durch die sie fuhren, konnte sie nicht von ihren Sorgen ablenken. Ihr fehlte der Sinn, die Schönheiten einer Landschaft in sich aufzunehmen. Eine Landschaft war für sie nichts weiter als eine leblose Kulisse. Genausowenig fand sie einen Spaß daran, fremde Menschen zu beobachten. Es war ihr herzlich gleichgültig, was das für Leute waren, die um sie herumsaßen. Womit sollte sie sich also beschäftigen? Sie fragte sich, ob es gut gewesen wäre, ein paar Zeitschriften mit auf die Fahrt zu nehmen. Aber wahrscheinlich hätte sie schon nach den ersten Seiten aufgehört zu lesen, und die ganzen Magazine wären während der ganzen Fahrt aufgeklappt auf ihrem Schoß gelegen. Sie machte sich eben nicht viel aus Lesen.

Vor lauter Langeweile fing sie schließlich an, ihre Haushaltsausgaben der letzten Woche zusammenzurechnen. Und dann die der letzten beiden Wochen. Obwohl ihr Kopf nach einiger Zeit vor Zahlen schwirrte, konnte sie sich doch nicht so recht auf ihre Abrechnungen konzentrieren, sondern mußte nach wie vor an Frank und Cookie daheim und an ihre Mutter in der Ferne denken.

Inzwischen war es dunkel geworden, und ihr Ausblick beschränkte sich notgedrungen auf das Businnere. Die Leute im Bus waren wie alle Leute in allen Bussen. Aus ihrer Perspektive bestanden sie außerdem nur aus Hinterköpfen.

Sie seufzte und wünschte, eine Inderin zu sein — oder wie immer die Leute hießen, die die Gabe besaßen, ihren Geist dem Körper vorauszuschicken. Es war ihr höchst unklar, wie das in der Praxis vor sich gehen sollte.

Als sie gegen acht Uhr in Greendale zehn Minuten Aufenthalt hatten, stieg sie aus und trank rasch eine Tasse Kaffee. Sie überlegte, daß alles, was Cookie betraf, um diese Zeit schon vorüber sein mußte. Entweder lag er jetzt mit Bauchschmerzen im Bett, oder Frank hatte ihm das Richtige zu essen gegeben. Wenigstens darüber brauchte sie sich keine Gedanken mehr zu machen.

Nach kurzem Nackdenken verwarf sie auch den Gedanken, rasch ein Gespräch nach Garrison anzumelden. Erstens hatte sie bereits zwei Drittel des Weges nach dorthin zurückgelegt, und zweitens würde der Rest der Fahrt für sie unerträglich werden, wenn sie erfahren sollte, daß ... Das Gescheiteste war wirklich zu warten. An Ort und Stelle konnte sie sich von allem am besten überzeugen.

Sie kamen fahrplanmäßig zehn Uhr dreißig an. Als der Bus hielt, hatte sie sich bereits mit den Ellenbogen einen Weg durch die vielen Fahrgäste gebahnt und stand als erste am Ausgang.

Sie war nicht im mindesten enttäuscht, daß man sie nicht abholte. Sie hatte es nicht anders erwartet. Ada mußte daheim alle Hände voll zu tun haben ...

Garrisons bescheidenes Nachtleben spielte sich genau an der Bushaltestelle ab: Auf der einen Straßenseite waren noch der Kinoeingang und auf der anderen die Tür zum Drugstore beleuchtet.

Margaret hastete an einer Gruppe schnatternder Teenager vorbei, die vor dem Drugstore standen. Eins der jungen Mädchen schaute auf, und Margaret hörte sie sagen: »Ist das nicht Margaret Peabody — *jetzt?*«

Margaret eilte mit gesenktem Kopf weiter und tauchte in der Dunkelheit unter. Sie war heilfroh, daß ihr keins der jungen Mädchen nacheilte, um sie zu begrüßen. Sie wollte jetzt mit keinem Fremden reden. Sie hatte Angst vor schlechten Nachrichten. Sie war nur von dem einen Wunsch beseelt, so schnell wie möglich nach Hause zu kommen, um zu erfahren, was los war. Egal, ob es nun gute oder schlechte Nachrichten waren — sie wollte sie zu Hause hören. Dieses ›jetzt‹ klang in ihr nach, und sie beschleunigte ihre Schritte. Sollte es bedeuten, daß ihre Mutter schon ...?

Sie rannte die dunkle Burgoyne Street entlang. Die Bäume zu beiden Seiten der Straße standen so dicht, daß Margaret glaubte, ersticken zu müssen. Dann bog sie nach links ab und gelangte in die altbekannte Gasse mit dem holprigen Kopfsteinpflaster. Wie oft war sie in ihrer Kindheit beim Spielen auf den unebenen Steinen hingefallen.

Als das Haus in Sicht kam, verlangsamte sie automatisch den Schritt und holte tief Luft. Es war hell erleuchtet. Es war viel zu hell erleuchtet! Sie unterdrückte mit Macht die Panikstimmung, die sie überfiel. Sie zwang sich zur Ruhe. Das viele Licht war doch nur natürlich! Denn, nun ja, selbst wenn ihre Mutter krank im Bett liegen sollte, war es doch klar, daß Ada mehr Licht im

Haus machen würde als üblich. Oder nicht? Ada hatte viel im Haus zu tun und mußte dazu immer wieder nach Mutter sehen.

Doch als Margaret die Stufen der weißgestrichenen Veranda hinaufstieg, überfiel sie wieder die Furcht. Hinter den dichten Vorhängen bewegten sich viel zu viele Schatten hin und her. Es schien so, als hätten sich die ganzen Nachbarn versammelt. Irgend etwas stimmte nicht. Irgend etwas ging im Hause vor!

Als sie mit zitternden Fingern auf die Klingel gedrückt hatte, verstärkten sich augenblicklich die Geräusche im Innern des Hauses. Jemand rief: »Ich mache auf!« Doch die Worte wurden von einer anderen Stimme übertönt: »Nein, laß nur, ich mache auf!« Sie konnte das alles draußen vor der Tür deutlich verstehen. Die beiden Stimmen hatten schrill und aufgeregt geklungen. Ob eine davon Ada gehören mochte? Margaret vermochte es nicht zu sagen. Das ganze Stimmengewirr, das aus dem Haus drang, klang irgendwie schrill und aufgeregt.

Noch ehe sie Zeit fand, wieder in eine Panikstimmung zu verfallen, hörte sie, wie sich schurrende, stolpernde Schritte der Tür näherten. Es klang, als versuche jemand, jemanden zurückzuhalten. Dann flog die Haustür plötzlich schwungvoll auf, und Margaret traf ein greller Lichtkegel. Sie schloß geblendet die Augen. Als sie sie wieder öffnete, fiel ihr Blick auf zwei Silhouetten, die grotesk wirkende Gebilde auf ihren Köpfen trugen.

»Ich war schneller!« verkündete die kleinere der Silhouetten jubelnd. »Als ich die Tür aufgemacht habe, warst du noch gar nicht geboren . . .« Die laute Musik und das fröhliche Gelächter, das hinter den beiden zu hören war, strömte an Margaret vorbei in die nächtliche Stille der Kleinstadt.

Margaret stand wie angewurzelt da. Der kleine Koffer entglitt ihren Händen, fiel plumpsend auf die Veranda. »Mutter«, brachte sie schließlich mühsam hervor.

Margarets Augen gewöhnten sich langsam an das Gegenlicht, und sie erkannte, daß die zweite Figur Ada war, die ein Papierhütchen auf dem Kopf hatte. Im gleichen Augenblick erkannte auch Ada sie. Sie steckte ihrer Schwester impulsiv die Arme entgegen. »Margaret, du Gute! Du hast meinen Geburtstag nicht vergessen! Ich freue mich schrecklich! Das ist eine Überraschung!«

Sie redeten eine ganze Weile aneinander vorbei. »Aber, Ada«

— Margaret Morans Stimme zitterte verdächtig — »wie konntest du das nur so machen! Wenn du wüßtest, was ich während der ganzen Fahrt hierher durchgemacht hab'!« Sie schwankte. »Ich finde, mit Mutters Gesundheit sollte man nicht spaßen. Das kann ich gar nicht lustig finden! Und Frank wird es bestimmt auch nicht gefallen, wenn er davon hört . . .«

Margaret stürmte an den beiden vorbei ins Haus. Da hörte sie die neben Ada stehende kleine alte Dame mit dem neckischen Papierhut auf dem Kopf verständnislos fragen:

»Was meint sie denn?«

Und Ada fragte zur gleichen Zeit: »Wovon redet sie, um Himmels willen?«

Margaret Moran drehte sich zu Ada um, hob voller Entrüstung die Stimme: »Ich hab' heute mittag dein Telegramm bekommen. Und darin stand, daß Mutter wieder einen ihrer Anfälle gehabt hat und daß ich sofort kommen soll . . .« Als natürliche Reaktion auf den erlittenen Schock fing sie leise zu weinen an und fuhr schluchzend fort: »Du hast sogar Dr. Bixbys Namen erwähnt . . .«

Ihre Mutter meinte kopfschüttelnd: »Das verstehe ich nicht. Dr. Bixby ist heute auch hier. Ich habe gerade einen langsamen Walzer mit ihm getanzt, nicht wahr, Ada?«

Aus Adas Wangen, die vom Tanzen und der ausgelassenen Fröhlichkeit gerötet waren, wich alle Farbe. Sie trat einen Schritt zurück. »Bei Gott, ich habe dir kein Telegramm geschickt«, keuchte sie.

Moran seufzte zufrieden und steckte zwei Finger in den Hosenbund, um besser atmen zu können. »Margaret hätte es nicht besser machen können«, sagte er mit dem Brustton der Überzeugung. »Und das ist das beste Kompliment, das ich Ihnen machen kann. Denn Margaret ist eine ausgezeichnete Köchin.

Wenn ich ihr erzähle, wie Sie hier einfach hereingekommen sind und den Tag gerettet haben, dann wird sie Sie auf Lebenszeit in ihr Herz schließen. Wenn meine Frau zurück ist, dann müssen Sie einmal kommen und mit uns zusammen essen — ich meine, ohne daß das für Sie mit Arbeit verbunden ist.«

Sie schaute befriedigt auf die leeren Schüsseln und Teller und fühlte sich — wie jede gute Köchin — geschmeichelt. »Vielen Dank für die Einladung«, sagte sie. »Ich komme sehr gern. Ich kann leider selber nicht so viel zu Haus kochen, wie ich möchte. Seit ich den Posten als Kindergärtnerin übernommen habe, bewohne ich im Frauenklub ein Zimmer, und dort gibt es keine richtige Kochgelegenheit. Früher, als ich noch zu Hause war, da habe ich natürlich oft in der Küche 'rumhantiert.«

Sie stand langsam auf und räumte die Teller zusammen. »Jetzt machen Sie es sich nebenan oder wo Sie wollen schön bequem, Mr. Moran. Ich habe hier im Handumdrehen aufgeräumt.«

»Aber, bitte, lassen Sie doch alles stehen«, protestierte er. »Margarets Putzfrau kommt morgen. Und die kann . . .«

»Es ist schnell getan. Sie zuckte die Achseln. »Egal, ob in meiner Küche oder anderswo, ich kann es nicht leiden, wenn schmutziges Geschirr herumsteht. Es dauert wirklich nicht länger als ein paar Minuten.«

Der Bursche kann sich freuen, der dich einmal zur Frau bekommt, dachte Moran, als er ihr beim Aufräumen zuschaute. Ein Wunder, daß so etwas frei herumlief. Was war denn nur mit den jungen Männern heutzutage los? Hatten sie keine Augen im Kopf?

Er ging ins Wohnzimmer zurück, schaltete die Stehlampe an und vertiefte sich wieder in die Abendzeitung. Es war wirklich fast genauso, als sei Margaret zu Hause. Der einzige Unterschied war, daß Miß Baker nicht so oft wie Margaret »Laß das!« zu Cookie sagte. Vielleicht sollte man das wirklich nicht zu häufig zu einem Kind sagen. Miß Baker war von Berufs wegen Kindererzieherin, sie mußte eigentlich wissen, was richtig ist.

Sie erschien in der Wohnzimmertür und verkündete fröhlich, während sie einen großen Teller abtrocknete: »Gleich hab' ich es geschafft. Wie geht es Vater und Sohn?«

Moran lächelte sehr zufrieden. »Großartig«, sagte er. Dann nickte er zum Telefon hin. »Ich warte auf einen Anruf von meiner Frau. Sie wollte sich nach der Ankunft dort oben gleich melden, um mir zu sagen, was los ist.«

»Das wird sicher noch ein Weilchen dauern, nicht wahr?«

Er warf einen Blick auf die Uhr. »Ich denke so gegen halb elf.«

Sie sagte: »Wenn ich das Geschirr weggeräumt habe, werde ich noch ein paar Orangen fürs Frühstück auspressen und den Saft in den Kühlschrank stellen.«

»Sie machen sich solche Umstände. Ich weiß gar nicht . . .«

»Das ist doch nicht der Rede wert. Und Cookie sollte wirklich jeden Tag sein Glas Orangensaft haben, denn das ist das Beste, was es für Kinder gibt.« Sie ging wieder in die Küche.

Moran schaute ihr kopfschüttelnd nach. Was für ein Musterbild an Hausfrau!

Cookie, der eine ganze Weile neben ihm gesessen und gespielt hatte, stand jetzt auf, trollte sich zur Tür und unterhielt sich von dort aus mit ihr. Sie schien beim Abtrocknen der letzten Kleinigkeiten in der offenen Küchentür am anderen Ende des Ganges zu stehen. Margaret hatte ebenfalls die Angewohnheit, beim Abtrocknen der letzten Stücke hin und her zu wandern.

Cookie rührte sich nicht von der Stelle und beobachtete jede ihrer Bewegungen. Moran hörte, wie er fragte: »Warum machen Sie das?«

»Man muß doch die nassen Sachen abtrocknen, mein Schatz«, antwortete sie fröhlich.

Moran hörte nur mit halbem Ohr zu, denn er hatte schon wieder die Zeitung vor der Nase.

Kurz darauf kam sie ins Wohnzimmer, wobei sie sorgfältig ein scharfes Obstmesser abwischte, das sie offensichtlich für die Orangen gebraucht hatte.

Cookie verfolgte ihre flinken Handbewegungen mit dem hypnotisierten Blick, den Kinder manchmal beim Beobachten der unbedeutendsten Tätigkeiten an Erwachsenen zeigen.

»Fertig«, sagte sie und schwenkte mit einem ›buuuh‹ das Küchenhandtuch auf Cookie zu. »Wir spielen jetzt noch fünf oder zehn Minuten zusammen, und dann geht's husch, husch in die Falle!«

Bei den letzten Worten schaute Moran auf und fragte pflichschuldig: »Kann ich wirklich nichts helfen?« Er tat es in der Hoffnung, daß die Antwort ›nein‹ sein würde.

Seine Hoffnung erfüllte sich. »Nichts da! Sie lesen jetzt Ihre Zeitung weiter!« sagte sie gebieterisch und lächelte freundlich. »Ich spiele mit dem jungen Mann noch ein wenig Verstecken.«

Sie war wirklich ein Geschenk des Himmels. Wenn es darum ging, ungestört die Zeitung zu lesen, war es besser, sie um sich zu haben als Margaret. Margaret schien der Ansicht zu sein, daß man ohne weiteres zur gleichen Zeit lesen und sich mit ihr unterhalten konnte. Es blieb einem nur die Wahl, sich wie ein Brummbär aufzuführen oder aber jeden Absatz zweimal zu lesen.

Nicht daß das ein echtes Problem wäre. Gott behüte! Um nichts in der Welt wollte er seine Margaret missen — ob sie ihn nun in Ruhe die Zeitung lesen ließ oder nicht.

Ada versuchte, die wild durcheinanderredenden Partygäste zur Ruhe zu bringen. »Pst! Seid bitte alle einen Moment still. Margaret ist in der Diele und will ihren Mann anrufen, um ihm alles zu sagen.« Sie schloß als Vorsichtsmaßnahme noch die Schiebetür, die zur Diele führte.

»Von hier aus?« piepste eins der jungen Mädchen ungläubig, »Jesses, das kostet ja ein Vermögen!«

»Das weiß ich auch. Aber sie ist so aufgebracht, daß ich das gut verstehen kann. Wer kann nur dieses Telegramm geschickt haben? Das ist mehr als ein übler Scherz . . .«

Eine der älteren Damen richtete sich auf und sagte mit stolz erhobenem Kopf: »Keiner aus unserer Gesellschaft wäre zu so etwas fähig! Dazu halten wir alle viel zuviel von Della Peabody und ihren Töchtern!« Dann verdarb sie allerdings ihren erhabenen Ausspruch mit der spitzen Bemerkung: »Nicht einmal Cora Hopkins . . .«

»Man hat bei diesem Telegramm meinen Namen mißbraucht«, sagte Ada in dramatischem Tonfall. »Es muß also jemand gewesen sein, der unsere Familie kennt.«

»Meinen Namen hat man doch wohl auch benutzt — wenn ich recht verstanden habe«, fügte Dr. Bixby hinzu. »Woher sollte derjenige, der das Telegramm geschickt hat, meinen Namen kennen?«

Die Gäste wechselten betreten verängstigte Blicke, so als hätte jemand gerade eine Gruselgeschichte erzählt. Eins der jungen Mädchen, das auf dem Fensterbrett gehockt hatte, erhob sich nach einem Blick hinaus in die Dunkelheit und ging dichter an die anderen heran. »Es sieht so aus, als habe man sie in eine Falle locken wollen«, flüsterte jemand heiser und theatralisch.

Ada konnte ihre Neugier nicht länger unterdrücken. Sie öffnete die Schiebetür einen Spalt. »Hast du ihn schon erreicht?« fragte sie. »Was sagt er denn?«

Margaret Moran erschien in der Tür und schob sie weit auseinander. Sie blieb unschlüssig stehen. »Das Mädchen vom Fernamt sagt, daß sich bei mir zu Hause niemand meldet. Er kann natürlich ausgegangen sein — aber es ist doch schon so spät . . . Und falls er ausgegangen ist, was hat er dann mit Cookie gemacht? Er würde doch um diese Zeit nicht mehr mit ihm weggehen. Und ich habe ihm noch gesagt, er soll Cookie nicht allein lassen. Irgend jemand müßte auf ihn aufpassen . . .«

Ihre Augen wanderten hilflos von Ada zu ihrer Mutter und zu Dr. Bixby. »Mir gefällt das nicht. Mir gefällt das gar nicht! Ob ich gleich zurückfahre . . .?«

Die anderen widersprachen im Chor.

»Jetzt?«

»Du bist doch gerade erst aus dem Bus gestiegen. Du bist ja tot, wenn du wieder zu Hause ankommst.«

»Warte doch wenigstens bis morgen früh, Margaret.«

»Ich weiß nicht — dieses Telegramm —, ich hab' so ein unheimliches Gefühl. Irgend etwas stimmt doch nicht. Das kann doch kein Witz sein. Ich habe ganz einfach Angst. Wer so was tut, muß etwas im Schilde . . .«

»Versuch doch noch einmal, ein Gespräch anzumelden«, meinte der alte Familiendoktor mit beruhigender Stimme. »Vielleicht ist er inzwischen zurück. Vielleicht ist er nur zum Zigarettenautomaten gegangen. Wenn er jetzt immer noch nicht da ist und du hast keine Ruhe mehr zum Hierbleiben, dann fahre ich dich zur Bushaltestelle. Mein Auto steht gleich vor der Tür.«

Diesmal erübrigte es sich, die Verbindungstür zu schließen und die Gäste dringend um Ruhe zu bitten. Sie folgten alle Margaret in die Diele und bildeten einen weiten Halbkreis um sie. Sie verharrten in atemlosem Schweigen, als Margaret zum Hörer griff.

Ihre Stimme zitterte ein wenig. »Verbinden Sie mich bitte noch einmal mit derselben Nummer — Seville 7—6262.«

Hin und wieder hörte er eilig trippelnde Schritte im Flur, Cookies fröhlich krähende Stimme aus irgendeinem Winkel der Wohnung und ein triumphierendes »Ich sehe dich, ich sehe dich!« von ihr.

Er lächelte. Versteck spielen. Man sagt immer, es gebe zwei

Dinge, die unabänderlich seien: der Tod und die Steuern. Man sollte ein drittes hinzufügen: die Kinderspiele. Diese Miß Baker verstand es meisterhaft, das Versteckspielen so zu lenken, daß es nicht zu turbulent wurde. Sie bremste Cookies Ungestüm, ohne daß er es merkte. Moran fragte sich, ob wohl alle Kindergärtnerinnen so gut waren wie sie.

Er horchte auf, als nach den schleichenden Schritten die Stille ein wenig länger andauerte als vorher. Als er aufschaute, sah er, daß sie sich hinter der Wohnzimmertür versteckte. Sie hatte ihm den Rücken zugekehrt und lugte in den Flur hinaus. »Fertig?« fragte sie mit heiterer Stimme.

Cookies Antwort kam unerwartet leise. »Nein — noch nicht.«

Ihr schien das Spiel genausoviel Freude zu machen wie dem Kind. So muß es wahrscheinlich auch sein, dachte er. Wenn man mit einem Kind spielt, sollte man mit Herz und Seele bei der Sache sein. Ein Kind merkt sofort, wenn die Begeisterung der Erwachsenen nachläßt. Eins stand fest: Cookie war Feuer und Flamme für sie. Er sah sie hier offensichtlich in einem anderen Licht als im Kindergarten, wo sie natürlich bei den vielen Kindern für eine straffere Disziplin sorgen mußte.

Als sie sich jetzt zu ihm umwandte, bemerkte sie, daß er sie wohlwollend betrachtete. »Er hat sich in der kleinen Vorratskammer unter der Treppe versteckt«, erklärte sie ihm augenzwinkernd. Dann fuhr sie, ernster werdend, fort: »Kann ihm da auch nichts passieren?«

»Passieren?« wiederholte Moran verdutzt. »Ausgeschlossen! Da sind nur ein paar alte Regenmäntel drin.«

»Fertig«, piepste eine schwache Kinderstimme.

»Vorsicht, ich komme«, sagte sie warnend und verschwand genauso geräuschlos von der Tür, wie sie gekommen war.

Er hörte, wie sie erst eine Weile hin und her huschte und, um das Spiel spannender zu machen, so tat, als suchte sie ihn eifrig überall. Dann folgte das Klopfen gegen eine Holztür und ihr fröhlicher Aufschrei: »Ich hab' dich, ich hab' dich!«

Einen Moment darauf hörte er, wie sie mit unerwarteter Eindringlichkeit nach ihm rief. »Mr. Moran!« Er sprang hastig auf, denn in ihrer Stimme hatte so etwas gelegen wie: Beeilen Sie sich! Während er zu ihr eilte, rief sie noch zweimal seinen Namen.

Sie zerrte an dem rostigen Eisengriff, die Tür war verschlossen. Ihr Gesicht leuchtete schneeweiß. »Ich krieg' die Tür nicht auf — sehen Sie, an irgend so was hatte ich gedacht, als ich eben fragte, ob auch nichts passieren könnte.«

»Das ist kein Grund zur Aufregung«, beruhigte er sie. »Das werden wir gleich haben.« Er hob den eisernen Handgriff ein paar Zentimeter in die Höhe, worauf der Riegel aufschnappte und die Tür sich mühelos öffnen ließ. Der Verschlag war hinter den untersten Stufen der Treppe eingebaut, der Boden lag etwas tiefer als der Fußboden der Diele.

Cookie kletterte fröhlich heraus.

»Haben Sie gesehen, woran es lag, daß Sie die Tür nicht aufbekamen? Das ziemlich ausgediente Schnappschloß hier funktioniert nur dann, wenn man den eisernen Griff etwas anhebt.«

»Wie dumm von mir! Das hätte ich auch merken können«, sagte sie leicht beschämt. Sie holte tief Luft. »Phhh! Ich kann Ihnen gar nicht sagen, was mir das für einen Schrecken eingejagt hat! Ich hatte Angst, die Tür hätte sich verklemmt und Cookie würde ersticken, ehe wir . . .«

»O Gott, das tut mir leid«, sagte er so zerknirscht, als sei es seine Schuld, daß es in seinem Haus überhaupt eine solche Tür gab.

Ihr schien der Schreck derart in die Glieder gefahren zu sein, daß sie sich ausmalte, was alles hätte passieren können. Nachdem sie eine Weile hin und her geredet hatten, sagte sie schließlich: »Ich kann nur hoffen, daß Sie im größten Notfall die Tür auch mit Gewalt aufbekommen hätten.«

»O ja, ich hätte schon irgendeinen Gegenstand zum Aufbrechen gefunden«, bestätigte er.

Sie schien erstaunt zu sein. Mit einem abschätzenden Blick auf seinen kräftigen Oberkörper meinte sie: »Hätten Sie die Tür denn nicht mit Ihren bloßen Händen oder mit Ihrer Schulter eindrücken können?«

Er klappte die Tür wieder auf und fuhr mit den Fingern über die dicke Kante. »Nein. Da, sehen Sie selbst, das ist stabile Eiche. Mindestens fünf Zentimeter dick. Außerdem ist das hier eine ungünstige Stelle. Man kann von keiner Seite aus Anlauf nehmen, um sich mit Macht gegen die Tür zu stemmen. Und Cookie hätte von innen schon gar nichts machen können. Erstens ist er viel zu schwach, und zweitens ist der ganze Verschlag so klein, daß er schon fast nicht mehr aufrecht drin stehen kann.«

Zu seiner Verblüffung steckte sie plötzlich ihren Kopf durch die niedrige Tür. Er hörte, wie sie mit ihren Händen die dicken Holzwände abklopfte. Dann kam sie wieder zum Vorschein. »Das ist aber stabil gebaut«, sagte sie bewundernd. »Aber es ist sehr stickig darin — selbst jetzt, wo die Tür offensteht. Was meinen Sie, wie lange es jemand darin aushalten kann, wenn er versehentlich sich selbst eingeschlossen hat?«

Seine männliche Allwissenheit kam durch die unerwartete Frage ins Schwanken. Er hatte sich offensichtlich selbst noch nie diese Frage gestellt. »Tja«, begann er vage, »ich würde sagen — eineinhalb Stunden — höchstens zwei.« Er starrte tiefsinnig auf den Verschlag. »Ich glaube, das Ding ist wirklich ziemlich luftdicht abgeschlossen«, räumte er ein.

Sie zuckte bei diesem Gedanken schaudernd zusammen und wechselte hastig das Thema. Dabei war sie es gewesen, die davon angefangen hatte, dachte Moran und lächelte leicht überheblich. Aber was soll's, jeder von uns hat hin und wieder seltsame Gedankengänge!

Sie beugte sich zu Cookie hinunter, packte ihn unter den Achseln und marschierte mit ihm los, wobei Cookie die Beine wie ein steifer Zinnsoldat bewegte. Nach ein paar Schritten drehte sie sich zu Moran um. »Sind Sie dafür, daß er jetzt ins Bett kommt?«

Als Cookie das hörte, blieb er augenblicklich stehen. Er hatte heute zu schön gespielt, als daß er jetzt kampflos ins Bett gehen wollte. »Noch einmal! Bitte, bitte!« bettelte er und sah sie erwartungsvoll an.

»Na, schön — noch einmal«, meinte sie nachsichtig. »Dann ist aber Schluß für heute!«

Moran kehrte ins Wohnzimmer zurück und ließ sich wieder in den Sessel fallen. Mit der Zeitung war er nun wirklich fertig! Er hatte sie von hinten bis vorn gelesen! Selbst die Notierungen über Aktien, die er nicht besaß, aber gerne besitzen würde. Auch die Leserbriefe über Themen, die ihn nicht im mindesten interessierten.

Er holte sich eine Zigarre. Nachdem er sie ausgiebig beschnuppert hatte und mit der Hand prüfend über das Deckblatt gefahren war, kam er zu dem Ergebnis, daß sie zu rauchen sei. Umständlich zwickte er sie an einem Ende ab, zündete sie an und lehnte sich behaglich zurück. Er saß, von blauen Rauchschwaden eingehüllt, da und war mit sich und der Welt zufrieden.

Dieses Nichtstun empfand er als einen Luxus, den er so selten genoß, daß er fast nichts damit anzufangen wußte. Er wurde träge und immer träger, und sein Kopf fiel hin und wieder nach vorn. Als er das erste Mal hochschreckte, legte er die Zigarre in den Aschenbecher, damit sie ihm nicht aus der Hand fiel und ein Loch in Margarets Teppich brannte.

Irgendwann kam Cookie auf Zehenspitzen ins Zimmer und brachte ihm seine Hausschuhe. »Miss Baker sagt, daß du es dir richtig bequem machen sollst«, flüsterte er zischelnd.

»Das ist aber fein«, nuschelte Moran, um ein Lächeln bemüht. Er war so träge, daß es zu einer Anstrengung für ihn wurde, die Schuhe zu wechseln. »Sage ihr, daß sie mich völlig verdirbt.«

Cookie hob die Straßenschuhe auf und verließ das Zimmer genauso geräuschlos, wie er es betreten hatte — obwohl doch der Vater, dem seine Fürsorge galt, zweifellos noch wach war.

Moran rekelte sich wieder behaglich zurück, und als sein Kopf jetzt zur Seite rollte, überließ er sich willig der Trägheit.

Solch ein Mädchen sollte man — sollte man — in die Auslage eines Juwelengeschäftes legen — hm . . .

Der alte Hausarzt gab sich gewiß alle Mühe und meinte es herzensgut, aber, du lieber Gott, sie kam sich wie auf einer Folterbank vor, als sie neben ihm sitzen und ihm zuhören mußte. »Ja, ich habe euch drei Mädchen auf die Welt gebracht. Wie lange ist das schon her! Aber ich kann mich an deine Geburt noch so deutlich erinnern, als wäre es gestern gewesen. Und wenn ich dich jetzt hier so neben mir sitzen sehe, so erwachsen, daß ich eigentlich ›Sie‹ zu dir sagen müßte, als verheiratete Frau, die selbst einen kleinen Jungen hat . . .«

Als verheiratete Frau, die fast umkommt vor Angst, dachte sie nervös. Sie kniff die Augen zusammen und starrte die dunkle Straße entlang. Der Bus schien nie mehr kommen zu wollen.

»Ich weiß nicht, was mit der Zeit los ist! Entweder bist du zu schnell erwachsen geworden, oder ich merke nicht, daß ich älter geworden bin. Eins von beiden muß es sein.«

Als sie sein polterndes Lachen mit einem schwachen Lächeln beantwortete, betrachtete er sie aufmerksam im schwachen Lichtschein, der vom Armaturenbrett ausging.

»Ich weiß Bescheid. Du brauchst mir nichts vorzumachen, mein Kind«, sagte er dann leise und legte beruhigend seine Hand auf ihre Schulter. »Du bist unruhig und machst dir Sorgen und hast nur den einzigen Wunsch, schon wieder zu Hause zu sein. Aber nimm's nicht zu tragisch, Kleine. Was ist denn schon dabei, wenn er sich nicht am Telefon meldet? Wahrscheinlich ist er zu irgendeinem Nachbarn gegangen und trinkt dort in Ruhe ein Bier.«

»Ich weiß, Dr. Bixby. Wahrscheinlich haben Sie recht. Aber ich kann es nicht ändern, ich habe einfach Angst. Dieses Telegramm kommt mir so unheimlich vor, daß ich an nichts anderes denken kann. Irgend jemand muß es doch geschickt haben . . .«

»Natürlich, natürlich, mein Kind«, sagte er milde. »Telegramme schicken sich nun einmal nicht von alleine. Vielleicht stammt es von irgendeinem neidischen Kollegen, der deinem Mann eins auswischen wollte . . .« Er verstummte, als er merkte, daß dieses Argument nicht sehr überzeugend klang.

Sie sank ein wenig in sich zusammen und starrte weiterhin auf die dunkle Straße. »Doktor, es ist schon so spät – vielleicht kommt heute gar kein Bus mehr?« Sie kaute nervös an ihrem Daumennagel.

Dr. Bixby nahm ihr mit einem gutmütigen Lächeln den Daumen aus dem Mund und legte ihre Hand energisch in ihren Schoß. »Als du sieben warst, hatte ich dir das glücklich abgewöhnt. Muß ich damit noch einmal von vorne anfangen?« Er starrte ebenfalls mit zusammengekniffenen Augen durch die staubige Windschutzscheibe seines alten Fords. »Ha, da kommt er ja!«

Moran wachte auf, als etwas Weiches um seine Beine strich. Er hob träge den Kopf ein paar Zentimeter und schaute mit leicht verschleiertem Blick nach unten.

Als er Cookie auf allen vieren über den Teppich kriechen sah, fragte er gähnend: »Suchst du noch immer nach einem Platz zum Verstecken?«

Sein Sprößling schaute ihn sozusagen von oben herab an:

»Wir spielen schon lange nicht mehr! Miss Baker hat ihren Ring verloren. Ich helfe ihr beim Suchen.«

Im gleichen Augenblick hörte er ihre Stimme aus irgendeinem Winkel der Wohnung. »Hast du ihn gefunden, Cookie?«

Moran rappelte sich mühsam hoch und ging aus dem Zimmer. Er erinnerte sich, daß sie einen Ring getragen hatte, als sie gekommen war.

Im Verschlag unter der Treppe mußte sie schon gesucht haben, denn die Tür stand sperrangelweit offen. Jetzt hockte sie am anderen Ende der Diele und tastete mit ihren Händen den Fußboden ab.

»Ich verstehe gar nicht, daß ich nicht gemerkt hab, als mir der Ring vom Finger fiel«, sagte sie. »Aber das macht nichts. Er muß ja hier irgendwo sein! Ich wäre nur sehr traurig, wenn ich ihn nicht finden würde, denn ich habe ihn von meiner Mutter bekommen. Sie hat ihn mir geschenkt, als ich mein Abitur bestanden hatte.«

»Was ist denn mit dem Verschlag?« fragte er. »Haben Sie da schon genau nachgesehen? Sie sind doch vorhin hineingekrochen und haben die Wände abgetastet.«

Sie warf ihm einen kurzen Blick über die Schulter zu und setzte dann ihre Suche auf dem Fußboden fort. »Ich habe zwar schon einen Blick hineingeworfen«, murmelte sie, »aber man kann so schlecht sehen. Es ist so dunkel drin.«

»Moment mal, das werden wir gleich haben«, meinte er forsch und holte vom Fensterbrett eine Schachtel Zündhölzer.

Er kroch in den Verschlag.

Ein Streichholz flammte auf.

Der Knall, mit dem die schwere Eichentür hinter ihm zupolterte, glich einem peitschenden Pistolenschuß, der sich wie ein gewaltiger Donner in der Diele und im Flur fortpflanzte und von den Wänden zurückgeworfen wurde.

Wangers Vorgesetzter:
»Nun, Wanger, jetzt wären wir wieder einmal soweit! Sie scheinen sich langsam zum Experten für Morde zu entwickeln, die bei genauer Betrachtung nicht unbedingt Morde sein müssen . . .«

»Natürlich war das wieder Mord! Da ist doch überhaupt nicht dran zu rütteln! Bezweifeln Sie es vielleicht?«

»Sachte, sachte, Kamerad! Pusten Sie sich nicht gleich alle Papiere vom Schreibtisch! Kling sagte mir jedenfalls, daß die Männer, die er diesmal angesetzt hat, nicht so sehr überzeugt sind, es handle sich um einen Mord. Gerade darum habe ich mir von Kling das Okay geben lassen, daß ich Ihnen den Fall übertragen darf.«

»Ja, zum Donnerwetter, wollen die denn das vielleicht so hintrimmen, daß es wie ein Unfall aussieht?« schnaufte Wanger aufgebracht.

Sein Chef hob beschwichtigend die Hand. »Hören Sie gut zu, mein Freund, ehe Sie explodieren! Bei diesem Fall ist nämlich wieder einmal alles möglich. Es mag zwar stimmen, daß Mrs. Moran ein Telegramm bekommen hat, das mit dem Namen ihrer Schwester unterzeichnet war, doch unglückseligerweise läßt sich dieses Telegramm nicht mehr auftreiben. Es ist spurlos verschwunden. Daher fehlt uns jede Möglichkeit festzustellen, von wo aus es aufgegeben wurde — wer weiß, vielleicht vom Postamt an der nächsten Straßenecke. Was das Kind angeht: es plappert unaufhörlich davon, daß ›eine Dame‹ mit ihm und seinem Vater an jenem Abend gespielt hat. Trotzdem — die einzigen Tatsachen, die dafür sprechen, daß ein Erwachsener in den Fall verwickelt sein könnte, sind die durchschnittene Telefonschnur und die hinterlassene Notiz auf der Steppdecke des Kinderbetts.«

Wanger nagte an der Unterlippe. »Und was ist mit dem Kitt?«

»Sie meinen, daß das Kind nicht an die obere Türleiste reichen konnte? — Da muß ich Sie enttäuschen. Kling hat einen entsprechenden Versuch gemacht. Man drückte nämlich dem Jungen ganz einfach den Kitt in die Hand und sagte: ›Nun zeig einmal, ob du die Tür wieder so schön zukitten kannst, wie du es neulich gemacht hast.‹ Und was tat der liebe Kleine? Er kittete erst einmal so weit zu, wie er hinauflangen konnte, schleifte dann einen dreibeinigen Hocker herbei, kletterte hinauf und kam auf diese Weise ohne Schwierigkeiten bis zur obersten Kante der Tür. Und wenn er das ohne Anleitung und ohne einen Augenblick zu zögern so gemacht hat, warum sollte er es neulich in drei Teufels Namen nicht auch so gemacht haben?«

»Pah«, schnaubte Wanger geringschätzig.

»Klings Leute haben sich noch weiter mit dem Kind beschäftigt. Sie haben auf den Verschlag gedeutet und den Kleinen gefragt, was er machen würde, wenn sein Daddy darin wäre. ›Würdest du ihn herauslassen oder einsperren?‹ Und das Kind antwortete: ›Ich würde ihn einsperren und schön mit ihm spielen.‹«

»Sind die Burschen denn völlig verrückt geworden? Wozu benutzen sie ihre Köpfe? Zum Denken bestimmt nicht! Wahrscheinlich hat das Kind auch die Telefonleitung durchgeschnitten und den Zettel in Druckbuchstaben geschrieben . . .«

»Wollen Sie mich bitte zu Ende reden lassen? Klings Leute sind durchaus der Ansicht, daß das Kind alles allein gemacht hat. Aber sie halten einen Unfall nicht für ausgeschlossen, einen Unfall, in den möglicherweise noch jemand verwickelt ist, der sich nach dem Geschehen in panischer Angst aus dem Staube gemacht hat.

Klings Leute haben folgende Theorie — aber glauben Sie ja nicht, daß die Männer meinen, an dieser Theorie wäre nicht zu rütteln! Sie klammern sich nur so lange daran, bis sie eines Besseren belehrt werden. Sie gehen davon aus, daß Moran eine Geliebte gehabt hat. Und zumindest für einen Abend freie Bahn zu haben, wurde ein fingiertes Telegramm an die Ehefrau geschickt. Während Moran auf das Erscheinen seiner Geliebten wartete, spielte er mit seinem Sohn — wahrscheinlich Verstekken. Moran muß sich dabei versehentlich in den Verschlag eingesperrt haben, und das törichte Kind hielt es für eine fabelhafte Bereicherung des Spiels, die Tür zuzukitten. Als Morans Freundin dann aufkreuzte, war er schon in dem Verschlag erstickt. Sie sah einen Skandal auf sich zukommen und verlor den Kopf. Deshalb steckte sie das Kind ins Bett und kritzelte etwas auf einen Zettel, das die Ehefrau bei ihrer Rückkehr vorfinden sollte.

Als dann vielleicht noch das Telefon geklingelt hat, drehte sie völlig durch und zerschnitt das Kabel. Klings Leute halten es sogar für möglich, daß sie, nachdem sie den Toten in dem Verschlag entdeckt hatte, den Kitt selber erneuerte, in dem Bestreben, alles so zu hinterlassen, wie sie es vorgefunden hatte. Mit anderen Worten: Irgend jemandem mit einem schlechten Gewissen lag viel daran, daß niemand an einem Unfall zweifeln kann.«

»Junge, Junge!« Wanger rieb sich die Nase. »Wollen Sie das Urteil des jungen Wangers über diese Theorie hören? Es lautet schlicht und einfach: Scheiße! — Soll ich jetzt meinen Schreibtisch aufräumen oder trotzdem den Fall übernehmen?«

Sein Herr und Gebieter legte die Stirn in Falten. Seine Augen blinzelten freundlich, als er streng sagte: »Na schön, zorniger junger Mann, dann knöpfen Sie sich mal den Fall vor.«

Als Wanger schon die Türklinke in der Hand hatte, dröhnte ihm die Stimme seines Chefs hinterher: »Vielleicht bringen Sie mir bei Gelegenheit wirklich mal ein kleines Mörderchen!«

Aus der Art, wie sie alle im Zimmer im Kreis hockten und sich auf etwas in ihrer Mitte konzentrierten, hätte man schließen können, es gehe um ein Würfelspiel. Ihre breiten Rücken verdeckten das Etwas. Was immer es auch war, es mußte sehr klein sein. Hin und wieder hob einer der Männer die Hand und kratzte sich hinterm Ohr.

Die Krankenschwester, die kerzengerade bei der Tür stand, verfolgte mit wachsamem Blick das Gehabe der Männer. Ihr Anblick war keine Augenweide. Das einzige, was bei ihr an eine Frau erinnerte, war der Kopf. Alles andere, bis hinunter zu den Knöcheln, glich einer vermummten Bohnenstange.

Wanger, der den Raum unbemerkt durch die gegenüberliegende Tür betreten hatte, riß erstaunt die Augen auf und starrte fasziniert auf das Bild, das sich seinen Blicken bot. Als er schließlich auf leisen Sohlen zu den Männern schlich und über ihre breiten Schultern guckte, sah er einen Pygmäen, der von Riesen umringt war. Cookie wirkte im Kreis der Vierschrötigen noch kleiner, als er ohnehin war.

»Aber doch nicht so, Jungens!« protestierte er. »Was soll das überhaupt? Wollt ihr ein Kind in diesem Alter ausquetschen?«

Wanger wußte, daß das stimmte. Einer der Männer steckte seine glitzernde Taschenuhr wieder weg, die er offensichtlich ohne Erfolg vor den Augen des Kindes hatte verführerisch hin und her baumeln lassen.

Die vermummte Bohnenstange warf ihren Kopf zurück und wieherte wie ein Pferd. Cookie, der mit der teuflischen Treffsicherheit eines Kindes sofort seine Chance witterte und nichts Eiligeres zu tun hatte, als sie auszunutzen, verzog augenblicklich sein Gesicht. Zuerst zuckte es verdächtig um seine Mundwinkel, dann eröffnete er ein herzergreifendes Gebrüll.

»Na, bitte, da habt ihr es!« sagte Wanger und schaute strafend in die Runde. »Wißt ihr denn nicht, daß Kinder in diesem Alter Angst vor Polizisten haben. Und ihr marschiert hier noch im Großeinsatz auf!«

»Wir sind schließlich in Zivil«, sagte einer der Burschen entrüstet. »Haben wir vielleicht ein Brandmal auf der Stirn? Woher sollte er also wissen . . .«

»Die Herren von der Kriminalpolizei können natürlich viel besser mit Kindern umgehen«, sagte ein anderer mit betont gezierter Stimme.

Die Polizisten entfernten sich. »Hoffentlich haben Sie mehr Glück als wir«, brummte einer. »Lieber nehme ich jeden Tag einen schweren Jungen in die Zange, als daß ich auf ein Kind wie auf eine kranke Kuh einrede, weil es überhaupt nicht begreift, was man von ihm will.«

»Es begreift schon«, meinte Wanger begütigend. »Man muß nur eben verstehen, sich auf das Kind einzustellen — das ist alles.«

Einzig die Schwester blieb mit Wanger im Zimmer. Ihre Gegenwart war allerdings mehr hinderlich als von Nutzen. Er hatte schon bei seinen vorhergehenden Gesprächen mit Cookie herausgefunden, daß sie mit Vorliebe querschoß. Von Männern hielt sie nichts. Und von deren Umgang mit Kindern schon gar nichts. Er wußte, daß er einen hysterischen Anfall bekommen würde, wenn sie auch nur einen einzigen Schritt näher trat.

Wanger setzte sich und hob Cookie auf seinen Schoß.

Er hatte noch nicht ein einziges Wort zu dem Kind gesagt, als die Schnepfe schon ihren Mund aufriß: »Jetzt fühlen Sie sich wieder als McCarthy, nicht wahr?« fragte sie hämisch, um gleich darauf pessimistisch fortzufahren: »Ich bin sicher, daß er geschlafen hat, als die Sache passiert ist.«

»Er war wach!! — Außerdem bin ich hergekommen, um mit dem Kind zu reden und nicht mit Ihnen!«

Cookie kannte Wanger schon von einigen »Knie-Interviews«. Er lächelte Wanger freundlich, doch nicht ohne Hintergedanken an. »Haben Sie mir wieder Bonbons mitgebracht?«

»Nein, diesmal nicht. Der Arzt meint, daß du schon viel zuviel davon gegessen hast.« Als er sah, daß Cookie die Unterlippe vorschob, fügte er rasch hinzu: »Mal sehen, vielleicht schick' ich dir morgen welche.« Dann machte er sich an die Arbeit. »Wer hat deinen Daddy in die Kammer gestoßen, Cookie?«

»Keiner. Er ist ganz allein hineingegangen. Wir haben dort gespielt!«

»Soweit waren Sie schon beim letztenmal«, mischte sich die Bohnenstange ein.

Wangers Kopf schnellte zur Seite. Seine Augen funkelten böse. »Wenn Sie so freundlich wären . . .!« stieß er hervor. Er holte tief Luft, konnte sich nur mühsam beherrschen. Dann wandte er sich wieder mit einem freundlichen Lächeln dem Kind zu. »Mit wem hat dein Daddy gespielt, Cookie?«

»Mit uns.«

»Schön. Und wer ist ›uns‹? Du — und wer noch?«

»Ich und die Dame.«

»Welche Dame?«

»Na, eben die Dame.«

»Welche Dame, Cookie?«

»Die Dame, die da war.«

»Fein. Und welche Dame war da?«

»Die Dame, die — die Dame, die . . .« Cookie starrte Wanger hilflos an. Er war alles andere als störrisch, er wußte nur wirklich nicht, was man von ihm wollte. Dann strahlte er plötzlich und glaubte Wanger eine Freude zu machen. »Die Dame, die mit uns gespielt hat.«

Wanger wischte sich verzweifelt den Schweiß von der Stirn.

»Sehen Sie«, sagte die Schwester triumphierend, »es ist immer dasselbe. Soweit kommen Sie — und keinen Schritt weiter.«

Wangers Nerven waren bis zum Zerreißen gespannt. Er rief: »Meine liebe Dame, hören Sie einmal gut zu! Ich spaße nicht!

Wenn Sie auch noch eine einzige unpassende Bemerkung machen, während ich hier . . .«

»Während Sie was?« wollte die Bohnenstange mit scheinheiligem Interesse wissen. Aber sie hielt es nach Wangers Worten für ratsam, ihre Frage nur flüsternd hervorzubringen.

Nachdem ihr Wanger einen drohenden Blick zugeworfen hatte, zog er ein schwarzes Notizbuch aus seiner Tasche und wandte sich wieder dem kleinen Zeugen zu, der auf seinen Knien ›Hoppe, hoppe, Reiter‹ spielte. »Nun sag mir doch einmal, was ihr eigentlich gespielt habt?«

Cookie, der sichtlich froh war, einmal eine direkte Antwort geben zu können, krähte munter: »Versteckspiel.«

»Ach, ja. Und wer war zuerst dran?«

»Ich.«

»Und wer dann?«

»Die Dame.«

»Und wer kam dann an die Reihe?«

»Daddy.«

Wanger, der auf dem einen Knie das Kind wippte, benutzte das andere Knie als Schreibunterlage. »Verdammt noch mal, das hat alles keinen Sinn!« brummte er. »Das gibt es doch nicht, daß eine fremde Frau in die Wohnung kommt und einen ausgewachsenen Mann dazu bringt, mit ihr Versteck zu spielen.«

»Da würden Sie aber staunen, wie oft es das gibt — es handelt sich da nur um eine andere Art Versteckspielen«, flüsterte die vermummte Schwester leise.

Das Notizbuch flog an die Wand. »Was is' los?« fragte Cookie erstaunt. »Was hat denn das Heft gemacht?«

Die Schwester wußte, daß sie ihren Hals riskierte, aber sie mußte ihre Frage loswerden. »Wieso sind Sie eigentlich so überzeugt davon, daß er die Frau nie vorher gesehen hat?«

»Sie hören doch selbst, was er jedesmal von neuem sagt«, polterte Wanger. »Ich habe es mir heute zum sechsten Male notiert, daß sie vor jenem Abend noch nie in dem Haus war.«

Bei Wangers zornig hervorgestoßenen Worten verzog sich Cookies Gesicht wieder verdächtig. Er stand kurz vor einer neuen Heul-Arie.

»Du hast nichts getan, Kleiner«, beruhigte ihn Wanger rasch und streichelte Cookies Kopf. »Auf dich bin ich nicht böse.«

Dann kam es plötzlich.

Cookie fing zwar nicht zu plärren an, aber seine Stimme klang weinerlich, als er sagte: »Auf wen bist du dann böse? Bist du auf Miß Baker böse?«

»Wer ist Miß Baker?«

»Na, die Dame, die mit uns gespielt . . .«

Wanger sprang so hastig auf, daß das Kind fast mit dem Kopf auf den Fußboden gefallen wäre. »Ich werd' verrückt! Ich hab' ihm tatsächlich ihren Namen entreißen können! Haben Sie das gehört? Ich war inzwischen wirklich überzeugt, daß er sie nicht kennt . . .«

Doch seine Begeisterung war nur von kurzer Dauer. Sein Gesicht verfinsterte sich wieder. »Das wird natürlich ein falscher Name sein. Sie wird als Miß Baker in die Wohnung gekommen sein und hat aufgehört, Miß Baker zu sein, als sie die Wohnung wieder verließ. Wenn ich nur wüßte, als was sie sich Moran gegenüber ausgegeben hat — denn auf den Namen allein wird er sie kaum in die Wohnung gelassen haben.«

»Vielleicht als eine Nachbarin?« meinte die Schwester.

»Die haben wir alle schon im Umkreis von einem Kilometer bearbeitet.« Wanger hockte sich vor Cookie hin, so daß sein Gesicht in derselben Höhe mit dem des Kindes war. »Cookie, was hat denn Miß Baker zu deinem Daddy gesagt, als er die Tür aufmachte und sie in die Wohnung ließ?«

»Sie hat guten Tag gesagt«, erklärte er eifrig. Er schien sehr froh zu sein, daß er auch einmal eine Antwort wußte.

»Du lieber Gott, jetzt geht das ganze Theater von vorne los«, seufzte die Schwester und verdrehte die Augen.

Wangers Blick schien durch sie hindurchzugehen. »Ob seine Mutter uns wohl weiterhelfen kann?« dachte er laut. Er schaute die Schwester an. »Fragen Sie den Arzt, ob sie in der Lage ist, für einen Augenblick herunterzukommen. Sagen Sie ihm, daß ich nicht die Absicht hätte, sie zu verhören. Na, Sie wissen schon, was ich meine. Ich möchte nur hören, ob sie sich aus der Bemerkung des Kindes etwas zusammenreimen kann. Das Ganze wird nicht mehr als ein bis zwei Minuten in Anspruch nehmen.«

Die Schwester nickte und ging auf die Tür zu. Ehe sie jedoch den Raum verließ, drehte sie sich noch einmal um und meinte warnend: »Machen Sie mir inzwischen keinen Ärger mit Cookie! Denn ich habe an sich die Anweisung, im Zimmer zu bleiben, solange Sie da sind.«

Sie mußte sich sehr beeilt haben, denn sie kam schon nach ein paar Minuten zurück. »Die Ärzte wollten es eigentlich nicht zulassen, aber sie selber bestand darauf. Sie wird gleich kommen.«

Der Arzt und eine Schwester stützten sie, als sie mit schleppenden Schritten das Zimmer betrat. Ihr Gesicht war verfallen. Sie war um Jahre gealtert.

Der Arzt trat rasch zu Wanger. »Ich bitte Sie . . .«

»Ich verspreche es Ihnen. Sie können sich auf mich verlassen.«

Sie war eine Mutter. Obwohl sie selbst halb tot war, war sie immer noch eine Mutter. Sie wankte, vom Arzt und der Schwester gestützt, auf ihr Kind zu und umarmte es. Dann schaute sie zu Wanger auf. Ihre Augen flehten, ihre Stimme war tonlos: »Bitte — quälen Sie mein Kind nicht zu sehr . . .«

Wangers Kehle war wie zugeschnürt. Er räusperte sich ein paarmal. Dann schaute er ihr fest in die Augen. Er konnte nicht ausweichen, er mußte die Frage stellen. »Mrs. Moran, ich will mich kurz fassen: Cookie hat eben gerade den Namen einer Miß Baker erwähnt. Ich bezweifle, daß Sie eine Dame kennen, die so heißt. Aber ich möchte herausfinden . . .«

Da sie ihm direkt gegenüberstand, nahm er die Veränderung, die in ihrem Gesicht vor sich ging, eher wahr als der Arzt und die Schwester an ihrer Seite. Noch vor einem Augenblick war er davon überzeugt gewesen, daß in diesem gramverzerrten Gesicht keine weitere Gefühlsregung sichtbar werden könnte, doch jetzt zeigte es namenloses Entsetzen. Die Frau preßte ihre Handflächen gegen die Schläfen, als fürchtete sie, der Kopf könnte ihr zerspringen. »Doch nicht *sie!*« brachte sie mühsam hervor.

»Den Namen hat ihr Sohn genannt«, murmelte Wanger widerstrebend.

»O nein — nein!«

»Wer ist Miß Baker?« fragte er leise.

»Sie ist« — Margaret rang nach Atem — »sie ist . . .« Ihre starren, tränenlosen Augen schienen durch Wanger hindurchzublicken. »Sie ist seine Kindergärtnerin.«

Wanger schaute Margaret Moran mitleidig an. Der Polizeibeamte in ihm triumphierte, denn eine Mörderin mußte gefunden und ihrer gerechten Strafe zugeführt werden, aber der Mensch Wanger fühlte, daß es für die junge Frau besser gewesen wäre, die Wahrheit nie zu erfahren. Wäre der Mord für sie gewissermaßen etwas Abstraktes geblieben, hätte sie sich eines Tages leichter damit abgefunden. So jedoch wußte sie, daß die Mörderin eine Frau war, der sie Tag für Tag ihr Kind anvertraut hatte.

Sie sackte in sich zusammen. Es war keine Ohnmacht, ihre Beine gaben nur ganz einfach nach. Der Arzt und die Schwester fingen sie auf, stützten sie und führten sie Schritt für Schritt zur Tür. Sie war nicht in der Lage, auch nur noch ein einziges Wort hervorzubringen. Alles weitere lag jetzt in Wangers Händen.

Kurz bevor sich die Tür hinter der kleinen Prozession schloß, drehte sich der Arzt noch einmal um und knurrte verächtlich: »Sie und Ihre Genossen machen mich noch ganz krank. Sie sollten sich einmal röntgen lassen, ob Sie überhaupt ein Herz haben.«

»Was sein muß, muß sein«, antwortete Wanger verbissen. »Da kann man nichts machen.«

Sie war von fröhlich lärmenden Kindern umgeben. Ihre Gruppe befand sich in einem abgelegenen Teil des Gartens, zu dem die älteren Kinder, die derbere Spiele bevorzugten, keinen Zutritt hatten. Die Kinder waren mit Leib und Seele bei ihrem Spiel. Sie standen sich mit erhobenen Armen in zwei Reihen gegenüber, und jeweils ein Kind mußte durch die hohle Gasse schlüpfen. Wenn das Lied, das sie dabei sangen, an einer bestimmten Stelle unterbrochen wurde, dann war das Kind, das gerade durch den Gang schlüpfte, gefangen.

Wanger schaute interessiert zu und versuchte, das System zu ergründen. Er kannte das Spiel nicht. Im Osten der Stadt, wo er aufgewachsen war, waren solche ›harmlosen‹ Spiele unbekannt.

Nie zuvor hatte er so gehaßt, was er jetzt tun mußte. Dabei war es gar nichts Besonderes. Keine Verbrecherjagd, keine Trillerpfeifen und keine Sirenen, nichts dergleichen. Vielleicht lag es an dem Anblick der spielenden Kinder, daß ihn ein so unbehagliches Gefühl beschlich. Es kam ihm grausam und zugleich grotesk vor, sie aus diesem Kreis herauszureißen, um festzustellen, ob sie einen Mord begangen hatte.

Als die Kindergärtnerin Wanger entdeckte, ließ sie die Kleinen allein weiterspielen und kam auf ihn zu. Sie war zierlich und nicht älter als vierundzwanzig oder fünfundzwanzig. Ihr Haar schimmerte kupfern. Die Hornbrille, die sie trug, stand ihr gut. Ein paar Sommersprossen auf den Wangen belebten ihr blasses Gesicht.

»Warten Sie auf eins der Kinder?« fragte sie freundlich. »Die Zeit ist noch nicht ganz um . . .«

Er war absichtlich ohne Begleitung gekommen, weil er kein Aufsehen erregen wollte. »Nein«, sagte er und schüttelte den Kopf. »Ich möchte mit Ihnen sprechen.« Er bemühte sich, ihr keinen unnötigen Schrecken einzujagen. Denn bis jetzt sprach immerhin nichts weiter gegen sie, als daß ein Kind ihren Namen genannt hatte. »Mein Name ist Wanger. Kriminalpolizei.«

»Oh!« Ihre Stimme klang verblüfft, aber keineswegs erschreckt.

»Wenn Sie nichts dagegen haben, möchte ich gerne, daß Sie, sobald die Spielstunde zu Ende ist, mit mir zu Cookie Moran fahren. Sie kennen ja das Kind.«

»O ja. Der arme Kleine«, murmelte sie mitleidig.

Die Kinder, die mit dem einen Spiel fertig waren, schauten zu ihr herüber und warteten auf weitere Anweisungen. »Sollen wir noch einmal von vorne anfangen, Miß Baker?«

Sie warf Wanger einen fragenden Blick zu. Er nickte. »Machen Sie ruhig erst Ihre Spielstunde zu Ende. Ich warte.«

Als die Spielstunde vorbei war und Miß Baker die Kinder alle sicher in den Bus verfrachtet hatte, ging sie mit Wanger ins Haus. Er schaute ihr zu, wie sie sorgfältig ihren Tisch aufräumte. Als sie ein paar Zeichenblätter zusammenlegte, um sie in die Schublade zu tun, fragte er beiläufig: »Nehmen die Kinder diese Kreidezeichnungen, die Sie hier machen, nicht jeden Tag mit nach Hause?« Die Frage klang unverfänglich, als hätte er sie nur aus Höflichkeit gestellt.

Sie schüttelte den Kopf. »Nein. Wir sammeln sie immer eine Woche lang und geben sie dann freitags den Kindern mit nach Hause, damit die Mütter sehen, welche Fortschritte ihre Lieblinge gemacht haben.« Sie lächelte gutmütig.

Wanger griff aufs Geratewohl eine der Zeichnungen heraus. »Fabelhaft«, sagte er mit geheuchelter Bewunderung, als sein Blick auf ein überdimensionales Rotkehlchen fiel, das auf einem Ast hockte. »War das die Aufgabe der letzten Woche?«

»Nein, von dieser Woche«, antwortete sie und schloß die Tischschublade. Während sie ihren Hut aufsetzte, fügte sie hinzu: »Das haben wir Montag nachmittag gemacht.«

Montag nacht war Moran im Verschlag erstickt.

Sie nahmen eine Taxe. Wenn einer von beiden verlegen war, dann Wanger. Er schaute angestrengt aus dem Fenster, als mache er eine Stadtrundfahrt. Sie war es denn auch, die das Schweigen brach. »Ist das eigentlich eine polizeiliche Maßnahme, daß Sie mich jetzt zu Cookie fahren, oder — oder soll ich mich aus irgendeinem Grund einfach um das Kind kümmern?« Ihre Stimme klang zwar etwas verwirrt, doch alles andere als verängstigt.

»Das ist eine reine Routinesache. Machen Sie sich keine Gedanken.« Er starrte wieder aus dem Fenster. »Waren Sie eigentlich zufällig in jener Nacht dort, als es passierte?« fragte er dann plötzlich und schaute sie an.

Sie zog verblüfft die Augenbrauen in die Höhe. »Bei den Morans? Ich? Nein, natürlich nicht! Wie kommen Sie darauf?«

Er antwortete nicht und stellte auch keine Fragen mehr. Alles schön der Reihe nach.

Obwohl Wanger schon viele Gegenüberstellungen mitgemacht hatte, war ihm keine so dramatisch vorgekommen wie diese. Auf der einen Seite stand Miß Baker völlig hilflos dem Kind gegenüber, auf der anderen Seite stand das Kind hilflos der Welt der Erwachsenen gegenüber.

Als die Schwester Cookie ins Zimmer brachte, war er überglücklich, sie zu sehen. »Miß Baker!« Er stürzte auf sie zu und umarmte sie stürmisch. Dann schaute er sie an. »Ich konnte heute nicht kommen, weil Daddy weg ist. Deshalb konnte ich auch schon gestern nicht kommen.«

Sie warf Wanger einen raschen Blick zu, als wollte sie fragen: Und was hab' ich jetzt zu tun?

Wanger hockte sich vor Cookie hin und fragte mit ruhiger, sanfter Stimme: »Kannst du dich noch an den Abend erinnern, Cookie, als dein Daddy in den Verschlag gekrochen ist?«

Cookie nickte eifrig.

»Ist das die Dame, die mit euch gespielt hat?«

Er schwieg.

Sie warteten.

Ihr tat das Kind leid. Sie wollte ihm helfen. »Cookie, war ich bei euch?«

Er schien nicht antworten zu wollen. Das Schweigen breitete sich im Raum aus, und die Nerven der Anwesenden waren zum Zerreißen gespannt.

Sie holte tief Luft und beugte sich zu ihm hinunter. Sie umschloß seine kleine Kinderhand mit ihren Fingern. »War Miß Baker an dem Abend bei euch, als dein Daddy in den Verschlag kroch?« fragte sie.

Jetzt kam seine Antwort wie aus der Pistole geschossen. »Ja, Miß Baker war da. Miß Baker hat mit Daddy und mir Abendbrot gegessen — wissen Sie noch?« Er sah die anderen nicht an, redete nur mit ihr.

Sie richtete sich langsam auf und schüttelte fassungslos den Kopf. »O nein — das kann ich nicht verstehen . . .« Sie schaute in die bewegungslosen Gesichter der anderen. Keiner sagte ein Wort.

Nach einem hilflosen Blick in die Runde wandte sie sich wieder dem Kind zu. »Aber Cookie, schau mich an . . .«

Wanger unterbrach sie höflich, aber bestimmt. »Sie dürfen das Kind nicht beeinflussen.«

»Aber das will ich doch gar nicht . . .« Ihre Stimme war klein und hilflos.

»Wollen Sie bitte draußen auf mich warten, Miß Baker? Ich komme gleich nach.«

Sie verließ mit schleppenden Schritten das Zimmer.

Als Wanger kurz darauf zu ihr herauskam, war sie ganz allein und hockte auf einem Stuhl. In der Nähe der Tür stand selbstverständlich ein Polizeibeamter in Zivil, aber das konnte sie nicht wissen. Obwohl sie unaufhörlich am Verschluß ihrer Handtasche herumfingerte, war ihr Blick ruhig. Sie schaute Wanger offen an: »Ich verstehe das nicht — ich kann das einfach nicht verstehen . . .!«

Wanger äußerte sich nicht dazu, sondern hielt ihr statt dessen eine Zeichnung vors Gesicht. Sie stellte ein überdimensionales Rotkehlchen auf einem Ast dar. »Wie Sie mir bereits gesagt haben, war das die Montagnachmittag-Aufgabe. Sie sagten aber auch, daß die Kinder die Zeichnungen nur einmal in der Woche, nämlich freitags, mit nach Hause nehmen.«

Ihre Augen ruhten viel länger, als es zum bloßen Erkennen der Zeichnung notwendig gewesen wäre, auf dem Blatt Papier. Wanger wartete noch einen Moment, ehe er es zusammenfaltete und einsteckte.

»Aber man hat die Zeichnung hier im Haus gefunden, Miß Baker, und zwar Dienstag früh. Wie können Sie sich das erklären?« Sie schaute mit starrem Blick auf seine Jackettasche, in der die Zeichnung verschwunden war. »Es kann natürlich sein, daß der Kleine die Zeichnung an jenem Tag mit nach Hause genommen hat, ohne Sie vorher um Erlaubnis gefragt zu haben«, meinte Wanger, der ihr eine goldene Brücke bauen wollte, mit fragendem Unterton.

Sie schaute rasch auf. »Nein, das glaube ich nicht. Das wäre mir wahrscheinlich aufgefallen, denn er ist an jenem Tag vor den anderen gegangen, weil ihn seine Mutter mit in die Stadt nehmen wollte. Sie können Mrs. Moran fragen, aber . . .«

»Das habe ich schon.«

»Und was soll dann . . .?« Ihr schoß das Blut in die Wangen. Sie sprang auf. »Ja, was soll dann das Ganze? Hatten Sie die Absicht, mich aufs Glatteis zu führen?«

Die Geste, mit der er die Hände hob, konnte alles und nichts bedeuten.

»Dann sieht es ja so aus, als würde ich mich in einer üblen Lage befinden.«

»Aber, nein. Keineswegs.« Es klang nicht sehr überzeugend. »Warum sollten Sie auch?«

Sie starrte auf ihre Handtasche hinunter, fingerte wieder an dem Verschluß herum. Dann schnappte sie mit einer plötzlichen Bewegung energisch das Schloß zu und schaute ihn mit funkelnden Augen an. »Ja! Da haben Sie recht! Warum sollte ich auch! Denn das, was Sie eben mit mir durchexerziert haben, war ja wohl alles andere als ein fairer Test.«

»Und darf ich fragen, wieso?« Seine Stimme klang überhöflich.

»Kennt Sie das Kind nicht gut genug? Sieht es Sie nicht an fünf Tagen in der Woche? Ich gebe zu, daß es ein etwas ungewöhnlicher Test war — aber fair war er.«

»Wissen Sie denn nicht, wie wenig man auf die Äußerungen eines Kindes in diesem Alter geben kann? Ein Fünfjähriger hat eine blühende Fantasie. Er ist empfänglich für alles, was auf ihn zukommt. Und sobald er mitbekommen hat, daß er aus irgendeinem Grund zum Mittelpunkt geworden ist, möchte er das so lange wie möglich auskosten und versucht, sich auf immer neue Art interessant zu machen. Sie haben mich vor ein paar Minuten aufgefordert, das Kind nicht zu beeinflussen. Ihre Leute aber haben ihn — wenn auch vielleicht unbewußt — längst beeinflußt. Er hat sie davon reden hören, daß ich hiergewesen bin, und jetzt glaubt er, daß ich wirklich hier war. Bei Kindern ist die Grenze zwischen Wirklichkeit und Einbildung sehr . . .«

Er unterbrach sie und sagte sehr ruhig: »Sie irren sich, wenn Sie glauben, daß er von uns beeinflußt worden ist. Wir kannten Ihren Namen nicht. Wir haben ihn zum erstenmal von dem Kind gehört. Wie hätten wir ihn dann also beeinflussen können? Außerdem konnten wir mit Ihrem Namen allein gar nichts anfangen, und erst von Mrs. Moran erfuhren wir, wer Sie sind.«

Sie stampfte nicht gerade mit dem Fuß auf den Boden. Aber ihr angespannter Körper ließ deutlich auf das schließen, was in ihrem Kopf vor sich ging. »Wenn es Ihnen nichts ausmacht, könnten Sie mir vielleicht sagen, was ich verbrochen haben soll! Glauben Sie, daß ich, wenn ich hiergewesen wäre, nach dem, was passiert war, die Wohnung verlassen hätte, ohne irgend jemanden zu benachrichtigen?«

»Bitte!« Er hob beschwichtigend die Hände. »Sie haben mir einmal gesagt, daß Sie nicht in der Wohnung waren, und ich habe Sie kein zweites Mal danach gefragt, nicht wahr?«

»Und wenn Sie es getan hätten, wäre meine Antwort dieselbe gewesen: Nein, ich war nicht hier. Ich habe heute zum erstenmal dieses Haus betreten.«

»Dann ist es ja gut«, sagte er. »Dann brauchen wir uns über diesen Punkt nicht mehr zu unterhalten. Sie sagen mir noch kurz, was Sie an jenem Abend gemacht haben — und dann sind Sie fertig. Wenn es Ihnen nichts ausmacht . . .«

»Natürlich nicht.« Sie hatte sich wieder etwas beruhigt.

»Fassen Sie das bitte nicht als Kränkung auf — es ist reine Routinesache. Wir wollten das sogar von Mrs. Moran wissen.«

Sie hatte sich wieder hingesetzt und starrte schweigend vor sich hin. Nachdem Wanger eine Weile gewartet hatte, räusperte er sich vernehmlich. »Wenn Sie nun die Freundlichkeit hätten . . .«

»Oh, Verzeihung! Ich scheine alles falsch zu machen, nicht wahr?« Sie klappte ihre Handtasche auf, klappte sie wieder zu. »Ich habe die Kinder zur selben Zeit wie immer nach Hause geschickt. Um vier Uhr. Dann habe ich noch meinen Tisch aufgeräumt. Es wird halb fünf gewesen sein, als ich den Kindergarten verließ. Ich bin dann in mein Zimmer, das ich in dem Wohnheim für Frauen habe, gegangen und bin dort bis ungefähr sechs Uhr geblieben. Ich habe mich ausgeruht und ein paar Kleinigkeiten gewaschen. Dann habe ich in dem kleinen Speisehaus in meiner Nähe, in das ich immer gehe, Abendbrot gegessen. Sie wollen sicherlich den Namen wissen, nicht wahr?«

Er nickte und machte ein zerknirschtes Gesicht.

»Es heißt ›Karen Marie‹. Es ist ein kleiner, privater Mittagstisch, der von einer Schwedin geführt wird. Nach dem Essen habe ich einen Spaziergang gemacht und bin dann so gegen acht ins Kino gegangen.«

»Wahrscheinlich werden Sie sich nicht mehr erinnern, in welches, nicht wahr?« fragte er so desinteressiert, als sei es die unwichtigste Sache der Welt.

»O doch — doch. Ins ›Atrium‹. Ich gehe nicht sehr oft ins Kino, aber wenn, dann immer ins ›Atrium‹. Dort blieb ich bis — nun ja, bis der Film zu Ende war. Er hatte Überlänge. Kurz vor zwölf war ich dann wieder zu Hause.«

»Das reicht. Vielen Dank. Vielen Dank für alles. Jetzt will ich Sie nicht länger aufhalten.«

Sie erhob sich fast widerstrebend. »Wissen Sie, am liebsten würde ich — unter diesen Umständen jetzt noch nicht gehen. Mir wäre wohler, wenn die ganze Sache — so oder so — noch geklärt würde, solange ich hier bin.«

Wanger fuhr mit der Hand durch die Luft. »Da ist nichts zu klären. Sie scheinen der Sache mehr Bedeutung beizumessen als wir selbst. Machen Sie sich keine Gedanken. Gehen Sie nach Hause und vergessen Sie die ganze Geschichte.«

»Ja, wenn Sie meinen«, sagte sie zögernd.

»Ja, ich meine«, nickte Wanger.

Sie stand auf und ging.

Im selben Augenblick, in dem sie die Haustür hinter sich ins Schloß zog, fiel alle Ruhe und Gelassenheit von Wanger.

»Myers!« brüllte er, worauf der Beamte, der sich in der Nähe der Haustür aufgehalten hatte, ins Zimmer stürmte. »Tag und Nacht beobachten! Lassen Sie sie keine Minute aus den Augen!« Myers stürzte davon.

Wanger hatte kaum »Brad!« geschmettert, schon polterten Schritte die Treppe herunter. »Stellen Sie fest, welchen Film es Montag abend im ›Atrium‹ gegeben hat. Und dann erkundigen Sie sich, ob unsere Miß Baker am Montagabend bei ›Karen Marie‹ gegessen hat. Ich werde ihr Alibi wie ein Gänseblümchen entblättern — und gnade ihr Gott, wenn da irgendwo der Wurm drin ist!«

Der erste Anruf, den Wanger zwanzig Minuten später im Hause Moran erhielt:

»Hallo, Lew! Hier ist Bradford. Ich war gerade beim Atrium-Kino. Der Film, der an diesem Abend gezeigt wurde, hieß ›Die fünf Unheimlichen‹. Aber ich glaube, das ist gar nicht so wichtig. Viel interessanter ist, daß schon jemand kurz vor mir da war und sich nach dem Titel des Films erkundigt hat. Das hat mir das Mädchen an der Kasse erzählt, weil es sich das plötzliche Interesse an einem mehr als mittelmäßigen Film nicht erklären konnte.«

»Wer?« brüllte Wanger in den Hörer.

»Sie. Unsere Miß Baker. Das Mädchen an der Kasse hat sie genau beschrieben. Sie muß, gleich nachdem sie Morans Haus verlassen hat, stehenden Fußes zum Kino gegangen sein. Wie gefällt Ihnen das?«

»Das gefällt mir ausgezeichnet!« antwortete Wanger mit grimmigem Lachen. »Nur weiter so. Wir haben eben von dem Kind die Farbe des Kleides, das sie an jenem Abend getragen hat, erfahren. Es kam genauso zufällig und unerwartet aus ihm heraus wie ihr Name. Das Kleid war dunkelblau. Fahren Sie jetzt zu diesem Wohnheim und versuchen Sie herauszufinden, was sie am Montagabend anhatte, als sie ihr Zimmer verließ. Vielleicht ist es jemandem aufgefallen. Und machen Sie das unauffällig. Ich will nicht, daß sie den Braten riecht, ehe er gar ist. Sie sind eben ein verliebter Bursche, der ihr nachsteigt.«

Der zweite Anruf, den Wanger eine halbe Stunde später im Hause Moran erhielt:

»Hier ist noch mal Brad. Mein lieber Schwan, das Alibi ist vielleicht wurmstichig. Ich höre schon die Handschellen zuklikken!«

»Nichts gegen Ihren jugendlichen Eifer, mein Freund! Aber wenn Sie sich schon so lange wie ich damit beschäftigen würden, hätten Sie längst die Erfahrung gemacht, daß Sie, wenn Sie glauben, alles zu wissen, im Grunde gar nichts wissen.«

»Wie ist das nun? Wollen Sie es hören, oder soll ich es als ›vertraulich‹ für mich behalten?«

»Blödmann! Reden Sie schon.«

»Sie hat an jenem Abend nicht bei ›Karen Marie‹ gegessen. Die Schwedin, die das Lokal leitet, wollte sie zuerst decken. ›O ja, ja, natürlich war sie da.‹ Aber nach dem, was ich an der Kinokasse erfahren hatte, ging ich aufs Ganze und sagte ihr auf den Kopf zu: ›Ich weiß genau, daß die Frau eben bei Ihnen war und sie gebeten hat, falls sich jemand danach erkundigt, zu erklären, daß sie Montag abend im Lokal gewesen ist.‹ Karen Marie fiel auch prompt darauf herein. Sie zuckte zusammen. Als ich dann noch fragte, ob sie so scharf darauf wäre, ihr Lokal mit dem Kittchen zu vertauschen, gab sie alles zu.

›Ja, ja, sie war eben hier. Sie machte einen völlig verstörten Eindruck. Ich hätte ihr gerne geholfen. Aber wenn Sie es doch schon wissen ... Außerdem habe ich natürlich keine Lust, Schwierigkeiten zu bekommen.‹

Und warten Sie, noch was! Ich bin auch schon in das Wohnheim für Junggesellinnen getrabt. Sowohl die Fahrstuhlführerin als auch das Mädchen in der Anmeldung konnten sich noch genau erinnern, was sie Montag abend angehabt hatte — ein dunkelblaues Kostüm.«

»Kommen Sie sofort an Papas Brust«, rief Wanger begeistert.

Der dritte Anruf, den Wanger am nächsten Tag erhielt:

»Hallo, Lew? Hier ist Myers. Ich bin jetzt vor dem Kindergarten. Sie hat bis vier Uhr nachmittags Dienst und kann mir kaum durch die Lappen gehen. Ich habe sie seit gestern auf Schritt und Tritt verfolgt. Gerade eben habe ich etwas erfahren, was ich Ihnen gleich mitteilen möchte. Es muß nicht unbedingt, aber es kann etwas zu bedeuten haben. Als ich ihr auf dem Weg vom Wohnheim zum Bus nachgegangen bin, bemerkte ich, wie ihr der Mann an einem Obststand freundlich guten Morgen wünschte und sie zurücklächelte. Da fielen mir die zwei Gläser Orangensaft ein, die man in Morans Kühlschrank vorgefunden hatte und die Mrs. Moran vor ihrer Abreise nicht hineingestellt hatte. Ich mußte zwar höllisch achtgeben, daß ich den Bus nicht verpaßte, aber ich hatte noch Zeit genug, den Obstfritzen rasch auszufragen. Er sagte mir, daß sie am Montagabend gegen sechs Uhr zwei Pfund Orangen bei ihm gekauft hätte.

Es ergibt sich jetzt die Frage, ob sie mit den Orangen nach Hause gegangen ist oder woandershin. Ich werde mich jetzt mal an das Mädchen heranmachen, das ihr Zimmer saubermacht. Orangen haben — zumindest für uns — einen Vorteil: man kann sie nicht mit der Schale essen.«

Wanger mit seinem Vorgesetzten:

»Nun, Wanger, wie sieht es aus?«

»Fast zu schön, um wahr zu sein. Gott sei Dank bin ich nicht abergläubisch« — er klopfte dennoch vorsichtshalber gegen die hölzerne Stuhllehne —, »denn sonst hätte ich Angst, mich zu früh zu freuen. Ob Sie's glauben oder nicht, Chef, wir sind nicht mehr hinter einem Phantom, sondern hinter einem Wesen aus Fleisch und Blut her. Hinter einer Frau. Hinter *der* Frau! Ich habe sogar schon mit ihr gesprochen! Ich muß mich immer wieder kneifen, um mich zu vergewissern, daß ich nicht träume!«

»Kneifen Sie lieber die Frau, da haben Sie mehr davon«, meinte sein Chef trocken.

»Dieses Mädchen hat sich ein Alibi zusammengebastelt, das zum Himmel schreit! Meistens haben falsche Alibis ein oder zwei wunde Punkte, bei denen man einhaken kann, aber daß ein Alibi so offensichtlich von vorn bis hinten unzusammenhängend ist, habe ich noch nicht erlebt. Das Ganze ist so klar wie Kloßbrühe. Sie war am Montagabend nicht, wie sie behauptet hatte, in dem Speiselokal, und sie war auch nicht im Kino. Zwei Zeuginnen haben ausgesagt, daß sie ihr Zimmer in einem dunkelblauen Kostüm verlassen hat. Als sie dem kleinen Moran gegenübergestellt wurde, erkannte er sie eindeutig als ›die Dame‹ wieder, die an jenem Abend mit ihm und seinem Vater gespielt hatte. Am Dienstagmorgen fand man in der Wohnung die Kreidezeichnung, die er Montagnachmittag im Kindergarten angefertigt hatte, und Mrs. Moran schwört darauf, daß er sie nicht bei sich trug, als sie ihn abholte. Und um das Maß vollzumachen: Sie kaufte an einem Obststand in der Nähe ihrer Wohnung am Montagabend gegen sechs Uhr zwei Pfund Orangen, die sie mitnahm — wo immer sie hinging. Und Mrs. Moran ist absolut sicher, daß sie die beiden großen Gläser Orangensaft, die im Kühlschrank vorgefunden wurden, nicht hineingestellt hatte. Zugegeben, Mrs. Moran hatte auch einige Orangen in der Küche; aber wo sind dann die abgeblieben, die das Baker-Mädchen gekauft hat? Zu sich nach Hause kann sie sie jedenfalls nicht gebracht haben. Das Zimmermädchen hat ausgesagt, daß seit ungefähr einer Woche keine Apfelsinenschalen mehr aus Miß Bakers Zimmer wegzuräumen waren.

Nun, Chef, was schließen Sie daraus?«

»Sieben — acht — neun: Aus! Ich würde vorschlagen, daß Sie sie noch — sagen wir: vierundzwanzig Stunden — frei herumlaufen lassen, um zu sehen, ob sie sich noch mehr verrät. Dann greifen Sie zu. Aber verlieren Sie sie um Gottes willen nicht aus den Augen. Bleiben Sie ihr Tag und Nacht auf den Fersen.«

»Worauf Sie sich verlassen können!« sagte Wanger grimmig.

»Hier spricht Wanger, Chef.«

»Ach ja, ich habe schon auf Ihren Anruf gewartet. Am besten bringen Sie das Baker-Mädchen gleich mit.«

»Gut. Ich rufe aus der Halle des Wohnheims an. Ich wollte nur noch Ihr Okay haben, ehe ich sie aus dem Zimmer hole.«

»Das haben Sie. Hier liegt inzwischen eine Aussage vor, die die Geschichte des Kindes von ›der Dame‹ bestätigt. Ein Mann namens Schroeder, der gegenüber wohnt, schaute in jener Nacht gerade in dem Augenblick aus dem Fenster, als eine Dame eilig das Moransche Haus verließ. Das war kurz nach Mitternacht. Er konnte sie natürlich in der Dunkelheit und auf diese Entfernung nicht genau erkennen, aber er ist absolut sicher, daß es sich um eine Frau gehandelt hat. Ich sehe keinen Grund, weshalb wir noch länger zögern sollten.«

»Okay. Ich bin in spätestens zwanzig Minuten bei Ihnen.«

Die Fahrstuhlführerin versuchte ihn aufzuhalten. »Es tut mir leid, Sir, Herrenbesuche sind auf den Zimmern nicht gestattet.«

Es lag Wanger auf der Zunge zu sagen: »Ich bin kein Herr —

ich bin ein Detektiv.« Doch statt dessen brummte er barsch: »Das geht schon in Ordnung. Ich habe mit der Anmeldung gesprochen.« Das Mädchen warf ihrer Kollegin, die am anderen Ende der Halle hinter einer Glasscheibe saß, einen fragenden Blick zu. Als sie von dort aus ein bestätigendes Nicken erhalten hatte, fuhr sie mit Wanger nach oben.

Sie hielten im siebenten Stock.

»Warten Sie hier auf mich. Ich komme gleich zurück. Und dann fahren Sie mit mir direkt nach unten, ohne zwischendurch noch einmal anzuhalten.«

Das Mädchen riß erstaunt die Augen auf und blickte ihm starr nach, wie er über den stillen, friedlichen Korridor stapfte.

Auf sein Klopfen hörte er ein freundliches: »Ja?«

»Öffnen Sie bitte die Tür«, sagte er ruhig.

Das tat sie unverzüglich, wobei auf ihrem Gesicht noch immer das Erstaunen über den Klang der männlichen Stimme zu lesen war.

Sein Blick fiel auf das Waschbecken hinter ihr, in dem sie Strümpfe eingeweicht hatte. Er räusperte sich. »Würden Sie bitte mit mir kommen«, sagte er dann leise.

»Oh . . .« Es war nur ein Hauch.

Er blieb in der offenen Tür stehen, während sie in ihrem Schrank herumwühlte und nicht wußte, was sie sich überziehen sollte. »Ich weiß gar nicht, warum ich keine Angst habe«, stammelte sie, »ich müßte doch eigentlich . . .« Dabei zitterte sie so sehr vor Angst, daß sie den Kleiderbügel mit dem Mantel fallen ließ. Sie klopfte ihn hastig ab und versuchte, ihn anzuziehen, wobei sie vergaß, ihn vom Bügel zu nehmen.

»Ihnen passiert nichts, Miß Baker«, brummte er mürrisch.

»Wird es lange dauern? Kann ich die Strümpfe im Waschbekken eingeweicht lassen?« fragte sie, als sei das das Wichtigste auf der Welt.

Er zog die Augenbrauen zusammen. »Besser nicht«, sagte er kurz angebunden.

»O Gott, o Gott, hätte ich sie nur vorher ausgewaschen«, jammerte sie, während sie den Stöpsel aus dem Waschbecken zog.

»Komme ich hierher zurück?« fragte sie, ehe sie das Licht auslöschte. »Oder sollte ich — sollte ich irgend etwas für die Nacht mitnehmen?« Sie hatte furchtbare Angst.

Statt einer Antwort zog er sie aus dem Zimmer und verschloß die Tür.

Während sie neben ihm hertrippelte und versuchte, mit ihm Schritt zu halten, meinte sie fast entschuldigend: »Wissen Sie, es ist das erste Mal, daß ich verhaftet werde.«

»Kommen Sie mir nicht so«, sagte er schroffer, als er wollte.

Sie zuckte zusammen und schwieg.

Er betrat das Zimmer, warf ihr einen kurzen Blick zu und zündete sich gemächlich eine Zigarette an. »Weinen nutzt jetzt gar nichts.« Seine Stimme klang nicht unfreundlich. »Kein Mensch behandelt Sie schlecht. Und daß Sie überhaupt hier sind, haben Sie einzig und allein sich selbst zu verdanken.«

»Sie wissen nicht, was das für mich bedeutet«, sagte sie mit schwacher Stimme, ohne den Kopf zu heben. »Sie sperren Leute ein. Das ist Ihr Beruf. Es bedeutet Ihnen nichts.« Ihre Stimme wurde etwas lebhafter. »Sie können sich nicht vorstellen, wie das ist, wenn man ruhig zu Hause sitzt, mit sich und der Welt zufrieden, und wenn dann plötzlich jemand kommt, um einen abzuholen. Wenn man vor den Augen aller abgeführt wird. Durch das Haus, in dem man lebt, über die Straße, in der man bekannt ist. Und wenn man dann hier auf der Polizei erfahren muß, daß man im Verdacht steht, einen Menschen — umgebracht zu haben! O nein, das können Sie sich nicht vorstellen! Ich ertrage es nicht, ich kann das nicht ertragen . . .! Ich habe das Gefühl, daß eins der Märchen, das ich den Kindern immer erzähle, plötzlich Wirklichkeit geworden ist: Man hat mich gefangen und unter die Menschenfresser gebracht.«

Sie saß im grellen Licht der Lampe, die sie vom Schreibtisch aus anstrahlte. Während sie leise vor sich hin weinte, versuchte sie gleichzeitig, denen, die im Dunkeln saßen, entschuldigend zuzulächeln.

Aus der Dunkelheit war jetzt eine andere Stimme zu hören. »Glauben Sie vielleicht, daß für Moran die letzte halbe Stunde in dem Verschlag angenehm war? Sie haben nicht gesehen, wie er nach dem Tod ausgesehen hat. Aber wir! Soll ich es Ihnen beschreiben?«

Sie hielt sich entsetzt die Ohren zu.

»Lassen Sie das«, brummte Wanger. »Sie ist ein sehr sensibler Typ.«

Irgendwo im Hintergrund schnalzte die Krankenschwester mit der Zunge, um damit ihre Ansicht zu diesem Punkt kundzutun.

»Ich habe nicht gewußt, daß es ein Mord ist. Ich habe nicht gewußt, daß es absichtlich geschehen ist«, sagte das Mädchen leise. »Als Sie mich neulich in Morans Haus gebracht haben, hielt ich das Ganze einfach für einen Unfall. Ich dachte, daß sich Moran versehentlich eingeschlossen hatte und daß das Kind nicht die Gefahr erkannte und sich dann später, aus Angst vor einer Bestrafung, die Geschichte ausgedacht hat, daß ich da gewesen war.«

»Das ändert nichts an den Tatsachen«, sagte Wanger scharf. »Darüber wollen wir uns im Augenblick gar nicht mit Ihnen unterhalten. Es geht darum: Sie waren nicht im Restaurant, Sie waren nicht im Atrium-Kino. Aber Sie sind hinterher sowohl zu der Schwedin als auch zu der Kassiererin des Kinos gegangen, um alles so einzurichten, als seien Sie an beiden Plätzen gewesen. Und da wundern Sie sich, daß Sie jetzt hier sitzen?«

Sie preßte die Finger um ihr linkes Handgelenk und drehte nervös an der Uhr herum. Im Raum herrschte atemlose Stille.

Schließlich sagte sie: »Ja, ich weiß — ich habe nicht gedacht, daß ich sofort beobachtet werden würde. Sie waren so freundlich . . .«

»Wir pflegen unsere Maßnahmen vorher nicht anzukündigen.«

Ihre Stimme war nur ein Flüstern. »Ich wußte wirklich nicht, daß es Mord ist. Dann hätte ich mich auf das Ganze nie eingelassen. Ich dachte, es wäre nur eine verworrene Kindergeschichte, mit der ich mich auseinandersetzen müßte.« Sie holte tief Luft. »Sie haben recht: Ich war weder bei der Schwedin noch im Kino. Ich war — bei meinem Mann. Sein Name ist Larry Stark. Er — er wohnt in der Marcy Avenue 420. Ich habe ihm in seiner Wohnung das Abendbrot gemacht und war den ganzen Abend da.«

Diese Aussage beeindruckte die anderen herzlich wenig. »Und warum haben Sie das nicht gleich gesagt?«

»Das konnte ich nicht! Verstehen Sie das nicht? Ich bin Kindergärtnerin! Und die Kindergärtnerinnen, die bei uns beschäftigt sind, dürfen nicht verheiratet sein. Sobald herauskommt, daß ich nicht mehr ledig bin, verliere ich meine Stellung.«

»Liebe Dame, da wir Ihnen Ihre erste Geschichte so zerhauen haben, daß nichts mehr davon übriggeblieben ist, haben Sie natürlich das Bedürfnis, uns eine neue aufzutischen. Aber warum sollten wir Ihrer zweiten Geschichte mehr Glauben schenken als der ersten?«

»Ganz einfach. Fragen Sie Larry. Er wird es Ihnen sagen. Er kann Ihnen bestätigen, daß ich die ganze Zeit bei ihm war.«

»Schön, wir werden ihn fragen. Und er wird uns wahrscheinlich auch bestätigen, daß Sie bei ihm waren. Aber der kleine Moran sagt, daß Sie bei seinem Vater waren. Und die Kreidezeichnung beweist, daß Sie bei ihm waren. Und der Orangensaft im Kühlschrank beweist, daß Sie bei ihm waren. Und Ihr dunkelblaues Kostüm beweist, daß Sie bei ihm waren. Und Ihr Verhalten in den letzten Tagen beweist, daß Sie bei ihm waren. Sie werden sich ganz schön hart tun, meine Liebe, uns das Gegenteil zu beweisen.«

Als ihr Kopf zur Seite sank, kam eine Stimme aus der Dunkelheit: »Das ist die Generalprobe. Der Kopf ist bald fällig.«

Wanger schob geräuschvoll seinen Stuhl zurück. »Das wird sich herausstellen. Aber Miß Baker dürfte in der nächsten Zeit nicht viel Freude haben. Es ist noch nie jemandem gut bekommen, von einem fahrenden Zug auf den anderen springen zu wollen.«

Als Wanger sie mit Unterstützung der Krankenschwester zu seinem Chef führte, weinte sie wieder lautlos vor sich hin.

»So, das ist also die junge Dame«, sagte Wangers Vorgesetzter. Diese Worte, die unter anderen Umständen durchaus die Einleitung zu einem freundschaftlichen Gespräch hätten bilden können, klangen in diesem Augenblick alles andere als freundlich.

Ehe er weiterreden konnte, läutete das Telefon auf seinem Schreibtisch.

Er nahm den Hörer auf. »Wen? Ja, Wanger ist gerade hier — aber Sie können ihn im Moment nicht sprechen. Das ist auch nicht seine Nummer. Was möchten Sie denn?« Er ließ den Hörer sinken und schaute Wanger an. »Da ist jemand am Apparat, der Ihnen etwas über das Mädchen, das Sie gerade hereingebracht haben, sagen möchte.«

Während er Wanger den Hörer reichte, gab er der Krankenschwester ein Zeichen, mit Miß Baker vor der Tür zu warten.

»Das wird ihr Mann sein«, murmelte Wanger, als er den Hörer hob.

Eine Frauenstimme fragte: »Spricht dort Mr. Wanger?«

Wanger horchte interessiert auf. »Ja, wer ist denn . . .«

Die Frau am anderen Ende unterbrach ihn mit schneidender Stimme. »Ich rede! Nicht Sie! Sie haben eine Kindergärtnerin namens Miß Baker festgenommen. Das stimmt doch? Ich möchte Ihnen nur sagen, daß sie nicht das geringste mit dem zu tun hat, was Moran in dem Verschlag widerfahren ist. Es ist mir egal, was Sie herausbekommen haben oder glauben herausbekommen zu haben, doch eins lassen Sie sich gesagt sein: Diese Miß Baker hat genauso wenig mit dem Mord zu tun wie Sie selber, Mr. Wanger.«

Wanger trat nervös von einem Fuß auf den anderen. Er versuchte, seinem Chef durch ein Zeichen zu bedeuten: Feststellen, woher das Gespräch kommt!

Die Frau am anderen Ende der Leitung schien telepathische Fähigkeiten zu besitzen. »Ja, ich weiß, Sie wollen feststellen, woher das Gespräch kommt«, meinte sie trocken. »Aber verschwenden Sie Ihre Zeit nicht — ich lege sowieso gleich auf. Nur eins möchte ich Ihnen noch sagen, nur für den Fall, daß Sie meine Worte bezweifeln sollten und mich als arme Irre betrachten: Auf dem Zettel, der an die Bettdecke des kleinen Morans geheftet war, stand wörtlich: ›Sie haben ein süßes kleines Kind, Mrs. Moran. Ich lege es so sicher in sein Bett, daß ihm bis zu Ihrer Rückkehr nichts passieren kann, denn um nichts in der Welt möchte ich ihm etwas antun.‹ Ich glaube nicht, daß Sie Miß Baker den Zettel zum Lesen gegeben haben. Außerdem gibt es noch ein paar Dinge, die Miß Baker nicht wissen kann. Er hat ein Philco-Radiogerät, er liest die ›Sun‹, ich habe ihm als letzte Mahlzeit Rühreier gemacht, in dem Verschlag waren zwei alte, ausgediente Regenmäntel, und die Zigarre, die neben ihm im Aschenbecher lag, war völlig abgebrannt, ohne dabei ihre Form verloren zu haben. Es ist wirklich gescheiter, Sie lassen das Mädchen laufen. Auf Wiedersehen und viel Glück.«

Im selben Augenblick klingelte das zweite Telefon auf dem Schreibtisch seines Vorgesetzten.

»Ein Münzfernsprecher im Drugstore Neumann, Dale Street, Ecke 23. Straße.«

Wanger riß die Tür fast aus den Angeln, als er hinausstürmte.

Nach sechs Minuten achtzehn Sekunden trompetete er dem verblüfften Besitzer des Drugstores ins Gesicht: »Wer hat hier eben von Ihnen aus telefoniert?«

Der Mann zog hilflos die Schultern in die Höhe. »Eine Frau. Woher soll ich wissen, wer sie war?«

Wangers offizieller Bericht zum Fall Frank Moran:

Beweismaterial: Ein Zettel in Druckbuchstaben, der an die Steppdecke des Kinderbettes geheftet war; eine Kreidezeichnung, offensichtlich die Imitation eines Erwachsenen von einer Kinderzeichnung.

Der Fall ist ungeklärt.

Vierter Teil

FERGUSON

1. Die Frau

Seine Ausstellung wurde nicht gerade gut besucht. Vielleicht war er noch nicht so richtig bekannt; oder er war schon zu gut bekannt – auf einem anderen Gebiet. Denn man konnte seine Arbeiten nicht nur hier in der Galerie sehen, sondern auch an jedem Zeitungsstand. Dort konnte man sie für fünfundzwanzig Cents erwerben und hatte dann nicht nur die Zeichnung, sondern auch die ganze Zeitschrift, die zu dem Titelbild gehörte. Warum sollten dann also die Leute Geld ausgeben, nur um seine Bilder anzuschauen, ohne sie mit nach Hause nehmen zu können?

Die paar Besucher, die sich die Bilder in der Galerie anschauten, waren nicht gekommen, weil es seine Werke waren, sondern weil es halt eine Kunstausstellung war. Es waren die üblichen Typen, die niemals eine Kunstausstellung versäumten, um einen Gesprächsstoff für die nächste Cocktailparty zu haben. Dann strichen noch ein oder zwei Kunsthändler in der Ausstellung herum, die für den Fall, daß ein neuer Meister geboren werden sollte, nichts verpassen wollten. Die paar zweitrangigen Kritiker, die dagewesen waren, hatte es nur hergetrieben, weil das halt ihr Beruf war. Ihre Berichte über diese Ausstellung würden in den Morgenblättern höchstens eine halbe Spalte einnehmen.

Und die beiden Provinztanten, die von Bild zu Bild humpelten, waren nur gekommen, weil sie morgen wieder nach Hause fahren wollten und das hier die einzige Ausstellung war, die im Moment stattfand. Und sie mußten natürlich zumindest eine Ausstellung besucht haben, wenn sie schon einmal in der Stadt waren. Außerdem hatte er so einen netten, typisch amerikanischen Namen, den man sich leicht merken und den sie für »die

Mädchen« beim nächsten Dienstag-Kränzchen leicht behalten konnten.

Daß *sie* eine Kunststudentin war, sah man auf den ersten Blick. Sie blieb hin und wieder stehen und machte sich Notizen und war haargenau der Typ, der stundenlang im Kunstmuseum herumsitzt, um alte Meister zu kopieren. Ernstes Gesicht, Hornbrille, Bubikopf und alles in allem leicht schlampig.

Sie ging achtlos an den Stilleben und stimmungsvollen Landschaftsbildern vorbei, betrachtete nur die Porträts eingehend. Vielleicht war sie in ihrem Studium schon so weit fortgeschritten, daß Äpfel und Sonnenuntergänge hinter ihr lagen.

Sie huschte lautlos von Raum zu Raum und trat immer sofort ein paar Schritte zurück, wenn sich jemand dasselbe Bild wie sie anschauen wollte. Keiner beachtete sie. Das mochte aber auch daran liegen, daß sich die Besucher, die nun einmal das Eintrittsgeld ausgegeben hatten, auch als ›Kenner‹ beweisen wollten und laut durcheinanderschnatterten.

»Du lieber Gott, seine Bilder sind ja Fotografien! Man könnte meinen, wir schreiben das Jahr neunzehnhundert! Er scheint nie etwas von Picasso gehört zu haben! Seine Bäume sind nichts weiter als Bäume. Sie gehören nicht in einen Rahmen, sondern in den Wald zu den anderen Bäumen. Was soll man Besonderes an einem Baum finden, der wie ein Baum aussieht?«

»Du hast völlig recht, Herbert. Da dreht sich ja einem der Magen um!«

»Fotografien«, wiederholte der ›Kenner‹ geringschätzig und schaute in die Runde, um sich zu vergewissern, daß auch jeder seine Worte gehört hatte.

Ehe sie weitergingen, mußte zu allem Überfluß seine Frau noch ihren Senf dazugeben. »Schnappschüsse«, sagte sie mit schriller Stimme.

Eine der beiden Provinztanten, offenbar etwas schwerhörig, fragte ihre Begleiterin: »Worüber regen die sich so auf, Grace?«

»Weil man die Dinge auf den Bildern genau erkennen kann, meine Liebe«, flüsterte die andere.

Die Kunststudentin huschte desinteressiert an den verschmähten Bäumen vorbei — die nach dem Sturmwind, der über sie hinweggefegt war, hätten eigentlich sämtliche Blätter verloren haben müssen.

Die ›Kenner‹ blieben vor dem nächsten Bild stehen, einem Porträt. Sie zögerten keine Sekunde mit ihrem vernichtenden Urteil.

»Hat man da Worte? Er entblödet sich nicht, jedes einzelne Haar und sogar den Schatten unter ihrer Unterlippe zu zeichnen. Er könnte genausogut ein lebendiges Mädchen hinter einen Rahmen stellen! Pah! Realismus!«

»Warum hängt er nicht gleich einen Spiegel an die Wand und nennt es: ›Porträt eines Vorübergehenden‹? Pah! Naturalismus!«

Als die Kunststudentin an diesem Porträt vorbeikam, kritzelte sie etwas in ihr Notizbuch. Sie hatte vier Spalten eingezeichnet, über denen ›schwarz‹, ›blond‹, ›rot‹ und ›meliert‹ stand. Die Spalte ›schwarz‹ war von oben bis unten vollgekritzelt, unter ›blond‹ hatte sie nur zwei Notizen eingetragen, und in den letzten beiden Spalten stand bis jetzt noch nichts. Sie verbrachte offensichtlich den ganzen Nachmittag nur damit, eine Statistik über die Haarfarbe der Modelle des Ausstellers anzufertigen.

Seltsam sind die Wege der Kunstbeflissenen.

Dann war die Ausstellungszeit um.

Die Kunsthändler strebten eilig davon. Zugegeben, die Arbeiten hatten auf sie keinen schlechten Eindruck gemacht, aber für sie war nichts dabeigewesen. Die Besucher, die nur gekommen waren, um auf der nächsten Cocktail-Party mitreden zu können, folgten. Dann gingen die ›Kenner‹, die immer noch vor sich hin meckerten. »Die reinste Zeitverschwendung!« jammerten sie. »Wir hätten lieber ins Kino gehen sollen.«

Die beiden Provinztanten waren von der grimmigen Genugtuung erfüllt, ihre Pflicht erfüllt zu haben. Brannten ihre Füße auch wie Feuer, hatten sie doch ihren Kränzchen-Schwestern etwas voraus.

Die Kunststudentin verließ als letzte die Ausstellung. Ihre Statistik war jetzt komplett: schwarz — 15, blond — 2, rot — 0, meliert — 1. Damit war erwiesen, daß der Künstler dunkelhaarige Objekte bevorzugte. Auf alle Fälle konnte sie, als einzige, mit ihrem Nachmittag wirklich zufrieden sein, denn sie hatte genau das ergründet, was sie wissen wollte.

Sie knöpfte ihren schäbigen Mantel zu und schlenderte langsam die dunkle Straße entlang. Sie kehrte in das Nichts zurück, aus dem sie gekommen war.

Ferguson hatte gerade seine Staffelei aufgestellt und war dabei, die Tuben mit der Ölfarbe zurechtzulegen, als es klopfte. »Moment«, rief er, »ich komme sofort.«

Er sah nicht wie ein Maler aus. Er hatte weder einen Bart, noch trug er eine Baskenmütze oder einen farbverklecksten Arbeitskittel oder Samthosen. Aber vielleicht sah heutzutage kein Maler mehr wie ein Maler aus. Er mochte an die tausend Titelblätter für Zeitschriften gezeichnet haben, aber hin und wieder hatte er das Bedürfnis, etwas ›wahrhaft Künstlerisches‹ zu schaffen. »Nur für mich«, pflegte er dann fast entschuldigend zu sagen. Das Atelier, in dem er arbeitete, war hell und freundlich. Eine ganze Schrägwand bestand aus einem einzigen riesigen Fenster.

Er ging zur Tür und machte sie auf. »Sind Sie das neue Modell?« fragte er. »Kommen Sie herein, damit ich Sie bei Licht betrachten kann. Ich muß erst sehen, ob ich Sie brauchen kann oder nicht. Ich habe der Agentur gesagt . . .«

Er unterbrach seine monotone Ansprache und hielt die Luft an. Sie stand jetzt neben dem hellen Atelierfenster. »Sagen Sie mal«, rief er und stieß einen Pfiff aus. »Wo haben Sie sich denn bis jetzt versteckt? Sie mögen nicht das Richtige für eine Bierreklame sein, Baby, aber für mich sind Sie goldrichtig. Sie sind eine geborene Diana. Genauso habe ich mir die römische Göttin der Jagd vorgestellt. Ich hatte eigentlich nicht die Absicht, gleich heute mit dem Bild anzufangen, aber wenn ich Sie so anschaue . . .«

Sie hatte rabenschwarze Haare und eine seidenweiche Haut. Ihre Augen wirkten durch dezent aufgetragene Lidschatten fast veilchenblau.

»Für wen haben Sie zuletzt gearbeitet?«

»Für Terry Kaufmann.«

»Was hatte der denn mit Ihnen vor? Wollte er Sie pachten?«

»Kennen Sie ihn? fragte sie.

»Natürlich kenne ich diesen Gauner«, nickte er fröhlich.

Sie senkte ihren Blick und biß sich auf die Lippen. Dann schaute sie Ferguson wieder voll ins Gesicht.

Er rieb sich die Hände und war überglücklich über seinen unerwarteten Fund. »Das Ganze könnte eigentlich nur einen einzigen Haken haben. Wie ist Ihre Figur?«

Sie wurde sichtlich verlegen. »Ich glaube ganz gut.«

»Davon möchte ich mich lieber selbst überzeugen. Sie können sich da« — er nickte zu einer kleinen Tür hin — »in der Kabine umziehen. Sie finden dort alles, was Sie auf dem Bild tragen müßten. Der Goldreif ist für den linken Arm. Und haken Sie das Leopardenfell so zu, daß der Schlitz an der Seite ist und Ihre Hüfte unbedeckt bleibt.«

Sie benetzte ihre Lippen und führte mit einer hilflosen Bewegung ihre Hand zur Schulter. »Ist das alles?«

»Ja, es wird ein Halbakt. Sie stehen doch nicht zum erstenmal Modell, oder?«

»Nein, nein«, sagte sie hastig und begab sich in die Kabine.

Sie zögerte auch nicht, als sie nach fünf Minuten wieder herauskam und barfuß auf ihn zuging; aber sie hatte ihr Gesicht abgewandt.

»Wunderbar!« rief er begeistert. »Zu schade, daß das alles vergänglich ist. Wenn man Sie erst einmal von einer Cocktail-Party zur anderen schleppt, dann ist die Schönheit in spätestens zwei Jahren hin. Wie heißen Sie, Baby?«

»Christine Bell«, antwortete sie.

»Schön, Christine, dann stellen Sie sich einmal dahin, und ich werde Ihnen zeigen, wie ich Sie haben möchte. Die Pose, die mir vorschwebt, ist ziemlich anstrengend, aber wir werden genügend Pausen einlegen. Jetzt hocken Sie sich nieder und kriechen auf mich zu — so, ja, gut, ein Bein muß nach hinten ausgestreckt sein. Ich möchte erreichen, daß der Beschauer später den Eindruck hat, Sie kämen direkt aus dem Rahmen. Strecken Sie den linken Arm nach vorne, als würden Sie etwas halten, und beugen Sie den rechten Arm so zurück, daß Ihre Hand in Schulterhöhe ist. Ja, genau so. Und diese Haltung müssen Sie beibehalten. Sie dürfen sich nicht rühren. Sie zielen auf irgendwas und sind im Begriff, den Pfeil lossausen zu lassen. Da, hier haben Sie den Pfeil und den Bogen.«

Er begann zu arbeiten und sagte kein einziges Wort mehr. Als eine halbe Stunde vergangen war, stöhnte sie leise.

»Okay. Wir machen fünf Minuten Pause«, sagte er bereitwillig. Er angelte eine zerknitterte Packung Zigaretten aus seiner

Tasche, zündete sich eine an und warf ihr dann schwungvoll die Schachtel zu.

Sie ließ sie auf den Boden fallen. Er schaute sie an. Ihr Gesicht war schneeweiß vor Überanstrengung. Seine Augen verengten sich, und seine Stimme klang nachdenklich: »Haben Sie wirklich so viel Berufserfahrung, wie Sie sagen?«

»O ja, ich . . .«

Ehe sie fortfahren konnte, klopfte es an der Tür.

»Ich habe zu tun, kommen Sie später wieder!« rief er. Aber das Klopfen wiederholte sich. Er fluchte unterdrückt und ging auf die Tür zu.

Das Mädchen auf dem Podest hob flehend die Hände und sagte hastig: »Mr. Ferguson, ich brauche das Geld so nötig — geben Sie mir eine Chance —, da draußen ist bestimmt das Modell von der Agentur.«

»Und wie kommen Sie dann hierher?«

»Ich habe versucht, bei der Agentur unterzukommen, aber sie brauchten keine Modelle mehr und haben mich auf eine endlos lange Warteliste gesetzt. Ich war gerade da, als man mit dem Modell telefonierte, das zu Ihnen gehen sollte. Da bin ich schnell zu einer Telefonzelle gelaufen und habe das Mädchen angerufen. Ich habe so getan, als sei ich jemand von der Agentur, und habe ihr gesagt, daß das Ganze ein Irrtum sei und daß jemand anders zu Ihnen geschickt werden würde. Aber sie muß den Schwindel doch gemerkt haben. Wollen Sie mir nicht die Chance geben?«

Ihr flehentlicher Blick hätte ein Herz aus Stein erweichen können, um so mehr das eines sensiblen Künstlers, der von ihrer Schönheit entzückt war.

Er räusperte sich. »Das wollen wir erst einmal sehen«, sagte er streng.

Er öffnete die Tür nur einen Spalt und warf einen kritischen Blick auf das Mädchen, das vor ihm stand. Dann schaute er über die Schulter auf die erste Kandidatin zurück, die an der Wand lehnte und unbewußt ihre Brust mit den Händen bedeckte. Nachdem er tief Luft geholt hatte, griff er in die Hosentasche und reichte einen zerknitterten Dollarschein durch den Türspalt. »Hier ist Ihr Fahrgeld, Schatz, ich brauche Sie nicht«, sagte er brummig und schloß die Tür.

Er warf ihr erst einen strafenden Blick zu, doch dann breitete sich ein Grinsen auf seinem Gesicht aus. »Okay, Diana, in die Knie!« Er griff wieder zum Pinsel.

Corey, der mit seinem Whiskyglas in der Hand ziellos im Atelier auf und ab ging, blieb vor der zugedeckten Staffelei stehen und hob gedankenlos das Leinentuch. »Aha — ist das das letzte Werk des Meisters? Darf ich mir das mal anschauen?«

»Nein, laß die Finger davon. Ich kann es nicht leiden, wenn jemand meine Sachen sieht, ehe sie fertig sind«, antwortete Ferguson über eine Siphonflasche hinweg, aus der er gerade einen kräftigen Strahl Sodawasser in sein Glas zischen ließ.

»Sei nicht so zimperlich. Außerdem werde ich dir kaum Konkurrenz machen, denn was ich von Kunst verstehe, läßt sich leicht . . .« Er drehte sich ruckartig wieder zu der Staffelei um. Das Leinentuch flog in die Höhe. Corey stand wie angewurzelt da und starrte auf das angefangene Bild.

Er schwieg so lange, daß Ferguson zu ihm hinüberging. »Wenn es dir jetzt schon die Sprache verschlägt, ehe es überhaupt fertig ist, dann muß es ja nach der Vollendung wie eine Bombe einschlagen«, murmelte er hoffnungsvoll.

Corey schüttelte nachdenklich den Kopf. »Nein, es verschlägt mir nicht die Sprache — ich denke nur nach. Mir kommt das Gesicht des Mädchens irgendwie bekannt vor.«

»Natürlich, das habe ich auch gar nicht anders bei dir erwartet«, sagte Ferguson trocken. »Aber ich werde mich hüten, dir ihre Telefonnummer zu geben, ehe das Bild fertig ist. Denn darauf willst du doch wohl hinaus!«

»Nein, nein, diesmal bist du auf dem Holzweg. Ich kenne diese Frau . . . Zum Donnerwetter, wo habe ich bloß diese eiskalten Augen und den warmen, weichen Mund schon einmal gesehen? Wie heißt sie denn?«

»Christine Bell.«

Corey schüttelte langsam den Kopf. »Nein, unter diesem Namen kenne ich sie auf keinen Fall. Hast du sie schon früher einmal als Modell benutzt? Vielleicht kenne ich sie von irgendeinem deiner Titelbilder her.«

»Nein, das kann nicht sein. Ich habe sie erst jetzt als Geschenk des Himmels bekommen.«

»Es ist auch nicht das ganze Gesicht, das mir bekannt vorkommt. Mit den schwarzen Haaren zum Beispiel weiß ich gar nichts anzufangen. Aber diese Augen und dieser Mund — verdammt, Ferg, ich weiß, daß ich das Mädchen schon irgendwo einmal gesehen hab'.«

Ferguson deckte die Staffelei wieder zu, etwa in der Art, wie eine eifersüchtige Henne ihre Küken versteckt.

Doch ehe Corey nach Hause ging, kam er noch einmal auf das Bild zurück. Er schien die ganze Zeit an nichts anderes gedacht zu haben. »Ich werde keine Ruhe finden, bis mir eingefallen ist, woher ich sie kenne«, murmelte er.

Sie zuckte zusammen, als Ferguson ihr wieder Pfeil und Bogen reichte und ihre Haltung so korrigierte, daß die Waffe schußbereit in ihren Händen lag. »War das nicht entsetzlich, als mir gestern der Pfeil davonsauste? Ich habe Angst, das Ding noch einmal anzufassen.«

Er lachte gutmütig. »So entsetzlich war es auch wieder nicht. Freilich, wenn ich mich nicht gerade zufällig gebückt hätte . . .« Er räusperte sich. »Was mich gerettet hat, war, daß ich mich tiefer über die Staffelei bückte, um mich auf ein Detail zu konzentrieren. So habe ich nur den Pfeil über meinen Kopf hinwegsausen hören, und dann steckte er schon vibrierend in der Holztür.«

»Aber es hätte Sie töten können, nicht wahr?« jammerte sie mit weitaufgerissenen Augen.

»Wenn er in meine Schläfe oder in mein Herz gedrungen wäre — wahrscheinlich. Aber das ist er nicht. Warum machen Sie sich also noch darüber Gedanken?«

»Aber wäre es nicht besser, vorsichtshalber irgendeinen Pfropfen auf die Spitze des Pfeils zu tun?«

»Nein, nein!« Er hob abwehrend die Hände. »Das kommt überhaupt nicht in Frage! Ich kann nicht arbeiten, wenn nicht alles bis ins kleinste hinein naturgetreu ist. Sie brauchen nicht nervös zu sein. Das war nichts weiter als ein Versehen, das alle Jubeljahre einmal vorkommt. Wahrscheinlich haben Sie beim langen Modellstehen, ohne es zu merken, den Bogen immer mehr gespannt, und als dann irgendwann Ihre Muskeln anfingen zu erschlaffen, haute das verdammte Ding ab. Sie müssen nur aufpassen, daß Sie den Bogen nicht wieder zu weit spannen.«

Als sie später eine Pause machten, schaute sie nachdenklich dem Rauch ihrer Zigarette nach. »Es paßt eigentlich gar nicht zu Ihnen, daß Sie Maler sind.«

»Warum nicht?«

»Man denkt immer, daß Maler besonders sensible Menschen sind. Ich habe das jedenfalls immer gedacht.«

»Na und — wie kommen Sie darauf, daß ich nicht sensibel bin?«

Sie sprach so leise, daß er sie kaum verstehen konnte: »Vielleicht sind Sie es jetzt — aber Sie waren es nicht immer.«

Als sie dann kurz darauf wieder auf dem Podest stand und Pfeil und Bogen schußbereit hielt, sagte sie: »Ferguson, Sie machen mit Ihren Bildern so viele Menschen glücklich. Haben Sie jemals einen Menschen unglücklich gemacht — haben Sie jemals einem den Tod gebracht?«

Er hielt in der Bewegung inne, aber er schaute sie nicht an.

»Ja, das habe ich«, murmelte er mit gedämpfter Stimme und senkte den Kopf. Dann richtete er sich entschlossen wieder auf.

»Reden Sie nicht, wenn ich arbeite«, sagte er schroff.

Das tat sie danach auch nicht mehr. Im Atelier war es totenstill, und nichts bewegte sich. Nichts außer zwei Dingen: dem langstieligen Pinsel zwischen seinen gewandten Fingern und dem Bogen, der sich mehr und mehr spannte . . .

Da hämmerten plötzlich Fäuste gegen die Tür, und fröhlich lärmende Stimmen wurden laut. »Mach auf, Ferg, laß uns herein! Du weißt, daß du heute an der Reihe bist!«

Die Bogensehne wurde unmerklich, Millimeter um Millimeter, wieder schlaffer. Sie seufzte so seltsam und erschöpft, daß er sie erstaunt anschaute. »Was ist los? Das sind nur Freunde von mir.«

Sie zuckte die Achseln und lächelte eigentümlich. »Schade, daß wir nicht weiterkommen — wir waren gerade so gut dabei.«

Sie hatte sich noch nie unter so schwierigen Umständen umziehen müssen; denn als die Meute draußen mitkriegte, daß sie in der Kabine war, machte sie sich einen Spaß daraus, die Tür, die sich nicht verriegeln ließ, aufstoßen zu wollen. Alle lärmten und kreischten und lachten, und selbst Fergusons Stimme dröhnte zwischen den anderen. »Kommen Sie heraus, Diana, meine Göttin, seien Sie nicht so zimperlich! Sie sind unter Freunden.«

Der Lärm, der aus dem Atelier zu ihr drang, ließ darauf schließen, daß die Gäste nicht so bald gehen würden. Im Gegenteil. Es kamen immer neue Stimmen hinzu.

Dann hörte sie, wie sich Ferguson am Telefon die Lunge aus dem Hals schrie, um sich verständlich zu machen. »Hallo, Tony? Schicken Sie mir zwölf Flaschen Rotwein. Ja, von dem üblichen. Bei mir ist gerade wieder einmal ein Orkan ausgebrochen!«

Die Meute protestierte kreischend. »Was dieser Mensch allein mit seinen Werbeplakaten verdient! Und da wagt er, uns Rotwein anzubieten!«

»Champagner! Champagner! Champagner! Oder wir gehen auf der Stelle alle nach Hause!«

»Auf Wiedersehen!«

»Das könnte dir so passen! Pustekuchen!«

Immer wieder versuchte die Meute, die Umkleidekabine zu erstürmen. Die Frau vollbrachte eine wahrhaft artistische Leistung, als sie, den Oberkörper gegen die Tür gestemmt, das Leopardenfell fallen ließ und in ihre eigenen Sachen schlüpfte. Jetzt war die größte Gefahr vorüber. Sie zog sich, auf einem Bein balancierend, die Strümpfe an. Als das vollbracht war, fuhr sie sich mit der Hand über die Stirn und schaute sich um. Nein, es gab keinen anderen Weg ins Freie als durch das Atelier. Sie holte tief Luft. Dann öffnete sie die Tür einen Spalt und lugte hinaus. Vor ihr wimmelte es wie in einem Ameisenhaufen. Einer hatte ein Saiteninstrument mitgebracht — diese Bohemiens hielten offensichtlich nichts von konservierter Musik — und zupfte mehr laut als schön auf dem Ding herum. Ein Mädchen tanzte auf dem Podest, auf dem sie vorher posiert hatte.

Sie wartete auf den Augenblick, als der Weg von der Kabine zur Ateliertür am wenigsten bevölkert war, und spurtete dann los, in der Hoffnung, unbemerkt zu entkommen.

Dieser Versuch war natürlich zum Scheitern verurteilt. »Ei, ei, wer kommt denn da?« brüllte jemand. »Das muß doch Diana sein!« Und ehe sie sich's versah, war sie von der Meute umringt, die mit keinen gesellschaftlichen Formen belastet war.

»Zum Teufel, ist die schön! Schaut nur mal, wie wunderschön sie ist!«

»Und sie zittert wie ein scheues Reh! Sonya, warum kannst du bei mir nicht mehr so zittern?«

»Aber, mein Schatz, das tue ich doch jedesmal, wenn ich dich ansehe — aber vor Lachen.«

Sobald sich der erste Begeisterungssturm gelegt hatte, gelang es ihr, Ferguson beiseite zu ziehen. »Ich muß gehen . . .«

»Aber, warum denn?«

»Ich will nicht — daß mich die ganzen Leute hier sehen . . .«

Er lachte. »Meinen Sie wegen des Bildes? Weil es ein Halbakt ist?« Er fand ihre Äußerung so zauberhaft und rührend zugleich, daß er sie prompt lauthals wiederholte.

Die anderen fanden es ebenfalls zauberhaft und rührend und drängten sich wieder um sie. Die Frau, die von den anderen »Sonya« genannt wurde, trat auf sie zu, nahm ihre Hand und tat so, als studierte sie die Handlinien. »Sie ist noch unschuldig, Kameraden«, sagte sie und schaute triumphierend in die Runde. Der Blick, den sie dann dem Mädchen zuwarf, war offen und freundlich. »Machen Sie sich nichts draus! Bleiben Sie noch zehn Minuten in meiner Obhut hier, und Sie haben es geschafft.«

»Hast du es geschafft?« fragte jemand.

»Nein.« Sie zuckte die Achseln. »Ich hatte nur fünf Minuten in meiner eigenen Obhut verbracht, und er hatte mich geschafft.«

Sie meinten es alle gut mit ihr. Ferguson schob die Staffelei in die Ecke. »Keiner von euch sieht sich das Bild an! Und wehe dem, der überhaupt daran denkt!«

»Okay, okay, sie hört bei den Schultern auf«, kam eine Stimme aus dem Hintergrund.

»Sie ist so eine Art Brustbild«, fügte Sonya eifrig hinzu, während ihre Finger das Handgelenk des Mädchens umspannten. »Das meine ich natürlich nicht wörtlich, meine Kleine.«

Sie sah ein, daß es weitaus klüger war, noch ein wenig zu bleiben, als fluchtartig das Atelier zu verlassen, denn der Trubel um sie legte sich erst, als sie sich in irgendeiner Ecke auf den Fußboden gesetzt hatte.

Da hockte sie nun. Zur Linken ein unangetastetes Glas Rotwein, zur Rechten einen lebhaften jungen Poeten, der ihr eins seiner Gedichte vortrug. Ihre Augen ruhten sehnsüchtig an der Tür. Plötzlich verkrampften sich ihre Hände.

»Haa!« jubelte der junge Poet. »Ich wußte doch, daß Sie die letzte Zeile beeindrucken würde. Da täusche ich mich nie! Ihr Gesicht ist schneeweiß geworden.«

In diesem Fall täuschte er sich doch.

Corey war eben in der Tür erschienen. Corey, der wie ein Bluthund jede Party zehn Meilen gegen den Wind witterte.

Die Sekunden wurden zu Minuten, die Minuten zur Ewigkeit. Ihr Blick war starr auf den Fußboden gerichtet. »Kann ich die letzte Strophe noch einmal hören?« fragte sie leise.

Während der junge Poet hocherfreut ihrer Bitte nachkam, glitt ihr Blick langsam nach oben.

Dicke Sohlen. Festes braunes Leder. Derbe Schnürsenkel. Zehn-Dollar-Schuhe. Lange Beine in Tweed-Hosen. Dann die Hände. Sagt man nicht immer, daß die Hände einen Menschen charakterisieren? Eine Hand steckte in der Jackettasche, nur der Daumen ragte heraus, die andere hielt lässig in Hüfthöhe eine Zigarette. Siegelring am kleinen Finger. Offenes Jackett. Krawatte, Hemdkragen — und dann das Gesicht. Das Kinn, die Augen. Schweigen. Der Poet hatte seine Strophe beendet.

Sie stand langsam auf. Fergusons Stimme erklang dicht neben ihr. »Nun, Diana, erlege dein Opfer.«

Sie atmete tief. »Dazu müßte ich erst das Opfer kennen.«

Corey starrte sie jetzt an. Sie war wie hypnotisiert, konnte seinem Blick nicht ausweichen. »Spaß beiseite«, sagte er plötzlich. »Haben wir uns nicht schon einmal gesehen?« Sie wurde einer Antwort enthoben, denn in der Meute brach ein spöttisches Gebrüll aus.

»Männer umschwirren sie wie Motten das Licht.«

»Könntest dir auch einmal eine neue Masche einfallen lassen!«

»Macht sich das unser Don Juan immer so einfach?«

Sonya stellte sich neben das Mädchen und fragte mit todernstem Gesicht: »Ja, habt ihr denn das nicht gewußt? Das ist die Formel, mit der die Mädchen des Mittelstandes weich gemacht werden. Hat mir mal eine Freundin erzählt. Er hat ihr diese Frage dreimal in einer einzigen Nacht gestellt.«

Obwohl man sich auf seine Kosten lustig machte, lachte Corey herzlich mit. Nur seine Augen, die unverwandt das Mädchen anstarrten, blieben ernst und kalt.

Sie lehnte nicht mehr an der Wand, sie preßte sich daran, um ihr Zittern zu verbergen. Verneinend schüttelte sie den Kopf. Als sie dann quer durchs Zimmer schlenderte, fühlte sie seine bohrenden Blicke im Genick. Sie suchte Zuflucht bei den übrigen Gästen, die sie auch sofort wieder umringten. Doch kurz darauf tauchte Corey neben ihr auf und reichte ihr das Glas Rotwein, das sie in der Ecke vergessen hatte.

Sie erstarrte, als läge in diesem Akt der reinen Höflichkeit schon eine Gefahr. Sie schien gleichermaßen davor Angst zu haben, ihm das Glas abzunehmen oder es zurückzuweisen, zu trinken oder nicht zu trinken. Als sie dann ein paar Schlucke trank, schaute er sie nachdenklich an. »Eben hatte ich es fast — aber jetzt ist es schon wieder vorbei.«

»Sie verschwenden Ihre Zeit! Geben Sie es auf!« sagte sie mit unbeabsichtigter Schärfe und ging an ihm vorbei in den Umkleideraum.

Doch nach ungefähr zehn Minuten folgte er ihr auch dorthin. Daran war nichts Unschickliches, denn die Tür stand offen.

Als sie sah, daß er sich der Tür näherte, fing sie an, sich vor dem Spiegel intensiv die Nase zu pudern. Er stand schon hinter ihr, und noch immer tat sie so, als sehe sie ihn nicht. Erst als er ihr Gesicht in seine Hände nahm, konnte sie seine Gegenwart nicht mehr länger ignorieren.

Sie erstarrte bei seiner Berührung, wagte kaum zu atmen. »Was soll das?« fragte sie unwillig. Sie wich zur Seite aus, verschränkte die Arme und senkte den Kopf. In dieser Haltung wirkte sie wie eine Art reuige Sünderin. Aber sie fühlte sich als alles andere, nur nicht als reuige Sünderin. Sie sah in Gedanken das kleine scharfe Messer, mit dem Ferguson hin und wieder Ausbesserungen an seinem Bild vornahm, das hier irgendwo herumliegen mußte. Sie sah in Gedanken die Partygäste nebenan. Sie überschlug in Gedanken die Entfernung von hier zur Tür, die ins Treppenhaus führte. Vier, vielleicht fünf Schritte.

Er hatte sich eine Zigarette angesteckt und sprach durch den Rauch zu ihr. »Ich muß einfach wissen, woher ich Sie kenne.«

»Hören Sie bloß mit diesem Unsinn auf.« Die unterdrückte Angst, die in ihrer Stimme mitschwang, war nicht zu überhören.

»Es wird mir schon einfallen. Wahrscheinlich dann, wenn ich es am wenigsten erwarte. Vielleicht in fünf Minuten, vielleicht irgendwann im späteren Verlauf der Party, vielleicht erst in ein paar Tagen. Aber was ist mit Ihnen los? Warum werden Sie so blaß?«

»Es ist so stickig hier — und dann der Rotwein. Ich bin ihn nicht gewöhnt, besonders nicht auf leeren Magen.«

»Was denn, Sie haben noch nicht gegessen?« fragte er mit übertriebener Fürsorge.

»Nein. Ich war gerade beim Modellstehen, als sie alle hier hereinbrachen, und seither ist es mir ja noch nicht gelungen, das Haus zu verlassen.«

»Ich könnte zwar nicht behaupten, daß ich bei Ihnen durchschlagenden Erfolg habe, aber vielleicht entschließen Sie sich trotzdem, mit mir jetzt zum Essen zu gehen.«

»Warum nicht? Ich habe nichts gegen Sie. Ich nehme mit Dank an.«

»Fein. Wir werden versuchen, uns unbemerkt aus dem Staube zu machen. Wenn die anderen es merken, lynchen sie uns.«

Sie nickte zustimmend.

»Haben Sie alles? Ich muß nur sehen, daß ich zu meinem Hut komme.«

Ihr Aufbruch ging doch nicht so unauffällig vonstatten, wie sie gedacht hatten. Sonya, die den Rauch ihrer Zigarette wie eine Lokomotive am Steilhang ausstieß, schaute die beiden an, als sie an ihr vorübergingen, und sagte zu dem Mädchen knapp über die Schulter: »Nehmen Sie sich vor dem Knaben in acht!«

»Keine Bange, das werde ich! «

»Und falls Sie doch auf ihn hereinfallen — hier haben Sie meine Adresse. Kommen Sie dann morgen zu mir und weinen sich schön aus. Ich werde meine Spezialsuppe, Borschtsch, für Sie bereithalten. Für ein verführtes Mädchen gibt es nichts Besseres als Tränen und Borschtsch.«

»Ich lasse mich nicht so leicht verführen.«

»Sagen Sie das nicht.« Sonyas Worte klangen frivol, aber ihre Augen blickten freundlich. »Ich sage es Ihnen nur, weil man seine Annäherungsversuche nie ernst nimmt — bis es zu spät ist. Eine Freundin von mir hat sich bei einer Party den ganzen Abend über ihn lustig gemacht und hat ihm dann lachend erlaubt, sie bis vor die Haustür zu bringen. Am nächsten Tag kam sie zur Borschtschsuppe zu mir.«

Sonya blies wieder den Rauch kräftig durch die Nase, und man hätte glauben können, den Zug pfeifen zu hören.

Als die beiden glücklich die Treppe erreicht hatten, wurden

sie noch einmal aufgehalten. Hinter ihnen klangen polternde Schritte. Es war Ferguson.

»Kannst du dir für dein Zerstörungswerk nicht jemand anders aussuchen? Ich brauche sie noch für das Bild.«

»Hat sie dir ihre Seele verschrieben?«

»Ja!«

»Dann ist ja alles in bester Ordnung. Ich nehme bloß den Körper mit. Die Seele lasse ich da.«

Als sie das Funkeln in den Augen der beiden Männer sah, trat sie rasch dazwischen und zog Ferguson beiseite.

»Ich gehe doch nur mit ihm, um ihn loszuwerden. Das ist die einfachste Methode. Sehen Sie zu, daß Sie inzwischen die Meute da loswerden. Ich komme nachher zurück, und wir können das Bild fertigmachen. Oder glauben Sie, daß Sie zuviel getrunken haben?«

»Kaum. Diese rote Tinte steigt mir bestimmt nicht zu Kopfe.«

»Na schön, aber trinken Sie trotzdem nichts mehr. Ich komme in einer Stunde, spätestens in eineinhalb Stunden zurück.«

»Bestimmt?«

»Bestimmt!«

Er drehte sich grußlos um und stampfte ins Atelier zurück.

Corey schaltete das Licht in seinem kleinen Apartment an und trat einen Schritt zurück. »Nach Ihnen«, sagte er spöttisch und machte eine einladende Handbewegung.

Sie trat ins Zimmer und ließ ihren Blick ohne sichtliches Interesse umherschweifen. Dann schaute sie ihn an. »Na und? Was wollen wir hier?« fragte sie brüsk.

Er schleuderte seinen Hut in die Ecke. »Sind Sie immer so schwer von Begriff?« fragte er mit schmalen Lippen.

Sie ging wortlos auf eine Tür zu. »Was ist da?«

»Das andere Zimmer«, sagte er verdrossen. »Wenn Sie Lust haben, schauen Sie doch hinein. Aber ich warne Sie — Sie greifen den Ereignissen voraus. Soweit werden wir erst in zehn Minuten sein.«

Das Licht ging an, und sie verschwand. Das Licht ging aus, und sie kam wieder zum Vorschein. Er ließ gerade die Eiswürfel in die Gläser klicken. »Haben Sie keine Angst?« fragte er spöttisch. »Es ist mein Schlafzimmer!«

Ihre Stimme klang verächtlich. »Ich habe eher das Gefühl, Sie haben Angst. Müssen Sie sich erst Mut antrinken?«

»Die Frage werde ich Ihnen in ein paar Minuten beantworten — falls Sie dann noch genug Luft haben, um irgendwelche Fragen zu stellen.«

Sie ging auf den kleinen Schreibtisch zu und öffnete ein paar Schubladen.

»Tisch«, erklärte er sarkastisch. »Wissen Sie, so ein Ding mit vier Beinen, auf dem man etwas schreiben kann.« Er setzte sein Glas hart nieder. »Eins wollen wir doch gleich klären! Nur der Ordnung halber! Was haben Sie eigentlich gedacht, was hier vor sich gehen würde, als Sie sich bereit erklärten, mit in meine Wohnung zu kommen? Sie haben sich auch nicht lange geziert, sondern höchst bereitwillig meinen Vorschlag angenommen.«

»Ganz einfach aus dem Grund, weil Sie nur allzu bereitwillig waren, andernfalls mit mir zu kommen.«

»Und was ist so Geheimnisvolles in Ihrer Wohnung, daß ich es nicht sehen dürfte?«

Sie schob die dritte Schublade auf und zu. »Na, was wird es wohl schon sein? Meine liebe alte Mutter. Ein sechs Monate altes Kind, für dessen Unterhalt ich Modell stehen muß. Oder vielleicht ist auch nur ganz einfach mein Waschbecken kaputt.«

Er riß sich den Kragen so heftig auf, daß der Knopf abflog. »Zum Teufel, was interessiert mich dein Privatleben. Ich werde dir zeigen . . .«

Als sie die vierte Schublade aufmachte, überzog sich ihr Gesicht mit einem Lächeln. »Ich wußte doch, daß irgendwo so etwas sein mußte. Ich habe doch die Patronen im obersten Schubfach gesehen.« Sie zog triumphierend einen Revolver hervor.

Er schnellte auf sie zu. »Leg das Ding aus der Hand! Willst du einen Unfall bauen?«

»Bei mir gibt es keine Unfälle«, sagte sie milde. Sie hielt die Waffe abwägend in ihrer Hand und fummelte am Abzug herum.

»Das Ding ist geladen, blöde Kuh!«

»Dann sollten Sie mir nicht zu nahe kommen«, zischte sie. Sie legte den Revolver auf den Tisch, ohne dabei den Finger vom Abzug zu lassen. Corey war jedoch schon in einem Stadium, wo er sich durch nichts mehr bremsen ließ. Er sprang auf sie zu, umklammerte sie mit eisernem Griff und beugte sein Gesicht über das ihre. Ihre Hand, mit dem Finger am Abzug, ruhte bewegungslos auf dem Tisch.

Nachdem es ihr schließlich gelungen war, ihren Kopf zur Seite zu drehen, fauchte sie ihn wütend an. »Rühren Sie mich nicht an! Wagen Sie nicht, mich zu küssen! Ich bin nicht auf Liebe aus!«

»Auf was sind Sie dann aus?«

»Auf nichts — soweit es Sie betrifft. Sie haben nichts, was mich reizen könnte!«

Nach dieser kalten Dusche rammte Corey seine Fäuste mit solcher Wucht in die Hosentaschen, daß sie fast bis zu den Ellenbogen verschwanden.

Sie nahm die Waffe vom Tisch und schlenderte gemächlich auf die Zimmertür zu.

»Halt! Wo wollen Sie mit dem Ding hin?«

»Nur bis zur Wohnungstür. Ich kenne Sie nicht. Ich möchte hier sicher wieder rauskommen. Keine Sorge, ich lasse Ihr Schießeisen auf der Türschwelle zurück.«

»Verschwinden Sie!« Er lief rot an vor Zorn. »Machen Sie, daß Sie rauskommen!«

Als er die Wohnungstür ins Schloß fallen hörte, stürzte er in die kleine Diele hinaus, wo ihm unter der Garderobe sein Revolver entgegengrinste. Wutentbrannt riß er die Tür auf. Ihre Schritte entfernten sich eilig, jedoch nicht zu eilig. »Ich werde schon noch herausbekommen, wer Sie sind!« brüllte er ihr grimmig nach.

Ihre Antwort kam vom Stockwerk tiefer. »Seien Sie froh, daß Sie es bis jetzt noch nicht herausbekommen haben!«

Er schlug die Tür so kräftig zu, daß sie fast aus dem Rahmen sprang. Dann griff er nach seinem Whiskyglas und zerschmetterte es auf dem Boden. Dem Whiskyglas folgte ein Kristallaschenbecher.

Er fluchte laut vor sich hin und bedachte sie mit sämtlichen Schimpfworten, die es gab. Nur eins fiel ihm nicht ein: ›Mörderin‹.

Irgendwann ging er zu Bett und wälzte sich lange unruhig hin und her.

Plötzlich, es mochte eine Stunde oder mehr vergangen sein, fuhr er wie von einer Tarantel gestochen hoch. Die Nachttischlampe flammte ruckartig wie das Blitzlicht eines Fotografen auf.

Er saß in seinem gestreiften Pyjama aufrecht im Bett, vergrub die Finger in den Haaren. »Verdammt, ich wußte doch, daß ich sie schon mal gesehen hab'!«

Er schaute auf den Wecker, der neben dem überquellenden Aschenbecher stand. Es war drei Uhr zwanzig morgens.

Als ihm die volle Tragweite seiner Entdeckung zu Bewußtsein kam, schwang er die Beine aus dem Bett. »Verdammt, verdammt, die Unbekannte von Bliss' Verlobungsfeier! Sie hat schon einen Mann auf dem Gewissen. Ich muß Ferguson sofort warnen.«

Während er Fergusons Nummer wählte, kamen ihm Bedenken. Er muß mich für verrückt halten, wenn ich ihn mitten in der Nacht anrufe, dachte er und ließ seine Hand unentschlossen sinken. Es reicht ja auch, wenn ich ihn zum Vormittag anrufe. Außerdem — vielleicht war es doch nicht dasselbe Mädchen. Die andere war blond wie eine Butterblume, und die hier ist kohlrabenschwarz. Doch dann richtete er sich entschlossen auf und wählte weiter. Egal, wie spät es ist, dachte er. So kann ich mich gar nicht täuschen.

Das Freizeichen am anderen Ende der Leitung ertönte. Einmal, zweimal, zehnmal. Niemand meldete sich. Schließlich legte Corey den Hörer auf. Er fuhr sich wieder wild durch die Haare. Die Party müßte jetzt eigentlich vorbei sein. Aber wahrscheinlich war Ferguson noch mit den anderen weitergezogen. Was half's, dann konnte er es ihm eben doch erst zum Vormittag sagen. Corey legte sich wieder nieder und löschte das Licht.

Doch nach zwei Minuten schon knipste er es wieder an. Ehe es ihm recht zum Bewußtsein kam, was er tat, stieg er bereits in seine Hosen. Er wußte, daß er nicht würde einschlafen können, bevor er nicht mit Ferguson gesprochen hatte. Und eine innere Stimme sagte ihm, daß er sich beeilen müsse. Er war noch dabei, sich das Jackett anzuziehen, als er schon die Treppen hinunterstolperte. Unten winkte er einer Taxe, nannte Fergusons Adresse.

Sein Hämmern gegen die Ateliertür hatte genauso wenig Erfolg wie sein Telefonanruf. Nichts rührte sich. Corey war schon wieder im Begriff wegzugehen, als sein Blick auf die leere Milchflasche neben der Tür fiel.

Er erstarrte. Leere Milchflaschen stellt man nicht vor die Tür, wenn man weggeht, sondern wenn man zurückgekommen ist.

Ferguson mußte also da sein. Er mußte ganz bestimmt da sein. Corey schwante nichts Gutes.

Er hastete die Treppe hinunter und hämmerte den Portier aus dem Bett. Der schaute ihn verschlafen und mürrisch an und brummelte: »Ja, ja, der wohnt da oben. Aber vielleicht ist er ausgegangen. Bei diesen Künstlern ist ja immer was los. Wozu denn die ganze Aufregung?«

»Schließen Sie die Tür auf!« Coreys Stimme duldete keinen Widerspruch. »Ich übernehme die volle Verantwortung. Ich gehe hier nicht eher weg, bis Sie mit mir nach oben gekommen sind und die Tür aufgemacht haben.«

Der Hausmeister klimperte mit einem riesigen Schlüsselbund und folgte Corey brummig die Treppe hinauf. Er klopfte erst ein paar Mal an Fergusons Tür, ehe er sich bequemte, den Schlüssel ins Schloß zu stecken. Corey wußte, wo der Schalter war, und drehte das Licht an.

Der Hausmeister riß entsetzt die Augen auf. Sein Schlüsselbund fiel rasselnd zu Boden. Corey stieß zwischen zusammengepreßten Lippen hervor: »Ich habe es gewußt! Ich habe es gewußt!«

Ferguson lag mit dem Gesicht nach unten vor der Staffelei. Die silberne Pfeilspitze ragte aus seinem Rücken. Das Geschoß mußte sein Herz getroffen haben, und beim Aufprall auf den Boden hatte es sich weiter in den Körper gebohrt.

Und über allem thronte auf der Leinwand Diana, die Jagdgöttin, Diana, die Mörderin. Eine Mörderin ohne Gesicht. Denn dort, wo einmal ihr Gesicht gewesen war, gähnte jetzt ein ovales Loch, das mit einem scharfen Messer in das Bild geschnitten worden war.

Corey brütete mit finsterem Gesicht vor sich hin. »Warum ist es mir nur nicht vorher eingefallen? Jetzt ist sie mir zuvorgekommen! Wahrscheinlich hat sie ihm heute abend noch Modell gestanden. Er wollte sein Werk vollenden — und sie hat ihr Werk vollendet.«

Corey hatte telefoniert. Die beiden Männer standen in der Tür und warteten auf das Eintreffen der Polizei. Der Hausmeister flüsterte mit einem scheuen Blick auf Ferguson: »Wie kann das nur passiert sein? Ob das Modell den Bogen so ungeschickt angefaßt hat, daß der Pfeil versehentlich losging?«

»Nein«, murmelte Corey leise. »Nein. Diana, die Jagdgöttin, ist lebendig geworden.«

3. Nach dem Tod von Ferguson

»Und dann ging sie von hier nach da.« Corey machte zwei, drei Schritte, um die Bewegungen, die sie gemacht hatte, zu demonstrieren. Er benahm sich wie ein Schauspieler, der seine Rolle liebt und der weiß, daß er ein dankbares Publikum hat. Die Zigarette, die lässig in seinem Mundwinkel hing, wippte beim Sprechen auf und ab. Er hatte seine Krawatte gelockert, den Kragen aufgemacht und die Hemdsärmel hochgekrempelt. Sein Haar fiel ihm wirr ins Gesicht.

Wanger nickte ihm zu. »Weiter.«

»Dann machte sie eine Schublade nach der anderen auf und knallte sie peng-peng-peng wieder zu. Ich hab' mir weiß Gott nichts dabei gedacht. Ich glaubte, daß sie sich nur mit irgend etwas beschäftigen wollte, um ihre Verlegenheit nicht zu zeigen. Ich dachte, daß sie irgendwie die Zeit totschlagen wollte, bis wir — nun ja . . . Aber dann öffnete sie die letzte Schublade und holte . . .«

Wanger sprang auf, als er sah, daß Corey den Revolver in die Hand nehmen wollte. »Moment, Moment! Fassen Sie ihn nicht an! Vielleicht finden wir ein paar Fingerabdrücke von ihr. Haben Sie ihn danach noch in der Hand gehabt?«

Corey zog seine Hand zurück. »Nein. Das heißt — doch. Ich habe ihn in die Schublade zurückgelegt. Aber ich konnte Ihnen noch nicht zu Ende erzählen, was sie dann mit dem Revolver . . .«

»Einen Moment, es geht gleich weiter. Ich möchte nur die Sache mit dem Revolver erst klären. Wenn Sie nichts dagegen haben . . .«

»Bitte, bedienen Sie sich.« Corey schaute zu, wie Wanger sein Taschentuch um den Revolver legte und ihn in seine Tasche steckte.

»Ich werde dafür sorgen, daß Sie ihn zurückbekommen«, sagte Wanger.

»Das eilt nicht. Ich freue mich, daß ich Ihnen helfen kann.«

Dann fuhr er in seiner Geschichte fort. »Als sie dann mit dem Ding herumspielte, habe ich sie gepackt, um — nun ja . . . Aber sie« — er geriet wieder außer sich, als er daran dachte — »sie wollte nichts davon wissen.«

»So, so, sie wollte nichts davon wissen«, murmelte Wanger teilnahmsvoll.

»Nein, sie machte plötzlich auf ›rühr-mich-nicht-an‹ und ging mit dem Revolver in der Hand auf die Tür zu. Als ich ihr folgte, war sie schon auf der Treppe. Und der Revolver lag auf der Türschwelle. Als ich ihr nachrief, daß ich wissen möchte, wer sie ist, antwortete sie von unten: ›Seien Sie froh, daß Sie es nicht wissen.‹« Corey wurde zornig. »Dieses Biest. Ich wünschte, ich hätte ihr wenigstens eine heruntergehauen. Ich habe nichts gegen Mädchen, die es sich plötzlich anders überlegen, weil sie es mit der Angst zu tun kriegen. Aber ich habe etwas gegen Mädchen, die es sich plötzlich anders überlegen und dann obendrein noch unverschämt werden!«

Wanger nickte beifällig. Als Mann konnte er den Zorn des anderen nachfühlen.

»So, wie ich es sehe«, sagte er und trommelte mit den Fingern auf die Sessellehne, »gibt es drei mögliche Erklärungen dafür, daß sie mit Ihnen in die Wohnung gekommen ist, ehe sie Ferguson umgebracht hat. Möglichkeit Nummer eins: Sie wollte Sie erst einmal aus dem Weg schaffen, weil die Gefahr bestand, daß Sie Ferguson rechtzeit warnen könnten. Als sie dann hier in Ihrer Wohnung merkte, daß Sie sich immer noch nicht an sie erinnerten, hat sie es sich anders überlegt. Es war ihr immerhin gelungen, Sie von der Party wegzulocken, und sie hatte die Chance, daß es ihr gelingen würde, Ferguson umzubringen, ehe Ihnen einfiel, woher Sie sie kennen. Möglichkeit Nummer zwei: Sie wollte sich von Ihnen nur die Waffe beschaffen, um sie gegen Ferguson zu benutzen. Doch nein, das kann nicht sein. Mir schwirrt langsam auch schon der Kopf. Denn sie hat die Waffe ja nicht mitgenommen. Möglichkeit Nummer drei: Nun — da Sie auf der Party so hinter ihr her gewesen waren, fürchtete sie, Sie würden nicht so schnell aufgeben und länger als die anderen Gäste bleiben. Darum wählte sie den einfachsten Weg, Sie loszuwerden: sie willigte scheinbar in alles ein, ging mit Ihnen in die Wohnung und ließ Sie dann sitzen.«

Die letzte Version schien Corey am wenigsten zu gefallen. Sie minderte sein Selbstbewußtsein. Er blickte zwar säuerlich drein, aber er sagte nichts.

»Wenn wir diese drei Möglichkeiten kombinieren, kommen wir vielleicht der Sache am nächsten.« Wanger stand langsam auf. »Ich glaube, für heute reicht's. Ich würde mich gerne morgen mit Ihnen weiter unterhalten. Kommen Sie bitte zu mir.«

Es wurde schon langsam hell, als Wanger in sein Büro zurückkehrte. Er war todmüde. Er ließ sich im Zimmer seines Chefs auf den Stuhl fallen und stützte den Kopf auf. »Warum mußte diese Frau überhaupt geboren werden?« stöhnte er leise.

Nach einer Weile hob er den Kopf, holte Coreys Revolver aus der Tasche. Er steckte ihn in einen Umschlag, auf den er kaum leserlich kritzelte: »Sehen Sie zu, ob Sie da irgend etwas herausfinden können. Wanger.«

Dann griff er zum Telefonhörer. »Schickt mir bitte einen Boten.«

»Ich habe im Augenblick keinen hier«, sagte der Beamte in der Zentrale.

»Dann sehen Sie zu, daß Sie irgendeinen auftreiben.«

Der schmächtige Bursche, der dann zehn Minuten später ins Zimmer stolperte, war so grün im Gesicht, daß er einem leid tun konnte.

Wanger lag die Frage: »Wo hat man Sie denn ausgegraben?« schon auf der Zunge, aber er unterdrückte sie und fragte nur: »Warum kommen Sie denn erst jetzt?«

»Ich war zuerst in ein paar falschen Zimmern. Dieses Haus ist so eine Art Labbi — Labbi — Labyrinth.«

»Schon gut, schon gut«, winkte Wanger müde ab. Ihm fielen fast die Augen zu, als er dem jungen Burschen den Umschlag reichte. »Bringen Sie das ins Labor. Es ist ein Revolver. Die wissen schon, was sie damit zu tun haben.« Dann wurde Wanger etwas munterer und schaute den Boten skeptisch an. »Glauben Sie, daß Sie hinfinden?«

In das Gesicht des Burschen kam so etwas wie Farbe. Wäre er eine Verkehrsampel gewesen, hätte man sagen können, daß sie von Grün auf Gelb geschaltet hatte. Er richtete sich stolz auf. »Natürlich! Ich war schon zweimal da, seitdem ich dieser Abteilung zugeteilt bin.«

Er nahm den Umschlag und drehte sich so forsch um, daß er erst einmal taumelte. Dann ging er mit staksigen Schritten auf die Tür zu. Es war sein Pech, daß er die falsche Seite ansteuerte, die, an der nicht die Klinke, sondern die Türangel war. Er schaute die Tür voller Entrüstung von oben bis unten an und war überzeugt, daß sie ihm einen Schabernack spielen wollte. Erst als Wanger »Raus!!!« brüllte, fand er sehr schnell die Klinke.

»Sind Sie immer noch derselben Meinung wie vorgestern?« fragte Wanger, als er achtundvierzig Stunden später in seinem Büro Corey gegenübersaß.

»Absolut. Sie hat — abgesehen von der Haarfarbe — dieselben Augen, denselben Mund, einfach alles, wie das Mädchen, das ich vor zwei Jahren auf Marjorie Elliots Verlobungsfeier, in der Nacht, als Bliss den Tod fand, kennengelernt hatte.«

»Ihre Aussage ist für mich so ungemein wichtig, weil sie meine Theorie bestätigt, daß es sich um ein und dieselbe Frau handelt. Ich muß zugeben, daß ich mit meiner Theorie bisher ziemlich allein dagestanden bin.«

Corey ließ seine Faust auf den Tisch sausen. »Wenn mir nur eher eingefallen wäre, an wen mich das Mädchen auf dem Bild erinnerte. Aber ich war wie vernagelt. Wenn ich nur ein paar Tage früher — ach was, ein paar Stunden früher draufgekommen wäre!«

Wanger nickte. »Dann hätten Sie ihm zweifellos das Leben retten können. So haben Sie alles nur beschleunigt. Daß die Frau Sie wiedererkannt hat, steht außer Zweifel. Und sie erkannte auch die Gefahr. Denn Sie haben immer wieder beharrlich behauptet, daß Sie sie schon irgendwo gesehen hätten. Das mußte sie zur Eile treiben. Es war ein Wettlauf mit der Zeit — den sie gewonnen hat. Auch wenn es nur ein sehr knapper Sieg war, nur ein paar Minuten, sie hat es geschafft. Er ist wahrscheinlich ganz kurze Zeit vor Ihrem ersten Warnanruf gestorben. Um drei Uhr zweiundzwanzig, genau. Seine Uhr ist nämlich durch den Aufprall stehengeblieben.«

»Und ich habe um drei Uhr zweiundzwanzig oder drei Uhr dreiundzwanzig angerufen. Das weiß ich auch ganz genau, weil ich noch überlegte, ob ich ihn zu so später Stunde überhaupt anrufen sollte.« Corey verzog das Gesicht. »Beim ersten Läuten muß der Pfeil noch in seiner Brust vibriert haben«, sagte er grimmig.

»In solche Gedanken dürfen Sie sich nicht hineinsteigern«, sagte Wanger mit ruhiger Stimme. »Es ist aus und vorbei und zu spät. Sie können jetzt nur noch das eine tun: mir bei der Aufklärung des Mordes helfen. Sie sind für mich von unschätzbarem Wert. Sie sind für mich das Geschenk des Himmels, auf das ich jahrelang gewartet habe. Ich habe zum erstenmal den Beweis, daß es wenigstens zwischen zwei der vier Männer ein Bindeglied gibt. Mitchell kannten Sie nicht zufällig?«

»Nein.«

»Und Moran?«

»Auch nicht.«

»Aber Sie kennen wenigstens zwei der Männer. Es muß also eine Verbindung bestehen! Sie sind wirklich von unschätzbarem Wert für uns.«

Corey warf Wanger einen zweifelnden Blick zu. »Leider habe ich die beiden nicht gleichzeitig gekannt. Als ich Ferguson vor acht Monaten auf einer Cocktail-Party kennenlernte, war Bliss schon längst tot.«

Wanger machte ein langes Gesicht. »Dann wissen Sie also nur vom Hörensagen, daß sich die beiden Männer gekannt haben.«

»Ja, leider. Und Bliss habe ich überhaupt erst ein Jahr vor seinem Tod kennengelernt. Wenn ich Ferguson recht verstand, dann hatten sich die beiden im Laufe der letzten Jahre etwas auseinandergelebt.«

Wanger schaute interessiert auf. »Hatten die beiden irgendeinen Streit miteinander?«

»Nein. Sie lebten einfach in verschiedenen Welten. Sie hatten sich nichts mehr zu sagen. Die Kunst und das Maklergeschäft sind auf die Dauer nicht auf ein und denselben Nenner zu bringen.«

»Hat einer der beiden je Mitchell erwähnt?«

»Nicht daß ich wüßte.«

»Und Moran?«

»Auch nicht.«

»Mitchell und Moran gehören aber irgendwie mit dazu«, sagte Wanger verbissen. »Doch lassen wir die beiden mal aus dem Spiel und konzentrieren uns auf Bliss und Ferguson. Ich möchte

Sie um eines bitten: Versuchen Sie aus Ihrer Erinnerung jede Bemerkung auszugraben, die der eine je über den anderen gemacht hat. Egal, ob es sich dabei um Frauen, Pferde oder Geld gehandelt hat. Verstehen Sie, worauf ich hinauswill? Ich bin sicher, daß es irgend etwas gibt, was die beiden — oder besser gesagt, alle vier — miteinander verbindet. Und sobald ich weiß, was das sein könnte, dann komme ich möglicherweise dahinter, was die Frau mit alldem zu tun hat. Dann gelingt es mir vielleicht endlich, das Motiv für ihre Morde zu finden.«

Wanger mit seinem Vorgesetzten:

»Um endlich reinen Tisch zu bekommen, tue ich im Augenblick etwas, was auf den ersten Blick als heller Wahnsinn erscheint. Ich bin nämlich dabei, bei all meinen Erwägungen die Frau völlig auszuklammern. Ich konzentriere mich nur auf die vier Männer. Denn wenn ich erst einmal herausgefunden habe, was diese verschiedenen vier Männer miteinander verbindet, dann wird die Frau automatisch wiederauftauchen. Dann wird wahrscheinlich auch ihr *Motiv* sonnenklar zutage treten.«

Sein Chef schüttelte nachdenklich den Kopf. »Ich weiß nicht, ob das die richtige Methode ist. Sie konzentrieren sich da statt auf die Mörderin auf ihre Opfer.«

»Ich denke doch. Wir haben uns in den letzten zwei Jahren nur mit der Mörderin befaßt, und wir sind dabei nicht einen Schritt weitergekommen. Warum sollten wir nicht einmal versuchen, dieses verschlossene Haus durch die Hintertür zu betreten?«

»Wenn Sie sich davon Erfolg versprechen, können Sie von mir aus auch durch den Kamin einsteigen«, meinte Wangers Chef trocken. »Aber ich habe langsam Angst, daß Sie sich in die fixe Idee verrennen, daß es sich bei allen vier Fällen um ein und dieselbe Frau gehandelt haben muß. Sie wissen, daß Sie mit dieser Theorie ziemlich allein dastehen.«

Als Wanger später mißmutig aus seinem Büro stapfte, prallte er in der Tür fast mit Corey zusammen.

»Was treibt Sie denn zu dieser nachtschlafenden Zeit hierher? Ich war gerade im Begriff, nach Hause zu gehen.«

»Ich komme gerade vom Kartenspielen«, sagte Corey und wehte Wanger eine Alkoholfahne ins Gesicht. »Mitten beim

Spiel fiel mir plötzlich eine Bemerkung ein, die Ferguson über Bliss einmal gemacht hat.«

Wanger ging wieder zu seinem Schreibtischstuhl zurück und forderte Corey mit einer einladenden Handbewegung auf, ebenfalls Platz zu nehmen. »Großartig! Schießen Sie los!«

»Als einer der Mitspieler sagte: ›So ein gutes Blatt hat man selten‹, mußte ich plötzlich daran denken, daß das dieselben Worte waren, die Ferguson einmal beim Pokerspielen zu mir gesagt hatte. Ferguson fügte hinzu, daß er seit der Zeit, als er noch zu den ›Freitagabend-Freunden‹ gehörte, nie wieder so gute Karten in der Hand gehabt hatte. Ich höre genau die Antwort, die er mir gab, als ich fragte, wer denn diese Freitagabend-Freunde gewesen seien: ›Ken Bliss und ich und noch ein paar andere hatten uns zusammengetan, um an jedem Freitagabend Karten zu spielen. Wir waren kein Verein oder etwas Ähnliches. Wir trafen uns halt nur jeden Freitag, jedesmal in einem anderen Lokal, um Karten zu spielen. Danach sind wir dann immer in das Auto gestiegen, das uns gemeinsam gehörte, und haben die Stadt unsicher gemacht.‹ — Meinen Sie, daß Sie damit etwas anfangen können, Mr. Wanger?«

Wanger klopfte Corey so kräftig auf die Schultern, daß der fast zu Boden ging. »Endlich sehe ich mal einen Lichtblick!« rief Wanger begeistert.

Wanger mit seinem Vorgesetzten:

»Ferguson und Bliss haben sich eine Zeitlang jeden Freitag mit ein paar anderen zum Kartenspielen zusammengetan. Nun werden Sie sagen, daß das doch gar nichts zu bedeuten hat, nicht wahr?«

»Hm, und was soll es zu bedeuten haben?«

»Ich habe zum erstenmal eine Bestätigung meiner Theorie, daß sich die Lebenswege der beiden gekreuzt haben müssen. Nun macht eine Schwalbe noch keinen Sommer. Und die Tatsache, daß sie zusammen Karten gespielt haben, klärt noch nicht den Fall. Aber es ist zumindest ein Anfang. Ich muß herausfinden, in welchem Jahr dieser Amateur-Verein existiert hat. Und dann muß ich herauskriegen, wer außer den beiden noch dazugehört hat. Sobald ich das geklärt habe, werde ich in den Polizeiberichten jener Freitage herumstöbern. Denn da sie nach dem

Kartenspiel offensichtlich immer in betrunkenem Zustand eine Art Stadtrundfahrt gemacht haben, könnte es sein, daß sie dabei auch einmal einen Unfall bauten.

Sollte sich meine Theorie bestätigen, dann hätte ich endlich einen Punkt, bei dem ich einhaken könnte, und würde nicht mehr im luftleeren Raum schweben.«

»Das soll mir nur recht sein, wenn Sie mit den Füßen wieder auf den Boden der Tatsachen zurückkommen«, brummte Wangers Vorgesetzter.

Zehn Tage danach:

»Nun, wie sieht es aus, Wanger?«

Wangers Blick ging an dem Kopf seines Vorgesetzten vorbei und heftete sich an die kahle Wand. »Ich komme nur im Schnekkentempo vorwärts. Ich habe zwar das Jahr und die Namen der anderen beiden Freitagabend-Freunde herausbekommen, aber das Ganze hat einen Haken.«

»Welchen?«

»Ken Mitchell. Er hat nicht zu dieser Runde gehört. Dafür habe ich aber wiederum etwas in den Polizeiakten gefunden, was für meine Theorie spricht. An einem jener Freitage wurden vier Betrunkene in einem Auto von der Polizei geschnappt, nachdem sie einen Feuerhydranten umgefahren hatten und gerade dabei waren, mit einer leeren Schnapsflasche eine Fensterscheibe einzuwerfen. Ihnen wurde natürlich der Führerschein abgenommen. Und sie hatten eine kurze Gefängnisstrafe zu verbüßen und mußten den angerichteten Schaden ersetzen. Die Namen der vier Betrunkenen waren Bliss, Morgan, Ferguson und ein gewisser Honeyweather. In dem Polizeibericht steht kein Wort von Mitchell. Und wenn er nicht zu dieser Gruppe gehört, dann fällt meine ganze Idee wie ein Kartenhaus in sich zusammen.«

»So schnell würde ich nicht aufgeben«, meinte sein Chef nachdenklich. »Vielleicht war Mitchell nur an jenem Abend nicht dabei, oder er ist aus irgendeinem Grund vor den anderen nach Hause gegangen.«

Eine Woche danach:

»Sind Sie inzwischen weitergekommen, Wanger?«

»Sehen Sie mich an. Vor Ihnen steht ein Mann, der sich am liebsten von der nächstbesten Brücke stürzen möchte.«

»Recht so! Sie brauchen nur noch die paar Morde aufzuklären. Dann fahre ich Sie höchstpersönlich zu Ihrer Brücke.«

»Spaß beiseite, Chef, es ist zum Verzweifeln. Ich habe seit meiner letzten Berichterstattung so viel herausbekommen, daß ich mir ein ziemlich genaues Bild von diesem Amateur-Verein machen kann. Ich habe sogar die Lücke mit Mitchell schließen können. Aber trotzdem ergibt das alles keinen Sinn. Es spricht einfach nichts dafür, daß die Frau zu diesem Kreis gehört hat. Und die Männer haben nichts Kriminelles getan, was eine blutige Rache zur Folge haben könnte.«

»Vielleicht ist es etwas, was Sie bis jetzt nur noch nicht entdeckt haben. Lassen Sie mich nun Ihren Bericht in den Einzelheiten hören.«

»Ich habe versucht, den vierten Mann, diesen Honeyweather, ausfindig zu machen. Ich konnte seine Spur während des nächsten Jahres nach jenem Zwischenfall verfolgen — und er ist weiß Gott oft umgezogen —, aber dann war auf einmal Schluß. Er scheint genauso vom Erdboden verschwunden zu sein wie unsere Mörderin.«

»Wovon hat er denn gelebt?«

»Das weiß der Himmel! Er schien chronisch an Arbeitslosigkeit zu leiden. Von seiner letzten Wirtin habe ich erfahren, daß er Tag für Tag in seinem Zimmer auf einer Schreibmaschine herumgehämmert hat und dann plötzlich, ohne seine nächste Adresse zu hinterlegen, ausgezogen ist.«

»Moment mal«, sagte Wangers Chef nachdenklich. »Arbeitslos — auf der Schreibmaschine herumhämmern — vielleicht ist er so was wie ein Schriftsteller. In dem Fall wäre es nicht ausgeschlossen, daß er ein Pseudonym benützt. Haben Sie eine präzise Personalbeschreibung?«

»Ja.«

»Dann geben Sie die an ein paar Verlage und Redaktionen durch. Vielleicht können diese Leute etwas damit anfangen. Aber was ist mit Mitchell? Sie sagten gerade eben, daß Sie das geklärt hätten.«

»Ja. Er war Barmixer in dem Restaurant, das sie am häufigsten aufsuchten. Die Kartenfreunde hatten ihn mehr als einmal in ihrem Auto mitgenommen. Ich könnte mir denken, daß Mitchell sich bei ihnen beliebt gemacht hat, indem er hin und wieder eine Flasche ›abzweigte‹. Damit ist zwar nun bewiesen, daß eine Verbindung zwischen den vier Männern bestanden hat, aber trotzdem bleibt eines übrig: sie haben sich nichts Kriminelles zuschulden kommen lassen, nichts, durch das sie sich den mörderischen Haß unserer Unbekannten hätten zuziehen können.«

»Woher wollen Sie das so genau wissen?«

»Weil ich sämtliche Polizeiberichte aus dieser Zeit eingehend studiert habe.«

Sein Chef kratzte sich am Kopf. »Es könnte doch immerhin auch ein Verbrechen gewesen sein, von dem die Polizei nie etwas erfahren hat.«

»Daran hab' ich auch schon gedacht«, murmelte Wanger und fuhr dann nachdenklich fort: »Ich habe mir weiterhin überlegt, ob sie eventuell auch ein Verbrechen begangen haben, ohne es selbst zu wissen. Ich werde als nächstes sämtliche Zeitungen von damals durchackern. Vielleicht stoße ich auf irgendeine Notiz, die ich — und sei's um vier Ecken — mit den Männern in Verbindung bringen kann.«

Wangers Telefongespräch mit dem Labor:

»Was haben Sie denn, zum Teufel, mit dem Revolver gemacht? Haben Sie ihn in Spiritus eingelegt? Ich warte schon ewig auf Ihren Bericht.«

»Was für einen Revolver? Wovon reden Sie? Wir haben nie von Ihnen einen Revolver bekommen!«

Wangers Stimme überschlug sich fast. »Was haben Sie nicht?« brüllte er in den Hörer. »Ich habe Ihnen vor weiß Gott wie vielen Wochen ein Schießeisen zur Untersuchung geschickt. Und ich habe seither noch nicht einen einzigen Piepser von Ihnen gehört. Haben Sie gedacht, daß es sich um ein Weihnachtsgeschenk handelt? Saftladen! Sie sollen nicht den ganzen Tag in der Nase bohren, sondern den Revolver untersuchen und an mich zurückschicken!«

»Sachte, sachte, nun halten Sie mal die Luft an! Wir brauchen uns von keinem sagen zu lassen, was wir zu tun haben. Für wen halten Sie sich eigentlich? Für den Polizeichef persönlich? Wenn wir von Ihnen einen Revolver zur Untersuchung bekommen hätten, dann wäre er Ihnen auch wieder zugeschickt worden. Aber wir können nicht etwas zurückschicken, was wir nie bekommen haben!«

Wanger holte tief Luft. »Töten Sie mir bitte nicht den letzten Nerv! Ich will den Revolver wiederhaben!«

»Dann räumen Sie mal Ihren Schreibtisch auf! Vielleicht finden Sie ihn da!« schnaufte der Mann am anderen Ende der Leitung und knallte den Hörer auf die Gabel.

Drei Wochen später im Haus eines bekannten und erfolgreichen Schriftstellers:

»Mr. Holmes, da ist ein Herr vor der Tür, der Sie unbedingt sprechen will und sich nicht abweisen läßt.«

»Warum wimmeln Sie ihn nicht ab? Sie wissen, daß ich bei der Arbeit nicht gestört werden will! Sie sind doch nicht erst seit gestern bei mir!«

»Ich habe ihm gesagt, daß Sie gerade diktieren. Aber er besteht darauf, mit Ihnen zu sprechen, und hat gedroht, daß er, falls ich mich weigere, ihn anzumelden, mit Gewalt ins Haus eindringen würde.«

»Wo steckt denn Sam? Sam soll ihn hinauswerfen! Und falls der Mann Schwierigkeiten macht, rufen Sie die Polizei!«

»Aber, Mr. Holmes, er ist von der Polizei! Deshalb hielt ich es ja auch für besser, Sie zu informieren.«

»Diese verfluchten Polizisten! Nur, weil ich vielleicht irgendwo falsch geparkt habe, reißt man mich mitten aus der Arbeit! Jetzt habe ich unser ganzes Gespräch hier auf dem Band und muß das erst alles wieder löschen. Miß Truslow, Sie haben mein oberstes Gesetz gebrochen, mich nie bei der Arbeit zu stören. Selbst dann nicht, wenn das Haus in Flammen stehen sollte. Es tut mir leid, Sie entlassen zu müssen. Wenn Sie mit der Arbeit fertig sind, können Sie sich von Sam Ihren Scheck geben lassen.«

Holmes richtete ruckartig seinen Blick auf die Tür. »Sind Sie der Mann, der es wagt, in mein Haus einzudringen und mich bei der Arbeit zu stören? Was kann es denn schon so Wichtiges sein, über das Sie mit mir reden wollen?«

»Über Ihr Leben«, sagte Wanger mit sanfter Stimme.

Fünfter Teil

HOLMES

1. Die Frau

Sie hatten zu viert ein Zimmer und waren mehr oder minder im Begriff, schlafen zu gehen. Eine saß auf der Fensterbank und wippte mit den Füßen, eine hockte auf dem Fußboden und hatte die Arme um die hochgezogenen Knie geschlungen, eine lag auf dem Bett und streckte alle viere von sich, und eine räkelte sich im Sessel. Sie ließ ihre langen Beine über die Armlehne baumeln und las den anderen etwas vor:

»›Das kleine Haus zwischen den mächtigen Tannen wartet nur auf eine Frau, Miß Judith‹, sagte er.

Sie lächelte und ließ ihren Kopf an seine Brust sinken. Da legte er seine starken Arme um ihre Schultern und preßte sie an sich.‹«

Die Schultern des vorlesenden Mädchens auf dem Sessel bebten, als sei sie es, die umarmt wurde. Das Buch entglitt ihren Händen und fiel auf den Boden. »Ich möchte wetten, daß er selbst so ist: stark und doch sensibel und irgendwie schüchtern«, sagte sie mit verträumtem Blick. »Habt ihr gemerkt, daß er sie bis zum Schluß respektvoll ›Miß Judith‹ genannt hat?«

Vom Fensterbrett her kam ein Kichern. »Und ich möchte wetten, daß er sich dir gegenüber nicht so respektvoll verhalten würde.«

Das Mädchen im Sessel schaute die andere mit funkelnden Augen an. »Die Wette würdest du verlieren! Jemand, der so schreibt wie er, muß auch so denken.«

Das Mädchen auf dem Bett räkelte sich träge. »Gott erhalte dir deinen kindlichen Glauben.«

»Ich habe heute nacht von ihm geträumt«, murmelte die dritte. »Er hat mich aus den Händen eines Eskimos gerettet, der mich gerade in seine Hütte schleppen wollte.«

»Und was hat er dann gemacht?« fragten die anderen interessiert.

»Das habe ich leider nicht mehr erlebt. Dann hat der verdammte Wecker geklingelt.« Sie lachten.

»Laßt uns noch eine rauchen, ehe die alte Fraser die Runde macht«, schlug das Mädchen auf der Fensterbank vor.

Während die Zigarette von einer zur anderen ging, seufzte das Mädchen im Sessel: »Warum muß man erst älter werden, bis mal etwas Spannendes passiert?«

»Du liebe Güte, sie denkt immer noch an *ihn.*«

»Wahrscheinlich ist er verheiratet und hat zweiunddreißig Kinder . . .«

»Ich weiß, daß er nicht verheiratet ist. Er kann einfach nicht verheiratet sein!«

»Und warum nicht?«

»Weil das nicht fair wäre.«

»Armes Würstchen! Es tut mir direkt weh, dich so leiden zu sehen.«

Das Mädchen auf dem Bett richtete sich auf. »Das ist doch alles Quatsch! Sie kann nichts weiter als über ihn reden. Sollte sie ihm je von Angesicht zu Angesicht gegenüberstehen, dann würde sie wahrscheinlich am liebsten im Erdboden versinken.«

»So — meinst du?« Das Mädchen setzte sich senkrecht im Sessel auf. »Ich garantiere dir, er würde mir in kürzester Zeit aus der Hand fressen!«

Vom Bett her kam schallendes Gelächter. »Du würdest es nicht einmal mehr schaffen, über seine Türschwelle zu kommen.«

»Wollen wir wetten, daß ich es schaffe?«

»Um was?«

»Um unser nächstes Taschengeld.«

»Okay. Einverstanden. Aber woher sollen wir wissen, ob du die Wahrheit sagst, wenn du zurückkommst?«

»Sie soll eine Krawatte von ihm mitbringen«, schlug das Mädchen auf der Fensterbank vor.

»Nein, ich weiß was Besseres. Sie soll ein Foto mitbringen, auf dem er und sie zu sehen sind!«

»Und er muß zumindest seinen Arm um sie gelegt haben!«

»Pah«, meinte das Mädchen im Sessel überheblich, »wer

denkt denn bei den besten Sachen ans Fotografieren? Ich garantiere euch: Wenn ich erst bei ihm gewesen bin, dann wird er mir wie ein Hund hinterherlaufen!«

»Und wie willst du hier herauskommen?«

»Nichts einfacher als das. Ihr wißt doch, wie allergisch die alte Fraser gegen Krankheiten ist. Sobald man eine dicke Nase und verquollene Augen hat, wird man nach Hause geschickt. Und meine Eltern sind gerade verreist . . .«

»Denke bloß nicht, daß wir dir Geld leihen, wenn du die Wette verlierst!«

Das Mädchen, das auf dem Boden gehockt hatte, sprang plötzlich auf. »Die Fraser!« zischte sie warnend. »Ich hab' sie eben auf dem Flur gehört.«

Sie sprang mit einem Satz ins Bett.

Das Mädchen von der Fensterbank raste quer durch den Raum und zog sich die Steppdecke über die Ohren. Das Mädchen, das schon auf dem Bett gelegen hatte, schloß lediglich die Augen und blieb reglos liegen. Die auf dem Sessel gesessen hatte, stürzte zum Schalter und drehte das Licht aus. Sie hatte als letzte die Zigarette bekommen und wußte jetzt vor Schreck nicht, was sie mit dem Glimmstengel anfangen sollte. Die Glut der Zigarette irrte wie ein Glühwürmchen hektisch durchs Zimmer, um dann in weitem Bogen aus dem Fenster zu fliegen. Im selben Augenblick, als das Mädchen im Bett landete, öffnete sich die Tür. Keins der Mädchen rührte sich.

Ein Kopf zeichnete sich als Silhouette gegen das Flurlicht ab: Miß Fraser. Sie schnupperte mißtrauisch, ehe sie weiterging.

Als das Mädchen, das im Sessel gesessen hatte, später noch einmal kurz hinausging, fingen die drei anderen an zu flüstern.

»Findet ihr nicht auch, daß sie irgendwie komisch ist? Ich meine — sie ist nicht so wie wir, sie muß älter sein.«

»Ja, das ist mir auch schon aufgefallen.«

»Eigentlich weiß keiner so richtig etwas von ihr. Sie ist nicht einmal von ihren Eltern hierhergebracht worden. Ich habe gehört, wie Miß Fraser gesagt hat, daß ihre Leute sie auch nicht angemeldet haben. Sie soll irgendein Empfehlungsschreiben bei sich gehabt haben, als sie hier ankam. Wer ist sie? Woher kommt sie? Sie ist wie aus heiterem Himmel plötzlich zwischen uns gefallen — und obendrein mitten im Semester.«

»Sie ist umgeschult worden.«

»Das sagt sie!«

»Sie kriegt auch nie Besuch.«

»Und keine Post.«

»Warum ist sie nur so verrückt auf diesen dämlichen Schriftsteller? Ich kann an ihm nichts finden.«

»Er hat nicht weit von hier seinen Landsitz — vielleicht ist sie überhaupt nur hergekommen, um in seiner Nähe zu sein.«

»Vielleicht ist sie überhaupt keine Schülerin.«

Einen Augenblick herrschte Schweigen.

»Was ist sie dann?«

2. Holmes

Als Holmes gemächlich in seinem Roadster die Straße entlangfuhr, den Schäferhund, der neben ihm saß, tätschelte und seinen Gedanken nachhing, brauste eine Taxe an ihm vorbei.

Holmes sah flüchtig das Mädchen auf dem Rücksitz, dann war die Taxe seinen Blicken entschwunden.

Als er um die nächste Ecke bog und sich dem Privatweg, der zu seinem Landhaus führte, näherte, sah er, daß die Taxe wieder vor ihm war. Sie schleuderte von einer Straßenseite zur anderen. Holmes hörte Schreie. Und im nächsten Augenblick wurde die Tür aufgestoßen, und das Mädchen flog in den Straßengraben. Daraufhin gab der Fahrer Vollgas, und die Taxe schoß davon.

Holmes bremste und ging zu dem Mädchen, das sich inzwischen aufgesetzt hatte und beide Hände um ihren linken Knöchel preßte.

»Haben Sie sich verletzt?« fragte Holmes und beugte sich zu ihr nieder. Er griff ihr sanft unter die Arme und half ihr auf die Beine.

Sie lehnte sich gegen seine Brust. »Ich kann nicht stehen. Was soll ich nur machen?« jammerte sie.

»Am besten kommen Sie erst einmal mit zu mir. Ich wohne hier ganz in der Nähe. Dann werden wir weitersehen.«

Er half ihr ins Auto, bog in seinen Privatweg ein und hielt kurz darauf vor einem modernisierten Bauernhaus. Nachdem er ihr auch beim Aussteigen behilflich gewesen war und mit ihr langsam auf das Haus zuging, merkte er, daß der Schäferhund immer noch im Wagen saß. Er drehte sich um: »Na, komm schon! Was ist los? Willst du die ganze Nacht hier sitzen bleiben?«

Der Hund sprang mit sichtlichem Zögern aus dem Wagen und trottete dann einen anderen Weg auf das Haus zu, so, als gehörte er zu niemandem.

Der Farbige, der auf das Klopfen hin die Tür öffnete, begrüßte Holmes in der Art, die auf eine langjährige Gemeinschaft schließen ließ. »Ist Ihnen der Schluß zu dem Kapitel eingefallen, mit dem Sie sich schon seit ein paar Tagen herumquälen?«

»Fast hatte ich ihn«, murmelte Holmes, leicht unwillig. »Aber dann war er auf einmal wieder weg. Diese junge Dame hier hat ein Mißgeschick gehabt. Helfen Sie mir, sie zu einem Sessel zu führen. Dann können Sie das Auto in die Garage fahren.«

Die beiden Männer führten das Mädchen in ein riesiges getäfeltes Wohnzimmer. Der offene Kamin war so groß, daß er beinahe die ganze Querseite des Zimmers einnahm. Das Mädchen wollte sich in einen wuchtigen Sessel, der vor der schimmernden Glut stand, sinken lassen. Doch der Farbige zog sie sanft, aber energisch ein paar Schritte weiter. »Nicht in diesen Sessel! Das ist sein Dichterstuhl!«

Holmes betrachtete das Mädchen aufmerksam im flackernden Feuerschein. Sie mußte jung sein. Sehr jung. Achtzehn, höchstens neunzehn. Ihre kastanienbraunen Haare schimmerten wie rötliches Gold. Sie hatte blaue Augen.

Als sie seine abschätzenden Blicke bemerkte, fuhr sie sich verlegen mit der Hand über die Haare und entfernte ein paar Blättchen, die sich bei dem Sturz darin verfangen hatten.

»Was ist denn eigentlich passiert?« fragte Holmes, als Sam aus dem Zimmer gegangen war.

Sie zuckte die Achseln. »Das Übliche. Wenn ein Mädchen aus einem fahrenden Auto springt, dann kann das nur eins bedeuten.«

Holmes schüttelte verwundert den Kopf. »Das verstehe ich nicht. War das nicht eine Taxe aus der Stadt?«

»Ja. Und der Fahrer hatte auch absolute Großstadt-Vorstellungen.« Sie schien sich dazu nicht näher äußern zu wollen.

»Ich glaube, wir sollten einen Arzt rufen, damit er sich Ihren Fuß einmal ansieht.«

Sie schien von der Idee nicht sonderlich begeistert zu sein. »Vielleicht geht die Schwellung auch so zurück, wenn ich mich etwas ausruhe.«

»Ich kann gar nicht finden, daß der Fuß geschwollen ist«, murmelte er.

Sie zog den linken Fuß unauffällig zurück, so daß er fast hinter dem rechten verschwand.

Inzwischen war Sam zurückgekommen. »Gibt es hier einen Arzt in der Nähe, Sam?«

»Ja, einen gewissen Dr. Johnson. Er kennt uns zwar nicht, aber ich kann es ja einmal versuchen.«

»Ist das nicht schon ein bißchen spät?« warf das Mädchen hastig ein. »Vielleicht hat er keine Lust mehr zu kommen.«

Sam ging zum Telefon und erstattete dann Bericht. »Er wird in einer halben Stunde hier sein.«

»Oh«, murmelte sie matt.

Während man auf den Arzt wartete, sagte das Mädchen: »Ich habe mich immer gefragt, wie Sie wohl sein mögen.«

»Aha, dann wissen Sie also, wer ich bin . . .«

»Wer wüßte das nicht? Ich habe Ihre Bücher von A bis Z gelesen.« Sie seufzte seelenvoll. »Und daß ich jetzt hier mit Ihnen in einem Zimmer sitze . . .«

Er drehte den Kopf zur Seite. »Hören Sie mit diesem Unfug auf.«

»Sie sind genauso, wie ich Sie mir vorgestellt habe«, fuhr das Mädchen unbeirrt fort. »Ich meine — man hört so oft, daß viele Schriftsteller, die so herrliche Bücher schreiben wie Sie, im wirklichen Leben armselige Würstchen sind.«

»So, so, hört man das«, brummte Holmes.

Ihr Blick wanderte schwärmerisch zur Decke. »Und Sie leben in diesem großen Haus ganz allein?«

»Ich komme hier nur zur Arbeit her.«

Sie überhörte die Anspielung. »Und was ist das für ein herrlicher Kamin! Ich wette, Sie können sich ohne weiteres senkrecht hineinstellen.«

Er lächelte, milder gestimmt. »Früher wurden in diesem Kamin ganze Hammel geräuchert. Er ist fast schon zu groß. Es hat früher immer eine Ewigkeit gedauert, bis er warm geworden ist.

Deshalb habe ich ihn innen sowohl in der Höhe als auch in der Breite etwas verkleinert.«

Sam stocherte gerade mit einem gewaltigen eisernen Schürhaken im Feuer herum, als es klopfte. Sam stellte den Schürhaken beiseite und ging zur Tür. Als Holmes ihm folgte, um den Arzt in der Diele zu begrüßen, glaubte er, das Mädchen leise stöhnen zu hören. Doch dann übertönte die polternde Stimme des Arztes alles andere.

Auf ihrem Gesicht lag nun ein gequälter Ausdruck, und alle Farbe war aus ihren Wangen gewichen. Der eiserne Schürhaken mußte umgefallen sein, denn er lag jetzt quer auf dem Boden.

»Nun wollen wir doch einmal sehen, was dem kleinen Fräulein fehlt«, sagte der Arzt jovial. Als er seine Hände sanft über ihren Fuß gleiten ließ, fing sie an zu wimmern. Der Arzt fuhr sich mit der Zunge über die Lippen. »Sie haben sich da eine stattliche Quetschung eingehandelt. Ihnen muß ein schwerer Gegenstand auf den Fuß gefallen sein, nicht wahr? Nein? Nun« — er räusperte sich — »machen Sie ein bis zwei Tage Umschläge mit essigsaurer Tonerde, und der Schaden ist wieder behoben.«

Obwohl sich ihre Augen vor Schmerz mit Tränen gefüllt hatten, glaubte Holmes aus dem Blick, den sie ihm aus den Augenwinkeln zuwarf, einen leisen Triumph zu lesen.

Als der Doktor dann gegangen war, sagte Holmes: »Ich weiß nicht, wie wir das jetzt am besten machen. Von hier bis zum Bahnhof müßten wir eine dreiviertel Stunde fahren. Mir ist auch nicht einmal der Fahrplan bekannt. Ob heute noch ein Zug in die Stadt fährt? Ich könnte Sie natürlich auch direkt in die Stadt fahren, aber dann müßten Sie lange im Auto sitzen. Und ob das für Ihren Fuß so gut ist . . .«

»Kann ich nicht hierbleiben?« bettelte sie. »Ich will Ihnen auch bestimmt nicht zur Last fallen.«

»Darum geht es nicht. Aber ich bin Junggeselle, lebe allein in dem Haus. Selbst Sam ist nicht hier. Er schläft über der Garage.«

Sie wischte seine Bedenken mit einer Handbewegung beiseite. »Ist Ihr Schäferhund nicht ein echter Anstandswauwau?«

Holmes räusperte sich. »Tja — allerdings — aber machen sich Ihre Angehörigen keine Gedanken, wenn Sie über Nacht wegbleiben?«

Sie kicherte. »Sicher. Aber bestimmt erst in drei Tagen. Sie sind jetzt in Neu-Mexiko. Wenn sie erfahren, daß ich nicht daheim war, dann bin ich schon längst wieder zu Hause.«

Nachdem Holmes einen Blick mit Sam gewechselt hatte, sagte er: »Machen Sie das Gästezimmer für Miß . . .« Er wandte sich an das Mädchen: »Wie heißen Sie eigentlich?«

»Fredericia Cameron. Man nennt mich übrigens Freddy . . .«

»Also, Sam, machen Sie das Zimmer für Miß Cameron zurecht.«

Sie saßen schweigend da und warteten auf Sams Meldung, das Gästezimmer sei fertig. Holmes starrte auf den Fußboden, und sie starrte ihn an, den großen Schriftsteller.

Schließlich ließ sie ihren Blick im Zimmer umherschweifen. »Was machen Sie mit den vielen Gewehren, die da in der Ecke stehen?«

»Wenn ich nicht arbeite, gehe ich manchmal auf die Jagd.«

»Sind die Gewehre geladen?«

»Natürlich sind sie geladen«, sprach Holmes einsilbig.

Sams Stimme drang jetzt vom Flur zu ihnen: »Gute Nacht, Mr. Holmes, und gute Nacht, meine Dame.« Dann schloß sich die Haustür hinter ihm.

Das Ticken der Uhr unterstrich das Schweigen, das sie nunmehr umgab. Nach einer Viertelstunde murmelte sie: »Warum unterhalten wir uns eigentlich nicht?«

Er schaute kurz auf und richtete seinen Blick dann wieder auf den Boden.

Sie zog die Schultern hoch. »Ich weiß nicht, irgend etwas geht von diesem Raum aus, irgend etwas wie eine Vorahnung, daß hier bald etwas Schreckliches passieren wird.«

»Unsinn«, knurrte er und stand auf. Er ging ohne ein weiteres Wort aus dem Zimmer. Als er die Treppe hinaufstieg, lauschte er angestrengt und zuckte leicht zusammen, als er hörte, wie ein Holzscheit im Kamin krachte.

Dann schloß er die Zimmertür hinter sich.

Als Sam am nächsten Morgen das Haus betrat, fand er die beiden zusammen am Frühstückstisch vor. Er zog leicht erstaunt die Augenbrauen hoch.

Holmes, der dem Schäferhund, der neben ihm saß, eine Schüssel mit Milch hingestellt hatte, leerte gerade seine Tasse und stand auf. »Bis heute abend«, sagte er kurz und verschwand im Wohnzimmer.

»Was soll das heißen: Bis heute abend?« fragte das Mädchen Sam. »Soll ich mich bis dahin unsichtbar machen?«

»Er fängt jetzt an zu arbeiten«, sagte Sam milde und folgte seinem Herrn.

Das Mädchen schaute durch die offene Tür und beobachtete, wie Sam den »Dichterstuhl« hin und her rückte.

»Was denn«, rief sie, »muß der Stuhl jeden Tag haargenau an derselben Stelle stehen?«

»Pst!« zischte Sam. »Es lenkt ihn von der Arbeit ab, wenn der Sessel nicht parallel zum Muster des Teppichs steht.«

Holmes starrte aus dem Fenster, er schien sich bereits in einer anderen Welt zu befinden. Er verscheuchte Sam mit einer Handbewegung wie eine lästige Fliege.

Sam schlich auf Zehenspitzen aus dem Zimmer. Während er die Tür schloß, hörte das Mädchen, wie Holmes in das Mikrofon seines Tonbandes diktierte: »Chinook stapfte durch den unberührten Schnee. Sein Herz unter dem pelzgefütterten Anorak war von Rache erfüllt . . .«

Als Sam die Tür zum Wohnzimmer leise geschlossen hatte, sagte er zu dem Cameron-Mädchen: »Hier dürfen Sie auch nicht stehenbleiben. Wie leicht könnte eine Diele knacken — und das würde den Meister stören!«

»So ist das also«, murmelte sie und humpelte langsam aus dem Zimmer. »So arbeitet also ein genialer Dichter! Alles muß nach Schema F vor sich gehen! Selbst sein Sessel muß immer auf den Millimeter genau an derselben Stelle stehen!«

Sam stand vor der Tür und starrte auf seine Armbanduhr. Dann hob er plötzlich die Hand und schmetterte: »Fünf Uhr!«

Als Holmes daraufhin völlig aufgelöst, mit wirren Haaren, aufgeknöpftem Hemd und hochgekrempelten Ärmeln aus dem Zimmer stürzte, erhob sich eine kleine, unscheinbare Frau, die wie ein Huhn auf der Stange auf einer Stuhlkante in der Diele gehockt hatte. Sie trug ein schlechtsitzendes Kostüm. Die randlose Brille schien auf ihrer Nase zu kleben. Ihre grauen Haare waren straff nach hinten gekämmt und endeten in einem unkleidsamen Knoten im Nacken.

»Ich bin die neue Sekretärin, Mr. Holmes. Mr. Trent schickt mich.«

Holmes schaute sie kurz von oben bis unten an. »Sind Sie darauf vorbereitet, hierzubleiben?«

»Ja«, antwortete sie und deutete auf den kleinen Koffer, der neben ihr stand. »Mr. Trent hat mir schon gesagt, daß ich abends nicht nach Hause fahren kann.«

Holmes schüttelte ihr die Hand. »Ich freue mich, daß Sie hier sind. Ich habe inzwischen schon sechs Kapitel diktiert. Ich weiß nicht, wie schnell Sie schreiben, aber ich glaube, daß Sie drei der vier Tage zu tun haben werden, um auf dem laufenden zu sein.«

Sie starrte auf ihre zusammengefalteten Hände und murmelte: »Ich schreibe vielleicht nicht so schnell, wie Sie es gewohnt sind, dafür arbeite ich sehr akkurat. Ich kann mich rühmen, noch niemals ein einziges Komma ausgelassen zu haben.«

»Schön, schön«, nickte Holmes und wandte sich dann an Sam. »Bringen Sie Miß — wie war doch Ihr Name?«

»Miß Kitchener.«

»Bringen Sie Miß Kitcheners Koffer in das Gästezimmer im ersten Stock.«

Als die neue Schreibhilfe die Treppe hinaufgegangen war, sagte das Cameron-Mädchen zu Holmes: »Finden Sie die so reizvoll?«

Holmes schaute das Mädchen belustigt an. »Was soll das? Ich habe eine Stenotypistin angefordert und kein Pin-up-Girl.«

Als sie später zu dritt Abendbrot aßen, amüsierte sich Holmes köstlich. Obwohl Freddy Cameron ein verdrießliches Gesicht aufgesetzt hatte, benahm sie sich so, daß die andere annehmen mußte, sie sei ein legitimes Mitglied des Haushalts.

Sam räumte den Tisch ab, und Holmes fragte ihn: »Wann hatten Sie eigentlich Ihren letzten freien Abend?«

»Das weiß ich schon gar nicht mehr. Aber das ist auch egal, denn ich wüßte doch nicht, was ich damit anfangen sollte.«

»Dann werde ich es Ihnen sagen. Ich bringe Sie zum Bahnhof, und Sie fahren in die Stadt und schauen einmal in meiner Wohnung nach dem Rechten.«

»Gerne! Aber werden Sie hier ohne mich auskommen?«

»Warum nicht? Außerdem sind Sie morgen vormittag ja wieder zurück. Miß Cameron kann das Frühstück zubereiten — wie sie es heute schon getan hat.«

Sie strahlte. »Natürlich kann ich das!«

Gegen elf Uhr fuhr er über die stille Landstraße zu seinem Haus zurück. Der Schäferhund, der neben ihm saß, war weit von ihm abgerückt.

Es kam ihm komisch vor, den Wagen selbst in die Garage zu fahren und das Haus mit seinem eigenen Schlüssel zu öffnen. Er war so sehr daran gewöhnt, daß Sam das alles für ihn tat. Als er die Diele betrat, fiel sein Blick auf das Cameron-Mädchen, das am Fuß der Treppe stand und angestrengt lauschte. Holmes hörte ebenfalls das Schluchzen und Schneuzen, das aus dem ersten Stock drang.

Das Mädchen lächelte unergründlich und deutete mit dem Daumen nach oben. »Die alte Jungfer ist im Abmarsch begriffen.«

»Was soll das heißen?«

»Sie hat einen kleinen Nervenzusammenbruch bekommen, weil jemand einen Stein durch ihre Fensterscheibe geworfen hat, an dem ein Zettel befestigt war, auf dem stand, daß sie hier schleunigst zu verschwinden hätte.«

»Warum sind Sie nicht wenigstens hinaufgegangen und haben versucht, sie zu beruhigen?« fragte Holmes ärgerlich.

»Das brauchte ich gar nicht. Sie kam ganz von selber in einem altfränkischen Flanellnachthemd herunter und hat praktisch in meinem Schoß Schutz gesucht. Ich konnte weiter nichts für sie tun, als mich nach den Abfahrtszeiten der Züge zu erkundigen.«

»Es hätte mich auch sehr gewundert, wenn Sie das nicht getan hätten«, knurrte Holmes.

Sie ignorierte seine Worte. »Glauben Sie nicht auch, daß das irgendwelche ungezogenen Kinder getan haben müssen?«

»Zweifellos — nur gibt es hier im Umkreis von einigen Meilen keine Kinder. Weder artige noch ungezogene.«

Er stapfte die Treppe hinauf. Als er nach kurzem Anklopfen das Zimmer von Miß Kitchener betrat, strömte ihm eine Wolke von Riechsalz entgegen. Sie war gerade dabei, ihren kleinen Koffer zuzuklappen. Auf dem Tisch lag ein Zettel, der von einem faustgroßen Stein beschwert wurde. Holmes nahm das

Stück Papier in die Hand und las die mit Bleistift gekritzelten Worte.

Verlassen Sie das Haus noch vor dem Morgengrauen! Wenn Sie es nicht tun, werden Sie nicht mehr in der Lage sein, es zu bereuen!

»Sie werden sich doch nicht durch so einen Wisch aus der Ruhe bringen lassen«, murmelte Holmes.

»Ich könnte hier in diesem Haus kein Auge zutun«, schluchzte sie.

»Aber das ist doch nichts weiter als ein übler Scherz.«

Sie schaute ihn zweifelnd an. »Aber — aber wer sollte . . .?«

»Das weiß ich auch nicht«, murmelte Holmes, um hastig fortzufahren: »Haben Sie aus dem Fenster geschaut, als der Stein durch die Scheibe geflogen war, um zu sehen, wer . . .«

Sie hob entsetzt die Hände. »Nein! Natürlich nicht! Nachdem ich den Zettel gelesen hatte, bin ich gleich hinuntergerannt. Ich bin froh, daß Sie wieder da sind, Mr. Holmes. Es ist so beruhigend, wenn man weiß, daß ein Mann im Haus ist . . .«

»Na ja« — Holmes räusperte sich, ehe er weitersprach — »wenn Sie solche Angst haben, will ich Sie natürlich nicht zwingen, hierzubleiben. Wenn Sie wollen, kann ich Sie zum Bahnhof fahren. Sie können die Bänder auch in der nächsten Woche abschreiben, wenn ich wieder in der Stadt bin. Ich überlasse Ihnen selbstverständlich die Entscheidung.«

Nachdem sie ihn sekundenlang schweigend angestarrt hatte, holte sie tief Luft und bemühte sich dann, ihrer Stimme Festigkeit zu verleihen. »Nein, ich bleibe«, sagte sie. »Man hat mich hierhergeschickt, damit ich die Schreibarbeiten für Sie erledige. Ich habe noch nie jemanden mit der Arbeit sitzengelassen. Ich werde so lange hierbleiben, bis Ihr Werk vollendet ist!« Sie minderte jedoch den Wert ihrer mutigen Worte, als sie über die Schulter einen ängstlichen Blick zum Fenster warf.

»Es wird Ihnen hier nichts passieren«, versicherte Holmes. »Ich garantiere Ihnen, daß der Schäferhund keinen Fremden ins Haus läßt. Außerdem ist mein Zimmer am anderen Ende des Flurs.« Als er ging, drehte er sich in der Tür noch einmal um. »Ich habe irgendwo in meinem Schreibtisch einen kleinen Revolver. Würden Sie sich sicherer fühlen, wenn ich ihn Ihnen gebe?«

Sie streckte entsetzt die Hände von sich. »Nein, nein, dann würde ich noch mehr Angst haben als jetzt. Ich kann den Anblick von Schußwaffen einfach nicht ertragen.«

»Wie Sie meinen, Miß Kitchener«, sagte Holmes ruhig und verließ das Zimmer.

Als er kurz darauf das Wohnzimmer betrat, sah er, wie das Cameron-Mädchen mit einem seiner Gewehre spielte. Sie schaute wie ertappt auf, als er ihr gegenüberstand. Er verschränkte die Hände hinter seinem Rücken. »Habe ich Ihnen nicht gesagt, daß die Gewehre geladen sind?« fragte er streng.

Sie zögerte einen Augenblick, ehe sie das Gewehr wieder in den Ständer stellte. »Es tut mir leid, ich glaube, ich mache alles falsch.«

»Das will ich nicht unbedingt sagen«, murmelte Holmes und ließ sich in seinen Dichter-und-Denker-Sessel fallen. Sie kauerte sich neben ihm nieder. »Gehe ich Ihnen sehr auf die Nerven?«

»Meinen Sie im allgemeinen oder jetzt in diesem Augenblick?«

»Ich meine jetzt in diesem Augenblick. Daß ich Ihnen grundsätzlich lästig bin, brauchen Sie mir nicht erst zu sagen.«

»Schön. Also, im Augenblick gehen Sie mir nicht auf die Nerven. Ich habe nichts dagegen, daß Sie hier sind.«

Sie lächelte zufrieden und sagte dann: »Wird sie hierbleiben?«

Er warf ihr einen spöttischen Blick zu. »Sie werden es nicht gerne hören, aber sie bleibt.«

Dann erhob er sich und ging aus dem Zimmer. Sie blieb mit den Gewehren und der Glut im Kamin allein zurück.

Er schloß die Tür seines Schlafzimmers hinter sich, aber er machte kein Licht an. Er blieb eine Weile regungslos stehen und sagte sich voller Genugtuung, daß die Augen, die ihn durchs Schlüsselloch beobachten wollten, nichts sehen konnten. Dann knackte irgendwo eine Diele. Und dann war es still.

Kurz vor dem Morgengrauen strich ein Luftzug über sein Gesicht, der aber nicht vom Fenster her kam. Holmes sah, wie sich die Tür geräuschlos einen Spalt öffnete und wieder schloß. Doch weiter geschah nichts. Als die Sterne langsam am Verblassen waren, schlief er wieder ein.

Als Holmes am nächsten Morgen unausgeschlafen, nicht rasiert und mit dunklen Ringen unter den Augen hinunterkam, hörte er, wie das Cameron-Mädchen fröhlich trällernd das Frühstück zubereitete. Miß Kitchener war ebenfalls schon unten. Sie roch nach Sauberkeit und Frische und schien den Schrecken der letzten Nacht überwunden zu haben.

»Wenn die Damen vielleicht meinen Aufzug entschuldigen wollen«, murmelte Holmes und fuhr sich mit der Hand über das stopplige Kinn.

»Es ist immerhin Ihr Haus«, zwitscherte Freddy Cameron.

Miß Kitchener enthielt sich jeder Antwort. Sie verzog lediglich ihre Lippen zu einem dünnen Lächeln.

Nach dem Frühstück schob Holmes seinen Stuhl zurück. »Sam wird mittags zurückkommen und sich um alles Weitere kümmern. Ich werde jetzt arbeiten und wünsche, nicht gestört zu werden.«

»Und ich werde nach oben gehen und anfangen, die Bänder abzuschreiben«, sagte Miß Kitchener. »Ich glaube nicht, daß Sie das hier unten hören werden.«

»Und ich werde Ostereier bemalen«, sagte Freddy Cameron verdrossen.

Er schloß die Wohnzimmertür hinter sich, warf ein paar Holzscheite in den Kamin und klappte den Deckel des Tonbandgerätes auf. Irgendwie fehlte ihm Sam. Er mußte über sich selbst lächeln, als er seinen Dichter-und-Denker-Sessel ein paar Zentimeter zurechtrückte. Dann nahm er das Mikrofon in die Hand, lehnte sich zurück und war bereit, sein Tagewerk zu beginnen.

Aber aus irgendeinem Grund schien ihn die Muse heute nicht küssen zu wollen. Er ließ seinen Blick über das Bücherregal schweifen, in dem seine eigenen Bücher standen, und schien sich zu fragen, wie er die je hatte schreiben können.

Als eine Diele in seiner Nähe knackte, fuhr er herum und runzelte die Stirn über diese Störung.

Aber es befand sich außer ihm keiner im Zimmer. Die Tür war fest geschlossen. Die Flammen im Kamin züngelten langsam höher und verbreiteten eine angenehme Wärme.

Das Cameron-Mädchen schaute ihn erstaunt an, als er nach fünf Minuten in der Tür erschien und sie mit seinen Blicken zu durchbohren schien. »Was denn?« fragte sie verblüfft. »Heute morgen keine Quarantäne?«

»Ich scheine in ein Luftloch gefallen zu sein. Kommen Sie

doch bitte herein. Ich möchte mich mit Ihnen unterhalten. Vielleicht finde ich dann einen Anfang.«

»Ich soll wirklich das Allerheiligste betreten?« fragte sie fast schüchtern.

»So ist es«, sagte er, und seine Stimme klang ungewöhnlich hart.

Sie folgte ihm achselzuckend.

»Setzen Sie sich.«

»In *den* Sessel? Ich dachte, da darf niemand . . .«

»Das ist ein Märchen, das Sam verbreitet.« Er schaute sie durchdringend an. »Welcher Unterschied sollte denn schon zwischen diesem Stuhl und einem anderen bestehen?« Seine Frage schien einen besonderen Sinn zu haben.

Sie zuckte die Achseln und ließ sich in den Sessel fallen. Er schob noch ein paar Holzscheite in den Kamin und setzte sich dann ihr schräg gegenüber auf einen anderen Stuhl. Er hatte sie noch nie so intensiv wie jetzt betrachtet.

»Worüber wünschen Sie sich mit mir zu unterhalten?« fragte sie nach ein paar Minuten schnippisch.

Er schwieg und schaute sie nur unverwandt an. Die Stille wurde lediglich durch das Knistern der Holzscheite im Kamin unterbrochen.

»Aha, der Dichter meditiert«, meinte sie.

»Geben Sie mir Ihre Hand«, sagte er plötzlich.

Sie reichte sie ihm, ohne zu zögern. Der Puls schlug normal, und die Handfläche war vollkommen trocken.

Er sprang auf. »Stehen Sie schnell auf«, sagte er heiser. »Ich hätte nicht gedacht, daß ich mich so täusche . . .«

Bevor sie eine Frage stellen konnte, hatte er sie schon aus dem Zimmer geschoben.

Ehe sie in ihrem eigenen Zimmer auf der gegenüberliegenden Seite verschwand, sagte sie vorwurfsvoll: »Ich möchte schon wissen, was eigentlich mit Ihnen los ist . . .«

»Bleiben Sie in Ihrem Zimmer! Kommen Sie nicht heraus, was immer Sie auch hören mögen! Ist das klar?« befahl Holmes und rief dann, ohne die Antwort des Mädchens abzuwarten, mit höflicher Stimme die Treppe hinauf: »Miß Kitchener, können Sie einen Moment herunterkommen?«

Sofort hörte das Tippen im ersten Stock auf, und sie kam mit kleinen, schnellen Schritten die Treppe herunter.

Er schob sie in den großen Raum. »Wie weit sind Sie schon?« fragte er, während er die Tür schloß.

»Mit dem ersten Kapitel bin ich gleich fertig«, verkündete sie stolz.

»Nehmen Sie bitte Platz. Ich habe Sie heruntergerufen, weil ich den Namen des Titelhelden ändern möchte . . . Nein, setzen Sie sich dorthin.«

»Aber — ist das nicht Ihr Sessel?«

»Ach was.« Er zwang sie, sich in den Sessel zu setzen, indem er selbst auf dem schräg gegenüberstehenden Stuhl Platz nahm.

Sie ließ sich zögernd auf die äußerste Kante nieder.

»Macht Ihnen das viel Arbeit, wenn ich den Namen ändere? Ist er im ersten Kapitel schon oft vorgekommen?«

Sie war wieder auf den Füßen. »Einen Moment, ich werde gleich nachsehen . . .«

Er winkte ab und bedeutete ihr, wieder Platz zu nehmen. „Das ist nicht nötig«, murmelte er und zog leicht erstaunt die Augenbrauen in die Höhe. »Sie müßten es doch eigentlich auswendig wissen, wenn Sie gerade das Kapitel geschrieben haben . . . Nun ja, ich habe mir jedenfalls überlegt, daß der Name, den ich gewählt hatte, für einen Teil meiner Leserschaft so ungewöhnlich ist, daß ich ihn besser . . . Hören Sie mir überhaupt zu, Miß Kitchener? Was ist los mit Ihnen? Fühlen Sie sich nicht wohl?«

»Es ist in diesem Sessel zu warm. Ich kann die Hitze, die vom Kamin kommt, nicht vertragen.«

Er schnappte ihre Hände, ehe sie sie zurückziehen konnte. »Sie müssen sich täuschen. Wie können Sie sagen, daß es Ihnen in dem Sessel zu warm ist? Sie haben eiskalte Hände!« Er runzelte die Stirn. »Wenn Sie jetzt bitte zuhören wollen, was ich Ihnen zu sagen habe.«

»Nein, nein!« keuchte sie und sprang auf. Er war genauso schnell auf den Beinen und drückte sie in den Sessel zurück. Sie versuchte mit Gewalt, wieder aufzustehen. Ihre Brille fiel auf den Boden.

»Warum sind Sie so blaß? Warum fürchten Sie sich zu Tode?«

Als sie sah, daß Holmes sie nicht aufstehen ließ, verlor sie völlig die Nerven. Plötzlich blitzte ein Messer in ihren Händen auf — sie mußte es in ihrem Kleiderärmel verborgen gehabt haben — und richtete sich auf Holmes. Ihre Hand war schnell, doch seine war schneller. Sie schrie auf, als er ihren Arm umbog. Das Messer entfiel ihren Händen. Es glitzerte und funkelte im Schein der Flammen auf dem Boden.

»Gehört so etwas neuerdings zur Ausrüstung einer Stenotypistin?« fragte er scharf.

Sie kämpfte wie eine Wilde. Irgend etwas mußte sie schier wahnsinnig machen. Er hielt sie mit eisernem Griff auf dem Sessel fest. Eine Hand umklammerte ihre Kehle. Er stand jedoch nicht direkt, sondern etwas seitlich vor ihr. Sie alleine war genau dem Kamin gegenüber.

»Lassen Sie mich aufstehen«, wimmerte sie.

»Nicht ehe Sie gesprochen haben«, sagte er scharf.

Als sie merkte, daß es ihr nicht gelingen würde aufzustehen, sank sie plötzlich in sich zusammen. »Im Kamin liegt auf den Steinen, die Sie eingebaut haben, ein Gewehr. Die Mündung ist genau auf den Sessel gerichtet. In dem Augenblick, in dem die Hitze so stark wird — oh, mein Gott . . .« Sie stöhnte. »Der Schuß wird losgehen!«

Holmes dachte gar nicht daran, seinen Griff zu lockern. »Wer hat das Gewehr da hingetan?« fragte er unbarmherzig.

»Ich, ich! Schnell — lassen Sie mich aufstehen!«

»Warum? Sie werden mir erst noch sagen, warum Sie das Gewehr hingetan haben!«

»Weil ich Nick Killeens Witwe bin — und weil ich hierhergekommen bin — um Sie zu töten, Holmes!«

»Das ist genau das, was ich hören wollte«, sagte er kurz und trat zurück.

Im selben Augenblick krachte es. Ihr Kopf war von einer Rauchwolke umhüllt.

Sie starrte ihn mit vor Entsetzen geweiteten Augen an.

»Keine Angst«, meinte er zynisch, »ich habe Ihre Konstruktion abgeändert und nur das Pulver im Gewehr gelassen. Das Diktiergerät hat mir das Leben gerettet. Sie möchten wissen, wieso, nicht wahr? Aber Sie müssen heute nacht, als Sie das Zimmer betreten haben, versehentlich den Aufnahmeschalter berührt haben. Ich hatte heute morgen alles auf Band. Angefangen von dem Knacken der Dielen bis zu dem Rumhantieren an dem Kamin. Ich wußte nur nicht, wer von Ihnen beiden es gewesen war. Deshalb habe ich den Test mit dem Sessel durchgeführt.«

Die Tür flog auf, und das erschrockene Gesicht des Cameron-Mädchens erschien. »Was war das?«

Seltsamerweise ging er mit ihr rauher um als mit der Frau im Sessel. »Raus, du verdammte Autogrammjägerin!« belferte er. »Wenn du nicht sofort verschwindest, verdresche ich dich so, daß du nicht nur um deinen Knöchel Umschläge machen mußt!«

Das Mädchen zog sich eilig zurück.

Er wandte sich wieder der zusammengesunkenen Gestalt im Sessel zu. Sie schien irgendwie in der Luft zu hängen. Eine Maske war von ihr abgefallen, aber sie hatte noch keine andere aufgesetzt. Er schaute sie nachdenklich an. »Was hätten Sie mit *ihr* gemacht – wenn alles planmäßig verlaufen wäre?« erkundigte er sich neugierig.

Sie brachte ein klägliches Lächeln zustande. »Gar nichts. Sie stand nicht auf meiner Liste. Ich hätte sie bestenfalls gefesselt, um zu entkommen – mehr aber bestimmt nicht.«

»Man muß zumindest anerkennen, daß Sie bei Ihrem Mordgeschäft einige Prinzipien haben«, sagte er verdrossen. Er schaute sie einen Moment lang an und mixte ihr dann einen Drink, ohne sie dabei allerdings eine Sekunde aus den Augen zu lassen. »Hier, damit Sie wieder zu sich kommen!«

Als sie das Glas hastig geleert hatte, kam langsam wieder Leben in sie. Aber nicht das Leben der ältlichen Miß Kitchener – obwohl ihre grauen Haare immer noch straff zurückgekämmt waren und in einem unkleidsamen Knoten im Nacken endeten, sondern das Leben einer jungen und vitalen Frau. Einer Frau, die keine Furcht kannte, einer Frau, die auch eine Niederlage zu ertragen wußte.

Sie lächelte mit verzerrtem Gesicht.

»Na, schön, ich habe alle bis auf Sie, Holmes, erwischt. Nick wird mir meinen letzten Versager verzeihen. Ich bin immerhin nur eine Frau. Rufen Sie jetzt die Polizei. Ich bin bereit.«

»Ich bin die Polizei! Holmes ist seit Wochen in Sicherheit und sonnt sich auf den Bermudas. Ich lebe seitdem sein Leben, lese seine alten Bücher und diktiere sie wieder in die Maschine. Und habe nur darauf gewartet, daß Sie aufkreuzen. Ich hatte lediglich Angst, daß mich der Hund verraten könnte. Er zeigte so offensichtlich, daß ich nicht sein Herr bin.«

»Das hätte mir auffallen sollen«, sagte sie bedauernd. »Aber ich bin wahrscheinlich durch meine Erfolge etwas zu sorglos geworden. Denn bei den anderen lief alles wie am Schnürchen — bei Bliss und bei Mitchell und bei Moran und bei Ferguson.«

»Seien Sie vorsichtig«, warnte er sie trocken, »ich habe alles festgehalten.« Er deutete mit dem Daumen auf das Diktiergerät.

Sie warf stolz den Kopf in den Nacken.

»Für was halten Sie mich? Sie müssen noch viel lernen! Jetzt, wo Sie mich erwischt haben, habe ich nicht die Absicht, irgend etwas zu verheimlichen. Im Gegenteil. Alle Welt soll wissen, was ich getan habe — und warum ich es getan habe.« Sie ging mit schnellen Schritten auf das Tonbandgerät zu und nahm das Mikrofon in die Hand. Ihre Stimme klang triumphierend. »Ich habe Bliss von der Terrasse gestoßen! Ich habe Mitchell mit Zyankali vergiftet! Ich habe Moran in dem Verschlag ersticken lassen! Ich habe Ferguson einen Pfeil ins Herz geschossen! Hier spricht Julie Killeen. Hörst du mich, Nick? Ich habe die Rechnung beglichen — bis auf einen einzigen! Hier, Herr Detektiv, hier haben Sie mich! Jetzt können Sie mit Ihrem Vergeltungswerk beginnen! Für mich wird es keine Strafe sein!«

»Setzen Sie sich«, sagte er ruhig. »Wir haben es nicht so eilig. Ich habe zweieinhalb Jahre dazu gebraucht, Sie zu erwischen. Jetzt kommt es auf ein paar Minuten mehr oder weniger auch nicht an. Ich möchte erst mit Ihnen reden.«

Sie nahm Platz und schaute ihn fragend an.

»Sie waren so freundlich, alles auf Band zu sprechen, alles zu erklären — bis auf eine Kleinigkeit. Sie haben nicht gesagt, welche Rechnung Sie zu begleichen hatten. Ich habe es bis vor kurzem nicht gewußt. Darum bin ich in all den Jahren auch nicht weitergekommen. Ich habe es noch rechtzeitig herausgefunden — zumindest rechtzeitig für Holmes. Wenn ich nicht dahintergekommen wäre, würde er — der echte Holmes — jetzt zweifellos dort sein, wo die anderen vier sind.«

»So, Sie sind also dahintergekommen!« Ihre Augen funkelten. »Sie mögen vielleicht irgendeine Zeile in einem verstaubten Polizeibericht gefunden haben — aber was wissen Sie schon? Haben Sie es mit Ihren eigenen Augen gesehen? Mußten Sie mit dieser Erinnerung im Herzen weiterleben? Ich kann es nie vergessen!

Es mag alles schon sehr lange her sein, aber wenn ich die Augen schließe, ist er neben mir. Nick, mein Mann. Dann wird der Schmerz unerträglich. Und in mir ist nichts als Haß und der Gedanke an Rache!

Ich brauche nur die Augen zu schließen, und es ist wieder gestern, das Gestern, das viele Jahre zurückliegt, das aber unvergeßlich bleibt.«

3. Rückblende: Der Tod kam um die Ecke

». . . Seid Ihr willens, zusammen zu leben, bis daß der Tod Euch scheidet?«

»Ja.«

»Dann erkläre ich Euch hiermit für Mann und Frau. Und vergeßt nicht: Was Gott zusammengefügt, das soll der Mensch nicht scheiden! — Sie mögen jetzt die Braut küssen.«

Sie schauten sich mit einer gewissen Scheu an. Dann hob sie den Schleier und schloß die Augen, als sie den Kuß empfing, der das Sakrament der Ehe besiegelte.

Damit hatte sie aufgehört, Julie Bennett zu sein. Sie war jetzt Mrs. Nick Killeen.

Während sich die Hochzeitsgäste und die Brautjungfern um das Paar scharten und es mit Glückwünschen überschütteten, schauten sich die beiden fest in die Augen. Nichts zählte! Wichtig war, daß sie für jetzt bis in alle Ewigkeit zusammengehörten!

Dann legte sie ihre Hand auf seinen Arm. Sie fühlte sich geborgen. Ihr Herz sang dieselbe Melodie wie sein Herz. Sie gingen langsam den Gang vom Altar an den Kirchenstühlen vorbei auf die offene Tür zu. Die offene Tür, die ins Freie führte und hinter der die Zukunft, ihre Zukunft, lag.

Es folgten die Brautjungfern. Sie glichen einem Blumenbukett in Gelb, Blau, Lila und Rosa.

Als das Paar vor die Kirchentür trat, umfing sie die samtschwarze Nacht. Nur ein einziger Stern funkelte am Firmament. Der Abendstern. Er verhieß ihnen ein langes, glückliches, sorgloses Leben!

Das Paar ging den anderen voraus, die Kirchenstufen hinunter. Die wartenden Autos ließen ihre Motoren an. Die Hochzeitsgäste, die ein paar Schritte zurückgeblieben waren, zerrten Tüten aus ihren Taschen und begannen die Neuvermählten mit Reiskörnern zu bombardieren. Die Braut klammerte sich dichter an den Bräutigam.

In diesem Augenblick fegte ein schwarzer Sedan mit pfeifenden Rädern um die Ecke, sprang über die Gehsteigkante und raste auf die Kirchenstufen zu. Bremsen kreischten. Sekunden später riß der wahnsinnige oder betrunkene Fahrer das Steuer herum, brauste ein paar Meter auf die gegenüberliegende Häuserfront zu, riß das Steuer erneut herum und raste mit wahnsinniger Geschwindigkeit davon.

Die schwarze Rauchwolke, die aus dem Auspuff des Sedans geströmt war, ließ das Gelächter auf der Kirchentreppe verstummen. Die Gäste husteten und prusteten.

Dann breitete sich Schweigen aus.

Ein Wort zerriß die Stille.

»Nick!« schrie die junge Frau mit Entsetzen in der Stimme und kauerte sich neben die reglose Gestalt, die zu ihren Füßen lag.

Die anderen kamen zögernd näher und starrten abwechselnd auf das verzerrte, schneeweiße Gesicht am Boden und auf die Frau im Brautkleid, die wie versteinert dahockte.

Sie starrte wie hypnotisiert auf sein Gesicht. Nichts rührte sich darin. Seine Augen waren starr auf den Abendstern gerichtet.

Sie hörte nicht die Stimmen der anderen, die aus einer anderen Welt zu kommen schienen.

»Öffnet sein Hemd!«

»Bringt die Mädchen von hier weg. Schickt sie nach Hause!«

Hände berührten die Braut und versuchten, sie hochzuziehen. Sie weigerte sich. »Mein Platz ist hier«, murmelte sie tonlos.

In der Ferne erklang eine Sirene, die schnell näher kam. Dann hielt der Krankenwagen vor den Stufen der Kirche. Eine Bahre wurde neben ihr abgesetzt. »Der ist hinüber«, sagte eine tiefe Stimme. Ein Mädchen schrie auf. Es war nicht sie gewesen.

Die Männer mit der Bahre räusperten sich. »Wir müssen ihn jetzt . . .«

Sie schob den Mann, der sich bückte, mit einer Hand beiseite. Es war die Hand, an der der funkelnagelneue Ehering glitzerte.

»Lassen Sie mich meinen Mann noch einmal in die Arme nehmen. Lassen Sie mich ihm Lebewohl sagen.« Sie beugte sich über ihn und umhüllte ihn mit einer Wolke aus Tüll und weißer Seide. Sie preßte sich an seinen leblosen Körper und flüsterte: »Das werde ich nie vergessen!«

Dann richtete sie sich auf und stand ruhig — viel zu ruhig — neben dem Toten und starrte mit leblosen Augen in die Nacht. »Komm hier weg, Julie«, wimmerte eine der Brautjungfern und zupfte hilflos an dem weiten Ärmel des Brautkleides.

Sie schien die Worte der anderen nicht gehört zu haben. »Wie viele waren in diesem Auto, Andrea?«

»Ich glaube, ich habe fünf gesehen.«

»Ich auch. Und ich habe sehr gute Augen. Hast du dir die Autonummer gemerkt, Andrea?«

»Nein, darauf habe ich nicht geachtet.«

»Aber ich. D 3827. Und ich habe ein sehr gutes Gedächtnis.«

»Du machst mir Angst, Julie. Du bist so starr. Warum weinst du nicht?«

»Ich weine. Aber man kann es nicht sehen. Komm mit mir in die Kirche zurück, Andrea.«

»Um zu beten?«

»Nein, um ein Gelübde abzulegen. Ein neues Gelübde mit Nick.«

4. Nach dem Tod von Nick Killeen

»So war das also«, murmelte Wanger. »Und jetzt glauben Sie, Ihre Schuld beglichen zu haben«, fuhr er nachdenklich fort. »Und sind überzeugt davon, daß Ihnen nichts die Befriedigung über die Vollstreckung Ihres persönlichen Urteils rauben kann, nicht wahr? Es gibt keine Strafe für Ihre Taten, die Sie im Grunde Ihres Herzens berühren könnte. Hab' ich recht?«

Sie antwortete nicht.

»O ja, ich habe mir das alles genau überlegt. Zuchthaus wäre keine Strafe für Sie, ja nicht einmal der elektrische Stuhl. Ich bin sicher, daß Sie nicht die Spur von Gewissensbissen haben und daß in Ihrem Herzen nicht der Schatten von Furcht ist.«

»Da haben Sie allerdings völlig recht.«

»Das Gesetz kann Sie also nicht bestrafen, nicht wahr? Aber« — er richtete sich auf — »aber ich kann es! Hören Sie mir gut zu, Julie Killeen!

Sie haben Nick Killeen nicht gerächt! Sie glauben es nur, aber Sie haben ihn nicht gerächt. An dem Abend, als Bliss, Mitchell, Ferguson, Holmes und Moran in betrunkenem Zustand ihr Auto gegen die Kirchenstufen geschleudert haben, lauerte ein Mann im ersten Stock der gegenüberliegenden Pension am Fenster. Er hatte einen Revolver in der Hand und wartete, daß Sie aus der Kirche herauskommen. Aus irgendeinem Grund hat er Sie beim Hineingehen verfehlt. Vielleicht hatte er seinen Posten zu spät bezogen. Vielleicht war ihm das Auto, das Sie zur Kirche gebracht hatte, im Wege. Oder vielleicht waren ihm einfach zu viele Leute da. Wie dem auch sei, er lag mit der schußbereiten Waffe auf der Lauer und war sicher, daß er Nick beim Verlassen der Kirche erwischen würde.

Und das hat er auch.

Er hob die Waffe, als Sie mit Ihrem Mann die Stufen hinunterkamen, und drückte ab. In diesem Augenblick war das Auto mit den Betrunkenen vorbeigerast, und Nick war sekundenlang in die Rauchwolke gehüllt, die aus dem Auspuff kam. Aber die Kugel hat ihr Ziel nicht verfehlt. Das ist ein Zufall, wie er vielleicht alle hundert Jahre einmal vorkommt. Wenn das Ganze alles so geplant gewesen wäre, hätte es kaum so gut geklappt.

Und das ist Ihre Strafe, Julie Killeen! Sie haben vier unschuldige Männer in den Tod geschickt, die mit dem Mord an Ihrem Mann nicht das geringste zu tun hatten!«

Wanger erkannte an ihrem eiskalten, überheblichen Blick, daß sie ihm kein Wort glaubte. »Die Zeitungen haben damals zwar so etwas kurz erwähnt, aber sie sind nicht näher darauf eingegangen«, sagte sie und preßte ihre Lippen fest zusammen. »Was meinen Sie, was die für einen Wirbel gemacht hätten, wenn wirklich ein Körnchen Wahrheit an der Sache gewesen wäre!« Sie lachte verbittert.

»Es ist uns damals gelungen, die Redaktionen von der Veröffentlichung solcher Berichte abzuhalten«, sagte Wanger milde. »Wir hofften, den Attentäter leichter zu fassen, wenn wir ihn in dem Glauben ließen, seine Tat sei unbemerkt geblieben.«

»Ich habe es damals nicht geglaubt, und ich glaube es jetzt nicht! Ich habe mit meinen eigenen Augen gesehen . . .«

»Was Sie mit Ihren eigenen Augen gesehen haben, war nichts weiter als eine optische Täuschung. Wären Sie damals aufgrund der kurzen Andeutungen in den Zeitungen zu uns gekommen, dann hätten wir Sie aufgeklärt. Aber, nein. Sie haben es vorgezogen, selbst die Rachegöttin zu spielen, und haben einen Mord nach dem anderen begangen.«

In ihren Augen blitzte es selbstzufrieden auf.

»Wir haben an den Vorhängen jenes bewußten Fensters auf der gegenüberliegenden Straßenseite Pulverspuren gefunden«, sprach Wanger ruhig weiter. »Wir haben Zeugen, die die angrenzenden Zimmer bewohnten und den Schuß gehört hatten. Wir haben Patronenhülsen gefunden, die dasselbe Kaliber aufwiesen wie das Geschoß, das wir in der Leiche Ihres Mannes gefunden hatten. Wir verschwendeten also keine Zeit daran, ein paar wildgewordene Autofahrer ausfindig zu machen. Wir wußten alles — nur nicht, wer der Mörder war. Das haben wir erst kürzlich herausbekommen. Möchten Sie nicht wissen, wer es ist? Möchten Sie nicht wenigstens seinen Namen hören?«

»Warum sollte ich mich für das Kaninchen interessieren, das Sie jetzt aus Ihrem Zylinder hervorzaubern, um mir etwas vorzumachen?«

»Ich habe kein Kaninchen im Zylinder, dafür aber die Abschrift eines unterzeichneten Geständnisses in der Tasche. Wir haben den Beweis leider zu spät bekommen, um das Leben von Bliss, Mitchell, Moran und Ferguson zu retten. Der Mörder befindet sich seit drei Wochen hinter Schloß und Riegel.«

Sie warf ihm einen mißtrauischen Blick zu.

»Sie werden ihm in Kürze von Angesicht zu Angesicht gegenüberstehen«, fuhr Wanger unbeirrt fort. »Und Sie werden feststellen, daß Sie ihn sogar kennen.«

Ihre Ruhe und Sicherheit schmolzen dahin. Während sie Wanger mit weitaufgerissenen Augen, die immer noch voller Zweifel waren, anstarrte, formten ihre Lippen unfreiwillig die Frage: »Wer?«

»Corey! Sagt Ihnen der Name etwas?«

Sie zuckte wie vom Peitschenhieb getroffen zusammen: »Ja, ich erinnere mich an diesen Corey. Er hat zweimal kurz meinen

Weg gekreuzt. Das erste Mal bei einer Party auf einer Terrasse. Er brachte mir einen Drink. Es wäre so leicht gewesen, ihn ... Aber ich habe ihn weggeschickt, um freie Bahn zu haben ...«

»Um Bliss umzubringen, nicht wahr?«

»Ja. Oder, um mit Ihren Worten zu sprechen, jemanden, der mir nie etwas zuleide getan hat!« Sie preßte sekundenlang ihre Hand gegen die Stirn, ehe sie fortfuhr: »Und das zweite Mal einige Minuten in seiner eigenen Wohnung. Ich bin mit in sein Apartment gegangen, weil mir das der rascheste Weg schien, ihn loszuwerden. Ich erinnere mich, daß ich ihn sogar mit einer Pistole bedroht habe, um ungehindert die Wohnung verlassen zu können. Mit seinem eigenen Revolver.«

»Mit dem Revolver, der Ihren Mann getötet hat! Aus diesem Revolver stammte die Kugel, die Nick Killeen traf. Corey hatte die Stirn, uns diesen Revolver zu überlassen, damit wir Ihre Fingerabdrücke feststellen sollten. Die Waffe ist praktisch durch das Versehen eines Neulings an die falsche Abteilung weitergereicht worden — oder an die richtige, wenn Sie so wollen.

Corey war so sehr bereit, uns zu helfen. Er hat uns diesen Revolver fast aufgedrängt, damit wir Ihre Fingerabdrücke feststellen könnten. Wahrscheinlich fühlte er sich nach der langen Zeit, die seit seinem Verbrechen vergangen war, so sicher, daß er glaubte, ihm könnte nichts mehr passieren.

Es war ein hartes Stück Arbeit, bis wir ihn soweit hatten, ein Geständnis abzulegen.

Keiner von uns ist jedoch auf den Gedanken gekommen, daß ein Zusammenhang zwischen dieser Geschichte und Ihren Morden sein könnte. Ich habe weiter in den alten Zeitungen mit den Berichten über jene Freitage herumgestöbert, an denen die fünf auf Sauftour waren. Dann brauchte ich nichts weiter mehr zu tun, als mich in das Haus des letzten noch lebenden Freundes der Kartenrunde zu setzen und auf Sie zu warten.

Ich wußte zwar nicht, woher und als was Sie aufkreuzen würden, daß Sie aber kommen würden, wußte ich sicher. Ich frage mich nur, wo Sie zwischen den einzelnen Morden immer gesteckt hatten. Wie konnte es Ihnen gelingen, so völlig unterzutauchen? Ich habe Sie langsam für einen Geist gehalten, der sich unsichtbar machen kann.«

Die Frau lächelte leicht. »Ich bin gar nicht so geheimnisvoll, wie Sie meinen. Wahrscheinlich haben Sie mich in abgelegenen Pensionen und verborgenen, billigen Hotels gesucht. Sie werden es kaum für möglich halten, aber ich hatte Tag für Tag mit Dutzenden von Leuten zu tun. Ich habe in einem Hospital gearbeitet und auch dort gewohnt. Wenn Sie wollen, kann ich Ihnen gern den Namen nennen. Es ist eins der größten in der Stadt. Meine Haare waren unter einer Schwesternhaube verborgen. Keiner wußte, welche Haarfarbe ich hatte, und keiner interessierte sich auch dafür. Meine Freizeit habe ich in meinem Zimmer verbracht. Ich habe mich mit niemandem angefreundet und war immer allein. Wenn die Zeit kam, wieder zuzuschlagen, dann habe ich ein paar Tage Urlaub genommen und bin hinterher ins Hospital zurückgekehrt . . . Und für was? Für nichts!«

Sie atmete schwer. »Ich habe also die Waffe, mit der Nick getötet wurde, in meinen eigenen Händen gehalten! Ich hatte sie schon auf den Mörder gerichtet, aber ich ließ sie wieder sinken und ging weg, um einen Unschuldigen zu töten.« Sie fing so heftig an zu zittern, als hätte sie Schüttelfrost. »Jetzt höre ich den entsetzten Schrei von Bliss, als er in die Tiefe stürzte! Damals habe ich ihn nicht gehört. Jetzt höre ich Mitchells qualvolles Stöhnen. Ich kann sie jetzt alle hören!«

Sie senkte den Kopf und schluchzte lautlos.

Als nach einer Zeitlang das Schluchzen verebbte, schaute sie wieder auf. »Warum hat er das getan — ich meine, Corey?« fragte sie. »Ich muß das wissen.«

Wanger holte die Kopie des Geständnisses aus seiner Tasche. Er faltete die Blätter auseinander und reichte sie ihr.

Sie warf nur einen flüchtigen Blick auf den Anfang und auf die Unterschrift am Ende der letzten Seite. Dann reichte sie das Schriftstück zurück. »Erzählen Sie es mir«, sagte sie. »Ich glaube Ihnen jetzt. Sie sind ein ehrlicher Mann.«

»Corey und Ihr Ehemann waren an einer Erpressergeschichte beteiligt. Eine hübsche runde Sache. Die Einzelheiten stehen im Geständnis.« Er unterbrach sich kurz. »Hat Ihnen das Killeen je erzählt?« fragte er.

Sie nickte. »Ja, ich weiß davon. Er hat mir alles erzählt — nur den Namen hat er nicht genannt. Er hat mir auch gesagt, was man mit ihm machen würde, wenn er die Absicht hätte auszusteigen. Ich habe das nicht geglaubt. Zu dieser Zeit waren mir

Gewalttätigkeiten fremd. Ich habe ihn vor die Wahl gestellt: entweder seine Geschäfte oder ich! Ich habe nicht geahnt, daß die Folgen wirklich so ernst sein würden. Ich habe ihn geliebt und wollte ganz einfach nicht, daß er mit derlei finsteren Geschichten etwas zu tun hat. Er brauchte über eine Woche, um sich zu entscheiden. Dann hatte er sich entschieden. Für mich!«

Zum erstenmal schaute Julie Killeen Wanger direkt in die Augen. Sie sprach so ruhig und gelassen, als würde sie die Geschichte einer anderen Frau erzählen. »Er wechselte seine Wohnung, und wir trafen uns nur noch heimlich. Ich habe ihm vorgeschlagen, sich unter den Schutz der Polizei zu stellen, aber er sagte mir, daß es dazu zu spät sei. Er würde schon viel zuviel in der Sache mit drinstecken. Er hielt es für besser, sich aus dem Staube zu machen. Und zwar so bald wie möglich. Wir wollten von der Kirche aus sofort aufs Schiff. Das ist auch so eine Sache — ich hatte nämlich auf kirchlicher Trauung bestanden.« Sie lächelte mit verzerrtem Mund. »Sie sehen also, daß ich mich in gewisser Weise an seinem Tod schuldig fühlte.« Sie zögerte einen Moment und fuhr dann mit leiser Stimme fort: »Er sagte noch, daß wir so bald nicht zurückkommen würden. Er hatte recht. Wir machten uns aus dem Staube. Aber nicht zusammen. Und keiner von uns ist je zurückgekehrt.

Ach, warum konnte Corey ihn nicht einfach ziehen lassen? Warum mußte er ihn umbringen?«

Zum erstenmal in seiner Laufbahn beantwortete Wanger Fragen, statt welche zu stellen. »Corey konnte Ihren Mann nicht einfach aussteigen lassen! Er wußte, daß Nick das nur Ihretwegen tat. Wer sagte ihm, daß Nick ihn nicht eines Tages auch Ihretwegen anzeigen würde? Dieses Risiko konnte er nicht eingehen. Denn er hatte so viel auf dem Kerbholz, daß ihm der elektrische Stuhl gewiß war. Vielleicht dachte Corey auch, Nick würde Ihretwegen eines Tages einige Tausend Dollar Belohnung, die auf Coreys Kopf standen, kassieren wollen. O nein, Corey hatte seine Gründe. Er wollte nicht, daß ein Leben lang ein drohendes Schwert über seinem Haupt schwebte. Deshalb mußte er Nick unschädlich machen, ehe Nick ihn unschädlich machen konnte. Da Nick sich während der letzten Wochen vor der Hochzeit verborgen gehalten hatte, wußte Corey, daß der einzige Ort, an dem er Nick erwischen würde, die Kirche war.«

»Aber Nick war ein paarmal umgezogen, und Corey konnte mich nicht kennen. Ich habe mich mit Nick immer heimlich getroffen. Woher konnte Corey also wissen, wann und wo die Hochzeit stattfinden würde?«

»Das war nicht schwer. Ein paar Anrufe bei den Kirchen, das genügte. Als Corey das herausgefunden hatte, mietete er ein Zimmer in einer Pension gegenüber der Kirche. Er lag achtundvierzig Stunden an dem Fenster auf der Lauer, für den Fall, daß Sie den Hochzeitstermin als Vorsichtsmaßnahme um ein paar Stunden verschieben würden.«

Im Zimmer war es still. Wanger dachte an die Kugel, die Nick Killeen getötet hatte, die Kugel, die über die Köpfe von fünf Männern hinweggepfiffen war und im Endeffekt doch vier von ihnen getötet hatte. Er atmete tief und schaute Julie Killeen an.

»Corey hat nicht gewußt, wer Sie sind. Für ihn waren Sie nichts weiter als eine unbedeutende, kleine, weißgekleidete Puppe, die vor der Kirche neben dem Mann stand, den er töten wollte. Und Sie haben nichts von ihm gewußt. Sie hatten keine Ahnung, daß der Mann, der Sie mit in seine Wohnung nahm, der Mörder Ihres Mannes war.«

Die Frau sagte nichts. Sie schien nicht einmal zuzuhören. »Und hinterher, zu Nicks Beerdigung, hat Corey einen riesigen Kranz geschickt«, murmelte Wanger.

Die Frau zitterte und hob abwehrend die Hände, als hätte Wanger sie geschlagen.

Da wußte er, daß er sie endlich doch überzeugt hatte. Er stand auf und ließ die Handschellen fast behutsam zuschnappen, so, als wollte er sie in ihren bitteren Träumen nicht stören. Dann räusperte er sich. »Kommen Sie!« sagte er barsch.

Sie stand auf und schien erst jetzt mit Bewußtsein den Stahl um ihre Handgelenke zu spüren. Sie schaute Wanger fest an und nickte mit ernstem Gesicht.

»Ja«, sagte Julie Killeen, »es wird Zeit für mich zu gehen.«

Robert Bloch
DIE SAAT DES BÖSEN

1

Larry Fox wartete auf den Einsatz.

Er schwitzte schon leicht unter den Ärmeln seines geliehenen Smokings. Er starrte auf die Tanzfläche, hob die Hände von den fleckigen Tasten des schäbigen, alten Klaviers und fuhr sich nervös durch sein schwarzes lockiges Haar. Er merkte, daß er ein finsteres Gesicht machte, und zwang sich zu grinsen.

Wozu diese Unruhe? Ein paar Schritte weiter, von der halbdunklen Tanzfläche aus, konnte niemand sein Gesicht erkennen; niemand merkte, daß er sich fragte, ob seine Handgelenke durchhalten würden, nachdem er so lange Zeit nicht gespielt hatte, ob es ihm gelingen würde, die Begleitung zu der Bühnenschau abzuziehen.

Larry konzentrierte sich auf diesen Gedanken. Niemand würde es merken, und niemand würde sich auch nur im mindesten darum scheren. In einem Lokal wie dem ›Sunset Club‹ hatten die Leute keine Ahnung von Musik. Es war eine von diesen miesen Tanzdielen vor der Stadt, und der Teufel wußte, was für eine Art von Hunger die Leute am Samstagabend in so ein heißes, muffiges Bumslokal mit winzigen Tischen und unbequemen Stühlen trieb.

Er hatte noch nie in diesem Lokal gearbeitet, doch sie waren alle gleich. Vorn die Bartheke, hinten die Tanzfläche; an der Wand ein kleines Podium für die Fünf-Mann-Combo, auf der gerade genug Platz für das Klavier und die billigen Ständer mit dem Namen der Kapelle war. Am anderen Ende, hinter der Scheinwerfergarnitur, lagen zwei winzige Kammern — ›Garderoben‹ für die Darsteller der Bühnenschau. Neben der Theke waren die Kleiderablage und die schmutzigen Toiletten mit den hingekritzelten Schweinereien der Gäste an den Wänden.

In so eine Bude kamen die Spießer am Samstagabend, um sich zu amüsieren. — Tausende und Tausende solcher Sunset Clubs waren über das ganze Land verstreut, und in jedem davon wartete ein junger Mann mit Babygesicht namens Larry oder Marty oder Tommy oder Ricky in diesem Moment auf seinen Einsatz.

Doch jetzt war keine Zeit, darüber nachzudenken. Der Einsatz war gekommen, ohne daß er es bemerkt hatte, und die Combo legte mit Nummer 23 los — mit einem kitschigen Arrangement eines alten Evergreens: ›Hindustan‹. Larry griff automatisch in die Tasten und hörte auf das Gedudel hinter sich. Genau, wie er es sich vorgestellt hatte, eine ganz miese Band, selbst nach bescheidensten Maßstäben.

Die Leute betraten wie immer nur zögernd die Tanzfläche, als die Lampen ausgingen und die Scheinwerfer aufflammten. Es war neun. Das Lokal war erst halb voll mit Leuten, die erst halb voll mit Alkohol waren. Es war allen ein wenig peinlich, zuerst aufzustehen und zu tanzen.

Es machte Larry Spaß, mit den anderen im Smoking auf dem erhöhten Podium zu sitzen und auf die Spießer herabzuschauen. Er sah Halbstarke mit ihren Mädchen, die darauf warteten, daß jemand sie anpöbelte. Er beobachtete eine aufgedonnerte Rothaarige und einen Kerl mit langen Koteletten, die fest entschlossen waren, zu heiraten, weil alle meinten, sie tanzten einfach göttlich miteinander. Larry bemerkte einen alten Geck, der sich, statt auf einen Stock auf eine Blondine gestürzt, pedantisch bemühte, seine rheumatischen Beine im richtigen Rhythmus zu bewegen. Er hielt sie krampfhaft fest, als klammere er sich an die Überbleibsel einer entschwundenen Jugend.

Krampfhaft. Larry dachte an einen Kerl, der in einem Hotelzimmer auf dem Boden lag und sich in Krämpfen wand.

Er bemühte sich, an etwas anderes zu denken. Musik half ihm dabei. Sie spielten ›Stardust‹. Im zweiten Refrain hatte er ein Solo, in das er sich richtig hineinlegte. Er spürte, wie die Steifheit aus seinen Handgelenken schwand. Wenn er etwas spielte, was er mochte, und sich darauf konzentrierte, konnte er sich von diesen Gedanken befreien.

Das Lokal füllte sich jetzt — mit flottgekleideten, sich vornehm gebenden Tankwarten und Schuhverkäufern, die vor Unternehmungslust platzten. Auch eine Menge ältere Ehepaare waren da: feistnackige Männer — nicht dick, nur ›untersetzt‹, die sich mit der ungewohnten Krawatte fühlten, als hätten sie einen Henkerstrick um den Hals, und in Korsetts gezwängte Frauen, deren frisch gelegte Dauerwellen ihn an Blattpflanzen auf wohlgepflegten Gräbern erinnerten.

Henkerstrick. Gräber. Larry schüttelte den Kopf und starrte auf die Tasten. Was sie jetzt spielten, gefiel ihm gar nicht.

Er war froh, als sie fertig waren und Pause machten. Mit Eddie und dem Saxophonisten ging er zur Toilette. Sie lehnten sich an die Wand, und der Saxophonist bot ihm eine Zigarette an.

»Prima in Form heute, Dad«, sagte er.

Larry sah Eddie an; er nickte. Das war gut, denn Eddie war der Boß dieser Kapelle, und Larry hatte den Job an diesem Abend gebraucht. Er hatte ihn dringend gebraucht.

»Gutes Publikum«, sagte Eddie und fummelte an seinem Schnurrbart herum. »Sag mal, Fox, die Einsätze für die Bühnenschau sitzen doch, oder?«

»Klar. Ich bin sie nach dem Abendessen noch mal durchgegangen.«

»Ein Jammer, daß wir nicht mehr proben konnten. Aber Hal ist so plötzlich krank geworden.«

»Quatsch — krank«, sagte der Saxophonist. Er drückte auf den rosa Knopf des Seifenbehälters und sah zu, wie die Seife heraustropfte. »Krank nach 'ner Spritze.«

Eddie zuckte die Achseln und wandte sich Larry zu. »Mann, du hast keine Ahnung, was diese verdammte Bande aufführt. Manchmal weiß ich nicht, leite ich 'ne Combo oder ein Krankenhaus. Bin froh, daß du uns aus der Klemme geholfen hast. Die Gewerkschaft konnte uns so schnell niemanden schicken, und was ist so 'ne Show ohne Klavier?«

»Ich werd' mir alle Mühe geben«, sagte Larry. »Wann geht's denn los?«

Eddie schob seinen Ärmel hoch und schaute auf die Uhr. »Ungefähr in einer Stunde. Heute abend werden wir denen mal zeigen, was eine gute Band ist.«

Der Saxophonist nickte. Als Eddie hinausging, blieb er stehen und zwinkerte Larry zu. »Heute tritt eine neue Nummer auf«, sagte er. »LaVerne. Die Frau vom Chef. Alles dran.«

»Stripperin?«

»Nein, Sängerin. Als Frau vom Chef kann sie nicht viel herzeigen. Aber ich weiß, was an ihr dran ist.«

»So, weißt du?«

Der Saxophonist hielt Larry die Tür auf und schloß sie achselzuckend. »Ich werd' mich hüten, Mensch. Auf so was laß' ich mich doch nicht ein, ich erzähl' bloß, was man so hört. Alles dran an ihr.«

Larry folgte ihm zum Podium. An LaVerne, der Frau vom Chef, war also alles dran. Er lächelte, denn wenn alles gut ging, würde er sich bald selbst davon überzeugen können.

Diesmal spielten sie gut. Der Saxophonist war Klasse, und Larry begleitete ihn entsprechend, doch die Leute auf der Tanzfläche hatten keine Ahnung. Die Älteren blieben vor dem Podium stehen und riefen der Kapelle ihre Wünsche zu. Eddie lächelte zu ihnen herunter, während sie ihm ihre Lieblingsmelodien zuriefen. Er brauchte gar nicht hinzuhören — er konnte ihnen ihre Wünsche vom Gesicht ablesen. Sie wollten immer die gleichen Nummern hören, diese feisten, dummen Vierzigergesichter: ›Avalon‹, ›Dardanella‹, ›Sweet Sue‹ . . .

Larry wußte, warum. Jeder Drink war für sie wie eine Verjüngungspflanze. Wenn die Spießer sieben oder acht in sich hatten, waren sie wieder in den guten alten Zeiten, in denen man überall ›Dinah‹, ›Tiger Rag‹ und ›I Got Rhythm‹ gespielt hatte.

Es machte ihn irgendwie traurig. Nicht daß sie Larry leid taten, aber irgendwo in einem Winkel seines Hirns tauchte die Frage auf, was in zwanzig oder dreißig Jahren sein würde, wenn er so alt wäre. Würde er auch in irgendeinem lausigen Bumslokal auf die Kapelle zutaumeln und dem Leiter der Band einen Dollar zustecken, damit sie ein kitschiges Lied spielten, das ihn an ein schönes Besäufnis oder ein gutes Geschäft oder einen duften Zahn damals in den sechziger Jahren erinnerte?

Nein, zum Teufel, sagte er sich (und seine Finger tanzten auf den Tasten). Und doch wurde er den Gedanken nicht los. Manche von diesen Leuten hatten sich ganz schön was ins trockene gebracht — einen großen Wagen, ein großes Haus, einen Batzen Geld. Man sollte meinen, sie wüßten, um was es ging. Und dabei verbrachten sie ihren Samstagabend in einem drittklassigen Lokal, ließen sich mit billigem Schnaps vollaufen und winselten nach einem Lied, das sie nach Old Virginny zurückversetzte oder in die Zeit ihrer ersten Liebe, damals, als wir noch jung waren, Maggie, du und ich.

Nein, zum Teufel, sagte sich Larry — bei Larry Fox würde das nicht so sein. Und ein bißchen später, ein wenig später würde er den ersten Schritt tun, daß es ihm nicht auch einmal so erginge.

Es war jetzt elf, und die Bude war gesteckt voll, als das Licht ausging und der Schlagzeuger den Wirbel schlug, der die Show ankündigte.

Larry verpaßte seinen Einsatz und mogelte sich mit Mühe durch seinen Part, während der blaue Scheinwerfer die Rauchwolken und die alkoholgeschwängerte Luft durchstach.

Ein Mann namens Sammy, der sich eben rasiert hatte und immer noch eine Rasur gebraucht hätte, hüpfte auf die Tanzfläche und drückte ein tragbares Mikrofon an die Brust. Er hieß all die lieben, reizenden Menschen im ›Sunset Club‹ willkommen und drückte die Hoffnung aus, daß sie einen herrlichen Abend verbringen würden, und erzählte — Spaß beiseite, meine Herrschaften — einen ordinären Witz. Dann kündigte er eine wunderbare Künstlerin an, und Larry und der Bursche am Schlagzeug begannen mit einem Steptanz-Rhythmus.

Er spielte leise und zurückhaltend, sah der Tänzerin zu — hübsches, junges, dunkelhäutiges Ding, das bloß so dünne Beine hatte — und paßte sich im Tempo dem Schlagzeuger und dem Klappern der Stepschuhe an. Er spielte ›When You're Smiling‹ und ›Shine‹, und das liebe, reizende Publikum klatschte. Dann erzählte Sammy eine andere schmutzige Geschichte und stellte die nächste wunderbare Künstlerin vor.

LaVerne.

Larry holte tief Luft und wartete.

Der blaue Filter schob sich vor den Scheinwerfer. Er stimmte die nächste Melodie an. Dann trat sie am andern Ende des Lokals aus einer Tür — eine schlanke Blondine in einem trägerlosen, engen Kleid. Sie ging langsam und tat so, als höre sie die Pfiffe nicht, sähe die schmierig lächelnden Gesichter nicht, wüßte nicht, was hinter den Augen der Männer vor sich ging, die auf die Stelle starrten, wo der obere Teil ihres Kleides aufhörte und sie anfing.

Larry improvisierte, bis sie vor dem Mikrofon stand. Dann blickte sie auf, um ihm den Einsatz zu geben, und öffnete den Mund.

In diesem Moment sah sie ihn.

Einen Augenblick lang erschlaffte ihr Mund. Larry lächelte, nickte ganz leicht und merkte, daß ihre Lippen im Licht des blauen Scheinwerfers purpurn aussahen; er merkte auch, daß sie in dieser einen Sekunde wie ein verschrecktes Kind dastand, das in die Dunkelheit starrt, als sähe es ein Ungeheuer.

Aber da war natürlich kein Ungeheuer; da war nur Larry, der mit seinen Fingern über die Tasten fuhr und die ersten Takte von ›Night and Day‹ spielte. Er hätte es im Schlaf spielen können. Er kannte diese Stimme, kannte ihre Schwächen und ihre manchmal überraschende Kraft. Sie war in einem Jahr nicht besser und nicht schlechter geworden, aber das überraschte ihn nicht. Frauen wie LaVerne änderten sich nie, in keiner Weise. Zumindest glaubte Larry das, und er zählte darauf.

Er spürte, wie gespannt und nervös und erschrocken sie war, doch er führte sie sicher. Er überspielte einen Textfehler, den sie machte, stützte sie während des zweiten Refrains, baute den Schluß für sie auf und trat genau im rechten Moment aufs Pedal.

Dann kurze Stille, Applaus, die zweite Nummer, die dritte, ihre Verbeugung. Larry spielte jetzt automatisch und wartete auf das Ende der Show. Er wußte, auch sie wartete auf ihn.

Als er das Podium verließ, sah er, daß sie am Ende der Theke stand und mit dem Barmixer sprach. Nicht, daß sie ihm irgend etwas zu sagen gehabt hätte — sie wollte sich nur die Betrunkenen vom Leib halten. Als er hinter sie trat, warf sie ihm einen verstohlenen Blick zu.

»Hallo«, sagte er.

Sie nickte, ohne zu lächeln. »Was willst du?«

»Mit dir reden.«

Sie trat zurück und schwieg, bis der Mixer verschwand. Dann sagte sie: »Nicht hier — wenn Sol uns sieht.«

Sol war ihr Mann. Ihm gehörte das Lokal. Larry wußte Bescheid, doch LaVerne hatte keine Ahnung, daß er es wußte. So grinste Larry bloß und wartete, als sie dastand und auf ihrer Lippe kaute, ihn anstarrte und sich klarzuwerden versuchte, was er wollte.

»Komm nach draußen«, sagte sie. »Wir können uns in meinen Wagen setzen. Es ist ein gelbes Chevrolet-Kabriolett.«

Larry nickte und wollte gehen. Sie holte tief Luft. »Nicht gleich«, murmelte sie. »Komm mir in ein paar Minuten nach.« Sie sah sich nach dem Mixer und den Leuten um, die an der Bar saßen. Sie hatte Angst, und das war gut.

Dann ging sie hinaus, und Larry drehte sich um und winkte dem kahlköpfigen Mixer.

»Einen kleinen White Horse, pur, bitte.«

Er kippte ihn hinunter, zahlte und drängelte sich zur Tür durch. Um ihn war Lachen, Geschrei, das Klappern der Würfel auf der Theke. In dem Gedränge, Gestoße und Geschiebe konnte er unbemerkt verschwinden. Er trat in die kühle Nacht hinaus.

Der Parkplatz war finster. Larry ging über den knirschenden Kies, die Augen weit offen. Niemand war ihm gefolgt. Er sah sich nach einem gelben Kabriolett um. Plötzlich huschten die Scheinwerferstrahlen eines einbiegenden Wagens über die parkenden Autos vor ihm. Er erblickte das gelbe Kabrio und ging darauf zu.

Er öffnete die Tür und schlüpfte auf den Vordersitz. Sie saß da und rauchte, in einer lässigen Haltung, die ein wenig zu gekünstelt wirkte.

Larry streckte die Hand aus, nahm ihr die Zigarette aus dem Mund und küßte sie. Sie machte sich steif, gab nach und wurde wieder steif.

»Hallo, Puppe«, sagte er.

»Laß diese Witze.« Sie nahm ihm ihre Zigarette aus der Hand.

»Genau wie in alten Zeiten.« Larry bemühte sich, ihr Gesicht zu betrachten, während sie an der Zigarette zog; obwohl er sie nur undeutlich sah, merkte er, daß sie zu hastig rauchte und daß die Zigarette zwischen ihren Lippen zitterte. Er lachte leise. »Ja«, sagte er. »Genau wie in alten Zeiten.«

»Vergiß die alten Zeiten. Du bist sicher nicht hierhergekommen, um in alten Poesiealben zu blättern.«

»Immer noch die alte LaVerne.« Er legte seinen Arm um sie und spürte mit seiner Hand das vertraute Fleisch, strich mit den Fingerspitzen über die wohlbekannten weichen Rundungen. Einen Moment lang meinte er fast ehrlich, was er sagte. Dann machte sie sich los und kauerte sich in die andere Ecke des Sitzes.

»Laß das, Larry. Was soll denn das?«

»Gib mir eine Zigarette, dann sag ich's dir.«

Sie öffnete ihre Handtasche und suchte nach einer Zigarette. Auch das war wie in alten Zeiten; immer war sie diejenige, die die Zigaretten hatte. Während Larry ihr zusah, wie sie ihm eine anzündete, erlaubte er sich den Luxus, sich einigen Erinnerungen hinzugeben.

Mit den Erinnerungen war das bei Larry eine eigenartige

Sache. Er konnte sich nicht allzuweit zurückerinnern, denn damals war er in dem Heim gewesen, und Schwester Corinne hatte ihm Klavierstunden gegeben. Das war nicht gut ausgegangen: er hatte sie niedergeschlagen und war aus dem Heim abgehauen. Doch dann war alles besser geworden, und er konnte es sich erlauben, an die Zeit zu denken, als er Page im ›Grand Union Hotel‹ gewesen war. Danach kamen die Tourneen mit Perry Stantons Band, bei denen sie jeden Abend in einem andern Lokal gespielt hatten. Dann war diese Sache mit dem Mädchen in Richmond und ihrem widerlichen alten Herrn, der diesen Riesenstunk gemacht hatte — und so hatte Larry wieder eine Weile als Hotelboy gearbeitet, im ›Grand Union‹, in einer Stadt, wo es ein Militärlager gab.

»Da hast du.« Sie gab ihm die Zigarette, und er zog daran und schmeckte den Rauch und den vertrauten Geschmack des Lippenstifts.

Larry dachte daran, wie er LaVerne im ›Grand Union‹ kennengelernt hatte. Es war damals nicht schwer gewesen, LaVerne kennenzulernen. Eine Menge Studenten zogen mit ihr herum. Sie brachte ihm während des nächsten Jahres viel bei — unter anderem, sie am Klavier zu begleiten. In ihrer Freizeit — soweit sie welche hatte — nahm sie Gesangstunden.

Sie waren einfach ein begabtes, ehrgeiziges junges Paar, das sich seinen Lebensunterhalt zu verdienen versuchte: Larry in der Halle des Hotels in einer Uniform, und sie oben in ihrem Zimmer in einem Kimono. Und sie lebten verdammt gut — von Kaufleuten und Matrosen und Soldaten . . .

Wieder brach Larry die Erinnerungen ab. Sie mußte während des langen Schweigens, nachdem er die Zigarette genommen hatte, das gleiche gedacht haben, denn sie räkelte sich auf dem Sitz und sagte: »Arbeitest du noch immer in einem Hotel, Larry?«

Das brachte ihn sofort wieder zu sich. Er hatte etwas zu erledigen, und es war am besten, wenn er gleich damit anfing.

»Nein, ich bin wieder Musiker. Deshalb spiel' ich ja hier Klavier.« Er schwieg einen Moment. » Netter Zufall, daß ich dich getroffen habe.«

»Mach mir doch nichts vor. Das ist kein Zufall. Center City ist hundert Meilen weit weg von hier.«

»Na ja« — er zögerte —, »ich hab' gehört, daß du geheiratet

hast. Und da dachte ich, ich schau mal vorbei, um dir zu gratulieren.«

»Tatsächlich.«

»Tatsächlich.« Tatsächlich war es nicht so gewesen, sondern eher so, daß Larry das Lokal ausfindig gemacht und festgestellt hatte, wer in der Kapelle Klavier spielte, und dann hatte er dem Burschen zwanzig Dollar zugesteckt, damit er an diesem Abend krank war und er zufällig in letzter Minute hereinplatzen und ihn vertreten und LaVerne sehen und mit ihr reden konnte. Doch LaVerne brauchte diese unwesentlichen Details nicht zu wissen. Sie waren für sie nicht wichtig, bloß für ihn.

Er sah sie an und wartete.

»Larry, es tut mir leid — was damals gewesen ist.« Sie zündete sich an der ersten Zigarette eine zweite an. »Daß ich abgehauen bin und dich das Ganze allein hab' ausbaden lassen, aber ich hatte solche Angst, daß ich nicht mehr denken konnte. Und danach wollte ich dich immer mal besuchen — ehrlich —, aber dann hab' ich Sol kennengelernt und . . .«

»Wann hast du geheiratet?«

»Erst letzten Monat. Aber es ist nicht so, wie du glaubst. Ich dachte nur . . .«

»Ich weiß, was du dachtest.« Es gehörte jetzt zu seiner Technik, sie keinen Satz zu Ende sprechen zu lassen. »Du hast gedacht: Wieder so ein Gimpel, ein Kerl mit einer Menge Geld und einem eigenen Lokal. Und singen lassen würde er dich auch. Nette, runde Sache.«

»Aber Sol ist wirklich ein netter Kerl. Ein bißchen alt schon, weißt du, und sieht nicht besonders aus, aber solide.« Sie wartete darauf, daß er sie unterbrach, und als er nichts sagte, fuhr sie fort, ein wenig verwirrt, weil sie nicht recht wußte, was sie weiter sagen sollte. »Larry, das ist endlich eine Chance für mich, festen Boden unter die Füße zu kriegen, wieder hochzukommen. Ein Mädchen muß an seine Zukunft denken. Ich habe eine Menge dummer Fehler gemacht. Jetzt möchte ich das alles vergesssen, alles . . .«

»Und da tauche ich auf, aus heiterem Himmel.« *So ist es richtig,* dachte Larry. Sie mußte sich selber in die Enge reden.

»Nein, bloß . . .«

»Bloß, daß du wünschst, ich soll auf der Stelle tot umfallen.

Ich hab' dich gedeckt und bin ins Kittchen gegangen, und du hast mich vergessen. Du hast rumgesucht, bis du diesen Daddy gefunden hast, und seither ist alles prima gegangen. Bis heute abend.«

Larry grinste und beobachtete sie, wie sie sich wand. Ein großer blonder Schmetterling an einer schönen spitzen Nadel. »Es paßt dir gar nicht, daß ich da bin, was, LaVerne? Du fragst dich die ganze Zeit, ob ich dich verpfeifen werde. Hab' keine Angst. Ich hau wieder ab.«

»Wann?«

Sie sagte es so hastig, so begierig, daß es fast schien, als sprudelte die Erleichterung aus ihr hervor. Larry schaute auf den Rauch, der nach dem Wort aus ihrem Mund schwebte, und wartete, bis er sich in der Dunkelheit auflöste. Dann sprach er.

»Sobald du mir eine Fahrkarte kaufst.«

»Aber, Larry, ich hab' keinen Cent! Sol hat mir diesen Wagen gegeben und Kleider und die Wohnung, aber ich krieg' nie Geld von ihm.«

Sie erwartete, daß er etwas dagegen sagen würde, und so zuckte Larry nur die Achseln und lächelte. »Okay, dann nicht. Ich kann ja hierbleiben und spielen, bis ich mir ein bißchen was zusammenverdient hab'. Es kann vielleicht ein paar Monate dauern, aber . . .«

»Nein!« sagte LaVerne schnell, als hätte sie gewußt, daß er das erwartete. »Das geht nicht, Larry. Laß mich nachdenken. Vielleicht kann ich was auftreiben. Nicht viel, aber etwas.«

»Ich brauch' fünfhundert.«

»Mein Gott, Larry, wo soll ich denn soviel Geld herkriegen?«

»Das weiß ich doch nicht, Puppe.« Er hörte nicht auf, zu lächeln. »Ich wohn' doch nicht in einem hübschen Haus und fahr' ein neues Kabrio. Ich bin doch nicht mit einem Kerl verheiratet, der vor Geld stinkt. Ich tret' doch nicht als Star in einer Show auf. Deshalb brauch' ich ja fünfhundert, um hier wegzukommen.«

LaVerne sah ihn flehentlich an. »Du kannst das Geld doch nicht aus mir herauspressen, Larry! Vielleicht kann ich in ein paar Tagen hundert oder so auftreiben, aber du mußt mir Zeit lassen.«

»Zeit! Du meinst wohl, weil du mir soviel Zeit gegeben hast! Sechs verdammte Monate hab' ich für dich abgesessen, wegen dieser Sache mit dem Matrosen. Das solltest du keinen Augenblick lang vergessen. Ich frag' mich bloß, was Sol dazu sagen würde.«

»Du wirst ihm doch nicht erzählen . . .«

»Natürlich nicht. Ich erzähl' ihm kein Wort von dem Matrosen oder von uns, oder was du drüben in Center City getan hast.« Er streichelte ihre Hand, bis sie sich ein wenig beruhigt hatte, dann holte er zum nächsten Schlag aus. »Warum sollte ich mir die Mühe machen, deinem Mann davon zu erzählen? Ich kann doch gleich zur Polizei gehen und alles ausspucken.« Er ließ ihre Hand los. »Paß auf, Puppe — ich brauch' fünfhundert in bar. Und zwar heute abend.«

»Schön.« LaVerne sagte das gar nicht so, als ob sie es wirklich schön fände, doch ihre Meinung interessierte ihn nicht. »Du kriegst das Geld, du dreckiger, kleiner Gauner.«

»Wann?«

Sie blickte auf die Uhr und hielt sie in das Licht, das aus den Fenstern des Lokals fiel. »Komm nach der nächsten Show hierher. Und dann haust du ab, verstanden?«

LaVerne öffnete die Tür und stieg aus; der Kies knirschte unter ihren Absätzen. »Warte ein paar Minuten, bevor du wieder 'reingehst. Vielleicht ist Sol inzwischen gekommen. Und noch was, weil gerade von Sol die Rede ist — komm bloß nicht auf irgendwelche komischen Ideen. Das Geld, das ich dir gebe, ist nicht nur eine erste Rate, Larry. Denk nicht, du kannst wiederkommen und noch mehr aus mir herausquetschen. Sonst wird Mama wütend und jagt dir Sol auf den Hals.«

Larry spürte einen Moment, wie die Haut um sein Kinn sich straffte. Dann zwang er sich, zu lachen. »Keine Angst, gib mir den Zaster, und du bist mich für immer los. Ich hab' genug von schäbigen Städten und schäbigen Geschäften — und von schäbigen Weibern auch.«

Sie tat, als hätte sie das letzte nicht gehört. »Bis nach der nächsten Show also«, flüsterte sie.

Larry blickte ihr nach — einen Augenblick lang sah er eine weiße Gestalt in der Dunkelheit, und dann eine schwarze Silhouette, die sich von dem Licht abhob. Er rauchte seine Zigarette zu Ende und warf den Stummel sorgsam aus dem Seitenfenster. Wozu einen so hübschen Wagen schmutzig machen? LaVerne hatte Glück, daß sie sich das alles unter den Nagel hatte reißen können. Aber er hatte auch Glück. Fünfhundert Dollar waren eine ganz schöne Summe.

Als er zurückging, fragte er sich einen Moment, warum er nicht mehr verlangt hatte. Sie hätte ihm nicht zu drohen brauchen — er wußte, das war eine einmalige Sache, und vielleicht hätte er tausend verlangen können. Aber das klang zu riskant. Er hatte vorher lange darüber nachgedacht und sich für fünfhundert entschlossen. Und er hatte recht.

Während der nächsten paar Nummern, die er spielte, mußte er dauernd daran denken. *Er hatte recht.* Diese Überzeugung wirkte sich auch auf sein Spiel aus — die ganze Spannung wich von ihm, die ganze Wut.

Die Leute waren jetzt in Mitternachtslaune. Sie tanzten lockerer oder enger, je nachdem, wie man es betrachtete. Ein paar Halbstarke prügelten sich auf der Toilette, und zwei große, kräftige Barmixer traten in Aktion. Anscheinend hielt Sol sie für solche Anlässe.

Larry fragte sich, wie Sol wohl aussähe. Er hatte ihn bis jetzt nicht gesehen. Falls er heute abend ins Lokal gekommen war, hatte sich jedenfalls niemand die Mühe genommen, ihn ihm zu zeigen. Doch das war nicht so wichtig; er wollte Sol gar nicht sehen. Worauf es ankam, war, zu spielen; zu spielen, während er wartete.

Eddie ließ sie jetzt improvisieren und die Trompete ein Solo spielen. Der Trompeter spielte auch ziemlich mies, doch Larry führte ihn. Er führte ihn hinüber, *on the sunny side of the street,* gab ihm seinen Hut und seinen Mantel. So wie er sich jetzt fühlte, konnte er sie alle führen, die Band und das Publikum — den Mississippi hinunter bis nach New Orleans.

»Verzeihung«, sagte ein Mann zu ihm, der mit seiner Frau vorbeitanzte. Er war mittleren Alters, groß und hatte schütteres Haar. Sie war klein und dunkelhaarig, gar nicht übel für ihr Alter. Larry legte den Kopf zur Seite und lächelte die beiden an.

»Sie spielen gut«, sagte der Mann.

»Danke.«

»Kennen Sie ›Sweet Sue‹?«

Larry zögerte und blickte zu Eddie auf, der am Rand des Podiums stand. »Aber sicher«, sagte er und warf Eddie einen Blick zu. »Wir können doch ›Sweet Sue‹, oder?«

Eddie nickte. Der Mann steckte Larry einen Dollarschein zu.

»Vielen Dank«, sagte er. Die Frau lächelte und zwinkerte. »Nehmen Sie's Walter nicht übel«, sagte sie zu ihm. »Immer, wenn er ein paar getrunken hat, wird er sentimental.« Larry sah, daß sie die Hand des Mannes drückte, eine Geste, die merkwürdig intim wirkte.

»Aber ich bitte Sie«, murmelte Larry. Dann gab er den Schein, ohne ihn anzusehen, Eddie, der ihn lässig einsteckte.

Das war die richtige Art, sich in so einem Fall zu verhalten. Alles, was Larry tat, war richtig. Er leitete auch die nächste Show richtig ein. Als LaVerne kam, versuchte er, ihren Blick aufzufangen, doch sie schaute ins Publikum. Sie sang diesmal besser, weniger nervös und mit mehr Sicherheit. Das war ein gutes Zeichen. Es bedeutete, daß sie das Geld gekriegt hatte. Alles war richtig, genau richtig.

Und nach der Show, als der Applaus verstummt war und er sich wieder hingesetzt und den Schweiß unter seinen Achseln gespürt hatte (was auch, auf seine Art, richtig war), ging Larry an die Bar. Diesmal mußte er seine Bestellung dem Mixer über das Gelächter und Geschrei hinweg zurufen, doch er bekam seinen Scotch und kippte ihn hinunter. Dann ging er langsam zur Tür. Bevor er in die Nacht hinausschlüpfte, blieb er noch einmal stehen und sah sich um, ob ihn jemand beobachtete. Niemand hatte etwas bemerkt.

Leute waren gekommen und gegangen, in der letzten Stunde war ziemlicher Betrieb gewesen, und der Parkplatz sah anders aus als vorhin. Zuerst fand Larry sich nicht zurecht. Er ging mit leise schlurfenden Schritten, vorbei an einem Kombi, ein paar Sportwagen, einem Lincoln, einem schwarzen Kabrio mit heruntergeklapptem Verdeck, einem gelben Kabrio mit geschlossenem Verdeck.

Das war es. Doch der Vordersitz war leer.

Larry öffnete die Tür und wollte einsteigen.

Da spürte er einen Schlag, und gleich kamen weitere Hiebe, auf seinen Kopf und seinen Nacken und seine Schultern.

Er versuchte zurückzuweichen, doch ein Arm hielt ihn fest,

zwang ihn unter die Schläge, die sein Hirn in ein Dutzend einzelne Stücke zerschmetterten, und er schrie innerlich: *Diese gottverdammte Sau, sie hat mich hinters Licht geführt, sie hat's Sol erzählt, das muß einer von seinen Schlägern sein.* Er mußte sich wehren, auf die Beine kommen, den Kerl zurückschlagen. Er versuchte die Hände, die ihn von hinten festhielten, zu packen, doch da kamen weitere Schläge, und er spürte nur noch den Schmerz.

In weiter Ferne hörte er Stimmen; die Tür des Lokals mußte offen sein, Leute kamen heraus und lachten.

Es waren nur ein paar Sekunden von dem ersten betäubenden Schlag (*falsch, ganz falsch,* sagte er sich in einem fort) bis zu dem Moment, in dem er die Stimmen hörte. Er machte den Mund auf und wollte schreien, und da kam wieder ein Schlag — ein Schlag, der seine Stimme lähmte, seine Gedanken, alles.

Irgendwo, weit weg, ließen ihn die Hände los. Er hörte, wie sich die Wagentür auf der anderen Seite öffnete; der Kerl rannte weg, damit ihn niemand sah. Jetzt war es Zeit, den Kopf zu heben und zu schreien. Doch auch sein Kopf war weit weg.

Larry zog sich am Rücksitz hoch und öffnete den Mund, doch er schluckte nur Dunkelheit. Dann sank er auf den Boden, und die Dunkelheit schluckte ihn.

2

Elinor und Walter Harris verließen den ›Sunset Club‹ kurz nach eins. Sie blieben einen Augenblick Arm in Arm vor dem Eingang stehen, im bläulichen Licht der Neonreklame. Elinor lehnte sich schwer an Walters Schulter und sah die Mücken auf das Licht zuschwirren. Walter atmete tief.

»Mein Gott, das tut gut«, sagte er. »Schrecklich stickig da drinnen.«

Elinor nickte. Sie war ein bißchen beschwipst. Kein unangenehmes Gefühl, doch sie mußte aufpassen auf dem Parkplatz, daß sie sich mit ihren hohen Absätzen nicht den Knöchel verrenkte. Im Wagen würde sie die Schuhe ausziehen.

Als sie aus dem Lichtschein traten, sahen sie fast nichts. Alles verschwamm in der Dunkelheit. Alles war warm und schmolz —

Farben, Schatten, sogar die Schritte auf dem Kies. Es war, als glitten sie dahin; Elinor schwamm fast an Walters Arm. Walter schwamm auch. Und ebenso der kleine, untersetzte Mann, der dort hinten aus dem Schatten trat und an ihnen vorbei zum Lokal ging. Er starrte sie an, oder vielleicht bildete sie sich das nur ein. Es war jedenfalls ziemlich finster hier draußen, und Elinor fiel es schwer, den Wagen zu finden. Da war er, vorgestreckt wie ein wunder Daumen, soweit wunde Daumen gelb sind.

Elinor mochte das gelbe Kabriolett nicht so recht; man kann fast sagen, es war ein wunder Punkt für sie. Wunder Daumen, wunder Punkt. Die Whittakers hatten mal einen Sommer lang ein Landhaus am See gemietet, das sie »Wunder Punkt« genannt hatten. Elinor mußte immer darüber lachen, denn der Name erinnerte sie an etwas Komisches. Sie lachte.

»Was ist denn, Liebling?«

»Ach, nichts. Ich denk' bloß immer, wenn ich den Wagen seh', du würdest dich gut als Sklavenhalter oder so was machen. Mit langen Koteletten und einem Schnurrbart.«

Walter nickte und holte seine Schlüssel hervor. Die Tür war unversperrt, doch Walter zog immer den Zündschlüssel ab. Er hatte sich das angewöhnt, weil er viel mit dem Wagen unterwegs war. Elinor wußte, daß man als Vertreter vorsichtig sein mußte, obwohl kaum jemand ein so auffälliges Modell stehlen würde. Walter hatte nicht etwa deshalb diese Farbe gewählt. Er hatte vergangenes Jahr schnellstens einen Wagen gebraucht, und der Händler in Center City hätte einen anderen erst in drei Wochen liefern können. Außerdem hatte er gerade ein gutes Geschäft gemacht, und Elinor war von der Idee, sich ein Kabrio zuzulegen, recht angetan gewesen.

Er half ihr auf den Vordersitz, ging um den Wagen herum und zwängte sich unters Lenkrad. Sie lehnte sich zurück und legte den Arm um seine Schultern.

»Danke, Liebling«, murmelte sie. Sie fragte sich, ob er wohl merkte, daß sie ihre Schuhe abstreifte.

Nein, er war ganz damit beschäftigt, den Motor anzulassen und den Wagen auf die Straße hinauszusteuern. Als sie auf die Landstraße einbogen, warfen sie noch einen Blick auf das Lokal.

»Es hat sich völlig verändert«, murmelte Walter. Sie nickte ihm zu, während er geradeaus auf die Straße blickte.

Verändert, dachte sie. Alles ändert sich in sechzehn Jahren. Es hatte damals nicht ›Sunset Club‹ geheißen, sondern anders — Chateau, Chanticleer oder so ähnlich. Auch innen war alles anders; die Bar hinten in der Ecke war neu, und damals hatte es keine Kapelle, sondern nur eine Musikbox gegeben. Die Getränke waren kurz nach dem Krieg natürlich billiger gewesen, das ganze Lokal war irgendwie netter. Eine ganz andere Art von Leuten hatte damals dort verkehrt, vor allem Studenten. Deshalb waren sie und Walter fast jeden Samstagabend hingegangen, als sie noch verlobt waren. Jetzt waren sie vierzehn Jahre verheiratet, und heute war ihr Hochzeitstag.

Viel hat sich seit damals verändert, dachte sie. Das Lokal — und sie beide auch. Vielleicht aber war es auch so; das Lokal war immer eine schäbige Bude gewesen, nur sie waren jünger gewesen, als sie es entdeckten, und hatten damals alles schön und nichts schäbig gefunden.

Elinor seufzte und streckte sich.

»Kann ich eine Zigarette haben, Liebling?«

»Oh, bist du aufgewacht?«

»Ich hab' nicht geschlafen. Ich hab' bloß ein wenig getrunken, seit Silvester nicht mehr soviel.« Elinor zündete sich die Zigarette an. »Wenn du bloß mehr Zeit hättest, Liebling. Dann könnten wir öfter ausgehen. Wir haben so lange nicht getanzt.« Sie kicherte und legte ihre Beine auf den Sitz. »Arme kleine Dinger.«

»Was für Dinger?«

»Meine Zehen. Ach, hör nicht auf mich, ich bin albern. Aber ich fühl' mich ganz herrlich.«

Ja, es war herrlich, so durch die Nacht zu fahren. Sie spürte die Wärme in ihrem Innern, und Walters Schulter, und den Wind auf ihrem Gesicht. Das weiße Band der Straße, das Brummen des Motors wirkte angenehm einschläfernd. Dann stellte Walter das Radio an. Ein Orchester spielte leise alte Melodien, wie die Kapelle im ›Sunset Club‹.

Damals haben sie bessere Schlager geschrieben, dachte Elinor. Sie dachte daran, wie sie sich die kleinen Hefte für zehn Cents mit all den Texten gekauft hatte und wie die Mädchen im Büro sie auswendig gelernt hatten. Man konnte sie natürlich auch am Radio mitstenografieren. Vor ihrer Hochzeit hatte sie genug Zeit für solche Dinge gehabt.

Elinor bewegte langsam ihre Zehen und ließ sich in das Dunkel hinter ihren Augen sinken. Als sie heirateten, war Walter eben aus der Armee entlassen worden und hatte Stellung bei der Acme angenommen, und sie hatten eine kleine Einzimmer-und-Küche-Wohnung drüben in der d'Arcy Avenue gehabt. Dann, als sie schwanger war, waren sie in die andere Wohnung umgezogen, in die mit dem großen Schlafzimmer. Dort hatte sie Roy bekommen. Merkwürdig, sie nannte ihn in Gedanken immer Roy, obwohl er doch nie richtig gelebt hatte. Eine Totgeburt hatte es der Doktor genannt. Und er war so hübsch gewesen, mit braunem, wuscheligem Haar, nach all den Schmerzen, nach zwei Tagen schrecklicher Wehen. Tot.

Es machte ihr heute nichts mehr aus. Es war so lange her, und wenn sie daran dachte, war es, als dächte sie an einen alten Film, in dem sie sich und Walter als Darsteller sah. Und auch das Baby war kein wirkliches Baby.

Übrigens war seither alles gutgegangen. Walter hatte sich diese wunderbare Chance bei Youthfrocks geboten, und sie waren in das Haus in Garden View gezogen, nur eine oder zwei Meilen von der Fabrik und dem Büro. Sie hatten eine Menge Leute kennengelernt, vor allem vom College, und Walter verdiente gut, nur daß er eben vier Tage in der Woche unterwegs war. Und daß sie mit all den Freunden und dem Haus und dem Garten fast zuviel zu tun hatte. Kein Wunder, daß ihr beim Tanzen die Füße weh taten.

Elinor gähnte und schüttelte den Kopf. Sie fragte sich, ob sie wohl schon alt wurde. Nein, das war Unsinn, jeder wurde mal müde, und eine Minute vorher hatte sie sich noch so herrlich gefühlt. Walter war ganz reizend gewesen, einen Blumenstrauß hatte er ihr zum Hochzeitstag geschenkt, und war mit ihr essen gegangen und später in das Tanzlokal.

Sie betrachtete sein Profil, wie er so leicht vorgebeugt dasaß, die Hände auf dem Lenkrad. Er war immer noch ein gutaussehender Mann. Zumindest fand sie das. Plötzlich fragte sie sich, was er wohl sagen würde, wenn sie die Hand ausstrecken, ihn am Ärmel zupfen und ihn dort vorn unter den Bäumen anhalten lassen und ihn verführen würde.

Nein, das war albern, sie waren jetzt so lange verheiratet; sie war fünfunddreißig, und bald würden sie zu Hause sein.

Das Radio spielte leise, der Wind strich über ihr Gesicht, der Wagen bog in die vertraute Straße ein, fuhr langsam die dunkle Zufahrt hinauf, hielt unter dem Dach zwischen Haus und Garage.

»Ich laß ihn hier stehen«, sagte Walter. Er stieg aus und öffnete ihr die Tür.

»Einen Moment«, sagte Elinor und streifte ihre Schuhe über. »Meine Tasche. Ich hab' sie auf den Rücksitz gelegt.«

Sie knipste das Licht an, schob den Vordersitz nach vorn und griff nach ihrer Tasche. Walter hielt die Tür auf und wartete.

So sahen sie ihn beide gleichzeitig.

Sie standen da und starrten auf den jungen Mann im Smoking mit dem Babygesicht, der schlaff im hinteren Teil des gelben Kabrio auf dem Boden lag.

Einen Moment fragte sich Elinor, ob sie tatsächlich so betrunken sei. Dann brummte Walter etwas, und sie wußte, daß er den jungen Mann auch sah. Und auch er hatte ihn erkannt: Es war der Klavierspieler der Band, der den von ihnen gewünschten Schlager gespielt hatte.

Jetzt lag er in ihrem Wagen und schlief, wie ein Baby, wie der kleine Roy geschlafen hatte.

Bloß Roy hatte nicht geschlafen.

Und vielleicht schlief auch der junge Mann nicht. Denn als Elinor jetzt auf ihn niederstarrte, sah sie das Blut auf seinem Gesicht.

3

In der Zimmerdecke lag ein schmaler Streifen sonniges Licht. Eine Fliege kroch über den Streifen an der Decke. Eine faule Fliege; sie kroch sehr langsam und schien es nicht eilig zu haben, irgendwohin zu kommen. Vielleicht genoß sie nur das Gefühl, mit den Beinen noch oben zu kriechen.

Die Fliege kam an einen kleinen Riß in der Nähe der Stelle, wo die Deckenlampe befestigt war. Sie hob behutsam ihre haarigen Beine und stieg über den Riß hinweg. Dann blieb sie einen Moment stehen, machte ein kleines Pünktchen auf die Decke und flog davon. Sie summte auf die Fensterjalousie zu, setzte sich auf eine der grünen Lamellen, spürte die Hitze der Sonne, die von außen hereinschien, und flog wieder davon. Diesmal nahm sie direkt Kurs aufs Bett und landete neben Larrys Kopf auf dem Kissen.

Larry streckte die Hand aus und umschloß sie damit.

Dann drückte er zu.

Die Fliege verwandelte sich in einen klebrigen Klumpen. Larry warf ihn weg. Das war das Ende der Fliege und der Anfang für Larry.

Er blinzelte, stützte sich auf den rechten Ellbogen und sah sich in dem Zimmer um.

Wo immer er war, es war ein gemütliches Zimmer. Ein Schreibtisch aus Ahorn, ein Ahornsessel mit einem blauen Kissen, eine Ahornkommode und ein gelblichbrauner Teppich. An der Wand ein Bild — ein Indianer zu Pferd, auf die untergehende Sonne blickend. Er hatte das Bild schon geschehen, in Hotelzimmern.

Doch dies war kein Hotelzimmer; darum hätte er gewettet. Er war in einem Privathaus.

Larry setzte sich auf und hob die Beine über den Bettrand. Da spürte er wieder den Schmerz, genau am Hinterkopf. Es war wie ein Schlag.

Plötzlich erinnerte er sich. Man hatte ihn geschlagen? Was war passiert? Er war auf dem Rücksitz von LaVernes Wagen zusammengebrochen. Auch daran erinnerte er sich. Aber wie kam er hierher?

Der Schmerz ließ nach, und er spürte nur noch ein dumpfes, regelmäßiges Pochen. Und er hatte ein Gefühl, als hätte er hinter dem rechten Ohr eine Beule. Ob er blutete?

Er stand auf und ging zu dem Spiegel über dem Schreibtisch und schaute hinein. Nein, kein Blut, und die Beule war von Haaren verdeckt. Doch er spürte sie, und weiter unten war eine zweite Beule. Er spürte sie beide, sie taten sehr weh, und diesen verdammten Kerl, der ihn so zugerichtet hatte, sollte der Teufel . . .

Wo war er?

Larry trat ans Fenster, hob die Jalousie hoch und schaute hinaus. Ein Hinterhof: Rasen, ein Steinweg, Gartenmöbel um einen gemauerten Kamin. Auf der einen Seite eine Garage und eine

Zufahrt. Unter dem Dach zwischen Haus und Garage ein gelbes Kabrio mit geschlossenem Verdeck.

War das LaVernes Haus?

Larry hörte Schritte. Er lief zum Bett zurück. Auf dem Nachttisch standen ein paar Bücher zwischen zwei Bücherstützen. Larry schnappte sich die eine Bücherstütze und schlüpfte damit unter die Decke. Für alle Fälle. Heute war *er* dran.

Jemand klopfte an die Tür. »Darf ich reinkommen?«

Es war eine Frauenstimme, aber nicht LaVernes. Larry zögerte und fragte sich, ob er so tun sollte, als ob er schliefe. Das würde ihm Zeit geben, die Lage zu sondieren.

Aber warum sollte er feige sein? Er blickte zur Decke auf und dachte an die Fliege. Die Fliege war auf seinem Kissen gelandet, und er hatte sie sofort erledigt. Sollte sie nur kommen.

»Bitte«, rief er.

Es war eine kleine, etwas dickliche Brünette; ihr Haar fiel über den Kragen eines gelben Morgenmantels. Er erinnerte sich, daß ihr Haar am Abend zuvor hochgesteckt gewesen war. Es war die Frau, deren Mann sich ›Sweet Sue‹ gewünscht hatte.

Er lächelte, nicht ihretwegen, sondern weil er sich freute, daß er sich so gut erinnerte. Sie lächelte zurück; ihr Lächeln galt eindeutig ihm.

»Wie fühlen Sie sich denn?«

Langsam fügte sich alles zusammen. Das gelbe Kabrio war nicht LaVernes Wagen gewesen. Der Kerl, der auf ihn gewartet hatte, um ihn zu verprügeln, hatte sich geirrt und war in den falschen Wagen gestiegen. Und auch er hatte nicht bemerkt, daß auf dem Parkplatz zwei gelbe Kabrios standen.

Er war auf dem Rücksitz zusammengebrochen, und wahrscheinlich hatten sie ihn erst entdeckt, als sie vor ihrem Haus ausstiegen. Ihre Frage ließ immerhin darauf schließen, daß sie wußte, daß irgend etwas passiert war. Und er mußte antworten, und zwar rasch. Ja, wie fühlte er sich?

»Danke. Schrecklich.«

»Und Ihr Kopf?«

Ob sie wußte, was passiert war? Er mußte es herauskriegen.

»Es geht. Aber vor allem ist mir das alles sehr peinlich.«

Sie nickte. »Wir haben uns gefragt, wie Sie wohl in unseren Wagen gekommen sind.«

»Das kann ich mir denken.« Larry grinste sie an. »Ich glaube, jetzt dämmert's mir. Ich bin mit einem Kollegen von der Band rausgegangen, um etwas frische Luft zu schnappen. Er hat auch ein gelbes Kabrio, und als ich einstieg, dachte ich . . .«

»Waren Sie betrunken?«

Sie stellte die Frage nicht scharf, aber doch sehr entschieden. Larry holte tief Luft und öffnete den Mund.

»Ich trinke kaum«, sagte er und blickte auf die Bettdecke. »Wissen Sie, ich hab' gestern abend zum erstenmal mit der Band gespielt. Es ging alles ausgezeichnet, und nach der zweiten Show bin ich mit einem der Jungens von der Band rausgegangen, um eine Zigarette zu rauchen.«

Während er erzählte, was ihm einfiel, hatte Larry fast das Gefühl, als sei es wirklich so gewesen. Es war gut, das Gefühl zu haben, er sage die Wahrheit, wenn er sich so etwas ausdachte.

»Er hat mir eine Zigarette gegeben, aber sie hat irgendwie komisch geschmeckt. Ich wollte sie wegwerfen, doch er sagte, ich sollte das Kraut doch mal probieren, es hätte eine ganz besondere Wirkung — ich müßte bloß schneller rauchen. Dann wurde mir ganz plötzlich schlecht. Ich weiß noch, er ging weg, und ich hab' seinen Wagen gesucht, um mich eine Minute hinzulegen. Mir war schrecklich schwindlig, und dann hab' ich die Tür aufgemacht und bin reingekrochen, und dabei hab' ich mir den Kopf angeschlagen.«

Es klang verdammt unwahrscheinlich, aber er hatte sich nun mal für diese Version entschlossen. »Und dann bin ich wohl ohnmächtig geworden«, schloß er und sah sie aus dem Augenwinkel heraus an, um zu sehen, ob sie nickte. Er wollte, daß sie nickte. Sie tat es.

»Armer Junge!« sagte sie. »Und das am ersten Abend mit dem neuen Job! Wissen Sie, was Ihnen passiert ist! Jemand muß Ihnen eine Marihuanazigarette gegeben haben.«

Larry mußte fast grinsen. Doch da sie ihn für einen armen Jungen hielt, mußte er sich auch so benehmen. »Ich hab' schon davon gehört«, sagte er. »Oh, mein Kopf!«

»Als Walter Sie gestern hereintrug, haben Sie etwas geblutet, aber er meinte, Sie hätten bestimmt keine Gehirnerschütterung. Ich wollte gleich den Arzt anrufen, aber er sagte, ich sollte bis zum Morgen warten. Ich glaube, es war fast halb zwei, und . . .«

Der Doktor hätte mir gerade noch gefehlt, dachte Larry. »Mir geht's ausgezeichnet«, sagte er und richtete sich zum Beweis auf. Er brachte sogar ein Grinsen zustande.

Sie lächelte zurück. »Wenn Sie gebadet und gefrühstückt haben, werden Sie sich noch besser fühlen. Auf der anderen Seite des Korridors ist eine Dusche. Walter hat Ihre Kleider in den Schrank gehängt, Sie haben einen Pyjama von ihm an. Ich bringe Ihnen ein Hemd und ein Paar Schuhe. Sie werden Ihnen wohl nicht passen, aber zum Frühstück wird's gehen. Im Medikamentenschrank liegt Walters Elektrorasierer. Kommen Sie runter, wenn Sie fertig sind.«

Hausfrauengeschwätz. Larry hörte ihr zu, nickte, lächelte. Er hatte sie eingewickelt, das war das Wichtigste.

Im Badezimmer, unter der Dusche, vor dem Rasierspiegel, dachte Larry über das Ganze nach. Sein Kopfschmerz ließ nach, er brauchte sich deshalb keine Sorgen zu machen. Er hatte ein Riesenglück gehabt, daß diese Leute gekommen waren — sonst hätte dieser Kerl ihn erschlagen. Ob Sol oder LaVerne ihn geschickt hatte? Na ja, das war ziemlich egal — entscheidend war, daß LaVerne ihn aufs Kreuz gelegt hatte, und daß er ihr eine Menge Geld hätte abnehmen können. Sie hatte gar keine Angst vor ihm gehabt.

In den ›Sunset Club‹ konnte er also nicht mehr gehen, weder heute abend noch sonst wann. Und vielleicht war er nicht einmal in seinem Hotelzimmer in Central City sicher. Falls LaVerne oder der Schläger gesehen hatten, wie er ihnen entwischt war, konnte es sein, daß im Hotel jemand auf ihn wartete.

Auf jeden Fall brauchte er Zeit, um etwas auszudenken, und solange er hier blieb, war er völlig sicher.

Solange er hier blieb . . .

Larry ließ fast den Rasierapparat fallen, als ihm der Gedanke kam.

Warum nicht hier bleiben?

Es wäre das Beste, sich für die nächsten paar Tage hier zu verkriechen. Bis dahin würde ihm einfallen, wie er LaVerne das zurückzahlen konnte. Denn zurückzahlen würde er es ihr, das stand fest. Und wenn er Zeit hatte, das Ganze im voraus richtig zu planen, ohne zu riskieren, erwischt zu werden, dann würde er auch eine Möglichkeit finden, an sie heranzukommen.

Außerdem würde es eine Menge Spaß geben. Wie er dieser spießigen Tante die Geschichte mit der Marihuanazigarette aufgetischt hatte! Sie war noch blöder als LaVerne, die ihm doch tatsächlich geglaubt hatte, daß er wegen der Sache mit dem Matrosen, die sie beide abgezogen hatten, gesessen hatte. Vielleicht war *das* ein Fehler gewesen; möglicherweise hatte sie sich danach erkundigt und herausgefunden, daß er vor dem Prozeß verschwunden war und die Kaution hatte verfallen lassen. Als er nach fast einem Jahr zurückkam, erzählte er natürlich allen, er hätte seine Strafe abgesessen; aber das konnte sie leicht herauskriegen.

Ein anderer Grund mehr, nicht ins Hotel zu gehen. Sie konnte ihn verpfeifen, dann saß er in der Patsche.

Nein, er mußte hierbleiben und eine Möglichkeit finden, an sie heranzukommen.

Zuerst mal aber mußte er die Leute dazu bringen, ihn dazubehalten. Das war das Problem Nummer eins.

Larry dachte darüber nach, während er den Trainingsanzug überstreifte. Er war ihm zu groß; dieser Walter war ein kräftiger, breitschultriger Kerl. Larry fragte sich, ob er wohl auch so ein Spießer war wie seine Frau. Sie war jetzt wahrscheinlich unten und machte sein Frühstück und erzählte Daddy von dem armen, verwirrten Jungen, den man dazu verleitet hatte, eine von diesen schrecklichen Marihuanazigaretten zu rauchen.

Larry grinste sich im Spiegel an — mit seinem eigenen privaten Grinsen, nicht mit dem kinderhaften.

»Du bist ein gutaussehender Junge«, sagte er sich. »Ein netter, junger, anständiger, hübscher Bursche. Nur eben ein armes Waisenkind, das nie eine Chance gehabt hat. Du bist diesen üblen Kerlen in die Hände gefallen und . . .«

Er stand da, grinste und überließ sich fünf Minuten lang diesen Gedanken. Neue Ideen kamen ihm, und das Bild rundete sich ab. Allmählich wurde ihm klar, wer er war und was er getan hatte.

Er legte sich sogar eine neue Art zu reden zurecht. Den Halbstarkenjargon mußte er ablegen, damit war es endgültig vorbei. Er mußte in einem neuen Vokabular denken und reden — in jenem, in dem er dachte, wenn er auf dem Klavier die Sachen spielte, die er wirklich gern spielte.

Es hatte schon Zeiten in Larrys Leben gegeben, in denen er monatelang dieses andere Vokabular benutzt hatte. Im letzten Winter zum Beispiel, als er mit einem Mädchen namens Irene zusammengehaust hatte, das in einem Laden für Malerartikel in Detroit arbeitete. Er hatte viel gelesen und war in Konzerte gegangen und all solches Zeug. Sie hatte eine Menge Künstler und solche Leute gekannt – Studenten, Lehrer, Eierköpfe, die bis nach dem siebenten Drink ihre Haltung und ihr Abendbrot behielten. Und er hatte sich diesen Leuten gegenüber eine Masche zurechtgelegt, die er hier vielleicht auch anwenden konnte. Übrigens hatte er zweihundert Dollar und Irenes Uhr mitgehen lassen, als er verduftete.

Larrys Grinsen wurde noch breiter, als er an diese Episode dachte. Es war ein gutes Omen. Was hatte er Irene gesagt? Daß er von dieser kitschigen Musik genug hätte und so, und daß er Komponist werden wollte.

Nicht schlecht. Das konnte ihm hier vielleicht auch weiterhelfen. Aber erst mal brauchte er irgendwas Durchschlagendes – etwas, das sie veranlassen würde, ihn einzuladen, hierzubleiben.

Es mußte irgendeine Möglichkeit geben, das schnell und leicht zu erreichen. Vielleicht würde es ihm einfallen, wenn er runterging. Manchmal fiel einem so was genau im richtigen Moment ein, wie durch Zufall.

Larry verließ das Badezimmer und ging den Korridor hinunter zur Treppe. Von unten, aus der kleinen Küche, hörte er leises Stimmengemurmel. Sie waren nicht nervös, sie kauften ihm seine Geschichte ab, sie glaubten ihm.

Wenn ihm jetzt nur irgendwas einfallen würde.

Er hob den Fuß, blieb stehen, grinste wieder. *Wie durch Zufall, hm?*

Er ließ das Geländer los, schwankte und stürzte die Treppe hinunter.

4

Er saß unten im Gang auf dem Fußboden und wunderte sich selbst, wie gut das geklappt hatte. Es hatte einen Riesenlärm gemacht, und er hatte sich überhaupt nicht verletzt. O doch — er *mußte* sich verletzt haben, denn der Mann, dieser Walter, kam den Gang heruntergerannt.

Larry rieb sich seinen linken Knöchel und lächelte mühsam. »Tut mir leid«, sagte er und blickte zu Walter auf. »Ich hab' das Gleichgewicht verloren.«

»Kommen Sie, ich helfe Ihnen hoch.«

Larry klammerte sich an seinen Arm, richtete sich auf und zuckte zusammen.

»Sie haben sich am Bein verletzt«, sagte Walter.

»Ich glaube, am Knöchel.« Larry setzte sich auf die dritte Stufe von unten und rieb sein linkes Schienbein. »Vielleicht ist er verstaucht.«

»Lassen Sie mal sehen«, sagte Walter und bückte sich.

»Ach, lassen Sie nur, es ist nichts weiter.« Larry stand auf und machte einen Schritt. In diesem Moment trat die Frau auf den Gang.

»Was ist los?« fragte sie.

»Er hat sich den Knöchel verstaucht, Elinor.«

Elinor hieß sie also. Larry lächelte sie tapfer an. »So was Dummes«, sagte er.

»Versuchen Sie lieber nicht, zu gehen«, sagte Elinor. »Walter, sieh doch mal zu, daß Dr. Russell rüberkommt.«

»Ich wollte ihn sowieso eben anrufen.«

Verdammt, jetzt fing sie schon wieder mit diesem Arzt an. Larry schluckte. »Ich brauch' keinen Arzt.«

»Mit solchen Dingen soll man nicht spaßen«, sagte Walter und ging zum Telefon. »Es wäre mir lieber, wenn Russell sich die Sache mal ansieht.«

»Kommen Sie, frühstücken Sie inzwischen«, sagte Elinor. Er humpelte in die Frühstücksecke.

»Setzen Sie sich, ich bring' Ihnen gleich die Eier.« Larry nickte. Während sie ihm den Tisch deckte, hörte er, wie Walter am Telefon draußen auf dem Gang die Nummer wählte.

Dann kam Walter in die Küche zurück. »Es meldet sich niemand«, sagte er und setzte sich. »Ach, Moment, das hab' ich ganz vergessen — in Center City ist ja heute ein Klubturnier. Wahrscheinlich spielt er mit.«

»Wir können ja einen anderen Arzt anrufen.«

»Nein, bitte, es ist ja schon in Ordnung.« Larry lächelte. Es war jetzt Zeit, zur Sache zu kommen. »Übrigens, ich hab' mich ja noch gar nicht vorgestellt. Ich heiße Larry Fox.«

»Walter Harris. Das ist Elinor, meine Frau.«

Richtig spießerhaft, man könnte sie für seine Geliebte halten. Larry nahm sich zusammen und erinnerte sich, daß er ein netter, wohlerzogener Junge war. Er hörte Walter zu, wie er ihm erzählte, daß er Vertreter bei Youthfrocks war. Er versuchte, Konversation zu machen, und wartete darauf, daß er die Karten auf den Tisch legte. Ja, jetzt war der richtige Moment.

»Mir ist das Ganze schrecklich peinlich«, sagte Larry. »Nicht nur, daß ich Ihnen solche Unannehmlichkeiten bereitet habe, sondern auch, daß ich in so einem Lokal gespielt habe. Aber man muß sich doch sein Brot verdienen, und irgendwie muß man ja anfangen.«

Während er sprach, fielen ihm immer wieder neue Teile zu der Geschichte ein, die er sich zurechtgelegt hatte. Die beiden antworteten ihm, und er hörte nur halb hin und wartete auf ein Stichwort. Während des Frühstücks baute er das Ganze so auf, wie er es sich gedacht hatte, schön langsam und nach und nach.

»Ja, ich hab' im Waisenhaus Klavierspielen gelernt ... Ich möchte eigentlich gern Komponist werden ... nein, keine Unterhaltungsmusik ... am liebsten würde ich Unterricht geben, aber ich hab' keine richtige Ausbildung ...«

Sie hörten ihm sehr interessiert zu, besonders die Frau, und er beschloß, sich auf sie zu konzentrieren. Als sie sich nach dem ›Sunset Club‹ erkundigte, wußte er, jetzt war die richtige Gelegenheit da.

Larry starrte auf den Tisch und sagte ernst und leise: »Nach dem, was gestern abend gewesen ist, geh' ich nie mehr dorthin. Es ist mir eine Lehre gewesen, das ist kein Leben für mich. Vielleicht geh' ich nach Detroit und such' mir dort einen Job.« Er schwieg einen Moment. »Wenn ich zusehe, daß ich schnell in mein Hotel in Center City komme und meine Sachen hole, vielleicht krieg' ich dann noch einen Bus.«

Er wartete und dachte: *Jetzt bin ich gespannt.*

Und dann hörte er, wie Elinor sagte: »Aber am Sonntag geht, glaube ich, kein Bus von Center City, nicht, Walter? Außerdem müssen Sie doch an Ihren Knöchel denken. Warum bleiben Sie nicht noch einen Tag oder so bei uns, bis Ihr Fuß in Ordnung ist?«

»Natürlich«, sagte Walter. »Sie können ruhig hier bleiben. Das macht uns gar nichts aus.«

»Aber ich möchte Ihnen wirklich nicht zur Last fallen. Ich hab' Ihnen schon genug Umstände gemacht.«

»Unsinn«, sagte Elinor. »Nach dem Frühstück legen Sie sich ein bißchen auf die Couch und ruhen sich aus. Wir machen Ihnen heiße Umschläge auf den Knöchel, und später versucht Walter den Doktor zu erreichen.«

Es war geschafft. Larry lächelte die beiden dankbar an. Sie brauchten nicht zu wissen, daß er sich selbst dankbar war.

Und als er dann auf dem Sofa lag, Walters Zigaretten rauchte und das Geschirrklappern aus der Küche hörte, fühlte er sich richtig wohl.

»Hollywood«, sagte er sich. »Dort gehörst du hin, Mensch. So ein Talent wie du.« Er wiederholte diesen Satz immer wieder und dachte daran, wie oft es ihm schon gelungen war, anderen etwas vorzumachen.

Im Waisenhaus hatte er alle an der Nase herumgeführt, bis Schwester Corinne auftauchte, die alte Schachtel. Damals hatte er den braven kleinen Jungen gespielt. Dann, als er in dem Hotel arbeitete, war er der freundliche junge Mann gewesen und hatte die betrunkenen und unsicheren Gäste ausgenommen. Bei LaVerne hatte er getan, als ob er mit allen Wassern gewaschen wäre, und bei dem Mädchen aus dem Malerladen und ihren Freunden hatte er den Intellektuellen gespielt. Obwohl das alles immer nur gespielt war, hatte er doch auch stets selber an seine Rolle geglaubt und genossen, was er sagte oder tat.

Eine von Larrys frühesten Erinnerungen war, daß er im Waisenhaus in seinem Bett lag und die anderen Kinder um ihn alle schliefen; er lag hellwach in der stockdunklen Nacht und redete sich ein, daß er irgendwo anders sei. Er war der Prinz aus dem Märchen, und manchmal war er ein Riese, groß wie ein Haus; größer als Schwester Corinne und all die anderen, so groß, daß er sie alle fressen konnte. Er konnte ihnen ein Glied nach dem anderen abreißen, sie in seinen Händen zerdrücken, spüren, wie ihre Knochen brachen.

Diese kindlichen Fantasien verloren sich natürlich. Später, als er oft ins Kino ging, gewöhnte er sich an, vor dem Spiegel Gesichter zu schneiden — nur zum Spaß natürlich. Er wußte, daß es albern war, aber irgendwie tat er's gern. Er bildete sich ein, Rock Hudson oder Robert Wagner zu sein, oder ein Schurke wie dieser Rod Steiger. Er mochte die Art, wie Rod Steiger mit ganz sanfter Stimme sprach und dann plötzlich die Maske fallenließ und hart wurde.

Dann wurde Larry wirklich erwachsen und entdeckte die Musikmasche. Er konnte sich auf dem Klavier ausdrücken. Er konnte so *sein,* wie er spielte, traurig oder übermütig, lebhaft oder ruhig und gelassen. Als er das herausfand, war er eine Weile sehr glücklich.

Doch das Leben war keine Spielerei. Wenn man vorwärts kommen wollte, mußte man mit den anderen fertig werden. Man mußte sie davon überzeugen, daß sie einen immer als Waisenkind behandelten, als armen Bastard. *Bastard.* Er haßte dieses Wort. Aber genau das war er, ein Bastard. Und es war nicht seine Schuld, was konnte er dafür? Bloß weil zwei Leute, die er nie gekannt hatte, sich zusammen im Heu gewälzt hatten, war er auf der Welt. ›Mam und Paps.‹ Auch diese beiden Worte haßte er, haßte den Gedanken, haßte sie selbst, wer immer sie sein mochten, haßte sie dafür, daß sie ihren Spaß gemacht und ihn dann in einem lausigen Waisenhaus hatten verrotten lassen, daß sie ihn zu einem Bastard gemacht hatten.

In seiner Kindheit hatte sich Larry manchmal eingebildet, daß *sie* trotz allem von ihm wußten und nur warteten, bis er älter war, und daß sie dann kommen und ihn holen würden. *Sie* beobachteten ihn und erhielten heimlich Berichte über ihn, und eines Tages würden sie ihn in ihr schönes großes Haus holen.

Doch dieses schöne große Haus gab es nirgends.

Manche von den anderen Kindern in dem Waisenhaus waren auch Bastarde, aber es schien ihnen nichts auszumachen — sie hatten allerhand komische Ideen und wollten mal zur Armee gehen oder einen Beruf lernen und fielen auf alles herein, was ihnen die Schwestern vormachten. Sie würden ihr ganzes Leben lang immer wieder hereinfallen — würden sich einziehen lassen und Steuern zahlen und auf jede lausige Chance, die sich ihnen bot, anbeißen. Sie verdienten es, Bastarde zu sein, weil ihnen nichts Besseres einfiel. Doch Larry war anders. Er war begabt. Das mußte sogar Schwester Corinne zugeben.

Und er kannte das große Geheimnis. Das große Geheimnis war, imstande zu sein, ein anderer zu werden, aus dem Waisenhaus wegzukommen und ganz nach oben zu klettern, wo er hingehörte. Dabei war Geld eine große Hilfe, und zu Geld kam man, indem man es anderen Leuten abnahm. Das Wichtigste dabei war, sie nicht merken zu lassen, daß man ein Bastard war.

Im Moment stand alles wieder einmal bestens für ihn. Dieser Walter und diese Elinor Harris waren auf seine Masche hereingefallen. Er konnte hierbleiben und sich's gutgehen lassen und sich dabei gründlich überlegen, was er mit LaVerne machen sollte.

Larry runzelte die Stirn, als er an sie dachte, dann zuckte er die Achseln. Vielleicht war es sogar ganz gut, daß er die Moneten gestern abend nicht gekriegt hatte. Es war dumm von ihm gewesen, sich mit lausigen fünf Scheinen zufriedenzugeben. Jetzt hatte er Zeit, darüber nachzudenken, wie er sie richtig abkassieren konnte. Dieser Sol, ihr Mann, mußte eine ganze Menge auf der hohen Kante haben. Ein paar Tausender sollte die Sache eigentlich bringen.

Alles, was er jetzt tun mußte, war, sich eine gute Taktik zurechtzulegen. Und bis er soweit war, würde er sich's in dieser Bude gemütlich machen. Larry warf einen Blick auf den großen Fernsehapparat und das auf Hochglanz polierte Mahagoniklavier — wahrscheinlich schlechter Klang, sah aber flott aus.

»Geht's schon besser?«

Elinor trat ins Zimmer und setzte sich in den Polstersessel gegenüber. Sie hatte sich angezogen und frisiert; für ihr Alter war sie gar nicht übel.

»Viel besser.« Larry nickte ihr zu. »Ich bin Ihnen wirklich sehr dankbar für alles.«

»Ach, ich bitte Sie. Ein bißchen Abwechslung ist hin und wieder mal ganz nett. Es ist immer der gleiche Trott bei uns. — Sie werden es nicht glauben, aber Walter und ich sind gestern abend nach einer Ewigkeit endlich mal wieder ausgegangen.« Sie strich über ihr Haar. »Walter ist nämlich vier Tage in der Woche unterwegs. Morgen früh fährt er wieder los und kommt erst am Freitag zurück.«

Larry setzte sich auf. Das klang interessant. »Ist er Vertreter?«

»Nicht direkt, Youthfrocks stellt Kleidung her, vor allem für Teenager. Walter ist für die Verkaufsförderung zuständig — er besucht die Geschäfte in seinem Bezirk, kümmert sich um die Schaufensterdekorationen, arrangiert Modeschauen, und ich weiß nicht, was alles.« Sie lächelte vertraulich. »Man sieht es ihm vielleicht gar nicht an, aber er hat tatsächlich ausgezeichnete Ideen. Manchmal, wenn er so dasitzt und kein Wort redet, denkt er sich Sachen aus, die sind einfach . . .«

Larry nickte; er hörte gar nicht richtig zu. Walters Talente interessierten ihn nicht. Seine Aufgabe war, Elinor dazu zu bringen, sich auf *sein* Talent zu konzentrieren. Wozu war denn das Klavier da?

Er erhob sich mit großem Getue von der Couch und humpelte langsam und vorsichtig hinüber. »Sie haben ein schönes Instrument«, sagte er. »Spielen Sie selbst?«

»Nein. Das Klavier gehört eigentlich meiner Schwägerin. Sie ist nach Kalifornien gezogen und hat es bis zu ihrer Rückkehr bei uns untergestellt.«

Larry nickte und wartete auf die unvermeidliche Frage. Sie kam.

»Möchten Sie nicht etwas spielen? Ich hab' Sie gestern sehr gut gefunden. Falls es für Ihren Knöchel nicht schlecht ist . . .«

Er lächelte und setzte sich. Er war froh, daß sie ihn an seinen Knöchel erinnerte; er mußte daran denken, daß er schmerzte, wenn auch nicht zu sehr. Nur so sehr, daß er hierbleiben mußte, und nicht so stark, daß man den Arzt holte.

Larry begann mit Donald Pillips' ›Skyscraper Fantasy‹, einem englischen Stück von der Sorte, die man ›symphonischen Jazz‹ nannte. Sie kannte es bestimmt nicht, und sie bemerkte sicher auch nicht die Fehler, die er bei den schwierigen Teilen machen würde. Er würde ihr eingehen wie Honig.

Er hatte recht. Er synkopierte sogar etwas zu stark, doch sie merkte auch das nicht. Elinor hatte sich zurückgelehnt, die Augen halb geschlossen und das Kinn hochgereckt, so daß der kleine dicke Wulst darunter verschwunden war.

Ihm kam wieder eine Idee. Wenn er fertig war, würde er ihr sagen, daß das Stück von ihm selbst sei. Das würde einiges dazu beitragen, den Eindruck, daß er ein junges Genie war, zu stärken. Ja, er würde ihr sagen ...

Larry legte sich eben den Dialog zurecht, da klingelte es an der Haustür, und so kam es, daß er dort am Klavier saß, als die Whittakers eintraten, und eben fünf Takte vor dem Ende angelangt war. Ein dummer Zufall.

Aber vielleicht war es auch wieder ein guter Zufall. Daß er am Klavier saß, stempelte ihn sofort ab, und Elinor brauchte ihn nicht umständlich vorzustellen, sondern nur etwas von einem ›jungen Freund, einem Komponisten‹ zu sagen, der ein paar Tage bei ihnen zu Besuch sei. Es wäre ihr sicher peinlich gewesen zu erklären, warum er hier war, und so ging es viel einfacher. Er ließ sie reden und sah sich inzwischen die Whittakers an.

Jim Whittaker war ein großer, magerer, kahlköpfiger Mann von etwa fünfundvierzig, der durch fingerdicke Brillengläser in die Welt glotzte. Minnie, seine Frau, hatte karottenrotes Haar und goldene Fingernägel und trug eine grüne Hose. Nur die Farbe der Hose war natürlich. Sie kicherte wie eine junge Gans, und das war sie offenbar auch — eine junge Gans von etwa fünfundvierzig.

Dann war da noch Jill, die Tochter. Eine hübsche, stramme Brünette mit einem Pagenkopf und Stirnfransen; sie hatte enge marineblaue Hosen und einen ebenso engen gelben Sweater an.

Larry konnte seinen Blick nicht von diesem Sweater losreißen. Er fragte sich, wie lange er es wohl fertigbringen würde, seine Hände davon fernzuhalten — aber nein, er mußte ja den Kühlen, Gelassenen spielen.

Schließlich wurde er dem vierten Gast vorgestellt, einem schlaksigen, flachsköpfigen Jüngling, der vielleicht neunzehn war. Er schien offenbar Jills Begleiter zu sein. Larry hatte das Vergnügen, George Drux kennenzulernen, und er stellte sofort fest, daß der Bursche einen Griff wie ein Gorilla hatte, und eine Stimme, die zur Schrillheit neigte, wenn er aufgeregt oder verlegen war.

Larry kam zu dem Schluß, daß es sicher vorteilhaft war, den guten Georgie in einen von diesen beiden Zuständen zu versetzen. Genau das brauchte er: einen richtigen Spießer — als Kontrapunkt. Der Kontrast zwischen ihm selbst, dem gelassenen, selbstsicheren jungen Komponisten, und diesem durchschnittlichen Burschen würde die Alten beeindrucken, und bestimmt auch Jill. Auf keinen Fall aber, ermahnte sich Larry, durfte er sich an Jill ranmachen. Zumindest jetzt noch nicht. Im Moment gab es Wichtigeres.

Es war wie der erste Akt eines Theaterstückes. Jim und Minnie Whittaker saßen neben Elinor auf dem Sofa und tauschten Floskeln aus. Larry schnappte Sätze auf wie »Darling, was gibt's Neues?« und »Walter rasiert sich eben, er wird gleich runterkommen«.

Jill und Georgie-Boy standen unentschlossen am Klavier. Niemand hatte sie aufgefordert, sich zu setzen, und sie warteten darauf, daß Larry etwas zu ihnen sagte. Er wartete einen Moment, denn er hörte Walter Harris die Treppe herunterkommen.

Er trat ins Zimmer und sagte hallo, und alle quatschten durcheinander. Jetzt konnte das Stück beginnen; er würde Regie führen. Wenn er wollte, konnte er das Mädchen und den Jungen ignorieren und aufstehen und zu den Alten rübergehen. Vielleicht war es aber besser zu warten, bis er sich ein klares Bild von diesen Leuten gemacht hatte. Das Einfachste, was er im Augenblick tun konnte, war, sich mit dem Jungvolk zu befassen.

»Waren Sie's, der vorhin gespielt hat, als wir reinkamen?«

Jill legte ihm mit ihrer Frage genau das Thema auf den Tisch, das er sich gewünscht hatte.

Er setzte sein Grinsen auf, diesmal sein schüchternes, und sah sie an. »Ich fürchte, ja. Aber ich verspreche, daß ich's nicht wieder tu'.«

»Oh, wir würden Sie sehr gern hören. Bitte, spielen Sie doch weiter.«

Jill schloß den offensichtlich unwilligen George in ihre Bitte ein, und das war das letztemal, daß er an diesem Nachmittag in irgend etwas mit eingeschlossen wurde.

Larry sorgte dafür. Er begann leise zu spielen, als ob er die andern nicht stören wollte, doch Walter führte sie bald in den Keller, um ihnen seine Bastlerwerkstatt zu zeigen *(Oh, Mann,* dachte Larry, *hab' ich mir doch gedacht, daß er ein Bastler ist!),* und da hielt Larry es für angebracht, seine Zurückhaltung aufzugeben und loszulegen. Nach ein paar Minuten saß Jill neben ihm auf der Klavierbank — es stellte sich heraus, daß für George kein Platz mehr war —, und Larry spielte ihr vor und lächelte sie an und fragte sich, wie sich ihre Brüste wohl anfühlten.

»Klasse!« sagte Jill. »Man merkt, daß Sie Berufsspieler sind. Bei wem haben Sie gelernt?«

Larry hatte nicht die Absicht, ihr zu erzählen, daß er bei LaVerne gelernt hatte. »Ach, bei verschiedenen Lehrern«, sagte er. »Spielen Sie auch?«

»Ein bißchen. Aber Miß Biddle, meine Klavierlehrerin, ist bloß für so altmodisches Zeug. Ich würde gern Boogie lernen.«

»Wissen Sie was? Ich bleib' vielleicht ein paar Tage hier. Ich könnt's Ihnen beibringen«, sagte Larry und dachte bei sich, daß er ihr eine ganze Menge beibringen konnte.

George Dux stierte finster drein. Offenbar hatte er kein Organ für all das Schöne, das sich hier anbahnte. »Ich glaube, die tischen da drin was zu essen auf«, grunzte er und deutete zum Speisezimmer hinüber. Die Geräusche, die man hörte, schienen das zu bestätigen.

Larry zwinkerte Jill zu, dann lächelte er nachsichtig. »Jungens, die noch im Wachsen sind, müssen viel und gut essen«, sagte er und bedauerte sofort diesen Fehler. Er durfte sich jetzt niemanden zum Feind machen, auch nicht einen Trottel wie Georgie-Boy.

»Ich bin selbst noch im Wachsen, wissen Sie«, fügte er hinzu. Er stand auf und führte sein Gehumpel vor.

»Was ist denn mit Ihrem Bein?« fragte Jill. Dann wurde sie puterrot. »Sie haben doch nicht . . .«

»Ich hab' mir bloß den Knöchel verstaucht. Deshalb muß ich ein paar Tage hierbleiben«, sagte Larry laut genug, daß ihn auch Walter und Elinor hörten, und trat ins Speisezimmer.

Er wurde auf eine Weise empfangen, daß er merkte, man hatte im Keller und in der Küche über ihn gesprochen.

Als sie sich an den Tisch gesetzt hatten, wartete er darauf, daß ihm jemand den Ball zuspielte.

Jim Whittaker tat ihm den Gefallen. Er glotzte ihn über den Kartoffelsalat hinweg an und sagte: »Walter hat mir erzählt, daß Sie ein aufstrebender junger Komponist sind. Woher haben Sie in Ihrem Alter soviel Talent?«

Jetzt war es an Larry, bescheiden auf seinen Kartoffelsalat zu starren. »Oh, so weit ist es gar nicht damit her. Ich experimentiere bloß ein bißchen. Mr. Harris hat Ihnen sicherlich erzählt, wie wir uns kennengelernt haben.«

Whittaker nickte, wartete aber offenbar auf mehr. Larry holte tief Luft und beschloß, auf dieser Linie zu bleiben.

»Ich wollte eigentlich in ein paar Tagen nach Detroit fahren und einen Kursus bei dem alten Haufner besuchen, an der Musikakademie. Theorie und Kontrapunkt und so.«

Whittaker nickte wieder.

»Und wißt ihr was?« mischte sich Jill ein. »Er hat versprochen, mir Boogie beizubringen.«

»Falls ich nicht morgen früh fahre«, sagte Larry und lächelte Elinor an.

»Aber das kommt gar nicht in Frage — Sie können doch nicht fahren, bevor Ihr Knöchel in Ordnung ist«, sagte sie. »Walter, hast du schon Dr. Russell angerufen?«

»Ganz vergessen.« Walter stand auf und legte seine Serviette auf den Tisch. »Ich versuch's gleich mal.«

»Aber bemühen Sie sich doch bitte nicht«, sagte Larry. Doch Walter war schon draußen auf dem Korridor. Larry hielt den Atem an. *Verdammt noch mal, das Ganze wird doch jetzt nicht platzen, wo ich so schön in Fahrt bin.*

Jemand sagte etwas zu ihm, doch Larry hörte nicht hin. Er sah Walter an, der ins Zimmer zurückkam. »Meldet sich noch immer niemand«, sagte Walter. »Vielleicht bleibt er bis morgen und übernachtet im Club. Ich könnt's ja mal dort versuchen.«

»Wirklich nicht nötig, es ist schon viel besser«, sagte Larry. Solange er sich Dr. Russell vom Leibe hielt, konnte ihm nichts passieren.

»Vielleicht kann ich Sie morgen vormittag in seine Praxis fahren«, schlug Elinor vor. »Ich muß sowieso zu Minnie.«

»Stimmt«, sagte Minnie Whittaker. »Wir treffen uns ja morgen mit den anderen Mädchen bei Graebner zum Mittagessen — wir sind doch im Komitee für den Clubtanzabend im nächsten Monat. Das hätte ich fast vergessen.«

»Dann setze ich Sie vor Dr. Russells Praxis ab«, sagte Elinor. »Damit wäre das erledigt.«

Larry nickte. Damit wäre das erledigt; jetzt hatte er Ruhe und konnte zuhören. Minnie Whittaker übernahm die Leitung der Konversation.

Er erfuhr, daß die Whittakers es sich leisten konnten, für nächstes Jahr einen Urlaub auf Hawaii zu planen, daß Minnie leidenschaftlich gern Espresso trank, daß Whittaker entweder Archäologe oder Anthropologe war, auf jeden Fall irgendein -*loge,* und die beiden luden ihn ein, mit Elinor zu kommen.

Das war alles, war Larry erfahren hatte, als die Whittakers aufbrachen. Und dann gab Jim Whittaker ihm seine knochige Hand und sagte: »Wenn Sie nach Detroit auf die Musikakademie gehen, dann grüßen Sie den alten Haufner von mir.«

Larry verabschiedete sich von Minnie und Jill und George Drux. Als die Tür sich hinter ihnen geschlossen hatte, lächelte er Walter und Elinor an.

Doch die ganze Zeit hatte er ein unangenehmes Gefühl in der Magengrube; irgend etwas ringelte sich dort zu einem festen Knoten zusammen und drückte auf seine Eingeweide.

Denn soviel er wußte, gab es in Detroit gar keine Musikakademie und ganz bestimmt keinen alten Haufner.

Vielleicht war es doch das beste, wenn er jetzt schnell handelte.

5

An diesem Morgen war keine Fliege an der Decke.

Wenn eine dort gewesen wäre, hätte Larry keine Zeit darauf verschwendet, sie zu beobachten. Er sprang, sobald er wach war, aus dem Bett. Unten hörte er Stimmen. Das bedeutete, daß Walter Harris schon auf war und bald losfahren würde.

Larry wäre fast ins Badezimmer gerannt; gerade noch rechtzeitig nahm er sich zusammen. Man konnte seine Schritte sicherlich unten in der Küche hören. Jemand mit einem verstauchten Knöchel rannte nicht.

Er ging langsam hinüber, doch als er im Badezimmer war, machte er die verlorene Zeit wett — er wusch und rasierte sich und kämmte sein Haar. Wenn er es glatt nach hinten kämmte, sah er älter aus; um jungenhaft zu wirken, war aber auch die Locke über der Stirn wichtig. So, das war's.

Larry nickte sich im Spiegel zu. Die blöden Frauen dachten, sie hätten ein Monopol darauf, sich zurechtzumachen. Ihm fiel ein, wie oft er Irene und LaVerne bei ihren sorgsamen kosmetischen Ritualen beobachtet und die Wirkung von Augenschatten, Maskara, Lippenstift und Frisur studiert hatte. Sie hatten ihn, während sie damit beschäftigt waren, immer völlig ignoriert, als hätte ein Mann keine Ahnung von der Magie dieser Dinge. Wie dumm sie in dieser Beziehung waren.

Männer wußten ebensogut darüber Bescheid. Gerissene Männer jedenfalls, Männer, die ein Gefühl dafür hatten, welche Masche am besten wirkte: manchmal, bei kleinen Mädchen, wie dieser Jill, mußte man sich sanft und reif geben, und manchmal, bei älteren Weibern, wie dieser Elinor, mußte man an die mütterlichen Instinkte appellieren, oder wie man das nannte. Deshalb war an diesem Morgen die Locke wichtig.

Fünf Minuten später führte er sie am Frühstückstisch vor. Elinor schenkte Kaffee ein, und Walter war in die Morgenzeitung vertieft.

»Guten Morgen«, sagte Elinor. »Gut geschlafen?«

Larry nickte. Es war eine Lüge, aber sie brauchten nicht alles so genau zu wissen.

»Was macht der Fuß?« fragte Walter.

»Hat sich nicht viel geändert.«

»Hmm.« Walter faltete die Zeitung zusammen und legte sie hin. »Mir ist eben eingefallen, daß ich heute vormittag, wenn ich ins Büro geschaut habe, durch die Stadt fahre. Wie wär's, wenn *ich* Sie zu Dr. Russell bringen würde?«

Das war eine gute Frage. Larry wünschte, er wüßte eine gute Antwort darauf.

»Tja . . .«, begann er.

Doch Elinor half ihm. »Liebling, wie soll er denn ohne Auto hierher zurückkommen? Außerdem hat er noch nicht mal gefrühstückt, und du weißt doch, daß Russell morgens erst ins Krankenhaus fährt. Es hat gar keinen Sinn, wenn er vor elf dort ist. Am besten, ich fahr' ihn hin und hol' ihn nach dem Mittagessen wieder ab.«

»Du hast recht«, sagte Walter.

Larry hörte, daß draußen die Vögel sangen. Sie hatten schon die ganze Zeit gesungen, doch er hatte es bis jetzt nicht bemerkt.

Was er jetzt sagen wollte, war ihm schrecklich, doch es mußte sein, wenn er die beiden festnageln wollte.

»Hören Sie, ich muß doch vom Arzt nicht hierher zurückkommen. Am besten, Sie setzen mich bei meinem Hotel ab, und ich leg' mich dort ein paar Tage hin, bis der Knöchel in Ordnung ist. Ich werd' schon zurechtkommen.« Während er sprach, ging Larry langsam zu einem leeren Sessel. Als er ›zurechtkommen‹ sagte, zuckte er zusammen.

»Was für ein Unsinn«, sagte Walter. »Sie wissen doch noch gar nicht, was mit dem Fuß wirklich los ist. Er kann ja auch gebrochen sein, oder irgend so was. Außerdem, wenn Sie hierbleiben, kostet Sie die Behandlung nichts, denn irgendwie sind wir ja dafür verantwortlich . . .«

»Aber ich kann mich doch nicht auf Ihre Kosten . . .«

»Das kostet keinen Cent«, versicherte ihm Walter. »Ich habe eine Haftpflichtversicherung, die auch für meine Gäste gilt. Die Police bezahl' ich schon seit acht Jahren und hab' nie einen Penny verlangt. Gehen Sie also zu Russell, und wenn's was Schlimmes ist, sagen Sie ihm, er soll eine ordentliche Rechnung schicken.«

»Das ist wirklich sehr nett von Ihnen.«

»Übrigens — haben Sie der kleinen Whittaker nicht was versprochen?« Walter lächelte Elinor zu. »Glauben Sie, wir haben nicht gemerkt, wie Sie sie gestern auf der Klavierbank angeschaut haben? Schließlich waren wir ja auch mal jung, was, Liebling?«

»Das will ich meinen.«

Larrys Gesicht entspannte sich. Er hatte seine Rolle ausgezeichnet gespielt. Schwester Corinne hatte ihm immer gesagt, ins Kino zu gehen sei Zeitverschwendung, man würde dort nicht das mindeste lernen. Nun, er hatte eine Menge im Kino gelernt, unter anderem auch diesen Trick, vor Schmerzen zusammenzuzucken und scheinbar mit einem Grinsen darüber hinwegzutäuschen.

Walter stand auf und rückte sich seine Krawatte zurecht. »Ich glaub', ich werd' jetzt losfahren. Muß mich heut' nachmittag in Hillyer um diese Modenschau kümmern. Ich ruf' dich abends vom Hotel aus an.«

»Ja, Liebling.« Elinor begleitete ihn auf den Korridor hinaus.

Als Larry aufstehen wollte, drehte sie sich um. »Bitte, bleiben Sie doch sitzen«, rief sie.

»Schonen Sie Ihre Füße«, fügte Walter hinzu. »Und machen Sie sich wegen Ihres Hierbleibens weiter keine Gedanken. Es ist ganz gut für Elinor, wenn sie mal ein bißchen Gesellschaft hat. Und für Jill Whittaker auch.« Er kicherte. »Bis Freitag abend also.«

Freitag abend. Fünf Tage. Larry nickte befriedigt. In fünf Tagen konnte eine Menge passieren. Und es würde eine Menge passieren, versprach er sich.

Walter und Elinor absolvierten auf dem Gang die üblichen Mam- und Paps-Umarmungen, und dann fiel die Tür ins Schloß. Die Schwierigkeiten waren überwunden. Jetzt konnte es losgehen.

Elinor brachte ihm Orangensaft, bereitete den Toast und die Eier. Sie schenkte ihm Kaffee ein und trank selbst noch eine Tasse. Larry blickte auf ihr Spiegelbild auf der glänzenden Oberfläche des Toasters. Sie war für diese frühe Stunde ziemlich zurechtgemacht. Weil Walter wegfuhr? Oder weil *er* blieb?

Er fragte sich einen Moment, ob hier ein Ansatzpunkt war. Nein, zu riskant. Außerdem war sie darüber wohl hinaus. Besser, er blieb bei der jungenhaften Masche.

Sie half ihm, indem sie von dem Waisenhaus anfing, und er fütterte sie mit einigen Details. Die Frage nach seinem Militärdienst gab ihm die Möglichkeit, auf seinen Herzfehler hinzuweisen. »Ich hatte als Kind mal rheumatisches Fieber«, erzählte er ihr.

Nach dem Frühstück räumte sie den Tisch ab, und als er ihr anbot, ihr beim Abwaschen zu helfen, sagte sie, er solle sich lieber hinsetzen. Er ging ins vordere Zimmer, war aber irgendwie nicht befriedigt. Geschirrspülen wäre besser gewesen; er hätte damit zeigen können, daß er sich nützlich machen wollte. Irgend etwas mußte er tun.

Ja, natürlich, das Klavier. Er setzte sich auf die Bank und begann ›Claire de Lune‹ zu spielen.

Er spielte es schlecht — zum Teufel, er hatte nie die Noten gesehen, sondern es nur in Cocktailbars aufgeschnappt —, aber das machte nichts. Es gefiel ihr.

Komisch, dachte Larry. Alle Frauen hören gern ›Claire de Lune‹. Und ›Malagueña‹, und ›Jalousie‹. Mit diesen drei Nummern hatte man, wenn man hinter einem Weib her war, ein komplettes Repertoire.

Er spielte weiter, als sie fertig war und hinaufging, um sich anzuziehen.

Als er hörte, wie sie die Schlafzimmertür zumachte, ging er leise auf den Gang hinaus und nahm sich das Telefonbuch. Er blätterte, bis er zu den Namen mit dem Anfangsbuchstaben S kam. LaVernes Mann hieß Sarno. Doch in dem Buch stand kein Sol Sarno. Vielleicht wohnte er in irgendeiner von den Vorstädten. Vielleicht hatte er eine Geheimnummer. Das würde er in der Stadt schon herauskriegen.

Larry ging wieder ins vordere Zimmer. Er hörte, wie sie oben die Badezimmertür schloß und das Wasser aufdrehte.

Als er sich wieder hinsetzen wollte, fiel sein Blick auf den Schreibtisch drüben in der Ecke. Er gehörte anscheinend Walter. — Rechnungen lagen darauf, ungeöffnete Drucksachen und alte Nummern des *Wall Street Journal.* Larry kramte dazwischen herum. Nichts Wesentliches.

Seine Hände glitten über die Messingbeschläge der Schubladen. Er horchte auf das Geräusch der Dusche. Vorsichtig zog er die oberste Schublade auf.

Löschblätter, Bleistifte, eine alte Füllfeder, weitere mit dicken Gummibändern umwickelte und mit dem Stempel BEZAHLT versehene Rechnungen. Notizbücher, ein Bogen Briefmarken, ein paar Kuverts, Büroklammern. Wertloses Zeug.

Die zweite Schublade war interessanter. Das Scheckbuch, zum Beispiel — Garden View State Bank. Er blätterte es durch, bis er auf die letzte Eintragung stieß, und las den Kontostand: 1962,43 Dollar. Offenbar war dies Walters laufendes Konto. Wahrscheinlich hatte er auch noch ein Sparkonto; jedenfalls schien er nicht schlecht bei Kasse zu sein. Ganz gut, das zu wissen; vielleicht war es später einmal von Nutzen. Es kam nur darauf an, einen Ansatzpunkt zu finden.

Er legte das Scheckbuch zurück *(das Wasser lief noch immer)* und öffnete die unterste Schublade.

Sie war voller Kram, Fotoalben, Briefe, ein paar alte Streichholzhefte, ein kaputtes Feuerzeug. Und ganz hinten in der Lade . . .

Das Wasser verstummte.

Alles verstummte einen Moment für Larry, während er dastand und vor sich hin starrte.

Sein Mund war strohtrocken.

Das war die Lösung.

Jetzt wußte er, was das Richtige für LaVerne war.

Er starrte in die Schublade, dann streckte er die Hand aus.

Als Elinor herunterkam, saß er wieder am Klavier und spielte ›Jalousie‹.

Doch Walters 38er-Revolver war in seiner Tasche.

»Na, sind Sie soweit?« fragte Elinor.

Larry stand von der Klavierbank auf und grinste. »Ja«, sagte er. »Ich bin soweit!«

6

Als Elinor ihn vor Dr. Russells Haus aussteigen ließ, humpelte er auf das Gebäude zu.

Er fuhr mit dem Lift zu Dr. Russells Praxis hinauf und trat in das Empfangszimmer, und das Mädchen hinter der Glaswand blickte auf. Hübscher kleiner Käfer.

»Ist der Doktor da?«

»Sind Sie angemeldet?«

Verdammt noch mal, wer hat eigentlich diesen Quatsch eingeführt? dachte Larry wütend. Immer dieses blöde Getue, wenn man irgend so ein großes Tier sprechen wollte, diese »Wen-darf-ich-melden?«-Masche.

Larry fiel gerade noch rechtzeitig ein, daß er lächeln mußte. »Nein«, sagte er. »Ich würde ihn aber gern sprechen. In einer persönlichen Angelegenheit.«

»Er ist noch im Krankenhaus«, sagte das Mädchen. »Wahrscheinlich kommt er erst am Nachmittag. Soll ich Sie vormerken?«

Er schüttelte den Kopf. »Schade, ich bin nur auf der Durchreise. Na ja, vielleicht klappt's ein andermal. Sagen Sie ihm, Charlie Snow war da.«

Larry verschwand schnell und gratulierte sich. Er hatte Glück gehabt, aber auch wenn der Doktor dagewesen wäre, wäre das kein Problem gewesen. Er hätte sich als Vertreter vorgestellt und gefragt, wie er mit sterilen Tüchern eingedeckt wäre, oder irgend so was. Aber auf diese Weise hatte es auch ganz gut geklappt. Jetzt brauchte er ein Telefonbuch.

Er fand eins in dem Drugstore an der nächsten Ecke, vor dem er sich mit Elinor in etwa zwei Stunden treffen sollte.

Larry schlug das Ärzteverzeichnis auf und notierte sich einen Namen: *Dr. W. A. Hazeltine.* Er hatte seine Praxis im gleichen Haus wie Dr. Russell, was prima paßte. Moment — hatte er Montag abends auch Sprechstunde? Klar: *Montag und Freitag, 19—21 Uhr, gegen Voranmeldung.*

Er schlug das Buch zu und nahm das Adreßbuch.

Er suchte nach *Sarno, Sol.* Keine Spur. Es blieb nur eins übrig — im ›Sunset Club‹ anzurufen und zu fragen.

Larry kramte in seinen Taschen (eigentlich Walters Taschen, in die er seine Sachen aus dem Smoking umgeräumt hatte) und holte sein Geld hervor. Achtzehn Dollar und fünfunddreißig Cent. Kein Vermögen. Aber im Moment brauchte er nicht viel Geld. Er hatte etwas Besseres. Mit Geld konnte man zwar auch einiges ausrichten, aber ein 38er Revolver hatte noch mehr Wirkung.

Zunächst mußte er diesen Anruf erledigen. Er ging zu der Telefonistin und sagte ihr die Nummer des Lokals. Sie verlangte fünfunddreißig Cent. Komisch, daß er genau diese Summe in Kleingeld hatte. Es war ein gutes Zeichen.

Als die Verbindung hergestellt war, senkte er seine Stimme und fragte nach Sol. Nicht nach ›Mr. Sarno‹, sondern nach Sol.

Oh, nicht da? Wo man ihn denn erreichen könne? Es sei sehr wichtig.

»Canterbury 49 82?«

Larry sagte: »Vielen Dank, können Sie mir vielleicht auch die Adresse sagen? Vielleicht schau' ich mal vorbei, ob er da ist.«

Der Tageskellner sagte ihm die Adresse.

»In Canterbury also? Noch mal vielen Dank.«

Larry legte auf. Dieser Sarno schien ein ordentlicher Mann zu sein, wenn der Kellner einem seine Telefonnummer und Adresse gab.

Aber wo war dieses Canterbury?

Larry ging einen Block weiter und kam zu einer Tankstelle mit einer Tafel *Billiges Benzin.* Er ließ sich eine Straßenkarte geben und zog sich auf die Toilette zurück. Canterbury war nicht schwer zu finden — es lag nur ein paar Meilen vom ›Sunset Club‹, nicht weit von Garden View, wo die Harris' wohnten.

Er humpelte von der Tankstelle weg (womöglich hatte Elinor Freunde hier in der Stadt) und ging die Straße entlang, bis er ein Eisenwarengeschäft fand. Ein dicker Mann verkaufte ihm eine Schachtel 38er-Munition. Larry unterließ in dem Laden das Humpeln und benahm sich möglichst unauffällig. Er bekam ohne lange Diskussion, was er wollte; der dicke Mann konzentrierte sich auf die anderen Leute im Laden, unter denen einige Kinder waren, die vielleicht eine Taschenlampe oder ein Messer eingesteckt hätten, wenn er sich abgewendet hätte.

Larry machte, daß er schnell wieder 'rauskam. Die Schachtel mit der Munition und der Revolver beulten seine Taschen aus. Dagegen mußte was getan werden. Er ging in ein Musikaliengeschäft an der Hauptstraße; man rollte ihm das Notenpapier, das er verlangte, zusammen und gab ihm noch eine große Tüte dazu, als er darum bat. Er stellte sich in eine Ecke neben der Tür, wo ihn niemand sehen konnte, und tat die Munition und den Revolver in die Tüte.

Dann ging er in ein Kaufhaus und kaufte sich ein Paar Drillichhandschuhe. Sie hatten dicke, unförmige Finger, doch er rechnete nicht damit, daß er einen Abzug würde drücken müssen. Immerhin war es gut, vorbereitet zu sein, und das war er jetzt.

Larry ging zurück in den Drugstore und setzte sich auf einen Hocker an der Theke. Er verdrückte eine papierdünne Scheibe feuchten Schinken zwischen zwei glitschigen Scheiben Brot, einen Becher mit verdünntem, übelriechendem Kaffee und eine Mischung aus Mehl, Luftblasen und chemisch konservierten Kirschen, die sich ›Sundae‹ nannte. Dazu bekam er kostenlos eine Lunge voll Zigarettenrauch von den Typen, die neben ihm saßen, und einen Schwall klirrender und quietschender Geräusche von den Leuten, die die Apparate hinter der Theke bedienten.

Wie er diese Imbißlokale haßte! Er haßte die Enge, das widerliche Gefühl, auf einem warmen Hocker zu sitzen, während hinter einem schon jemand auf den Platz wartete und einem in den

Nacken atmete. Er haßte diese Massenabspeisung, das ständige Geklapper, das blöde, stupide Getue, als ob man ›bedient‹ würde. Er hatte die Nase voll von diesen Würstchenbuden und Milchhallen. Sie kotzten ihn an, die Papierservietten, die Plastikaschbecher, das Silberbesteck ohne eine Spur Silber, die Becher, in denen man den Kaffee bekam.

Na ja, bald würde er das alles hinter sich haben, nur diese kleine Unterhaltung mit LaVerne lag noch dazwischen. Er verdiente etwas Besseres als diese Spießer. Wenn er richtig vorging, dann sprang bei der Sache mehr heraus als bloß ein Batzen Geld. Es wäre ganz nett, auch ein gelbes Kabrio zu haben; so wie Walter Harris, so wie La Verne. Mit ein paar Tausendern und einem guten Wagen konnte man 'runter nach Florida oder an die Küste. Man konnte in einer anständigen Bude hausen, ein paar Scheine für Seidenanzüge anlegen, sich einen guten Agenten nehmen. Nachts ein paar Stunden arbeiten, tagsüber am Strand 'rumliegen, sich eine Biene mit einem dicken Konto anlachen. Alles, was er brauchte, war eine Chance, anfangen zu können.

Und jetzt war der Moment da.

Nachdem er bezahlt und sich Zigaretten gekauft hatte, hatte er noch vierzehn Dollar und zwanzig Cent. Nicht genug, um die Leihgebühr für seinen Smoking und die Hotelrechnung drüben in Center City zu bezahlen. Na ja, die sollten warten. Er würde gar nicht mehr hingehen; sollten sie seine schäbige Garderobe und den Pappkoffer behalten und das Zeug verkaufen. Mit Larry Fox würde es jetzt aufwärtsgehen.

Als er auf die Straße hinaustrat, fuhr Elinor gerade vor.

»Na, wie war's?« fragte sie. »Hat Dr. Russell Sie untersucht?«

»Die Schwester hat gesagt, er würde erst am Nachmittag kommen. Ich dachte, es ist am besten, ich geh' woanders hin. Im gleichen Haus ist ein Dr. Hazeltine. Kennen Sie ihn?«

»Nein. Den Namen hab' ich schon gehört, aber ich kenne ihn nicht.«

Das hatte er gehofft; es machte das Ganze wesentlich leichter. »Ein netter Bursche«, sagte er. »Er hat ein paar Röntgenaufnahmen gemacht.«

»Haben Sie sie gesehen?«

»Nein, sie sind erst heute abend fertig. Er hat mich gebeten, abends noch mal vorbeizuschauen.«

»Ach, das ist aber dumm«, sagte Elinor. »Min Whittaker hat gesagt, wir sollen abends zu ihr kommen. Ich werde sie anrufen und ihr sagen, daß ich Sie zum Arzt fahren muß.«

»Aber das ist doch nicht nötig«, sagte Larry rasch. »Ich kann doch selber fahren. Am besten, ich bring' Sie heute abend zu den Whittakers, fahr' schnell in die Stadt, seh' mir die Röntgenaufnahmen an und komm' dann hin.«

»Aber werden Sie denn mit dem Knöchel fahren können?«

»Der Doktor meint, das ginge schon. Ich hab' ihn extra gefragt.«

»Also schön.«

Larry legte die Päckchen auf seinen Schoß; er hoffte, sie dadurch abzulenken.

»Haben Sie was gekauft?« fragte Elinor.

»Ja. Ich war in dem Musikladen und hab' mir Verschiedenes besorgt. Dachte, ich könnte vielleicht ein bißchen an meiner Komposition arbeiten.«

»An dem Stück, das Sie gestern gespielt haben?«

Larry nickte. »Ich möcht's noch ein bißchen ausfeilen.«

»Gut. Wenn Sie wollen, können Sie ja heute nachmittag arbeiten. Ich muß ein paar Sachen waschen.«

So verbrachte er den Nachmittag auf der Klavierbank und zog eine Oscar-Levant-Schau ab. In Wirklichkeit feilte er an der Sache in seinem Kopf herum.

Bis zum Abendessen war er fertig. Er aß wie in Trance, und später erinnerte er sich kaum daran, wie er Elinor danach zu den Whittakers gefahren hatte. Es gelang ihm, sie ständig am Reden zu halten und zwischendurch seine Späßchen zu machen, doch er zählte die ganze Zeit die Minuten.

Jetzt hielt er die Tür auf und half ihr beim Aussteigen. »Es macht doch sicher nichts, wenn ich nicht mit 'reinkomme«, sagte er. »Ich fahr' gleich zum Arzt und komm' so schnell wie möglich.«

Er richtete den Suchscheinwerfer auf den Gehsteig, als sie auf das Haus zuging, und wartete, bis sie geklingelt hatte. Dann fuhr er die Auffahrt wieder hinunter und in Richtung Süden.

Zwanzig Minuten später stand er in einer Drugstore-Telefonzelle in Canterbury. Er wählte die Nummer, die ihm der Kellner gegeben hatte, und während er das Rufzeichen hörte, spürte er, wie der Hörer durch seine Finger glitt.

Verdammt noch mal, er hatte doch gar keinen Grund, zu schwitzen — er wußte, was er sagen wollte, alles war genauestens geplant. Falls Sarno zu Hause war und selbst 'ranging, würde er auflegen und später noch mal anrufen. Wenn aber La-Verne sich meldete . . .

Sie meldete sich.

»Hallo.«

»Hallo«, sagte Larry mit leiser Flüsterstimme. »Ist Sol da?«

»Wer ist denn dort?«

»Tony French. Bin eben angekommen. Ich hab' was Geschäftliches mit Sol zu besprechen, und man hat mir gesagt, ich soll in der Wohnung anrufen.«

»Von wo sprechen Sie?«

»Vom Club.«

»Er ist unterwegs zum Club. Muß bald dort sein — er ist vor drei Minuten hier weggefahren.«

»Okay, dann warte ich hier auf ihn. Vielen Dank.«

»Bitte sehr.«

Sie legte auf. Larry schaute auf seine Uhr. Viertel vor acht. LaVerne würde nicht vor der ersten Show in den Club kommen, und die war um zehn. Er hatte also massenhaft Zeit. Und die Adresse hatte er auch: 1216 Burnham Drive.

Aber wo war das? Er hätte jemanden fragen können, aber das war zu riskant. Falls irgend etwas passierte, war es besser, wenn ihn niemand hier in der Gegend sah.

Es wird nichts passieren, sagte er sich. Es war alles bestens eingefädelt.

Er fuhr die Hauptstraße hinunter und bog nach links in die Jefferson Street ab; vermutlich wohnte so ein Kapitalist wie Sol Sarno irgendwo am Stadtrand, wo die hübschen Ranchhäuser sich an die Hügel schmiegen. Er hatte recht, bald stieß er auf den 900er-Block des Burnham Drive.

Die Straßen hier draußen waren finster. Im Innern der Häuser brannte wegen des allabendlichen Fernsehrituals nur gedämpftes Licht. Die Bürger von Canterbury saßen in ehrfürchtigem Schweigen, in die Anbetung ihrer illuminierten Altäre versunken. Sie beteten Wildwestfilme an und erschauerten gehorsam vor den Offenbarungen der Krimis. *Unser tägliches Gruseln gib uns heute.*

Larry grinste. Was würden die Schwestern wohl sagen, wenn sie dieses Geläster hörten? Aber darum brauchte er sich nicht mehr zu kümmern, hier, vor dem 1200er-Block des Burnham Drive.

Er fuhr ein Stück weiter und parkte gleich um die Ecke; 1216 lag gegenüber, auf der anderen Seite der Straße. Er starrte auf die Kunststeinfassade mit dem hübschen Holzvorbau, alles sehr schick und modern. Was machte Sol Sarno, dieser schäbige Bumslokalbesitzer, in so einer Bude? Und LaVerne — spielt sie die solide Hausfrau? Wahrscheinlich trug sie einen Hausanzug, wenn sie 'rausging und den Rasen sprengte. Er sah sie direkt darin vor sich, wie sie mit ihrem hübschen Hinterteil wackelte.

Zum Teufel, vielleicht stimmte es tatsächlich, was sie ihm gestern abend von einem ordentlichen Leben und so vorgequasselt hatte. Vielleicht waren sie und ihr Mann solide Bürger, die ihre Nachbarn abends zu Grillwürstchen im ›Patio‹ einluden. Kein Wunder, daß sie nervös geworden war, als er plötzlich auftauchte. Kein Wunder, daß sie ihn schnell aus dem Weg hatte räumen wollen. Aber da hatte sie Pech gehabt.

Ja, er mußte an der Tür klingeln. Und zwar laut, als ob er den ersten Anschlag auf dem Klavier spielte. Den ersten Anschlag seiner eigenen Komposition. Denn das war er jetzt — ein Komponist. Und LaVerne würde sich seine Musik anhören müssen.

Die Tür ging auf.

Sie stand da, und ihr weiter Pyjama hob sich schwarz von dem Licht hinter ihr ab. Ihr Gesicht lag im Schatten, doch Larry sah das dunkle Oval ihres Mundes.

Sie sagte irgendwas wie: »Ww-a?«

Er trat vor, und sie wich zurück, als er eintrat und die Tür hinter sich zumachte.

»Nette Bude«, murmelte er.

Sie war wirklich nett mit dem großen Kamin und den beiden darum gruppierten mehrteiligen Sofas. Ein schwerer beiger, von Wand zu Wand reichender Teppich, bodenlange Vorhänge an den Fenstern, drüben in der Ecke eine transportable Bar. Larry machte eine schnelle Bestandsaufnahme; was er da sah, gefiel ihm. Es stank, alles in allem, nach Geld.

LaVerne trat widerwillig zur Seite und stellte sich neben die Tür zum Gang. »Was willst du hier?« fragte sie endlich.

Eine dumme Frage, und dabei machte sie ein dummes Gesicht. Doch Larry freute sich darüber. Er war nicht der einzige, der vom Film oder vom Fernsehen gelernt hatte, stellte er fest; das schien heutzutage bei allen der Fall zu sein. LaVerne spielte, bewußt oder unbewußt, eine typische Szene. Hilfloses Mädchen, das vom Schurken bedrängt wird. Das Wesentliche war, daß sie die Situation bereits erfaßt hatte. So konnte er gleich weiter den starken Mann spielen.

»Angst, was?« sagte er.

»Wie?«

»Warum so verkrampft?« sagte er und setzte sich auf den Rand des einen Sofas und lächelte sie an. »Laß doch diese Was-ist-denn-bloß-los-Miene. Du weißt ganz genau, weshalb ich hier bin. Ich will den Zaster.«

»Aber ich dachte . . .«

»Du hast einen Fehler gemacht. Du hast mir durch jemanden 'nen Liebesbrief geschickt, aber er hatte vergessen, 'ne Marke draufzukleben.«

Larry fühlte sich großartig. Alles ging wie geplant; komponieren war eine feine Sache.

»Aber nein, ich . . .«

Jetzt wieder den alten Trick: Sie durfte keinen Satz zu Ende reden.

»Wozu denn streiten? Du hast deine Chance gehabt und hast sie verpaßt. Wo ist das Geld?«

»Larry, ich hab' dir doch gesagt, ich kann nicht so einfach fünfhundert Dollar auftreiben. Ich brauche Zeit.«

»Du hast sehr wenig Zeit gebraucht, um mich übers Ohr zu hauen. Bin gespannt, wie lang du jetzt brauchen wirst, um das wieder gutzumachen.«

»Hör doch, Larry, es war nicht so, wie du denkst; ich wollte nicht . . .«

»Willst du mir einreden, daß es Sols Idee war, mich von diesem Kerl umlegen zu lassen? Hast du ihm erzählt, daß sich einer an dich 'ranmachen wollte?« Larry wartete auf keine Antwort. »Aber mir ist das ganz egal. Reden wir lieber über das Geld.«

»Ich hab' etwa hundertfünfzig da, die kann ich dir geben. Bleiben noch, Moment — dreihundertfünfzig, stimmt's?«

»Du warst schon immer schwach im Rechnen«, sagte Larry.

»Es bleiben noch viertausendachthundertundfünfzig. Macht zusammen fünftausend Dollar. In bar.«

»Aber du hast doch fünfhundert gesagt, das weißt du doch ganz genau! Wie kommst du denn plötzlich auf . . .«

»Seit dieser Bursche mich auf den Schädel geschlagen hat«, sagte er, »leide ich an Gedächtnisschwund, verstehst du? Ich weiß nichts mehr von fünfhundert. Es sind jetzt fünftausend.«

»Du bist ja verrückt. So eine Summe kann ich nie aufbringen. Du kannst mich doch nicht . . .«

Larry stand auf und ging auf sie zu. »Du brauchst mir nicht zu sagen, was ich kann«, sagte er. »Darüber bin ich mir völlig im klaren — es gibt nur drei Möglichkeiten.« Er kam lächelnd näher.

»Die erste wäre, einfach abzuhauen. Damit hast du gerechnet, nicht? Du hast gedacht, wenn der Bursche mich verprügelt, werd' ich verduften, und du kannst mit Sol weiter glücklich und in Freuden leben. Ehrlich gesagt, das find' ich nicht sehr reizvoll.«

Er war ihr jetzt so nahe, daß er ihren Geruch spürte. Er mochte ihr Parfüm, doch ein anderer Geruch war ihm noch sympathischer — der Geruch der Angst.

»Die zweite Möglichkeit kommt mir viel besser vor", sagte er. »Dich zu besuchen und dir noch eine Chance zu geben. Es ist jetzt vielleicht keine so gute Chance mehr, aber schließlich habe ich doch ein Recht auf eine gewisse Entschädigung für die Prügel. Du kannst ja die zusätzliche Summe als eine Art Schmerzensgeld betrachten. Mein Angebot halte ich übrigens aufrecht. Du zahlst, und ich hau' ab. Für immer. Ohne dir was nachzutragen.«

Sie schluckte. »Aber verstehst du mich denn nicht, ich hab' keine fünftausend Dollar, und ich kann sie auch nicht . . .«

»Die dritte Möglichkeit wäre, daß ich zur Polizei gehe und eine kleine Geschichte erzähle. Und . . .«

Diesmal unterbrach sie ihn. »Du kannst mir keine Angst einjagen! Du gehst nicht zur Polizei, Larry. Das hab' ich gestern abend gemerkt.«

Larry zuckte die Achseln. »Klar, und deshalb hast du auch geglaubt, du kannst mir eine Abreibung geben lassen — du hast gedacht, ich würde es nicht aufs äußerste ankommen lassen. Vielleicht hast du gestern noch recht gehabt. Aber durch die Prügel hat sich das alles geändert. Kann sein, daß ich sie gebraucht habe, daß man ein bißchen Verstand in mich 'reinprügeln mußte. Ich mein' es jetzt wirklich im Ernst.«

»Du bluffst.« Sie schluckte wieder, und die Muskeln an ihrem langen Sängerinnenhals zuckten auf und ab. »Angenommen, du gehst zur Polizei. Der Fall ist erledigt, du hast die Strafe abgesessen. Denkst du, irgendwer glaubt dir, wenn du jetzt nach all der Zeit ankommst und mich verpfeifen willst?«

»Und was ist mit Clarence?«

»Mit wem?«

»Clarence Holloway«, sagte er leise. »Unser kleiner Kumpel, der Oberhotelboy. Er hat dich mit diesem Kerl 'raufgehen sehen, und danach hat er sogar mitgeholfen, den Dreck in dem Zimmer wegzuputzen. Sie haben ihn nicht mal vernommen, aber er weiß ganz genau Bescheid.« Larry grinste. »Nach dem, was gestern abend passiert ist, bin ich zu ihm gegangen und hab' mich ein bißchen mit ihm unterhalten. Er ist bereit, auszusagen, falls ich ihn brauche — aus alter Freundschaft.«

Jetzt glaubte sie ihm, er sah es in ihren Augen, und er sah auch die Angst darin.

Er steckte die Hände in die Taschen. »Ach, ich hab' ganz vergessen — du mußt ja bald zur Arbeit. Ich will dich nicht aufhalten. Ich komm' in drei Tagen wieder und hol' mir das Geld. Fünftausend in kleinen Scheinen — Donnerstag abend. Falls ich nicht kann, dann am Freitagvormittag.«

»Larry, soviel kann ich unmöglich auftreiben — vielleicht bring' ich einen Tausender zusammen, aber . . .«

So war es richtig, das war wirklich wie Komponieren; man wollte einen Schrei, und man bekam einen Schrei, und jetzt war vielleicht ein bißchen Gewinsel ganz nett.

»Noch was, Puppe. Dieses dumme Herumgerede nützt dir gar nichts, und du brauchst auch gar nicht erst zu versuchen, Zeit zu schinden. Es hat auch keinen Sinn, wenn du zu Sol rennst, denn weder er noch sein Schläger würden mich finden. Laß das sein!«

Er hatte sie an die Wand gedrängt, die Hände immer noch in den Taschen. Er hatte es mit seiner Stimme und seinen Augen getan. Jetzt baute er das Schlußthema auf und setzte zur Untermalung seiner Stimme die Finger ein.

»Weißt du, es gibt noch eine Möglichkeit, die hab' ich noch gar nicht erwähnt. Ich könnte dich auch umlegen«, sagte er.

Und er zeigte ihr den Revolver.

»L-Larry!«

»Los, sieh ihn dir gut an. Er ist echt. Und auch geladen. Möchtest du ihn nicht mal anfassen, LaVerne? Faß ihn doch mal an, bloß damit du weißt, es ist eine richtige Kanone.«

»Larry, steck das Ding weg . . .«

»Du magst die Dinger nicht, was? Seit dieser Sache mit dem Matrosen, stimmt's? Ich hab' ihn natürlich nicht erschossen, sondern bloß ein bißchen damit zugerichtet. Weißt du noch, wie sein Schädel ausgesehen hat? Soviel ich mich erinnere, ist dir dabei dein Essen hochgekommen, hab' ich recht?«

»Bitte, Larry . . .«

»Also mach keinen Unsinn. Du mußt heute abend singen.« Er steckte den Revolver ein. »Aber es wäre gut, wenn du hin und wieder mal an die Kanone denken würdest. Damit du nicht vergißt, daß du am Donnerstag was zu erledigen hast.«

Sie seufzte. »Also gut. Aber wie kann ich dich erreichen?«

»Du wirst von mir hören.«

Larry trat einen Schritt zurück.

»Weißt du, was du mir damit antust?« murmelte sie. »Es ist dir doch klar, daß ich Sol das Geld stehlen muß; du zerstörst mir alles, meine Ehe und alles. Larry, gibt es denn keinen anderen Weg, vielleicht könnte ich . . .« Larry lachte. »Was?« fragte er. »Mir deinen lilienweißen Körper anbieten?« Er hob grinsend sein Knie und bohrte es in ihre Magengrube.

Sie schlug dumpf an die Wand, dann klappte sie schluchzend zusammen, die Hand auf ihren Bauch gepreßt. Ihr Gesicht war plötzlich weiß wie eine Totenmaske.

»Ich ruf' dich vor Donnerstag an«, sagte Larry. Er ging zur Tür, öffnete sie und trat hinaus.

Die Nachtluft war herrlich. Alles war herrlich. Er hätte am liebsten vor sich hingepfiffen, als er die Treppe hinunterging.

Er hatte sie gut gespielt, seine eigene Komposition. Kein einziger falscher Ton, bis zu dem genialen Schluß. Es war ein Genuß gewesen, ihr auch nur einen kleinen Teil von dem zu geben, was sie verdiente. Und er war gerissen genug gewesen, sie nicht ins Gesicht zu schlagen, denn das hätte womöglich Spuren hinterlassen.

Aber das konnte er ja immer noch tun, wenn er das Geld hatte.

7

Elinor wurde ein wenig nervös, als Larry um neun immer noch nicht da war. Sie saß mit Jim Whittaker, Min und Jill in der Küche, und Jim merkte, wie sie immer wieder unruhig auf ihre Armbanduhr schaute.

»Was ist denn?« fragte er. »Hast du Angst, dein junger Freund hat dich sitzengelassen?«

Alle lachten, doch Elinor fand das gar nicht so komisch.

»Du brauchst nicht rot zu werden«, sagte Min. »Wir erzählen's Walter schon nicht.«

»Spaß beiseite«, sagte Jim. »Der junge Mann interessiert mich. Hast du noch mehr über ihn herausgekriegt?«.

»Nur daß er eine Waise ist und daß er Komponist werden will.«

»Hm. Das hat er uns auch erzählt.« Jim zündete sich eine Zigarette an und blinzelte sie durch den Rauch an. »Glaubst du das?«

»Gestern hat er sich im Musikladen verschiedenes besorgt, damit er —« Elinor brach ab. »Was meinst du damit?«

»Nichts. Ich frag' nur. Schließlich weißt du über ihn nichts als das, was er dir erzählt hat.«

»Was soll's denn sonst geben?«

Jim zuckte die Achseln, und Min ergriff das Wort. »Ich finde, du bist gemein«, sagte sie. »Larry scheint ein sehr netter junger Mann zu sein. Du bist bloß eifersüchtig, weil er dich bei Elinor ausgestochen hat.« Sie kicherte.

»Unsinn. Ich versuch' doch schon seit Jahren nicht mehr, bei Elinor zu landen.«

»Vater!« rief Jill empört.

»Elinors Tugendhaftigkeit steht doch gar nicht zur Debatte. Ich frage mich nur, ob es sehr klug war, einem jungen Mann, den man kaum kennt, ein Auto anzuvertrauen. Vielleicht ist er schon nach Mexiko unterwegs.«

»Wie kannst du so was sagen!« Mins Entrüstung war Elinor ganz recht, denn sie half ihr, ihre eigene zu verbergen.

»Vater, was ist denn in dich gefahren?« fragte Jill. »Du kennst doch Larry gar nicht.«

»Soll das heißen, daß *du* ihn kennst?«

»Immerhin hab' ich mich gestern zwei Stunden lang mit ihm unterhalten.«

»Das hab' ich bemerkt. Seither hör' ich nichts anderes mehr als Larry dies und Larry das.«

»Ich hab' ja gesagt, du bist eifersüchtig«, krähte ihn Min an. »Du bist so sehr gewohnt, immer die erste Geige zu spielen, daß du, wenn ein junger Mann kommt . . .«

»Aha«, sagte Jim. »Das Geheimwort heißt ›jung‹. Hätt' ich mir doch denken können, was in euch Weibern vor sich geht, wenn ein junger Fremdling auftaucht, dunkelhaarig, hübsch und geheimnisvoll . . .«

Elinor spürte, wie sie rot wurde. Natürlich machte er nur Spaß; sie kannte Jims Art gut genug. Aber das Ganze ärgerte sie, und seine Anspielungen auf Larry gingen wirklich ein wenig zu weit. Schließlich war Larry ihr Gast. Und so sagte sie mit hoher Stimme, die sie unter Kontrolle zu bekommen versuchte: »Moment mal, Jim. Du vergißt, daß Larry auch mit Walter gesprochen hat. Und Walter hat ihm vorgeschlagen, bei uns zu bleiben — Larry wollte gestern schon nach Center City fahren. Aber Walter hat entschieden darauf bestanden, daß er bleibt. Du willst doch nicht vielleicht behaupten, daß Walter auch in ihn vernarrt ist, oder?«

»Ich hoffe, das reicht dir«, sagte Min und stand auf. »Entschuldigt mich, ich mach' nur schnell Kaffee.«

Jim starrte auf den Tisch. »Tut mir leid, es war doch nur Spaß. Aber ihr könnt doch nicht abstreiten, daß ihr nervös seid? Soll ich nicht mal bei dem Arzt anrufen und fragen, ob er schon weg ist?«

Elinor lächelte ihn an. »Das ist keine schlechte Idee.«

»Zu welchem Arzt wollte er gehen?«

»Dr. Hazeltine.«

»Ach, ja. Ein guter Mann.« Jim ging ins Vorzimmer und setzte sich ans Telefon. Er hob den Hörer ab.

Im gleichen Moment schrillte die Türglocke.

Jill rannte zur Haustür und kam mit Larry zurück.

»Guten Abend allerseits«, sagte er. Er reichte Jim ein Päckchen. »Hier — ich hab' beim Drugstore vorbeigeschaut und ein bißchen Eis gekauft.«

»Vielen Dank. Minnie macht eben Kaffee.« Jim trug die Schachtel zur Hausbar.

»Tut mir leid, daß es so spät geworden ist«, murmelte Larry, als sie ins Wohnzimmer traten. »Vor mir war ein halbes Dutzend anderer Patienten.«

»Haben Sie die Röntgenaufnahmen gesehen?« fragte Elinor.

»Ja. Es ist nicht weiter schlimm. Er hat mir den Knöchel bandagiert. Ich brauch' nicht noch mal hinzukommen.« Larry zog sein Hosenbein herauf und zeigte den Verband, der aus seinem linken Socken hervorsah.

Jill kam aus dem Vorzimmer herein. »Hallo«, sagte sie.

Elinor merkte, daß sie sich die Lippen frisch geschminkt hatte und sich sehr aufrecht hielt, wie diese Ansagerinnen im Fernsehen. Sie mußte lächeln, doch zugleich ärgerte es sie, daß Jill sich so auffällig benahm.

Larry schien nichts zu bemerken. Er ging zu Jill — wobei er kaum noch hinkte — und sagte: »Sie freuen sich wohl schon auf die erste Stunde.«

»Ach, Sie haben's also nicht vergessen?«

»Natürlich nicht. Ich halte immer meine Versprechungen.«

Elinor räusperte sich. »Min müßte eigentlich schon mit dem Kaffee fertig sein. Komm, Jill, schauen wir mal, ob wir ihr helfen können.«

Jill ging mit ihr in die Küche. Elinor hatte keinen Zweifel mehr: das Mädchen warf sich Larry ja direkt an den Hals, und sie dachte nicht daran, das einfach mit anzusehen.

Min hatte den Küchentisch gedeckt, und sie nahmen daran Platz. Elinor war entschlossen, Jill zurechtzuweisen, falls sie den Versuch unternehmen sollte, das Gespräch an sich zu reißen. Dann atmete sie auf, denn sie merkte, daß Jim Whittaker bereits in bester Fahrt war.

Er erzählte Larry von einem Buch, das er zu schreiben beabsichtigte.

»Nein, es ist kein Roman — eine soziologische Untersuchung. Fetisch und Tabu.«

»Heißt das, es handelt von Wilden?« fragte Larry.

»Von den Wilden in den finstersten Dschungeln Amerikas.«

»Mit anderen Worten, von Leuten wie uns.«

»Anwesende sind immer ausgenommen«, sagte Jim. »Darauf zu achten habe ich gelernt — damit man mich nicht verprügelt und mir meine Brille zerbricht.«

»Ich würde gern Näheres darüber hören.«

»Nun, in erster Linie interessiere ich mich für das, was ich den Jugendfetisch nenne. Er zeigt sich in unserer Sprache, in unserer Kleidung, in unserem Benehmen — in der Werbung, in der Unterhaltung und in allen Künsten. Er beeinflußt die Wirtschaft und die Regierung und die Religion, von unseren sexuellen Gewohnheiten gar nicht zu reden.«

»Jetzt ist er wieder in seinem Element«, seufzte Minnie.

Jill runzelte die Stirn. »Vater, Larry hat keine Lust, sich einen Vortrag anzuhören.«

»Aber es interessiert mich wirklich«, sagte Larry.

Elinor lächelte verstohlen, während Jim Whittaker fortfuhr:

»Ich glaube, das Ganze begann im Ersten Weltkrieg. Bis dahin war die traditionelle Rolle eines jungen Mannes in unserem Land die eines Lehrlings. Auf dem Land begann er als Tagelöhner oder half seinem Vater auf der Farm. In den Städten fing er als kleiner Angestellter oder Botenjunge an. Die Jugendlichen akzeptierten ihre untergeordnete Stellung, ohne sich aufzulehnen, auch noch nach Anbruch der Industrieära. Alter war damals gleichbedeutend mit Weisheit — jede Schule hatte ihren verehrungswürdigen Weisen, auf den sie stolz war, jedes Dorf seine kauzigen Philosophen, jede Familie bat den Großvater oder die Großmutter um ihren Rat. Graues Haar war ein Zeichen von Würde und Erfahrung. Denken Sie einmal ernsthaft darüber nach, dann wird Ihnen klarwerden, welche wahrhaft ungeheuren Veränderungen in den letzten vierzig Jahren vor sich gegangen sind.«

»Seit dem Ersten Weltkrieg, sagten Sie«, murmelte Larry und stocherte nachdenklich in seiner Eiscreme.

Jim Whittaker nickte. »Der Krieg führt zu einer Verherrlichung der Jugend«, sagte er. »Wenn Pauken und Trompeten ertönen, wird plötzlich jeder Achtzehnjährige im ganzen Land zu einer wichtigen Persönlichkeit. Er ist ein Soldat und deshalb ein Mann. Der Krieg hat alle Schranken niedergerissen — die Frauen gehen in großem Ausmaß in die Wirtschaft und Industrie, und junge Leute beiderlei Geschlechts erlangen finanzielle Unabhängigkeit. Der finanziellen Unabhängigkeit folgte die gesellschaftliche Unabhängigkeit. Zugleich erhöhte die übliche Kriegspropaganda die Bedeutung der Jugend. Plötzlich wurde es jedermanns patriotische Pflicht, körperlich auf der Höhe, angriffslustig, wachsam und den neuen Ideen und Veränderungen in der Lebensweise, die der Krieg mit sich brachte, aufgeschlossen zu sein. Von da war es natürlich nur ein Schritt in die zwanziger Jahre, ins Zeitalter der ›Flammenden Jugend‹. Die Jugend übernahm die Macht, sie bestimmte den Stil, setzte neue Maßstäbe für Sitte und Moral.«

»Du stellst das alles so einfach hin«, warf Minnie ein. »Ich kann micht nicht erinnern, daß so etwas geschah. Soviel ich mich entsinne, bestimmten in unserer Familie immer die Eltern.«

»Es war nicht einfach«, stimmte Jim zu. »Und es geschah nicht überall von einem Tag auf den andern. Es dauerte ein Jahrzehnt oder länger, bis sich die Veränderungen bemerkbar machten. Der Zweite Weltkrieg brachte die Revolution dann zum Abschluß. Sehen Sie sich um, wie es heute aussieht. Unsere Wirtschaftsführer versichern uns durch das Medium der Werbung, daß es jedermanns Pflicht sei, jung zu erscheinen und Produkte zu kaufen, die die Illusion der Jugendlichkeit hervorrufen. Unsere Bücher, Magazine, Filme und Fernsehprogramme reden uns ein, daß Romantik und Abenteuer ausschließlich das Vorrecht junger Menschen zwischen achtzehn und fünfundzwanzig Jahren sind. Niemand, der älter ist, verliebt sich oder hat irgendwelche Erlebnisse von weitreichender Bedeutung. Deshalb trauen wir uns alle nicht, uns unserem Alter entsprechend zu benehmen. Von diesem Problem handelt mein Buch. Nach Lösungen zu suchen, habe ich noch gar nicht begonnen. Zuerst einmal liegt mir daran, einige Mißverständnisse aufzuklären.«

»Jim!« Min Whittaker schnitt eine Grimasse. »Du redest zuviel.«

»Entschuldige. So ausführlich wollte ich gar nicht darauf eingehen.«

»Es freut mich, daß Sie's getan haben«, sagte Larry. »Vielleicht können wir uns einmal weiter darüber unterhalten.«

»Sehr gern. Es würde mich freuen, Ihre Ansichten zu hören«, sagte Jim, und es schien, als meinte er es ehrlich.

Elinor war befriedigt. Sie merkte, daß Larry heute abend einen guten Eindruck auf Jim gemacht hatte.

Doch jetzt legte Jill ihre Hand auf Larrys Arm. »Möchten Sie nicht hinüber ins andere Zimmer gehen und ein bißchen Klavier spielen?« fragte sie.

»Ach ja, natürlich, unsere Klavierstunde.« Larry stand auf. Jill hatte sich bereits erhoben, sie hielt immer noch seinen Arm. Sie schwankte ein wenig und lehnte sich an ihn.

Elinor war empört. So *deutlich!* Und der arme Larry war zu höflich, sich zu widersetzen. Es mußte etwas geschehen. Sie blickte rasch auf ihre Uhr.

»Tut mir leid«, sagte sie, »aber ich glaube, wir müssen jetzt gehen. Es ist halb elf.«

»Warum denn so eilig?« fragte Min. »Du weißt doch, wir gehen nie vor zwölf zu Bett.«

»Walter hat gesagt, er ruft an«, erklärte Elinor. »Deshalb möchte ich daheim sein.« Sie zögerte. »Aber wenn Larry noch bleiben will . . .«

Larry sah sie an, dann schüttelte er den Kopf. »Nein, nein, Sie haben ganz recht. Gehen wir lieber.« Er wandte sich zu Jill. »Wissen Sie was?« sagte er. »Vielleicht schau' ich morgen mal vorbei. Oder können Sie nicht zu uns kommen — das heißt, wenn Elinor nichts dagegen hat.«

»Natürlich nicht«, sagte Elinor hastig. »Wir können das ja noch ausmachen.«

Während sie sich verabschiedeten, sorgte sie dafür, daß sich Jill keine Möglichkeit mehr bot, noch etwas zu sagen.

Dann waren sie endlich draußen. Larry setzte sich ans Lenkrad, und sie lehnte sich zurück und lächelte im Dunkeln.

Jim Whittaker war sicherlich ein kluger Kopf, aber mit seinen Ansichten über die Jugend hatte er völlig unrecht. Die Jugend konnte von den Älteren immer noch allerhand lernen. Das Wesentliche war die Erfahrung. Elinor wußte, was richtig und was falsch war. Deshalb war sie so empört über Jill, dieses junge Ding. Wie reif war doch Larry dagegen. Kein Wunder, daß er sich unter seinesgleichen wohler fühlte. Und sie wußte, jetzt fühlte er sich wohl, während er lächelnd und leise summend dahinfuhr.

»Woran denken Sie?« fragte sie.

»An diesen Jim Whittaker«, antwortete er. »Ich finde, er hat ganz recht. Heute dreht sich tatsächlich alles um die Jugend. Denken Sie nur an all die Schlager, die Teenager für Teenager schreiben und die Teenager spielen und singen. Und an den Sportwagentick — wie all die Schauspieler und Schauspielerinnen ihr wahres Alter zu verbergen suchen. In Europa soll's ja allerdings anders sein; wenn dort jemand mal ein Stück oder ein Buch oder so was geschrieben hat, und wenn's vor dreißig Jahren war, dann wird er heute noch respektiert. Aber hier bei uns ist man nur so gut wie der letzte Film oder Schlager, den man gemacht hat.«

Elinor nickte. »Davon hab' ich auch schon gelesen«, sagte sie. Sie zögerte, wußte aber zugleich, daß sie weitersprechen mußte. »Ich hab' gelesen, daß man in Ländern wie zum Beispiel Frankreich eine Frau erst mit Vierzig oder zumindest Ende Dreißig richtig attraktiv findet.«

Larry sah sie an. »Ich glaube, das ist ganz richtig.«

»Wieso?«

»Sie sind doch schon über Dreißig, oder?«

Elinor lachte. Es war ein höfliches Lachen, kein ehrliches. »Weit darüber«, sagte sie.

»Na, sehen Sie.«

Das war alles, was Larry sagte. Aber es genügte. Es genügte, um sie unruhig zu machen, und diese Unruhe verließ sie während der ganzen Fahrt nicht mehr und auch nicht, während sie die Haustür aufsperrte und das Licht anknipste und ihm gute Nacht sagte.

Und dann war sie in ihrem Zimmer und zog sich aus und lauschte auf die leisen Geräusche aus dem Gästezimmer weiter unten am Gang. Auf die leisen Geräusche, die Larry machte.

Elinor stand vor dem Spiegel. Es war halbdunkel im Zimmer und sie beschloß, die Deckenlampe anzumachen — sie wollte sich sehen, richtig sehen, so wie sie war.

Irgendwo in ihrem Kopf sagte eine Stimme immer und immer wieder: »Sei nicht so dumm. Sei nicht so dumm. Du bist eine Frau mittleren Alters, benimm dich deinem Alter entsprechend, deinem Alter entsprechend.«

Sie knipste das Licht an, und die Stimme verstummte, und sie wußte, daß sie nur ein Echo auf das gewesen war, was Jim Whittaker gesagt hatte.

Doch der Spiegel log nicht. Die nackte Frau darin war hübsch und attraktiv. Ihre Haut war glatt und rein, ihr Fleisch fest. Um die Hüften vielleicht ein wenig plump, aber nicht schlaff. Ihre Rundungen hatten etwas Aufregendes, es war eine Frau, die die

Leidenschaft kannte. Und das wußte ein Mann zu schätzen. Ein Mann wie . . .

Walter. Er würde bald anrufen.

Im Moment, da er ihr einfiel, trat Elinor zurück und ging zum Bett und zog ihr Nachthemd an. Mein Gott, wenn er anrief, und sie stand so da — nackt und mit diesen Gedanken . . .

Aber das war ja *albern*! Er konnte sie doch nicht durchs Telefon *sehen* oder ihre Gedanken lesen.

Aber was war denn schon an ihren Gedanken? Nichts, worüber sie sich schämen müßte, nichts, weshalb sie rot werden mußte — warum wurde sie denn jetzt rot, warum zog sie ihre Decke bis zum Hals hoch? Er konnte doch auch die Geräusche im andern Zimmer nicht hören.

Jetzt war es drüben still. Das bedeutete, daß Larry seinen Pyjama angezogen hatte. Genauer gesagt: Walters Pyjama. Wahrscheinlich war er ihm viel zu groß. Sie stellte sich vor, wie er wohl darin aussah, und dann, wie er wohl aussah, wenn er ihn abstreifte, wenn er ihn jetzt abstreifte und zu ihr käme, in ihr dunkles Schlafzimmer . . .

Welch ein Unsinn, aber warum sich selbst anlügen, jeder Mensch hatte solche Gedanken, und in einer Minute würde Walter anrufen, das wußte sie ganz sicher, und bis dahin konnte sie sich diesen Gedanken hingeben, und wenn sie immer daran dachte, daß es nichts Wirkliches war, daß sie es nicht wirklich meinte, nicht wirklich wollte, und wenn Walter anrief, würde es zu Ende sein.

Doch Walter rief nicht an, und sie lag wach und träumte im Wachen, und nach einer Weile wurde der Wachtraum zu einem Schlaftraum.

Erst am nächsten Morgen merkte Elinor, daß sie vergessen hatte was sie immer tat, wenn Walter nicht da war, wenn sie allein zu Hause war.

Sie hatte vergessen, ihre Schlafzimmertür abzuschließen.

8

Am Dienstag nach dem Mittagessen fragte Larry Elinor, ob er abends ihren Wagen haben könne.

»Im ›Grove‹ spielen Step Bailey und seine Band«, sagte er. »Jill ist ganz wild darauf, ihn zu hören. Tanzen kann ich ja leider nicht, mit meinem Knöchel, aber ich würde ihn mir auch gern anhören.«

Sie antwortete nicht gleich, und er fragte sich, ob er vielleicht zu weit gegangen war. Er konnte es sich nicht leisten, sie zu verstimmen, aber er mußte den Wagen haben.

»Hören Sie«, sagte er hastig, »warum kommen Sie nicht mit? Sie spielen einen prima Dixieland.«

»Ich kann nicht. Ich muß abends bügeln. Morgen abend ist Jills Geburtstagsparty, und ich muß am Nachmittag nach Center City, ihr ein Geschenk kaufen. Aber fahren Sie ruhig und amüsieren Sie sich gut.«

Was sollte sie sonst sagen? Larry schob seinen Stuhl zurück und bemühte sich, seine Erleichterung nicht zu zeigen. »Vielen Dank«, sagte er. »Machen Sie sich keine Sorgen — wir bleiben nicht lange. Das hab' ich Mrs. Whittaker versprochen.«

Damit war auch das erledigt.

Er ging hinauf, rasierte sich und zog Walters Sportjackett an, das Elinor ihm tags zuvor gegeben hatte. Es war ihm viel zu groß und er sah schrecklich darin aus, aber das war ihm egal. Es klappte alles bestens.

Er mußte nur auf Kleinigkeiten achten. So wie gestern abend, nachdem er LaVerne verlassen hatte — er hatte beim Drugstore angehalten und sich eine Binde für seinen Knöchel gekauft und Eiscreme mitgenommen, um auf die Whittakers einen guten Eindruck zu machen, und dann hatte er sich geduldig den Quatsch angehört, den er von sich gab.

Heute hatte er in ihrer Wohnung Jill bearbeitet — natürlich nur am Klavier und nicht so, wie er sie in Wirklichkeit gern bearbeitet hätte. Doch das war vorbei. Es hatte keinen Sinn, das Ganze deshalb aufs Spiel zu setzen. Daß er heute abend mit ihr ins ›Grove‹ ging, war nur ein Vorwand; das durfte er nicht vergessen. Step Bailey, du lieber Himmel — diese langweiligen Zickendrähte!

Allein der Gedanke, wie weit es ein derart talentloser Bursche wie dieser Bailey gebracht hatte, machte ihm fast Magenschmerzen. Der Kerl spielte schon über fünfundzwanzig Jahre, er war älter als Gott, und nun hatte er seine eigene Fernsehshow und den ganzen Sommer über erstklassige Engagements. Kein Wunder, daß man sich im Musikgeschäft nicht durchsetzen konnte, wenn das idiotische Publikum so was gut fand.

Larry zuckte die Achseln. Jetzt war er auch bald am Ziel. Nur noch ein paar Tage — wichtig war, daß er die Kurven langsam und vorsichtig nahm.

Er ging hinunter, und Elinor bedachte ihn mit ihrem aufmunternden, tapferen Lächeln, wie eine Mutter, die ihren lieben Kleinen in ein Ferienlager schickt.

Dann fuhr er hinüber zu den Whittakers. Jill war noch oben beim Umziehen, und der alte Herr öffnete ihm. Er war heute abend nett und freundlich, doch Larry merkte, daß er verschiedene Fragen auf Lager hatte. Deshalb ging er gleich von selbst auf die Sache los.

»Tut mir leid wegen neulich abends«, sagte er.

»Neulich abends?« Whittaker sah ihn über seine Brille hinweg an.

»Na ja. Sonntag abend. Ich hab' mich dumm benommen.«

Der alte Knacker war so überrascht, daß er nicht wußte, was er sagen sollte, und Larry ließ ihm keine Zeit.

»Ich hab' etwas erzählt, was nicht stimmte«, murmelte er. »Es drückt mich schon die ganze Zeit. Ich hab' Ihnen erzählt, daß ich nach Detroit gehen und bei Haufner studieren will. Und Sie haben sofort gemerkt, daß ich schwindle. Entschuldigen Sie bitte.«

Whittaker lächelte. »Mein Gott, keine Ursache. Ich hab' gar nicht weiter darüber nachgedacht.«

»Ich möchte es Ihnen gern erklären«, sagte Larry. »Ich glaube, Sie sind ein Mensch, der Verständnis für so was hat.«

»Ist doch nicht nötig. Sie wollten eben einen guten Eindruck machen.«

»Es ist nicht nur das. Wissen Sie, ich bin eigentlich fast eine Art Strolch.«

Larry starrte auf seine Hände und bemühte sich, wie ein kleiner Junge auszusehen, den man mit einem unanständigen Buch erwischt hat. »Ich nehme an, Elinor — Mrs. Harris — hat Ihnen von mir erzählt. Ich hab' zu lange rumgegammelt. Ich bin irgendwie wurzellos.« *Gutes Wort,* dachte er. »Es gibt nicht viel Sicherheit in meinem Beruf, falls man das überhaupt einen Beruf nennen kann. Die meisten Leute verachten den Jazz und die Jazzmusiker. Ich fürchte, ich habe einige Verteidigungsmechanismen entwickelt.« *Wieder ein Volltreffer!* »Einer davon besteht darin, mit meinen Zukunftsplänen anzugeben. Dabei hab' ich wirklich ernste Absichten — ich möchte tatsächlich komponieren lernen. Aber es war nicht richtig von mir, Ihnen diese blöde Geschichte aufzutischen — von einem Mr. Haufner, den es gar nicht gibt.«

Whittaker lehnte sich zurück. »Es freut mich, daß Sie das sagen«, sagte er. »Aus verschiedenen Gründen. Hauptsächlich Ihretwegen. Ehrliche Selbsteinschätzung ist heutzutage etwas Seltenes . . .«

Jill kam herunter, und Larry stand auf und begrüßte sie freudig lächelnd, teils, weil sie ihn vor dem Alten errettete, teils wegen ihres Aussehens.

Und ihr Aussehen — in diesem schwarzen Kleid mit den Spitzenträgern — verdiente wesentlich mehr als nur ein Lächeln.

»Sie scheinen glücklich zu sein«, sagte Jill, als sie hinaus zum Wagen gingen.

»Ich bin glücklich«, sagte Larry. »Wer wäre das nicht, wenn er mit einer Schönheitskönigin ausgehen darf?«

»Aber ich bin doch keine Schönheitskönigin . . .«

»Dann hab' ich gute Neuigkeiten für Sie. Sie sind's eben geworden. Sie haben den Internationalen Larry-Fox-Schönheitswettbewerb gewonnen.«

»Hab' ich viele Konkurrentinnen gehabt?«

»Hunderte. Aber Sie haben glatt gesiegt. Zufrieden?«

»Sehr.« Sie lächelte ihn an, während sie losfuhren. »Was bekomme ich denn eigentlich als Preis?«

»Das ist ein Geheimnis. Ich sag's Ihnen später.«

»Vergessen Sie's nicht.«

Darauf kannst du dich verlassen, Baby, dachte Larry. Dann drehte er das Radio an, denn er hatte keine Lust, sich zu unterhalten. Er mußte seinen Plan noch einmal überdenken.

Außerdem, was konnte man mit Jill schon reden? Sie war noch schlimmer als Elinor. Eigentlich gab's überhaupt keine

Mädchen mit Hirn – bloß ein paar, die sich einbildeten, sie hätten eins. LaVerne, zum Beispiel.

Er fragte sich, wie sie wohl gestern abend gesungen hatte, nach dem Stoß in den Bauch. Sie mußte ziemlich durcheinander gewesen sein und dauernd an ihn gedacht haben. So war es genau richtig. LaVerne sollte jede einzelne Minute an ihn denken, bis zu dem Moment, in dem sie ihm das Geld gab. Und er würde dafür sorgen, daß sie ihn nicht vergaß.

Jill sang irgendeinen kitschigen Schlager im Radio mit. Sie hatte kein bißchen Stimme.

»Wo haben Sie das gelernt?« fragte Larry. »Sie sollten Sängerin werden.«

»Ach, ich . . .«

Er hörte ihr nicht zu. Mein Gott, was für ein blödes Ding. Es gab nur eins, wofür sie gut war.

»Da sind wir«, sagte Larry und blendete ab, während er auf den Parkplatz am ›Grove‹ einbog. Es war ein typisches Vorstadttanzlokal, etwa zehn oder zwölf Meilen außerhalb von Center City, und das einzige, was Larry daran interessierte, war seine Lage. Doch das Lokal war gesteckt voll.

Er mußte sich zur Kasse durchkämpfen und drei Dollar Eintritt lockermachen. Wenn Bailey an den Einnahmen prozentual beteiligt war, dann machte er bestimmt einen ganz schönen Schnitt.

Drinnen im Lokal war es mörderisch; heiß wie die Hölle und doppelt so voll. Ein Haufen Jünglinge stand um die Kapelle herum, die meisten mit Hornbrillen. Larry kannte diese Typen; sie lungerten jeden Samstagnachmittag in den Kabinen der Schallplattenläden herum und quatschten über Gerry Mulligan. Und die Mädchen, die sie bei sich hatten, waren nicht besser.

Als Jill sich mit ihm nach vorn drängte, hätte er sich am liebsten die Ohren zugehalten. Was Step Bailey da spielte, war bei Gott Dixieland – sieben Leute in diesen affigen gestreiften Jakketts, und alle röhrten zugleich.

Aber was verstanden denn diese seriösen, kultivierten Studenten schon von Jazz? Sie hielten Storyville für eine Plattenfirma, nannten alles Dixieland, was ein Nigger und kein Weißer spielte, und bezogen ihre Kenntnisse aus den Texten auf den Rückseiten der Plattentaschen.

Larry hörte sich das Zeug an, das ›South Rampart‹ sein sollte, und dann versuchte er an etwas anderes zu denken, doch das Schlagzeug kam ihm immer wieder dazwischen.

Heute war das Schlagzeug das wichtigste. Wie war es eigentlich dazu gekommen?

Früher, in den zwanziger Jahren, war alles ganz anders gewesen. Die Stimme der zwanziger Jahre war das Saxophon. Sanft, glatt, golden; schnurrend vor Zufriedenheit, sang es leise von den guten Zeiten, die gleich um die Ecke lagen.

In den dreißiger Jahren war die Klarinette drangewesen. Ein bißchen schrill, ein bißchen unruhig und nervös, aber trotzig und keck, wie ein Rattenfänger, der die Leute vom Depressionsblues weglockte.

Die Stimme der vierziger Jahre war die Trompete gewesen — genau das richtige für den Krieg.

In den Fünfzigern war alles Gitarre und Rock 'n' Roll; große Zeiten für Elvis und all die andern Teenager-Schreihälse.

Und heute gab's plötzlich nur noch Schlagzeug. Schlagzeug und Echoeffekte, laut und dumpf. Warum spielten und sangen heutzutage alle so laut? Versuchten sie, eine öde Leere und Stille in sich selbst zu verdecken?

Er blinzelte und öffnete die Augen. *Larry Fox, der junge Soziologe.* Sollten sich doch die Eierköpfe, wie der alte Whittaker, mit diesem Quatsch befassen.

Er lächelte Jill zu. »Gefällt's Ihnen?« fragte er.

»Fabelhaft!«

Und dann geschah etwas, das er kaum zu hoffen gewagt hatte. Er hatte sich bereits eine kleine Geschichte für die Pause zurechtgelegt, doch jetzt stellte sich heraus, daß er sie gar nicht brauchen würde. Denn George Drux drängte sich durch die Menge auf sie zu.

Larry sagte ihm, wie sehr er sich freute, ihn zu treffen, und George begrüßte ihn und Jill mit großem Hallo. Sie redeten über dies und das, und alles klappte wieder einmal ausgezeichnet. Als die Band eine Pause machte, drängte sich alles zur Bar und zum Büfett, und Larry wartete, bis George den Vorschlag machte, auch etwas zu sich zu nehmen.

»Können Sie nicht Jill mitnehmen?« fragte er. »Ich muß mich mal ein bißchen hinsetzen — mein Knöchel tut mir ziemlich weh.«

»Mein Gott, daran hab' ich gar nicht gedacht!« rief Jill aufgeregt. »Sie haben meinetwegen die ganze Zeit stehen müssen.«

»Nicht so schlimm.« Larry winkte ab. »Zieht ruhig los, ihr beiden. Falls ich nicht hier bin, wenn ihr zurückkommt, sitz' ich draußen im Wagen und rauch' 'ne Zigarette. Würden Sie sich mal eine Weile um sie kümmern, George?«

Das brauchte man Georgie nicht zweimal zu sagen. Er nahm seine Befehle entgegen wie ein kleiner Soldat. Was für ein Clown!

Larry wartete, bis sie verschwunden waren, dann ging er hinaus. Auf dem Parkplatz konnte er sich das Hinken sparen; besser gesagt, er konnte es sich gar nicht leisten, denn er hatte es eilig.

Er fuhr schnell nach Center City. Zu dieser nächtlichen Stunde war kein starker Verkehr, und er fuhr knapp fünfzehn Minuten, nachdem er das ›Grove‹ verlassen hatte, vor dem Hotel vor. *Larry Fox, der rasende Teufel.*

Doch jetzt mußte er einen andern spielen. Er reckte die Brust 'raus und trat in die Halle. Wenn er Glück hatte, erwischte er den Burschen, ohne lange herumfragen zu müssen.

Er hatte Glück.

Als er am Lift vorbeiging, erblickte er den Kahlkopf.

»Clarence!« sagte er.

»Mann Gottes, das ist ja Foxy!« Clarence stand von seiner Bank auf und trat aus dem Lift.

Larry schüttelte ihm die Hand. Das war das Schlimmste daran — Clarences Hand war feucht, und sein Atem roch nach Heu. Leider nicht nach frischgemähtem.

»Was gibt's, Alter?« fragte Clarence.

»Können wir hier reden?«

»Klar.« Clarence schielte zu der leeren Halle hinüber. »Ich bin zwar im Dienst, aber der alte Hickey nimmt's nicht so genau.«

»Hickey?«

»Der neue Direktor. Hat sich eine Menge geändert, seit du weg bist.«

»Kommt mir auch so vor. Seit wann bist du Liftboy?«

»Sie haben mich versetzt. Ich mach' hauptsächlich Nachtdienst. Manchmal, wenn viel Betrieb ist, spiel' ich auch noch Laufbursche, aber ich bin schon ein bißchen zu alt dazu.«

»Dir geh'n immer noch die Haare aus, was? Hast du nicht mal das Haarwasser probiert, von dem ich dir erzählt hab'?«

Clarence wischte sich den Mund mit seinem Ärmel ab. »Ich hab' was Besseres als Haarwasser«, sagte er. »Hin und wieder mal 'ne kleine Spritze.«

»Intravenös?«

»Natürlich.«

»Wo hast du das Geld dafür her?«

»Na ja, es ist nicht gerade billig. Aber ich hab' eine Quelle.«

Larry zwinkerte. »Dann kannst du ja sicher ein paar Scheine brauchen, oder?«

Clarence zwinkerte zurück. »Hast du 'ne Bank geknackt?«

»Noch nicht. Aber ich hab' 'ne Sache laufen. Willst du einsteigen?«

»Pack erst mal aus.«

Larry warf einen Blick in die Halle, dann trat er näher zu ihm und senkte die Stimme. „Weißt du noch, wie ich damals hier verduftet bin?« fragte er.

»Und ob.« Clarence wischte sich wieder den Mund ab. »Mann, wie du eben aufgekreuzt bist, hab' ich mir gedacht: der Kerl hat Nerven, sich nach diesem Mordsstunk hierherzutrauen.«

»Das war 'ne Sache, was?«

Clarence nickte. »Der Onkel von diesem verdammten Matrosen war Kongreßabgeordneter oder so was. Die Bullen haben uns alle bis aufs letzte ausgequetscht. Schließlich haben sie Freeman 'rausgeschmissen, und dieser Hickey hat den Laden übernommen und saubergemacht. Sie haben dich steckbrieflich gesucht, Mensch. Vielleicht tun sie's heute noch.«

»Das macht mir keine Sorgen«, sagte Larry. »Aber ich weiß jemanden, der sich eine Menge Sorgen macht. Erinnerst du dich an LaVerne?«

»Natürlich. Was, um Himmels willen . . .«

»Reg dich nicht auf. Es geht ihr bestens. Wohnt in einer tollen Bude und schwimmt in Geld. Ich dachte, sie wird sich freuen, einen alten Bekannten zu sehen, und so hab' ich sie besucht und sie an einiges erinnert. Kapiert?«

»Klar. Und was soll ich dabei tun?«

»Mir beim Kassieren helfen. Fünf Scheine.«

»Für jeden?«

»Natürlich.«

Clarence holte tief Luft. »Was muß ich dafür tun — sie umlegen?«

»Red keinen Quatsch. Das ist eine saubere Sache. Sie wird dich nicht mal zu Gesicht bekommen. Ich möchte nichts weiter, als daß du sie anrufst. Morgen vormittag, so gegen elf. Wenn sich jemand anderer meldet, legst du einfach auf.«

»Was soll ich ihr sagen?«

Larry erzählte es ihm.

Clarence nickte. »Ist das alles?« fragte er.

»Das ist alles. Und das mein' ich wortwörtlich. Fang bloß keine Unterhaltung mit ihr an, laß dich nicht unterbrechen. Sag haargenau das, was ich dir eben gesagt habe, und leg auf. Kein Wort mehr.«

»Aber . . .«

»Da gibt's kein Aber. Du sagst ihr bloß, daß du mich gesehen hast, sonst nichts. Und daß du auspacken wirst, falls sie nicht spurt.«

»Und wenn sie mir nicht glaubt?«

»Ich hab' sie schon davon überzeugt. Sie gibt mir am Donnerstag das Geld, das steht schon fest. Du sollst ihr bloß ein bißchen die Hölle heiß machen, damit sie sieht, daß wir's ernst meinen.«

»Und dafür krieg' ich die Hälfte?«

»Natürlich. Das ist Psychologie, Clarence. Du kennst mich doch — ganz ehrlich gesagt, wenn ich mir hundertprozentig sicher wäre, daß die Sache klappt, dann würde ich sie ohne dich machen. Aber ich brauch' dich, um sie zu untermauern. Das ist mir die Hälfte wert. Übrigens, was riskierst du denn schon? Was kann man dir denn schon wegen eines Telefonanrufs anhängen?«

»Es scheint wirklich keine gefährliche Sache zu sein.«

»Na also.« Larry klopfte ihm auf den Arm. »Du tust genau das, was ich dir gesagt habe. Ich seh' zu, daß ich morgen nachmittag bei dir vorbeikommen kann; dann erzählst du mir, wie's war. Ich möchte dich nicht gern anrufen, es geht ja hier alles über die Zentrale.«

»Okay.« Clarence rümpfte die Nase. »Ich hab' morgen nachmittag frei. Am besten, du kommst zu mir 'rauf. Ich wohne auf

425, am Ende des Ganges.« Er blickte sich um. »Es ist sicher besser, wenn dich niemand sieht oder hört, wie du nach mir fragst.«

»Dann also bis morgen.«

Larry verließ das Hotel, stieg in den Wagen und fuhr zurück. Diesmal brauchte er dreizehn Minuten. Er war weniger als eine dreiviertel Stunde weggewesen.

Es war jetzt alles vorbereitet. Clarence würde ihn nicht übers Ohr hauen — dazu fehlte ihm die Intelligenz und vor allem der Mut. Der hätte seine eigene Mutter für eine Spritze verkauft. Er würde LaVerne anrufen und ihr die Hölle heiß machen.

Einen Moment fragte sich Larry, ob es richtig gewesen war, einem Trottel wie Clarence fünfhundert Dollar anzubieten; wahrscheinlich wäre er mit der Hälfte oder noch weniger zufrieden gewesen. Aber die Summe war ja eigentlich völlig unwichtig. Denn wenn es soweit war, würde Clarence überhaupt nichts kriegen. Larry würde dann schon weit weg sein.

Zwei Tage lagen jetzt noch vor ihm, und in dieser Zeit gab es allerhand für ihn zu tun. Jill zu verführen, zum Beispiel — vielleicht würde er das tun. Obwohl der Staatsanwalt noch seine Hand über sie hielt. Zumindest bis morgen. Da hatte sie ihren achtzehnten Geburtstag. Vielleicht sollte er ihr etwas schenken, irgendeine Kleinigkeit, die sie an ihn erinnerte.

Larry parkte und dachte nach, womit er sich entschuldigen sollte, falls Jill und George ihn gesucht hatten. Von jetzt an mußte er besonders vorsichtig sein, um sich das Ganze nicht zu vermasseln. Er würde sogar zu George Drux nett sein.

Er würde zu jedem nett sein, außer es versuchte jemand, ihn aufs Kreuz zu legen. Aber wenn das jemand tat . . .

Ganz plötzlich sah Larry den Matrosen vor sich liegen. Er sah sein Gesicht und seinen Kopf, und er erinnerte sich an seine Schreie. Es würde alles andere als angenehm sein, so etwas noch einmal zu erleben. Deshalb sollte lieber niemand versuchen, ihn aufs Kreuz zu legen, oder er würde es seinerseits tun. Dazu hatte er ja die Kanone.

Als er in den Tanzsaal trat, spielte die Kapelle gerade ›When the Saints Go Marching In‹.

9

Als Elinor am Mittwochmorgen herunterkam, saß Larry schon in der Küche und rauchte eine Zigarette. Er stand auf und schenkte ihr aus dem Topf, der auf dem Herd stand, eine Tasse Kaffee ein.

»Guten Morgen«, sagte er. »Ich hab' mir Ihretwegen schon Sorgen gemacht.«

»Sie meinen, weil ich letzte Nacht zu Bett gegangen bin, bevor Sie heimgekommen sind? Tut mir leid — ich wollte aufbleiben und auf Sie warten, aber ich hatte solche Kopfschmerzen. Ich hab' eine Schlaftablette genommen.«

Kein Wunder, daß sie abgespannt aussah. Larry lächelte sie an. »Ich hoffe, Sie fühlen sich jetzt wohler.«

»Doch, doch, mir geht's schon wieder gut.« Elinor sah ihn nicht an. »Wie war's denn gestern abend?«

»Schön. Jill hat's auch gefallen.«

Larry betrachtete ihr Gesicht; irgend etwas quälte sie.

»Sie sind nachher noch irgendwoanders hingegangen?«

Da fiel bei ihm der Groschen. Die *alte Schachtel war eifersüchtig!*

»Nein, wir haben während der Pause was gegessen. Wir haben ihren Freund getroffen, diesen George Drux. Er war ohne Wagen da, und so hab' ich ihn nachher heimgebracht.« Er schwieg einen Moment. »Er und Jill passen gut zusammen.«

Elinor brachte es jetzt fertig, ihn anzusehen. Es gelang ihr sogar, zu lächeln. »Ich hatte den Eindruck, Sie finden sie sehr anziehend.«

»Stimmt. Aber sie ist doch noch ein Kind.«

Genau das war es, was sie hören wollte. *Darling, sie spielen unser Lied.* Larry merkte, daß sie wieder glücklich war. Eine tolle Sache war das mit diesen zwei Weibern, die es beide auf ihn abgesehen hatten. Unter anderen Umständen hätte er nicht lange gezögert. Aber jetzt — vielen Dank.

»Möchten Sie noch Kaffee?«

»Danke, nein.« Elinor stand auf und schob ihren Stuhl zurück. »Ich muß mich beeilen. Es ist schon fast Mittag, und ich bin noch nicht mal angezogen. Ich muß Jill ein Geschenk kaufen, und um zwei bin ich bei meiner Kosmetikerin angemeldet . . .«

Larry nickte. »Darf ich mitfahren?« fragte er. »Ich mach' mir schon die ganze Zeit Gedanken wegen dieses Smokings. Ich hab' ihn mir in einem Laden in Center City geliehen und hätte ihn eigentlich schon am Montag zurückbringen müssen. Außerdem müßte ich meine Sachen aus dem Hotel holen und mein Zimmer räumen. Dann kann ich morgen gleich von hier aus starten.«

Elinor nickte. »Natürlich«, sagte sie und zögerte einen Moment. »Morgen? Ich dachte, Sie bleiben bis Freitag bei uns — zumindest bis Walter zurückkommt . . .«

»Aber ich kann Ihnen doch wirklich nicht so zur Last fallen.«

»Davon ist doch gar keine Rede.« Sie machte ein Gesicht, als habe sie noch etwas anderes sagen wollen und es sich überlegt. Das war ihm nur recht; es war nicht der richtige Augenblick, sich auf etwas einzulassen.

Als sie hinaufging, um sich anzuziehen, setzte sich Larry ins Wohnzimmer und dachte seinen Plan noch einmal Stück für Stück durch. Er war so tief in Gedanken versunken, daß er nicht einmal das Telefon klingeln hörte und überrascht war, als Elinor herunterkam und ihm sagte, daß Walter angerufen hatte.

Sie sagte nichts weiter darüber, bis sie das Haus verlassen hatten und im Wagen saßen. Sie schien nichts weiter sagen zu wollen, und das beunruhigte ihn. Schließlich brach er das Schweigen.

»Wie geht's Walter denn?« fragte er.

»Gut. Er sagt, es ist eine gute Tour — er hat schon eine Menge Aufträge.«

»Das freut mich.«

Da sah Elinor ihn geradeheraus an und sagte: »Larry, waren Sie letzte Nacht in Center City?«

Er fuhr mit dem Wagen fast in einen Graben. »Aber wieso denn das? Ich war mit Jill und George im ›Grove‹.«

»Das hab' ich ihm auch gesagt.« Doch sie sah ihn weiter aufmerksam an, und er starrte auf die Straße vor sich. »Er meint aber, er könnte beschwören, daß er Sie in der Halle des Hotels gesehen hat. Er hat Sie an seinem Sportjackett erkannt.«

»Das muß jemand anderer gewesen sein. Ich hab' das Lokal den ganzen Abend nicht verlassen. Fragen Sie doch Jill.«

»Ach, ich glaube Ihnen schon. Es ist ja auch gar nicht so wichtig. Walter schien sich nur so sicher zu sein. Er hat allerdings gesagt, er hätte Ihr Gesicht nicht gesehen — nur den Hinterkopf. Es war jemand mit schwarzem Haar und dem gleichen Sportjackett.«

»Vielleicht hab' ich einen Doppelgänger«, sagte Larry grinsend. »Oder vielleicht haben sie in dem Kleidergeschäft einem anderen Burschen mit schwarzem Haar das gleiche Jackett verkauft. Das wäre doch denkbar.«

»Ja, so wird's wohl sein.« Sie sah jetzt erleichtert aus. »Übrigens, Walter sollte sich wirklich eine Brille zulegen. Ich versuche schon seit einem Jahr, ihn dazu zu bringen, aber er will absolut nicht. Er meint, eine Brille würde ihn alt machen.«

»Komisch, wie die Leute manche Dinge zu Symbolen machen.«

»Ja, wirklich komisch.«

Es war verdammt wenig komisch, doch er bemühte sich, seinen Ärger nicht merken zu lassen. Man *weiß doch nie, was einem in die Quere kommen kann.* Er war sich so sicher gewesen, so fest davon überzeugt, daß er alles bedacht hatte. Wieso war ihm bloß nicht der Gedanke gekommen, daß Walter gestern abend in dem Hotel sein konnte — Center City gehörte schließlich zu seinem Bezirk. Zum Glück hatte der alte Knabe nicht sein Gesicht gesehen, und es war gerade noch einmal gutgegangen.

So was darf nicht noch mal vorkommen, gelobte er sich. *Von jetzt an mußt du noch besser aufpassen.*

Er versuchte, während der weiteren Fahrt über nebensächliche Dinge zu reden, merkte dabei aber, wie gereizt und nervös er plötzlich war.

Larry war froh, als Elinor sich am Stadtrand ans Lenkrad setzte. Am Drugstore hielt sie, und er kletterte, die Schachtel mit dem Smoking in der Hand, aus dem Wagen.

»Bis halb fünf also«, sagte er. »Hier, vor dem Drugstore.«

Elinor nickte und fuhr los, und er machte sich an die Arbeit.

Zuerst ging er in das Kaufhaus und kaufte sich eine Schere. Dann schlenderte er hinüber zu der Tankstelle mit dem Schild *Billiges Benzin.*

Er ging auf die Toilette, setzte sich und öffnete die Schachtel mit dem Smoking. Mit der Schere entfernte er die Etiketts, auf denen der Name der Leihanstalt stand, und spülte sie ins Klosett.

Dann machte er einen kleinen Ausflug in eine Seitenstraße.

Der alte Gauner in der Pfandleihe musterte ihn verächtlich, doch Larry kümmerte sich nicht weiter darum.

Er bekam neun Dollar für den Smoking, mehr als er erwartet hatte.

Larry zählte das Geld genau nach; es stimmte. Er hatte jetzt neunzehn Dollar und achtzig Cent.

Das bedeutete, daß er seine Hotelrechnung bezahlen konnte — die dreckige Bude, die er sich vergangenen Freitag genommen hatte, kostete bloß drei Dollar pro Tag. Zuerst hatte er daran gedacht, einfach nicht mehr hinzugehen und seine schäbige Garderobe sausen zu lassen. Aber wahrscheinlich war es klüger — und sicherer —, die Sachen zu holen, das Zimmer zu bezahlen und keine Spuren zu hinterlassen.

Deshalb ging er hinüber zum ›Carpenter House‹, holte seine Reisetasche, trug sie die zwei Treppen zur Portierloge hinunter und verlangte die Rechnung.

Der Portier sah ihn fragend an.

»Mr. Fox? Heute morgen kam ein Anruf für Sie.«

»Oh?« Er mußte es sagen. »Sollen Sie mir was ausrichten?«

»Der Anrufer hat seinen Namen nicht gesagt. Er wollte es später noch mal versuchen. Ich habe gesagt, daß Sie seit mehreren Tagen nicht da waren . . .«

Verdammt nett von dir, dachte Larry. Er hätte dem Kerl am liebsten eine gewischt, aber schließlich konnte er ja nichts dafür. So zahlte er bloß seine fünfzehn Dollar und hielt den Mund. Es hatte keinen Sinn, auf den Alarmknopf zu drücken.

Außerdem, was bedeutete dieser Anruf schon? Als er hinausging, fiel ihm ein, daß wahrscheinlich die Leihanstalt angerufen hatte, der der Smoking gehörte. Ja, sicher; er hatte seinen Namen und seine Adresse hinterlassen. Wer hätte es sonst sein können? Kein Mensch wußte, daß er in der Stadt war. Und jetzt war es überhaupt egal, er hatte ja das Zimmer aufgegeben.

Es lohnte sich nicht, weiter darüber nachzudenken, er hatte jetzt Wichtigeres zu erledigen. *Punkt eins,* ein Geschenk für Jill.

Das war eine gute Idee. *Larry Fox, der perfekte Gentleman, immer freundlich und aufmerksam.*

Der perfekte Gentleman ging in Hillyer's Kaufhaus und schlenderte herum, bis er die Ohrringe entdeckte. Bloß 2,98 Dollar plus Steuer, heruntergesetzt von 4,98 Dollar.

Er hätte gern mehr ausgegeben, aber er hatte nicht mehr viel Geld, nur noch ein paar Dollar. Komisch, gerade heute derart pleite zu sein, wo er doch morgen . . .

Jetzt *Punkt zwei:* Clarence.

Larry betrat das Grand Union Hotel fünf Minuten vor vier. Heute war Walter nicht in der Stadt, und es bestand keine Gefahr, daß er jemandem begegnete, doch er benützte trotzdem den Seiteneingang. Von jetzt an kein Risiko mehr.

Aus diesem Grund verzichtete er auch auf den Lift und ging die Treppe hinauf. Er erreichte, ohne jemandem zu begegnen, den vierten Stock und ging rasch den Gang hinunter — nur für den Fall, daß irgend jemand aus einem Zimmer trat. Doch er sah niemand.

425 lag ganz hinten am Ende des Ganges, neben der Feuertreppe. Es war ein warmer Tag, und die Tür zu der eisernen Wendeltreppe stand offen; wenn Larry das gewußt hätte, hätte er sie benützen können. Aber es war auch so gutgegangen.

Er blieb einen Moment stehen und sah sich um, ob der Gang leer war, bevor er klopfte. Dann pochte er leise an die Tür.

Keine Antwort. Er klopfte noch einmal, diesmal lauter, und wartete. Nichts geschah.

Er drückte auf die Türklinke. Die Tür ging auf, und er trat in Clarences Zimmer.

Komisch. Niemand da.

Larry stand in der Tür und rümpfte die Nase, denn es roch nicht gut in dem Zimmer. Ein widerlicher Gestank kam von dem ungemachten Bett, dem schmutzigen Kissen und den zerknüllten Decken. Es sah fast aus, als hätte Clarence eine wilde Nacht gehabt. Vielleicht hatte er eine umgelegt.

Doch dann fiel Larry ein, daß Clarence auf so was ja gar nicht stand. Er hatte ein anderes Hobby.

Und da lag ja auch tatsächlich auf dem Nachttisch neben dem Bett das Zubehör — die leere Schachtel, die Spritze, die Streichhölzer, der angekohlte schwarze Metallaschenbecher.

Das war nun weniger komisch. Womöglich hatte diese kleine Ratte heute vormittag, statt LaVerne anzurufen, sich eine Spritze verpaßt und war ins Land der Träume entschwebt. Dieser Geruch gefiel Larry gar nicht.

Dieser Geruch . . .

Da bemerkte er noch einen anderen Gestank, er kam aus dem Badezimmer. Er ging zur Tür und schaute hinein.

Clarence mußte sich hier drin übergeben haben, der ganze Fußboden war voll. Es mußte ihm verdammt schlecht gewesen sein, denn da war ja auch Blut — es sah aus, als hätte jemand einen Blutsturz gehabt. Das war kein bißchen komisch.

Und dann war plötzlich überhaupt nichts mehr komisch. Denn Larrys Blick fiel auf Clarence — er lag auf dem Boden der Badewanne, lag so da, wie er hineingefallen war, und aus seinen Mundwinkeln sickerte immer noch das Blut hervor.

Larry zwang sich, zu ihm zu treten, sich zu bücken und Clarence an der Schulter zu rütteln.

Einen schrecklichen Moment lang dachte er, er würde eine Schußwunde oder eine Stichwunde entdecken, doch er sah nichts dergleichen, nur den roten Schaum, der aus dem Mund quoll.

Er mußte etwas tun, schnell einen Arzt holen, vielleicht war er noch zu retten.

Larry rüttelte ihn an den Schultern, bis der kahle Kopf wackelte. Er wackelte hin und her, hin und her, und der Mund ging auf, als wollte Clarence ihm etwas sagen.

Und dann begriff er.

Clarence war tot.

10

Elinor konnte sich nicht vorstellen, was passiert war.

Als sie Larry vor dem Drugstore abholte, war er totenblaß. Sie bemerkte es, als er zu ihr in den Wagen stieg; er lächelte auch nicht wie sonst, und sein Mund zuckte ständig.

»Was ist denn mit Ihnen?« fragte sie. »Fühlen Sie sich nicht wohl?«

»Ich glaub', ich hab' Fieber«, sagte er. »Können Sie fahren?«

»Natürlich.« Sie sah ihn an. »Tut Ihnen Ihr Knöchel weh?«

»Nein, nein. Ich hab' vor zwei Stunden in einem Lokal dort unten einen Hamburger gegessen. Vielleicht . . .«

»Sie müssen sich daheim gleich ins Bett legen«, sagte Elinor.

»Ich werde Dr. Russell anrufen.«

Er schüttelte den Kopf. „Ich werd' gleich wieder in Ordnung sein. Es geht mir schon viel besser.«

Doch er saß weiter ruhig da und sagte während der ganzen Fahrt kein Wort. Mit geschlossenen Augen und zusammengepreßtem Mund sah er gar nicht mehr so sehr wie ein kleiner Junge aus. Elinor schaute ihn von Zeit zu Zeit an; dann merkte sie, daß sein Mund nicht immer zusammengepreßt war. Manchmal bewegten sich seine Lippen.

In dem Moment, als sie in die Zufahrt einbogen, murmelte er leise etwas. Es kam Elinor vor, als sage er immer und immer wieder: »Ich werd's ihr zeigen«, doch als sie sich zu ihm wandte und fragte, was er gesagt habe, schüttelte er nur den Kopf und murmelte: »Nichts. Ich glaub', ich bin eingenickt.«

Er sah elend aus, und sie drängte ihn, hinaufzugehen und ein wenig zu schlafen. Sie fragte ihn, ob er ein Aspirin wolle, doch er meinte, sie solle sich keine Sorgen um ihn machen.

Sie richtete zum Abendessen kalte Koteletts her, und als sie fertig war, ging sie hinauf, um ihn zu holen. Er lag im Bett und schlief. Sie zögerte und fragte sich, ob sie ihn stören sollte. Vielleicht war es besser, wenn er sich richtig ausruhte. Er konnte ja bei der Party etwas essen.

So aß Elinor allein — sie hatte überhaupt keinen Appetit —, und dann zog sie sich um. Ihr Haar sah wirklich hübsch aus, doch auch das war jetzt ganz unwichtig. Sie war ganz durcheinander; wie hatte sie sich auf diesen Abend gefreut, und jetzt?

Gegen halb acht beschloß sie, ihn doch zu wecken. Sie klopfte an die Tür und ging auf Zehenspitzen hinein. Er lag mit offenen Augen im Bett.

»Ich dachte, Sie schlafen noch«, sagte sie.

»Nein. Ich lieg' bloß so.«

»Geht's schon besser?«

»Ja, ein bißchen.«

»Es ist halb acht. Die Whittakers erwarten uns gegen acht. Soll ich Ihnen noch was zu essen machen, bevor wir gehen — vielleicht ein belegtes Brot und eine Tasse Kaffee?«

»Nein, danke.« Larry setzte sich auf. »Ich werd' nicht mitkommen.«

»Nicht mitkommen? Aber . . .«

»Vielleicht komm' ich später nach. Wenn diese Kopfschmerzen weg sind. In ein oder zwei Stunden werd' ich sicher in Ordnung sein.«

»Vielleicht sollte ich doch Dr. Russell anrufen. Vielleicht ist es was Ernstes.«

»Nein!« Er schrie fast. »Lassen Sie mich doch bitte in Ruhe — ich sag' Ihnen doch, ich bin bald wieder okay!«

»Larry . . .«

»Entschuldigen Sie — tut mir leid.« Seine Stimme war wieder sanft. »Diese verdammten Kopfschmerzen machen mich ganz fertig. Aber machen Sie sich deshalb keine Sorgen — die hab' ich öfter.« Er lächelte sie an. »Es ist wirklich am besten, Sie gehen schon vor. Ich komme später nach. Sagen Sie das den Whittakers.«

»Aber ich kann Sie doch nicht allein lassen. Angenommen, es passiert was?«

»Was soll denn schon passieren?« Seine Stimme klang wieder gereizt, doch er nahm sich rasch zusammen. »Lassen Sie sich doch bitte die Party nicht verderben. Ich komme bestimmt, das verspreche ich. Sagen Sie Jill, ich habe ein Geschenk für sie.«

Elinor zögerte. Doch es blieb ihr nichts anderes übrig, als zu gehen. Sie ging hinaus, mit einem seltsamen Gefühl der Leere. Sie hatte sich alles so schön vorgestellt. Da hatte sie sich nun eigens diese Spezialdauerwelle machen lassen, ihr neues Kleid angezogen und sich darauf gefreut, mit ihm zu der Party zu gehen, damit Jill sie zusammen sah, und ein bißchen zu trinken und dann heimzufahren, und zu Hause vielleicht noch einen Drink mit ihm zu nehmen, und dann . . .

Sie dachte den Gedanken nicht zu Ende. Ganz plötzlich lag ihr nichts mehr daran. Irgend etwas hatte sich geändert.

Es lag nicht daran, daß Larry krank war. Es lag nicht an seiner Blässe oder an seinem kleinen Ausbruch vorhin; es war nichts Bestimmtes, was sie bedrückte. Es war nur dieses merkwürdige Gefühl, daß Larry nicht mehr Larry war.

Vielleicht bin ich krank, dachte Elinor. Das einzig Richtige war, zu der Party zu gehen und das Ganze zu vergessen. Er würde bestimmt bald wieder in Ordnung sein, genau wie er gesagt hatte. Es war doch alles nicht so tragisch.

Und so fuhr sie zu den Whittakers und entschuldigte Larry.

Min hatte auch ein neues Kleid an — ein grünes mit Puffärmeln, in denen ihre Arme geradezu unförmig dick aussahen — und Elinor versicherte ihr, daß es ihr ausgezeichnet stünde. Jim trug einen Anzug und rauchte heute abend zur Abwechslung mal Pfeife. Jill hatte ihr Haar hochgesteckt. Sie tat ganz begeistert über den Sweater, den Elinor ihr mitgebracht hatte; wahrscheinlich verdeckte sie mit ihrem Freudenausbruch nur ihre Enttäuschung darüber, daß Larry nicht gekommen war.

George Drux war natürlich auch da, außerdem ein paar Schulfreundinnen von Jill, die Elinor nur dem Namen nach kannte, und zwei fremde Jungens, die bei der Army waren und Urlaub hatten.

Es überraschte Elinor ein wenig, daß Min Cocktails servierte, doch sie merkte, daß die Mädchen und Jungens nur einen Drink nahmen, bevor sie hinunter ins Turnzimmer gingen, um zu tanzen.

Als sie fort waren, setzte sie sich mit Min und Jim ins Wohnzimmer. Jim mixte ein paar neue Manhattans und füllte ihre Gläser nach. Elinor kippte gedankenlos den zweiten Drink hinunter.

»Du scheinst heute nicht ganz bei dir zu sein«, sagte Jim.

»Ich bin bloß müde. Es war ein anstrengender Tag.«

Er lächelte. »Bei uns ist's heute auch zugegangen wie in einem Irrenhaus. Seit morgens um sechs. Komm, trink aus. Wir können heute beide was vertragen.«

Min schnupperte an ihrem Glas. »Bist du sicher, daß du den italienischen Wermut genommen hast und nicht den französischen? Du weißt doch, der französische ist für die Martinis.«

»Natürlich«, sagte Jim.

»Die nächste Runde werde ich lieber selber mixen, damit's auch wirklich stimmt«, sagte Min. Sie stand auf und ging mit dem Shaker hinaus. »Diesen Mann kann man einfach gar nichts machen lassen.«

Als Min das Zimmer verlassen hatte, lächelte Elinor Jim an. »Meiner schmeckt gut.«

Jim zündete sich seine Pfeife an und nickte. »Sie spielt wieder mal ihr Spiel«, sagte er.

»Was für ein Spiel?«

Er wollte etwas erwidern, doch da ging die Türglocke. Larry trat ein.

Elinor stand auf. Sie hatte wacklige Knie, wahrscheinlich von den Drinks. »Sind Sie wieder in Ordnung?« begrüßte sie ihn.

»Völlig.«

Er sah auch wieder besser aus; ein wenig blaß vielleicht, doch das war alles. Sie sah, daß er ein Päckchen bei sich hatte — natürlich ein Geschenk für Jill.

Min kam ins Zimmer, in der Hand den Shaker. »Sie kommen gerade zu einem Drink zurecht«, sagte sie.

»Vielen Dank. Ich kann einen brauchen.« Larry nahm ein Glas und sah sich um. »Wo sind denn die andern?«

»Sie ist unten«, sagte Jim. »Hören Sie nicht den Plattenspieler?« Jim setzte sich. »Möchten Sie 'runtergehen, oder wollen Sie lieber bei uns Alten bleiben?«

Larry sah ihn an. Elinor merkte, daß er heute abend überhaupt nicht lächelte. Er sah einen bloß an — oder durch einen hindurch. »Ich werd' später mal 'runtergehen«, sagte er. »Im Moment ist mir die Ruhe lieber.«

Das Dröhnen des Basses ließ den Fußboden erzittern.

»Scheint ja toll zuzugehen, dort unten«, sagte Elinor.

»Warum nicht? Es ist genau, wie ich's gestern abend gesagt hab' — die Jugend hat die Macht übernommen. Zum Glück haben wir Gestrigen auch noch ein paar Dinge, mit denen wir uns trösten können.« Jim blickte auf den Shaker. »Trinken Sie noch einen mit mir, Larry?«

Min sah ihn scharf an, als er einschenkte.

»Ist das nicht ein bißchen überstürzt?« murmelte sie und wandte sich zu Elinor. »Er weiß nie, wann er genug hat.«

Elinor wußte nicht, was sie sagen sollte. Sie lächelte Jim über ihr Glas hinweg an. »Du hast vorhin etwas von einem Spiel gesagt, das Min spielt . . .«

Jim nickte. »Ja, das hat sie getan vorhin, als sie über die Drinks meckerte. Und jetzt wieder, als sie mich warnte, zuviel zu trinken. Es ist ein beliebtes Gesellschaftsspiel. Es heißt *Paps ist ein Trottel.«*

Min schnaubte durch die Nase; dann nahm sie den Shaker und ging in die Küche. Beim Hinausgehen sagte sie: »Wenn du mich fragst, Paps quatscht zuviel.«

»Wahrscheinlich hat sie recht.« Jim lehnte sich zurück und zog an seiner Pfeife.

»Ich versteh' gar nichts«, sagte Larry. »Worum geht's denn?«

»Eigentlich um nichts. Außer man betrachtet das Ganze vom soziologischen Standpunkt aus. Es hat auch mit diesem Jugendfetisch zu tun, mit dem ich mich beschäftige.

Früher war Paps jemand, der Brotverdiener, der Herr im Haus. Doch nachdem die Jugend die Macht übernommen hatte, begann ein Umwandlungsprozeß. Magazine, Rundfunk, Filme und Fernsehen haben die Konstellation innerhalb der Familie verändert. Mutter ist eine Charakterschauspielerin — warmherzig, liebenswert und von ausgeglichenem Temperament. Die Tochter ist hübsch und keß — sie redet vielleicht ein bißchen konfus daher und hockt zu lange am Telefon, aber im Grunde hat sie doch das Herz am rechten Fleck. Und Sonnyboy ist natürlich auch ein prima Kerl. Er gerät immer wieder in allerlei Schwierigkeiten, zieht sich am Ende aber jedesmal großartig aus der Affäre.

Bleibt noch Paps. Und was Paps ist, das weiß jeder. Ein armer, hilfloser Trottel. Der Komiker des Ensembles.«

Min kam mit dem gefüllten Shaker zurück und schenkte nach. »Laßt euch von mir nicht stören«, sagte sie. »Ich bin bloß eine warmherzige, liebenswerte Charakterdarstellerin. Gib dein Glas her, du Armer, Hilfloser.«

Jim reichte ihr sein Glas und fuhr fort. »Da haben Sie's, es ist genauso, wie ich's immer wieder sage. *Paps ist ein Trottel.* Er ist der Kerl, der den ganzen Tag schuftet und das Geld 'ranschafft, aber er hat keine Ahnung, was direkt vor seiner Nase geschieht. Seine Frau führt ihn an der Nase herum, seine Kinder besiegen ihn in einem fort im Wettstreit um das Auto oder um das Telefon oder um das Badezimmer. Jedesmal, wenn er sich über irgend etwas aufregt, was die Tochter oder der Sohn tut, stellt sich heraus, daß sie im Recht sind und Paps im Unrecht. Paps wird zur Hausarbeit eingespannt, man schlägt ihm die Tür ins Gesicht, er wird mit Wasser bespritzt und vom Hund gehetzt, und die einhellige Meinung über ihn ist, daß er zu alt und verkalkt ist, um sich anzupassen und dazuzulernen.«

»Vielleicht stimmt das tatsächlich«, sagte Larry.

Elinor sah ihn an. Er beugte sich jetzt vor. Seine Wangen waren immer noch blaß, doch über seinen Backenknochen waren rote Flecken. Er preßte den Mund zusammen.

Elinor hatte ein unbehagliches Gefühl im Magen. Sie wollte etwas sagen, ihn auffordern, den Mund zu halten. Doch es war zu spät — er sprach bereits.

»Das ist ja interessant«, sagte Jim. »Möchten Sie noch was trinken?«

»Gern.« Larry nickte. »Was ist eigentlich mit den Jungen und Mädchen da unten — kriegen die nichts?«

»Die trinken Cola«, sagte Min.

»Sehen Sie, genau das ist es, was ich meine.« Larry sah Jim an, während er ihm nachschenkte. »Manhattans für die Erwachsenen, Cola für die Jungen. Die Erwachsenen im Wohnzimmer, die Jungen in den Keller abgeschoben. So ist es doch, oder?«

»Sie wollten selber 'runtergehen, um zu tanzen«, erklärte Min. »Und was das Cola betrifft . . .«

»Laß nur«, unterbrach sie Jim. »Larry bemüht sich doch nur, sich in Metaphern auszudrücken.«

»Hören Sie doch mit diesem Quatsch auf, zum Teufel!«

Elinor hatte Larry noch nie fluchen gehört. In ihrem Magen war wieder dieses unangenehme Gefühl, irgend etwas schien sich darin zusammenzuziehen, wie zu einem Klumpen. Doch Larry sprach schon weiter.

»Haben Sie noch nie darüber nachgedacht, wer diesen Krieg zwischen den Jungen und den Alten angefangen hat? Wer daran schuld ist?«

»Ich glaube nicht, daß man irgend jemandem die Schuld zuschieben kann«, sagte Jim. »Es sind da gewisse wirtschaftliche und soziale Kräfte im Spiel, die . . .«

»Nehmen Sie mich, zum Beispiel.« Larry hörte ihm gar nicht zu. Er schien durch Jim hindurchzustarren, als sei er gar nicht da. »Wann hab' ich in meinem Leben je irgendeine Chance gehabt? Ich bin in einem Waisenhaus aufgewachsen. Kein Mensch mochte mich. Alles, was man mir gegeben hat, waren Vorschriften. Vorschriften von den Schwestern, Vorschriften von den Lehrern, von Polizisten, von allen. Tu das nicht, sag das nicht, geh vom Rasen runter, hier darfst du nicht spielen, halt den Mund, kümmere dich um deine eigenen Angelegenheiten, sprich nur, wenn du gefragt wirst.«

»Aber Sie müssen doch zugeben, daß Sie sich in einer Ausnahmesituation befunden haben«, sagte Jim.

»Ich gebe gar nichts zu! Sicher, die meisten Kinder haben Eltern, ein eigenes Heim. Aber oft ist es doch das gleiche — zusammengepfercht in einer kleinen Wohnung oder in so einer Fünfzimmer-Bruchbude in einer Vorstadt, ohne Platz zum Wachsen oder zum Spielen. Sobald sie laufen können, steckt man sie in die Schule, damit sie aus dem Weg sind. Bleibt von der Fahrbahn weg, überquert nur an Kreuzungen die Straße, achtet auf die Verkehrssignale.

Als Sie ein Junge waren, war noch alles anders. Damals gab's große Häuser, freie Felder, genügend Platz. Eine Menge Ferien und Feiertage — Feuerwerk am vierten Juli. Heute ist es Kindern verboten, mit Feuerwerkskörpern zu spielen. Sie sollen sicher und gesund aufwachsen, damit man sie in die Army stecken und ihnen Bomben zum Spielen geben kann.«

»Sie vereinfachen das alles zu sehr«, murmelte Jim.

»Aber es ist so einfach«, sagte Larry. »Denken Sie doch mal nach. Als die meisten Menschen auf Bauernhöfen lebten, waren Kinder etwas Nutzbringendes — sie konnten bei der Arbeit helfen und den Hof übernehmen, wenn sie erwachsen waren. In den Städten lernten sie das Handwerk des Vaters oder arbeiteten in seinem Geschäft. Heute sind Kinder nur eine Belastung. Überall, wo man hinkommt, hört man Eltern darüber jammern, wieviel die Kleider und das Essen für sie kosten, wie mühsam es ist, sie in Ordnung zu halten, wieviel Lärm sie machen, wie schwer es ist, einen Babysitter zu finden. Oh, die Leute können gar nicht genug davon reden, wie sehr sie sie lieben, aber die Kinder sind nicht so dumm, wie sie denken. Sie spüren ganz genau, was los ist. Und wenn sie ein bißchen älter sind, gehen ihnen die Augen richtig auf. Dann merken sie, daß es keinen Weihnachtsmann gibt, aber sehr wohl einen Onkel Sam.

Dieser Onkel Sam ist einer von den Alten, und er läßt sich auf keine Diskussionen ein. Wenn er dir befiehlt, dein Leben lang Steuern zu bezahlen, dann bezahlst du deine Steuern. Wenn er sagt, du mußt Soldat werden, dann gehst du hin und wirst Soldat und stehst schön stramm. Genau dazu sind Kinder da — strammzustehen und dem alten Burschen mit dem Bart zu gehorchen. All den alten Burschen zu gehorchen, die die Geschäfte und Fabriken leiten und regieren. Die Kriege anfangen und uns darin verheizen.«

»Das sind aber wirklich keine neuen Argumente«, sagte Jim. »Ich könnte mir vorstellen, daß die jungen Leute in Athen und Sparta so ziemlich die gleichen Gedanken hatten.«

»So? Soviel ich gehört habe, sind die jungen Leute von Athen und Sparta heutzutage gar keine so besonderen Helden. Vielleicht haben sie damals bloß all den Quatsch geglaubt, den ihnen die Alten aufgetischt haben.« Larry runzelte die Stirn und schüttelte den Kopf. »Sie reden immer von Respekt vor den Älteren — wovor sollen wir denn Respekt haben? Vor dem Ersten Weltkrieg, vor der Wirtschaftskrise, vor dem Zweiten Weltkrieg, vor Korea, vor dem Kalten Krieg? In was für eine Welt habt ihr uns denn hineingesetzt? Kein Wunder, daß die Jungen heute anders sind. Die alten Regeln gelten nicht mehr. Jeder muß selber zusehen, wie er sich durchsetzt und wie er am Leben bleibt. Allein darauf kommt's an. Man weiß nie, wann's soweit sein wird, wann's einem an den Kragen gehen wird. In der einen Minute geht man noch herum, und in der nächsten liegt man da, und das Blut läuft einem aus dem . . .«

Larry brach mitten im Satz ab und kniff die Augen zusammen. Dann schluckte er und lächelte.

»Entschuldigen Sie«, sagte er. »Ich — ich hab' mich so hineingesteigert . . .«

»Schon gut«, sagte Jim. »Wir können das sehr gut verstehen.«

»Ich fühl' mich nicht ganz wohl.« Larry stand auf. »Am besten, ich geh' jetzt mal runter und geb' Jill ihr Geschenk.«

Er kniff noch einmal die Augen zusammen und verließ das Zimmer.

Min starrte ihm nach. »Was ist denn los mit ihm?«

»Ich glaube, er hat Fieber«, sagte Elinor. »Vielleicht hätte er im Bett bleiben sollen.« Sie trank ihr Glas aus.

»Irgend etwas scheint ihn zu drücken«, sagte Jim nachdenklich.

»Was geht uns das an?« Min zuckte die Achseln. »Hier, Elinor, trink noch was.«

»Nein, danke, mir ist schon schwindlig.« Elinor stand auf; tatsächlich, ihr war wirklich schwindlig. Sie ging hinaus und den Gang hinunter zum Badezimmer.

Sie hörte das Plärren des Grammophons unten im Keller, und dann wurde es von etwas anderem übertönt — jemand schrie plötzlich. Elinor umklammerte ihre Tasche und blieb vor der

Kellertür am Ende des Korridors stehen. Jemand polterte die Treppe herauf, und sie trat zurück, als die Tür aufging.

Min und Jim waren auf den Gang getreten und standen hinter Elinor. Larry trat aus der Tür.

»Was ist denn los?« fragte Min.

Larry gab keine Antwort. Er war ganz blaß, und aus seinem linken Mundwinkel sickerte ein dünner Streifen Blut.

Elinor trat einen Schritt vor. »Larry, was, um Himmels willen . . .«

Er schüttelte den Kopf. »Nichts«, sagte er. »Nichts. Ich gehe. Mir ist schlecht. Tut mir leid.«

Er versuchte zu lächeln, und dabei quoll das Blut ein wenig schneller hervor. Dann ging er zur Haustür.

Die Musik brach ab, und man hörte wieder Schritte auf der Kellertreppe und dumpfes Stimmengewirr.

Elinor wartete nicht. Sie folgte Larry und trat hinaus ins Freie. Sie spürte die frische Luft und wurde wieder schwindlig, doch sie sah und hörte trotzdem den Wagen. Larry hatte den Motor angelassen. Die Scheinwerfer blendeten sie, und sie griff nach der Türklinke. Der Wagen fuhr rückwärts die Zufahrt hinunter.

»Larry, warten Sie«, sagte sie. »Was werden die Whittakers denken . . .«

»Wenn er mir noch mal vor die Augen kommt, bring' ich ihn um.«

»Wen?«

»Ihren Freund, diese lächerliche Figur. Er hat mich geschlagen.«

»George hat Sie geschlagen? Warum?«

»Ohne jeden Grund. Ich bin runtergegangen und habe Jill mein Geschenk gegeben. Sie hat mich geküßt, und da ist dieser Idiot auf mich losgegangen.«

»Armer Junge . . .«

»Ich bin kein Junge!« Larry fuhr ein Stück weiter, dann hielt er an und wollte die Tür aufmachen.

»Was machen Sie denn?« rief Elinor.

»Ich hau ab. Ihr seid doch alle gleich. Alle gegen mich.«

»Larry, niemand ist gegen Sie.« Sie packte ihn am Arm. »Bitte, fahren wir nach Hause.«

Er zögerte einen Moment, dann zwängte er sich wieder hinter das Lenkrad.

»Haben Sie was zu trinken daheim?«

»Ja — etwas Whisky, glaub' ich.«

»Schön. Dann machen wir unsre eigene Party.«

Und dann fuhr er heim und parkte den Wagen unter dem Dach zwischen Haus und Garage und machte die Scheinwerfer aus und trat hinter sie, während sie die Seitentür aufsperrte.

Sie dachte, er wolle an ihr vorbei, doch dann spürte sie, wie er seine Arme um sie legte und sie umdrehte, und sein Mund legte sich auf ihren.

Ihr wurde wieder schwindlig, und sie schloß die Augen, und als sie sie wieder öffnete, sah sie die Scheinwerfer eines Autos vorbeihuschen; es schien ganz langsam zu fahren. Alles ging jetzt ganz langsam, und sie spürte seinen Mund, ganz warm und suchend, seine Lippen öffneten sich, und sie schmeckte das . . .

Elinor zuckte zurück. »Nicht!« sagte sie. »Wischen Sie sich den Mund ab.«

»Meinen Mund?«

»Sie bluten.«

Er ließ sie los und fuhr sich mit der Hand über die Lippen und starrte seine Finger an.

Sie öffnete die Tür und knipste die Küchenlampe an. Er folgte ihr. Er war wieder ganz blaß.

»Larry, wollen Sie mir nicht sagen, was mit Ihnen los ist?«

»Ja, ja.« Er schaute zur Anrichte hinüber. »Wo ist denn der Whisky?«

»Dort drin. Aber es wäre vielleicht besser, wenn Sie nicht . . .«

»Bloß einen. Als Schlaftrunk.« Er lächelte. »Während wir reden. Ich schenk' uns schon ein.«

Und so ging sie hinauf ins Schlafzimmer und wischte sich den verschmierten Lippenstift ab und legte neues Make-up auf. Sie brauchte sehr lange dazu, denn ihr war immer noch schwindlig und ihre Hände zitterten.

Ich muß jetzt sehr achtsam sein, dachte sie. *Oder achtlos.*

Sie wußte nicht was, konnte sich nicht entscheiden; es ging alles zu schnell, und sie konnte nicht klar denken. Vielleicht war es am besten, abzuwarten.

Larry mußte hinauf ins Badezimmer gegangen sein, denn als sie auf den Korridor trat, hörte sie ihn die Treppe hinuntergehen. Er ging sehr schnell.

Elinor ließ sich Zeit und hielt sich am Geländer fest. Sie hatte ein komisches Gefühl in den Knien — offenbar zu viel getrunken. Und sie war merkwürdig erregt. Plötzlich wünschte sie, Walter würde anrufen. Sie blieb einen Moment mitten auf der Treppe stehen. Verdammt noch mal, wenn er doch anrufen würde, es war nicht richtig von ihm, einfach wegzufahren und sie allein zu lassen, allein mit diesem fremden jungen Mann. Wenn etwas passierte, war er schuld, nicht sie. *Er* war schuld, denn er hatte an so etwas überhaupt nicht gedacht, weil Larry so jung war und sie soviel älter. Dabei war sie doch noch gar nicht so alt, hol ihn der Teufel . . .

Sie atmete tief ein.

Ganz plötzlich wurde ihr klar, daß sie nichts mehr trinken durfte. Das Vernünftigste wäre gewesen, umzukehren und schnurstracks wieder hinauf in ihr Zimmer zu gehen, die Tür zuzusperren und sich ins Bett zu legen. Sie brauchte sich nichts zu beweisen. Man brauchte nicht alt zu sein, um sich wie ein Erwachsener zu benehmen.

Aber vielleicht mußte sie sich doch etwas beweisen.

Elinor ging die Treppe hinunter und trat ins Wohnzimmer. Larry saß auf dem Sofa. Er hielt ein Glas in der Hand, und für sie stand ein zweites auf dem Servierwagen neben dem Tisch. Sie setzte sich.

»Na«, sagte sie. »Erzählen Sie mir das Ganze.«

»Hier ist Ihr Drink.« Er reichte ihr das Glas.

Sie nahm es automatisch und kippte den Whisky hinunter. Er brannte im Hals, doch es war ihr egal, denn sie wußte jetzt, sie würde mit dieser Situation fertig werden und mit ihm fertig werden, denn sie war eine erwachsene, reife Frau.

»Es gibt gar nicht viel zu erzählen«, sagte Larry.

Elinor nahm noch einen Schluck. »Sie wissen doch, Sie können mir vertrauen, Larry.«

»Ja.« Er nickte.

»Also reden Sie nicht lange herum. Sie sind schon seit heute nachmittag so merkwürdig. Irgend etwas bedrückt Sie doch, oder?«

Er rückte näher zu ihr und starrte sie an. Sie versteckte ihr Gesicht hinter dem Glas und nahm einen großen Schluck.

»Können Sie sich's nicht denken?«

»Ich . . .«

Ja, sie konnte sich's denken, jetzt, wo sie so nahe bei ihm saß. Sie sah ihn an; an seinem Mund war kein Blut mehr. Er lächelte, und sein Gesicht war jung und verschwommen. Sie hätte doch nichts mehr trinken sollen . . .

»Da, trinken Sie aus.« Er packte sie am Handgelenk, als sie das Glas hinstellen wollte.

»Nein, ich mag nicht mehr.«

»Los. Trinken Sie. Ich trink' mein Glas auch aus.«

Und weil seine Hand warm war und seine Stimme und seine Augen, trank sie. Es war ihr alles egal; sie war so müde, daß ihr alles egal war. So müde. Sie saß hochaufgerichtet da, und als er noch näher rückte und seine Arme um sie legte, schloß sie die Augen.

»Oh, Liebling«, flüsterte sie. Oder vielleicht bildete sie sich nur ein, es zu flüstern. Es war schwer zu sagen, denn alles war so weit weg. Sie wußte, daß er jetzt sprach, aber sie hörte ihn kaum, spürte kaum seine Hände und seinen Mund.

Einen Moment erwiderte sie den Druck seiner Lippen, und dann war sein Mund wieder weg und seine Stimme wurde leiser und leiser und sagte ihr, sie solle keine Angst haben, sie solle sich ausruhen und schlafen, einfach schlafen.

Warum wollte er, daß sie schlafen sollte? Da stimmte doch etwas nicht, oder? Sie wollte sich aufrichten, die Augen öffnen. Doch er hielt sie und sprach auf sie ein, leise und sanft, und jetzt hatte sie keine Angst mehr, und es machte ihr nichts mehr aus, daß ihr schwindlig war.

Jetzt verschwand das Schwindelgefühl, alles verschwand, und er trug sie die Treppe hinauf, zumindest kam es ihr so vor. Jemand trug jemanden die Treppe hinauf, und jetzt lag jemand im Bett, und die Decke wurde zurückgeschlagen, und sie spürte Kühle und Wärme, und vielleicht würde es jetzt geschehen, doch es war ihr egal, sie war so müde, zu müde, um irgend etwas zu tun. Und es war dunkel, sie war allein im Dunklen mit Walter — nein, mit Larry — oder war es Roy, ihr kleiner Roy? Jemand war da, es war egal, wer. Und dann war er weg, und nur noch die Dunkelheit war da.

Eine Weile dachte Larry, sie würde überhaupt nie einschlafen. Doch sie mußte, mußte einfach schlafen, nach all den Drinks und all den Schlaftabletten.

Er hatte ihre Schlaftabletten im Badezimmer ohne Schwierigkeiten gefunden. In dieser Hinsicht hatte er Glück gehabt. Nur in dieser. Sonst bloß Pech — seit dem Moment, da er Clarence gesehen hatte. Wie das Blut aus seinem Mund gequollen war.

Larry schüttelte den Kopf und versuchte sich zu konzentrieren. Er mußte sich jetzt konzentrieren, sonst glitt ihm alles aus der Hand.

Er nahm die Wagenschlüssel aus ihrer Handtasche, genau wie er es sich vorgenommen hatte, doch zugleich sah er Clarence vor sich, wie er in dem Hotel in der Badewanne gelegen hatte.

Er wischte sich die Stirn ab. *Nimm dich zusammen,* sagte er sich. *Behalte einen klaren Kopf.*

Er wußte, das war möglich. Sogar am Nachmittag in dem Hotelzimmer hatte er einen klaren Kopf behalten; er hatte ein Handtuch genommen und alles, was er berührt hatte, abgewischt, einschließlich der Türklinken.

Dann war er die Feuerleiter hinuntergeklettert und im Freien und in Sicherheit gewesen. Genau wie jetzt, während er in Elinors Wagen stieg.

Larry startete den Motor und fuhr los; er sah sich um, ob niemand die Straße entlangkam, ob ihn niemand sah, wie er das Grundstück verließ. Es war jedoch spät, und so bestand keine große Gefahr. Jedenfalls mußte er weg.

Nachdem er sich mit Elinor vor dem Drugstore getroffen hatte, hatte er sich alles ganz anders zurechtgelegt. Er hatte gedacht, es wäre eine gute Idee, sich krank zu stellen, doch dann hatte er gar kein Theater spielen müssen. Er war wirklich krank gewesen.

Sobald er Elinor überredet hatte, ohne ihn zu den Whittakers zu fahren, hatte er sich gleich an die Arbeit gemacht und LaVerne angerufen. Doch es hatte sich niemand gemeldet. Viermal hatte er es versucht — nichts. Wo, zum Teufel, war sie bloß? Warum war sie nicht daheim, damit er mit ihr reden konnte, damit er ihr sagen konnte, sie solle bloß nicht denken, er würde die

Nerven verlieren. Er wußte genau, was er ihr sagen mußte, doch sie meldete sich nicht.

Das hatte ihn ziemlich fertiggemacht, so fertig, daß er in die Küche gegangen war, um sich was zu trinken zu holen. Dabei war ihm die Idee gekommen. Es war Alkohol im Haus, und er erinnerte sich, daß Elinor erwähnt hatte, sie hätte am Abend zuvor eine Schlaftablette genommen. Er wußte jetzt, wie er die alte Schachtel aus dem Weg räumen und zu LaVerne fahren konnte.

Denn er mußte mit ihr reden, das stand fest. Er mußte ihr klarmachen, daß sie ihn nicht bluffen, nicht an der Nase herumführen konnte. Sie mußte das Geld bis morgen 'ranschaffen, oder er würde sehr unangenehm werden — das würde er ihr sagen. Wenn nicht telefonisch, dann eben persönlich.

Es war ein Fehler von ihm gewesen, sich vor Jim Whittaker aufzuspielen. Diese verdammte Debatte war völlig sinnlos gewesen. Doch er hatte das Geschwätz von dem alten Knacker nicht länger ertragen. Der mit seinem Jugendfetisch. Was wußte denn der von der Jugend? Was wußte er denn von seiner eigenen Tochter, diesem lausigen kleinen Flittchen?

Als er an Jill dachte, stieg wieder der Ärger in ihm hoch. Er trat aufs Gaspedal und sah, wie die Straße im Licht der Scheinwerfer auf ihn zuraste.

Sie hatte ihn richtig eingewickelt heute abend, diese Jill. Hatte sein Geschenk ausgepackt und ihn dann umarmt und geküßt. Mit offenem Mund, so daß er spürte, wie warm und feucht er war und wie leicht es wäre, sie so festzuhalten und die Augen zuzumachen und alles zu vergessen, all die Gesichter und das Blut und den hin und her wackelnden Kopf . . .

Zum Teufel mit diesem Quatsch. Er war selbst schuld, daß er sich so hatte gehenlassen, als er sie küßte, daß er vergaß, daß er seine Hände da oben hatte, bis Georgie-Boy ihn herumriß und sagte: »He, was erlauben Sie sich?«

Diese großen Affen machten immer solche Bemerkungen. »Wofür halten Sie sich?« oder »Was bilden Sie sich ein?« oder »Sie halten sich wohl für verdammt gescheit, was?« Und mit all dem wollten sie einem bloß sagen, daß sie größer waren als man selbst, und im nächsten Moment schlugen sie zu.

Deshalb hatte Larry sich zusammengerissen und zuerst zugeschlagen — einfach mit der Faust dem Clown in den Magen. Es mußte ziemlich weh getan haben, und Larry hatte nicht erwartet, daß er imstande wäre, zurückzuschlagen. Doch er tat's — mitten auf den Mund.

Da war er die Treppe 'raufgerannt und zur Tür hinaus.

Es war nur gut, daß Elinor ihm nachgelaufen war; wer weiß, was sonst passiert wäre. Als er in den Wagen stieg, hatte er die verrückte Idee, direkt zum ›Sunset Club‹ zu fahren und sich LaVerne vorzunehmen. Zum Teufel mit ihr und ihrem Mann und all den anderen — er hatte doch die Kanone, oder?

Doch das wäre reiner Selbstmord gewesen.

Eine Weile war er völlig durcheinander. Und auch noch, nachdem Elinor in den Wagen gestiegen war und angefangen hatte, auf ihn einzureden, war er einen Moment nahe daran gewesen, einfach abzuhauen und alles sausen zu lassen.

Dann hatte er gemerkt, wie besudelt sie war, und die Schlaftabletten waren ihm eingefallen. Und da war ihm klargeworden, wie er die Sache aufziehen mußte.

Larry fuhr jetzt langsam durch Canterbury. Die Uhr an der Bank in der Hauptstraße war beleuchtet; es war zwanzig nach eins. Alles ging genau nach Plan — die Zeit war gut. Wo mußte er abbiegen?

Es fiel ihm ein, und er bog ab.

Und dann fiel ihm ein, wie er Elinor geküßt hatte und wie sie das mit dem Blut gesagt hatte. Erst in diesem Moment hatte er gemerkt, daß sein Mund blutete. Genau wie Clarences Mund. Und er dachte daran, daß alle hinter ihm her waren, daß sie ihn ebenso fertigmachen wollten wie Clarence.

Aber er war nicht Clarence. Er war nicht süchtig, er war kein ausgetrocknetes altes Wrack, mit dem man machen konnte, was man wollte. Sicher, er hatte Fehler gemacht, idiotische Fehler, aber sie waren nicht so schlimm, daß er sie nicht wiedergutmachen konnte. Alles, was er tun mußte, war, sich jetzt 'ranzuhalten, dann mußte alles klappen.

Genau wie es mit Elinor geklappt hatte. Drei Tabletten in ihren Drink und die richtige Technik. Das Warten, bis sie hinüber war, war ziemlich aufreibend gewesen, und sie die Treppe 'raufzuschleppen noch schlimmer, doch er hatte es geschafft. Dann im Dunkeln wäre er einen Moment lang fast wieder durchgedreht. Am liebsten wäre er zu ihr in die Falle gekrochen und hätte mit ihr getan, was er mit ihr tun wollte, mit ihr und mit Jill und mit LaVerne und mit Schwester Corinne und mit der ganzen verdammten Welt.

Doch es war nicht die rechte Zeit dafür und nicht der rechte Ort. Nicht für Larry Fox. Larry Fox war doch ein Komponist. Er war dabei, ein Stück zu komponieren, zu orchestrieren und zu dirigieren. Das war es, woran er denken mußte; nicht an Clarence und das Blut. Er mußte an das Geld herankommen.

Larry parkte einen Block hinter dem Haus und ging zurück. Es war kein Licht im Haus. Hieß das, daß sie schliefen?

Nein, es war zu früh. Der ›Sunset Club‹ schloß auch an Wochentagen nicht vor eins. Und dann würde sie mit ihrem Mann heimfahren, mit Sol.

Der Gedanke an Sol erfüllte ihn wieder mit einem komischen Gefühl, doch dann steckte er die Hand in die Tasche und spürte den Revolver. Das war die Antwort. Er brauchte keine Angst vor Sol zu haben, auch nicht, wenn es zu einem Zusammenstoß kam. Und wenn er nur ein bißchen Glück hatte, dann kam es zu keinem Zusammenstoß.

Larry ging die Zufahrt hinauf und warf einen Blick auf das Nachbarhaus, ob dort kein Licht brannte. Er ging leise über das Gras am Rand des Weges, um keinen Lärm zu machen. Die Garage war offen und leer — sie waren also noch nicht zu Hause.

Er sah sich um. Wo konnte er sich am besten verstecken? In der Garage nicht — dort hätten ihn die Scheinwerfer des Wagens erfaßt. Auf dem Weg neben dem Haus auch nicht. Und wenn er hinter das Haus ging, konnte er sie nicht sehen.

Er zögerte einen Augenblick. Wie wäre es zwischen der Garage und der Garage des Nachbarhauses? Es war gerade so viel Platz, daß man sich dazwischendrängen konnte. Von dort aus konnte er auch die Straße überblicken und sie kommen hören. Eine gute Lösung.

Larry stand da und wartete. Er umklammerte den Griff des Revolvers und spürte seine Kühle in der schwitzenden Hand. Er hätte gern geraucht, doch das wäre zu riskant gewesen. Er konnte nichts tun als warten.

Herrgott, kamen sie denn überhaupt nicht heim? Es mußte jetzt bald zwei sein. Wie diese verdammten Grillen zirpten und zirpten. Immer im gleichen Rhythmus. Komisch, daß er das noch nie bemerkt hatte. Sie hatten einen eigenen Rhythmus. Alles hatte seinen Rhythmus. Auch sein Atem. Das war etwas, woran man immer denken sollte. Alles hatte seinen Rhythmus. Und er war ein Komponist. *Halt dich an den Rhythmus, und alles wird klappen.*

Dann hörte er einen anderen Rhythmus. Ein Auto kam die Straße herunter. Ja, das war es, das gelbe Kabriolett. Es bog in die Zufahrt ein, die Scheinwerfer blitzten auf . . .

Larry kauerte sich zusammen. Er hatte den Revolver herausgezogen, und der Rhythmus in seinem Innern wurde schneller, immer schneller . . .

Der Wagen hielt vor der Hintertür. Jemand stieg aus; er hörte Stimmen, traute sich aber nicht, den Kopf vorzustecken und nachzusehen, was los war.

Es klang, als ob einige Männer miteinander redeten. Wahrscheinlich Sol Sarno, aber wer noch? Vielleicht der Kerl, der ihn vor dem ›Sunset Club‹ zusammengeschlagen hatte? Herrgott, er konnte sich doch nicht mit einer ganzen Armee einlassen. Und wo war LaVerne?

Dann hörte er sie, und zugleich sperrte jemand die Tür auf. »Ich bring' noch den Wagen in die Garage. Geht schon 'rein, Jungens.«

Larry atmete tief und lautlos aus. Das war eine bessere Chance, als er gedacht hatte.

Er wartete, bis er Schritte und das Zuschlagen der Tür hörte. Dann heulte der Motor auf, und er wußte, daß sie in die Garage fuhr.

Jetzt war der richtige Moment.

Er huschte rasch um die Ecke und paßte auf, daß das Licht aus dem Korridor nicht auf ihn fiel. In der Küche war es finster — die Männer mußten direkt ins Wohnzimmer gegangen sein. Niemand konnte ihn sehen. Niemand konnte ihn sehen, als er in die Garage trat, hinter den Wagen schlich und im Augenblick, da sie ausstieg, neben der Tür auftauchte.

Als er ihr den Revolver in den Rücken drückte, sagte sie »Oh«, doch nur ganz leise, und es war fast überflüssig, daß er »Schrei nicht« murmelte.

Doch er sagte es, denn er wollte nichts riskieren. Doch von nun an gab es kein Risiko mehr; alles war wieder im richtigen Rhythmus. Auch seine Stimme, als er sprach.

»Wollte dich nur erinnern«, sagte er. »Morgen ist Zahltag.«

»Mein Gott, hast du mich erschreckt!« Sie versuchte nicht, sich umzudrehen. »Ich hab' auf deinen Anruf gewartet. Seit mich heute morgen Clarence angerufen hat.«

»Du dachtest wohl, ich würde verduften?«

»Wieso? Er hat gesprochen, als ob er's ernst meint. Ihr habt euch das Ganze wohl zusammen ausgedacht, was?«

Was soll das? dachte Larry. *Weiß sie nicht, was mit Clarence los ist?* Vielleicht wußte sie es tatsächlich nicht. Vielleicht steckte gar nichts dahinter, und es war nur ein Zufall gewesen. Clarence hatte einen Blutsturz gehabt und war gestorben. So was kam vor. Mein Gott, er hätte sich selber ohrfeigen können, wenn er daran dachte, wie unnütz er sich deshalb aufgeregt hatte. Alles war in bester Ordnung, alles klappte prima.

»Das geht dich einen Dreck an«, sagte er. »Ich will nur wissen, wann ich das Geld kriege.«

»Morgen.«

»Um welche Zeit?«

»Am Nachmittag. Ich habe Sol schon gesagt, daß ich in die Stadt fahren muß, um einzukaufen. Ich muß es von der Bank holen, und ich möchte erst kurz, bevor sie zumachen, hingehen. Es ist besser, wenn ich's erst in letzter Minute hole, damit vor Freitag niemand draufkommt, falls etwas schiefgeht.« Ihre Stimme zitterte. »Larry, begreifst du gar nicht, was du mir antust? Wenn Sol merkt, daß ich das Geld genommen hab', dann . . .«

Larry schnitt ihr das Wort ab, indem er ihr den Revolver in den Rücken preßte. »Wann macht die Bank zu?«

»Um drei.«

»Gut. Wann können wir uns dann treffen? Und wo?«

»Du kannst ja an der nächsten Ecke . . .«

Er drückte wieder zu, noch fester. »Quatsch. Ich kann keine Zeugen brauchen. Also wo?«

»Moment, laß mich nachdenken.«

»Aber schnell, wenn ich bitten darf«, flüsterte er. »Ich möchte nicht, daß jemand 'rauskommt und dich sucht. Also sag's schon.«

»Wir haben ein Sommerhaus drüben am See. Du weißt doch, an der Straße von der Stadt hierher. Es liegt am Ostufer, an einer Privatstraße, die Namen stehen auf Schildern. Ich könnte um halb vier dort sein, aber . . .«

»Um halb vier also.« Larry trat einen Schritt zurück. »Und mach bloß keine Dummheiten. Eine falsche Bewegung und ich leg' dich um.«

»Nein, nein. Aber jetzt laß mich 'reingehen — bitte.«

»Du bleibst hier, bis ich weg bin.« Er ging rasch rückwärts aus der Garage, lief aber nicht die Zufahrt zur Straße hinunter, sondern auf den nächsten Hof. Dann rannte er zum Wagen, startete ihn und fuhr los. Der Motor hatte seinen eigenen Rhythmus, alles hatte seinen Rhythmus, alles ging prima.

Jetzt brauchte er nichts mehr zu tun, als bis morgen zu warten. Bis morgen um halb vier.

12

Elinor wurde nicht wach.

Sie hörte Geräusche, erkannte und registrierte sie, aber sie gingen sie nichts an; sie störten sie nur in ihrem Schlaf. Und sie mußte schlafen, sie war so müde, sie brachte die Augen nicht auf.

Das Telefon schrillte, und später schlug eine Tür zu und ein Motor brummte, und dann schrillte wieder das Telefon. Es schrillte und schrillte und schrillte, und sie mußte sich noch tiefer in die Dunkelheit sinken lassen, um ihm zu entfliehen.

Endlich war Ruhe, doch dann schrillte wieder das Telefon — sie mußte 'rangehen. Aufwachen und 'rangehen.

Elinor streckte sich. Ihr Körper war ein Berg, ihre Augenlider aus Eisen. Sie hob mit aller Kraft die Beine über den Bettrand. Der Fußboden war kalt. Wo waren ihre Hausschuhe?

Unten schrillte unablässig das Telefon. Keine Zeit, die Hausschuhe zu suchen. Sie schwankte mühsam zur Tür, öffnete sie, ging hinunter. Die Sonne war ein scharfes Schwert, die Klinge hieb auf ihre Augenlider. Sie tastete sich mit geschlossenen Augen die Treppe hinunter und ging auf dieses Schrillen zu. Es tat ihr im Kopf weh, doch wenn sie das Telefon abnahm, würde das Schrillen aufhören, und vielleicht konnte sie dann weiterschlafen.

Das Telefon war schwer. Sie nahm es ab, und ihr Mund

flüsterte automatisch »Hallo«, ganz leise, wie durch Watte hindurch. Eine Stimme brüllte ihr ins Ohr.

»Elinor? Ich bin's, Jim — Jim Whittaker. Wo warst du denn?«

»Ich? Hier. Hab' geschlafen.«

»Geschlafen? Weißt du nicht, wie spät es ist?«

»Nein.«

»Es ist zwei vorbei.«

»Zwei . . .« Elinor versuchte zu begreifen. »Zwei Uhr nachmittags?«

»Ja. Was ist denn los mit dir?«

»Wieso? Nichts. Ich sag' dir doch, ich hab' geschlafen.«

»Die ganze Zeit? Wo ist Larry?«

Fragen. Er stellte ihr lauter Fragen, und sie konnte nicht denken. Larry mußte hier sein. Aber wenn er hier war, warum war er dann nicht ans Telefon gegangen?

Elinor schaute um die Ecke ins Wohnzimmer. Es war leer. Sie horchte einen Moment, doch es war ganz still.

Aus dem Hörer kam Jims Stimme. »Elinor, hörst du mich?«

»Ja, ich höre. Du hast gefragt, wo Larry ist. Ich weiß nicht.«

»Ist dein Wagen da?«

»Natürlich.« Sie zögerte. »Moment, ich sehe mal nach.«

Sie legte den Hörer hin und ging in die Küche und trat ans Fenster. Die Garage stand offen. Sie war leer — die Zufahrt auch.

Sie ging wieder zum Telefon. »Nein, der Wagen scheint nicht dazusein. Er muß ihn genommen haben und . . .«

»Das habe ich mir gedacht.« Jims Stimme klang ganz merkwürdig. »Elinor, jetzt hör mir mal gut zu. Du bleibst jetzt, wo du bist. Ich komm' 'rüber.«

»Wieso? Ist irgendwas los?«

»Ich komm' 'rüber«, wiederholte Jim. Dann legte er auf.

Elinor stand da und bemühte sich nachzudenken. Es war zwei Uhr nachmittags, sie hatte bis jetzt geschlafen. Und Larry war mit dem Wagen weg. Was war geschehen?

Sie tastete sich in die Küche zurück und versuchte sich an die letzte Nacht zu erinnern. Da war dieser Zwischenfall bei der Party gewesen, und dann waren sie heimgekommen, und Larry hatte sie küssen wollen und hatte Blut am Mund gehabt. Und dann hatte sie noch was getrunken, oder? Einen Drink zuviel, nach all den andern. Und dann hatte er sie 'raufgetragen.

Er hatte sie 'raufgetragen.

Plötzlich war alles wieder da — die Hände, die in der Dunkelheit nach ihr griffen; sie spürte, wie ihre Kleider von ihr abfielen, wie sie sich in etwas Warmem auflöste, als ob . . .

Nein, dachte Elinor, *nein, es ist nichts passiert. Es darf nichts passiert sein!*

Sie war eingeschlafen, das war alles. Und Larry hatte ihr nichts getan, er würde so etwas nicht tun. Sie wußte, wenn sie ihn ganz offen fragte, würde er ihr bestimmt die Wahrheit sagen.

Doch Larry war nicht da.

Larry war nicht da, und Jim würde gleich kommen.

Und sie wußte nicht, was gewesen war, sie war sich nicht sicher.

Elinor hätte am liebsten geweint. Doch dann machte sie sich statt dessen eine Tasse Kaffee. Die vertrauten Handgriffe beruhigten sie. Als sie die Kaffeemaschine auf den Herd gestellt hatte, ging sie wieder hinauf. Sie ging, ohne in Tränen auszubrechen, ins Bad und dann ins Schlafzimmer, und es war, als hätte sie mit sich selbst gewettet, wie lange sie es fertigbringen würde, nicht zusammenzuklappen.

Sie suchte umständlich ihre Sachen zusammen, setzte sich auf den Bettrand und zog sich an. Dann bückte sie sich und holte ihre Schuhe unter dem Bett hervor. Sie wußte, es würde nicht mehr lange dauern. Wozu Make-up auflegen? Die Tränen würden es wieder zerstören, sie würden rinnen und rinnen; sie würde dasitzen und weinen und sich vorwerfen, wie dumm sie gewesen war, und sich sagen, daß nichts passiert sein konnte, daß nichts passiert sein durfte, denn sie liebte doch Walter. *Walter — wo bist du, Walter? Warum rufst du nicht an?*

Die Haustürglocke schrillte.

Elinor fuhr hoch. Plötzlich wurde ihr bewußt, daß sie bereits weinte. Sie stand auf, ging zum Frisiertisch und tupfte mit einem Stück Zellstoff ihre Augen ab. Sie nahm den Lippenstift und fuhr damit rasch über den Mund — die Glocke schrillte schon wieder.

Dann ging sie hinunter.

Als sie die Tür öffnete, trat Jim sofort ein, ohne Gruß, ohne Lächeln.

»Du hast geweint«, sagte er.

»Ach wo.« Sie zwang sich zu lächeln. »Ich glaub', ich hab' einen Kater.«

Fand Jim denn das gar nicht komisch — ausgerechnet sie — einen Kater! Nein, er starrte sie bloß an.

»Was hat er mit dir gemacht?«

Er weiß Bescheid — aber nein, das gibt's ja nicht! Elinor nahm sich zusammen. »Wie meinst du das?«

»Was war heute nacht, nachdem ihr von uns weg seid?«

»Wieso? Wir sind nach Hause gefahren. Ich — ich hab' mit Larry noch ein Glas getrunken, und dann bin ich zu Bett gegangen. Sonst war nichts.« Elinor wandte sich rasch ab. Sie sagte über die Schulter hinweg: »Ich mach' gerade Kaffee. Möchtest du auch eine Tasse?«

Jim folgte ihr in die Küche und setzte sich. Er verfolgte aufmerksam ihre Bewegungen, während sie einschenkte. Der Kaffee war heiß und verbrannte ihr den Mund, doch sie zwang sich, zu trinken.

»Was hat denn Larry gesagt?« fragte Jim. »Wegen dieses Zwischenfalls bei uns, meine ich?«

»Ach so.« Elinor trank ihre Tasse aus. »Ich weiß nicht mehr.« Sie schenkte sich eine zweite Tasse ein und lächelte mühsam. »Ich glaub', ich hab' einen ziemlichen Schwips gehabt.«

»Er hat gar nichts gesagt — keine Drohungen ausgestoßen oder so?«

»Nein, bestimmt nicht.« Elinor stellte die leere Tasse hin. Sie fühlte sich jetzt besser, doch dann wurde sie sich über seine Worte klar. »Sag mal, worauf willst du eigentlich hinaus?«

»Elinor, ich möchte dich nicht beunruhigen, andererseits wäre es vielleicht ganz gut, wenn du nicht gar so ruhig wärst. Ich mache mir ein wenig Gedanken um deinen jungen Freund.«

»Freund?«

»Versteh mich bitte nicht falsch. Ich weiß, er würde dich nicht anrühren. Der hat andere Dinge im Kopf.«

Elinor sah ihn an; sein Ton erschreckte sie. Sie hatte ihn noch nie so zornig gesehen.

»Weißt du, was sich heute nacht bei uns im Keller abgespielt hat?«

»J-ja, ich glaub', er hat mir irgendwas erzählt . . .«

»Er hat sich an Jill 'rangemacht und George Drux in den Magen geboxt.«

Elinor nickte. Sie mußte etwas tun. Und etwas sagen. »Du weißt doch, wie sie in diesem Alter . . .«

»Denkst du, ich bin auf den Kopf gefallen?« unterbrach sie Jim. »Ich würde doch kein Wort sagen, wenn das alles wäre. Aber ich fürchte, es ist noch mehr passiert.«

Er trommelte auf den Tisch, während er weitersprach. »Nachdem du weg warst, hat sich die Party plötzlich aufgelöst. Nach ein paar Minuten waren alle verschwunden. Und dann hat Jill eine ziemliche Szene gemacht. Offen gesagt, sie hatte einen richtigen hysterischen Anfall. Min war oben bei ihr, sie hat's mir erzählt!«

»Was hat sie gesagt?«

»Ach, nicht so wichtig. Das Übliche. Wir hätten sie vor ihren Freunden unmöglich gemacht, und sie wäre jetzt achtzehn und hätte es satt, wie ein Kind behandelt zu werden. Und daß sie am liebsten weglaufen und ihr eigenes Leben führen würde.« Jim seufzte. »Wie gesagt, nicht so wichtig. Zumindest ist es mir nicht so wichtig vorgekommen. Min hat sie beruhigt und zu Bett gebracht.« Er schwieg einen Moment. »Das Dumme ist nur — jetzt sieht's fast so aus, als ob sie's wirklich getan hat.«

»Was?«

»Als ob sie weggelaufen wäre. Mit deinem Freund Larry.«

»Oh . . .« Elinor wurde schwindlig, und er sah, wie ihre Hand zitterte, als sie die Kaffeetasse nahm, die Jim anscheinend, ohne daß sie es bemerkte, noch einmal gefüllt hatte.

Jim nickte. »Sie schien heute morgen wieder ganz in Ordnung. Ein bißchen still, aber völlig ausgeglichen. Ich mußte in die Stadt fahren, und als ich zurückkam, war sie weg. Min hatte sich nicht weiter um sie gekümmert; sie weiß nur, daß Jill, während sie das Geschirr abspülte, mit jemandem telefoniert hat. Jill hat ihr gesagt, sie hätte mit George ausgemacht, nach dem Essen mit ihm schwimmen zu gehen. Sie hat früh gegessen und ist mit einer Badetasche weggegangen. Sie wollte George zu Hause abholen. Als ich kam, war sie eben gegangen.

Ich fand es komisch, daß George ihr nicht angeboten hatte, sie abzuholen, doch ich sagte nichts. Gegen halb zwei oder so rief George dann bei uns an und wollte Jill sprechen. Es stellte sich heraus, daß sie gar nicht mit ihm telefoniert hatte und daß sie sich nicht zum Schwimmen verabredet hatten.

Daraufhin hab' ich dich angerufen, aber du hast dich nicht gemeldet. Und da hab' ich angefangen, mir Gedanken zu machen. Min und ich haben uns in Jills Zimmer umgesehen. Zwei ihrer besten Kleider fehlten, außerdem ein Nachthemd und Wäsche. Und ihr Sparbuch und achtundvierzig Dollar, die sie in einer Hautcremedose hatte, hat sie auch mitgenommen.«

Der Kaffee war offenbar doch nicht heiß genug gewesen, denn Elinor fror plötzlich.

»G-glaubst du, sie sind durchgebrannt?«

»Ich weiß nicht, was ich denken soll«, sagte Jim. »Jill ist weg. Larry ist weg. Und dein Wagen ist auch weg.«

»Aber so etwas würde Jill doch nie tun . . .«

Jim hieb mit der Faust auf den Tisch. »Glaubst du, Min oder ich hätten so etwas je für möglich gehalten?« Er stieß einen Laut aus, der nur entfernt an Lachen erinnerte. »Oh, nein, wir kennen doch unsere Tochter. Wir wissen doch über Kinder Bescheid. Ich sehe mich direkt, wie ich gestern abend dagesessen und eine Rede über Jugendprobleme gehalten hab'. Eine der ersten Kapazitäten auf diesem Gebiet, die demnächst ein Buch darüber schreiben wird. Und keine Ahnung hat, was direkt unter ihrer Nase vor sich geht.«

»Aber Larry ist doch viel zu vernünftig, um sich auf so etwas einzulassen!«

»Larry!« Jim beugte sich vor. »Als ich dich nicht erreichen konnte, Elinor, hab' ich verschiedene andere Leute angerufen. Nur so aufs Geratewohl. Und ich kann dir sagen: Du weißt über deinen lieben Gast kein bißchen mehr als wir über Jill.«

Sie wußte nicht, was sie sagen sollte. Sie konnte nur abwarten, was er sagen würde.

»Was er uns über seine Pläne und seine musikalische Laufbahn erzählt hat, war natürlich gelogen. Er hat's mir ja am nächsten Tag selbst gestanden — wahrscheinlich nur, um mich einzuwickeln. Denn das ist ein ganz geriebener Kerl, dein Larry. Und als ich der Sache nachging, habe ich festgestellt, daß er in anderer Hinsicht auch gelogen hat. Er ist zum Beispiel nie zu Dr. Hazeltine gegangen.«

»Aber . . .«

»Ich habe Dr. Hazeltine angerufen und mit ihm gesprochen — vor einer knappen Stunde erst. Er hat nie einen Patienten namens Larry Fox gehabt. Und während der letzten Woche war auch sonst niemand mit einer Knöchelverletzung bei ihm. Dein junger Freund ist nicht mal bei der Gewerkschaft. Ich habe das Gewerkschaftsbüro in Center City angerufen und mit dem Generalsekretär gesprochen.«

»Du hast in Center City angerufen?«

»Warum denn nicht? Ich dachte, wenn ich schon dabei bin, geh' ich am besten der Sache gleich ganz auf den Grund. Für den Fall, daß wir die Polizei verständigen müssen.«

»Ist das dein Ernst?«

»Natürlich, verdammt noch mal. Und du wirst wahrscheinlich der gleichen Meinung sein, wenn ich dir erähle, was mir dieser Gewerkschaftssekretär gesagt hat. Er hat mir gesagt, daß ein gewisser Larry Fox vor etwa zwei Jahren aus der Gewerkschaft ausgeschlossen wurde. Er war Boy im ›Grand Union Hotel‹ und spielte in seiner Freizeit hin und wieder bei Kapellen. Dann wurde er in eine schmutzige Sache verwickelt. Er beging zusammen mit einem Mädchen eine Art Überfall. Soviel ich erfahren habe, hat sie einen Matrosen mit auf ihr Hotelzimmer genommen, und Larry kam auf einen verabredeten Wink herein und bedrohte ihn. Doch der Matrose ließ sich nicht einschüchtern, und da ist Larry mit einem Revolver auf ihn losgegangen und hat ihn niedergeschlagen und ausgeraubt. Das Mädchen verschwand — sie war in dem Hotel nicht gemeldet, sondern hatte einfach ein Zimmer genommen, von dem Larry wußte, daß es leerstand. Von Larry konnte der Matrose der Polizei eine genaue Beschreibung geben. Die Sache machte damals ziemliches Aufsehen, weil der Matrose nur einen Arm hatte und Larry ihn mehr als notwendig geschlagen hatte.«

»Aber bist du denn wirklich sicher, daß es derselbe Larry Fox war?«

»Die Behörden sind davon überzeugt. Der Fall wurde nie aufgeklärt. Larry entwischte damals der Polizei und wurde die ganze Zeit gesucht.« Jim schwieg einen Moment. »Verstehst du jetzt, warum ich mir Sorgen mache?«

»Ja. Aber ich kann das Ganze einfach nicht glauben.«

Jim stand auf. »Wir sollten uns mal im Haus umsehen, ob

irgend etwas fehlt. Damit wir das gleich der Polizei sagen können, wenn wir sie verständigen.«

»Meinst du wirklich, wir sollten das tun?«

»Ich wüßte nicht, was man unter diesen Umständen sonst tun sollte. Jill ist verschwunden, und dein Wagen ist weg. Was soll denn noch passieren? Und wenn du feststellst, daß er irgendwelche Sachen hat mitgehen lassen . . .«

Sie suchten.

Zuerst durchsuchte Elinor den Schreibtisch im vorderen Zimmer. Bankbuch und Scheckbuch waren da. Und auch aus ihrer offenen Schmuckkassette oben im Schlafzimmer fehlte nichts.

Der Anblick ihrer Besitztümer beruhigte sie. »Es ist alles da«, sagte sie zu Jim.

»Und in seinem Zimmer?«

Sie durchsuchten das Gästezimmer.

Larrys Bett war nicht gemacht. Auf den Stühlen lagen Walters Sachen, die sie Larry geliehen hatte. Jim sah in den Taschen nach, fand aber nichts. Als er niederkniete und unter der Matratze nachschaute, kam Elinor der Gedanke, daß das Ganze eigentlich doch reichlich an den Haaren herbeigezogen war. Schließlich hatte Jim doch keinerlei Beweise, sondern nur einen Verdacht. Und er war natürlich Jills wegen schrecklich aufgeregt.

»Offenbar hat er sich entschlossen, zu verschwinden, ohne sich eine Anklage wegen Raubes aufzuladen«, sagte Jim.

»Falls er tatsächlich verschwunden ist«, erwiderte Elinor. »Ich meine, es gibt doch keinerlei Beweis dafür, oder?«

»Dein Wagen ist weg.«

»Den hat er sich doch schon öfter ausgeliehen. Vielleicht ist er nur irgendwohin gefahren.«

»Und wo ist Jill?«

»Woher soll ich das wissen.« Sie nahm sich zusammen, als sie seine Reaktion bemerkte. »Entschuldige, Jim, so hab' ich's ja nicht gemeint. Aber du weißt doch überhaupt nicht, ob sie sich mit ihm treffen wollte. Es gibt überhaupt keinen Grund, das anzunehmen — du stützt dich doch ausschließlich auf Vermutungen.«

Er sagte nichts, und sie fuhr fort: »Warum warten wir nicht erst mal eine Weile? Es ist jetzt erst kurz nach drei. Ich wette, Larry taucht bis zum Abendessen wieder auf. Und Jill wird auch heimkommen, sobald sie Hunger kriegt. Wahrscheinlich ist sie bei irgendeiner Freundin . . .«

»Wir haben alle ihre Freundinnen angerufen«, sagte Jim.

»Ich finde trotzdem, wir sollten warten. Du bist doch nur wegen Jill so aufgeregt.«

»Natürlich. Aber ich kann mir nicht helfen, Elinor — verstehst du mich denn nicht? Dieser Larry ist kein gewöhnlicher Bursche. Er gehört zu dieser neuen Rasse. Er ist eine Mutation.«

»Eine Mutation?«

»Du hast doch diesen Ausdruck sicher schon gelesen, in Artikeln über die H-Bombe. Radioaktive Strahlung und Fallout bewirken Veränderungen der Gene, und die Folge davon sind Mutationen. Hybriden, Monstren, Ungeheuer.«

»Aber ich verstehe wirklich nicht, was das mit Larry zu tun hat. Es ist doch noch keine solche Bombe gefallen.«

»Oh, doch, sie ist gefallen.« Jim ließ sich in einen Sessel sinken. »Schon vor Jahren. Und da haben die Mutationen begonnen. Nicht in den Körpern der Ungeborenen, sondern in den Seelen der Lebenden. Es wurden nicht alle jungen Leute davon betroffen, doch viele von ihnen mutierten, und das Resultat sind der jugendliche Kriminelle und sein älterer Bruder, der Beatnik. Man kann sie nicht als Produkte der Armut oder der Unwissenheit oder der moralischen Schwäche hinstellen. Sie sind eine Folge der Bombe. Die Bombe hat ihre Sicherheit zerstört. Ihre Pilzwolke hat die Zukunft verdunkelt und eine Kettenreaktion neurotischer Verhaltensweisen ausgelöst. Sicher, wir haben nach anderen Kriegen auch verlorene Generationen gehabt, doch das war nur ein Schlagwort. Diesmal sind unsere jungen Leute wirklich verloren; es gibt keine Werte für sie, keine Aussichten. Und die Mutanten unter ihnen finden zeitweilige Sicherheit nur noch in roher Brutalität, Gewalttätigkeit, krankhafter Selbstsucht und . . .«

Elinor verstand nicht, wovon er redete. Sie war dankbar, als das Telefon klingelte. Warum mußte Jim hierherkommen und sie so durcheinanderbringen, warum ihr einen solchen Vortrag halten, wie ein alter Professor mit einem langen weißen Bart?

Sie nahm das Telefon ab und hörte Mins Stimme und merkte, daß Min weinte. Das machte sie noch wütender. Daß ihre Tochter dieser dummen Frau gegenüber eine kindische Drohung ausgestoßen hatte — war das ein Grund, Larry solche Dinge in die Schuhe zu schieben? Machte ihn das zu einem Verbrecher, machte das, wie Jim sagte, alle jungen Leute zu Verbrechern? Kam einfach hierher und redete solches Zeug, und jetzt heulte Min ihr am Telefon was vor — als ob sie an all dem schuld wäre!

Sie konnte sich nicht länger beherrschen.

»Jetzt hör mich mal an, Min«, sagte sie. »Hör auf, zu heulen. Was ist denn schon passiert? Ja, ich weiß, was Jill zu dir gesagt hat. Kinder sagen vieles, wenn ihnen die Nerven durchgehen. Aber es gibt doch nicht den mindesten Beweis dafür, daß sie mit Larry seit gestern abend auch nur ein Wort gesprochen hat. Nein, er ist im Moment nicht da, aber ich bin sicher, er wird bald kommen. — Natürlich — seine Sachen sind ja alle hier. Außerdem — wo sollten sie denn hingehen? Min, hör doch bitte auf und denk mal einen Moment richtig nach, dann wird dir klarwerden, wie lächerlich das alles ist. Ja, ich kann mir vorstellen, wie dir zumute ist. Aber du hast absolut keinen Grund dazu. Stell dir doch mal vor — du rufst die Polizei an, und plötzlich spaziert Jill völlig ahnungslos zur Tür herein, und die Polizisten warten auf sie! Hast du denn noch gar nicht daran gedacht, was los ist, wenn die Zeitungen Wind von der Sache kriegen, wie unangenehm das nicht nur für Jill wäre, sondern auch für dich? Also schön!« Elinor machte eine kleine Pause. »Versprich mir wenigstens eins, Min. Warte noch eine Stunde — warte bis fünf. Wenn sie bis dahin nicht kommt, und wenn Larry bis dahin nicht auftaucht, dann ruf meinetwegen die Polizei an. Natürlich helfe ich dir. Ich möchte doch ebensowenig wie du, daß ihr etwas zustößt, das weißt du doch.

Ja, ich schicke ihn gleich nach Hause. Aber bitte, Liebste, beruhige dich. Ich bin sicher, ich werde noch vor fünf von dir hören. Und falls ich irgend etwas erfahre, rufe ich dich sofort an. Ja, gut. Ich sag's Jim. Also bitte, beruhige dich.« Elinor legte auf.

»Du hast ja gehört, was ich ihr gesagt hab'«, sagte sie. »Sie will bis fünf Uhr warten.«

Jim zuckte die Achseln und stand auf. »Ich glaube, wir machen einen Fehler«, seufzte er.

»Die Polizei zu verständigen wäre viel schlimmer«, sagte Elinor. »Stell dir doch vor, wie schrecklich dieser Skandal für dich wäre, für uns alle, vor allem für Jill . . .«

»Ach was!« fuhr er sie an. »Ich kann dir nur sagen, ich weiß, was dein lieber Larry in Wirklichkeit für einer ist.«

Elinor hatte gedacht, ihr Zorn sei verflogen, doch er war noch da und kochte und brodelte in ihrem Innern. Sie sah Jim an und ließ ihn überkochen.

»Du hast keine Ahnung, wie Larry ist! Du hast überhaupt keine Ahnung, du kennst nicht mal deine eigene Tochter! Es wäre mir lieber, ich müßte dir das nicht sagen, aber es ist höchste Zeit, dir mal die Augen zu öffnen. Kommst einfach daher und stellst Larry als eine Art Sexualbestie hin, die deine süße kleine Tochter verführen will — und dabei ist es genau umgekehrt! Ach, bild' dir bloß nichts ein auf deine dicke Brille — du siehst ja damit nicht weiter als bis zu deiner Nasenspitze! Aber ich habe Augen im Kopf. Ich hab' gesehen, wie Jill sich an Larry herangemacht hat, vom ersten Moment an. Es war *ihre* Schuld, daß das gestern abend passiert ist.«

»Aber er hat doch . . .« Jim fuchtelte mit seiner Pfeife herum, sein Gesicht war dunkelrot.

»Ich weiß ganz genau, wie es war, er hat's mir erzählt! Und er hat mir auch erzählt, daß er sich nicht die Bohne aus ihr macht, sie ist ja noch ein Kind . . .«

Jetzt merkte Elinor, warum sie so wütend war, doch es war zu spät. »Geh heim zu deiner Frau«, sagte sie. »Sie braucht dich.«

»Aber ich kann dich doch nicht allein lassen. Wenn er zurückkommt . . .«

»Natürlich kommt er zurück!« Elinor lächelte mühsam. »Darüber mach' ich mir nicht die mindesten Sorgen. Und wenn er kommt, ruf' ich euch an. Falls Jill zuerst kommt, ruft ihr mich an. Abgemacht?«

»Und wenn bis fünf keiner von beiden kommt, rufen wir die Polizei an. Auch abgemacht«, murmelte Jim. Er zögerte: »Elinor, ich kann dich gut verstehen. Und was du über Jill gesagt hast — ich glaube, das hab' ich selber geahnt. Es ist nur . . .«

»Geh nach Hause.«

Elinor wandte sich ab. Sie sah sich nicht um, als die Tür sich hinter ihr schloß. Doch gleich darauf sperrte sie sie, ohne daß es ihr richtig bewußt wurde, zu.

Sie hatte keine Angst. Dazu hatte sie keinen Grund, selbst dann nicht, wenn Jim mit seiner Meinung über Larry recht hatte.

Aber schaden konnte es ja nichts, wenn man ein wenig vorsichtig war.

Sie mußte sich mit Walter in Verbindung setzen. Ja, das hätte sie schon gestern tun sollen. Gestern hätte sie Walter gebraucht. Gestern, und heute wieder — immer.

Moment mal, wie war denn seine Route? Heute mußte er in Denniston sein.

Elinor nahm das Telefon ab und ließ sich mit dem Hotel in Denniston verbinden. Nein, Mr. Walter Harris war am frühen Nachmittag abgereist.

Zu dumm. Offenbar war er früher als vorgesehen fertig gewesen. Morgen wollte er in Kirbysville sein, aber vielleicht traf er nun schon heute abend dort ein. Sie konnte ja abends einmal im Hotel anrufen. Bis dahin brauchte sie sich keine Sorgen zu machen.

Blieb nur die andere Sorge, die alte, wegen gestern abend — die Frage, was zwischen ihr und Larry passiert war.

Nichts, sagte sie; sie formte das Wort in ihrem Mund, sprach es aber nicht aus.

Es hatte nichts damit zu tun, daß er ein Lügner und Schwindler war. Das hätte nichts an den Tatsachen geändert. Doch sie war plötzlich fest davon überzeugt, daß nichts passiert war. Wenn etwas passiert wäre, würde sie das fühlen.

Elinor ging nach oben. Sie zog sich im Badezimmer aus und ließ die Tür offen, damit sie die Haustürglocke hörte, falls Larry kam. Sie stand nackt vor dem Spiegel und betrachtete sich. So merkte man das natürlich nicht, aber sie brauchte nicht ihr Spiegelbild anzusehen, um sich zu vergewissern. Sie war sich ganz sicher.

Und als sie jetzt unter die Dusche trat, erfüllte sie plötzlich ein Gefühl der Dankbarkeit. Denn wenn es so war, dann konnte sie das, was sie tun wollte, mit reinem Gewissen tun. Sie konnte Walter alles erzählen. Ihm die Wahrheit sagen, voll und ganz. Und dann würden sie Larry los sein.

Einen Moment lang hoffte sie fast, Larry hätte tatsächlich den Wagen genommen und wäre mit Jill durchgebrannt. Doch das war absurd; sie wußte, so eine Dummheit würde er nie machen. Er hatte kein Geld, wußte nicht, wohin; selbst wenn Jim mit seinen Behauptungen über ihn recht hatte, so dumm war er bestimmt nicht. Jill würde bald auftauchen, und alles würde in bester Ordnung sein.

Es war natürlich auch möglich, daß Larry allein mit dem Wagen verschwunden war. Dann brauchte sie Walter nichts zu sagen. Aber sie wollte ihm doch alles erzählen; er sollte es wissen. Es würde sein, als ob sie sich von allem reinigte, wie unter dieser Dusche.

Das Wasser war kalt und machte sie munter. Als sie unter der Dusche hervortrat, war sie hellwach. So hellwach, daß sie das Wasser von der Tülle der Dusche tropfen hörte. Und dann hörte sie ein anderes, leiseres Geräusch.

Dieses andere Geräusch kam von unten, aus der Küche. *Schritte.*

Doch wie konnte sie von unten Schritte hören; sie hatte doch die Haustür zugesperrt?

Da fiel ihr ein, daß ihr Hausschlüssel und ihr Wagenschlüssel am gleichen Ring hingen. Und den Wagen hatte Larry.

Elinor schlüpfte in ihren Bademantel. Sie schlich auf Zehenspitzen zur Treppe und horchte auf die Schritte, die jetzt aus dem Wohnzimmer kamen.

Während sie leise die Treppe hinunterging, hörte sie ein Geräusch, als ob Holz an Holz scharrte. Es klang, als öffne jemand die Schreibtischschublade.

Elinor beugte sich über das Geländer. Sie konnte jetzt ins Wohnzimmer sehen.

Sie sah Larry, über den Schreibtisch gebeugt.

Er fuhr herum und starrte sie an.

»Kommen Sie her«, sagte er mit seltsamer Stimme.

Und jetzt sah Elinor, was er in der Hand hielt . . .

13

Larry hatte nicht einschlafen können, nachdem er nachts zurückgekommen war. Er war zweimal in Elinors Zimmer gegangen, um nachzusehen, wie es ihr ging. Sie schlief tief, wie bewußtlos.

Wo war man eigentlich, wenn man bewußtlos war? Er konnte es sich nicht vorstellen; neulich nachts war er selbst bewußtlos gewesen, und er hatte keine Ahnung, wo er gewesen war.

Und wo war Clarence? Clarence war weit weg — so weit wie nur möglich. So weit, daß er nie zurückkommen würde.

Das Schlimme war nur, er *war* zurückgekommen. Er war da, jetzt, in diesem Augenblick, und Larry konnte ihn nicht verjagen. Er lag in seinem Bett im Gästezimmer und sah Clarence vor sich, in dieser Badewanne. Um ihn loszuwerden, warf er Geld in die Badewanne, einen Schein nach dem andern, bis Clarence ganz damit zugedeckt war und er das Gesicht und das Blut nicht mehr sah.

Er brauchte ziemlich lange dazu, denn das Geld rutschte immer weg, aber schließlich war er zugedeckt, und Larry schlief ein. Dann, gegen zehn Uhr morgens, begann Clarences Kopf zu wackeln, und sein Mund bewegte sich. Er versuchte etwas zu sagen, doch es kamen nur kleine rosa Blasen aus seinem Mund, und Larry stopfte ihm einen Schein nach dem andern hinein, damit er ruhig war. Doch schließlich sagte er doch etwas, und Larry schrie auf, und im gleichen Moment erwachte er und sah, wie spät es war.

Er sprang, am ganzen Körper zitternd, aus dem Bett und lief taumelnd den Korridor hinunter, um nachzusehen, ob Elinor von dem Schrei aufgewacht war.

Nein, sie lag regungslos in ihrem Bett, hatte sich nicht mal umgedreht, lag da, als ob sie . . .

Ruhig, Junge, sagte sich Larry. Kein Grund, den Kopf zu verlieren. Sie schlief ja nur, und so war es richtig. Heute war der entscheidende Tag, und er mußte die Dinge in der Hand bchalten.

Zuerst mal rasieren. Er tat es sehr gründlich, denn er legte Wert darauf, heute besonders gut auszusehen. Dann machte er sich ein Paar Toasts und einen Teller Haferflockenbrei. Zum Teufel mit Kaffee — zu viele Umstände. Er hatte anderes zu tun.

Der Wagen war in Ordnung. Genug Benzin. Und er hatte die Kanone und die Patronen und die Handschuhe. Er würde das alles zwar nicht brauchen, aber zur Sicherheit war es ganz gut. Diesmal würde alles klappen.

Er setzte sich ins Wohnzimmer und überdachte noch einmal alles, und ihm fiel nichts ein, was er übersehen oder vergessen haben könnte. Zuerst war ihm die herrschende Stille recht, so konnte er sich viel besser konzentrieren, doch dann begann sie ihm auf die Nerven zu gehen. Es war zu still — still wie in einem Grab.

Plötzlich überkam ihn eine verrückte Lust, Klavier zu spielen, bloß um die Spannung zu lösen.

Warum sollte er's nicht zugeben — er war nervös und gespannt. Wer wäre das nicht? In ein paar Stunden, in ganz wenigen Stunden, würde er in den Händen haben, was er wollte. Kein Wunder, daß seine Hände so schwitzten.

Wenn er sich jetzt ans Klavier setzte, würde er seinen Händen nicht sagen müssen, was sie tun sollten. Es würde ganz von selbst aus ihm herauskommen. Etwas ganz Neues, etwas Originelles. Verdammt noch mal, er war doch wirklich ein Komponist. Er hatte das Zeug dazu, das wußte er. Und er würde sich die Chance verschaffen, das zu zeigen.

Aber immer mit der Ruhe. Nur nicht verzetteln. Warum auf diesem schäbigen Klavier spielen, wenn, wenn er die Möglichkeit hatte, ein richtiges Konzert zu geben. *Fünftausend-Dollar-Konzert* von Larry Fox, das würde er spielen. Komisch, wie der Verstand arbeitete, wenn man in der richtigen Stimmung war. Und er war in bester Stimmung.

Da klingelte das Telefon, und Larry stürzte wie der Blitz darauf los. Er durfte nicht riskieren, daß Elinor aufwachte. Obwohl es andererseits auch ein Risiko war, wenn er ans Telefon ging, denn er hatte ja keine Ahnung, wer da anrief.

Es war Jill. Und das war schlimm.

Er hörte ihr zu und traute kaum seinen Ohren. Eine richtige Hexe — sie winselte wegen gestern abend und jammerte, wie fertig sie wäre, und daß sie nicht mehr ohne ihn leben könnte, und daß sie im Moment, als er sie küßte, gespürt hätte, daß er ganz genau dasselbe empfände, und daß sie heute noch von zu Hause weggehen würde, mit ihm oder ohne ihn.

Eine schöne Bescherung! Larry wußte, daß er ihr irgendwas sagen mußte, daß er sie davon abbringen mußte, hierher zu kommen und das Schlamassel noch größer zu machen. Während sie sprach, dachte er nach, was er sagen sollte, womit er sie hinhalten konnte.

Schließlich sagte er, er würde sie in der Stadt abholen, um vier vor der Tankstelle. Es war jetzt eins.

Dann legte er rasch auf. Er hatte das gar nicht sagen wollen, aber es war die einzige Möglichkeit, die ihm eingefallen war, ihr erst mal den Mund zu stopfen.

Herrgott noch mal, das hatte ihm gerade noch gefehlt, daß Jill sich an ihn hängte. Er konnte sie nicht mal irgendwo absetzen und warten lassen, während er sich das Geld holte. Er wußte, ihr alter Herr würde ihnen zehn Minuten, nachdem sie die Stadt verlassen hatten, die Polizei auf den Hals hetzen.

Andererseits schade. Im Bett wäre Jill ein paarmal vielleicht ganz gut gewesen. Aber dafür war jetzt nicht der richtige Moment. Er mußte sich jetzt auf das Geld konzentrieren. Mädchen gab es immer und überall, sogar noch bessere als diese hier, bessere als zickige Spießertöchter und alberne alte Schachteln und falsche Blondinen, die sich für wer weiß was hielten.

Larry ging noch einmal hinauf und schaute ins Schlafzimmer. Elinor lag da wie eine Märchenprinzessin. Doch er hatte heute keine Lust, den Prinzen zu spielen. Und er dachte auch nicht daran, Aschenputtel die Glaspantöffelchen zu bringen. Sollte sie vor dieser Tankstelle warten, bis sie schwarz wurde. Er hatte ein anderes Rendezvous, mit Goldmarie.

Es war höchste Zeit, sich auf die Socken zu machen und zur Bank zu fahren.

Halb zwei war es jetzt. Er mußte sofort mit dem Wagen los, sonst wachte Elinor möglicherweise noch vorher auf. Wenn er jetzt fuhr, hatte er genug Zeit, nach Canterbury hinüberzufahren und auch noch was zu essen. Bis drei Uhr war genügend Zeit.

Und um drei würde er auf dem Kicker sein, direkt vor der Bank, um zu sehen, ob LaVerne das Geld holte.

Er würde sich nicht noch mal einwickeln lassen. Hielt sie ihn wirklich für so dumm, ihr zu glauben, direkt zu diesem gottverlassenen See zu fahren und in eine Falle zu gehen?

Mit Larry Fox konnte sie so was nicht machen. Er würde sie

zuerst mal bei der Bank beobachten. Wenn sie hineinging und wieder 'rauskam, wie sie es gesagt hatte, dann konnte er sicher sein, daß sie ihn nicht noch mal aufs Kreuz zu legen versuchte. Dann konnte er ihr ohne Bedenken nachfahren.

Larry ging hinaus zum Wagen. Es war kein Mensch zu sehen. Er stieg ein und fuhr los — stadtauswärts. Denn in der Stadt wartete Jill, wartete auf einen Dampfer, der nie kommen würde, wartete auf ihren Erlöser.

Sollte sie warten — er war unterwegs nach Canterbury.

Die frische Luft tat ihm gut. Und die Eier mit Schinken in der Imbißstube an der Hauptstraße auch. Als er bezahlte, blieben ihm noch genau fünfzig Cent, aber das machte ihm nichts aus. In einer Stunde würde er zehntausendmal soviel haben. In kleinen Scheinen, hatte er ihr gesagt. Das war smart. Es war überhaupt alles smart.

Es war smart, ein Trinkgeld zu geben, Zigaretten zu kaufen, langsam die Straße 'runterzufahren und gegenüber der Bank zu parken. Er steckte sein letztes Fünfcentstück in die Parkuhr.

Dann stieg er wieder in den Wagen. Fläzte sich auf den Sitz, zündete sich eine Zigarette an und wartete.

Die Warterei war aufreibend. Die Bankuhr grub sich in sein Bewußtsein, ließ sich nicht mehr abschütteln. Weißes Gesicht, schwarze Hände. Die rechte Hand war ausgestreckt, die linke zeigte zum Himmel. *Zehn vor drei.*

Wo war LaVerne?

Larry setzte sich auf und überlegte, aus welcher Richtung das gelbe Kabrio wohl kommen würde. Verdammt, es war fast fünf vor, wo blieb der Wagen?

Er war so aufgeregt, daß er sie fast nicht sah, als sie auftauchte. Sie kam zu Fuß um die Ecke, ging auf die Bank zu, so schnell, daß er sie fast nicht erkannte.

Natürlich — sie hatte um die Ecke geparkt, wo keine Parkuhren standen. Die fünf Cent waren ihr für die paar Minuten zu schade, die sie brauchte, um die fünf Tausender zu holen.

Larry mußte grinsen, als ihm das einfiel. — Es war sein privates Grinsen, jenes, das nur ihm allein gehörte. Doch er starrte dabei weiter auf die Bank, bis sie herauskam. Dann kauerte er sich wieder zusammen.

Sie trug eine große Badetasche, die sie unter den Arm geklemmt hielt, als ob sie sehr schwer wäre. Sie war ausgebeult. Und das bedeutete ...

Es war soweit!

Larry startete und fuhr los. Er würde um den Block herumfahren und sie bei ihrem Wagen abfangen. Vielleicht brauchte er gar nicht bis zu dem Sommerhaus hinauszufahren; er würde ihr nachfahren und sie irgendwo auf der Straße anhalten.

Er kam an die Ecke zur linken Seitenstraße und wollte einbiegen. Und da sah er diesen lausigen Polypen; er tauchte wie aus dem Nichts auf.

»Was soll das, können Sie nicht Englisch?«

»Entschuldigen Sie, Herr Wachtmeister, ich ...«

»Sehen Sie nicht, was da steht? *Links abbiegen verboten.*«

»Tut mir leid, ich hab's nicht gesehen.«

»So. Nächstes Mal passen Sie besser auf.«

Und der Polyp winkte ihm, weiterzufahren.

Verdammtes Glück, daß er ihn nicht angehalten und seinen Führerschein verlangt und seine Nase in den Wagen gesteckt hatte. Larrys Kanone lag direkt neben ihm auf dem Sitz.

Wieder mal ein Beweis, daß man nicht vorsichtig genug sein kann. Irgendwie war er dankbar für diesen Tip. Jetzt würde er keinen Fehler mehr machen.

Larry fuhr bis zur nächsten Ecke, bog ein und fuhr um den Bankblock herum. Doch LaVernes Kabrio war nirgends zu sehen. Er hatte sie verfehlt, bloß weil dieser Polyp ihn aufgehalten hatte.

So blieb ihm nichts anderes übrig, als zu dem See zu fahren. *Die Straße nach Osten. Die Namen stehen auf Schildern.*

Er fuhr weiter, doch nicht allzu schnell. Er durfte nichts mehr riskieren.

Da war die Straße, und dort hinten in der Ferne der See. Das Wasser war fast so blau wie der Himmel. Blau war eine hübsche Farbe, aber Grün auch — das nette, frische Grün neuer Scheine.

Jetzt sah er den Wegweiser, der auf den schmalen Kiesweg zum See hinunter zeigte. Auf dem vierten Schild von oben stand *Sarno.* Es mußte das vierte Haus rechts sein.

Ja, als er abbog, tauchte einen Moment zwischen den Bäumen hinter einem großen braunen Sommerhaus das Kabriolett auf. Es waren keine anderen Autos zu sehen, und auf den Nachbargrundstücken schien sich nichts zu rühren. Alles klappte ausgezeichnet.

Larry fuhr rückwärts in die Einfahrt hinein; so versperrte er dem gelben Kabrio den Weg, und außerdem brauchte er beim Wegfahren nicht zu wenden. Das war wieder smart.

Und es war auch smart, auf der rechten Seite aus dem Wagen zu steigen und dabei die Fenster im Auge zu behalten.

Er ging langsam auf das Haus zu. Mit der rechten Hand spürte er den Revolver in seiner Tasche. LaVerne mochte Kanonen nicht. Na ja, er mochte sie auch nicht. Aber manchmal brauchte man eine.

Vor der Tür holte Larry tief Luft. Er blieb einen Moment stehen und dachte daran, wie weit der Weg gewesen war, der zu dieser Tür geführt hatte und was hinter dieser Tür auf ihn wartete.

Dann ging er 'rein. Er hätte klopfen können, doch er ging einfach 'rein. Er wußte, was er wollte.

Und sie wußte es auch.

Sie stand mit dem Rücken zum Kamin, und die Tasche stand offen auf dem Tisch. Neben der Tasche lag der Haufen Scheine.

Larry sah sie an; ihr Haar war golden und hing über die Schultern, und ihr Kleid war blaßgelb, fast wie ihr Haar. Er sah das alles, nahm es aber irgendwie nicht in sich auf, denn alles schien plötzlich die Farbe zu wechseln. Alles war grün statt golden. Als er sie so ansah, kam ihm der Gedanke, daß sie ganz aus Geld war; ihre Brüste waren Knäuel aus Zwanzigdollarscheinen, die sie sich vorn ins Kleid gestopft hatte.

Doch das war nicht der Moment für solchen Unsinn. Das Wesentliche war jetzt, die Tür zuzumachen und zu grinsen. Und zu sagen: »So, da bin ich.«

Sie nickte. »Ein bißchen früh.«

»Der frühe Vogel fängt den Wurm.«

»Da ist es.« Sie nickte wieder und deutete mit dem Kopf auf den Tisch.

Er ging darauf zu und zwang sich, langsam zu gehen und nicht zu zeigen, was er fühlte. Plötzlich fiel ihm ein, daß er vergessen hatte, eine Tasche für das Geld mitzubringen, und so machte er sich daran, es wieder in ihrer Tasche zu verstauen.

»Willst du's denn nicht zählen?« Ihr Gesicht war ausdruckslos wie ihre Stimme.

»Wozu? Ich vertraue dir doch.« Er stopfte das ganze Geld in die Tasche. Es raschelte.

»Warum tust du das?«

»Tut mir leid, ich muß die Tasche auch mitnehmen.«

Sie trat einen Schritt vor. »Nein, Larry! Sie ist ganz neu — hat fünfzehn Dollar gekostet!«

Sie merkten beide zugleich, wie absurd das war. Larry lachte, und sie verstummte.

Aus irgendeinem Grund gefiel ihr sein Lachen nicht.

Sie trat noch einen Schritt vor und starrte ihn böse an.

Er deutete mit seiner freien rechten Hand auf seine Hosentasche.

»Oh. Hast du deine Kanone mit?«

»Genau.«

»Wär' nicht nötig gewesen.«

»Ich weiß. Aber sicher ist sicher.« Er stellte die Tasche auf den Boden und ging zu ihr.

»Was wirst du jetzt machen, Larry?«

»Abhauen natürlich.«

»Dann beeil dich und laß mich heimfahren. Sol ist nicht zu Hause, aber er wird bald kommen, und ich möchte daheim sein, bevor er . . .«

»Hast du hier irgendwo einen Strick?«

»Einen Strick?«

Larry runzelte die Stirn. »Verdammt, hab' ich auch vergessen.«

»Wozu brauchst du den . . .«

»Für deine Hände«, sagte Larry. »Und Füße.«

»Larry, du willst mich doch nicht fesseln!«

Er nickte. »Was dachtest du denn sonst? Daß ich einfach wegfahr' und dich die Polizei anrufen laß'?«

»Aber hier ist doch gar kein Telefon.«

»Du hast einen Wagen«, sagte Larry. »Ich könnte dir natürlich die Schlüssel abnehmen. Aber dann könntest du ja zu einem von den andern Häusern laufen — irgendwer hat hier bestimmt Telefon.«

LaVerne schüttelte den Kopf. »Nein, Larry. Ich versprech's dir — so was tu' ich nicht! Ich hab' dir doch das Geld gebracht — genau wie du wolltest! Oder? Und . . .«

»Und was war neulich nachts vor dem ›Sunset Club‹?« fragte Larry. »Da hast du mir wegen fünf Hundertern diesen Kerl auf den Hals gehetzt. Nein, das Risiko geh' ich bei den fünf Tausendern nicht noch mal ein. Los, gib mir einen Strick.«

»Aber es ist keiner da, Larry, wirklich nicht.« Sie stand jetzt wieder vor dem Kamin. »Larry, hör mich doch bitte an. Ich tu' bestimmt nichts, ich muß selber zusehen, daß ich wegkomme. Ich kann nicht hierbleiben, jetzt, wo ich das Geld genommen hab'. Sol würde mich umbringen, du kennst ihn nicht.« Sie schluckte. »Larry, ich bitte dich, nimm mich mit. Mich und das Geld. Geh'n wir zusammen irgendwohin — so wie früher . . .«

Er nahm den Revolver heraus. Er glitzerte und funkelte in der Sonne, und er sah zwei winzige silberne Pünktchen in ihren Augen.

»Larry, steck das Ding weg!«

Sie hatte immer noch eine Abneigung gegen Revolver. Genau wie er gegen blutige Münder. Er verstand sehr gut, was in ihr vor sich ging. Und er verstand es auszunützen.

»Ich tu' dir nichts«, sagte er. »Aber bleib' mir schön vom Leib. Wir werden jetzt einen Strick suchen, ja?«

Es war ganz genau richtig, was er tat und was er sagte. Aber warum mußte sie so winseln, winseln und zurückweichen und die Kanone anstarren? Sie hatte die Augen weit aufgerissen, ihr Mund zuckte . . .

»Paß auf«, sagte Larry. »Sonst fällst du in den Kamin.«

Sie blieb stehen, dann beugte sie sich vor. Ihr Arm streckte sich ihm plötzlich entgegen, ihre Hand griff nach dem Revolver. Und Larry begriff. LaVerne wollte ihm den Revolver nicht wegnehmen und ihn damit bedrohen. Sie ertrug nur nicht seinen Anblick, das war alles. Sie konnte ihn einfach nicht sehen, nach der Sache mit dem Matrosen.

Und so zog er seine eigene Hand rasch zurück und packte mit der anderen ihr Handgelenk. Er wollte sie nur festhalten und beruhigen.

Und da sagte sie: »Laß mich los, du Bastard!«

Da war es. Das Wort. Er hörte es und er sah es, sah es in ihren weit aufgerissenen Augen, in ihrem verzerrten Mund. Sie hatte es zu ihm gesagt, und sie meinte es, obwohl er ihr gar nichts tun wollte. Das war es, was sie alle von ihm dachten, was sie alle von ihm wußten — er war ein Bastard. Jetzt mußten sie aufhören, ihn so zu nennen, all die gottverdammten Mams und Paps in ihren großen Häusern, in die er nicht hineingehörte, alle wußten es, und er konnte nichts dagegen tun, er mußte sie davon abhalten, bevor er noch jemandem was antat, sie abhalten, es zu sagen, jetzt, jetzt ...

Er starrte ihr einen Moment ins Gesicht, und es war so nah, daß er ihren Atem auf seiner Wange spürte. Und dann glitt ihr Gesicht fort, und er roch Rauch und spürte, wie seine Hand von dem Rückschlag zitterte. Merkwürdig, er hatte gar keinen Schuß gehört.

Doch es mußte ein Schuß gefallen sein.

Es mußte ein Schuß gefallen sein, sonst würde sie nicht so daliegen, auf dem Fußboden. Zusammengekrümmt und ganz ruhig, ein Loch im Hals.

Er trat einen Schritt zurück und blickte auf sie nieder, und einen Moment lang war er froh. Sie hatte das Wort nicht noch einmal gesagt, sie würde es nie wieder sagen, und das hieß, daß er nie mehr jemandem etwas zu tun brauchte. Ihre Lippen waren versiegelt.

Ihre Lippen.

Larry sah, wie sie sich öffneten. Er sah, wie das Blut aus ihrem Mund quoll.

Er schrie laut auf und rannte davon.

14

Es war falsch gewesen zu schreien.

Es war falsch gewesen zu rennen.

Larry zwang sich, ganz ruhig vor der Tür stehenzubleiben. Er konzentrierte sich auf seinen Atem und zwang sich, regelmäßig ein- und auszuatmen. Dabei brauchte er nicht daran zu denken, was passiert war, was dort auf dem Boden lag, voll Blut ...

Einfach darauf konzentrieren, langsam ein- und auszuatmen. Das war das Richtige.

Er horchte, doch draußen war kein Laut zu hören. Es war niemand da; niemand hatte den Schuß gehört.

Er atmete leise und langsam ein und aus und sagte sich, daß kein Mensch etwas wußte, daß kein Mensch etwas erfahren würde, wenn er die Nerven behielt. In den Filmen drehten sie immer alle durch. Aber dies war wirklich. Genauso wirklich wie die fünftausend Dollar dort hinten in der Tasche.

Jetzt brachte Larry es sogar fertig, sich umzudrehen und zu der Tasche zu gehen. Er richtete seine Augen darauf, bückte sich und hob sie rasch hoch.

So war es richtig. Nur keine Panik.

Die Handschuhe waren in seiner Hosentasche. Er hätte sie anziehen sollen. Na ja, er konnte sie ja jetzt anziehen. Anziehen und zur Tür zurückgehen und die Klinke abwischen. Hatte er sonst noch irgendwas in dem Zimmer berührt?

Nein. Er war sich ganz sicher. Er hatte nichts berührt außer dem Revolver. Der Revolver lag jetzt auf dem Boden, neben — ihr.

Prima, das war ein guter Platz für den Revolver. Er gehörte Walter. Und bis man anhand der Seriennummer den Besitzer festgestellt hatte, würde er weit weg sein. Sollte doch Walter erklären, was mit der Kanone los war.

Larry ging wieder zur Tür, dann blieb er stehen.

Nein, das war nicht gut. Wenn sie Walter ausfindig machten, dann konnte der tatsächlich allerlei sagen. Er würde ein Alibi haben. Doch die Polizei würde die Steinchen zusammensetzen: Larry hatte bei ihnen gewohnt, und an dem Tag, an dem er die Stadt verlassen hatte, war zwanzig Meilen weit weg eine Frau erschossen worden. Schon allein, daß er aus der Stadt verschwunden war, war verdächtig genug. Aber wenn sie herausbekamen, daß sie mit einem Revolver erschossen worden war, der dem Mann gehörte, bei dem er gewohnt hatte, dann wußten sie Bescheid.

Larry nickte befriedigt. Das war logisches Denken. Ein Beweis, daß er nicht die Beherrschung verloren hatte, daß er vor nichts und niemandem Angst hatte, auch nicht vor dieser großen kaputten Puppe mit dem gelben Haar, die dort lag und aus der Sägemehl hervorquoll. Rotes Sägemehl.

Ja, das war's, rotes Sägemehl. Wenn er davon überzeugt war, dann konnte er 'rübergehen und den Revolver holen. Warum sich nicht selbst ein bißchen beschwindeln, wenn's einem half?

Einfach so tun, als ob es Sägemehl wäre, was da aus dem Mund quoll. Und nicht richtig hinsehen, nicht anfassen. Nur den Revolver mit dem Handschuh an der Hand aufheben und in die Tasche stecken.

Und dann?

Zurückbringen, natürlich. Zurück in die Wohnung bringen und wieder in die Schublade legen. Kein Mensch wußte, daß er ihn herausgenommen hatte, und kein Mensch würde sehen, wie er ihn wieder hineinlegte.

Und dann konnte er abhauen, in aller Sicherheit, mit dem ganzen Geld.

Larry richtete sich auf und sah sich noch einmal in dem Zimmer um; er achtete darauf, daß sein Blick nicht auf den Fußboden fiel. Er sah die Uhr auf dem Kaminsims — es war gleich halb vier. Er war tatsächlich zu früh gekommen. Was hatte er zu LaVerne gesagt. »Der frühe Vogel fängt den Wurm.« Jetzt würde sie bald ein Wurm sein. Viele Würmer.

Er brach ab. Das war nicht schwer, er konnte jetzt alles, was er wollte. Perfekte Selbstbeherrschung, das war das ganze Geheimnis. Beherrsche dich selbst, und du beherrschst alle andern, die ganze Welt. Du bist ein Pianist, du bist ein Komponist, schlag den Ton an. *Konzert für Revolver und Orchester.*

Sieh mal an, er konnte so was denken und war trotzdem ganz bei sich. Das bewies, daß er in Ordnung war und daß alles bestens klappen würde. Er grinste, als er aus dem Haus in die Sonne hinaustrat. Es war niemand da, der ihn sah, doch er grinste, nur so für sich. Er würde von jetzt an oft grinsen.

Larry ging zum Wagen. Er klemmte die Tasche unter den Arm und zog die Handschuhe aus. Vielleicht fand er irgendwo einen Papiersack, in den er das Geld tun konnte. Dann würde er die Handschuhe und die Tasche verschwinden lassen. Am besten, er warf sie, wenn er die Stadt verließ, in den See. Wie würde er aus der Stadt wegkommen? Sollte er warten, bis Walter morgen heimkam, und ihn bitten, ihn zum Bus zu bringen?

Er würde das später klären. Jetzt mußte er schnell nach Hause und den Revolver in die Schreibtischlade legen. Immer schön eins nach dem andern, und immer mit der Ruhe.

Er fuhr langsam den Weg hinauf und merkte dabei, daß überall Kies lag. Man würde also keinerlei Reifenspuren feststellen können. Das war wieder mal Glück, aber er ist eben ein Glückspilz.

Larry bog auf die Hauptstraße ein und gab Gas. Er mußte sich jetzt beeilen und zusehen, daß er wegkam von dem See und dem Sommerhaus und LaVerne, denn der Trick mit der Puppe klappte nicht mehr; wenn er mit den Augen zwinkerte, sah er LaVerne vor sich liegen. Sie lag genauso da, wie sie dagelegen hatte, als er zu ihr und dem Matrosen ins Zimmer gekommen war. Und sie sagte »Hallo, Liebling«, aber völlig lautlos, es kam aus ihrem Mund wie eine Blase in einer Bildergeschichte, und die Buchstaben waren aus Blut.

Ganz plötzlich fuhr Larry an den Straßenrand und hielt an. Er konnte sich nicht mehr beherrschen, nicht mehr warten. Er mußte es tun; er mußte die Tür aufmachen und sich hinausbeugen und in den Straßengraben kotzen. Sein Mittagessen auskotzen und das Blut auskotzen — alles auskotzen, damit er wieder zu sich kam.

Er lehnte sich zitternd zurück und begann wieder langsam ein- und auszuatmen. Ganz langsam, damit sein Kopf wieder klar wurde.

Sein Kopf tat jetzt weh. Es war ein plötzlicher, ein ziemlich scharfer Schmerz, ein betäubender Kopfschmerz, wie ihn LaVerne manchmal gehabt hatte.

Es war, als würde dieser Schmerz seinen Kopf mitten auseinandersprengen, so daß sich die eine Hälfte über das Lenkrad beugte und die andere Hälfte nach Luft rang und keuchte und schluchzte.

Nein, das durfte er nicht. Er durfte nicht schluchzen, das stand nicht in der Partitur.

Welche Partitur?

Larry wußte es nicht. Jemand schrieb eine Partitur für ihn, jemand hatte sich das alles ausgedacht — die perfekte Komposition. Und Larry konnte sie spielen; es war bloß Blut auf dem Papier, so daß er die Noten nicht lesen konnte. Weil er so schreckliche Kopfschmerzen hatte.

Nein, das stimmte nicht. Es war die andere Hälfte, die diese Kopfschmerzen hatte; dieser andere Larry. Der andere hatte diesen Fehler gemacht und LaVerne umgebracht. Larry hoffte, sie würden ihn fangen, denn er hatte etwas Unrechtes getan und mußte bestraft werden. Sie würden ihn einsperren und bestrafen und ihn so lange sitzen lassen, bis er wußte, daß er andern Leuten nichts tun durfte. Und dann würde er auch Larry nichts mehr tun.

Larry fuhr jetzt zurück. Er fuhr nach Hause, um den Revolver zu verstecken. Das war jetzt das einzig Wichtige. Er kam nach Garden View, dort war die Stelle, wo er abbiegen mußte. Lieber langsam fahren, damit ihn niemand anhielt und ihn fragte, warum er so schnell fahre. Kein Mensch würde ihn verstehen. Sie hatten ihn nie verstanden, deshalb verdienten sie, was sie gekriegt hatten. Er würde niemandem was zuleide tun, aber manchmal war es notwendig, jemanden zu bestrafen. Das hatte Schwester Corinne immer gesagt.

Oder bildete er sich das nur ein? Vielleicht bildete er sich auch diesen *andern* nur ein.

Doch das Geld war wirklich da. Er sah es in der Tasche neben ihm auf dem Sitz. Und der Revolver war auch wirklich. Er war völlig in Ordnung, denn er wußte ganz genau, was wirklich war und was nicht.

Und deshalb bog er jetzt hier ab. Er würde den Revolver wieder in die Schreibtischlade legen. Und er würde ganz ruhig sein und langsam atmen und grinsen und mit Elinor reden; ihr erklären, daß er nur eine kleine Spazierfahrt gemacht hatte. Und wenn sie ihm nicht glaubte, würde er sich was anderes ausdenken; irgendwas würde sie ihm schon glauben. Wo er doch so ruhig und selbstsicher war.

Larry hielt an und stieg aus. Er mußte die Tasche im Wagen lassen, bis er sich einen Papiersack besorgt hatte. Aber den Revolver hatte er in seiner Hosentasche, und den Schlüsselring auch.

Er schaute hinauf und sah, daß am Badezimmerfenster die Jalousie heruntergelassen war und daß dahinter Licht brannte. Diese Frau — Elinor, ja, er konnte sich ganz genau an alles erinnern — mußte da drin sein. Er konnte also ruhig ins Haus gehen. Er würde die Tür aufmachen und ins vordere Zimmer gehen und die Schreibtischlade aufmachen und den Revolver 'reinlegen, genau dahin, wo er ihn weggenommen hatte.

Das war alles, was er tun würde. Und das war alles, was er jetzt tat.

Warum mußte sie ihn deshalb so anstarren?

Sie war die Treppe heruntergeschlichen, und jetzt stand sie da und starrte ihn an.

Er blickte auf. »Kommen Sie her«, sagte er.

Sie gehorchte.

Weil er den Revolver in der Hand hielt.

Er merkte, daß sie Revolver ebensowenig mochte wie LaVerne. LaVerne war blond, und diese Elinor war brünett. Aber sie sind alle gleich. Sie haben alle Angst vor Revolvern. Und sie ziehen sich so an, daß man ihre Brüste sehen kann, und das ist eine Todsünde, aber sie wollen einen zur Sünde verführen, denn sie sind böse.

Larry schüttelte den Kopf. *Wo kam denn dieser Quatsch jetzt her?* Er wußte ganz genau, wo er war. Er stand mit Elinor im Wohnzimmer der Harris'. Sie hatte einen Bademantel an, und er war offen und ihr Mund auch.

Schön. Sie hatte Angst. Und er war der Boß. Daran mußte er sich halten. Er war ihr Boß und auch sein eigener. Alles, was er jetzt brauchte, war eine Ausrede.

»Keine Angst«, sagte er. »Ich hab' nur einen Bleistift und Papier gesucht und dabei diesen Revolver hier gefunden. Gehört er Walter?«

Ja. Das war gut.

Und Elinor gab ihm auch die richtige Antwort. »Larry, ich hab' mir solche Sorgen um Sie gemacht! Als ich hörte, daß Sie sich mit ihr getroffen haben . . .«

Das war nicht gut. Er trat zu ihr, packte sie am Bademantel und sah sie an. Und sie versuchte sich loszumachen und sagte: »Larry, mir brauchen Sie doch nichts vorzumachen — ich weiß doch Bescheid.«

Sie wußte Bescheid?

Dann mußte irgendwas schiefgegangen sein, sie wußten alle Bescheid, sie hatten sich alle gegen ihn verschworen, und er würde keine Ruhe haben, bis er sie erledigt hatte. Sie waren alle gegen ihn, weil er ein Bastard war, aber das war doch nicht seine Schuld, und er hatte auch LaVerne nicht umbringen wollen. Sie waren schuld daran; sie waren es, die ihn dazu brachten. Sie brachten ihn dazu, den Revolver zu heben und zuzudrücken, bis er dieses leise Klicken spürte.

Er hoffte, diesmal würde es kein Blut geben.

»Larry — nicht doch — Larry — ist ja alles in Ordnung, ich weiß doch, daß Sie nie mit Jill durchbrennen würden.«

Sie zitterte so stark, daß ihre Zähne klapperten, doch er verstand sie und begriff sofort. Von *Jill* redete sie also die ganze Zeit. Sie wußten also in Wirklichkeit gar nichts, hatten keine Ahnung von LaVerne. Waren nicht gegen ihn.

Er wandte sich ab und ließ den Drücker los.

Und in diesem Moment sah er Walter hereinkommen.

»Paß auf!« kreischte Elinor. Larry schob sie beiseite und trat vor.

Walter kam direkt auf ihn zu. Sein Gesicht war ganz blaß. »Gehen Sie weg von ihr«, sagte er. »Gehen Sie weg von ihr!«

Larry schüttelte den Kopf und wollte ihm den Revolver hinhalten. Er wollte Walter sagen, er solle ihn nehmen, er wolle niemandem etwas tun, es sei alles ein Irrtum. Er wollte ihm sagen, daß er sehr müde sei und daß er gerade weggehen wollte.

Aber er kam nicht dazu.

Elinor machte wieder den Mund auf, als ob sie schreien wollte, und er fuhr rasch herum und schlug sie mit dem Revolver ins Gesicht.

Sie stürzte, und Walter griff nach ihm und wollte ihm den Revolver wegnehmen. Doch Larry war bereit. Seine Hand war bereit, der Revolver war bereit. Er hieb ihn Walter mitten auf den Kopf.

Dann rannte er los. Er rannte durch die Küche und zur Hintertür hinaus; er sprang in den Wagen und holte die Schlüssel aus der Tasche. Er fuhr rasch rückwärts die Zufahrt hinunter und wußte dabei genau, was er tat. Denn jetzt hatte er wieder Zeit. Nicht viel Zeit, aber genug.

LaVerne war tot. Elinor und Walter aus dem Weg geräumt. Er hatte das Geld und den Revolver und ein paar Stunden Zeit. Er mußte über die Grenze, weg aus diesem Staat; dann den Wagen irgendwo verstecken und den Revolver wegwerfen.

Larry bog auf die Straße ein. *Dieser verdammte Revolver! Sie hatten ihn gesehen!*

Da sah er plötzlich aus dem Augenwinkel, wie *sie* die Straße herunterkam. Sie rannte fast, und ein kleiner Koffer schlug an ihre Beine, und es sah aus, als ob sie heulte.

Er fuhr an den Randstein, trat auf die Bremse und öffnete die Tür auf der andern Seite.

»Steig ein!« rief er.

Jill lief auf ihn zu.

»Larry — wo warst du denn? Ich warte und warte die ganze Zeit, und du kommst nicht . . .«

»Ich bin aufgehalten worden.«

»Ich hab' mir gedacht, du bist vielleicht hier, und so bin ich den ganzen Weg zu Fuß hierher . . .«

»Ich hab' dir doch gesagt, ich bin aufgehalten worden. Steig ein!«

»Aber wart doch mal eine Minute . . .«

»Wir haben keine Zeit.«

Und das stimmte, plötzlich war keine Zeit mehr. Es änderte sich alles von Moment zu Moment. Einen Moment früher, und er hätte sie nicht getroffen. Einen Moment später, und sie wäre ins Haus gegangen, zur Hintertür hinein, und hätte Walter und Elinor gefunden.

Deshalb war keine Zeit, er mußte sie mitnehmen. Er wollte sie nicht mitnehmen, er dachte gar nicht daran, er konnte sie nicht mitnehmen. Jedenfalls nicht weit.

Nein, nicht weit.

Alles fügte sich wieder zusammen, und er wußte wieder genau, was er tun mußte. Er packte ihren Koffer, rutschte zur andern Tür hinüber, streckte die Hand aus und half ihr herein. Er grinste sie beruhigend an, startete wieder den Motor und fuhr weiter.

Er hatte wirklich allen Grund zu grinsen, denn ihm war plötzlich wieder eingefallen, daß er ja immer noch den Revolver hatte.

15

Jill stieg in den Wagen. Sie hatte noch nicht die Tür zugeschlagen, da trat Larry schon aufs Gas. Sie fuhren um die Ecke, und er raste die Seitenstraße hinunter.

»He, nicht so schnell!« sagte sie.

»Du weißt doch, wir haben's eilig!« Er grinste wieder. »Du bist wohl noch nie durchgebrannt, was?«

»Durchgebrannt?«

Sie hatte das Ganze bis jetzt gar nicht so betrachtet. Aber eigentlich . . .

»Es ist eine Art Spiel, weißt du?« Larry grinste sie an und bog wieder auf die Hauptstraße ein, die aus Garden View hinausführte. »Es geht darum, daß uns niemand einholt, bis wir aus der Stadt 'raus und über die Staatsgrenze sind.«

»Aber wer . . .«

Er ließ sie nicht ausreden. »Deine Alten natürlich.«

»Larry, ich hab' mir das durch den Kopf gehen lassen. Meinst du nicht, wir sollten erst mal mit ihnen reden?«

Er schüttelte den Kopf. »Was ist denn los, du Angsthase?«

Nein, sie war kein Angsthase. Und sie hatte genug von all diesen Leuten, die sie wie ein dummes, kleines Mädchen behandelten, die ihr dauernd Vorschriften machten und sie herumkommandierten. Ihre Eltern und George Drux und Elinor und Walter Harris, diese Spießer — sie waren alle gleich.

Larry war der einzige, der anders war. Er war der einzige, der kein Spießer war, der sie wie einen wirklichen Menschen behandelte und nicht wie ein dummes Kind.

Sie lächelte ihn an.

»Ich hab' keine Angst«, sagte sie. »Ich möchte nur nicht, daß du meinetwegen irgendwelche Unannehmlichkeiten kriegst. Wegen des Wagens, zum Beispiel. Er gehört dir doch nicht.«

»Stimmt.« Er nickte ihr zu, doch seine Augen waren auf die Straße gerichtet — auf die Landstraße, denn sie waren schon außerhalb der Stadt, und Larry hatte aufgedreht.

»Aber mach' dir deshalb keine Sorgen. Es ist alles bestens vorbereitet. Wir fahren nicht mit diesem Wagen. Jemand borgt mir einen andern. Es ist auch ein Chevy — ein gelbes Kabrio, genau wie dieser. Ich brauch' ihn bloß abzuholen.«

»Wo?«

»Ein Stückchen weiter an dieser Straße«, sagte Larry und schaute starr geradeaus.

»Das versteh' ich nicht. Weiß denn dieser Mann, was du vorhast?«

Larry schüttelte den Kopf. »Es ist kein Mann, es ist eine Frau.

Die Tasche dort neben dir auf dem Sitz gehört ihr. Sie borgt uns auch etwas Geld. Ziemlich viel Geld sogar.«

Sie begriff diesen letzten Satz nicht, und noch dazu begann Larry zu kichern. Vielleicht zog er sie nur auf. Aber diese Tasche stand tatsächlich da.

»Hast du nicht gesagt, du kennst niemanden hier in der Stadt außer Walter und Elinor?«

»Ganz richtig. Es war auch ein reiner Zufall, daß ich sie getroffen habe. Ein glücklicher Zufall.« Er kicherte wieder.

»Wer ist sie denn?«

»Das wirst du schon bald genug sehen. So, hier biegen wir ab.« Und er bog in die Privatstraße ein, die zum See führte.

Jill blinzelte. Es passierte jetzt alles ein wenig zu schnell; sie hatte gar keine Zeit, nachzudenken und sich über alles klarzuwerden. Irgend etwas beunruhigte sie, und es war nicht bloß der Gedanke, daß Larry eine Freundin getroffen hatte, die ihm, ohne irgendwelche Fragen zu stellen, ihren Wagen borgte. Vielleicht war es die Art, wie er kicherte, obwohl es doch gar nichts zu kichern gab. Es paßte nicht zu einem Mann, wenn er kicherte; ein Mann hatte richtig zu lachen. Dieses Gekicher klang irgendwie nervös, und sie begann jetzt auch nervös zu werden.

Sie sah, daß seine Jacke und seine Hosenbeine zerknittert und schmutzig waren, und an seinem Hemd fehlte ein Knopf. Sie versuchte genauer hinzuschauen, doch unter den Bäumen hier war es zu dunkel, und über den See vor ihnen brach schon die Dämmerung herein.

Larry hielt an.

»Das ist das Haus«, sagte er. »Und dort ist der andere Chevy, siehst du?«

Und neben dem großen braunen Sommerhaus stand tatsächlich ein anderes Kabriolett, genau wie dieses. Sie schaute es an, während Larry wendete und die Zufahrt hinauffuhr. Er starrte dauernd auf das Haus, als erwarte er, daß jeden Moment jemand herauskommen würde.

»Erwartet uns deine Freundin?« fragte Jill.

Er nickte und hielt an.

»Wie heißt sie denn?«

»Ich werd' euch schon miteinander bekannt machen.«

Jill fuhr herum und sah ihn an.

»Larry, bist du ganz sicher, daß alles gutgeh'n wird? Ich meine, kannst du ihr wirklich vertrauen? Wird sie bestimmt niemandem was sagen?«

Er kicherte wieder, noch lauter als vorhin.

»Sie wird keinem Menschen ein Wort sagen!« Er ging um den Wagen herum und machte ihr die Tür auf. Dann nahm er sie am Arm. »Komm, geh'n wir.«

Sie zögerte, und sein Kichern brach ab. Sie spürte, wie sich seine Finger um ihren Arm zusammenpreßten, und auch seine Stimme klang gepreßt. »Geh'n wir, hab' ich gesagt!«

Irgendwie tat ihr seine Stimme mehr weh als seine Finger. Jill machte sich los.

»Larry, irgendwas stimmt doch nicht, oder? Vielleicht sollten wir's doch nicht tun.«

»Was?«

»Ich hab' drüber nachgedacht. Vielleicht ist es besser, wenn wir doch nicht durchbrennen.«

»Aber es bleibt uns doch gar nichts anderes übrig, verstehst du das denn nicht? Es ist die einzige Möglichkeit!«

»Aber warum denn? Kein Mensch weiß, daß wir hierher gefahren sind.«

»Stimmt. Das weiß kein Mensch.«

»Und wenn wir nun einfach umkehren und zurückfahren würden? Was wäre dann schon weiter?«

»Was dann wäre?« Er packte wieder ihren Arm, und diesmal kicherte und grinste er nicht und ließ sie nicht wieder los. »Ich kann nicht mehr zurück, verstanden? Es gibt nur noch eine Möglichkeit für mich. Abzuhauen! Und du kommst mit!«

»Larry, ich . . .«

»Halt den Mund!« Er zog sie aus dem Wagen und zerrte sie den Weg entlang zur Haustür.

»Larry, wenn du mich nicht sofort losläßt, schrei' ich.«

»Los, schrei! Kein Mensch hört dich.«

»Und deine Freundin?«

»Der ist das egal.«

»Ich werd' ihr sagen, daß ich's mir anders überlegt hab', daß ich nicht mit dir geh'.«

»Schön. Sag ihr das.« Komischerweise begann Larry wieder zu kichern. Und zugleich öffente er die Tür des Sommerhauses, schob sie hinein und schlug sie hinter ihr zu, so daß sie in das Halbdunkel stolperte.

Jill richtete sich auf und zwang sich zu lächeln, falls Larrys Freundin sie beobachtete; diese Freundin, die so großzügig war, ihnen ihren Wagen für die Flitterwochen zu leihen.

Doch die Dunkelheit und die Stille sagten ihr, daß das Haus leer war. — Es war niemand da; niemand in dem Zimmer, niemand in dem Haus. Jill starrte auf die leeren Sessel, das leere Sofa, den großen Kamin, den komischen, zusammengeknüllten Teppich ...

Den komischen zerknüllten Teppich, der zwei Arme und zwei Beine hatte und einen Körper und einen Kopf und ein Loch im Hals ...

Sie zuckte zusammen, denn die Tür hinter ihr ging auf, doch es war nur Larry. Nur Larry, und er grinste sie an und kicherte. Sie wollte ihre Arme um seinen Hals legen, doch dann merkte sie, daß das nicht ging, denn er hatte diesen großen Revolver in der Hand.

»Habt ihr euch gut unterhalten?« murmelte er. »Habt ihr euch bekannt gemacht?« Er trat einen Schritt vor, und Jill drückte sich an die Wand. »Na, dazu habt ihr ja später genug Zeit. Massenhaft Zeit. Eine Ewigkeit.«

»Larry ...«

»Laß das! Du mußt jetzt ganz ruhig sein. Wir müssen beide ganz ruhig sein, wenn wir keinen Ärger haben wollen. Weißt du, wenn wir ganz ruhig sind, dann kann ich dir alles erzählen. Du möchtest es doch gern wissen, nicht, Jill?«

»Ja. Ja ... bitte.«

»Also schön. Sie heißt LaVerne, und das Ganze war ein Unfall. Sie wollte mir etwas Geld geben, aber es hat einen Unfall gegeben — der Revolver ist losgegangen. Du glaubst mir doch, oder?«

»Natürlich.« Jill nickte mühsam. »Natürlich glaub' ich dir.«

»Du lügst«, sagte Larry mit gepreßter Stimme.

Sie schwankte nicht, genausowenig wie seine Hand, in der er den Revolver hielt. »Du glaubst mir nicht, und die andern werden mir auch alle nicht glauben. Deshalb darf niemand etwas erfahren. Die Polizei nicht, Schwester Corinne nicht, niemand. Und sie werden auch nichts erfahren, jetzt, wo ich dich hierhergebracht habe.«

»Bestimmt nicht. Ich sag' keinem Menschen was.« Jill spürte, daß ihr die Tränen kamen, doch sie hielt sie zurück. »Deshalb wolltest du mit mir durchbrennen, nicht? Weil eine Ehefrau gegen ihren Mann nicht auszusagen braucht?«

»Daran hab' ich gedacht, ja«, sagte Larry. »Aber ich hab' dich auch noch aus einem andern Grund mitgenommen. Für den Fall, daß man mir Schwierigkeiten machen sollte. Falls die Polizei mich verfolgen oder eine Straßensperre oder so was errichten sollte. Ich hab' mir gedacht, wenn sie wissen, daß du bei mir bist, dann werden sie es nicht riskieren, zu schießen. Aber inzwischen ist mir was Besseres eingefallen. Eine Möglichkeit, die Sache so zu drehen, daß sie mich gar nicht verfolgen werden. Das werden sie nämlich nicht tun, wenn sie dich hier finden, Jill. Zusammen mit LaVerne, und mit dem Revolver, mit dem sie erschossen worden ist.«

Er stand jetzt ganz nah bei ihr, doch seine Stimme war weit weg. »Verstehst du? Sie werden denken, ihr habt um den Revolver gekämpft und euch gegenseitig erschossen. Weil ihr um mich gestritten habt. Das ist das Beste an der ganzen Sache. Ein genialer Schluß.«

»Bitte, Larry . . .«

Er hob den Revolver. »Es tut nicht weh«, flüsterte er. »Das verspreche ich dir, es tut nicht weh. Bild dir einfach ein, du gehst auf eine Reise. Auf eine Art Hochzeitsreise.«

Da sah Jill durchs Fenster, über Larrys Schulter. Sie sah den Schatten. Und dann sah sie das Gesicht im Fensterrahmen; es starrte herein. Das Gesicht eines kleinen alten Mannes mit schneeweißem Haar. Er lächelte sie an wie ein gutmütiger Zwerg.

Larry folgte ihrem Blick und drehte sich um.

Und dann kläffte plötzlich laut der Revolver, als Jill versuchte, ihn ihm aus der Hand zu reißen.

Der weißhaarige kleine Mann sank langsam auf das Fensterbrett. Und während er zusammensackte, hob er seinen Revolver und pustete Larry die Schädeldecke weg.

16

Es dauerte lange, bis man herausfand, wie es wirklich gewesen war. Die Polizei kam, und es gab eine Menge Rummel und Aufregung und dann die gerichtliche Untersuchung.

Eines Abends, als die Whittakers 'rüberkamen, konnte ihnen Elinor endlich das Ganze erzählen.

»Dieser Sarno hatte Larry selber an dem Abend verprügelt, als wir ihn in unserem Wagen fanden. Er dachte, das hätte Larry genügt, bis dann Clarence LaVerne anrief und sie bedrohte. Sarno hörte das Gespräch an einem Nebenapparat mit und brachte Clarence daraufhin um. Die Polizei sagt, Sarno hatte Verbindungen zu Rauschgifthändlern, und Clarence war süchtig. Sarno sorgte dafür, daß er sofort eine neue Lieferung bekam. Es war Heroin, doch er hatte Rattengift daruntergemischt.« Elinor schüttelte sich. »Was für ein gräßlicher Tod!«

»Woher wußte denn Sarno, daß Larry seinen Erpressungsplan nicht aufgegeben hatte?« fragte Min Whittaker.

»Er hatte ja keine Ahnung. Er glaubte, Clarences Tod hätte ihn endgültig abgeschreckt. Er hätte nie gedacht, daß LaVerne das Geld von ihrem gemeinsamen Konto abheben und sich mit Larry in dem Sommerhaus verabreden würde, um es ihm zu geben. Er war an diesem Nachmittag nicht da, und als er nach Hause kam, sah er, daß LaVerne weg war. Es fehlten auch einige von ihren Sachen, und er nahm zuerst an, sie hätte ihn verlassen. Aus irgendeiner dunklen Ahnung heraus rief er die Bank an und erfuhr, daß sie das Geld abgehoben hatte.«

»Aber warum ist er dann zu dem Sommerhaus hinausgefahren?«

»Da hat die Polizei ihre eigenen Vermutungen. Du weißt doch, als sie das Haus durchsuchten, fanden sie im Geräteschuppen unter dem Fußboden elftausend Dollar.«

Jim nickte.

»Man nimmt an, daß er befürchtete, LaVerne hätte von diesem Geld gewußt und es auch mitnehmen wollen. Das Komische ist, daß sie offenbar nicht die mindeste Ahnung davon hatte. Jedenfalls kam Sarno zu dem Sommerhaus, gleich nachdem Jill und Larry eingetroffen waren. Und was dann passierte, wißt ihr ja.«

»Ja«, sagte Min. »Aber weißt du, irgendwie tut Sarno mir leid — nicht etwa nur deshalb, weil er Jill das Leben gerettet hat. Und obwohl er doch ein Mörder war.«

»Das war auch nicht sein eigentliches Verbrechen«, sagte Jim. »Sein wirkliches Verbrechen war, daß er etwas zu kaufen versucht hat, worauf er kein Recht hatte: Jugend. Mit LaVerne. Sie war dreißig Jahre jünger als ihr Mann. Das konnte nicht gutgehen.«

»Du beschäftigst dich immer noch mit diesen Jugendproblemen, was?« fragte Walter.

»Natürlich. Das ist ja das Wesentliche an der ganzen Sache — der Konflikt zwischen Jugend und Alter. Deshalb hat ja Sarno Larry umgebracht.«

»Und anscheinend bist du der Ansicht, daß Larry der typische Jugendliche war? Daß unsere Jill und Jungens wie George Drux genauso sind wie er?«

Jim fuchtelte ungeduldig mit der Pfeife. »Das hab' ich nicht gesagt. Jill war einfach zu naiv; wir wissen beide, daß die Geschichte eine Lehre für sie gewesen ist. Sie wird mit George oder einem andern Jungen wie ihm zufrieden sein, und Gott sei Dank gibt es ja genug von dieser Sorte. Nein, Larry war eine Ausnahme, eine Mutation. Meine einzige Hoffnung ist, daß unsere Gesellschaft nicht zu viele wie ihn hervorbringt. Wir können gut ohne diese Beatniks auskommen.«

»Beatniks?« Elinor war ehrlich überrascht. »Ich dachte, das sind diese Leute, die mit zerlumpten Kleidern herumlaufen und auf Bongotrommeln spielen und über Zen reden, oder wie das heißt. Und tragen sie nicht auch Bärte . . .?«

»Christus hat auch einen Bart getragen und war kein Beatnik«, sagte Jim und lächelte verzerrt. »Ich möchte nicht frivol sein — ich will damit nur sagen, daß all diese Etiketts und Symbole doch gar nichts besagen. Man ist doch nicht allein schon deshalb ein Beatnik, weil man im Kaffeehaus hockt und sich ›cool jazz‹ anhört oder Gedichte mit Jazzbegleitung rezitiert oder wenn man Bücher schreibt oder seinem Zorn Luft macht. Das hat's doch in unserer Jugend auch schon alles gegeben, in Greenwich Village und auf den Universitäten. Ein Beatnik zu sein ist einfach eine Einstellung gegenüber dem Leben, die man verstandesmäßig einfach nicht erfassen kann. Eine durch und durch egoistische, rücksichtslose Einstellung. Larry war vielleicht ein extremer Fall, aber ich glaube, die Beatniks können am besten mit einem ihrer eigenen Slogans charakterisiert werden: *krank-krank-krank.*«

»Bitte, sagte Elinor, »reden wir nicht mehr über ihn.« Und so redeten sie nicht mehr über Larry.

Elinor und Walter redeten auch nicht mehr über ihn, nachdem die Whittakers gegangen waren. Sie hatten schon genug über ihn diskutiert, als sie aus dem Krankenhaus gekommen waren, Elinor mit genähter Wange und Walter mit genähter Kopfhaut. Die Wunden waren jetzt verheilt, und es lag ihnen beiden nichts daran, sie wieder aufzureißen.

Aber Walter hatte ihr damals nicht alles gesagt. Er hatte ihr nicht erzählt, daß Jim Whittaker Larry und Elinor an dem Abend nach Jills Party nachgefahren war, um zu sehen, was los war, und daß er gerade in dem Moment an ihrem Haus vorbeigefahren war, als sie sich vor der Küchentür umarmten. Er hatte ihr nicht erzählt, daß Jim ihn am nächsten Morgen angerufen hatte und daß er deshalb einen Tag früher als vorgesehen heimgekommen war.

Walter hatte es Elinor jedoch gar nicht zu erzählen brauchen, denn sie wußte es ohnedies — von Min Whittaker. Sie hatte sich aber vorgenommen, Walter das nicht anmerken zu lassen. Vielleicht würde sie ihm eines Tages alles gestehen. Jetzt aber noch nicht. Es würde ihm nur weh tun, und das wollte sie nicht, denn sie liebte ihn.

»Mir geht dieser Sarno nicht aus dem Kopf«, sagte Elinor. »Er war eigentlich gar nicht so unsympathisch, mit seiner Brille und seinem weißen Haar. Ich kann einfach nicht verstehen, was er an so einer Frau wie LaVerne gefunden hat? Alt zu sein muß schrecklich sein.«

»Nein, das ist es nicht«, murmelte Walter. »Altsein ist nur dann schrecklich, wenn man sich nicht eingestehen will, daß man nicht mehr jung ist. Und Jungsein ist schrecklich, wenn man die Dinge will, die einem erst im Alter zustehen.«

»Das klingt furchtbar tiefsinnig«, sagte Elinor. »Vielleicht solltest du das mal Jim Whittaker sagen.«

»Darauf muß er selbst kommen«, sagte Walter. »Das müssen wir alle früher oder später.«

»Und wie ist das bei uns beiden?« seufzte Elinor.

»Wir sind nicht mehr richtig jung und auch noch nicht richtig alt.«

»So ist es doch ganz gut«, sagte Walter. »Findest du nicht?« Und er zog sie zu sich aufs Sofa.

»Ich glaub', du hast recht«, murmelte Elinor.

Während sie niedersank, fiel ihr Blick zufällig auf den winzig kleinen Fleck am Rand des Wohnzimmerteppichs. Sie schauderte ein wenig zusammen — es war ein Blutfleck, entweder von ihr oder von Walter. Doch sie wollte nichts sagen. Der Teppich mußte ohnehin zur Reinigung.

Und vielleicht würde der Fleck mit der Zeit von selbst verschwinden.

Jack Higgins
SCHLÜSSEL ZUR HÖLLE

1

Als Chavasse den Ballsaal der britischen Botschaft betrat, sah er zu seiner Überraschung, daß sich die Angehörigen der chinesischen Delegation um den Kamin zusammenscharten; in ihren blauen Uniformen, umgeben von der Creme der römischen Gesellschaft, wirkten sie seltsam fehl am Platz.

Tschou En-lai saß neben dem Botschafter und seiner Gattin in einem großen vergoldeten Sessel und blickte über die Menge hinweg. Seine teilnahmslose, undurchdringliche Miene verriet nichts. Hin und wieder führte der Erste Sekretär entsprechend illustre Gäste zu ihm und stellte sie ihm vor.

Die Kapelle spielte einen Walzer. Chavasse zündete sich eine Zigarette an und lehnte sich an eine Säule. Es war wie ein Bild aus längst vergangenen Zeiten: die kristallenen Kronleuchter, deren Licht die großen Wandspiegel wieder und wieder reflektierten, die schönen Frauen, die gutaussehenden Männer, die Galauniformen, das Scharlachrot und Purpur der kirchlichen Würdenträger, die tanzenden Paare, die sich endlos zu der leisen Musik drehten.

Er blickte zu den Chinesen hinüber, und einen kurzen Moment schien es, als springe Tschou En-lais weißes Gesicht aus der Menge heraus, als sähen seine Augen ihn an. Er nickte leise, als ob sie einander kennten, und seine Augen schienen zu sagen: *All dies ist dem Untergang geweiht — dies ist meine Stunde. Wir beide wissen es.*

Chavasse erschauderte; ohne jeden erkennbaren Anlaß erfüllte ihn ein unheimliches Gefühl. Es war, als warne ihn ein sechster Sinn — jene geheimnisvolle Gabe aller uralten Rassen, die er von seinem bretonischen Vater geerbt hatte — vor einer drohenden Gefahr.

Der Moment ging vorbei, die Tanzenden drehten sich weiter. Er war müde, das war alles. Kein Wunder — in den letzten vier Tagen hatte er sich nur wenige Stunden Schlaf gönnen können. Er zündete sich noch eine Zigarette an und betrachtete sich im Wandspiegel.

Der dunkle Abendanzug saß tadellos und unterstrich die breiten Schultern und die muskulöse, sehnige Figur, doch die Haut über den hohen Backenknochen war etwas zu straff gespannt, und er hatte dunkle Ringe unter den Augen.

Du brauchst einen Drink, dachte er, und im gleichen Augenblick sah er auch schon im Spiegel, daß durch die hohe Flügeltür hinter ihm ein junges Mädchen von der Veranda hereinkam.

Chavasse drehte sich langsam um. Ihre Augen lagen etwas zu weit auseinander, und ihr Mund war ein wenig zu üppig. Das dunkle Haar hing locker auf die Schultern herab, und ihr weißes Seidenkleid, das bis knapp unter die Knie reichte, war von raffinierter Einfachheit. Sie trug keinen Schmuck. Das hatte sie nicht nötig. Wie alle großen Schönheiten war sie eigentlich nicht schön, und doch wirkten neben ihr alle anderen Frauen im Saal reizlos.

Sie ging, verfolgt von den Blicken der Männer, an denen sie vorbeikam, auf die Bar zu und wurde sofort von einem italienischen Fliegeroberst in Beschlag genommen, der sichtlich ein Glas zuviel getrunken hatte. Chavasse ließ dem Mann genug Zeit, ihr gründlich lästigzufallen; dann drängte er sich durch die Menge und trat zu ihr.

»Ach, da bist du ja, Liebling«, sagte er auf italienisch. »Ich hab' dich schon überall gesucht.«

Ihr Reaktionsvermögen war hervorragend. Sie wandte sich halb um und musterte ihn eine Sekunde. Dann hob sie den Kopf und küßte ihn leicht auf die Wange. »Zehn Minuten hast du gesagt. Es ist wirklich schrecklich mit dir.«

Der Fliegeroberst zog sich verlegen zurück, und Chavasse grinste. »Wie wär's mit einem Glas Bollinger? Ich glaube, wir haben allen Grund zum Feiern.«

»Eine gute Idee, Mr. Chavasse«, sagte sie in ausgezeichnetem Englisch. »Am besten, wir gehen auf die Terrasse. Draußen ist es kühler.«

Chavasse nahm zwei Gläser Champagner vom Tisch und folgte ihr, leicht die Stirn runzelnd, durch die Menge. Es war wirklich angenehm kühl auf der Terrasse; in der Ferne hörte man leise den Verkehrslärm, und ein starker Jasminduft erfüllte die Nachtluft.

Sie setzte sich auf die Balustrade und atmete tief ein. »Eine herrliche Nacht, nicht?« Sie drehte sich um, sah ihn an und lachte leise. »Francesca — Francesca Minetti.«

Sie streckte die Hand aus, und Chavasse gab ihr das eine Champagnerglas. Er grinste. »Wer ich bin, wissen Sie ja offensichtlich schon.«

Sie lehnte sich zurück und blickte zu den Sternen auf. Dann sagte sie in einem Ton, als leiere sie etwas mühsam auswendig Gelerntes herunter: »Paul Chavasse, geboren 1928 in Paris, Vater Franzose, Mutter Engländerin. Studium an der Sorbonne, in Cambridge und Harvard. Dr. phil. Moderne Sprachen. Bis 1954 Universitätslektor. Seither . . .«

Sie hielt inne und betrachtete ihn nachdenklich. Chavasse zündete sich eine Zigarette an. Seine Müdigkeit war verflogen. »Seither . . .?«

»Geführt werden Sie als Dritter Sekretär, aber Sie sehen bei Gott nicht so aus.«

»Wie sehe ich denn Ihrer Meinung nach aus?« fragte Chavasse leise.

»Ach, ich weiß nicht. Jedenfalls wie jemand, der weit herumgekommen ist.« Sie nippte an dem Champagner, dann sagte sie: »Wie war's in Albanien? Ich hätte nicht gedacht, daß Sie heil herauskommen. Als unsere Verbindung mit Tirana zusammenbrach, haben wir Sie abgeschrieben.«

Sie legte den Kopf zurück und lachte wieder leise, und im gleichen Moment sagte hinter Chavasse eine Stimme: »Hat Sie dich in die Zange genommen, Paul?«

Murchison, der Erste Sekretär, schlenderte über die Terrasse auf sie zu. Er war ein gutaussehender, gebildeter Mann mit einem sympathischen, sonnengebräunten Gesicht; auf der linken Brustseite seines Jacketts prangte eine bunte Ordensspange.

»Ich weiß noch nicht recht, was ich davon halten soll. Für meinen Geschmack weiß sie ein bißchen zuviel über mich.«

»Das wundert dich?« sagte Murchison. »Francesca arbeitet für S2. Sie hat die ganze letzte Woche in Funkverbindung mit dir gestanden. Eine unserer besten Mitarbeiterinnen.«

Chavasse sah sie überrascht an. »Sie waren es, die die Meldung aus Skutari weitergegeben und mich aufgefordert hat, das Land zu verlassen?«

Sie verneigte sich. »Freut mich, Ihnen zu Diensten gewesen zu sein.«

Bevor Chavasse etwas darauf erwidern konnte, packte Murchison ihn am Arm. »Bezähme deine Gefühle, Paul. Dein Chef ist eben gekommen. Er will dich sprechen. Ihr könnt später eure Erinnerungen austauschen.«

Chavasse drückte ihr lächelnd die Hand. »Abgemacht. Bis später also.«

»Ich warte hier«, sagte sie, und er folgte Murchison.

Sie schoben sich durch den überfüllten Ballsaal zur Eingangshalle und stiegen über eine breite Treppe zum ersten Stock hinauf.

In dem langen, mit dicken Läufern ausgelegten Korridor war es still, und die Musik, die leise vom Ballsaal heraufdrang, schien aus einer anderen Welt zu kommen. Sie gingen den Korridor ein Stück hinunter, dann bogen sie in einen kürzeren Seitengang ein und blieben vor einer weißlackierten Tür stehen.

»Hier herein, Alter«, sagte Murchison. »Bleib nicht zu lange. In einer halben Stunde beginnt ein Kabarett. Das darfst du unter keinen Umständen versäumen.«

Er kehrte durch den Gang zurück, und Chavasse klopfte an die Tür, öffnete sie und trat ein.

Es war ein kleines, einfach eingerichtetes Büro, dessen Wände in einem unauffälligen Grün gestrichen waren. Die junge Frau, die am Schreibtisch saß, war üppig und trotz ihrer dunklen, dick gerahmten Lesebrille sehr hübsch.

Sie blickte auf, und Chavasse grinste. »Welche Überraschung!«

Jean Frazer nahm die Brille ab und musterte ihn erfreut. »Sie sehen ziemlich mitgenommen aus. Wie war's in Albanien?«

»Scheußlich«, sagte Chavasse. »Kalt und feucht. Und von internationaler Brüderlichkeit nicht viel zu merken.« Er setzte sich auf die Schreibtischkante und nahm eine Zigarette aus einer mit Silber eingefaßten Teakdose. »Was führt Sie und den Alten denn hierher? So wichtig ist doch die albanische Sache nun auch wieder nicht.«

»Wir waren in Bonn, bei einer Konferenz der NATO-Geheimdienste. Als wir erfuhren, daß Sie aus Albanien herausgekommen sind, beschloß der Chef, nach Rom zu fahren, um sich gleich von Ihnen Bericht erstatten zu lassen.«

»Das ist doch nicht der einzige Grund«, sagte Chavasse. »Hat der alte Bastard etwa schon wieder einen neuen Auftrag für mich?«

»Fragen Sie ihn doch selbst«, sagte sie. »Er erwartet Sie.«

Sie deutete mit dem Kopf auf eine mit grünem Stoff bespannte Tür. Chavasse starrte die Tür einen Moment an, dann seufzte er tief und zerdrückte seine Zigarette im Aschenbecher.

Der Raum war halbdunkel; nur auf dem Schreibtisch brannte eine Stehlampe. Der Mann, der am Fenster stand und auf die Lichter von Rom hinausblickte, war mittelgroß. Er hatte ein irgendwie altersloses Gesicht und seltsam düster und nachdenklich dreinblickende Augen.

»Da bin ich«, sagte Chavasse leise.

Der Chef drehte sich um und musterte Chavasse mit seinen dunklen Augen. Er nickte. »Schön, daß Sie heil herausgekommen sind, Paul. Die Zustände dort drüben sollen nicht gerade erfreulich sein?«

»Das kann man wohl sagen.«

Der Chef ging zu seinem Sessel und setzte sich.

»Erzählen Sie.«

Chavasse zuckte die Achseln. »Ich fürchte, in Albanien wird für uns nicht viel zu machen sein. Kein Mensch kann behaupten, daß die Leute viel gewonnen haben, seit die Kommunisten bei Kriegsende die Macht übernahmen. Doch eine Konterrevolution wäre von vornherein zum Scheitern verurteilt. Die *Sigurmi,* die Geheimpolizei, hat ihre Augen überall. Sie dürfte die bestorganisierte Europas sein.«

»Sie sind mit dieser Freundschaftsdelegation der italienischen Kommunisten hingefahren, nicht?«

»Das hat mir nicht viel genützt. Die *Sigurmi* haben, sowie wir in Tirana eintrafen, sofort auf jeden von uns einen Agenten angesetzt, und diese Burschen verstanden sich auf ihr Handwerk. Es war äußerst schwierig, sie abzuschütteln, und als es mir gelang, rochen sie sofort Lunte und leiteten eine Großfahndung nach mir ein.«

»Wie steht es mit der Freiheitspartei? Wie stark ist sie eigentlich?«

»Die existiert seit vergangener Woche praktisch nicht mehr. Als ich eintraf, war sie auf zwei Zellen zusammengeschmolzen — eine in Tirana, der Hauptstadt, und eine in Skutari. Beide waren noch in Kontakt mit unserer S2-Zentrale hier in Rom.«

»Konnten Sie mit ihrem Anführer, diesem Luci, sprechen?«

»Nur kurz. An dem Abend, an dem wir uns treffen und eingehend unterhalten wollten, wurde er von den *Sigurmi* verhaftet. Offenbar haben sie sein Haus besetzt und auf mich gewartet.«

»Wie — wie haben Sie davon erfahren?«

»Luci verständigte über Funk die Zelle in Skutari, als die Polizei bei ihm eindrang. Und die Leute in Skutari gaben die Meldung an unsere S2-Zentrale hier in Rom weiter. Zum Glück hatte dort gerade ein Mädchen Dienst, das schnell schaltete — eine gewisse Francesca Minetti.«

»Eine unserer besten Mitarbeiterinnen«, sagte der Chef. »Ich muß Ihnen bei nächster Gelegenheit mal mehr über sie erzählen.«

»Entwischt bin ich aus Albanien mit der *Buona Esperanza,* einem Motorboot, das einem Mann namens Giulio Orsini gehört. Ein toller Bursche. Während des Krieges war er ein Kampfschwimmer bei der italienischen Marine — eins von diesen menschlichen Torpedos. Sein Meisterstück war die Versenkung mehrerer unserer Zerstörer im Hafen von Alexandria im Jahr 1941. Heute ist er Schmuggler und fährt ziemlich oft nach Albanien. Seine Großmutter stammte von dort.«

»Soviel ich mich erinnere, sollte er drei Nächte in einer Bucht in der Nähe von Durres warten. Das liegt etwa fünfzig Kilometer von Tirana, nicht?«

Chavasse nickte. »Als Francesca Minetti die Meldung aus Skutari erhielt, verständigte sie Orsini auf seinem Boot. Der ging an Land, stahl in Durres ein Auto und raste nach Tirana. Er erwischte mich noch im letzten Moment im Hotel. Ich wollte zu Luci gehen.«

»Es war sicher nicht einfach, sich bis zur Küste durchzuschlagen.«

»Wir hatten eine Panne und mußten die letzten zehn Kilometer zu Fuß laufen. Sobald wir an Bord der *Buona Esperanza* waren, ging alles glatt. Die albanische Marine ist kaum der Rede wert: ein halbes Dutzend Minensucher und ein paar U-Boot-Jäger. Alle zehn Knoten langsamer als die *Buona Esperanza.*«

»Dieser Orsini scheint sich eine ordentliche Prämie verdient zu haben?«

»Das will ich meinen.«

Der Chef nickte, schlug die Akte mit Chavasses Bericht auf

und blätterte ihn durch. »In Albanien ist also im Moment nicht viel zu machen?«

Chavasse schüttelte den Kopf. »Ich fürchte, nein. Sie wissen ja, wie die Dinge seit dem 20. Parteitag im Jahr 1956 gelaufen sind. Die Chinesen haben die Zügel fest in der Hand.«

»Besteht irgendwie Anlaß zur Besorgnis?«

»Kaum«, sagte Chavasse. »Es ist das rückständigste Land Europas, das ich je gesehen habe, und die Chinesen können nicht viel damit anfangen. Es liegt zu weit von China entfernt.«

»Was ist mit diesem Marinestützpunkt, den die Russen bei Valona errichteten, bevor sie sich zurückzogen? Angeblich wollten sie ihn doch zu einer Art rotem Gibraltar im Adriatischen Meer ausbauen.«

»Alb-Tourist hat am zweiten Tag für uns einen Abstecher nach Valona arrangiert. Hafen ist kaum das richtige Wort dafür. Außer Fischerbooten habe ich nichts gesehen. Von U-Boot-Bunkern keine Spur.«

»Und Enver Hodscha — glauben Sie, daß er noch fest im Sattel sitzt?«

»Ohne Zweifel. Wir haben ihn am dritten Tag bei einer Militärparade gesehen. Er wirkt recht imposant — vor allem in Uniform. Im Moment ist er jedenfalls der Abgott des Volkes. Wie lange, weiß der Himmel.«

Mit einer energischen Bewegung, mit der er die ganze Angelegenheit abzuschließen schien, schlug der Chef die Akte zu.

»Gute Arbeit, Paul. Wir wissen jetzt wenigstens, woran wir sind. Sie wollten ein paar Tage Urlaub machen, nicht?«

»Genau«, sagte Chavasse und wartete.

Der Chef stand auf, ging zum Fenster und blickte über das Lichtermeer hinunter zum Tiber. »Was haben Sie vor?«

»Ich möchte für ein oder zwei Wochen nach Matano fahren«, sagte Chavasse ohne Zögern. »Das ist ein kleiner Fischerhafen in der Nähe von Bari. Der Strand dort ist herrlich und Giulio Orsini hat in Matano ein Restaurant, das *Tabu*. Er sagt, es gibt sehr schöne Stellen zum Tauchen. Ich freu' mich schon drauf.«

»Das glaube ich«, sagte der Chef. »Klingt verlockend.«

»Kann ich den Urlaub haben?«

Der Chef schien leicht die Stirn zu runzeln. »Ja, natürlich, Paul — aber zuerst müssen Sie noch einen kleinen Auftrag erledigen.«

Chavasse stöhnte, und der Chef drehte sich um und ging wieder zum Schreibtisch. »Keine Angst, Sie werden dazu nicht lange brauchen, aber Sie müssen noch heute abend aufbrechen.«

»Ist das unbedingt notwendig?«

Der Chef nickte. »Die Sache eilt, und Sie werden nicht lange brauchen. Nach allem, was Sie mir erzählt haben, dürfte dieser Orsini der richtige Mann dafür sein. Wir werden ihn gut bezahlen.«

Chavasse seufzte; er dachte an Francesca Minetti, die auf der Terrasse wartete, und an das kalte Büfett und den guten Wein. Wütend drückte er seine Zigarette aus.

»Worum geht es?«

Der Chef schob ihm eine Akte zu. »Um Enrico Noci, einen Doppelagenten, der für uns und für die Albaner arbeitet. Bisher hatte ich nichts dagegen, aber jetzt haben ihn sich die Chinesen gekapert, und da versteh ich keinen Spaß. In Bari wartet morgen ein Boot auf Noci, das ihn nach Albanien bringen soll. Sämtliche Einzelheiten stehen hier drin.«

Chavasse schlug die Akte auf und betrachtete das Foto — das ausdruckslose, fleischige Gesicht, den dünnen Mund. Wahrscheinlich ein Mann, der mit nichts, was er versuchte, Erfolg hatte, außer vielleicht bei Frauen. Er war einer von diesen braungebrannten, am Strand herumlungernden Typen, auf die manche von ihnen flogen.

»Soll ich ihn hierherbringen?«

»Um Himmels willen — wozu denn das?« Der Chef schüttelte den Kopf. »Machen Sie ihn kalt; denken Sie sich irgendwas aus, einen Schwimmunfall oder so. Nichts Schmutziges.«

»Natürlich«, sagte Chavasse gelassen.

Er blätterte die Akte durch und prägte sich die darinstehenden Details ein. Dann schob er sie beiseite und stand auf. »Wir treffen uns in London?«

Der Chef nickte. »In drei Wochen, Paul. Nach Ihrem Urlaub. Erholen Sie sich gut.«

»Vielen Dank.«

Der Chef schlug eine Akte auf und beugte sich darüber, und Chavasse ging zur Tür und verließ leise das Zimmer.

2

Enrico Noci lag eine Zigarette rauchend im Dunkeln und starrte vor sich hin. Die Frau neben ihm schlief; er spürte ihren warmen Schenkel. Einmal drehte sie sich um und stieß ihn an, wachte aber nicht auf.

Er wollte eben nach einer neuen Zigarette greifen, als er draußen auf dem Gang ein leises kratzendes Geräusch hörte. Jemand hatte etwas durch den Briefschlitz geschoben. Vorsichtig, um sie nicht zu wecken, schlug er die Decke zurück, stand auf und schlich barfuß über den gekachelten Fußboden.

Auf dem Läufer vor der Tür lag ein großes gelbes Kuvert. Er ging damit in die Küche, zündete das Gas unter dem Kaffeetopf an und riß den Umschlag auf. Darin lagen das kleine versiegelte Kuvert, das er mitnehmen sollte, und ein mit Maschine beschriebener Briefbogen, auf dem seine Anweisungen standen. Er prägte sie sich ein, dann hielt er das Blatt an die Gasflamme und verbrannte es.

Er blickte auf die Uhr. Kurz vor Mitternacht. Er hatte noch bequem Zeit, ein heißes Bad zu nehmen und etwas zu essen. Er streckte sich genießerisch. Die Frau war wirklich toll gewesen. Sie war genau das Richtige für seinen letzten Abend.

Er war kaum in dem heißen Wasser untergetaucht, als die Tür aufging und sie eintrat. Gähnend band sie den Gürtel ihres seidenen Morgenmantels zu.

»Komm doch wieder ins Bett, *caro,*« sagte sie vorwurfsvoll. Er konnte sich nicht um alles in der Welt an ihren Namen erinnern.

»Ein andermal, Süße«, grinste er. »Ich muß in zwanzig Minuten weg. Sei schön brav und mach mir ein paar Rühreier und etwas Kaffee.«

Als er zehn Minuten später das Badezimmer verließ, hatte er sich frisch rasiert und sein dunkles Haar glatt zurückgekämmt. Er trug einen handgestrickten Pullover und eine leichte Popelinhose. Sie hatte einen kleinen Tisch am Fenster gedeckt und stellte einen Teller mit Rührei vor ihn hin, als er sich setzte.

Während er aß, schob er mit der Hand den Vorhang beiseite und blickte über die Lichter von Bari hinweg zum Meer hinunter. Im Schein der gelben Straßenlaternen sah er, daß draußen ein feiner Sprühregen niederging.

»Kommst du zurück?« fragte sie.

»Wer weiß, Süße?« entgegnete er achselzuckend. »Wer weiß?«

Er trank seinen Kaffee aus, holte einen dunkelblauen Nylonmantel und eine Segeltuchtasche aus dem Bad und kam damit ins Wohnzimmer zurück. Sie saß mit aufgestützten Ellbogen am Tisch, eine Tasse Kaffee in den Händen. Er nahm ein paar Geldscheine aus seiner Brieftasche und legte sie auf den Tisch.

»Es hat Spaß gemacht, Süße«, sagte er und ging zur Tür.

»Du kennst ja meine Adresse.«

Als er die Haustür hinter sich schloß und auf die Straße trat, war es genau halb eins. Es regnete jetzt ziemlich stark, und dichter Nebel senkte sich nieder. Man sah höchstens dreißig bis vierzig Meter weit.

Er schritt rasch den Gehsteig entlang und bog ein Stück weiter in eine Seitenstraße ein. Zehn Minuten später blieb er neben einem kleinen schwarzen Fiat stehen. Er öffnete die Tür, hob die Fußmatte hoch und fand sofort den Zündschlüssel. Er stieg ein und fuhr los.

Am Stadtrand von Bari hielt er an und studierte die Straßenkarte, die er im Handschuhfach fand. Matano lag etwa zwanzig Kilometer weiter südlich an der nach Brindisi führenden Küstenstraße. Wenn der Nebel ihn nicht allzusehr aufhielt, würde er bald dort sein.

Er zündete sich eine Zigarette an und fuhr weiter. Der Nebel wurde immer dichter, und er mußte die Geschwindigkeit drosseln, bis er nur noch ganz langsam dahinkroch. Erst nach einer knappen Stunde erreichte er die Abzweigung nach Matano.

Während er die schmale Straße entlangfuhr, roch er durch den Nebel das Meer, und allmählich wurde es etwas klarer. Fünfzehn Minuten später war er in Matano und fuhr durch die leeren Straßen zum Hafen.

Er parkte den Wagen instruktionsgemäß in einer Seitenstraße in der Nähe des *Club Tabu* und ging das letzte Stück zu Fuß. Es war finster und still. Das einzige Geräusch, das er hörte, als er die steinerne Treppe zum Anlegesteg hinunterstieg, war das leise Klatschen, mit dem das Wasser an die Bohlen schlug. Er blieb im gelben Licht einer Laterne stehen und betrachtete die am Ende des Steges festgemachte Motorjacht. Sie war neun Meter lang, hatte einen Stahlrumpf und schien in ausgezeichnetem Zustand zu sein. Das hatte er nicht erwartet. Mit zusammengekniffenen Augen entzifferte er ihren Namen: *Buona Esperanza.*

Als er an Deck kletterte, sah er, daß auf dem Hinterschiff Netze hingen. Sie waren noch naß und stanken nach Fisch, und das Deck war voll schlüpfriger Schuppen.

Irgendwie in der Ferne ging die Tür eines Nachtcafés auf, und leise Musik drang herüber. Noci lief es plötzlich kalt über den Rücken. Er spürte jetzt deutlich, daß er beobachtet wurde.

Der Mann war jung, mager und sehnig, und sein sonnenverbranntes Gesicht war unrasiert. Er trug eine Drillichhose, eine alte Ölhaut und eine Matrosenmütze und hatte kalte, ausdruckslose Augen. Er stand, in der einen Hand ein zusammengerolltes Tau, an der Ecke des Deckhauses und sagte nichts. Als Noci einen Schritt auf ihn zu machte, ging die Tür des Ruderhauses auf, und ein anderer Mann trat heraus.

Er war mindestens einsfünfundachtzig groß, hatte gewaltige Schultern, die die Nähte seiner blauen Jacke zu sprengen drohten, und trug eine alte italienische Marineoffiziersmütze, deren Goldborte von der salzigen Luft zerfressen war. Er hatte das häßlichste Gesicht, das Noci je gesehen hatte; seine Nase war eingeschlagen und platt, und vom rechten Auge bis zur Kinnspitze lief eine alte weiße Narbe. Zwischen seinen Zähnen steckte eine dünne Zigarre, wie sie holländische Seeleute zu rauchen pflegen. Ohne sie herauszunehmen, sagte er: »Giulio Orsini, Besitzer der *Buona Esperanza.*«

Noci spürte, wie ein Gefühl der Erleichterung in ihm aufstieg. »Enrico Noci.«

Er streckte die Hand aus. Orsini drückte sie kurz; dann nickte er dem jungen Matrosen zu. »Leg ab, Carlo.« Er deutete auf die Kajütentreppe. »Gehen Sie runter und nehmen Sie sich einen Drink. Bleiben Sie unten, bis ich Sie hole.«

Während Noci zur Treppe ging, machte Carlo die Jacht los und lief schnell zum Heck. Der Motor sprang donnernd an, und die *Buona Esperanza* glitt in den Nebel.

Die Kajüte war warm und gemütlich eingerichtet. Noci sah sich befriedigt um, stellte seine Segeltuchtasche auf den Tisch, nahm eine Flasche aus einem Eckschrank und schenkte sich einen Whisky ein. Er kippte ihn hinunter, legte sich auf eine der

Kojen und zündete sich eine Zigarette an. Eine angenehme Wärme durchströmte ihn.

Im Vergleich zu dem alten Kahn, mit dem er bisher nach Albanien gefahren war, war diese Jacht luxuriös. Orsini war ein neues Gesicht, doch daran war nichts Überraschendes. Die Gesichter wechselten ständig. In dieser Branche durfte man kein Risiko eingehen.

Ein zufriedenes Lächeln umspielte Nocis Mund, während die Jacht voranschoß. Wenn man die Geschwindigkeit beibehielt, würde man ihn noch vor Morgengrauen an der Küste bei Durres absetzen. Gegen Mittag würde er in Tirana sein. Dies war seine sechste Reise innerhalb von sechs Monaten, und wenn er sie hinter sich hatte, würden weitere fünftausend Dollar auf seinem Konto bei der Genfer Bank liegen. Kein schlechtes Geschäft, doch man durfte es nicht übertreiben. Nach dieser Fahrt war ein Urlaub angebracht — ein langer Urlaub.

Er hatte beschlossen, ihn auf den Bahamas zu verbringen. Weiße Strände, ein tiefblauer Himmel und ein hübsches bronzebraunes Mädchen, das durchs Wasser auf ihn zuwatete. Am liebsten eine Amerikanerin. Die waren so naiv und hatten noch so viel zu lernen.

Plötzlich verschluckte sich der Motor und starb ab; der Bug der *Buona Esperanza* senkte sich, und sie verlor rasch an Fahrt. Noci setzte sich auf, neigte den Kopf zur Seite und lauschte. Er hörte nichts außer dem plätschernden Geräusch, mit dem die Wellen an den Rumpf schlugen.

Irgendein sechster Sinn, den er in all den Jahren des Doppelspiels und Verrats entwickelt hatte, sagte ihm, daß etwas nicht stimmte. Er sprang auf, zerrte den Reißverschluß der Segeltuchtasche auf und nahm eine Beretta heraus. Er entsicherte sie und schlich zum Fuß der Kajütentreppe. Die Jacht schaukelte hin und her, und oben drehte sich leise quietschend die Tür in den Angeln.

Er lief rasch, sich mit der Hand die Wand entlangtastend, die Treppe hinauf und steckte vorsichtig den Kopf hinaus. Das Deck schien leer zu sein; der Nebel umhüllte die Navigationslichter wie silberne Spinnweben.

Als er hinauskam, sah er rechts von sich ein Streichholz aufflammen. Ein Mann trat aus dem Dunkel. Er beugte den Kopf und zündete sich eine Zigarette an. Im Schein der Flamme sah Noci ein scharfgeschnittenes Teufelsgesicht mit hohen Backenknochen, unter denen die Augen wie schwarze Höhlen lagen. Der Mann warf das Streichholz weg und steckte dann die Hände in die Hosentaschen. Er trug einen dicken Seemannspullover, und sein dunkles Haar glänzte feucht.

»Signor Noci?« sagte er leise in fließendem Italienisch.

»Wer sind Sie, zum Teufel?« fragte Noci. Sein Magen krampfte sich zusammen.

»Mein Name ist Chavasse — Paul Chavasse.«

Es war ein Name, den Noci nur zu gut kannte. Er seufzte unwillkürlich und hob die Beretta. Da packte eine Hand mit eisernem Griff seinen Arm und entwand ihm die Waffe. Als Noci herumfuhr, sah er, daß es Giulio Orsini war. Er sagte: »Machen Sie keine Dummheiten.«

Links von ihm trat Carlo aus dem Dunkel und starrte ihn an. Noci blickte hilflos um, und Chavasse streckte die Hand aus.

»Geben Sie mir das Kuvert.«

Noci holte es zögernd hervor, reichte es ihm und stand regungslos da, während Chavasse den Inhalt studierte. Die Küste konnte kaum einen Kilometer weit weg sein. Keine Entfernung für einen geübten Schwimmer wie ihn, und Noci war klar, was passieren würde, wenn er nicht machte, daß er wegkam.

Als Chavasse das erste Blatt umdrehte, schlüpfte Noci unter Orsinis Arm durch und rannte auf die Heckreling zu. Er hörte Carlo aufschreien, und dann rutschte er auf den Fischschuppen aus und stürzte der Länge nach auf die aufgehängten Netze.

Er versuchte sich hochzurappeln, doch da stellte ihm jemand ein Bein, und dann zogen sich die klebrigen, stinkenden Maschen um ihn zusammen. Er wurde niedergerissen, und als er aufblickte, sah er durch die Maschen des Netzes Chavasses Teufelsgesicht ruhig und gelassen auf sich herabstarren.

Dann bemerkte Noci, daß Orsini und Carlo ein Tau in den Händen hatten. Ihm wurde klar, was sie vorhatten, und er schrie entsetzt auf.

Orsini zerrte an dem Tau, und Noci schlitterte über das Deck und krachte gegen die Reling. Jemand versetzte ihm einen Fußtritt, und er stürzte ins kalte Wasser.

Als er, hilflos an den Maschen des Netzes zerrend, auftauchte, sah er, daß Orsini das Ende des Taues um die Reling schlang, und aus dem Fenster des Ruderhauses beugte sich Carlo. Eine Hand hob sich, und die *Buona Esperanza* setzte sich in Bewegung.

Noci ging mit einem Schrei unter und tauchte, nach Atem ringend, auf einer Welle wieder auf. Sein Blick fiel auf Chavasse, der mit ruhigem Gesicht neben der in Nebel gehüllten Lampe an der Reling stand und ihn ansah. Dann schoß die Jacht vorwärts, und er versank.

Er zappelte verzweifelt, als das Wasser die Luft aus seinen Lungen preßte, doch er spürte keinen Schmerz, nicht den mindesten Schmerz. Ihm war, als liege er unter einem strahlendblauen Himmel in weichem, weißem Sand, und aus dem Meer stieg ein schönes, bronzebraunes Mädchen und watete lächelnd auf ihn zu.

3

Chavasse war müde, und sein Hals schmerzte von zu vielen Zigaretten. Unter der niedrigen Decke hingen Rauchschwaden, drehten sich um die Glühbirne über dem mit grünem Stoff bespannten Tisch, schwebten ins Dunkel davon.

Ein halbes Dutzend Männer saß um den Spieltisch: Chavasse, Orsini, Carlo Arezzi, der Matrose, zwei Fischerbootkapitäne und der Polizeisergeant. Orsini zündete sich eine seiner stinkenden Zigarren an und schob zwei Chips zur Mitte des Tisches.

Chavasse schüttelte den Kopf und deckte seine Karten auf. »Da kann ich nicht mithalten, Giulio.«

Giulio Orsini grinste und strich seinen Gewinn ein. »Bluffen, Paul, immer auf Teufel komm raus bluffen. Das ist der ganze Witz bei diesem Spiel.«

Chavasse fragte sich, ob er deshalb so ein schlechter Kartenspieler war. Er pflegte nur nach genauer Überlegung und sorgfältiger Abschätzung des Risikos, das er einging, zu handeln. In dem großen Spiel um Leben und Tod, das er schon so lange spielte, konnte man selten öfter als einmal mit Erfolg bluffen.

Er schob seinen Stuhl zurück und stand auf. »Genug für heute, Giulio. Ich bin morgen früh am Pier.«

Orsini nickte. »Um Punkt sieben, Paul.«

Das Spiel war schon wieder in Gang, als Chavasse die Tür öffnete und auf den weißgetünchten Korridor trat. Trotz der späten Stunde hörte er aus der Bar Musik und fröhliches Lachen. Er nahm seine Jacke vom Haken, zog sie an und öffnete die Seitentür.

Während er langsam die Straße hinunterging, atmete er tief die kalte Nachtluft ein, um den Kopf klar zu bekommen. Dünner Nebel wallte vom Wasser herüber, und es herrschte tiefe Stille. Sie wurde nur hin und wieder von den Musikfetzen zerrissen, die aus dem *Tabu* drangen.

Er zog eine zerknüllte Zigarettenschachtel aus der Tasche, nahm eine Zigarette heraus und strich an der Wand ein Streichholz an. Die Flamme beleuchtete einen Moment sein Gesicht. Gegenüber kam eine Frau aus einer schmalen Seitengasse, blieb zögernd stehen und ging dann auf den Pier zu. Das Klappern ihrer hohen Absätze hallte laut durch die Nacht. Gleich darauf traten zwei Matrosen aus dem Vordereingang des *Tabu,* überquerten vor Chavasse die Straße und folgten ihr.

Chavasse lehnte sich an die Mauer. Er fühlte sich seltsam deprimiert. Manchmal fragte er sich, was für einen Sinn dies alles hatte — nicht nur das gefährliche Spiel, das er spielte, sondern das ganze Leben. Er lächelte im Dunkeln. Kein Wunder, wenn man um drei Uhr morgens in einer schmutzigen Hafenstraße auf solche Gedanken kam.

Da hörte er plötzlich die Frau schreien. Er warf seine Zigarette weg und horchte. Sie schrie wieder auf, merkwürdig gedämpft, und er rannte zum Pier. Als er um die Ecke bog, sah er, daß sie unter einer Straßenlaterne mit den beiden Matrosen rang. Als der eine erschrocken herumfuhr, trat ihn Chavasse mit dem Fuß so fest ins Gesicht, daß er vom Pier stürzte. Der andere sprang fluchend auf ihn zu. Ein Messer glitzerte in seiner rechten Hand.

Chavasse sah den schwarzen Bart, die funkelnden Augen und die seltsame hakenförmige Narbe auf seiner rechten Wange; dann schlug er dem Mann seine Mütze ins Gesicht und rammte ihm das Knie in den Bauch. Der Mann wand sich, nach Luft ringend, auf dem Boden, und Chavasse versetzte ihm einen wohlgezielten Fußtritt gegen den Kopf.

Er hörte im Wasser unterhalb des Piers lautes Plätschern, und als er an den Rand trat, sah er den ersten Mann eilig ins Dunkel davonschwimmen. Chavasse blickte ihm nach, bis er verschwunden war; dann wandte er sich der Frau zu.

Sie stand in einem dunklen Haustor. Er ging zu ihr und fragte: »Sind Sie okay?«

»Ich glaube schon«, erwiderte sie mit einer Stimme, die ihm irgendwie bekannt vorkam. Sie trat aus dem Schatten hervor.

Chavasse riß erstaunt die Augen auf. »Francesca — Francesca Minetti. Was, um Himmels willen, machen Sie denn hier?«

Ihr Kleid war vom Hals bis zur Hüfte aufgerissen, und sie hielt es, das Gesicht zu einem leisen Lächeln verzogen, zusammen. »Wir wollten uns doch vor einer Woche auf der Terrasse der Botschaft treffen. Warum haben Sie mich versetzt?«

»Mir ist was dazwischengekommen«, sagte er. »Das passiert bei mir öfter. Aber was machen Sie mitten in der Nacht im Hafen von Matano?«

Sie schwankte, und er fing sie gerade noch rechtzeitig auf und drückte sie einen Moment an sich. Sie hob den Kopf und lächelte mühsam.

»Entschuldigen Sie, aber mir wurde plötzlich so schwindlig.«

»Haben Sie einen weiten Weg?«

Sie strich sich eine Haarsträhne aus der Stirn. »Mein Wagen steht hier irgendwo in der Nähe, aber in dem Nebel sehen alle Straßen gleich aus.«

»Am besten, Sie kommen mit in mein Hotel«, sagte er. »Es ist gleich um die Ecke.« Er zog seine Jacke aus und legte sie ihr um die Schultern. »Es wird sich sicherlich ein Bett für Sie finden.«

Sie lachte auf, und einen Moment lang war sie wieder das fröhliche, übermütige Mädchen, das er auf dem Botschaftsball kennengelernt hatte.

»Davon bin ich überzeugt.«

Er grinste und legte den Arm um sie. »Ich glaube, Aufregung haben Sie heute nacht schon genug gehabt.«

Hinter ihnen scharrte ein Schuh über die Pflastersteine. Er fuhr herum und sah, daß der andere Mann, die Hände vor dem zerschlagenen Gesicht, durch den Nebel davonschwankte.

Chavasse wollte ihm nachlaufen, doch Francesca hielt ihn am Ärmel fest. »Lassen Sie ihn. Ich möchte nicht die Polizei hineinziehen.«

Er blickte auf ihr gespanntes, ängstliches Gesicht nieder und runzelte die Stirn. »Meinetwegen. Wie Sie wollen, Francesca.« Er hatte ein merkwürdiges Gefühl; irgendwie gefiel ihm das Ganze nicht. Sie gingen den Pier entlang und bogen in die Straße ein, an der das Hotel lag. Für eine Hafenstadt war Matano ungewöhnlich friedlich, doch nicht so friedlich, daß junge hübsche Mädchen um drei Uhr nachts im Dockviertel spazierengehen konnten, ohne unbehelligt zu bleiben. Eins stand jedenfalls fest: Francesca Minetti mußte aus einem ganz besonderen Grund hier sein.

Das Hotel war ein kleines, stuckverziertes Eckgebäude mit einer uralten Leuchtreklame über dem Eingang, doch es war sauber und billig, und das Essen war gut. Der Besitzer war ein Freund von Orsini.

Er saß schlafend, den Kopf auf die Hände gestützt, hinter dem Empfangspult, und Chavasse nahm, ohne ihn zu wecken, den Schlüssel vom Brett. Sie durchquerten das Foyer, stiegen eine schmale Holztreppe hinauf und gingen einen langen weißgetünchten Korridor hinunter.

Das Zimmer war einfach möbliert — es enthielt ein Messingbett, einen Waschtisch und einen Kleiderschrank. Wie im ganzen Hotel waren die Wände gekalkt und der Fußboden auf Hochglanz poliert.

Francesca blieb neben der Tür stehen und sah sich, mit der einen Hand ihr Kleid zusammenhaltend, beifällig um.

»Hübsch«, sagte sie. »Sind Sie schon lange hier?«

»Fast eine Woche. Mein erster Urlaub seit über einem Jahr.«

Er öffnete den Schrank, wühlte zwischen seinen Sachen herum und zog schließlich einen schwarzen Rollkragenpullover hervor. »Probieren Sie ihn an. Ich mache Ihnen inzwischen einen Drink — Sie sehen aus, als ob Sie einen vertragen könnten.«

Sie wandte sich ab und zog den Pullover über den Kopf, während er zu einem kleinen Schrank in der anderen Ecke ging. Er nahm eine Flasche Whisky heraus und spülte in der Schüssel auf dem Waschtisch zwei Gläser. Als er sich umdrehte, stand sie neben dem Bett und blickte zu ihm herüber. Sie sah in dem viel zu weiten Pullover seltsam hilflos aus.

»Um Gottes willen, setzen Sie sich, bevor Sie zusammenklappen«, sagte er.

Sie ließ sich in den Rohrsessel neben der Balkontür sinken, legte ihren Kopf an das Fenster und starrte in die Dunkelheit hinaus. Draußen auf dem Meer heulte unheimlich ein Nebelhorn. Sie erschauerte.

»Das dürfte wohl das trostloseste Geräusch sein, das es gibt.«

»Thomas Wolfe hielt das Pfeifen einer Lokomotive für noch trostloser«, sagte Chavasse. Er schüttete Whisky in das eine Glas und gab es ihr.

Sie sah ihn fragend an. »Thomas Wolfe? Wer war das?«

Er zuckte die Achseln. »Ach, ein Dichter — ein Mann, der wußte, was Trostlosigkeit ist.« Er trank einen Schluck. »Mädchen wie Sie sollten sich nicht mitten in der Nacht am Hafen herumtreiben — das müßten Sie eigentlich wissen. Wenn ich nicht zufällig aufgekreuzt wäre, hätten sie Sie wahrscheinlich vergewaltigt und ins Wasser geworfen.«

Sie schüttelte den Kopf. »Sie wollten mich nicht vergewaltigen.«

Er trank noch einen Schluck Whisky und dachte einen Moment nach. »Wollen Sie mir nicht erzählen, was los ist? Vielleicht kann ich Ihnen helfen.«

Sie hielt ihr Glas in beiden Händen und starrte mit düsterem Gesicht darauf nieder. Er fügte leise hinzu: »Ist es eine Geheimdienstsache? Hat Sie die S2-Zentrale hierhergeschickt?«

Sie blickte erschrocken auf und schüttelte heftig den Kopf. »Nein, die Zentrale weiß nichts davon, und sie darf es auch nicht erfahren. Das müssen Sie mir versprechen. Es ist eine Familienangelegenheit, etwas völlig Privates.«

Sie stellte ihr Glas hin, stand auf und ging im Zimmer auf und ab. Dann blieb sie stehen und sah ihn an. Angst stand in ihrem Gesicht. Sie warf mit einer raschen, nervösen Bewegung den Kopf zurück und lachte.

»Das Dumme ist, daß ich immer nur im Innendienst gearbeitet habe, nie im Außendienst. Ich weiß einfach nicht, was man in so einer Situation tut.«

Chavasse holte seine Zigaretten hervor, steckte sich eine in den Mund und warf ihr die Schachtel zu. »Warum schütten Sie mir nicht Ihr Herz aus? Ich habe große Erfahrung im Trösten hübscher Mädchen.«

Sie fing die Schachtel automatisch auf und sah ihn stirnrunzelnd an. »Gut, Paul, aber alles, was ich Ihnen sage, muß unter uns bleiben. Meine Vorgesetzten bei S2 dürfen nichts davon erfahren. Es könnte mich in ernstliche Schwierigkeiten bringen.«

»Okay.«

Sie setzte sich, nahm eine Zigarette aus der Schachtel und zündete sie an. »Was wissen Sie von mir, Paul?«

Er zuckte die Achseln. »Daß Sie für S2 in Rom arbeiten. Mein Chef hat mir gesagt, daß Sie eine unserer besten Mitarbeiterinnen hier unten sind.«

»Ich bin seit zwei Jahren bei S2«, begann sie. »Meine Mutter war Albanierin, daher spreche ich fließend Albanisch. Ich nehme an, deshalb hat sich S2 für mich interessiert. Sie war die Tochter eines *Geg*-Häuptlings. Mein Vater war 1939 Alpinioberst bei der italienischen Besatzungsarmee. Er fiel gleich zu Beginn des Krieges.«

»Lebt Ihre Mutter noch?«

»Sie ist vor fünf Jahren gestorben. Nachdem Enver Hodscha und die Kommunisten die Macht übernommen hatten, konnte sie nicht mehr nach Albanien zurück. Zwei Brüder von ihr gehörten den *Legaliteti* in Nordalbanien an, die für die Monarchie eintraten. Während des Krieges kämpften sie unter Abas Kupi. 1945 wurden sie von Hodscha liquidiert.«

In ihrem Gesicht war kein Schmerz. Sie schien sich schon lange damit abgefunden zu haben.

»Das erklärt, warum Sie bereit waren, für S2 zu arbeiten«, sagte Chavasse leise.

»Der Entschluß fiel mir nicht schwer. Ich hatte nur noch einen alten Onkel, einen Bruder meines Vaters, der uns aufgezogen hatte, und meinen Bruder, der an der Sorbonne Volkswirtschaft studierte.«

»Wo ist er jetzt?«

»Ich sah ihn zum letztenmal in den Bojanasümpfen in Nordalbanien. Er lag mit dem Gesicht nach unten in einem Schlammloch. Sein Rücken war von einer Maschinengewehrsalve zerfetzt.«

Einen Moment herrschte Schweigen. Dann sagte Chavasse behutsam: »Wann war das?«

»Vor drei Monaten. Ich war damals auf Urlaub in Albanien.« Sie hielt ihm ihr Glas hin. »Kann ich noch etwas haben?«

Er schenkte ihr ein. Sie trank einen Schluck, nahm sich zusammen und fuhr fort. »Sie waren ja selbst erst vor kurzem in Albanien. Sie wissen, wie es dort steht.«

Er nickte. »Ziemlich schlimm.«

»Haben Sie bei Ihren Fahrten irgendwelche Kirchen gesehen?«

»Eine oder zwei schienen noch geöffnet zu sein, doch die Partei ist bestrebt, jegliches religiöses Leben zu unterdrücken.«

»Den Islam haben sie fast völlig unterdrückt«, sagte sie. »Die orthodoxe Kirche ist etwas besser davongekommen. Sie hat ihren Erzbischof seines Amtes enthoben und durch einen dem kommunistischen Regime ergebenen Priester ersetzt. Am brutalsten ging man gegen die katholische Kirche vor.«

»Wie überall«, sagte Chavasse. »Sie fürchten die Kommunisten am meisten.«

»Zwei Erzbischöfe und zwei Bischöfe wurden verhaftet. Davon wurden zwei erschossen, und einer soll im Gefängnis gestorben sein. Die katholische Kirche ist in Albanien so gut wie vernichtet. Zumindest nimmt das Regime das an.«

»Ehrlich gesagt — ich hatte auch den Eindruck.«

»Im vergangenen Jahr kam es im Norden zu einem erstaunlichen Wiederaufblühen des kirchlichen Lebens«, sagte sie. »Dahinter standen die Franziskanermönche von Skutari. Sogar Nichtkatholiken strömten dort in die Kirchen. Die Regierung in Tirana war ziemlich beunruhigt. Sie beschloß, etwas dagegen zu unternehmen. Etwas Spektakuläres.«

»Und was?«

»Außerhalb der Stadt gibt es ein berühmtes, der Madonna von Skutari geweihtes Heiligtum. Es besteht aus einer Grotte und einer Heilquelle, und die Gläubigen pilgern schon seit der Zeit der Kreuzzüge dorthin. Die Statue ist aus vergoldetem Ebenholz. Man nennt sie die Schwarze Madonna. Nach alter Überlieferung ist es ihren wunderbaren Kräften zu verdanken, daß das Christentum in Albanien die türkische Fremdherrschaft überstand.«

»Und was wollte die Regierung tun?«

»Das Heiligtum zerstören und die Statue auf dem Hauptplatz von Skutari öffentlich verbrennen. Doch die Franziskaner wurden gewarnt und konnten die Madonna im letzten Moment in Sicherheit bringen.«

»Wo ist sie jetzt?«

»Im Motorboot meines Bruders. Es liegt auf dem Grund einer Lagune in den Bojanasümpfen.«

»Wie ist sie dorthin gekommen?«

Sie zuckte die Achseln. »Das ist schnell erzählt. Marco stand mit einer Gruppe albanischer Flüchtlinge in Taranto in Verbindung. Einer von ihnen, ein gewißer Ramiz, hat einen Vetter in Albanien, der in Tama lebt. Das ist eine kleine Stadt, zwanzig Kilometer von der Küste. Durch ihn erfuhr er von der Sache mit der Madonna.«

»Und sie beschlossen, sie herauszuholen?«

»Die Schwarze Madonna ist keine gewöhnliche Statue, Paul«, sagte sie ernst. »Sie ist für die Albaner ein Symbol der Hoffnung. Sie wußten, daß die Nachricht, die Statue sei unversehrt nach Italien gebracht worden, eine ungeheure psychologische Wirkung auf die Albaner haben würde.«

»Und Sie haben sie begleitet?«

»Die Überfahrt ist nicht schwierig, und da die albanische Marine sehr schwach ist, stellt es kein Problem dar, in die Sümpfe zu gelangen. Wir holten die Statue in der ersten Nacht an einem vereinbarten Ort ab. Leider begegneten wir am nächsten Morgen bei der Rückfahrt einem Patrouillenboot. Es kam zu einer Schießerei, und das Motorboot wurde schwer beschädigt. Es versank in einer kleinen Lagune, und wir mußten ins Schlauchboot umsteigen. Sie jagten uns fast den ganzen Tag. Am Abend wurde Marco erschossen. Es war schrecklich, ihn liegenlassen zu müssen, doch es blieb uns nichts anderes übrig. In der Nacht erreichten wir die Küste, und Ramiz stahl ein kleines Segelboot. Damit sind wir zurückgefahren.«

»Und wo ist dieser Ramiz jetzt?« fragte Chavasse.

»Hier in Matano. Er rief mich gestern in Rom an und bat mich, mich mit ihm in einem Hotel am Hafen zu treffen. Er sagte, es sei ihm gelungen, ein Motorboot aufzutreiben.«

Chavasse starrte sie ungläubig an. »Soll das heißen, daß Sie hinüberfahren und die Madonna holen wollen?«

»Ja, natürlich.«

»Sie beide allein?« Er schüttelte den Kopf. »Sie würden nicht einen Kilometer weit kommen.«

»Kann sein, aber ich muß es versuchen.« Er wollte sie unterbrechen. Sie hob die Hand. »Der Gedanke, daß mein Bruder umsonst gestorben ist, würde mich mein Leben lang quälen. Die Minettis sind eine stolze Familie, Paul. Wir achten unsere Toten. Ich bin die einzige, die ausführen kann, was Marco vorhatte.«

Stolz und schön saß sie da, das Gesicht blaß im Licht der Lampe. Chavasse ergriff ihre Hände, beugte sich vor und küßte sie zart auf den Mund.

»Sind Sie sicher, daß Sie die Lagune, in der das Boot liegt, wiederfinden würden?«

Sie nickte. »Wieso?«

Er grinste. »Sie dachten doch nicht etwa, daß ich Sie allein fahren lasse?«

Sie sah ihn zutiefst erstaunt an. »Was soll das heißen? Aus welchem Grund wollen Sie Ihr Leben für mich riskieren?«

»Ich weiß nicht. Vielleicht habe ich es einfach satt, hier herumzufaulenzen. Wie heißt denn das Hotel, in dem Sie sich mit diesem Ramiz treffen sollten?«

Sie nahm einen Zettel aus ihrer Handtasche und gab ihn ihm. »Ich glaube, es ist nicht weit von hier.«

Er steckte ihn ein. »Gut. Gehen wir.«

»Zu Ramiz?«

Er schüttelte den Kopf. »Nein. Zuerst werden wir mit einem guten Freund von mir sprechen, einem Mann, der genau richtig für so eine Sache ist. Er schreckt vor nichts zurück, kennt die albanische Küste wie seine Hosentasche und besitzt die schnellste Jacht weit und breit.«

An der Tür drehte sie sich um und sah ihn groß an. Ihre Augen glänzten, und ihre Wangen waren gerötet. Plötzlich schien sie voll Zuversicht und Selbstvertrauen.

»Es wird bestimmt alles gutgehen, Mädchen. Verlassen Sie sich nur auf mich.«

Er führte kurz ihre Hand an die Lippen, öffnete die Tür und schob sie sanft auf den Korridor.

4

Die Luft in dem Zimmer war immer noch voll Zigarettenrauch, doch die Spieler waren gegangen. Unter der Lampe auf dem Tisch lag eine ausgebreitete britische Admiralitätskarte von Nordalbanien. Cavasse und Orsini beugten sich darüber, Francesca saß neben ihnen.

»Der Bojana-Fluß fließt vom Skutari-See hinunter zur Küste«, sagte Orsini.

»Was ist mit diesen Sümpfen an der Küste? Sind sie wirklich so schlimm, wie Francesca sagt?«

Orsini nickte. »Eine furchtbare Gegend. Ein Labyrinth von schmalen Wasserläufen, Salzwasserlagunen und malariaverseuchten Sümpfen. Wenn man nicht genau wüßte, wo das Boot liegt, könnte man ein Jahr lang danach suchen.«

»Ist das Gebiet bewohnt?«

»Es gibt ein paar Fischer und Jäger, hauptsächlich *Gogen.* Die Roten haben dort nicht viel zu sagen. Die Sümpfe waren schon immer ein Schlupfwinkel für Verfolgte.«

»Du kennst sie gut?«

Orsini grinste. »Ich war in diesem Jahr bestimmt schon ein halbes Dutzend Mal dort. Mit dem Schmuggel von Penicillin, Sulfonamiden, Waffen und Nylonstrümpfen ist eine Menge Geld zu verdienen, und die albanische Marine kann nicht viel dagegen tun.«

»Trotzdem eine riskante Sache.«

»Für Amateure ist alles riskant.« Orsini wandte sich zu Francesca. »Wovon lebt eigentlich dieser Ramiz?«

»Er ist Maler. Ich glaube, die meisten seiner Fahrten hat er an Wochenenden gemacht.«

Orsini blickte zur Decke auf und rang die Hände. »Mein Gott, was für ein Leichtsinn. Ein Wunder, daß es ihm gelungen ist, Sie nach Italien zurückzubringen, Signorina.«

Die Tür ging auf, Charlo trat ein und stellte vor jeden eine Tasse hin. Chavasse schlürfte genießerisch den heißen Kaffee. Er warf einen Blick auf die Karte und wandte sich an Francesca.

»Woher wollen Sie so genau wissen, wo das Boot liegt? Diese Lagunen sehen doch alle gleich aus.«

»Marco hat, kurz bevor das Boot unterging, eine Kreuzpeilung vorgenommen«, sagte sie. »Ich habe mir die Zahlen gemerkt.«

Orsini schob ihr ein Blatt Papier und einen Bleistift zu, und sie schrieb die Zahlen auf. Er studierte sie nachdenklich und berechnete dann mit großer Sorgfalt die Position. Er zog einen Kreis um den Mittelpunkt und richtete sich grinsend auf.

»Ich habe die Stelle angekreuzt.«

Chavasse warf einen Blick auf die Karte. »Etwa acht Kilometer von der Küste. Fünf oder sechs Kilometer weiter liegt dieses Tama. Was für eine Stadt ist das?«

»Früher war es eine blühende kleine Hafenstadt, doch seit Beginn der Streitigkeiten zwischen Albanien und den anderen kommunistischen Staaten hat es immer mehr an Bedeutung verloren.« Orsini fuhr mit dem Finger den Fluß entlang. »Der Bojana bildet einen Teil der Grenze zwischen Albanien und Jugoslawien. Der Hauptstrom ist heute stellenweise stark verschlammt. Man muß die Mündung und das Delta sehr gut kennen, um bis Tama zu kommen.«

»Du könntest uns aber hinbringen?«

Orsini drehte sich zu Carlo um. »Was meinst du?«

»Bis jetzt hatten wir nie Schwierigkeiten. Warum sollte es diesmal nicht klappen?«

»Dann müssen wir uns nur noch über den Preis einigen«, sagte Chavasse.

»Der spielt keine Rolle«, warf Francesca ein.

»Bitte, Signorina.« Orsini küßte ihr galant die Hand. »Kein Wort mehr darüber. Ich betrachte es als Ehrensache, Ihnen zu helfen.«

Sie schien den Tränen nahe, und Chavasse lenkte schnell auf ein anderes Thema ab. »Ich habe das Gefühl, mit diesem Ramiz stimmt irgendwas nicht. Sind Sie sicher, daß er Sie angerufen hat?«

Sie nickte. »Völlig. Er stammt aus dem Kreis Vlora. Die Leute dort sprechen mit einem besonderen Akzent. Er war es bestimmt.«

Chavasse beschloß, Ramiz trotzdem genau unter die Lupe zu nehmen. Möglicherweise waren die *Sigurmi* dem Ganzen auf die Spur gekommen. Vielleicht hatten sie Marco Minettis Leiche gefunden, oder sie hatten, was noch wahrscheinlicher war, die Leute, durch deren Hände die Madonna in Albanien gegangen war, geschnappt. Jeder Mensch ertrug nur ein bestimmtes Maß an Schmerzen. Wenn dieses Maß überschritten wurde, hielten die wenigsten dicht.

Daß die Albaner mit allen Mitteln versuchen würden, die Madonna zurückzubekommen, stand außer Zweifel. Ihr Verschwinden mußte sie viel politisches Prestige gekostet haben, und das Wissen, daß sie noch in ihrem eigenen Land war, spornte sie bei ihrer Suche sicherlich zusätzlich an.

»Wenn Ramiz selbst angerufen hat, dann hat man ihn wahrscheinlich dazu gezwungen. Oder zumindest wußte man von seinem Anruf.« Er zog den Zettel hervor, den Francesca ihm gegeben hatte. »Kennst du dieses Hotel?«

Orsini nickte. »Es ist nicht weit von hier. Eine drittklassige Absteige, wo man keine Fragen stellt und Huren stundenweise Zimmer mieten.« Er wandte sich an Francesca. »Nichts für eine Dame.«

Sie wollte protestieren, doch Chavasse schnitt ihr das Wort ab. »Giulio hat recht. Sie können sich sowieso kaum noch auf den Beinen halten. Was Sie brauchen, sind ein paar Stunden Schlaf. Sie können mein Hotelzimmer haben.« Er wandte sich zu Carlo um. »Würden Sie sie bitte hinbringen?«

Er zog seine Jacke an, und sie stand auf. »Seien Sie bloß vorsichtig.«

»Um mich brauchen Sie sich keine Sorgen zu machen.« Er gab ihr einen Klaps. »Sperren Sie die Zimmertür zu, und schlafen Sie sich richtig aus. Ich komme später.«

Sie ging hinaus, und Carlo folgte ihr. Als Chavasse sich umdrehte, grinste Orsini ihn an. »Wie herzerfrischend jung und schön.«

»Etwas, das du nie gewesen bist«, sagte Chavasse. »Komm, gehen wir.«

Es regnete draußen immer noch, und am Geländer der Hafenmauer, an dem sie entlanggingen, hingen silberne Tropfen. Die alten stuckverzierten Häuser ragten dunkel und unwirklich aus dem Nebel auf, und die Straßenlaternen waren wie helle Oasen in einer finsteren Welt.

Das Hotel lag fünf Minuten vom *Tabu* entfernt — ein schäbiges Haus, von dessen Mauern der Verputz abgebröckelt war.

Die Tür stand offen, und sie traten in die dunkle Halle. Hinter dem Empfangspult saß niemand, und als Orsini ungeduldig auf die Klingel drückte, rührte sich nichts.

»Hat sie dir die Zimmernummer gesagt?«

Chavasse nickte. »Sechsundzwanzig.«

Der Italiener ging hinter das Pult zum Schlüsselbrett. Er kam zurück und schüttelte den Kopf. »Der Schlüssel ist nicht da. Er muß auf seinem Zimmer sein.«

Sie stiegen eine wacklige Holztreppe zum ersten Stock hinauf. Es roch unangenehm nach Bratenfett und Urin. Eine tiefe, unheimliche Stille herrschte. Sie gingen den Korridor hinunter, bis Chavasse durch eine Tür Musik und hohes, schrilles Lachen hörte. Er wollte schon klopfen, als Orsini, der vor der gegenüberliegenden Tür stehengeblieben war, sagte: »Hier ist es.«

Er stieß die Tür auf, ging hinein und drehte am Lichtschalter. Es blieb finster. Er zündete ein Streichholz an.

Das Zimmer war fast leer. Nur ein eisernes Bett und ein Waschtisch standen darin. Auf dem Fußboden, neben einer Binsenmatte, lag ein umgekippter Stuhl.

Als Chavasse sich bückte, um ihn aufzuheben, verbrannte das Streichholz Orsinis Finger, und er warf es fluchend weg. Chavasse wartete, auf einem Knie hockend, bis er ein neues anzündete, und plötzlich spürte er, daß Feuchtigkeit durch das Knie seiner Hose drang. Als das Streichholz aufflammte, hob er die Hand und sah, daß Blut an den Fingern klebte.

»Soviel zu Ramiz . . .«

Sie durchsuchten rasch das Zimmer, fanden aber nichts — nicht einmal einen Koffer. Als sie auf den Korridor traten, hörten sie durch die gegenüberliegende Tür wieder das schrille Lachen, und Orsini runzelte nachdenklich die Stirn.

»Fragen kostet nichts«, meinte Chavasse.

Der Italiener klopfte. Das Lachen verstummte, und eine Frauenstimme rief: »Ich hab jetzt keine Zeit. Komm später.« Orsini hämmerte an die Tür. Sie hörten Schritte, und dann wurde die Tür aufgerissen. Die Frau, die vor ihnen stand, war klein und dick und hatte feuerrotes Haar. Der schwarze Nylonmantel, den sie trug, verhüllte kaum ihren üppigen Busen. Offensichtlich kannte sie Orsini, denn ihr wütendes Gesicht verzog sich zu einem freundlichen Lächeln.

»Oh, Giulio. Lange nicht gesehen.«

»Zu lange, *cara*«, sagte er und tätschelte ihre Wange. »Du wirst immer hübscher. Mein Freund und ich wollten zu dem Mann im Zimmer gegenüber, aber er scheint nicht da zu sein.«

»Ach, der«, sagte sie angewidert. »Sonst hockt er doch die ganze Zeit in seinem Zimmer. Ein unsympathischer Kerl. Grüßt nicht mal, wenn man ihn auf dem Gang trifft.«

»Er muß blind sein«, sagte Orsini galant.

»Vorhin waren zwei Männer bei ihm«, sagte sie. »Sie müssen Krach miteinander gehabt haben — es ging ziemlich laut zu. Ich hab gesehen, wie sie mit ihm weggegangen sind. Sie haben ihn gestützt. Er war ziemlich blaß.«

»Sind Sie gar nicht auf die Idee gekommen, die Polizei zu holen?«

»Diesen Schweinehund von einem Sergeant würde ich nicht mal vom Galgen abschneiden.« Aus dem Zimmer rief wütend eine Männerstimme. Sie grinste. »Manche sind schrecklich ungeduldig.«

»Das kann ich mir vorstellen«, sagte Chavasse.

Sie lächelte. »Sie sind mir ausgesprochen sympathisch. Bring ihn doch mal mit, Giulio. Wir feiern dann 'ne Party mit allen Schikanen.«

»Ich ruf dich an«, sagte Orsini.

Der Mann im Zimmer rief wieder ungeduldig, und sie hob verzweifelt die Augenbrauen und schloß die Tür.

Orsini und Chavasse gingen die Treppe hinunter und traten auf die Straße. Der Italiener zündete sich eine Zigarre an und warf das Streichholz ins Dunkel.

»Was nun?«

Chavasse zuckte die Achseln. »Wir können nicht viel tun. Am besten, ich leg mich erst mal ein paar Stunden aufs Ohr.«

Orsini nickte. »Ja, geh in dein Hotel und paß auf das Mädchen auf. Daß mir aber keine Klagen kommen. Morgen früh wird uns schon was einfallen.« Er klopfte Chavasse auf die Schulter. »Keine Sorge, Paul. Wir werden die Sache schon schaukeln.«

Er verschwand im Nebel, und während Chavasse ihm nachblickte, packte ihn plötzlich eine tiefe Müdigkeit. Seine Schritte hallten in der engen Gasse, als er weiterging. An der nächsten Ecke blieb er stehen und holte eine Zigarette hervor.

Als er das Streichholz anzündete, spürte er plötzlich, wie sich etwas Nadelspitzes durch die Jacke in seinen Rücken bohrte. Eine Stimme sagte leise: »Keine Bewegung, bitte, Mr. Chavasse.«

Hände glitten über seinen Körper und tasteten ihn nach einer Waffe ab.

»Jetzt gehen Sie weiter, aber drehen Sie sich nicht um. Tun Sie genau, was ich Ihnen sage. Ich würde es zutiefst bedauern, wenn ich Sie umbringen müßte.«

Erst im Weitergehen wurde es Chavasse bewußt, und er zuckte zusammen, als hätte ihn ein Schlag getroffen: Die Stimme hatte Albanisch gesprochen.

5

Es waren zwei Männer — er hörte es an den Schritten, die in den engen Gassen widerhallten, als sie durch die Altstadt gingen. Die barsche Stimme des einen, der ihn angesprochen hatte, durchdrang hin und wieder die Stille und befahl ihm, nach rechts oder links abzubiegen. Sonst fiel kein Wort, und die beiden hielten sich ein ziemliches Stück hinter ihm.

Nach fünfzehn Minuten stießen sie auf einen Kai in einem abgelegenen Teil des Hafens. Ein mehrstöckiges altes Haus ragte in die Nacht auf; daneben führte eine steinerne Treppe hinunter zu einem Landungssteg.

Ein altes Patrouillenboot war daran festgemacht. Es sah schäbig und verkommen aus, und vom Rumpf blätterte die Farbe ab. Über das Heck zog sich die verblaßte Inschrift *Stromboli — Taranto.*

Der Landungssteg lag leer und verlassen im Licht einer einzigen Lampe. Weit und breit war kein Mensch zu sehen. Chavasse drehte sich langsam um und betrachtete die beiden Männer. Der eine war klein und unscheinbar. Er trug einen dicken Pullover und eine tief in die Stirn gezogene Wollmütze.

Der andere war ein auffälligerer Typ — ein großer, gefährlich aussehender Mann mit einem dichten Stoppelbart. Er hatte ein von Narben zerfurchtes, brutales Gesicht und kurzgeschnittenes Haar und trug eine Seemannsjacke und Stiefel.

Er schob sich eine Zigarette zwischen die Lippen und strich an der Mauer ein Streichholz an. »Hier hinunter, bitte, Mr. Chavasse«, sagte er.

Chavasse ging langsam die Treppe hinunter. Unten auf dem Landungssteg drängte sich der kleine Mann an ihm vorbei, eilte voraus zur anderen Seite des Hauses und öffnete eine Tür in der dicken Mauer. Eine Steintreppe tauchte aus dem Dunkel auf. Chavasse folgte ihm. Der große Mann hielt sich ein paar Schritte hinter ihm.

Der kleine Mann blieb auf einem Treppenabsatz stehen, öffnete eine weitere Tür und deutete mit dem Kopf darauf. Chavasse ging an ihm vorbei und trat ein. Der Raum enthielt einen Tisch und mehrere Stühle. An der einen Wand stand ein schmales Eisenbett.

Am Tisch saß ein Mann und schrieb einen Brief. Er war klein und dunkelhaarig und trug einen makellosen Anzug aus leichtem blauen Kammgarn. Seine Haut hatte die Farbe feinen Leders, und mit seinem dünnen Backenbart sah er aus wie ein *Conquistadore.*

Chavasse blieb, die Hände in den Hosentaschen, ein paar Schritte vor ihm stehen. Der Mann drehte den Kopf und sah ihn mit seinen schwarzen, glänzenden Augen an. Dann wandte er sich halb um und lächelte freundlich.

»Oh, Mr. Chavasse — es ist mir ein Vergnügen, Sir.«

Sein Englisch war fehlerlos und fast ohne Akzent. Chavasse musterte ihn. Er fand ihn ausgesprochen unsympathisch. Trotz seiner höflichen, liebenswürdigen Miene waren seine Augen kalt und erbarmungslos — die Augen eines Killers.

»Ich kann das alles nicht besonders vergnüglich finden«, sagte Chavasse.

Der kleine Mann lächelte.

»Oh, das tut mir leid. Aber vielleicht gelingt es uns, Ihr Interesse zu wecken. Hätten Sie Lust, sich zehntausend Pfund zu verdienen?«

Am anderen Ende des Tisches stand ein Tablett mit Flaschen und Gläsern. Chavasse ging gelassen darauf zu. Er merkte, wie der große Mann neben der Tür eine leichte Bewegung machte.

Eine der Flaschen enthielt Smirnow, seinen Lieblingswodka. Er schenkte sich ein halbes Glas davon ein, ging zum Fenster und blickte, während er trank, auf die *Stromboli* hinunter, deren Umrisse verschwommen durch den Nebel zu sehen waren.

»Nun?« fragte der kleine Mann.

Chavasse drehte sich um. »Wie sieht's denn jetzt in Tirana aus?«

Der kleine Mann lächelte. »Eine sehr geschickte Fangfrage, Mr. Chavasse. Doch ich muß Sie enttäuschen. Ich bin seit fünf Jahren nicht in Tirana gewesen. Eine kleine Meinungsverschiedenheit mit dem gegenwärtigen Regime.« Er zog eine weiße Karte hervor und reichte sie Chavasse. »Meine Karte, Sir. Ich bin Adem Kapo, Vertreter von Alb-Tourist in Taranto.«

»Unter anderem, vermute ich.«

Kapo nahm eine Zigarette aus einer Dose und steckte sie in eine Spitze. »Man könnte mich als eine Art Mittelsmann bezeichnen. Die Leute kommen mit ihren Wünschen zu mir, und ich versuche sie zu erfüllen.«

»Gegen Honorar?«

»Selbstverständlich.« Er hielt Chavasse die Dose hin. »Zigarette?«

Chavasse nahm eine. »Zehntausend Pfund sind ein Haufen Geld. Wie kommen Sie auf die Idee, daß ich daran interessiert sein könnte?«

»Menschenkenntnis gehört zu meinem Geschäft, und Sie würden staunen, wie gut ich Sie kenne, mein Freund. Sie sind ein Mann, der sich an den Meistbietenden verkauft. Doch zur Sache. Die zehntausend Pfund könnten Sie sich sehr leicht verdienen. Meine Auftraggeber würden Ihnen diese Summe im voraus zahlen, wenn Sie sich bereit erklären, sie zu einem bestimmten Boot zu führen, das vor kurzem in den Bojanasümpfen in Nordalbanien gesunken ist. Sind Sie interessiert?«

»Das Ganze klingt sehr verlockend, doch leider habe ich keine Ahnung, wovon Sie reden.«

»Ich bin sicher, Signorina Minetti hat Sie bereits eingehendst über die Sache informiert. Lassen wir doch das Theater, Mr. Chavasse. Nach den Informationen, die mir meine Auftraggeber zur Verfügung gestellt haben, wurde in einem Schlammloch an der Mündung des Bojanaflusses die Leiche eines italienischen Staatsbürgers, eines gewissen Marco Minetti, gefunden. Kurz zuvor war der Versuch unternommen worden, eine religiöse Reliquie von unschätzbarem Wert aus dem Land zu schmuggeln.«

»Was Sie nicht sagen!«

Kapo achtete nicht darauf. »Einige Stunden zuvor war sein Motorboot in den Bojanasümpfen verschwunden. Später wurden in der Stadt Tama von den *Sigurmi* ein Priester und zwei Männer verhaftet. Der Priester blieb bis zum Ende verstockt — Sie wissen ja, wie störrisch Pfaffen sein können —, doch die beiden Männer packten aus. Sie verrieten, daß Minetti, seine Schwester und ein albanischer Flüchtling namens Ramiz hinter der Sache steckten. Man bot mir für ihre Aufspürung ein sehr ansehnliches Honorar.«

»Und haben Sie sie gefunden?«

»Wir haben Ramiz wochenlang beobachtet und darauf gewartet, daß er etwas unternimmt. So unglaublich es klingen mag — aber er hatte offenbar die Absicht, noch einmal nach Albanien zu fahren. Wissen Sie, er war ein Intellektueller — einer von diesen unangenehmen Leuten, die sich einbilden, eine Mission erfüllen zu müssen.«

»Wieso sagen Sie: ›Er war‹?«

»Ja, das ist eine sehr traurige Geschichte.« Kapo schien ehrlich ergriffen. »Ich beschloß, heute abend ein wenig mit ihm zu plaudern. Hadschi und Taschko sollten ihn hierherbringen. Unterwegs kam es zwischen ihm und den beiden zu einer kleinen Auseinandersetzung. Er stürzte von der Hafenmauer und brach sich das Genick.«

»Ein unglückseliger Zufall, nehme ich an?«

»Selbstverständlich, und noch dazu völlig überflüssig. Es ist wirklich erstaunlich, wie leicht man mißverstanden werden kann. Ein früherer Versuch von mir, mich mit Signorina Minetti in Verbindung zu setzen, schlug unbegreiflicherweise ebenfalls fehl.«

»Und wie komme gerade ich zu der Ehre dieses Gesprächs?«

»Nehmen Sie mir's nicht übel — aber es fällt mir schwer, an einen reinen Zufall zu glauben, wenn genau in dem Moment, in dem Signorina Minetti Hilfe braucht, Mr. Chavasse vom britischen Geheimdienst auftaucht.«

Chavasse nahm die Wodkaflasche und schenkte sich nach. »Und was würden Sie sagen, wenn ich Ihnen trotzdem versichern würde, daß ich nicht die geringste Ahnung habe, wovon Sie reden?«

»Wenn Sie darauf beharren, bleibt mir keine andere Wahl, als mich nochmals an die Signorina zu wenden. Glauben Sie mir, das wäre mir äußerst unangenehm.« Kapo seufzte. »Andererseits wird man mit einer Frau wesentlich leichter fertig. Meinst du nicht auch, Taschko?«

Der große Mann kam tückisch grinsend auf den Tisch zu, und Chavasse nickte nachdenklich. »Irgendwie habe ich geahnt, daß Sie das sagen werden.«

Er umklammerte die Wodkaflasche und hieb sie Taschko über den Schädel. Sie zersprang, und Taschko schrie laut auf. Blut lief ihm in Strömen über das Gesicht. Chavasse kippte den Tisch um. Er fiel auf Kapo und riß ihn mit seinem Stuhl rücklings zu Boden.

Hadschi stürzte auf Chavasse zu, in der rechten Hand ein Messer. Als er zustieß, wehrte Chavasso ihn mit dem Arm ab, packte den kleinen Mann am linken Handgelenk und schleuderte ihn gegen die Wand.

Taschko war aufgesprungen. Sein Gesicht war blutüberströmt. Er holte zu einem fürchterlichen Schlag aus, doch Chavasse duckte sich und rannte zur Tür. Kapo stellte ihm blitzschnell ein Bein, Chavasse stolperte und stürzte dann krachend zu Boden.

Taschko fiel über ihn her und hämmerte auf sein Gesicht und seine Brust ein. Chavasse rollte sich zur Seite und sprang auf. Er setzte über den umgekippten Tisch, ergriff einen Stuhl und schleuderte ihn mit aller Kraft gegen das Fenster. Das ausgetrocknete Holz des Rahmens zersprang, und tausend Glassplitter prasselten auf den Boden.

Er hörte Kapo aufschreien und sah Taschko auf sich zustürzen. Er hieb dem Riesen mit der Handkante ins Gesicht, kletterte auf das Sims hinaus und sprang ins Dunkel.

Die Luft sauste zischend an seinen Ohren vorbei, und der Nebel schien ihn zu verschlingen; dann schlug er klatschend aufs Wasser auf und versank in tiefer Finsternis.

Als er endlich auftauchte, blickte er zu dem dunkel aufragenden Haus hoch. Licht drang, durch den dichten Nebel gedämpft, aus dem zerschlagenen Fenster. Er hörte Kapo etwas rufen, und von der *Stromboli* her, die er schattenhaft rechts von sich im Nebel sah, antwortete eine andere Stimme.

Chavasse erkannte, daß es nur eine Möglichkeit gab, zu entkommen. Er wandte sich ab und schwamm weg vom Landungssteg — auf den Pier auf der anderen Seite des Hafenbeckens zu. Es mußten etwa fünfhundert Meter sein — keine große Entfernung, und das Wasser war überraschend warm.

Er ließ sich Zeit und schwamm langsam. Der Nebel verschluckte die Stimmen hinter ihm, und er war allein. Alles schien zu versinken, und eine merkwürdige Ruhe und Gelassenheit erfüllte ihn. Bald tauchten die schwankenden Lichter der am Pier festgemachten Fischerboote vor ihm auf. Er schwamm zwischen ihnen durch und stieß auf eine zum Pier hinaufführende Treppe. Er setzte sich einen Moment hin und holte tief Luft; dann stieg er rasch hinauf und ging den Pier entlang.

Zuerst würde er sich in seinem Hotel umziehen. Dann würde er ins *Tabu* gehen und Orsini das Ganze erzählen. Vielleicht würden sie sich Adem Kapo und seine Bande vorknöpfen, doch wahrscheinlich war die *Stromboli* bis dahin schon in See gestochen.

Die Leuchtreklame über dem Hotel schimmerte durch den Nebel. Er öffnete die Tür und trat ein. Das Pult war leer. Er rannte schnell die Treppe hinauf und lief den Korridor entlang.

Seine Zimmertür stand offen; die Füllung war eingeschlagen. Die Lampe brannte. In der Mitte des Zimmers lag ein Stuhl auf dem Boden, und das Bettzeug war zerwühlt, als hätte ein Kampf stattgefunden. Er stand einen Moment da und spürte, wie ein Gefühl der Übelkeit in ihm aufstieg. Dann drehte er sich um und rannte die Treppe wieder hinunter.

Als er zur Tür lief, fiel sein Blick auf einen Fuß, der hinter dem Pult hervorragte, und er hörte ein leises Stöhnen. Er beugte sich über das Pult und sah, daß der alte Hotelbesitzer mit dem Gesicht nach unten auf dem Boden lag. Das weiße Haar an seinem Hinterkopf war blutverschmiert.

6

Der Landungssteg war leer, als Chavasse, Orsini und Carlo mit dem alten Ford-Kombi vorfuhren. Der große Italiener stellte den Motor ab, sprang hinaus und ging zur Treppe.

Er drehte sich um und schüttelte den Kopf. »Es ist zwar Zeitverschwendung, Paul, aber vielleicht sollten wir trotzdem das Haus schnell durchsuchen.«

Sie liefen die Stufen hinauf und gingen über den Treppenabsatz zur Tür. Sie war unversperrt, und Chavasse trat als erster ein, in der Hand einen alten automatischen Colt, den Orsini ihm gegeben hatte.

Die Tür zu dem Zimmer, in dem Kapo mit ihm gesprochen hatte, war angelehnt; Licht fiel durch den Spalt auf den finsteren Treppenabsatz. Chavasse stieß sie mit dem Fuß auf und wartete, doch nichts rührte sich. Er hob den Revolver und trat ein.

Auf dem Fußboden war eine große, mit Blut vermischte Wodkapfütze, und der Tisch lag immer noch umgekippt da. Orsini ging zu dem zerschlagenen Fenster, durch das der Nebel hereinwollte, und blickte hinaus.

Er drehte sich um und sah Chavasse respektvoll an. »Ziemlich tief.«

»Ich hatte keine andere Wahl. Was machen wir jetzt?«

Der Italiener zuckte die Achseln. »Am besten, wir fahren zum *Tabu* zurück. Vielleicht ist der alte Gilberto inzwischen zu sich gekommen und kann uns erzählen, was passiert ist.«

»Kaum anzunehmen«, sagte Chavasse. »Der Schlag war zu fest.«

Sie gingen zu dem Kombi zurück, zwängten sich in die enge Kabine, und Calo fuhr durch die leeren Straßen zum *Tabu* zurück. Als er anhielt, blickte Chavasse auf seine Uhr. Es war kurz vor halb drei. Er stieg aus und ging mit den beiden Italienern zur Seitentür hinein.

Vorn in der Bar saßen noch ein paar Gäste. Als sie durch den Korridor gingen, blickte der Barmixer um die Ecke.

»Rom am Apparat«, rief er. »Der Teilnehmer wartet.«

»Das wird mein Gespräch mit S2 sein«, sagte Chavasse zu Orsini. »Ich bin gespannt, was sie mir über Kapo sagen werden.«

»Ich schau inzwischen mal nach Gilberto«, sagte Orsini.

Chavasse ließ das Gespräch in das kleine Büro hinter der Bar durchstellen. Der Mann, mit dem er sprach, war der Beamte vom Nachtdienst. Er hatte nichts über Kapo herausgefunden, was Chavasse nicht bereits wußte. Es schien unglaublich, doch alles, was Kapo ihm über sich erzählt hatte, stimmte. Er war früher ein hoher Beamter im albanischen Innenministerium gewesen und im Jahr 1958 einer der ersten Säuberungsaktionen Hodschas zum Opfer gefallen. Man hatte ihm in Italien politisches Asyl gewährt, und er lebte seither in Taranto und verdiente seinen Unterhalt als Import- und Exportkaufmann. 1963 hatte ihn Alb-Tourist zu seinem Vertreter in Taranto ernannt. Der italienische Geheimdienst, der ihn im gleichen Jahr überprüfte, hatte an dieser Ernennung nichts Bedenkliches gefunden.

Chavasse bedankte sich bei dem diensthabenden Beamten. Nein, erklärte er ihm, es sei nichts Wichtiges. Er habe Kapo nur während seines Urlaubs in Matano kennengelernt und wissen wollen, mit wem er es zu tun habe.

In seinem kleinen Büro in Rom legte der diensthabende Beamte nachdenklich den Hörer auf. Er hob ihn sofort wieder ab und meldete ein Gespäch mit der Geheimdienstzentrale in London an.

Vielleicht steckte wirklich nichts dahinter, doch Chavasse war einer der wichtigsten Agenten — das wußte jeder innerhalb der Organisation. Wenn er in einer Klemme war und der Chef nichts davon erfuhr, dann würden verschiedene Köpfe rollen, und der Beamte wollte nicht riskieren, daß sein eigener darunter war.

Fünf Minuten später summte das Telefon auf seinem Schreibtisch. Er nahm es ab. »Hallo, Sir ... ja, ganz recht ... vielleicht ist es ohne jede Bedeutung, aber ich halte es doch für richtig, Ihnen mitzuteilen, daß eben Paul Chavasse aus Matano angerufen hat ...«

Der alte Gilberto schüttelte sich, als der Kognak seine Kehle hinabrann, und grinste Orsini verzerrt an. »Ich werde langsam alt, Giulio. Ich habe nicht den leisesten Laut gehört. Es waren höchstens zwanzig Minuten vergangen, seit Carlo die junge Frau hergebracht hatte. Ich las eine Illustrierte, und plötzlich wurde es finster um mich.« Er hob die knorrige Faust. »Wenn ich diesen gemeinen Hund zwischen die Finger kriege, dann kann er was erleben.«

Orsini grinste und klopfte ihm auf die Schulter. »Um Gottes willen, Gilberto, du würdest ihn umbringen.«

Sie ließen den alten Mann am Kamin sitzen und gingen hinaus auf den Korridor. »Er war mal ein guter Schwergewichtler«, sagte Orsini. »Einer, der vernünftig genug war, auszusteigen, bevor man ihm das Gehirn zu Brei schlug. Irgendwas Neues aus Rom?«

Chavasse schüttelte den Kopf. »Alles, was Kapo mir von sich erzählt hat, stimmt. Er ist tatsächlich der Vertreter von Alb-Tourist in Taranto — ein Parteiveteran aus Tirana, der zuviel gemeckert hat und mit Mühe und Not seinen Kopf retten konnte. Der italienische Geheimdienst, der im allgemeinen sehr auf Draht ist, hält ihn für harmlos.«

»Das hat M.I.5 von Klaus Fuchs auch gedacht«, erwiderte Orsini. »Niemand ist vollkommen, und der beste Agent ist der, dem es am besten gelingt, sich zu tarnen.«

»Jedenfalls sind wir keinen Schritt weitergekommen«, meinte Chavasse. »Das einzige, was feststeht, ist, daß sie abgehauen sind und Francesca Minetti mitgenommen haben.« Sie gingen in das Büro hinter der Bar, und Orsini nahm eine Flasche Whisky und drei Gläser aus einem Schrank. Mit düsterer Miene schenkte er ein.

»Kapo und seine Männer können das Mädchen nicht entführt haben — das ist zeitlich völlig unmöglich. Was ist mit den Männern, die sie am Abend überfallen haben? Beschreib sie mir mal.«

»Der eine, der mit dem Messer auf mich losging, schien Italiener zu sein«, sagte Chavasse. »Seinen Flüchen nach zu urteilen, stammte er aus der Gosse von Taranto.«

»Was ist dir sonst noch an ihm aufgefallen?«

»Er hatte einen dunklen Bart, und sein Gesicht war voller Narben. Eine besonders auffallende hakenförmige Narbe hatte er unter dem linken Auge.«

Orsini brüllte vor Lachen und klopfte ihm auf die Schulter. »Mensch, Paul, so hab' ich mich schon lange nicht amüsiert.«

»Heißt das, du kennst ihn?«

»Ob ich ihn kenne?« Orsini wandte sich zu Carlo um. »Erzähl ihm mal ein bißchen von unserem guten Freund Toto.«

»Er arbeitet für einen Mann namens Vacelli«, begann Carlo. »Ein ganz übler Bursche. Er hat ein paar Fischerboote, mit denen er Waren nach Albanien schmuggelt. Außerdem gehören ihm das hiesige Bordell und ein Café in der Altstadt.« Er spuckte verächtlich aus. »Ein Schwein.«

»Wahrscheinlich hat Kapo Vacelli beauftragt, das Mädchen zu entführen und zu ihm zu bringen«, sagte Orsini. »Unglücklicherweise bist du aufgetaucht und hast das verhindert.«

»Das erklärt aber immer noch nicht, warum Kapo mit mir sprechen wollte.«

»Vielleicht dachte er, er kann dich kaufen. Doch du bist aus dem Fenster gesprungen, und er ist aus Angst, du könntest ihm womöglich die Poizei auf den Hals hetzen, schnellstens verduftet.«

»Und inzwischen haben Vacelli und seine Jungen das Mädchen entführt?«

Orsini nickte. »Und Kapo ist, bevor sie sie ihm bringen konnten, abgehauen.«

»Du glaubst also, sie ist noch bei Vacelli?«

Orsini öffnete die Lade seines Schreibtischs, nahm eine Luger heraus und steckte sie in seine Hüfttasche. Er lächelte, und sein großes, häßliches Gesicht schien plötzlich wie verwandelt.

»Am besten, wir sehen mal nach.«

Vacellis Lokal lag am Hafen, an der Ecke einer Gasse, die in die Altstadt führte. Auf dem Schild über dem Eingang stand nur *Café*. Im Innern spielte jemand Gitarre. Sie parkten den Kombi vor der Tür und traten ein. Orsini ging ihnen voran die Treppe hinunter.

Vor der Tür war ein Perlenvorhang, durch den man das Stimmengewirr aus der Bar hörte. Der Gitarrespieler saß gleich hinter dem Eingang auf einem Stuhl an der Wand — ein junger Bursche mit schwarzgelocktem Haar. Er hatte die Ärmel seines Hemdes hochgerollt, und man sah seine muskulösen Arme.

Orsini schob den Vorhang beiseite und blickte auf seine ausgestreckten Beine nieder. Als der Gitarrespieler sich nicht rührte, riß Orsini den Stuhl unter ihm weg. Er krachte zu Boden, und im Raum herrschte plötzlich tiefe Stille.

Die eine Wand des Lokals nahm eine schmale Theke mit einer Marmorplatte ein, hinter der ein Regal mit Flaschen stand. Die Wände waren weiß getüncht, der Fußboden aus Stein. An den Tischen saßen nur wenige Gäste, hauptsächlich Männer.

Der Gitarrist sprang auf und zog ein Messer, doch Carlo war schneller. Er packte sein Handgelenk und drehte den Arm nach hinten. Der Bursche schrie auf und ließ das Messer fallen. Mit schmerzverzerrtem Gesicht taumelte er zur Wand zurück. Orsini schüttelte den Kopf.

»Diese Jugend von heute . . .«, sagte er. »Keinerlei Manieren.« Er drehte sich um und ließ seinen Blick durch den Raum schweifen. Der bärtige Mann mit dem Narbengesicht saß an einem Tisch an der Wand. Sein einer Arm lag in der Schlinge.

Orsini grinste. »He, Toto, du siehst ziemlich mitgenommen aus. Wo ist Vacelli?«

Man hörte einen Schuh über den Steinboden scharren; dann brummte eine unfreundliche Stimme: »Was willst du, zum Teufel?«

Vacelli stand am oberen Ende der Steintreppe, die in den ersten Stock führte. Er war gebaut wie Primo Carnera, ein Stier von einem Mann mit einem runden Kopf, der im Verhältnis zu seinem Körper viel zu klein war.

»Da bist du ja, du Schweinehund«, rief Orsini grinsend. »Wir suchen das Minetti-Mädchen.«

Vacellis brutales Gesicht lief zornrot an, und man merkte, daß er sich nur mühsam beherrschte. »Ich hab' keine Ahnung, wovon du redest.«

»Wirklich nicht?« Orsini packte einen Stuhl und schleuderte ihn gegen das Regal hinter der Theke. Der Spiegel zersprang klirrend, und ein Dutzend Flaschen krachten zu Boden. »Weiß du's jetzt?«

Vacelli brüllte wütend auf und rannte die Treppe herunter. Orsini nahm eine volle Flasche Chianti von einem Tisch, sprang beiseite und zerschlug sie auf Vacellis Schädel, als er vorbeischoß.

Vacelli ging in die Knie. Orsini ergriff einen Stuhl und schmetterte ihn auf Vacellis breiten Rücken. Vacelli sank stöhnend vornüber. Orsini hieb wieder und wieder auf ihn ein, bis der Stuhl in Stücke ging. Dann warf er ihn weg und wartete.

Langsam richtete Vacelli sich auf, umklammerte den Rand der Theke und zog sich daran hoch. Er stand einen Moment schwankend da, dann stürzte er mit gesenktem Kopf, das Gesicht blutüberströmt, auf Orsini zu. Orsini wich aus und versetzte ihm, als er vorbeitaumelte, mit der Handkante einen Schlag in die Nierengegend.

Vacelli stürzte aufschreiend, mit dem Gesicht nach unten zu Boden. Er versuchte sich hochzurappeln, doch es gelang ihm nicht. Laut stöhnend brach er zusammen und blieb regungslos liegen.

»Der Nächste bitte!« rief Orsini.

Als sich niemand rührte, wandte er sich zu Carlo. »Du bleibst hier und paßt auf. Wir werden nicht lange brauchen.« Chavasse folgte ihm die Treppe hinauf. Oben schob Orsini einen Vorhang beiseite und ging einen langen Korridor hinunter. An einer Tür lehnte eine junge Frau in einem billigen Morgenmantel, eine Zigarette im Mundwinkel.

»Hast du das Schwein umgebracht, Giulio?«

»Nicht ganz.« Er grinste. »Aber er ist für eine Weile außer Gefecht. Auf jeden Fall lange genug, daß du packen und verschwinden kannst. Heute nacht ist ein Mädchen hierhergebracht worden. Weißt du, wo es ist?«

»Im letzten Zimmer. Er wollte eben zu ihr reingehen, als du kamst. Ich glaube nicht, daß er es mit Samthandschuhen anfassen wollte.«

»Vielen Dank, *carissima.*« Orsini küßte sie auf die Wange. »Fahr heim zu deiner Mutter.«

Chavasse war schon vorausgelaufen, doch die Tür war verschlossen. »Ich bin's, Francesca — Paul!«

Er hörte, wie sie drinnen zur Tür lief; dann rief sie: »Er hat von außen zugesperrt.«

Orsini machte einen Schritt zurück, hob den Fuß und trat mit seinem schweren Stiefel zweimal gegen das Schloß. Das morsche Holz zersplitterte krachend. Er trat noch einmal dagegen, und die Tür löste sich aus den Angeln und fiel zu Boden.

Francesca Minetti stand vor ihnen. Sie war totenblaß und trug noch immer Chavasses alten Pullover, in dem sie aussah wie eine Fünfzehnjährige. Chavasse hörte, wie Orsini erleichtert aufatmete; dann ging der Italiener rasch zu ihr.

Mit merkwürdig sanfter, zärtlicher Stimme, wie ein Vater, der ein erschrockenes Kind beruhigt, sagte er: »Jetzt ist alles in Ordnung, *cara*. Sie brauchen keine Angst mehr zu haben.«

Sie ergriff seine Hand und blickte mühsam lächelnd zu dem häßlichen, zerfurchten Gesicht auf. Plötzlich begann sie zu zittern. Sie wandte sich von Orsini ab, stieg taumelnd über die zerschmetterte Tür und sank in Chavasses Arme.

7

Am nächsten Abend, kurz nach acht Uhr, legte die *Buona Esperanza* vom Pier ab und stach in See. Die Nacht war warm, und das Wasser schimmerte sanft. Über dem Horizont türmten sich düstere Wolken auf und verdeckten den Mond.

Orsini bediente das Steuer. Chavasse stand neben ihm und starrte durch das Deckhausfenster in die Dunkelheit.

»Was sagt denn der Wetterbericht?« erkundigte er sich.

»Windstärke vier, Neigung zu Regenschauern. Kein Grund zur Beunruhigung.«

»Und im Drin-Golf?«

»Nur ein paar Nebelfelder. Doch das kann uns nur recht sein.«

Chavasse zündete zwei Zigaretten an und gab eine dem Italiener. »Komisch, wie das Leben spielt. Ich hätte nie gedacht, daß ich noch einmal albanischen Boden betreten würde.«

»Ja, ja — was tut man nicht alles den Frauen zuliebe.« Orsini grinste. »Aber Francesca ist wirklich etwas ganz Besonderes. Glaub mir, davon verstehe ich was. Sie erinnert mich lebhaft an meine Frau, Gott hab sie selig.«

Chavasse sah ihn verwundert an. »Ich hatte keine Ahnung, daß du verheiratet warst.«

»Das ist schon lange her.« Orsinis Gesicht war ruhig und gelassen, doch seine Stimme klang traurig. »Wir heirateten 1941, als ich bei der Marine war. Sie war erst neunzehn. Wir verbrachten einen Urlaub zusammen, das war alles. Im nächsten Jahr hat sie ihre Mutter in Mailand besucht und ist bei einem Luftangriff umgekommen.«

Chavasse schwieg — darauf gab es nichts zu sagen. Nach einer Weile erhöhte Orsini die Geschwindigkeit. »Übernimm du das Steuer, Paul. Ich muß unseren Kurs berechnen.«

Chavasse zwängte sich hinter ihn, und der Italiener ging zum Kartentisch. Er beugte sich eine Weile über die Karten. Schließlich nickte er befriedigt.

»Wir werden kurz vor Sonnenaufgang die Küste erreichen.« Er steckte sich eine Zigarre in den Mund und grinste. »Was dann geschieht, liegt in Gottes Hand.«

»Soll ich dich ablösen?« fragte Chavasse.

Orsini schüttelte den Kopf und trat wieder hinter das Steuer. »Später, Paul — zuerst kommt Carlo dran. Ich muß zusehen, daß ich am Morgen, wenn wir einlaufen, frisch bin.«

Chavasse verließ das Deckhaus und ging hinunter in die Kombüse, wo Francesca eben Kaffee kochte. Er steckte den Kopf durch die Tür und grinste. »Das mag ich an den italienischen Mädchen. Sie sind so gute Köchinnen.«

Sie drehte sich um und lächelte kokett. »Das soll alles sein, wozu wir gut sind — kochen?«

Sie trug eine alte Drillichhose, einen dicken Pullover und hatte ihr langes Haar zu einem Zopf geflochten, der über ihre Schulter herabhing. Sie sah unglaublich frisch und munter aus. Chavasse schüttelte den Kopf. »Ich wüßte schon noch was anderes, aber hier ist nicht der richtige Ort dafür.«

»Wie wär's mit der Terrasse der britischen Botschaft?«

»Zuwenig intim.«

Sie schenkte Kaffee in einen Becher und gab ihn ihm. »Ich kenne ein Lokal in den Bergen außerhalb von Rom. Es ist nur ein Dorfgasthaus, aber das Essen ist himmlisch. Man ißt bei Kerzenlicht auf einer Terrasse über einem Weinberg. Glühwürmchen tanzen in der Dunkelheit, und den Blumenduft hat man noch eine Woche danach in der Nase. Ein Erlebnis, das man sich nicht entgehen lassen sollte.«

»Leider bin ich die nächsten Tage völlig besetzt«, sagte Chavasse, »aber danach hab ich ein paar Abende noch frei.«

»Na, so ein Zufall — ich auch. Übrigens stehe ich im Telefonbuch. Ich darf Sie daran erinnern, daß Sie mir noch ein Rendezvous schuldig sind.«

»Wie könnte ich das vergessen?«

Er duckte sich, um der trockenen Brotkruste, die sie nach ihm warf, auszuweichen. Dann ging er durch die Heckkajüte in den Salon. Carlo saß am Tisch und bastelte eifrig an zwei Tauchgeräten.

»In der Kombüse gibt's frischen Kaffee«, sagte Chavasse.

»Später. Ich muß zuerst die Dinger überprüfen.«

Er war ein sonderbarer, schweigsamer, doch Orsini treu ergebener Bursche, und man konnte sich auf ihn verlassen. Chavasse sah ihm eine Weile zu, dann ging er in die andere Kajüte.

Er legte sich hin und dachte, auf die Wand starrend, über die vor ihnen liegende Aufgabe nach. Wenn Francesca sich nicht geirrt hatte und ihre Angaben über die Lage des Bootes stimmten, dann war das Ganze nicht schwierig. Das Wasser in diesen Lagunen war sicherlich nicht tiefer als zehn oder zwölf Meter, und sie würden nicht lange brauchen, um die Statue zu finden. Wenn sie Glück hatten, dann würden sie in vierundzwanzig Stunden wieder in Matano sein.

Er hörte Stimmen in der Kombüse; Francesca sagte etwas, und Carlo lachte — etwas sehr Ungewöhnliches. Ein leises Gefühl der Eifersucht stieg in ihm auf. Er lag da und dachte an sie, und die Stimmen vermischten sich mit dem Tuckern des Motors und dem plätschernden Geräusch, mit dem das Wasser an den Rumpf des Bootes schlug.

Erst als er plötzlich hochfuhr und mit einem Blick auf die Uhr erschrocken feststellte, daß es zwei Uhr morgens war, wurde ihm bewußt, daß er eingeschlafen war. In der Koje gegenüber schlief mit entspanntem Gesicht, einen Arm unter dem Kopf, Orsini. Chavasse zog seine Jacke an und ging an Deck.

Die *Buona Esperanza* schoß mit voller Kraft durch den Nebel, der vom Wasser aufstieg. Der Mond war nicht zu sehen, doch Sterne funkelten am Himmel wie Diamanten auf einem schwarzen Samtkissen, und das Wasser schien immer noch auf seltsame Weise zu leuchten.

Carlo stand am Steuer. Chavasse trat zu ihm und zündete sich eine Zigarette an. »Na, wie sieht's aus?«

»Alles okay«, sagte Carlo. »Behalten Sie bis drei Uhr eins-vier-null bei, und ändern Sie dann den Kurs auf eins-vier-fünf. Giulio löst Sie um vier ab. Wir werden dann schon nahe an der Küste sein.«

Die Tür fiel hinter Chavasse zu. Er setzte sich und lehnte sich, mit beiden Händen fest das Steuer umklammernd, zurück.

Dies liebte er mehr als alles andere: allein zu sein mit dem Meer und der Nacht und einem Boot. Wahrscheinlich hatte er diese Leidenschaft von seinen bretonischen Vorfahren geerbt — Männern, die bis zur nordamerikanischen Küste gesegelt waren, um Dorsche zu fangen, lange bevor Kolumbus den Atlantik überquerte.

Plötzlich ging die Tür auf, und starker Kaffeegeruch erfüllte den Raum, vermischt mit einem anderen zarteren Duft.

»Ich dachte, Sie liegen längst im Bett?« sagte er.

Sie lachte leise. »Oh, hier ist es viel interessanter. Wie kommen wir voran?«

»Ausgezeichnet. Wir werden bald da sein. In einer Stunde übernimmt Orsini das Steuer.«

Sie setzte sich neben ihn, stellte das Tablett auf den Kartentisch und schenkte Kaffee in zwei Becher ein. »Möchten Sie ein Sandwich?«

Er hatte einen erstaunlichen Appetit, und sie saßen schweigend und eng aneinandergeschmiegt da. Als sie mit dem Essen fertig waren, gab er ihr eine Zigarette, und sie schenkte Kaffee nach.

»Wie stehen unsere Chancen, Paul?« fragte sie. »Seien Sie, bitte, ganz ehrlich.«

»Es hängt alles davon ab, wie genau Ihr Bruder die Position berechnet hat, bevor das Boot sank. Sobald wir es gefunden haben, dürfte alles Weitere glattgehen. Nach der Madonna zu tauchen, ist in Wasser von dieser Tiefe kein Kunststück. Wenn uns das Wetter keinen Strich durch die Rechnung macht, können wir heute abend schon die Rückfahrt antreten.«

»Und Sie glauben, daß wir unbehelligt durch den Drin-Golf kommen werden?«

»Sie meinen wegen der albanischen Marine?« Er schüttelte den Kopf. »Die kann uns nicht viel anhaben. Ihre Kampfkraft ist gleich Null. Die Russen hatten vor dem großen Krach an der Küste starke Marineeinheiten stationiert, doch als Hodscha von ihrer Linie abschwenkte, zogen sie sich zurück. Damit hatte er nicht gerechnet, und China ist zu weit weg, um ihn in dieser Hinsicht unterstützen zu können.«

»Ein merkwürdiges Land.« Sie seufzte. »Die alte Sage, daß Gott nichts mehr als Leid und Sorgen zu vergeben hatte, als Albanien an die Reihe kam, scheint zu stimmen.«

Chavasse nickte. »Wenn man sich die Geschichte Albaniens ansieht, könnte man es meinen.«

»Eine Kette fremder Eroberer, die alle das Land unterdrückten: Griechen, Römer, Goten, Byzantiner, Serben, Bulgaren, Sizilianer, Venezianer, Normannen und Türken.«

»Und immer kämpfte das Volk um Freiheit.« Chavasse sah sie nachdenklich an. »Wie ironisch das Leben doch sein kann. Nach jahrhundertelangem Kampf wird Albanien endlich unabhängig und gerät zugleich unter eine Tyrannei, die schlimmer ist als alle vorhergehenden.«

»Ist es wirklich so schlimm, wie man hört?«

Er nickte. »Die *Sigurmi* sind überall. Sogar die Urlaubsorganisation der italienischen Gewerkschaften beklagt sich darüber, daß ihre Mitglieder bei ihren Ferienaufenthalten ständig von *Sigurmi*-Agenten beschattet werden. Grob geschätzt haben Hodscha und seine Leute seit ihrer Machtübernahme über hunderttausend Menschen liquidiert oder eingesperrt. Wie die verschiedenen religiösen Gruppen behandelt wurden, wissen Sie ja selbst. Stalin wäre sicher stolz auf Hodscha gewesen. Er ist ein gelehriger Schüler.«

Er merkte, wie nahe ihr dieses Thema ging, und ihm fiel ein, was ihre Angehörigen in Albanien durchmachten. Er hätte sich für seine Gedankenlosigkeit am liebsten geohrfeigt.

Rasch holte er seine Zigaretten hervor und bot ihr eine an. Sie rauchte eine Weile schweigend, dann sagte sie langsam: »Vergangenes Jahr sind zwei Leute, die für S 2 in Rom arbeiteten, verschwunden. Der eine in Albanien, der andere in der Türkei.«

Chavasse nickte. »Matt Sorley und Jules Dumont. Beide gute Männer.«

»Wie ertragen Sie bloß dieses Leben? Sie müssen doch ständig damit rechnen, daß Ihnen auch so etwas passiert. Es hätte nicht viel gefehlt, und Sie wären letztes Mal nicht mehr aus Albanien herausgekommen.«

»Vielleicht bin ich immer noch nicht richtig erwachsen«, sagte er scherzhaft. »Ein ewiger Schuljunge, der Räuber und Gendarm spielt.«

»Wie sind Sie eigentlich zu diesem Job gekommen?«

»Durch Zufall. Ich unterrichtete Sprachen an einer englischen Universität, und ein Freund wollte einen Verwandten aus der Tschechoslowakei herausholen. Ich hab' ihm dabei geholfen. Der Chef hat von der Sache erfahren und mich engagiert. Er brauchte damals Leute, die osteuropäische Sprachen beherrschen.«

»Eine ungewöhnliche Fertigkeit.«

»Manche Menschen können in Sekundenschnelle im Kopf Kubikwurzeln ziehen, andere vergessen kein Wort, das sie gelesen haben. Bei mir ist es so ähnlich mit Sprachen. Ich sauge sie auf wie ein Schwamm — ohne jede Mühe.«

Sie schaltete auf Albanisch um. »Kommen Sie nicht manchmal durcheinander?«

»Bis jetzt ist mir das noch nicht passiert«, antwortete er fehlerlos in der gleichen Sprache. »Gott sei Dank — denn Schnitzer kann ich mir nicht leisten. Aber auch meine Begabung hat Grenzen — ich kann immer noch keine chinesische Zeitung lesen. Allerdings bin ich bisher auch nur zwei Europäern begegnet, die das konnten.«

»Mit diesen Kenntnissen und Ihrer akademischen Ausbildung könnten Sie doch praktisch an jeder englischen oder amerikanischen Universität einen Lehrstuhl bekommen«, sagte sie. »Würde Sie das nicht reizen?«

»Nicht im mindesten.«

»Heißt das etwa, Sie lieben Ihren Job?«

»Sicher. Wenn ich in Albanien zur Welt gekommen wäre, wäre ich vielleicht ein sehr tüchtiger *Sigurmi*-Agent geworden. Wer weiß?«

Sie schien schockiert. »Das ist doch nicht Ihr Ernst?«

»Warum nicht? Alle Männer und Frauen, die diesen Beruf ausüben, verbindet eine Art Verwandtschaft. Warum soll ich nicht die Fähigkeiten meiner Gegner anerkennen und schätzen? Daran ist doch nichts Schlechtes.«

Einen Moment herrschte gespanntes Schweigen, und er spürte irgendwie, daß sie von ihm enttäuscht war. Sie nahm das Tablett. »Ich trag das Geschirr lieber hinunter. Wir müssen schon nahe an der Küste sein.«

Als sie die Tür hinter sich geschlossen hatte, öffnete Chavasse das Fenster und atmete tief die frische Morgenluft ein. Er war deprimiert. Wie so viele dieser Leute, die in den Büros saßen, die die Schreibarbeit machten, die Funkgeräte bedienten, die Meldungen dechiffrierten, hatte sie keine Ahnung, wie es im Außendienst aussah. Wie schwer und gefährlich und entsagungsvoll dieser Job war.

Warum, zum Teufel, habe ich mich bloß auf diese Sache eingelassen? dachte er reumütig. Wie hatte Orsini gesagt? Was tut man nicht alles den Frauen zuliebe... Er hatte tatsächlich recht — Francesca war etwas ganz Besonderes.

Die Tür ging auf, und Orsini trat ein. Er trug seine alte Seemannsjacke, und eine Schirmmütze saß schief auf seinem Kopf. »Alles in Ordnung, Paul?«

Chavasse nickte und übergab ihm das Steuer. »Bestens.«

Orsini zündete sich eine von seinen geliebten Zigarren an. »Ausgezeichnet. Wir werden bald da sein.«

Der Himmel färbte sich allmählich grau, und dichter Nebel stieg vom Wasser auf. Orsini bat Chavasse, noch einmal das Steuer zu übernehmen und ging zum Kartentisch. Er überprüfte die Angaben, die Francesca über die Position des Bootes gemacht hatte, und zeichnete in das Labyrinth von Wasserläufen auf der Karte den Kurs ein, den er einzuschlagen gedachte.

»Alles okay?« fragte Chavasse.

Orsini trat wieder hinter das Steuer. Er zuckte die Achseln. »Ich kenne diese Kanäle. Sie sind zehn bis zwölf Meter tief, und die Flutströmung ist sehr stark. Einen Tag sind sie voller Sandbänke, und am nächsten ist das Wasser zwanzig Meter tief. Bei solchen weitverzweigten Flußmündungen weiß man nie, wie man dran ist. Wir werden den Hauptarm des Bojana benützen und etwa eineinhalb Kilometer landeinwärts in die Sümpfe abbiegen. So werden wir am sichersten und schnellsten vorankommen.«

Der Nebel wurde immer dichter und hüllte die Jacht schließlich völlig ein, so daß Orsini die Geschwindigkeit auf zehn Knoten vermindern mußte. Gleich darauf kamen Carlo und Francesca herauf. Chavasse verließ das Deckhaus und stellte sich, die Hände in die Hosentaschen vergraben, an den Bug. Das sumpfige Ufer glitt im Nebel vorbei. Modriger Gestank drang ihm in die

Nase, und über sich hörte er das Geschrei von Wildenten, die über die Jacht hinwegzogen. Carlo trat neben ihn und bekreuzigte sich.

»Eine scheußliche Gegend. Ich bin immer froh, wenn ich wieder von hier wegkomme.«

Es war eine Landschaft wie in einem Alptraum. Lange schmale Sandbänke ragten aus dem Wasser auf, und landeinwärts erstreckte sich kilometerweit in Nebel gehülltes, mit Sumpfgras und Schilf bewachsenes Marschland, das von tausend Wasserläufen und Lagunen durchzogen wurde.

Orsini ging auf drei Knoten herunter, lehnte sich aus dem Fenster und ließ seinen Blick über die vorbeiziehenden Schilfbänke gleiten. Chavasse ging über das Deck zu ihm.

»Wie weit sind wir von der Stelle, wo das Boot liegt?«

»Vielleicht fünf Kilometer, aber wir können mit der Jacht nicht bis zu der Stelle fahren. Noch ein kurzes Stück, dann müssen wir ins Schlauchboot umsteigen.«

»Und wer bleibt an Bord?«

»Carlo. Es paßt ihm überhaupt nicht, aber ihm kann man es ja fast nie recht machen.«

Er grinste Carlo an, und dieser warf ihm einen wütenden Blick zu. Chavasse ging wieder zum Bug und stellte sich neben Francesca. Ein paar Minuten später lief die Jacht in eine kleine, etwa dreißig Meter breite Lagune ein, und Orsini schaltete den Motor ab.

Die Jacht glitt noch ein Stück weiter und stieß gegen eine Sandbank. Orsini verließ das Deckhaus und trat zu ihnen. Er legte seinen Arm um Francesca und lächelte sie an.

»Jetzt haben wir's bald geschafft, *cara*. In ein paar Stunden geht's wieder heimwärts. So wahr ich Giulio Orsini heiße.«

Sie sah mit ernstem Gesicht zu ihm auf; dann wandte sie sich zu Chavasse um und starrte ihn mit einem seltsamen düsteren Blick an, der ihn aus irgendeinem unerklärlichen Grund erschaudern ließ.

8

Francesca bereitete eine warme Mahlzeit — wahrscheinlich die letzte für längere Zeit —, und als sie gegessen hatten, holten Carlo und Chavasse das große Schlauchboot hervor, pumpten es auf und befestigten den Außenbordmotor.

Dann gingen sie hinunter in den Salon, um die Tauchgeräte zu holen. Orsini saß am Tisch und lud eine Maschinenpistole. Die eine Sitzbank war aufgeklappt, und Chavasse sah, daß ein ganzes Waffensortiment darunter verstaut war: eine Maschinenpistole, mehrere Selbstladegewehre und ein leichtes MG.

»Bediene dich«, sagte Orsini. »Es ist für jeden Geschmack etwas dabei.«

Chavasse nahm eins der Selbstladegewehre, ein Garrand, und nickte. »Das ist genau richtig. Und Munition?«

»Auch unter der Bank. In einer Schachtel.«

Chavasse bückte sich und sah, daß drei Schachteln unter der Bank standen. Die erste enthielt Handgranaten und die zweite einen Gurt mit mehreren kleinen Päckchen. Chavasse nahm eins heraus.

Orsini schüttelte den Kopf. »Das ist ein Sprengstoff, den wir im Krieg bei Unterwasseraktionen benützten. Ich habe ihn mir damals aufgehoben.«

»Ein angenehmer Gedanke, darauf zu sitzen«, sagte Chavasse.

Orsini grinste. »Eignet sich prima zum Fischen. Man steckt einen chemischen Zünder in ein faustgroßes Stück, schmeißt es ins Wasser und wartet. Sie kommen zu Tausenden hochgeschossen. Ich werde ein paar Päckchen mitnehmen — für den Fall, daß wir irgendwas sprengen müssen.«

In der dritten Schachtel fand Chavasse die Munition. Er lud sein Gewehr und wickelte sich einen Gurt mit hundert Schuß um den Bauch. Dann trug er mit Carlo ein Tauchgerät nach oben, und sie verstauten es zusammen mit verschiedenen Ausrüstungsgegenständen im Schlauchboot. Kurz nachdem sie fertig waren, kamen Orsini und Francesca an Deck.

Sie trug eine alte Seemannsjacke von Carlo, deren Ärmel sie hochgerollt hatte, und ein Kopftuch. Sie schien ruhig, doch sie war sehr blaß und hatte blaue Schatten unter den Augen.

Als Chavasse ihr ins Schlauchboot half, drückte er ihre Hand und flüsterte ihr zu: »Jetzt haben wir's bald hinter uns. Es wird schon schiefgehen.«

Sie lächelte zaghaft, gab aber keine Antwort. Er kletterte zu ihr ins Schlauchboot, setzte sich neben sie und legte das Gewehr auf seine Knie. Orsini folgte ihm und hockte sich ans Heck. Er blickte grinsend zu Carlo auf.

»Wenn alles klappt, sind wir vielleicht schon heute abend zurück. Spätestens aber morgen früh vor Sonnenaufgang.«

»Und wenn es nicht klappt?«

»Du bist ein schrecklicher Pessimist.«

Orsini drückte auf den automatischen Starter, und der kräftige Motor sprang an. Wildgänse flatterten erschrocken aus dem Schilf auf, und ihr Kreischen erfüllte die Luft. Als Carlo die Leine losließ, schoß das Schlauchboot davon. Chavasse warf noch einen Blick auf sein Gesicht, das düster über die Reling auf sie herunterschaute; dann verschwand es im Halbdunkel.

Die Schilfbüschel ragten wie fahle Gespenster aus dem Nebel auf, und man hörte nichts als das gleichmäßige Rattern des Außenbordmotors. Orsini blickte immer wieder auf den Kompaß und steuerte, von einem schmalen Wasserweg in den anderen einbiegend, auf die Stelle zu, die er nach Francescas Angaben auf der Karte markiert hatte.

Sie saß schweigend da, die Hände in den Taschen ihrer Seemannsjacke vergraben. Chavasse musterte sie verstohlen und fragte sich, woran sie wohl dachte. Wahrscheinlich an ihren Bruder und seinen schrecklichen Tod. Stechender modriger Sumpfgestank stieg ihm in die Nase, und er zündete sich schnell eine Zigarette an.

Nach einer Stunde stießen sie auf einen breiteren Wasserlauf, und Orsini stellte den Motor ab. »Wenn die Position, die Sie mir gegeben haben, stimmt, dann müssen wir ganz in der Nähe sein«, sagte er zu Francesca. »Erkennen Sie die Stelle wieder?«

Sie stand auf und blickte sich um. Dann setzte sie sich wieder und sagte stirnrunzelnd: »Diese Wasserläufe sehen alle gleich aus, aber hier war es bestimmt nicht. Die Stelle war viel schmaler. Ich weiß noch, daß mein Bruder in das Schilf hineinfuhr, um das Boot zu verstecken, und da stießen wir plötzlich auf diese kleine Lagune.«

Orsini stand auf und sah sich um. Die Schilfbänke erstreckten sich weit in den Nebel und bildeten eine scheinbar undurchdringliche Barriere. Er wandte sich zu Chavasse um und sagte: »Dies ist haargenau die von ihm berechnete Position — die Lagune kann also nicht weit weg sein. Es bleibt uns nichts anderes übrig, als sie zu suchen.«

Chavasse begann sich auszuziehen. »Ich hoffe nur, daß die letzten Malariaspritzen, die ich bekommen habe, noch wirken.«

Er behielt gegen die Kälte Hemd, Unterhose und Schuhe an, sprang ins Wasser und schwamm quer durch den Wasserlauf. Orsini folgte ihm gleich darauf und verschwand in der anderen Richtung im Nebel.

Es war bitterkalt, und Chavasse hustete. Der stechende, widerliche Gestank verursachte ihm Brechreiz. Er schwamm durch das Schilf und folgte einem schmalen Wasserlauf, der ihn in einem Halbkreis wieder zum Hauptkanal zurückführte.

Er bog in einen anderen ein und stieß nach ein paar Metern auf eine seichte, nur ein oder zwei Meter tiefe Lagune, die er durchquerte. Im gleichen Moment hörte er Orsini von der anderen Seite des Schilfdickichts her rufen. Er schwamm zu ihm und erreichte nach etwa dreißig Metern eine kleine Lagune, in deren Mitte Orsini eben prustend, eine nasse Haarsträhne in der Stirn, auftauchte. Chavasse blickte hinunter in das klare Wasser und sah in etwa zehn Meter Tiefe das Boot. Er tauchte steil nach unten, wobei er schluckte, um den Druck in seinen Ohren zu vermindern, packte die Reling und hielt sich daran fest. Er hangelte sich an der Reling des umgekippten Bootes bis zum Heck, an dem in goldenen Buchstaben der Name *Teresa-Bari* stand. Nachdem er sich kurz vom Zustand des Wracks überzeugt hatte, ließ er die Reling los und schoß nach oben.

Nach Luft schnappend, grinste er Orsini an. »Gute Navigationsarbeit.«

»Meine Mutter, Gott hab sie selig, hat mich schon immer für ein Genie gehalten.«

Orsini wandte sich ab, schwamm quer durch die Lagune und verschwand zwischen dem Schilf. Chavasse folgte ihm. Sie stießen nicht weit von dem Schlauchboot auf den Hauptkanal und schwammen darauf zu.

»Glück gehabt?« fragte Francesca.

Orsini nickte. »Es liegt genau an der markierten Stelle. Ohne die Kreuzpeilung wäre es hoffnungslos gewesen. Wir hätten die Sümpfe ein Jahr lang absuchen können, ohne es zu finden.«

Sie kletterten in das Schlauchboot, Orsini ließ den Motor an und steuerte auf die Schilfbank zu. Einen Moment lang erschien sie wie eine unüberwindliche Barriere, dann teilte sich das Schilf, und sie glitten in die Lagune.

Als sie in der Mitte waren, stellte Orsini den Motor ab. Francesca beugte sich über den Rand des Schlauchboots und starrte mit blassem Gesicht in das klare Wasser hinunter. Plötzlich erschauderte sie und hob den Kopf.

»Wird es lange dauern?«

Orsini verneinte. »Einer von uns wird hinuntertauchen und ein Tau befestigen, damit wir nicht abtreiben. Wenn alles gutgeht, sind wir in ein paar Stunden fertig.« Er wandte sich an Chavasse. »Hast du was dagegen, noch mal reinzuspringen?«

Chavasse schüttelte den Kopf. »Kälter als hier oben kann es auch nicht sein.«

Der Wind schnitt wie ein Messer durch sein nasses Hemd, während Orsini das schwere Tauchgerät an seinem Rücken festschnallte. Als er merkte, daß Francesca ihn mit ängstlich aufgerissenen Augen anstarrte, lächelte er.

»Ein Kinderspiel. Sie werden staunen, wie schnell es geht.«

Sie lächelte gequält. Er legte die Tauchmaske an, setzte sich auf den Rand des Schlauchboots und ließ sich langsam ins Wasser gleiten. Als er hochkam, warf Orsini ihm das Tau zu. Chavasse stellte sein Sauerstoffgerät ein, tauchte, und schwamm in einem weiten Bogen auf das Boot zu.

Er band das Ende des Taues an der Heckreling fest und schwamm zum Deckhaus des auf der Seite liegenden Bootes. Klaffende Schußlöcher im Rumpf und in den Aufbauten zeugten von dem verbissenen Feuergefecht zwischen der *Teresa* und dem albanischen Patrouillenboot. Das Dach des Salons hatte einen Volltreffer abbekommen, und die Kajütentreppe war schwer beschädigt.

Er glitt hinunter und zwängte sich durch die Tür. Der Salontisch hatte sich aus seiner Befestigung gelöst und schwebte zusammen mit mehreren Flaschen und ledernen Sitzkissen unter der Decke.

Von der Madonna war nichts zu sehen. Er schwamm zu der Tür, die in die vordere Kajüte führte. Das Dach war an dieser Stelle offenbar von einer Granate zerfetzt worden, und verbogene Metallteile blockierten die Tür. Er wandte sich um, schwamm durch den Salon zurück, zwängte sich durch die Tür und schoß zur Oberfläche hoch.

Er tauchte ein paar Meter hinter dem Schlauchboot auf und schwamm darauf zu. Orsini zog ihn herauf, und er setzte sich und nahm die Maske ab.

»Im Innern sieht's furchtbar aus. Ein unbeschreibliches Durcheinander.«

»Und die Madonna?«

»Keine Spur davon zu sehen. In die vordere Kajüte konnte ich nicht. Am Ende des Salons hat eine Granate die Decke durchschlagen, und die Trümmer blockieren die Tür.«

»Aber dort drin ist sie!« sagte Francesca. »Jetzt fällt es mir ein. Als die Schießerei begann, hat Marco sie unter eine Koje gelegt. Sie war in eine Decke gewickelt und gegen die Feuchtigkeit in Wachstuch eingeschlagen. Das Bündel war etwa eineinhalb Meter lang.«

Orsini zog ein Päckchen unter dem Achtersitz hervor. »Gut, daß ich etwas von dem Sprengstoff mitgenommen habe. Du wirst die Tür aufsprengen müssen.«

Er öffnete das Päckchen und holte ein wie eine Wurst geformtes Stück von dem Plastiksprengstoff heraus. »Das wird genügen. Wir dürfen nicht das ganze Boot in die Luft jagen.«

Aus einem anderen Paket nahm er eine kleine Holzschachtel, die mehrere, einzeln in Plastikfolie verpackte chemische Zünder enthielt.

»Wie lange dauert es, bis die Dinger hochgehen?« fragte Chavasse.

»Eine Minute. Ich hab' auch welche, die länger brauchen, aber die hab' ich auf der Jacht gelassen.«

»Hast du vor, meine Lebensversicherung zu kassieren?« fragte Chavasse.

»Eine Minute reicht doch, um sich in Sicherheit zu bringen. Du mußt das Ding bloß in den Sprengstoff stecken, das Ende abbrechen und verschwinden. Wenn du willst, mach ich's.«

»Gib doch nicht so an«, sagte Chavasse grinsend. »Du weißt

ganz genau, daß du mit deinem Bauch nicht einmal durch die Salontür kämst.«

Er warf einen Blick auf Francescas blasses, besorgtes Gesicht, klemmte das Gummimundstück des Sauerstoffgeräts zwischen die Zähne, stülpte die Maske über und sprang ins Wasser.

Er glitt rasch hinab, passierte ohne Schwierigkeiten die Kajütentreppe und schwamm durch den Salon. Er preßte den Plastiksprengstoff an die untere Türkante und steckte vorsichtig den Zünder hinein. Er zögerte einen Moment, dann brach er das Ende ab.

Die Zündschnur flammte zischend und sprühend wie ein Feuerwerksschwärmer auf, und er schwamm zur Treppe. Als er sich durch die schmale Öffnung zwängte, blieb sein Tauchgerät hängen. Er unterdrückte seine Angst, machte es los, glitt hindurch und schoß zur Oberfläche hoch.

Er tauchte neben dem Schlauchboot auf, und Orsini zog ihn hinein. Im gleichen Moment hörte man ein dumpfes Dröhnen, und das Schlauchboot begann heftig zu schwanken. Das Wasser sprudelte auf, Trümmer schnellten empor, Sand und Schlamm quollen hoch.

Sie warteten fünfzehn Minuten. Allmählich wurde das Wasser klar, und man konnte wieder den Rumpf des Bootes erkennen. Orsini nickte, und Chavasse tauchte abermals.

Obwohl immer noch eine Menge Sand und Schlamm im Wasser schwebte und er nicht weit sehen konnte, fand er die *Teresa* ohne Schwierigkeiten. Die Explosion hatte sogar die Tür zur Kajütentreppe weggerissen, und so konnte er unbehindet in den Salon eindringen. An der Stelle, wo die Tür zur Kajüte gewesen war, klaffte jetzt ein gähnendes Loch. Er schwamm darauf zu, hielt einen Moment inne und glitt dann in die Kajüte.

Die Kojen waren unbeschädigt, doch das Bettzeug schwebte, sich langsam im Wasser bewegend, als sei es lebendig, unter der Decke. Er schwamm zwischen den weiß schimmernden Laken hindurch und sah sich nach der Madonna um. Er erkannte sofort, daß es sinnlos war, danach zu suchen. In der Kajüte war kein eineinhalb Meter langes, in Wachstuch eingeschlagenes Bündel.

Die Madonna war aus Ebenholz, das zwar schwer war, aber schwamm, und so glitt er noch einmal, verzweifelt Umschau haltend, zwischen den flatternden Laken hindurch. Dann gab er es auf.

Er verließ das Boot, hielt sich an der Reling fest und dachte einen Moment nach. Vielleicht hatte Francesca sich geirrt. Vielleicht hatte ihr Bruder die Statue irgendwo anders im Boot versteckt. Und natürlich bestand auch die Möglichkeit, daß sie bei der Explosion herausgeschleudert worden war.

Er beschloß, noch einmal in das Boot einzudringen und es von einem Ende zum anderen genau zu durchsuchen. Doch zuerst mußte er Orsini Bescheid sagen.

Er kam ein paar Meter neben dem Schlauchboot hoch und tauchte sofort wieder unter. Orsini stand mit abgewandtem Gesicht da und streckte die Hände über den Kopf. Auf der anderen Seite des Schlauchbootes lag ein flacher Sumpfkahn, in dem drei Albanier standen. Sie trugen schäbige, schmutzige Uniformen, und an ihren Schirmmützen prangte der rote Stern. Zwei von ihnen hielten Orsini und Francesca mit Maschinenpistolen in Schach, und der dritte wollte eben auf das Schlauchboot springen.

Während Chavasse unter dem Schlauchboot durchtauchte, zerpflügte eine Maschinenpistolensalve das Wasser an der Stelle, wo er hochgekommen war. Sein Tauchgerät scharrte über die Unterseite des Kahns. Er streckte die Hand aus dem Wasser, packte den Rand und kippte das leichte Boot um.

Einer der Soldaten klammerte sich verzweifelt zappelnd an ihn. Chavasse schlug einen Arm um seinen Hals und zerrte ihn in die Tiefe. Er hielt sich mit einer Hand an der Reling der *Teresa* fest und drückte ihm die Kehle zu.

Der Kopf des Soldaten zuckte; seine Hände krallten sich um den Sauerstoffschlauch und rissen ihn Chavasse aus dem Mund. Chavasse preßte die Lippen zusammen und drückte noch fester zu. Die Bewegungen des Mannes wurden immer schwächer, und plötzlich erschlaffte er. Chavasse ließ ihn los, und er schwebte durchs Wasser davon.

Der Sand am Grund der Lagune war zu einer großen Wolke aufgewühlt. Chavasse klemmte das Mundstück des Sauerstoffschlauchs wieder zwischen die Zähne und glitt nach oben. Er sah über sich ein wildes Gezappel, als ob zwei Männer verzweifelt im Wasser miteinander rangen.

Er schoß auf die Stelle zu, zog sein Messer aus der Scheide und stach auf eine dunkle, in eine Khakiuniform gekleidete Gestalt ein. Der Soldat schlug heftig um sich und stieß Chavasse weg, so daß er auftauchte.

Ein paar Meter vor ihm rammte ein großes Motorboot gegen das Schlauchboot. Zwei Soldaten umklammerten Francesca, und nebem dem Motorboot trieb mit blutüberströmtem Gesicht Orsini im Wasser.

Ein Soldat stürzte, die Maschinenpistole im Anschlag, an die Reling, doch ein Mann in einer dunklen Lederjacke mit Pelzkragen sprang vor und schlug den Lauf weg, so daß die Schüsse in einigen Metern Entfernung ins Wasser prasselten.

»Ich will ihn lebendig!« schrie er.

Einen Moment blickte Chavasse in Adem Kapos wutverzerrtes Gesicht; dann tauchte er und schwamm mit hastigen Schlägen zum Rand der Lagune. Mühsam arbeitete er sich durch das Schilf durch und tauchte auf. Hinter sich hörte er aufgeregtes Stimmengewirr, und dann sprang knatternd die Maschine des Motorbootes an.

Er durchquerte den Hauptkanal, glitt auf der anderen Seite in einen schmalen Seitenarm und schwamm, so schnell er konnte, davon.

9

Das Motorboot bog, das mit einem Tau befestigte Schlauchboot hinter sich herziehend, aus einem Nebenkanal in den Hauptstrom des Bojana-Flusses ein. Am Heck kauerten vier Soldaten. Sie rauchten Zigaretten und unterhielten sich flüsternd. Neben ihnen lagen, mit einer Persenning zugedeckt, ihre zwei Kameraden, die Chavasse in der Lagune getötet hatte.

Orsini war mit Handschellen an die Reling gefesselt; sein Kopf, den ein wuchtiger Gewehrkolbenhieb getroffen hatte, war verbunden, und er schien halb bewußtlos. Francesca Minetti war nicht zu sehen. Auf dem Vorderdeck ging, nervös eine Zigarette paffend, den Pelzkragen seiner Lederjacke hochgeschlagen, Adem Kapo auf und ab.

Orsini beobachtete ihn aus halbgeschlossenen Augen. Nach einer Weile kam ein anderer Mann die Kajütentreppe herauf. Er war etwa ebenso groß wie Orsini, hatte ein narbenzerfurchtes, brutales Gesicht und trug die Uniform eines Obersts der albanischen Armee mit den grünen Insignien des militärischen Nachrichtendienstes am Kragen.

Kapo drehte sich zu ihm um und starrte ihn aus weit aufgerissenen Augen an. »Na?«

Der Oberst zuckte die Achseln. »Es ist nichts aus ihr herauszukriegen.«

Kapos Gesicht lief zornrot an. »Sie haben doch gesagt, es wird klappen, verdammt noch mal. Wir brauchten bloß zu warten; sie würden uns garantiert ins Netz gehen. Was, zum Teufel, soll ich denn jetzt nach Tirana melden?«

»Was soll er tun — immer weiterschwimmen?« Der Oberst lachte spöttisch. »Keine Angst, wir kriegen ihn schon. Eine Nacht im Sumpf wird genügen, ihn mürbe zu machen.«

»Hoffen wir, daß Sie recht haben.«

Kapo ging zu Orsini, blickte einen Moment auf ihn nieder und versetzte ihm dann einen wütenden Fußtritt. Orsini biß die Zähne zusammen und rührte sich nicht. Kapo wandte sich ab und begann wieder ruhelos auf und ab zu wandern.

Als das Motorboot die in den Fluß ragende Landspitze umfuhr, lugte Chavasse vorsichtig durchs Schilf. Es glitt in knapp fünf Meter Entfernung an der Stelle vorbei, an der er bis zur Brust im Wasser stand, und seine geübten Augen erfaßten alles — Orsini und die Soldaten, Kapo, der, im Mundwinkel die Zigarettenspitze, am Bug stand.

Die interessanteste Entdeckung war, daß sich Taschko an Bord befand. Als Chavasse ihn zum letztenmal gesehen hatte, war er wie ein gewöhnlicher Matrose aus Taranto gekleidet gewesen, und jetzt trug er die Uniform eines Obersts des albanischen Nachrichtendienstes, was so manches erklärte. Hinter ihm, durch das Deckhausfenster, sah Chavasse den Kopf und die Schultern Hadschis, des Messerstechers, der am Steuer stand.

Als das Motorboot im Nebel verschwunden war, watete er an Land und setzte sich auf einen einigermaßen trockenen Fleck Boden, um die Situation zu überdenken. Der Sumpfgestank stieg ihm in die Nase, und er fror so sehr, daß er sich nur mühsam konzentrieren konnte.

So unklar manches an der Angelegenheit war — eins stand fest: Adem Kapo war kein gewöhnlicher Agent, sondern wesentlich mehr: Wahrscheinlich ein hoher *Sigurmi*-Offizier. Das mußte er sein, wenn ein Oberst des Militärischen Nachrichtendienstes Befehle von ihm entgegennahm.

Auf jeden Fall war er ein Mann, der wußte, was er tat. Offenbar war er von Matano aus direkt hierhergefahren, und der vierundzwanzigstündige Vorsprung hatte es ihm ermöglicht, aus Tama Verstärkung zu holen und sie auf diese Weise zu empfangen.

Zweifellos hatte man die *Buona Esperanza,* sobald sie die Küste erreichte, beobachtet, und die Verfolgung des Schlauchbootes konnte für Männer, die sich in den Sümpfen auskannten, kein Kunststück gewesen sein.

Er fragte sich, was sie wohl mit Carlo gemacht hatten. Wahrscheinlich brachten sie ihn ebenfalls nach Tama. Es war die einzige größere Stadt in der Gegend, und Kapo hatte dort sicher sein Hauptquartier.

Als das Knattern des Motorbootes nur noch ganz leise zu hören war, glitt er ins Wasser und schwamm ihm nach. In spätestens einer Stunde würden sie ihn zu suchen beginnen und sich dabei vermutlich auf das Gebiet entlang der Küste konzentrieren. Es schien deshalb wesentlich günstiger, sich in Tama zu verstecken. Dort gab es wenigstens in der Nähe des Flusses Häuser, und wo es Häuser gab, dort gab es auch trockene Kleider und Nahrung. Vielleicht bot sich sogar eine Möglichkeit, den anderen zu helfen, doch allzu groß schien ihm die Hoffnung darauf nicht.

Nach etwa fünfzehn Minuten ging ihm der Sauerstoff aus. Er tauchte rasch auf, stieg aus dem Wasser und watete zwischen das Schilf. Er zog seine Schwimmflossen aus, schnallte das schwere Tauchgerät ab und warf es ins Wasser.

Mühsam bahnte er sich einen Weg durchs Schilf — ständig begleitet von den Schreien der Wildgänse, die erschrocken aufflatterten, wenn er sich ihnen näherte.

Es war ein anstrengender Marsch. Immer wieder mußte er

schmale Wasserläufe durchwaten, und manchmal versank er bis zu den Hüften in zähem, klebrigem Schlamm. Das Salzwasser brannte in seinen Augen, und die beißende Kälte machte seine Glieder bald völlig gefühllos.

Als er eine Weile durch die graue Einöde marschiert war, wurde der Boden fester, und er spürte Sand und federndes Sumpfgras unter den Füßen. Er blieb auf einem kleinen Hügel stehen und neigte den Kopf zur Seite. Er nahm einen beißenden Rauchgeruch wahr, den der Wind von irgendwoher mitbrachte.

Als er sich umsah, fiel sein Blick auf eine kleine, von einem Seitenarm des Flusses umschlossene Insel, auf der ein niedriges Haus aus dem Nebel aufragte. Es war kein Mensch zu sehen, und an dem schmalen Landungssteg davor war kein Boot festgemacht. Wahrscheinlich war es die Hütte eines Fischers oder Fallenstellers. Chavasse ging ein Stück flußaufwärts, dann stieg er ins Wasser und ließ sich von der Strömung zu der Insel hinübertragen.

Er kletterte an Land und schlich vorsichtig, sein Messer in der Hand, durchs Schilf. Bis zu dem Haus, einer armseligen Blockhütte mit einem Schindeldach und einem gemauerten Schornstein, waren es nur etwa zehn Meter.

Zwei oder drei magere Hühner, die apathisch im Boden herumpickten, stoben aufgeregt auseinander, als er aus dem Schilf trat. Die Hintertür bestand aus primitiv zusammengenagelten Brettern; sie ging knarrend auf, als er die Kette, die sie zuhielt, losmachte.

Er trat in einen kleinen Raum, der offenbar als Küche diente. Die Einrichtung bestand aus einem Geschirrschrank und einem klapprigen Tisch, und neben der Tür stand ein Eimer mit frischem Wasser. Im Wohnzimmer gab es einen Tisch, ein paar Stühle und zwei oder drei Schränke; vor dem Kamin, in dem ein paar Holzklötze brannten, lag ein Fell.

Als er vor dem Kamin niederkniete, um seine Hände an dem Feuer zu wärmen, streifte plötzlich ein kühler Luftzug seine Wange. Eine Stimme sagte leise: »Stehen Sie auf. Nehmen Sie die Hände hoch und machen Sie keine Dummheiten.«

Er richtete sich langsam auf. Hinter sich hörte er Schritte, und dann bohrte ihm jemand einen Gewehrlauf in den Rücken. Als eine Hand nach dem Messer an seiner Hüfte griff, fuhr er herum und stieß den Gewehrlauf weg. Die Stimme schrie erschrocken auf, und dann umklammerten sie einander und stürzten zu Boden. Chavasse hob den rechten Arm, um dem anderen mit der Handkante einen tödlichen Karateschlag zu versetzen.

Er hielt inne. Erst jetzt sah er, daß es ein junges Mädchen von höchstens neunzehn oder zwanzig Jahren war. Sie trug ein dikkes, wasserdichtes Jagdwams, Kordbreeches und Stiefel und hatte dunkles, kurzgeschnittenes Haar wie ein Junge, hohe Bakkenknochen und dunkelbraune Augen.

»Das ist aber mal eine Überraschung«, sagte er leise und setzte sich auf.

Sie lag da und starrte ihn verblüfft an; dann sprang sie mit katzenhafter Gewandtheit auf, riß das Gewehr hoch und richtete es auf seine Brust. Er wartete. Der Lauf schwankte; dann ließ sie ihn langsam sinken. Sie lehnte das Gewehr an den Tisch und musterte ihn neugierig. Ihr Blick schweifte über seine nackten Füße und die Hose und das Hemd, die naß an ihm klebten.

Sie nickte. »Sie sind auf der Flucht, was? Wer sind Sie? Ein entsprungener Sträfling?«

Er schüttelte den Kopf. »Auf der Flucht bin ich, aber ich bin kein Sträfling.«

Sie runzelte die Stirn und packte wieder das Gewehr. »Eins steht fest: Sie sind kein *Geg*. Sie sprechen wie ein *Tosk* aus der großen Stadt.«

Chavasse wußte von der Feindschaft, die immer noch zwischen den beiden Hauptbevölkerungsgruppen Albaniens herrschte: den *Gegen* im Norden mit ihrer Stammes- und Familientreue und den *Tosken* im Süden, bei denen der Kommunismus auf fruchtbaren Boden gefallen war.

Es gab Situationen, in denen ein Mann bluffen mußte, und dies war so eine. Er verzog sein Gesicht zu dem unwiderstehlichen charmanten Lächeln, das eine seiner stärksten Waffen war, und hob die Hand, als er sah, daß sie das Gewehr wieder hob.

»Ich bin weder *Geg* noch *Tosk*. Ich bin Ausländer.«

Sie sah ihn zutiefst verblüfft an. »Ausländer? Woher kommen Sie? Aus Jugoslawien?«

Er schüttelte den Kopf. »Aus Italien.«

Ihre Miene hellte sich auf. »Aha, ein Schmuggler.«

»So was Ähnliches. Wir wurden von Soldaten überrascht. Ich

konnte entkommen. Ich glaube, meine Freunde haben sie nach Tama gebracht.« Sie starrte ihn nachdenklich an, und er streckte ihr die Hand hin.

»Paul Chavasse.«

»Franzose?«

»Und Engländer. Halb und halb.«

Sie entschloß sich endlich und drückte seine Hand. »Liri Kupi.«

»Es gab einmal einen *Geg*-Häuptling namens Abas Kupi. Er war der Anführer der *Legaliteti,* der monarchistischen Partei.«

»Er war der Häuptling unseres Stammes. Nachdem die Kommunisten die meisten seiner Parteifreunde bei einem sogenannten Verbrüderungstreffen ermordet hatten, floh er nach Italien.«

»Sie scheinen Hodscha und seine Leute nicht besonders zu mögen.«

»Hodscha?«

Sie spuckte verächtlich aus.

10

Chavasse stand auf der Bastmatte neben dem großen Bett und rieb sich mit einem Handtuch ab, bis seine Haut glühte. Dann zog er schnell die Sachen an, die Liri ihm gegeben hatte: eine Kordhose, ein kariertes Wollhemd und knielange Lederstiefel, die eine Nummer zu groß waren, so daß er sie noch einmal ausziehen und ein zweites Paar Socken überstreifen mußte.

Die Sachen hatten ihrem Bruder gehört. Er war mit achtzehn Jahren zur Armee eingezogen worden und bei einem der Feuergefechte, zu denen es fast täglich an der jugoslawischen Grenze kam, gefallen. Ihr Vater hatte den *Legaliteti,* der monarchistischen Partei, angehört, und war im letzten Kriegsjahr bei den Kämpfen in den Bergen gefallen. Seit dem Tod ihrer Mutter lebte sie allein in den Sümpfen, wo sie geboren und aufgewachsen war, und verdiente sich ihren Lebensunterhalt mit Jagen und Fallenstellen.

Als er ins Wohnzimmer zurückkam, saß sie am Feuer und rührte in einem großen, an einem Haken hängenden Topf. Sie drehte sich um, strich sich das Haar aus der Stirn und lächelte.

»Gleich gibt es was zu essen. Sie müssen ja ganz ausgehungert sein.«

Er zog einen Stuhl an den Tisch und sah gierig zu, wie sie einen Blechteller mit Fleisch und Gemüse füllte. Ohne viele Worte zu verlieren, nahm er seinen Löffel und begann zu essen. Als er fertig war, tat sie ihm eine zweite Portion auf den Teller.

Er lehnte sich seufzend zurück. »So gut hat es mir schon lange nicht geschmeckt.«

Sie öffnete eine Flasche und schenkte eine klare, farblose Flüssigkeit in ein Glas. »Ich würde Ihnen gern eine Tasse Kaffee anbieten, aber er ist bei uns sehr schwer zu bekommen. Das hier ist ein selbstgebrannter Schnaps. Sehr stark, wenn man ihn nicht gewöhnt ist, aber das beste Mittel gegen Sumpffieber.«

Der Schnaps explodierte förmlich in seinem Magen, und eine angenehme Wärme durchströmte ihn. Er hustete, und Tränen stiegen ihm in die Augen. Sie öffnete eine alte Dose und bot ihm eine Zigarette an. Es waren mazedonische aus grobem, braunem, lockerem Tabak mit langem Mundstück. Chavasse verstand damit umzugehen: Er knickte das Mundstück um, beugte sich über den Tisch, und sie gab ihm mit einem brennenden Holzspan Feuer.

Sie zündete sich ebenfalls eine an, tat einen tiefen Zug und sagte leise: »Sie sind kein Schmuggler. Und auch kein Seemann. Dafür haben Sie zu zarte Hände.«

»Sie haben mich durchschaut. Ich habe gelogen.«

»Dafür haben Sie sicher einen guten Grund gehabt.«

Er blickte einen Moment nachdenklich in sein Glas, dann beschloß er, seine Karten aufzudecken. »Haben Sie schon mal von der Jungfrau von Skutari gehört?«

»Von der Schwarzen Madonna? Selbstverständlich. Sie ist vor drei Monaten verschwunden. Man nimmt allgemein an, daß die Regierung in Tirana sie gestohlen hat. Es paßt ihr nicht, daß die Kirche in letzter Zeit wieder so großen Einfluß auf die Bevölkerung gewinnt.«

»Ich bin hier, um sie zu suchen«, sagte Chavasse. »Sie soll an Bord eines Motorbootes sein, das in einer Sumpflagune in der Nähe der Küste gesunken ist. Meine Freunde und ich wurden bei der Suche von Militär überrascht.«

Er erzählte ihr von Francesca Minetti und Giulio Orsini und

Carlo und der *Buona Esperanza.* Als er fertig war, nickte sie langsam.

»Eine schlimme Sache. Die *Sigurmi* werden sie ausquetschen. Sie haben ihre eigenen Methoden, Leute zum Reden zu bringen — keine feinen Methoden. Das Mädchen tut mir leid. Weiß Gott, was sie mit ihr machen werden.«

»Ob es wohl möglich ist, nach Tama hineinzukommen?« sagte Chavasse. »Vielleicht kann ich herauskriegen, was mit ihnen geschieht.«

Sie sah ihn ernst an. »Es gibt bei uns ein altes Sprichwort: Nur ein Narr steckt seinen Kopf in den Rachen des Tigers.«

»Sie werden ihre Suche bestimmt auf die Sümpfe entlang der Küste konzentrieren«, sagte Chavasse. »Wer könnte mich nach Tama hineinschmuggeln?«

»Vielleicht wüßte ich eine Möglichkeit.« Sie stand auf, ging zum Kamin und blickte, die Hand auf den Sims stützend, ins Feuer. Dann drehte sie sich um und sagte: »Es gibt jemand, der Ihnen helfen könnte, einen Franziskaner — Pater Schedu. Im Krieg war er ein berühmter Widerstandskämpfer, eine fast legendäre Gestalt. Es wäre von den Kommunisten politisch sehr unvernünftig, solch einen Mann zu verhaften oder zu erschießen. Sie begnügen sich damit, ihm das Leben schwerzumachen — natürlich stets mit äußerster Höflichkeit.«

»Lebt dieser Pater Schedu in Tama?« fragte Chavasse.

»Am Rand der Stadt liegt ein mittelalterliches Kloster. Man hat darin die örtlichen Militärdienststellen untergebracht. Die katholische Kirche wurde zu einem Restaurant umgebaut, doch am Wasser gibt es noch eine alte Klosterkapelle. Dort hält Pater Schedu seine Gottesdienste.«

»Ist es schwierig, hinzukommen?«

»Es ist nur eine halbe Stunde von hier. Ich habe einen Außenbordmotor. Nicht sehr zuverlässig, aber so weit wird er's schon schaffen.«

»Könnten Sie ihn mir leihen?«

»Unmöglich.« Sie schüttelte den Kopf. »Auf dem Fluß würden Sie nicht einen Kilometer weit kommen. Ich kenne alle möglichen Seitenwege.«

Sie holte eine Ölhaut und eine alte Schirmmütze von einem Haken an der Tür und warf ihm beides zu.

»Kommen Sie.«

Sie nahm ihr Jagdgewehr, und sie verließen das Haus und gingen zum Fluß hinunter, Chavasse sah auch jetzt kein Boot an dem kleinen Landungssteg. Sie ging daran vorbei und führte ihn durch dichtes Unterholz zu einer kleinen gerodeten Stelle, die sanft ins Wasser abfiel. Ihr Boot, ein flacher Kahn mit einem alten Motor am Heck, war an einem Baum festgebunden.

Chavasse stieß ab, und sie startete den Motor. Er sprang knatternd an, und sie glitten durch das Schilf auf den Fluß hinaus.

Liri Kupi verstand ausgezeichnet mit dem Boot umzugehen. Als sie an eine Stelle kamen, wo Sandbänke und zackige Felsen aus dem Wasser ragten, steuerte sie geschickt um die Hindernisse herum.

Nach einer Weile verließen sie den Bojana und bogen in einen schmalen Seitenarm ein, der sich in einem Halbkreis durch einen großen, von zahllosen Lagunen und Wasserläufen durchzogenen Sumpf schlängelte.

Als sie schließlich wieder den Fluß erreichten, tauchte eine große, in Nebel gehüllte Insel vor ihnen auf. Nachdem sie sie umschifft hatten und sich dem jenseitigen Ufer näherten, roch er Rauch, und irgendwo bellte ein Hund.

Liri fuhr dicht am Ufer entlang, und bald sah man durch den Nebel die Umrisse der ersten Häuser. Sie holte ihre Zigarettendose hervor und warf sie Chavasse zu. Er nahm eine heraus, zündete sie an, lehnte sich zurück und blickte zur Stadt hinüber. Soviel er wußte, hatte sie nur noch knapp fünfhundert Einwohner. Seit Beginn der Feindseligkeiten zwischen Jugoslawien und Albanien war der Verkehr auf dem Fluß fast völlig zum Erliegen gekommen, und der Bojana war mit der Zeit so stark versandet, daß er kaum noch befahren werden konnte.

Das Kloster tauchte aus dem Nebel auf, ein etwas abseits vom Ufer liegender riesiger, weitausgedehnter mittelalterlicher Bau mit zerbröckelnden Mauern.

Eine albanische Fahne mit dem roten Stern und dem schwarzen doppelköpfigen Adler hing schlaff im Regen, und von irgendwoher erklang leise ein Hornsignal.

Ein Stück weiter arbeiteten vierzig oder fünfzig Häftlinge am Ufer. Sie standen zum Teil bis zu den Hüften im Wasser und rammten Pfähle für einen neuen Landungssteg in den Flußboden. Chavasse sah, daß die Füße der an Land arbeitenden mit Ketten aneinander gefesselt waren.

»Das sind Politische«, sagte Liri. »Man schickt sie aus dem ganzen Land hierher. Sie gehen in den Sümpfen schnell zugrunde, wenn die Hitze kommt.«

Sie steuerte auf eine kleine verfallene Kapelle zu, deren verwitterte Mauern direkt in den Fluß abfielen. Am Fuß der Mauer klaffte dunkel die Öffnung eines schmalen Tunnels, in den Liri den Kahn hineinlenkte.

Der Tunnel mochte etwa zwei Meter hoch sein, und als Chavasse die Hand ausstreckte, stieß er an eine kalte, feuchte Mauer. Mit zusammengekniffenen Augen starrte er in die Finsternis, bis es plötzlich heller wurde. Liri stellte den Motor ab, und das Boot glitt an einem aus großen Holzstämmen zusammengefügten Landungssteg entlang.

Sie legten neben einer steinernen Treppe an, Chavasse machte den Kahn an einem Eisenring fest und half Liri heraus. In dem schwachen Lichtschein, der irgendwo von oben hereinfiel, sah er, daß sie ihm zulächelte.

»Ich bin gleich wieder da«, sagte sie und stieg eine Steintreppe hinauf. Chavasse setzte sich auf den Landungssteg, zündete sich eine Zigarette an und wartete. Mindestens fünfzehn Minuten verstrichen. Als sie zurückkam, lief sie die Treppe nicht wieder herunter, sondern rief ihm von oben zu: »Kommen Sie, Paul.«

Er stieg hinauf. Sie öffnete eine große Eichentür und führte ihn durch einen schmalen Gang. Am anderen Ende machte sie eine zweite Tür auf, und sie traten in die kleine Kapelle.

Es war halbdunkel. Nur vorn am Altar flackerten einige Kerzen, deren Schein auf die Gottesmutter fiel. Es roch stark nach Weihrauch, und Chavasse fühlte sich leicht benommen. Es war lange her, seit er zum letztenmal in einer Kirche gewesen war – viel zu lange, wie seine Mutter ihm immer wieder vorwarf. Er lächelte leise, als er daran dachte, während sie den Mittelgang hinuntergingen.

Pater Schedu kniete in seiner dunkelbraunen Kutte betend vor dem Altar. Seine Augen waren geschlossen, das hagere Gesicht von tiefer Ruhe erfüllt. Merkwürdigerweise schien die häßliche wulstige Narbe von der alten Schußverletzung, die ihn das linke Auge gekostet hatte, sein Gesicht überhaupt nicht zu entstellen.

Er war ein Mann, der in seinem Glauben ruhte, dessen Überzeugung unerschütterlich war — ein Fels in der Brandung, dem Männer wie Enver Hodscha und Adem Kapo nichts anhaben konnten.

Er bekreuzigte sich, stand mit einer geschmeidigen Bewegung auf und drehte sich zu ihnen um. Sein scharfer, bohrender Blick erfüllte Chavasse mit Unsicherheit. Einen Moment lang war er wieder der kleine Junge, der im Dorf seines Großvaters bei Finstère kurz nach Kriegsende vor dem strengen alten Gemeindepfarrer stand und verlegen schluckend zu erklären versuchte, warum er die Messe versäumt hatte.

Pater Schedu reichte ihm lächelnd die Hand. »Es freut mich, Sie kennenzulernen, mein Sohn. Liri hat mir erzählt, warum Sie hier sind.«

Chavasse drückte die Hand des Paters und atmete erleichtert auf. »Sie meinte, Sie könnten mir vielleicht helfen, Pater.«

»Ich weiß von der Sache mit der Statue«, sagte der Priester. »Mein Vorgänger, Pater Kupescu, hat sie dem jungen Mann, der später in den Sümpfen erschossen wurde, anvertraut. Pater Kupescu hat übrigens für seine Handlungen mit dem Leben bezahlt.«

»Das Mädchen, das uns begleitete, ist die Schwester des jungen Mannes«, sagte Chavasse. »Sie hat uns gezeigt, wo Minettis Boot liegt.«

Pater Schedu nickte. »Sie und ein Italiener namens Orsini wurden heute am frühen Nachmittag nach Tama gebracht. Sie sind im Kloster.«

»Woher wissen Sie das?«

»Ich besuchte gerade kranke Häftlinge — eins der wenigen Privilegien, die man mir noch gelassen hat.«

»Erstaunlich, daß Sie überhaupt noch Ihr Amt ausüben dürfen.«

Pater Schedu lächelte leise. »Wie Sie vielleicht bemerkt haben, habe ich den gleichen Namen wie unser geliebter Präsident, und das erfüllt die kleinen Parteifunktionäre mit einer abergläubischen Ehrfurcht. Sie sind sich nicht ganz sicher, ob ich nicht entfernt mit ihm verwandt bin. Aber viel hilft das auch nicht. Wir hatten hier eine herrliche Kirche. Sie haben ein Restaurant daraus gemacht. Der Altar dient als Theke, und im Mittelschiff stehen Tische, an denen die glücklichen Arbeiter sich zum Ruhme Enver Hodschas mit *Kebab* und *Schaschlik* vollstopfen können.«

»Die Bäume werden nicht in den Himmel wachsen, Pater.«

Der Priester lächelte. »Um auf Ihr Anliegen zurückzukommen, Mr. Chavasse – ich glaube, ich kann Ihnen tatsächlich helfen. Ihre Freunde befinden sich im Moment in einer Wachstube, die innerhalb der inneren Klostermauer liegt. Der Oberst vom Nachrichtendienst und Kapo, der übrigens ein hoher *Sigurmi*-Offizier ist, sind sofort, nachdem sie sie abgeliefert hatten, mit sämtlichen Soldaten, die sie auftreiben konnten, wieder aufgebrochen.«

»Um mich zu suchen.«

»Wahrscheinlich. Sie haben bestimmt nicht mehr als einen oder höchstens zwei Soldaten zu ihrer Bewachung zurückgelassen.«

»Aber wie kommen wir denn hinein, Pater?« fragte Liri. »Wir müssen durch zwei Mauern, die Tore sind bewacht.«

»Wir kriechen drunter durch, meine Liebe. Es geht ganz einfach. Die guten Patres, die das Kloster erbaut haben, haben an alles gedacht. Kommen Sie mit.«

Er ging durch die Kapelle und trat in den Gang, der zum Landungssteg hinunterführte. Er nahm eine Taschenlampe von einem Sims, auf dem eine Ikone stand, und stieg zum Wasser hinunter. Als er die Lampe anknipste, fiel ihr Strahl auf die modrige Wand des Tunnels, der sich, immer enger werdend, ins Dunkel erstreckte.

»Das unterirdische Kloakensystem des Klosters mündet hier in den Fluß«, sagte er. »Kein angenehmer Weg, aber leider der einzige, auf dem man ungesehen ins Kloster kommt.«

»Ich möchte Sie nur darum bitten, mich zu führen, Pater«, sagte Chavasse. »Alles übrige überlassen Sie mir.«

»Es wäre absurd, von Ihnen zu verlangen, gegen diese Leute keine Gewalt anzuwenden«, sagte Pater Schedu, »doch Sie haben sicherlich Verständnis dafür, daß ich mich an keiner Gewaltaktion beteiligen kann.«

»Selbstverständlich.«

Der Priester wandte sich zu Liri um. »Sie warten wohl am besten hier?«

Sie schüttelte den Kopf. »Vielleicht kann ich irgendwie helfen. Bitte lassen Sie mich mitkommen, Pater.«

Er gab keine Antwort, stapfte seine lange Kutte unter den ledernen Gürtel, den er um die Hüfte trug, und stieg auf der linken Seite des Tunnels ins Wasser. Es war kaum knöcheltief, und Chavasse folgte ihm mit eingezogenem Kopf einem breiten Sims entlang.

Es roch muffig, ein leichter Dunst stieg vom Wasser auf und hing schwebend unter der Decke. Vorsichtig tasteten sie sich durchs Dunkel. Allmählich wurde das Wasser tiefer, und Chavasse spürte, wie es seine Knie umspülte. Der Gestank war so widerlich, daß sich ihm der Magen umdrehte.

Endlich bog der Priester in einen Seitengang ein, der zu einer Höhle von etwa fünfzehn Metern Durchmesser führte. Mindestens ein Dutzend Tunnels mündeten in die Höhle, und das Wasser darin war etwa einen Meter hoch. Der Franziskaner watete hindurch und zählte die Tunnels.

»Ich glaube, der achte von links ist es.«

Der Tunnel war höchstens einen Meter zwanzig hoch. Chavasse blieb davor stehen und drehte sich zu Liri um. »Wie fühlen Sie sich?«

Sie lachte leise. »Machen Sie sich um mich keine Sorgen. Der Gestank hier ist längst nicht so schlimm wie im Sommer in den Sümpfen.«

Sie bückten sich und krochen Pater Schedu nach. Nach einer Weile hielt er an. Durch ein kleines Gitter, zu dem ein kurzer Gang hinaufführte, fiel Licht in den Tunnel.

»Falls ich mich nicht irre«, sagte der Priester, »sind wir unter dem alten Kreuzgang hinter dem Hof, an dem das Wachhaus steht.«

Der Gang war nur etwa fünfzehn Meter lang, doch die Steinquader waren naß und schlüpfrig, so daß es nicht einfach war, hinaufzuklettern. Der Priester ging zuerst, Liri folgte ihm, und als letzter kam Chavasse. Er stemmte sich zwischen die engen Mauern und arbeitete sich Schritt für Schritt vor. Einmal rutschte Liri aus und fiel auf ihn, doch er konnte sie festhalten, und sie kletterten weiter.

Pater Schedu hatte bereits den Ausstieg erreicht, eine kunstvoll verzierte, durchbrochene Steinplatte. Er stemmte sich mit den Schultern dagegen und schob sie weg. Dann kletterte er hinaus und zog Liri durch die Öffnung.

Chavasse folgte ihnen und sah sich um. Sie befanden sich in einer kleinen Zelle, die an dem halbverfallenen Kreuzgang lag.

Geborstene Säulen ragten zum Himmel auf, Gras wucherte zwischen großen, zersprungenen Steinplatten.

»Durch den Kreuzgang kommen Sie zu dem Hof«, sagte Pater Schedu. »Das Wachhaus ist ein niedriger Bau aus Ziegeln und Zement mit einem flachen Dach.« Ein leises Lächeln umspielte seinen Mund. »Alles weitere ist Ihre Angelegenheit. Ich kann mich, wie ich schon sagte, an dieser Sache nicht aktiv beteiligen. Ich werde hier warten.« Er wandte sich zu Liri. »Bleiben Sie bei mir?«

Sie schüttelte störrisch den Kopf. »Vielleicht kann ich irgendwie helfen.«

»Pater Schedu hat ganz recht«, sagte Chavasse. »Sie bleiben hier.«

»Wenn Sie mein Gewehr wollen, müssen Sie mich mitnehmen.« Sie klopfte auf den Kolben der alten Jagdflinte. »Das ist mein letztes Wort.«

Chavasse sah den Priester an. Der seufzte tief. »Sie hat einen eisernen Willen, und sie haßt die Roten.«

»Schön«, sagte Chavasse zu Liri. »Sie können bis zum Rand des Hofes mitkommen. Dort warten Sie auf mich, und ich gehe hinein. Wenn es mißlingt, haben Sie genug Zeit, zu Pater Schedu zurückzulaufen und abzuhauen. Ist das klar?«

Er schlich vorsichtig bis zum Ende des Kreuzganges. Ruhig und verlassen lag der Hof vor ihm. Die Wache stand in der Mitte der seitlichen Mauer und war schwierig ungesehen zu erreichen. Das große, in den angrenzenden Hof führende Tor in der gegenüberliegenden Mauer war geschlossen.

Chavasse drehte sich zu Liri um. »Sie bleiben hier, und ich schleiche an der Mauer entlang zur Seite des Gebäudes. Dort ist kein Fenster. Wenn irgendwas passiert, laufen Sie schnellstens zu Pater Schedu.« Sie wollte protestieren, doch er entwand ihr mit einem energischen Griff das Gewehr. »Seien Sie brav und tun Sie, was ich Ihnen gesagt habe.«

Er schlich hinter der verfallenen Mauer bis zu der Stelle, wo sie an die andere grenzte, trat ins Freie und rannte geduckt auf die Seite des Wachgebäudes zu. Er blieb einen Moment stehen, dann wollte er weiterschleichen. In diesem Moment ging die Tür der Wache auf, und jemand trat heraus.

Chavasse hörte die Stimmen zweier Männer. Der eine lachte, dann zischte ein Streichholz auf. Er stand regungslos. Wenn einer der beiden um die Hausecke blickte, war er verloren.

Da rief plötzlich eine helle, junge Stimme: »He, du! Ja, du, du Rindvieh. Komm her!«

Liri Kupi schlenderte langsam, die Hände in den Taschen, über den Hof. Offenbar wollte sie die Posten ablenken, und sie hatte tatsächlich Erfolg. Als Chavasse um die Ecke lugte, sah er, daß die zwei Soldaten auf Liri zugingen.

Sie waren nicht einmal bewaffnet, und der eine trug kein Hemd — anscheinend hatte er sich gerade gewaschen. Chavasse stürzte vor, hob das Gewehr und hieb es ihm mit aller Kraft auf den Nacken. Der Soldat brach stöhnend zusammen, und der andere fuhr herum. Chavasse rammte ihm den Gewehrkolben in den Bauch. Dumpf aufschreiend ging er in die Knie, und Chavasse schmetterte ihm den Gewehrkolben auf den Kopf.

Als er auf die Tür zuging, kam Liri angerannt. »Es ist bestimmt keiner mehr drin. Sie wären herausgekommen, als ich rief.«

»Hoffentlich haben Sie recht.«

Im Vorraum war niemand. Ein Windstoß fegte durch die offene Tür, und die Papiere auf dem Schreibtisch flatterten durcheinander. An der gegenüberliegenden Wand war ein Schlüsselbund. Chavasse ging zur inneren Tür und öffnete sie. Es gab nur sechs Zellen. Die ersten vier waren leer. In der fünften saß Giulio Orsini auf einer schmalen Pritsche, den Kopf auf die Hände gestützt.

»Na, du alter Gauner«, sagte Chavasse freundlich.

Der Italiener hob den Kopf und starrte ihn fassungslos an. Dann sprang er auf und lief zum Gitter. »Paul, bei allen Heiligen! Das geht doch nicht mit rechten Dingen zu!«

»Bittet, so wird euch gegeben werden«, sagte Chavasse. »Du hast keine Ahnung, wie wahr das ist. Wo ist Francesca?«

»Nebenan. Wir sind hier, seit sie uns eingeliefert haben. Kapo ist sofort wieder abgehauen. Wahrscheinlich, um dich zu suchen.«

»Da wird er kein Glück haben.«

Liri trat mit den Schlüsseln zu ihm. Während sie Orsini herausließ, lief Chavasse zum nächsten Gitter. Francesca Minetti stand dahinter und sah ihn mit ihren dunklen Augen groß an.

»Ich habe gewußt, daß Sie kommen werden, Paul.«

Er ließ sich von Liri die Schlüssel geben und sperrte auf. Francesca fiel ihm um den Hals. Er drückte sie einen Moment an sich, dann machte er sich los.

»Wir müssen uns beeilen.«

Orsini und Liri waren bereits vorausgelaufen. Chavasse nahm das Gewehr und schob Francesca durch den Gang. Der Italiener blieb in der Tür stehen und schaute auf den Hof hinaus.

»Alles ruhig«, flüsterte er.

Da zerriß plötzlich das ohrenbetäubende Heulen einer Sirene die Stille. Chavasse fuhr herum und erstarrte. Francesca stand auf der anderen Seite des Raumes. Sie hatte einen kleinen Metallkasten an der Wand geöffnet und drückte den Daumen fest auf einen roten Knopf.

Er riß sie so heftig weg, daß sie gegen den Schreibtisch taumelte. »Was soll das, zum Teufel?«

Sie spuckte ihm ins Gesicht und schlug ihn mit aller Kraft auf die linke Wange. Chavasse reagierte instinktiv. Er ballte die Faust und schlug zurück. Sie sank stöhnend zu Boden. Orsini packte Chavasse am Ärmel und riß ihn herum: »Um Himmels willen, was ist denn los?«

Draußen auf dem Hof krachte ein Schuß, und der Türpfosten zersplitterte. Orsini duckte sich und zerrte Liri zu Boden. Chavasse spähte aus dem Fenster und sah, daß sich auf der Mauer über dem großen Tor etwas bewegte. Im gleichen Moment fiel ein weiterer Gewehrschuß. Dann begann eine Maschinenpistole zu knattern, und vor dem Haus spritzte die Erde hoch.

Er schlug mit dem Gewehrkolben das Fenster ein, zielte rasch und feuerte. Man hörte einen leisen Aufschrei, und ein Soldat stürzte, sein Gewehr umklammernd, von der Mauer.

Einer der beiden Soldaten, die auf dem Hof lagen, richtete sich, verwirrt um sich blickend, auf die Knie auf. Chavasse schoß ihn in den Kopf und duckte sich, bevor die Kameraden des Mannes ihre Aufmerksamkeit auf das Fenster richten konnten.

Er schlich zur Tür und hockte sich neben Orsini und das Mädchen. »Es muß ein halbes Dutzend dort oben auf der Mauer sein, und weitere sind bestimmt unterwegs. Ich werde sie ablenken. Dann kannst du mit Liri flüchten. Sie kennt den Weg.«

Orsini wollte protestieren, doch Chavasse lief bereits auf den Hof hinaus. Er warf sich neben den Soldaten, den er erschossen hatte, zu Boden, zielte und nahm die Männer auf der Mauer unter Feuer.

Hinter ihm stürzten Orsini und das Mädchen aus dem Wachgebäude und rannten davon. Im gleichen Moment sprang das große Tor auf der gegenüberliegenden Seite des Hofes auf. Ein Motor heulte auf, und ein Jeep raste, eine riesige Staubwolke aufwirbelnd, hindurch. Auf eine Lafette am hinteren Teil des Jeeps war ein leichtes MG montiert, hinter dem Oberst Taschko saß. Er schwenkte es in einem Halbkreis herum, und die Geschosse prasselten neben Orsini und dem Mädchen in den Boden. Sie blieben stehen und streckten die Hände hoch.

Chavasse lief ein Schauer über den Rücken. Ein Trupp Soldaten marschierte, die Gewehre schräg vor der Brust, durch das Tor. Im gleichen Moment, als der Jeep anhielt, taumelte Francesca an ihm vorbei und rannte auf ihn zu. Chavasse sprang auf und feuerte im Laufen sein Gewehr aus der Hüfte ab.

Sein erster Schuß schlug neben ihr in den Boden, dann spürte er einen Schlag gegen den linken Arm. Er strauchelte, und das Gewehr entglitt seiner Hand. Zusammengekrümmt hockte er da und umklammerte seinen Arm. Blut quoll zwischen seinen Fingern hervor. Dann hörte er in der plötzlichen Stille den Kies knirschen. Schritte näherten sich.

Als er den Kopf hob, sah er, daß Adem Kapo sich über ihn beugte, den schmalen Mund zu einem leisen Lächeln verzogen.

Regen wehte durch das Fenstergitter. Chavasse richtete sich auf und blickte über die Klostermauer hinweg auf den Fluß. Plötzlich spürte er einen stechenden Schmerz im linken Arm und sank fluchend nieder.

Das Geschoß war glatt durchgegangen. Es war eine ungefährliche Fleischwunde, die man bisher nicht behandelt, sondern nur schlampig verbunden hatte. Sie befanden sich in einer Art Lagerraum im zweiten Stock des Hauptgebäudes. In der Ecke lag Liri, eine Decke um die Schultern geschlungen.

Orsini bückte sich zu ihr nieder, um die Decke glattzustreichen. Er richtete sich auf und runzelte die Stirn. »Ein prächtiges Mädchen. Schrecklich, daß sie in so eine Sache hineingeraten ist.«

»Ich hab dir doch schon gesagt, daß ich sie davon abbringen wollte, mitzukommen.« Chavasse ging zur Tür und starrte durch das Gitter. »Mein Gott, was für ein Idiot bin ich gewesen. Wie konnte ich mich so hinters Licht führen lassen.«

»Francesca?« Orsini schüttelte den Kopf. »Ich kann es einfach nicht glauben.«

»Sie hat uns die Tür aufsprengen lassen, obwohl sie ganz genau wußte, daß die Madonna nicht in der vorderen Kajüte war. Genügt dir das nicht?« Er trat wütend mit dem Fuß nach einer Kiste. »Diese falsche kleine Hexe. Denk doch an den Überfall auf sie vor dem *Tabu.* Sie haben bestimmt darauf gewartet, daß ich auftauche. Das Ganze war eigens für mich inszeniert.«

»Aber wozu?« fragte Orsini. »Ich sehe keinen Sinn darin. Und was ist mit der Madonna geschehen?«

»Das möchte ich selbst gern wissen. Dieser Teil der Geschichte stimmte. Pater Schedu hat es bestätigt. Ich bin nur froh, daß sie ihn nicht auch geschnappt haben.«

Ein Schlüssel drehte sich im Schloß. Die Tür ging auf, und Taschko trat mit zwei Soldaten ein. Liri fuhr aus dem Schlaf hoch und sprang auf. Taschko sah sie lächelnd an.

»Du kommst später dran.«

Sie spuckte ihm ins Gesicht. Seine Hand zuckte vor und packte sie an der Schulter. Als Orsini und Chavasse sich auf ihn stürzen wollten, hoben die Soldaten drohend ihre Maschinenpistolen.

Mit ausdrucksloser Miene bohrte Taschko seinen Daumen in ihre Schulter und drückte einen Nerv gegen einen Knochen. Liri schrie laut auf und sank stöhnend zu Boden. Er wandte sich, seine Lederhandschuhe glattstreichend, zu Chavasse.

»Karate, mein Freund. Schon mal davon gehört? Sie hatten Glück mit dieser Wodkaflasche. Das nächstemal werde ich Glück haben — verlassen Sie sich drauf.«

Er nickte, und der eine Soldat packte Chavasse an der Schulter und zerrte ihn hinaus. Er sah noch, wie Orsini neben dem Mädchen niederkniete; dann fiel die Tür ins Schloß.

Sie führten ihn durch einen mit Fliesen belegten Gang und dann eine schmale gewundene Treppe hinauf. Oben öffnete Taschko eine Tür, und sie traten in ein behaglich eingerichtetes Büro.

Hinter einem Schreibtisch saß Adem Kapo und las ein Schriftstück. Er blickte auf, und ein Lächeln huschte über seine Züge. »Sie können sich gar nicht vorstellen, wie sehr ich mich freue, Sie wiederzusehen. Seit dem kleinen Zwischenfall vergangene Woche in Tirana sind wir ununterbrochen hinter Ihnen her.«

»Die *Sigurmi?«*

Kapo nickte. »Meine italienische Fassade ist nur eine der zahlreichen Seiten meiner Persönlichkeit. Das haben Sie sicherlich bereits bemerkt.«

»O ja, allerdings«, sagte Chavasse. »Aber dürfte ich Ihnen ein paar Fragen stellen? Es steckt rein sportliches Interesse dahinter, wissen Sie.«

»Bitte, fragen Sie nur«, sagte Kapo freundlich. »Vermutlich treibt Sie die englische Seite Ihres Wesens dazu?«

»Was war mit der Sache in Matano? War das alles nur Theater? Gab es gar keinen Ramiz und keinen Marco Minetti?«

»Ramiz war bloß eine Blutpfütze auf dem Boden und ein ansehnliches Geldgeschenk an eine junge Dame, die im Zimmer gegenüber wohnte. Minetti war ein Fantasieprodukt.«

»Deshalb wollte Francesca also nicht, daß ich die S2-Zentrale in Rom von der Sache unterrichtete?«

Kapo nickte. »Die Geschichte selbst stimmte. Ein etwas überspannter, junger Italiener namens Carbeggio versuchte die Statue zu entführen und wurde dabei erschossen.«

»Und wo ist die Statue?«

»Wir haben sie sofort aus dem Wrack herausgeholt.«

Er nickte Taschko zu, und dieser ging zu einem Schrank und nahm ein unförmiges Bündel heraus. Er öffnete es, zog aus einer grauen Decke die Statue hervor und stellte sie auf den Schreibtisch.

Sie war etwa einen Meter zwanzig hoch und aus einem einzigen Stück Ebenholz geschnitzt. Ihr Gewand war vergoldet, und ihr Gesicht strahlte eine wundervolle Heiterkeit und Ruhe aus.

»Okay«, sagte Chavasse. »Die Geschichte, die Francesca Minetti mir erzählte, stimmte also im großen und ganzen, und sie erfüllte ihren Zweck — mich nach Albanien zurückzulocken. Aber warum haben Sie sich all die Mühe eigentlich gemacht?«

Kapo nahm eine Zigarette aus einer Holzdose und lehnte sich zurück. »Wie Sie sicherlich wissen, haben sich die Beziehungen zwischen meinem armen Land und der Sowjetunion und ihren Satellitenstaaten zunehmend verschlechtert. In unserer schlimmen Lage kam uns nur ein Freund zu Hilfe — China.«

»Wie rührend.«

»Wir sind nun mal gefühlvolle Menschen. Und es ist uns ein Bedürfnis, uns unseren Freunden gegenüber dankbar zu erweisen. Der Bericht unserer Abwehrabteilung, wonach Sie beabsichtigten, mit einer Gruppe italienischer Arbeiter in unser Land einzureisen, wurde an die Zentrale des chinesischen Geheimdienstes in Tirana weitergegeben. Er zeigte großes Interesse dafür. Soviel ich erfahren habe, haben Sie den Chinesen vergangenes Jahr in Tibet Scherereien gemacht. Irgendeine Sache mit einem Dr. Hoffner, soviel ich weiß. Wir versprachen den Chinesen, Sie auszuliefern.«

»Und dann bin ich Ihnen entwischt.«

»Aber nicht für lange, wie Sie zugeben müssen. Und das ist das Verdienst einer äußerst fähigen Mitarbeiterin der *Sigurmi*-Abwehrabteilung. Vielleicht möchten Sie sie kennenlernen?«

Taschko öffnete die Tür, und sie trat ein. Sie trug immer noch die Sachen, die sie im Boot angehabt hatte, doch sie schien irgendwie verwandelt. Sie wirkte härter, selbstsicherer.

»Warum, Francesca?« fragte er. »Warum?«

»Ich bin ebensosehr Albanerin wie Italienerin«, sagte sie leise. »Doch man kann nicht in beiden Lagern zugleich stehen. Ich habe meine Entscheidung schon lange getroffen.«

»Heißt das, daß Sie bereits die ganze Zeit für die andere Seite arbeiteten?«

»Was glauben Sie, wie unsere Leute sonst erfahren hätten, daß Sie kamen? Diese Funkwarnung aus Skutari habe ich nur deshalb weitergegeben, weil der Beamte, der in dieser Nacht Dienst hatte, dabei war, als sie einging.«

Erst in diesem Moment wurde ihm alles klar, und es traf ihn wie ein Tritt in die Magengrube. Mitten in der römischen S2-Zentrale hatte zwei Jahre lang jemand von der Gegenseite gesessen und Informationen verraten, für die andere ihr Leben eingesetzt hatten — ja, hatte vielleicht einige von ihnen sogar in den Tod geschickt.

Man merkte ihm anscheinend seine Bestürzung an, denn sie sagte lächelnd: »Ja, Paul, ich habe gute Arbeit geleistet. Erinnern Sie sich an Matt Sorley und an Dumont, den Franzosen? Ich habe dafür gesorgt, daß sie unschädlich gemacht wurden. Und sie waren nicht die einzigen.«

»Sie gemeines Biest!«

»Sie haben meinen Mann umgebracht, Paul«, sagte sie leise, und kalter Haß blitzte in ihren Augen auf.

»Ihren Mann?« Er runzelte die Stirn und schüttelte den Kopf. »Ich habe keine Ahnung, wovon Sie reden. Ich habe mir doch Ihre Personalakte angesehen. Darin stand, daß Sie unverheiratet sind.«

»Wenn man es richtig anstellt, ist es nicht schwer, so etwas geheimzuhalten. Sein Name war Enrico Noci. Sie haben ihn wie eine Ratte ertränkt, in einem Fischernetz. Keine Verletzungen, keine Spur von Gewalt. Ein reiner Unfall.«

»Ich muß zugeben, das haben Sie verdammt geschickt gemacht«, warf Kapo ein.

Hierzu war nichts mehr zu sagen, und so wandte sich Chavasse dem kleinen Mann zu. »Und was kommt jetzt? Ein kleiner Abstecher nach Peking?«

»Nicht so hastig.« Kapo grinste. »Wir haben schrecklich viel Zeit, und es gibt so viel, was ich gern von Ihnen wissen möchte. Zum Beispiel, wie Sie in das Kloster hineingekommen sind. Wir haben natürlich gewußt, daß Sie kommen werden. Wir waren überzeugt, daß ein Mann wie Sie seine Freunde nicht im Stich lassen würde, aber um ganz ehrlich zu sein — Ihr plötzliches

Erscheinen aus dem Nichts heraus hat mich denn doch überrascht.«

»Das ist ein Trick, den ich vor Jahren in Indien von einem alten Fakir gelernt habe.«

»Hochinteressant. Sie müssen mir davon erzählen, wenn ich zurückkomme. Falls Sie nicht wollen, wird es Taschko sicherlich nicht schwerfallen, die junge Dame, die Sie unterwegs aufgegabelt haben, zum Reden zu bringen.«

Chavasse ignorierte die verhüllte Drohung und nahm gelassen eine Zigarette aus der Holzdose auf dem Schreibtisch. »Sie müssen weg?«

»Ja, leider.« Kapo nahm sich ebenfalls eine Zigarette, zündete sie an und warf Chavasse die Streichhölzer zu. Man hätte sie für zwei gute Freunde halten können. »Die Pflicht ruft. Ich hoffe, Sie halten mich nicht für angeberisch, aber ich kann nicht umhin, den Plan, den wir uns ausgedacht haben, als genial zu bezeichnen. Wie Sie wissen, sitzt Ihr junger Freund Carlo auf der *Buona Esperanza* und wartet auf Ihre Rückkehr.«

Chavasse sah ihn verständnislos an, und Kapo lächelte. »Ich werde Francesca heute nacht mit dem Motorboot in angemessener Entfernung von der Jacht absetzen. Sie wird in der Morgendämmerung mit Ihrem Schlauchboot aus dem Nebel auftauchen, in etwas derangiertem Zustand, wie ich wohl nicht zu erwähnen brauche.«

»Und eine höchst traurige Geschichte erzählen.«

»Genau. Man wird bei S2 äußerst betrübt sein, wenn man erfährt, daß der tapfere Chavasse und sein Freund Orsini draufgegangen sind.«

»Und Sie glauben, man wird Francesca, ohne irgendwelche Fragen zu stellen, wieder in die Arme schließen?« Chavasse schüttelte den Kopf. »Mein Chef hat eine Nase wie ein Spürhund. Er wird jeden Schritt überprüfen, den sie seit ihrem sechsten Lebensjahr getan hat.«

»Da bin ich mir nicht so sicher.« Kapo lächelte. »Sie wird nämlich die Schwarze Madonna mitbringen. Die Begeisterung darüber wird so groß sein, daß gar kein solcher Gedanke aufkommt.«

Er hatte recht. Der Plan war gut. Kapo lachte und nickte Taschko zu. »Bringen Sie ihn zu seinen Freunden zurück. Ich werde ihn mir morgen früh, sobald ich da bin, wieder vorknöpfen.«

Chavasse sah Francesca an. Sie hielt seinem Blick einen Moment stand; dann schaute sie weg, und Taschko schob ihn zur Tür. Sie gingen die Treppe hinunter und durch den Korridor zurück.

Kurz vor dem Lagerraum blieb Taschko stehen und zündete sich eine lange russische Zigarette an. Die zwei Soldaten warteten respektvoll in einigem Abstand; anscheinend hatten sie Angst vor ihm.

Er starrte Chavasse böse an. »Ich mache nicht so viel Worte wie der da oben. Ich habe andere Methoden. Das werden Sie bald merken.«

»Da bin ich aber wirklich neugierig«, sagte Chavasse gelassen.

Wut flackerte in Taschkos Augen auf. Er trat einen Schritt vor; dann nahm er sich mit sichtlicher Mühe zusammen. Chavasse wollte sich schon abwenden und weitergehen, als plötzlich die rechte Faust des Albaners vorschoß und mit einem schrecklichen Karateschlag die Tür, neben der Chavasse stand, traf. Das zentimeterdicke Holz zersplitterte.

Es gab einen japanischen Professor in London, dessen Kursus Chavasse jedesmal besuchte, wenn er dort war; er konnte drei Bretter auf einmal durchschlagen und war nur halb so groß wie Taschko. Seine Worte klangen Chavasse im Ohr: *Geschicklichkeit, Chavasse San. Geschicklichkeit, nicht rohe Kraft, Gott will nicht, daß Brutalität die Erde regiert.*

»Stellen Sie sich vor, wie Ihr Gesicht jetzt aussehen würde«, sagte Taschko.

»Ich fürchte, Gesicht wäre nicht mehr die richtige Bezeichnung dafür.«

Chavasse ging schweigend weiter. Der eine Soldat sperrte die Tür auf, und sie stießen ihn hinein. Er blickte durch das Gitter in Taschkos kalte Augen.

Der Albaner nickte. »Verlassen Sie sich drauf, wir sprechen uns noch.«

Als seine Schritte auf dem Korridor verhallt waren, wandte Chavasse sich zu den anderen um. Orsini saß mit Liri am Fenster. Sie hatten sich die Decke um die Schultern gelegt, denn es war bitterkalt.

»Was war los?« fragte Orsini.

Chavasse erzählte ihm alles. Als er fertig war, schüttelte Liri den Kopf. »Dieses Weib muß ein Teufel sein.«

»Nein, *cara,* kein Teufel«, sagte Orsini. »Sie ist nur wie alle diese Menschen davon überzeugt, daß sie den einzig richtigen Weg geht. Und sie hält jedes Mittel für erlaubt, um ihr Ziel zu erreichen.«

»Diese weise Erkenntnis hilft uns leider nicht im mindesten weiter«, sagte Chavasse.

Er setzte sich auf eine Kiste, schlug den Kragen seiner Jacke hoch, verschränkte die Arme und dachte über Francesca Minetti nach. Enrico Noci war also ihr Mann gewesen? Merkwürdig, daß eine Frau von solcher Intelligenz auf so einen Kerl hereingefallen war. Es bewies wieder einmal, wie unzuverlässig Frauen in dieser Beziehung waren. Sie ließen sich viel zu leicht von ihren Gefühlen lenken.

Orsini und Liri unterhielten sich leise miteinander; eine seltsame Vertrautheit schien zwischen ihnen zu herrschen.

Welche Ironie, daß Giulio Orsini, der mit einem der ersten Einmann-U-Boote in den Hafen von Alexandria eingedrungen war, der zwei britische Zerstörer versenkt hatte, der Dutzende tollkühner Unternehmungen überstanden hatte, nun so enden mußte, weil ihn der vorgetäuschte Kummer eines jungen Mädchens gerührt hatte. Das Leben hielt manchmal merkwürdige Pointen bereit. Nach einer Weile sank ihm der Kopf auf die Brust, und er schlief ein.

12

Er wußte nicht, was ihn geweckt hatte. Er lag einen Moment da und starrte in die Dunkelheit. Sein Rücken schmerzte, und er fror. Auf dem Leuchtzifferblatt seiner Uhr sah er, daß es zwei Uhr morgens war. Er zögerte einen Moment und horchte auf das Heulen des Windes draußen auf dem Hof, dann stand er auf.

Er hörte ein Geräusch auf dem Korridor, und als er durch das Gitter spähte, sah er, daß der Posten vor seinem Stuhl stand und mit angstverzerrtem Gesicht Oberst Taschko anstarrte.

»Geschlafen hast du also, du Wurm.«

Er holte aus und versetzte dem Posten einen solchen Schlag ins Gesicht, daß er krachend auf den Stuhl stürzte. Als er wieder aufsprang, gab Taschko ihm einen Fußtritt.

»Hau ab. Mensch, hau ab! Melde dich in der Wache.«

Orsini und Liri, die der Lärm geweckt hatte, liefen zur Tür. »Taschko«, sagte Chavasse knapp. »Ich glaube, er ist betrunken.«

Der Albaner trat an die Tür und sah Chavasse durch das Gitter hindurch mit einem seltsamen Blick an. Seine Uniformjacke war offen. Darunter war er nackt, und Chavasse sah seine prallen Muskeln.

Er nahm eine Mauser aus dem schwarzen Lederhalfter an seiner Hüfte; dann sperrte er die Tür auf und öffnete sie langsam. Als Liri seinen nach Schnaps stinkenden Atem roch, wich sie unwillkürlich einen Schritt zurück. Orsini legte den Arm um sie.

»Wie rührend«, spottete Taschko.

»Es war ein anstrengender Tag, und wir würden gern ein bißchen schlafen«, sagte Chavasse. »Erzählen Sie, was Sie wollen, und verschwinden Sie.«

»Immer noch kampflustig?« sagte Taschko. »Das gefällt mir. Kommen Sie raus.«

»Und wenn ich mich weigere?«

»Dann schieß ich das Mädchen ins linke Knie. Schade drum — aber wie Sie wollen.«

Orsini trat einen Schritt vor, doch Chavasse schob ihn zurück. »Überlaß das mir, Giulio.« Er ging auf den Korridor, und Taschko sperrte die Tür zu. »Ich glaube kaum, daß Kapo das recht sein wird. Er hat mich den Chinesen versprochen.«

»Zum Teufel mit den Chinesen«, sagte Taschko. »Jetzt habe ich das Kommando. Kapo und das Mädchen sind vor einer halben Stunde aufgebrochen.«

Er gab Chavasse einen Stoß, daß er den Korridor hinuntertaumelte, und folgte ihm in einem Meter Abstand, in der Hand die Pistole. Sie gingen eine Wendeltreppe hinunter, bogen in einen breiten Gang ein und stiegen eine steinerne Treppe hinab, die kein Ende zu nehmen schien.

Als sie unten angelangt waren, zog Taschko seine Schlüssel hervor und sperrte eine mit dicken Eisenbändern beschlagene Eichentür auf. Chavasse trat ein, Taschko knipste das Licht an und schloß die Tür wieder zu.

Sie standen am oberen Ende einer breiten Steintreppe, und unter ihnen lag, von einigen Glühbirnen nur schwach beleuchtet, ein großes römisches Schwimmbecken: etwa dreißig Meter lang und von geborstenen Säulen flankiert. Es roch stark nach Schwefel, und vom Wasser stieg Dampf auf.

»Erstaunlich, was diese Römer alles gebaut haben«, sagte Taschko. »Die mittelalterlichen Patres, die dieses Kloster errichtet haben, waren natürlich nicht daran interessiert, solche heidnischen Einrichtungen zu erhalten. Sie haben einfach darübergebaut.«

Sie gingen die Treppe hinunter und über die zersprungenen Fliesen. Das Becken war etwa einen Meter achtzig tief, und von seinem mit einem bunten Mosaik ausgelegten Boden blickte durch das klare Wasser ein Gesicht zu ihnen herauf.

»Das Wasser kommt aus einer natürlichen Quelle«, sagte Taschko. »Es hat fünfzig Grad. Sehr angenehm. Angeblich gut gegen Rheuma.«

Chavasse drehte sich langsam zu ihm um. Der Albaner zog seine Uniformjacke aus und schleuderte sie zu Boden. Er hob mit der einen Hand die Schlüssel und mit der anderen die Mauser hoch, dann warf er beides mit einem Schwung in die Mitte des Beckens.

»Diesmal hilft Ihnen nichts, mein Freund.«

Erst jetzt ging Chavasse ein Licht auf: Dieser Mann war so eitel und so stolz auf seine brutale Kraft, daß er es nicht ertragen konnte, von jemandem geschlagen zu werden. Er wich ein paar Schritte zurück, als sei er von panischer Angst ergriffen. Wenn Taschko glaubte, daß er ihn leicht erledigen konnte, dann würde er vielleicht einen Fehler begehen.

Der Albaner kam, beide Hände in die Hüften gestemmt, auf ihn zu. Er lachte diabolisch, und im gleichen Moment versetzte er Chavasse einen fürchterlichen Umkehrschlag, einen Karate-Grundschlag, der einen Uneingeweihten völlig unvorbereitet trifft, weil er mit der Hand geführt wird, die sich auf der abgewandten Körperseite befindet.

Chavasse kreuzte die Hände über dem Kopf zur X-Sperre, dem berühmten *Juji-uke,* und antwortete mit einem Ellbogenschlag, der Taschko mitten auf den Mund traf und seine Zähne wie morsches Holz zersplitterte.

Der Albaner taumelte zurück. Blut quoll zwischen seinen aufgeplatzten Lippen hervor. Chavasse grinste. »Ein *Gjakuzuki,* und noch dazu ein schlechter. Ist das alles, was Sie können?«

Taschko sah ihn haßerfüllt an. Er nahm sofort die Verteidigungsstellung ein, und Chavasse ging, den rechten Arm vorgestreckt, mit dem linken seinen Körper deckend, auf ihn zu. Sie umkreisten einander langsam, bis Taschko wieder angriff.

Er stieß mit der Kante des Handballens nach dem Gesicht seines Gegners, und als Chavasse den Schlag abwehrte, zielte er blitzschnell nach seinem Magen. Chavasse drehte sich zur Seite und boxte Taschko in die Leistengegend. Der Albaner stürzte vornüber, und Chavasse rammte ihm, alle Vorsicht außer acht lassend, sein Knie ins Gesicht.

Die Lichter schienen plötzlich ganz weit weg... es brauste in seinen Ohren... irgendwoher glaubte er die monotone, leiernde Stimme des Professors zu hören: *Geschicklichkeit — Geschicklichkeit und Intelligenz sind stärker als brutale Kraft.*

Er riß sich zusammen und spuckte mitten in das große stinkende Gesicht seines Gegners. Taschko zuckte instinktiv zurück. Chavasse machte seine Finger steif und stieß sie gegen seine Kehle. Taschko brüllte auf und ließ ihn los.

Chavasse rollte sich ein paarmal herum, sprang auf und erwartete den Hünen, der sich, alle Vorsicht vergessend, mit ausgestreckten Händen auf ihn stürzte. Er duckte sich und schlug Taschko mit der Faust in den Bauch. Als er zusammensank, rammte ihm Chavasse sein Knie ins Gesicht.

Taschko stand schwankend mit blutüberströmtem Gesicht am Rand des Beckens. Chavasse machte einen Luftsprung und versetzte ihm einen Fußtritt, den vernichtenden *Mae-tobi-geri,* ins Gesicht, so daß der Albaner rücklings ins Wasser stürzte.

Chavasse sprang ihm nach und tauchte rasch auf. Taschko, der etwa sechs Meter weit weg war, schwamm hastig zur Mitte des Beckens, wo am Grund die Mauser lag. Chavasse war mit ein paar raschen Stößen bei ihm. Er packte ihn von hinten, schob seine Arme unter Taschkos Achseln durch, verschränkte sie in seinem Nacken und drückte zu. Taschko brüllte laut auf. Sein Kopf sank ins Wasser. Er wand sich und zappelte und schlug mit den Händen auf das Wasser ein. Doch Chavasse hielt ihn mit eisernem Griff umklammert. Das Ende kam mit überraschender Schnelligkeit. Taschko erschlaffte plötzlich, und als Chavasse ihn losließ, sank er auf den Grund des Beckens.

Chavasse holte tief Luft und tauchte nach der Mauser. Drei Meter davon lagen die Schlüssel. Er mußte Taschko wegstoßen, um sie nehmen zu können. Die Augen des Albaners starrten ins Leere, und in braunen Fäden sickerte Blut aus seinem zerschlagenen Mund. Chavasse wandte sich angewidert ab und schwamm zum Rand des Beckens.

Etwa fünf Minuten saß er da und rang mühsam nach Luft. Als er sich besser fühlte, stand er auf und stieg die Treppe hinauf. Er mußte vier Schlüssel ausprobieren, bis er den richtigen fand. Er öffnete die Tür und warf noch einen letzten Blick auf Taschko, der durch das Wasser zu ihm emporstarrte. Dann knipste er das Licht aus, schloß die Tür und versperrte sie.

Die Gänge waren still und leer, und er traf auf dem Rückweg keinen Menschen. Vor dem Lagerraum lag immer noch der Stuhl, auf dem der Posten eingeschlafen war. Er hob ihn auf, steckte die Mauser in die Tasche und begann die Schlüssel auszuprobieren.

Während er einen nach dem anderen ins Schloß steckte, trat Giulio Orsini ans Gitter. Er blickte nach beiden Richtungen den Gang hinunter; dann sah er Chavasse verblüfft an.

»Was ist mit Taschko?«

»Er hat einen Fehler begangen«, sagte Chavasse und stieß die Tür auf. »Seinen letzten. Los, kommt raus.«

Er lief den Gang hinunter und überlegte, welchen Weg sie gekommen waren. Eine Treppe führte in den ersten Stock, eine andere in den Keller. Er ging durch einen schmalen, weißgetünchten Korridor voran. In der Eingangshalle an seinem Ende war kein Posten, doch das war auch völlig überflüssig, denn das Gebäude war von zwei zehn Meter hohen Mauern umgeben, deren Tore streng bewacht waren. Sie hatten Orsini schon früher erklärt, wie sie in das Kloster eingedrungen waren, und der Italiener folgte Chavasse mit dem Mädchen ohne Zögern.

Sie liefen gegenüber dem Wachgebäude, in dem Licht brannte, im Schatten der Mauer über den Hof und schlüpften durch einen Spalt in den Kreuzgang. Es war stockdunkel. Chavasse tastete sich vorsichtig zwischen den Säulen durch und bog in den Gang, an dem die Zellen lagen.

Erst in der dritten fand er die durchbrochene Steinplatte. Orsini hob sie hoch.

»Ich gehe zuerst«, sagte Chavasse. »Dann kommt Liri. Dann du, Giulio. Du mußt die Platte wieder einsetzen.«

Er rutschte, die Arme vor dem Gesicht verschränkt, den Schacht hinunter und landete mit lautem Klatschen unten im Tunnel. Liri kam so schnell nach, daß sie auf ihn prallte. Einen Moment später folgte Orsini.

In dem Tunnel war es so finster, daß sie einander nicht sehen konnten. Chavasse flüsterte: »Wir müssen unter allen Umständen dicht beisammen bleiben. Sobald wir den Haupttunnel erreicht haben, kann nichts mehr schiefgehen, denn er führt auf jeden Fall zum Fluß.«

»Alles ist besser als das, was hinter uns liegt«, sagte Orsini. »Gehen wir.«

Chavasse kroch gebückt durch den Tunnel und zog Liri, die sich an seiner Jacke festhielt, hinter sich her. Ein seltsames, beklemmendes Gefühl erfüllte ihn, doch er hatte keine Angst, denn die Dunkelheit war ihr Verbündeter.

Bald stießen sie auf die Höhle. Chavasse blieb im knietiefen Wasser stehen und starrte in die Finsternis.

»Pater Schedu zählte acht Öffnungen nach links, als wir hier herauskamen«, sagte Liri.

Er nickte. »Stellt euch beide hinter mich. Ich habe eine Idee.«

Er holte die Mauser hervor, richtete sie aufs Wasser und feuerte. Es blitzte auf, und in dem Lichtschein sah man einen Moment lang die Tunnelöffnungen. Er feuerte noch einmal, zählte rasch und watete durch die Höhle.

»Hier hinein«, flüsterte er, als seine tastende Hand die Öffnung gefunden hatte. »Jetzt haben wir's bald geschafft.«

Nach fünfzehn Metern mündete der Gang in den Haupttunnel, und er hörte das Plätschern und Gurgeln, das dem Fluß entgegeneilende Wasser. Der Gestank schien bereits nachzulassen, und Chavasse atmete tief ein, um seinen Kopf klarzubekommen. Von den Kerzen, die neben der Ikone in der Nische oberhalb der Treppe brannten, fiel Licht in den Tunnel, und aus dem Dunkel tauchte der Landungssteg auf, an dem Liris Kahn festgemacht war. Chavasse setzte sich auf den Rand des Landungsstegs und strich sich erschöpft mit dem Handrücken über die Stirn.

»Wieviel Sprit haben Sie im Tank?« fragte er Liri. »Kommen wir damit bis zur Küste?«

»Ich glaube schon.«

»Wir brauchen aber unbedingt einen Kompaß, um zur *Buona Esperanza* zurückzufinden«, sagte Orsini. »Zumindest, wenn wir bei Dunkelheit fahren.«

»Wir können nicht warten, bis es hell wird«, sagte Chavasse. »Wenn wir Kapo und Francesca zuvorkommen wollen, dann müssen wir gleich aufbrechen.«

»Pater Schedu hat bestimmt einen Kompaß«, sagte Liri. »Wartet hier. Ich hole ihn.«

Sie ging die Treppe hinauf und schloß die Tür hinter sich. Orsini hockte sich neben Chavasse. »Ein tolles Mädchen! Jede andere hätte längst die Nerven verloren.«

»Sie muß mit uns kommen«, sagte Chavasse. »Hier kann sie nicht bleiben.«

»Meinst du, daß sie eine Aufenthaltsgenehmigung bekommt? Du weißt doch, wie schwer man es diesen staatenlosen Flüchtlingen macht.«

»Keine Sorge. Ich kenne die richtigen Leute im Ministerium in Rom. Wir werden ihr auch eine Stellung besorgen. Sie hat es verdient.«

»Vielleicht braucht sie gar keine Stellung.«

Chavasse sah ihn überrascht an. »Das scheint ja bei dir ziemlich schnell zu gehen.«

Orsini zuckte die Achseln. »Bei der Richtigen weiß man es vom ersten Moment an.«

Chavasse schloß die Augen. Sein linker Arm tat schrecklich weh, und er war hundemüde. Nach einer Weile ging die Tür auf, und Pater Schedu kam mit Liri die Treppe herunter.

»Es geschehen also immer noch Wunder«, sagte er, als er auf sie zutrat.

»Mein Freund Giulio Orsini, Pater«, sagte Chavasse. »Es war gut, daß Sie zurückgeblieben sind. Sie haben nicht die leiseste Ahnung, wie wir hineingekommen sind.«

Der Priester schenkte Brandy in einige Blechbecher und gab Liri einen kleinen Korb. »Es ist leider nicht viel. Brot und Käse und etwas Dörrfleisch.«

»Vielen Dank«, sagte Chavasse. »Wir werden es essen.«

Er trank einen Schluck Brandy und hustete, als er heiß seine Kehle hinabrann. »Liri hat mir alles erzählt«, sagte der Priester. »Unglaublich, wie gemein diese Frau Sie hintergangen hat.«

»Und sie wird dieses Spiel weiterspielen, wenn es uns nicht gelingt, ihr das Handwerk zu legen«, sagte Chavasse. »Liri meinte, Sie hätten einen Kompaß?«

Der Priester holte ihn hervor. Er drückte auf einen kleinen Knopf, und der Deckel sprang auf. Chavasse betrachtete ihn. Er trug die Inschrift W.D. 1941.

»Das ist ja ein britischer Armeekompaß?«

»Ein Andenken aus einem anderen Leben. Nehmen Sie ihn. Ich hoffe, er bringt Ihnen Glück.« Er wandte sich zu Liri um und legte ihr die Hand auf die Schulter. »Und was geschieht mit dir, Liri?«

»Sie kommt mit uns, Pater«, brummte Orsini. »Ich werd' mich um sie kümmern.«

Der Priester sah ihn fragend an, dann lächelte er. »Gottes Wege sind unerforschlich. Jetzt brecht lieber auf, sonst schafft ihr es nicht.«

Sie stiegen in den Kahn, und Liri setzte sich ans Steuer. Laut brüllend sprang der Motor an, und das Boot glitt rasch davon.

Als sie durch die Öffnung des Tunnels fuhren, drehte Chavasse sich um und sah, daß der Franziskaner immer noch dastand und ihnen nachblickte. Gleich darauf gelangten sie in die Hauptströmung und glitten geräuschvoll durch die Dunkelheit.

13

Der Fluß war durch den Regen stark angeschwollen und eilte schneller als sonst dem Meer zu.

Der leichte Kahn nahm ständig Wasser auf, und Chavasse und Orsini mußten ihn abwechselnd mit einer alten Blechschüssel ausschöpfen. Sie aßen die Lebensmittel, die ihnen der Priester mitgegeben hatte, und tranken die Flasche Brandy aus.

Chavasse setzte sich an den Bug, stellte den Kragen auf und zündete sich eine Zigarette an. Er fragte sich, was Kapo wohl tun würde. Wahrscheinlich würde er bis zur Morgendämmerung ein Stück flußabwärts anlegen und dann Francesca mit dem Schlauchboot losschicken. Carlo würde bestimmt alles schlukken, was sie ihm erzählte.

Nach etwa einer halben Stunde starb plötzlich der Motor ab, und der Kahn legte sich breitseits zur Strömung. »Unter dem Sitz liegen Paddel«, rief Liri. »Wir müssen versuchen, ihn herumzudrehen.«

Chavasse tastete im Finstern unter der Bank herum und fand zwei primitive Paddel. Er beugte sich über den Rand und stieß eins der Paddel tief ins Wasser. Mit äußerster Kraftanstrengung gelang es ihm, den Kahn langsam wieder in die Strömung zu lenken.

Orsini kroch zum Heck und montierte fluchend das Motorgehäuse ab. Da er nichts sehen konnte, mußte er versuchen, durch Tasten den Defekt zu finden, und tatsächlich stellte er mit seinen feinfühligen Fingern fest, daß ein Kabel, das zu einer Zündkerze führte, gerissen war. Der Draht war alt und spröde und zerbröckelte zwischen seinen Fingern, doch schließlich gelang es ihm, ihn zu flicken. Als er startete, drehte sich der Motor zweimal und starb wieder ab. Dann sprang er endlich an. Der Kahn schoß voran, und Chavasse atmete auf.

»Kann das noch öfter passieren?« rief er leise.

»Würde mich nicht überraschen. Das scheint der Motor zu sein, der die Arche Noah angetrieben hat.«

Orsini blieb am Heck sitzen, um den Motor zu überwachen, und Liri ging zur Mitte und schöpfte Wasser. Es war immer noch ziemlich dunkel und die Sicht gleich Null. Das einzige, wonach sie sich orientieren konnten, waren die weiß aufschäumenden Wellen, mit denen das Wasser ans Ufer schlug.

Plötzlich tauchten aus der Nacht die Umrisse einer großen Insel auf. Liri stieß einen Entsetzensschrei aus, und Orsini riß das Ruder im letzten Moment herum und lenkte den Kahn zur Mitte des Flusses.

Die Strömung hatte sie schon gepackt, als Chavasse links von sich einen Ruf hörte. Er drehte sich um und sah, daß im Schutz der Insel das Motorboot ankerte. Im Ruderhaus brannte Licht.

Auf dem Deck liefen Menschen hin und her, und man hörte Stimmengewirr. Dann wurde ein auf dem Dach des Ruderhauses befestigter starker Scheinwerfer eingeschaltet. Der Strahl huschte über das dunkle Wasser, kam dem Kahn immer näher und erwischte ihn schließlich.

Jemand schrie erschreckt auf, und dann hörten sie, wie Francesca rief: »Kapo! Kapo! Kommen Sie schnell! Kommen Sie!«

Chavasse beugte sich über den Rand des Kahns und begann fieberhaft zu paddeln, und Orsini holte aus dem alten Motor heraus, was er hergab. Der Kahn schoß vorwärts, und die Dunkelheit nahm sie wieder auf.

Einige Sekunden später sprang der Motor von Kapos Boot an. Liri kroch schnell zum Heck. »Laßt mich ans Steuer«, sagte sie. »Etwa fünfhundert Meter weiter zweigt ein Seitenarm ab. Wenn wir ihn erreichen, sind wir in Sicherheit. Er ist für das Motorboot zu schmal. Sie müssen auf dem Fluß bleiben.«

Orsini hockte sich neben Chavasse, nahm das andere Paddel und stieß es ins Wasser. Der Fluß verengte sich plötzlich, und das laut rauschende gestaute Wasser übertönte das Tuckern des Motorboots. Chavasse vergaß seine Müdigkeit und Erschöpfung und paddelte mit aller Kraft.

Als der Fluß sich wieder verbreiterte und das Rauschen des Wassers nachließ, hörten sie plötzlich das Motorboot dicht hinter sich.

Er drehte sich um und sah das beleuchtete Ruderhaus und den Scheinwerfer, der suchend über das Wasser glitt. Eine Maschinenpistole begann zu bellen. Dann verschwand der Kahn hinter einer kleinen Insel und bog ab.

Der Scheinwerfer huschte über das Schilf, und im gleichen Moment, als er sie traf, tauchte der Seitenarm aus dem Dunkel auf. Der Kahn schoß darauf zu und glitt knirschend über eine unsichtbare Sandbank. Dann schloß sich das Schilf hinter ihnen. Sie hatten es geschafft.

Liri verringerte die Geschwindigkeit, und sie glitten, raschelndes Schilf streifend, weiter. Der Motor von Kapos Boot war verstummt. Jetzt hörten sie, wie er in der Ferne wieder ansprang und immer leiser wurde.

Chavasse holte den Kompaß hervor, den Pater Schedu ihm gegeben hatte, und reichte ihn Orsini. »Da, nimm ihn. Wir haben keine Zeit zu verlieren.«

Orsini setzte sich zu Liri ans Heck. »Wir müssen uns Süd-Süd-West halten. Werden wir durchkommen?«

»Sicher. Ich kenne diesen Seitenarm und weiß, wohin er führt. Wir werden bald auf eine sehr große Lagune stoßen. Dort müssen wir die Richtung ändern. Möglicherweise wirst du stellenweise aussteigen und den Kahn anschieben müssen.«

»Wann ungefähr wird es hell?« fragte Chavasse.

»In etwa einer Stunde. Aber es wird ziemlich neblig sein.«

»Wir sind in deiner Hand, *cara*«, sagte Orsini.

Sie stießen, wie sie vorhergesagt hatte, auf eine große Lagune und bogen in ein Labyrinth verschlungener Kanäle ein. Ein paarmal verfingen sich Wasserpflanzen in der Schraube, und der Motor blieb stehen, und schließlich starb er ganz ab.

Orsini untersuchte ihn und schüttelte den Kopf. »Ich fürchte, da ist nichts zu machen.«

Sie mußten zu den Paddeln greifen, doch nach einer Weile wurde das Schilf so dicht, daß den beiden Männern nichts anderes übrigblieb, als ins Wasser zu steigen, durch den zähen, klebrigen Schlamm zu waten und den Kahn zu schieben. Das sumpfige Wasser war tückisch, und der Grund fiel an manchen Stellen unvermittelt steil ab. Einmal trat Chavasse in ein tiefes Loch und versank bis über den Kopf. Fluchend kam er wieder hoch und kletterte in den Kahn.

Es war bitterkalt, und dichter Nebel stieg vom Wasser auf. Hin und wieder flatterten Wildgänse zornig kreischend aus dem Schilf hoch.

Allmählich dämmerte es, und bald war es so hell, daß sie das Schilf sehen konnten. Über den fahlen Himmel zog schnatternd eine Schar Gänse.

Orsini war blaß und erschöpft. Mit seinen dunklen Bartstoppeln sah er um zwanzig Jahre gealtert aus, und seine Hände zitterten vor Kälte. Auch Chavasse fühlte sich völlig zerschlagen. Das Mädchen wirkte frischer, doch sie war ja auch nicht fast eine Stunde lang durch das eiskalte Wasser gewatet.

Als sie in einen breiten Kanal einbogen, hob Orsini die Hand. »Wir müssen ganz nahe dran sein.«

Er stand auf, wölbte die Hände um den Mund und schrie mit aller Kraft: »*Buona Esperanza*, ahoi! Ahoi, *Buona Esperanza!*«

Keine Antwort. Chavasse stimmte mit ein: »Carlo! Carlo Arezzi!«

Enttäuscht sahen sie einander im fahlen Licht an. Da hob Liri die Hand.

»Ich hab was gehört.«

Zuerst dachte Chavasse, es sei der Schrei eines Vogels, doch dann hörte auch er es: unverkennbar eine menschliche Stimme. Immer wieder rufend, paddelten sie durch den Nebel, und allmählich wurde die Stimme lauter.

Chavasse und Orsini mußten noch einmal ins Wasser steigen und den Kahn durch eine dichte Schilfbank schieben. Dann tauchte die vertraute Lagune vor ihnen auf.

Die *Buona Esperanza* schien durch den Nebel auf sie zuzuschweben, und auf dem Dach des Deckhauses stand Carlo Arezzi.

14

Es war warm in der Kajüte. Chavasse trocknete sich ab, zog eine Drillichhose und einen dicken Pullover von Carlo an.

Es klopfte an der Tür, und Liri Kupi rief: »Sind Sie fertig?«

Dankbar nahm er den Becher Kaffee, den sie ihm brachte. Er war brühheiß, und der Duft schien ihn mit neuem Leben zu erfüllen. »Der beste Kaffee, den ich je getrunken habe«, sagte er. »Wo ist Giulio?«

»Oben im Ruderhaus. Er hat gesagt, er muß den Kurs berechnen.«

Sie öffnete eine kleine Blechdose, bot ihm eine von ihren mazedonischen Zigaretten an und gab ihm Feuer, das Streichholz in der Hand umschließend wie ein Mann.

Chavasse sog genießerisch den Rauch ein und sah sie scharf an. »Sie mögen ihn, was?«

»Giulio? Den muß man mögen.«

»Er ist zwanzig Jahre älter als Sie. Ist Ihnen das klar?«

Sie zuckte die Achseln und sagte gelassen: »Sie wissen doch, was man von einem guten Wein sagt.«

Chavasse lachte leise, legte den Arm um ihre Schultern und drückte sie an sich. »Sie sind ein Prachtmädchen, Liri. Giulio ist ein wahrer Glückspilz.«

Er trank den Kaffee aus, gab ihr den Becher und stieg die Treppe hinauf. Es hatte zu regnen begonnen, und der Nebel umhüllte alles wie ein graues Tuch. Er trat ins Deckhaus. Orsini und Carlo standen am Tisch und beugten sich über die Karten.

»Wie sieht's aus?«

Orsini zuckte die Achseln. »Es ist wohl am besten, wir benutzen den Hauptlauf. Wir kommen schneller voran, und ich glaube kaum, daß man versuchen wird, uns aufzuhalten. Das andere Ufer ist jugoslawisch, und die albanischen Boote wagen sich nicht gern in seine Nähe. Sobald wir auf offenem Meer sind, kann uns nicht mehr viel passieren.«

»Wahrscheinlich rechnet Kapo damit, daß wir das tun werden.«

»Kann schon sein. Am besten, wir fahren los und sehen nach.«

Chavasse zuckte die Achseln. »Meinetwegen. Aber es wäre vielleicht nicht schlecht, ein paar Waffen bereitzulegen.«

»Das kannst du und Carlo machen. Ich hab' hier zu tun.«

Chavasse und der junge Italiener gingen nach unten, klappten die Bank auf und holten die Waffen hervor: eine Maschinenpistole, ein Dutzend Handgranaten und das alte MG. Sie gingen an Deck und legten sie im Ruderhaus unter den Kartentisch.

Es war kurz nach fünf Uhr morgens, als der Motor ansprang und die *Buona Esperanza* sich in Bewegung setzte. Chavasse stand neben Liri am Bug. Der Regen schlug ihnen ins Gesicht, und der Wind, der vom Meer herüberwehte, zerriß den Nebel zu seltsamen Figuren.

Das Mädchen starrte aufgeregt, rote Flecken auf den Wangen, in das wogende Grau. »Macht es Ihnen nichts aus, von hier fortzugehen?« fragte er.

Sie zuckte die Achseln. »Ich lasse ja nichts zurück.«

Allmählich wurde es heller, und man sah, wie der Regen aufs Wasser prasselte. Irgendwo in der Ferne schrie ein Brachvogel — einmal, zweimal ... Chavasse hielt den Atem an und lauschte, wie früher als Kind. *Einmal bringt Freude, zweimal Sorge, dreimal den Tod.*

Als der dritte Schrei ausblieb, drehte er sich um und ging, leicht die Stirn runzelnd, ins Ruderhaus.

Etwa eine halbe Stunde lang fuhren sie langsam, von einer

Lagune in die andere überwechselnd, durch den Kanal. Die Sicht betrug nur etwa sechs bis sieben Meter, doch das Schilf hörte jetzt auf, und der Kanal wurde breiter. Das Wasser schlug in langgezogenen Wellen an den Rumpf.

Orsini grinste. »Der Bojana. Nur noch einen Kilometer bis zum Meer.«

Chavasse studierte die Karte, während die Jacht langsam voranglitt. Wenn Kapo ihnen auflauerte, dann bestimmt zwischen den zahlreichen Sandbänken des Mündungsgebiets.

Gleich darauf stellte Orsini den Motor ab und überließ die Jacht der Strömung.

»Wir sind gleich da. Wenn sie patrouillieren, müssen wir den Motor hören.«

Chavasse ging an Deck, stellte sich an den Bug und horchte. Carlo und Liri traten neben ihn. Es herrschte tiefe Stille, und man hörte nur den Wind und das Plätschern des Regens. Plötzlich hob Carlo die Hand.

Chavasse drehte sich um und winkte Orsini. Der Italiener riß das Steuer herum und lenkte die Jacht auf eine Sandbank zu, die ein Stück aus dem Wasser ragte. Die Jacht lief mit einem leichten Ruck auf, und Chavasse rannte zum Steuerhaus.

»Carlo glaubt, etwas gehört zu haben. Es hat keinen Sinn, ein Risiko einzugehen. Am besten, wir sehen nach.«

Er stieg auf die Reling, sprang hinunter und landete in nur wenige Zentimeter tiefem Wasser. Carlo reichte ihm die Maschinenpistole, sprang ebenfalls von Bord, und sie schlichen die Sandbank entlang durch den Nebel.

Sie war etwa hundert Meter lang und an manchen Stellen überschwemmt, so daß sie durch das Wasser waten mußten. Sie hörten jetzt deutlich das Geräusch eines Motors. Manchmal wurde es leiser und dann nach ein oder zwei Minuten wieder lauter.

»Anscheinend patrouillieren sie an der Kanalmündung«, sagte Chavasse.

Carlo warf sich plötzlich zu Boden und riß ihn mit sich. Keine zehn Meter von ihnen tauchte das Motorboot aus dem Nebel auf. Sie sahen, daß auf dem Dach des Ruderhauses ein Soldat hockte, in der Hand eine Maschinenpistole. Dann verschluckte es der Nebel wieder.

Während sie über die Sandbank zurückliefen, verklang das

Motorengeräusch in der Ferne. Der Nebel schien sich verdichtet zu haben, das Wasser stieg und umspülte ihre Stiefel.

Orsini beugte sich über die Reling und half Chavasse herauf. »Sind sie da?«

Chavasse nickte und berichtete ihm kurz, was sie gesehen hatten. »Was machen wir jetzt?«

Sie gingen ins Ruderhaus, und Orsini beugte sich über die Karte. »Wir könnten in den Sumpf zurückfahren. Es führt bestimmt ein Weg hindurch, aber mit einem Boot dieser Größe würden wir viele Stunden brauchen, und es gibt keine Garantie, daß wir nicht irgendwo steckenbleiben. Inzwischen könnte Kapo die albanische Marine alarmieren.«

»Existiert noch eine andere Möglichkeit?«

Orsini fuhr mit dem Finger über die Karte. »Hier ist ein Seitenarm. Er mündet etwa zwei Kilometer weiter südwestlich bei der Katzeninsel ins Meer. Siehst du — hier.«

»Und wo liegt der Haken?«

»Ich hab dir schon gesagt, daß der Fluß wegen der Reibereien mit Jugoslawien nur noch wenig befahren wird und daß diese Seitenarme stark versandet sind. Man weiß nie, wie tief das Wasser ist.«

»Und willst du's versuchen?«

»Wenn ihr einverstanden seid.«

Als Chavasse und Liri nickten, drückte Orsini auf den Starter und stieß von der Sandbank zurück. Die Jacht machte einen langen Bogen und fuhr wieder den Fluß hinauf.

Orsini beugte sich aus dem Seitenfenster und starrte mit zusammengekniffenen Augen in den Nebel. Nach einer Weile brummte er leise, schwenkte das Ruder herum und steuerte zwischen niedrigen, buckligen Sandbänken hindurch. Er drosselte die Geschwindigkeit, bis sie nur noch ganz langsam dahinglitten. Die Wellen schlugen mit dumpfem Geräusch gegen den Rumpf — ein sicheres Zeichen dafür, daß das Wasser seicht war —, und ein- oder zweimal scharrte der Kiel über den Grund. Nach etwa fünf Minuten stoppte Orsini und stieß zurück. Zuerst rührte sich die Jacht nicht, dann löste sie sich mit einem häßlichen saugenden Geräusch aus dem Sand. Carlo sprang wortlos von Bord. Das Wasser reichte ihm bis zur Brust, und als er weiter watete, sank es bis zu seinen Hüften.

Er wandte sich nach links, und im nächsten Moment versank er wieder bis zu den Achselhöhlen. Er winkte, und Orsini warf das Steuer herum und fuhr ihm nach.

Der junge Italiener schwamm, alle paar Meter die Tiefe nachprüfend, voran, und die *Buona Esperanza* folgte seinem Zickzackkurs. Dann rollte plötzlich aus dem Nebel eine Welle auf ihn zu und begrub ihn unter sich.

Er tauchte auf und schwamm zur Jacht zurück. Als Chavasse ihn an Bord zog, sagte er grinsend: »Tiefes Wasser. Ich habe keinen Grund mehr gespürt. Wir sind durch.«

Orsini winkte ihnen aus dem Ruderhaus zu und steuerte mit erhöhter Geschwindigkeit aufs Meer zu. Fünfzig Meter von der Mündung ragten die dunklen Umrisse der Katzeninsel aus dem Nebel auf. Als sie sie umfuhren, sprang plötzlich ein Motor an, und ein graues Patrouillenboot glitt aus einer Felsenbucht hervor.

Ein schweres Maschinengewehr begann zu knattern. Die Geschosse fegten über das Deck, und das Fenster des Ruderhauses zersplitterte. Chavasse sah Kapo an der Reling stehen; er trug immer noch die Jacke mit dem Pelzkragen und brüllte mit aufgerissenem Mund seinen Leuten die Befehle zu.

Carlo erschien in der Tür des Ruderhauses und lief, mit der Maschinenpistole aus der Hüfte feuernd, über das Deck zur Reling. Auf dem Patrouillenboot schrie jemand auf, und Kapo verschwand.

Während Orsini auf volle Kraft aufdrehte, begann auf dem Vordeck des Patrouillenbootes ein zweites Maschinengewehr zu schießen. Die *Buona Esperanza* erzitterte, als die Leuchtspurgeschosse in ihren Rumpf schlugen. Dann hob sich ihr Bug hoch über die Wellen, und das Patrouillenboot verschwand hinter ihnen im Nebel. Sie waren durch.

Chavasse stand langsam auf und half Liri hoch. Sie fuhr sich mit der Hand übers Gesicht und wischte einen Blutspritzer weg.

»Sind Sie verletzt?« fragte er.

Sie schüttelte den Kopf. »Nur ein Holzsplitter.«

Carlo wandte sich um, die Maschinenpistole an die Brust gepreßt. Zum erstenmal, seit Chavasse ihn kannte, sah er ihn lächeln.

»Einem von den Hunden hab' ich ein Andenken an mich verpaßt.«

Chavasse ging zum Steuerhaus. Die Fenster waren zertrümmert, und der Boden war mit Glasscherben übersät, doch Orsini schien unverletzt.

»Ich hab' mich schnell geduckt«, brüllte er Chavasse zu, um den dröhnenden Motor zu übertönen. »Hast du Kapo gesehen?«

»Einen Moment dachte ich, er hätte uns erwischt. Wir hätten uns denken können, daß er beide Ausfahrten überwacht.«

»Ich hoffe, das wird ihn den Kopf kosten.«

Während Orsini ihn angrinste, begann plötzlich der Motor zu stottern, und einen Moment später setzte er aus.

Die *Buona Esperanza* verlor an Fahrt. Ihr Bug senkte sich, und sie wurde von der Strömung erfaßt.

15

Als Carlo die Klappe des kleinen Maschinenraums öffnete, schlug ihnen Benzingeruch entgegen. Der Italiener kletterte die eiserne Leiter hinunter, und Chavasse und Orsini folgten ihm.

Carlo sah rasch nach und wandte sich um. »Keine große Sache. Die Ansaugleitung ist beschädigt. Ein Glück, daß wir nicht in die Luft geflogen sind.«

Ein gezacktes Einschußloch im Rumpf bewies eindeutig, woher die Beschädigung rührte.

»Wie lange brauchst du für die Reparatur?« fragte Orsini.

»Wenn ihr alle verschwindet und mich allein laßt, zwanzig Minuten.«

Chavasse kletterte die Leiter hinauf und trat zu Liri. »Ist es schlimm?« fragte sie.

»Schlimm genug. Wir werden eine halbe Stunde festliegen und ein ideales Ziel bieten.«

Orsini stieg aus dem Maschinenraum und nickte düster. »Eine einmalige Chance für Kapo. Bereiten wir uns lieber vor.«

Er öffnete eine Patronenschachtel und lud sorgfältig das einhundertfünfzig Schuß fassende Magazin der Maschinenpistole. Chavasse überprüfte das MG und legte die Munition dafür bereit. Liri stieg aufs Dach des Steuerhauses und hielt, angestrengt in den Nebel starrend, Ausschau.

Als Orsini die Maschinenpistole geladen hatte, ging er nach unten und kam mit einem alten amerikanischen Armeegewehr zurück. Er warf es ihr zu, und sie fing es geschickt auf.

»Was Besseres kann ich dir nicht bieten, aber sieh dich damit vor. Es schlägt aus wie ein wütender Maulesel.«

»Ich kann mit Gewehren umgehen«, sagte sie und untersuchte sachkundig das Magazin.

Orsini grinste sie an. »Mir läßt der Gedanke keine Ruhe, wie du wohl mit einem Rock und anständigen Strümpfen und Schuhen aussiehst. Sowie wir in Matano sind, mußt du meine Neugier befriedigen.«

Sie lachte und errötete dann verlegen. Plötzlich zuckte sie zusammen. »Sei still. Ich glaube, ich höre sie.«

Die Jacht schaukelte leicht hin und her, und die Wellen klatschten gegen ihren Bug. Als Chavasse angestrengt lauschte, hörte er in der Ferne das Geräusch eines Motors.

»Komm runter«, sagte Orsini zu dem Mädchen. »Geh ins Ruderhaus und leg dich flach auf den Boden.«

Sie war vernünftig genug, zu gehorchen. Chavasse stellte sich über sie und schob den Lauf des MGs durchs Fenster, und Orsini kauerte sich neben der Maschinenraumklappe nieder.

»Vielleicht verschwinden sie wieder?« flüsterte Liri. Chavasse schüttelte den Kopf. »Ganz bestimmt nicht. Als sie merkten, daß unser Motor aussetzte, haben sie ihren abgestellt, um zu hören, was los ist. Kapo weiß, daß es nur zwei Möglichkeiten gibt: Entweder sind wir auf ein anderes Boot umgestiegen, oder unser Motor ist kaputt.«

Das Patrouillenboot kam immer näher; offenbar fuhr es kreuz und quer durch den Nebel. Es glitt ganz dicht an ihnen vorbei. Seine Bugwelle schoß auf sie zu, und die *Buona Esperanza* begann heftig zu schaukeln. Einen Augenblick glaubte Chavasse, es habe sie verfehlt, doch dann heulte sein Motor auf, und es schoß aus dem Nebel hervor.

Als es hinter ihnen vorbeiraste, eröffnete ein an seinem Heck montiertes schweres MG, dessen Mannschaft hinter einer gebogenen Panzerplatte hockte, das Feuer. Am Bug standen mehrere Soldaten, die mit Gewehren und Maschinenpistolen schossen. Hinter ihnen lauerte, einen Revolver in der Hand, Kapo.

Chavasse harkte, sein MG in einem Halbkreis herumschwenkend, das Patrouillenboot ab, und die Soldaten stürzten zum Heck. Plötzlich rannte Francesca mit eingezogenem Kopf über das Deck. Er riß das MG herum, und die Schüsse schlugen neben ihrem Kopf in die Reling. Im gleichen Moment war sein Magazin leer, und sie verschwand im Steuerhaus.

Als er sich nach einem neuen Magazin bückte, krachten über ihm Leuchtspurgeschosse in die Wand. Glas zersprang, Holz splitterte. Dann jagte das Patrouillenboot davon. Orsini sprang auf und feuerte eine Salve auf die MG-Mannschaft am Heck ab. Sie hörten einen lauten Aufschrei. Einer der Soldaten stürzte über die Reling und versank im Meer.

Als das Patrouillenboot im Nebel verschwunden war, rief Orsini Liri zu: »Bleib unten. Das nächstemal geht's hart auf hart.«

Das Patrouillenboot, das im dichten Nebel nicht zu sehen war, umkreiste sie ein paarmal. Chavasse wartete geduldig. Schließlich griff Kapo wieder an, diesmal aus einer anderen Richtung. Als das Boot hinter ihnen aus dem Nebel auftauchte, schwenkte er das MG herum und feuerte aus der Hüfte.

Das schwere MG am Heck des Patrouillenbootes deckte sie mit mörderischem Feuer ein. Die *Buona Esperanza* erzitterte, und über Chavasses Kopf flog das Dach weg. Er duckte sich und feuerte sein letztes Magazin leer.

Auch Orsini feuerte, den Lauf seiner Maschinenpistole an die Seitenwand des Steuerhauses gepreßt. Als das Patrouillenboot sie in einem weiten Bogen umfuhr und wieder auf ihren Bug zuraste, nahm Chavasse eine Handgranate aus der Schachtel, die neben Liri am Boden stand, zog sie ab und stürzte aufs Deck.

Das Patrouillenboot kam so nahe heran, daß er die Gesichter der Soldaten sehen konnte, und als es vorbeischoß, schleuderte er die Handgranate über die Reling auf sein Heck. Sie rollte über den Boden, und einer der Soldaten versuchte verzweifelt, sie mit dem Fuß wegzustoßen. Im gleichen Moment explodierte sie. Eine Wolke schien über das Heck hinwegzufegen. Als sie sich auflöste, waren nur noch die zerfetzten Überreste des MGs zu sehen. Die Soldaten waren verschwunden.

Das Patrouillenboot tauchte im Nebel unter, und es herrschte tiefe Stille. Liri stand auf und wischte sich mit der Hand das Blut weg, das ihr übers Gesicht lief.

»Werden sie's noch einmal versuchen?«

»Bestimmt. Sie werden nächstes Mal aber bestimmt vorsichtiger sein.«

Orsini beugte sich über die Maschinenraumklappe. Dann stand er auf und trat zu ihnen. »Sieht nicht gut aus. Noch mindestens fünfzehn Minuten.«

Während sie einander wortlos anblickten, hörten sie durch den Nebel plötzlich Kapos Stimme. »Warum geben Sie nicht auf, Chavasse?« rief er. »Sie entkommen uns doch nicht.«

Liri zuckte erschrocken zusammen. Orsini beruhigte sie. »Keine Angst. Er spricht nur über ein Megaphon. Ich möchte bloß wissen, was das Schwein vorhat.«

Der Motor des Patrouillenbootes brüllte auf. Es glitt aus dem Nebel hervor, und die Männer an der Reling beschossen die *Buona Esperanza* mit Handfeuerwaffen.

Chavasse drückte Liri auf den Boden, und Orsini kauerte sich neben sie. Seine Maschinenpistole bellte wütend. Als das Patrouillenboot wieder im Nebel verschwand, stellte er das Feuer sofort ein.

Er überpüfte das Magazin und warf die Waffe ärgerlich ins Steuerhaus.

»Was ist mit dem MG?«

»Auch keine Munition mehr da.«

Orsini ging zum Kartentisch und zog die Schachtel mit den Handgranaten darunter hervor. »Wenigstens haben wir die noch.«

»Die helfen uns nur, wenn sie nahe genug herankommen«, sagte Chavasse.

Durch den Nebel drang wieder Kapos Stimme. »Ich weiß ganz genau, daß ihr festliegt, Chavasse, aber ich will großzügig sein. Wenn ihr euch ergebt, dann lasse ich Ihre Freunde laufen. Ich gebe Ihnen mein Wort darauf. Ich lasse Ihnen zehn Minuten Bedenkzeit. Dann kommen wir und machen euch fertig.«

Orsini rülpste laut in der Stille, die Kapos Worten folgte, und lief die Kajütentreppe hinunter. Als er zurückkam, hatte er sein Tauchgerät in der Hand.

»Hilf mir, das Ding umzuschnallen«, sagte er zu Liri. Dann wandte er sich an Chavasse. »Im Salon sind noch ein Gurt mit Plastiksprengstoff und ein paar chemische Zünder, Paul. Hol das Zeug bitte.«

»Was, zum Teufel, hast du vor?« fragte Chavasse, doch Orsini schob ihn wütend weg. »Frag nicht lange. Hol's.«

Als Chavasse mit dem Sprengstoff zurückkam, hatte Orsini das Tauchgerät angelegt und schlüpfte eben in die Gummiflossen. »Ich werde Kapo ein für allemal erledigen«, erklärte Orsini, während er sich den Gurt umschnallte.

Chavasse schüttelte den Kopf. »Du hast nicht genug Zeit.«

Orsini grinste. »Das haben sie mir einundvierzig, als ich mit meinen Jungs in den Hafen von Alexandria eindrang, auch gesagt. Aber wir sind rein *und* raus gekommen, und als wir fertig waren, lagen zwei britische Zerstörer umgekippt im Schlamm. Laß mich nur machen.«

Er zog seine Maske übers Gesicht, nickte Liri, die ihn ängstlich ansah, kurz zu und sprang über die Reling. Er wußte nur ungefähr, wo das Patrouillenboot lag, doch es konnte nicht weit weg sein. Er schwamm sehr schnell mit kräftigen Schlägen seiner Schwimmflossen und verschwand im Nebel.

Vorsichtig tauchte er auf und blickte sich um. Von dem Patrouillenboot war nichts zu sehen. Doch plötzlich hörte er Kapos Stimme, und dann erkannte er einen dunklen Schatten im Nebel.

»Noch fünf Minuten, Chavasse!« rief Kapo.

Orsini tauchte und schwamm auf den Kiel des Bootes zu. Er glitt zum Heck, öffnete den Gurt und stopfte einen großen Klumpen Plastiksprengstoff zwischen die Schraube und den Rumpf. Dann steckte er den Zünder hinein, brach das Ende ab und stieß sich ab.

Er nahm alle Kraft zusammen, schwamm, so schnell er konnte, zur *Buona Esperanza* zurück und tauchte auf.

Chavasse und Carlo beugten sich über die Reling und zogen ihn an Deck. Gleich darauf hörten sie, wie der Motor des Patrouillenbootes ansprang, und im gleichen Moment erfolgte die Explosion. Laute Schreie drangen durch den Nebel, und um sie herum prasselten Trümmer ins Wasser. Dann war es totenstill.

»Madonna mia«, sagte Carlo. »Es muß untergegangen sein wie ein Stein.«

Orsini schnallte bedächtig sein Tauchgerät ab. »Wie sieht's unten aus?« fragte er.

»Alles in Ordnung«, sagte Carlo. »Sobald Sie fertig sind, können wir losfahren.«

Liri kniete sich neben Orsini und öffnete ihre Zigarettendose. Chavasse hockte sich neben die beiden und nahm eine Zigarette. Liri gab ihm Feuer.

Orsini sah ihn fragend an. »Tut dir das Mädchen leid?«

»Sie hat es ja selbst so gewollt.«

Chavasse stand auf und trat an die Reling. Ein beklemmendes Gefühl stieg in ihm auf, als er an das schöne, fröhliche Mädchen dachte, das er — tausend Jahre schien das her — bei der Botschaftsparty in Rom kennengelernt hatte.

Sein Kopf schmerzte, und er war müde, verdammt müde. In einem fort hörte er sie seinen Namen rufen. Er schloß einen Moment die Augen. Als er sie wieder öffnete, sah er sie aus dem Nebel auftauchen und auf die Jacht zuschwimmen.

Sie war schöner denn je; ihr dunkles Haar schwebte im Wasser, und die großen dunklen Augen in dem weißen Gesicht blickten zu ihm auf. Als sie nur noch ein paar Meter entfernt war, rief sie flehentlich: »Helfen Sie mir, Paul! Helfen Sie mir!«

Er blickte auf sie nieder und dachte an Matt Sorley, an Dumont und all die anderen, an deren schrecklichem Tod sie schuld war.

Orsini sagte: »Um Gottes willen, Paul. Sind wir denn Tiere?«

Chavasse drehte sich um und sah ihn an. Der Italiener zuckte die Achseln. »Wenn du ihr nicht hilfst, dann tu ich's.«

Als er an die Reling trat, schüttelte Chavasse den Kopf. »Laß nur, Giulio.«

Er beugte sich hinab und zog Francesca an Bord. Sie kroch keuchend und nach Luft schnappend aufs Deck. »Danke, Paul. Das werde ich Ihnen nie vergessen.«

Als sie aufstand, zuckte plötzlich ihre Hand hoch, und er sah im grellen Morgenlicht ein Messer glitzern. Er versuchte auszuweichen, doch er reagierte zu spät, und es traf ihn an der Seite, durchschlitzte das Fleisch und glitt am Brustkorb ab.

Als er zurückwich, sah er den kalten Haß in ihren Augen. Orsini schrie erschrocken auf. Sie holte wieder aus, und ein Sonnenstrahl ließ das Messer in ihrer hocherhobenen Hand aufblitzen. Dann hörte Chavasse, wie Liri einen wütenden Schrei ausstieß.

Mit beiden Händen die Maschinenpistole, die Orsini ihr gegeben hatte, umklammernd, stürzte sie vor und hieb damit auf

Francesca ein, die zurücktaumelte und über die Reling ins Wasser stürzte.

Wie durch einen Nebel hindurch sah Chavasse, daß Liri die Maschinenpistole ins Wasser schleuderte. Dann beugte sich Orsini über ihn. Er holte tief Luft, und ein stechender Schmerz durchzuckte ihn.

»Schon gut, Giulio. Nicht so schlimm. Machen wir bloß, daß wir hier wegkommen.«

Orsini rief Carlo, der ins Steuerhaus gegangen war, etwas zu. Der Motor sprang an, und die *Buona Esperanza* setzte sich langsam in Bewegung.

Sie fuhren in einem großen Bogen zwischen den Trümmern des Patrouillenbootes hindurch. Plötzlich schrie Liri auf und deutete aufs Wasser.

Chavasse schüttelte den Kopf. Er preßte sein zusammengeknülltes Hemd gegen die Wunde und horchte, doch er verstand nicht, was Liri zu Orsini sagte. Es brauste in seinen Ohren, und an seinen Augen schienen langsam graue Schleier vorbeizuschweben. Dann merkte er, daß der Motor verstummt war, und gleich darauf kam Carlo aus dem Steuerhaus, und Orsini sprang ins Wasser.

Chavasse richtete sich stöhnend auf, und als er den Kopf wandte, sah er, daß Carlo die Statue der Madonna von Skutari über die Reling hob.

Orsini trat zu ihm und legte sie behutsam vor ihm aufs Deck. »Da, Paul. Sie schwamm ohne einen Kratzer zwischen den Trümmern. Ein Wunder.«

Carlo ging wieder ins Steuerhaus und ließ den Motor an. Chavasse saß da und starrte auf die Statue. Tränen liefen ihm übers Gesicht — er konnte sich selbst nicht erklären, warum —, doch irgendwie schien das dunkle, von heiterer Ruhe erfüllte Gesicht, das zu ihm auflächelte, seinen Schmerz zu lindern.

Über ihm kreischte eine Möwe. Sie segelte dicht über dem Meeresspiegel; dann schoß sie davon und verschwand im Nebel.